刘心武评点

金瓶梅

上

（明）兰陵笑笑生 著

覃知非 校点

刘心武 评点

漓江出版社

桂林

图书在版编目(CIP)数据

刘心武评点《金瓶梅》/(明)兰陵笑笑生 著;覃知非 校点;刘心武 评点.—桂林:漓江出版社，2014.4（2025.4重印)
ISBN 978-7-5407-7018-1

Ⅰ.①刘… Ⅱ.①兰… ②覃… ③刘… Ⅲ.①《金瓶梅》—古典小说评论 Ⅳ.①I207.419

中国版本图书馆CIP数据核字(2014)第030985号

刘心武评点《金瓶梅》(Liuxinwu Pingdian Jinpingmei)

作者:兰陵笑笑生　评点:刘心武

出 版 人：梁志
责任编辑：张玉琴　王坤　周向荣
装帧设计：李星星　居居
责任监印：张璐

漓江出版社有限公司出版发行
社址：广西桂林市南环路22号
邮编：541002
发行电话：010-65699511　0773-2583322
传真：010-85891290　0773-2582200
邮购热线：0773-2582200
网址：www.lijiangbooks.com
微信公众号：lijiangpress

山东新华印务有限公司印刷
（山东省德州市经济开发区晶华大道2306 号　电话:0534-2671218）
开本：960mm × 690mm　1/16
印张：69　字数：920 千字
版次：2014年4月第1版
印次：2025年4月第12次印刷
书号：ISBN 978-7-5407-7018-1
定价：198.00元（全三册）

金瓶梅序

《金瓶梅》，秽书也；袁石公亟称之，亦自寄其牢骚耳，非有取于《金瓶梅》也。然作者亦自有意，盖为世戒，非为世劝也。如诸妇多矣，而独以潘金莲、李瓶儿、春梅命名者，亦楚《梼杌》之意也。盖金莲以奸死，瓶儿以孽死，春梅以淫死，较诸妇为更惨耳。借西门庆以描画世之大净，应伯爵以描画世之小丑，诸淫妇以描画世之丑婆、净婆，令人读之汗下。盖为世戒，非为世劝也。

余尝曰：读《金瓶梅》而生怜悯心者，菩萨也；生畏惧心者，君子也；生欢喜心者，小人也；生效法心者，乃禽兽耳。余友人褚孝秀，偕一少年同赴歌舞之筵，衍至《霸王夜宴》，少年垂涎曰："男儿何可不如此！"孝秀曰："也只为这乌江设此一着耳。"同座闻之，叹为有道之言。若有人识得此意，方许他读《金瓶梅》也。不然，石公几为导淫宣欲之尤矣！奉劝世人，勿为西门庆之后车，可也。

万历丁巳季冬，东吴弄珠客漫书于金阊道中。

新刻金瓶梅词话

词曰：

阆苑瀛洲，金谷陵楼，算不如茅舍清幽。野花绣地，莫也风流。也宜春，也宜夏，也宜秋。酒熟堪酤，客至须留，更无荣无辱无忧。退闲一步，着甚来由。但倦时眠，渴时饮，醉时讴。

短短横墙，矮矮疏窗，忔憷儿小小池塘。高低叠峰，绿水边傍。也有些风，有些月，有些凉。日用家常，竹几藤床，靠眼前水色山光。客来无酒，清话何妨。但细烹茶，热烘盏，浅浇汤。

水竹之居，吾爱吾庐，石磷磷床砌阶除。轩窗随意，小巧规模。却也清幽，也潇洒，也宽舒。懒散无拘，此等何如？倚阑干临水观鱼。风花雪月，赢得工夫。好炷心香，说些话，读些书。

净扫尘埃，惜耳苍苔，任门前红叶铺阶。也堪图画，还也奇哉。有数株松，数竿竹，数枝梅。花木栽培，取次教开，明朝事天自安排，知他富贵几时来。且优游，且随分，且开怀。

四贪词

酒

酒损精神破丧家，语言无状闹喧哗。疏亲慢友多由你，背义忘恩尽是他。　　切须戒，饮流霞，若能依此实无差。失却万事皆因此，今后逢宾只待茶。

色

休爱绿鬓美朱颜，少贪红粉翠花钿。损身害命多娇态，倾国倾城色更鲜。　　莫恋此，养丹田，人能寡欲寿长年。从今罢却闲风月，纸帐梅花独自眠。

财

钱帛金珠笼内收，若非公道少贪求。亲朋道义因财失，父子怀情为利休。　　急缩手，且抽头，免使身心昼夜愁。儿孙自有儿孙福，莫与儿孙作远忧。

气

莫使强梁逞技能，挥拳捰袖弄精神。一时怒发无明穴，到后忧煎祸及身。　　莫太过，免灾迍，劝君凡事放宽情。合撒手时须撒手，得饶人处且饶人。

评点《金瓶梅》序

刘心武

生活在二十世纪下半叶的中国人，尤其是中国大陆的普通读者，一般都读过《红楼梦》，甚至是熟读过；一般也会知道有一部先于《红楼梦》的《金瓶梅》，却直到八十年代以前，仍难以读到这部书。

我个人也是先读了《红楼梦》，才读到《金瓶梅》的。这两部巨著，有其相似之处，它们从《三国演义》、《水浒传》、《西游记》那种为帝王将相、英雄豪杰、神佛仙人树碑立传的长篇小说格局中突破了出来，将笔墨浓涂重染地奉献给了“名不见经传”的“史外”人物，展现出一幕幕俗世的生活景象，充满了前述那几本“英雄史诗”里罕见的关于“饮食男女”生活方式的精微刻画。人物不再是粗线条的皴染，而是工笔画似的须眉细勒，而且极为注重人物语言的铺排，往往通过生猛鲜活的性格语言，使书中人物跳脱纸上，令读者过目难忘，掩卷长思。

但读过《金瓶梅》后，我一方面得知《红楼梦》在艺术技法上深受它的影响；另一方面，却又深刻地意识到，这两部巨著有着重大的区别。那区别主要还不是前者展现的是土财主和市井小民乃至地痞流氓的生活风貌，而后者主要是表现钟鸣鼎食、世代簪缨的贵族之家的盛衰流程；那重大的区别在于，《红楼梦》的创作者在叙述文本中充满了焦虑，贯穿着努力从“生活原态”里升华出哲思的“形而上”痛苦，整部书笼罩着浓郁的悲剧情怀和浪漫色彩。因此，我们虽然在阅读的过程中会产生若干解读上的困惑，但一定会多多少少体味到那文本中所蕴含的独创性思想的魅力，如“女儿是水做的骨肉，男子是泥做的骨肉”，以及

“意淫”说，等等。《金瓶梅》的文本却全然异趣。它固然也用了一些诸如“因果报应”、“恶有恶报”之类的“思想”包装，但究其实，它却基本上没有什么“形而上”的追求，因此，体现于叙述风格，便是非常之平静，没有焦虑和沉重，没有痛苦和浪漫，要论“现实主义”，它不仅远比《三国演义》、《水浒传》“够格”，也比《红楼梦》更“严格”。读《金瓶梅》，我们往往会产生出一种惊异，我把这种惊异称之为“文本惊异”，研究《金瓶梅》的“金学”之盛，不亚于“红学”，我也涉猎一些，已知成果累累，但依我看来，仔细研究《金瓶梅》这个“文本特点”的，却还不多。

对于《金瓶梅》，一般人对之感兴趣的，毋庸讳言，是里面为数不少的性描写，那确实是直露到放肆程度的色情文字；《红楼梦》里也有性描写，但处理上或含蓄而不失美感，或虽粗鄙却点到为止，并都为塑造人物而设，没有卖弄招睐之意。《金瓶梅》产生的时代（最早的刻本出现在明万历年间），因为皇帝公开征求春药，达官贵人更荒淫无耻，“房中术”成为最大的时髦，一时淫风甚炽，影响到民间社会，直达底层，不仅性行为相当地“解放”，戏曲演唱乃至茶肆说书，包括野史小说，直到市俗俚语，在表现性行为上也相当地“没遮拦”。《金瓶梅》在这方面的“成就”，放在那样的大背景中，算不得具有独创性。因此，我以为一般论者（性学专家例外）对此书的色情描写评价不高，乃至多予诟病，是可以理解的。

不过，把《金瓶梅》里的性描写全看作著书人招揽观者的“噱头”，那又不对了。《金瓶梅》的构思十分巧妙，它从《水浒传》里“武松杀嫂”一节衍化出来，西门庆通过王婆拉纤勾引了潘金莲，潘金莲用药毒死了亲夫武大，武松得知后追杀西门庆，在《水浒传》里是武松在狮子楼上杀成了西门庆，《金瓶梅》却告诉我们武松是错杀了他人，并被发配，西门庆把潘金莲娶进了他家，当了第五房小老婆，于是由此展开了对西门庆这个恶霸的全方位描写。其中，占最大篇幅的，是他的性生活，他不仅周旋于六房妻妾之间，还勾引仆妇奶妈、养外遇、宿青楼，乃至于潜入贵妇人卧房尽兴淫乐。有人统计，西门庆在书中几乎与二十个女性发生了性关系，在关于西门庆“性史”的生动而细腻的描写中，《金瓶梅》

由此辐射出了关于那个时代丰富而具体的人际存在与相互倾轧，并且常常有超出历史学、社会学、伦理学、心理学、性学意义的人性开掘，显示出此书作为长篇小说的独特的美学价值。或许这个价值不是作者有意识向我们提供的，但却是客观存在，历久弥彰的。

《金瓶梅》这一书名，可以理解成“金色的花瓶里插着梅花”，但绝大多数读者都认同于这书名里概括着全书三位女主角的解释，“金”是潘金莲，“瓶”是李瓶儿，“梅”是庞春梅。相对而言，李瓶儿可能是更能引起读者兴趣的一位女性，因为在她和西门庆的关系里，有着超越了肉欲的爱情；西门庆这一纵欲狂人，也因在与她的爱情中显示出了人性中的温柔、宽容与善意，从而更有血有肉，更具认知内涵。潘金莲的形象，作为时时刻刻地思淫纵欲的一个“性存在”，未免失之于“单纯”，但她的性格，却是刻画得最活灵活现，凸现纸面，令人难忘的。庞春梅是在全书后五分之一的篇幅里，才升为“重头人物”的，这是一个比潘金莲和李瓶儿都更复杂的艺术形象，她表面上有时非常“正经”，骨子里却比潘金莲更加淫荡无度；她的复仇手段，或直截了当而且残酷至极，或曲折隐蔽如软刀子割心；她对西门庆女婿陈经济的追求，怪异而执著，变态而宽容，折射出那个“世风日下”的市民社会对传统礼教的公然蔑视与无情“解构”。

《金瓶梅》是以写西门庆一家的食色生涯为主的，但《金瓶梅》确实又并不是一部“唯性”的小说，尤其不能因为其中有色情文字，便定性为“色情小说”、“淫书”、“黄书”，因为它有大量的篇幅，展现着西门庆家门外广泛而杂驳的社会生活。这部托言宋朝故事其实是表现明代社会生活的小说，把大运河的南北交汇点一带的商贸盛况，市廛车辐，滚滚红尘，描绘得光怪陆离、栩栩如生，特别是书中几次酣畅淋漓地描写了清河县中的灯节盛况，那种世俗生活的“共享繁华”，显示出一种超越个人悲欢恩怨的人间乐趣。不管作者本人是否有那样的寓意，善思的读者或者从中可以悟出，不管人世间有多么多的苦难、阴谋、残暴、荒淫、堕落、沉沦，毕竟冥冥中还存在着某种推进人世发展的“规律之手”，因而人世中的“阶段性文明”即便不可避免地含有不公正乃至污垢阴秽，个体生命仍应保持对生命的珍视，这珍视里包括着对俗世生活琐屑乐趣的主动享有。

《金瓶梅》的描写空间，还几次越过了一县一府，而直接写到京都，写到豪门，写到宫廷，一直写到皇帝本人。有研究者考证出，此书是刻意影射明嘉靖朝的政治黑暗。因为此书写作时，已在嘉靖死后，那时嘉靖宠臣严嵩及其儿子严世蕃已被斥逐诛杀，所以著者可得以放手影射他们的弄权獗为，表现他们如何卖官鬻爵、收贿纳凶、豢养鹰犬、鱼肉黎民、败坏世风、制造人祸；据考，书中的蔡京、蔡攸父子，便是用来影射严嵩、严世蕃的。其实，书中所写的那种官场黑暗、税吏腐败、官商勾结、淫靡成风，并非只是"前朝"的"绘影"，也是"如今"的白描，从这一点上来说，《金瓶梅》也是一部"胆大妄为"的"政治小说"，有的论家从这一点上格外肯定《金瓶梅》的价值。不过，我以为通观全书，这一因素终究还只能算是《金瓶梅》这棵大树上的一个枝丫，就"全树"而言，市井生活与食色之事，毕竟还是主要的枝叶，并且参差披拂，葱郁蓊翳。

回过头来，我还是要强调《金瓶梅》那令人惊异的文本。为什么在那个理想暗淡、政治腐败、特务横行、法制虚设、拜金如狂、人欲横流、道德沦丧、人际疏离、炎凉成俗、背叛成风、雅萎俗胀、寡廉鲜耻、万物标价、无不可售的人文环境里，此书的作者不是采取拍案而起、义愤填膺、"替天行道"、"复归正宗"等叙述调式，更不是以理想主义、浪漫情怀、升华哲思、魔幻寓言的叙述方略，而是用一种几乎是彻底冷静的"无是无非"的纯粹"作壁上观"的松弛而随意的笔触，来娓娓地展现一幕幕的人间黑暗和世态奇观？此书的作者究竟是谁？学术界众说纷纭而尚难归一，或许此书的成书过程中确有多人多手参与，从其"拟话本"的风格上看，可能也是当时茶肆酒楼说书人的一个时髦的"保留节目"，众多的参与创作者可能都在其故事里加进了一些"训诫"，但那些牵强附会的生硬"训诫"完全不能融合于故事与人物，只是一些"套话"，乃至于显得"累赘"多余。为什么经过"兰陵笑笑生"归总刻印，仍不见"起色"？这究竟是因为所有参与创作者都缺乏"思想高度"，还是因为，就小说创作的内在规律而言，像《红楼梦》那样充满叙述焦虑，洋溢着理想光芒与浪漫情怀固然是一种很好的叙述方式，而《金瓶梅》式的“冷叙述”，并且是达到七穿八达、玲珑剔透、生猛鲜活、浓滋厚味的“纯客观叙述”，也是一种在美学上可能具有相当价值的叙述方略呢？

我们可能更乐于公开地表达对《红楼梦》的激赏，而吝于表达阅读《金瓶梅》时所获得的审美愉悦，这可能与我们所处的时代和大人文环境有关。其实，抛开其他方面不论，《金瓶梅》在驾驭人物对话的语言功力上，往往是居《红楼梦》之上的，我们所津津乐道的“红语”，如“舍得一身剐，敢把皇帝拉下马”，“千里搭长棚，没有个不散的筵席”，“不当家花花的”，“打旋磨儿”，“前人撒土迷了后人的眼”等等，都是《金瓶梅》里娴熟而精当地运用过的。《红楼梦》在二十世纪后半叶的中国大陆，已经获得了可以说是几无异议的至高评价，但是《金瓶梅》却直到二十世纪末，才终于能被一般成年读者正常阅读，学界也才有可能更加开放地进行研究。我这里便对学界，当然也兼及一般的读者，提出这样一个课题，就是请回答：当一个时代里的一个作家，他实在无法升华出理想与哲思时，他便使用《金瓶梅》式的文本，精微而生动地描摹出他所熟悉的人间景象和生命现象，在语言造诣上更达到出神入化的鲜活程度，我们是应当容忍他呢，还是一定要严厉地禁制他，乃至恨不能将他的著作“扼杀在摇篮中”？

当然，《红楼梦》是一部不仅属于我们民族，更属于全人类的文学瑰宝；那么，比《红楼梦》早二百年左右出世的《金瓶梅》呢？我以为也是一部不仅属于我们民族，也更属于全人类的文学巨著，而且，在新的世纪里，我们有可能更深刻地意识到这一点，尤其是，有可能悟出其文本构成的深层机制，以及时代与文学、环境与作家间互制互动的某种复杂而可寻的规律，从而由衷地发出理解与谅解的喟叹！

目　录

第 一 回　景阳冈武松打虎　潘金莲嫌夫卖风月　1

第 二 回　西门庆帘下遇金莲　王婆子贪贿说风情　16

第 三 回　王婆定十件挨光计　西门庆茶房戏金莲　24

第 四 回　淫妇背武大偷奸　郓哥不愤闹茶肆　33

第 五 回　郓哥帮捉骂王婆　淫妇药鸩武大郎　38

第 六 回　西门庆买嘱何九　王婆打酒遇大雨　45

第 七 回　薛嫂儿说娶孟玉楼　杨姑娘气骂张四舅　51

第 八 回　潘金莲永夜盼西门庆　烧夫灵和尚听淫声　61

第 九 回　西门庆计娶潘金莲　武都头误打李外传　70

第 十 回　武二充配孟州道　妻妾宴赏芙蓉亭　78

第十一回　潘金莲激打孙雪娥　西门庆梳笼李桂姐　84

第十二回　潘金莲私仆受辱　刘理星魇胜贪财　93

第十三回　李瓶儿隔墙密约　迎春女窥隙偷光　106

第十四回　花子虚因气丧身　李瓶儿送奸赴会　115

第十五回　佳人笑赏玩月楼　狎客帮嫖丽春院　126

第十六回　西门庆谋财娶妇　应伯爵庆喜追欢　134

第十七回　宇给事劾倒杨提督　李瓶儿招赘蒋竹山　143

第 十 八 回　来保上东京干事　陈经济花园管工　151
第 十 九 回　草里蛇逻打蒋竹山　李瓶儿情感西门庆　160
第 二 十 回　孟玉楼义劝吴月娘　西门庆大闹丽春院　171
第二十一回　吴月娘扫雪烹茶　应伯爵替花勾使　183
第二十二回　西门庆私淫来旺妇　春梅正色骂李铭　196
第二十三回　玉箫观风赛月房　金莲窃听藏春坞　202
第二十四回　经济元夜戏娇姿　惠祥怒詈来旺妇　211
第二十五回　雪娥透露蝶蜂情　来旺醉谤西门庆　219
第二十六回　来旺儿递解徐州　宋惠莲含羞自缢　228
第二十七回　李瓶儿私语翡翠轩　潘金莲醉闹葡萄架　242
第二十八回　陈经济因鞋戏金莲　西门庆怒打铁棍儿　250
第二十九回　吴神仙贵贱相人　潘金莲兰汤午战　257
第 三 十 回　来保押送生辰担　西门庆生子喜加官　266
第三十一回　琴童藏壶觑玉箫　西门庆开宴吃喜酒　274
第三十二回　李桂姐拜娘认女　应伯爵打诨趋时　286
第三十三回　陈经济失钥罚唱　韩道国纵妇争锋　295
第三十四回　书童儿因宠揽事　平安儿含愤戳舌　304
第三十五回　西门庆挟恨责平安　书童儿妆旦劝狎客　317
第三十六回　翟谦寄书寻女子　西门庆结交蔡状元　333
第三十七回　冯妈妈说嫁韩氏女　西门庆包占王六儿　340
第三十八回　西门庆夹打二捣鬼　潘金莲雪夜弄琵琶　349
第三十九回　西门庆玉皇庙打醮　吴月娘听尼僧说经　357
第 四 十 回　抱孩童瓶儿希宠　妆丫鬟金莲市爱　372
第四十一回　西门庆与乔大户结亲　潘金莲共李瓶儿斗气　379
第四十二回　豪家拦门玩烟火　贵客高楼醉赏灯　387
第四十三回　为失金西门庆骂金莲　因结亲月娘会乔太太　396
第四十四回　吴月娘留宿李桂姐　西门庆醉拶夏花儿　407
第四十五回　桂姐央留夏花儿　月娘含怒骂玳安　414

第四十六回　元夜游行遇雪雨　妻妾笑卜龟儿卦　422
第四十七回　王六儿说事图财　西门庆受赃枉法　435
第四十八回　曾御史参劾提刑官　蔡太师奏行七件事　443
第四十九回　西门庆迎请宋巡按　永福寺饯行遇胡僧　454
第 五 十 回　琴童潜听燕莺欢　玳安嬉游蝴蝶巷　467
第五十一回　月娘听演金刚科　桂姐躲在西门宅　474
第五十二回　应伯爵山洞戏春娇　潘金莲花园看蘑菇　488
第五十三回　吴月娘承欢求子息　李瓶儿酬愿保儿童　501
第五十四回　应伯爵郊园会诸友　任医官豪家看病症　514
第五十五回　西门庆东京庆寿旦　苗员外扬州送歌童　525
第五十六回　西门庆周济常时节　应伯爵举荐水秀才　536
第五十七回　道长老募修永福寺　薛姑子劝舍陀罗经　544
第五十八回　怀妒忌金莲打秋菊　乞腊肉磨镜叟诉冤　554
第五十九回　西门庆摔死雪狮子　李瓶儿痛哭官哥儿　570
第 六 十 回　李瓶儿因暗气惹病　西门庆立段铺开张　585
第六十一回　韩道国筵请西门庆　李瓶儿苦痛宴重阳　592
第六十二回　潘道士解禳祭灯法　西门庆大哭李瓶儿　610
第六十三回　亲朋祭奠开筵宴　西门庆观戏感李瓶　630
第六十四回　玉箫跪央潘金莲　合卫官祭富室娘　639
第六十五回　吴道官迎殡颁真容　宋御史结豪请六黄　646
第六十六回　翟管家寄书致赙　黄真人炼度荐亡　658
第六十七回　西门庆书房赏雪　李瓶儿梦诉幽情　667
第六十八回　郑月儿卖俏透密意　玳安殷勤寻文嫂　684
第六十九回　文嫂通情林太太　王三官中诈求奸　699
第 七 十 回　西门庆工完升级　群僚庭参朱太尉　713
第七十一回　李瓶儿何千户家托梦　提刑官引奏朝仪　724
第七十二回　王三官拜西门为义父　应伯爵替李铭释冤　737
第七十三回　潘金莲不愤忆吹箫　郁大姐夜唱闹五更　754

第七十四回　宋御史索求八仙鼎　吴月娘听宣黄氏卷　769
第七十五回　春梅毁骂申二姐　玉箫愬言潘金莲　783
第七十六回　孟玉楼解愠吴月娘　西门庆斥逐温葵轩　805
第七十七回　西门庆踏雪访爱月　贲四嫂倚牖盼佳期　824
第七十八回　西门庆两战林太太　吴月娘玩灯请蓝氏　839
第七十九回　西门庆贪欲得病　吴月娘墓生产子　859
第八十回　陈经济窃玉偷香　李娇儿盗财归院　879
第八十一回　韩道国拐财倚势　汤来保欺主背恩　888
第八十二回　潘金莲月夜偷期　陈经济画楼双美　895
第八十三回　秋菊含恨泄幽情　春梅寄柬谐佳会　902
第八十四回　吴月娘大闹碧霞宫　宋公明义释清风寨　910
第八十五回　月娘识破金莲奸情　薛嫂月夜卖春梅　917
第八十六回　雪娥唆打陈经济　王婆售利嫁金莲　925
第八十七回　王婆子贪财受报　武都头杀嫂祭兄　935
第八十八回　潘金莲托梦守御府　吴月娘布施募缘僧　944
第八十九回　清明节寡妇上新坟　吴月娘误入永福寺　953
第九十回　来旺盗拐孙雪娥　雪娥官卖守备府　963
第九十一回　孟玉楼爱嫁李衙内　李衙内怒打玉簪儿　972
第九十二回　陈经济被陷严州府　吴月娘大闹授官厅　982
第九十三回　王杏庵仗义赒贫　任道士因财惹祸　993
第九十四回　刘二醉殴陈经济　洒家店雪娥为娼　1004
第九十五回　平安偷盗假当物　薛嫂乔计说人情　1014
第九十六回　春梅游玩旧家池馆　守备使张胜寻经济　1024
第九十七回　经济守御府用事　薛嫂卖花说姻亲　1034
第九十八回　陈经济临清开大店　韩爱姐翠馆遇情郎　1043
第九十九回　刘二醉骂王六儿　张胜忿杀陈经济　1052
第一百回　韩爱姐湖州寻父　普静师荐拔群冤　1062

第一回
景阳冈武松打虎　潘金莲嫌夫卖风月

《金瓶梅》传至今日，大体上有两种本子。一种是明朝万历年间的《金瓶梅词话》，另一种是明朝崇祯年间的《绣像批评金瓶梅》；后者到了清朝康熙年间，又经张竹坡改动评点，称《第一奇书》，影响很大。万历本比崇祯本早好几十年，保持着原汁原味，我现在评点的这个本子就是据万历本整理的。万历本与崇祯本最明显的不同，就是它开篇从武松打虎的故事讲起，头六回与《水浒传》里的第二十三回到二十六回很相近；崇祯本的头一回却劈头先讲"西门庆热结十兄弟"。

我觉得从武松打虎讲起，让读者刚看此书时，恍若还在读《水浒》，是非常好的"借树开花"起法。更夸张一点说，这是"种豆得瓜"。因为在《水浒》里，西门庆和潘金莲都是小配角，好比"豆"，可是《金瓶梅》却从这"豆"，萌生、发展、成熟出好大的一个"瓜"来。这种起法，在我国小说创作史上是个创举，外国也不多见。

读过《水浒》的人，细想一下，便可发现，那本书基本上只肯定一百单八个英雄人物的价值，其余的角色，无论奸邪，还是善民，或者不好不坏亦好亦坏的中间人物，他们似乎都没有什么特别的价值；在《金瓶梅》以前的中国长篇小说，如《三国演义》、《西游记》，也都是主要展现帝王将相、神佛仙人的功业，虽然为了故事情节的发展和陪衬主要人物，也写到市井生活和三教九流的凡人俗人，却都不能占据中心位置。《金瓶梅》很了不起，它是我国文学史上，第一部将常态的市井生活与市井人物当作描写对象的长篇小说，这对清朝《红楼梦》、《儒林外史》等长篇杰作的产生，有着非常重大的启示与影响。

此书作者的高明处，在摹写市井生活与市井人物极为生猛鲜活；凡想“形而上”一下处，却都不甚高明。

词曰：

丈夫只手把吴钩，欲斩万人头。如何铁石，打成心性，却为花柔？　请看项籍并刘季，一似使人愁。只因撞着，虞姬、戚氏，豪杰都休。

此一只词儿，单说着“情色”二字，乃一体一用。故色绚于目，情感于心，情色相生，心目相视。亘古及今，仁人君子，弗合忘之。晋人云：“情之所钟，正在我辈。”如磁石吸铁，隔碍潜通。无情之物尚尔，何况为人，终日在情色中做活计，一节须知。

“丈夫只手把吴钩”，吴钩乃古剑也，古有干将、莫钘、太阿、吴钩、鱼肠、蠲镂之名。言丈夫心肠如铁石，气概贯虹蜺，不免屈志于女人。

题起当时西楚霸王，姓项名籍，单名羽字，因秦始皇无道：南修五岭，北筑长城，东填大海，西建阿房，并吞六国，坑儒焚典。因与汉王刘邦，单名季字，时二人起兵，席卷三秦，灭了秦国，指鸿沟为界，平分天下。因用范增之谋，连败汉王七十二阵。只因宠着一个妇人，名唤虞姬，有倾城之色，载于军中，朝夕不离。一旦被韩信所败，夜走阴陵，为追兵所逼。霸王败向江东取救，因舍虞姬不得，又闻四面皆楚歌，事发，叹曰：“力拔山兮气盖世，时不利兮骓不逝。骓不逝兮可奈何？虞兮虞兮奈若何！”歌毕，泪下数行。虞姬曰：“大王莫非以贱妾之故，有废军中大事？”霸王曰：“不然，吾与汝不忍相舍故耳。况汝这般容色，刘邦乃酒色之君，必见汝而纳之！”虞姬泣曰：“妾宁以义死，不以苟生！”遂请王之宝剑，自刎而死。霸王因大恸，寻以自刭。史官有诗叹曰：

拔山力尽霸图隳，倚剑空歌不逝骓。

明月满营天似水，那堪回首别虞姬。

那汉王刘邦原是泗上亭长，提三尺剑，砀砀山斩白蛇起手，二年亡秦，五年灭楚，挣成天下。只因也是宠着个妇人，名唤戚氏夫人，所生一子，名赵王如意。因被吕后妒害，心甚不安。一日，高祖有疾，乃枕戚夫人腿而卧，夫人哭曰："陛下万岁后，妾母子何所托？"帝曰："不难。吾明日出朝，废太子而立尔子，意下如何？"戚夫人乃收泪谢恩。吕后闻之，密召张良谋计，良举荐商山四皓，下来辅佐太子。一日，同太子入朝，高祖见四人须鬓交白，衣冠甚伟，各问姓名，一名东园公，一名绮里季，一名夏黄公，一名角里先生。因大惊曰："朕昔求聘诸公，如何不至，今日乃从吾儿所游？"四皓答曰："太子乃守成之主也。"高祖闻之，愀然不悦。比及四皓出殿，乃召戚夫人，指示之曰："我欲废太子，况彼四人辅佐，羽翼已成，卒难摇动矣！"戚夫人遂哭泣不止，帝乃作歌以解之：

鸿鹄高飞兮，羽翼抱龙。羽翼抱龙兮，横踪四海。横踪四海兮，又可奈何！虽有矰缴兮，尚安所施！

歌讫，后遂不果立赵王矣。高祖崩世，吕后酒鸩杀赵王如意，人彘了戚夫人，以除其心中之患。

从这种叙述策略，可知此书原应是说书人说书的一种底本。在茶肆中说书，开始时往往茶客还不够多，所以不能马上说到"正题"，需要拉扯一点历史故事之类，来作引子。

诗人评此二君，评到个去处，说刘项者，固当世之英雄，不免为二妇人，以屈其志气。虽然，妻之视妾，名分虽殊，而戚氏之祸尤惨于虞姬。然则，妾妇之道以事其丈夫，而欲保全首领于牖下，难矣！观此二君，岂不是"撞着虞姬、戚氏，豪杰都休"？有诗为证：

刘项佳人绝可怜，英雄无策庇婵娟。

戚姬葬处君知否？不及虞姬有墓田。

说话的，如今只爱说这情色二字做甚？故士矜才则德薄，女衒色则情放。若乃持盈慎满，则为端士淑女，岂有杀身之祸？今古皆然，贵贱一般。如今这一本书，乃虎中美女，后引出一个风情故事来。一个好色的妇女，因与了破落户相通，日日追欢，朝朝迷恋，后不免尸横刀下，命染黄泉，永不得着绮穿罗，再不能施朱傅粉。静而思之，着甚来由。况这妇人，他死有甚事！贪他的断送了堂堂六尺之躯，爱他的丢了泼天哄

点出潘金莲。此书书名由三个女子名字构成。头一个"金"字便是潘金莲。

产业，惊了东平府，大闹了清河县。端的不知谁家妇女？谁的妻小？后日乞何人占用？死于何人之手？正是：说时华岳山峰歪，道破黄河水逆流。

注意：故事发生在宋朝。这是假托。其实此书所反映的是明朝的现实生活。

话说宋徽宗皇帝政和年间，朝中宠信高、杨、童、蔡四个奸臣，以致天下大乱。黎民失业，百姓倒悬，四方盗贼蜂起，罡星下生人间，搅乱大宋花花世界，四处反了四大寇。那四大寇？——山东宋江，淮西王庆，河北田虎，江南方腊——皆轰州劫县，放火杀人，僭称王号。惟有宋江替天行道，专报不平，杀天下赃官污吏，豪恶刁民。

那时山东阳谷县，有一人姓武，名植，排行大郎。有个嫡亲同胞兄弟，名唤武松。其人身长七尺，膀阔三停，自幼有膂力，学得一手好枪棒。他的哥哥武大，生的身不满三尺，为人懦弱，又头脑浊蠢可笑。平日本分，不惹是非。因时遭荒馑，将祖房儿卖了，与兄弟分居，搬移在清河县居住。这武松因酒醉，打了童枢密，单身独自，逃在沧州横海郡小旋风柴进庄上，——他那里招览天下英雄豪杰，仗义疏财，人号他做小孟尝君柴大官人，乃是周朝柴世宗嫡派子孙，——那里躲逃。柴进因见武松是一条好汉，收揽在庄上。不想武松就害起疟疾来，住了一年有余，因思想哥哥武大，告辞归家。在路上行了几日，来到清河县地方。那时山东界上，有一座景阳冈。山中有一只吊睛白额虎，食得路绝人稀。官司杖限猎户，擒捉此虎。冈子路上，两边都有榜文，可教过往经商结伙成群，于巳、午、未三个时辰过冈，其余不许过冈。这武松听了，呵呵大笑，就在路旁酒店内吃了几碗酒，壮着胆，横拖着防身稍棒，浪浪沧沧，大拟步走上冈来。不半里之地，见一座山神庙，门首贴着一张印信榜文。武松看时，上面写道："景阳冈上，有一只大虫，近来伤人甚多。见今立限各乡，并猎户人等：打捕住时，官给赏银三十两。如有过往客商人等，可于巳、午、未三个时辰结伙过冈。其余时分及单身客旅，白日不许过冈，恐被伤害，性命不便。各宜知悉。"武松喝道："怕甚么鸟！且只顾上冈去，看有甚大虫？"武松将棒绾在肋下，一步步上那冈来，回看那日色渐渐下山。此正是十月间天气，日短夜长，容易得晚。武松走了一会，酒力发作，远远望见乱树林子，直奔过树林子来，见一块光挞挞

注意：《水浒》的这部分故事，都发生在阳谷县。此书的故事，却基本上都以这个清河县为舞台。

据考证，历史上的清河县，很小很穷，不可能有此书所写的热闹繁华景象。这是此书作者借"清河"之名，以他所熟悉的商品经济开始发达的市井生活为依据，而描绘出来的一个艺术空间。

《水浒》中详写"三碗不过冈"，此书一带而过。

地大青卧牛石，把那棒倚在一边，放翻身体，却待要睡，但见青天忽然起一阵狂风。看那风时，但见：

无形无影透人怀，四季能吹万物开。

就地撮将黄叶去，入山推出白云来。

原来云生从龙，风生从虎。那一阵风过处，只听得乱树皆落黄叶，刷刷的响，扑地一声，跳出一只吊睛白额斑斓猛虎来，犹如牛来大。武松见了，叫声“阿呀”时，从青石上翻身下来，便提稍棒在手，闪在青石背后。那大虫又饥又渴，把两只爪在地下跑了一跑，打了个欢翅，将那条尾剪了又剪，半空中猛如一个焦霹雳，满山满岭，尽皆振响。这武松被那一惊，把肚中酒都变做冷汗出了。说时迟，那时快，武松见大虫扑来，只一闪，闪在大虫背后。原来猛虎项短，回头看人教难，便把前爪搭在地下，把腰跨一伸，掀将起来，武松只一躲，躲在侧边。大虫见掀他不着，吼了一声，把山冈也振动。武松却又闪过一边。原来虎伤人，只是一扑、一掀、一剪。三般捉不着时，气力已自没了一半。武松见虎没力，翻身回来，双手抡起稍棒，尽平生气力只一棒。只听得一声响，簌簌地将那树枝带叶打将下来。原来不曾打着大虫，正打在树枝上，磕磕把那条棒折做两截，只拿一半在手里。这武松心中也有几分慌了。那虎便咆哮性发，剪尾弄风起来，向武松又只一扑，扑将来。武松一跳，却跳回十步远，那大虫扑不着武松，把前爪搭在武松面前。武松将半截棒丢在一边，乘势向前，两只手挝在大虫顶花皮，使力只一按。那虎急要挣扎，早没了气力。武松尽力挝定那虎，那里肯放松，一面把只脚望虎面上眼睛里，只顾乱踢。那虎咆哮，把身底下扒起两堆黄泥，做了一个土坑里。武松按在坑里，腾出右手，提起拳头来，只顾狠打。尽平生气力，不消半歇儿时辰，把那大虫打死。躺卧着，却似一个绵布袋，动不得了。有古风一篇，单道景阳冈武松打虎。但见：

打虎情形，基本上与《水浒》描写一样。

景阳冈头风正狂，万里阴云埋日光。

焰焰满川红日赤，纷纷遍地草皆黄。

触目晓霞挂林薮，侵人冷雾满穹苍。

忽闻一声霹雳响，山腰飞出兽中王。

说是“古风”，其实是说书人的吟唱。《水浒》中无此。这样段落显示出此书的“词话”特点。

昂头踊跃逞牙爪，谷里獐鹿皆奔降。
山中狐兔潜踪迹，涧内獐猿惊且慌。
卞庄见后魂魄散，存孝遇时心胆亡。
清河壮士酒未醒，忽在冈头偶相迎。
上下寻人虎饥渴，撞着狰狞来扑人。
虎来扑人似山倒，人去迎虎如岩倾。
臂腕落时坠飞炮，爪牙拙处几泥坑。
拳头脚尖如雨点，淋漓两手鲜血染。
秽污腥风满松林，散乱毛须坠山崦。
近看千钧势未休，远观八面威风减。
身横野草锦斑消，紧闭双睛光不闪。

当下这只猛虎，被武松没顿饭之间，一顿拳脚打的动不得了。使的这汉子口里兀自气喘不息。武松放了手，来松树边寻那打折的稍棒，只怕大虫不死，向身上又打了十数下，那大虫气都没了。武松寻思："我就势把这大虫拖下冈子去。"就血泊中双手来捉时，那里提得动？原来使尽了气力，手脚都疏软了。武松正坐在石上歇息，只听草坡里刷刺刺响。武松口中不言，心下惊恐，"天色已黑了，倘或又跳出一个大虫来，我却怎生斗得过他！"刚言未毕，只见坡下钻出两只大虫来，武松大惊道："阿呀，今番我死也！"只见那两个大虫于面前直立起来，武松定睛看时，却是个人，把虎皮缝做衣裳，头上带着虎磕脑。那两人手里，各拿着一条五股钢叉，见了武松倒头便拜，说道："壮士，你是人也，神也？端的吃了猽猙心，豹子肝，狮子腿，胆倒包了身躯。不然，如何独自一个，天色渐晚，又没器械，打死这个伤人大虫？我们在此观看多时了。端的壮士，高姓大名？"武松道："我行不更名，坐不改姓，自我便是阳谷县人氏，姓武名松，排行第二。"因问："你两个是甚么人？"那两个道："不瞒壮士说，我们是本处打猎户。因为冈前这只虎，夜夜出来，伤人极多。只我们猎户也折了七八个，过路客人不计其数。本县知县相公，着落我们众猎户限日捕捉。得获时，赏银三十两；不获时，定限吃拷。叵耐这业畜势大难近得他，谁敢向前？我们只和数十乡夫，在此远远地安下窝

读《水浒》时，也是这一细节最生动。倘武松见又有两只大虫钻出而无动于衷，甚至还能暴打，那就不是英雄而是神仙了。

弓药箭等他。正在这里埋伏，却见你大剌剌从冈子上走来，三拳两脚和大虫敌斗，把大虫登时打死了。未知壮士身上有多少力。俺众人把大虫绻了，请壮士下冈，往本县去见知县相公，讨赏去来。”

于是众乡夫猎户，约凑有七八十人，先把死大虫抬在前面，将一个兜轿抬了武松，径投本处一个土户家。那户、里正都在庄前迎接。把这大虫扛在草庭上。却有本县里老都来相探，问了武松姓名。因把打虎一节说了一遍，众人道：“真乃英雄好汉！”那众猎户先把野味将来，与武松把盏，吃得大醉。打扫客房，武松歇息。

到天明，里老先去县里报知。一面合具虎床，安排花红软轿，迎送武松到县衙前。清河县知县使人来接到县内厅上。那满县人民，听得说一个壮士打死了景阳冈上大虫，迎贺将来，尽皆出来观看，哄动了那个县治。武松到厅上下了轿，扛着大虫在厅前，知县看了武松这般模样，心中自忖道：“不恁地，怎打得这个猛虎！”便唤武松上厅来，参见毕，将打虎首尾诉说了一遍，两边官吏都惊呆了。知县就厅上赐了几杯酒，将库中众土户出纳的赏钱三十两，就赐与武松。武松禀道：“小人托赖相公的福荫，偶然侥幸，打死了这个大虫。非小人之能，如何敢受这三十两赏赐？众猎户因这畜生，受了相公许多责罚，何不就把这赏，给散与众人去？也显相公恩沾，小人义气。”知县道：“既是如此，任从壮士处分。”武松就把这三十两赏钱，在厅上俵散与众猎户去了。知县见他仁德忠厚，又是一条好汉，有心要抬举他，便道：“虽是阳谷县的人氏，与我这清河县只在咫尺。我今日就参你，在我这县里做个巡捕的都头，专一河东水西擒拿盗贼。你意下如何?”武松跪谢道：“若蒙恩相抬举，小人终身受赐。”知县随即唤押司立了文案，当日便参武松做了巡捕都头。众里正大户都来与武松作贺庆喜，连连夸官，吃了三五日酒。正要阳谷县抓寻哥哥，不料又在清河县做了都头。一日在街上闲游，喜不自胜。传得东平一府两县皆知武松之名。有诗为证：

壮士英雄艺略芳，挺身直上景阳冈。

醉来打死山中虎，自此声名播四方。

按下武松，单表武大自从与兄弟分居之后，因时遭荒馑，搬移在清河县紫石街，赁房居住。人见他为人懦弱，模样猥猿，起了他个浑名，叫做“三寸丁、谷树皮”。俗语言其身上粗躁、头脸窄狭故也。以此，人见他这般软弱朴实，多欺负他。武大并无生气，常时回避便了。看官听说，世上惟有人心最歹，软的又欺，恶的又怕；太刚则折，太柔则废。古人有几句格言说的好：

“三寸丁、谷树皮”，一种说法，“三寸丁”形容人极矮小；“谷树皮”，形容人的皮肤像一种极粗糙的树的树皮。另一种说法，“三寸丁”即“棺材钉”；“谷树皮”是“胡粟皮”的转音，“胡粟”即高粱，皮又麻又黑。这武大也实在太丑陋了！

柔软立身之本，刚强惹祸之胎。无争无竞是贤才，亏我些儿何碍？　青史几场春梦，红尘多少奇才。不须计较巧安排，守分而今见在。

且说武大，终日挑担子出去，街上卖炊饼度日。不幸把浑家故了，丢下个女孩儿，年方十二岁，名唤迎儿，爷儿两个过活。那消半年光景，又消折了资本，移在大街坊张大户家临街房居住，依旧做买卖。张宅家下人见他本分，常看顾他，照顾他炊饼。闲时在他铺中坐，武大无不奉承。因此，张宅家下人个个都欢喜，在大户面时，一力与他说方便。因此，大户连房钱也不问武大要。

注意：武大在娶潘金莲前，原是有老婆的。并且他的生育能力是正常的。迎儿看来发育得也正常。

这张大户，家有万贯家财，百间房产，年约六旬之上，身边寸男尺女皆无；妈妈余氏主家严厉，房中并无清秀使女。一日，大户拍胸，叹了一口气。妈妈问道：“你田产丰盛，资财充足，闲中何故叹气？”大户道：“我许大年纪，又无儿女，虽有家财，终何大用！”妈妈道：“既然如此说，我教媒人替你买两个使女，早晚习学弹唱，服侍你便了。”大户心中大喜，谢了妈妈。过了几时，妈妈果然教媒人来，与大户买了两个使女：一个叫做潘金莲，一个唤做白玉莲。

潘金莲出身微贱。

这潘金莲，却是南门外潘裁的女儿，排行六姐。因他自幼生得有些颜色，缠得一双好小脚儿，因此小名金莲。父亲死了，做娘的因度日不过，从九岁卖在王招宣府里，习学弹唱。就会描眉画眼，傅粉施朱，梳一个缠髻儿，着一件扣身衫子，做张做势，乔模乔样。况他本性机变伶俐，不过十五，就会描鸾刺绣，品竹弹丝，又会一手琵琶。后王招宣死了，潘妈妈争将出来，三十两银子转卖与张大户家。与玉莲同时进门。大户家习学弹唱，金莲学琵琶，玉莲学筝。玉莲亦年方二八，乃是乐户人家女子，生得白净，小字玉莲。这两个同房歇卧。主家婆余氏，初时甚是抬举二人，不曾上锅灶，备洒扫，与他金银首饰妆束身子。后日不料白玉莲死了，止落下金莲一人，长成一十八岁，出落的脸衬桃花，眉湾新月，尤细尤湾。张大户每要收他，只怕主家婆利害，不得手。一日，主家婆邻家赴席，不在。大户暗把金莲唤至房中，遂收用了。正是：美玉无瑕，一朝损坏；珍珠何日，再得完全。

潘金莲是张大户破的身。

大户自从收用金莲之后，不觉身上添了四五件病症。端的那五件？第一腰便添疼，第二眼便添泪，第三耳便添聋，第四鼻便添涕，第五尿便添滴。还有一庄儿不可说，白日间只是打盹，到晚来喷嚏也无数。后主家婆颇知其事，与大户攘骂了数日，将金莲甚是苦打。大户知不容此女，却赌气倒陪房奁，要寻嫁得一个相应的人家。大户家下人都说武大忠厚，见无妻小，又住着宅内房儿，堪可与他。这大户早晚还要看觑此女，因此不要武大一文钱，白白的嫁与他为妻。这武大自从娶的金莲来家，大户甚是看顾他，若武大没本钱做炊饼，大户私与银五两，与他做本钱。武大若挑担儿出去，大户候无人，便踅入房中与金莲厮会。武大虽一时撞见，亦不敢声言。朝来暮往，如此也有几时。忽一日，大户得患阴寒病症，呜呼哀哉死了。主家婆察知其事，怒令家童将金莲、武大即时赶出，不容在房子里住。武大不觉又寻紫石街西王皇亲房子，赁内外两间居住，依旧卖炊饼。

老年好色者戒！

张大户的“赌气”，其实是对潘金莲的变相性虐待。

原来金莲自从嫁武大，见他一味老实，人物猥猿，甚是憎嫌，常与他合气，报怨大户：“普天世界断生了男子，何故将奴嫁与这样个货？每日牵着不走，打着倒退的，只是一味咮酒。着紧处，都是锥扎也不动。奴端的那世里悔气，却嫁了他！是好苦也！”常无人处弹个《山坡羊》为证：

想当初，姻缘错配奴，把他当男儿汉看觑。不是奴自己夸奖，他乌鸦怎配鸾凰对。奴真金子埋在土里；他是块高号铜，怎与俺金色比。他本是块顽石，有甚福抱着我羊脂玉体，好似粪土上长出灵芝。奈何？随他怎样，到底奴心不美。听知：奴是块金砖，怎比泥土基！

万历本“词话”中，穿插了许多这类书中人物的弹唱。想是当初的说书人说到此处，也便摹拟书中角色弹唱一番。

看官听说，但凡世上妇女，若自己有些颜色，所禀伶俐，配个好男子便罢了，若是武大这般，虽好杀也未免有几分憎嫌。自古佳人才子，相凑着的少，买金偏撞不着卖金的。

武大每日自挑炊饼担儿出去，卖到晚方归。妇人在家别无事干，一日三餐吃了饭，打扮光鲜，只在门前帘儿下站着，常把眉目嘲人，双睛传意。左右街坊有几个奸诈浮浪子弟，睃见了武大这个老婆，打扮油样，沾风惹草，被这干人在街上撒谜语，往来嘲戏，唱叫："这一块好羊肉，如何落在狗口里！"人人自知武大是个懦弱之人，却不知他娶得这个婆娘在屋里，风流伶俐，诸般都好，为头的一件，好偷汉子。有诗为证：

潘金莲的性苦闷有值得同情的一面。

金莲容貌更堪题，笑蹙春山八字眉。

若遇风流清子弟，等闲云雨便偷期。

这妇人每日打发武大出门，只在帘子下磕瓜子儿，一径把那一对小金莲做露出来，勾引的这伙人日逐在门前弹胡博词，扠儿鸡，口里油似滑言语，无般不说出来。因此，武大在紫石街住不牢，又要往别处搬移，与老婆商议。妇人道："贼混沌不晓事的，你赁人家房住，浅房浅屋，可知有小人啰唣。不如凑几两银子，看相应的，典上他两间住，却也气概些，免受人欺负。你是个男子汉，倒摆布不开，常交老娘受气！"武大道："我那里有钱典房。"妇人道："呸，浊才料！把奴的钗梳凑办了去，有何难处。过后有了，再治不迟。"武大听了老婆这般说，当下凑了十数两银子，典得县门前楼，上下两层，四间房屋居住。第二层是楼，两个小小院落，甚是干净。

这是武大在清河县的第三个住处。两层楼四间屋两小院，很不错嘛！

武大自从搬到县西街上来，照旧卖炊饼。一日，街上所过，见数队缨枪，锣鼓喧天，花红软轿，簇拥着一个人，却是他嫡亲兄弟武松。因在景阳冈打死了大虫，知县相公抬举他，新升做了巡捕都头，街上里老人等作贺他，送他下处去。却被武大撞见，一手扯住，叫道："兄弟，你今日做了都头，怎不看顾我！"武松回头见是哥哥，二人相合，兄弟大喜。一面邀请到家中，让至楼上坐，房里唤出金莲来，与武松相见。因说道："前日景阳冈打死了大虫的，便是你小叔。今新充了都头，是我一母同胞兄弟。"那妇人叉手向前，便道："叔叔万福。"武松施礼，倒身下拜。妇人扶住武松道："叔叔请起，折杀奴家。"武松道："嫂嫂受礼。"两个相让了一回，都平磕了头，起来。

少顷，小女迎儿拿茶，二人吃了。武松见妇人十分妖娆，只把头来低着。不多时，武大安排酒饭，管待武松。说话中间，武大下楼买酒菜去了。丢下妇人，独自在楼上陪武松坐的，看了武松身材凛凛，相貌堂堂，身上恰似有千百斤气力，不然如何打得那大虫。心里寻思道："一母所生的兄弟，又这般长大，人物壮健，奴若嫁得这个胡乱也罢了。你看我家那身不满尺的丁树，三分似人，七分似鬼。奴那世里遭瘟，直到如今。据看武松又好气力，何不交他搬来我家住？谁想这段姻缘却在这里。"

那妇人一面脸上排下笑来，问道："叔叔，你如今在那里居住？每日饭食谁人整理？"武松道："武二新充了都头，逐日答应上司，别处住不方便，胡乱在县前寻了个下处，每日拨两个土兵服事做饭。"妇人道："叔叔何不搬来家里住？省的在县前土兵服事，做饭腌臜。一家里住，早晚要些汤水吃时也方便些。就是奴家亲自安排与叔叔吃，也干净。"武松道："深谢嫂嫂。"妇人又道："莫不别处有婶婶？可请来厮会也。"武松道："武二并不曾婚娶。"妇人道："叔叔青春多少？"武松道："虚度二十八岁。"妇人道："原来叔叔倒长奴三岁。叔叔今番从那里来？"武松道："在沧州住了一年有余。只想哥哥在旧房居住，不想搬在这里。"妇人道："一言难尽。自从嫁得你哥哥，吃他忒善了，被人欺负，才得到这里。若似叔叔这般雄壮，谁敢道个不是！"武松道："家兄从来本分，不似武松撒泼。"妇人笑道："怎的颠倒说？常言人无刚强，安身不牢。奴家平生快性，看不上这样三打不回头，四打连身转的人。"有诗为证，诗曰：

叔嫂萍踪得偶逢，娇娆偏逞秀仪容。

私心便欲成欢会，暗把邪言钓武松。

原来这妇人甚是言语撇清。武松道："家兄不惹祸，免嫂嫂忧心。"二人只在楼上说话未了，只见武大买了些肉菜果饼归来，放在厨下，走上楼来，叫道："大嫂，你且下来安排则个。"那妇人应道："你看那不晓事的！叔叔在此，无人陪侍，却交我撇了下去。"武松道："嫂嫂请方便。"妇人道："何不去间壁，请王干娘来安排便了。只是这般不见使。"武大便自去央了间壁王婆子来，安排端正，都拿上楼来，摆在桌子上，无非是些鱼肉果菜点心之类。随即盪上酒来。武大教妇人坐了主位，武

潘金莲的这一心理活动，自然而合理。我们没有道理要求她对武大"从一而终"。但个体生命的存活，包括本是自然的情欲，不可能逃于一个时代的种种社会规范的压抑与制约。具体到一个时代，哪些社会道德规范是合理的，受其压抑与制约是必要的？哪些在当时便是不合理的，与其对抗是一种具有进步意义的行为？这是一个需要不断深入探讨的问题。在曹雪芹的《红楼梦》里，他通过贾宝玉、林黛玉等艺术形象提出了相当明确的回答。《金瓶梅》的创作者却不负回答这一问题的责任，他只是很"朴素"地白描出他笔下人物的瞬间情绪和心理。

"这般雄壮"，是女性眼中的男性性感。但在中国长期的封建社会中，有无数男性形容女性性感的语汇与诗文，对男性，越是英雄豪杰，越有阳刚气的，却总越是表现他们如何"不色"，如何对女性的性感麻木不仁，更很少以女性的眼光来形容男子的性感。

王婆初见。

松对席，武大打横。三人坐下，把酒来斟。武大筛酒在各人面前，那妇人拿起酒来，道：“叔叔休怪，没甚管待，请杯儿水酒。”武松道：“感谢嫂嫂，休这般说。”武大只顾上下筛酒，那里来管闲事。那妇人笑容可掬，满口儿叫“叔叔”，“怎的肉果儿也不拣一箸儿？”拣好的递将过来。武松是个直性汉子，只把做亲嫂嫂相待，谁知这妇人是个使女出身，惯会小意儿，亦不想这妇人一片引人心。那武大又是善弱的人，那里会管待人。妇人陪武松吃了几杯酒，一双眼只看着武松身上，武松乞他看不过，只低了头，不理他。吃了一歇酒阑了，便起身。武大道：“二哥，没事再吃几杯儿去。”武松道：“生受。我再来望哥哥、嫂嫂罢。”都送下楼来。出的门外，妇人便道：“叔叔是必上心，搬来家里住。若是不搬来，俺两口儿也吃别人笑话。亲兄弟难比别人，与我们争口气，也是好处。”武松道：“既是吾嫂厚意，今晚有行李便取来。”妇人道：“叔叔是必记心者，奴这里专候。”正是：满前野意无人识，几点碧桃春自开。有诗为证：

潘金莲先以目相挑。打虎英雄竟只好低头回避。如是当代作家重写这一幕，会不会仍将武松内心写成一口波澜不起的古水井呢？

可怪金莲用意深，包藏淫行荡春心。

武松正大原难犯，耿耿清名抵万金。

当日这妇人，情意十分殷勤。

却说武松到县前客店内，收拾行李铺盖，交土兵挑了，引到哥家。那妇人见了，强如拾了金宝一般欢喜，旋打扫一间房，与武松安顿停当。武松分付土兵回去，当晚就在哥家宿歇。次日早起，妇人也慌忙起来，与他烧汤净面。武松梳洗裹帻，出门去县里画卯。妇人道：“叔叔画了卯，早些来家吃饭，休去别处吃了。”武松应诺，到县里画卯已毕，伺候了一早晨，回到家中。那妇人又早齐齐整整安排下饭。三口儿同吃了饭，妇人双手便捧一杯茶来递与武松。武松道：“交嫂嫂生受，武松寝食不安。明日县里拨个土兵来使唤。”那妇人连声叫道：“叔叔，却怎生这般计较！自家骨肉，又不服事了别人。虽然有这小丫头迎儿，奴家见他拿东拿西，蹀里蹀斜，也不靠他。就是拨了土兵来，那厮上锅上灶不干净，奴眼里也看不上这等人！”武松道：“恁的，却生受嫂嫂了。”有诗为证：

此时武松心里还不明白潘金莲的用意么？

武松仪表甚搊搜，阿嫂淫心不可收。

笼络归来家里住，要同云雨会风流。

话休絮烦。自从武松搬来哥家里住，取些银子出来与武大，交买饼馓茶果，请那两边邻舍。都斗分子来，与武松人情，武大又安排了回席，却不在话下。过了数日，武松取出一匹彩色段子与嫂嫂做衣服。那妇人堆下笑来，便道："叔叔，如何使得？既然赐与，奴家不敢推辞，只得接了。"道个万福。自此，武松只在哥家歇宿。武大依前上街挑卖炊饼，武松每日自去县里承差应事。不论归迟归早，妇人顿羹顿饭，欢天喜地服事武松。武松倒安身不得。那妇人时常把些言语来拨他，武松是个硬心的直汉。

有话即长，无话即短。不觉过了一月有余，看看十一月天气。连日朔风紧起，只见四下彤云密布，又早纷纷扬扬飞下一天瑞雪来。但见：

万里彤云密布，空中祥瑞飘帘，琼花片片舞前檐。剡溪当此际，濡滞子猷船。顷刻楼台都压倒，江山银色相连。飞盐撒粉漫连天。当时吕蒙正，窑内嗟无钱。

当日这雪直下到一更时分，却似银妆世界，玉碾乾坤。次日，武松早去县里画卯，直到日中未归。武大被妇人早赶出去做买卖。央及间壁王婆，买了些酒肉，去武松房里，簇了一盆炭火，心里自想道："我今日着实撩斗他一斗，不怕他不动情！"那妇人独自冷冷清清立在帘儿下，望见武松正在雪里，踏着那乱琼碎玉归来。妇人推起帘子，迎着笑道："叔叔寒冷。"武松道："感谢嫂嫂挂心。"入将门来，便把毡笠儿除将下来。那妇人将手去接，武松道："不劳嫂嫂生受。"自把雪来拂了，挂在壁子上。随即解了缠带，脱了身上鹦哥绿纻丝衲袄，入房内。那妇人便道："奴等了一早辰，叔叔怎的不归来吃早饭？"武松道："早间有一相识请我吃饭了，却才又有一个作杯，我不耐烦，一直走到家来。"妇人道："既恁的，请叔叔向火。"武松道："正好。"便脱了油靴，换了一双袜子，穿了暖鞋，掇条凳子，自近火盆边坐的。那妇人早令迎儿把前门上了闩，后门也关了，却换些煮酒菜蔬，入房里来，摆在桌子上。武松问道："哥哥那里去了？"妇人道："你哥哥每自出去做些买卖，我和叔叔自吃三杯。"武松道："一发等哥来家，吃也不迟。"妇人道："那里等的他！"说由未了，只见迎儿小女早暖了一注酒来。武松道："不必嫂嫂费心，待武二自

笔触渐细。

斟。"妇人也掇一条凳子,近火边坐了。桌上摆着杯盘,妇人拿盏酒擎在手里,看着武松:"叔叔满饮此杯。"武松接过酒去,一饮而尽。那妇人又筛一杯来,说道:"天气寒冷,叔叔饮个成双的盏儿。"武松道:"嫂嫂自饮。"接来又一饮而尽。武松却筛一杯酒,递与妇人,妇人接过酒来呷了,却拿注子再斟酒,放在武松面前。那妇人一径将酥胸微露,云鬟半亸,脸上堆下笑来,说道:"我听得人说,叔叔在县前街上养着个唱的,有这话么?"武松道:"嫂嫂休听的人胡说,我武二从来不是这等人。"妇人道:"我不信,只怕叔叔口头不是心头。"武松道:"嫂嫂不信时,只问哥哥就见了。"妇人道:"呵呀,你休说,他那里晓得甚么! 如在醉生梦死一般。他若知道时,不卖炊饼了。叔叔且请一杯。"连筛了三四杯饮过。

那妇人也有三杯酒落肚,烘动春心,那里按纳得住? 欲心如火,只把闲话来说。武松也知了八九分,自己只把头来低了,却不来兜揽。妇人起身去盪酒。武松自在房内,却拿火箸簇火。妇人良久,暖了一注子酒,来到房里,一只手拿着注子,一只手便去武松肩上只一捏,说道:"叔叔,只穿这些衣服,不寒冷么?"武松已有五七分不自在,也不理他。妇人见他不应,匹手便来夺火箸,口里道:"叔叔,你不会簇火,我与你拨火。只要一似火盆来热便好。"武松有八九分焦燥,只不做声。这妇人也不看武松焦燥,便丢下火箸,却筛一盏酒来,自呷了一口,剩下大半盏酒,看着武松道:"你若有心,吃我这半杯儿残酒。"乞武松匹手夺过来,泼在地下,说道:"嫂嫂,不要恁的不识羞耻!"把手只一推,争些儿把妇人推了一交。武松睁起眼来说道:"武二是个顶天立地的噙齿戴发的男子汉! 不是那等败坏风俗伤人伦的猪狗! 嫂嫂休要这般不识羞耻,为此等的勾当。倘有些风吹草动,我武二眼里认的是嫂嫂,拳头却不认的是嫂嫂。再来休要如此所为!"妇人吃他几句,抢的通红了面皮,便叫迎儿收拾了碟盏家火,口里指着说道:"我自作耍子,不值得便当真起来。好不识人敬!"收了家火,自往厨下去了。有诗为证:

潘金莲动手动脚了。

泼贱谋心太不良,贪淫无耻坏纲常。
席间尚且求云雨,反被都头骂一场。

这妇人见勾搭武松不动,反被他抢白了一场好的。武松自在房中,

男女之间的性追求,不论哪方,如果带有了强迫性质,便属邪恶。看到这里,我们固然不必去与武松的道德观完全认同,对潘金莲的情欲发展到带有强迫性质,却不能不反感了。

气忿忿的自己寻思。

天色却早申牌时分，武大挑着担儿大雪里归来，推开门放下担儿。进的房来，见妇人一双眼哭的红红的，便问道："你和谁闹来？"妇人道："都是你这不争气的，交外人来欺负我！"武大道："谁敢来欺负你？"妇人道："情知是谁。争奈武二那厮，我见他大雪里归来，好意安排些酒饭与他吃，他见前后没人，便把言语来调戏我。便是迎儿眼见，我不赖他。"武大道："我兄弟不是这等人，从来老实。休要高声，乞邻舍听见笑话。"武大撇了妇人便来武松房里，叫道："二哥，你不曾吃点心，我和你吃些个。"武松只不做声，寻思了半晌，脱了丝鞋，依旧穿上油腊靴，着了上盖，戴上毡笠儿，一面系缠带，一面出大门。武大叫道："二哥，你那里去？"也不答，一直只顾去了。武大回到房内，问妇人道："我叫他又不应，只顾往县前那条路去了，正不知怎的了？"妇人骂道："贼混沌虫！有甚难见处！那厮羞了，没脸儿见你，走了出去。我猜他一定叫个人来搬行李，不要在这里住。却不道你留他！"武大道："他搬了去，须乞别人笑话。"妇人骂道："混浊魍魉，他来调戏我，倒不乞别人笑话！你要便自和他过去，我却做不的这样人！你与了我一纸休书，你自留他便了。"武大那里再敢开口，被这妇人倒数骂了一顿。

倒打一耙。潘金莲的邪恶开始膨胀。

正在家两口儿絮聒，只见武松引了个土兵，拿着条扁担，径来房内，收拾行李，便出门。武大走出来，叫道："二哥，做甚么便搬了去？"武松道："哥哥不要问，说起来装你的幌子，只由我自去便了。"武大那里再敢问备细，由武松搬了出去。那妇人在里面喃喃呐呐骂道："却也好，只道是亲难转债。人自知道一个兄弟做了都头，怎的养活了哥嫂，却不知反来嚼咬人！正是花木瓜，空好看。搬了去，倒谢天地，且得冤家离眼前。"武大见老婆这般言语，不知怎的了，心中只是放去不下。

自从武松搬去县前客店宿歇，武大自依前上街卖炊饼。本待要去县前寻兄弟说话，却被这妇人千叮万嘱，分付交不要去兜揽他，因此武大不敢去寻武松。有诗为证：

雨意云情不遂谋，心中谁信起戈矛。

生将武二搬离去，骨肉番令作寇仇。

毕竟未知后来何如，且听下回分解。

第二回
西门庆帘下遇金莲　王婆子贪贿说风情

月老姻缘配未真，金莲卖俏逞花容。

只因月下星前意，惹起门旁帘外心。

王妈诱财施巧计，郓哥卖果被嫌嗔。

那知后日萧墙祸，血溅屏帏满地红。

《水浒》中没说是给殿前太尉送礼，此书此处却是草蛇灰线，伏延千里；这个朱太尉后面还要出现。

话说武松自从搬离哥家，捻指不觉雪晴，过了十数日光景。却说本县知县，自从到任以来，却得二年有余，转得许多金银，要使一心腹人，送上东京亲眷处收寄，三年任满朝觐，打点上司。一来却怕路上小人，须得一个有力量的人去方好。猛可想起都头武松，须得此人英雄胆力，方了得此事。当日就唤武松到衙内商议道："我有个亲戚在东京城内做官，姓朱名勔，见做殿前太尉之职。要送一担礼物，捎封书去问安。只恐途中不好行，须得你去方可。你休推辞辛苦，回来我自重赏你。"武松应道："小人得蒙恩相抬举，安敢推辞？既蒙差遣，只得便去。小人自来也不曾到东京，就那里观光上国景致走一遭，也是恩相抬举。"知县大喜，赏了武松三杯酒，十两路费。不在话下。

且说武松领了知县的言语，出的县门，来到下处，叫了土兵，却来街上买了一瓶酒并菜蔬之类，径到武大家。武大恰街上回来，见武松在门前坐地，交土兵去厨下安排。那妇人余情不断，见武松把将酒食来，心中自思："莫不这厮思想我了？不然，却又回来？那厮一定强我不过，我且慢慢问他。"妇人便上楼去，重匀粉面，再挽云鬟，换了些颜色衣服穿了，来到门前迎接武松。妇人拜道："叔叔，不知怎的错见了，好几日并不上门，交奴心里没理会处。每日交你哥哥去县里寻叔叔陪话，归来只说没寻处。今日再喜得叔叔来家，没事坏钞做甚么！"武松道："武二有句话，特来要和哥哥说知。"妇人道："既如此，请楼上坐。"

三个人来到楼上，武松让哥嫂上首坐了，他便掇杌子打横。土兵摆上酒来，热下饭一齐拿上来。武松劝哥嫂吃，妇人便把眼来睃武松，武松只顾吃酒。酒至数巡，武松问迎儿讨副劝杯，叫土兵筛一杯酒，拿在手里，看着武大道："大哥在上：武二今日蒙知县相公差往东京干事，明日便要起程，多是两三个月，少是一个月便回。有句话特来和你说：你从来为人懦弱，我不在家，恐怕外人来欺负。假如你每日卖十扇笼炊饼，你从明日为始，只做五扇笼炊饼出去卖。每日迟出早归，不要和人吃酒。归家便下了帘子，早闭门，省了多少是非口舌。若是有人欺负你，不要和他争执，待我回来，自和他理论。大哥，你依我时，满饮此杯！"武大接了酒道："我兄弟见得是，我都依你说。"吃过了一杯。武松再斟第二盏酒，对那妇人说道："嫂嫂是个精细的人，不必要武松多说。我的哥哥为人质朴，全靠嫂嫂做主。常言表壮不如里壮，嫂嫂把得家定，我哥哥烦恼做甚么！岂不闻古人云：篱牢犬不入！"那妇人听了这几句话，一点红从耳畔起，须臾紫涨了面皮，指着武大骂道："你这个混沌东西，有甚言语在别人处说来，欺负老娘！我是个不戴头巾的男子汉，叮叮当当响的婆娘，拳头上也立得人，胳膊上走得马，人面上行的人，不是那腲脓血搠不出来鳖老婆！自从嫁了武大，真个蝼蚁不敢入屋里来，有甚么篱笆不牢，犬儿钻得入来？你休胡言乱语，一句句都要下落！丢下块砖儿，一个个也要着地！"武松笑道："若得嫂嫂这般做主，最好！只要心口相应，却不应心头不似口头。既然如此，我武松都记得嫂嫂说的话了，请过此杯！"那妇人一手推开酒盏，一直跑下楼来，走到半胡梯上发话道："既是你聪明伶俐，恰不道长嫂为母？我初嫁武大时不曾听得有甚小叔，那里走得来，是亲不是亲，便要做乔家公！自是老娘晦气了，偏撞着这许多鸟事！"一面哭下楼去了。有诗为证：

苦口良言谏劝多，金莲怀恨起风波。

前面写，是潘金莲"看"武松，武松被动低头；现在写潘金莲"睃"武松，武松心中已有主意。

泼妇口吻。不过这段话《水浒》中已有，还未显示出本书创作者的看家本领。

自家惶愧难存坐，气杀英雄小二哥。

那妇人做出许多乔张致来，武大、武松吃了几杯酒，坐不住，都下的楼来，弟兄洒泪而别。武大道："兄弟去了早早回来，和你相见。"武松道："哥哥，你便不做买卖也罢，只在家里坐的，盘缠兄弟自差人送与你。"临行，武松又分付道："哥哥，我的言语休要忘了，在家仔细门户！"武大道："理会得了。"武松辞了武大，回到县前下处，收拾行装并防身器械。次日，领了知县礼物，金银驼垛，讨了脚程，起身上路，往东京去了。不题。

只说武大自从兄弟武松说了去，整日乞那婆娘骂了三四日，武大忍气吞声，由他自骂。只依兄弟言语，每日只做一半炊饼出去，未晚便回家。歇了担儿，先便去除了帘子，关上大门，却来屋里动旦。那妇人看了这般，心内焦燥起来，骂道："不识时浊物！我倒不曾见日头在半天里，便把牢门关了。也吃邻舍家笑话，说我家怎生禁鬼。听信你兄弟说，空生有卵鸟嘴，也不怕别人笑耻。"武大道："由他笑也罢，我兄弟说的是好话，省了多少是非。"被妇人啰在脸上道："呸！浊东西！你是个男子汉，自不做主，却听别人调遣？"武大摇手道："由他。我兄弟说的是金石之语。"原来武松去后，武大每日只是晏出早归，到家便关门。那妇人气生气死，和他合了几场气，落后闹惯了，自此妇人约莫武大归来时分，先自去收帘子，关上大门。武大见了，心里自也暗喜，寻思道："恁的却不好！"有诗为证：

慎事关门并早归，眼前恩爱隔崔嵬。

春心一点如丝乱，空锁牢笼总是虚。

白驹过隙，日月撺梭，才见梅开腊底，又早天气回阳。一日，三月春光明媚时分，金莲打扮光鲜，单等武大出门，就在门前帘下站立；约莫将及他归来时分，便下了帘子，自去房内坐的。一日，也是合当有事，却有一个人从帘子下走过来。自古没巧不成话，姻缘合当凑着。妇人正手里拿着叉竿放帘子，忽被一阵风将叉竿刮倒，妇人手擎不牢，不端不正却打在那人头巾上。妇人便慌忙陪笑，把眼看那人，也有二十五六年纪，生的十分博浪。头上戴着缨子帽儿，金玲珑簪儿，金井玉栏杆圈儿；

长腰身穿绿罗褶儿；脚下细结底陈桥鞋儿，清水布袜儿，腿上勒着两扇玄色挑丝护膝儿；手里摇着洒金川扇儿，越显出张生般庞儿，潘安的貌儿。可意的人儿，风风流流从帘子下丢与奴个眼色儿。这个人被叉竿打在头上，便立住了脚待要发作时，回过脸来看，却不想是个美貌妖娆的妇人。但见他黑鬒鬒赛鸦翎的鬓儿，翠湾湾的新月的眉儿，清冷冷杏子眼儿，香喷喷樱桃口儿，直隆隆琼瑶鼻儿，粉浓浓红艳腮儿，娇滴滴银盆脸儿，轻嬝嬝花朵身儿，玉纤纤葱枝手儿，一捻捻杨柳腰儿，软浓浓白面脐肚儿，窄多多尖趫脚儿，肉奶奶胸儿，白生生腿儿。① 观不尽这妇人容貌，且看他怎生打扮。但见：

头上戴着黑油油头发䯼髻，口面上缉着皮金，一径里踅出香云一结。周围小簪儿齐插，六鬓斜插一朵并头花，排草梳儿后押。难描八字弯弯柳叶，衬在腮两朵桃花。玲珑坠儿最堪夸，露菜玉酥胸无价。毛青布大袖衫儿，褶儿又短，衬湘裙碾绢绫纱。通花汗巾儿袖中儿边搭剌，香袋儿身边低挂，抹胸儿重重纽扣，裤腿儿脏头垂下。往下看，尖趫趫金莲小脚，云头巧缉山牙，老鸦鞋儿白绫高底，步香尘偏衬登踏。红纱膝裤扣莺花，行坐处风吹裙袴。口儿里常喷出异香兰麝，樱桃初笑脸生花。人见了魂飞魄散，卖弄杀偏俏的冤家！

那人见了，先自酥了半边，那怒气早已钻入爪洼国去了，变做笑吟吟脸儿。这妇人情知不是，叉手望他深深拜了一拜，说道："奴家一时被风失手误中，官人休怪！"那人一面把手整头巾，一面把腰曲着地还喏道："不妨，娘子请方便！"却被这间壁住的卖茶王婆子看见，那婆子笑道："兀的谁家大官人打这屋檐下过？打的正好！"那人笑道："倒是我的不是，一时冲撞，娘子休怪！"妇人答道："官人不要见责！"那人又笑着大大的唱个喏，回应道："小人不敢！"那一双积年招花惹草、惯觑风情的贼眼不离这妇人身上，临去也回头了七八回，方一直摇摇摆摆，遮着扇儿去了。有诗为证：

潘金莲拿着叉竿放帘子，叉竿打在西门庆头上，这一偶然事故引出了一系列惊心动魄的人间戏剧；这一细节充满生活气息，充满视像与动感，因此历代为《金瓶梅》画插图的画家无一例外要画到这一场面。

张生庞儿，潘安貌儿——都是些接近女性的"阴柔美"。不知为什么，在中国古典文学中，大凡阳刚的男子都不"好色"多情，大凡"好色"多情的男子，却都阴柔有余。但本书后面对西门庆的描写有超出这种模式处。

放开写女性的性感。难怪到二十世纪后半叶有"女权主义"的崛起。在"女权主义"者看来，这种文字充分地说明了"男性霸权"一度是多么"嚣张"吧！

---

① 此处删24字。

风日清和漫出游，偶从帘下识娇羞。

只因临去秋波转，惹起春心不肯休。

当时妇人见了那人生的风流浮浪，语言甜净，更加几分留恋，“倒不知此人姓甚名谁，何处居住。他若没我情意时，临去也不回头七八遍了。不想这段姻缘，却在他身上。”却是在帘下眼巴巴的看不见那人，方才收了帘子，关上大门，归房去了。

注意“破落户财主”的称谓。从“破落”中再敛财者，多半不再有耻感，也更加不择手段！

使得些好拳棒，又会些世俗杂艺，这就超出了张生、潘安的阴柔。

看官听说：莫不这人无有家业的？原是清河县一个破落户财主，就县门前开着个生药铺。从小儿也是个好浮浪子弟，使得些好拳棒，又会赌博，双陆象棋，抹牌道字，无不通晓。近来发迹有钱，专在县里管些公事，与人把揽说事过钱，交通官吏。因此满县人都惧怕他。那人复姓西门，单名一个庆字，排行第一，人都叫他做“西门大郎”，近来发迹有钱，人都称他做“西门大官人”。他父母双亡，兄弟俱无，先头浑家是早逝，身边止有一女。新近又娶了清河左卫吴千户之女，填房为继室，房中也有四五个丫鬟妇女；又常与构拦里的李娇儿打热，今也娶在家里；南街子又占着窠子卓二姐，名卓丢儿，包了些时，也娶来家居住。专一飘风戏月，调占良人妇女，娶到家中，稍不中意，就令媒人卖了，一个月倒在媒人家去二十余遍，人多不敢惹他。

记住：西门庆原配早逝，现在填房大老婆是吴月娘，另有李娇儿、卓丢儿等小老婆。

这西门大官人自从帘下见了那妇人一面，到家寻思道：“好一个雌儿，怎能勾得手？”猛然想起那间壁卖茶王婆子来，“堪可如此如此，这般这般。撮合得此事成，我破几两银子谢他，也不值甚的！”于是连饭也不吃，走出街上闲游，一直径踅入王婆茶坊里来，便去里边水帘下坐了。王婆笑道：“大官人，却才唱得好个大肥喏！”西门庆道：“干娘，你且来，我问你，间壁这个雌儿是谁的娘子？”王婆道：“他是阎罗大王的妹子，五道将军的女儿，问他怎的？”西门庆说：“我和你说正话，休取笑。”王婆道：“大官人怎的不认的？他老公便是县前卖熟食的。”西门庆道：“莫不是卖枣糕徐三的老婆？”王婆摇手道：“不是！若是他，也是一对儿。大官人再猜！”西门庆道：“敢是卖馉饳的李三娘子儿？”王婆摇手道：“不是！若是他，倒是一双。”西门庆道：“莫不是花胳膊刘小二的婆儿？”王婆大笑道：“不是！若是他时，又是一对儿。大官人再猜！”西门

“踅”字生动。

试想“大肥诺”的情态。王婆开口便贼。

庆道："干娘，我其实猜不着了。"王婆冷冷笑道："好交大官人得知了罢，笑一声：他的盖老，便是街上卖炊饼的武大郎。"西门庆听了，跌脚笑道："莫不是人叫他'三寸丁、谷树皮'的武大郎么？"王婆道："正是他！"西门庆听了，叫起苦来，说道："好一块羊肉，怎生落在狗口里！"王婆道："便是这般故事。自古骏马却驼痴汉走，美妻常伴拙夫眠。月下老偏这等配合！"西门庆道："干娘，我少你多少茶果钱？"王婆道："不多，由他！歇些时却算不妨。"西门庆又道："你儿子王潮跟谁出去了？"王婆道："说不的，跟了一个淮上客人，至今不归，又不知死活。"西门庆道："却不交他跟我，那孩子倒乖觉伶俐。"王婆道："若得大官人抬举他时，十分之好。"西门庆道："待他归来，却再计较。"说毕，作谢起身去了。

注意：提及王婆之子。《水浒》中亦无此角。此人在此书后面还要出现，并与潘金莲成奸。

约莫未及两个时辰，又踅将来王婆门首帘边坐的，朝着武大门前。半歇，王婆出来道："大官人吃个梅汤？"西门庆道："最好！多加些酸味儿。"王婆做了个梅汤，双手递与西门庆。吃了将盏子放下，西门庆道："干娘，你这梅汤做得好，有多少在屋里？"王婆笑道："老身做了一世媒，那讨得一个在屋里！"西门庆笑道："我问你这梅汤，你却说做媒，差了多少！"王婆道："老身只听得大官人问这媒做得好，老身道说做媒。"西门庆道："干娘你既是撮合山，也与我做头媒，说头好亲事，我自重重谢你。"王婆道："看这大官人作戏，你宅上大娘子得知，老婆子这脸上怎乞得那等刮子！"西门庆道："我家大娘子最好性格。见今也有几个身边人在家，只是没一个中得我意的。你有这般好的与我主张一个，便来说也不妨。若是回头人儿也好，只是要中得我意。"王婆道："前日有一个倒好，只怕大官人不要。"西门庆道："若是好时，与我说成了，我自重谢你。"王婆道："生的十二分人才，只是年纪大些。"西门庆道："自古半老佳人可共，便差一两岁也不打紧。真个多少年纪？"王婆子道："那娘子是丁亥生，属猪的，交新年恰九十三岁了！"西门庆笑道："你看这风婆子，只是扯着风脸取笑！"说毕，西门庆笑了起身去。

这前后的文字将西门与王婆互以欲擒故纵法勾搭描写得非常生动。但这都是《水浒》中原有的，尚未显出本书创作者的功夫。

看看天色晚了，王婆却才点上灯来，正要关门，只见西门庆又踅将来，径去帘子底下凳子上坐下，朝着武大门前只顾将眼睃望。王婆道：

“大官人,吃个和合汤?”西门庆道:“最好! 干娘放甜些。”王婆连忙取一钟来,与西门庆吃了。坐到晚夕起身,道:“干娘记了帐目,明日一发还钱。”王婆道:“由他! 伏惟安置,来日再请过论。”西门庆笑了去,到家甚是寝食不安,一片心只在妇人身上。当晚无话。

次日清晨,王婆却才开门,把眼看外时,只见西门庆又早在街前来回踅走。王婆道:“这刷子踅得紧! 你看我着些甜糖抹在这厮鼻子上,交他舔不着。那厮全讨县里人便益,且交他来老娘手里纳些败缺,撰他几贯风流钱使。”原来这开茶坊的王婆子也不是守本分的,便是积年通殷勤,做媒婆,做卖婆,做牙婆,又会收小的,也会抱腰,又善放刁。还有一件不可说:鬏髻上着绿,阳腊灌脑袋。端的看不出这婆子的本事来!但见:

一个男人与一个女人一见钟情,出现一个中间人为他们沟通联络。在元朝王实甫的《西厢记》里,中间人是红娘。在《水浒》、《金瓶梅》里,中间人是王婆。为什么红娘成了千古模范,而王婆却是个千古罪人? 先不论王婆后来教唆潘金莲鸩杀武大的刑事犯罪,就以这时的心理而言,她的出发点是“撰他几贯风流钱使”,十分卑污;而红娘是无私的,当张生表示一旦事成要以金钱答谢她时,遭到了她的斥责。当我们在两人中间进行“撮合”时,是作“红娘”还是作“王婆”? 这并不一个多余的问题!

开言欺陆贾,出口胜随何。只凭说六国唇枪,全仗话三齐舌剑。只鸾孤凤,霎时间交仗成双;寡妇鳏男,一席话搬唆摆对。解使三重门内女,遮么九级殿中仙。玉皇殿上侍香金童,把臂拖来;王母宫中传言玉女,拦腰抱住。略施奸计,使阿罗汉抱住比丘尼;才用机关,交李天王搂定鬼子母。甜言说诱,男如封涉也生心;软语调和,女似麻姑须乱性。藏头露尾,撺掇淑女害相思;送暖偷寒,调弄嫦娥偷汉子。

这婆子正开门,在茶局子里整理茶锅,张见西门庆踅过几遍,奔入茶局子水帘下,对着武大门首,不住把眼只望帘子里瞧。王婆只推不看见,只顾在茶局子内扇火,不出来问茶。西门庆叫道:“干娘,点两杯茶来我吃!”王婆应道:“大官人来了? 连日少见! 且请坐。”不多时,便浓浓点两盏稠茶,放在桌子上。西门庆道:“干娘相陪我吃了茶。”王婆哈哈笑道:“我又不是你影射的,缘何陪着你吃茶!”西门庆也笑了。一会,便问:“干娘,间壁卖的是甚么?”王婆道:“他家卖的拖煎河漏子,干巴子肉翻包着菜肉匾食,饺窝窝,蛤蜊面,热盪温和大辣酥。”西门庆笑道:“你看这风婆子,只是风!”王婆笑道:“我不是风,他家自有亲老公。”西门庆道:“我和你说正话,他家如法做得好炊饼,我要问他买四五十个拿的家去。”王婆道:“若要买他烧饼,少间等他街上回来买,何消上门上户。”西门庆道：“干娘说的是。”吃了茶，坐了一会，起身去了。

良久，王婆只在茶局里，比时冷眼张见他在门前，踅过东看一看，又转西去；又复一复，一连走了七八遍。少顷，径入茶房里来，王婆道：“大官人侥幸！好几日不见面了。”西门庆便笑将起来，去身边摸出一两一块银子递与王婆，说道：“干娘，权且收了，做茶钱。”王婆笑道：“何消得许多！”西门庆道：“多者干娘只顾收着。”婆子暗道：“来了，这刷子当败！且把银子收了，到明日与老娘做房钱。”便道：“老身看大官人有些渴，吃了宽蒸茶儿如何？”西门庆道：“如何干娘便猜得着？”婆子道：“有甚难猜处！自古入门休问荣枯事，观看形容便得知。老身异样跷蹊古怪的事，不知猜勾多少。”西门庆道：“我有一件心上的事，干娘若猜得着时，便输与你五两银子。”王婆笑道：“老娘也不消三智五猜，只一智，便猜个中节。大官人你将耳朵来！你这两日脚步儿勤，赶趁得频，一定是记挂着间壁那个人！我这猜如何？”西门庆笑将起来，道：“干娘端的智赛随何，机强陆贾！不瞒干娘说，不知怎的，吃他那日叉帘子时见了一面，恰似收了我三魂六魄的一般，日夜只是放他不下。到家茶饭懒吃，做事没入脚处。不知你会弄手段么？”王婆冷冷笑道：“老身不瞒大官人说：我家卖茶，叫做鬼打更。三年前十月初三日下大雪，那一日卖了一个泡茶，直到如今不发市，只靠些杂趁养口。”西门庆道：“干娘，如何叫做杂趁？”王婆笑道：“老身自从三十六岁没了老公，丢下这个小厮，无得过日子。迎头儿跟着人说媒，次后揽人家些衣服卖，又与人家抱腰、收小的，闲常也会做牵头、做马伯六，也会针灸看病，也会做贝戎儿。”西门庆听了笑将起来：“我并不知干娘有如此手段！端的与我说这件事，我便送十两银子与你做棺材本。你好交这雌儿会我一面。”王婆便哈哈笑了。有诗为证：

西门浪子意猖狂，死下工夫戏女娘。

亏杀卖茶王老母，生交巫女会襄王。

毕竟婆子有甚计策说来，要知后项事情，且听下回分解。

这上下的文字基本上与《水浒》有关段落相合。《水浒》只是“顺便写到”，此书却由此生发开去。

第三回
王婆定十件挨光计　西门庆茶房戏金莲

色不迷人人自迷，迷他端的受他亏。
精神耗散容颜浅，骨髓焦枯气力微。
犯着奸情家易散，染成色病药难医。
古来饱暖生闲事，祸到头来总不知。

“潘驴邓小闲”，是夫权社会的“男性话语”。“女权主义”者们快来呼吁：当代女性！你们仍要警惕这“男性话语”的诱惑与宰制！

话说西门庆央王婆，一心要会那雌儿一面，便道：“干娘，你端的与我说这件事成，我便送十两银子与你。”王婆道：“大官人，你听我说：但凡挨光的两个字最难。怎的是挨光？似如今俗呼偷情就是了。要五件事俱全，方才行的：第一，要潘安的貌；第二，要驴大行货；第三，要邓通般有钱；第四，要青春小少，就要绵里针一般，软款忍耐；第五，要闲工夫。此五件唤做‘潘驴邓小闲’。都全了，此事便获得着。”西门庆道：“实不瞒你说，这五件事，我都有。第一件，我的貌虽比不得潘安，也充得过；第二件，我小时在三街两巷游串，也曾养得好大龟；第三，我家里也有几贯钱财，虽不及邓通，也颇得过日子；第四，我最忍耐，他便就打我四百顿，休想我回他一拳；第五，我最有闲工夫，不然，如何来得恁勤！干娘，你自作成，完备了时，我自重重谢你。”西门庆当日意已在言表。王婆道：“大官人，你说五件事多全，我知道还有一件事打搅，也多是成不得。”西门庆道：“且说甚么一件事打搅？”王婆道：“大官人，休怪老身直言，但凡挨光最难十分。肯使钱到九分九厘，也有难成处。我知你从来悭吝，不肯胡乱便使钱，只这件打搅。”西门庆道：“这个容易，我只听你言语便了。"王婆道:"若大官人肯使钱时,老身有一条妙计,须交大官人和这雌儿会一面,只不知大官人肯依我么?"西门庆道:"不拣怎的,我都依你。端的有甚妙计?"王婆笑道:"今日晚了,且回去过半年三个月来商量。"西门庆央及道:"干娘,你休撒科,自作成我则个!恩有重报。"王婆笑哈哈道:"大官人却又慌了。老身这条计,虽然入不得武成王庙,端的强似孙武子教女兵,十捉八九着,大官人占用。今日实对你说了罢,这个雌儿来历,虽然微末出身,却倒百伶百俐,会一手好弹唱,针指女工,百家奇曲,双陆象棋,无般不知。小名叫做金莲,娘家姓潘,原是南关外潘裁的女儿。卖在张大户家,学弹唱,后因大户年老,打发出来,不要武大一文钱,白白与了他为妻这几年。武大为人软弱,每日早出晚归,只做买卖,这雌儿等闲不出来。老身无事,常过去与他闲坐,他有事亦来请我理会。他也叫我做干娘。武大这两日出门早。大官人如干此事,便买一匹蓝紬,一匹白紬,一匹白绢,再用十两好绵,都把来与老身。老身却走过去,问他借历日,央及人拣个好日期,叫个裁缝来做。他若见我这般来说,拣了日期,不肯与我来做时,此事便休了;他若欢天喜地,说我替你做,不要我叫裁缝,这光便有一分了。我便请得他来做,就替我裁,这便二分了。他若来做时,午间我却安排些酒食点心请他吃。他若说不便当,定要将去家中做,此事便休了;他不言语吃了时,这光便有三分了。这一日你也莫来。直到第三日晌午前后,你整整齐齐打扮了来,以咳嗽为号,你在门前叫道:'怎的连日不见王干娘?我来买盏茶吃。'我便出来请你入房里坐吃茶。他若见你,便起身来走了归去,难道我扯住他不成?此事便休了;他若见你入来不动身时,这光便有四分了。坐下时,我便对雌儿说道:'这个便是与我衣施主的官人,亏杀他。'我便夸大官人许多好处,你便卖弄他针指。若是他不来兜揽答应时,此事便休了;他若口里答应,与你说话时,这光便有五分。我便道:'却难为这位娘子,与我作成,出手做。亏杀你两施主:一个出钱,一个出力。不是老身路岐相央,难得这位娘子在这里,官人做个主人,替娘子浇浇手。'你便取银子出来,央我买。若是他便走时,不成我扯住他?此事便休了;若是不动身时,事务易成,这光便有六分了。

还是《水浒》文字。这从"一分"推衍到"十分"的"王婆妙计",有一个前提,就是将女性设定为有待男性捕捉的猎获物,而非将其作为一个有独立人格的平等角色。

我却拿银子,临出门时对他说:‘有劳娘子,相待官人坐一坐。’他若起身走了家去,我难道阻当他?此事便休了;若是他不起身,又好了,这光便有七分了。待我买得东西,提在桌子上,便说:‘娘子,且收拾过生活去,且吃一杯儿酒,难得这官人坏钱。’他不肯和你同桌吃,去了,回去了,此事便休了;若是只口里说去,却不动身,此事又好了,这光便有八分了。待他吃得酒浓时,正说得入港,我便推道没了酒,再交你买;你便拿银子,又央我买酒去,并果子来配酒。我把门拽上,关你和他两个在屋里。若焦喤跑了归去时,此事便休了;他若由我拽上门不焦喤时,这光便有九分。只欠一分了,便完就,这一分倒难!大官人你在房里,便着几句甜话儿说入去,却不可燥爆,便去动手动脚,打搅了事,那时我不管你。你先把袖子向桌子上拂落一双箸下去,只推拾箸,将手去他脚上捏一捏。他若闹将起来,我自来搭救。此事便收了,再也难成。若是他不做声时,此事十分光了,他必然有意。这十分光做完备,你怎的谢我?”西门庆听了大喜,道:“虽然上不得凌烟阁,干娘,你这条计,端的绝品好妙计!”王婆道:“却不要忘了许我那十两银子!”西门庆道:“便得一片橘皮吃,切莫忘了洞庭湖。这条计干娘几时可行?”王婆道:“亦只今晚来,有回报。我如今趁武大未归,过去问他借历日,细细说念他。你快使人送将细绢绵子来,休要迟了。”西门庆道:“干娘若完成得这件事,如何敢失信?”于是作别了王婆,离了茶肆,就去街上买了细绢三匹,并十两清水好绵。家里叫了个贴身答应的小厮,名唤玳安,用包袱包了,一直送入王婆家来。王婆欢喜收下,打发小厮回去。正是:巫山云雨几时就,空使襄王筑楚台。有诗为证:

注意:小厮玳安出现。《水浒》中无此角色。在似乎与《水浒》别无二致的文字中,嵌进此等“私货”,是种“豆”欲得“瓜”之技。

两意相投似蜜甜,王婆撮合更搜奇。

安排十件挨光计,管取交欢不负期。

当下王婆收了细绢绵子,开了后门,走过武大家来,那妇人接着,请去楼上坐的。王婆道:“娘子怎的这两日不过贫家吃茶?”那妇人道:“便是我这几日身子不快,懒去走动。”王婆道:“娘子家里有历日,借与老身看一看,要个裁衣的日子。”妇人道:“干娘裁甚衣服?”王婆道:“便是因老身十病九痛,怕一时有些山高水低,我儿子又不在家。”妇人道:

"大哥怎的一向不见?"王婆道:"那厮跟了个客人在外边,不见个音信回来,老身日逐耽心不下。"妇人道:"大哥今年多少青春?"王婆道:"那厮十七岁了。"妇人道:"怎的不与他寻个亲事? 与干娘也替得手。"王婆道:"因是这等说,家中没人。待老身东摈西补的来,早晚也替他寻下个儿。等那厮来却再理会。见如今老身白日黑夜,只发喘咳嗽,身子打碎般睡不倒的只害疼,一时先要预备下送终衣服。难得一个财主官人,常在贫家吃茶,但凡他宅里看病、买使女、说亲,见老身这般本分,大小事儿无不照顾老身。又布施了老身一套送终衣料,细绢表里俱全;又有若干好绵,放在家里一年有余,不能勾闲做得。今年觉得好生不济,不想又撞着闰月,趁着两日倒闲,要做,又被那裁缝勒掯,只推生活忙,不肯来做。老身说不得这苦也!"那妇人听了,笑道:"只怕奴家做得不中意。若是不嫌时,奴这几日倒闲,出手与干娘做,如何?"那婆子听了,堆下笑来说道:"若得娘子贵手做时,老身便死也得好处去。久闻娘子好针指,只是不敢来相央。"那妇人道:"这个何妨? 既是许了干娘,务要与干娘做了。将历日去,交人拣了黄道好日,奴便动手。"王婆道:"娘子休推老身不知,你诗词百家曲儿内字样,你不知全了多少,如何交人看历日?"妇人微笑道:"奴家自幼失学。"婆子道:"好说,好说。"便取历日递与妇人。妇人接在手内,看了一回道:"明日是破日,后日也不好,直到外后日方是裁衣日期。"王婆一把手取过历头来挂在墙上,便道:"若得娘子肯与老身做时,就是一点福星,何用选日! 老身也曾央人看来,说明日是个破日。老身只道裁衣日不用破日,不忌他。"那妇人道:"归寿衣服,正用破日便好。"王婆道:"既是娘子肯作成,老身胆大,只是明日起动娘子,到寒家则个。"那妇人道:"不必,将过来做不得?"王婆道:"便是老身也要看娘子做生活,又怕门首没人。"妇人道:"既是这等说,奴明日饭后过来。"那婆子千恩万谢,下楼去了。当晚回覆了西门庆话,约定后日准来。当夜无话。

有一二分了。

次日清晨,王婆收拾房内干净,预备下针线,安排了茶水,在家等候。且说武大吃了早饭,挑着担儿自出去了,那妇人把帘儿挂了,分付迎儿看家,从后门走过王婆家来。那婆子欢喜无限,接入房里坐下,便有三分了。

浓浓点一盏胡桃松子泡茶与妇人吃了。抹得桌子干净,便取出那细绢三匹来。妇人量了长短,裁得完备,缝将起来。婆子看了,口里不住声假喝采道:“好手段! 老身也活了六七十岁,眼里真个不曾见这个好针线!”那妇人缝到日中,王婆安排些酒食请他,又下了一箸面与那妇人吃。再缝一歇,将次晚来,便收拾了生活自归家去,恰好武大挑担儿进门,妇人拽门下了帘子。武大入屋里,看见老婆面色微红,问道:“你那里来?”妇人应道:“便是间壁干娘,央我做送终衣服,日中安排了些酒食点心请我吃。”武大道:“你也不要吃他的才得,我们也有央及他处。他便央你做得衣裳,你便自归来吃些点心,不值得甚么,便搅扰他。你明日再去做时,带些钱在身边,也买些酒食与他回礼。常言道:远亲不如近邻。休要失了人情。他若不肯交你还礼时,你便拿了生活来家,做还与他便了。”有诗为证:

阿母牢笼设计深,大郎愚卤不知音。

带钱买酒酬奸诈,却把婆娘自送人。

妇人听了武大言语。当晚无话。

次日饭后,武大挑担儿出去了,王婆便踅过来相请。妇人去到他家房里,取出生活来,一面缝起,王婆忙点茶来,与他吃了茶。看看缝到日中,那妇人向袖中取出三百文钱来,向王婆说道:“干娘,奴和你买盏酒吃。”王婆道:“阿呀,那里有这个道理! 老身央及娘子在这里做生活,如何交娘子倒出钱? 婆子的酒食,不到吃伤了哩?”那妇人道:“却是拙夫分付奴来。若是干娘见外时,只是将了家去,做还干娘便了。”那婆子听了道:“大郎直恁地晓事! 既然娘子这般说时,老身且收下。”这婆子生怕打搅了事,自又添钱去买好酒好食、希奇果子来,殷勤相待。看官听说:但凡世上妇人,由你十八分精细,被小意儿过纵,十个九个着了道儿。这婆子安排了酒食点心,请那妇人吃了。再缝了一歇,看看晚来,千恩万谢归去了。

话休絮烦。第三日早饭后,王婆只张武大出去了,便走过来后门首,叫道:“娘子,老身大胆!”那妇人从楼上应道:“奴却待来也!”两个厮见了,来到王婆房里坐下,取过生活来缝。那婆子随即点盏茶来,两个吃了，妇人看看缝到晌午前后。

却说西门庆巴不到此日，打选衣帽齐齐整整，身边带着三五两银子，手拿着洒金川扇儿，摇摇摆摆径往紫石街来。到王婆门首，便咳嗽道："王干娘，连日如何不见？"那婆子瞧科，便应道："兀的谁叫老娘？"西门庆道："是我。"那婆子赶出来看了，笑道："我只道是谁，原来是大官人！你来得正好，且请入屋里去看一看。"把西门庆袖子只一拖，拖进房里来，看那妇人道："这个便是与老身衣料施主官人。"西门庆睁眼看着那妇人：云鬓叠翠，粉面生春，上穿白夏布衫儿，桃红裙子，蓝比甲，正在房里做衣服。见西门庆过来，便把头低了，这西门庆连忙向前屈身唱喏，那妇人随即放下生活，还了万福。王婆便道："难得官人与老身段匹细绢，放在家一年有余，不曾做得。亏杀邻家这位娘子出手与老身做成全了。真个是布机也似针线，缝的又好又密，真个难得！大官人，你过来且看一看。"西门庆把起衣服来看了，一面喝采，口里道："这位娘子，传得这等好针指，神仙一般的手段！"那妇人笑道："官人休笑话。"西门庆故问王婆道："干娘，不敢动问，这娘子是谁家宅上的娘子？"王婆道："大官人，你猜。"西门庆道："小人如何猜得着？"王婆哈哈笑道："大官人你请坐，我对你说了罢。"那西门庆与妇人对面坐下，那婆子道："好交大官人得知了罢！大官人，你那日屋檐下头过，打得正好。"西门庆道："就是那日在门首叉竿打了我网巾的，倒不知是谁宅上娘子。"妇人笑道："那日奴误冲撞，官人休怪！"一面立起身来，道了个万福，那西门庆慌的还礼不迭，因说道："小人不敢。"王婆道："就是这位，却是间壁武大郎的娘子。"西门庆道："原来就是武大郎的娘子。小人只认的大郎，是个养家经纪人，且是街上做买卖，大大小小不曾恶了一个。又会撰钱，又且好性格，真个难得这等人！"王婆道："可知哩，娘子自从嫁了这大郎，但有事百依百随，且是合得着。"这妇人道："拙夫是无用之人，官人休要笑话。"西门庆道："娘子差矣！古人道：柔软是立身之本，刚强是惹祸之胎。似娘子的夫主所为良善时，万丈水无涓滴漏，一生只是志诚为，倒不好？"王婆一面打着撺鼓儿说，西门庆奖了一回，王婆因望妇人说道："娘子，你认得这

《水浒》此处描写无此扇。添一把扇多一分浪。

到四分了。

到五分了。

位官人么?”妇人道:“不认得。”婆子道:“这位官人便是本县里一个财主,知县相公也和他来往,叫做西门大官人。家有万万贯钱财,在县门前开生药铺。家中钱过北斗,米烂成仓,黄的是金,白的是银,圆的是珠,光的是宝,也有犀牛头上角,大象口中牙,又放官吏债、结识人。他家大娘子也是我说的媒,是吴千户家小姐,生的百伶百俐。”因问:“大官人,怎的连日不过贫家吃茶?”西门庆道:“便是连日家中小女有人家定了,不得闲来。”婆子道:“大姐有谁家定了?怎的不请老身去说媒?”西门庆道:“被东京八十万禁军杨提督亲家陈宅,合成帖儿。他儿子陈经济,才十七岁,还上学堂。不是也请干娘说媒,他那边有了个文嫂儿来讨帖儿,俺这里又使常在家中走的卖翠花的薛嫂儿同做保,即说此亲事。干娘若肯去,到明日下小茶,我使人来请你。”婆子哈哈笑道:“老身哄大官人耍子。俺这媒人们,都是狗娘养下来的。他们说亲时又没我,做成的熟饭儿,怎肯搭上老身一分?常言道:当行厌当行。到明日娶过了门时,老身胡乱三朝五日,拿上些人情去走走,讨得一张半张桌面,倒是正景。怎的好和人斗气!”

交代出西门庆有个女儿西门大姐,已许配给杨提督亲家陈宅的儿子陈经济。这在后面都是重要的角色。

又带叙出文嫂儿、薛嫂儿。这两个媒婆在后面将多次出场。

两个一递一句,说了一回。婆子只顾夸奖西门庆,口里假嘈,那妇人便低了头缝针线。有诗为证:

水性从来是女流,背夫常与外人偷。

金莲心爱西门庆,淫荡春心不自由。

西门庆见金莲十分情意欣喜,恨不得就要成双。王婆便去点两盏茶来,递一盏与西门庆,一盏与妇人,说道:“娘子相待官人吃些茶。”吃毕,便觉有些眉目送情。王婆看着西门庆,把手在脸上摸一摸,西门庆已知有五分光了。自古风流茶说合,酒是色媒人。王婆便道:“大官人不来,老身也不敢去宅上相请。一者缘法撞遇,二者来得正好。常言道:一客不烦二主。大官人便是出钱的,这位娘子便是出力的,亏杀你这两位施主。不是老身路岐相烦,难得这位娘子在这里,官人好与老身做个主人,拿出些银子,买些酒食来与娘子浇浇手,如何?”西门庆道:“小人也见不到这里,有银子在此。”便向茄袋里取出来,约有一两一块,递与王婆子,交备办酒食,那妇人便道:“不消生受官人。”

口里说着，却不动身。王婆将银子临出门，便道："有劳娘子相陪大官人坐一坐，我去就来。"那妇人道："干娘免了罢。"却亦不动身，也是姻缘，都有意了。

竟越过六分了。

王婆便出门去了，丢下西门庆和那妇人在屋里。这西门庆一双眼，不转睛只看着那妇人；那婆娘也把眼来偷睃西门庆，见了他这表人物，心中到有五七分意了。——又低着头只做生活。不多时，王婆买了见成肥鹅烧鸭、熟肉鲜鲊、细巧果子，归来尽把盘碟盛了，摆在房里桌子上，看那妇人道："娘子且收拾过生活，吃一杯儿酒。"那妇人道："你自陪大官人吃，奴却不当。"那婆子道："正是专与娘子浇手，如何却说这话！"一面将盘馔却摆在面前，三人坐定，把酒来斟。这西门庆拿起酒盏来，递与妇人，说道："请不弃，满饮此杯。"妇人谢道："多承官人厚意，奴家量浅，吃不得。"王婆道："老身知得娘子洪饮，且请开怀吃两盏儿。"有诗为证：

从来男女不同筵，卖俏迎奸最可怜。

不独文君奔司马，西门今亦通金莲。

将潘金莲与西门庆的性吸引，跟卓文君和司马相如的爱情追求混为一谈，不伦不类。

那妇人一面接酒在手，向二人各道了万福。西门庆拿起箸来，说道："干娘，替我劝娘子些菜儿。"那婆子拣好的递将过来，与妇人吃。一连斟了三巡酒，那婆子便去盪酒来。西门庆道："小人不敢动问：娘子青春多少？"妇人应道："奴家虚度二十五岁，属龙的，正月初九日丑时生。"西门庆道："娘子到与家下贱累同庚，也是庚辰，属龙的。只是娘子月分大七个月，他是八月十五日子时。"妇人道："将天比地，折杀奴家。"王婆便插口道："好个精细的娘子，百伶百俐，又不枉了。做得一手好针线；诸子百家，双陆象棋，拆牌道字皆通；一笔好写。"西门庆道："却是那里去讨！武大郎好有福，招得这位娘子在屋里。"王婆道："不是老身说是非，大官人宅上有许多，那里讨得一个似娘子的！"西门庆道："便是这等，一言难尽。只是小人命薄，不曾招得一个好的在家里。"王婆道："大官人先头娘子须也好。"西门庆道："休说我先妻，若是他在时，却不恁的家无主，屋倒竖。如今身边枉自有三五七口人吃饭，都不管事。"那妇人便问："官人恁的时，没了大娘子得几年了？"

点出吴月娘为何名"月娘"。

西门庆道："说不得。小人先妻陈氏，虽是微末出身，却倒百伶百俐，是件都替的小人。如今不幸他没了，已过三年来也。继娶这个贱累，又常有疾病，不管事，家里的勾当都七颠八倒。为何小人只是走了出来？在家里时，便要呕气。"婆子道："大官人休怪我直言：你先头娘子，并如今娘子，也没武大娘子这手针线，这一表人物。"西门庆道："便是先妻，也没武大娘子这一般儿风流。"那婆子笑道："官人你养的外宅东街上住的，如何不请老身去吃茶？"西门庆道："便是唱慢曲儿的张惜春。我见他是路岐人，不喜欢。"婆子又道："官人，你和勾栏中李娇儿却长久。"西门庆道："这个人见今已娶在家里。若得他会当家时，自册正了他。"王婆道："与卓二姐却相交得好？"西门庆道："卓丢儿我也娶在家，做了第三房，近来得了个细疾，白不得好。"婆子道："若有似武大娘子这般中官人意的，来宅上说，不妨事么？"西门庆道："我的爹娘俱已没了，我自主张，谁敢说个不字！"王婆道："我自说要，急切便那里有这般中官人意的。"西门庆道："做甚么便没？只恨我夫妻缘分上薄，自不撞着哩。"

西门庆和婆子一递一句，说了一回。王婆道："正好吃酒，却又没了，官人休怪老身差拨，买一瓶儿酒来吃如何？"西门庆便把茄袋内还有三四两散银子，都与王婆，说道："干娘，你拿了去，要吃时，只顾取来，多得干娘便就收了。"那婆子谢了官人，起身睃那粉头时，三钟酒下肚，烘动春心，又自两个言来语去，都有意了，只低了头，不起身。正是：满前野意无人识，几朵碧桃春自开。有诗为证：

直奔十分而去。

眼意眉情卒未休，姻缘相凑遇风流。

王婆贪贿无他技，一味花言巧舌头。

毕竟未知后来如何，且听下回分解。

第四回
淫妇背武大偷奸　郓哥不愤闹茶肆

酒色多能误国邦，由来美色丧忠良。
纣因妲己宗祀失，吴为西施社稷亡。
自爱青春行处乐，岂知红粉笑中殃。
西门贪恋金莲色，内失家麋外赶獐。

话说王婆拿银子出门，便向妇人满面堆下笑来，说道："老身去那街上取瓶儿酒来，有劳娘子相待官人坐一坐。壶里有酒，没便再筛两盏儿，且和大官人吃着。老身直去县东街，那里有好酒买一瓶来，有好一歇儿耽阁。"妇人听了，说："干娘休要去，奴酒多，不用了。"婆子便道："阿呀娘子！大官人又不是别人，没事相陪吃一盏儿，怕怎的！"妇人口里说不用了，坐着却不动身。婆子一面把门拽上，用索儿拴了，倒关他二人在屋里。当路坐了，一头绩着绪。

却说西门庆在房里，把眼看那妇人，云鬓半亸，酥胸微露，粉面上显出红白来。一径把壶来斟酒，劝那妇人酒。一回推害热，脱了身上绿纱褶子，"央烦娘子，替我搭在干娘护炕上。"那妇人连忙用手接了过去，搭放停当。这西门庆故意把袖子在桌上一拂，将那双箸拂落在地下来，一来也是缘法凑巧，那双箸正落在妇人脚边。这西门庆连忙将身下去拾箸，只见妇人尖尖趫趫刚三寸恰半扠一对小小金莲，正趫在箸边。西门庆且不拾箸，便去他绣花鞋头上只一捏。那妇人笑将起来，说道："官人休要啰唣！你有心，奴亦有意，你真个勾搭我？"西门庆便双膝跪

以残酷手段改变自然生态的"三寸金莲"，在明、清以至民国初年，都是很多男性玩弄女性的一大"热点"，某些风流女性也以自身的畸足为荣，甚至作为对男性进行性挑逗的"利器"；直到"五·四运动"之后，这样的"审美观"才有了一百八十度的大转变。

下，说道："娘子，作成小人则个！"那妇人便把西门庆搂将起来，说："只怕干娘来撞见。"西门庆道："不妨，干娘知道！"当下两个就在王婆房里脱衣解带，共枕同欢。①

当下二人云雨才罢，正欲各整衣襟，只见王婆推开房门入来，大惊小怪，拍手打掌，说道："你两个做得好事！"西门庆和那妇人都吃了一惊，那婆子便向妇人道："好呀，好呀！我请你来做衣裳，不曾交你偷汉子，你家武大郎知，须连累我，不若我先去对武大说去！"回身便走。那妇人慌的扯住他裙子，便双膝跪下，说道："干娘饶恕！"王婆道："你们都要依我一件事。"妇人便道："休说一件，便是十件，奴也依干娘。"王婆道："从今日为始，瞒着武大，每日休要失了大官人的意。早叫你早来，晚叫你晚来，我便罢休；若是一日不来，我便就对你武大说。"那妇人说："我只依着干娘说便了。"王婆又道："西门大官人，你自不用着老身说得，这十分好事已都完了，所许之物不可失信。你若负心，一去了不来，我也要对武大说。"西门庆道："干娘放心，并不失信。"婆子道："你每二人，出语无凭，当各人留下件表记物件拿着，才见真情。"西门庆便向头上拔下一根金头银簪，又来插在妇人云髻上。妇人除下来袖了，恐怕到家武大看见生疑，一面亦将袖中巾帕递与西门庆收了。三人又吃了几杯酒，已是下午时分。那妇人便起身道："武大那厮也是归来时分，奴回家去罢。"便拜辞王婆、西门庆，踅过后门归来，先去下了帘子，武大恰好进门。

怕让武大知道。但当年张大户将潘金莲"白嫁给"武大后，却依然与潘"厮混"，"武大虽一时撞见，亦不感声言"。可见社会的道德篱藩虽有，拱过来拱过去的"权势猪狗"却并不在乎。潘金莲此时毕竟是道德篱藩中的囚犯，拱进来的人可以一走了之，她却不能不多少产生些"罪感"。

且说王婆看着西门庆道："好手段么？"西门庆道："端的亏了干娘智赛随何，机强陆贾。女兵十个九个都出不了干娘手。"王婆又道："这雌儿风月如何？"西门庆道："这色系子女不可言。"婆子道："他房里弹唱姐儿出身，甚么事儿不久惯知道得！还亏老娘把你两个生扭做夫妻，强撮成配。你所许老身东西，休要忘了。"西门庆道："干娘这般费心，我到家便取锭银子送来。所许之物岂肯昧心？"王婆道："眼望旌节至，耳听好消息。不要交老身棺材出了讨挽歌郎钱。"西门庆道："但得一

① 此处删153字。

片橘皮吃，且莫忘了洞庭湖。"一面看街上无人，带上眼罩，笑了去。不在话下。

"眼罩"即"眼纱"。在大檐帽前挂下的纱巾。本是遮浮尘的，此刻西门庆戴上它还有避人眼目之意。

次日，又来王婆家讨茶吃，王婆让坐，连忙点茶来吃了。西门庆便向袖中取出一锭十两银子来，递与王婆。但凡世上人，钱财能动人意。那婆子黑眼睛见了雪花银子，一面欢天喜地收了，一连道了两个万福，说道："多谢大官人布施！"因向西门庆道："这咱晚武大还未见出门，待老身往他家，推借瓢看一看。"一面从后门踅过妇人家来。妇人正在房中打发武大吃饭，听见叫门，问迎儿是谁，迎儿道："是王奶奶来借瓢。"妇人连忙迎将出来，道："干娘，有瓢，一任拿去。且请家里坐。"婆子道："老身那边无人。"因向妇人使手势，妇人就知西门庆来了在那边。婆子拿瓢出了门，一力撺掇武大吃了饭，挑担出去了。先到楼上从新妆点，换了一套艳色新衣，分付迎儿："好生看家，我往你王奶家坐一坐就来。若是你爹来时，就报我知道。若不听我说，打下你这个小贱人下截来。"迎儿应诺不题。妇人一面走过王婆茶坊里来，和西门庆做一处。正是：合欢杏桃春堪笑，衷诉原来别有人。有词单道这双关二意为证：

这瓢是瓢，口儿小，身子儿大。你幼在春风棚上恁儿高，到大来人难要。他怎肯守定颜回，甘贫乐道？专一趁东风，水上漂。有疾被他撞倒，无情被他挂着，到底被他缠住拿着。也曾在马房里喂料，也曾在茶房里来叫。如今弄的许由也不要。赤道黑洞洞葫芦中卖的甚么药？

那西门庆见妇人来了，如天上落下来一般，两个并肩叠股而坐。王婆一面点茶来吃了，因问："昨日归家，武大没问甚么？"妇人道："他问干娘衣服做了不曾，我便说衣服做了，还与干娘做送终鞋袜。"说毕，婆子连忙安排上酒来，摆在房内，二人交杯畅饮。这西门庆仔细端详那妇人，比初见时越发标致。吃了酒，粉面上透出红白来，两道水鬓，描画的长长的，端的平欺神仙，赛过姮娥。有《沉醉东风》为证：

动人心红白肉色，堪人爱可意裙钗。裙拖着翡翠，纱衫袖挽泥金襻，喜孜孜宝髻斜歪。恰便似月里姮娥下世来，不枉了千金也难买。

西门庆夸之不足，搂在怀中，掀起他裙来，看见他一对小脚，穿着老鸦段子鞋儿，恰刚半扠，心中甚喜。一递一口，与他吃酒，嘲问话儿。妇人因问西门庆贵庚，西门庆告他说："属虎的，二十七岁，七月二十八日子时生。"妇人问："家中有几位娘子？"西门庆道："除下拙妻，还有三四个身边人，只是没一个中我意的。"妇人又问："几位哥儿？"西门庆道："只是一个小女，早晚出嫁，并无娃儿。"西门庆嘲问了一回，向袖中取出银穿心、金裹面、盛着香茶木樨饼儿来，用舌尖递送与妇人。两个相搂相抱，如蛇吐信子一般，鸣咂有声。那王婆子只管往来拿菜筛酒，那里去管他闲事，由着二人在房内做一处取乐顽耍。少顷，吃得酒浓，不觉烘动春心。①

记住：西门庆这年二十七岁。

《金瓶梅》中有不少色情描写。有人认为，色情描写与情色描写是文学中关于性的两种描写方式。色情描写直接写到性交，乃至于直接写到性器官，给人以肉欲的感官挑逗，对一般读者特别是未成年人起着不良的作用。而情色描写，虽然也写到性，点到做爱，却较含蓄，并且透过那描写表现着超越性事的内容。实际上"色情"与"情色"的界限并不是那么好划分。

《金瓶梅》写性，下笔往往坦率直露，基本上都属于色情范畴。到了《红楼梦》中，才有了所谓"意淫"的情色描写。

话休饶舌，那妇人自当日为始，每日踅过王婆家来和西门庆做一处，恩情似漆，心意如胶。自古道：好事不出门，恶事传千里。不到半月之间，街坊邻舍都晓的了，只瞒着武大一个不知。正是：自知本分为活计，那晓防奸革弊心。有诗为证：

好事从来不出门，恶言丑行便彰闻。

可怜武大亲妻子，暗与西门作细君。

话分两头。且说本县有个小的，年方十五六岁，本身姓乔，因为做军，在郓州生养的人，取名叫做郓哥儿。家中止有个老爹，年纪高大。那小厮生的乖觉，自来只靠县前这许多酒店里卖些时新果品，如常得西门庆赍发他些盘缠。其日正寻得一篮儿雪梨，提着绕街寻西门庆。又有一等多口人说："郓哥，你要寻他，我教一个去处，一寻一个着。"郓哥道："聒噪老叔，教我去寻得他见，撰得三五十钱养活老爹，也是好处。"那多口道："我说与你罢：西门庆刮剌上卖炊饼的武大老婆，每日只在紫石街王婆茶房里坐的，这早晚多定只在那里。你小孩子家只顾撞入去，不妨。"那郓哥得了这话，谢了阿叔指教。

注意：郓哥儿寻西门庆，本是因为西门庆平日挺照顾他的。

这小猴子提了篮儿，一直往紫石街走来，径奔入王婆子茶房里去。

① 此处删244字。

却好正见王婆坐在小凳儿上绩苧麻线。郓哥把篮儿放下，看着王婆道："干娘，声喏！"那婆子问道："郓哥，你来这里做甚么？"郓哥道："要寻大官人，撰三五十钱，养活老爹。"婆子道："甚么大官人？"郓哥道："情知是那个，便只是他那个。"婆子道："便是大官人，也有姓名。"郓哥道："便是两个字的。"婆子道："甚么两个字的？"郓哥道："干娘只是要作耍，我要和西门大官说句话儿。"望里便走。那婆子一把手便揪住，道："这小猴子那里去！人家屋里，各有内外。"郓哥道："我去房里，便寻出来。"王婆骂道："含鸟小猢狲！我屋里那讨甚么西门大官！"郓哥道："干娘，不要独自吃，你也把些汁水与我呷一呷。我有甚么不理会得！"婆子便骂道："你那小猢狲，理会得甚么？"郓哥道："你正是马蹄刀水杓里切菜——水泄不漏，半点儿也没多落在地。直要我说出来，只怕卖炊饼的哥哥发作！"那婆子吃他这两句道着他真病，心中大怒，喝道："含鸟小猢狲，也来老娘屋里放屁！"郓哥道："我是小猢狲，你是马伯六，做牵头的老狗肉！"那婆子揪住郓哥，凿上两个栗暴，郓哥便叫道："你做甚么便打我？"婆子骂道："贼合娘的小猢狲！你敢高则声，大耳刮子打出你去！"郓哥道："贼老咬虫，没事便打我！"这婆子一头叉，一头大栗暴凿，直打出街上去，把雪梨篮儿也丢出去。那篮雪梨，四分五落滚落了开去。

郓哥儿对西门庆与潘金莲偷情本无所谓，只不过是为了也得些"汁水""呷一呷"。

这小猴子打那虔婆不过，一头骂，一头哭，一头走，一头街上拾梨儿，指着王婆茶房里骂道："老咬虫，我交你不要慌！我不说与他，也不做出来不信！定然遭塌了你这场门面，交你撰不成钱使！"这小猴子提个篮儿径奔街上，寻这个人不见。郓哥寻这个人，却正是：王婆从前作过事，今朝没兴一齐来。有分交：

王婆没把郓哥当回事儿。岂知为这几个"大栗暴凿"，后来要付出那么惨重的代价！

倘若当时王婆爽性分些"汁水"给郓哥"呷"，也许事态便不会迅速"恶化"。

人世间的事往往如此——对所重视的人物防之又防，却根本不把郓哥一类的"草芥"放在眼里心中，结果是，你最忽略其价值的，却让你丧失了全部价值！

险道神脱了衣冠，小猴子泄漏出患害。

毕竟未知道郓哥寻甚么人，要知后项如何，且听下回分解。

第五回
郓哥帮捉骂王婆　淫妇药鸩武大郎

参透风流二字禅，好姻缘是恶姻缘。
痴心做处人人爱，冷眼观时个个嫌。
野草闲花休采折，真姿劲质自安然。
山妻稚子家常饭，不害相思不损钱。

话说当下郓哥被王婆子打了，心中正没出气处，提了雪梨篮儿，一径奔来街上寻武大郎。转了两条街巷，只见武大挑着炊饼担儿，正从那条街过来。郓哥见了，立住了脚，看着武大道："这几时不见你，吃得肥了！"武大歇下担儿道："我只是这等模样，有甚么吃的肥处？"郓哥道："我前日要籴些麦稃，一地里没籴处，人都道你屋里有。"武大道："我屋里并不养鹅鸭，那里有这麦稃？"郓哥道："你说没麦稃，怎的栈得你恁肥腤腤的，便颠倒提起你来也不妨，煮你在锅里也没气？"武大道："含鸟猢狲，倒骂得我好！我的老婆又不偷汉子，我如何是鸭？"郓哥道："你老婆不偷汉子，只偷子汉。"武大扯住郓哥道："还我主儿来！"郓哥道："我笑你只会扯我，却不道咬下他左边的来！"武大道："好兄弟，你对我说是谁，我把十个炊饼送你。"郓哥道："炊饼不济事，你只做个东道，请我吃三杯，我说与你。"武大道："你会吃酒，跟我来。"

郓哥正在气头上，所以一句逼近一句，一句比一句难听。

武大挑了担儿，引着郓哥到个小酒店里，歇下担儿，拿几个炊饼，买了些肉，讨了一旋酒，请郓哥吃了。那小厮道："酒不要添，肉再切几块来。"武大道："好兄弟，且说与我则个。"郓哥道："且不要慌，等我一发吃了，却说与你。你却不要气苦，我自帮你打捉。”武大看那猴子吃了酒肉，道：“你如今却说与我。”郓哥道：“你要得知，把手来摸我头上的肐膝。”武大道：“却怎的来有这肐膝？”郓哥道：“我对你说，我今日将这篮雪梨去寻西门大官，挂一小勾子，一地里没寻处。街上有人道他在王婆茶坊里来，和武大娘子勾搭上了，每日只在那里行走。我指望见了他，撰得三五十文钱使。叵耐王婆那老猪狗，不放我去房里寻他，大栗暴打出我来。我特地来寻你。我方才把两句话来激你，我不激你时，你须不求问我。”武大道：“真个有这等事？”郓哥道：“又来了，我道你是这般屁鸟人！那厮两个落得快活，只专等你出来，便在王婆房里做一处。你问道真个也是假，莫不我哄你不成？”武大听罢，道：“兄弟，我实不瞒你说：我这婆娘，每日去王婆家里做衣服，做鞋脚，归来便脸红。我先妻丢下个女孩儿，要便朝打暮骂，不与饭吃，这两日有些精神错乱，见了我，不做喜欢。我自也有些疑忌在心里，这话正是了。我如今寄了担儿，便去捉奸如何？”郓哥道：“你老大一条汉，元来没些见识。那王婆老狗，什么利害怕人，你如何出得他手！他三人也有个暗号儿，见你入来拿他，他把你老婆藏过了。那西门庆须了得，打你这般二十个。若捉他不着，反吃他一顿好拳头！他又有钱有势，反告你一状子，你须吃他一场官司，又没人做主，干结果了你性命！”武大道：“兄弟，你都说得是，我却怎的出得这口气？”郓哥道：“我吃那王婆打了，也没出气处。我教你一着：今日归去，都不要发作，也不要说，自只做每日一般。明朝便少做些炊饼出来卖，我自在巷口等你，若是见西门庆入去时，我便来叫你，你便挑着担儿只在左边等我。我先去惹那老狗，他必然来打我，我先把篮儿丢在街心来，你却抢入。我便一头顶住那婆子，你便奔入房里去叫起屈来。此计如何？”武大道：“既是如此，却是亏了兄弟。我有数贯钱，我把与你去。你可明日早早来紫石街巷口等我。”郓哥得了几贯钱并几个炊饼，自去了。武大还了酒钱，挑了担儿自去卖了一遭归去。

郓哥果然乖觉。王婆把郓哥看扁了，甚至“忽略不计”，真是“小不忍乱大谋”。

原来那妇人往常时只是骂武大，百般的欺负他，近日来也自知礼亏，只得窝盘他些个。当晚武大挑了担儿归来，也是和往日一般，并不

“自知礼亏”，有封建礼教规范的压力，也有她此时尚未泯灭的良知。

题起别事。那妇人道："大哥，买盏酒吃？"武大道："却才和一般经纪人买了三盏吃了。"那妇人便安排晚饭与他吃了。当晚无话。

次日饭后，武大只做三两扇炊饼，安在担儿上，这妇人一心只想着西门庆，那里来理会武大的做多做少。当日武大挑了担儿，自出去做买卖。这妇人巴不得他出去了，便踅过王婆茶房里来等西门庆。

且说武大挑着担儿，出到紫石街巷口，迎见郓哥，提着篮儿在那里张望。武大道："如何？"郓哥道："还早些个。你自去卖一遭来，那厮七八也将来也。你只在左边处伺候，不可远去了。"武大云飞也似去街上卖了一遭儿回来。郓哥道："你只看我篮儿抛出来，你便飞奔入去。"

武大自把担儿寄了，不在话下。有诗为证：

虎有伥兮鸟有媒，暗中牵陷自狂为。

郓哥指计西门庆，亏杀王婆撮合奇。

且说郓哥提着篮儿，便走入茶坊里来，向王婆骂道："老猪狗！你昨日为甚么便打我？"那婆子旧性不改，便跳起身来喝道："你这小猢狲，老娘与你无干，你如何又来骂我？"郓哥道："便骂你这马伯六，做牵头的老狗肉，直我毴毴！"婆子大怒，揪住郓哥便打。郓哥叫一声"你打"时，把那手中篮儿丢出当街上来。那婆子却待揪他，被这小猴子叫一声"你打"时，就打王婆腰里带个住，看着婆子小肚上，只一头撞将去，险些儿不跌倒，却得壁子碍住不倒。那猴子死命顶在壁上。只见武大从外裸起衣裳，大踏步直抢入茶坊里来。那婆子见是武大来得甚急，待要走去阻当时，却被这小猴子死力顶住，那里肯放！婆子只叫得："武大来也！"那妇人正和西门庆在房里，做手脚不迭，先奔来顶住了门，这西门庆便仆入床下去躲。武大抢到房门首，用手推那房门时，那里推得开！口里只叫："做得好事！"那妇人顶着门，慌做一团，口里便说道："你闲常时只好鸟嘴，卖弄杀好拳棒，临时便没些用儿！见了个纸虎儿也吓一交。"那妇人这几句话，分明交西门庆来打武大，夺路走。西门庆在床底下听了妇人这些话，题醒他这个念头，便钻出来，说道："娘子，不是我没本事，一时间没这智量。"便来拔开拴，叫声："不要来！"武大却待揪他，被西门庆早飞起脚来，武大矮短，正踢中心窝，拨地望后便倒了。西门

王婆仍全不把郓哥放在眼里。倘此时王婆稍稍多估量一下郓哥的"价值"，把些"汁水"给他"呷"，也许尚能"化干戈为玉帛"吧！却仍是"揪住打"。王婆仍视郓哥为"零"。被"零"顶住，全成负数！

此处西门庆的"仆入床下"，与下面王婆与潘金莲扶起武大、救他苏醒、"上下肩掺着"送他回家歇息，均是本能反应。

《水浒》中西门庆叫的是"不要打！"这里改为"不要来！"声口更为贴切。

庆打闹里一直走了。郓哥见头势不好,也撇了王婆,撒开跑了。那街坊邻舍,都知道西门庆了得,谁敢来管事?王婆当时就地下扶起武大来,见他口里吐血,面皮蜡渣也似黄了,便叫那妇人出来,舀碗水救得苏醒。两个上下肩搀着,便从后门扶归家中楼上去,安排他床上睡了。当夜无话。

次日,西门庆打听得没事,依前自来王婆家,和这妇人做一处,只指望武大自死。武大一病五日不起,更兼要汤不见,要水不见,每日叫那妇人又不应,只见他浓妆艳抹了出去,归来便脸红。小女迎儿又吃妇人禁住,不得向前,吓道:"小贱人!你不对我说,与了他水吃,都在你身上!"那迎儿见妇人这等说,又怎敢与武大一点汤水吃?武大几遍只是气得发昏,又没人来采问。

一日,武大叫老婆过来,分付他道:"你做的勾当,我亲手又捉着你奸,你倒挑拨奸夫踢了我心。至今求生不生,求死不死,你们却自去快活。我死自不妨,和你们争执不得了。我兄弟武二,你须知他性格,倘或早晚归来,他肯干休?你若肯可怜我,早早扶得我好了,他归来时,我都不提起;你若不看顾我时,待他归来,却和你们说话。"

善良如此。

这妇人听了也不回言,却踅过王婆家来,一五一十都对王婆和西门庆说了。那西门庆听了这话,似提在冷水盆内一般,说道:"苦也!我须知景阳冈上打死大虫的武都头,他是清河县第一个好汉。我如今却和娘子眷恋日久,情孚意孚,拆散不开。据此等说时,正是怎生得好?却是苦也!"王婆冷笑道:"我倒不曾见,你是个把舵的,我是个撑船的,我倒不慌,你倒慌了手脚!"西门庆道:"我枉自做个男子汉,到这般去处,却摆布不开。你有甚么主见,遮藏我们则个?"王婆道:"既要我遮藏你们,我有一条计。你们却要长做夫妻,要短做夫妻?"西门庆道:"干娘,你且说,如何是长做夫妻,短做夫妻?"王婆道:"若是短做夫妻,你每只就今日便分散,等武大将息好了起来,与他陪了话,武二归来都没言语,待他再差使出去,却又来相会,这是短做夫妻。你们若要长做夫妻,每日同在一处,不耽惊受怕,我却有这条妙计,只是难教你们。"西门庆道:"干娘,周旋了我们则个,只要长做夫妻!"王婆道:"这条计用着件东西，别人家里都没，天生天化，大官人家却有。”西门庆道：“便是要我的眼睛，也割来与你！却是甚么东西？”婆子道：“如今这捣子病得重，趁他狼狈好下手。大官人家里取些砒霜，却交大娘子自去赎一贴心疼的药。却把这砒霜来下在里面，把这矮子结果了他命，一把火烧得干干净净，没了踪迹。便是武二回来，他待怎的？自古道：幼嫁从亲，再嫁由身。小叔如何管得？暗地里来往半年一载便好了。等待夫孝满日，大官人一顶轿子娶到家去，这个不是长远做夫妇，谐老同欢？此计如何？”西门庆道：“干娘此计甚妙。自古道：欲求生快活，须下死工夫。罢罢罢，一不做，二不休！”王婆道：“可知好哩！这是剪草除根，萌芽不发。若是剪草不除根，春来萌芽再发，却如何处置？大官人往家去快取此物来，我自教娘子下手。事了时，却要重重谢我！”西门庆道：“这个自然不消你说。”有诗为证，诗曰：

王婆此话一出，已由“帮闲”质变为“帮凶”。因整个杀人计划系她提出并参与实施，说她为“元凶”也不过分。

云情雨意两绸缪，恋色迷花不肯休。
毕竟世间有此事，武大身躯丧粉头。

且说西门庆去不多时，包了一包砒霜，递与王婆收了。这婆子看着那妇人，道：“大娘子，我教你下药的法儿。如今武大不对你说交你救活他？你便乘此机，把些小意儿贴恋他。他若问你讨药吃时，便把这砒霜调在这心疼药里。待他一觉身动，你便把药灌将下去，却便走了起身。他若毒气发时，必然肠胃迸断，大叫一声，你却把被一盖，都不要人听见，紧紧的按住被角。预先烧下一锅汤，煮着一条抹布。他若毒发之时，七窍内流血，口唇上有牙齿咬的痕迹。他若气断了，你便揭起被来，却将煮的抹布只一揩，都揩没了血迹。便入在材里，扛出去烧了，有甚么鸟事！”那妇人道：“好却是好，只是奴家临时手软了，安排不得尸首。”婆子道：“这个易得，你那边只敲壁子，我自就过来帮扶你。”西门庆道：“你们用心整理。明日五更，我来讨话。”说罢，自归家去了。王婆把这砒霜，用手捻为细末，递与妇人，将去藏了。

潘金莲此时尚有“临时手软”之虞，王婆却视杀人为无足轻重的“鸟事”。人性之黑暗，此为书中第一例。

那妇人回到楼上，看着武大，一丝没了两气，看看待死。那妇人坐在床边假哭，武大道：“你做甚么来哭？”妇人拭着眼泪道：“我的一时间不是，乞那西门庆局骗了，谁想脚踢中了你心。我问得一处有好药，我要去赎来医你，只怕你疑忌，不敢去取。”武大道：“你救得我活，无事了，一笔都勾，并不记怀；武二来家，亦不题起。你快去赎药来救我则个！”那妇人拿了铜钱，径来王婆家里坐地，却交王婆赎得药来。把到楼上，交武大看了，说道：“这贴心疼药，太医交你半夜里吃，吃了倒头一睡，把一两床被发些汗，明日便起得来。”武大道：“却是好也！生受大嫂，今夜醒睡些，半夜里调来我吃。”那妇人道：“你放心睡，我自扶持你。”

武大仍在鼓中。

看看天色将黑了，妇人在房里点上灯，下面烧了大锅汤，拿了一方抹布煮在锅里。听那更鼓时，却好正打三更。那妇人先把砒霜倾在盏内，却舀一碗白汤来把到楼上，却叫：“大哥，药在那里？”武大道：“在我席子底下、枕头边，你快调来与我吃。”那妇人揭起席，将那药抖在盏子里。把那药帖安了，将白汤冲在盏里，把头上银簪儿只一搅，调得匀了。左手扶起武大，右手便把药来灌。武大呷了一口，说道：“大嫂，这药好难吃！”妇人道：“只要他医治病好，管甚么难吃易吃。”武大再呷第二口时，被这婆娘就势只一灌，一盏药都灌下喉咙去了。那妇人便放倒武大，慌忙跳下床来。武大哎了一声，说道：“大嫂，吃下这药去，肚里倒疼起来……苦呀，苦呀！倒当不得了！”这妇人便去脚后扯过两床被来，没头没脸只顾盖，武大叫道：“我也气闷！”那妇人道：“太医分付教我与你发些汗，便好得快。”武大要再说时，这妇人怕他挣扎，便跳上床来，骑在武大身上，把手紧紧地按住被角，那里肯放些宽松！正是：

油煎肺腑，火燎肝肠。心窝里如雪刃相侵，满腹中似钢刀乱搅。浑身冰冷，七窍血流。牙关紧咬，三魂赴枉死城中；喉管枯干，七魄投望乡台上。地狱新添食毒鬼，阳间没了捉奸人。

暴力描写。其实过份直露的暴力文字与过份直露的色情文字一样，不利于人的健康心性。直到目前，中国一般人虽有“扫黄”的呼吁，却少有“扫暴”的心理需求。特别是当描写到“好人”以暴力对付“坏人”以及“无足轻重的人”时（像《水浒》中的某些文字），就更觉得无所谓。这是一个值得探讨的问题。

那武大当时哎了两声，喘息了一回，肠胃迸断，呜呼哀哉，身体动不得了。那妇人揭起被来，见了武大咬牙切齿，七窍流血，怕将起来。只得跳下床来，敲那壁子。王婆听得，走过后门头咳嗽，那妇人便下楼来，开了后门。王婆问道：“了也未？”那妇人道：“了便了了，只是我手脚软了，安排不得。”王婆道：“有甚么难处，我帮你便了。”那婆子便把衣袖卷起，舀了一桶汤，把抹布撇在里面，掇上楼来。卷过了被，先把武大嘴边唇上都抹了，却把七窍淤血痕迹拭净，便把衣裳盖在身上。两个从楼上一步一掇，扛将下来，就楼下将扇旧门停了。与他梳了头，戴上巾帻，穿了衣裳，取双鞋袜与他穿了，将片白绢盖了脸，拣床干净被盖在死尸身上。却上楼来，收拾得干净了，王婆自转将归去了。那婆娘却号号地假哭起养家人来。看官听说，原来但凡世上妇人，哭有三样：有泪有声谓之哭，有泪无声谓之泣，无泪有声谓之号。当下那妇人干嚎了半夜。

次早五更，天色未晓，西门庆奔走讨信，王婆说了备细。西门庆取银子把与王婆，教买棺材津送，就叫那妇人商议。这婆娘过来和西门庆说道："我的武大今日已死，我只靠着你做主。大官人休是网巾圈儿打靠后。"西门庆道："这个何须你说费心？"妇人道："你若负了心，怎的说？"西门庆道："我若负了心，就是你武大一般。"王婆道："大官人且休闲说，如今只有一件事要紧，地方天明就要入殓，只怕被仵作看出破绽来怎了？团头何九，他也是个精细的人，只怕他不肯殓。"西门庆笑道："这个不妨事，何九我自分付他，他不敢违我的言语。"王婆道："大官人快去分付他，不可迟了。"西门庆把银子交付与王婆买棺材，他便自去对何九说去了。正是：三光有影遣谁系，万事无根只自生。

财主口吻，坚信"钱能封嘴"。

毕竟西门庆怎的对何九说，要知后项如何，且听下回分解。

雪隐鹭鸶飞始见，柳藏鹦鹉语方知。

第六回
西门庆买嘱何九　王婆打酒遇大雨

可怪狂夫恋野花，因贪淫色受波喳。

亡身丧命皆因此，破业倾家总为他。

半晌风流有何益，一般滋味不须夸。

一朝祸起萧墙内，亏杀王婆先做牙。

却说西门庆便对何九说去了。且说王婆拿银子来买棺材冥器，又买些香烛纸钱之类，归来与妇人商议，就于武大灵前点起一盏随身灯。邻舍街坊都来看望，那妇人虚掩着粉脸假哭。众街坊问道："大郎得何病患便死了？"那婆娘答道："拙夫因害心疼得慌，不想一日一日越重了，看来不能勾好。不幸昨夜三更鼓死了，好是若也！"又哽哽咽咽假哭起来。众邻舍明知道此人死的不明，不敢只顾问他。众人尽劝道："死是死了，活的自要安稳过。娘子省烦恼，天气暄热。"那妇人只得假意儿谢了众人，各自散去。王婆抬了棺材来，又去请仵作团头何九。但是入殓用的都买了，并家里一应物件也都买了，就于报恩寺叫了两个禅和子，晚夕伴灵拜忏。不多时，何九先拨了几个火家整顿。

俗世的"苟活哲学"。

且说何九到巳牌时分，慢慢的走来，到紫石街巷口，迎见西门庆，叫道："老九何往？"何九答道："小人只去前面，殓这卖炊饼的武大郎尸首。"西门庆道："且借一步说话。"何九跟着西门庆，来到转角头一个小酒店里，坐下在阁儿内。西门庆道："老九请上坐。"何九道："小人是何等之人，敢对大官人一处坐的！"西门庆道："老九何故见外？且请坐。"

二人让了一回坐下。西门庆分付酒保:“取瓶好酒来。”酒保一面铺下菜蔬果品案酒之类,一面盪上酒来。何九心中疑忌,想道:“西门庆自来不曾和我吃酒,今日这杯酒必有蹊跷!”两个饮勾多时,只见西门庆向袖子里摸出一锭雪花银子,放在面前,说道:“老九,休嫌轻微,明日另有酬谢。”何九叉手道:“小人无半点用功效力之处,如何敢受大官人见赐银两?若是大官人有使令,小人也不敢辞。”西门庆道:“老九休要见外,请收过了。”何九道:“大官人便说不妨。”西门庆道:“别无甚事。少刻他家自有些辛苦钱。只是如今殓武大的尸身,凡百事周全,一床锦被遮盖则个。余不多言。”何九道:“我道何事!这些小事有甚打紧,如何敢受大官人银两?”西门庆道:“老九你若不受时,便是推却!”何九自来惧西门庆是个刁徒,把持官府的人,只得收了银子。又吃了几杯酒,西门庆呼酒保来,“记了帐目,明日我来铺子内支钱。”两个下楼,一面出了店门。临行,西门庆道:“老九是必记心,不可泄漏,改日另有补报。”分付罢,一直去了。

何九的困境。直到今天,“公务员”面对此种“刁徒”,还是很难“当面顶回”。

何九心中疑忌:“我殓武大身尸,他何故与我这十两银子?此事必蹊跷。”一面来到武大门首,只见那几个火家正在门首伺候,王婆也等的久哩。火家在那里,何九便问火家:“这武大是甚病死了?”火家道:“他家说害心疼病死了。”何九入门,揭起帘子进来,王婆接着道:“等久多时了,阴阳也来了半日,老九如何这咱才来?”何九道:“便是有些小事绊住了脚,来迟了一步。”只见那妇人穿着一件素淡衣裳,白纸鬏髻,从里面假哭出来。何九道:“娘子省烦恼,大郎已是归天去了。”那妇人虚掩着泪眼道:“说不得的苦!我夫心疼症候,几个日子便把命丢了,撇得奴好苦!”这何九一面上上下下看了婆娘的模样,心里自忖的道:“我从来只听得人说武大娘子,不曾认得他。原来武大郎讨得这个老婆在屋里,西门庆这十两银子使着了!”一面走向灵前,看武大尸首。阴阳宣念经毕,揭起千秋幡,扯开白绢,用五轮八宝玩着那两点神水定睛看时,见武大指甲青,唇口紫,面皮黄,眼皆突出,就知是中恶。旁边那两个火家说道:“怎的脸也紫了,口唇上有牙痕,口中出血?”何九道:“休得胡说,两日天气十分炎热,如何不走动些!”一面七手八脚葫芦提殓了,装入棺

《水浒》中的何九,是个偷骨殖帮武松复仇的正面形象。此书却把他写成一个猥琐小人。这也是一种真实。

材内，两下用长命钉钉了。王婆一力撺掇，拿出一吊钱来与何九。打发众火家去了，就问几时出去，王婆道："大娘子说，只三日便出殡，城外烧化。"众火家各分散了。

那妇人当夜摆着酒请人，第二日请四个僧念经。第三日早五更，众火家都来扛抬棺材，也有几个邻舍街坊吊孝相送。那妇人带上孝，坐了一乘轿子，一路上口内假哭养家人。来到城外化人场上，便教举火烧化棺材，并武大尸首烧得干干净净，把骨殖撒在池子里。原来那日斋堂管待，一应都是西门庆出钱整顿。

那妇人归到家中，楼上去设个灵牌，上写"亡夫武大郎之灵"，灵床子前点一盏琉璃灯，里面贴些金幡、钱纸、金银锭之类。那日却和西门庆做一处，打发王婆家去，二人在楼上任意纵横取乐。不比先前在王婆茶坊里，只是偷鸡盗狗之欢，如今武大已死，家中无人，两个恣情肆意，停眠整宿。初时西门庆恐邻舍瞧破，先到王婆那边坐一回，今武大死后，带着跟随小厮，径从妇人家后门而入。自此和妇人情沾肺腑，意密如胶，常时三五夜不曾归去，把家中大小丢的七颠八倒，都不喜欢。原来这女色坑陷，得几时必有败！有《鹧鸪天》为证：

色胆如天不自由，情深意密两绸缪。

贪欢不管生和死，溺爱谁将身体修。

只为恩深情郁郁，多因爱阔恨悠悠。

要将吴越冤仇解，地老天荒难歇休。

光阴迅速，日月如梭。西门庆刮剌那妇人将两月有余。一日，将近端阳佳节，但见：

绿杨袅袅垂丝碧，海榴点点胭脂赤；微微风动幔，飒飒凉侵扇：处处遇端阳，家家共举觞。

西门庆自岳庙上回来，到王婆茶坊里坐下，那婆子连忙点一盏茶来，便问："大官人往那里去来？怎的不过去看看大娘子？"西门庆道："今日往庙上走走，大节间记挂着，来看看大姐。"婆子道："今日他潘妈妈在这里，怕还未去哩。等我过去看看，回大官人。"这婆子一面走过妇人后门看时，妇人正陪潘妈妈在房里吃酒，见婆子来，连忙让坐。妇人

潘母出现。从此处起，本书文本与《水浒》开始脱钩。

撮下笑来，道："干娘来得正好，请陪俺娘且吃个进门盏儿，到明日养个好娃娃！"婆子笑道："老身又没有老伴儿，那里得养出来？你年小少壮，正好养哩！"妇人道："常言小花不结，老花儿结。"婆子便看着潘妈妈嘈道："你看你女儿，这等伤我，说我是老花子。到明日，还用着我老花子！"说罢，潘妈道："他从小儿是这等快嘴，干娘休要和他一般见识。"原来这婆子撮合得西门庆和这妇人刮剌上了，早晚替他通事殷勤儿，提壶打酒，靠些油水养口。一面对他娘潘妈说："你家这姐姐，端的百伶百俐，不枉了好个妇女。到明日，不知什么有福的人受的他。"潘妈妈道："干娘既是撮合山，全靠干娘作成则个。"一面安下钟箸，妇人斟酒在他面前。婆子一连陪了几杯酒，吃得脸红红的，又怕西门庆在那边等候，连忙丢了个眼色与妇人，告辞归去。妇人就知西门庆来了，于是一力撺掇他娘起身去了，将房中收拾干净，烧些异香，从新把娘的残馔撇去，另安排一席齐整酒肴，预备陪侍。

西门庆从月台上过来，妇人从梯凳接着，到房中，道个万福，坐下。原来妇人自从武大死后，怎肯带孝，楼上把武大灵牌丢在一边，用一张白纸蒙着，羹饭也不揪采。每日只是浓妆艳抹，穿颜色衣服，打扮娇样，陪伴西门庆做一处，作欢顽耍。因见西门庆两日不来，就骂："负心的贼，如何撇闪了奴，又往那家另续上心甜的儿了？把奴冷丢，不来揪采！"西门庆道："便是家中小妾昨日没了，殡送忙了两日。今日往庙上去，替你置了些首饰珠翠衣服之类。"那妇人满心欢喜。西门庆一面唤过小厮玳安来，毡包内取出，一件件把与妇人，妇人方才拜谢收了。小女迎儿，寻常被妇人打怕的，以此不瞒他，令他拿茶与西门庆吃。一面妇人安放桌儿，陪西门庆吃茶。西门庆道："你不消费心，我已与了干娘银子，买酒肉嗄饭果品去了。大节间，正要和你坐一坐。"妇人道："此是待俺娘的，奴存下这桌整菜儿。等到干娘买来，且有一回耽阁，咱且吃着。"妇人陪西门庆，脸儿相贴，腿儿相压，并肩一处饮酒。

迎儿可怜。有的刻本中又写作"蝇儿"。攘攘人世，惨淡人生。令人鼻酸。

且说婆子提着个篮子，拿着一条十八两秤，走到街上打酒买肉。那时正值五月初旬天气，大雨时行。只见红日当天，忽一块湿云处，大雨倾盆相似。但见：

乌云生四野，黑雾锁长空。刷刺刺漫空障日飞来，一点点击得芭蕉声碎。狂风相助，侵天老桧掀翻；霹雳交加，泰华嵩乔震动。洗炎驱暑，润泽田苗。洗炎驱暑，佳人贪其赏玩；润泽田苗，行人忘其泥泞。正是：江淮河济添新水，翠竹红榴洗濯清。

那婆子正打了一瓶酒，买了一篮鱼肉鸡鹅、菜蔬果品之类，在街上遇见这大雨，慌忙躲在人家房檐下，用手巾裹着头，把衣服都淋湿了。等了一歇，那雨脚慢了些，大步云飞来家，进入门来，把酒肉放在厨房下。走进房来，看见妇人和西门庆饮酒，笑嘻嘻道："大官人和大娘子好饮酒！你看，把婆子身上衣服都淋湿了，到明日就教大官人赔我！"西门庆道："你看老婆子，就是个赖精！"婆子道："我不是赖精，大官人少不得赔我一匹大海青！"妇人道："干娘，你且饮过盪热酒盏儿。"那婆子陪着饮了三杯，说道："老身往厨下烘干衣裳去。"一面走到厨下，把衣服烘干，那鸡鹅嗄饭割切安排停当，用盘碟盛了果品之类，都摆在房中，盪上酒来。西门庆与妇人重斟美酒，共设佳肴，交杯叠股而饮。

王婆打酒遇雨一节虽非精彩，却是与《水浒》有关文字的正式"分流"。

王婆实是谋杀武大的元凶，做下这种伤天害理事，却无一丝畏惧，还是满脑门子钱财，而且所求也无非"一匹大海青"。人性黑暗，一至于此！

西门庆饮酒中间，看见妇人壁上挂着一面琵琶，便道："久闻你善弹，今日好歹弹个曲儿我下酒。"妇人笑道："奴自幼初学一两句，不十分好，官人休要笑耻。"西门庆一面取下琵琶来，搂妇人在怀，看他放在膝儿上，轻舒玉笋，款弄冰弦，慢慢弹着，唱了一个《两头南调儿》：

冠儿不戴懒梳妆，髻挽青丝云鬓光，金钗斜插在乌云上。唤梅香，开笼箱，穿一套素缟衣裳，打扮的是西施模样。出绣房，梅香：你与我卷起帘儿，烧一炷儿夜香。

西门庆听了，喜欢的没入脚处，一手搂过妇人粉项来，就亲了个嘴，称夸道："谁知姐姐你有这段儿聪明！就是小人在构栏，三街两巷相交唱的，也没你这手好弹唱！"妇人笑道："蒙官人抬举。奴今日与你百依百随，是必过后休忘了奴家。"西门庆一面捧着他香腮，说道："我怎肯忘了姐姐！"两个殢雨尤云，调笑顽耍。少顷，西门庆又脱下他一只绣花鞋儿，擎在手内，放一小杯酒在内，吃鞋杯耍子。妇人道："奴家好小脚儿，官人休要笑话。"不一时，二人吃得酒浓，掩闭了房门，解衣上床顽耍。王

此种"性趣"，当代还能有几个人见之不倒胃翻肠？

婆把大门顶着,和迎儿在厨房中动唤,由着二人在房内颠鸾倒凤,似水如鱼,取乐欢娱。①

当日西门庆在妇人家盘桓,至晚欲回家,留了几两散碎银子,与妇人做盘缠,妇人再三挽留不住。西门庆带上眼罩,出门去了。妇人下了帘子,关上大门,又和王婆吃了一回酒,各散去了。正是:倚门相送刘郎去,烟水桃花去路迷。

毕竟未知后来何如,且听下回分解。

以上六回,仿佛读《水浒》。很少有人读这“金六回”而生厌的。一来,这些情节本是《水浒》中最世俗化,最具市井风情,也最有“风月”噱头的“插曲”,读来有滋有味;二来,一定有初读此书的人在读这六回时心中频频“生疑”:据《水浒》,西门庆与潘金莲不都被武松杀掉了吗?他们的故事如何向下发展呢?当然,可以猜到,此书创作者一定要设法让西门庆和潘金莲逃脱“即刻现报”,那么,这故事怎么编圆呢?恶人竟不能得到“即刻现报”,并将神气活现地继续泄恶,此书的故事在此基础上朝前发展,便具有了一种“恶之花”的怪异吸引力。

① 此处删102字。

第七回
薛嫂儿说娶孟玉楼　杨姑娘气骂张四舅

我做媒人实可能，全凭两腿走殷勤。
唇枪惯把鳏男配，舌剑能调烈女心。
利市花常头上带，喜筵饼定袖中撑。
只有一件不堪处，半是成人半败人。

话说西门庆家中，卖翠花儿的薛嫂儿提着花箱儿，一地里寻西门庆不着，因见西门庆使的小厮玳安儿，问："大官人在那里?"玳安道："俺爹在铺子里，和傅二叔算帐。"原来西门庆家开生药铺，主管姓傅名铭，字自新，排行第二，因此呼他做傅二叔。这薛嫂一直走到铺子门首，掀开帘子，见西门庆正在里面与主管算帐，一面点首儿，唤他出来。这西门庆见是薛嫂儿，连忙撇了主管出来，两人走在僻静处说话。薛嫂道了万福，西门庆问他有甚说话。薛嫂道："我来有一件亲事，来对大官人说，管情中得你老人家意，就顶死了的三娘窝儿。方才我在大娘房里，买我的花翠，留我吃茶，坐了这一日，我就不曾敢题起，径来寻你老人家和你说。这位娘子，说起来你老人家也知道，是咱这南门外贩布杨家的正头娘子。手里有一分好钱，南京拔步床也有两张。四季衣服，妆花袍儿，插不下手去，也有四五只箱子。珠子箍儿，胡珠环子，金宝石头面，金镯银钏不消说。手里现银子，他也有上千两。好三梭布也有三二百筒。不幸他男子汉去贩布，死在外边。他守寡了一年多，身边又没子女，止有一个小叔儿，还小，才十岁。青春年少，守他甚

薛嫂不可能不知道西门庆与潘金莲的事，但她却不去戗王婆的"行"，而是"另起炉灶"。在那样的社会中，"三姑六婆"往往是非常可怕的"社会填充物"。

么！有他家一个嫡亲的姑娘，要主张着他嫁人。这娘子今年不上二十五六岁，生的长挑身材，一表人物，打扮起来，就是个灯人儿，风流俊俏，百伶百俐，当家立纪，针指女工，双陆棋子，不消说。不瞒大官人说，他娘家姓孟，排行三姐，就住在臭水巷。又会弹了一手好月琴，大官人若见了，管情一箭就上垛。谁似你老人家有福，好得这许多带头，又得一个娘子。”西门庆只听见妇人会弹月琴，便可在他心上，就问薛嫂儿：“几时相会看去？”薛嫂道：“我和老人家这等计议：相看不打紧。如今他家，一家子只是姑娘大。虽是他娘舅张四，山核桃差着一槅儿哩。这婆子原嫁与北边半边街徐公公房子里住的孙歪头。歪头死了，这婆子守寡了三四十年，男花女花都无，只靠侄男侄女养活。今日已过，明日我来会大官人。咱只倒在身上求他。求只求张良，拜只拜韩信。这婆子爱的是钱财，明知道他侄儿媳妇有东西，随问什么人家他也不管，只指望要几两银子。大官人多许他几两银子，家里有的是那嚣段子，拿上一段，买上一担礼物，亲去见他，和他讲过，一拳打倒他。随问傍边有人说话，这婆子一力张主，谁敢怎的！”这薛嫂儿一席话，说的西门庆欢从额角眉尖出，喜向腮边笑脸生。看官听说：世上这媒人们，原来只一味图撰钱，不顾人死活，无官的说做有官，把偏房说做正房，一味瞒天大谎，全无半点儿真实。正是：

会弹月琴便觉可心。此刻心中哪有一星潘金莲？

杨家寡妇，娘舅张四，叔婆又是徐公公（应是太监）房里住的孙歪头的寡妇……这样的叙述方式，将人带入到“非虚构”的市俗社会情境中。

媒妁殷勤说始终，孟姬爱嫁富家翁。
有缘千里能相会，无缘对面不相逢。

西门庆当日与薛嫂相约下，明日是好日期，就买礼往北边他姑娘家去。薛嫂说毕话，提着花箱儿去了，西门庆进来和傅伙计算帐。一宿晚景不题。

到次日，西门庆早起，打选衣帽齐整，拿了一段尺头，买了四盘羹果，雇了一个抬盒的。薛嫂领着，西门庆骑着头口，小厮跟随，径来北边半边街徐公公房子里杨姑娘家门首。薛嫂先入去通报姑娘得知，说：“近边一个财主，敬来门外，和大娘子说亲。我说一家只姑奶奶是大。先来觌面，亲见过你老人家，讲了话，然后才敢领去门外相看。今日小媳妇领来，见在门首，下马伺候。”婆子听见，便道：“阿呀保山！你如何不先来说声?”一面分付了丫鬟打扫客位,收拾干净,顿下好茶,一面道:“有请。”这薛嫂一力撺掇,先把盒担抬进去摆下,打发空盒担儿出去,就请西门庆进来入见。

这西门庆头戴缠棕大帽,一撒钩绦,粉底皂靴,进门见婆子拜四拜。婆子拄着拐,慌忙还下礼去,西门庆那里肯,一口一声只叫:“姑娘请受礼。”让了半日,婆子受了半礼,分宾主坐下,薛嫂在傍打横。婆子便道:“大官人贵姓?”薛嫂道:“我才对你老人家说,就忘了!便是咱清河县数一数二的财主,西门庆大官人!在县前开着个大生药铺,又放官吏债。家中钱过北斗,米烂陈仓,没个当家立纪娘子,闻得咱家门外大娘子要嫁,特来见姑奶奶讲说亲事。”因说:“你两亲家都在此,漏眼不藏丝,有话当面说,省得俺媒人们架谎。这里是姑奶奶大人,有话不先来和姑奶奶说,再和谁说!”婆子道:“官人倘然要说俺侄儿媳妇,自恁来闲讲便了,何必费烦,又买礼来,使老身却之不恭,受之有愧。”西门庆道:“姑娘在上,没的礼物,惶恐。”那婆子一面拜了两拜,谢了,收过礼物去。薛嫂驮盘子出门,一面走来陪坐。拿茶上来,吃毕,婆子开口说道:“老身当言不言谓之懦。我侄儿在时,做人挣了一分钱,不幸死了,如今多落在他手里,少说也有上千两银子东西。官人做小做大,我不管你,只要与我侄儿念上个好经。老身便是他亲姑娘,又不隔从,就与上我一个棺材本,也不曾要了你家的。我破着老脸,和张四那老狗做臭毛鼠,替你两个硬张主。娶过门时,生辰贵长,官人放他来走走,就认俺这门穷亲戚,也不过上你穷。”西门庆笑道:“你老人家放心,适间所言的话,我小人都知道了。你老人家既开口,休说一个棺材本,就是十个棺材本,小人也来得起。”说着,向靴桶里取出六锭——三十两雪花官银,放在面前,说道:“这个不当甚么,先与你老人家买盏茶吃。到明日娶过门时,还找七十两银子,两匹段子,与你老人家为送终之资。其四时八节,只照头上门行走。”

看官听说:世上钱财,乃是众生脑髓,最能动人。这老虔婆黑眼睛珠见了二三十两白晃晃的官银,满面堆下笑来,说道:“官人在上,不当老身意小。自古先说断,后不乱。”薛嫂在傍插口说:“你老人家忒多

西门庆讨孟玉楼,“会弹月琴”只是一个浅层次的心理需求。其实他是要通过这个方法敛财。

投资百两,掳获逾千两。好生意!

心，那里这等计较！我的大老爹不是那等人，自恁还要掇着盒儿认亲。你老人家不知，如今知府、知县相公来往，好不四海，结识人宽广！你老人家能吃他多少！"一席话说的婆子屁滚尿流。陪的坐吃了两道茶，西门庆便要起身，婆子挽留不住。薛嫂道："今日既见了，姑奶奶说过话，明日好往门外相看。"婆子道："我家侄儿媳妇不用大官人相。保山，你就说我说：不嫁这样人家，再嫁甚样人家！"西门庆作辞起身，婆子道："官人，老身不知官人下降，匆忙不曾预备，空了官人，休怪。"拄拐送出，送了两步，西门庆让回去了。

薛嫂打发西门庆上马，便说道："还亏我主张有理么？宁可先在婆子身上倒，还强如别人说多。"因说道："你老人家先回去罢，我还在这里和他说句话。咱已是会过，明日先往门外去了。"西门庆便拿出一两银子来，与薛嫂做驴子钱，薛嫂接了，西门庆便上马来家。他便还在杨姑娘家说话饮酒，到日暮时分才归家去。

话休饶舌。到次日，西门庆打选衣帽齐整，袖着插戴，骑着大白马，玳安、平安两个小厮跟随，薛嫂便骑驴子，出的南门外，来到猪市街，到了杨家门首。原来门面屋四间，到底五层，坐南朝北，一间门楼，粉青照壁。西门庆勒马在门首等候，薛嫂先入去，半日，请西门庆下马进去。里面仪门紫墙，竹枪篱影壁，院内摆设榴树盆景，台基上靛缸一溜，打布凳两条。薛嫂推开朱红槅扇，三间倒坐客位，正面供养着一轴水月观音、善财童子，四面挂名人山水，大理石屏风，安着两座投箭高壶。上下桌椅光鲜，帘栊潇洒。薛嫂请西门庆正面椅子上坐了，一面走入里边。片晌出来，向西门庆耳边说："大娘子梳妆未了，你老人家请先坐一坐。"只见一个小厮儿拿出一盏福仁泡茶来，西门庆吃了，收下盏去。这薛嫂倒还是媒人家，一面指手画脚与西门庆说："这家中除了那头姑娘，只这位娘子是大。虽有他小叔，还小哩，不晓的什么。当初有过世的他老公在铺子里，一日不算银子，搭钱两大簸箩。毛青鞋面布，俺每问他买，定要三分一尺。见一日常有二三十染的吃饭，都是这位娘子主张整理。手下使着两个丫头，一个小厮。——长了十五岁，吊起头去，名唤兰香；小丫头才十二岁，名唤小鸾。到明日过门时，都跟他来。我替你

富有特色的布贩之家。

老人家说成这亲事，指望典两间房儿住，强如住在北边那搭刺子里，往宅里去不方便。你老人家去年买春梅，许了我几匹大布，还没与我。到明日不管一总谢罢了。”又道：“刚才你老人家看见门首那两座布架子，当初杨大叔在时，街道上不知使了多少钱。这房子也值七八百两银子，到底五层，通后街。到明日丢与小叔罢了。”

点出春梅。此书三大女主角之一。书名中第三字即指她。此时却只影影绰绰一现。可谓茂柳藏莺。

正说着，只见使了个丫头来叫薛嫂。良久，只闻环佩叮咚，兰麝馥郁，妇人出来。上穿翠蓝麒麟补子妆花纱衫，大红妆花宽栏，头上珠翠堆盈，凤钗半卸。西门庆挣眼观看那妇人，但见：

> 长挑身材，粉妆玉琢。模样儿不肥不瘦，身段儿不短不长。面上稀稀有几点微麻，生的天然俏丽；裙下映一对金莲小脚，果然周正堪怜。二珠金环，耳边低挂；双头鸾钗，髻后斜插。但行动，胸前摇响玉玲珑；坐下时，一阵麝兰香喷鼻。恰似嫦娥离月殿，犹如神女下瑶阶。

几点微麻，反更俏丽。孟玉楼肖像有特点。

西门庆一见，满心欢喜。薛嫂忙去掀开帘子，妇人出来，望上不端不正道了个万福，就在对面椅上坐下。西门庆把眼上下不转睛看了一回，妇人把头低了。西门庆开言说：“小人妻亡已久，欲娶娘子入门为正，管理家事，未知意下如何？”那妇人问道：“官人贵庚？没了娘子多少时了？”西门庆道：“小人虚度二十八岁，七月二十八日子时建生。不幸先妻没了一年有余。不敢请问娘子青春多少？”妇人道：“奴家青春是三十岁。”西门庆道：“原来长我二岁。”薛嫂在傍插口道：“妻大两，黄金日日长；妻大三，黄金积如山。”说着，只见小丫鬟拿了三盏蜜饯金橙子泡茶，银镶雕漆茶钟，银杏叶茶匙。妇人起身，先取头一盏，用纤手抹去盏边水渍，递与西门庆，忙用手接了。道了万福。慌的薛嫂向前用手掀起妇人裙子来，裙边露出一对刚三寸恰半扠，一对尖尖趫趫金莲脚来，穿着大红遍地金云头白绫高底鞋儿，与西门庆瞧。西门庆满心欢喜。妇人取第二盏茶来递与薛嫂，他自取一盏陪坐。

前面说二十七，不到一年又说二十八。孟玉楼比西门庆大。想是西门庆故意把自己说大点儿。

此书中所写到的茶种类极多。不仅《水浒》不如，后出的《红楼梦》也比不了。

吃了茶，西门庆便叫玳安用方盒呈上锦帕二方，宝钗一对，金戒指六个，放在托盘内拿下去。薛嫂一面教妇人拜谢了，因问：“官人行礼日期？奴这里好做预备。”西门庆道：“既蒙娘子见允，今月二十四日有些微礼过门来，六月初二日准娶。”妇人道：“既然如此，奴明日就使人来对北边姑娘那里说去。”薛嫂道：“大官人昨日已是到姑奶奶府上讲过话了。”妇人道：“姑娘说甚来？”薛嫂道：“姑奶奶听见大官人说此桩事，好不欢喜，才使我领大官人来这里相见。说道：不嫁这等人家，再嫁那样人家！我就做硬主媒，保这门亲事。”妇人道：“既是姑娘恁的说，又好了。”薛嫂道：“好大娘子，莫不俺做媒，敢这等搗谎。”说毕，西门庆做辞起身。薛嫂送出巷口，向西门庆说道：“看了这娘子，你老人家心下如何？”西门庆道：“薛嫂，其实累了你。”薛嫂道：“你老人家请先行一步，我和大娘子说句话就来。”西门庆骑马进城去了。

薛嫂转来，向妇人说道：“娘子，你嫁得这位老公也罢了。”因问西门庆房里有人没有人，见作何生理，薛嫂道：“好奶奶，就有房里人，那个是成头脑的！我说是谎，你过去就看出来。他老人家名目，谁是不知道的！清河县数一数二的财主，有名卖生药、放官吏债西门大官人，知县、知府都和他往来，近日又与东京杨提督结亲，都是四门亲家，谁人敢惹他！”妇人安排酒饭，与薛嫂儿正吃着，只见他姑娘家使了小厮安童，盒子里跨着乡里来的四块黄米面枣儿糕，两块糖，几个艾窝窝。就来问曾受了那人家插定不曾，“奶奶说来：这人家不嫁，待嫁甚人家！”妇人道：“多谢你奶奶挂心，今已曾留下插定了。”薛嫂道：“天么，天么！早是俺媒人不说谎！姑奶奶家使了大官人说将来了。”妇人收了糕，出了盒子，装了满满一盒子点心腊肉，又与了安童五六十文钱，“到家多拜上奶奶。那家日子定下二十四日行礼，出月初二日准娶。”小厮去了。薛嫂道：“姑奶奶家送来什么？与我些，包了家去捎与孩子吃。”妇人与了他一块糖，十个艾窝窝，千恩万谢出门。不在话下。

媒婆们为西门庆做“广告”，总是不仅宣扬他有钱，而且总要着力强调他还有势。

细。此等婆子总是得了大便宜也还要占小便宜。

且说他母舅张四，倚着他小外甥杨宗保，要图留妇人手里东西，一心举保与大街坊尚推官儿子尚举人为继室。若小可人家，还可有话说，不想闻得是县前开生药铺西门庆定了，他是把持官府的人，遂动不得秤了。寻思已久，千方百计，不如破他为上计，走来对妇人说：“娘子不该接西门庆插定，还依我嫁尚推官儿子尚举人。他又是斯文诗礼人家，又有庄田地土，颇过得日子，强如嫁西门庆。那厮积年把持官府，刁徒泼

市井之辈，多有此种财产之争。

皮。他家见有正头娘子，乃是吴千户家女儿。过去做大是，做小却不难为你了！况他房里又有三四个老婆，并没上头的丫头。到他家，人歹口多，你惹气也！”妇人道：“自古船多不碍路。若他家有大娘子，我情愿让他做姐姐，奴做妹子。虽然房里人多，汉子欢喜，那时难道你阻他？汉子若不欢喜，那时难道你去扯他？不怕一百人单擢着。休说他富贵人家，那家没四五个，着紧街上乞食的，携男抱女，也挈扯着三四个妻小。你老人家忒多虑了！奴过去，自有个道理，不妨事。”张四道：“娘子，我闻得此人单管挑贩人口，惯打妇熬妻。稍不中意，就令媒人卖了。你愿受他的这气么？”妇人道：“四舅，你老人家差矣！男子汉虽利害，不打那勤谨省事之妻。我在他家把得家定，里言不出，外言不入，他敢怎的？为女妇人家，好吃懒做，嘴大舌长，招是惹非，不打他，打狗不成？”张四道：“不是。我打听他家还有一个十四岁未出嫁的闺女。诚恐去到他家，三窝两块把，人多口多，惹气怎了？”妇人道：“四舅说那里话！奴到他家，大是大，小是小，凡事从上流看，待得孩儿们好，不怕男子汉不喜欢，不怕女儿们不孝顺。休说一个，便是十个也不妨事。”张四道：“我见此人有些行止欠端，在外眠花卧柳，又里虚外实，少人家债负，只怕坑陷了你。”妇人道：“四舅，你老人家又差矣！他就外边胡行乱走，奴妇人家只管得三层门内，管不得那许多三层门外的事，莫不成日跟着他走不成？常言道：世上钱财倘来物，那是长贫久富家？紧着起来，朝廷爷一时没钱使，还问太仆寺借马价银子支来使。休说买卖的人家，谁肯把钱放在家里！各人裙带上衣食，老人家倒不消这样费心。”这张四见说不动这妇人，倒吃他抢了几句的话，好无颜色，吃了两盏清茶，起身去了。有诗为证：

张四无端丧楚言，姻缘谁想是前缘。

佳人心爱西门庆，说破咽喉总是闲。

张四羞惭归家，与婆子商议，单等妇人起身，指着外甥杨宗保，要拦夺妇人箱笼。

话休饶舌，到二十四日，西门庆行礼，请了他吴大娘来坐轿押担。衣服头面，四季袍儿，羹果茶饼，布绢绸绵，约有二十余担。这边请他姑

一篇“孟氏哲学”。此后孟玉楼在西门家基本上沿此“准则”为人处世。

孟玉楼真是爱上西门庆了么？当年此种女子，究竟是凭借直觉，还是出于幻想，抑或是出于某种理念，去爱男子的呢？

娘并他姐姐，接茶陪待。不必细说。到二十六日，请十二位高僧念经，做水陆烧灵，都是他姑娘一力张主。

这张四，临妇人起身那当日，请了几位街坊众乡邻，来和妇人讲话。那日，薛嫂正引着西门庆家雇了几个闲汉，并守备府里讨的一二十名军牢，正进来搬抬妇人床帐，嫁装箱笼，被张四拦住，说道："保山，且休抬！有话讲。"一面邀请了街坊邻舍进来坐下。张四先开言说："列位高邻听着！大娘子在这里，不该我张龙说：你家男子汉杨宗锡，与你这小叔杨宗保，都是我外甥，是我的姐姐养的。今日不幸他死了，挣了一场钱。有人主张着你，这是亲戚难管你家务事，这也罢了。争奈第二个外甥杨宗保年幼，一个业障都在我身上。他是你男子汉一母同胞所生，莫不家当没他的分儿？今日对着列位高邻在这里，你手里有东西，没东西，嫁人去也难管你。只把你箱笼打开，眼同众人看一看。你还抬去，我不留下你的，只见个明白。娘子，你意下如何？"妇人听言，一面哭起来，说道："众位听着，你老人家差矣！奴不是歹意谋死了男子汉，今日添羞脸又嫁人。他手里有钱没钱，人所共知。就是积攒了几两银子，都使在这房子上。房儿我没带去，都留与小叔，家活等件，分毫不动。就是外边有三百四百两银子欠帐，文书合同已都交与你老人家，陆续讨来家中盘缠。再有甚么银两来？"张四道："你没银两也罢。如今只对着众位，打开箱笼，有没有，看一看。你还拿了去，我又不要你的。"妇人道："莫不奴的鞋脚，也要瞧不成？"

讼出家门。所谓亲情的维系，多半是在利益分割上无争端或达到平衡状态。否则，此种当众撕破脸的活剧势难避免。

正乱着，只见姑娘拄拐自后而出，众人便道："姑娘出来。"都齐声唱喏。姑娘还了万福，陪众人坐下，姑娘开口："列位高邻在上，我是他的亲姑娘，又不隔从，莫不没我说处？死了的也是侄儿，活着的也是侄儿，十个指头咬着都疼。如今休说他男子汉手里没钱，他就是有十万两银子，你只好看他一眼罢了。他身边又无出，少女嫩妇的，你拦着，不教他嫁人，留着他做什么！"众街邻高声道："姑娘见得有理！"婆子道："难道他娘家陪的东西，也留下他的不成？他背地又不曾私自与我什么。说我护他也要公道。不瞒列位说，我这侄儿平日有仁义，老身舍不得他好温克性儿。不然，老身也不管着他！"那张四在傍，把婆子瞅了一眼，

众街邻"拥姑反舅"，无非是遵循封建社会"同姓高于异姓"的"准则"。

说道:“你好失心儿!凤凰无宝处不落。”此这一句话,道着这婆子真病,须臾怒起,紫漒了面皮,扯定张四大骂道:“张四,你休胡言乱语!我虽不能不才,是杨家正头香主,你这老油嘴,是杨家那膫子合的!”张四道:“我虽是异姓,两个外甥是我姐姐养的。你这老咬虫,女生外向行,放火又一头放水!”姑娘道:“贱没廉耻老狗骨头!他少女嫩妇的,留着他在屋里,有何算计?既不是图色欲,便欲起谋心,将钱肥己!”张四道:“我不是图钱,争奈是我姐姐养的!有差迟多是我,过不得日子不是你。这老杀才,搬着大,引着小,黄猫儿黑尾!”姑娘道:“张四,你这老花根,老奴才,老粉嘴!你恁骗口张舌的好淡扯!到明日死了时,不使了绳子扛子!”张四道:“你这嚼舌头老淫妇!挣将钱来焦尾靶!怪不的恁无儿无女!”姑娘急了,骂道:“张四贼,老苍根,老猪狗!我无儿无女,强似你家妈妈子穿寺院,养和尚,合道士!你还在睡里梦里!”当下两个差些儿不曾打起来,多亏众邻舍劝住,说道:“老舅,你让姑娘一句儿罢!”薛嫂儿见他二人嚷做一团,领率西门庆家小厮伴当,并发来众军牢,赶人闹里七手八脚将妇人床帐、装奁、箱笼,搬的搬,抬的抬,一阵风都搬去了。那张四气的眼大大的,敢怒而不敢言。众邻舍见不是事,安抚了一回,各人多散了。

以下对骂,极俗极脏极野极泼,但读来极生猛鲜活。到此初现此书创作者(究竟何许人?竟至今仍聚讼纷纭)驾驭市井语言的功力。

“黄猫儿黑尾”,喻前后不一,更转化为更丰富的含义。此语此后还要出现。

到六月初二日,西门庆一顶大轿,四对红纱灯笼,他这姐姐孟大姨送亲。他小叔杨宗保,头上扎着髻儿,穿着青纱衣,撒骑在马上,送他嫂子成亲。西门庆答贺了他一匹锦段,一柄玉绦儿。兰香、小鸾两个丫头都跟了来,铺床叠被;小厮琴童方年十五岁,亦带过来伏侍。到三日,杨姑娘家并妇人两个嫂子孟大嫂、二嫂,都来做生日。西门庆与他杨姑娘七十两银子,两匹尺头,自此亲戚来往不绝。西门庆就把西厢房里收拾三间与他做房,排行第三,号玉楼,令家中大小都随着叫三姨。到晚,一连在他房中歇了三夜。正是:销金帐里,依然两个新人;红锦被中,现出两般旧物。有诗为证:

孟玉楼带来了财还带来了人:两个丫头一个小厮。西门庆收获大大的。

怎睹多情风月标,教人无福也难消。

风吹列子归何处,夜夜婵娟在柳梢。

毕竟未知后来何如,且听下回分解。

前面六回的叙述文本，因为源自《水浒》，所以叙述语言中渗透着一定程度的善恶是非观。这一回起，是涤尽了“水浒味儿”的“金体”了，变得非常地客观。作者在叙述中很少再掺杂进是非善恶的判断。他那不动声色然而又十分有声有色的流畅叙述，只承担一个任务，便是告诉你，有一些人这样地活过，除此之外，他“概不负责”了。我们不得不承认，这种“客观叙述”自有一种巨大的吸引力。我们愿意再读下去。

第八回
潘金莲永夜盼西门庆　烧夫灵和尚听淫声

静悄房栊独自猜，鸳鸯失伴信音乖。
臂上粉香犹未泯，床头楸面暗尘埋。
芳容消瘦虚鸾镜，云鬓蓬松坠玉钗。
骏骥不来劳望眼，空馀鸳枕泪盈腮。

话说西门庆自从娶了玉楼在家，燕尔新婚，如胶似漆。又遇着陈宅那边，使了文嫂儿来通信，六月十二日就要娶大姐过门。西门庆促忙促急，攒造不出床来，就把孟玉楼陪来的一张南京描金彩漆拔步床陪了大姐。三朝九日，足乱了约一个月多，不曾往潘金莲家去，把那妇人每日门儿倚遍，眼儿望穿。使王婆往他门首去了两遍，门首小厮常见王婆，知道是潘金莲使来的，多不理他，只说："大官人不得闲哩！"妇人盼他急的紧，只见婆子回了妇人，妇人又打骂小女儿街上去寻觅。那小妮子怎敢入他那深宅大院里去，只在门首踅探了一两遍，不见西门庆，就回来了。来家又被妇人啰骂在脸上，打在脸上，怪他没用，便要教他跪着，饿到晌午，又不与他饭吃。那时正值三伏天道，十分炎热。妇人在房中害热，分付迎儿热下水，伺候澡盆，要洗澡。又做了一笼夸馅肉角儿，等西门庆来吃。身上只着薄纩短衫，坐在小杌上，盼不见西门庆来到，嘴谷都的骂了几句负心贼。无情无绪，闷闷不语，用纤手向脚上脱下两只红绣鞋儿来，试打一个相思卦，看西门庆来不来。正是：逢人不敢高声语，暗卜金钱问远人。有《山坡羊》为证：

好床。似此种细节，最能将读者引入"假定情境"。

凌波罗袜，天然生下，红云染就相思卦。似藕生芽，如莲卸花，怎生缠得些娘大？柳条儿比来刚半扠。他，不念咱；咱，想念他。

想着门儿私下，帘儿悄呀，空教奴被儿里叫着他那名儿骂。你怎恋烟花，不来我家？奴眉儿淡淡教谁画？何处绿杨拴系马。他，辜负咱；咱，念恋他。

当下妇人打了一回相思卦，见西门庆不来了，不觉困倦来，就歪在床上盹睡着了。约一个时辰醒来，心中正没好气。迎儿问："热了水，娘洗澡也不洗？"妇人便问："角儿蒸熟了？拿来我看。"迎儿连忙拿到房中。妇人用纤手一数，原做下一扇笼三十个角儿，翻来覆去只数了二十九个，少了一个角儿，便问往那里去了。迎儿道："我并没看见，只怕娘错数了。"妇人道："我亲数了两遍，三十个角儿，要等你爹来吃，你如何偷吃了一个？好娇态淫妇奴才，你害馋痨馋痞，心里要想这个角儿吃？你大碗小碗，哝捣不下饭去？我做下的，孝顺你来！"于是不由分说，把这小妮子跣剥去了身上衣服，拿马鞭子下手打了二三十下，打的妮子杀猪也似叫。问着他："你不承认，我定打下百数！"打的妮子急了，说道："娘休打！是我害饿的慌，偷吃了一个。"妇人道："你偷了，如何赖我错数了，眼看着就是个牢头祸根淫妇！有那亡八在时，轻学重告，今日往那里去了？还在我跟前弄神弄鬼！我只把你这牢头淫妇，打下你下截来！"打了一回，穿上小衣，放起他来，分付在旁打扇。打了一回扇，口中说道："贼淫妇，你舒过脸来，等我掐你这皮脸两下子。"那迎儿真个舒着脸，被妇人尖指甲掐了两道血口子，才饶了他。

暴灼的情欲，转化为虐待的颠狂。

舒脸任掐，人间惨象。

良久，走到镜台前，从新妆点出来，门帘下站立。也是天假其便，只见西门庆家小厮玳安，夹着毡包，骑着马，打妇人门首过的。妇人叫住他，问他往何处去来。那小厮平日说话乖觉，常跟西门庆在妇人家行走。妇人尝与他浸润，他有甚不是，在西门庆面前替他说方便，以此妇人往来就滑。一面下马来，说道："俺爹使我送人情，往守备府里去来。"妇人叫进门来问他："你爹家中有甚事？如何一向不来傍个影儿，看我一看？想必另续上了一个心甜的姊妹，把我做个网巾圈儿——打

注意：西门庆的存在是"立体化"的。要保持优裕的纵欲生活，必须架构出以钱为经、以势为纬的"箩筛"，筛掉"多余"的，留下"有用"的。派玳安与守备联络，亦是他生存的必要之一。

靠后了。”玳安道：“俺爹再没续上姊妹。只是这几日家中事忙，不得脱身来看得六姨。”妇人道：“就是家中有事，那里丢我恁个半月，音信不送一个儿？只是不放在心儿上。”因问玳安：“有甚么事？你对我说。”那小厮嘻嘻只是笑，不肯说，“有桩事儿罢了，六姨只顾吹毛求问怎的？”妇人道：“好小油嘴儿！你不对我说，我就恼你一生。”小厮道：“我对六姨说，六姨休对爹说是我说的。”妇人道：“我不对他说便了。”玳安如此这般，把家中娶孟玉楼之事，从头至尾告诉了一遍。这妇人不听便罢，听了，由不的那里眼中泪珠儿顺着香腮流将下来。玳安慌了，便道：“六姨，你原来这等量窄，我故便不对你说。对你说，便就如此。”妇人倚定门儿长叹了一口气，说道：“玳安，你不知道，我与他从前已往那样恩情，今日如何一旦抛闪了。”止不住纷纷落下泪来。玳安道：“六姨你何苦如此？家中俺娘也不管着他。”妇人便道：“玳安你听告诉。另有前腔为证：

乔才心邪，不来一月，奴绣鸳衾旷了三十夜。他俏心儿别，俺痴心儿呆，不合将人十分热。常言道，容易得来容易舍。兴，过也；缘，分也。”

说毕，又哭了。玳安道：“六姨，你休哭。俺爹怕不的也只在这两日头，他生日待来也。你写几个字儿等我替你捎去，与俺爹瞧看了，必然就来。”妇人道：“是必累你。请的他来，到明日我做双好鞋与你穿。我这里也要等他来，与他上寿哩。他若不来，都在你小油嘴身上。他若问起你来这里做什么，你怎生回答他？”玳安道：“爹若问小的，只说在街上饮马，六姨使王奶奶叫了我去，捎了这个柬帖儿，多上覆爹，好歹请爹过去哩。”妇人笑道：“你这小油嘴，倒是再来的红娘，倒会成合事儿哩。”说毕，令迎儿把桌上蒸下的角儿装了一碟儿，打发玳安儿吃茶。一面走入房中，取过一幅花笺，又轻拈玉管，款弄羊毛，须臾写了一首《寄生草》，词曰：

将奴这知心话，付花笺寄与他。想当初结下青丝发，门儿倚遍帘儿下，受了些没打弄的耽惊怕。你今果是负了奴心，不来还我香罗帕。

张嘴即编一谎。玳安确是狡黠之徒。

写就，叠成一个方胜儿，封停当，付与玳安儿收了，“好歹多上覆他。待他生日千万走走，奴这里来专望。”那玳安吃了点心，妇人又与数十文钱。临出门上马，妇人道：“你到家见你爹，就说六姨好不骂你。他若不来，你就说六姨，到明日坐轿子亲自来哩。”玳安道：“六姨，自吃你卖粉团的撞见了敲板儿蛮子叫冤屈——麻饭肐胆的帐；骑着木驴儿磕瓜子儿——琐碎昏昏。”说毕骑上马去了。

此书大量使用来自市井的歇后语。像这两句，当代人听来较为膈膜了，但有不少即使在今天也仍一闻即懂、令人忍俊不禁。

那妇人每日长等短等，如石沉大海一般，那里得个西门庆影儿来？看看七月将尽，到了他生辰。这妇人挨一日似三秋，盼一夜如半夏。等了一日，杳无音信；盼了多时，寂无形影。不觉银牙暗咬，星眼流波。至晚，旋叫王婆来，安排酒肉与他吃了，向头上拔下一根金头银簪子与他，央往西门庆家走走，去请他来。王婆道：“咱晚来，茶前酒后，他定也不来。待老身明日侵早，往大官人宅上请他去罢。”妇人道：“干娘，是必记心，休要忘了！”婆子道：“老身管着那一门儿来，肯误了勾当？”当下这婆子非钱而不行，得了这根簪子，吃得脸红红，归家去了。

原来妇人在房中，香薰鸳被，款剔银灯，睡不着，短叹长吁，翻来覆去。正是：得多少琵琶夜久殷勤弄，寂寞空房不忍弹。于是独自弹着琵琶，唱一个《绵搭絮》为证：

虽还是写从《水浒》中过渡来的那个潘金莲，叙述文本不同了。此种地方，显示出此书确是“词话”。

当初奴爱你风流，共你剪发燃香，雨态云踪两意投。背亲夫，和你情偷。怕甚么傍人讲论，覆水难收！你若负了奴真情，正是缘木求鱼空自守。

又

谁想你另有了裙钗，气的奴似醉如痴，斜傍定帏屏故意儿猜。不明白，怎生丢开？传书寄柬，你又不来。你若负了奴的恩情，人不为仇天降灾。

又

奴家又不曾爱你钱财，只爱你可意的冤家，知重知轻性儿乖。奴本是朵好花儿，园内初开；蝴蝶餐破，再也不来。我和你那样的恩情，前世里前缘今世里该。

又

心中犹豫展转成忧，常言妇女痴心，惟有情人意不周。是我迎头，和你把情偷。鲜花付与，怎肯干休？你如今另有知心，海神庙里和你把状投！

原来妇人一夜翻来覆去，不曾睡着。到天明，使迎儿过间壁，“瞧那王奶奶请你爹去了不曾？”迎儿去了不多时，说：“王奶奶老早就出去了。”

且说那婆子早辰梳洗出门，来到西门庆门首，问门上：“大官人在家？”都说不知道。在对门墙脚下等不勾多时，只见傅伙计来开铺子，婆子走向前来，道了万福，“动问一声，大官人在家么？”傅伙计道：“你老人家寻他怎的？这早来问着我，第二个人也不知他。大官人昨日寿日，在家请客吃酒。吃了一日酒，到晚拉众朋友往院里去了，一夜通没来家，你往那里寻他去。”这婆子拜辞，出县前，来到东街口，正往构栏那条巷去。只见西门庆骑马远远从东来，两个小厮跟随，吃的醉眼摩娑，前合后仰，被婆子高声叫道：“大官人，少吃些儿怎的！”向前一把手把马嚼环扯住。西门庆醉中问道：“你是王干娘，你来有甚话说？”那婆子向他耳畔低言，道不数句，西门庆道：“小厮来家对我说来，我知道六姐恼我哩，我如今就去。”那西门庆一面跟着他，两个一递一句，整说了一路话。

西门庆家中三房四妾，外面同潘金莲乱搞，还要与狐朋狗友到妓院中寻欢。有钱有势的男人，总不免会如此放纵肉欲么？

比及到妇人门首，婆子先入去，报道：“大娘子且喜：还亏老身去了，没半个时辰，把大官人请得来了！”妇人听见他来，连忙叫迎儿收拾房中干净，一面出房来迎接。西门庆摇着扇儿进来，带酒半酣进入房来，与妇人唱喏，妇人还了万福，说道：“大官人，贵人稀见面！怎的把奴来丢了，一向不来傍个影儿？家中新娘子陪伴，如胶似漆，那里想起奴家来？还说大官人不变心哩！”西门庆道：“你休听人胡说，那讨甚么新娘子来！只因小女出嫁，忙了几日，不曾得闲工夫来看你。就是这般话。”妇人道：“你还哄我哩！你若不是怜新弃旧，再不外边另有别人，你指着旺跳身子说个誓，我方信你。”那西门庆道：“我若负了你情意，生碗来大疔疮，害三五年黄病，匾担大蛆螬口袋。”妇人道：“贼负心的！匾担大蛆螬口袋，管你甚事？”一手向他头上把帽儿撮下来，望地下只一丢。慌的王婆地下拾起来，见一顶新缨子瓦楞帽儿，替他放在桌上，说道：“大

西门庆也张嘴便是谎。难怪玳安编谎不费工夫。有其主必有其奴。

市俗恶誓。试与《红楼梦》中贾宝玉所起的誓相比。真是一种人一种誓。

娘子，只怪老身不去请大官人来，就是这般的。还不与他带上着，试了风！”妇人道：“那怕负心强人阴寒死了，奴也不疼他！”一面向他头上拔下一根簪儿，拿在手里观看，却是一点油金簪儿，上面钑着两溜子字儿：“金勒马嘶芳草地，玉楼人醉杏花天。”却是孟玉楼带来的。妇人猜做那个唱的与他的，夺了放在袖子里，不与他，说道：“你还不变心哩，奴与你的簪儿那里去了？却带着那个的这根簪子？”西门庆道：“你那根簪子，前日因吃酒醉了，跌下马来，把帽子落了，头发散开，寻时就不见了。”妇人道：“你哄三岁小孩儿也不信！哥哥儿，你醉的眼花恁样了，簪子落地下，就看不见？”王婆在傍插口道：“大娘子，你休怪大官人，他离城四十里见蜜蜂儿㓾屎，出门交癞象拌了一交，原来觑远不觑近。”西门庆道：“紧自他麻犯人，你又自作耍。”妇人见他手中擎着一根红骨、细洒金、金钉铰川扇儿，取过来迎亮处只一照。原来妇人久惯知风月中事，见扇儿多是牙咬的碎眼儿，就是那个妙人与他的扇子，不由分说，两把折了。西门庆救时，已是扯的烂了，说道：“这扇子是我一个朋友卜志道送我的，今日才拿了三日，被你扯烂了。”那妇人傒落了他一回，只见迎儿拿茶来，叫迎儿放下茶托，与西门庆磕头。王婆道：“你两口子聒聒了这半日，也勾了，休要误了勾当。老身厨下收拾去也。”

“卜志道”，“不知道”也。《红楼梦》中的“卜固修”（不顾羞）、“卜世仁”（不是人），命名法或受此启发。

妇人一面分付迎儿房中放桌儿，预先安排下与西门庆上寿的酒肴，无非是烧鸡、熟鹅、鲜鱼、肉鲊、果品之类。须臾安排停当，拿到房中，摆在桌上。妇人向箱中取出与西门庆做下上寿的物事，用盘托盛着，摆在面前，与西门庆观看。一双玄色段子鞋，一双挑线密约深盟、随君膝下、香草边阑、松竹梅花岁寒三友、酱色段子护膝，一条纱绿潞绸、永祥云嵌八宝、水光绢里儿、紫线袋儿、里面装着排草玫瑰花兜肚，一根并头莲瓣簪儿。簪儿上钑着五言四句诗一首，云：“奴有并头莲，赠与君关髻。凡事同头上，切勿轻相弃。”西门庆一见，满心欢喜，把妇人一手搂过，亲了个嘴，说道：“怎知你有如此一段聪慧少有。”妇人教迎儿执壶，斟一杯与西门庆，花枝招飐，插烛也似磕了四个头，那西门庆连忙拖起来。两个并肩而坐，交杯换盏饮酒。那王婆陪着吃了几杯酒，吃的脸红红的，告辞回家去了，二人自在取乐顽耍。迎儿打发王婆出去，关上大门，厨

竟若无鸩杀武大一事，心中毫无阴影。恐是心太黑，故无影可留。

下坐的。妇人陪伴西门庆饮酒多时，看看天色晚来，但见：

密云迷晚岫，暗雾锁长空。群星与皓月争辉，绿水共青天斗碧。僧投古寺，深林中嚷嚷鸦飞；客奔荒村，闾巷内汪汪犬吠。枝上子规啼夜月，园中粉蝶戏花来。

当下西门庆分付小厮回马家去，就在妇人家歇了。到晚夕，二人如颠狂鹞子相似，尽力盘桓，淫欲无度。

常言道：乐极悲生，泰极否来。光阴迅速，单表武松，自从领了知县书礼，离了清河县，送礼物驮担，到东京朱太尉处下了书礼，交割了箱驮，街上各处闲行了几日，讨了回书，领一行人取路回山东大路而来。去时三四月天气，回来却淡暑新秋。路上水雨连绵，迟了日限，前后往回，也有三个月光景。在路上雨水所阻，只觉得神思不安，身心恍惚，赶回要看哥哥。不免差了一个土兵，预先报与知县相公。又私自寄了一封家书与他哥哥武大，说他也不久，只在八月内回还。

那土兵先下了知县相公禀帖，然后径奔来抓寻武大家。可可天假其便，王婆正在门首。那土兵见武大家关着，才要叫门，婆子便问："你是寻谁的？"土兵道："我是武都头差来，下书与他哥哥。"婆子道："武大郎不在家，都上坟去了。你有书信，交与我就是了，等他归来，我递与他，也是一般。"那土兵向前唱了一个喏，便向身边取出家书来，交与王婆，忙忙促促骑上头口，飞的一般去了。

王婆心中竟毫无惧怕。

这王婆拿着那封书，从后门走过妇人家来，迎儿开了门，婆子入来。原来妇人和西门庆狂了半夜，约睡至饭时还不起来。王婆叫道："大官人、娘子起来，匆匆有句话和你们说！如今如此如此，这般这般，武二差土兵寄了书来。他与哥哥说，他不久就到。我接下几句话儿，打发他去了。你们不可迟滞，早处长便。"那西门庆不听，万事皆休，听了此言，正是：分开八块顶梁骨，倾下半桶冰雪来。一面与妇人多起来穿上衣服，请王婆到房内坐了。取出书来与西门庆看了。武松书中写着不过中秋回家，二人都慌了手脚，说道："如此怎了？干娘遮藏我每则个，恩有重报，不敢有忘！我如今与大姐情深意海，不能相舍。武二那厮回来便要分散，如何是好？"婆子道："大官人，有什么难处之事！我前日已说过

倒是西门庆临事惊惧。

王婆又出点子。从此生出多少枝杈。

了:幼嫁由爹娘,后嫁由自己。古来叔嫂不通门户。如今已自大郎百日来到,大娘子请上几位众僧来,抱这灵牌子烧了。趁武二未到家来,大官人一顶轿子娶了家去。等武二那厮回来,我自有话说,他敢怎的!自此你二人自在一生,无些鸟事。"西门庆便道:"干娘说的是,正是人无刚骨,安身不牢。"当日西门庆和妇人用毕早饭,约定八月初六日是武大郎百日,请僧念佛烧灵;初八日晚,抬娶妇人家去。三人计议已定。不一时,玳安拿马来接回家。不在话下。

光阴似箭,日月如梭,又早到八月初六日。西门庆拿了数两散碎银钱、二斗白米斋衬来妇人家,教王婆报恩寺请了六个僧,在家做水陆超度武大,晚夕除灵。道人头五更就挑了经担来,铺陈道场,悬挂佛像。王婆伴厨子在灶上安排整理斋供。西门庆那日就在妇人家歇了。不一时,和尚来到,摇响灵杵,打动鼓钹,宣扬讽诵,咒演《法华经》,礼拜《梁王忏》。早辰发牒,请降三宝,证盟功德,请佛献供,午刻召亡施食。不必细说。

且说潘金莲怎肯斋戒,陪伴西门庆睡到日头半天还不起来。和尚请斋主拈香佥字,证盟礼佛。妇人方才起来梳洗,乔素打扮,来到佛前参拜。那众和尚见了武大这个老婆,一个个都昏迷了佛性禅心,一个个多关不住心猿意马,都七颠八倒,酥成一块。但见:

《西厢记》里也写了众僧对莺莺美丽的倾倒,却不令人反感。这里写众和尚色迷心窍,令人作呕。文本语码决定解读效果,信然。

> 班首轻狂,念佛号不知颠倒;维摩昏乱,诵经言岂顾高低。烧香行者推倒花瓶,秉烛头陀错拿香盒。宣盟表白,大宋国称做大唐;忏罪阇黎,武大郎念为大父。长老心忙,打鼓错拿徒弟手;沙弥心荡,磬槌打破老僧头。从前苦行一时休,万个金刚降不住。

那妇人佛前烧了香,佥了字,拜礼佛毕,回房去了,依旧陪伴西门庆做一处,摆上酒席荤腥来,自去取乐。西门庆分付王婆:"有事你自答应便了,休教他来聒噪六姐。"婆子哈哈笑道:"大官人,你倒放心,由着老娘和那秃厮缠,你两口儿是会受用!"

此处攻击、丑化和尚,并无反神权束缚、倡个性解放一类的积极意义,纯属低级趣味。

看官听说,世上有德行的高僧,坐怀不乱的少。古人有云:一个字便是"僧",两个字便是"和尚",三个字是个"鬼乐官",四个字是"色中饿鬼”。苏东坡又云：不秃不毒，不毒不秃；转毒转秃，转秃转毒。此一篇议论，专说这为僧戒行。住着这高堂大厦，佛殿僧房，吃着那十方檀越钱粮，又不耕种，一日三餐，又无甚事萦心，只专在这色欲上留心。譬如在家俗人，或士农工商，富贵长者，小相俱全，每被利名所绊，或人事往来，虽有美妻少妾在旁，忽想起一件事来关心，或探探瓮中无米，囤内少柴，早把兴来没了，却输与这和尚每许多。有诗为证：

色中饿鬼兽中狨，坏教贪淫玷祖风。

此物只宜林下看，不堪引入画堂中。

当时，这众和尚见了武大这个老婆乔模乔样，多记在心里。到午斋往寺中歇晌回来，妇人正和西门庆在房里饮酒作欢。原来妇人卧房正在佛堂一处，止隔一道板壁。有一个僧人先到，走在妇人窗下水盆里洗手，忽然听见妇人在房里颤声柔气，呻呻吟吟，哼哼唧唧，恰似有人在房里交姤一般。于是推洗手，立住了脚。① 落后众和尚都到齐了，吹打起法事来，一个传一个，都知道妇人有汉子在屋里，不觉都手之舞之，足之蹈之。临佛事完满，晚夕送灵化财出去。妇人又早除了孝髻，换了一身艳衣服，在帘里与西门庆两个并肩而立，看着和尚化烧灵座。王婆舀将水，点一把火来，登时把灵牌并佛烧了。那贼秃冷眼瞧见帘子里一个汉子，和婆娘影影绰绰并肩站立，想起白日里听见那些勾当，只个乱打鼓揲钹不住。被风把长老的僧伽帽刮在地下，露见青旋旋光头，不去拾，只顾揲钹打鼓，笑成一块，王婆便叫道：“师父！纸马也烧过了，还只个揲打怎的？”和尚答道：“还有纸炉盖子上没烧过。”西门庆听见，一面令王婆快打发衬钱与他。长老道：“请斋主娘子谢谢。”妇人道：“干娘说：免了罢。”众和尚道：“不如饶了罢。”一齐笑的去了。正是：遗踪堪入时人眼，不买胭脂画牡丹。有诗为证：

笑成一块，自欺欺人，欺人自欺，市俗社会中有多少这类“明知故欺”的把戏！

淫妇烧灵志不平，和尚窃壁听淫声。

果然佛道能消罪，亡者闻之亦惨魂。

毕竟未知后来何如，且听下回分解。

① 此处删77字。

第九回
西门庆计娶潘金莲　武都头误打李外传

色胆如天不自由，情深意密两绸缪。
只思当日同欢爱，岂想萧墙有后忧。
只贪快乐恣悠游，英雄壮士报冤仇。
天公自有安排处，胜负输赢卒未休。

话说西门庆与潘金莲烧了武大灵，换了一身艳色衣服，晚夕安排了一席酒，请王婆来作辞。就把迎儿交付与王婆养活，分付等武二回来，只说：大娘子度日不过，他娘教他前去，嫁了外京客人去了。妇人箱笼早先一日都打发过西门庆家去，剩下些破桌、坏凳、旧衣裳都与了王婆，西门庆又将一两银子相谢。到次日，一顶轿子，四个灯笼，王婆送亲，玳安跟轿，把妇人抬到家中来。那条街上远近人家，无有一人不知此事，都惧怕西门庆是个刁徒泼皮，有钱有势，谁敢来多管？地街上编了四句口号，说得极好：

虽不敢明管，却也使用俚谣一抒义愤。

堪笑西门不识羞，先奸后娶丑名留。
轿内坐着浪淫妇，后边跟着老牵头。

记清：潘金莲在西门家住花园内一所楼房小院中。以后多少故事在此“布景”中演出。

春梅来到潘金莲处。从此天下多事。

西门庆娶妇人到家，收拾花园内楼下三间与他做房。一个独独小院，角门进去，设放花草盆景，白日间人迹罕到，极是一个幽僻去处。一边是外房，一边是卧房。西门庆旋用十六两银子买了一张黑漆欢门描金床，大红罗圈金帐幔，宝象花拣妆，桌椅锦杌，摆设齐整。大娘子吴月娘房里使着两个丫头，一名春梅，一名玉箫。西门庆把春梅叫到金莲房内，令他伏侍金莲，赶着叫娘；却用五两银子另买一个小丫头，名唤小玉，伏侍月娘；又替金莲六两银子买了一个上灶丫头，名唤秋菊。排行金莲做第五房。——先头陈家娘子陪床的，名唤孙雪娥，约二十年纪，生的五短身材，有姿色。西门庆与他带了鬏髻，排行第四，以此把金莲做个第五房。此事表过不题。

妻妾“座次”排定。大娘子吴月娘，李娇儿二房，孟玉楼三房，孙雪娥勉强四房，潘金莲“屈居”五房。

这妇人一娶过门来，西门庆家中大小多不欢喜。看官听说：世上妇人，眼里火的极多。随你甚贤慧妇人，男子汉娶小，说不嗔，及到其间，见汉子往他房里同床共枕欢乐去了，虽故性儿好杀，也有几分脸酸心歹。正是：可惜团圞今夜月，清光咫尺别人圆。

西门庆当下就在妇人房中宿歇，如鱼似水，美爱无加。到第二日，妇人梳妆打扮，穿一套艳色衣服，春梅捧茶，走来后边大娘子吴月娘房里，拜见大小，递见面鞋脚。月娘在坐上，仔细定睛观看这妇人，年纪不上二十五六，生的这样标致，但见：

> 眉似初春柳叶，常含着雨恨云愁；脸如三月桃花，暗带着风情月意。纤腰袅娜，拘束的燕懒莺慵；檀口轻盈，勾引得蜂狂蝶乱。玉貌妖娆花解语，芳容窈窕玉生香。

潘金莲形象主要靠性格刻划。肖像描写有很多次，且颇用力，却总嫌未免“公式化”、“概念化”。

吴月娘从头看到脚，风流往下跑；从脚看到头，风流往上流。论风流，如水晶盘内走明珠；语态度，似红杏枝头笼晓日。看了一回，口中不言，心内暗道：“小厮每家来，只说武大怎样一个老婆，不曾看见；今日果然生的标致，怪不的俺那强人爱他。”金莲先与月娘磕了头，递了鞋脚，月娘受了他四礼。次后李娇儿、孟玉楼、孙雪娥，多拜见，平叙了姊妹之礼，立在旁边。月娘教丫头拿个坐儿教他坐，分付丫头媳妇赶着他叫五娘。这妇人坐在旁边，不转睛把眼儿只看吴月娘：约三九年纪。——因是八月十五日生的，故小字叫做月娘。——生的面若银盆，眼如杏子，举止温柔，持重寡言。第二个李娇儿，乃院中唱的，生的肌肤丰肥，身体沉重，在人前多咳嗽一声，上床懒追陪解数，名妓者之称，而风月多不及金莲也。第三个就是新娶的孟玉楼，约三十年纪，生的貌若梨花，腰如杨柳，长挑身材，瓜子脸儿，稀稀多儿点微麻，自是天然俏丽。惟裙下双湾，与金莲无大小之分。第四个孙雪娥，乃房里出身，五短身材，轻盈体

以下从潘金莲眼中看诸“姊妹”，其肖像倒都能给人留下印象。

态，能造五鲜汤水，善舞翠盘之妙。这妇人一抹儿多看到在心里。过三日之后，每日清晨起来，就来房里与月娘做针指，做鞋脚。凡事不拿强拿，不动强动。指着丫头，赶着月娘一口一声只叫“大娘”，快把小意儿贴恋。几次把月娘喜欢的没入脚处，称呼他做“六姐”，衣服首饰拣心爱的与他，吃饭吃茶和他同桌儿一处吃。因此，李娇儿等众人见月娘错敬他，各人都不做喜欢，说：“俺们是旧人，倒不理论；他来了多少时，便这等惯了他。大姐好没分晓！”正是：

此是潘金莲的“第一部曲”。也未必全是狡计。她出身贫寒，又是杀夫来此，且确喜欢西门庆，理应是一种“心满意足”的状态。

前车倒了千千辆，后车倒了亦如然。

分明指与平川路，错把忠言当恶言。

且说西门庆娶潘金莲来家，住着深宅大院，衣服头面又相趁，二人女貌郎才，正在妙年之际，凡事如胶似漆，百依百随，淫欲之事无日无之。按下这里不题。

单表武松，八月初旬到了清河县，且去县里交纳了回书，知县看了大喜，已知金银宝物交得明白，赏了武松十两银子，酒食管待他。不必说。武松回到下处，房里换了衣服鞋脚，带上一顶新头巾，锁了房门，一径投紫石街来。两边众邻舍看见武松回来，都吃一惊，捏两把汗，说道：“这番萧墙祸起了！这个太岁归来，怎肯干休？必然弄出事来！”武松走到哥哥门前，揭起帘子，探身入来，看见迎儿小女在楼穿廊下撵线，说道：“我莫不眼花了？”叫声嫂嫂也不应，叫声哥哥也不应，道：“我莫不耳聋了，如何不见我哥嫂声音？”向前便问迎儿小女。那迎儿小女见他叔叔来，唬的不敢言语。武松道：“你爹娘往那里去了？”迎儿只是哭，不做声。

迎儿已完全没有了“自我”。这是人间最悲苦惨烈的事。

正问着，隔壁王婆听得是武二归来，生怕决撒了，只得走过，帮着迎儿支吾。武二见王婆过来，唱了个喏，问道：“我哥哥往那里去了？嫂嫂也怎的不见？”那婆子道：“二哥请坐。我告诉你：哥哥自从你去了，到四月间，得个拙病死了。”武二道：“我哥哥四月几时死了？得什么病？吃谁的药来？”王婆道：“你哥哥四月二十头，猛可地害急心疼起来。病了八九日，求神问卜，什么药不吃到，医治不好，死了。”武二道：“我的哥哥从来不曾有这病，如何心疼便死了？”王婆道：“都头，却怎的这般说！天有不测风云，人有旦夕祸福。今早脱下鞋和袜，未审明朝穿不穿。谁人保得常没事！”武二道：“我哥哥如今埋在那里？”王婆道：“你哥哥一倒了头，家中一文钱也没有，大娘子又是没脚蟹，那里去寻坟地做着。亏他左边一个财主，前与大郎有一面之交，舍助一具棺木。没奈何，放了三日，抬出一把火烧了。”武二道：“今嫂嫂往那里去了？”婆子道：“他少女嫩妇的，又没的养赡过日子，胡乱守了百日孝，他娘劝导，前月他嫁了外京人去了。丢下这个业障丫头子，教我替他养活，专等你回来，交付与你，也了我一场事。”

武二听言，沉吟了半晌，便撇下了王婆出门去，径投县前下处去，开了门，进房里换了一身素净衣服。帮教土兵街上打了一条麻绦，买了一双绵鞋，一顶孝帽，带在头上；又买了些果品、点心、香烛、冥纸、金银锭之类。归到哥哥家，从新安设武大郎灵位，安排羹饭，就在桌子上点起灯烛，铺设酒肴，挂起经幡纸缯。那消两个时辰，安排得端正。约一更已后，武二拈了香，扑番身便拜道：“哥哥阴魂不远！你在世时，为人软弱；今日死后，不见分明。你若是负屈衔冤，被人害了，托梦与我，兄弟替你报冤雪恨！”把酒一面浇奠了，烧化冥纸，武二便放声大哭。倒还是一路上来的人，哭的那两家邻舍无不恓惶。武二哭罢，将这羹饭酒肴和土兵、迎儿吃了。讨两条席子，教土兵中门旁边睡，武二把迎儿房中睡，他便把条席子就武大灵桌子前睡。约莫将半夜时分，武二番来覆去那里睡得着，口里只是长吁气。那土兵齁齁的，却是死人一般挺在那里。武二扒将起来看时，那灵桌子上琉璃灯半明半灭。武二坐在席子上自言自语，口里说道：“我哥哥生时懦弱，死后却无分明。”说犹未了，只见那灵桌子下卷起一阵冷风来。但见：

> 无形无影，非雾非烟。盘旋似怪风侵骨冷，凛冽如杀气透肌寒。昏昏暗暗，灵前灯火失光明；惨惨幽幽，壁上纸钱飞散乱。隐隐遮藏食毒鬼，纷纷飘逐影魂幡。

那阵冷风逼得武二毛发皆竖起来，定睛看时，见一个人从灵桌底下钻将出来，叫声：“兄弟！我死得好苦也！”武二看不仔细，却待向前再问时，只见冷气散了，不见了人。武二一交跌番在席子上，坐的寻思道：“怪

这些细节又回到《水浒》。此书虽有“劝善惩恶”的“靴”“帽”，其实写得很冷，甚至看不大出作者的爱憎企盼，因此也并无多少关于鬼神的宣谕。我觉得此书创作者颇有《红楼梦》中王熙凤那种不信神鬼和“阴司报应”的“硬心肠”。

哉！是梦非梦。刚才我哥哥正要报我知道，又被我的神气冲散了他的魂。想来他这一死，必然不明！”听那更鼓，正打三更三点，回头看那土兵正睡得好，于是咄咄不乐，“等到天明，却再理会。”胡乱眺了一回，看看五更鸡叫，东方将明。土兵起来烧汤，武二洗嗽了，唤起迎儿看家，带领土兵出了门，在街上访问街坊邻舍：“我哥哥怎的死了？嫂嫂嫁得何人去了？”那街坊邻舍明知此事，都惧怕西门庆，谁肯来管，只说：“都头不消访问，王婆在紧隔壁住，只问王婆就知了。”有那多口的说：“卖梨的郓哥儿与仵作何九，二人最知详细。”

这武二竟走来街坊前去寻郓哥，只见那小猴子手里拿着个柳笼簸箩儿，正粜米回来，武二便叫郓哥：“兄弟，唱喏。”那小厮见是武二叫他，便道：“武都头，你来迟了一步儿，须动不得手。只是一件，我的老爹六十岁，没人养赡，我却难保你们打官司耍子。”武二道：“好兄弟，跟我来。”引他到一个饭店楼上，武二叫过卖造两分饭来。武二对郓哥道：“兄弟，你虽年幼，倒有养家孝顺之心。我没什么……”向身边摸出五两碎银子，递与郓哥道：“你且拿去，与老爹做盘费，我自有用你处。待事务毕了，我再与你十来两银子做本钱。你可备细说与我，哥哥和甚人合气，被甚人谋害了？家中嫂嫂被那一个取去？你一一说来，休要隐匿！”这郓哥一手接过银子，当心里想道：“这五两银子，老爹也勾盘费得三五个月，便陪他打官司也不妨。”一面说道：“武二哥，你听我说，只怕说与你休气苦。”于是把卖梨儿寻西门庆，后被王婆怎地打，不放进去，又怎的帮扶武大捉奸，西门庆怎的踢中了武大，心疼了几日，不知怎的死了，从头至尾诉说了一遍。武二听了，便道：“你这话说是实么？”又问道：“我的嫂子嫁与甚么人去了？”郓哥道：“你嫂子乞西门庆抬到家，待捣吊底子儿，自还问他实也是虚！”武二道：“你休说谎。”郓哥道：“我便官府面前，也只是这般说。”武二道：“兄弟，既然如此，讨饭来吃。”须臾，大盘大碗吃了饭。武二还了饭钱，两个下楼来，分付郓哥：“你回家把盘费交与你老爹，明日早来县前，与我证一证。”又问：“何九在那里居住？”郓哥道：“你这时候寻何九？你未曾来时，三日前走的不知往那里去了。”这武二放了郓哥家去。

王婆真真是败在了郓哥手里。怎能小觑这“小猴子”。你听他对武松的这几句话是多么地言简意赅！

到第二日，武二早起，先在陈先生家写了状子，走到县门前，只见郓哥在此伺候，一直带到厅上跪下，声冤起来。知县看见，认的是武松，便问："你告什么？因何声冤？"武二告道："小人哥哥武大，被豪恶西门庆与嫂潘氏通奸，踢中心窝；王婆主谋，陷害性命；何九朦胧入殓，烧毁尸伤。见今西门庆霸占嫂在家为妾。见有这个小断郓哥是证见，望相公做主则个！"因递上状子，知县接着，便问："何九怎的不见？"武二道："何九知情在逃，不知去向。"知县于是摘问了郓哥口词，当下退厅与佐贰官吏通同商议。原来知县、县丞、主簿、吏典，上下多是与西门庆有首尾的，因此官吏通同计较，这件事难以问理。知县出来，便叫武松道："你也是个本院中都头，不省得法度？自古捉奸见双，捉贼见赃，杀人见伤。你那哥哥尸首又没了，又不曾捉得他奸。你今只凭这小厮口内言语，便问他杀人的公事，莫非公道忒偏向么？你不可造次，须要自己寻思，当行即行，当止即止。"武二道："告禀相公，这多是实情，不是小人捏造出来的。"知县道："你且起来，待我从长计较，可行时，便与你拿人。"武二方才起来，走出外边，把郓哥留在里面，不放回家。

当地几层官吏俱与西门庆有首尾。此即"势"也。

早有人把这件事报与西门庆得知，说武二回来，带领郓哥告状一节。西门庆慌了，却使心腹家人来保、来旺，身边袖着银两，打点官吏，都买嘱了。到次日早辰，武二在厅上指望告禀知县，催逼拿人，谁想这官人贪图贿赂，阁下状子来，说道："武二，你休听外人挑拨，和西门庆做对头。这件事欠明白，难以问理。圣人云：经目之事，犹恐未真；背后之言，岂能全信？你不可一时造次。"当该吏典在旁，便道："都头，你在衙门里也晓得法律，但凡人命之事，须要尸、伤、病、物、踪，五件事俱完，方可推问。你那哥哥尸首又没了，怎生问理！"武二道："既然相公不准所告，且却有理。"收了状子下厅来。来到下处，放了郓哥归家，不觉仰天长叹一声，咬牙切齿，口中骂淫妇不绝。

谁说当时无"法制"。问题不在有无法律，而在由谁行使法律。贪官当道，法律不过是空洞的"说词"罢了。

这汉子怎消洋这一口气！一直奔到西门庆生药店前，要寻西门庆厮打。正见他开铺子的傅伙计在木柜里面，见武二狠狠的走来声喏，问道："大官人在宅上么？"傅伙计认的是武二，便道："不在家了，都头有甚话说？"武二道："且请借一步说话。"傅伙计不敢不出来，被武二引到僻静巷口说话。武二番过脸来，用手撮住他衣领，睁圆怪眼，说道："你要死，却是要活？"傅伙计道："都头在上，小人又不曾触犯了都头，都头何故发怒？"武二道："你若要死，便不要说；若要活时，你对我实说：西门庆那厮如今在那里？我个嫂子被他娶了多少日子？一一说来，我便罢休。"那傅伙计是个小胆之人，见武二发作，慌了手脚，说道："都头息怒。小人在他家，每月二两银子雇着小人，只开铺子，并不知他闲帐。大官人本不在家，刚才和一相知，往狮子街大酒楼上吃酒去了。小人并不敢说谎。"武二听了此言，方才放了手，大扠步云飞奔到狮子街来，唬的傅伙计半日移脚不动。那武二径奔到狮子街桥下酒楼前。

这李外传更使法律成了揩油的"游戏机"。此种恶棍即使"错杀"也活该！

且说西门庆正和县中一个皂隶李外传，专一在县在府绰揽些公事，往来听气儿撰钱使，若有两家告状的，他便卖串儿；或是官吏打点，他便两下里打背工。因此县中起了他个浑名，叫做"李外传"。那日见知县回出武松状子，讨得这个消息，便来回报西门庆，知道武二告状不行。一面西门庆让他在酒楼上饮酒，把五两银子送他。正吃酒在热闹处，忽然把眼向楼窗看，只见武松凶神般从桥下直奔酒楼前来。已知此人来意不善，推更衣，从楼后窗只一跳，顺着房山跳下人家后院内去了。

西门庆就这样免于《水浒》中的"现报"。因此也才生发出后面的一大堆活剧。

那武二奔到酒楼前，便问酒保："西门庆在此么？"那酒保道："西门大官和一相识在楼上吃酒哩。"武二拨步撩衣，飞抢上楼去，只见一个人坐在正面，两个唱的粉头坐在两边。认的是本县皂隶李外传，就知来报信的，心中甚怒，向前便问："西门庆那里去了？"那李外传见是武二，唬得慌了，半日说不出来。被武二一脚，把桌子踢倒了，碟儿盏儿都打的粉碎。两个唱的也唬得走不动。武二劈面向李外传打一拳来，李外传叫声阿呀时，便跳起来，立在凳子上，楼后窗寻出路，被武二双手提住，隔着楼前窗，倒撞落在当街心里来，跌得个发昏。下边酒保见武二行恶，都惊得呆了，谁敢向前？街上两边人多住了脚睁眼。武二又气不舍，奔下楼，见那人已跌得半死，直挺挺在地，只把眼动。于是兜裆又是两脚，呜呼哀哉，断气身亡。众人道："都头，此人不是西门庆，错打了他。"武二道："我问他，如何不说？我所以打他。原来不经打，就死了。"那地方保甲见人死了，又不敢向前捉武二，只得慢慢挨近上来收笼

对法律公正的绝望，导致法外的暴力行为，却又未能达到报仇雪恨的目的，叹叹！

他，那里肯放松；连酒保王鸾，并两个粉头包氏、牛氏都拴了，竟投县衙里来见知县。此时哄动了狮子街，闹了清河县，街上看的人不计其数，多说："西门庆不当死，不知走的那里去了，却拿这个人来顶缸。"正是：张公吃酒李公醉，桑树上吃刀柳树上暴。谁人受用，谁人吃官司，有这等事！有诗为证：

英雄雪恨被刑缠，天公何事黑漫漫？

九泉干死食毒客，深闺笑杀一金莲。

毕竟未知后来如何，且听下回分解。

第十回
武二充配孟州道　妻妾宴赏芙蓉亭

朝看瑜伽经，暮诵消灾咒。
种瓜须得瓜，种豆须得豆。
经咒本无心，冤结如何究？
地狱与天堂，作者还自受。

话说武二被地方保甲拿去县里见知县去了。且表西门庆跳下楼窗，顺着房山，扒伏在人家院里藏了，原来是行医的胡老人家。只见他家使的一个大胖丫头，走来毛厕里净手，蹶着大屁股，猛可见了一个汉子扒伏在院墙下，往前走不迭，大叫："有贼了！"慌的胡老人急进来，看见认的是西门庆，便道："大官人且喜：武二寻你不着，把那人打死了，地方拿去县中见官去了。这一去定是死罪，大官人归家去无事。"这西门庆拜谢了胡老人，摇摆着来家，一五一十对潘金莲说。二人拍手喜笑，以为除了患害，妇人叫西门庆上下多使些钱，"务要结果了他，休要放他出来。"西门庆一面差心腹家人来旺儿，馈送了知县一副金银酒器，五十两雪花银，上下吏典也使了许多钱，只要休轻勘了武二。

由大胖丫头从毛厕发现，此细节从何想来！

胡老人竟心平气和地向西门庆"报喜"讨好。世人认权势不认天理者多多！

知县受了西门庆贿赂，到次日早衙升厅，地方保甲押着武二，并酒保、唱的干证人，在厅前跪下。县主一夜把脸番了，便叫武二："你这厮昨日虚告，如何不遵法度？今又平白打死了人，有何理说？"武二磕头告道："望相公与小人做主。小人本与西门庆执仇厮打，不料撞遇了此人在酒楼上，问道西门庆那里去了，他不说。小人一时怒起，误打死了他。”知县道:“这厮胡说!你岂不认的他是县中皂隶,想必别有缘故,你不实说。”喝令左右:“与我加起刑来!人是苦虫,不打不成!”两边闪三四个皂隶,役卒抱许多刑具,把武松拖翻,雨点般篦板子打将下来。须臾打了二十板,打得武二口口声声叫冤,说道:“小人平日也有与相公用力效劳之处,相公岂不悯念?相公休要苦刑小人!”知县听了此言,越发恼了:“你这厮亲手打死了人,尚还口强,抵赖那个?”喝令:“与我好生拶起来!”当下拶了武松一拶,敲了五十杖子,教取面长枷带了,收在监内。一干人寄监在门房里。

内中县丞佐贰官也有和武二好的,念他是个义烈汉子,有心要周旋他,争奈多受了西门庆贿赂,粘住了口,做不的张主。又见武松只是声冤,延挨了几日。只得朦胧取了供招,唤当该吏典并仵作、甲、邻人等,押到狮子街,检验李外传身尸,填写尸单格目,委的被武松寻问他索讨,分钱不均,酒醉怒起,一时斗殴,拳打脚踢,撞跌身死。左肋、面门、心坎、肾囊,俱有青赤伤痕不等。检验明白,回到县中。一日,做了文书申详,解送东平府来,详允发落。

赃官不去说他了,怎奈尚存一线天良者亦让贿赂“粘住了口”!

这东平府府尹姓陈,双名文昭,乃河南人氏,极是个清廉的官,听的报来,随即升厅。那官人,但见:

平生正直,禀性贤明。幼年向雪案攻书,长大在金銮对策。常怀忠孝之心,每行仁慈之念。户口增,钱粮办,黎民称颂满街衢;词讼减,盗贼休,父老赞歌喧市井。攀辕截镫,名标书史播千年;勒石镌碑,声振黄堂传万古。正直清廉民父母,贤良方正号青天。

这府尹陈文昭已知这事了,便教押过这一干犯人,就当厅先把清河县申文看了,又把各人供状招拟看过。端的上面怎生写着?文曰:

东平府清河县为人命事,呈称:犯人武松,年二十八岁,系阳谷县人氏,因有膂力,本县参做都头。因公差回还,祭奠亡兄,见嫂潘氏守孝不满,擅自嫁人。是松在巷口打听,不合于狮子街王鸾酒楼上,撞遇先不知名、今知名李外传,因酒醉索讨前借钱三百文,外传不与。又不合因而斗殴,互相不伏揪打,踢撞伤

公文载谎言,居然五官吏联名签发。
宋代只称“丞”,“县丞”是明代称法。此等处证明该书所写实际上是明代的现实生活。

重，当时身死。比有娼妇牛氏、包氏见证，致被地方保甲捉获。委官前至尸所，拘集使忤、甲、邻人等，检验明白，取供具结，填图解缴前来，覆审无异同。拟武松合依斗殴杀人，不问手足、他物、金刃，律绞。酒保王鸾，并牛氏、包氏，俱供明，无罪。今合行申到案发落，请允施行。政和三年八月日。

知县李达天。县丞乐和安。主簿华何禄。

典史夏恭基。司吏钱劳。

府尹看了一遍，将武松叫过面前跪下，问道："你如何打死这李外传？"那武松只是朝上磕头，告道："青天老爷，小的到案下得见天日，容小的说，小的敢说。"府尹道："你只顾说来。"武松道："小的本为哥哥报仇，因寻西门庆，误打死此人。"把前情诉告了一遍，"委是小的负屈衔冤，西门庆钱大，禁他不得。但只是个小人哥哥武大，含冤地下，枉了性命！"府尹道："你不消多言，我已尽知了。"因把司吏钱劳叫来，痛责二十板，说道："你那知县，也不待做官，何故这等任情卖法？"于是将一干人众一一审录过，用笔将武松供招都改了，因向佐贰官说道："此人为兄报仇，误打死这李外传，也是个有义的烈汉，比故杀平人不同。"一面打开他长枷，换了一面轻罪枷，枷了下在牢里，一干人等都发回本县听候；一面行文书着落清河县，添提豪恶西门庆，并嫂潘氏、王婆、小厮郓哥、仵作何九，一同从公根勘明白，奏请施行。武松在东平府监中，人都知道他是屈官司，因此押牢禁子都不要他一文钱，倒把酒食与他吃。

早有人把这件事报到清河县，西门庆知道了，慌了手脚。陈文昭是个清廉官，不敢来打点他，只得走去央求亲家陈宅心腹，并使家人来旺星夜往东京，下书与杨提督。提督转央内阁蔡太师，太师又恐怕伤了李知县名节，连忙赍了一封紧要密书帖儿，特来东平府，下书与陈文昭免提西门庆、潘氏。这陈文昭原系大理寺寺正，升东平府府尹，又系蔡太师门生，又见杨提督乃是朝廷面前说得话的官，以此人情两尽了，只把武松免死，问了个脊杖四十，刺配二千里充军。况武大已死，尸伤无存，事涉疑似，勿论；其余一干人犯，释放宁家。申详过省院，文书到日，即便施行。

对付清官又有另外的招数。西门庆通过亲家陈洪，再与陈洪亲家杨提督通气，又由杨提督通到蔡太师处，这就基本上是"通天"了；由蔡太师以"私人密信"方式影响陈府尹。关键时刻，"关系"赛过金钱。

清官不要钱，却要"面子"。你再"清"，你那官天上掉下来的？你总不免是这个那个老官的"门生"；何况有的给你"面子"的恰是"朝廷面前说得话的"大官；你真能"给脸不要脸"吗？有实力来对抗吗？值得为这件事（这类的事很多）"抗上"吗？到头来顶多只能是折衷处之。

陈文昭从牢中取出武松来，当堂读了朝廷明降，开了长枷，免不得脊杖四十，取一具七斤半铁叶团头枷钉了，脸上刺了两行金字，迭配孟州牢城。其余发落已完，当堂府尹押行公文，差两个防送公人，领了武松解赴孟州交割。

当日武松与两个公人出离东平府，来到本县家中，将家活多办卖了，打发那两个公人路上盘费，央托左邻姚二郎看管迎儿，“倘遇朝廷恩典，赦放还家，恩有重报，不敢有忘。”那街坊邻舍上户人家，见武二是个有义的汉子，不幸遭此刑，平昔与武二好的，都资助他银两，也有送酒食钱米的。武二到下处，问土兵要出行李包裹来，即日离了清河县上路，迤逦往孟州大道而行，正遇着中秋天气。此这一去，正是：若得苟全痴性命，也甘饥饿过平生。有诗为证：

府尹推详秉至公，武松垂死又疏通。

今朝刺配牢城去，病草萋萋遇暖风。

这里武二往孟州充配去了不题。且说西门庆打听他上路去了，一块石头方落地，心中如去了痞一般，十分自在。于是家中分付家人来旺、来保、来兴儿，收拾打扫后花园芙蓉亭干净，铺设围屏，悬起锦障，安排酒席齐整，叫了一起乐人吹弹歌舞。请大娘子吴月娘、第二李娇儿、第三孟玉楼、第四孙雪娥、第五潘金莲，合家欢喜饮酒；家人媳妇，丫鬟使女，两边侍奉。怎见当日好筵席？但见：

恶人“心中去了痞”，妻妾畅饮，吹弹歌舞，其奈他何！

香焚宝鼎，花插金瓶。器列象州之古玩，帘开合浦之明珠。水晶盘内，高堆火枣交梨；碧玉杯中，满泛琼浆玉液。烹龙肝，炮凤腑，果然下箸了万钱；黑熊掌，紫驼蹄，酒后献来香满座。更有那软炊红莲香稻，细脍通印子鱼。伊鲂洛鲤，诚然贵似牛羊；龙眼荔枝，信是东南佳味。碾破凤团，白玉瓯中分白浪；斟来琼液，紫金壶内喷清香。毕竟压赛孟尝君，只此敢欺石崇富！

此书叙述文本大体如此，“全无心肝”。也许，“客观地写出这一切”便是揭露、鞭挞？

当下西门庆与吴月娘居上，其余李娇儿、孟玉楼、孙雪娥、潘金莲多两傍列坐，传杯弄盏，花簇锦攒饮酒。只见小厮玳安，领下一个小厮，一个小女儿，才头发齐眉儿，生的乖觉，拿着两个盒儿，说道：“隔壁花太监家的，送花儿来与娘们戴。”走到西门庆、月娘众人跟前，都磕了头，立在旁边，说："俺娘使我送这盒儿点心，并花儿，与西门大娘戴。"揭开盒儿看，一盒是朝廷上用的果馅椒盐金饼，一盒是新摘下来鲜玉簪花儿。月娘满心欢喜，说道："又叫你娘费心。"一面看菜儿，打发两个吃了点心。月娘与了那小丫头一方汗巾儿，与了小厮一百文钱，说道："多上覆你娘，多谢了。"因问小丫头："你叫什么名字？"他回言道："我叫绣春，小厮叫做天福儿。"打发去了，月娘便向西门庆道："咱这里间壁住的花家，这娘子儿倒且是好，常时使过小厮丫头送东西与我，我并不曾回些礼儿与他。"西门庆道："花二哥他娶了这娘子儿，今不上二年光景。他自说娘子好个性儿，不然，房里怎生得这两个好丫头。"月娘道："前者六月间，他家老公公死了，出殡时，我在山头会他一面，生的五短身材，团面皮，细湾湾两道眉儿，且自白净，好个温克性儿。年纪还小哩，不上二十四五。"西门庆道："你不知，他原是大名府梁中书妾，晚嫁花家子虚，带了一分好钱来。"月娘道："他送盒来亲近你我，又在个紧邻，咱休差了礼数，到明日也送些礼物回答他。"

本书第二大女主角消息。

看官听说：原来花子虚浑家，娘家姓李，因正月十五日所生，那日人家送了一对鱼瓶儿来，就小字唤做瓶姐。先与大名府梁中书家为妾，梁中书乃东京蔡太师女婿。夫人性甚嫉妒，婢妾打死者多埋在后花园中。这李氏只在外边书房内住，有养娘扶侍。只因政和三年正月上元之夜，梁中书同夫人在翠云楼上，李逵杀了全家老小，梁中书与夫人各自逃生。这李氏带了一百颗西洋大珠，二两重一对鸦青宝石，与养娘妈妈走上东京投亲。那时花太监由御前班直升广南镇守，因侄男花子虚没妻室，就使媒人说亲，娶为正室。太监在广南去，也带他到广南。住了半年有余，不幸花太监有病，告老在家。因是清河县人，在本县住了。如今花太监死了，一分钱多在子虚手里，每日同朋友在院中行走，与西门庆都是会中朋友。西门庆是个大哥；第二个姓应，双名伯爵，原是开细绢铺的应员外儿子，没了本钱，跌落下来，专在本司三院帮嫖贴食，会一脚好气球，双陆棋子，件件皆通；第三个姓谢，名希大，字子纯，亦是帮闲勤儿，会一手好琵琶，每日无营运，专在院中吃些风流茶饭；还有个祝日念、孙寡嘴、吴典恩、云离守、常时节、卜志道、白来创，共十个朋友。卜

李瓶儿。此书书名第二字的来由。

打死婢妾"就地掩埋"，闲闲一句，令人毛骨悚然。

又与《水浒》接榫。以彼书来证实此书之"有据"。

这才叙到"西门庆热结十兄弟"。这里提到的"十兄弟"除去西门庆依次是：
应伯爵（白嚼，白混饭吃），绰号应花子；
谢希大（歇息大），字子纯（只蠢）；
祝日念（逐日撵）；
孙寡嘴（孙天化，添"花销"）；
吴典恩（无点恩）；

志道故了，花子虚补了。每月会在一处，叫两个唱的，花攒锦簇顽耍。众人见花子虚乃是内臣家勤儿，手里使钱撒漫，都乱撮合他，在院中请婊子，整三五夜不归家。正是：

紫陌春光好，红楼醉管弦。

人生能有几，不乐是徒然！

此事表过不题。

且说当日西门庆率同妻妾，合家欢喜，在芙蓉亭上饮酒，至晚方散。归到潘金莲房中，已有半酣，乘着酒兴要和妇人云雨，妇人连忙薰香打铺，和他解衣上床。① 因呼春梅进来递茶，妇人恐怕丫头看见，连忙放下帐子来。西门庆道："怕怎么的！"因说起："隔壁花二哥房里倒有两个好丫头。今日送花来的是小丫头，还有一个，也有春梅年纪，也是花二哥收过用了。但见他娘在门首站立，他跟出来，见是生的好模祥儿。谁知这花二哥年纪小小的，房里恁般用人！"妇人听了，瞅了他一眼，说道："怪行货，我不好骂你！你心里要收这个丫头，收他便了。如何远打周折，指山说磨，拿人家来比。奴一节不是那样人，他又不是我的丫头。既然如此，明日我往后边坐，一面腾个空儿，你自在房中叫他来，收他便了。"②

到次日，果然妇人往后边孟玉楼房中坐了。西门庆叫春梅到房中，春点杏桃红绽蕊，风欺杨柳绿翻腰，收用了这妮子。妇人自此一力抬举他起来，不令他上锅抹灶，只叫他在房中铺床叠被，递茶水，衣服首饰拣心爱的与他，缠的两只脚小小的。原来春梅比秋菊不同，性聪慧，喜谑浪，善应对，生的有几分颜色，西门庆甚是宠他。秋菊为人浊蠢，不任事体，妇人打的是他。正是：

燕雀池塘语话喧，皆因仁义说愚贤。

虽然异数同飞鸟，贵贱高低不一般！

毕竟未知后来何如，且听下回分解。

云离守（云里手）；常时节（常时借）；卜志道（不知道），死后，补入花子虚（把钱花得"乌有"）；白来创（白来抢）。光听他们"雅号"，便知是一群什么东西！但后面交代的座次与此顺序不同。

春梅从此地位不一般。

---

① 此处删68字。
② 此处删92字。

第十一回
潘金莲激打孙雪娥　西门庆梳笼李桂姐

妇人嫉妒非常，浪子落魄无赖。
一听巧语花言，不顾新欢旧爱。
出逢红袖相牵，又把风情别卖。
果然寒食元宵，谁不帮兴帮败！

话说潘金莲在家，恃宠生骄，颠寒作热，镇日夜不得个宁静。性极多疑，专一听篱察壁，寻些头脑厮闹；那个春梅，又不是十分耐烦的。一日，金莲为些零碎事情，不凑巧骂了春梅几句，春梅没处出气，走往后边厨房下去，捶台拍盘，闷狠狠的模样。那孙雪娥看不过，假意戏他道："怪行货子！想汉子便别处去想，怎的在这里硬气？"春梅正在闷时，听了几句，不一时暴跳起来："那个歪斯缠我哄汉子！"雪娥见他性不顺，只做不开口。春梅便使性，做几步走到前边来，如此如此，这般这般，一五一十，又添些话头道："他还说娘教爹收了我，俏一帮儿哄汉子。"挑拨与金莲知道。金莲满肚子不快活，只因送吴月娘出去送殡，起身早些，也有些身子倦，睡了一觉，走到亭子上，只见孟玉楼摇飐的走来，笑嘻嘻道："姐姐如何闷闷的不言语？"金莲道："不要说起，今早倦到了不得。三姐，你在那里去来？"玉楼道："才到后面厨房里走了一下。"金莲道："他与你说些什么来？"玉楼道："姐姐没言语。"金莲虽故口里说着，终久怀记在心，与雪娥结仇。不在话下。

西门宅中争宠战。
孙雪娥用激将法。
春梅"连横"。
潘金莲"搜集证据"。

孟玉楼息事宁人。

两个做了一回针指，只见春梅抱着汤瓶，秋菊拿了两盏茶来，吃毕茶，两个放桌儿，摆下棋子盘儿下棋。正下在热闹处，忽见看园门小厮琴童走来报道："爹来了。"慌的两个妇人收棋子不迭。西门庆恰进门槛，看见二人家常都带着银丝䯼髻，露着四鬓，耳边青宝石坠子，白纱衫儿，银红比甲，挑线裙子，双弯尖趫红鸳瘦小鞋，一个个粉妆玉琢，不觉满面堆笑，戏道："好似一对儿粉头，也值百十银子！"潘金莲说道："俺每才不是粉头，你家正有粉头在后边哩！"那玉楼抽身就往后走，被西门庆一手扯住，说道："你往那里去？我来了，你脱身去了。实说，我不在家，你两个在这里做甚么？"金莲道："俺两个闷的慌，在这里下了两盘棋子时，没做贼，谁知道你就来了。"一面替他接了衣服，说道："你今日送殡来家早。"西门庆道："今日斋堂里都是内相、同官，一来天气暄热，我不耐烦，先来家。"玉楼问道："他大娘怎的还不来家？"西门庆道："他的轿子也待进城，我使回两个小厮接去了。"一面脱了衣服坐下，因问："你两个下棋，赌些什么？"金莲道："俺两个自恁下一盘耍子，平白赌什么！"西门庆道："等我和你们下一盘，那个输了，拿出一两银子做东道。"金莲道："俺每并没银子。"西门庆道："你没银子，拿簪子问我手里当，也是一般。"于是摆下棋子，三人下了一盘，潘金莲输了。西门庆才数子儿，被妇人把棋子扑撒乱了，一直走到瑞香花下，倚着湖山，推掐花儿。西门庆寻到那里，说道："好小油嘴儿！你输了棋子，却躲在这里。"那妇人见西门庆来，昵笑不止，说道："怪行货子！孟三儿输了，你不敢禁他，却来缠我！"将手中花撮成瓣儿，洒西门庆一身。被西门庆走向前，双关抱住，按在湖山畔，就口吐丁香，舌融甜唾，戏谑做一处，不防玉楼走到跟前，叫道："六姐，他大娘来家了，咱后边去来！"这妇人方才撇了西门庆，说道："哥儿，我回来和你答话。"同玉楼到后边，与月娘道了万福，月娘问："你每笑甚么？"玉楼道："六姐今日和他爹下棋，输了一两银子，到明日整治东道，请姐姐耍子。"月娘笑了。

在西门庆看来，妻妾是蓄在家中的粉头，粉头是放在妓院的妻妾。反正都是泄欲的工具。

顺口而出。放债盘剥成性。
潘金莲从不服输。

封建家庭的规矩，大老婆外出回来，小老婆要去问好道乏。

金莲当下只在月娘面前，只打了个照面儿，就走来前边陪伴西门庆。分付春梅房中薰下香，预备澡盆浴汤，准备晚间两个效鱼水之欢。看官听说：家中虽是吴月娘大娘子在正房居住，常有疾病，不管家事，只是人情看往，出门走动。出入银钱，都在唱的李娇儿手里。孙雪娥单管率领家人媳妇在厨中上灶，打发各房饮食，譬如西门庆在那房里宿歇，或吃酒吃饭，造甚汤水，俱经雪娥手中整理，那房里丫头，自往厨下拿去。此事不说。

当晚西门庆在金莲房中吃了回酒，洗毕澡，两人歇了。次日，也是合当有事，西门庆许了金莲，要往庙上替他买珠子，要穿箍儿戴，早起来等着要吃荷花饼、银丝鲊汤。才起身，使春梅往厨下说去，那春梅只顾不动身。金莲道："你休使他。有人说我纵容他，教你收了，俏成一帮儿哄汉子。百般指猪骂狗，欺负俺娘儿们使。你又使他后边做甚么去！"西门庆便问："是谁说此话，欺负他？你对我说。"妇人道："说怎的！盆罐都有耳朵。你只不叫他后边去，另使秋菊去便了。"这西门庆遂叫过秋菊，分付他往厨下对雪娥说去。约有两顿饭时，妇人已是把桌儿放了，白不见拿来，急的西门庆只是暴跳。妇人见秋菊不来，使春梅："你去后边瞧瞧，那奴才只顾生根长苗不见来。"

恃宠告状。

春梅有几分不顺，使性子走到厨下，只见秋菊正在那里等着哩，便骂道："贼饧奴，娘要卸你那腿哩！说你怎的就不去了哩！爹紧等着吃了饼，要往庙上去，急的爹在前边暴跳，叫我采了你去哩！"这孙雪娥不听便罢，听了心中大怒，骂道："怪小淫妇儿，马回子拜节，来到的就是！锅儿是铁打的，也等慢慢儿的来！预备下熬的粥儿，又不吃，忽剌八新梁兴出来，要烙饼做汤，那个是肚里蛔虫？"春梅不忿他骂，说道："没的扯毯淡！主子不使了来问你，那个好来问你要？有没，俺们到前边自说的一声儿，有那些声气的。"一只手拧着秋菊的耳朵，一直往前边来。雪娥道："主子、奴才常远似这等硬气，有时道着！"春梅道："中。有时道使时道，没的把俺娘儿两个别变了罢！"于是气狠狠走来。妇人见他脸气的黄黄，拉着秋菊进门，便问："怎的来了？"春梅道："你问他！我去时还在厨房里雌着，等他慢条丝礼儿才和面儿。我自不是，说了一句：'爹在前边等着，娘说你怎的就不去了，使我来叫你来了。'倒被小院儿里的，千奴才、万奴才，骂了我恁一顿。说爹马回子拜节，来到的就是。只相那个调唆了爹一般，预备下粥儿不吃，平白新生发起要饼和汤。只顾在厨房里骂人，不肯做哩！"妇人在旁便道："我说别要使他去，人自

鲜活得带腥味的詈骂。

一个攻，一个守，春梅金莲配合默契。

恁和他合气，说俺娘儿两个攞拦你在这屋里。只当吃人骂将来。"

这西门庆听了，心中大怒，走到后边厨房里，不由分说，向雪娥踢了几脚，骂道："贼歪剌骨！我使他来要饼，你如何骂他？你骂他奴才，你如何不溺胞尿，把你自家照照？"那雪娥被西门庆踢骂了一顿，敢怒而不敢言。西门庆刚走出厨房门外，雪娥对着大家人来昭妻一丈青说道："你看，我今日晦气！早是你在旁听，我又没曾说什么。他走将来凶神也一般，大吆小喝，把丫头采的去了，反对主子面前轻事重报，惹的走来平白把恁一场儿。我洗着眼儿看着主子、奴才，长远恁硬气着，只休要错了脚儿！"不想被西门庆听见了，复回来，又打了几拳，骂道："贼奴才淫妇，你还说不欺负他，亲耳朵听见你还骂他！"打的雪娥疼痛难忍，西门庆便往前边去了，那雪娥气的在厨房里两泪悲啼，放声大哭。

孙雪娥在妻妾中，只是垫踹窝的货。

孙雪娥全无心机，嘴硬腰软。

吴月娘正在上房，才起来梳头，因问小玉："厨房里乱的些甚么？"小玉回道："爹要饼吃了往庙上去，说姑娘骂五娘房里春梅来，被爹听见了，在厨房里踢了姑娘几脚，哭起来。"月娘道："也没见，他要饼吃，连忙做了与他去就罢了，平白又骂他房里丫头怎的！"于是使小玉走到厨房，撺掇雪娥和家人媳妇连忙攒造汤水，打发西门庆吃了，骑马，小厮跟随，往庙上去不题。

这雪娥气愤不过，走到月娘房里，正告诉月娘此事，不防金莲蓦然走来，立于窗下潜听。见雪娥在屋里，对月娘、李娇儿说他怎的攞拦汉子，背地无所不为，"娘，你不知淫妇，说起来比养汉老婆还浪，一夜没汉子也成不的。背地干的那茧儿，人干不出，他干出来！当初在家把亲汉子用毒药摆死了，跟了来，如今把俺们也吃他活埋了！弄的汉子乌眼鸡一般，见了俺们便不待见。"月娘道："也没见你，他前边使了丫头要饼，你好好打发与他去便了，平白又骂他怎的？"雪娥道："我骂他秃也瞎也来？那顷这丫头在娘房里，着紧不听手，俺没曾在灶上把刀背打他，娘尚且不言语；可可今日轮他手里，便骄贵的这等的了！"正说着，只见小玉走到，说："五娘在外边。"

告状角度全不得体。《红楼梦》中赵姨娘或脱胎于此。

少顷，金莲进房，望着雪娥说道："比对我当初摆死亲夫，你就不消叫汉子娶我来家，省的我攞拦着他，撑了你的窝儿！论起春梅，又不是

虽是泼话，却句句将自己的"罪行"与西门庆联系在一起。这当然占到上风。《红楼梦》中王熙凤大闹宁国府时亦下此种"罪己诏"。

我房里丫头，你气不愤，还教他伏侍大娘就是了，省的你和他合气，把我扯在里头。那个好意死了汉子嫁人？如今也不难的勾当，等他来家，与我一纸休书，我去就是了。”月娘道：“我也不晓的你们底事，你每大家省言一句儿便了！”孙雪娥道：“娘，你看他嘴似淮洪也一般，随问谁也辩他不过。他又在汉子跟前戳舌儿，转过眼就不认了。——依你说起来，除了娘把俺们都撵了，只留着你罢！”那吴月娘坐着，由着他那两个，你一句，我一句，只不言语。后来见骂起来，雪娥道：“你骂我奴才，你便是真奴才！”拉些儿不曾打起来，月娘看不上，使小玉把雪娥拉往后边去。

月娘会当大老婆。

这潘金莲一直归到前边，卸了浓妆，洗了脂粉，乌云散乱，花容不整，哭得两眼如桃，躺在床上。到日西时分，西门庆庙上来，袖着四两珠子，进入房中，一见便问：“怎的来？”妇人放声号哭起来，问西门庆要休书，如此这般告诉一遍，“我当初又不曾图你钱财，自恁跟了你来，如何今日交人这等欺负？千也说我摆杀汉子，万也说我摆杀汉子。拾了本有，吊了本无。没丫头便罢了，如何要人房里丫头伏侍，吃人指骂？我一个还多着影儿哩！”这西门庆不听便罢，听了此言，三尸神暴跳，五陵气冲天，一阵风走到后边，采过雪娥头发来，尽力拿短棍打了几下。多亏吴月娘向前拉住了手，说道：“没的大家省事些儿罢了！好交你主子惹气！”西门庆便道：“好贼歪剌骨，我亲自听见你在厨房里骂，你还搅缠别人！我不把你下截打下来也不算！”看官听说：不争今日打了孙雪娥，管教潘金莲从前作过事，没兴一齐来。有诗为证：

偏点“摆杀汉子”，将自己与西门庆紧绑在一起。
此着甚灵。

金莲恃宠仗夫君，倒使孙娥忌怨深。

自古感恩并积恨，千年万载不生尘。

当下西门庆打了雪娥，走到前边，窝盘住了金莲，袖中取出今日庙上买的四两珠子，递与他穿箍儿戴。妇人见汉子与他做主儿，出了气，如何不喜？由是要一奉十，宠爱愈深。一日，在园中置了一席，请吴月娘、孟玉楼，连西门庆，四人共饮酒。

话休饶舌，那西门庆立了一伙，结识了十个人做朋友，每月会茶饮酒。头一个名唤应伯爵，是个破落户出身，一分儿家财都嫖没了，专一跟着富家子弟，帮嫖贴食，在院中顽耍，诨名叫做应花子。第二个姓谢，

此回正式开列“十兄弟”座次。
有钱有势西门庆，
帮嫖贴食应伯爵，
游手好闲谢希大，
与吏保债吴典恩，
勾引风流孙天化，
钱财荡光花子虚，
云里伸手云离守，
每日凑趣祝日念，
借钱不还常时节，
白吃白喝白来创。

名希大，乃清河卫千户官儿应袭子孙，自幼儿没了父母，游手好闲，善能踢的好气球，又且赌博，把前程丢了，如今做帮闲的。第三名唤吴典恩，乃本县阴阳生，因事革退，专一在县前与官吏保债，以此与西门庆来往。第四名孙天化，绰号孙寡嘴，年纪五十余岁，专在院中闯寡门，与小娘传书寄柬，勾引子弟，讨风流钱过日子。第五是云参将兄弟，名唤云离守。第六是花太监侄儿花子虚。第七姓祝，名唤祝日念。第八姓常，名常时节。第九个姓白，名唤白来创。连西门庆共十个。众人见西门庆有些钱钞，让西门庆做了大哥，每月轮流会茶摆酒。一日，轮该花子虚家摆酒会茶，就在西门庆紧隔壁。内官家摆酒，都是大盘大碗，甚是丰盛。众人都到齐了，那日西门庆有事，约午后不见到来，都留席面。少顷，西门庆来到，衣帽整齐，四个小厮跟随，众人都下席迎接，叙礼让坐，东家安席，西门庆居首席。一个粉头，两个妓女，琵琶筝篆，在席前弹唱，端的说不尽梨园娇艳，色艺双全。但见：

罗衣叠雪，宝髻堆云。樱桃口，杏脸桃腮；杨柳腰，兰心蕙性。歌喉宛啭，声如枝上流莺；舞态蹁跹，影似花间凤转。腔依古调，音出天然。舞回明月坠秦楼，歌遏行云遮楚馆。高低紧慢，按宫商吐玉喷珠；轻重疾徐，依格调铿金戛玉。筝排雁柱声声慢，板排红牙字字新。

少顷，酒过三巡，歌吟两套。三个唱的放下乐器，向前花枝摇飐，绣带飘飖磕头。西门庆呼答应小使玳安，书袋内取三封赏赐，每人二钱，拜谢了下去。因问东家花子虚："这位姐儿上姓？端的会唱。"东家未及答，在席应伯爵插口道："大官人多忘事，就不认的了。这搽筝的是花二哥令翠，勾拦后巷吴银儿；那拨阮的是朱毛头的女儿，朱爱爱；这弹琵琶的是二条巷李三妈的女儿，李桂卿的妹子，小名叫做桂姐。——你家中见放着他亲姑娘，大官人如何推不认的？"西门庆笑道："六年不见，就出落得成了人儿了。"落后酒阑，上席来递酒。这桂姐殷勤劝酒，情话盘桓，西门庆因问："你三妈、你姐姐桂卿在家做甚么？怎的不来我家走走，看看你姑娘？"桂姐道："俺妈从去岁不好了一场，至今腿脚半边通动不的，只扶着人走。俺姐姐桂卿，被淮上一个客人包了半年，常是接到店里住，两三日不放来家，家中好不无人。只靠着我逐日出来供唱，答应这几个相熟的老爹，好不辛苦！也要往宅里看看姑娘，白不得个闲。爹许久怎的也不在里边走走？放姑娘家去看看俺妈？”这西门庆见他一团和气，说话儿乖觉伶变，就有几分留恋之意，说道：“我今日约两位好朋友送你家去，你意下如何？”桂姐道：“爹休哄我，你肯贵人脚儿踏俺贱地？”西门庆道：“我不哄你。”便向袖中取出汗巾，连挑牙与香茶盒儿，递与桂姐收了。桂姐道：“多咱去？如今使保儿先家去说一声，作个预备。”西门庆道：“直待人散，一同起身。”少顷递毕酒，约掌灯人散时分，西门庆约下应伯爵、谢希大，也不到家，骑马同送桂姐，径进构拦往李家去。正是：锦绣窝中，入手不如撒手美；红绵套里，钻头容易出头难。有词为证：

此李桂姐是西门庆二房小老婆的侄女儿，但西门庆绝无“不能乱伦”之自我约束。

陷人坑，土窖般暗开掘；迷魂洞，囚牢般巧砌叠；检尸场，屠铺般明排列。衠一味死温存活打劫。招牌儿大字书者：买俏金哥哥休扯，缠头锦婆婆自接，卖花钱姐姐不赊。

西门庆等送桂姐轿子到门首，李桂卿迎门接入堂中，见毕礼数，请老妈出来拜见。不一时，虔婆扶拐而出，半边胳膊通动旦不得，见了西门庆，道了万福，说道：“天么天么，姐夫贵人，那阵风儿刮你到于此处！”西门庆笑道：“一向穷冗，没曾来得，老妈休怪休怪。”虔婆便问：“这二位老爹贵姓？”西门庆道：“是我两个好友：应二哥，谢子纯。今日在花家会茶，遇见桂姐，因此同送回来。快看酒来，俺们乐饮三杯。”虔婆让三位上首坐了，一面点了茶，一面下去打抹春台，收拾酒菜。少顷，保儿上来放桌儿，掌上灯烛，酒肴罗列。桂姐从新房中打扮出来，旁边陪坐。真个是风月窝，莺花寨。免不得姊妹两个在旁金樽满泛，玉阮同调，歌唱递酒。有诗为证：

虔婆半瘫，增加了真实感。

瑠璃钟，琥珀浓，小槽酒滴珍珠红。烹龙炮凤玉脂泣，罗帏绣幕围香风。吹龙笛，击鼍鼓；皓齿歌，细腰舞。况是青春莫虚度，银缸掩映娇娥语，酒不到刘伶坟上去。

当下桂卿姐儿两个唱了一套，席上觥筹交错饮酒。西门庆向桂卿说道：“今日二位在此，久闻桂姐善能禾唱南曲，何不请歌一词，以奉劝二位一杯儿酒，意下如何?”那应伯爵道:“我等不当起动，洗耳愿听佳音。”那桂姐坐着只是笑，半日不动身。原来西门庆有心要梳笼桂姐，故此发言，先索落他唱，却被院中婆娘见精识精，看破了八九分。李桂卿在旁，就先开口说道:“我家桂姐，从小儿养得娇，自来生得腼腆，不肯对人胡乱便唱。”于是西门庆便叫玳安小厮书袋内取出五两一锭银子来，放在桌上，便说道:“这些不当甚么，权与桂姐为脂粉之需，改日另送几套织金衣服。”那桂姐连忙起身相谢了。方才一面令丫鬟收下了，一面放下一张小桌儿，请桂姐下席来唱。当下桂姐不慌不忙，轻扶罗袖，摆动湘裙，袖口边搭刺着一方银红撮穗的落花流水汗巾儿，歌唱一只《驻云飞》:

举止从容，压尽拘拦占上风。行动香风送，频使人钦重。嗏，玉杵污泥中，岂凡庸?一曲清商，满座皆惊动。何似襄王一梦中，何似襄王一梦中!

唱毕，把个西门庆喜欢的没入脚处，分付玳安回马家去，晚夕就在李桂卿房里歇了一宿。紧着西门庆要梳笼这女子，又被应伯爵、谢希大两个在跟前一力撺掇，就上了道儿。次日，使小厮往家去拿五十两银子，段铺内讨四套衣裳，要梳笼桂姐。那李娇儿听见要梳笼他家中侄女儿，如何不喜，连忙拿了一锭大元宝付与玳安。拿到院中，打头面，做衣服，定桌席，吹弹歌舞，花攒锦簇，做三日，饮喜酒。应伯爵、谢希大又约会了孙寡嘴、祝日念、常时节，每人出五分银子人情作贺，都来囋他，铺的盖的俱是西门庆出，每日大酒大肉，在院中顽耍。不在话下。

李娇儿不吃惊不尴尬，反无条件欢喜，令我们深刻地懂得了什么是“婊子心态”。

舞裙歌板逐时新，散尽黄金只此身。

寄语富儿休暴殄，俭如良药可医贫。

毕竟未知后来如何，且听下回分解。

前面表现的，主要是西门庆对潘金莲的“一对一”淫情。从这回起，我们眼前接踵出现以西门庆为中心的淫情大辐射。

西方哲人曾有“我思故我在”的说法。现在据说又有“我色故我在”的说法。性，的确是健全的个体生命不可逭逃的属性（否则是“病体”），所以，我们不必“讳性”。但性又是一个复杂的问题。首先，它必然要涉及他人。再，社会是一种群体存在，因此，性行为必受到具体的时代、地域、民族、政治、经济、道德等等方面的制约。

此书具有非凡的写实品格。它把明代市井中的一个非常具有“取样”价值的人物——西门庆——的生存状态，特别是“性存在”状态，作了全方位的描述。

到此回我们已经看出，在那时，西门庆既可以在家中三房四妾（包括“收房丫头”）地随时宣淫，又可到妓院里发泄多余的性欲，甚至可以将老少两辈一个作妾一个嫖要，这都是当时的社会“游戏规则”所允许的。只是在那个社会中，公开地奸淫“良家妇女”（如与尚有丈夫武大的潘金莲通奸），还是受到法律和道德制约的，但西门庆在“色急”时，对此也并不怎么畏惧，而且，就是“事发”，他也有种种解脱的办法。

我们这块土地上的“先人”，有的就这么存在过。我们需要了解，需要分析，需要从中引出高尚的理念（当然也只是相对于“先人”而言，我们的后人必还要爬剔、修正、发展）。

第十二回
潘金莲私仆受辱　刘理星魇胜贪财

堪笑西门暴富，有钱便是主顾。
一家歪斯胡缠，那讨纲常礼数。
狎客日日来往，红粉夜夜陪宿。
不是常久夫妻，也算春风一度。

话说西门庆在院中贪恋住桂姐姿色，约半月不曾来家。吴月娘使小厮一连拿马接了数次，李家把西门庆衣帽都藏过一边，不放他起身，丢的家中这些妇人都闲静了。别人犹可，惟有潘金莲这妇人，青春未及三十岁，欲火难禁一丈高，每日和孟玉楼两个打扮的粉妆玉琢，皓齿朱唇，无一日不走在大门首倚门而望，等到黄昏时分。到晚来归入房中，粲枕孤帏，凤台无伴，睡不着，走来花园中，款步花台，月漾水底，犹恐西门庆心性难拿。怪玳瑁猫儿交欢，斗的我芳心迷乱。当时玉楼带来一个小厮，名唤琴童，年约十六岁，才留起头发，生的眉目清秀，乖滑伶俐。西门庆教他拿钥匙看管花园打扫，晚夕就在花园门前一间小耳房内歇。潘金莲和孟玉楼白日里常在花园中亭子上，坐在一处做针指，或下棋。这小厮专一献小殷勤，常观见西门庆来，就先来告报，以此妇人喜他，常叫他入房，赏酒与他吃。两个朝朝暮暮，眉来眼去，都有意了。

眉清目秀、乖滑伶俐——还是潘安、张生一类的女性化男人。

不想将近七月廿八日，西门庆生日来到。吴月娘见西门庆在院中留恋烟花，不想回家，一面使小厮玳安拿马往院中接西门庆。这潘金莲暗暗修了一柬帖，交付玳安，教："悄悄递与你爹，说五娘请爹早些家去罢。”这玳安不敢怠慢，骑马一直到构栏李家。只见应伯爵、谢希大、祝日念、孙寡嘴、常时节众人，正在那里相伴着西门庆，搂着粉头，花攒锦簇，欢乐饮酒。

聚嫖。当时惯见的社会景观。

西门庆看见玳安来到，便问：“你来怎么？家中没事？”玳安道：“家中没事。”西门庆道：“前边各项银子，叫傅二叔讨讨，等我到家算帐。”玳安道：“这两日傅二叔讨了许多，等爹到家上帐。”西门庆道：“你桂姨那一套衣服捎来不曾？”玳安道：“已捎在此。”便向毡包内取出一套红衫蓝裙，递与桂姐。桂姐、桂卿道了万福，收了。连忙分付下边管待玳安酒饭。那小厮吃了酒饭，复走来上边伺候，悄悄向西门庆耳边，附耳低言说道：“家中五娘使我捎了个帖儿在此，请爹早些家去。”西门庆才待用手去接，早被李桂姐看见，只道是西门庆前边那婊子寄来的情书，一手挝过来。拆开观看，却是一幅回文边锦笺，上写着几行墨迹。桂姐递与祝日念，教念与他听。这祝日念见上面写词一首，名《落梅风》，对众朗诵了一遍：

俨然“董事”。自有“总经理”具体操作。只靠“遥控”便财源滚滚。

黄昏想，白日思，盼杀人多情不至。因他为他憔悴死，可怜也绣衾独自。　　灯将残，人睡也，空留得半窗明月。孤眠心硬浑似铁，这凄凉怎捱今夜？

众妻妾中，也就潘金莲“文化水平”高些。

下书爱妾潘六儿拜。那桂姐听毕，撇了酒席，走入房中，倒在床上，面朝里边睡了。且说西门庆见桂姐恼了，把帖子扯的稀烂，众人前把玳安踢了两靴脚。请桂姐两遍不来，慌的西门庆亲自进房内，抱出他来到酒席上，说道：“分付带马回去！家中那个淫妇使你来，我这一到家，都打个臭死！”不说玳安含泪回家。西门庆道：“桂姐，你休恼，这帖子不是别人的，乃是舍下第五个小妾投寄，请我到家，有些事儿计较，再无别故。”祝日念在旁又戏道：“桂姐，你休听他，哄你哩！这个潘六儿，乃是那边院里新叙的一个婊子，生的一表人物。你休放他去。”西门庆笑赶着打，说道：“你这贼天杀的，单管弄死了人。紧着他恁麻犯人，你又胡说！”李桂卿道：“姐夫差了！既然家中有人拘管，就不消在前梳笼人家粉头，自守着家里的便了。才相伴了多少时，那人儿便就要抛离了去？”应伯爵插口道：“说的有理！”便道：“大官人，你依我：你也不消家去，桂

桂姐只当是另外的婊子写的，所以吃醋。一般来说，婊子不吃（至少不公开吃）“名媒正娶”者的醋。人的感情往往也被社会层次所分割。嫉妒心在同一层次中最旺。

姐也不必恼。今日说过,那个再恁恼了,每人罚二两银子,买酒肉,咱大家吃。”倒是这四五个嫖客,说的说,笑的笑,在席上猜枚行令,顽要饮酒,把桂姐窝盘住了。西门庆把桂姐搂在怀中陪笑,一递一口儿饮酒。

只见少顷鲜红漆丹盘拿了七钟茶来,雪绽般茶盏,杏叶茶匙儿,盐笋、芝麻、木樨泡茶,馨香可掬,每人面前一盏。应伯爵道:“我有个《朝天子》儿,单道这茶好处:

> 这细茶的嫩芽,生长在春风下。不揪不采叶儿楂,但煮着颜色大。绝品清奇,难描难画。口儿里常时呷,醉了时想他,醒来时爱他,原来一篓儿千金价。”

此书写喝茶,每次茶料与茶具很少雷同。其中许多配制法都失传了,叹叹!

谢希大笑道:“大官人使钱费物,不图这‘一搂儿’,却图些甚的?如今每人有词的唱词,不会词,每人说个笑话儿,与桂姐下酒。”该谢希大先说:“有一个泥水匠,在院中墁地,老妈儿怠慢着他些儿,他暗暗把阴沟内堵上个砖。落后天下雨,积的满院子都是水。老妈慌了,寻的他来,多与他酒饭,还秤了一钱银子,央他打水平。那泥水匠吃了酒饭,悄悄去阴沟内把那个砖拿出,把水登时出的罄尽。老妈便问作头:‘此是那里的病?’泥水匠回道:‘这病与你老人家病一样:有钱便流,无钱不流。’”原来把桂姐家来伤了。桂姐道:“我也有个笑话回奉列位:有一孙真人,摆着筵席请人,却教座下老虎去请。那老虎把客人一个个都路上吃了。真人等至天晚,不见一客到,人都说,你那老虎都把客人路上吃了。不一时,老虎来,真人便问:‘你请的客人都往那里去了?’老虎口吐人言:‘告师父得知,我从来不晓得请人,只会白嚼人,就是一能。’”当下把众人都伤了。

狗嘴里吐不出象牙。

桂姐“笑话”带棱带角。

应伯爵道:“可见的俺每只自白嚼你家孤老,就还不起个东道?”于是向头上拔下一根闹银耳斡儿来,重一钱;谢希大一对镀金网巾圈,秤了秤,只九分半;祝日念袖中掏出一方旧汗巾儿,算二百文长钱;孙寡嘴腰间解下一条白布男裙,当两壶半坛酒;常时节无以为敬,问西门庆借了一钱成色银子。都递与桂卿置办东道,请西门庆和桂姐。那桂卿将银钱都付与保儿,买了一钱螃蟹,打了一钱银子猪肉,宰了一只鸡,自家又赔出些小菜儿来。厨下安排停当,大盘小碗拿上来。众人坐下,说了

诸般穷酸样,才是真笑话!

一声动箸吃时,说时迟,那时快,但见:

人人动嘴,个个低头。遮天映日,犹如蝗蝻一齐来;挤眼掇肩,好似饿牢才打出。这个抢风膀臂,如经年未见酒和肴;那个连二筷子,成岁不逢筵与席。一个汗流满面,恰似与鸡骨朵有冤仇;一个油抹唇边,把猪毛皮连唾咽。吃片时,杯盘狼藉;啖良久,箸子纵横。杯盘狼藉,如水洗之光滑;箸子纵横,似打磨之干净。这个称为食王元帅,那个号作净盘将军。酒壶番晒又重斟,盘馔已无还去探。正是:珍馐百味片时休,果然都送入五脏庙。

当下众人吃了个净光王佛,西门庆与桂姐吃不上两钟酒,拣了些菜蔬,还被这伙人吃的去了。那日把席上椅子坐折了两张。前边跟马的那小厮,不得上来掉嘴吃,把门前供养的土地翻倒来,便剌了一泡稠谷都的热屎。临出门来,孙寡嘴把李家明间内供养的镀金铜佛塞在裤腰里;应伯爵推斗桂姐亲嘴,把头上金啄针儿戏了;谢希大把西门庆川扇儿藏了;祝日念走到桂卿房里照脸,溜了他一面水银镜子;常时节借的西门庆一钱八成银子,竟是写在嫖帐上了。原来这起人,只伴着西门庆顽耍,好不快活。有诗为证:

混混们离不了财主爷,财主爷也离不了混混们。没有混混们,谁来给西门庆者流凑趣?无人凑趣,财主也无趣。

构栏妓者媚如猱,只堪乘兴暂时留。

若要死贪无足厌,家中金钥教谁收。

按下这里众人簇拥着西门庆欢乐饮酒,单表玳安小厮回马到家,吴月娘和孟玉楼、潘金莲在房坐的,见了玳安,便问:"你接了爹来了不曾?"玳安哭的两眼红红的,如此这般,"被爹踢骂了小的来了。说道:那个再使人接,来家都要骂。"月娘便道:"你看,恁不合理!不来便了,如何去骂小厮来?如何狐迷变心这等的!"孟玉楼道:"你踢将小厮便罢了,如何连俺们都骂将来。"潘金莲道:"十个九个院中淫妇,和你有甚情实?常言说的好:船载的金银,填不满烟花寨。"金莲只知说出来,不防路上说话,草里有人。李娇儿从玳安自院中来家时分,走来窗下潜听,见潘金莲对着月娘骂他家千淫妇、万淫妇,暗暗怀恨在心,从此二人结仇,不在话下。正是:

潘金莲又添一位仇家。

甜言美语三冬暖，恶语伤人六月寒。

金莲只晓争先话，那料旁人起祸端。

不说李娇儿与金莲结仇，单表金莲这妇人归到房中，捱一刻似三秋，盼一时如半夏，知道西门庆不来家，把两个丫头打发睡了，推往花园中游玩，将琴童叫进房，与他酒吃。把小厮灌醉了，掩闭了房门，褪衣解带，两个就干做在一处。正是：色胆如天怕甚事，鸳帏云雨百年情。①

潘金莲的生存似只以肉欲为中轴。

自此为始，每夜妇人便叫这小厮进房中如此，未到天明，就打发出来。背地把金裹头簪子两三根带在头上；又把裙边带的锦香囊股子葫芦儿也与了他，系在身底下。岂知这小厮不守本分，常常和同行小厮在街吃酒耍钱，颇露出圭角。常言：若要人不知，除非己莫为。有一日，风声吹到孙雪娥、李娇儿耳朵内，说道："贼淫妇，往常言语假撇清，如何今日也做出来了？——偷养小厮！"齐来告月娘。月娘再三不信，说道："不争你们和他合气，惹的孟三姐不怪？只说你们挤撮他的小厮。"说的二人无言而退。落后，妇人夜间和小厮在房中行事，忘记关厨房门，不想被丫头秋菊出来净手看见了，次日传与后边小玉。小玉对雪娥说，雪娥同李娇儿又来告诉月娘。正值七月廿七日，西门庆上寿，从院中来家，二人如此这般，"他屋里丫头亲口说出来，又不是俺们葬送他。大娘不说，俺们对他爹说。若是饶了这个淫妇，自除非饶了蝎子娘是的。"月娘道："他才来家，又是他好日子。你每不依我，只顾说去；等住回乱将起来，我不管你！"

这回的状告在点子上了。在那样社会中，男人可将妻妾"雪藏"而去妓院寻欢，妻妾们却必须对男人"守贞"。

二人不听月娘之言，约的西门庆进入房中，齐来告诉，说金莲在家养小厮一节。这西门庆不听，万事皆休；听了，怒从心上起，恶向胆边生。走到前边坐下，一片声叫琴童儿。早有人报与潘金莲，金莲慌了手脚，使春梅忙叫小厮到房中，嘱付千万不要说出来。把头上簪子都要过来收了，着了慌，就忘下解了香囊葫芦下来。——被西门庆叫到前厅跪下，分付三四个小厮，选大板子伺候。西门庆道："问贼奴才，你知罪么？"那琴童半日不敢言语。西门庆令左右："除了帽子，拔下他簪子来

① 此处删118字。

我瞧。"见没了簪子,因问:"你戴的金裹头银簪子往那里去了?"琴童道:"小的并没甚银簪子。"西门庆道:"奴才还捣鬼!与我旋剥了衣服,拿板子打!"当下两三个小厮扶侍,一个剥去他衣服,扯了裤子,见他身底下穿着玉色绢褦儿,褦儿带上露出锦香囊葫芦儿。西门庆一眼就看见,便叫:"拿上来我瞧!"认的是潘金莲裙边带的物件,不觉心中大怒,就问他:"此物从那里得来?你实说,是谁与你的?"唬的小厮半日开口不得,说道:"这是小的某日打扫花园,在花园内拾的,并不曾有人与我。"西门庆越怒,切齿喝令:"与我捆起,着实打!"当下把琴童儿绷子绷着,雨点般榄杆打将下来。须臾打了三十大棍,打得皮开肉绽,鲜血顺腿淋漓。又教大家人来保:"把奴才两个鬓与我挦了!赶将出去,再不许进门!"那琴童磕了头,哭哭啼啼出门去了。这小厮,只因昨夜与玉皇殿上掌书仙子厮调戏,今日罪犯天条贬下方。有诗为证:

琴童此去不复见。

虎有伥兮鸟有媒,金莲未必守空闺。

不堪今日私奴仆,自此遭愆更莫追。

当下西门庆打毕琴童,赶出去了,潘金莲在房中听见,如提在冷水盆内一般。不一时,西门庆进房来,唬的战战兢兢,浑身无了脉息,小心在旁扶侍接衣服。被西门庆兜脸一个耳刮子,把妇人打了一交。分付春梅,把前后角门顶了,不放一个人进来,拿张小椅儿坐在院内花架儿底下,取了一根马鞭子拿在手里,喝令:"淫妇脱了衣裳跪着!"那妇人自知理亏,不敢不跪,倒是真个脱去了上下衣服,跪在面前,低垂粉面,不敢出一声儿。西门庆便问:"贼淫妇,你休推睡里梦里,奴才我才已审问明白,他一一都供出来了。你实说,我不在家,你与他偷了几遭?"妇人便哭道:"天么,天么!可不冤屈杀了我罢了!自从你不在家半个来月,奴白日里只和孟三姐做一处做针指,到晚夕早关了房门就睡了,没勾当不敢出这角门边儿来。你不信,只问春梅便了,有甚和盐和醋,他有个不知道的。"因叫春梅来,"姐姐,你过来,亲对你爹说。"西门庆骂道:"贼淫妇!有人说你把头上金裹头簪子两三根都偷与了小厮,你如何不认?"妇人道:"就屈杀奴罢了!是那个不逢好死的嚼舌根的淫妇,嚼他那旺跳的身子!见你常时进奴这屋里来歇,无非都气不愤,拿这有

男性霸权。此时尚非性虐待。是"驱贼"后的"审逆"。

天没日头的事压枉奴。就是你与的簪子，都有数儿，一五一十都在，你查不是！我平白想起甚么来，与那奴才？好成楫的奴才！也不枉说的，恁一个尿不出来的毛奴才，平空把我篡一篇舌头。”西门庆道：“簪子有没罢了。”因向袖中取出琴童那香囊来，说道：“这个是你的物件儿，如何打小厮身底下捏出来？你还口漒甚么！”说着纷纷的恼了，向他白馥馥香肌上飕的一马鞭子来，打的妇人疼痛难忍，眼噙粉泪，没口子叫道：“好爹爹！你饶了奴罢！你容奴说，奴便说；不容奴说，你就打死奴，也只臭烟了这块地。这个香囊葫芦儿，你不在家，奴那日同孟三姐在花园里做生活，因从木香栏下所过，带系儿不牢，就抓落在地。我那里没寻，谁知这奴才拾了，奴并不曾与他。”只这一句，就合着刚才琴童前厅上供称在花园内拾的一样的话。又见妇人脱的光赤条条，花朵儿般身子，娇啼嫩语，跪在地下，那怒气早已钻入爪哇国去了，把心已回动了八九分，因叫过春梅，搂在怀中问他：“淫妇果然与小厮有首尾没有？你说饶了淫妇，我就饶了罢。”那春梅撒娇撒痴，坐在西门庆怀里，说道：“这个爹，你好没的说！和娘成日唇不离腮，娘肯与那奴才！这个都是人气不愤俺娘儿们，作做出这样事来。爹，你也要个主张，好把丑名儿顶在头上，传出外边去好听？”儿句把西门庆说的一声儿不言语，丢了马鞭子，一面教金莲起来穿上衣服，分付秋菊看菜儿，放桌儿吃酒。这妇人当下满斟了一杯酒，双手递上去，花枝招飐，绣带飘飘，跪在地下，等他钟儿。西门庆分付道：“我今日饶了你。我若但凡不在家，要你洗心改正，早关了门户，不许你胡思乱想！我若知道，定不饶你！”妇人道：“你分付，奴知道了。”倒是插烛也似与西门庆磕了四个头，方才安座儿在旁陪坐饮酒。正是：为人莫作妇人身，百年苦乐由他人。潘金莲这妇人，平日被西门庆宠的狂了，今日讨得这场羞辱在身上。有诗为证：

此时心态才转入性虐待的快感。

春梅除了与金莲结盟，别无选择。

金莲容貌更温柔，恃宠争妍惹寇仇。

不是春梅当日劝，父娘皮肉怎禁抽。

西门庆正在金莲房中饮酒，忽听小厮打门，说前边有吴大舅、吴二舅、傅伙计、女儿、女婿、众亲戚，送礼来祝寿，方才撇了金莲，整衣出来前边陪待宾客。那时，应伯爵、谢希大等众人都有人情，院中李桂姐家，亦使保儿送礼来。西门庆前边乱着，收人家礼物，发柬请人。不在话下。

且说孟玉楼打听金莲受辱，约的西门庆不在家里，瞒着李娇儿、孙雪娥，走来看望金莲，见金莲睡在床上，因问道："六姐，你端的怎么缘故，告我说则个。"那金莲满眼流泪，哭道："三姐，你看小淫妇今日在背地里白唆调汉子，打了我恁一顿。我到明日，和这两个淫妇冤仇结的有海深！"玉楼道："你便与他有瑕玷，如何做作着把我的小厮弄出去了！六姐，你休烦恼，莫不汉子就不听俺每说句话儿？若明日他不进我房里来便罢，但到我房里来，等我慢慢劝他。"金莲道："多谢姐姐费心。"一面叫春梅看茶来吃。坐着说了回话，玉楼告回房去了。

孟玉楼在争宠战中保持"中立"。她还有西门庆"光顾"她处的自信。

至晚，西门庆因上房吴大娘子来了，走到玉楼房中宿歇，玉楼因说道："你休枉了六姐心，六姐并无此事。都是日前和李娇儿、孙雪娥两个有言语，平白把我的小厮扎罚子。你不问了青红皂白，就把他屈了。你休怪六姐，却不难为六姐了。我就替他赌了大誓，若果有此事，大姐姐有个不先说的？"西门庆道："我问春梅，他也是般说。"玉楼道："他今在房中不好哩，你不去看他看去？"西门庆道："我知道，明日到他房中去。"当晚无话。

到第二日，西门庆正生日，有周守备、夏提刑、张团练、吴大舅，许多官客饮酒。拿轿子接了李桂姐并两个唱的，唱了一日。李娇儿见他侄女儿来，引着拜见月娘众人，在上房里坐，吃茶。请潘金莲见，连使丫头请了两遍，金莲不出来，只说心中不好。到晚夕，桂姐临家去，拜辞月娘，月娘与他一件云绢比甲儿、汗巾、花翠之类，同李娇儿送出到门首。桂姐又亲自到他花园角门首，"好歹见见五娘。"那金莲听见他来，使春梅把角门关闭，炼铁桶相似，就是樊哙也叫不开，说道："我不开！"这花娘遂羞讪满面而回。正是：广行方便，为人何处不相逢；多结冤仇，路逢狭处难回避。

"明媒正娶"者，有"权"给婊子吃"铁桶闭门羹"。

不题李桂姐回家去了，单表西门庆至晚进入金莲房内来。那金莲把云鬟不整，花容倦淡，迎接进房，替他脱衣解带，伺候茶汤脚水，百般殷勤扶侍，把小意儿贴恋。到夜里枕席鱼水欢娱，屈身忍辱，无所不至，说道:“我的哥哥,这一家都谁是疼你的?都是露水夫妻,再醮货儿。惟有奴知道你的心,你知道奴的意。旁人见你这般疼奴,在奴身边去的多,都气不愤,背地里架舌头,在你跟前唆调。我的傻冤家,你想起甚么来,中了人的拖刀之计?把你心爱的人儿这等下无情折剉。常言道:家鸡打的团团转,野鸡打的贴天飞。你就把奴打死了,也只在这屋里,敢往那里去?就是前日,你在院里踢骂了小厮来,早时有上房大姐姐、孟三姐在跟前,我是不是说了一声:恐怕他家里粉头淘渌坏了你身子,院中唱的只是一味爱钱,和你有甚情节?谁人疼你?谁知被有心的人听见,两个背地拍成一帮儿算计我。自古人害人不死,天害人才害死了。往后久而自明,只要你与奴做个主儿便了。”于是几句把西门庆说的窝盘住了,是夜与他淫欲无度。

一石三鸟。

到次日,西门庆备马,玳安、平安两个小厮跟随,往院中来。却说李桂姐正打扮着陪人坐的,听见他来,连忙走进房去,洗了浓妆,除了簪环,倒在床上,裹衾而卧。西门庆走到,坐了半日,还没一个出来陪侍。只见老妈出来,道了万福,让西门庆坐下,虔婆便问:“怎的姐夫连日不进来走走?”西门庆道:“正是因贱日穷冗,家中无人。”虔婆道:“姐儿那日打扰。”西门庆道:“怎的那日姐姐桂卿不来走走?”虔婆道:“桂卿不在家,被客人接去店里,这几日还不放了来。”说了半日话,小顶人拿茶来,陪着吃了,西门庆便问:“怎的不见桂姐?”虔婆道:“姐夫还不知哩!小孩儿家不知怎的,那日着了恼来家,就不好起来,睡倒了。房门儿也不出,直到如今。姐夫好狠心,也不来看看姐儿。”西门庆道:“真个?我通不知。”因问:“在那边房里?我看看去。”虔婆道:“在他后边卧房里睡。”慌忙令丫鬟掀帘子。

西门庆走到他房中,只见粉头乌云散乱,粉面慵妆,裹被便坐在那床上,面朝里,见了西门庆,不动一动儿。便问道:“你那日来家,怎的不好?”也不答应。又问:“你着了谁人恼?你告我说。”问了半日,那桂姐方开言说道:“左右是你家五娘子!你家中既有恁好的,迎欢买俏,又来稀罕俺们这样淫妇做甚么?俺们虽是门户中出身,跷起脚儿,比外边良人家不成的货儿高好些。我前日又不是供唱,我也送人情去。大娘倒见我甚是亲热，又那两个与我许多花翠衣服。待要不请你见，又说俺院中没礼法。只闻知人说，你家有的个五娘子，当能请你拜见，又不出来。家来同俺姑娘又辞你去，你使丫头把房门关了。端的好不识人敬重！”西门庆道：“你倒休怪他，他那日本等心中不自在。他若好时，有个不出来见你的？这个淫妇，我几次因他再三咬群儿，口嘴伤人，也要打他哩！”这桂姐反手向西门庆脸上一扫，说道：“没羞的哥儿，你就打他？”西门庆道：“你还不知我手段！除了俺家房下，家中这几个老婆、丫头，但打起来也不善，着紧二三十马鞭子还打不下来，好不好还把头发都剪了！”桂姐道：“我见砍头的，没见砍嘴的。你打三个官儿唱两个喏，谁见来？你若有本事，到家里只剪下一料子头发拿来我瞧，我方信你是本司三院有名的好子弟。”西门庆道：“你敢与我排手？”那桂姐道：“我和你排一百个手！”当日，西门庆在院中歇了一夜。到次日黄昏时分，辞了桂姐，上马回家，桂姐道：“我在这里眼望旌节旗，耳听好消息。哥儿，你这一去，没有这物件，就休要见我！”

桂姐心态开始膨胀。也是因为吴月娘等“平等”地接待了她。在对比之下，妒火才烧向了潘金莲。

桂姐此激将计妙。心知西门庆为证实自己的家主霸权，必会“手到发来”。

这西门庆吃他激怒了几句话，归家已是酒酣，不往别房里去，径到前边潘金莲房来。妇人见他有酒了，加意用心伏侍，问他酒饭，都不吃。分付春梅把床上拭抹凉席干净，带上门出去。他便坐在床，令妇人脱靴，那妇人不敢不脱，须臾脱了靴，打发他上床。西门庆且不睡，坐在一只枕头上，令妇人褪了衣服，地下跪着。那妇人唬的捏两把汗，又不知因为甚么，于是跪在地下，柔声大哭道：“我的爹爹，你透与奴个伶俐说话，奴死也甘心！饶奴终夕恁提心吊胆，陪着一千个小心，还投不着你的机会，只拿钝刀子锯处我，教奴怎生吃受！”西门庆骂道：“贼淫妇，你真个不脱衣裳，我就没好意了！”因叫春梅：“门背后有马鞭子，与我取了来。”那春梅只顾不进房来，叫了半日，才慢条斯礼推开房门进来。看见妇人跪在床地平上，向灯前倒着桌儿下了油。西门庆使他，只不动身。妇人叫道：“春梅，我的姐姐，你救我救儿，他如今要打我！”西门庆道：“小油嘴儿，你不要管他，你只递马鞭子与我打这淫妇。”春梅道：“爹，你怎的恁没羞！娘干坏了你的甚么事儿？你信淫妇言语，来平地里起风波，要便搜寻娘，还教人和你一心一计哩！你教人有刺眼儿看得

这回是按计划实施性虐待。

上你!"倒是也不依他,拽上房门,走在前边去了。那西门庆无法可处,反呵呵笑了,向金莲道:"我且不打你,你上来,我问你要桩物儿,你与我不与我?"妇人道:"好亲亲!奴一身都骨朵肉儿都属了你,随要甚么,奴无有不依随的,不知你心里要甚么儿?"西门庆道:"我心要你顶上一柳儿好头发。"妇人道:"好心肝!淫妇的身上,随你怎的拣着烧遍了也依,这个剪头发却成不的,可不唬死了我罢了!奴出娘胞儿,活了二十六岁,从没干这营生。打紧我顶上这头发,近来又脱了奴好些,只当可怜见我罢!"西门庆道:"你只嗔我恼,我说的你就不依我!"妇人道:"我不依你,再依谁!"因问:"你实对奴说,要奴这头发做甚么去?"西门庆道:"我要做网巾。"妇人道:"你要做网巾,我就与你做。休要拿与淫妇,教他好压镇我!"西门庆道:"我不与人便了,要你发儿做顶线儿。"妇人道:"你既要做顶线,待奴剪与你。"当下妇人分开头发,西门庆拿剪刀,按妇人当顶上齐臻臻剪下一大柳来,用纸包放在顺袋内。妇人便倒在西门庆怀中,娇声哭道:"奴凡事依你,只愿你休忘了心肠!随你前边和人好,只休抛闪了奴家。"是夜与他欢会异常。

到次日,西门庆起身,妇人打发他吃了饭,出门骑马径到院里,桂姐便问:"你剪的他头发在那里?"西门庆道:"有在此。"便向茄袋内取出,递与桂姐。打开观看,果然黑油也一般好头发,就收在袖中。西门庆道:"你看了还与我,他昨日为剪这头发,好不费难。吃我变了脸,恼了,他才容我剪下这一柳子来。我哄他只说要做网巾顶线儿。径拿进来与你瞧,可见我不失信。"桂姐道:"甚么稀罕货,慌的你恁个腔儿?等你家去,我还与你。比是你恁怕他,就不消剪他的来了。"西门庆笑道:"那里是怕他的,我语言不的了。"桂姐一面教桂卿陪着他吃酒,走到背地里,把妇人头发早絮在鞋底下,每日踹踏,不在话下。倒是把西门庆缠住,连过了数日,不放来家。

竟似边将得胜回朝。

金莲自从头发剪下之后,觉意心中不快,每日房门不出,茶饭慵餐。吴月娘使小厮请了家中常走看的那刘婆子看视,说:"娘子着了些暗气,恼在心中,不能回转,头疼恶心,饮食不进。"一面打开药包来,留了两服黑丸子药儿:"晚上用姜汤吃。"又说:"我明日叫俺老公来,替你老人家直到现在，中国仍存在此类迷信行为的心理土壤。有人努力地用"东方神秘主义"一类的"学理箩筐"来装载这些东西。

看看，今岁流年有灾没有。"金莲道："原来你家老公也会算命？"刘婆道："他虽是个瞽目人，倒会两三桩本事：第一，善阴阳讲命，与人家禳保；第二，会针灸收疮；第三桩儿不可说，单管与人家回背。"妇人问道："怎么是回背？"刘婆子道："比如有父子不和，兄弟不睦，大妻小妻争斗，教了俺这老公去说了，替他用镇物安镇，镇书符水与他吃了，不消三日，教他父子亲热，兄弟和睦，妻妾不争。若人家买卖不顺溜，田宅不兴旺者，常与人开财门，发利市。治病洒扫，禳星告斗，都会。因此人都叫他做刘理星。也是一家子新娶个媳妇儿，是小人家女儿，有些手脚儿不稳，常偷盗婆婆家东西往娘家去，丈夫知道，常被责打。俺老公与他回背，书了二道符，烧灰放在水缸下埋着。浑家大小吃了缸内水，眼看着媳妇偷盗，只相没看见一般。又放一件镇物在枕头内，男子汉睡了那枕头，也好似手封住了的，再不打他了。"那潘金莲听见遂留心，便叫丫头打发茶汤点心，与刘婆吃了。临去，包了三钱药钱；另外又秤了五钱，教买纸札信物，明日早饭时，叫刘瞎来烧神纸。

那刘婆子作辞回家，到次日，果然大清早辰领贼瞎径进大门，往里走。那日，西门庆还在院中未来，看门小厮便问："瞎子往那里走？"刘婆道："今日与里边五娘烧纸。"小厮道："既是与五娘烧纸，老刘你领进去，仔细看狗！"这婆子领定，径到潘金莲卧房明间内。等到半日，妇人才出来，瞎子见了礼，坐下。妇人说与他八字，贼瞎子用手掐了掐，说道："娘子庚辰年，庚寅月，乙亥日，己丑时。初八日立春，已交正月算命。依子平正论：娘子这八字中虽故清奇，一生不得夫星济，子上有些妨碍。亥中一木生，到正月间，亦作身旺论，不尅当自焚。又两重庚金，羊刃大重，夫星难为，尅过两个才好。"妇人道："已尅过了。"贼瞎子道："娘子这命中，休怪小人说：子平虽取煞印格，只吃了亥中有癸水，庚中又有癸水，水太多了，冲动了，只一重己土，关煞混杂。论来，男人煞重掌威权，女子煞重必刑夫。所以主为人聪明机变，得人之宠辱，只有一件：今岁流年甲辰，岁运并临，灾殃立至，命中又犯小耗、勾绞两位星辰打搅，虽不能伤，只是主有比肩不和，小人嘴舌，常沾些啾唧不宁之状。"妇人听了，说道："累先生仔细用心与我回背回背，我这里一两银子相

此书创作者称瞎子为"贼"，他写这一套却不信这一套。

谢,先生买一盏茶吃。奴不求别的,只愿得小人离退,夫主爱敬便了。"一面转入房中,拔了两件首饰,递与贼瞎。贼瞎接了,放入袖中,说道:"既要小人回背,用柳木一块,刻两个男女人形像,书着娘子与夫主生时八字,用七七四十九根红线扎在一处。上用红纱一片,蒙在男子眼中,用艾塞其心,用针钉其手,下用胶粘其足,暗暗埋在睡的枕头内。又朱砂书符一道,烧火灰,暗暗搅在酽茶内。若得夫主吃了茶,到晚夕睡了枕头,不过三日,自然有验。"妇人道:"请问先生:这四桩儿是恁的说?"贼瞎道:"好教娘子得知:用纱蒙眼,使夫主见你一似西施一般娇艳;用艾塞心,使他心爱到你;用针钉手,随你怎的不是,使他再不敢动手打你,着紧还跪着你;用胶粘足者,使他再不往那里胡行。"妇人听言有这等事,满心欢喜,当下备了香烛纸马,替妇人烧了纸。

到次日,使刘婆送了符水镇物与妇人,如法安顿停当。将符烧灰,顿下好茶,待的西门庆家来,妇人叫春梅递茶与他吃。到晚夕,与他共枕同床。过了一日两,两日三,似水如鱼,欢会如常。看官听说:但凡大小人家,师尼僧道,乳母牙婆,切记休招惹他,背地甚么事不干出来?古人有四句格言说得好:

堂前切莫走三婆,后门常锁莫通和。

院内有井防小口:便是祸少福星多。

虽是"古人"早有此说,却至今未见类似搞迷信活动骗钱的"婆子"、"汉子"绝迹。

毕竟未知后来如何,且听下回分解。

第十三回
李瓶儿隔墙密约　迎春女窥隙偷光

人生虽未有千全，处世规模要放宽。

好恶但看君子语，是非休听小人言。

徒将世俗能欢戏，也畏人心似隔山。

寄语知音女娘道，莫将苦处语为甜。

话说一日，八月十四日，西门庆从前边来，走到月娘房中，月娘告说："今日你不在家，花家使小厮拿帖子来，请你吃酒。"西门庆观看原帖子，写着："即午院中吴银家叙，希过我往，万万！"于是打选衣帽齐整，叫了两个跟随，预备下骏马，先径到花家。不想花子虚不在家了，他浑家李瓶儿，夏月间戴着银丝鬏髻，金镶紫瑛坠子，藕丝对衿衫，白纱挑线镶边裙；裙边露一对红鸳凤嘴，尖尖趫趫立在二门里台基上，手中正拿一只纱绿潞绸鞋扇。那西门庆三不知正进门，两个撞了个满怀。这西门庆留心已久，虽故庄上见了一面，不曾细玩其详。于是对面见了一面：人生的甚是白净，五短身材，瓜子面皮，生的细弯弯两道眉儿。不觉魂飞天外，魄散九霄，忙向前深深的作揖。妇人还了万福，转身入后边去了，使出一个头发齐眉的丫鬟来，名唤绣春，请西门庆客位内坐。他便立在角门首，半露娇容，说："大官人少坐一时，他适才有些小事出去了，便来也。"少顷，使丫鬟拿出一盏茶来，西门庆吃了，妇人隔门说道："今日他请大官人往那边吃酒去，好歹看奴之面，劝他早些来家。两个小厮又都跟的去了，止是这两个丫鬟和奴，家中无人。"西门庆便道：

对稍有姿色的女子便欲"细玩其详"，色鬼心理一至于此。

"嫂子见得有理,哥家事要紧。嫂子既然分付在下,在下一定伴哥同去同来,怎肯失了哥的事。"

正说着,只见花子虚来家,妇人便回房中去了。花子虚见西门庆叙礼,说道:"蒙兄下降,小弟适有些不得已小事,出去望望,失迎恕罪!"于是分宾主坐,便叫小厮看茶。须臾茶罢,分付小厮:"对你娘说,看菜儿来,我和你西门爹吃三杯起身。今日院内吴银姐生日,请兄同往一乐。"西门庆道:"仁兄何不早说?"即令玳安:"快家去讨五钱银子,封了来。"花子虚道:"兄何故又费心,小弟倒不是了。"西门庆见左右放桌儿,说道:"兄不消留坐了,咱往里边吃去罢。"花子虚道:"不敢久留,兄坐一回。"就是大盘大碗,鸡蹄鲜肉肴馔拿将上来。银高脚葵花钟,每人一钟,又是四个卷饼。吃毕,收下来与马上人吃。少顷,问玳安取了分资来,一同起身上马。西门庆是玳安、平安儿,花子虚是天福、天喜儿,四个小厮跟随,径往构栏后巷吴四妈家,与吴银儿做生日。到那里花攒锦簇,歌舞吹弹,饮酒至一更时分方散。

"十兄弟"中,也就这花子虚算是个与西门庆一样的"体面人物"。

西门庆留心,把子虚灌的酩酊大醉,又因李瓶儿央浼之言,相伴他一同来家。小厮叫开大门,扶到他客位坐下,李瓶儿丫鬟掌着灯烛出来,把子虚搀扶进去。西门庆交付明白,就要告回,妇人旋走出来,拜谢西门庆,说道:"拙夫不才贪酒,多累看奴薄面,姑待来家,官人休要笑话。"那西门庆忙屈身还喏,说道:"不敢。嫂子这里分付,早辰一面出门,将的军去,将的军来,在下敢不铭心刻骨,同哥一答里来家。非独嫂子耽心,显的在下干事不的了。你看哥在他家,被那些人缠住了,我强着催哥起身。走到乐星堂儿门首,粉头郑爱香儿家——小名叫做郑观音,生的一表人物。——哥就往他家去,被我再三拦住了,说道:'哥家去罢,改日再来,家中嫂子放心不下。'方才一直来家。不然,若到郑家,一夜不来。嫂子在上,不该我说,哥也糊突,嫂子又青年,偌大家室,如何便丢了去?成夜不在家,是何道理!"妇人道:"正是如此。奴为他这等在外胡行,不听人说,奴也气了一身病痛在这里。往后大官人但遇他在院中,好歹看奴薄面,劝他早早回家。奴恩有重报,不敢有忘。"这西门庆是头上打一下脚底板响的人,积年风月中走,甚么事儿不知道?可

其实头上点一下脚底板也就响了。

可今日妇人到明明开了一条大路，教他入港。于是满面堆笑道：“嫂子说那里话！比来，比来相交朋友做甚么。我一定苦心谏哥，嫂子放心！”妇人又道了万福，又叫小丫鬟拿了一盏果仁泡茶来，银匙，雕漆茶钟。西门庆吃毕茶，说道：“我回去罢，嫂子仔细门户。”于是告辞归家。

并非什么巧计。也无非当年武大家门前的那点伎俩。

自此这西门庆就安心设计，图谋这妇人。屡屡安下应伯爵、谢希大这伙人，把子虚挂住在院里饮酒过夜，他便脱身来家，一径在门首站立着。看见妇人领着两个丫鬟，正在门首。看见西门庆在门前咳嗽，一回走过东来，又往西去，或在对门站立，把眼不住望门里盼着。妇人影身在门里，见他来便闪进里面；他过去了，又探头去瞧。两个眼意心期，已在不言之表。

一日，西门庆门首正站立间，妇人使过小丫鬟绣春来请，西门庆故意问道：“姐姐，你请我做甚么？你爹在家里不在？”绣春道：“俺爹不在家，娘请西门爹问句话儿。”这西门庆得不的此一声，连忙走过来，让到客位内坐下。良久，妇人出来，道了万福，便道：“前日多承官人厚意，奴铭刻于心，知感不尽。拙夫从昨日出去，一连两日不来家了，不知官人曾会见他来不曾？”西门庆道：“他昨日同三四个在郑家吃酒，我偶然有些小事就来了。今日我不曾得进去，不知他还在那里没在。若是我在那里，有个不催促哥早早来家的？恐怕嫂子忧心。”妇人道：“正是这般说。只是奴吃他恁不听人说，常时在前边眠花卧柳不顾家事的亏！”西门庆道：“论起哥来，仁义上也好，只是有这一件儿。”说着，小丫鬟拿茶来吃了。那西门庆恐子虚来家，不敢久恋，就要告归，妇人千叮万嘱央西门庆：“明日到那里，好歹劝他早来家，奴恩有报，一定重谢官人！”西门庆道：“嫂子没的说，我与哥是那样相交。”说毕，西门庆家去了。

李瓶儿说此话，是为了创造一种公开“礼尚往来”的机会。

到次日，花子虚自院中回家，妇人再三埋怨，说道：“你便外边贪酒恋色，多亏隔壁西门大官人，两次三番顾睦你来家。你买分礼儿知谢知谢他，方不失了人情。”那花子虚连忙买了四盒礼物，一坛酒，使小厮天福儿送到西门庆家。西门庆收下，厚赏来人。不题。有吴月娘便说：“花家如何送你这分礼？”西门庆道：“此是花二哥，前日请我们在院中与吴银儿做生日，醉了，被我搀扶了他来家；又见我常时院中劝他休过夜，早早来家。他娘子儿因此感不过我的情，想对花二哥说，买了此礼来谢我。”那吴月娘听了，与他打了个问讯，说道：“我的哥哥，你自顾了你罢，又泥佛劝土佛！你也成日不着个家，在外养女调妇，又劝人家汉子！”又道：“你莫不白受他这分礼？”因问：“他帖儿上写着谁的名字？若是他娘子的名字，今日写我的帖儿，请他娘子过来坐坐，他也只恁要来咱家走走哩；若是他男子汉名字，随你请不请，我不管你。”西门庆道：“是花二哥名字，我明日请他便了。”次日，西门庆果然治杯，请过这花子虚来吃了一日酒。归家，李瓶儿说：“你不要差了礼数。咱送了他一分礼，他左右还请你过去吃了一席酒，你改日另治一席酒请他，只当回席也是好处。”

只怕是泥佛骗土佛。

光阴迅速，又早九月重阳令节。这花子虚假着节下，叫了两个妓者，具柬请西门庆过来赏菊；又邀应伯爵、谢希大、祝日念、孙寡嘴四人相陪，传花击鼓，欢乐饮酒。有诗为证：

乌兔循环似箭忙，人间佳节又重阳。

千枝红树妆秋色，三径黄花吐异香。

不见登高乌帽客，还思捧酒绮罗娘。

绣帘琐闼私相觑，从此恩情两不忘。

当日众人饮酒，到掌灯之后，西门庆忽下席来，外边更衣解手，不防李瓶儿正在遮槅子外边站立偷觑，两个撞了个满怀，西门庆回避不及。妇人走于西角门首，暗暗使丫鬟绣春黑影里走到西门庆跟前，低声说道：“俺娘使我对西门爹说，少吃酒，早早回家。如今便打发我爹往院里歇去，晚夕娘如此这般，要和西门爹说话哩。”这西门庆听了，欢喜不尽。小解回来，到席上连偷酒在怀，唱的左右弹唱递酒，只是妆醉再不吃。看看到一更时分，那李瓶儿不住走来帘外窥觑。见西门庆坐在上面，只推做打盹。那应伯爵、谢希大，如同钉子钉在椅子上，正吃的个定油儿，白不起身，熬的祝日念、孙寡嘴也去了，他两个还不动，把个李瓶儿急的要不的。西门庆已是走出来，被花子虚再不放，说道：“今日小弟没敬心，哥怎的白不肯坐？”西门庆道：“我本醉了，吃不去。”于是故意东倒西歪，教两个小厮扶归家去了。应伯爵道：“他今日不知怎的白不肯吃

李瓶儿比当年潘金莲更主动。

酒，吃了没多酒就醉了。既是东家费心，难为两个姐儿在此，拿大钟来，咱每再周四五十轮散了罢。”李瓶儿在帘外听见，骂涎脸的囚根子不绝。暗暗使小厮天喜儿请下花子虚来，分付说：“你既要与这伙人吃，趁早与我院里吃去，休要在家里聒噪我。半夜三更，熬油费火，我那里耐烦！”花子虚道：“这咱晚我就和他们院里去，也是来家不成，你休再麻犯我是的。”妇人道：“你去，我不麻犯便了！”这花子虚得不的这一声，走来对众人说：“如此这般，我们往院里去。”应伯爵道：“真个嫂子有此话？休哄我。你再去问声嫂子来，咱好起身。”子虚道：“房下刚才已是说了，教我明日来家。”谢希大道：“可是来，自吃应花子这等韶刀。哥刚才已是讨了老脚来，咱去的也放心。”于是连两个唱的都一齐起身进院。天福儿、天喜儿跟花子虚等三人，到后巷吴银儿家，已是二更天气。叫开门，吴银儿已是睡下，旋起来，堂中秉烛，迎接入里面坐下。应伯爵道：“你家孤老今日请俺们赏菊饮酒，吃的不割不截的，又邀了俺每进来。你这里有酒，拿出俺每吃！”

二十四小时全天候服务。婊子也不是好当的。

且不说花子虚在院里吃酒，单表西门庆推醉到家，走到潘金莲房里，刚脱了衣裳，就往前边花园里去坐，单等李瓶儿那边请他。良久，只听的那边赶狗关门。少顷，只见丫鬟迎春黑影影里扒着墙，推叫猫，看见西门庆坐在亭子上，递了话。这西门庆掇过一张桌凳来踏着，暗暗扒过墙来，这边已安下梯子。李瓶儿打发子虚去了，已是摘了冠儿，乱挽乌云，素体浓妆，立于穿廊下。看见西门庆过来，欢喜无尽，迎接进房中。掌着灯烛，早已安排一桌齐齐整整酒肴果菜，小壶内满贮香醪。妇人双手高擎玉斝，迎春执壶递酒，向西门庆深深道了万福，说道：“一向感谢官人，官人又费心相谢，使奴家心下不安。今日奴自治了这杯淡酒，请官人过来，聊尽奴一点薄情。又撞着两个天杀的涎脸，只顾坐住了，急的奴要不的。刚才吃我都打发他往院里去了。”西门庆道：“只怕二哥还来家么？”妇人道：“奴已分付，过夜不来了。两个小厮都跟去了，家里再无一人，只是这两个丫头、一个冯妈妈看门首——是奴从小儿养娘，心腹人。前后门都已关闭了。”西门庆听了，心中甚喜，两个于是并肩叠股，交杯换盏，饮酒做一处。迎春旁边斟酒，绣春往来拿菜儿。

吃得酒浓时，锦帐中香薰鸳被，设放珊枕，两个丫鬟抬开酒桌，拽上门去了。两人上床交欢。

原来大人家有两层窗寮，外面为窗，里面为寮。妇人打发丫鬟出去，关上里边两扇窗寮，房中掌着灯烛，外边通看不见。这迎春丫鬟今年已十七岁，颇知事体，见他两个今夜偷期，悄悄向窗下，用头上簪子挺签破窗寮上纸，往里窥觑。①

窥淫欲乃人的性心理之一种。

这房中二人云雨，不料迎春在窗外听看了个不亦乐乎。听见他二人说话，西门庆问妇人多少青春，李瓶儿道："奴属羊的，今年二十三岁。"因问："他大娘贵庚？"西门庆道："房下属龙的，二十六岁了。"妇人道："原来长奴三岁，到明日买分礼物，过去看看大娘，只怕不敢亲近。"西门庆道："房下自来好性儿，不然，我房里怎生容得这许多人儿。"妇人又问："你头里过这边来，他大娘知道不知？倘或问你时，你怎生回答？"西门庆道："俺房下都在后边第四层房子里，惟有我第五个小妾潘氏，在这前边花园内，独自一所楼房居住，他不敢管我。"妇人道："他五娘贵庚多少？"西门庆道："他与大房下都同年。"妇人道："又好了，若不嫌奴有玷，奴就拜他五娘做个姐姐罢。到明日，讨他大娘和五娘的脚样儿来，奴亲自做两双鞋儿过去，以表奴情。"妇人便向头上关顶的金簪儿拔下两根来，递与西门庆，分付："若在院里，休要叫花子虚看见。"西门庆道："这理会得。"当下二人如胶如漆，盘桓到五更时分，窗外鸡鸣，东方渐白，西门庆恐怕子虚来家，整衣而起。妇人道："你照前越墙而过。"两个约定暗号儿，但子虚不在家，这边使丫鬟立墙头上，暗暗以咳嗽为号，或先丢块瓦儿，见这边无人，方才上墙叫他。西门庆便用梯凳扒过墙来，这边早安下脚手接他。两个隔墙酬和，窃玉偷香，又不由大门里行走，街坊邻舍怎得晓的暗地里事。有诗为证：

李瓶儿虽是五短身材，年龄却比西门庆已有的妻妾们都轻。

"擒贼"不光要擒"王"，还要擒"骁将"。这"两头"一拢住，当中几位都好办了。

吃食少添盐醋，不是去处休去。

要人知重勤学，怕人知事莫做。

却说西门庆天明依旧扒过墙来，走到潘金莲房里，金莲还睡未起，

① 此处删129字。

因问:“你昨日三不知又往那去了?一夜不来家,也不对奴说一声儿。”西门庆道:“花二哥又使了小厮邀我往院里去,吃了半夜酒,脱身才走来家。”金莲虽故信了,还有几分疑龊,影在心中。一日,同孟玉楼,饭后的时分,在花园里亭子上坐着做针指,只见掠过一块瓦儿来,打在面前。那孟玉楼低着头纳鞋,没看见;这潘金莲单单把眼四下观盼,影影绰绰,只见一个白脸在墙头上探了探,就下去了。金莲忙推玉楼,指与他瞧,说道:“三姐姐,你看,这个是隔壁花家那大丫头,不知上墙瞧花儿,看见俺们在这里,他就下去了。”说毕,也就罢了。

到晚夕,西门庆自外赴席来家,进金莲房中。金莲与他接了衣裳,问他饭不吃,茶也不吃,趔趄着脚儿,只往前边花园里走的。这潘金莲贼留心,暗暗看着他。坐了好一回,只见先头那丫头在墙头上打了个照面。这西门庆就蹦着梯凳过墙去了,那边李瓶儿接入房中,两个厮会,不必细说。

这潘金莲归到房中,番来复去,通一夜不曾睡。到天明,只见西门庆过来推开房门,妇人一径睡在床上,不理他。那西门庆先带几分愧色,挨近他床边坐下。妇人见他来,跳起来坐着,一手撮着他耳朵,骂道:“好负心的贼!你昨日端的那去来?把老娘气了一夜!又说没曾揸住你,你原来干的那茧儿,我已是晓的不耐烦了!趁早实说,从前已往,与隔壁花家那淫妇,得手偷了几遭?一一说出来,我便罢休,但瞒着一字儿,到明日你前脚儿但过那边去了,后脚我这边就吆喝起来,教你负心的囚根子,死无葬身之地。你安下人,标住他汉子在院里过夜,却这里要他老婆,我教你吃不了包着走!嗔道昨日大白日里,我和孟三姐在花园里做生活,只见他家那大丫头在墙那边探头舒脑的,原来是那淫妇使的勾使鬼来勾你来了。你还哄我老娘!前日他家那忘八,半夜叫了你往院里去,原来他家就是院里!”这西门庆不听便罢,听了此言,慌的妆矮子,只跌脚跪在地下,笑嘻嘻央及说道:“怪小油嘴儿,禁声些!实不瞒你,他如此这般,问了你两个的年纪,到明日讨了鞋样去,每人替你做双鞋儿,要拜认你两个做姐,他情愿做妹子。”金莲道:“我是不要那淫妇认甚哥哥姐姐的。他要了人家汉子,又来献小殷勤儿,啜哄人家老

因西门庆违反了社会“游戏规则”,把柄在潘金莲手中,所以潘金莲声恶气壮,竟如审贼。

不是“魇胜”效应,是谁掌握了社会“游戏规则”的“霸权话语”,谁就起码能暂时“气壮如牛”;而被“拿住”者,少不得先就“矮了半截”。

公，我老娘眼里放不下砂子的人，肯叫你在我跟前弄了鬼儿去了！”①那西门庆便满脸儿陪笑儿，说道：“怪小淫妇儿，麻犯人死了。他再三教我捎了上覆来，他到明日过来与你磕头，还要替你做鞋。昨日使丫头替了吴家的样子去了，今日教我捎了这一对寿字簪儿送你。”于是除了帽子，向头上拔将下来，递与金莲。金莲接在手内观看，却是两根番纹低板、石青填地、金玲珑寿字簪儿，乃御前所制造，宫里出来的，甚是奇巧。金莲满心欢喜，说道：“既是如此，我不言语便了。等你过那边去，我这里与你两个观风，教你两个自在合捣，你心下如何？”那西门庆喜欢的双手搂抱着说道：“我的乖乖的儿，正是如此，不枉的养儿不在阿金溺银，只要见景生情。我到明日，梯己买一套妆花衣服谢你。”妇人道：“我不信那蜜口糖舌！既要老娘替你二人周全，要依我三件事。”西门庆道：“不拘几件，我都依！”妇人道：“头一件，不许你往院里去；第二件，要依我说话；第三件，你过去和他睡了，来家就要告我说，一字不许你瞒我。”西门庆道：“这个不打紧处，都依你便了。”

“青山遮不住，毕竟东流去。”潘金莲也只能取得暂时的“精神胜利”。到头来那是个男性霸权社会。只好“坏事变好事”，以此挟持住西门庆再说。

自此为始，西门庆过去睡了来，就告妇人说，李瓶儿怎的生得白净，身软如绵花瓜子一般，好风月，又善饮，“俺两个帐子里放着果盒，看牌饮酒，常顽耍半夜不睡。”又向袖中取出一个物件的儿来，递与金莲瞧，道：“此是他老公公内府画出来的，俺两个点着灯，看着上面行事。”金莲接在手中，展开观看，有词为证：

> 内府衢花绫表，牙签锦带妆成。大青大绿细描金，镶嵌斗方干净。女赛巫山神女，男如宋玉郎君，双双帐内惯交锋。解名二十四，春意动关情。

金莲从前至尾看了一遍，不肯放手，就交与春梅：“好生收我箱子内，早晚看着耍子。”西门庆道：“你看两日，还交与我。此是人的爱物儿，我借了他来家，瞧瞧还与他。”金莲道：“他的东西，如何到我家？我又不曾从他手里要将来。就是，也打不出去！”西门庆道：“你没问他要，我却借将来了，怪小奴才儿，休作耍。”因赶着夺那手卷，金莲道：“你若夺

想是《花营锦阵》之类。明季淫风甚炽。宫中不讳，上行下效。

① 此处删151字。

一夺儿，赌个手段，我就把他扯得稀烂，大家看不成！”西门庆笑道：“我也没法了，随你看毕了与他。罢么，你还了他这个去，他还有个稀奇物件儿哩，到明日我要了来与你。”金莲道：“我儿！谁养的你恁乖？你拿了来，我方与你这手卷去。”两个絮聒了一时，晚夕金莲在房中香薰鸳被，款设银灯，艳妆澡牝，与西门庆展开手卷，在锦帐之中，效于飞之乐。

看官听说：巫蛊魇昧之事，自古有之。观其金莲，自从教刘瞎子回背之后，不上几时，就生出许多枝节，使西门庆变嗔怒而为宠爱，化幽辱而为欢娱，再不敢制他。正是：饶你奸似鬼，也吃洗脚水。有诗为证：

记得书斋乍会时，云踪雨迹少人知。
晓来鸾凤栖双枕，剔尽银缸半吐辉。
思往事，梦魂迷，今宵喜得效于飞。
颠鸾倒凤无穷乐，从此双双永不离。

毕竟未知后来何如，且听下回分解。

如果说潘金莲还是一个从《水浒》中“借尸还魂”的人物，那么，李瓶儿却是此书作者独创的文学形象。她一出场，社会地位便比潘金莲高，“教养”也比潘金莲胜上几筹。她主动追求西门庆，并自己设计“赚”到了西门庆。她的情欲不像潘金莲那样只是“原生态”地燃烧，她有条件“按图行事”，更“艺术”地与西门庆共享性快乐。作为一个文学形象，李瓶儿的“第一幕”便给人留下了非凡的印象。

第十四回
花子虚因气丧身　李瓶儿送奸赴会

眼意心期未即休，不堪拈弄玉搔头。
春回笑脸花含媚，浅感蛾眉柳带愁。
粉晕桃腮思伉俪，寒生兰室盼绸缪。
何如得遂相如志，不让文君咏白头。

话说一日，吴月娘心中不快，吴大妗子来看，月娘留他住两日。正陪着在房中坐的，忽见小厮玳安抱进毡包来，说："爹来家了。"吴大妗子便往李娇儿房里去了。少顷，西门庆进来，脱了衣服坐下，小玉拿茶来也不吃。月娘见他面带几分忧色，便问："你今日会茶来家忒早？"西门庆道："今该常时节会，他家没地方，请了俺们在门外五里原永福寺去耍子。有花大哥邀了应二哥，俺们四五个，往院里郑爱香儿家吃酒。正吃在热闹处，忽见几个做公的进来，不由分说，把花二哥拿的去了。把众人唬的吃了一惊。我便走到李桂姐家躲了半日，不放心，使人打听，原来是花二哥内臣家，房族中花大、花三、花四告家财，在东京开封府递了状子，批下来着落本县拿人。俺每才放心，各人散归家来。"月娘闻言便道："正该！镇日跟着这伙人乔神道，想着个家？只在外边胡撞。今日只当弄出事来，才是个了手！你如今还不心死，到明日，不吃人争锋厮打，群到那里，打个烂羊头，你肯断绝了这条路儿？正经家里老婆好言语说着，你肯听？只是院里淫妇在你跟前说句话儿，你倒着人个驴耳朵听他。正是：人家说着耳边风，外人说着金字经。"西门庆笑道："谁

作为社会人，西门庆毕竟不能天天只是"饮食男女"地过。社会性的"干扰"总要出现。

一般来说，此种家庭的大老婆与家主的关系，不会是单纯的性关系，他们有着更多的共同利益，因此，只要大老婆不"妒小"，对家主进谏时，言语尖锐乃至刻薄些都无妨。

人敢七个头八个胆打我！"月娘道："你这行货子，只好家里嘴头子罢了。若上场儿，唬的看出那嘴舌来了！"

正说着，只见玳安走来，说："隔壁花二娘家使了天福儿来，请爹过那边去说话。"这西门庆得不的一声儿，趔趄脚儿就往外走，月娘道："明日没的教人扯你把！"西门庆道："切邻间，不妨事。我去到那里，看他有甚么话说。"当下走过花子虚家来，李瓶儿使小厮请到后边说话。只见妇人罗衫不整，粉面慵妆，从房里出来，脸唬的蜡渣也似黄，跪着西门庆，再三哀告道："大官人没耐何，不看僧面看佛面。常言道：家有患难，邻保相助。因奴拙夫不听人言，把着正经家事儿不理，只在外信着人，成日不着家。今日只当吃人暗算，弄出这等事来。着紧这时节方对小厮说将来，教我寻人情救他。我一个女妇人，没脚蟹，那里寻那人情去！发狠起将来，想着他恁不依说，拿到东京打的他烂烂的不亏！只是难为过世老公公的名字。奴没奈何，请将大官人来，央及大官人把他不要题起罢。千万只看奴之薄面，有人情，好歹寻一个儿，只休教他吃凌逼便了。"西门庆见妇人下礼，连忙道："嫂子请起来，不妨！今日我还不知因为了甚勾当。俺每都在郑家吃酒，只见几个做公的人把哥拿的到东京去了。"妇人道："正是一言难尽。此是俺过世老公公连房大侄儿花大、花三、花四，与俺家都是叔伯兄弟。大哥唤做花子由，三哥唤花子光，第四个的叫花子华。俺这个名花子虚，却是老公公嫡亲侄儿。虽然老公公挣下这一分家财，见俺这个儿不成器，从广东回来，把东西只交付与我手里收着。着紧还打倘棍儿，那别的越发打的不敢上前。去年老公公死了，这花大、花三、花四也与分了些床帐家去了，只见一分银子儿没曾得。我便说多少与他些也罢了。俺这个成日只在外边胡干，把正经事儿通不理一理儿，今日手暗不透风，却教人弄下来了。"说毕，放声大哭。西门庆道："嫂子放心，我只道是甚么事来，原来是房分中告家财事，这个不打紧处。既是嫂子分付，哥的事儿就是我的事，我的事就如哥的事一般，随问怎的，我在下谨领。"妇人问道："官人若肯下顾时又好了。请问寻分上，用多少礼儿，奴好预备。"西门庆道："也用不多。闻得东京开封府杨府尹，乃蔡太师门生。蔡太师与我这四门亲家

宦官"后代"，分赃不匀。

杨提督,都是当朝天子面前说得话的人。拿两个分上,齐对杨府尹说,有个不依的?不拘多大事情也了了。如今倒是蔡太师用些礼物,那提督杨爷与我舍下有亲,他肯受礼?”妇人便往房里开箱子,搬出六十锭大元宝,共计三千两,教西门庆收去,寻人情上下使用。西门庆道:“只消一半足矣,何消用得许多!”妇人道:“多的大官人收去。奴床后边有四口描金箱柜,蟒衣玉带,帽顶绦环,提系条脱,值钱珍宝玩好之物,亦发大官人替我收去,放在大官人那里,奴用时取去。趁此奴不思个防身之计,信着他,往后过不出好日子来。眼见得三拳敌不得四手,到明日,没的把这些东西儿吃人暗算明夺了去,坑闪得奴三不归。”西门庆道:“只怕花二哥来家寻问,怎了?”妇人道:“这个都是老公公在时,梯己交与奴收着的,之物他一字不知,大官人只顾收去。”西门庆说道:“既是嫂子恁说,我到家叫人来取。”

宦官传给侄儿媳妇的钱财竟如此之多!

于是一直来家,与月娘商议,月娘说:“银子便用食盒叫小厮抬来。那箱笼东西,若从大门里来,教两边街房看着不惹眼?必须如此如此,夜晚打墙上过来方隐密些。”西门庆听言大喜,即令来旺儿、玳安儿、来兴、平安四个小厮,两架食盒,把三千两金银先抬来家。然后到晚夕月上的时分,李瓶儿那边同两个丫鬟迎春、绣春,放桌凳,把箱柜挨到墙上;西门庆这边止是月娘、金莲、春梅,用梯子接着,墙头上铺苫毡条,一个个打发过来,都送到月娘房中去。你说,有这等事?要得富,险上做。有诗为证:

居然齐心合力。此墙功劳不小。

富贵自是福来投,利名还有利名忧。

命里有时终须有,命里无时莫强求。

西门庆收下他许多软细金银宝物,邻舍街坊俱不得知道。连夜打点驮装停当,求了他亲家陈宅一封书,差家人上东京。一路朝登紫陌,暮践红尘,有日到了东京城内,交割杨提督书礼,转求内阁蔡太师柬帖,下与开封府杨府尹。这府尹名唤杨时,别号龟山,乃陕西弘农县人氏,由癸未进士升大理寺卿,今推开封府尹,极是个清廉的官。况蔡太师是他旧时座主,杨戬又是当道时臣,如何不做分上?这里西门庆又顺星夜捎书花子虚知道,说人情都到了,等当官问你家财下落,只说都花费无

极清廉,故极给“座主”、“时臣”面子。

存，止是房产庄田见在。

恰说一日杨府尹升厅，六房官吏俱都祇候，但见：

为官清正，作事廉明。每怀恻隐之心，常有仁慈之念。争田夺地，辨曲直而后施行；斗殴相争，审轻重方使决断。闲则抚琴会客，也应分理民情。虽然京兆宰臣官，果是一邦民父母。

当日杨府尹升厅，监中提出花子虚来，一干人等上厅跪下，审问他家财下落。那花子虚口口只说："自从老公公死了，发送念经，都花费了，止有宅舍两所、庄田一处见在；其余床帐家火物件，俱被族人分扯一空。"杨府尹道："你每内官家财，无可稽考，得之易，失之易。既是花费无存，批仰清河县，委官将花太监住宅二所、庄田一处，估价变卖，分给花子由等三人回缴。"子由等还要当厅跪禀，还要监追子虚，要别项银两下落，被杨府尹大怒，都喝下来了，说道："你这厮少打！当初你那内相一死之时，你每不告，做甚么来？如今事情已往，又来骚扰，费耗我纸笔。"于是把花子虚一下儿也没打，批了一道公文，押发清河县前来估计庄宅，不在话下。

早有西门庆家人来保打听这消息，星夜回来报知西门庆。西门庆听的杨府尹见了分上，放出花子虚来家，满心欢喜。这里李瓶儿请过西门庆去计议，要教西门庆："拿几两银子买了所住的宅子罢，到明日奴不久也是你的人了。"西门庆归家，与吴月娘商议，月娘道："随他当官估价卖多少，你不可承揽要他这房子，恐怕他汉子一时生起疑心来，怎了？"这西门庆听记在心。那消几日，花子虚来家，清河县委下乐县丞丈估，计：太监大宅一所，坐落大街安庆坊，值银七百两，卖与王皇亲为业；南门外庄田一处，值银六百五十五两，卖与守备周秀为业；止有住居小宅，值银五百四十两，因在西门庆紧隔壁，没人敢买。花子虚再三使人来说，西门庆只推没银子，延挨不肯上帐。县中紧等要回文书，李瓶儿急了，暗暗使过冯妈妈来对西门庆说，教拿他寄放的银子，兑五百四十两买了罢。这西门庆方才依允，当官交兑了银两，花大哥都画了字。连夜做文书，回了上司，共该银二千八百九十五两，三人均分讫。

月娘虑得是。西门庆也是舍不得钱。

从寄顿财物到"自买自屋"，李瓶儿临危不乱，颇有杀伐。

花子虚打了一场官司出来，没分的丝毫，把银两、房舍、庄田又没了，两箱内三千两大元宝又不见踪影，心中甚是焦躁。因问李瓶儿，查算西门庆那边使用银两下落，今剩下多少，还要凑着添买房子。反吃妇人整骂了四五日，骂道："呸！魍魉混沌！你成日放着正事儿不理，在外边眠花卧柳不着家，只当被人所算，弄成圈套，拿在牢里，使将人来对我说，教我寻人情。奴是个女妇人家，大门边儿也没走，能走不能飞，晓的甚么？认的何人？那里寻人情？浑身是铁，打得多少钉儿！替你到处求爹爹、告奶奶，甫能寻得人情。平昔不种下，急流之中，谁人来管你？多亏了他隔壁西门庆，看日前相交之情，大冷天，刮的那黄风黑风，使了家下人往东京去，替你把事儿干的停停当当的！你今日了毕官司出来，两脚踏住平川地，得命思财，疮好忘痛，来家还问老婆找起后帐儿来了，还说有也没。你过阴，有你写来的帖子见在。没你的手字儿，我擅自拿出你的银子寻人情，抵盗与人便难了！"花子虚道："可知是我的帖子来说。实指望还剩下些，咱凑着买房子过日子，往后知数拳儿了。"妇人道："呸！浊材料！我不好骂你的。你早仔细好来，囷头儿上不算计，圈底儿下却算计。千也说使多了，万也说使多了，你那三千两银子，能到的那里？蔡太师、杨提督好小食肠儿，不是恁大人情嘱的话，平白拿了你一场，当官蒿条儿也没曾打在你这王八身上，好好放出来，教你在家里恁说嘴。人家不属你管辖，不是你甚么着疼的亲故，平白怎替你南上北下走跳，使钱救你？你来家该摆席酒儿，请过人来知谢人一知谢儿；还一扫帚扫的人光光的，问人找起后帐儿来了！"几句连搽带骂，骂的子虚闭口无言。

李瓶儿这一顿骂，想是早打好了腹稿。不仅气势夺人，而且层层推理，煞有介事，难以查验，难怪花子虚哑口无言。

到次日，西门庆使了玳安送了一分礼来与子虚压惊。子虚这里安排了一席，叫了两个妓者，请西门庆来知谢，就找着问他银两下落。依着西门庆这边，还找过几百两银子与他凑买房子，李瓶儿不肯，暗地使过冯妈妈子过来对西门庆说："休要来吃酒，开送了一篇花帐与他，只说银子上下打点都使没了。"花子虚不识时，还使小厮再三邀请，西门庆一径躲的往院里去了，只回不在家。花子虚气的发昏，只是跌脚。

李瓶儿心比西门庆还硬。但下面作者一番议论并没落到"点"上。此时的李瓶儿很有"自己掌握自己命运"的气派。

看官听说：大抵只是妇人更变，不与男子汉一心，随你咬折钉子般刚毅之夫,也难防测其暗地之事。自古男治外而女治内,往往男子之名都被妇人坏了者为何?皆由御之不得其道故也。要之在乎夫唱妇随,容德相感,缘分相投,男慕乎女,女慕乎男,庶可以保其无咎,稍有微嫌,辄显厌恶。若似花子虚终日落魄飘风,谩无纪律,而欲其内人不生他意,岂可得乎?正是:自意得其垫,无风可动摇。有诗为证:

功业如将智力求,当年盗跖却封侯。
行藏有义真堪羡,好色无仁岂不羞?
郎荡贪淫西门子,背夫水性女娇流。
子虚气塞柔肠断,他日冥司必报仇。

话休饶舌,后来子虚只摈凑了二百五十两银子,买了狮子街一所房屋居住。得了这口重气,刚搬到那里,不幸害了一场伤寒,从十一月初旬睡倒在床上,就不曾起来。初时李瓶儿还请的大街坊胡太医来看,后来怕使钱,只挨着。一日两,两日三,挨到三十头,呜呼哀哉,断气身亡,亡年二十四岁。那手下的大小厮天喜儿,从子虚病倒之时,拐了五两银子走了无踪迹。子虚一倒了头,李瓶儿就使了冯妈妈请了西门庆过去与他商议,买棺入殓,念经发送子虚,到坟上埋葬。那花大、花三、花四,一般儿男妇也都来吊孝,送殡回来,各都散了。西门庆那日也教吴月娘办了一张桌席,与他山头祭奠。当日妇人轿子归家,也回了一个灵位供养在房中,虽是守灵,一心只想着西门庆。从子虚在时,就把两个丫头教西门庆要了,子虚死后,越发通家往还。

“子虚”化为“乌有”,统共才二十四春。

一日,正月初九日,李瓶儿打听是潘金莲生日,未曾过子虚五七,就买礼坐轿子,穿白绫袄儿,蓝织金裙,白苎布鬏髻,珠子箍儿,来与金莲做生日。冯妈妈抱毡包,天福儿跟轿。进门就先与月娘插烛也磕了四个头,说道:“前日山头,多劳动大娘受饿,又多谢重礼。”拜了月娘,又请李娇儿、孟玉楼拜见了。然后潘金莲来到,说道:“这个就是五娘。”又磕下头,一口一声称呼:“姐姐,请受奴一礼儿。”金莲那里肯受?相让了半日,两个还平磕了头,金莲又谢了他寿礼。又有吴大妗子、潘姥姥,都一同见了。李瓶儿便请西门庆拜见,月娘道:“他今日往门外玉皇庙打醮去了。”一面让坐下,换茶来吃了。良久,只见孙雪娥走过来,李

李瓶儿心里虽急,行起事来却一步不省,且尺寸也量得准。

瓶儿见他妆饰少次于众人，便立起身来问道："此位是何人？奴不知，不曾请见的。"月娘道："此是他姑娘哩。"这李瓶儿就要慌忙行礼，月娘道："不劳起动二娘，只拜平拜儿罢。"于是二人彼此拜毕。月娘就让到房中，换了衣裳，分付丫鬟明间内放桌儿摆茶。须臾，围炉添炭，酒泛羊羔，安排上酒来。

当下吴大妗子、潘姥姥、李瓶儿上坐，月娘和李娇儿主席，孟玉楼和潘金莲打横。孙雪娥回厨下照管，不敢久坐。月娘见李瓶儿钟钟酒都不辞，于是亲自巡了一遍酒，又令李娇儿众人各巡酒一遍，颇嘲问他话儿，便说道："花二娘搬的远了，俺姊妹们离多会少，好不思想，二娘狠心，就不说来看俺们看儿！"孟玉楼便道："二娘今日不是因与六姐做生日，还不来哩！"李瓶儿道："好大娘、三娘，蒙众娘抬举，奴心里也要来。一来热孝在身，二者拙夫死了，家下没人。昨日才过了他五七，不是怕五娘怪，还不敢来。"因问："大娘贵降在几时？"月娘道："贱日早哩。"潘金莲接过来道："大娘生日八月十五，二娘好歹来走走。"李瓶儿道："不消说，一定都来！"孟玉楼道："二娘今日与俺姊妹相伴一夜儿呵，不往家去罢了。"李瓶儿道："奴可知也要和众位娘叙些话儿。不瞒众位娘说：小家儿人家，初搬到那里，——自从拙夫没了，家下没人，——奴那房子后墙，紧靠着乔皇亲花园，好不空，晚夕常有狐狸打砖掠瓦，奴又害怕。原是两个小厮，那个大小厮又走了，止是这个天福儿小厮看守前门，后半截通空落落的。倒亏了这个老冯是奴旧时人，常来与奴浆洗些衣裳，与丫头做鞋脚，累他。"月娘因问："老冯多大年纪？且是好个恩实妈妈儿，高言儿也没句儿。"李瓶儿道："他今年五十六岁，属狗儿，男儿花女没有，只靠说媒度日，我这里常管他些衣裳儿。昨日拙夫死了，叫过他来与奴做伴儿，晚夕同丫头一炕睡。"潘金莲嘴快，说道："却又来，既有老冯在家里看家，二娘在这过一夜儿也罢了。左右那花爹没了，有谁管着你！"玉楼道："二娘只依我：教老冯回了轿子，不去罢。"那李瓶儿只是笑，不做声。说话中间，酒过数巡，潘姥姥先起身往前边去了，潘金莲随跟着他娘往房里去了。李瓶儿再三辞："奴的酒勾了。"李娇儿道："花二娘怎的在他大娘、三娘手里吃过酒，偏我递酒二娘不肯

都知李瓶儿"早晚是这屋里人"，既然难以排斥，莫若先交好再说。

吃，显的有厚薄。”于是拿大杯只顾斟上，李瓶儿道：“好二娘，奴委的吃不去了，岂敢做假！”月娘道：“二娘，你吃过此杯，略歇歇儿罢。”那李瓶儿方才接了，放在面前，只顾与众人说话。

孟玉楼见春梅立在旁边，便问春梅：“你娘在前边做甚么哩？你去，连你娘、潘姥姥快请来。你说大娘请来，陪你花二娘吃酒哩。”春梅去不多时，回来道：“俺姥姥害身上疼，睡哩；俺娘在房里匀脸，就来。”月娘道：“我倒也没见，你倒是个主人家，把客人丢下，三不知往房里去了。俺姐儿一日脸不知匀多少遭数，要便走的匀脸去了。诸般都好，只是有这些孩子气。”正说着，只见潘金莲上穿了沉香色潞紬雁衔芦花样对衿袄儿，白绫竖领，妆花眉子，溜金蜂赶菊钮扣儿，下着一尺宽海马潮云羊皮金沿边挑线裙子，大红段子白绫高底鞋，妆花膝裤，青宝石坠子，珠子箍，与孟玉楼一样打扮。惟月娘是大红段子袄，青素绫披袄，沙绿紬裙，头上带着鬏髻、貂鼠卧兔儿。玉楼在席上看见金莲艳抹浓妆，鬓嘴边撇着一根金寿字簪儿，从外摇摆将来，戏道：“五丫头，你好人儿！今日是你个‘驴马畜’，把客人丢在这里，你躲房里去了，你可成人养的！”那金莲笑嘻嘻向他身上打了一下。玉楼道：“好大胆的五丫头，你还来递一钟儿。”李瓶儿道：“奴在三娘手里吃了好少酒儿？已吃勾了。”金莲道：“他的手里是他手里帐，我也敢奉二娘一钟儿！”于是揎起袖子，满斟一大杯，递与李瓶儿。只顾放着不肯吃。月娘陪吴大妗子从房里出来，看见金莲陪着李瓶儿坐的，问道：“他潘姥姥怎的不来陪花二娘坐？”金莲道：“俺妈害身上疼，在房里歪着哩，叫他不肯来。”月娘因看见金莲鬓上撇着那寿字簪儿，便问：“二娘，你与六姐这对寿字簪儿是那里打造的？倒且是好样儿。到明日俺每人照样也配恁一对儿戴。”李瓶儿道：“大娘既要，奴还有几对，到明日每位娘都补奉上一对儿。此是过世老公公宫里御前作带出来的，外边那里有这样范。”月娘道：“奴取笑，斗二娘耍子，俺姊妹们人多，那里有这些相送。”众女眷饮酒欢笑。

看看日西时分，冯妈妈在后边雪娥房里管待，酒吃的脸红红的出来，催逼李瓶儿起身，不起身好打发轿子回去。月娘道：“二娘不去罢，叫老冯回了轿子家去罢。”李瓶儿只说：“家里无人，改日再奉看列位

重匀粉脸，再着艳装，也是一种“斗法”。

“老公公”虽过世已久，提起来却得意之情溢于言表。毕竟“来历”不凡。别忘了她还一度是大名府梁中书妾，见过大世面的。有“势”便有安全感。

娘，有日子住哩。”孟玉楼道：“二娘好执古，俺众人就没些分上儿？如今不打发轿子，等住回他爹来，少不的也要留二娘。”自这说话，逼迫的李瓶儿就把房门钥匙递与冯妈妈，说道：“既是他众位娘再三留我，显的奴不识敬重，分付轿子回去，教他明日来接罢。你和小厮家仔细门户。”又叫过冯妈，附耳低言：“教大丫头迎春，拿钥匙开我床房里头一个箱子，小描金头面匣儿里，拿四对金寿字簪儿，你明日早送来，我要送四位娘。”那冯妈妈得了话，拜辞了月娘，月娘道：“吃酒去！”冯妈妈道：“我刚才在后边姑娘房里酒饭都吃了，明日老身早来罢。”一面千恩万谢出门。不在话下。

少顷，李瓶儿不肯吃酒，月娘请到上房同大妗子一处吃茶坐的。忽见玳安小厮抱进毡包，西门庆来家，掀开帘子进来，说道：“花二娘在这里！”慌的李瓶儿跳起身来。两个见了礼，坐下。月娘叫玉箫与西门庆接了衣裳。西门庆便对吴大妗子、李瓶儿说道：“今日会门外玉皇庙圣诞打醮，该我年例做会首。要不是，过了午斋我就来了，因与众人在吴道官房里算帐，七担八柳，缠到这咱晚。”因问：“二娘今日不家去罢了？”玉楼道：“二娘这里再三不肯，要去，被俺众姊妹强着留下。”李瓶儿道：“家里没人，奴不放心。”西门庆道：“没的扯淡，这两日好不巡夜的甚紧，怕怎的！但有些风吹草动，拿我个帖送与周大人，点到奉行。”又道：“二娘，怎的冷清清坐着？用了些酒儿不曾？”孟玉楼道：“俺众人再三奉劝二娘，二娘只是推，不肯吃。”西门庆道：“你们不济，等我奉劝二娘。二娘好小量儿！”李瓶口里虽说“奴吃不去了”，只不动身。一面分付丫鬟，从新房中放桌儿，都是留下伺候西门庆的，整下饭菜蔬，细巧果仁，摆了一张桌子。吴大妗子知局，趔趄推不用酒，因往李娇儿那边房里去了。当下李瓶儿上坐，西门庆拿椅子关席，吴月娘在炕上踟着炉壶儿，孟玉楼、潘金莲两边打横，五人坐定，把酒来斟。也不用小钟儿，要大银衢花钟子，你一杯，我一盏。常言：风流茶说合，酒是色媒人。吃来吃去，吃的妇人眉黛低横，秋波斜视，正是：两朵桃花上脸来，眉眼施开真色妇。月娘见他二人吃的饧成一块，言颇涉邪，看不上，往那边房里陪吴大妗子坐去了，由着他三个陪着。吃到三更时分，李瓶儿星眼乜斜，身立不住，拉金莲往后边净手。西门庆走到月娘这边房里，亦东倒西歪，问月娘打发他那里歇，月娘道："他来与那个做生日，就在那个儿房里歇。"西门庆道："我在那里歇宿？"月娘道："随你那里歇宿！再不，你也跟了他一处去歇罢。"西门庆笑道："岂有此礼！"因叫："小玉来脱衣，我在这房里睡了。"月娘道："就别要汗邪，休要惹我那没好口的骂的出来！你在这里，他大妗子那里歇？"西门庆道："罢，罢！我往孟三儿房里歇去罢。"于是往玉楼房中歇了。

往往只是在这种情况下才要在大老婆处歇。往往大老婆都已性冷感。

潘金莲引着李瓶儿净了手，同往他前边来，晚夕和姥姥一处歇卧。到次日起来，临镜梳头，春梅与他讨洗脸水，打发他梳妆。因见春梅伶变，知是西门庆用过的丫鬟，与了他一付金三事儿，那春梅连忙就对金莲说了，金莲谢了又谢，说道："又劳二娘赏赐他！"李瓶儿道："不枉了五娘有福，好个姐姐！"早辰，金莲领着他同潘姥姥，叫春梅开了花园门，各处游看了一遍。李瓶儿看见他那边墙头开了个便门，通着他那壁，便问："西门爹几时起盖这房子？"金莲道："前者央阴阳看来，也只到这二月间兴工动土，收起要盖。把二娘那房子打开通做一处，前面盖山子卷棚，展一个大花园。后面还盖三间玩花楼，与奴这三间楼相连，做一条边。"这李瓶儿听见在心。

与其防范，莫若笼络。

两人正说话，只见月娘使了小玉来请后边吃茶，三人同来到上房。吴月娘、李娇儿、孟玉楼陪着吴大妗子，摆下茶等着哩。众人正吃点心茶汤，只见冯妈妈蓦地走来，众人让他坐吃茶。冯妈妈向袖中取出一方旧汗巾，包着四对金寿字簪儿，递与李瓶儿。接过来，先奉了一对与月娘，然后李娇儿、孟玉楼、孙雪娥每人都是一对，月娘道："多有破费二娘，这个却使不得！"李瓶儿笑道："好大娘，甚么罕希之物，胡乱与娘们赏人便了。"月娘众人拜谢了，方才各人插在头上。月娘道："只说二娘家门首就是灯市，好不热闹。到明日俺们看灯去，就到往二娘府上望望，休要推不在家。"李瓶儿道："奴到那日奉请众位娘。"金莲道："姐姐还不知，奴打听来，这十五日是二娘生日。"月娘道："今日说过，若是二娘贵降的日子，俺姊妹一个也不少，来与二娘祝寿去。"李瓶儿笑道："蜗居小舍，娘们肯下降，奴一定奉请。"不一时吃罢早饭，摆上酒来饮

面面俱到。

酒。看看留连到日西时分,轿子来接,李瓶儿告辞归家,众姊妹款留不住。临出门请西门庆拜见,月娘道:“他今日早起身出门,与县丞送行去了。”妇人千恩万谢,方才上轿来家。正是:合欢核桃真堪笑,里许原来别有人。

毕竟后来何如,且听下回分解。

第十五回
佳人笑赏玩月楼　狎客帮嫖丽春院

清代张竹坡著文力辩此书"并非淫书"。他的立论，是此书其实是"以'悌'字起，以'孝'字结"，也就是说，倒是一部维护封建纲常的书。我们当然不能对他的"解读法"认同，但此书的确并非"唯性而上"，与《绣榻野史》、《肉蒲团》等纯色情小说有重大的差别。此书不仅透过人物的"性命运"折射出了丰富的政治、经济、社会、道德、伦理、文化内涵，而且有不少精彩的民间风俗情态的细致描绘，使我们恍若在倒流的时光中身临其境。这一回便是个例子。

日坠西山月出东，百年光景似飘蓬。
点头才羡朱颜子，转眼翻为白发翁。
易老韶华休浪度，掀天富贵等云空。
不如且讨红裙趣，依翠偎红院宇中。

话说光阴迅速，又早到正月十五日。西门庆这里，先一日差小厮玳安送了四盘羹菜，两盘寿桃，一坛酒，一盘寿面，一套织金重绢衣服，写吴月娘名字，"西门吴氏敛衽拜"，送与李瓶儿做生日。李瓶儿才起来梳妆，叫了玳安儿到卧房里，说道："前日打扰你大娘那里，今日又教你大娘费心送礼来。"玳安道："娘多上覆，爹也上覆二娘，不多些微礼，与二娘赏人。"李瓶儿一面分付迎春，外边明间内放小桌儿，摆了四盒茶食，管待玳安。临出门，与二钱银子，八宝儿一方闪色手帕，“到家多上覆你列位娘，我这里使老冯拿帖儿请去，好歹明日都光降走走。”玳安磕头出门。两个抬盒子的与一百文钱。李瓶儿这里，随即使老冯儿用请书盒儿，拿着五个柬帖儿，十五日请月娘与李娇儿、孟玉楼、潘金莲，孙雪娥。又捎了一个帖，暗暗请西门庆那日晚夕赴席。

有明帖，有暗帖。李瓶儿做事细腻无缝。

月娘到次日留下孙雪娥看家，同李娇儿、孟玉楼、潘金莲，四顶轿子出门，都穿着妆花锦绣衣服。来兴、来安、玳安、画童四个小厮跟随着，到狮子街灯市李瓶儿新买的房子里来。这房子门面四间，到底三层，临街是楼。仪门进去，两边厢房，三间客座，一间稍间。过道穿进去，第三层三间卧房，一间厨房，后边落地紧靠着乔皇亲花园。李瓶儿知月娘众人来看灯，临街楼上设放围屏桌席，悬挂许多花灯。先迎接到客位内，见毕礼数，次让入后边明间内待茶。房里换衣裳摆茶，俱不必细说。

到午间，李瓶儿客位内设四张桌席，叫了两个唱的董娇儿、韩金钏儿，弹唱饮酒。凡酒过五巡，食割三道，前边楼上设着细巧添换酒席，又请月娘众人登楼，看灯顽耍。楼檐前挂着湘帘，悬着彩灯。吴月娘穿着大红妆花通袖袄儿，娇绿段裙，貂鼠皮袄，李娇儿、孟玉楼、潘金莲都是白绫袄儿，蓝段裙。李娇儿是沉香色遍地金比甲，孟玉楼是绿遍地金比甲，潘金莲是大红遍地金比甲，头上珠翠堆盈，凤钗半卸，鬓后挑着许多各色灯笼儿，搭伏定楼窗往下观看。见那灯市中人烟凑集，十分热闹。当街搭数十座灯架，四下围列些诸门买卖。玩灯男女，花红柳绿，车马轰雷，鳌山耸汉。怎见好灯市？但见：

鬓后挑着各色灯笼，此应节装饰甚妙。

山石穿双龙戏水，云霞映独鹤朝天。金莲灯、玉楼灯，见一片珠玑；荷花灯、芙蓉灯，散千围锦绣。绣球灯，皎皎洁洁；雪花灯，拂拂纷纷。秀才灯，揖让进止，存孔孟之遗风；媳妇灯，容德温柔，效孟姜之节操。和尚灯，月明与柳翠相连；通判灯，钟馗共小妹并坐。师婆灯，挥羽扇，假降邪神；刘海灯，背金蟾，戏吞至宝。骆驼灯、青狮灯，驮无价之奇珍，咆咆哮哮；猿猴灯、白象灯，进连城之秘宝，顽顽耍耍。七手八脚螃蟹灯，倒戏清波；巨口大髯鲇鱼灯，平吞绿藻。银蛾斗彩，雪柳争辉。

煞是好看。
一幅灯节民俗长卷。

双双随绣带香球，缕缕拂华幡翠幰。鱼龙沙戏，七真五老献丹书；吊挂流苏，九夷八蛮来进宝。村里社鼓，队共喧阗；百戏货郎，庄齐斗巧。转灯儿一来一往，吊灯儿或仰或垂。瑠璃瓶映美女奇花，云母障并瀛洲阆苑。往东看，雕漆床、螺钿床，金碧交辉；向西瞧，羊皮灯、掠彩灯，锦绣夺眼。北一带都是古董玩器，南壁厢尽皆书画瓶炉。王孙争看，小栏下蹴踘齐云；仕女相携，高楼上妖娆衒色。卦肆云集，相幕星罗。讲新春造化如何，定一世荣枯有准。又有那站高坡打谈的，词曲杨恭；到看这扇响钹游脚僧，演说三藏。卖元宵的高堆果馅，粘梅花的齐插枯枝。剪春蛾，鬓边斜插闹东风；祷凉钗，头上飞金光耀日。围屏画石崇之锦帐，珠帘绣梅月之双清。虽然览不尽鳌山景，也应丰登快活年。

吴月娘看了一回，见楼下人乱，和李娇儿各归席上吃酒去了哩。惟有潘金莲、孟玉楼同两个唱的，只顾搭伏着楼窗子往下观看。那潘金莲一径把白绫袄袖子搂着，显他遍地金掏袖儿，露出那十指春葱来，带着六个金马镫戒指儿，探着半截身子，口中磕瓜子儿，把磕了的瓜子皮儿都吐下来，落在人身上。和玉楼两个嘻笑不止，一回指道："大姐姐！你来看，那家房檐底下挂了两盏玉绣球灯，一来一往，滚上滚下，且是倒好看。"一回又道："二姐姐！你来看，这对门架子上挑着一盏大鱼灯，下面又有许多小鱼鳖虾蟹儿跟着他，倒好耍子。"一回又叫孟玉楼："三姐姐！你看这首里，这个婆儿灯，那老儿灯……"正看着，忽然被一阵风来把个婆子儿灯下半截割了一个大窟窿，妇人看见笑不了。引惹的那楼下看灯的人，挨肩擦背，仰望上瞧，通挤匝不开，都压躧躧儿。须臾，哄围了一圈人，内中有几个浮浪子弟，直指着谈论，一个说道："一定是那公侯府位里出来的宅眷。"一个又猜是："贵戚皇孙家艳妾来此看灯，不然，如何内家妆束？"那一个说道："莫不是院中小娘儿，是那大人家叫来这里看灯弹唱。"又一个走过来，便道："自我认的，你每都猜不着。你把他当唱的，把后面那四个放到那里？我告说：这两个妇人，也不是小可人家的，他是阎罗大王妻，五道将军的妾，是咱县门前开生药铺、放

前面多少关于潘金莲的肖像描写都落套空泛。此处不仅声容宛在眼前，且性格中可爱一面亦毕现。

官吏债西门大官人的妇女！你惹他怎的？想必跟他大娘子来这里看灯。这个穿绿遍地金背比甲的，我不认的；那穿大红遍地金比甲儿，上带着个翠面花儿的，倒好似卖炊饼武大郎的娘子。大郎因为在王婆茶房内捉奸，被大官踢中了死了，把他娶在家里做了妾。后次他小叔武松东京回来告状，误打死了皂隶李外传，被大官人垫发充军去了。如今一二年不见出来，落的这等标致了！”正说着，只见一个多口过来说道：“你们没要紧指说他怎的，咱每散开罢。”楼上吴月娘见楼下人围的多了，叫了金莲、玉楼归席坐下，听着两个粉头弹唱灯词饮酒。

不仅“违制”，且杀人陷人，然其奈他何！一般俗人只好“散开”了事。

坐了一回，月娘要起身，说道：“酒勾了，我和他二娘先行一步，留下他姊妹两个再坐一回儿，以尽二娘之情。今日他爹不在家，家里无人，光丢着些丫头们，我不放心。”这李瓶儿那里肯放？说道：“好大娘，奴没敬心也是的。今日大娘来，奴没好生拣一箸儿。大节间，灯儿也没点，饭儿也没上，就要家去？就是西门爹不在家中，还有他姑娘们哩，怕怎的！待月色上来的时候，奴送三位娘去。”月娘道，“二娘，不是这等说。我又不大十分用酒，留下他姊妹两个，就同我这里一般。”李瓶儿道：“大娘不用，二娘也不吃一钟，也没这个道理。想奴前日在大娘府上，那等钟钟不辞，众位娘竟不肯饶我；今日来到奴这湫窄之处，虽无甚物供献，也尽奴一点劳心。”于是拿大银钟递与李娇儿，说道：“二娘好歹吃一杯儿！大娘奴晓的吃不的了，不敢奉大杯，只奉小杯儿哩。”于是满斟递与，月娘因说李娇儿：“二娘，你用过此杯罢。”两个唱的，月娘每人与了他二钱银子。待的李娇儿吃过酒，月娘起身，嘱付玉楼、金莲：“我两个先起身。我去便使小厮拿灯笼来接，你们也就来罢，家里没人。”玉楼应诺。李瓶儿送月娘、李娇儿到门首上轿去了。归到楼上，陪玉楼、金莲饮酒。看看天晚，玉兔东生，楼上点起灯来，两个唱的弹唱饮酒。不在话下。

却说西门庆那日同应伯爵、谢希大两个，家中吃了饭，同往灯市里游玩。到了狮子街东口，西门庆因为月娘众人今日都在李瓶儿家楼上吃酒，恐怕他两个看见，就不往西街去看大灯，只到卖纱灯的跟前就回了。不想转过湾来，撞遇孙寡嘴、祝日念，唱喏，说道：“连日不会哥，心混混之怨。

中溷想。”见了应伯爵、谢希大，骂道：“你两个天杀的好人儿，你来和哥游玩，就不说叫俺一声儿！”西门庆道：“祝兄弟，你错怪了他两个，刚才也是路上相遇。”祝日念道：“如今看了灯往那里去？”西门庆道：“同众位兄弟到大酒楼上吃三杯儿。不是请众兄弟，房下们今日都往人家吃酒去了。”祝日念道：“比是哥请俺每到酒楼上，咱何不往里边望望李桂姐去？只当大节间往他拜拜年去，混他混。前日俺两个在他家，望着俺每好不哭哩，说他从腊里不好到如今，大官人通影边儿不进里面看他看儿。俺每便回说，只怕哥事忙，替哥摭过了。哥今日倒闲，俺每情愿相伴哥进去走走。”西门庆因记挂着晚夕李瓶儿，还推辞道：“今日我还有小事不得去，明日罢。”怎禁这伙人死拖活拽，于是同进去院中。正是：

柳底花阴压路尘，一回游赏一回新。

不知买尽长安笑，活得苍生几户贫？

西门庆同众人到了李家，桂卿正打扮着在门首站立，一面迎接入中堂相见了，都道了万福。祝日念高叫道：“快请二妈出来！还亏俺众人，今日请的大官人来了。”少顷，老虔婆扶拐而出，向西门庆见毕礼，数说道：“老身又不曾怠慢了姐夫，如何一向不进来看看姐姐儿？想必别处另叙了新婊子来。”祝日念走来插口道：“你老人家会猜算，俺大官近日相了个绝色的婊子，每日只在那里闲走，不想你家桂姐儿。刚才不是俺二人在灯市里撞见，拉他来，他还不来哩！妈不信，问孙天化就是了。”因指着应伯爵、谢希大说道：“这两个天杀的，和他都是一路神祇！”老虔婆听了，呷呷笑道：“好应二哥！俺家没恼着你，如何不在姐夫面前美言一句儿？虽故姐夫里边头绪儿多，常言道：好子弟不嫖一个粉头，粉头不接一个孤老。天下钱眼儿都一样。不是老身夸口说，我家桂姐也不丑，姐夫自有眼，今也不消人说。”孙寡嘴道：“我是老实说：哥如今新叙的这个婊子，不是里面的，是外面的婊子，还把里边人合八。”教那西门庆听了，赶着孙寡嘴只顾打，说道：“老妈，你休听这天灾人祸老油嘴，弄杀人！你……”孙寡嘴和众人笑成一块。

妓家坦率彻悟之言。细思竟“禅意盎然”！

西门庆向袖中掏出三两银子来递与桂卿：“大节间，我请众朋友。”桂卿不肯接。递与老妈，老妈说道：“怎么的？姐夫就笑话我家大节下拿不出酒菜儿管待列位老爹，又教姐夫坏钞拿出银子，显的俺们院里人家只是爱钱了!”应伯爵走过来说道:“老妈，你依我收了，只当正月里头二主子快仓，快安排酒来俺每吃。”那虔婆说道:“这个理上却使不得。”一壁推辞，一壁把银子接的袖了，深深道了个万福，说道:“谢姐夫的布施!”应伯爵道:“妈，你且住，我说个笑话儿你听了。一个子弟在院里嫖小娘儿，那一日作耍，装做贫子进去。老妈见他衣服蓝缕，不理他。坐了半日，茶也不拿出来，子弟说:‘妈，我肚饥，有饭寻些来我吃。’老妈道:‘米囤也晒，那讨饭来!’子弟又道:‘既没饭，有水拿些来我洗洗脸罢。’老妈道:‘少挑水钱，连日没送水来。’这子弟向袖中取出十两一锭银子放在桌子上，教买米雇水去。慌的老妈没口子道:‘姐夫吃了脸洗饭?洗了饭吃脸?’”把众人都笑了。虔婆道:“你还是这等快取笑。可可儿的来，自古有恁说，没这事。”应伯爵道:“你拿耳朵，我对你说:大官人新近请了花二哥婊子——后巷儿吴银儿了，不要你家桂姐了。今日不是我们缠了他来，他还往你家来哩!”虔婆笑道:“我不信，俺桂姐，今日不是强口，比吴银儿好多着哩!我家与姐夫是快刀儿割不断的亲戚。姐夫是何等人儿?他眼里见的多，着紧处金子也估出个成色来。”说毕，客位内放四把校椅，应伯爵、谢希大、祝日念、孙天化四人上坐，西门庆对席，老妈下去收拾酒菜去了。

一壁推辞一壁袖了，是吸引“回头客”着数。

有此“笑话”，此晚伯爵不算“白嚼”。

半日，李桂姐出来，家常挽着一窝丝杭州攒，金累丝钗，翠梅花钿儿，珠子箍儿，金笼坠子;上穿白绫对衿袄儿，妆花眉子，绿遍地金掏袖，下着红罗裙子，打扮的粉妆玉琢。望下不当不正，道了万福，与桂卿一边一个，打横坐下。少顷，顶老彩漆方盘拿七盏茶来，雪绽盘盏儿，银杏叶茶匙，梅桂泼卤瓜仁泡茶，甚是馨香美味。桂卿、桂姐每人递了一盏。陪着吃毕茶，接下茶托去。保儿上来，打抹春台，才待收拾摆放案酒，忽见帘子外探头舒脑，有几个穿蓝缕衣者，谓之架儿，进来跪下，手里拿三四升瓜子儿，“大节间孝顺大老爹。”西门庆只认头一个叫于春儿，问:“你每那儿位在这里?”于春道:“还有段绵纱、青聂钺在外边伺候。”段绵纱进来，看见应伯爵在里，说道:“应爹也在这里!”连忙磕了头。西门庆起来，分付收了他瓜子儿，打开银子包儿，捏一两一块银子掠在地

穿插“架儿”(所谓“起哄架秧子”之徒，无业游民，专在妓院之类地方凑趣讨赏)形状。不是亲见亲领过，怎能勾画得出!

下。于春儿接了，和众人扒在地下磕了个头，说道："谢爹赏赐！"往外飞跑。有《朝天子》单道这架儿行藏为证：

这家子打和，那家子撮合，他的本分少虚头大。一些儿不巧人腾挪，绕院里都踅过。席面上帮闲，把牙儿闲磕。攘一回才散火，转钱又不多。歪斯缠怎么？他在虎口里求津唾。

西门庆打发架儿出门，安排酒上来吃酒。桂姐满泛金杯，双垂红袖，肴烹异品，果献时新，倚翠偎红，花浓酒艳。酒过两巡，桂卿、桂姐，一个弹筝，一个琵琶，两个弹着，唱了一套"霁景融和"。正唱在热闹处，见三个穿青衣黄板鞭者——谓之圆社——手里捧着一个盒儿，盛着一只烧鹅，提着两瓶老酒，"大节间来孝顺大官人贵人！"向前打了半跪。西门庆平昔认的，一个唤白秃子，一个是小张闲，那一个是罗回子，因说道："你每且外边候候儿，待俺每吃过酒，踢三跑。"于是向桌上拾了四盘下饭，一大壶酒，一碟点心，打发众圆社吃了。整理气球齐备，西门庆出来外面院子里，先踢了一跑。次教桂姐上来，与两个圆社踢，一个揸头，一个对障，拘踢拐打之间，无不假喝彩奉承，就有些不到处，都快取过去了。反来向西门庆面前讨赏钱，说："桂姐的行头，比旧时越发踢熟了，撇来的丢拐，教小人每凑手脚不迭。再过一二年，这边院中，似桂姊妹这行头就数一数二的，盖了群，绝伦了，强如二条巷董官女儿数十倍！"当下桂姐踢了两跑下来，使的尘生眉畔，汗湿腮边，气喘吁吁，腰肢困乏，袖中取出春扇儿摇凉，与西门庆携手并观，看桂卿与谢希大、张小闲踢行头，白秃子、罗回子在傍虚撮脚儿等漏，往来拾毛。亦有《朝天子》一词，单道这踢圆的始末为证：

又穿插"圆社"（踢气球的团伙）人等。当时鹅肉是最上等的菜。今人为何不再看重鹅肉？

在家中也闲，到处刮涎，生理全不干。气球儿不离在身边，每日街头站。穷的又不趍，富贵他偏羡。从早辰只到晚，不得甚饱餐。转不的大钱，他老婆常被人包占。

他不写出，我们难以想象当年男女都能踢气球的生动场景。

西门庆正看着众人在院内打双陆，踢气球，饮酒，只见玳安骑马来接，悄悄附耳低言说道："大娘、二娘家去了，花二娘教小的请爹早些过去哩。"这西门庆听了，暗暗叫玳安把马吊在后边门首等着。于是酒也不吃，拉桂姐房中，只坐了没多一回儿，就出来推净手，于后门上马，一溜烟走了。应伯爵使保儿去拉扯，西门庆只说："我家里有事。"那里肯回来？教玳安拿了一两五钱银子，打发三个圆社。李家恐怕他又往后巷吴银儿家，使丫鬟直跟至院门首方回。应伯爵等众人还吃，二更鼓才散。正是：唾骂由他唾骂，欢娱我且欢娱。

毕竟未知后来何如，且听下回分解。

第十六回
西门庆谋财娶妇　应伯爵庆喜追欢

倾城倾国莫相疑，巫水巫云梦亦痴。
红粉情多销骏骨，金兰谊薄惜蛾眉。
温柔乡里精神健，窈窕风前意态奇。
村子不知春寂寂，千金此夕故踟蹰。

话说当日西门庆出离院门，玳安跟随，打马径到狮子街李瓶儿家。门首下马，见大门关的紧紧的，就知堂客轿子家去了，一面叫玳安问冯妈妈开门。西门庆进来，李瓶儿堂中秉烛，花冠齐整，素服轻盈，正倚帘栊，口中磕瓜子儿。见西门庆来，忙轻移莲步，款蹙湘裙，下阶迎接，笑道："你早来些儿，他三娘、五娘还在这里，只刚才轿子起身往家里去了。今日他大娘去的早，说你不在家，那里去了？"西门庆道："今日我和应二哥、谢子纯早辰看灯，打你门首过去来。不想又撞见两个朋友拉去院里，撞到这咱晚。我又恐怕你这里等候，小厮去时，教我推净手打后门跑了。不然必吃他们挂住了，休想来的成。"李瓶儿道："适间多谢官人重礼。他娘每又不肯坐，只说家里没人，教奴倒没意思的。"于是重筛美酒，再设佳肴，堂中把花灯都点上，放下暖帘来。金炉添兽炭，宝篆爇龙涎；春台上高堆异品，看杯中香醪满泛。妇人递与西门庆酒，磕下头去，说道："拙夫已故，举眼无亲，今日此杯酒，只靠官人与奴作个主儿。休要嫌奴丑陋，奴情愿与官人铺床叠被，与众位娘子作个姊妹，奴死也甘心，不知官人心下如何？"说着，满眼落泪。西门庆一壁接酒，一壁笑道：

倚帘磕瓜子儿，性吸引信号。

"你请起来。既蒙你厚爱,我西门庆铭刻于心。待你孝服满时,我自有处,不劳你费心。今日是你的好日子,咱每且吃酒。"西门庆于是吃毕,亦满斟了一杯回奉。妇人安他上席坐下,冯妈妈单管厨下看菜儿。须臾,拿面上来吃,西门庆因问道:"今日唱的是那两个?"李瓶儿道:"今日是董娇儿、韩金钏儿两个在这里,临晚送他三娘、五娘家中讨花儿去了。"西门庆坐席左,两个在席上交杯换盏饮酒,迎春、绣春两个丫鬟在傍斟酒下菜伏侍。只见玳安上来,扒在地下与李瓶儿磕头拜寿,李瓶儿连忙起身,还了万福。分付迎春,教老冯厨下看寿面点心下饭,拿一壶酒与玳安吃。西门庆分付:"吃了早些回马家去罢。"李瓶儿道:"到家里,你娘问,只休说你爹在这里。"玳安道:"小的知道,只说爹在里边过夜,明日早来接爹就是了。"西门庆便点了点头儿,当下把李瓶儿喜欢的要不的,说道:"好个乖孩子,眼里说话!"即令迎春拿二钱银子,节间叫买瓜子儿磕,"明日你拿个样儿来,我替你做双好鞋儿穿。"那玳安连忙磕头说:"小的怎么敢!"走到下边,吃了酒饭,带马出门,冯妈妈把大门上了拴。

李瓶儿有眼力。知玳安非一般小厮,需格外笼络。

玳安真会"眼里说话",难怪后面取得了惊人的"成就"。

李瓶儿同西门庆猜枚,吃了一回,又拿一副三十二扇象牙牌儿,桌上铺茜红苫条,两个灯下抹牌饮酒。吃一回,分付迎春房里秉烛。原来花子虚死了,迎春、绣春都已被西门庆要了,以此凡事不避他,教他收拾床铺,拿果盒杯酒。又在床上紫锦帐中,妇人露着粉般身子,西门庆香肩相并,玉体厮挨,两个看牌,拿大钟饮酒。因问西门庆:"你那边房子几时收拾?"西门庆道:"且待二月间兴工动土,连你这边一所,通身打开,与那边花园取齐。前边起盖山子卷棚、花园耍子去处,还盖三间玩花楼。"妇人因指道:"奴这床后茶叶箱内,还藏着四十斤沉香,二百斤白蜡,两罐子水银,八十斤胡椒椒。你明日都搬出来,替我卖了银子,凑着你盖房子使。你若不嫌奴丑陋,到家好歹对大娘说,奴情愿只要与娘们做个姊妹,随问把我做第几个的也罢。亲亲,奴舍不的你!"说着,眼泪纷纷的落将下来,西门庆慌把汗巾儿替他抹拭,说道:"你的情意我知道,也待你这边孝服满,我那边房子盖了才好。不然娶你过去,没有住房。"妇人道:"既有实心娶奴家去,到明日,好歹把奴的房盖的与他五

不似潘金莲"直奔主题",李瓶儿颇能"层层铺垫"。

颇能守财。

李瓶儿知道吴月娘是个"心中有数"的人。西门庆对大老婆真的满意。

娘在一处,奴舍不的他,好个人儿。与后边孟家三娘,见了奴且亲热。两个天生的,打扮也不相两个姊妹,只相一个娘儿生的一般。惟有他大娘,性儿不是好的,快眉眼里扫人。"西门庆道:"俺吴家的这个拙荆,他倒好性儿哩!不然,手下怎生容得这些人?明日这边与那边,一样盖三间楼,与你居住,安两个角门儿出入,你心下何如?"妇人道:"我的哥哥,这等才可奴之意。"于是两个颠鸾倒凤,淫欲无度,狂到四更时分,方才就寝。枕上并肩交股,直睡到次日饭时不起来。

妇人且不梳头,迎春拿进粥来,只陪着西门庆吃了上半盏粥儿,又拿酒来,二人又吃。① 两个正在美处,只见玳安儿外边打门,骑马来接。西门庆唤他在窗下问他话,玳安说:"家中有三个川广客人坐着,有许多细货要科兑与傅二叔,只要一百两银子押合同,其余八月中旬找完银子。大娘使小的来,请爹家去理会此事。"西门庆道:"你没说我在这里?"玳安道:"小的只说爹在里边桂姨家,没说在这里。"西门庆道:"你看不晓事!教把傅二叔打发他便了,又来请我怎的?"玳安道:"傅二叔讲来,客人不肯,直等我爹去,方才批合同。"李瓶儿道:"既是家中使了孩子来请,买卖要紧。你不去,惹的他大娘不怪么?"西门庆道:"你不知,贼蛮奴才,行市迟,货物没处发脱,才来上门脱与人,迟半年三个月找银子;若快时,他就张致了。满清河县,除了我家铺子大、发货多,随问多少时,不怕他不来寻我。"妇人道:"买卖不与道路为仇。只依奴,到家打发了再来也,往后日子多如柳叶儿哩。"西门庆于是依听李瓶儿之言,慢慢起来,梳头净面,戴网巾,穿衣服,李瓶儿收拾饭与他吃。

虽懒于事必躬亲,却很懂得"生意经"。

西门庆一直带着个眼纱,骑马来家。铺子里有四五个客人,等候秤货兑银,批了合同,打发去了。走到潘金莲房中,金莲便问:"你昨日往那里去来?实说便罢,不然,我就嚷的尘邓邓的!"西门庆道:"你们都在花家吃酒,我和他每灯市里走了回来,同往里边吃酒,过一夜。今日小厮接去,我才来家。"金莲道:"我知小厮去接,那院里有你那魂儿?罢么,贼负心,你还哄我哩!那淫妇昨日打发俺每来了,弄神弄鬼的,晚

---

① 此处删25字。

夕叫了你去,合捣了一夜?合捣的了,才放来了。玳安这贼囚根子,久惯儿牢成,对着他大娘又一样话儿,对着我又是一样话儿。先是他回马来家,他大娘又是问他:'你爹怎的不来家?在谁家吃酒哩?'他回话:'和应二叔众人看了灯回来,都在院里李桂姨家吃酒,教我明早接去哩。'落后我叫了问他,他笑不言语,问的急了,才说:'爹在狮子街花二娘那里哩。'贼囚根,他怎的就知我和你一心一计?想必你教他话来。"西门庆哄道:"我那里教他!"于是隐瞒不住,方才把李瓶儿"晚夕请我去到那里,与我递酒,说空过你每来了。又哭哭啼啼告诉我说,他没人手,后半截空,晚夕害怕,一心要教我娶他,问几时收拾这房子。他还有些香蜡细货,也直几百两银子,教我会经纪,替他打发;银子教我收,凑着盖房子。上紧修盖,他要和你一处住,与你做了姊妹,恐怕你不肯。"妇人道:"我也不多着个影儿在这里,巴不的来总好。我这里也空落落的,得他来与老娘做伴儿。自古船多不碍港,车多不碍路。我不肯招他,当初那个怎么招我来?搀奴甚么分儿也怎的?倒只怕人心不似奴心,你还问声大姐姐去。"西门庆道:"虽故是恁说,他孝服还未满哩!"说毕,妇人与西门庆尽脱白绫袄。①

玳安"看人下菜碟",正是其精明处。他知道西门庆绝不会对吴月娘说,却到头来一定会向潘金莲承认。

细货银子,潘金莲听了气短。

知道拦不住,莫若抢当"支持派"。

话休饶舌。一日,西门庆会了经纪,把李瓶儿床后茶叶箱内堆放的香蜡等物,都秤了斤两,共卖了三百八十两银子。李瓶儿只留下一百八十两盘缠,其余都付与西门庆收了,凑着盖房。便教阴阳择用二月初八日兴工动土,五百两银子委付大家人来昭并主管贲四,卸砖瓦木石,管工计帐。这贲四名唤贲地传,年少,生的百浪嚣虚,百能百巧。原是内相勤儿出身,因不守本分,打出吊入,滑流水,被赶出来。初时跟着人做兄弟儿来,次后投入大人家做家人,把人家奶子拐出来做了浑家,却在故衣行做经纪。琵琶箫管都会,西门庆见他这般本事,常照顾他在生药铺中秤货,讨中人钱使。以此凡大小事情,少他不得。当日贲地传与来昭,督管各作匠人兴工,先拆毁花家那边旧房,打开墙垣,筑起地脚,盖起卷棚山子、各亭台耍子去处。非止一日,不必尽说。

又是一个"出身历史复杂"的角色。

① 此处删252字。

光阴迅速，日月如梭。西门庆在家看管起盖花园，约有一个月有余，却在三月上旬，乃花子虚百日。李瓶儿预先请过西门庆去，和他计议，要把花子虚灵烧了，“房子卖的卖，不的你着人来看守，你早把奴娶过去罢。省的奴在这里，晚夕空落落的，我害怕，常有狐狸鬼混的慌。你到家对大娘说，只当可怜见奴的性命罢！随你把奴做第几个，奴情愿伏侍你铺床叠被，也无抱怨。”说着，泪如雨下。西门庆道：“你休烦恼，前日我把你这话，到家对房下和潘五姐也说过了，直待与你把房盖得完，那时你孝服将满，娶你过门不迟。”李瓶儿道：“好，好！你既有真心娶奴，先早把奴房撺掇盖了。娶过奴去，到你家住一日，死也甘心，省的奴在这里度日如年。”西门庆道：“你的话，我知道了。”李瓶儿道：“再不的，房子盖完，我烧了灵，搬在五姐那边楼上住两日，等你盖了新房子，搬移不迟。你好歹到家和五姐说，我还等你的话。这三月初十日是他百日，我好念经烧灵。”

李瓶儿急不可耐，有其道理。

总是强调愿与潘金莲交好。她深知诸妻妾中，潘的妒火最具“烧伤力”。如能与潘金莲交好，则其余都不足惧了。

西门庆应诺，与妇人歇了一夜。到次日，一五一十对潘金莲说了，金莲道：“可知好哩！奴巴不的腾两间房与他住，只怕别人。你还问声大姐姐去，我落得河水不碍船，看大姐姐怎么说。”

这西门庆一直走到月娘房里来。月娘正梳头，西门庆把李瓶儿要嫁一节，从头至尾说一遍，月娘道：“你不好娶他的休。他头一件，孝服不满；第二件，你当初和他男子汉相交；第三件，你又和他老婆有连手，买了他房子，收着他寄放的许多东西。常言：机儿不快梭儿快。我闻得人说，他家房族中花大是个刁徒泼皮的人，倘或一时有些声口，倒没的惹虱子头上挠。奴说的是好话，赵钱孙李，你依不依随你。”几句说的西门庆闭口无言，走出前厅来，自己坐在椅子上沉吟，又不好回李瓶儿话，又不好不去的。寻思了半日，还进入金莲房里来。金莲问道：“你到大姐姐房里，大姐姐怎么说？”西门庆把月娘的话告诉了一遍，金莲道：“大姐不肯，论他也说的是。你又买了他房子，又娶他老婆，当初又与他汉子相交了一世，方才好。我又是一说：既做朋友，没丝都有寸，交官儿也看乔了。”西门庆道：“这个也罢了，倒只怕花大那厮没圈子跳，知道挟制他孝服不满，在中间鬼混，怎生计较？我如今又不好回他的。”金莲

月娘所说，完全是从西门庆的利益出发，完全不把自己摆进去，焉能不把西门庆说服。

西门庆烦的是花大用封建社会的“游戏规则”来攻他“犯规”。虽说他并不真怕“犯规”，但他并不像李瓶儿那么急迫地要实行“明媒正娶”。

道："呸！有甚难处事？我问你：今日回他去？明日回他去？"西门庆道："他教我今日回他声去。"金莲道："你今日到那里，恁对他说，你说：'我到家对五姐说来，他的楼上堆着许多药料，你这家火去，到那里没处堆放。亦发再宽待些时，你这边房子七八也待盖了，撺掇匠人，早些装修油漆停当，你这边孝服也将满，那时娶你过去，却不齐备些？强似搬在五姐楼上荤不荤，素不素，挤在一处甚么样子！'管情他也罢了。"

西门庆听言大喜，那里等的时分，走到李瓶儿家，妇人便问："你到家，所言之事如何？"西门庆道："五姐说来，一发等收拾油漆你新房子，你搬去不迟。如今他那边楼上，堆的破零二乱，你这些东西过去，那里堆放？只有一件打搅，只怕你家大伯子说你孝服不满，如之奈何？"妇人道："他不敢管我的事。休说各衣另饭，当官写立分单，已倒断开了的勾当；只我先嫁由爹娘，后嫁由自己，自古嫂叔不通问，大伯管不的我暗地里事。我如今见过不的日子，他顾不的我。他若但放出个屁来，我教那贼花子坐着死，不敢睡着死。大官人你放心，他不敢惹我！"因问："你这房子也得几时方收拾完备？"西门庆道："我如今分付匠人，先替你盖出这三间楼来，及到油漆了，也到五月头上。"妇人道："我的哥哥，你上紧些，奴情愿等着到那时候也罢！"说毕，丫鬟摆上酒，两个欢娱饮酒过夜。西门庆自此没三五日不来，俱不必细说。

光阴迅速，西门庆家中已盖了两月房屋，三间玩花楼装修将完，只少卷棚还未安磉。一日，五月蕤宾佳节，家家门插艾叶，处处户挂灵符。李瓶儿治了一席酒，请过西门庆来，一者解粽，二者商议过门之日。择五月十五日，先请僧人念经烧灵，然后西门庆这边择娶妇人过门。西门庆因问李瓶儿道："你烧灵那日，花大、花三、花四请他不请？"妇人道："我每人把个帖子，随他来不来。"当下计议已定。单等五月十五日，妇人请了报恩寺十二众僧人，在家念经除灵。

西门庆那日封了三钱银子人情，与应伯爵做生日。早辰拿了五两银子与玳安，教他买办鸡鹅鸭置酒，晚夕李瓶儿除服。却教平安、画童两个跟马，约午后时分，往应伯爵家来。那日在席前者，谢希大、祝日念、孙天化、吴典恩、云离守、常时节、白来创，连新上会贲地传，十个朋

"十兄弟"，花子虚死了，补入贲地传。

友，一个不少。又叫了两个小优儿弹唱。递毕酒，上坐之时，西门庆叫过两优儿，认的头一个是吴银儿兄弟，名唤吴惠，那一个不认的，跪下说道："小的是郑爱香儿的哥，叫郑奉。"西门庆坐首席，每人赏二钱银子。吃到日西时分，只见玳安拿马来接，正上席来，向西门庆耳边悄悄说道："娘请爹早些去罢。"西门庆与了他个眼色，就往下走，被应伯爵叫住，问道："贼狗骨头儿，你过来实说！若不实说，我把你小耳朵拧过一边来。你应爹一年有几个生日？恁日头半天里，就拿马来接了你爹往那里去？端的谁使了你来？或者是你家中那娘使了你来？或是里边十八子那里？你若不说过，一百年也不对你爹说，替你这小狗秃儿娶老婆！"那玳安只是说道："委的没人使小的，小的恐怕夜紧，爹要起身，早拿马来伺候。"那应伯爵奈何了他一回，见不说，便道："你不说，我明日打听出来，和你这小油嘴儿算帐。"于是又斟了一钟酒，拿了半碟点心与玳安下边吃去。

良久，西门庆下来，东净里更衣，叫玳安到僻静处，问他话："今日花家都有谁来？"玳安道："花三往乡里去了，花四家里害眼，都没人来。只有花大家两口子来，吃了一日斋饭，他汉子先家去了；只有他老婆，临去，二娘叫到房里去了，与了他十两银子，两套衣服，还与二娘磕了头。"西门庆道："他没说甚么？"玳安道："他一字通没敢题甚么，只说到明日二娘过来，他三日要来爹家走走。"西门庆道："他真个说此话来？"玳安道："小的怎敢说谎。"这西门庆听了，满心欢喜，又问："斋供了毕不曾？"玳安道："和尚老早就去了，灵位也烧了，二娘说请爹早些过去。"西门庆道："我知道了，你外边看马去。"这玳安正往外走，不想应伯爵在过道内听，猛可叫了一声，把玳安唬了一跳。伯爵骂道："贼小狗骨头儿！你不告我说，我就的也听见了，原来你爹儿们干的好茧儿！"西门庆道："怪狗才，休要唱扬一地里知道。"伯爵道："你央及我央儿，我不说便了。"于是走到席上，如此这般，对众人说了一回。把西门庆拉着，说道："哥，你可成个人！有这等事，就挂口不对兄弟们说声儿？就是花大有些甚话说，哥只分付俺每一声，等俺每和他说，不怕他不依。他若敢道个不是，俺每就与他结一个大胳膊。端的不知哥这亲事成了不曾，哥

花大不找麻烦就好。

一一告诉俺们，比来相交朋友做甚么！哥若有使令俺们处，兄弟情愿火里火去，水里水去，愿不求同日生，只求同日死。弟兄每这等待你，哥，你不说个道理，还只顾瞒着不说。”谢希大接过说道：“哥，如若不说，俺每明日喝扬的里边李桂姐、吴银儿那里知道了，大家都不好意思的。”西门庆笑道：“我教众位得知罢，亲事已都定当了。”应伯爵问道：“敢行礼过门还未定日子？”谢希大道：“哥到明日娶嫂子过门，俺每贺哥去，哥好歹叫上四个唱的，请俺每吃喜酒。”西门庆道：“这个不消说，一定奉请列位兄弟！”祝日念道：“比时明日与哥庆喜，不如咱如今替哥把一杯儿酒，先庆了喜罢。”于是叫伯爵把酒，谢希大执壶，祝日念捧菜，其余都陪跪。把两个小优儿也叫来跪着，弹唱一套《三十腔》“喜遇吉日”，一连把西门庆灌了三四钟酒。祝日念道：“哥，那日请俺每吃酒，也不少了郑奉、吴惠他两个。”因定下：“你二人好歹去。”郑奉掩口道：“小的们一定早去宅里伺候。”须臾，递毕酒，各归席坐下。又吃了一回，看看天晚，那西门庆那里坐的住，赶眼错起身走了，应伯爵还要拦门不放，谢希大道：“应二哥，你放哥去罢，休要误了他的事，教嫂子见怪。”

一叠声的“哥”，甜得腻人。但置“七弟”亡灵于何处？还不是因为“哥”身上有“蜜”舔。

那西门庆得手，上马一直走了，到了狮子街，李瓶儿摘去孝髮髻，换了一身艳服。堂中灯烛荧煌，预备下一桌齐整酒肴。上面独独安一张交椅，让西门庆上坐，方打开一坛酒筛来。丫鬟执壶，李瓶儿满斟一杯递上去，插烛也似磕了四个头，说道：“今日拙夫灵已烧了，蒙大官人不弃，奴家得奉巾栉之欢，以遂于飞之愿。”行毕礼起来。西门庆下席来，亦回递妇人一杯，方才坐下，因问：“今日花大两口子没说甚么？”李瓶儿道：“奴午斋后叫进他到房中，就说大官人这边做亲之事，他满口说好，一句闲话也无，只说明日三日哩，教他娘子儿来咱家走走。奴与他十两银子，两套衣服，两口子喜欢的要不的，临出门，谢了又谢。”西门庆道：“他既恁说，我容他上门走走也不差甚么，但有一句闲话，我不饶他。”李瓶儿道：“他就放辣骚，奴也不放过他。”于是汤水嗄饭，老妈厨下一齐拿上。李瓶儿亲自洗手剔甲，做了些葱花羊肉一寸的扁食儿，银镶钟儿盛着南酒，绣春斟了两杯，李瓶儿陪西门庆吃。西门庆止吃了上半瓯，就把下半瓯送与李瓶儿吃，一往一来，迭连吃上几瓯。真个是年

还是关心花大反应。

原来只图小恩小惠。

随情少，酒因境多。李瓶儿因过门日子近了，比常时益发喜欢得了不的，脸上堆下笑来，对西门庆道："方才你在应家吃酒，奴已候得久了。又恐怕你醉了，叫玳安来请你早些归来，不知那边可有人觉道么？"西门庆道："又被应花子猜着，逼勒小厮说了几句，闹混了一场，诸弟兄要与我贺喜，唤唱的，做东道，又齐攒的帮衬，灌上我几杯。我赶眼错，就走出来；还要拦阻，又说好说歹放了我来。"李瓶儿就道："他每放了你，也还解趣哩。"西门庆看他醉态颠狂，情眸眷恋，一霎的不禁胡乱。两个口吐丁香，脸偎仙杏，李瓶儿把西门庆抱在怀里，叫道："我的亲哥，你既真心要娶我，可趁早些。你又往来不便，休丢我在这里日夜悬望。"说毕，翻来倒去，搅做一团，真个是：倾国倾城汉武帝，为云为雨楚襄王。有诗为证：

情浓胸紧凑，款洽臂轻笼。

剩把银缸照，犹疑是梦中。

毕竟未知后来如何，且听下回分解。

第十七回
宇给事劾倒杨提督　李瓶儿招赘蒋竹山

记得书斋乍会时，云踪雨迹少人知。
晚来鸾凤栖双枕，剔尽银灯半吐辉。
思往事，梦魂迷，今宵幸得效于飞。

话说五月二十日，帅府周守备生日，西门庆那日封五星分资、两方手帕，打选衣帽齐整，骑着大白马，四个小厮跟随，往他家拜寿。席间也有夏提刑、张团练、荆千户、贺千户一般武官儿饮酒。鼓乐迎接，搬演戏文，只是四个唱的递酒。玳安接了衣裳回马来家，到日西时分又骑马接去。走到西街口上，撞见冯妈妈，问道："冯妈妈，那里去？"冯妈妈道："你二娘使我来请你爹来。顾银匠整理头面完备，今日拿盒送来，请你爹那里瞧去，你二娘还和你爹说话哩。"玳安道："俺爹今日都在守备府周老爹处吃酒，我如今接去。你老人家回罢，等我到那里对爹说就是了。"冯妈妈道："累你好歹说声，你二娘等着哩。"

西门庆性生活之外的社交活动。

这玳安打马径到守备府，众官员正饮酒在热闹处。玳安走到西门庆席前，说道："小的回马家来时，在街口撞遇冯妈妈，二娘使了来说，顾银匠送了头面来了，请爹瞧去，还要和爹说话哩。"西门庆听了，拿了些点心汤饭与玳安吃了，就要起身，那周守备那里肯放，拦门拿巨杯相劝。西门庆道："蒙大人见赐，宁可饮一杯。还有些小事，不能尽情，恕罪，恕罪！"于是一饮而尽，作辞周守备，上马径到李瓶儿家，妇人接着。茶汤毕，西门庆分付玳安回马家去，明日来接，玳安去了。李瓶儿叫迎春盒儿内取出头面来，与西门庆过目。黄烘烘火焰般一付好头面，收过去，单等二十四日行礼，出月初四日准娶。妇人满心欢喜，连忙安排酒来和西门庆畅饮。开怀吃了一回，使丫鬟房中搽抹凉席干净，两个在纱帐之中，香焚兰麝，衾展鲛绡，脱去衣裳，并肩叠股，饮酒调笑。良久，春色横眉，淫心荡漾。①

傍边迎春伺候下一个小方盒，都是各样细巧果仁肉心，鸡鹅腰掌，梅桂菊花饼儿，小金壶内满泛琼浆。从黄昏掌上灯烛，且干且饮，直要到一更时分，只听外边一片声打的大门响，使冯妈妈开门瞧去，原来是玳安来了。西门庆道："我分付明日来接我，这咱晚又来做甚么？"因叫进房来问他。那小厮慌慌张张走到房门首，西门庆与妇人睡着，又不敢进来，只在帘外说话，说道："姐姐、姐夫都搬来了，许多箱笼在家中，大娘使我来请爹快去计较话哩。"这西门庆听了，只顾犹豫，"这咱晚端的有甚缘故？须得到家瞧瞧。"连忙起来。

陡起波澜。

妇人打发穿上衣服，做了一盏暖酒与他吃。打马一直来家，只见后堂中秉着灯烛，女儿、女婿都来了，堆着许多箱笼床帐家活，先吃了一惊，因问："怎的这咱来家？"女婿陈经济磕了头，哭说："近日朝中，俺杨老爷被科道官参论倒了，圣旨下来，拿送南牢问罪。门下亲族用事人等都问拟枷号充军。昨日府中杨干办连夜奔走，透报与父亲知道。父亲慌了，教儿子同大姐和些家活箱笼，就且暂在爹家中寄放，躲避些时。他便起身，往东京我姑娘那里打听消息去了。待的事宁之日，恩有重报，不敢有忘。"西门庆问："你爹有书没有？"陈经济道："有书在此。"向袖中取出，递与西门庆，拆开观看，上面写道：

高层政治斗争的风暴，一直辐射到清河县西门庆这无正式政治身分的商人宅中。此书之非"淫书"，就在于有这种全方位表现西门庆生存状态的笔墨。

眷生陈洪顿首书奉

大德西门亲家见字。馀情不叙。兹因北虏犯边，抢过雄州地界，兵部王尚书不发人马，失误军机，连累朝中杨老爷俱被科道官参劾太重。圣旨恼怒，拿下南牢监禁，会同三法司审问。其门下亲族用事人等，俱照例发边卫充军。生一闻消息，

株连到"门下亲族用事人等"，是封建王朝"拿办"的家常便饭。

① 此处删261字。

举家惊惶，无处可投。先打发小儿、令爱，随身箱笼家活，暂借亲家府上寄寓。生即上京，投在家姐夫张世廉处，打听示下。待事务宁帖之日，回家恩有重报，不敢有忘。诚恐县中有甚声色，生令小儿另外具银五百两，相烦亲家费心处料。容当叩报，没齿不忘。灯下草草，不宣。

仲夏二十日洪再拜。

西门庆看了，慌了手脚，教吴月娘安排酒饭，管待女儿、女婿，就令家下人等，打扫厅前东厢房三间，与他两口儿居住，把箱笼细软都收拾月娘上房来。陈经济取出他那五百两银子，交与西门庆打点使用。西门庆叫了吴主管来，与了他五两银子，教他连夜往县中孔目房里，抄录一张东京行下来的文书邸报。上面端的写的是甚言语？

兵科给事中宇文虚中等一本，恳乞宸断，亟诛误国权奸，以振本兵，以消虏患事。

臣闻夷狄之祸，自古有之：周之玁狁，汉之匈奴，唐之突厥，迨及五代而契丹浸强，又我皇宋建国，大辽纵横中国者已非一日。然未闻内无夷狄，而外萌夷狄之患者。谚云：霜降而堂钟鸣，雨下而柱础润。以类感类，必然之理。譬犹病夫至此，腹心之疾已久，元气内消，风邪外入，四肢百骸，无非受病，虽卢扁莫之能救，焉能久乎？今天下之势，正犹病夫尪羸之极矣。君犹元首也，辅臣犹腹心也，百官犹四肢也。陛下端拱于九重之上，百官庶政各尽职于下，元气内充，荣卫外扞，则虏患何由而至哉？

今招夷虏之患者，莫如崇政殿大学士蔡京者：本以憸邪奸险之资，济以寡廉鲜耻之行，谗谄面谀；上不能辅君当道，赞元理化，下不能宣德布政，保爱元元；徒以利禄自资，希宠固位，树党怀奸，蒙蔽欺君，中伤善类，忠士为之解体，四海为之寒心；联翩朱紫，萃聚一门。迩者河湟失议，主议伐辽，内割三郡，郭药师之叛，卒致金虏背盟，凭陵中夏。此皆误国之大者，皆由京之不职也。王黼贪庸无赖，行比俳优，蒙京汲引，荐居

原来是一桩泼天大案。由蔡京联到王黼，再联到杨戬。

政府，未几谬掌本兵，惟事慕位苟安，终无一筹可展。迺者张达残于太原，为之张皇失散；今虏之犯内地，则又挈妻子南下，为自全之计。其误国之罪，可胜诛戮！杨戬本以纨裤膏粱，叨承祖荫，凭藉宠灵，典司兵柄，滥膺阃外，大奸似忠，怯懦无比。此三臣者，皆朋党固结，内外萌蔽，为陛下腹心之蛊者也。数年以来，招灾致异，丧本伤元，役重赋烦，生民离散，盗贼猖獗，夷虏犯顺，天下之膏腴已尽，国家之纪纲废弛，虽擢发不足以数京等之罪也。

臣等待罪该科，备员谏职，徒以目击奸臣误国，而不为皇上陈之，则上辜君父之恩，下负平生所学。伏乞宸断，将京等一干党恶人犯，或下廷尉，以示薄罚；或置极典，以彰显戮；或照例枷号；或投之荒裔，以御魑魅。庶天意可回，人心畅快，国法已正，虏患自消，天下幸甚，臣民幸甚！奉圣旨：蔡京姑留辅政，王黼、杨戬便拿送三法司，会问明白来说。钦此钦遵。续该三法司会问过，并党恶人犯王黼、杨戬，本兵不职，纵虏深入，荼毒生民，损兵折将，失陷内地，律应处斩；手下坏事家人、书办、官掾、亲党：董升、卢虎、杨盛、庞宣、韩宗仁、陈洪、黄玉、贾廉、刘成、赵弘道等，查出有名人犯，俱问拟枷号一个月，满日发边卫充军。

杨戬处斩。陈洪充边。陈洪即陈经济父，西门庆亲家爷。原是“通天”的社会关系，现在成了很可能连累自己一窝下地狱的关系。

完整引用邸报上的公文，增加了事态的险恶气氛。

西门庆不看，万事皆休；看了，耳边厢只听飕的一声，魂魄不知往那里去了。就是：惊损六叶连肝肺，唬坏三毛七孔心。即忙打点金银宝玩，驮装停当，把家人来保、来旺叫到卧房中，悄悄分付，如此如此，这般这般，“雇头口，星夜上东京打听消息，不消到尔陈亲家老爹下处，但有不好声色，取巧打点停当，速来回报。”又与了他二人二十两盘缠。绝早五更，雇脚夫起程，上东京去了，不在话下。

西门庆虽惊魂未定，到底还能有些应变措施。

西门庆通一夜不曾睡着，到次日早，分付来昭、贲四把花园工程止住，各项匠人都且回去，不做了。每日将大门紧闭，家下人无事亦不敢往外去，随分人叫着不许开。西门庆只在房里动旦，走出来，又走进去，忧上加忧，闷上添闷，如热地蚰蜒一般，把娶李瓶儿的勾当丢在九霄云

政治危机中无“性趣”。

外去了。吴月娘见他每日在房中愁眉不展，面带忧容，便说道："他陈亲家那边为事，各人冤有头，债有主，你平白焦愁些甚么？"西门庆道："你妇人知道些甚么！陈亲家是我的亲家，女儿、女婿两个业障，搬来咱家住着，这是一件事。平昔街坊邻舍，恼咱的极多，常言机儿不快梭儿快，打着羊驹驴战。倘有小人指戳，拔树寻根，你我身家不保！"正是：关着门儿家里坐，祸从天上来。这里西门庆在家纳闷不题。

尚有自知之明。借政治变动对平昔所恼者"拔树寻根"，乃小人常技。

且说李瓶儿等了一日两日，不见动静，一连使冯妈妈来了两遍，大门关得铁桶相似，就是樊哙也撞不开。等了半日，没一个人牙儿出来，竟不知怎的。看看到廿四日，李瓶儿又使冯妈妈送头面来，就请西门庆过去说话。叫门不开，去在对过房檐下，少顷，只见玳安出来饮马，看见便问："冯妈妈，你来做甚么？"冯妈妈说："你二娘使我送头面来，怎的不见动静？请你爹过去说话哩。"玳安道："俺爹连日有些小事儿，不得闲，你老人家还拿回头面去。等我饮马回来，对俺爹说就是了。"冯妈妈道："好哥哥，我在这里等着，你拿进头面去，和你爹说去，你二娘那里好不恼我哩！"这玳安一面把马拴下，走到里边，半日出来道："对俺爹说了，头面爹收下了，教你上覆二娘：再待几日儿，我爹出来往二娘那里说话。"这冯妈妈一直走来，回了妇人话。妇人又等了几日，看看五月将尽，六月初旬时分，朝思暮盼，音信全无，梦攘魂劳，佳期间阻。正是：

"小事儿"，"小"字初听觉多；细想，颇不能少。

懒把蛾眉扫，羞将粉脸匀。

满怀幽恨积，憔悴玉精神。

妇人盼不见西门庆来，每日茶饭顿减，精神恍惚。到晚夕孤眠枕上，展转蹉跚，忽听外边打门，仿佛见西门庆来到，妇人迎门笑接，携手进房。问其爽约之情，各诉衷肠之话，绸缪缱绻，彻夜欢娱。鸡鸣天晓，顿抽身回去。妇人恍然惊觉，大呼一声，精魂已失，慌了冯妈妈，进房来看视。妇人说道："西门庆他刚才出去，你关上门不曾？"冯奶妈道："娘子想得心迷了，那里得大官人来，影儿也没有。"妇人自此梦境随邪，夜夜有狐狸假名抵姓，来摄其精髓，渐渐形容黄瘦，饮食不进，卧床不起。

性幻想。性自慰。

冯妈妈向妇人说，请了大街口蒋竹山来看。其人年小，不上三十，生的五短身材，人物飘逸，极是个轻浮狂诈的人。请入卧室，妇人则雾鬟云鬟，拥衾而卧，似不胜忧愁之状。勉强茶汤已罢，丫鬟安放褥甸。竹山就床诊视脉息毕，因见妇人生有姿色，便开言说道："小人适诊病源，娘子肝脉弦，出寸口而洪大，厥阴脉出寸口，久上鱼际，主六欲七情所致，阴阳交争，乍寒乍热。似有郁结于中，而不遂之意也。似疟非疟，似寒非寒，白日则倦怠嗜卧，精神短少；夜晚神不守舍，梦与鬼交。若不早治，久而变为骨蒸之疾，必有属纩之忧矣。可惜，可惜！"妇人道："有累先生俯赐良剂，奴好了重加酬谢。"竹山道："小人无不用心，娘子若服了我的药，必然贵体全安。"说毕起身。这里使药金五星，使冯妈妈讨将药来。妇人晚间吃了他的药下去，夜里得睡，便不惊恐，渐渐饮食加添，起来梳头走动。那消数日，精神复旧。

趁虚而入。

先治其病，再图其人。

一日，安排了一席酒肴，备下三两银子，使冯妈妈请过竹山来相谢。这蒋竹山从与妇人看病之时，怀觊觎之心，已非一日，于是一闻其请，即具服而往。延之中堂，妇人盛妆出见，道了万福，茶汤两换，请入房中，酒馔已陈，麝兰香蔼。小丫鬟绣春在傍，描金盘内托出三两白金。妇人高擎玉盏，向前施礼，说道："前日奴家心中不好，蒙赐良剂，服之见效，今粗治了一杯水酒，请过先生来知谢知谢。"竹山道："此是小人分内之事，理当措置，何必计较。"因见三两谢礼，说道："这个学生怎么敢领？"妇人道："些须微意，不成礼数，万望先生笑纳。"辞让了半日，竹山方才收了，妇人递酒，安了坐次。饮过三巡，竹山席间偷眼睃视妇人，粉妆玉琢，娇艳惊人，先用言以挑之，因说道："小人不敢动问，娘子青春几何？"妇人道："奴虚度二十四岁。"竹山道："又一件，似娘子这等妙年，生长深闺，处于富足，何事不遂，而前日有此郁结不足之病？"妇人听了，微笑道："不瞒先生，奴因拙夫去世，家事萧条，独自一身，忧愁思虑，何得无病！"竹山道："原来娘子夫主殁了，多少时了？"妇人道："拙夫从去岁十一月得伤寒病死了，今已八个月来。"竹山道："曾吃谁的药来？"妇人道："大街上胡先生。"竹山道："是那东街上刘太监房子住的胡鬼嘴儿？他又不是我太医院出身，知道甚么脉！娘子怎的请他？"妇人道："也是因街坊上人荐举请他来看。还是拙夫没命，不干他事。"竹山又道："娘子也还有子女没有？"妇人道："儿女俱无。"竹山道："可惜娘子这般青春妙龄之际，独自孀居，又无所出，何不寻其别进之路？甘为幽郁，岂不生病？”妇人道：“奴近日也讲着亲事，早晚过门。”竹山便道：“动问娘子，与何人作亲？”妇人道：“是县前开生药铺西门大官人。”竹山听了道：“苦哉，苦哉！娘子因何嫁他？小人常在他家看病，最知详细。此人专在县中抱揽说事，举放私债，家中挑贩人口。家中不算丫头，大小五六个老婆，着紧打倘棍儿，稍不中意，就令媒人领出卖了。就是打老婆的班头，坑妇女的领袖。娘子早时对我说，不然进入他家，如飞蛾投火一般，坑你上不上下不下，那时悔之晚矣！况近日他亲家那边为事，干连在家，躲避不出，房子盖的半落不合的，多丢下了。东京关下文书，坐落府县拿人。到明日，他盖这房子多是入官抄没的数儿。娘子没来由嫁他则甚？”一篇话把妇人说的闭口无言，况且许多东西丢在他家，寻思半晌，暗中跌脚，怪嗔道：“一替两替请着他不来，原来他家中为事哩！”又见竹山语言活动，一团谦恭，“奴明日若嫁得恁样个人也罢了，不知他有妻室没有？”因问道：“既蒙先生指教，奴家感戴不浅。倘有甚相知人家亲事，举保来说，奴无有个不依之理。”竹山乘机请问：“不知要何等样人家？小人打听的实，好来这里说。”妇人道：“人家倒也不论乎大小，只像先生这般人物的。”这蒋竹山不听便罢，听了此言，喜欢的势不知有无，于是走下席来，双膝跪在地下，告道：“不瞒娘子说，小人内帏失助，中馈乏人，鳏居已久，子息全无。倘蒙娘子垂怜见爱，肯结秦晋之缘，足称平生之愿，小人虽衔环结草，不敢有忘！”妇人笑以手携之，说道：“且请起。未审先生鳏居几时？贵庚多少？既要做亲，须得要个保山来说，方成礼数。”竹山又跪下哀告道：“小人行年二十九岁，正月二十七日卯时建生。不幸去年荆妻已故，家缘贫乏，实出寒微。今既蒙金诺之言，何用冰人之讲。”妇人听言，笑道：“你既无钱，我这里有个妈妈，姓冯，拉他做个媒证。也不消你行聘，择个吉日良辰，招你进来，入门为赘，你意下若何？”这蒋竹山连忙倒身下拜，“娘子就如同小人重生父母，再长爹娘，宿世有缘，三生大幸矣！”一面两个在房中各递了一杯交欢盏，已成其亲事。竹山饮至天晚回家。

妇人这里与冯妈妈商议，说西门庆家如此这般为事，吉凶难保，“况

光说这些，恐无作用。

说到此处，方生效应。

弯子转得未免太快。但此书写人，多取此法。无褒贬揄扬之前提，不对读者的爱憎好恶负责，只是“原原本本”描出人的“原生态”、“原思维”。

这位也不啰嗦。

且奴家这边没人,不好了一场,险不丧了性命。为今之计,不如把这位先生招他进来,过其日月,有何不可。”到次日,就使冯奶妈通信过去,择六月十八日大好日期,把蒋竹山倒踏门招进来,成其夫妇。

政治大变动的背景下,个体生命的存活状态,经常出现这种变动前绝预计不到的“焕然一新”。

过了三日,妇人凑了三百两银子与竹山打开门面,两间开店,焕然一新的。初时往人家看病只是走,后来买了一匹驴儿骑着,在街上往来摇摆,不在话下。正是:一洼死水全无浪,也有春风摆动时。

毕竟未知后来何如,且听下回分解。

从这一回起,此书越发显示出它的“超性”一面。此书作者把人的生存状态,放在了整个社会的“通盘”之中来加以表现。

这个呈金字塔形的社会,塔尖上的波澜,会“牵一发动全身”地把涟漪直传到最下层。

第十八回
来保上东京干事　陈经济花园管工

堪叹人生毒似蛇，谁知天眼转如车。
去年妄取东邻物，今日还归北舍家。
无义钱财汤泼雪，倘来田地水推沙。
若将奸狡为活计，恰似朝云与暮霞。

话分两头，不说蒋竹山在李瓶儿家招赘，单表来保、来旺二人上东京打点，朝登紫陌，暮践红尘，饥餐渴饮，带月披星。有日到东京，进了万寿城门，投旅店安歇。到次日，街前打听，只听见过路人风里言，风里语，多交头接耳，街谈巷议，都说：兵部王尚书昨日会问明白，圣旨下来，秋后处决。止有杨提督名下，亲属人等未曾拿完，尚未定夺，且待今日便有次第。

笔触通到京都。

这来保等二人把礼物打在身边，急来到蔡府门首。旧时干事来了两遍，道路久熟，立在龙德街牌楼底下，探听府中消息。少顷，只见一个青衣人慌慌打太师府中出来，往东去了。来保认的是杨提督府里亲随杨干办，待要叫住，问他一声，事情何如说，家主不曾分付招惹他，以此不言语，放过了他去了。迟了半日，两个走到府门前，望着守门官深深唱了个喏：“动问一声，太师老爷在家不在？”那守门官道：“老爷不在家了，朝中议事未回。你问怎的？”来保又问道：“管家翟爷请出来小人见见，有事禀白。”那官吏道：“管家翟叔也不在了，跟出老爷去了。”来保道：“且住，他不实说与我，一定问我要些东西。”于是袖中取出一两银

鬼鬼祟祟。

递银问路，果然指路。

子递与他。那官吏接了，便问："你要见老爷，要见学士大爷？老爷便是大管家翟谦禀，大爷的事便是小管家高安禀，各有所掌。况老爷朝中未回，止有学士大爷在家。你有甚事，我替你请出高管家来，有甚事引你禀见大爷也是一般。"这来保就借情道："我是提督杨爷府中，有事禀见。"官吏听了，不敢怠慢，进入府中。良久，只见高安出来，来保慌忙施礼，递上十两银子，说道："小人是杨爷的亲，同杨干办一路来见老爷讨信。因后边吃饭，来迟了一步，不想他先来见了，所以不曾赶上。"高安接了礼物，说道："杨干办只刚才去了，老爷还未散朝。你且待待，我引你再见见大爷罢。"一面把来保领到第二层大厅傍边，另一座仪门进去，坐北朝南三间敞厅，绿油栏杆，朱红牌额，石青填地，金字大书天子御笔钦赐"学士琴堂"四字。

知身价要高十倍。

不甘只当"衙内"，也是宠臣。

原来蔡京儿子蔡攸，也是宠臣，见为祥和殿学士，兼礼部尚书、提点太一宫使。来保在门外伺候，高安先入，说了出来，然后唤来保入见，当厅跪下。厅上垂着朱帘，蔡攸深衣软巾，坐于堂上，问道："是那里来的？"来保禀道："小人是杨爷的亲家陈洪的家人，同府中杨干办来禀见老爷讨信。不想杨干办先来见了，小人赶来后见。"因向怀中取出揭帖递上，蔡攸见上面写着"白米五百石"，叫来保近前说道："蔡老爷亦因言官论列，连日回避。阁中之事并昨日三法司会问，都是右相李爷秉笔，称杨老爷的事，昨日内里消息出来，圣上宽恩，另有处分了。其手下用事有名人犯，待查明问罪。你还往到李爷那里说去。"来保只顾磕头道："小的不认的李爷府中，望爷怜悯俯就，看家杨老爷分上。"蔡攸道："你去到天汉桥迤北高坡大门楼处，问声当朝右相、资政殿大学士兼礼部尚书，名讳邦彦的。你李爷，谁是不知道！也罢，我这里还差个人同你去。"即令祗候官呈过一缄，使了图书，就差管家高安同去见李老爷，如此这般替他说。

"五百担白米"换来几句明白话。进一步指点路径。

来保真会说话，果然给开了"介绍信"。

那高安承应下了，同来保出了府门，叫了来旺，带着礼物，转过龙德街，径到天汉桥李邦彦门首。正值邦彦朝散才来家，穿大红绉纱袍，腰系玉带，送出一位公卿上轿而去，回到厅上，门吏禀报说："学士蔡大爷差管家来见。"先叫高安进去，说了回话，然后唤来保、来旺进见，跪在厅

公事好忙。

台下。高安就在傍边递了蔡攸封缄，并礼物揭帖，来保下边就把礼物呈上。邦彦看了，说道："你蔡大爷分上，又是你杨老爷亲，我怎么好受此礼物？况你杨爷，昨日圣心回动，已没事。但只是手下之人，科道参语甚重，一定问发几个。"即令堂候官："取过昨日科中送的那几个名字与他瞧。"上写着："王黼名下：书办官董升，家人贾廉，班头黄玉；杨戬名下：坏事书办官卢虎，干办杨盛，府掾韩宗仁、赵弘道，班头刘成，亲党陈洪、西门庆、胡四等。皆鹰犬之徒，狐假虎威之辈。揆置本官，倚势害人，贪残无比，积弊如山，小民蹙额，市肆为之骚然。乞敕下法司，将一干人犯，或投之荒裔，以御魑魅；或置之典刑，以正国法，不可一日使之留于世也。"来保等见了，慌的只顾磕头，告道："小人就是西门庆家人，望老爷开天地之心，超生性命则个！"高安又替他跪禀一次。邦彦见五百两金银只买一个名字，如何不做分上，即令左右抬书案过来，取笔将文卷上西门庆名字改作贾庆，一面收上礼物去。邦彦打发来保等出来，就拿回帖回蔡学士，赏了高安、来保、来旺一封五十两银子。

"怎么好受"的话必不可少。

五百两买一个字，倒不再抬价。

羊毛出在羊身上。

来保路上作辞高管家，回到客店，收拾行李，还了店钱，星夜回到清河县来。早到家见西门庆，把东京所干的事从头说了一遍。西门庆听了，如提在冷水盆内，对月娘说："早时使人去打点，不然怎了！"正是：这回西门庆性命有如——落日已沉西岭外，却被扶桑唤出来。于是一块石头方才落地。过了两日，门也不关了，花园照旧还盖，渐渐出来街上走动。

以此类方法摆脱政治危机，西门庆不是头一个，也不是最后一个。花园照盖，街上照走。滋味更浓。

一日，玳安骑马打狮子街所过，看见李瓶儿门首开个大生药铺，里边堆着许多生熟药材，朱红小柜，油漆牌面，吊着幌子，甚是热闹。归来告与西门庆说——还不知招赘竹山一节，只说："二娘搭了个新伙计，开了个生药铺。"西门庆听了，半信不信。

一日，七月中旬时分，金风淅淅，玉露泠泠。西门庆正骑马街上走着，撞见应伯爵、谢希大两人，叫住，下马唱喏问道："哥一向怎的不见？兄弟到府上几遍，见大门关着，又不敢叫，整闷了这几日，端的哥在家做甚事？嫂子娶过来不曾？也不请兄弟们吃酒。"西门庆道："不好告诉的。因舍亲家陈宅那边，为些闲事，替他乱了几日。亲事另改了日期

说"闲事"比说"小事"更能转移他人注意力。

了。”伯爵道：“兄弟每不知哥吃惊。今日既撞遇哥，兄弟二人肯空放了，如今请哥同到里边吴银姐那里吃三杯，权当解闷。”不由分说，把西门庆拉进院中来，玳安、平安牵马，后边跟着走。正是：

归去只愁红日短，思乡犹恨马行迟。

世财红粉歌楼酒，谁为三般事不迷？

当日西门庆被他二人拉到吴银儿家，吃了一日酒。到日暮时分，已带半酣才放出来。打马正望家走，到于东街口上，撞见冯妈妈从南来，走得甚慌。西门庆勒住马，问道：“你往那去？”冯妈妈道：“二娘使我往门外寺里鱼篮会，替过世二爹烧箱库去来，赶进门来。”西门庆醉中道：“你二娘在家好么？我明日和他说话去。”冯妈妈道：“兀得大人还问甚么好也来！把个见见成成做熟了饭的亲事儿，吃人掇了锅儿去了！”西门庆听了，失惊问道：“莫不他嫁人去了？”冯妈妈道：“二娘那等使老身送过头面，往你家去了几遍，不见你，大门关着。对大官儿说进去，教你早动身，你不理。今教别人成了，你还说甚的？”西门庆问是谁，冯妈妈悉把半夜三更妇人被狐狸缠着，染病着，看看至死；怎的请了大街上住的蒋竹山来看，吃了他的药怎的好了；某日怎的倒踏门招进来，成其夫妇；见今二娘拿出三百两银子，与他开了生药铺，从头至尾，说了一遍。这西门庆不听便罢，听了气的在马上只是跌脚，叫道：“苦哉！你嫁别人，我也不恼，如何嫁那矮王八，他有甚么起解！”于是一直打马来家。刚下马进仪门，只见吴月娘、孟玉楼、潘金莲并西门大姐，四个在前厅天井内，月下跳马索儿耍子。见西门庆来家，月娘、玉楼、大姐三个都往后走了。只有金莲不去，且扶着庭柱兜鞋，被西门庆带酒骂道：“淫妇们闲的声唤，平白跳甚么百索儿！”赶上金莲踢了两脚。走到后边，也不往月娘房中去脱衣裳，走在西厢稍间一间书房，要了铺盖，那里宿歇。打丫头，骂小厮，只是没好气。

只许自己忘了人家，不许人家另上别船。

以三寸金莲跳绳，现代人想来颇觉惊心动魄。

潘金莲不惧，不仅是“恃宠”，也是其刚硬的性格使然。她是带“野性”的女子。

一脚激起千层浪。

众妇人站在一处，都甚是着恐，不知是那缘故。吴月娘甚是埋怨金莲：“你见他进门有酒了，两三步扠开一边便了。还只顾在跟前笑成一块，且提鞋儿，却教他蝗虫蚂蚱一例都骂着。”玉楼道：“骂我每也罢，如何连大姐也骂起淫妇来了？没槽道的行货子！”金莲接过来道：“这一家子,只我是好欺负的！一般三个人在这里,只踢我一个儿,那个偏受用着甚么也怎的?”月娘就恼了,说道:“你头里,何不教他连我也踢不是?你没偏受用,谁偏受用?恁的贼不识高低货,我倒不言语,你只顾嘴头子哔哩礴喇的!”那金莲见月娘恼了,便转把话儿来摭说道:“姐姐,不是这等说。他不知那里因着甚么由头儿,只拿我煞气,要便睁着眼,望着我叫,千也要打个臭死,万也要打个臭死。”月娘道:“谁教你只要嘲他来?他不打你,却打狗不成!”玉楼道:“大姐姐且叫了小厮来问他声,今日在谁家吃酒来。早辰好好出去,如何来家恁个腔儿。”不一时,把玳安叫到跟前,问他端的。月娘骂道:“贼囚根子！你不实说,教大小厮来吊拷你和平安儿,每人都是十板子!”玳安道:“娘休打,待小的实说了罢:爹今日和应二叔每都在院里吴家吃酒,散的早了,来在东街口上,撞遇冯妈妈,说花二娘等爹不去,嫁了大街住的蒋太医了。爹一路上恼的要不的。”月娘道:“信那没廉耻的歪淫妇,浪着嫁了汉子,来家拿人煞气。”玳安道:“二娘没嫁蒋太医,把他倒踏门招进去了。如今二娘与了他本钱,开了好不兴的大药铺。我来家告爹说,爹还不信。”孟玉楼道:“论起来,男子汉死了多少时儿,服也还未满就嫁人,使不得的!”月娘道:“如今年程,论的甚么使的使不的。汉子孝服未满,浪着嫁人的,才一个儿?淫妇成日和汉子酒里眠酒里卧底人,他原守的甚么贞节!”看官听说,月娘这一句话,一棒打着两个人:孟玉楼与潘金莲都是再醮嫁人,孝服都不曾满。听了此言,未免各人怀着惭愧归房。不在话下。正是:不如意处常八九,可与人言无二三。

那年程早已“礼崩乐坏”。

却说西门庆,当晚在前边厢房睡了一夜,到次日,把女婿陈经济安他在花园中,同贲四管工记帐,换下来昭来,教他看守大门。西门大姐白日里便在后边,和月娘众人一处吃酒,晚夕归前边厢房中歇。陈经济每日只在花园中管工,非呼唤不敢进入中堂,饮食都是小厮内里拿出来吃,所以西门庆手下这几房妇女,都不曾见面。

陈经济初时倒还中规中矩。

一日,西门庆不在家,与提刑所贺千户送行去了。月娘因陈经济搬来居住,一向管工辛苦,不曾安排一顿饭儿酬劳他酬劳,向孟玉楼、李娇儿说道:“待要管,又说我多揽事;我待欲不管,又看不上。人家的孩儿在你家，每日起早睡晚，辛辛苦苦，替你家打勤劳儿，那个兴心，知慰他一知慰儿也怎的？”玉楼道：“姐姐，你是个当家的人，你不上心谁上心？”月娘于是分付厨下，安排了一桌酒肴点心，午间请经济进来吃一顿饭。这陈经济撇了工程，教贲四看管，径到后边参见月娘。作毕揖，旁边坐下，小玉拿茶来吃了，安放桌儿，拿蔬菜案酒上来。月娘道：“姐夫每日管工辛苦，要请姐夫进来坐坐，白不得个闲。今日你爹不在家，无事，治了一杯水酒，权与姐夫酬劳。”经济道：“儿子蒙爹娘抬举，有甚劳苦，这等费心！”月娘递了酒，经济傍边坐下。须臾馔肴齐上，月娘陪着他吃了一回酒。月娘使小玉请大姑娘来这里坐，小玉道：“大姑娘使着手，便来。”少顷，只听房中抹的牌响，经济便问谁人抹牌，月娘道：“是大姐与玉箫丫头弄牌。”经济道：“你看没分晓，娘这里呼唤不来，且在房中抹牌。”不一时，大姐掀帘子出来，与他女婿对面坐下，一同饮酒，月娘便问大姐：“陈姐夫也会看牌也不会？”大姐道：“他也知道些香臭儿。”当时月娘自知经济是个志诚的女婿，却不道是小伙子儿诗词歌赋，双陆象棋，拆牌道字，无所不通，无所不晓。有《西江月》为证：

西门大姐此时倒也养尊处优。

自幼乖滑伶俐，风流博浪牢成。爱穿鸭绿出炉银，双陆象棋帮衬。　琵琶笙筝箫管，弹丸走马员情。只有一件不堪闻，见了佳人是命。

月娘便道：“既是姐夫会看牌，何不进去咱同看一看？”经济道：“娘和大姐看罢，儿子却不当。”月娘道：“姐夫至亲间，怕怎的？”一面进入房中。只见孟玉楼正在床上铺茜红毡看牌，见经济进来，抽身就要走。月娘道：“姐夫又不是别人，见个礼儿罢。”向经济道：“这是你三娘哩。”那经济慌忙躬身作揖，玉楼还了万福。当下玉楼、大姐三人同抹，经济在傍边观看。抹了一回，大姐输了下来，经济上来又抹。玉楼出了个天地分；经济出了根点不到头；吴月娘出了个四红沉八不就，双三不搭两幺儿，和儿不出，左来右去，配不着色头。只见潘金莲掀开帘子走进来，银丝鬏髻上戴着一头鲜花儿仙掌，体可玉貌，笑嘻嘻道：“我说是谁，原来是陈姐夫在这里。”慌的陈经济扭颈回头，猛然一见，不觉心荡目摇，精魂已失。正是：五百年冤家，今朝相遇；三十年恩爱，一旦遭逢。月娘

孟玉楼是见人便躲。潘金莲是人未见她她先叫人。前次是女慌，这回是男慌。

道:"此是五娘,姐夫也只见个长礼儿罢。"经济忙向前深深作揖,金莲一面还了万福。月娘便道:"五姐,你来看,小雏儿倒把老鸦子来赢了。"这金莲近前一手扶着床护炕儿,一只手拈着白纱团扇儿,在傍替月娘指点,说道:"大姐姐,这牌不是这等出了。把双三搭过来,却不是天不同和牌,还赢了陈姐夫和三姐姐。"众人正抹牌在热闹处,只见玳安抱进毡包来,说爹来家了,月娘连忙撺掇小玉,送陈姐夫打角门出了。

西门庆下马进门,先到前边工上观看了一遍,然后踅到潘金莲房中来,金莲慌忙接着,与他脱了衣裳,说道:"你今日送行去,来的早。"西门庆道:"提刑所贺千户新升新平寨知寨,合卫所相知都郊外送他来,拿帖儿来会,我不好不去的。"金莲道:"你没酒,教丫鬟看酒来你吃。"不一时,放了桌儿饮酒,菜蔬都摆在面前。饮酒中间,因说起后日花园卷棚上梁,约有许多亲朋,都要来递果盒酒,挂红,少不得叫厨子置酒管待。说了一回,天色已晚,春梅掌灯归房,二人上床宿歇。西门庆因起早送行,着了辛苦,吃了几杯酒就醉了,倒下头鼾睡如雷,齁齁不醒。那时正值七月二十头天气,夜子有些余热,这潘金莲怎生睡得着?忽听碧纱帐内一派蚊雷,不免赤着身子起身来,执着烛,满帐照蚊,照一个,烧一个。①

西门庆忽然想起一件事来,叫春梅筛酒过来,在床前执壶而立。②妇人骂道:"好个刁钻的强盗,从几时新兴出来的例儿,怪剌剌教丫头看答着,甚么张致!"西门庆道:"我对你说了罢,当初你瓶姨和我常如此干,叫他家迎春在傍执壶斟酒,倒好耍子。"妇人道:"我不好骂出来的!甚么瓶姨鸟姨,题那淫妇则甚?奴好心不得好报,那淫妇等不的,浪着嫁汉子去了。你前日吃了酒,你来家,一般的三个人在院子里跳百索儿,只拿我煞气,只踢我一个儿,倒惹的人和我辨了回子嘴。想起来,奴是好欺负的!"西门庆问道:"你与谁辨嘴来?"妇人道:"那日你便进来了,上房的好不和我合气,说我在他跟前顶嘴来,骂我不识高低的货。我想起来为甚么?养虾蟆得水蛊儿病,如今倒教人恼我!"西门庆道:

李瓶儿房中术精。潘金莲只是"本色"。

① 此处删198字。
② 此处删39字。

"不是我也不恼,那日应二哥他们拉我到吴银儿家,吃了酒出来,路上撞见冯妈妈子,如此这般告诉我,把我气了个立睁。若嫁了别人,我倒罢了;那蒋太医贼矮王八,那花大怎不咬下他下截来?他有甚么起解,招他进去,与他本钱,教他在我眼面前开铺子,大剌剌做买卖!"妇人道:"亏你有脸儿还说哩!奴当初怎么说来?先下米的先吃饭。你不听,只顾求他,问姐姐,常信人调丢了瓢。你做差了!你抱怨那个?"西门庆被妇人这几句话,冲得心头一点火起,云山半壁通红,便道:"你由他,教那不贤良的淫妇说去,到明日休想我这里理他!"

看官听说:自古谗言罔行,虽君臣父子夫妇昆弟之间,犹不能免,况朋友乎?饶吴月娘恁般贤淑的妇人,居于正室,西门庆听金莲衽席睥睨之间言,卒致于反目,其他可不慎哉!自是以后,西门庆与月娘尚气,彼此觌面都不说话。月娘随他往那房里去,也不管他;来迟去早,也不问他;或是他进房中取东取西,只教丫头上前答应,也不理他。两个都把心来冷淡了。正是:

其实潘金莲的那几句话未见得多么有力量。还是西门庆在心理上不能平衡,必得找个人来承担"损失",这才"迁错"于月娘。月娘只能退却。

前车倒了千千辆,后车倒了亦如然。

分明指与平川路,错把忠言当恶言。

且说潘金莲自西门庆与月娘尚气之后,见汉子偏听己,于是以为得志,每日抖擞着精神,妆饰打扮,希宠市爱。因为那日后边会遇陈经济一遍,见小伙儿生的乖猾伶俐,有心也要勾搭他,但只畏惧西门庆,不敢下手。只等的西门庆往那里去不在家,便使了丫鬟叫进房中,与他茶水吃,常时两个下棋做一处。一日,西门庆新盖卷棚上梁,亲友挂红庆贺、递果盒的也有许多,各作人匠都有犒劳赏赐。大厅上管待官客,吃到晌午时分,人才散了。西门庆看着收拾了家火,归后边睡去了。陈经济走来金莲房中讨茶吃。金莲正在床上弹弄琵琶,道:"前边上梁,吃了恁半日酒,你就不曾吃了些甚么,还来我屋里要茶吃?"经济道:"儿子不瞒你老人家说,从半夜起来,乱了这一五更,谁吃甚么来!"妇人问道:"你爹在那里?"经济道:"爹后边睡去了。"妇人道:"你既没吃甚么,叫春梅拣妆里拿我吃的那蒸酥果馅饼儿来,与你姐夫吃。"这小伙儿就在他炕桌儿,摆着四碟小菜,吃着点心。因见妇人弹琵琶,戏问道:"五娘,你弹

潘金莲的"剩余性欲"竟如此强烈。

的甚曲儿？怎不唱个儿我听？”妇人笑道：“好陈姐夫，奴又不是你影射的，如何唱曲儿你听？我等你爹起来，看我对你爹说不说！”那经济笑嘻嘻，慌忙跪下央及道：“望乞五娘可怜见儿子，再不敢了！”那妇人笑起来了。自此这小伙儿和这妇人日近日亲，或吃茶吃饭，穿房入屋，打牙犯嘴，挨肩擦膀，通不忌惮。月娘托以儿辈，放这样不老实的女婿在家，自家的事却看不见。正是：只晓采花成酿蜜，不知辛苦为谁甜。

陈经济迅速暴露真面目。

堪叹西门虑未通，惹将桃李笑春风。

满床锦被藏贼睡，三顿珍馐养大虫。

爱物只图夫妇好，贪财常把丈人坑。

还有一件堪夸事：穿房入屋弄乾坤。

毕竟未知后来何如，且听下回分解。

第十九回
草里蛇逻打蒋竹山　李瓶儿情感西门庆

花开不择贫家地，月照山河处处明。
世间只有人心歹，百事还教天养人。
痴聋瘖哑家豪富，伶俐聪明却受贫。
年月日时该载定，算来由命不由人。

话说西门庆家中起盖花园卷棚，约有半年光景，装修油漆完备，前后焕然一新。庆房整吃了数日酒。俱不在话下。

一日，八月初旬天气，与夏提刑做生日，在新买庄上摆酒，叫了四个唱的，一起乐工，杂耍步戏。西门庆从巳牌时分，打选衣帽齐整，四个小厮跟随，骑马去了。吴月娘在家，整置了酒肴细果，约同李娇儿、孟玉楼、孙雪娥、大姐、潘金莲众人，开了新花园门，闲中游赏玩看，里面花木庭台一望无际，端的好座花园。但见：

倒也各自相安。

正面丈五高，周围二十板。当先一座门楼，四下几多台榭。假山真水，翠竹苍松。高而不尖谓之台，巍而不峻谓之榭。论四时赏玩，各有去处：春赏燕游堂，桧柏争鲜；夏赏临溪馆，荷莲斗彩；秋赏叠翠楼，黄菊迎霜；冬赏藏春阁，白梅积雪。刚见那娇花笼浅径，嫩柳拂雕栏。弄风杨柳纵蛾眉，带雨海棠陪嫩脸。燕游堂前，金灯花似开不开；藏春阁后，白银杏半放不放；平野桥东，几朵粉梅开卸；卧云亭上，数株紫荆未吐。湖山侧，才绽金钱；宝槛边，初生石笋。翩翩紫燕穿帘幕，呖呖黄莺度翠阴。也有那月窗雪洞，也有那水阁风亭。木香棚与荼蘼架相连，千叶桃与三春柳作对。也有那紫丁香、玉马樱、金雀藤、黄刺薇、香茉莉、瑞仙花。卷棚前后，松墙竹径，曲水方池，映阶蕉棕，向日葵榴。游鱼藻内惊人，粉蝶花间对舞。正是：芍药展开菩萨面，荔枝擎出鬼王头。

当下吴月娘领着众妇人，或携手游芳径之中，或斗草坐香茵之上。一个临栏对景，戏将红豆掷金鳞；一个伏槛观花，笑把罗纨惊粉蝶。月娘于是走在一个最高亭子上，名唤卧云亭，和孟玉楼、李娇儿下棋。潘金莲和西门大姐、孙雪娥，都在玩花楼望下观看。见楼前牡丹花畔芍药圃、海棠轩、蔷薇架、木香棚，又有那耐寒君子竹，欺雪大夫松。端的四时有不卸之花，八节有长春之景。观之不足，看之有余。不一时摆上酒来，吴月娘居上，李娇儿对席，两边孟玉楼、孙雪娥、潘金莲、西门大姐，各依序而坐。月娘道："我忘了请陈姐夫来坐坐。"一面使小玉，"前边快请姑夫来。"不一时，经济来到，头上天青罗帽，身穿紫绫深衣，脚下粉头皂靴，向前作揖，就在大姐跟前坐下。传杯换盏，吃了一回酒，吴月娘还与李娇儿、西门大姐下棋。孙雪娥与孟玉楼却上楼观看。惟有金莲，且在山子前，花池边，用白纱团扇扑蝴蝶为戏。不防经济悄悄在他身背后观，戏说道："五娘，你不会扑蝴蝶儿，等我替你扑。这蝴蝶儿忽上忽下，心不定，有些走滚。"那金莲扭回粉颈，斜瞅了他一眼，骂道："贼短命，人听着，你待死也！我晓得你也不要命了。"那陈经济笑嘻嘻扑近他身来，搂他亲嘴，被妇人顺手只一推，把小伙儿推了一交。却不想玉楼在玩花楼远远瞧见，叫道："五姐，你走这里来，我和你说话。"金莲方才撇了经济，上楼去了。原来两个蝴蝶也没曾捉的住，到订了燕约莺期，则做了蜂须花嘴。正是：狂蜂浪蝶有时见，飞入梨花没处寻。经济见妇人去了，默默归房，心中怏然不乐，口占《折桂令》一词，以遣其闷：

我见他斜戴花枝，朱唇上不抹胭脂，似抹胭脂。前日相逢，今日相逢；似有情实，未见情实。欲见许，何曾见许？似推辞，本是不推辞。约在何时？会在何时？不相逢，他又相思；

写景较粗。清代《红楼梦》对"大观园"的描写，才显示出纯文人创作的风格化优势。此书大体上还是"拟话本"的文体。

既相逢，我又相思。

"捣子"——"光棍"，地痞流氓中之最下贱者。西门庆上可联络官府，甚至直通京都，下可联络"十兄弟"，并达于"捣子"之流。说明那时市井商人已成为社会上"辐射度"极宽的角色。

且不说吴月娘等在花园中饮酒，单表西门庆从门外夏提刑庄子上吃了酒回来，打南瓦子里头过。平昔在三瓦两巷行走耍子，捣子每都认的。——那时宋时谓之"捣子"，今时俗呼为"光棍"是也。内中有两个，一名草里蛇鲁华，一名过街鼠张胜，常被西门庆资助，乃鸡窃狗盗之徒。西门庆见他两个在那里耍钱，勒住马近前说话。二人连忙走至跟前，打个半跪，道："大官人这咱晚往那去来？"西门庆道："今日是提刑所夏老爹生日，门外庄上请我每吃了酒来。我有一庄事央烦你每，依我不依？"二人道："大官人没的说，小人平昔受恩甚多，如今使令小人之处，虽赴汤蹈火，万死何辞！"西门庆道："既是你二人恁说，明日来我家，我有话分付你。"二人道："那里等的到明日，你老人家说与小人罢。端的有甚么事？"这西门庆附耳低言，便把蒋竹山要了李瓶儿之事说了一遍，"只要你弟兄二人替我出这口气便了。"因在马上搂起衣底，顺袋中还有四五两碎银子，都倒与二人，便道："你两个拿去打酒吃。只要替我干得停当，还谢你二人。"鲁华那肯接，说道："小人受你老人家恩还少哩！我只道叫俺两个往东洋大海里拔苍龙头上角，西华岳山中取猛虎口中牙，便去不得，这些小之事，有何难哉？这个银两，小人断不敢领受。"西门庆道："你不收，我也不央及你了。"教玳安接了银子，打马就走，又被张胜拦住，说："鲁华，你不知他老人家性儿？你不收，恰似咱每推托的一般。"一面接了银子，扒倒地下磕了个头，说道："你老人家只顾家去坐着，不消两日，管情稳拍拍教你笑一声。"张胜道："只望官府到明日把小人送与提刑所夏老爹那里答应，就勾了小人了。"西门庆道："这个不打紧，何消你说。"看官听说：后来西门庆果然把张胜送在夏提刑守备府，做了个亲随，此系后事，表过不题。那两个捣子得了银子，依旧耍钱去了。

"捣子"所企盼的是到官府当个"正式打手"。

西门庆骑马进门来家，已是日西时分。月娘等众人听见他进门，都往后边去了，只有金莲在卷帘内看收家火。西门庆不往后边去，径到花园里来，见妇人在亭子上收家火，便问："我不在，你在这里做甚么来？"金莲笑道："俺每今日和大姐开门看了看，谁知你来的恁早。"西门庆道："今日夏大人费心，庄子上叫了四个唱的，四个捣倒小厮，只请了五位客到。我恐怕路远，来的早。"妇人与他脱了衣裳，因说道："你没酒，教丫头看酒来你吃。"西门庆分付春梅："把别的菜蔬都收下去，只留下几碟细果子儿，筛一壶葡萄酒来我吃。"坐在上面椅子上，因看见妇人上穿沉香色水纬罗对衿衫儿，五色绉纱眉子，下着白碾光绢挑线裙子，裙边大红光素段子白绫高底羊皮金云头鞋儿；头上银丝䯼髻，金厢玉蟾宫折桂分心翠梅钿儿，云鬓簪着许多花翠，越显出红馥馥朱唇，白腻腻粉脸，不觉淫心辄起，搀着他两只手儿，搂抱在一处亲嘴。

不一时，春梅筛上酒来，两个一递一口儿饮酒咂舌，咂的舌头一片声响。妇人一面搂起裙子，坐在身上，噙酒哺在他口里。然后在桌上，纤手拈了一个鲜莲蓬子与他吃。西门庆道："涩剌剌的，吃他做甚么？"妇人道："我的儿，你就吊了造化了，娘手里拿的东西儿你不吃。"于是口中噙了一粒鲜核桃仁儿，送与他，才罢了。① 西门庆乘着喜欢，向妇人道："我有一件事告诉你，到明日教你笑一声。你道蒋太医开了生药铺，到明日管情教他脸上开果子铺出来。"妇人便问怎么缘故。西门庆悉把今日门外撞遇鲁华、张胜二人之事告诉了一遍。妇人笑道："你这个堕业的众生，到明日不知作多少罪业。"又问："这蒋太医，不是常来咱家看病的那蒋太医？我见他且是谦恭礼体儿的，见了人把头儿低着，可怜见儿的，你这等作做他？"西门庆道："你看不出他。你说他低着头儿，他专一看你的脚哩！"妇人道："汗邪的油嘴！他可可看人家老婆的脚？"西门庆道："你还不知他哩！也是左近一个人家请他看病，正是街上买了一尾鱼手提着。见那人请他，说：'我送了鱼到家就来。'那人说：'家中有紧病，请师父就去罢。'这蒋竹山一直跟到他家。病人在楼上，请他上楼。不想是个女人不好，素体容妆，走在房来，舒手教他把脉。这厮手把着脉，想起他鱼来，挂在帘钩儿上，就忘记看脉，只顾且问：'嫂子，你下边有猫儿也没有？'不想他男子汉在屋里听见了，走来采着毛，打了个臭死。药钱也没有与他，把衣服扯的稀烂，得手才跑

潘金莲意识到，应如李瓶儿那样，将性事"艺术化"。到底聪慧，随手拈来，便成"篇章"。原有"野性"加此"艺术性"，令西门庆到头来不能不宠她。

① 此处删71字。

了。”妇人道：“可可儿的来，我不信。一个文墨人儿，他干这个营生？”西门庆道：“你看他迎面儿就误了勾当。单爱外装老成，内藏奸诈。”两个说笑了一回，不吃酒了，收拾了家火，归房宿歇，不在话下。

按下一头，却说李瓶儿招赘了蒋竹山，约两月光景。初时蒋竹山图妇人喜欢，修合了些戏药部，门前买了些甚么景东人事、美女相思套之类，实指望打动妇人心。不想妇人曾在西门庆手里，狂风骤雨都经过的，往往干事不称其意，渐渐颇生憎恶，反被妇人把淫器之物都用石砸的稀烂，都丢吊了。又说：“你本虾鳝，腰里无力，平白买将这行货子来戏弄老娘家！把你当块肉儿，原来是个中看不中吃，腊枪头，死王八！”骂的竹山狗血喷了脸，被妇人半夜三更赶到前边铺子里睡。于是一心只想西门庆，不许他进房中来，每日聒聒着算帐，查算本钱。

李瓶儿本是为了填补欲壑，谁知此人“中看不中吃”。

这竹山正受了一肚气，走在铺子小柜里坐的，只见两个人进来，吃的浪浪跄跄，楞楞睁睁，走在凳子上坐下。先是一个问道：“你这铺中，有狗黄没有？”竹山笑道：“休要作戏。只有牛黄，那讨狗黄？”又问：“没有狗黄，你有冰灰也罢，拿来我瞧，我要买你几两。”竹山道：“生药行只有冰片，是南海波斯国地道出的，那讨冰灰来？”那一个说道：“你休问他，量他才开了几日铺子，他那里有这两庄药材？咱往西门大官人铺中买去了来。”那个说道：“过来，咱与他说正经话罢。蒋二哥，你休推睡里梦里！你三年前死了娘子儿，问这位鲁大哥借的那三十两银子，本利也该许多，今日问你要来了。俺刚才进门就先问你要，你在人家招赘了，初开了这个铺子，恐怕丧了你行止，显的俺每阴骘了。故此先把几句风话来，教你认范。你不认范，他这银子你少不得还他。”竹山听了，唬了个立睁，说道：“我并没借他甚么银子。”那人道：“你没借银，却问你讨？自古苍蝇不钻那没缝的弹，快休说此话！”蒋竹山道：“我不知阁下姓甚名谁，素不相识，如何来问我要银子？”那人道：“蒋二哥，你就差了！自古于官不贫，赖债不富。想着你当初不得地时，串铃儿卖膏药，也亏了这位鲁大哥扶持，你今日就到了这步田地来！”这个人道：“我便姓鲁，叫做鲁华。你某年借了我三十两银子发送妻小，本利该我四十八两银子，少不的还我。”竹山慌道：“我那里借你银子来？就借了你银

彼时已有波斯货卖。

子，也有文书、保人。”张胜道：“我就是保人。”因向袖中取出文书，与他照了照。把竹山气的脸蜡渣也似黄了，骂道：“好杀材，狗男女！你是那里捣子，走来吓诈我！”鲁华听了，心中大怒，隔着小柜嗖的一拳去，早飞到竹山面门上，就把鼻子打歪在半边，一面把架上药材撒了一街。竹山大骂：“好贼捣子，你如何来抢夺我货物！”只叫天福儿来帮助，被鲁华一脚踢过一边，那里再敢上前。张胜把竹山拖出小柜来，拦住鲁华手，劝道：“鲁大哥，你多日子也耽待了，再宽他两日儿，教他凑过与你便了。蒋二哥，你怎么说？”竹山道：“我几时借他银子来？就是问你借的，也等慢慢好讲，如何这等撒野？”张胜道：“蒋二哥，你这回吃了橄榄灰儿——回过味来了！打了你，一面口袋——倒过蘸来了！你若好好早这般，我教鲁大哥饶让你些利钱儿，你便两三限凑了还他，才是话。你如何把硬话儿不认？莫不人家就不问你要罢？”那竹山听了道：“气杀我，我和他见官去！谁见他甚么钱来？”张胜道：“你又吃了早酒了。”不提防鲁华又是一拳，仰八叉跌了一交，险不倒栽入洋沟里，将发散开，巾帻都污浊了。竹山大叫“青天白日”起来，被保甲上来，都一条绳子拴了。李瓶儿在房中听见外边人攘，走来帘下听觑，见地方拴的竹山去了，气了个立睁。使出冯妈妈来，把牌面幌子都收了。街上药材，被人抢了许多。一面关闭了门户，家中坐的。

“捣子”不好惹。话竟软了。

此时李瓶儿仍蒙在鼓中，只以为“捣子”是自发行动。

早有人把这件事报与西门庆知道，即差人分付地方，明日早解提刑院。这里又拿帖子，对夏大人说了。次日早，带上人来，夏提刑升厅，看了地方呈状，叫上竹山去问道：“你是蒋文蕙？如何借了鲁华银子不还，反行毁骂他？其情可恶！”竹山道：“小的通不认得此人，并没借他银子。小人以理分说，他反不容，乱行踢打，把小人货物都抢了。”夏提刑便叫鲁华：“你怎么说？”鲁华道：“他原借小的银两发送妻丧，至今三年光景，延挨不还小的。小的今日打听他在人家招赘了，做了大买卖，问他理讨，他倒百般辱骂小的，说小的抢夺他货物。见有他借银子的文书在此，这张胜便是保人，望爷查情。”一面怀中取出文契，递上去。夏提刑展开观看，上面写着：

西门庆指挥夏提刑，有钱“白衣”赛“上级”。

立借契人蒋文蕙，系本县医生，为因妻丧，无钱发送，凭保人张胜,借到鲁名下白银三十两,月利三分,入手用度。约至次年,本利交还。如有欠少时,家值钱物件折准。恐后无凭,立此借契为照者。

夏提刑看了,拍案大怒,说道:“可又来!见有保人、文契,还这等抵赖。看这厮咬文嚼字模样,就相个赖债的!”喝令左右:“选大板,拿下去着实打!”当下三四个人,不由分说,拖番竹山在地,痛责三十大板,打的皮开肉绽,鲜血淋漓。一面差两个公人,拿着白牌,押蒋竹山到家,处三十两银子,交还鲁华。不然,带回衙门收监。

那蒋竹山打的那两只腿刺八着,走到家哭哭啼啼哀告李瓶儿,问他要银子,还与鲁华。又被妇人啰在脸上,骂道:“没羞的王八!你递甚么银子在我手里,问我要银子?我早知你这王八砍了头是个债桩,就瞎了眼也不嫁你!这中看不中吃的王八!”那四个人听见妇人屋里攘骂,不住催逼,叫道:“蒋文蕙既没银子,不消只管挨迟了,趁早到衙门回话去罢!”竹山一面出来安抚了公人,又去里边哀告妇人,直撅儿跪在地下哭哭啼啼说道:“你只当积阴骘,四山五舍,斋僧布施这三十两银子了。不与,这一回去,我这烂屁股上怎禁的拷打?就是死罢了。”妇人不得已,拿三十两雪花银子与他,当官交与鲁华,扯碎了文书,方才了事。

李瓶儿心中应知是“捣子”讹诈。但她此时巴不得有种外力帮她消除掉这个“多余的人”。

这鲁华、张胜得了三十两银子,径到西门庆家回话了。西门庆留在卷棚内管待二人酒饭,把前事告诉一遍。西门庆满心大喜,说:“二位出了我口气,足可以勾了。”鲁华把三十两银子交与西门庆,西门庆那里肯收,“你二人收去买壶酒吃,就是我酬谢你了。后头还有事相烦。”二人临起身,谢了又谢,拿着银子自行耍钱去了。正是:尝将压善欺良意,权作尤云殢雨心。

却说蒋竹山提刑院交了银子出来,归到家中,妇人那里容他住,说道:“你还是那人家哩!只当奴害了汗病,把这三十两银子问你讨了药吃了。你趁早与我搬出去罢!再迟些时,连我这两间房子,尚且不勾你还人!”这蒋竹山自知存身不住,哭哭啼啼,忍着两腿疼,自去另寻房儿。但是妇人本钱置买的货物都留下,把他原旧的药材、药碾、药筛、箱笼之物,即时催他搬去,两个就开交了。临出门,妇人还使冯妈妈舀了一锡盆水，赶着泼去，说道："喜得冤家离眼前。"当日打发了竹山出门，这妇人一心只想着西门庆，又打听得他家中没事，心中甚是后悔，每日茶饭慵餐，蛾眉懒画，把门倚遍，眼儿望穿，白盼不见一个人儿来。正是：

扫地出门。男弃女，出休书。女弃男，锡盆泼水便行了么？

枕上言犹在，于今恩爱沦。
房中人不见，无语自消魂。

不说妇人思想西门庆，单表一日玳安骑马打门首经过，看见妇人大门关着，药铺不开，静落落的，归来告诉与西门庆。西门庆道："想必那矮王八打重了，在屋里睡哩，会胜也得半个月，出不来做买卖。"遂把这事情丢下了。

西门庆娶李瓶儿的积极性，远逊于李瓶儿要嫁他的迫切性。

一日，八月十五日，吴月娘生日，家中有许多堂客来，在大厅上坐。西门庆因与月娘不说话，一径都来院中李桂姐家坐的，分付玳安："早回马去罢，晚上来接我。"旋邀了应伯爵、谢希大两个来打双陆。那日桂卿也在家，姐儿两个在傍陪侍劝酒。良久，都出来院子内投壶顽耍。玳安约至日西时分勒马来接。西门庆正在后边东净里出恭，见了玳安，问道："家中没事？"玳安道："家中没事。大厅上坐堂客都散了，家火都收了。止有大妗子与姑奶奶众人，大娘邀的后边坐去了。今日狮子街花二娘那里，使了老冯与大娘送生日礼来：四盘羹果，两盘寿桃面，一匹尺头，又与大娘做了一双鞋。大娘与了老冯一钱银子，说爹不在家了，也没曾请去。"西门庆因见玳安脸红红的，便问："你那里吃酒来？"玳安道："刚才二娘使冯妈妈叫了小的去，与小的酒吃。我说不吃酒，强说着教小的吃了两钟，就脸红起来。如今二娘倒悔过来，对着小的好不哭哩。前日我告爹说，爹还不信。从那日提刑所出来，就把蒋文蕙打发去了。二娘甚是后悔，一心还要嫁爹，比旧瘦了好些儿，央及小的好歹请爹过去，讨爹示下。爹若吐了口儿，还教小的回他声去。"西门庆道："贼贱淫妇，既嫁汉子去罢了，又来缠我怎的！既是如此，我也不得闲去，你对他说，甚么下茶下礼，拣个好日子，抬了那淫妇来罢。"玳安道："小的知道了。他那里还等着小的去回他话哩，教平安、画童儿这里伺候爹就是了。"西门庆道："你去，我知道了。"这玳安出了院门，一面走到李瓶儿那里，回了妇人话。妇人满心欢喜，说道："好哥哥，今日多有累你对爹说,成就了二娘此事。”于是亲自洗手剔甲,厨下整理菜蔬,管待玳安酒饭,说道:“你二娘这里没人,明日好歹你来帮扶天福儿,看着人搬家火过去。”

次日,雇了五六付扛,整抬运四五日。西门庆也不对吴月娘说,都堆在新盖的玩花楼上。择了八月二十日,一顶大轿,一匹段子红,四对灯笼,派定玳安、平安、画童、来兴四个跟轿,约后晌时分方娶妇人过门。妇人打发了两个丫鬟,教冯妈妈领着先来了,等的回去,方才上轿。把房子交与冯妈妈、天福儿看守。

真嫁起来也简单。

西门庆那日不往那去,在家新卷棚内,深衣幅巾坐的,单等妇人进门。妇人轿子落在大门首,半日没个人出去迎接。孟玉楼走来上房,对月娘说:“姐姐,你是家主,如今他已是在门首,你不去迎接迎接儿,惹的他爹不怪?他爷在卷棚内坐着,轿子在门首这一日了,没个人出去,怎么好进来的?”这吴月娘欲待出去接他,心中恼,又不下气;欲待不出去,又怕西门庆性子不是好的。沉吟了一回,于是轻移莲步,款蹙湘裙,出来迎接。妇人抱着宝瓶,径往他那边新房里去了。迎春、绣春两个丫鬟,又早在房中铺陈停当,单等西门庆晚夕进房。不想西门庆正因旧恼在心,不进他房去。到次日,教他出来,后边月娘房里见面,分其大小,排行他是六娘。一般三日摆大酒席,请堂客会亲吃酒,只是不往他房里去。头一日晚夕,先在潘金莲房中睡,金莲道:“他是个新人儿,才来了头一日,你就空了他房?”西门庆道:“你不知,淫妇有些眼里火,等我奈何他两日,慢慢进去。”到了三日,打发堂客散了,西门庆又不进入他房中,往后边孟玉楼房里歇去了。

这一环节竟不能少。

不仅是变相性虐待,更是置其于无颜见人的地步。

这妇人见汉子一连三夜不进他房来,到半夜打发两个丫鬟睡了,饱哭了一场,可怜走在床上,用脚带吊颈,悬梁自缢。正是:连理未谐鸳帐底,冤魂先到九重泉。两个丫鬟睡了一觉,醒来见灯光昏暗,起来剔灯,猛见床上妇人吊着,唬慌了手脚,走出隔壁叫春梅说:“俺娘上吊哩!”慌的金莲起来这边看视,见妇人穿着一身大红衣服,直挺挺吊在床上,连忙和春梅把脚带割断,解救下来。撅了半日,吐了一口精涎,方才苏醒。即叫春梅:“后边快请你爹来!”西门庆正在玉楼房中吃酒,还未睡

李瓶儿自杀,心理逻辑和行为逻辑,均“顺理成章”。

哩。先是玉楼劝西门庆，说道："你娶将他来，一连三日不往他房里去，惹他心中不歹么？恰似俺每把这庄事放在头里一般，头上末下，就让不得这一夜儿。"西门庆道："待过三日儿我去。你不知道，淫妇有些吃着碗里，看着锅里。想起来，你恼不过我来。曾你汉子死了，相交到如今，甚么话儿没告诉我，——临了招进蒋太医去了。我不如那厮！今日却怎的又寻将我来？"玉楼道："你恼的是，他也吃人念了。"正说话间，忽听一片声打仪门，玉楼使兰香问，说是："春梅来请爹，六娘在房里上吊哩！"慌的玉楼撺掇西门庆不迭，便道："我说教你进他房中走走，你不依，只当弄出事来！"于是打着灯笼，走来前边看视。落后吴月娘、李娇儿听见，都起来到他房中。见金莲搂着他坐的，说道："五姐，你灌了他些姜汤儿没有？"金莲道："我救下来时，就灌了些来了。"那妇人只顾喉中哽咽了一回，方哭出声。月娘众人一块石头才落地，好好安抚他睡下，各归房歇息。

次日，晌午前后，李瓶儿才吃些粥汤儿。正是：身如五鼓衔山月，命似三更油尽灯。西门庆向李娇儿众人说道："你每休信那淫妇，装死儿唬人，我手里放不过他！到晚夕等我进房里去，亲看着他上个吊儿我瞧，方信。不然，吃我一顿好马鞭子！贼淫妇，不知把我当谁哩！"众人见他这般说，都替李瓶儿捏两把汗。到晚夕，见西门庆袖着马鞭子，进他房中去了。玉楼、金莲分付春梅把门关了，不许一个人来，都立在角门儿外悄悄听觑，看里面怎的动静。

且说西门庆见妇人在床上，倒胸着身子哭泣，见他进去不起身，心中就有几分不悦。先把两个丫头都赶去空房里住了。西门庆走来椅子上坐下，指着妇人骂道："淫妇！你既然亏心，何消来我家上吊？你跟着那矮王八过去便了，谁请你来？我又不曾把人坑了你甚么，缘何流那毬尿怎的？我自来不曾见人上吊，我今日看着你上个吊儿我瞧！"于是拿一绳子丢在他面前，叫妇人上吊。那妇人想起蒋竹山说的话来，说西门庆打老婆的班头，降妇女的领袖，思量我那世里晦气，今日大睁眼又撞入火坑里来了，越发烦恼，痛哭起来。

这西门庆心中大怒，教他下床来，脱了衣裳跪着。妇人只顾延挨不

潘金莲救李瓶儿，出自心中未泯天良。

以后李瓶儿夺宠生子，潘金莲恨其不死。人在命运中。谁知今后事？

今日有恩，明日死仇。这些人就这样行进在他们的人生途程上。

西门庆未必不信李瓶儿是真上吊。他还是性嫉妒。

脱，被西门庆拖番在床地平上，袖中取出鞭子来，抽了几鞭子。妇人方才脱去上下衣裳，战兢兢跪在地平上。西门庆坐着，从头至尾问妇人：“我那等对你说过，教你略等等儿，我家中有些事儿，如何不依我，慌忙就嫁了蒋太医那厮？你嫁了别人，我倒也不恼，那矮王八有甚么起解？你把他倒踏进门去，拿本钱与他开铺子，在我眼皮子跟前开铺子，要撑我的买卖！”妇人道：“奴说不的，悔也是迟了。只因你一去了不见来，把奴想的心斜了。后边乔皇亲花园里常有狐狸，要便半夜三更，假名托姓变做你，来摄奴精髓，到天明鸡叫时分就去了。你不信，只问老冯和两个丫头便知端的。后来把奴摄的看看至死，不久身亡，才请这蒋太医来看。恰吊在面糊盆内一般，乞那厮局骗了，说你家中有事，上东京去了。奴不得已，才干下这条路。谁知这厮砍了头是个债桩，被人打上门来，经官动府。奴忍气吞声，丢了几两银子，吃奴即时撵出去了。”西门庆道：“说你教他写状子，告我收着你许多东西，你如何今日也到我家来了？”妇人道：“你么，可是没的说。奴那里有这个话，就把身子烂化了！”西门庆道：“就算有如此，我也不怕。你道说你有钱，快转换汉子，我手里容你不得！我实对你说罢了，前者打太医那两个人，是如此如此，这般这般使的手段。只略施行计，教那厮疾走无门；若稍用机关，也要连你挂了到官，弄到一个田地！”妇人道：“奴知道是你使的计儿。还是你可怜见奴，若弄到那无人烟之处，就是死罢了。”看看说的西门庆怒气消下些来了，又问道：“淫妇，你过来，我问你：我比蒋太医那厮谁强？”妇人道：“他拿甚么来比你？你是个天，他是块砖；你在三十三天之上，他在九十九地之下。休说你仗义疏财，敲金击玉，伶牙俐齿，穿罗着锦，行三坐五，这等为人上之人，自你每日吃用稀奇之物，他在世几百年，还没曾看见哩！他拿甚么来比你？你是医奴的药一般，一经你手，教奴没日没夜只是想你。”自这一句话，把西门庆欢喜无尽，即丢了鞭子，用手把妇人拉将起来，穿上衣裳，搂在怀里，说道：“我的儿，你说的是。果然这厮，他见甚么碟儿天来大！”即叫春梅快放桌儿，后边快取酒菜儿来。正是：东边日头西边雨，道是无情却有情。

不仅是恨李瓶儿下嫁“矮王八”，更恨她出本钱让“矮王八”开生药铺戗他的行！

李瓶儿说的是真实感受。

毕竟未知后来何如，且听下回分解。

第二十回
孟玉楼义劝吴月娘　西门庆大闹丽春院

在世为人保七旬，何劳日夜弄精神。
世事到头终有悔，浮华过眼恐非真。
贫穷富贵天之命，得失荣华隙里尘。
不如且放开怀乐，莫使苍然两鬓侵。

话说西门庆在房中，被李瓶儿几句柔情软话，感触的回嗔作喜，拉他起来，穿上衣裳，两个相搂相抱，极尽绸缪。一面令春梅进房放桌儿，往后边取酒去。

且说金莲和孟玉楼，从西门庆进他房中去，站在角门首打听消息。他这边门又闭着，止是春梅一人在院子里伺候。金莲拉玉楼两个打门缝儿望里张觑，只见房中掌着灯烛，里边说话都听不见。金莲道："俺不如春梅贼小肉儿，他倒听得伶俐。"那春梅便在窗下潜听一回。春梅走过来，金莲悄问他："房中怎的动静？"这春梅听了，便隔门告诉与二人，说："俺爹怎的教他脱衣裳跪着，他不脱，爹恼了，抽了他几马鞭子。"金莲问道："打了他，他脱了不曾？"春梅道："他见爹恼了，才慌了，就脱了衣裳跪在地平上。爹如今问他话哩。"玉楼恐怕西门庆听见，便道："五姐，咱过那边去罢。"拉金莲来西角门首站立。那时八月二十头，月色才上来，站在黑头里，金莲吃瓜子儿，两个一处说话，等着春梅出来问他话，潘金莲便向玉楼道："我的姐姐，说好食果子，一心只要来。这里头儿没动，下马威讨了这几下在身上。俺这个好不顺脸的货儿，你着他顺

幸灾乐祸。但也"忧心忡忡"。

潘金莲爱磕瓜子。从"行为学"角度分析，这是她发泄心中喜怒哀乐的一种最简易的方式。

经验之谈。

顺儿,他倒罢了。属扭孤儿糖的,你扭扭儿也是钱,不扭也是钱。想着先前,乞小妇奴才压枉造舌我那一行院,我陪下十二分小心,还乞他奈何的我那等哭哩。姐姐,你来了几时,还不知他性格哩!”

二人正说话之间,少顷只听开的角门响,春梅出来,一直径往后边走。不防他娘站在黑影处叫他,问道:“小肉儿那去?”那春梅笑着只顾走,那金莲道:“怪小肉儿,你过来,我问你话,慌走怎的?”那春梅方才立住了脚,方说:“如此这般,他哭着对俺爹说了许多话说哩。爹喜欢,抱起他来,令他穿上衣裳,教我放了桌儿,如今往后边取酒去。”金莲听了,便向玉楼说道:“贼没廉耻的货,头里那等雷声大雨点小,打哩乱哩,及到其间,也不怎么的。我猜也没的想,管情取了酒来,教他递。贼小肉儿,没他房里丫头?你替他取酒去!到后边,又叫雪娥那小妇奴才毯声浪颡,我又听不上。”春梅道:“爹使我,管我事!”于是笑嘻嘻去了。金莲道:“俺的小肉儿,正经使着他,死了一般懒待动旦。不知怎的,听见干猫儿头差事,钻头觅缝干办了要去,去的那快!见他房里两个丫头,你替他走,管你腿事?卖萝蔔的跟着盐担子走——好个闲嘈心的小肉儿!”玉楼道:“可不怎的?俺大丫头兰香,我正使他做活儿,想他伏实,只不。他爹使他行鬼头儿,听人的话儿,你看他走的那快!”

丫头们也争宠。人在环境中生存。除非你有与环境抗争的思想与勇气,否则,顺应乃至利用环境,便不足为奇了。

正说着,只见玉箫自后边蓦地走来,便道:“三娘还在这里,我来接你来了。”玉楼道:“怪狗肉,唬我一跳!”因问:“你娘知道你来不曾?”玉箫道:“我打发娘睡下这一日了,我来前边瞧瞧,刚才看见春梅后边要酒果去了。”因问:“俺爹到他屋里,怎样个动静儿?”金莲接过来道:“进他屋里去,尖头丑妇蹦到毛司墙上,齐头故事。”玉箫又问玉楼,玉楼便一一告他说。玉箫道:“三娘,真个教他脱了衣裳跪着,打了他五马鞭子来?”玉楼道:“你爹因他不跪,才打他。”玉箫道:“带着衣服打来,去了衣裳打来?亏他那莹白的皮肉儿上,怎么挨得!”玉楼笑道:“怪小狗肉儿,你倒替古人耽忧。”说着,只见春梅和小玉取了酒菜来。春梅拿着酒,小玉拿着方盒,径往李瓶儿那边去。金莲道:“贼小肉儿,不知怎的,听见干恁个勾当儿,云端里老鼠——天生的耗。”分付:“快送了来,教他家丫头伺候去!你不要管他,我要使你哩。”那春梅笑嘻嘻同小玉进

孟玉楼与潘金莲同心,但不同语。人物的语言,即人物的性格。生活里、小说中均如此。

去了。一面把酒菜摆在桌上，这春梅和小玉就出来了，只是迎春、绣春在房答应。玉楼、金莲问了他话。玉箫道："三娘，咱后边去罢。"二人一路去了。金莲教春梅关上角门，归进房来，独自宿歇。不在话下。正是：可惜团圆今夜月，清光咫尺别人圆。

不说金莲独宿，单表西门庆与李瓶儿两个相怜相爱，饮酒说话，到半夜方才被伸翡翠，枕设鸳鸯，上床就寝。灯光掩映，不啻镜中之鸾凤和鸣；香气薰笼，好似花间之蝴蝶对舞。正是：今宵剩把银釭照，只恐相逢是梦中。有词为证：

> 淡画眉儿斜插梳，不忺拈弄倩工夫。云窗雾阁深深许，蕙性兰心款款呼。　相怜爱，倩人扶，神仙标格世间无。从今罢却相思调，美满恩情锦不如。

两个睡到次日饭时，李瓶儿恰待起来临镜梳头，只见迎春后边拿将来四小碟甜酱瓜茄，细巧菜蔬，一瓯顿烂鸽子雏儿，一瓯黄韭乳饼，并醋烧白菜，一碟火熏肉，一碟红糟鲥鱼，两银厢瓯儿白生生软香稻粳米饭儿，两双牙箸。妇人先漱了口，陪西门庆吃了上半盏儿，就教迎春："昨日剩的银壶里金华酒筛来。"拿瓯子陪着西门庆，每人吃了两瓯子，方才洗脸梳妆。一面开箱子打点细软首饰衣服，与西门庆过目，拿出一百颗西洋珠子与西门庆看，原是昔日梁中书家带来之物。又拿出一件金厢鸦青帽顶子，说是过世老公公的，起下来上等子秤，四钱八分重。李瓶儿教西门庆拿与银匠，替他做一对坠子。又拿出一顶金丝䯼髻，重九两，因问西门庆："上房他大娘众人，有这䯼髻没有？"西门庆道："他每银丝䯼髻倒有两三顶，只没编这䯼髻。"妇人道："我不好带出来的。你替我拿到银匠家毁了，打一件金九凤垫根儿，每个凤嘴衔一挂珠儿；剩下的再替我打一件，照依他大娘，正面戴金厢玉观音，满池娇分心。"西门庆收了，一面梳头洗脸，穿了衣服出门。李瓶儿分付："那边房子里没人，你好歹过去看看，委付个人儿看守，替了小厮天福儿来家使唤。那老冯，老行货子，啻啻磕磕的，独自在那里，我又不放心。"西门庆道："你分付，我知道了。"袖着䯼髻和帽顶子出门，一直往外走。不防金莲鬅着头还未梳洗，站在东角门首，叫道："哥，你往那去？这咱才出来，看

暴发户的饮食，还够不上"雅文化"。试比《红楼梦》中的菜肴，这比芳官懒得吃的"便餐"还"大路"。

当年已与西洋交往。此珠当是梁中书扣下的贡珠。

此等处又显示出李瓶儿的富有。实有"下嫁"的味道。

西门庆人财两得。且"得来全不费工夫"。

雀儿撞儿眼!”那西门庆道:“我有勾当去。”妇人道:“怪行货子,你还来。慌走怎的?我和你说话。”那西门庆见他叫的紧,只得回来,被妇人引到房中。妇人便坐在椅子上,把他两只手拉着,说道:“我不好骂出来的!怪火燎腿三寸货,那个拿长锅镬吃了你?慌往外抢的是些甚的?你过来,我且问你。”西门庆道:“罢么,小淫妇儿,只顾问甚么!我有勾当哩,等我回来说。”说着往外走。妇人摸见他袖子里重重的,道:“是甚么?拿出来我瞧瞧。”西门庆道:“是我的银子包。”妇人不信,伸手进去袖子里就掏,掏出一顶金丝鬏髻来,说道:“这是他的鬏髻,你拿那去?”西门庆道:“他问我,知你每没有这鬏髻,到银匠家替他毁了,打两件头面戴。”金莲问道:“这鬏髻多少重?他要打甚么?”西门庆道:“这鬏髻重九两。他要打一件九凤甸儿,一件照依上房戴的;正面那一件玉观音,满池娇分心。”金莲道:“一件九凤甸儿,满破使了三两五六钱金子勾了。大姐姐那件分心,我秤只重一两六钱,把剩下的,好歹你替我照依他,也打一件九凤甸儿。”西门庆道:“满池娇,他要揭实枝梗的。”金莲道:“就是揭实枝梗,使了三两金子满篡。捓着鬼,还落他二三两金子,勾打个甸儿了。”西门庆笑骂道:“你这小淫妇儿,单管爱小便益儿,随处也掐个尖儿!”金莲道:“我儿,娘说的话你好歹记着。你不替我打将来,我和你答话。”那西门庆袖了鬏髻,笑着出门,金莲戏道:“哥儿,你干上了。”西门庆道:“我怎的干上了?”金莲道:“你既不干,昨日那等雷声大雨点小,要打着教他上吊,今日拿出一顶鬏髻来,使的你狗油嘴,鬼推磨,不怕你不走。”西门庆笑道:“这小淫妇儿,单只管胡说。”说着往外去了。

潘金莲确实随处掐尖儿。这一回中写潘金莲,主要靠她的独特“语码”。如不是非常熟悉这类市井妇女的生态与语言,断断写不出来。就生动性而言,此书的人物语言,《红楼梦》未能超过。

却说吴月娘和孟玉楼、李娇儿在房中坐的,忽听见外边小厮一片声寻来旺儿,寻不着,只见平安来掀帘子,月娘便问:“寻他做甚么?”平安道:“爹紧等着哩。”月娘半日才说:“我使了他有勾当去了。”原来月娘早辰分付下他,往王姑子庵里送香油白米去了。平安道:“小的回爹,只说娘使了他有勾当去了。”月娘骂道:“怪奴才,随你怎么回去!”平安唬的不敢言语一声儿,往外走了。月娘便向玉楼众人说道:“我开口,又说我多管;不言语,我又鳖的慌!一个人也拉剌将来了,那房子卖吊了就是了,平白扯淡,摇铃打鼓的看守甚么?左右有他家冯妈妈子在那里,再派一个没老婆的小厮,晚夕同在那里上宿睡就是了。怕走了那房子也怎的,作养娘抱?巴巴叫来旺两口子去!自他媳妇子七病八病,一时病倒了在那里,上床谁扶持他?”玉楼便道:“姐姐在上,不该我说。你是个一家之主,不争你与他爹两个不说话,就是俺每不好张主的,下边孩子们也没投奔。他爹这两日隔二骗三的,也甚是没意思。看姐姐恁的依俺每一句话儿,与他爹笑开了罢。”月娘道:“孟三姐,你休要起这个意。我又不曾和他两个嚷闹,他平白的使性儿。那怕他使的那脸痞,休想我正眼看他一眼儿!他背地对人骂我不贤良的淫妇,我怎的不贤良的来?如今耸六七个在屋里,才知道我不贤良。自古道:顺情说好话,干直惹人嫌。我当初大说拦你,也只为好来。你既收了他许多东西,又买了房子,今日又图谋他老婆,就着官儿也看乔了。何况他孝服不满,你不好娶他的。谁知道人在背地里,把圈套做的成成的,每日行茶过水,自瞒我一个儿,把我合在缸底下。今日也推在院里歇,明日也推在院里歇,谁想他只当把个人儿歇了家里来,端的好在院里歇!他自吃人在他跟前那等花丽狐哨,乔龙画虎的,两面刀哄他,就是千好万好了。似俺每这等依老实,苦口良言,着他理你理儿!你倒如今,反被为仇。正是前车倒了千千辆,后车倒了亦如然,分明指与平川路,错把忠言当恶言!你不理我,我想求你?一日不少我三顿饭,我只当没汉子,守寡在这屋里。随我去,你每不要管他!”几句话,说的玉楼众人讪讪的。

难得的是,此书写月娘、玉楼等对话,也全用流畅而又绝不拘泥于“语法”的纯口语,并且她们嘴里也不时“撒村”,我们读来却能将她们的“语感”与潘金莲的“语感”严格地区分开来,各自性格宛然不同。当代小说中,驾驭人物语言达于这一程度的,如果不能说没有,也一定要说:实在罕见。此书的文学价值,由此凸现。当代作家可借鉴者多多!

退出“性域”,吴月娘深知也就大不了看张冷脸,不会失去她的既定地位。

良久,只见李瓶儿梳妆打扮,上穿大红遍地金对衿罗衫儿,翠蓝拖泥妆花罗裙,迎春抱着银汤瓶,绣春拿着茶盒,走来上房,与月娘众人递茶。月娘叫小玉安放座儿与他坐,落后孙雪娥也来到,都递了茶,一处坐的。潘金莲嘴快,便叫道:“李大姐,你过来与大姐下个礼儿。实和你说了罢,大姐姐和他爹,那些时两个不说话,因为你来。俺们刚才替你劝了恁一日,你改日安排一席酒儿,央及央及大姐姐,教他两个老公婆笑开了罢。”李瓶儿道:“姐姐分付,奴知道。”于是向月娘面前,花枝招展,绣带飘飘,插烛也似磕了四个头。月娘道:“李大姐,他哄你哩。”又道："五姐，你每不要来揷搬，我已是赌下誓，就是一百年也不和他在一答儿哩。"以此众人再不敢复言。

金莲在旁拿把抿子与李瓶儿抿头，见他头上戴着一付金玲珑草虫儿头面，并金累丝松竹梅岁寒三友梳背儿，因说道："李大姐，你不该打这碎草虫头面，只是有些抓住了头发，不如大姐姐头上戴的这金观音满池娇，是揭实枝梗的好。"这李瓶儿老实，就说道："奴也照样儿要教银匠打恁一件哩。"落后小玉、玉箫来跟前递茶，都乱戏他。先是玉箫问道："六娘，你家老公公当初在皇城内那衙门来？"李瓶儿道："先在惜薪司掌厂，御前班直，后升广南镇守。"玉箫笑道："嗔道你老人家昨日挨的好柴。"小玉又道："去年城外落乡，许多里长老人好不寻你，教你往东京去。"妇人不知道甚么，说道："他寻我怎的？"小玉笑道："他说你老人家会告的好水灾。"玉箫又道："你老人家乡里妈妈拜千佛，昨日磕头磕勾了。"小玉又说道："朝廷昨日差了四个夜不收，请你老人家往口外和番，端的有这话么？"李瓶儿道："我不知道。"小玉笑道："说你老人家会叫的好达达。"把玉楼、金莲笑的不了，月娘便道："怪臭肉每，干你那营生去，只顾徯落他怎的！"于是把个李瓶儿羞的脸上一块红、一块白，站又站不得，坐又坐不住，半日回房去了。

微笑战斗。

良久，西门庆进房来，回他顾银匠家打造生活，就与他计较："明日发柬，二十五日请官客吃会亲酒，少不的拿帖儿请请花大哥。"李瓶儿道："他娘子三日来，再三说了。也罢，你请他请罢。"李瓶儿又说："那边房子左右有老冯看守，你这里再叫一个，和天福儿轮着，晚夕上宿就是，不消教旺官去罢。上房姐姐说，他媳妇儿有病，去不的。"西门庆道："我不知道。"即叫平安近前分付："你和天福儿两个轮，一递一日，狮子街房子里上宿。"不在言表。

话休饶舌。不觉到二十五日，西门庆家中吃会亲酒，插花筵席，四个唱的，一起杂耍步戏。头一席花大舅、吴大舅，第二席是吴二舅、沈姨夫，第三席应伯爵、谢希大，第四席祝日念、孙天化，第五席常时节、吴典恩，第六席云离守、白来创。西门庆主位，其余傅自新、贲地传、女婿陈经济两边列位。先是李桂姐、吴银儿、董玉仙、韩金钏儿，从晌午时分坐

《红楼梦》中贾府无此"乱序"景象。西门庆毕竟是非贵族的新兴富商。亲戚、朋友、晚辈、伙计、妓女，统统登堂上席。

轿子就来了，在月娘上房里坐的。官客在新盖卷棚内坐的吃茶。然后到齐了，大厅上坐。席上都有桌面，某人居上，某人居下。先吃小割海青卷儿，八宝攒汤，头一道割烧鹅大下饭。乐人撮撮弄杂耍回数，就是笑乐院本。下去，李铭、吴惠两个小优上来弹唱，间着清吹。下去，四个唱的出来筵外递酒。应伯爵在席上先开言说道："今日哥的喜酒，是兄弟不当，斗胆请新嫂子出来拜见拜见，足见亲厚之情。俺每不打紧，花大尊亲并二位老舅、沈姨丈在上，今日为何来？"西门庆道："小妾丑陋，不堪拜见，免了罢！"谢希大道："哥，你这话难说。当初已言在先，不为嫂子，俺每怎么儿来？何况这个嫂子，见有我尊亲花大哥在上，先做友，后做亲，又不同别人，请出来见见怕怎的？"那西门庆笑不动身。应伯爵道："哥，你不要笑，俺每都拿着拜见钱在这里，不白教他出来见。"西门庆道："你这狗材，单管胡说！"乞他再三逼迫不过，叫过玳安来，教他后边说去。半日，玳安出来回说："六娘道，免了罢。"应伯爵道："就是你这小狗骨秃儿的鬼！你几时往后边去，就来哄我？赌几个誓，真个，我就后边去了！"玳安道："小的莫不哄应二爹，二爹进去问不是。"伯爵道："你量我不敢进去？左右花园中熟径，好不好我走进去，连你那几位娘都拉了出来。"玳安道："俺家那大猱狮狗好不利害，倒没的把应二爹下半截撕下来！"伯爵故意下席，赶着玳安踢两脚，笑道："好小狗骨秃儿，你伤的我好！趁早与我后边请去，请不将来，可二十栏杆。"把众人、四个唱的都笑了。那玳安到下边，又走来立着，把眼看着他爹不动身。西门庆无法可处，只得叫过玳安，近前分付："对你六娘说，收拾了出来见见罢。"

那玳安去了半日出来，复请了西门庆进去，然后才把脚下人赶出去，关上仪门，四个唱的都往后边弹乐器，簇拥妇人上拜。孟玉楼、潘金莲百方撺掇，替他抿头、戴花翠，打发他出来。厅上又早铺下锦毡绣毯，麝兰叆叇，丝竹和鸣，四个唱的导引前行。妇人身穿大红五彩通袖罗袍儿，下着金枝线叶沙绿百花裙，腰里束着碧玉女带，腕下笼着金压袖，胸前项牌缨落，裙边环佩玎珰，头上珠翠堆盈，鬓畔宝钗半卸，紫瑛金环耳边低挂，珠子挑凤髻上双插，粉面宜贴翠花钿，湘裙越显红鸳小，恍似嫦

明代中国人吃饭，先喝汤。不要以为"先喝汤"是唯西洋有之的饮食习惯。

当时鹅肉是重要的大菜。为什么现在鹅肉基本上被逐出了大宴？

花大舅何以为情？

显示自己面子大。

娥离月殿,犹如神女到筵前。四个唱的,琵琶筝弦,簇拥妇人,花枝招飐,绣带飘飘,望上朝拜,慌的众人都下席来还礼不迭。

却说孟玉楼、潘金莲、李娇儿簇拥着月娘,都在大厅软壁后听觑,听见唱"喜得功名遂",唱到"天之配合一对儿,如鸾似凤夫共妻",直到"笑吟吟庆喜,高擎着凤凰杯。象板银筝间玉笛,列杯盘,水陆排佳会",直至"永团圆世世夫妻"跟前,金莲向月娘说道:"大姐姐,你听唱的!小老婆今日不该唱这一套,他做了一对鱼水团圆,世世夫妻,把姐姐放到那里?"那月娘虽故好性儿,听了这两句,未免有几分动意,恼在心中。又见应伯爵、谢希大这伙人见李瓶儿出来上拜,恨不的生出几个口来夸奖奉承,说道:"我这嫂子端的寰中少有,盖世无双!休说德性温良,举止沉重,自这一表人物,普天之下,也寻不出来。那里有哥这样大福!俺每今日得见嫂子一面,明日死也得好处。"因唤玳安儿:"快请你娘回房里,只怕劳动着,倒值了多的。"吴月娘众人听了,骂扯淡轻嘴的囚根子不绝。良久,李瓶儿下来,四个唱的见他手里有钱,都乱趋捧着他,娘长娘短,替他拾花翠,叠衣服,无所不至。

潘金莲此语既"合纵"又"连横"。吴月娘不争"性",却绝不能容忍"乱序"。

月娘归房,甚是悒怏不乐。只见玳安、平安接了许多拜钱,也有尺头衣服,并人情礼,盘子盛着,拿到月娘房里。月娘正眼也不看,骂道:"贼囚根子!拿送到前头就是了,平白拿进我屋里来做甚么!"玳安道:"爹分付拿到娘房里来。"月娘教玉箫接了,掠在床上去。不一时,吴大舅吃了第二道汤饭,走进后边来见月娘。月娘见他哥进房来,连忙花枝招飐,与他哥哥行礼毕,坐下。吴大舅道:"昨日你嫂子在这里打搅,又多谢姐夫送了桌面去。到家对我说,你与姐夫两个不说话。我执着要来劝你,不想姐夫今日请。姐姐,你若这等,把你从前一场好都没了。自古痴人畏妇,贤女畏夫。三从四德,乃妇道之常。今后姐姐,他行的事你休要拦他,料姐夫他也不肯差了。落得你不做好好先生,才显出你贤德来。"月娘道:"早贤德好来,不教人这般憎嫌!他有了他富贵的姐姐,把俺这穷官儿家丫头,只当亡故了的算帐。你也不要管他,左右是我,随他把我怎么的罢。贼强人,从几时这等变心来!"说着,月娘就哭了。吴大舅道:"姐姐,你这个就差了。你我不是那等人家,快休如此。

吴大舅以他的利益为本位,当有此劝。

你两口儿好好的,俺每走来也有光辉些!”劝月娘一回。小玉拿了茶来,吃毕茶,分付放桌儿,留吴大舅房里吃酒,吴大舅道:“姐姐,没的说。我适才席上酒饭都吃的饱饱的,来看看姐姐。”坐了一回,只见前边使小厮来请,吴大舅便作辞月娘出来。当下众人吃至掌灯以后,就起身散了。那日四个唱的,李瓶儿每人都是一方销金汗巾儿、五钱银子,欢喜回家。

自此西门庆一连在瓶儿房里歇了数夜,别人都罢了,只是潘金莲恼的要不的。背地唆调吴月娘,与李瓶儿合气。对着李瓶儿又说月娘许多不是,说月娘容不的人。李瓶儿尚不知堕他计中,每以姐姐呼之,与他亲厚尤密。正是:逢人且说三分话,未可全抛一片心。

又当苏秦又当张仪。

西门庆自从娶李瓶儿过门,又兼得了两三场横财,家道营盛,外庄内宅焕然一新,米麦陈仓,骡马成群,奴仆成行。把李瓶儿带来小厮天福儿改名琴童,又买了两个小厮,一名来安儿,一名棋童儿,把金莲房中春梅,上房玉箫,李瓶儿房中迎春,玉楼房中兰香,一般儿四个丫鬟,衣服首饰妆束出来,在前厅西厢房,教李娇儿兄弟乐工李铭来家,教演习学弹唱。春梅琵琶,玉箫学筝,迎春学弦子,兰香学胡琴。每日三茶六饭管待李铭,一月与他五两银子。又打开门面二间,兑出二千两银子来,委付伙计贲地传开解当铺。女婿陈经济只要拿钥匙,出入寻讨,不拘药材。贲地传只是写帐目,秤发货物。傅伙计便督理生药、解当两个铺子,看银色,做买卖。潘金莲这楼上堆放生药,李瓶儿那边楼上厢成架子,阁解当库衣服、首饰、古董、书画、玩好之物。一日也尝当许多银子出门。陈经济每日起早睡迟,带着钥匙,同伙计查点出入银钱,收放写算皆精。西门庆见了,喜欢的要不的。一日,在前厅与他同桌儿吃饭,说道:“姐夫,你在我家这等会做买卖,就是你父亲在东京知道,他也心安,我也得托了。常言道:有儿靠儿,无儿靠婿。姐夫是何人?我家姐姐是何人?我若久后没出,这分儿家当都是你两口儿的。”那陈经济说道:“儿子不幸,家遭官事,父母远离,投在爹娘这里。蒙爹娘抬举,莫大之恩,生死难报!只是儿子年幼,不知好歹,望爹娘耽待便了,岂敢非望。”这西门庆听见他会说话儿,聪明乖觉,越发满心欢喜。但凡家中大小事务,出入书柬礼帖,都教他写;但凡人客到,必请他席侧相陪,吃茶

不发横财不富。

会享受。

会投资。
会用人。
会管理。

虽说不知其色贼一面,让其充当经理,倒颇会驾驭。

吃饭，一时也少不的他。谁知这小伙儿，绵里之针，肉里之刺，常向绣帘窥贾玉，每从绮阁窃韩香。有诗为证：

东床娇婿实堪怜，况遇青春美少年。
待客每令席侧坐，寻常只在便门穿。
家前院后明嘲戏，呆里撒乖暗做奸，
空在人前称半子，从来骨肉不牵连。

光阴似箭，日月如梭，又见中秋赏月，忽然菊绽东篱，空中寒雁向南飞，不觉雪花满地。一日，十一月下旬天气，西门庆在友人常时节家会茶饮酒，散的早，未等掌灯时分就起身，同应伯爵、谢希大、祝日念三个并马而行。刚出了常时节门，只见天上彤云密布，又早纷纷扬扬飘下一天雪花儿来。应伯爵便说道："哥，咱这时候就家去，家里也不收我每。知你许久不曾进里边看看桂姐，今日趁着天气落雪，只当孟浩然踏雪寻梅，咱望他望去。"祝日念道："应二哥说的是。你每月风雨不阻，出二十银子包钱包着他，你不去，落得他自在。"西门庆于是吃三人你一言我一句，说的把马径往东街构拦那条路来了。

原是常年包了月的。

来到了李桂姐家，已是天气将晚，只见客位里掌起灯烛，丫头正扫地不迭。老妈并李桂卿出来见毕，上面列四张校椅，四人坐下，老虔婆便道："前者桂姐在宅里来晚了，多有打搅；又多谢六娘赏汗巾花翠。"西门庆道："那日空过他，我恐怕晚了他每，客人散了，就打发他来了。"说着，虔婆一面看茶吃了，丫鬟就安放桌儿，设放案酒。西门庆道："怎么桂姐不见？"虔婆道："桂姐连日在家伺候姐夫，不见姐夫来到。不想今日他五姨妈生日，拿轿子接了，与他五姨妈做生日去了。"看官听说：原来世上，惟有和尚、道士并唱的人家，这三行人不见钱眼不开，嫌贫取富，不说谎调诐也成不的。原来李桂姐也不曾往五姨家做生日去，近日见西门庆不来，又接了杭州贩绸绢的丁相公儿子丁二官人，号丁双桥。贩了千两银子绸绢，在客店里安下，瞒着他父亲来院中敲嫖。头上拿十两银子、两套杭州重绢衣服请李桂姐，一连歇了两夜。适才正和桂姐在房中吃酒，不想西门庆到，老虔婆教桂姐，连忙陪他后边第三层一间僻净小房那里坐去了。当下西门庆听信虔婆之言，便道："既是桂姐不在，

空档生意，不做白不做。

老妈快看酒来，俺每慢慢等他。”这老虔婆在下边一力撺掇，酒肴菜蔬齐上，须臾堆满桌席。李桂卿不免筝排雁柱，歌按新腔，众人席上猜枚行令。

正饮酒在热闹处，不防西门庆往后边更衣去。也是合当有事，忽听东耳房有人笑声。西门庆更毕衣，走至窗下偷眼观觑，正见李桂儿在房内，陪着一个戴方巾的蛮子饮酒。由不的心头火起，走到前边，一手把吃酒桌子掀倒，碟儿、盏儿打的粉碎，喝令跟马的平安、玳安、画童、琴童四个小厮上来，不由分说，把李家门窗户壁床帐都打碎了。应伯爵、谢希大、祝日念向前拉劝不住。西门庆口口声声只要采出蛮囚来，和粉头一条绳子，墩锁在门房内。那丁二官儿又是个小胆之人，外边嚷闹起来，唬的藏在里间床底下，只叫：“桂姐救命！”桂姐道：“呸！好不好，就有妈哩，不妨事！随他发作，怎的叫嚷，你休要出来！”且说老虔婆儿见西门庆打的不相模样，不慌不忙拄拐而出，说了几句闲话。西门庆心中越怒起来，指着骂道，有《满庭芳》为证：

以词曲代对骂，亦是拟话本风味。

虔婆你不良，迎新送旧，靠色为娼。巧言词将咱诳，说短论长。我在你家使勾有黄金千两，怎禁卖狗悬羊？我骂你句真伎俩媚人狐党，衠一片假心肠！

虔婆亦答道：“官人听知：

你若不来，我接下别的，一家儿指望他为活计。吃饭穿衣，全凭他供柴籴米。没来由暴叫如雷，你怪俺全无意。不思量自己，不是你凭媒娶的妻！”

西门庆听了，心中越怒，险些不曾把李老妈妈打起来。多亏了应伯爵、谢希大、祝日念三个死劝，活喇喇拉开了手。西门庆大闹了一场，赌誓再不踏他门来，大雪里上马回家。正是：

宿尽闲花万万千，不如归去伴妻眠。
虽然枕上无情趣，睡到天明不要钱。

又曰：

女不织兮男不耕，全凭卖俏做营生。
任君斗量并车载，难满虔婆无底坑。

又曰：

假意虚脾恰似真，花言巧语弄精神。

几多伶俐遭他陷，凭后应知拔舌根。

毕竟未知后来何如，且听下回分解。

第二十一回
吴月娘扫雪烹茶　应伯爵替花勾使

脉脉伤心只自言，好姻缘化恶姻缘。

回头恨骂章台柳，赧面羞看玉井莲。

只为春光轻易泄，遂教鸾凤等闲迁。

谁人为挽天河水，一洗前非共往愆？

话说西门庆从院中归家，已一更天气，到家门首，小厮叫开门，下马踏着那乱琼碎玉，到于后边仪门首。只见仪门半掩半开，院内悄无人声。西门庆口中不言，心内暗道："此必有跷蹊！"于是潜身立于仪门内粉壁前，悄悄试听觑。只见小玉出来，穿廊下放桌儿。原来吴月娘自从西门庆与他反目不说话以来，每月吃斋三次，逢七拜斗，夜夜焚香祝祷穹苍，保佑夫主早早回心，齐理家事，早生一子，以为终身之计。西门庆还不知，只见丫鬟小玉放毕香桌儿，少顷，月娘整衣出房，向天井内满炉炷了香，望空深深礼拜，祝道："妾身吴氏，作配西门，奈因夫主流恋烟花，中年无子。妾等妻妾六人，俱无所出，缺少坟前拜扫之人。妾夙夜忧心，恐无所托，是以瞒着儿夫，发心每逢夜于星月之下，祝赞三光。要祈保佑儿夫，早早回心，弃却繁华，齐心家事，不拘妾等六人之中，早见嗣息，以为终身之计，乃妾之素愿也。"正是：

西门庆"美中不足"处，即在此。不过，贵族家庭对子嗣的重视，会更急切。作为暴发户的西门庆，在此回书前尚未表现出对无子的焦虑。

私出房栊夜气清，满庭香雾月微明。

拜天尽诉衷肠事，那怕傍人隔院听。

这西门庆不听便罢，听了月娘这一篇言语，口中不言，心内暗道：

"原来一向我错恼了他,原来他一篇都为我的心,倒还是正经夫妻。"一面从粉壁前扠步走来,抱住月娘。月娘恰烧毕了香,不防是他大雪里走来,倒唬一跳,就往屋里走,被西门庆双关抱住,说道:"我的姐姐,我西门庆死不晓的,你一片好心都是为我的。一向错见了,丢冷了你的心,到今悔之晚矣!"月娘道:"大雪里你错走了门儿了,敢不是这屋里,你也就差了!我是那不贤良的淫妇,和你有甚情节,那讨为你的来?你平白又来理我怎的?咱两个永世千年休要见面!"那西门庆把月娘一手拖进房来,灯前看见他家常穿着大红潞绸对衿袄儿,软黄裙子,头上戴着貂鼠卧兔儿,金满池娇分心,越显出他粉妆玉琢银盆脸,蝉髻鸦鬟楚岫云。那西门庆如何不爱,连忙与月娘跟前深深作了个揖,说道:"我西门庆一时昏昧,不听你之良言,辜负你的好意。正是有眼不识荆山玉,拿着顽石一样看。过后知君子,方才识好人。千万作饶,恕我则个!"月娘道:"我又不是你那心上的人儿,凡事投不着你的机会,有甚良言劝你?随我在这屋里自生由活,你休要理他。我这屋里也难抬放你,趁早与我出去,我不着丫头撵你。"西门庆道:"我今日平白惹一肚子气,大雪来家,径来告诉你。"月娘道:"作气不作气,休对我说,我不管你,望着管你的人去说。"那西门庆见月娘脸儿不瞧,一面折跌腿装矮子,跪在地下,杀鸡扯脖,口里姐姐长姐姐短。月娘看不上,说道:"你真个恁涎脸涎皮的,我叫丫头进来。"一面叫小玉。那西门庆见小玉进来,连忙立起来,无计支他出去,说道:"外边下雪了,一香桌儿还不收进来罢?"小玉道:"香桌儿头里已收进来了。"月娘忍不住笑道:"没羞的货,丫头跟前也调个谎儿。"小玉出去,那西门庆又跪下央及。月娘道:"不看世界面上,一百年不理才好!"说毕,方才和他坐的一处,教玉箫来捧茶与他吃了。那西门庆因把今日常家会茶散后,同邀伯爵同到李家,如此这般嚷闹,告诉一遍,"我叫小厮打了李家一场,被众人拉劝开了。赌了誓,再不踏院门了。"月娘道:"你蹦不蹦不在于我,我是不管你。傻才料,你拿响金白银包着他,你不去,可知他另接了别的汉子。养汉老婆的营生,你拴住他身,拴不住他心,你长拿封皮封着他也怎的?"西门庆道:

反应正常。如不这样便是奸诈。

“你说的是。”于是脱衣，打发丫鬟出去，要与月娘上床宿歇求欢。① 是夜两人雨意云情，并头交颈于帐内。正是：意恰尚忘垂绣带，兴狂不管坠金钗。有诗为证：

鬓乱钗横兴已饶，情浓尤复厌通宵。

晚来独向妆台立，淡淡春山不用描。

当晚夫妻幽欢不题。却表次日大清早辰，孟玉楼走到潘金莲房中，未曾进门，先叫道：“六丫头，起来了不曾？”春梅道：“俺娘才起来梳头哩。三娘进屋里坐。”玉楼进来，只见金莲正在妆台前整掠香云，因说道：“我有庄事儿来告诉你，你知道不知？”金莲道：“我在这背哈喇子，谁晓的！”因问：“端的甚么事？”玉楼道：“他爹昨日二更来家，走到上房里，和吴家的好了，在他房里歇了一夜。”金莲道：“俺每那等劝着，他说一百年二百年，又和怎的？平白浪摧着自家又好了，又没人劝他！”玉楼道：“今早我才知道。俺大丫头兰香，在厨房内听见小厮每说，昨日他爹和应二在院里李桂儿家吃酒，看出淫妇家甚么破绽，把淫妇每门窗户壁都打了。大雪里着恼来家，进仪门看见上房烧夜香，想必听见些甚么话儿，两个才到一答里。丫头学说，两个说了一夜话，说他爹怎的跪着上房的叫妈妈，上房的又怎的声唤摆话的。碜死了！相他这等就没的话说，若是别人，又不知怎的说浪！”金莲接过来说道：“早时与人家做大老婆，还不知怎样久惯鬼牢成！一个烧夜香，只该默默祷祝，谁家一径倡扬，使汉子知道了，有这个道理来？又没人劝，自家暗里又和汉子好了。硬到底才好，干净假撇清！”玉楼道：“他不是假撇清，他有心也要和，只是不好说出来的。他说他是风老婆不下气，倒教俺每做分上，怕俺每久后玷言玷语说他，敢说你两口子话差，也亏俺每说和。那个因院里着了气来家，这个正烧夜香，凑了这个巧儿。正是：我亲不用媒和证，暗把同心带结成。如今你我这等较论，休教他买了乖儿去了。你快梳了头，自过去和李瓶儿说去。咱两个人每人出五钱银子，教李瓶儿拿出一两来，原为他废事起来。今日安排一席酒，一者与他两个把一杯，

这才是超级噩耗。

① 此处删226字。

这盘醋只好呷下去。人家是大老婆，奈何！

二者当家儿只当赏雪，要戏一日，有何不可！”金莲道：“你说的是。不知他爹今日有个勾当没有？”玉楼道：“大雪里有甚勾当？我来时两口子还不见动静，上房门儿才开，小玉拿水进去了。”

从同性眼中看出。

这金莲慌忙梳头毕，和玉楼同过李瓶儿这边来。李瓶儿还睡在床上，迎春说：“三娘、五娘来了。”玉楼、金莲进来，说道：“李大姐，好自在，这咱时还睡，懒龙才伸腰儿。”金莲就舒进手去，被窝里摸见薰被的银香球，说道：“李大姐生了弹在这里。”掀开被见他一身白肉，那李瓶儿连忙穿衣不迭。玉楼道：“五姐，休鬼混他。李大姐，你快起来，俺每有庄事来对你说，如此这般，他爹昨日和大姐姐好了，咱每人五钱银子，你便多出些儿，——当初因为你起来。今日大雪里，只当赏雪，咱安排一席酒儿，请他爹和大姐姐坐坐儿，好不好？”李瓶儿道：“随姐姐教我出多少，奴出便了。”金莲道：“你将就只出一两儿罢。你秤出来，俺好往后边问李娇儿、孙雪娥要去。”这李瓶儿一面穿衣缠腿，叫迎春开箱子拿出银子。拿了一块，金莲上等子秤，重一两二钱五分。

“凑份子”，各人反应不一。最有趣是李娇儿始推脱后着慌，却又赖分量。

玉楼教金莲伴着李瓶儿梳头，“等我往后边，问李娇儿和孙雪娥要银子去。”金莲看着李瓶儿梳头洗面。约一个时辰，见玉楼从后边来，说道：“我早知也不干这个营生。大家的事，相白要他的！小淫妇说：‘我是没时运的人，汉子再不进我屋里来，我那讨银子？’要着一个钱儿不拿出来。求了半日，只拿出这根银簪子来，你秤秤重多少？”金莲取过等子来秤，只重三钱七分，因问：“李娇儿怎的？”玉楼道：“李娇儿初时只说没有，‘虽是日逐钱打我手里使，都是扣数的，使多少，交多少，那里有富余钱？’教我说了半日，‘你当家还说没钱，俺每那个是有？六月日头，没打你门前过也怎的？大家的事，你不出罢！’教我使性子走出来了。他慌了，使丫头叫我回去，才拿出这银子与我。没来由，教我恁惹气刺刺的。”金莲拿过李娇儿银子来，秤了秤，只四钱八分，因骂道：“好个奸倭的淫妇！随问怎的，绑着鬼，也不与人家足数，好歹短几分。”玉楼道：“只许他家拿黄杆等子秤人的，人问他要，只相打骨秃出来一般，不知教人骂多少！”一面连玉楼、金莲共凑了三两一钱，一面使绣春叫了玳安来，金莲先问他：“你昨日跟了你爹去，在李家为甚么着了恼来？”玳安悉把在常时节家会茶,"起散的早,邀应二爹和谢爹同到李家。他鸨子回说不在家,往五姨妈家做生日去了。不想落后,爹净手到后边,看见粉头和一个蛮子吃酒不出来。爹就恼了,不由分说,叫俺众人把淫妇家门窗户壁尽力打了一顿,只要把蛮子、粉头墩锁在门上。多亏应二爹众人再三劝住。爹使性步马回家,路上发狠,到明日还要摆布淫妇哩。"金莲道:"贼淫妇,我只道蜜罐儿长年拿的牢牢的,如何今日也打了!"又问玳安:"你爹真个恁说来?"玳安道:"莫不小的敢哄娘?"金莲道:"贼囚根子!他不揪不采,也是你爹的婊子,许你骂他?想着迎头儿,俺每使着你,只推不得闲,'爹使我往桂姨家送银子去哩',叫的桂姨那甜!如今他败落下来,你主子恼了,连你也叫起他淫妇来了!看我到明日对你爹说不对你爹说!"玳安道:"耶嚛,五娘!这回日头打西出来,从新又护起他家来了。莫不爹不在路上骂他淫妇,小的敢骂他?"金莲道:"许你爹骂他便了,原来也许你骂他?"玳安道:"早知五娘麻犯小的,小的也不对娘说。"玉楼便道:"小囚儿,你别要说嘴!这里三两一钱银子,你快和来兴儿替我买东西去。如此这般,今日俺每请你爹和你大娘赏雪饮酒,你将就少落我们些儿罢,我教你五娘不告你爹说罢。"玳安道:"娘使小的,小的敢落钱?"于是拿了银子,同来兴儿买东西去了。

玳安口吻,如响耳边。

且说西门庆起来,正在上房梳洗,只见大雪里来兴买了鸡鹅下饭,径往厨房里去了。玳安便提了一坛金华酒进来。便问玉箫:"小厮的东西是那里的?"玉箫回道:"今日众娘置酒,请爹娘赏雪。"西门庆道:"金华酒是那里的?"玳安道:"是三娘与小的银子买的。"西门庆道:"阿呀,家里见放着酒,又去买!"分付玳安:"拿钥匙,前边厢房有双料茉莉酒,提两坛搀着些这酒吃。"

于是在后厅明间内,设石崇锦帐围屏,放下轴纸梅花暖帘来,炉安兽炭,摆列酒筵。不一时,厨下整理停当,李娇儿、孟玉楼、潘金莲、李瓶儿来到,请西门庆、月娘出来。当下李娇儿把盏,孟玉楼执壶,潘金莲捧菜,李瓶儿陪跪。头一钟先递了与西门庆,西门庆接酒在手,笑道:"我儿,多有起动,孝顺我老人家,长礼儿罢!"那潘金莲嘴快,插口道:"好老气的孩儿!谁这里替你磕头哩?俺每磕着你,你站着,羊角葱靠南墙——越发老辣已定。还不跪下哩，也折你的万年草料。若不是大姐姐带携你，俺每今日与你磕头?"于是递了西门庆，赖了钟儿。从新又满满斟了盏，请月娘转上，递与月娘。月娘道："你每也不和我说，谁知你每平白又费这个心。"玉楼笑道："没甚么，俺每胡乱置了杯水酒儿，大雪与你老公婆两个散闷而已。姐姐请坐，受俺每一礼儿。"月娘不肯，亦平还下礼去。玉楼道："姐姐不坐，我每也不起来。"相让了半日，月娘才受了半礼。金莲戏道："对姐姐说过：今日姐姐有俺每面上，宽恕了他，下次再无礼，冲撞了姐姐，俺每不管他来。"望西门庆说道："你装憨打势，还在上坐着，还不快下来，与姐姐递个钟儿，陪不是哩!"那西门庆只是笑，不动身。

"冷战"暂停。居然一派和谐景象。如此写来，方见作者绝不"主题先行"。

良久递毕，月娘转下来，令玉箫执壶，亦斟酒与众姊妹回酒。惟孙雪娥跪着接酒，其余都平叙姊妹之情。于是西门庆与月娘居上坐，其余李娇儿、孟玉楼、潘金莲、李瓶儿、孙雪娥，并西门大姐，都两边打横。金莲便道："李大姐，你也该梯己与大姐姐递杯酒儿。当初因为你的事起来，你做了老林，怎么还恁木木的?"那李瓶儿真个就走下席来，要递酒，被西门庆拦住，说道："你休听那小淫妇儿，他哄你。已是递过一遍酒罢了，递几遍儿?"那李瓶儿方不动了。当下春梅、迎春、玉箫、兰香，一般儿四个家乐，琵琶、筝、弦子、月琴，一面弹唱起来，唱了一套《南石榴花》"佳期重会"云云。西门庆听了，便问："谁教他唱这一套词来?"玉箫道："是五娘分付唱来。"西门庆就看着潘金莲说道："你这小淫妇，单管胡枝扯叶的!"金莲道："谁教他唱他来，没的又来缠我。"月娘便道："怎的不请陈姐夫来坐坐?"一面使小厮前边请去。不一时经济来到，向席上都作了揖，就在大姐下边坐了。月娘令小玉安放了钟箸。合家金炉添兽炭，美酒泛羊羔，正饮酒来。西门庆把眼观看帘前，那雪如挦绵扯絮，乱舞梨花，下的大了。端的好雪，但见：

孙雪娥不愿出钱，实在有理。

"停战"中，景与人都美。

初如柳絮，渐似鹅毛。刷刷似数蟹行沙上，纷纷如乱琼堆砌间。但行动衣沾六出，只顷刻拂满蜂须。衬瑶台，似玉龙鳞甲绕空飞；飘粉额，如白鹤羽毛接地落。正是：冻合玉楼寒起粟，光摇银海眩生花。

吴月娘见雪下在粉壁前太湖石上甚厚，下席来，教小玉拿着茶罐，亲自扫雪，烹江南凤团雀舌牙茶与众人吃。正是：白玉壶中翻碧浪，紫金壶内喷清香。正吃茶中间，只见玳安进来报道："李铭来了，在前边伺候。"西门庆道："教他进来。"不一时，李铭朝上向众人磕下头去，又打了个软腿儿，走在傍边，把两只脚儿并立。西门庆便道："你来得正好，往那里去来？"李铭道："小的没往那去，北边酒醋门刘公公那里，教了些孩子，小的瞧了瞧。记挂着爹宅内，姐儿每还有几段唱未合拍，来伺候。"西门庆就将手内吃的那一盏木樨金灯茶递与他吃，说道："你吃了休去，且唱一套我听。"李铭道："小的知道。"一面下边吃了茶，上来把筝弦调定，顿开喉音，并足朝上，唱了一套《冬景·绛都春》"寒风布野"云云。唱毕，西门庆令李铭近前，赏酒与他吃，教小玉拿团靶勾头鸡膝壶，满斟窝儿酒，倾在银法郎桃儿钟内。那李铭跪在地下，满饮三杯。西门庆又在桌上拿了一碟鼓蓬蓬白面蒸饼，一碗韭菜酸笋蛤蜊汤，一盘子肥肥的大片水晶鹅，一碟香喷喷晒干的巴子肉，一碟子柳蒸的勒鲞鱼，一碟奶罐子酪酥伴的鸽子雏儿，用盘子托着与李铭。那李铭走到下边，三扒两咽吞到肚内，舔的盘儿干干净净，用绢儿把嘴儿抹了，走到上边，把身子直竖竖的靠着槅子站立。西门庆因把昨日桂姐家之事告诉一遍，李铭道："小的并不知道一字，一向也不过那边去。论起来，不干桂姐事，都是俺三妈干的营生。爹也别要恼他，等小的见他说他便了。"当日饮酒到一更时分，妻妾俱各欢乐。先是陈经济、大姐径往前边去了。落后酒阑，西门庆又赏李铭酒，打发出门，分付："你到那边，休说今日在我这里。"李铭道："爹分付，小的知道。"西门庆令左右送他出门，关上大门。于是妻妾各散，西门庆还在月娘上房歇了。有诗为证：

赤绳缘分莫疑猜，扊扅夫妻共此怀。

鱼水相逢从此始，两情愿保百年谐。

却说次日雪晴，应伯爵、谢希大受了李家烧鹅瓶酒，恐怕西门庆动意摆布他家，敬来邀请西门庆进里边陪礼。月娘早辰梳妆毕，正和西门庆在房中吃饼，只见小厮玳安来说："应二爹和谢爹来了，在前厅上坐着哩。"西门庆放下饼，就要往前走，月娘道："两个勾使鬼，又不知来做甚

此乃贡茶中之极品。暴发户家也有此大雅之像。

不仅吃相有趣，站相更有趣。

么？你亦发吃了出去，教他外头挨着去。慌的恁没命的一般往外走怎的？大雪里又不知勾了那去！”西门庆道：“你教小厮把饼拿到前边，我和他两个吃罢。”说着，起身往外来。月娘分付：“你和他吃了，别要信着又勾引的往那去了，大雪里家里坐着罢！今日孟三姐晚夕上寿理。”西门庆道：“我知道。”于是与应谢二人相见。声喏，说道：“哥昨日着恼家来了，俺每甚是怪他家：从前已往，哥在你家使钱费物，虽故一时不来，休要改了腔儿才好。许你家粉头背地偷接蛮子！冤家路儿窄，又被他亲眼看见，他怎的不恼？休说哥恼，俺每心里也看不过，尽力说了他娘儿几句。他也甚是都没意思，今日早请了俺两个到他家，娘儿每哭哭啼啼跪着，恐怕你动意，置了一杯水酒儿，好歹请你进去，陪个不是。”西门庆道：“我也不动意，我再也不进去了。”伯爵道：“哥恼有理。但说起来，也不干桂姐事。这个丁二官儿原先是他姐姐桂卿的孤老，也没说要请桂姐。只因他父亲货船，搭在他乡里陈监生船上，才到了不多两日。这陈监生号两淮，乃是陈参政的儿子。丁二官见拿了十两银子，在他家摆酒请陈监生。才送这银子来，不想你我到了，他家就慌了，躲不及，把个蛮子藏在后边，被你看见了。实告不曾和桂姐沾身。今日他娘儿每赌身发咒，磕头礼拜，央俺二人好歹请哥到那里，把这委曲情由也对哥表出，也把恼解了一半。”西门庆道：“我已是对房下赌誓再也不去，又恼甚么？你上覆他家，到不消费心。我家中今日有些小事，委的不得去。”慌的二人一齐跪下，说道：“哥甚么话？不争你不去，既他央了俺两个一场，显的我每请哥不的。哥去到那里，略坐坐儿就来也罢。”当下二人死告活央，说的西门庆肯了。不一时，放桌儿留二人吃饼。须臾吃毕，令玳安取衣服去。

西门庆对朋友真不错。虽是狐朋狗友，能这样平等、热乎地对待，也真不简单。此书此种笔触颇多。故人物血肉丰满。

月娘正和孟玉楼坐着，便问玳安：“你爹要往那去？”玳安道：“小的不知，爹只教小的取衣服。”月娘骂道：“贼囚根子，你还瞒着我不说！你爹但来晚了，都在你身上，等我和你答话。今日你三娘上寿哩，不教他早些来，休要那等到那黑天暗地的，我自打你这贼囚根子！”玳安道：“娘打小的，管小的甚事？”月娘道：“不知怎的，听见他这老子每来，恰似奔命的一般。行吃着饭，丢下饭碗，往外不迭。又不知勾引游营撞尸，撞到多咱才来！”那时十一月廿六日，就是孟玉楼寿日，家中置酒等候不题。

且说西门庆被两个邀请到院里,李家又早堂中置了一席齐整酒肴,叫了两个妓女弹唱。李桂姐与桂卿两个打扮迎接,老虔婆出来跪着陪礼。姐儿两个递酒,应伯爵、谢希大在傍打诨要笑,说砂磴语儿,向桂姐道:"还亏我把嘴头上皮也磨了半边去,请了你家汉子来。就不用着人儿,连酒儿也不替我递一杯儿,自认你家汉子!刚才若他撅了不来,休说你哭瞎了你眼,唱门词儿,到明日诸人不要你,只我好说话儿,将就罢了。"桂姐骂道:"怪应花子,汗邪了你,我不好骂出来的,可可儿的我唱门词儿来。"应伯爵道:"你看贼小淫妇儿,念了经打和尚,往后不省人了。他不来,慌的那腔儿,这回就翅膀毛儿干了!你过来,且与我个嘴温温寒着。"于是不由分说,搂过脖子来就亲了个嘴。桂姐笑道:"怪攮刀子的,看推撒了酒在爹身上!"伯爵道:"小淫妇儿会乔张致的,这回就疼汉子,'看撒了爹身上酒',叫的爹那甜!我是后娘养的,怎的不叫我一声儿?"桂姐道:"我叫你是我的孩子儿。"伯爵道:"你过来,我说个笑话儿你听:一个螃蟹,与田鸡结为弟兄,赌跳过水沟儿去,便是大哥。田鸡儿跳跳过去了,螃蟹方欲跳,撞遇两个女子来汲水,用草绳儿把他拴住,打了水带回家去。临行忘记了,不将去。田鸡见他不来,过来看他,说道:'你怎的就不过去了?'蟹云:'我过的去,倒不吃两个小淫妇捩的恁样了!'"于是两个一齐赶着打,把西门庆笑的要不的。

其实这些个朋友卑劣不堪。

西门庆却与这些个朋友臭味相投。

不说这里花攒锦簇,调笑顽要不题。且说家中吴月娘,一者置酒回席,二者又是玉楼上寿,吴大妗、杨姑娘并两个姑子都在上房里坐的。看看等到日落时分,不见西门庆来家,急的月娘要不的。只见金莲拉着李瓶儿,笑嘻嘻向月娘说道:"大姐姐,他这咱不来,俺每往门首瞧他瞧去。"月娘道:"耐烦,瞧他怎的?"金莲又拉玉楼说:"咱三个打伙儿走走去。"玉楼道:"我这里听大师父说笑话儿哩,等听说了这个笑话儿咱去。"那金莲方住了脚,围着两个姑子听说笑话儿哩,说:"俺每只好荤笑话儿,素的休要打发出来。"月娘道:"你每由他说,别要搜求他。"金莲道:"大姐姐,你不知大师父好会说笑话儿。前者那一遭来,俺每在后边奈何着他,说了好些笑话儿。"因说道:"大师父,你有,快些说。"那王

潘金莲真是"我色故我在"的活标本。

姑子不慌不忙，坐在炕上说："一个人走至中途，撞见一个老虎要吃他。此人云：'望你饶我一命，家中止有八十岁老母，无人养活。不然，向我家去，有一猪与你吃罢。'那老虎果饶他，随他到家，与母说。母正磨豆腐，舍不的那猪，对儿子说：'把几块豆腐与他吃罢。'儿子云：'娘，娘，你不知，他平日不吃素的。'"金莲道："这个不好。俺每耳朵内不好听素，只好听荤的。"王姑子又道："一家三个媳妇儿，与公公上寿。先该大媳妇递酒，说：'公公好相一员官。'公公云：'我如何相官？'媳妇云：'坐在上面，家中大小都怕你，如何不相官？'次该二媳妇上来递酒，说：'公公相虎威皂隶。'公公曰：'我如何相虎威皂隶？'媳妇云：'你喝一声，家中大小都吃一惊，怎不相皂隶？'公公道：'你说的我好。'该第三媳妇递酒，上来说：'公公也不相官，也不相皂隶。'公公道：'却相甚么？'媳妇道：'公公相个外郎。'公公道：'我如何相外郎？'媳妇云：'不相外郎，如何六房里都串到？'"把众人都笑了。金莲道："好秃子！把俺每都说在里头。那个外郎敢恁大胆，许他在各房里串，俺每就打断他那狗秃的下截来！"

尼姑吃素却说"荤"。

说罢，金莲、玉楼、李瓶儿同来到前边大门首，瞧西门庆，不见到。玉楼问道："今日他爹大雪里不在家，那里去了？"金莲道："我猜他一定往院中李桂儿那淫妇家去了。"玉楼道："他打了一场，和他恼了，赌了誓再不去了，如何又去？咱每赌甚么？管情不在他家。"金莲道："李大姐做证见，你敢和我拍手么？我说今日往他家去了。前日打了淫妇家，昨日李铭那王八先来打探子儿，今日应二和姓谢的，大清早辰，勾使鬼走来勾了他去了。我猜老虔婆和淫妇铺谋定计，叫了去，不知怎的撮弄，陪着不是，还要回炉复帐，不知涎缠到多咱时候。有个来的成来不成，大姐姐还只顾等着他。"玉楼道："就不来，小厮他该来家回一声儿。"正说着，只见卖瓜子的过来，两个且在门首买瓜子儿磕，忽见西门庆从东来了，三个往后跑不迭。

西门庆在马上，教玳安先头里走，"你瞧是谁在大门首？"玳安走了两步，说道："是三娘、五娘、六娘在门首买瓜子哩。"良久，西门庆到家下马，进入后边仪门首。玉楼、李瓶儿先去上房报月娘去了。独有金莲藏在粉壁背后黑影里，西门庆撞见，唬了一跳，说道："怪小淫妇儿，猛可唬我一跳。你每在门首做甚么来？"金莲道："你还敢说哩。你在那里？这时才来，教娘每只顾在门首等着你良久。"

西门庆进房中，月娘安排酒肴，端端整整摆在桌上，教玉箫执壶，大姐递酒，先递了西门庆酒，然后众姊妹都递酒完了，安席坐下。春梅、迎春下边弹唱。吃了一回，都收下去，从新摆上玉楼上寿的酒，并四十样细巧各样的果碟儿上来。壶斟美酿，盏泛流霞。让吴大妗子上坐。吃到起更时分，大妗子吃不多酒，归后边去了，止是吴月娘同众姊妹陪西门庆，掷骰猜枚行令。轮到月娘跟前，月娘道："既要我行令，照依牌谱上饮酒：一个牌儿名，两个骨牌，合《西厢》一句。"月娘先说个："掷个六娘子，醉杨妃，落了八珠环，游丝儿抓住荼蘼架。"不犯。该西门庆掷，说："我虞美人，见楚汉争锋，伤了正马军，只听见耳边金鼓连天震。"果然是个正马军，吃了一杯。该李娇儿，说："水仙子，因二士入桃源，惊散了花开蝶满枝，只做了落红满地胭脂冷。"不遇。次该金莲掷，说道："鲍老儿，临老入花丛，坏了三纲五常，问他个非奸做贼拿。"果然是个三纲五常，吃了一杯酒。轮该李瓶儿掷，说："端正好，搭梯望月，等到春分昼夜停，那时节隔墙儿险化做望夫山。"不遇。该孙雪娥，说："麻郎儿，见群鸦打凤，绊住了折脚雁，好教我两下里做人难。"不遇。落后该玉楼完令，说道："念奴娇，醉扶定四红沉，拖着锦裙襕，得多少春风夜月销金帐。"正掷了四红沉。月娘满令，叫小玉："斟酒与你三娘吃。"说道："你吃三大杯才好，今晚你该伴新郎宿歇。"因对李娇儿、金莲众人说："吃毕酒，咱送他两个归房去。"金莲道："姐姐严令，岂敢不依！"把玉楼羞的要不的。

各人行令均与其经历境况关合。《红楼梦》将这一技巧发展到更圆熟优美的程度。

少顷酒阑，月娘等相送西门庆到玉楼房门首方回。玉楼让众人坐，都不坐，金莲便戏玉楼道："我儿，两口儿好好睡罢！你娘明日来看你，休要淘气！"因向月娘道："亲家，孩儿小哩，看我面上，凡事耽待些儿罢。"玉楼道："六丫头，你老米醋挨着做，我明日和你答话。"金莲道："我媒人婆上楼子，老娘好耐惊耐怕儿。"玉楼道："我的儿，你再坐回儿不是。"金莲道："俺每是外四家儿的门儿的外头的人家。"于是和李瓶儿、西门大姐一路去了。刚走到仪门首，不想李瓶儿被地滑了一交，这金莲遂怪乔叫起来，说道："这个李大姐，只相个瞎子，行动一磨趄子就倒了。我搊你去，倒把我一只脚蹅在雪里，把人的鞋也蹀泥了！"月娘听见，说道："就是仪门首那堆子雪，我分付了小厮两遍，贼奴才，白不肯抬，只当还滑倒了。"因叫小玉："你打个灯笼，送送五娘、六娘去。"西门庆在房里向玉楼道："你看贼小淫妇儿，踹在泥里把人绊了一交，他还说人踹泥了他的鞋。恰是那一个儿，就没些嘴抹儿。恁一个小淫妇！昨日教丫头每平白唱'佳期重会'，我就猜是他干的营生。"玉楼道："'佳期重会'是怎的说？"西门庆道："他说吴家的不是正经相会，是私下相会，恰似烧夜香有意等着我一般。"玉楼道："六姐他诸般曲儿倒都知道，俺每却不晓的。"西门庆道："你不知这淫妇，单管咬群儿。"

潘金莲之所以伶牙俐齿，盖因其思维活跃而聪慧。

不说西门庆在玉楼房中宿歇，单表潘金莲、李瓶儿两个走着说话，行叫李大姐、花大姐，一路儿走到仪门，大姐便归前边厢房中去了。小玉打着灯笼，送二人到花园内。金莲已带半酣，拉着李瓶儿道："二娘，我今日有酒了，你好歹送到我房里。"李瓶儿道："姐姐，你不醉。"须臾送到金莲房内。打发小玉回后边，留李瓶儿坐，吃茶。金莲又道："你说，你那咱不得来，亏了谁？谁想今日咱姊妹在一个跳板儿上走，不知替你顶了多少瞎缸，教人背地好不说我！奴只行好心，自有天知道罢了。"李瓶儿道："奴知道姐姐费心，恩当重报，不敢有忘。"金莲道："得你知道，才说话了。"不一时，春梅拿茶来吃了，李瓶儿告辞归房。金莲独自歇宿，不在话下。正是：若得始终无悔吝，才生枝节便多端。

潘金莲"独有"处真不少。

倒未必是为了洗清和进行新的挑拨。人到心理失衡时，往往要拉住处境暂时相同的人，"倾诉衷肠"。

毕竟未知后来何如，且听下回分解。

长篇小说，结构上应有起伏跌宕，方显示出人生的诡谲莫测，令读者如品橄榄，滋味一波波渐浓。

上几回连续写到西门庆所遭逢的政治危机、纳妾周折、家庭不谐、妓院惹气等等风波不快，到这回忽然峰回路转，以上所有阴影，似乎都得化解。这既是社会人生普遍规律的反映，也是长篇小说节奏推进的典型方式。

当然，聪明的读者不难猜出，西门庆生活的这种平静状态，势必很快打破，而下面的章回，也必将再起波澜。

第二十二回
西门庆私淫来旺妇　春梅正色骂李铭

巧厌多劳拙厌闲，善嫌懦弱恶嫌顽。

富遭嫉妒贫遭辱，勤怕贪图俭怕悭。

触事不分皆笑拙，见机而作又疑奸。

思量那件合人意？为人难做做人难！

冒出一个宋惠莲来。此人来历又颇复杂。此书人物大都有一部充溢市井气味的复杂"前史"。

话说次日，有吴大妗子、杨姑娘、潘姥姥众堂客，都来与孟玉楼做生日。月娘在后厅与众客饮酒，倒也罢了。其中惹出一件事来。那来旺儿，因他媳妇自家痨病死了，月娘新近与他娶了一房媳妇，娘家姓宋，乃是卖棺材宋仁的女儿。当先卖在蔡通判家房里使唤，后因坏了事出来，嫁与厨役蒋聪为妻小。这蒋聪常在西门庆家做活答应，来旺儿早晚到蒋聪家叫蒋聪去，看见这个老婆，两个吃酒刮言，就把这个老婆刮上了。一日，不想这蒋聪因和一般厨役分财不均，酒醉厮打，动起刀杖来，把蒋聪戳死在地，那人便越墙逃走了。老婆央来旺儿对西门庆说了，替他拿帖儿县里和县丞说，差人捉住正犯，问成死罪，抵了蒋聪命。后来，来旺儿哄月娘，只说是小人家媳妇儿，会做针指。月娘使了五两银子，两套衣服，四匹青红布，并簪环之类，娶与他为妻。月娘因他叫金莲，不好称呼，遂改名惠莲。这个老婆属马的，小金莲两岁，今年二十四岁了。生的黄白净面，身子儿不肥不瘦，模样儿不短不长，比金莲脚还小些儿。性明敏，善机变，会妆饰，龙江虎浪，就是嘲汉子的班头，坏家风的领袖。若说他底本事，他也曾：

斜倚门儿立，人来倒目随。托腮并咬指，无故整衣裳。坐立随摇腿，无人曲唱低。开窗推户牖，停针不语时。未言先欲笑，必定与人私。

初来时，同众家人媳妇上灶，还没甚么妆饰，犹不作在意里。后过了一个月有余，看了玉楼、金莲众人打扮，他把鬏髻垫的高高的，梳的虚笼笼的头发，把水鬓描的长长的，在上边递茶递水，被西门庆睃在眼里。一日，设了条计策，教来旺儿押了五百两银子，往杭州替蔡太师制造庆贺生辰锦绣蟒衣，并家中穿的四季衣服，往回也有半年期程。约从十一月半头，搭在旱路车上，起身去了。

此种安排，倒也"公私兼顾"。

西门庆安心早晚要调戏他这老婆，不期到此正值孟玉楼生日。月娘和众堂客在后厅吃酒，西门庆因那日在家，没往那去。月娘分付玉箫："房中另放桌儿，打发酒菜汤饭点心你爹吃。"西门庆因打帘内看见惠莲身上穿着红绸对衿袄，紫绢裙子，在席上斟酒，故意问玉箫："那个穿红袄的是谁？"玉箫回道："是新娶的来旺儿的媳妇子惠莲。"西门庆道："这媳妇子怎的红袄配着紫裙子？怪模怪样。到明日对你娘说，另与他一条别的颜色裙子配着穿。"玉箫道："这紫裙子，还是问我借的裙子。"说了就罢了。

红配紫，未必不是惠莲故意制造"扎眼"效果。

须臾过了玉楼生日，一日，月娘往对门乔大户家吃生日酒去了。约后晌时分，西门庆从外来家，已有酒了，走到仪门首，这惠莲正往外走，两个撞了满怀。西门庆便一手搂过脖子来，就亲了个嘴，口中喃喃呐呐说道："我的儿，你若依了我，头面衣服随你拣着用。"那老婆一声儿没言语，推开西门庆手，一直往前走了。西门庆归到上房，叫玉箫送了一匹蓝段子到他屋里，如此这般对他说："爹昨日见你酒席上斟酒，穿着红袄，配着紫裙子，怪模怪样的不好看。说这紫裙子还是问我借的，爹才开厨柜拿了这匹段子，使我送与你，教你做裙子穿。"这惠莲开看，却是一匹翠蓝四季团花兼喜相逢段子，说道："我做出来，娘若见了问怎了？"玉箫道："爹到明日还对娘说，你放心。爹说来，你若依了这件事，随你要甚么，爹与你买。今日赶娘不在家，要和你会会儿，你心下何如？"那老婆听了微笑而不言，因问："爹多咱时分来？我好在屋里伺

打野食。

一来人多眼杂，二来所盼之事来得突然。或许还有些羞耻之心。

能沉住气。

偷此仆妇，竟缺乏私秘空间，只好约在山子洞。

候。"玉箫道："爹说小厮每看着，不好进你这屋里来的。教你悄悄往山子底下洞儿里，那里无人，堪可一会儿。"老婆道："只怕五娘、六娘知道了，不好意思的。"玉箫道："三娘和五娘都在六娘屋里下棋，你去，不妨事。"当下约会已定，玉箫走来回西门庆说话。两个都往山子底下成事，玉箫在门首与他观风。

却不想金莲、玉楼都在李瓶儿房里下棋，只见小鸾来请玉楼，说："爹来家了。"三人就散了，玉楼回后边去了。金莲走到房中匀了脸，亦往后边来。走入仪门，只见小玉立在上房门首，金莲问："你爹在屋里？"小玉摇手儿，往前指，这金莲就知其意。走到前边山子角门首，只见玉箫拦着门。金莲只猜玉箫和西门庆在此私狎，便顶进去。玉箫慌了，说道："五娘休进去，爹在里面有勾当哩。"金莲骂道："怪狗肉，我又怕你爹了！"不由分说，进入花园里来，各处寻了一遍，走到藏春坞山子洞儿里，只见他两个人在里面才了事。老婆听见有人来，连忙系上裙子往外走，看见金莲，把脸通红了。金莲问道："贼臭肉，你在这里做甚么？"老婆道："我来叫画童儿。"说着一溜烟走了。金莲进来，看见西门庆在里边系裤子，骂道："贼没廉耻的货，你和奴淫妇大白日里在这里，端的干的勾当儿！刚才我打与那淫妇两个耳刮子才好，不想他往外走了。原来你就是画童儿，他来寻你！你与我实说，和这淫妇偷了几遭？若不实说，等住回大姐姐来家，看我说不说！我若不把奴才淫妇脸打的胀猪，也不算！俺每闲的声唤在这里来，你也来插上一把子，老娘眼里却放不过！"西门庆笑道："怪小淫妇儿，悄悄儿罢，休要嚷的人知道。我实对你说，如此这般，连今日才一遭。"金莲道："一遭二遭，我不信。你既要这奴才淫妇，两个瞒神唬鬼弄刺子儿，我打听出来，休怪了，我却和你每答话！"那西门庆笑的出去了。

潘金莲怎咽得下这口气。

金莲到后边，听见众丫头每说："爹来家，使玉箫手巾裹着一匹蓝段子往前边去，不知与谁。"金莲就知是与来旺儿媳妇子的，对玉楼亦不题起此事。这老婆每日在那边，或替他造汤饭，或替他做针指鞋脚，或跟着李瓶儿下棋，常贼乖趋附金莲。被西门庆撞在一处，无人，教他两个苟合，图汉子喜欢。惠莲自从和西门庆私通之后，背地不算与他衣服、

却也只好暂且咽下这口气。潘金莲真不得已。

汗巾、首饰、香茶之类，只银子成两家带在身边，在门首买花翠胭粉，渐渐显露，打扮的比往日不同。西门庆又对月娘说他做的好汤水，不教他上大灶，只教他和玉箫两个在月娘房里后边小灶上，专顿茶水，整理菜蔬，打发月娘房里吃饭，与月娘做针指。不必细说。看官听说：凡家主，切不可与奴仆并家人之妇苟且私狎，久后必紊乱上下，窃弄奸欺，败坏风俗，殆不可制。有诗为证：

西门贪色失尊卑，群妾争妍竟莫疑。

何事月娘欺不在，暗通仆妇乱伦彝。

一日，腊月初八日，西门庆早起，约下应伯爵，与大街坊尚推官家送殡。教小厮马也备下两匹，等伯爵白不见到。一面李铭来了，教春梅等四人弹唱。西门庆正在大厅上围炉坐的，教春梅、玉箫、兰香、迎春一般儿四个，都打扮出来，看着李铭指拨，教演他弹唱。女婿陈经济在傍陪着说话。正唱《三弄梅花》还未了，只见伯爵来，应宝跟着，夹着毡包进门。那春梅等四个就要往后走，被西门庆喝住，说道："左右是你应二爹，都来见见罢，躲怎的！"与伯爵两个相见作揖，才待坐下，西门庆令四个过来，"与应二爹磕头。"那春梅等朝上磕头下去，慌的伯爵还喏不迭，夸道："谁似哥好有福，出落的恁四个好姐姐！水葱儿的一般，一个赛一个。却怎生好？你应二爹今日素手，促忙促急，没曾带的甚么在身边，改日送胭粉钱来罢。"少顷，春梅等四人见了礼，进去了。

西门庆是真与"白嚼"交好。

陈经济向前作揖，一同坐下。西门庆道："你如何今日这咱才来？"应伯爵道："不好告诉你的。大小女病了一向，近日才教好些，房下记挂着，今日接了他家来，散心住两日。乱着，旋教应宝叫了轿子，买了些东西在家，我才来了。迟了一步儿。"西门庆道："教我只顾等着你。咱吃了粥好去了。"随即一面分付小厮后边看粥来吃。只是李铭见伯爵，打了半跪，伯爵道："李日新，一向不见你。"李铭道："小的有。连日小的在北边徐公公那里答应，两日来爹宅里伺候。"说着，两个小厮放桌儿，拿粥来吃。就是四个咸食，十样小菜儿，四碗顿烂：一碗蹄子，一碗鸽子雏儿，一碗春不老蒸乳饼，一碗馄饨鸡儿，银厢瓯儿里粳米投着各样榛松栗子果仁梅桂白糖粥儿。西门庆陪应伯爵、陈经济吃了，就拿小银钟筛金华酒，每人吃了三杯，壶里还剩下上半壶酒，分付小厮画童儿连桌儿抬下去，厢房内与李铭吃。就穿衣服起身，同应伯爵并马相行，与尚推官送殡去了。只落下李铭，在西厢房吃毕酒饭。

那月娘房里玉箫和兰香众人，打发西门庆出了门，在厢房内乱，厮顽成一块。一回，都往对过东厢房西门大姐房里掴混去了，止落下春梅一个，和李铭在这边教演琵琶。李铭也有酒了。春梅袖口子宽，把手兜住了。李铭把他手拿起，略按重了些，被春梅怪叫起来，骂道："好贼王八！你怎的捻我的手，调戏我？贼少死的王八，你还不知道我是谁哩！一日好酒好肉，越发养活的那王八灵圣儿出来了，平白捻我手的来了！贼王八，你错下这个锹撅了，你问声儿去。我手里你来弄鬼，等来家等我说了，把你这贼王八一条棍撵的离门离户。没你这王八，学不成唱了？愁本司三院寻不出王八来，撅臭了你这王八了！"被他千王八万王八，骂的李铭拿着衣服往外，金命水命，走投无命。正是：两手劈开生死路，翻身跳出是非门。李铭唬的往外走了。

春梅恐怕是借此表"贞"。

春梅气狠狠直骂进后边来。金莲正和孟玉楼、李瓶儿并宋惠莲在房里下棋，只听见春梅从外骂将来，金莲便问道："贼小肉儿，你骂谁哩？谁惹你来？"气的春梅道："情知是谁！叵耐李铭那王八，爹临去，好意分付小厮留下一桌菜，并粳米粥儿与他吃。也有玉箫他每，你推我，我打你，顽成一块，对着王八雌牙露嘴的，狂的有些褶儿也怎的！顽了一回，都往大姐那边厢房里去了。王八见无人，尽力向我手上捻了一下，吃的醉醉的，看着我嗤嗤待笑。我饶了他！那王八见我吆喝，骂起来，他就即夹着衣裳往外走了。刚才打与贼王八两个耳刮子才好！贼王八，你也看个人儿行事，我不是那不三不四的邪皮行货，教你这王八在我手里弄鬼，我把王八脸打绿了！"金莲道："怪小肉儿，学不学，没要紧，把脸儿气的黄黄的！等爹来家说了，把贼王八撵了去就是了。那里紧等着供唱撰钱哩也怎的，教王八调戏我这丫头！我知道贼王八，业罐子满了！"春梅道："他就倒运，着量二娘的兄弟。那怕他！二娘莫不挟仇打我五棍儿也怎的！"宋惠莲道："论起来，你是乐工，在人家教唱，也不该调戏良人家女子。照顾你一个钱，也是养身父母，休说一日三茶六

李铭是李娇儿弟弟，春梅"正色骂李铭"也有压抑"二房"的用意。

饭儿扶侍着。”金莲道:“扶侍着,临了还要钱儿去了。按月儿,一个月与他五两银子。贼王八也错上了坟。你问声家里这些小厮每,那个敢望着他雌牙笑一笑儿,吊个嘴儿?遇喜欢,骂两句;若不喜欢,拉到他主子跟前就是打。着紧把他擦扛的眼直直的!看不出他来?贼王八,造化低,你惹他生姜,你还没曾经着他辣手!”因向春梅道:“没见你,你爹去了,你进来便罢了,平白只顾和他那厢房里做甚么?却教那王八调戏你。”春梅道:“都是玉箫和他每,只顾顽笑成一块,不肯进来。”玉楼道:“他三个如今还在那屋里?”春梅道:“都往对过大姐房里去了。”玉楼道:“等我瞧瞧去。”那玉楼起身去了。良久,李瓶儿亦回房,使绣春叫迎春去。至晚西门庆来家,金莲一五一十告诉西门庆。西门庆分付来兴儿,今后休放进李铭来走动,自此遂断了路儿,不敢上门。这李铭,正是从前作过事,没兴一齐来。有诗为证:

习教歌妓逞家豪,每日闲庭弄锦槽。

不意李铭遭谴斥,春梅声价竟天高。

毕竟未知后来何如,且听下回分解。

第二十三回
玉箫观风赛月房　金莲窃听藏春坞

行动不思天理，施为怎却成规。
徇情纵意任奸欺，仗势慢人尊己。
出则锦衣骏马，归时越女吴姬。
休将金玉作根基，但恐莫逃兴废。

话说一日腊尽阳回，新正佳节，西门庆贺节不在家，吴月娘往吴大妗子家去了。午间，孟玉楼、潘金莲都在李瓶儿房里下棋，玉楼道："咱每今日赌甚么好？"潘金莲道："咱每人三盘，赌五钱银子东道。三钱买金华酒儿，那二钱买个猪头来，教来旺媳妇子烧猪头咱每吃。只说他会烧的好猪头，只用一根柴禾儿，烧的稀烂。"玉楼道："大姐姐他不在家，却怎的计较？"金莲道："存下一分儿，送在他屋里也是一般。"说毕，三人摆下棋子，下了三盘，李瓶儿输了五钱银子。金莲使绣春儿叫将来兴儿来，把银子递与，教他买一坛金华酒，一个猪首，连四只蹄子，分付："送到后边厨房里，教来旺儿媳妇惠莲快烧了，拿到你三娘屋里等着，我每就去。"那玉楼道："六姐，教他烧了拿盒子拿到这里来吃罢。在后边，李娇儿、孙雪娥两个看答着，是请他不请他是？"金莲遂依听玉楼之言。

孟玉楼颇能"顾全大局"。

不一时，来兴儿买了酒和猪首送到厨下。惠莲正在后边和玉箫在石台基上坐着挝瓜子儿哩，来兴儿便叫他："惠莲嫂子，五娘、三娘都上覆你，使我买了酒、猪首连蹄子，都在厨房里，教你替他烧熟了，送到前边六娘房里来。”惠莲道：“我不得闲，与娘纳鞋哩。随问教那个烧烧儿罢，巴巴坐名儿教我烧！”来兴儿道：“你烧不烧随你，交与你，我有勾当去。”说着，扬长出去了。玉箫道：“你且丢下，替他烧烧罢。你晓的五娘嘴头子，又惹的声声气气的。”惠莲笑道：“五娘怎么就知我会烧猪头，巴巴的栽派与我替他烧！”于是起身走到大厨灶里，舀了一锅水，把那猪首、蹄子剃刷干净。只用的一根长柴安在灶内，用一大碗油酱，并茴香大料拌着停当，上下锡古子扣定。那消一个时辰，把个猪头烧的皮脱肉化，香喷喷五味俱全。将大冰盘盛了，连姜蒜碟儿，教小厮儿用方盒拿到前边李瓶儿房里，旋打开金华酒筛来。玉楼拣上分儿齐整的，留下一大盘子，并一壶金华酒与月娘吃，使丫鬟送到上房里。其余，三个妇人围定，把酒来斟。

惠莲果然有手艺。

正吃中间，只见惠莲笑嘻嘻走到跟前，说道：“娘每试尝这猪头，今日小的烧的好不好？”金莲道：“三娘刚才夸你倒好手段儿，烧的这猪头倒且是稀烂。”李瓶儿问道：“真个你用一根柴禾儿？”惠莲道：“不瞒娘每说，还消不得一根柴禾儿哩！若是一根柴禾儿，就烧的脱了骨。”玉楼叫绣春：“你拿个大盏儿，筛一盏儿与你嫂子吃。”李瓶儿连忙叫绣春斟酒，他便取拣碟儿，拣了一碟猪头肉儿递与惠莲，说道：“你自造的，你试尝尝。”惠莲道：“小的自知娘每吃不的咸，没曾好生加酱，胡乱也罢了。下次再烧时，小的知道了。”于是插烛也似磕了三个头，方才在桌头傍边立着，做一处吃酒。

到晚夕，月娘来家，众妇人见了月娘，小玉悉将送来猪头拿与月娘看。玉楼笑道：“今日俺每因在李大姐处下棋，赢的李大姐猪头，留与姐姐吃。”月娘道：“这般有些不均了。各人赌胜，亏了一个就不是了。咱每这等计较，只当大节下，咱姊妹这几人，每人轮流治一席酒儿，叫将郁大姐来，晚间耍耍，有何妨碍？强如那等赌胜负，难为一个人。我主张的好不好？”众人都说：“姐姐主张的是！”月娘道：“明日就是初五日，我先起罢。使小厮叫郁大姐来。”于是李娇儿占了初六，玉楼占了初七，金莲占了初八日。金莲道：“只我便益，那日又是我的寿酒，又该我摆酒，一举而两得。”问着孙雪娥，孙雪娥半日不言语。月娘道：“他罢，你每

孙雪娥的确没钱。

不要缠他了，教李大姐挨着摆。”玉楼道：“初九日又是六姐生日，只怕有潘姥姥和他妗子来。”月娘道：“初九日不得闲，教李大姐挪在初十日也罢了。”众人计议已定。

话休饶舌。先是初五日，西门庆不在家，往邻家赴席去了。月娘在上房摆酒，郁大姐弹唱，请众姊妹欢饮了一日方散。到第二日，却该李娇儿，就挨着玉楼、金莲，都不必细说。须臾，过了金莲生日，潘姥姥、吴大妗子都在这里过节顽耍。看看到初十日，该李瓶儿摆酒，使绣春往后边请雪娥去，一连请了两替，答应着来，只顾不来。玉楼道：“我就说他不来，李大姐只顾强去请他。可是他对着人说的：‘你每有钱的，都吃十轮酒，没的拿俺每去赤脚绊驴蹄！’似他这等说，俺每罢了，把大姐姐都当驴蹄子看承。”月娘道：“他是恁不是才料处窝行货子，都不消理他了，又请他怎的！”于是摆上酒来，众人都来前边李瓶儿房里吃酒，郁大姐在傍弹唱。当下也有吴大妗子和西门大姐，共八个人饮酒。

也是“破罐破摔”。

那日西门庆不在家，往人家去了，月娘分付玉箫：“等你爹来家要吃酒，你在房里打发他吃就是了。”玉箫应诺。不想后晌时分，西门庆来家，玉箫向前替他脱了衣裳。西门庆便问月娘往那去了，玉箫回道：“都在前边六娘房里，和大妗子、潘姥姥吃酒哩。”西门庆问道：“吃的是甚么酒？”玉箫道：“是金华酒。”西门庆道：“还有年下你应二爹送的那一坛茉莉花酒，打开吃。”一面教玉箫旋把茉莉花酒打开，西门庆尝了尝，说道：“自好你娘每吃。”教玉箫、小玉两个提着，送到前边李瓶儿房中。惠莲正在月娘傍边侍立斟酒，见玉箫送酒来，惠莲俐便，连忙走下来接他的酒。玉箫便递了个眼色与他，向他手上捏了一下，这老婆就知其意。月娘问玉箫：“谁使你送酒来？”玉箫道：“爹使我来。”月娘道：“你爹来家都大回了？”玉箫道：“爹刚才来家。因问娘每吃的甚么酒，说是金华酒，教我把应二爹送的这一坛茉莉花酒拿来与娘每吃。”月娘问：“你爹若吃酒，房中放桌儿，有见成菜儿打发他吃。”玉箫应诺，往后边去了。

玉箫愿帮惠莲，不知出于何种心态？也许是我们太“多心”。此书作者只写“他们这样活”，不负责回答“为什么这样活”。这是优点，还是缺点？

这惠莲在席上站立了一回，推说道：“我后边看茶来与娘每吃。”月娘分付：“对你姐说，上房拣妆里有六安茶，顿一壶来俺每吃。”这老婆一个猎古调，走到后边取茶来了。玉箫站在堂屋门首，努了个嘴儿与他。老婆掀开帘子，进月娘房来，只见西门庆坐在椅上正吃酒。走向前，一屁股坐在他怀里，两个就亲嘴咂舌头，做一处。① 老婆便道：“爹，你有香茶再与我些，前日你与的那香茶都没了。”又道：“我少薛嫂儿几钱花儿钱，你有银子与我些儿，我还他。”西门庆道：“我茄袋内还有一二两，你拿去。”说着，西门庆要解老婆裤子，老婆道：“不好，只怕人来看见。”西门庆道：“你今日不出去，在后边，晚夕咱好生耍耍。”老婆摇头说道：“后边惜薪司挡住路儿——柴众。咱不如还在五娘那里，色丝子女。”于是玉箫在堂屋门首观风，由他二人在屋里做一处顽耍。

常言：路上说话，草里有人。不防孙雪娥正从后来，听见房里有人笑，只猜玉箫在房里和西门庆说笑，不想玉箫又在穿廊下坐的，就立住了脚。玉箫恐怕他进屋里去，便一径支他说：“前边六娘请姑娘，怎的不往那里吃酒？”那雪娥鼻子里冷笑道：“俺每是没时运的人儿，漫地里栽桑人不上，他行骑着快马，也不上赶他。拿甚么伴着他吃十轮儿酒？自下穷的伴当儿伴的没裤儿！”正说着，被西门庆房中咳嗽了一声，雪娥就往厨房里去了。

这玉箫把帘子掀开，老婆见无人，急伶俐两三步就扠出来，往后边看茶去了。须臾，小玉从外边走来，叫：“惠莲嫂子，娘说你怎的取茶就不去了哩？”老婆道：“茶有了，着姐拿果仁儿来。”不一时，小玉拿着盏托，他提着茶，一直来到前边。月娘问道：“怎的茶这咱才来？”惠莲道：“爹在房里吃酒，小的不敢进去。等着姐屋里取茶叶、剥果仁儿来。”于是打发众人吃了茶，小玉便拿回盏托去了。这惠莲在席上斜靠桌儿站立，看着月娘众人掷骰儿，故作扬声说道：“娘把长幺搭在纯六，却不是天地分？还赢了五娘。”又道：“你这六娘骰子是个锦屏风对儿。我看三娘这幺三配纯五，只是十四点儿，输了。”被玉楼恼了，说道：“你这媳妇子，俺每在这里掷骰儿，插嘴插舌，有你甚么说处！”几句把老婆羞的站又站不住，立又立不住，飞红了面皮，往下去了。正是：谁人汲得西江水，难洗今朝一面羞。

得意之心，无处发泄，竟“平肩插嘴”。人世间此景多多。

① 此处删21字。

这里众妇人饮酒，至掌灯时分，只见西门庆掀开帘子进来，笑道："你每好吃！"吴大妗子跳起来，说道："姐夫来了！"连忙让坐儿与他坐。月娘道："你在后边吃酒去罢了，女妇男子汉，又走来做甚么？"西门庆道："既是恁说，我去罢。"于是走过金莲这边来，金莲随即跟了来。西门庆吃的半醉，拉着金莲说道："小油嘴，我有句话儿和你说，我要留惠莲在后边一夜儿罢，后边没地方儿。看你怎的容他在你这边歇一夜儿罢，好不好？"金莲道："我不好骂的，没的那汗邪的胡说！随你和他那里合捣去。好娇态！教他在我这里，我是没处照放他。我就算依了你，春梅贼小肉儿他也不容他这里。你不信，叫了春梅小肉儿，问了他来。他若肯了，我就容你容他在这屋里。"西门庆道："既是你娘儿每不肯，罢，我和他往那山子洞儿那里过一夜。你分付丫头拿床铺盖，生些火儿那里去。不然，这一冷怎么当？"金莲忍不住笑了，"我不好骂出你来的！贼奴才淫妇，他是养你的娘？你是王祥寒冬腊月行孝顺，在那石头床上卧冰哩！"西门庆笑道："怪小油嘴儿，休傒落我！罢么，好歹叫丫头生个火儿。"金莲道："你去，我知道。"当晚众堂客席散，金莲分付秋菊，果然抱铺盖笼火，在山子底下藏春坞雪洞儿预备。

西门庆偏愿对潘金莲"性坦白"，说明他与潘金莲关系到底不一般。潘金莲虽勉强，到头来却也能"成全"西门庆。西门庆与潘金莲的关系里，有些"哥儿们"成分。

惠莲送月娘、李娇儿、玉楼进到后边仪门首，故意说道："娘，小的不送往前边去罢。"月娘道："也罢，你前边睡去罢。"这老婆打发月娘进入，还在仪门首站立了一回，见无人，一溜烟往山子底下去了。正是：莫教襄王劳望眼，巫山自送雨云来。这宋惠莲走到花园门，只说西门庆还未进来，就不曾扣角门子，只虚掩着。来到藏春坞洞儿内，只见西门庆又早在那里头秉烛而坐。老婆进到里面，但觉冷气侵人，尘嚣满榻，于是袖中取出两个棒儿香，灯上点着，插在地下。虽故地下笼着一盆炭火儿，还冷的打兢。老婆在床上先伸下铺，上面还盖着一件貂鼠禅衣，掩上双扉，两个上床就寝。① 却不妨潘金莲打听他二人入港已是定了，在房中摘去冠儿，轻移莲步，悄悄走来花园内，听他两个私下说甚话。到角门首，推了推，开着，遂潜身徐步而入，也不怕苍苔冰透了凌波，花刺

① 此处删 46 字。

抓伤了裙褶，跙足隐身，在藏春坞月窗下站听。良久，只见里面灯烛尚明，老婆笑声说："西门庆，冷铺中舍冰，把你贼受罪不渴的老花子，就没本事寻个地方儿，走在这寒冰地狱里来了！口里衔着条绳子，冻死了往外拉。"又道："冷合合的，睡了罢，怎的只顾端详我的脚？你看过那小脚儿的来。相我没双鞋面儿，那个买与我双鞋面儿也怎的？看着人家做鞋，不能勾做！"西门庆道："我儿不打紧处，到明日替你买几钱的各色鞋面。谁知你比你五娘脚儿还小！"老婆道："拿甚么比他？昨日我拿他的鞋略试了试，还套着我的鞋穿。倒也不在乎大小，只是鞋样子周正才好。"金莲在外听了，"这个奴才淫妇！等我再听一回，他还说甚么。"于是又听勾多时。只听老婆问西门庆说："你家第五的秋胡戏，你娶他来家多少时了？是女招的，是后婚儿来？"西门庆道："也是回头人儿。"老婆道："嗔道恁久惯老成！原来也是个意中人儿，露水夫妻。"这金莲不听便罢，听了气的在外两只胳膊都软了，半日移脚不动，说道："若教这奴才淫妇在里面，把俺每都吃他撑下去了！"待要那时就声张骂起来，又恐怕西门庆性子不好，逞了淫妇的脸；待要含忍了他，恐怕他明日不认，"罢罢！留下个记儿，使他知道，到明日我和他答话。"于是走到角门首，拔下头上一根银簪儿，把门倒销了，懊恨归房，宿歇一宿。晚景题过。

以"莲"小自豪。

渐出狂言。

到次日清早辰，老婆先起来，穿上衣裳，蓬着头走出来，见角门没插，吃了一惊。又摇门，摇了半日，摇不开。走去见西门庆，西门庆隔壁叫迎春替他开了。因看见簪销门儿，就知是金莲的簪子，就知晚夕他听了去了。这老婆怀着鬼胎，走到前边正开房门，只见平安从东净里出来，看见他只是笑。惠莲道："怪囚根子，谁和你雌着那牙笑哩！"平安儿道："嫂嫂，俺每笑笑儿也嗔！"惠莲道："大清早辰，平白笑的是甚么？"平安道："我笑嫂子三日没吃饭——眼前花，我猜你昨日一夜不来家。"这老婆听了此言，便把脸红了，骂道："贼提口拔舌见鬼的囚根子，我那一夜不在屋里睡？怎的不来家？你丢块瓦儿，也要下落。"平安道："我刚才还看嫂子锁着门，怎的赖得过？"惠莲道："我早起身，就往五娘屋里，只刚才出来。你这囚在那里来？"平安道："我听见五娘教你腌螃

还能脸红。写惠莲又是一种文笔。

蟹——说你会劈的好腿儿。嗔道五娘使你门首看着旋簸箕的——说你会咂的好舌头。”把老婆说的急了，拿起条门拴来，赶着平安儿绕院子骂道：“贼汗邪囚根子，看我到明日对他说不说。不与你个功德也不怕，狂的有甚些折儿也怎的？”那平安道：“耶唏嫂子，将就着些儿罢。对谁说？我晓的你往高枝儿上去了。”那惠莲急讪起来，只赶着他打。不料玳安正在印子铺，帘子下走出来，一把手将拴夺住了，说道：“嫂子为甚么打他？”惠莲道：“你问那雌牙鬼囚根子，口里六说白道的，把我的胳膊都气软了！”那平安得手，外往跑了。玳安推着他说：“嫂子，你少生气着恼，且往屋里梳头去罢。”妇人便向腰间葫芦儿顺袋里，取出三四分银子来，递与玳安道：“累你替我拿大碗盪两个合汁来我吃，把汤盛在铫子里罢。”玳安道：“不打紧，等我去。”一手接了，连忙洗了脸，替他盪了合汁来。妇人让玳安吃了一碗，他也吃了一碗，方才梳了头，锁上门，先到后边月娘房里打了卯儿，然后来金莲房里。

金莲正临镜梳妆，惠莲小意儿在旁拿抿镜，掇洗手水，殷勤侍奉。金莲正眼也不瞧他，也不理他。惠莲道：“娘的睡鞋裹脚，我卷了收了罢？”金莲道：“由他，你放着，教丫头进来收。”便叫秋菊：“贼奴才，往那去了？”惠莲道：“秋菊扫地哩，春梅姐在那里梳头哩。”金莲道：“你别要管他，丢着罢，亦发等他每来拾掇。歪蹄泼脚的，没的展污了嫂子的手。你去扶侍你爹，爹也得你恁个人儿扶侍他，才可他的心。俺每都是露水夫妻，再醮货儿！只嫂子是正名正顶，轿子娶将来的，是他的正头老婆，秋胡戏。”这老婆听了，正道着昨日晚夕他的真病，于是向前双膝跪下，说道：“娘是小的一个主儿，娘不高抬贵手，小的一时儿存站不的。当初不因娘宽恩，小的也不肯依随爹。就是后边大娘，无过只是个大纲儿。小的还是娘抬举多，莫不敢在娘面前欺心？随娘查访，小的但有一字欺心，到明日不逢好死，一个毛孔儿里生下一个疔疮！”金莲道：“不是这等说，我眼子里放不下砂子的人。汉子既要了你，俺每莫不与争？不许你在汉子跟前弄鬼，轻言轻语的。你说把俺每蹦下去了，你要在中间踢跳。我的姐姐，对你说，把这等想心儿且吐了些儿罢！”惠莲道：“娘再访，小的并不敢欺心，倒只怕昨日晚夕娘错听了。”金莲道：“傻嫂子，我

惠莲也只能这样求生存。

闲的慌，听你怎的？我对你说了罢，十个老婆买不住一个男子汉的心。你爹虽故家里有这几个老婆，或是外边请人家的粉头，来家通不瞒我一些儿，一五一十就告我说。你六娘当时和他一个鼻子眼儿里出气，甚么事儿来家不告诉我？你比他差些儿！”说得老婆闭口无言，在房中立了一回，走出来了。走到仪门夹道内，撞见西门庆，说道：“你好人儿，原来你是个大滑答子货！昨日人对你说的话儿，你就告诉与人，今日教人下落了我恁一顿！我和你说的话儿，只放在你心里，放烂了才好！想起甚么来对人说？干净你这嘴头子就是个走水的槽，有话到明日不告你说了。”西门庆道：“甚么话？我并不知道。”那老婆瞅了一眼，往前边去了。

潘金莲知道西门庆跟她“不见外”。

小人得志常情。

平昔这妇人嘴儿乖，常在门前站立，买东买西，赶着傅伙计叫傅大郎，陈经济叫姐夫，贲四叫老四。昨日和西门庆勾搭上了，越发在人前花哨起来，常和众人打牙犯嘴，全无忌惮。或一时教：“傅大郎，我拜你拜，替我门首看着卖粉的。”那傅伙计老成，便惊心儿，替他门首看，过来，叫住，请他出来买。玳安故意戏他，说道：“嫂子，卖粉的早辰过去了，你早出来拿秤称他的好来。”老婆骂道：“贼猴儿，里边五娘、六娘使我要买搽的粉，你如何说拿秤称？三斤胭脂二斤粉，教那淫妇搽了又搽，看我进里边对他说不说！”玳安道：“耶哰，嫂子，行动只拿五娘唬我。”儿时来一回，又叫：“贲老四，你代我门首看着卖梅花菊花的，我要买两对儿戴。”那贲四误了买卖，好歹专心替他看着，卖梅花的过来，叫住，请出他来买。妇人立在二层门里，打开箱儿，拣要了他两对鬓花大翠，又是两方紫绫闪色销金汗巾儿，共该他七钱五分银子。妇人向腰里摸出半侧银子儿来，央及贲四替他凿，称七钱五分与他。那贲四正写着帐，丢下，走来蹲着身子替他捶。只见玳安走来，说道：“等我与嫂子凿。”一面接过银子在手，且不凿，只顾瞧那银子。妇人道：“贼猴儿，不凿，只管端详的是些甚么？你半夜没听见狗咬？是偷来的银子！”玳安道：“偷倒不偷，这银子有些眼熟，倒象爹银子包儿里的。前日爹在灯市里，凿与买方金蛮子的银子还剩了一半，就是这银子，我记得千真万真。”妇人道：“贼囚，一个天下，人还有一样儿的。爹的银子，怎的到得

玳安与西门庆关系又不一般，何必奉承此妇？小小讹诈，算得什么。此书在细节中展现出微妙的人际关系，爬剔出无数人性的幽微之处。

我手里?”玳安笑道:“我知道甚么帐儿。”妇人便赶着打。小厮把银子凿下七钱五分,交与卖花翠的,把剩的银子拿在手里不与他,去了。妇人道:“贼囚根子,你敢拿了去,我算你好汉!”玳安道:“我不拿你的,你把剩下的与我些儿买甚么吃。”那妇人道:“贼猴儿,你递过来,我与你。”哄的玳安递到他手里,只掠了四五分一块与他,别的还塞在腰里,一直进去了。自此以后,常在门首成两价拿银钱买剪截花翠汗巾之类,甚至瓜子儿四五升量进去,散与各房丫鬟并众人吃。头上治的珠子箍儿,金灯笼坠子黄烘烘的;衣服底下穿着红潞绸裤儿,线捺护膝;又大袖子袖着香茶,木樨香桶子三四个带在身边。见一日也花消二三钱银子,都是西门庆背地与他的。此事不必细说。

这老婆自从被金莲识破他机关,每日只在金莲房里把小意儿贴恋:与他顿茶顿水,做鞋脚针指,不拿强拿,不动强动。正经月娘后边,每日只打个到面儿,就来前边金莲这边来。每日和金莲、瓶儿两个下棋抹牌,行成伙儿。或一时撞见西门庆来,金莲故意令他旁边斟酒,教他一处坐。每日大酒大肉顽耍,只图汉子喜欢。这妇人见抱金莲腿儿。正是:颠狂柳絮随风舞,轻薄桃花顺水流。有诗为证:

金莲好宠弄心机,宋氏姑容犯主闱。

晨牝不图今蓄祸,他日遭愆竟莫追。

毕竟未知后来何如,且听下回分解。

第二十四回
经济元夜戏娇姿　惠祥怒詈来旺妇

银烛高烧酒乍醺，当筵且喜笑声频。
蛮腰细舞章台柳，檀口轻歌上苑春。
香气拂衣来有意，翠微落地拾无声。
不因一点风流趣，安得韩生醉后醒。

话说一日，天上元宵，人间灯夕，西门庆在家，厅上张挂花灯，铺陈绮席。正月十六，合家欢乐饮酒。正面围着石崇锦帐围屏，挂着三盏珠子吊灯，两边摆列着许多妙戏桌灯。西门庆与吴月娘居上坐，其余李娇儿、孟玉楼、潘金莲、李瓶儿、孙雪娥、西门大姐都在两边列坐，都穿着锦绣衣裳，白绫袄儿，蓝裙子。惟有吴月娘穿着大红遍地通袖袍儿，貂鼠皮袄，下着百花裙，头上珠翠堆盈，凤钗半卸。春梅、玉箫、迎香、兰香一般儿四个家乐，在傍㨃筝歌板，弹唱灯词。独于东首设一席，与女婿陈经济坐。一般三汤五割，食烹异品，果献时新。小玉、元宵、小鸾、绣春都在上面斟酒。那来旺儿媳妇宋惠莲不得上来，坐在穿廊下一张椅上，口里磕瓜子儿，等的上边呼唤要酒，他便扬声叫："来安儿，画童儿，娘上边要热酒，快攒酒上来！贼囚根子，一个也没在这里伺候，多不知往那里去了！"只见画童盪酒上去，西门庆就骂道："贼奴才，一个也不在这里伺候，往那里去来？贼少打的奴才！"小厮走来说道："嫂子，谁往那去来？就对着爹说，吆喝教爹骂我。"惠莲道："上头要酒，谁教你不伺候？关我甚事，不骂你骂谁？"画童儿道："这地上干干净净的，嫂子磕

那时五道菜要配三道汤。何以喝如许多汤？

惠莲真是"高不成低不就"。

下恁一地瓜子皮,爹看见又骂了。"惠莲道:"贼囚根子!六月债儿热,还得快就是。甚么打紧,教你雕佛眼儿。便当你不扫,丢着,另教个小厮扫。等他问我,只说得一声。"画童儿道:"耶呀嫂子,将就些儿罢了,如何和我合气!"于是取了苕帚来替他扫瓜子皮儿,这宋惠莲外边磕瓜子儿,不题。

却说西门庆席上,见女婿陈经济没酒,分付潘金莲,连忙下来,满斟一杯酒,笑嘻嘻递与经济,说道:"姐夫,你爹分付,好歹饮奴这杯酒儿。"经济一壁接酒,一面把眼儿不住斜溜妇人,说:"五娘,请尊便,等儿子慢慢吃。"妇人一径身子把灯影着,左手执酒,刚待的经济用手来接,右手向他手背只一捏。这经济一面把眼瞧着众人,一面在下戏把金莲小脚儿上踢了一下。妇人微笑低声道:"怪油嘴,你丈人瞧着待怎的?"看官听说,两个自知暗地里调情顽耍,却不知宋惠莲这老婆,又是一个儿在槅子外窗眼里,被他瞧了个不亦乐乎。正是:当局者迷,傍观者清。虽故席上众人倒不曾看出来,却被他向窗隙灯影下观得仔细。口中不言,心下自思:"寻常时在俺每跟前,倒且提精细撇清,谁想暗地却和这小伙子儿勾搭!今日被我看出破绽,到明日再搜求我,自有话说。"正是:

潘金莲寻找"代用品"。

隔窗有眼。此种把柄,不拿白不拿。但潘金莲整惠莲全在暗中,惠莲至死不知主要是败在潘金莲手中。此把柄竟未用上。

谁家院内白蔷薇,暗暗偷攀三两枝。
罗袖隐藏人不见,馨香惟有蝶先知。

饮酒多时,西门庆忽被应伯爵差人请去,赏灯吃酒去了。分付月娘:"你们自在顽耍,我往应二哥家吃酒去来。"玳安、平安两个小厮跟随去了。

月娘与众姊妹吃了一回,但见银河清浅,珠斗烂斑,一轮团圆皎月从东而出,照得院宇犹如白昼。妇人或有房中换衣者,或月下整妆者,或有灯前戴花者,惟有玉楼、金莲、李瓶儿三个并惠莲,在厅前看经济放花儿。李娇儿、孙雪娥、西门大姐都随月娘后边去也。金莲便向二人说道:"他爹今日不在家,咱对大姐姐说,往街上走走去。"惠莲在傍说道:"娘们去,也携带我走走。"金莲道:"你既要去,你就往后边问声你大娘去,和你二娘,看他去不去,俺们在这里等着你。"那惠莲连忙往后边去了。玉楼道："他不济事，等我亲自问他声出去。"李瓶儿道："我也往屋里穿件衣裳去，这回来冷，只怕夜深了。"金莲道："李大姐，你有披袄子，带出件来我穿着，省得我往屋里去走一遭。"那李瓶儿应诺去了。独剩着金莲一个，看着经济放花儿，见无人，走向经济身上捏了一把，笑道："姐夫原来只穿恁单薄衣裳，不害冷么？"只见家人儿子小铁棍儿，笑嘻嘻在跟前舞旋旋的，且拉着经济，问姑夫要炮㸌放。这经济恐怕打搅了事，巴不得与了他两个元宵炮㸌，支的他外边耍去了。于是和金莲打牙犯嘴，嘲戏说道："你老人家见我身上单薄，肯赏我一件衣裳儿穿也怎的？"金莲道："贼短命，得其惯便了！头里蹑了我的脚儿，我不言语，如今大胆又来问我要衣服穿！我又不是你影射，何故把与你衣服穿？"经济道："你老人家不与也罢，如何扎筏子来唬我？"妇人道："贼短命，你是城楼子上雀儿，好耐惊耐怕的虫蚁儿！"正说着，见玉楼和惠莲出来，向金莲说道："大娘因身上不方便，大姐不自在，故不去了。教娘们走走，早些来家。李娇儿害腿疼，也不走。雪娥见大姐姐不走，恐怕他爹来家嗔他，也不出门。"金莲道："都不去罢，只咱和李大姐三个去罢，等他爹来家，随他骂去！再不，把春梅小肉儿，和上房里玉箫，你房里兰香，李大姐房里迎春，都带了去，等他爹来家问，就教他答话。"小玉走来道："俺奶奶也是不去，我也跟娘们走走。"玉楼道："对你奶奶说了去，我前头等着你。"良久，小玉问了月娘，笑嘻嘻出来。

见缝插针。

当下三个妇人，带领着一簇男女，来安、画童两个小厮打着一对纱吊灯跟随。女婿陈经济蹦着马，抬放烟火花炮与众妇人瞧。宋惠莲道："姑夫，你好歹略等等儿，娘们携带我走走，我到屋里搭搭头就来。"经济道："俺们如今就行。"惠莲道："你不等，我就是恼你一生！"于是走到屋里，换了一套绿闪红段子对衿袄儿，白挑线裙子，又用一方红销金汗巾子搭着头，额角上贴着飞金并面花儿，金灯笼坠子，出来跟着众人走百媚儿。月色之下，恍若仙娥，都是白绫袄儿，遍地金比甲，头上珠翠堆满，粉面朱唇。经济与来兴儿左右一边一个，随路放慢吐莲、金丝菊、一丈兰、赛月明。出的大街市上，但见香尘不断，游人如蚁，花炮轰雷，灯光杂彩，箫鼓声喧，十分热闹。左右见一队纱灯引导，一簇男女过来，皆

煞是好看，如一窝出笼鹦鹉。

披红垂绿，以为出于公侯之家，莫敢仰视，都躲路而行。那宋惠莲回叫：“姑夫，你放过桶子花我瞧！”一回又道：“姑夫，你放过元宵炮熗我听！”一回又落了花翠，拾花翠，一回又吊了鞋，扶着人且兜鞋，左来右去，只和经济嘲戏。玉楼看不上，说了两句：“如何只见你吊了鞋？”玉箫道：“他怕地下泥，套着五娘鞋穿着哩！”玉楼道：“你叫他过来我瞧，真个穿着五娘的鞋？”金莲道：“他昨日问我讨了一双鞋，谁知成精的狗肉，他套着穿。”惠莲于是搂起裙子来与玉楼看。看见他穿着两双红鞋在脚上，用纱绿线带儿扎着裤腿，一声儿也不言语。

惠莲个性得以大张扬。

孟玉楼总注意不要得罪人。

写一群妻妾荡妇，很容易把她们写得“类型化”。此书却能在她们群集时，写出每人不同的声容性格。

须臾，走过大街到灯市里，金莲向玉楼道：“咱如今往狮子街李大姐房子里走走去。”于是分付画童、来安儿打灯先行，迤逦往狮子街来。小厮先去打门，老冯已是歇下。房中有两个人家卖的丫头在炕上睡。慌的老冯连忙开了门，让众妇女进来，旋戳开炉子顿茶，挈着壶往街上取酒。孟玉楼道：“老冯，你且住，不要去打酒，俺每在家酒饭吃的饱饱来。你每有茶，倒两瓯子来吃罢。”金莲道：“你既留人吃酒，先钉下菜儿才好。”李瓶儿道：“妈妈子，一瓶两瓶取了来，打水不浑的，勾谁吃？要取一两坛儿来。”玉楼道：“他哄你，不消取，只看茶来罢。”那婆子方才不动身。李瓶儿道：“妈妈子，怎的不往那边去走走？端的不知你成日在家做些甚么？”婆子道：“奶奶，你看丢下这两个业障在屋里，谁看他？”玉楼便问道：“两个丫头是谁家卖的？”婆子道：“一个是北边人家房里使女，十三岁，只要五两银子；一个是汪序班家出来的家人媳妇，家人走了，主子把鬏髻打了，领出来卖，要十两银子。”玉楼道：“妈妈，我说与你，有一个人要，你撰他些银子使。”婆子道：“三娘，果然是谁要？告我说。”玉楼道：“如今，你二娘房里只元宵儿一个，不勾使，还寻大些的丫头使唤。你倒把这大的卖与他罢。”因问：“这丫头十几岁？”婆子道：“他今年属牛，十七岁了。”说着拿茶来，众人吃了茶。那春梅、玉箫并惠莲都前后瞧了一遍，又到临街楼上推开窗子瞧了一遍。陈经济催逼说：“夜深了，看了快些家去罢。”金莲道：“怪短命，催的人手脚儿不停住，慌的是些甚么！”于是叫下春梅众人来，方才起身。冯妈妈送出门，李瓶儿因问：“平安往那里去了？”婆子道：“今日这咱还没来，教老身半

随手写出卖妇女事。几人欢乐几人愁。

夜三更开门闭户等着他。”来安儿道：“今日平安儿跟了爹往应二爹家去了。”李瓶儿分付：“妈妈子，早些关了门睡了罢，他多也是不来，省的误了你的睡头，明日早来宅里伺候。你是石佛寺长老——请着你就张致了。”婆子道：“谁是老身主儿，老身敢张致。”李瓶儿道：“妈妈休得多言多语，明日早与你二娘送丫头来。”说毕，看着他关了大门，这一簇男女方才回家。

走到家门首，只听见住房子的韩回子老婆韩嫂儿声音。因他男子汉答应马房内臣，他在家跟着人走百病儿去了。醉回来家，说有人夜晚剜开他房门偷了狗，又不见了些东西，坐在当街上撒酒风骂人，众妇人方才立住了脚。金莲使来安儿：“你去叫韩嫂儿，等俺每问他个端的。”不一时把韩嫂儿叫到当面，问道：“你为甚么来？”韩嫂子不慌不忙，扠手向前拜了两拜，说道：“三位娘在上，听小媳妇从头儿告诉。”唱《耍孩儿》为证：“太平佳节元宵夜”云云。玉楼等众人听了，每人掏袖中些钱、果子与他，叫来安儿：“你叫你陈姐夫送他进屋里。”那陈经济且顺和惠莲两个嘲戏，不肯挡他去。金莲使来安儿扶到他家中，分付教他明日早来宅内浆洗衣裳，“我对你爹说，替你出气。”那韩嫂儿千恩万谢回家去。

又出现个韩嫂儿。

玉楼等刚走过门首来，只见贲四娘子穿着红袄、玄色段比甲、玉色裙，勒着销金汗巾，在门首笑嘻嘻向前道了万福，说道：“三位娘那里走了走？请不弃到寒家献茶。”玉楼道：“方才因韩嫂儿哭，俺站住问了他声。承嫂子厚意，天晚了，不到罢。”贲四娘子道：“耶哧，三位娘上门怪人家，就笑话俺小家人家茶也奉不出一杯儿来？”生死拉到屋里。原来外边供养观音八难并关圣贤，当门挂着雪花灯儿一盏。掀开门帘，他十四岁女儿长姐在屋里，桌上两盏纱灯，摆设着春台果酌，与三人坐。连忙教他长姐过来，与三位娘磕头递茶。玉楼、金莲每人与了他两枝花儿，李瓶儿袖中取了方汗巾，又是一钱银子与他买瓜子儿磕，喜欢的贲四娘子拜谢了又拜。款留不住，玉楼等起身。到大门首，小厮来兴在门首迎接，金莲就问：“你爹来家不曾？”来兴道：“爹未回家哩。”三个妇人还看着陈经济在门首放了两筒一丈菊和一筒大烟兰，一个金盏银台儿，

再冒出个贲四娘子。此书作者还嫌女角不够么？其构思方式与叙述策略从何追求出发？何头绪纷繁至此？此书真是个谜。

又写到贲家情景并贲家长姐。真是枝繁叶茂。

才进后边去了。西门庆直至四更来家。正是:醉后不知天色暝,任他明月下西楼。

却说陈经济因走百病儿,与金莲等众妇人嘲戏了一路儿,又和来旺媳妇宋惠莲两个言来语去,都有意了。次日早辰梳洗毕,也不到铺子内,径往后边吴月娘房里来。只见李娇儿、金莲陪着吴大妗子坐的,放着炕桌儿才摆茶吃,月娘便往佛堂中烧香去了。这小伙儿向前作了揖,坐下,金莲便说道:"陈姐夫,你好人儿,昨日教你送送韩嫂儿,你就不动,只当还教你小厮送去了。且和媳妇子打牙犯嘴,不知甚么张致!等你大娘烧了香来,看我对他说不说!"经济道:"你老人家还说哩,昨日险些儿子腰累瘆痛了哩!跟了你老人家走了一路儿,又到狮子街房里,回来该多少里地?人辛苦走了,还教我送韩回子老婆,教小厮送送也罢了。睡了多大回就天亮了,今早还扒不起来。"正说着,吴月娘从佛堂烧了香来,经济作了揖,月娘便问:"昨日韩嫂儿为甚么撒酒风骂人?"经济把因走百病,被人剜开门,不见了狗,坐在当街哭喊骂人,"今早他汉子来家,一顿好打的,这咱还没起来哩!"金莲道:"不是俺每回来劝的他进去了,一时你爹来家撞见,甚模样子!"说毕,玉楼、李瓶儿、大姐都到月娘屋里吃茶,经济也陪着吃了茶。后次大姐回房,骂经济:"不知死的囚根子!平白和来旺媳妇子打牙犯嘴,倘忽一时传的爹知道了,淫妇便没事,你死也没处死!"几句说经济。

那日,西门庆在李瓶儿房里宿歇,起来的迟。只见荆千户——新升一处兵马都监——来拜。西门庆才起来,旋梳头,包网巾,整衣出来,陪荆都监在厅上说话。一面使平安儿进来,后边要茶。宋惠莲正和玉箫、小玉在后边院子里挝子儿,赌打瓜子,顽成一块。那小玉把玉箫骑在底下,笑骂道:"贼淫妇,输了瓜子不教我打!"因叫惠莲:"你过来,扯着淫妇一只腿,等我合这淫妇一下子!"正顽着,只见平安走来叫:"玉箫姐,前边荆老爹来,使我进来要茶哩。"那玉箫也不理他,且和小玉厮打顽耍,不理他。那平安儿只顾催逼,说:"人坐下来这一日了。"宋惠莲道:"怪囚根子,爹要茶,问厨房里上灶的要去,如何只在俺这里缠?俺这后边只是预备爹娘房里用的茶,不管你外边的帐。"那平安儿走到厨房下。

那日该来保妻惠祥，惠祥道："怪囚，我这里使着手做饭，你问后边要两钟茶出去就是了，巴巴来问我要茶。"平安道："我到后头来，后边不打发茶。惠莲嫂子说，该是那上灶的首尾，问那个要，他不管哩！"这惠祥便骂道："贼泼妇！他认定了他是爹娘房里人，俺天生是上灶的来？我这里又做大家伙里饭，又替大娘子炒素菜，几只手？论起就倒倒茶儿去也罢了，巴巴坐名儿来寻上灶的，上灶的是你叫的！误了茶也罢，我偏不打发上去。"平安道："荆老爹来坐了这一日，嫂子快些打发茶，我拿上去罢，迟了又惹爹骂。"

大户人家，推诿责任之事经常会发生。《红楼梦》里的"闹厨房"等情节或受此启发。

当下这里推那里，那里推这里，就耽误了半日。比及又等玉箫取茶果、茶匙儿出来，平安儿拿出茶去，那荆都监坐的久了，再三要起身，被西门庆留住。嫌茶冷不好吃，喝骂平安来，另换茶上去吃了，荆都监才起身去了。西门庆进来，问："今日茶是谁顿的？"平安道："是灶上顿的茶。"西门庆回到月娘上房，告诉月娘："今日顿这样茶去与人吃，你往厨下查，那个奴才老婆上灶？采出来问他，打与他几下。"小玉道："今日该惠祥上灶哩。"慌的月娘说道："这歪辣骨待死！越发顿恁样茶上去了。"一面使小玉叫将惠祥当院子跪着，问他要打多少。惠祥答道："因做饭，炒大娘子素菜，使着手，茶略冷了些。"被月娘数骂了一回，饶了他起来，分付："今后但凡你爹前边人来，教玉箫和惠莲后边顿茶，灶上只管大家茶饭。"

这惠祥在厨下忍气不过，刚等的西门庆出去了，气恨恨走来后边，寻着惠莲，指着大骂："贼淫妇，趁了你的心了！罢了，你天生的就是有时运的爹娘房里人，俺每是上灶的老婆来。巴巴使小厮坐名问上灶要茶，上灶的是你叫的？你我生米做成熟饭，你识我见的。促织不吃癞虾蟆肉——都是一锹土上人。你恒数不是爹的小老婆，就罢了——是爹的小老婆，我也不怕你！"惠莲道："你好没要紧！你顿的茶不好，爹嫌你，管我甚事？你如何走来拿人散气？"惠祥听了此言，越发恼了，骂道："贼淫妇！你刚才调唆打我几棍儿好来，怎的不教打我？你在蔡家养的汉数不了，来这里还弄鬼哩！"惠莲道："我养汉你看见来没有？扯臊淡哩！嫂子，你也不什么清净姑姑儿！"那惠祥道："我怎不是清净姑姑

"物不平则鸣"。

儿？跷起脚儿来，比你这淫妇好些儿。我不说你罢，汉子有一拿小米数儿！你在外边那个不吃你嘲过？你说你背地干的那营生儿，只说人不知道。你把娘们还放不到心上，何况以下的人！”惠莲道：“我背地说甚么来？怎的放不到心上？随你压我，我不怕你！”惠祥道：“有人与你做主儿，你可不怕哩。”两个正拌嘴，被小玉儿请的月娘来，把两个都喝开了，“贼臭肉们，不干那营生去，都拌的是些甚么？教你主子听见，又是一场儿。头里不曾打得成，等住回却打得成了！”惠莲道：“若打我一下儿，我不把淫妇口里肠掏了也不算。我破着这命，摈兑了你，也不差甚么。咱大家都离了这门罢！”说着，往前去了。后次这宋惠莲越发猖狂起来，仗西门庆背地和他勾搭，把家中大小都看不到眼里，逐日与玉楼、金莲、李瓶儿、西门大姐、春梅在一处顽耍。正是：梅花恣逞春情性，不怕封姨号令严。有诗为证：

惠莲在妒骂中“成熟”。

外作禽荒内色荒，连沾些子又何妨。

早辰跨得雕鞍去，日暮归来红粉香。

毕竟未知后来何如，且听下回分解。

第二十五回
雪娥透露蝶蜂情　来旺醉谤西门庆

名家台柳绽群芳，摇拽秋千斗艳妆。

晓日暖添新锦绣，春风和蔼旧门墙。

玉砌兰芽几双美，绛纱帘幕一枝良。

堪笑家麋养家祸，闺门自此坏纲常。

话说烧灯已过，又早清明将至，西门庆有应伯爵早来邀请，说孙寡嘴作东，邀去郊外耍子去了。

先是吴月娘花园中扎了一架秋千，至是西门庆不在家，闲中率众姊妹每游戏一番，以消春昼之困。先是月娘与孟玉楼打了一回，下来教李娇儿和潘金莲打。李娇儿辞以身体沉重，打不的，却教李瓶儿和金莲打。打了一回，玉楼便叫："六姐过来，我和你两个打个立秋千。"分付休要笑，看何如。当下两个妇人玉手挽定彩绳，将身立于画板之上，月娘却教宋惠莲在下相送，又是春梅。正是：得多少红粉面对红粉面，玉酥肩并玉酥肩；两双玉腕挽复挽，四只金莲颠倒颠。那金莲在上头便笑成一块，月娘道："六姐，你在上头笑不打紧，只怕一时滑倒，不是耍处。"说着，不想那画板滑，又是高底鞋，跐不牢，只听得滑浪一声，把金莲擦下来。早时扶住架子，不曾跌着，险些没把玉楼也拖下来。月娘道："我说六姐笑的不好，只当跌下来。"因望李娇儿众人说道："这打秋千最不该笑，笑多了有甚么好？一定腿软了跌下来。也是我那咱在家做女儿时，隔壁周台官家有一座花园，花园中扎着一座秋千。也是三月

在打秋千中又暂呈和谐状态。

佳节，一日他家周小姐和俺，一般三四个女孩儿，都打秋千耍子，也是这等笑的不了，把周小姐滑下来，骑在画板上，把身上喜抓去了。落后嫁与人家，被人家说不是女儿，休逐来家。今后打秋千，先要忌笑。”金莲道：“孟三儿不济，等我和李大姐打个立秋千。”月娘道：“你两个仔细打。”却教玉箫、春梅在傍推送。

才待打时，只见陈经济自外来，说道：“娘每在这里打秋千哩。”月娘道：“姐夫来的正好，且来替你二位娘送送儿——丫头每气力少，送不的。”这经济老和尚不撞钟——得不的一声，于是泼步撩衣，向前说：“等我送二位娘。”先把潘金莲裙子带住，说道：“五娘站牢，儿子送也！”那秋千飞在半空中，犹若飞仙相似。那李瓶儿见秋千起去了，唬的上面怪叫道：“不好了，姐夫你也来送我送儿！”慌的陈经济说：“你老人家倒且急性，也等我慢慢儿的打发将来。这相这回子，这里叫，那里叫，把儿子痨病都使出来了，也没些气力使。”于是把李瓶儿裙子掀起，露着他大红底衣，抠了一把。那李瓶儿道：“姐夫，慢慢着些，我腿软了。”经济道：“你老人家，原来吃不得紧酒。先叫成一块，把儿子头也叫花了。”金莲又说：“李大姐，把我裙子又兜住了。”两个打到半中腰里，都下来了。却是春梅和西门大姐两个打了一回，却教玉箫和惠莲两个打立秋千。这惠莲手挽彩绳，身子站的直屡屡的，脚跐定下边画板，也不用人推送，那秋千飞起在半天云里，然后抱地飞将下来，端的却是飞仙一般，甚可人爱。月娘看见，对玉楼、李瓶儿说：“你看媳妇子，他倒会打。”正说着，被一阵风过来，把他裙子刮起，里边露见大红潞绸裤儿，扎着脏头纱绿裤腿儿，好五色纳纱护膝，银红线带儿。玉楼指与月娘瞧，月娘笑骂了一句“贼成精的”，就罢了。这里月娘众人打秋千不题。

没安好心。

惠莲到底粗放。

话分两头。却表来旺儿往杭州，织造蔡太师生辰衣服回还，押着许多驮垛箱笼船上，先走来家。到门首，打发了头口。进入里面，拂了尘灰，收卸了行李。到于后边，只见雪娥正在堂屋门首，作了揖。那雪娥满面微笑，说道：“好呀，你来家了。路上风霜，多有辛苦！几时没见，吃得黑胖了。”来旺因问：“爹娘在那里？”雪娥道：“你爹今日被应二众人邀去，门外耍子去了。你大娘和大姐都在花园中打秋千哩。”来旺儿道：

"阿呀,打他则甚!秋千虽是北方戎戏,南方人不打他,妇女每到春三月只斗百草耍子。"雪娥便往厨下倒了一盏茶与他吃,因问:"你吃饭不曾吃?"来旺道:"我且不吃饭,见了娘,往房里洗洗脸着。"因问:"媳妇子在灶上怎的不见?"那雪娥冷笑了一声,说道:"你的媳妇儿,如今是那时的媳妇儿了?好不大了!他每日日只跟着他娘们伙儿里下棋、挝子儿、抹牌顽耍,他肯在灶上做活哩!"正说着,小玉走到花园中报与月娘说:"来旺儿来了。"只见月娘自前边走来坐下。来旺儿向前磕了头,立在傍边。问了些路上往回的话,月娘赏了两瓶子酒。吃一回,他媳妇宋惠莲来到。月娘道:"也罢,你辛苦,且往房里洗洗头脸,歇宿歇宿去。等你爹来,好见你爹回话。"那来旺儿便归房里。惠莲先付钥匙开了门儿,舀水与他洗脸,掸尘,收进褡连去,说道:"贼黑囚,几时没见,便吃得这等肥肥的来家。"替他替换了衣裳,安排饭食与他吃。睡了一觉起来,已是日西时分。

惠莲倒不嫌其夫,照尽"妇道"。

西门庆来家,来旺儿走到跟前参见,悉把杭州织造蔡太师生辰尺头并家中衣服,俱已完备,打成包裹,装了四箱,搭在官船上来家,只少雇夫过税。西门庆满心欢喜,与了他赶脚银两。明日早装载进城,收卸停当,交割数目。西门庆赏了他五两房中盘缠,又交他家中买办东西。

这来旺儿私己带了些人事,悄悄送了孙雪娥两方绫汗巾,两双装花膝裤,四匣杭州粉,二十个胭脂。雪娥背地告诉来旺儿说:"自从你去了四个月光景,你媳妇怎的和西门庆勾搭,玉箫怎的做牵头,从后子起,金莲屋里怎的做窝巢,先在山子底下,落后在屋里打撅,成日明睡到夜,夜睡到明。与他的衣服首饰,花翠银钱,大包带在身边,使小厮在门首买东西,见一日也使二三钱银子。"来旺道:"怪道箱子里放着衣服首饰!我问着,他说娘与他的。"雪娥道:"那娘与他?倒是爷与他的哩!"

孙雪娥与来旺交好。

这来旺儿遂听记在心。到晚夕,到后边吃了几钟酒,归到房中。常言酒发顿腹之言,因开箱子中,看见一匹蓝段子,甚是花样奇异,便问老婆:"是那里的段?谁人与你的?趁早实说。"老婆不知就里,故意笑着回道:"怪贼囚,问怎的?此是后边见我没个袄儿,与了这匹段子,放在箱中没工夫做。端的谁肯与我?"来旺儿骂道:"贼淫妇,还捣鬼来哄我！端的是那个与你的？”又问：“这些首饰是那里的？”妇人道：“呸，怪囚根子！那个没个娘老子？就是石头猹剌儿里迸出来，也有个窝巢儿；枣胡儿生的，也有个仁儿；泥人合下来的，他也有灵性儿；靠着石头养的，也有个根绊儿。为人就没个亲戚六眷？此是我姨娘家借来的钗梳！是谁与我的？白眉赤眼，见鬼倒死囚根子！”被来旺儿一拳来，险不打了一交儿，“贼淫妇，还说嘴哩！有人亲看见你和那没人伦的猪狗有首尾。玉箫丫头怎的牵头，送段子的，与你在前边花园内两个干，落后吊在潘家那淫妇屋里明干，成日合的不值了。贼淫妇，你还来我手里吊子曰儿！”那妇人便大哭起来，说道：“贼不逢好死的囚根子！你做甚么来家打我？我干坏了你甚么事来？你恁是言不是语，丢块砖瓦儿也要个下落。是那个嚼舌根的，没空生有，枉口拔舌，调唆你来欺负老娘？老娘不是那没根基的货，教人就欺负死，也拣个干净地方！谁说我？就不信，你问声儿，宋家的丫头若把脚略趄儿，把宋字儿倒过来！我也还跐着嘴儿说人哩，贼淫妇王八，你来嚼说我！你这贼囚根子，得不的个风儿就雨儿，万物也要个实才好。人教你杀那个人，你就杀那个人？”几句语儿，来旺儿不言语了，半日说道：“不是我打你，一时被那厮局骗了……”妇人又道：“这匹蓝段子，越发我和你说了罢：也是去年十一月里，三娘生日，娘看见我身上，上穿着紫袄，下边借了玉箫的裙子穿着，说道：媳妇子怪剌剌的，甚么样子，不好，才与了我这匹段。谁得闲做他？那个是不知道，就纂我恁一遍舌头。你错认了老娘，老娘不是个饶人的。明日，我咒骂了样儿与他听。破着我一条性命，自恁寻不着主儿哩！”来旺儿道：“你既没此事，罢，平白和人合甚气！快些打铺我睡。”这妇人一面把铺伸下，说道：“怪倒路死的囚根子！味了那黄汤，挺你那觉受福，平白惹老娘骂你那毬脸弹子！”于是把来旺掠番在炕上，面里鼾睡如雷的了。看官听说：但凡世上养汉子的婆娘，饶他男子汉十八分精细，咬断铁的汉子，吃他几句左话儿右说的话，十个九个，都着了他道儿。正是：东净里砖儿，又臭又硬。有诗为证：

口齿伶俐，不让潘金莲。

惠莲确实希望能遮掩过去。她其实也可“爽性说破”，却不。说明她对来旺还有不忍之心。

宋氏偷情专主房，来旺乘醉詈婆娘。

雪娥暗泄蜂媒事，致使干戈肘掖傍。

这宋惠莲窝盘住来旺儿，过了一宿。到次日，到后边问玉箫，谁人透露此事，终莫知其所由。只顾海骂，雪娥不敢认犯。一日，祸便是这段起。月娘使小玉叫取雪娥，一地里寻不着。走到来旺儿房门首，只见雪娥从来旺儿屋里出来，只猜和他媳妇说话，不想走到厨下，惠莲在里面切肉。良久，西门庆前边陪着乔大户说话，只为扬州盐商王四峰，被安抚使送监在狱中，许银二千两，央西门庆对蔡太师讨人情释放。刚打发大户去了，西门庆家中叫来旺，来旺从他屋里跑出来。正是：雪隐鹭鸶飞始见，柳藏鹦鹉语方知。以此都知雪娥与来旺儿有首尾。

孙雪娥也只好这样"解决问题"。

闲插一笔，却见西门的"白衣权势"。

一日，来旺儿吃醉了，和一般家人小厮，在前边恨骂西门庆，说：怎的我不在家，要了我老婆，使玉箫丫头拿一匹蓝段子到房里啜他，把他吊在花园里奸要，后来怎的停眠整宿，潘金莲怎做窝主，"由他，只休要撞到我手里，我教他白刀子进去，红刀子出来！好不好把潘家那淫妇也杀了，我也只是个死。你看我说出来做的出来！潘家那淫妇，想着他在家摆死了他头汉子武大，他小叔武松因来告状，多亏了谁替他上东京打点，把武松垫发充军去了？今日两脚踏住平川路，落得他受用，还挑拨我的老婆养汉。我的仇恨与他结的有天来大！常言道：一不做，二不休。到跟前再说话。破着一命剐，便把皇帝打！"这来旺儿自知路上说话，不知草里有人，不想被同行家人来兴儿听见。

读《红楼梦》，见"酸凤姐大闹宁国府"，有"舍得一身剐，敢把皇帝拉下马"的话，颇感其"恶攻"之大胆。读至此，方知语出此书，且是来旺说的。"原版"是"破着一命剐，便把皇帝打！"来旺这番酒后厉骂，气势磅礴，酣畅淋漓，是此书开篇后最快人心的檄文，亏作者写得出！

这来兴儿本姓因，在甘州生养的。西门庆父亲西门达往甘州贩绒去，带了来家使唤，就改名叫做甘来兴儿。至是十二三年光景，娶妻生子。西门庆常叫他在家中买办食用，撰钱。近日因与来旺媳妇宋氏勾搭，把买办夺了，却教来旺儿管领，这来兴儿就与来旺不睦，两个有杀人之仇。听见发此言语，有个不怀仇忌恨的？于是走来潘金莲房里，告诉与金莲。

忽又提及西门庆父名达，曾往甘州贩绒云云。此书文本，大有"报告文学"意味。其实写个来兴儿，何必这样设计？不知作者从何想来！

金莲正和孟玉楼一处坐的，只见来兴儿掀帘子进来，金莲便问来兴儿："你来有甚事？你爹今日往谁家吃酒去了？"来兴道："今日俺爹和应二爹往门外送殡去了。适有一件事，告诉老人家，只放在心里，休说是小的来说。"金莲道："你有甚事，只顾说，不妨事。"来兴儿道："别无甚事，叵耐来旺儿昨日不知那里吃的稀醉了，在前边大吆小喝，指猪骂狗,骂了一日。又逻着小的厮打,小的走开一边不理。他对着家中大小,又骂爹和五娘。”潘金莲就问:“贼囚根子,骂我怎的?”来兴说:“小的不敢说。——三娘在这里,也不是别人。——那厮说:爹怎的打发他不在家,要了他的老婆,使玉箫怎的送了一匹段子到他房里,又是证见。说五娘怎的做窝主,赚他老婆在房里,和爹两个明睡到夜,夜睡到明。他打下刀子,要杀爹和五娘,白刀子进去,红刀子出来。又说五娘那咱在家,毒药摆杀了亲夫,多亏了他上东京去打点,救了五娘一命。说五娘如今恩将仇报,挑拨他老婆养汉。小的穿青衣抱黑柱,不先来告五娘说声,早晚休乞那厮暗算!”玉楼听了,如提在冷水盆内一般,先吃一惊。这金莲不听见便罢,听了此言,粉面通红,银牙咬碎,骂道:“这犯死的奴才!我与他往日无冤,近日无仇,他主子要了他的老婆,他怎的缠我?我若教这奴才在西门庆家,永不算老婆!怎的我亏他救活了性命?”因分付来兴儿:“你且去,等你爹来家问你时,你也只照恁般说。”来兴儿说:“五娘说那里话,小的又不赖他,有一句说一句。随爹怎的问,也只是这等说。”

孟玉楼耳内大约从未灌过这般血淋淋的“反叛语言”。

潘金莲却仅就自身利益作出反应。

说毕,来兴儿往前边去了,玉楼便问金莲:“真个他爹和这媳妇可有?”金莲道:“你问那没廉耻的货。甚的好老婆,也不枉了教奴才这般挟制了。在人家使过了的,九焯十八火的主子的奴才淫妇。当初在蔡通判家房里,和大婆作弊养汉,坏了事,才打发出来,嫁了厨子蒋聪。见过一个汉子也怎的?不可舞手,有一拿小米数儿,甚么事儿不知道。贼强人瞒神儿唬鬼,使玉箫送段子儿与他做袄儿穿。我看他胆子,敢穿出来,算他好老婆!也是一冬里,我要告诉你没告诉你。那一日大姐姐往乔大户家吃酒,不在,咱每都不在前边下棋?只见丫头说他爹来家,咱每不散了?落后我走到后边仪门首,见小玉立在穿廊下,我问他,小玉望着我摇手儿。我刚走到花园前,只见玉箫那狗肉在角门首站立,原来替他两个观风。我还不知,故教我径往花园里走。玉箫拦着我,不教我进去,说爹在里面,教我骂了两句:‘贼狗肉,我从新又怕起你爹来了!’我倒疑影和他有些甚么查子帐。不想走到里面,他和媳妇子在山洞里干营生。他老婆见我进去,把脸飞红的走出来了。他爹见了我,讪讪

孟玉楼不可能看不出惠莲的“异常”。只是不知其究竟罢了。

的，乞我骂了两句没廉耻。落后媳妇子走到屋里，打旋磨跪着我，教我休对他娘说。落后正月里，他爹要把淫妇安托在我屋里过一夜儿，乞我和春梅折了几句，再几时容他傍个影儿！贼万杀的奴才，没的把我扯在里头，说我招惹他。好娇态的奴才淫妇，我肯容他在那屋里头弄碜儿？就是我罢了，俺春梅那小肉儿，他也不肯容他。”玉楼道：“嗔道贼臭肉，在那里坐着，见了俺每意意似似的，待起不起的，谁知原来背地有这本帐！论起来，他爹也不该要他，那里寻不出老婆来，教奴才在外边猖扬，甚么样子？传出去了，丑听。”金莲道：“左右的皮靴儿没番正，你要奴才老婆，奴才暗地里偷你的小娘子，彼此换着做！贼小妇奴才，千也嘴头子嚼说人，万也嚼说，今日打了嘴，也说不的！”玉楼向金莲道：“这庄事咱对他爹说好，不对他爹说好？大姐姐又不管。倘忽那厮真个安心，咱每不言语，他爹又不知道，一时遭了他手怎的？正是有心算无心，不备怎提备。六姐，你还该说说。正是为驴扭棍，伤了紫荆树。”金莲道：“我若饶了这奴才，除非是他就合下我来！”正是：平生不作皱眉事，世上应无切齿人。有诗为证：

孟玉楼还有所犹豫。

潘金莲恨不能马上“汇报”。

来旺无端醉詈主，甘兴怀恨架风波。

金莲听毕真情话，咬碎银牙怒气多。

西门庆至晚来家，只见金莲在房中云鬓不整，睡揾香腮，哭的眼坏坏的。问其所以，遂把来旺儿酒醉发言，要杀主之事诉说一遍，“见有来兴儿，某日亲自听见他骂你，说此言语。思想起来，你背地图要他老婆，他便背地要你家小娘子。你的皮靴儿没番正，那厮杀你便该当，与我何干？连我一例也要杀！趁早不为之计，夜头早晚，人无后眼，只怕暗遭他毒手。”西门庆因问：“谁和那厮有首尾？”金莲道：“你休来问我，只问那上房里小玉便知了。”又说：“这奴才欺负我不是一遭儿了，说我当初怎的用药摆杀汉子，你娶了我来，亏他寻人情搭救出我性命来，在外边对人扬条。早是奴没生下儿长下女，若是生下儿长下女，教贼奴才扬条着好听。敢说：你家娘，当初在家不得地时，也亏我寻人情，救了他性命。恁说，在你脸上也无光了。你便没羞，我都成不的，要这命做甚么？”这西门庆听了妇人之言，走到前边，叫将来兴儿，无人处问他始末缘由，这小厮一五一十说了一遍。走到后边，摘问了小玉口词，与金莲头说无差，委的某日亲眼看见雪娥从他来旺儿屋里出来，他媳妇儿不在屋里，委的有此事。这西门庆心中大怒，把孙雪娥打了一顿，被月娘再三劝了。拘了他头面衣服，只教他伴着家人媳妇上灶，不许他见人。此事表过不题。

惠莲掩饰，说明她良心未泯，不想葬送来旺。

西门庆在后边，因使玉箫叫了宋惠莲，背地亲自问他，这老婆便道："阿呀！爹你老人家没的说，他可是没有这个话，我就替他赌了大誓。他酒便吃两钟，敢恁七个头八个胆背地里骂爹。又吃纣王水土，又说纣王无道，他靠那里过日子？爹你不要听人言语。我且问爹：听见谁说这个话来？"那西门庆被老婆一席话儿，闭口无言，问的急了，说是："来兴儿告诉我说来，他每日吃醉了，在外风里言风里语骂我。"惠莲道："来兴儿因爹叫俺这一个买办，说俺每夺了他的，不得撰些钱使，挟下这仇恨儿，平空做作出来，拿这血口喷他，爹就信了。他有这个欺心的事，我也不饶他！爹，你依我，不要教他在家里，在家里和他合气；与他几两银子本钱，教他信信脱脱，远离他乡做买卖去。休要放他在家里，旷了他身子。自古道：饱暖生闲事，饥寒发盗心。他怎么不胡生事儿！这里无人，他出去了，早晚爹和我说句话儿也方便些。"西门庆听了，满心欢喜，说道："我的儿，说的是！我有心叫他早上东京，与蔡太师押送生辰担，他又才从杭州回来家，不好又使他的，叫来保去罢。既你这说，我明日打发他去便了。回来时，我教他领一千两银子，同主管往杭州贩买细绢丝线，做买卖，你意下何如？"老婆心中大喜，说道："爹若这等才好。休放他在家里，使的他马不停蹄才好！"正说着，西门庆见无人，就搂他过来亲嘴，老婆先递舌头在他口里，两个咂做一处。妇人道："爹，你许我编䯼髻，怎的还不替我编？恁时候不戴，到几时戴？只教我成日戴这头发壳子儿。"西门庆道："不打紧，到明日将八两银子，往银匠家替你拔丝去。"西门庆又道："怕你大娘问，怎生回答？"老婆道："不打紧，我自有话打发他：只说问我姨娘家借来戴戴，怕怎的！"当下二人说了一回话，各自分散了。

惠莲的"两全之计"，主要的作用是保下来旺。作者写出了人性的复杂性。比之于潘金莲，惠莲的"厚黑度"差多了。比之于李瓶儿排除花子虚与蒋竹山两个"障碍物"的狠劲儿，她也良善多了。

到了次日，西门庆在厅上坐着，叫过来旺儿来，"你收拾衣服行李，赶后日三月二十八日起身，往东京押送蔡太师生辰担去。回来我还打发你杭州做买卖去。”这来旺儿心中大喜，应诺下来，回房收拾行李，在外买人事。来兴儿打听得知，就来告报金莲知道。金莲打听西门庆在花园卷棚内，走到那里，不见西门庆，只见陈经济那里封蟒衣尺头。先是叫银匠在家，打造了一付四阳捧寿银人，都是高一尺有余，甚是奇巧。又是两把金寿字壶，两副玉桃杯，两套杭州织造大红五彩罗段纻丝蟒衣。只少两匹玄色蕉布和大红纱蟒衣，一地里拿银子寻不出来。李瓶儿道：“我那边楼上还有几件没裁的蟒，等我瞧去。”不一时，西门庆与他同往楼上去寻，拣出四件来：两件大红纱，两匹玄色蕉布，俱是金织边五彩蟒衣，比杭州织来的，花样身分更强十倍，把西门庆喜欢要不的。正在卷棚内教陈经济封尺头，金莲便问：“你爹在那里？你封的是甚么？”经济道：“爹刚才在这里来，往六娘那边楼上去。我封的是往东京蔡太师生辰担的尺头。”金莲问：“打发谁去？”经济道：“我听见昨日爹分付来旺儿去，敢打发来旺儿去？”

来旺竟“大喜”。叹叹！醉中是人，醒后是奴。

仅清河一户所备寿礼，便如此丰重。蔡太师诞辰所有寿礼加起来，该有多少！

这金莲才待下台基，往花园那条路上走，正撞见西门庆，叫到屋里，问他：“明日打发谁往东京去？”西门庆道：“来旺儿和吴主管二人。还有盐客王四峰一千干事的银两，以此多着两个去。”妇人道：“随你心下，我说的话儿你不依，倒听那奴才淫妇一面儿言！他随问怎的，只护他的汉子。那奴才有话在先，不是一日儿了。左右破着把老婆丢与你，坑了你这头子，拐的往那头里停停脱脱去了，看哥哥两眼儿哩！你的白丢了罢了，难为人家一千两银子，不怕你不赔他。我说在你心里，随你随你。老婆无故只是为你。这奴才发言不是一日了，不争你贪他这老婆，你留他在家里不好，你就打发他出去做买卖也不好。你留他在家里，早晚没这些眼防范他；你打发他外边去，他使了你本钱，头一件你先说不的他。你若要他这奴才老婆，不如先把奴才打发他离门离户。常言道：剪草不除根，萌芽依旧生；剪草若除根，萌芽再不生。就是你也不耽心，老婆他也死心塌地！”一席话儿说的西门庆如醉方醒。正是：数语拨开君子路，片言提醒梦中人。

到底是鸩杀过武大的，潘金莲心狠手辣。

毕竟未知后来何如，且听下回分解。

第二十六回
来旺儿递解徐州　宋惠莲含羞自缢

闲居慎句说无妨，才说无妨便有方。
争先径路机关恶，近后语言滋味长。
爽口物多终作疾，快心事过必为殃。
与其病后能求药，不若病前能自防。

话说西门庆听了金莲之言，变了卦儿。到次日，那来旺儿收拾行李，伺候装驮垛，起身上东京，等到日中还不见动静。只见西门庆出来，叫来旺儿到跟前，说道："我夜间想来，你才打杭州来家多少时儿，又教你往东京去，忒辛苦了。不如叫来保替你去罢了，你且在家歇息几日。我到明日，家门首生意寻一个与你做罢。"自古物定主财，货随客便，那来旺儿那里敢说甚的，只得应诺下来。西门庆就把生辰担，并细软银两，驮垛书信，交付与来保和吴主管，五月廿八日起身，往东京去了。不在话下。

这来旺儿回到房中，把押担生辰不要他去，教来保去了一节，心中大怒。吃酒醉倒房中，口中胡说，怒起宋惠莲来，要杀西门庆，被宋惠莲骂了他几句："你咬人的狗儿不露齿。是言不是语，墙有缝，壁有耳。昧了那黄汤，挺他两觉。"打发他上床睡了。到次日，走到后边，串作玉箫，房里请出西门庆。两个在厨房后墙底下僻静处说话，玉箫在后门首替他观着风。老婆甚是埋怨西门庆，说道："爹，你是个人！你原说教他去，怎么转了靶子，又教别人去？你干净是个球子心肠——滚下滚上，

再骂就不是种了！

灯草拐棒儿——原拄不定。把你到明日，盖个庙儿，立起个旗杆来，就是个谎神爷。你谎干净顺屁股喇喇！我再不信你说话了。我那等和你说了一场，就没些情分儿！”西门庆笑道：“倒不是此说。我不是也教他去，恐怕他东京蔡太师府中不熟，所以教来保去了。留下他，家门首寻个买卖与他做罢。”妇人道：“你对我说，寻个甚么买卖与他做？”西门庆道：“我教他搭个主管，在家门首开酒店。”妇人听言，满心欢喜，走到屋里，一五一十对来旺儿说了，单等西门庆示下。

一日，西门庆在前厅坐下，着人叫来旺儿近前，桌上放下六包银两，说道：“孩儿，你一向杭州来家，辛苦要不的。教你往东京去了，恐怕你蔡府中不十分熟些，所以教来保同吴主管去了。今日这六包银子三百两，你拿去，搭上个主管，在家门首开个酒店，月间寻些利息孝顺我，也是好处。”那来旺连忙扒在地下磕头，领了六包银两。回到房中，告与老婆说：“他倒过醮来了，拿买卖来窝盘我。今日与了我这三百两银子，教我搭主管，开酒店做买卖。”老婆道：“怪贼黑囚！你还嗔老娘说，一锹就撅了井？也等慢慢来。如何今日也做上买卖了？你安分守己，休再吃了酒，口里六说白道！”

不知是计。

来旺儿叫老婆把银两收在箱中，“我在街上寻伙计去也。”于是走到街上寻主管。寻到天晚，主管也不成，又吃的大醉来家，老婆打发他睡了。也是合当有事，刚睡下没多大回，约一更多天气，将人才初静时分，只听得后边一片声叫赶贼，老婆忙推来旺儿醒来。来旺儿酒还未醒，楞楞睁睁扒起来，就去取床前防身稍棒，要往后边赶贼。妇人道：“夜晚了，须看个动静，你不可轻易就进去。”来旺儿道：“养军千日，用在一时。岂可听见家有贼，怎不行赶！”于是拖着稍棒，大扠走入仪门里面。只见玉箫在厅堂台上站立，大叫：“一个贼往花园中去了！”这来旺儿径往花园中赶来。赶到厢房中角门首，不防黑影抛出一条凳子来，把来旺儿绊倒了一交。只见啊啷了一声，一把刀子落地。左右闪过四五个小厮，大叫捉贼，一齐向前，把来旺儿一把捉住了。来旺儿道：“我是来旺儿，进来赶贼，如何颠倒把我拿住了？”众人不由分说，一步两棍打到厅上。

只见大厅上灯烛荧煌，西门庆坐在上面，即叫拿上来。来旺儿跪在地下，说道："小的听见有贼，进来捉贼，如何倒把小的拿住了？"那来兴儿就把刀子放在面前，与西门庆看。西门庆大怒，骂道："众生好度人难度，这厮真个杀人贼！我倒见你杭州来家，教你领三百两银子做买卖，如何黉夜进内来要杀我？不然，拿这刀子做甚么？取过来我看。"灯下观看，是一把背厚刃薄扎尖刀，锋霜般快，看见越怒，喝令左右："与我押到他房中，取我那三百两银子来。"众小厮随即押到房中。惠莲见了，放声大哭，说道："他去后边捉贼，如何拿他做贼？"向来旺道："我教你休去，你不听，只当暗中了人的拖刀之计！"一面开箱子，取出六包银两来，拿到厅上。西门庆灯下打开观看，内中止有一包银两，余者都是锡铅锭子。西门庆大怒，因问："如何抵换了我的银两？往那里去了？趁早实说！"那来旺儿哭道："爹抬举小的做买卖，小的怎敢欺心抵换银两？"西门庆道："你打下刀子，还要杀我。刀子现在，还要支吾甚么？"因把甘来兴儿叫到面前跪下，执证说："你从某日，没曾在外对众发言要杀爹？嗔爹不与你买卖做。"这来旺儿只是叹气张眉，口儿合不的。西门庆道："既赃证刀杖明白，叫小厮与我拴锁在门房内，明日写状子送到提刑所去！"只见宋惠莲云鬓蓬松，衣裙不整，走来厅上，向西门庆不当不正跪下，说道："爹，此是你干的营生！他好意进来赶贼，把他当贼拿了。你的六包银子我收着，原封儿不动，平白怎的抵换了？恁活埋人，也要天理。他为甚么，你只因他甚么，打与他一顿。如今拉剌剌着送他那里去？"西门庆见了他，回嗔作喜道："媳妇儿，不关你事，你起来。他无理胆大，不是一日，见藏着刀子要杀我，你不得知道。你自安心，没你之事。"因令来安儿小厮："好速搀扶你嫂子回房去，休要慌吓他。"那惠莲只顾跪着不起来，说："爹好狠心处！你不看僧面看佛面。我恁说着，你就不依依儿。他虽故吃酒，并无此事。"缠的西门庆急了，教来安儿搊他起来，劝他回房去了。

惠莲还是同情来旺。

西门庆确实不打算"株连"她。惠莲这时完全可以作出李瓶儿抛弃蒋竹山式的抉择，但她却死保来旺。

到天明，西门庆写了柬帖，叫来兴儿做证见，揣着状子，押着来旺儿往提刑院去，说某日酒醉持刀，黉夜杀害家主，又抵换银两等情。才待出门，只见吴月娘轻移莲步走到前厅，向西门庆再三将言劝解，说道：

“奴才无礼，家中处分他便了，休要拉剌剌出去，惊官动府做甚么?”西门庆听言，圆睁二目，喝道:“你妇人家不晓道理！奴才安心要杀我，你倒还教饶了他罢!”于是不听月娘之言，喝令左右把来旺儿押送提刑院去了。

作者处处表现月娘的“善”，却只是封建礼教中的概念化的善。惠莲对来旺的善，却是出于她未泯的天良。

月娘当下羞赧而退，回到后边，向玉楼众人说道:“如今这屋里乱世为王，九条尾狐狸精出世。不知听信了甚么人言语，平白把小厮弄出去了。你就赖他做贼，万物也要个着实才好，拿纸棺材糊人，成个道理?恁没道理昏君行货!”宋惠莲跪在当街哭泣，月娘道:“孩儿，你起来，不消哭。你汉子恒是问不的他死罪，打死了人还有消缴的日子儿。贼强人，他吃了迷魂汤了！俺每说话不中听，老婆当军——充数儿罢了。”玉楼向惠莲道:“你爹正在个气头上，待后慢慢的俺每再劝他，你安心回房去罢。”按下这里不题。

单表来旺儿押到提刑院。西门庆先差玳安，下了一百石白米与夏提刑、贺千户，二人受了礼物，然后坐厅。来兴儿递上呈状，看了一遍，已知来旺先因领银做买卖，见财起意，抵换银两，恐家主查算，夤夜持刀突入后厅，谋杀家主等情。心中大怒，把来旺叫到当厅，审问这件事。这来旺儿告道:“望天官爷查情，容小的说，小的便说;不容小的说，小的不敢说。”夏提刑道:“你这厮见获赃证明白，勿得推调，从实与我说来，免我动刑!”来旺儿悉把西门庆初时令某人将蓝段子，怎的调戏他媳妇儿宋氏成奸，如今故入此罪，要垫害图霸妻子一节，诉说一遍。夏提刑大喝了一声，令左右打嘴巴，说:“你这奴才，欺心背主！你这媳妇也是你家主娶的，配与你为妻，又托资本与你做买卖。你不思报本，还生事倚醉，夤夜突入卧房，持刀杀害。满天下人都象你这奴才，也不敢使人了!”来旺儿口还叫冤屈，被夏提刑叫过甘来兴儿过来，面前执证，那来旺儿有口也说不得了。正是:会施天上计，难免目前灾。夏提刑即令左右选大夹棍上来，把来旺儿夹了一夹，打了二十大棍，打的皮开肉绽，鲜血淋漓。分付狱卒，带下去收监。来兴儿、钺安儿来家，回覆了西门庆话。西门庆满心欢喜，分付家中小厮:“铺盖饭食，一般都不与他送进去。但打了，休要来家对你嫂子说。只说衙门中一下儿也没打他，监儿

此时说这些有何用?早知如此，真不如依“酒言”拼了也罢!

日便放出来。”众小厮应诺道：“小的每知道了！”

西门庆没想到这个女人会是这样的反应。

这宋惠莲自从拿了来旺儿去后，头也不梳，脸也不洗，黄着脸儿，裙腰不整，倒靸了鞋，只是关闭房门哭泣，茶饭不吃。西门庆慌了，使了玉箫并贲四娘子儿再三进房劝解他，说道：“你放心，爹因他吃酒狂言，监他几日，耐他性儿，不久也放他出来。”惠莲不信，使小厮来安儿送饭进监去，回来问他，也是这般说：“哥见官一下儿也没打，一两日来家，教嫂子在家安心。”这惠莲听了此言，方才不哭了，每日淡扫蛾眉，薄施脂粉，出来走跳。西门庆要便来回打房门首走，老婆在帘下叫道：“房里无人，爹进来坐坐不是。”西门庆抽身进入房里，与老婆做一处说话。西门庆哄他说道：“我儿，你放心。我看你面上写了帖儿对官府说，也不曾打他一下儿。监他几日，耐耐他性儿，一两日还放他出来，还教他做买卖。”妇人搂抱着西门庆脖子，说道：“我的亲达达，你好歹看奴之面，奈何他两日，放他出来，随你教他做买卖，不教他做买卖也罢。这一出来，我教他把酒断了，随你去近到远，使他往那去，他敢不去？再不，你若嫌不自便，替他寻上个老婆，他也罢了——我常远不是他的人了。”西门庆道：“我的心肝，你话是了。我明日买了对过乔家房，收拾三间房子与你住，搬了那里去，咱两个自在顽耍。”老婆道：“着来，亲亲，随你张主便了。”说毕，两个闭了门首，①云雨一席。妇人将身带所佩的白银条纱挑线四条穗子的香袋儿，里面装着松柏儿、玫瑰花蕊并跤趾排草，挑着“冬青长青，娇香美爱”八个字，把与西门庆，令㩳了。西门庆喜的心中要不的，恨不的与他誓共死生，不能遽舍。向袖中又掏了一二两银子，与他买果子吃，房中盘缠。再三安抚他：“不消忧虑，只怕忧虑坏了你。我明日写帖子，对夏大人说，就放他出来。”说了一回，西门庆恐有人来，连忙出去了。

“走跳”二字传神。

惠莲决不爱来旺，一心想跟西门庆，却在内心驱使下不断地为来旺求情。作者写出了一个既下贱又保留善心的悲剧性女子形象。

西门庆竟被惠莲对他的爱情感动。他现在不是打谎，是真想依惠莲之求放来旺一条生路。

这妇人得了西门庆此话，到后边对众丫鬟媳妇，词色之间未免轻露。孟玉楼早已知道，转来告潘金莲说：他爹怎的早晚要放来旺儿出来，另替他娶一个；怎的要买对门乔家房子，把媳妇子吊到那里去，与他

处处写人性，惠莲偏轻露，你就不能且不露么？然而，她那人性，又怎能不露呢？

---

① 此处删65字。

三间房住；又买个丫头扶侍他，与他编银丝䯼髻，打头面，一五一十，说了一遍，“就和你我等辈一般，甚么张致！大姐姐也就不管管儿。”潘金莲不听便罢，听了，忿气满怀无处着，双腮红上更添红，说道：“真个由他，我就不信了！今日与你说的话，我若教贼奴才淫妇与西门庆做了第七个老婆，我不是喇嘴说，就把潘字吊过来哩！”玉楼道：“汉子没正条，大的又不管，咱每能走不能飞，到的那些儿？”金莲道：“你也忒不长俊，要这命做甚么？活一百岁杀肉吃！他若不依，我拼着这命，摈兑在他手里，也不差甚么！”玉楼笑道：“我是小胆儿，不敢惹他，看你有本事和他缠。”话休絮烦。

到晚，西门庆在花园中翡翠轩书房里坐的，要教陈经济来写帖子，往夏提刑处说，要放来旺儿出来，被金莲蓦地走到跟前，搭伏着书桌儿问：“你教陈姐夫写甚么帖子？送与谁家去？”西门庆不能隐讳，把“来旺儿责打与他几下，放他出来罢”一节告诉一遍。妇人止住小厮：“且不要叫陈姐夫来。”坐在旁边，因说道：“你空耽着汉子的名儿，原来是个随风倒舵、顺水推船的行货子！我那等对你说的话儿，你不依，倒听那贼奴才淫妇话儿！随你怎的逐日沙糖拌蜜与他吃，他还只疼他的汉子。依你如今把那奴才放出来，你也不好要他这老婆的了，教他奴才好藉口。你放在家里不荤不素，当做甚么人儿看成？待要把他做你小老婆，奴才又见在；待要说是奴才老婆，你见把他逞的恁没张置的，在人跟前上头上脸，有些样儿！就算另替那奴才娶一个着，你要了他这老婆，往后倘忽你两个坐在一答里，那奴才或走来跟前回话做甚么，见了有个不气的？老婆见了他，站起来是，不站起来是？先不先只这个就不雅相。传出去，休说六邻亲戚笑话，只家中大小把你也不着在意里。正是上梁不正下梁歪。你既要干这营生，誓做了泥鳅怕污了眼睛，不如一狠二狠，把奴才结果了，你就搂着他老婆也放心！”几句又把西门庆又念翻了，把帖子写就了，送与提刑院，教夏提刑限三日提出来受一顿，拷儿拶，打的通不象模样。提刑两位官府，并上下观察缉捕排军，监狱中抷锁上下，都受了西门庆财物，只要重不要轻。

内中有一当案的孔目阴先生，名唤阴骘，乃山西孝义县人，极是个

潘杀手到。

积阴德的人物。勉勉强强的一线光明。

仁慈正直之士。因是提刑官吏，上下受了西门庆贿赂，要陷害此人，图谋他妻子，故入他奴婢图财，持刀谋杀家长的重罪，也要天理，做官的养儿养女也往上长，再三不肯做文书送问，与提刑官抵面相讲。况两位提刑官，上下都被西门庆买通了，以此掣肘难行。又况来旺儿监中无钱，受其凌逼。多亏阴先生悯念他负屈衔冤，是个没底人，反替他分付监中狱卒，凡事松宽看顾他。延挨了几日，人情两尽，只把当厅责了他四十，论个递解原籍徐州为民。当查原赃，花费十七两，铅锡五包，责令西门庆家人来兴儿领回。差人写了个帖子，回覆了西门庆，随教即日押发起身。这里提刑官当厅押了一道公文，差两个公人把来旺儿取出来，已是打的稀烂。旋钉了扭，上了封皮，限即日起程，径往徐州管下交割。

可怜这来旺儿，在监中监了半月光景，没钱使用，弄的身体狼狈，衣服蓝缕，没处投奔。哀告两个公人，哭泣不一，说："两位哥在上，我打了一场屈官司，身上分文没有，寸布皆无。要凑些脚步钱与二位，无处所凑。望你可怜见，押我到我家主家处，有我的媳妇儿，并衣服箱笼，讨出来变卖了支谢二位，并路途盘费，也讨得一步松宽。"那两个公人道："你好不知道理！你家主西门庆既要摆布了一场，他又肯发出媳妇并箱笼与你？你还有甚亲故，俺每看阴师父分上，瞒上不瞒下，领你到那里，胡乱讨些钱米，勾你路上盘费便了，谁指望你甚脚步钱儿！"来旺道："二位哥哥，你只可怜，引我先到我家主门首。我央浼两三位亲邻，替我美言讨讨儿，无多有少。"两个公人道："也罢！我每押你到他门首。"这来旺儿先到应伯爵门首，伯爵推不在家。又央了左邻贾仁清、伊面慈二人来西门庆家，替来旺儿说念，讨媳妇箱笼。西门庆也不出来，使出五六个小厮，一顿棍打出来，不许在门首缠绕，把贾、伊二人羞的要不的。他媳妇儿宋惠莲，在屋里瞒的铁桶相似，并不知一字。西门庆分付："那个小厮走漏消息，决打二十板。"两个公人又押到丈人家，卖棺材的宋仁家。来旺儿如此这般，对宋仁哭诉其事。打发了他一两银子，与那两个公人一吊铜钱、一斗米，路上盘缠。哭哭啼啼，从四月初旬离了清河县，往徐州大道而来。这来旺儿，又是那棒疮发了，身边盘缠缺乏，甚是苦恼。正是：若得苟全痴性命，也甘饥饿过平生。有诗为证：

假人情。一面词。都是无用的货色。

当案推详秉至公，来旺遭陷出牢笼。

今朝递解徐州去，病草凄凄遇暖风。

不说来旺儿递解徐州去了。且说宋惠莲在家，每日只盼他出来。小厮一般的替他送饭，到外边，众人都吃了。转回来，惠莲问着他，只说："哥吃了，监中无事。若不是也放出来了，连日提刑老爹没来衙门中问事，也只在一二日来家。"西门庆又哄他说："我差人说了，不久即出。"妇人以为信实。

一日，风里言风里语，闻得人说，来旺儿押出来，在门首讨衣箱，不知怎的去了。这妇人几次问众小厮每，都不说。忽见钺安儿跟了西门庆马来家，叫住问他："你旺哥在监中好么？几时出来？"钺安道："嫂子，我告你知了罢，俺哥这早晚到流沙河了！"惠莲问其故。这钺安千不合万不合，如此这般，"打了四十板，递解原籍徐州家去了。只放你心里，休题我告你说。"这妇人不听万事皆休，听了此言是实，关闭了房门，放声大哭道："我的人哝！你在他家干坏了甚么事来？被人纸棺材暗算计了你。你做奴才一场，好衣服没曾挣下一件在屋里，今日只当把你远离他乡算的去了，坑得奴好苦也！你在路上死活未知，存亡未保，我如今合在缸底下一般，怎的晓得？"哭了一回，取一条长手巾，拴在卧房门楹上，悬梁自缢。

惠莲良知高扬。此上吊行为"含羞"成分只有三成，七分倒是抗议。

不想来昭妻一丈青，住房正与他相连，从后来，听见他屋里哭了一回，不见动静，半日只听喘息之声。扣房门，叫他不应，慌了手脚，教小厮。平安儿撬开窗户窜进去，见妇人穿着随身衣服，在门楹上正吊得好。一面解救下来，开了房门，取姜汤撅灌。须臾攘的后边知道，吴月娘率领李娇儿、孟玉楼、西门大姐、李瓶儿、玉箫、小玉都来看视，见贲四娘子儿也来瞧，一丈青搊扶他坐在地下，只顾哽咽，白哭不出声来。月娘叫着他，只是低着头，口吐涎痰不答应，月娘便道："原来是个傻孩子，你有话只顾说便好，如何寻这条路起来？"因问一丈青："灌些姜汤与他不曾？"一丈青道："才灌了些姜汤吃了。"月娘令玉箫扶着他，亲叫道："惠莲孩儿，你有甚么心事，越发老实叫上几声，不妨事。"问了半日，那妇人哽咽了一回，大放声，排手拍掌哭起来。月娘叫玉箫扶他上炕，他不肯上炕。月娘众人劝了半日,回后边去了,止有贲四嫂同玉箫相伴在屋里。

只见西门庆掀帘子进来,也看见他坐在冷地下哭泣,令玉箫:“你挡他炕上去罢。”玉箫道:“刚才娘教他上去,他不肯去。”西门庆道:“好襁孩子,冷地下冰着你。你有话对我说,如何这等拙智!”惠莲把头摇着,说道:“爹,你好人儿!你瞒着我干的好勾当儿!还说甚么孩子不孩子,你原来就是个弄人的刽子手,把人活埋惯了!害死人,还看出殡的!你成日间只哄着我,今日也说放出来,明日也说放出来,只当端的好出来。你如递解他,也和我说声儿。暗暗不透风,就解发远远的去了。你也要合凭个天理!你就信着人,干下这等绝户计!把圈套儿做的成成的,你还瞒着我,你就打发,两个人都打发了,如何留下我做甚么?”西门庆笑道:“孩儿,不关你事,那厮坏了事,难以打发你。你安心,我自有个处。”因令玉箫:“你和贲四娘子相伴他一夜儿,我使小厮送酒来你每吃。”说毕,往外去了。贲四娘良久扶他上炕坐的,和玉箫将话儿劝解他,做一处坐的。

惠莲所说,是一篇人话。说西门庆是刽子手,“害死人,还看出殡的!”声声血泪。

西门庆竟笑,他并不“敏感”,只当惠莲是气话。此书把握人物,毫厘不差。

只见西门庆到前边铺子里,问傅伙计要了一吊钱,买了一钱酥烧,拿盒子盛了,又是一瓶酒,使来安儿送到惠莲屋里,说道:“爹使我送这个与嫂子吃。”惠莲看见,一顿骂:“贼囚根子!趁早与我都拿了去,省的我摔一地!大拳打了,这回拿手摸挲。”来安儿道:“嫂子收了罢,我拿回去,爹又打我。”于是放在桌子上。就见那惠莲跳下来,把酒拿起来,才待赶着摔了去,被一丈青拦住了。那贲四嫂看着一丈青咬指头儿。正相伴他坐的,只见贲四嫂家长儿走来叫他妈,他爹门外头来家,要吃饭。贲四嫂和一丈青走出来,到一丈青门首,只见西门大姐在那里和来保儿媳妇惠祥说话,因问:“贲四嫂那里去?”贲四嫂道:“他爹门外头来了,要饭吃,我到家瞧瞧就来。我来看看,乞他大爹再三央陪伴他坐坐儿,谁知倒把我来挂住了,不得脱身。”因问:“他想起甚么,干这道路?”一丈青接过来道:“早是我打后边来,听见他在屋里哭着,就不听的动静儿。乞我慌了,推门推不开,旋叫了平安儿来,打窗子里跳进去,才救下来了。若迟了一步儿,胡子老儿吹灯——把人了了。”惠祥道:

"刚才爹在屋里,他说甚么来?"那贲四嫂只顾笑,说道:"看不出他旺官娘子,原来也是个辣菜根子,和他大爹白搽白折的平上。谁家媳妇儿有这个道理?"惠祥道:"这个媳妇儿,比别的媳妇儿不同好些。从公公身上拉下来的媳妇儿,这一家大小谁如他?"说毕,往家里去了。一丈青道:"四嫂,你到家快来。"贲四嫂道:"甚么话,我若不来,惹他大爹就怪死了。"

上下都不理解惠莲。惠莲理解自己吗?是连惠莲自己也未必很理性的,心灵深处的某种东西在如此勃动着她的生命,以至几乎即刻将这生命炸毁。

西门庆白日教贲四嫂和一丈青陪他坐,晚夕教玉箫伴他一处睡,慢慢将言词劝化他,说道:"宋大姐,你是个聪明的,趁早恁妙龄之时,一朵花初开,主子爱你,也是缘法相投。你如今将上不足,比下有余。守着主子,强如守着奴才。他去也是去了,你恁烦恼不打紧,一时哭的有好歹,却不亏负了你的性命?常言道:我做了一日和尚,撞了一日钟。往后贞节轮不到你头上了。"那惠莲听了,只是哭涕,每日饭粥也不吃。玉箫回了西门庆话。西门庆又令潘金莲亲来对他说,也不依。金莲恼了,向西门庆道:"贼淫妇,他一心只想他汉子!千也说一夜夫妻百夜恩,万也说相随百步也有个徘徊意。这等贞节的妇人,便拿甚么拴的住他心?"西门庆笑道:"你休听他摭说,他若早有贞节之心,当初只守着厨子蒋聪,不嫁来旺儿了。"一面坐在前厅上,把众小厮家人都叫到跟前审问:"你每近前,几日来旺儿递解去时,是谁对他说来?趁早举出来,我也一下不打他。不然,我打听出,每人三十板子,即与我离门离户!"忽有画童跪下说道:"小的不敢说。"西门庆道:"你说不妨。"画童道:"那日小的听见钺安跟了爹马来家,在夹道内,嫂子问他,他走了口对嫂子说。"这西门庆不听便罢,听了心中大怒,一片声使人寻钺安儿。

西门庆倒说对了,绝非是"贞节观"在惠莲心中发酵。

这钺安儿早已知此消息,一直躲在潘金莲房里不出来。金莲正洗脸,小厮走到屋里跪着哭道:"五娘,救小的则个!"金莲骂道:"贼囚,猛可走来唬我一跳。你又不知干下甚么事?"钺安道:"爹因为小的告嫂子说了旺哥去了,要打我,娘好歹劝劝爹。若出去,爹在气头上,小的就是死罢了。"金莲道:"怪道囚根子唬的鬼也似的!我说甚么勾当来,恁惊天动地的,原来为那奴才淫妇。"分付:"你在我这屋里,不要出去。"于是藏在门背后。西门庆见叫不将钺安去,在前厅暴叫如雷,一连使了两替小厮来金莲房里寻他，都被金莲骂的去了。落后西门庆一阵风自家走来，手里拿着马鞭子，问："奴才在那里？"金莲不理他。被西门庆绕屋走了一遍，从门背后采出钺安来要打。吃金莲向前把马鞭子夺了，掠在床顶上，说道："没廉耻的货儿，你脸做个主了！那奴才淫妇想他汉子上吊，羞急，拿小厮来煞气。关小厮另脚儿事！"那西门庆气的睁睁的。金莲叫小厮："你往前头干你那营生去，不要理他。等他再打你，有我哩！"那钺安得手，一直往前去了。正是：两手劈开生死路，翻身跳出是非门。

这潘金莲儿次见西门庆留意在宋惠莲身上，于是心生一计，行在后边唆调孙雪娥，说：来旺儿媳妇子怎的说你要了他汉子，备了他一篇是非，"他爹恼了，才把他汉子打发了。前日打了你那一顿，拘了你头面衣服，都是他过嘴告说的。"这孙雪娥耳满心满。掉了雪娥口气儿，走到前边，向惠莲又是一样话说，说：孙雪娥怎的后边骂你是蔡家使喝了的奴才，积年转主子养汉。不是你背养主子，你家汉子怎的离了他家门？说你眼泪留着些脚后跟。说的两下都怀仇忌恨。

潘金莲保的保，挑的挑，上窜下跳，阖府之中，还是她最厉害。

一日，也是合当有事。四月十八日，李娇儿生日，院中李妈妈并李桂姐都来与他做生日。吴月娘留他同众堂客在后厅饮酒，西门庆往人家赴席不在家。这宋惠莲吃了饭儿，从早辰在后边打了个搅儿，一头拾到屋里，直睡到日沉西。由着后边一替两替使了丫鬟来叫，只是不出来。雪娥寻不着这个由头儿，走来他房里叫他，说道："嫂子做了王美人了，怎的这般难请？"那惠莲也不理他，只顾面朝里睡。这雪娥又道："嫂子，你思想你家旺官儿哩！早思想好来，不得你，他也不得死，还在西门庆家里。"这惠莲听了他这一句话，打动潘金莲说的那情由，翻身跳起来，望雪娥说道："你没的走来浪声颡气！他便因我弄出去了，你为甚么来？打你一顿，撵的不容上前。得人不说出来，大家将就些便罢了，何必撑着头儿来寻趁人？"这雪娥心中大怒，骂道："好贼奴才，养汉淫妇！如何大胆骂我？"惠莲道："我是奴才淫妇，你是奴才小妇！我养汉养主子，强如你养奴才！你倒背地偷我的汉子，你还来倒自家掀腾！"这几句话分明戳在雪娥身上，那雪娥怎不急了，那宋惠莲不防他，被他走向前，一个巴掌打在脸上，打的脸上通红的。说道："你如何打我？"于是一头撞将去，两个就揪扭打在一处。慌的来昭妻一丈青走来劝解，把雪娥拉的后走，两个还骂不绝口。吴月娘走来骂了两句："你每都没些规矩儿，不管家里有人没人，都这等家反宅乱！等你主子回来，我对你主子说不说！"当下雪娥便往后边去了。月娘见惠莲头发揪乱，便道："还不快梳了头，往后边来哩！"惠莲一声儿不答话，打发月娘后边去了，走到房内，倒插了门，哭泣不止。哭到掌灯时分，众人乱着后边堂客吃酒，可怜这妇人忍气不过，寻了两条脚带，拴在门楹上，自缢身死，亡年二十五岁。正是：世间好物不坚牢，彩云易散琉璃脆。

这回才终于死成。惠莲死于她未泯的良知。

那时可霎作怪，不想月娘正送李妈妈、桂姐出来，打惠莲门首过，关着不见动静，心中甚是疑影，打发李妈妈娘儿两个上轿去了，回来叫他门不开，都慌了手脚，还使小厮打窗户内跳进去。正是：瓦罐不离井上破。割断脚带，解卸下，撅救了半日，不知多咱时分，呜呼哀哉死了。但见：

> 四肢冰冷，一气灯残。香魂渺渺已赴望乡台，星眼双瞑魄悠悠。尸横光地下半晌，不知精爽逝何处，疑是行云秋水中。

月娘见救下不活，慌了，连忙使小厮来兴儿骑头口往门外请西门庆来家。雪娥恐怕西门庆来家，拔树寻根，归罪于己，在上房打旋磨儿跪着月娘，教休题出和他嚷闹来。月娘见他唬的那等腔儿，心中又下般不的，"比时你恁害怕，当初大家省言一句儿便了。"

至晚，等的西门庆来家，只说："惠莲因思想他汉子，哭了一日，赶后边人乱，不知多咱寻了自尽。"西门庆便道："他自个拙妇，原来没福。"一面差家人递了一纸状子，报到县主李知县手里，只说本妇因本家请堂客吃酒，他管银器家火，他失落一件银钟，恐家主查问见责，自缢身死。又送了知县三十两银子。知县自恁要做分上，胡乱差了一员司吏，带领几个件作来看了。自买了一具棺材，讨了一张红票。贲四、来兴儿同送到门外地藏寺，与了火家五钱银子，多架些柴薪，才待发火烧毁，不想他老子卖棺材宋仁打听得知，走来拦住，叫起冤屈来，说他女儿死的不明，口称西门庆因倚强奸要他，"我家女儿贞节不从，威逼身死。我还要抚

玩物既已无法玩了，九个字轻轻打发掉。

按上告,进本告状,谁敢烧化尸首!”那众火家都乱走了,不敢烧。贲四、来兴少不的把棺材停在寺里,来家回话。正是:青龙与白虎同行,吉凶事全然未保。

毕竟未知后来何如,且听下回分解。

从第二十二回到这一回,用了整整五回写了关于宋惠莲的故事,宋惠莲既不是个烈女贞妇,也很难说是个单纯的被侮辱与被损害者。她主动与西门庆勾搭,图财图利,恃宠撒娇,得意便忘形,抓“理”不让人。但她却并无明确的“战略目标”,比如争取当西门庆的“七房”;她似乎只满足于当一个“公开的下等情妇”。因此,当西门庆感到她丈夫来旺成为一个“赘瘤”,一种威胁,必欲除之而后快时,她却出乎所有人的意料之外,采取了死保丈夫的立场,当她发现西门庆在这个问题上欺骗了她,丈夫已被发配,又遭到潘金莲所挑唆的孙雪娥的奚落,便在一场厮打后,愤而自缢了。她那开棺材铺的父亲,在下一回中,为她申冤不成,也被西门庆害死。宋惠莲的悲剧,构成了此书中重要的篇章。宋惠莲是本书中一个重要的艺术形象。

我们很难找到一个准确的概念,来诠释宋惠莲死保来旺的动机,来旺其实也并不忠于宋惠莲,来旺也许更喜欢孙雪娥,这一点宋惠莲也知道。西门庆除掉来旺,不仅不会株连到她,甚至反会使她更方便地享受情妇之乐,可是宋惠莲心底有一只看不见的手,总指挥着她,不由分说地死保来旺,这只手叫作“天良”或“良知”吗?那么,究竟什么是“天良”或“良知”?这是个体生命与生俱来的东西,还是在生命发展过程中逐步积淀起来的?为什么有的人就有,有的人就没有?此书作者只是冷静客观地写出"情况",不负责回答这样的问题,然而我们掩卷后,却不由得会联想到若干的"为什么?"来。

在这"宋五回"中,其他人物的性格也都在枝叶繁盛的情节之树上发展着、丰满着,这样高超的文学性是《水浒》等之前的古典小说所未能达到的。特别是潘金莲这一形象,她的聪慧与自私,活泼与狠毒,撮合与挑拨,豁达与狭隘,在与包括宋惠莲在内的多角人物关系中,被刻画得淋漓尽致。

第二十七回
李瓶儿私语翡翠轩　潘金莲醉闹葡萄架

头上青天自恁欺，害人性命霸人妻。
须知奸恶千般计，要使人家一命危。
淫媟从来由浊富，贪嗔转念是慈悲。
天公尚且含生育，何况人心忒妄为。

话说来保正从东京来，下头口，在卷棚内回西门庆话，具言："到东京先见禀事的管家，下了书，然后引见太师。老爷看了揭帖，把礼物收进去，交付明白。老爷分付：不日写书，马上差人下与山东巡抚侯爷，把山东沧州盐客王霁云等一十二名寄监者尽行释放。翟叔多上覆爹：老爷寿诞六月十五日，好歹教爹上京走走，他有话和爹说。"这西门庆听了，满心欢喜。来保此遭回来，撰了盐商王四峰五十两银子，西门庆使他回乔大户话去。

好给面子。还得到进京邀请。

只见贲四、来兴走来，见西门庆在卷棚内和来保说话，立在傍边。来保便往乔大户家去了。西门庆问贲四："你每烧了回来了？"那贲四不敢言语。来兴儿向前附耳低言："如此这般，被宋仁走到化人场上，拦着尸首，不容烧化，声言甚是无礼，小的不敢说。"这西门庆不听万事皆休，听了心中大怒，骂道："这少死光棍，这等可恶！"即令小厮："请你姐夫来写帖儿。"就差来兴儿送与正堂李知县。随即差了两个公人，一条索子把宋仁拿到县里，反问他打网诈财，倚尸图赖，当厅一夹二十大板，打的顺腿淋漓鲜血。写了一纸供案，再不许到西门庆家缠扰，并责令地

"帖儿"大过法。

方火甲："眼同西门庆家人，即将尸烧化讫来回话。"那宋仁打的两腿棒疮，归家着了重气，害了一场时疫，不上几日，呜呼哀哉死了。正是：失晓人家逢五道，溟冷饥鬼撞钟馗。有诗为证：

又一条人命。

县官贪污更堪嗟，得人金帛售奸邪。

宋仁为女归阴路，致死冤魂塞满衙。

西门庆刚了毕宋惠莲之事，就打点三百两金银，交顾银率领许多银匠，在家中卷棚内，打造蔡太师上寿的四阳捧寿的银人，每一座高尺有余。又打了两把金寿字壶，寻了两副玉桃杯。不消半月光景，都攒造完备。西门庆打开来旺儿杭州织造的蟒衣，少两件蕉布纱蟒衣，拿银子教人到处寻，买不出好的来，将就买二件。一日打包，还着来保同吴主管，五月二十八日离清河县，上东京去了。不在话下。

"了毕"二字令人不寒而栗。

过了两日，却是六月初一日，即今到三伏天。正是：大暑无过未申，大寒无过丑寅。天气十分炎热，到了那赤乌当午的时候，一轮火伞当空，无半点云翳，真乃烁石流金之际。人口有一只词，单道这热：

祝融南来鞭火龙，火云焰焰烧天红。日轮当午凝不去，方国如在红炉中。　五岳翠干云彩灭，阳侯海底愁波竭。何当一夕金风发，为我扫除天下热！

说话的，世上有三等人怕热，有三等人不怕热。那三等人怕热？第一怕热田舍间农夫，每日耕田迈垅，扶犁把耙，趁王苗二税，纳仓廪余粮，到了那三伏时节，田中无雨，心间一似火烧。第二经商客旅，经年在外，贩的是那红花紫草，蜜蜡香茶，肩负重担，手碾沉车，路途之中，走的饥又饥，渴又渴，汗涎满面，衣服精湿，得不的寸阴之下，实是难行。第三是那边塞上战士，头顶重盔，身披铁甲，渴饮刀头血，困歇马鞍鞒，经年征战，不得回归，衣生虱虮，疮痍溃烂，体无完肤。这三等人怕热。

又有那三等人不怕热？第一是皇宫内院，水殿风亭，曲水为池，流泉作沼。有大块小块玉，正对倒透犀。碧玉栏边种着那异果奇葩，水晶盆内堆着那玛瑙珊瑚。又有厢成水晶桌上，摆列着端溪砚、象管笔、仓颉墨、蔡琰笺，又有水晶笔架、白玉镇纸。闷时作赋吟诗，醉后南薰一枕。又有王侯贵戚，富室名家，每日雪洞凉亭，终朝风轩水阁。虾须编成帘幕,鲛绡织成帐幔,茉莉结就的香球吊挂。云母床上,铺着那水纹凉簟;鸳鸯珊枕,四面挠起风车来。那傍边水盆内,浸着沉李浮瓜,红菱雪藕,杨梅橄榄,苹婆白鸡头。又有那如花似朵的佳人在傍打扇。又有那琳宫梵刹,羽士禅僧,住着那侵云经阁,接汉钟楼。闲时常到方丈内,讲诵道法《黄庭》;时来仙苑中,摘取仙桃异果。闷了时,唤童子松阴下横琴膝上,醉后携棋枰,柳阴中对友笑谈。原来这三等人不怕热。有诗为证:

赤日炎炎似火烧,野田禾黍半枯焦。

农夫心内如汤煮,楼上王孙把扇摇。

西门庆宅属“富室名家”。

这西门庆起来,遇见天热,不曾出门,在家撒发披襟避暑。在花园中翡翠轩卷棚内,看着小厮每打水浇灌花草。只见翡翠轩正面前栽着一盆瑞香花,开得甚是烂熳。西门庆令小厮来安儿拿小喷壶儿,看着浇水。只见潘金莲和李瓶儿家常都是白银条纱衫儿,密合色纱挑线穿花凤缕金拖泥裙子。李瓶儿是大红蕉布比甲,金莲是银红比甲,都用羊皮金滚边,妆花楣子。惟金莲不戴冠儿,拖着一窝子杭州攒翠云子网儿,露着四鬓,上粘着飞金,粉面额上贴着三个翠面花儿,越显出粉面油头,朱唇皓齿。两个携着手儿,笑嘻嘻蓦地走来,看见西门庆浇花儿,说道:“你原来在这里看着浇花儿哩!怎的还不梳头去?”西门庆道:“你教丫头拿水来,我这里梳头罢。”金莲叫来安:“你且放下喷壶,去屋里对丫头说,教他快拿水拿梳子来,与你爹这里梳头。”来安应诺去了。金莲看见那瑞香花,就要摘了戴在头上,西门庆拦住道:“怪小油嘴,趁早休动手,我每人赏你一朵罢。”原来西门庆把傍边少开头,早已摘下几朵来,浸在一只翠磁胆瓶内。金莲笑道:“我儿,你原来掐下恁几朵放在这里,不与娘戴!”于是先抢过一枝来插在头上。西门庆递了一朵与李瓶儿。只见春梅送了抿镜梳子来,秋菊拿着洗面水。西门庆递了三枝花,教送与月娘、李娇儿、孟玉楼戴,“就请你三娘来,教他弹回月琴我听。”金莲道:“你把孟三儿的拿来,等我送与他。教春梅送他大娘和李娇儿的去。回来你再把一朵花儿与我,我只替你叫唱的,也该与我一朵儿。”西门庆道:“你去,回来与你。”金莲道:“我的儿,谁养的你恁乖!你哄我替你

潘金莲一生总在“抢”。

叫了孟三儿，你是全不与我，我不去！你与了我，我才叫去。”那西门庆笑道：“贼小淫妇儿，这上头也掐个先儿。”于是又与了他一朵。金莲簪于云鬓之傍，方才往后边去了。止撇下李瓶儿和西门庆二人在翡翠轩内，西门庆见他纱裙内罩着大红纱裤儿，日影中玲珑剔透，露着玉骨冰肌，不觉淫心辄起。见左右无人，且不梳头，把李瓶儿按在一张凉椅上，①两人曲尽于飞之乐。不想潘金莲不曾往后边叫玉楼去，走到花园角门首，把花儿递与春梅送去，想了想，回来悄悄蹑足，走在翡翠轩槅子外潜听。听勾多时，听见他两个在里面正干得好。只听见西门庆向李瓶儿道：“我的心肝，你达不爱别的，爱你好个白屁股儿。”②李瓶儿道：“不瞒你说，奴身中已怀临月孕。望你将就些儿。”西门庆听言，满心欢喜，说道：“我的心肝，你怎不早说？”③

不仅要抢，还总“掐先儿”。

正听之间，只见玉楼从后蓦地来到，便问：“五丫头，在这里做甚么儿？”那金莲便摇手儿。两个一齐走到轩内，慌的西门庆凑手脚下迭。金莲问西门庆：“我去了这半日，你做甚么？恰好还没曾梳头洗脸哩！”西门庆道：“我等着丫头取那茉莉花肥皂来我洗脸。”金莲道：“我不好说的，巴巴寻那肥皂洗脸，怪不的你的脸洗的比人家屁股还白！”那西门庆听了，也不着在意里。落后梳洗毕，与玉楼一同坐下，因问：“你在后边做甚么来？带了月琴来不曾？”玉楼道：“我在屋里替大姐姐穿珠花来，到明日与吴舜臣媳妇儿郑三姐下茶去戴。月琴春梅拿了来。”不一时，春梅来到，说花儿都送与大娘、二娘收了，西门庆令他安排酒来。不一时，冰盆内沉李浮瓜，凉亭上偎红倚翠。玉楼道：“不使春梅请大姐姐？”西门庆道：“他又不饮酒，不消邀他去。”当下妻妾四人便了。西门庆居上坐，三个妇人两边打横，得多少壶斟美酿，盘列珍馐。那潘金莲放着椅儿不坐，只坐豆青磁凉墩儿，孟玉楼叫道：“五姐，你过这椅儿上坐，那凉墩儿只怕冷。”金莲道：“不妨事，我老人家不怕冰了胎，怕甚么？”

而且嘴里总无遮拦。

语不刺人死不休。

① 此处删23字。
② 此处删73字。
③ 此处删72字。

须臾酒过三巡，西门庆教春梅取月琴来，教与玉楼，取琵琶，教金莲弹，"你两个唱一套'赤帝当权耀太虚'我听。"金莲不肯，说道："我儿，谁养的你恁乖！俺每唱，你两个是会受用快活，我不也！教李大姐也拿了庄乐器儿。"西门庆道："他不会弹甚么。"金莲道："他不会，教他在旁边代板。"西门庆笑道："这小淫妇单管咬蛆儿。"一面令春梅旋取了一副红牙象板来，教李瓶儿拿着。他两个方才轻舒玉指，款跨鲛绡，合着声唱《雁过声》，丫鬟绣春在旁打扇。"赤帝当权耀太虚"唱毕，西门庆每人递了一杯酒与他吃了。那潘金莲不住在席上只呷冰水，或吃生果子。玉楼道："五姐，你今日怎的只吃生冷？"金莲笑道："我老人家肚内没闲事，怕甚么冷糕么！"羞的李瓶儿在旁脸上红一块，白一块。西门庆瞅了他一眼，说道："你这小淫妇儿，单管只胡说白道的。"金莲道："哥儿，你多说了话。老妈妈睡着吃干腊肉——是恁一丝儿一丝儿的。你管他怎的？"

一点亏不能吃。"咬蛆儿"，锱铢必较。

潘金莲感到，严重的威胁来临了！

正饮酒中间，忽见云生东南，雾障西北，雷声隐隐，一阵大雨来，轩前花草皆湿。正是：江河淮海添新水，翠竹红榴洗濯清。少顷雨止，天外残虹，西边透出日色来。得多少微雨过碧矶之润，晚风凉院落之清。只见后边小玉来请玉楼，玉楼道："大姐姐叫，有几朵珠花没穿了，我去罢，惹的他怪。"李瓶儿道："咱两个一答儿里去，奴也要看姐姐穿珠花哩。"西门庆道："等我送你每一送。"于是取过月琴来，教玉楼弹着，西门庆排手，众人齐唱：

〔梁州序〕　向晚来雨过南轩，见池面红妆凌乱。听春雷隐隐，雨收云散。但闻得荷香十里，新月一钩，此景佳无限。兰汤初浴罢，晚妆残。深院黄昏懒去眠。（合）金缕唱，碧筒劝，向冰山雪槛排佳宴。清世界，能有几人见？

柳阴中忽噪新蝉，见流萤飞来庭院。听菱歌何处，画船归晚。只见玉绳低度，朱户无声，此景犹堪羡。起来携素手，整云偏。月照纱厨人未眠。（合前）

〔节节高〕　涟漪戏彩鸳，绿荷翻，清香泻下琼珠溅。香风扇，芳沼边，闲亭畔，坐来不觉人清健。蓬莱阆苑何足羡！

(合)只恐西风又惊秋，暗中不觉流年换。

众人唱着，不觉到角门首，玉楼把月琴递与春梅，和李瓶儿同往后去了，潘金莲遂叫道："孟三儿，等我等儿，我也去。"才待撇了西门庆走，被西门庆一把手拉住了，说道："小油嘴儿，你躲滑儿，我偏不放你。"拉着只一轮，险些不轮了一交。妇人道："怪行货子！我衣服着出来的，看勾了我的胳膊。淡孩儿，他两个都走去了，我看你留下我做甚么？"西门庆道："咱两个在这太湖石下，取酒来投个壶儿耍子，吃三杯。"妇人道："怪行货子！咱往亭子上那里投去来，平白在这里做甚么！你不信，使春梅小肉儿，他也不替你取酒来。"西门庆因使春梅。春梅越发把月琴丢与妇人，扬长的去了。妇人接过月琴，在手内弹了一回，说道："我问孟三儿，也学会了几句儿了。"一壁弹着，见太湖石畔石榴花经雨盛开，戏折一枝，簪于云鬓之旁，说道："我老娘带个三日不吃饭——眼前花。"被西门庆听见，走向前把他两只小金莲扛将起来，戏道："我把这小淫妇，不看世界面上，就合死了。"那妇人便道："怪行货子！且不要发讪，等我放下这月琴着。"于是把月琴顺手倚在花台边，因说道："我的儿，再二来来越发罢了！适才你和李瓶儿合捣去罢，没地摭嚣儿来缠我做甚么？"西门庆道："怪奴才，单管只胡说，谁和他有甚事！"妇人道："我儿，你但行动，瞒不过当方土地。老娘是谁，你来瞒我！我往后边送花儿去，你两个干的好营生儿！"西门庆道："怪小淫妇儿，休胡说！"于是按在花台下，就亲了个嘴，妇人连忙吐舌头在他口里。西门庆道："你叫我声亲达达，我饶了你，放你起来罢。"那妇人强不过，叫了他声亲达达，"我不是你那可意的，你来缠我怎的？"两个正是：弄晴莺舌于中巧，着雨花枝分外妍。两个顽了一回，妇人道："咱往葡萄架那里投壶耍子儿去，走来！"于是把月琴跨在胳膊上，弹着找《梁州序》后半截：

清宵思爽然，好凉天。瑶台月下清虚殿。神仙眷，开玳筵，重欢宴，任教玉漏催银箭。水晶宫里笙歌按。(合前)只恐西风又惊秋，不觉暗中流年换。

〔尾声〕 光阴迅速如飞电，好良宵可惜渐阑，拼取欢娱

西门庆与众妾及丫头排手齐唱，此种作派是贵族家庭中难以见到的。

其实潘金莲等西门庆求欢，早已等得不耐烦了。

心花已怒放，决意大疯狂。

歌笑喧。

日日花前宴，宵宵伴玉娥。

今生能有几？不乐待如何！

两人并肩而行，须臾转过碧池，抹过木香亭，从翡翠轩前穿过，来到葡萄架上。睁眼观看，端的好一座葡萄。但见：

四面雕栏石甃，周围翠叶深稠。迎眸霜色，如千枝紫弹坠流苏；喷鼻秋香，似万架绿云垂绣带。縋縋马乳，水晶丸里浥琼浆；滚滚绿珠，金屑架中含翠幄。乃西域移来之种，隐甘泉珍玩之芳。端的四时花木衬幽葩，明月清风无价买。

二人到于架下，原来放着四个凉墩，有一把壶在旁，金莲把月琴倚了，和西门庆投壶。远远只见春梅拿着酒，秋菊掇着果盒，盒子上一碗冰湃的果子。妇人道："小肉儿，你头里使性儿的去了，如何又送将来了？"春梅道："教人还往那里寻你们去，谁知蓦地这里来！"秋菊放下去了。西门庆一面揭开盒，里边攒就的八槅细巧果菜：一槅是糟鹅胗掌，一槅是一封书腊肉丝，一槅是木樨银鱼鲊，一槅是劈晒雏鸡脯翅儿，一槅鲜莲子儿，一槅新核桃穰儿，一槅鲜菱角，一槅鲜荸荠；一小银素儿葡萄酒，两个小金莲蓬钟儿，两双牙箸儿，安放一张小凉杌儿上。西门庆与妇人对面坐着，投壶耍子。须臾过桥，翎花倒入，双飞雁，登科及第，二乔观书，杨妃春睡，乌龙入洞，珍珠倒卷帘。投了十数壶，把妇人灌的醉了，不觉桃花上脸，秋波斜睨。西门庆要吃药五香酒，又取酒去，金莲说道："小油嘴，我再央你央儿，往房内把凉席和枕头取了来。我困的慌，这里略躺躺儿。"那春梅故作撒娇，说道："罢么，偏有这些支使人的，谁替你又拿去！"西门庆道："你不拿，教秋菊抱了来，你拿酒就是了。"那春梅摇着头儿去了。

西门庆"性趣"仍未高涨。潘金莲只好"循循善诱"。

迟了半日，只见秋菊先抱了凉席枕衾来，妇人分付："放下铺盖，拽花园门，往房里看去，我叫你便来。"那秋菊应诺，放下衾枕，一直去了。这西门庆于是起身，脱下玉色纱褷儿，搭在栏杆上，径往牡丹畦西畔松墙边花架下，小净手去了。回来，妇人又早在架儿底下铺设凉簟枕衾停当，脱的上下没条丝，仰卧于衽席之上，脚下穿着大红鞋儿，手弄白纱扇

使出"赤裸裸"的手段。

儿摇凉。西门庆走来看见，怎不触动淫心？于是乘着酒兴，亦脱去上下衣，坐在一凉墩上。[1] 正干在美处，只见春梅盪了酒来，一眼看见，把酒注子放下，一直走到山顶上一座最高亭儿，名唤卧云亭那里，搭伏着棋桌儿，弄棋子耍子。西门庆抬头看见他在上面，点手儿叫他，不下来，说道："小油嘴，我拿不下你来就罢了。"于是撇了妇人，比及大扠步从石磴上走到顶上亭子上时，那春梅早从右边一条羊肠小道儿下去，打藏春坞雪洞儿里穿过去，走到半中腰滴翠山丛花木深处。才待藏躲，不想被西门庆撞见，黑影里拦腰抱住，说道："小油嘴，我却也寻着你了。"遂轻轻抱出，到于葡萄架下，笑道："你且吃钟酒着。"一面搂他坐在腿上，两个一递一口饮酒。春梅见把妇人两腿拴吊在架上，便说道："不知你每甚么张致，大青天白日里，一时人来撞见，怪模怪样的。"西门庆问道："角门子关上了不曾？"春梅道："我来时扣上来了。"[2]那西门庆叫春梅在旁打着扇，只顾吃酒不理他。吃来吃去，仰卧在醉翁椅儿上打睡，就睡着了。春梅见他醉睡，走来摸摸，打雪洞内一溜烟往后边去了。听见有人叫角门，开了门，原来是李瓶儿。由着西门庆睡了一个时辰，睁开眼醒来，[3]见日色已西，连忙替他披上衣裳，叫了春梅、秋菊来，收拾衾枕，同扶他归房。春梅回来，看着秋菊收了吃酒的家火，才待关花园门，来昭的儿子小铁棍儿从花架下钻出来，赶着春梅问姑娘要果子吃，春梅道："小囚儿，你在那里来？"把了几个李子、桃子与他，说道："你爷醉了，还不往前边去，只怕他看见打你。"那猴子接了果子，一直去了。春梅关了花园门回，来房打发西门庆与妇人上床就寝。不在话下。正是：

朝随金谷宴，暮伴绮楼娃。

休道欢娱处，流光逐暮霞。

毕竟未知后来何如，且听下回分解。

潘金莲"有志者事竟成"。

由此及彼。

潘金莲只能激发西门庆的变态狂欲，以受虐狂的角色来"拔尖儿"。

---

① 此处删139字。
② 此处删163字。
③ 此处删638字。

第二十八回
陈经济因鞋戏金莲　西门庆怒打铁棍儿

风波境界立身难，处世规模要放宽。

万事尽从忙里错，此心须向静中安。

路当平处行更稳，人有常情耐久看。

直到始终无悔吝，才生枝节便多端。

话说西门庆扶妇人到房中，脱去上下衣裳，着薄纩短襦，赤着身体，妇人止着红纱抹胸儿。两个并肩叠股而坐，重斟杯酌，复饮香醪。西门庆一手搂着他粉项，一递一口和他吃酒，极尽温存之态。睨视妇人云鬟斜亸，酥胸半露，娇眼乜斜，犹如沉醉杨妃一般。①

纵欲无度。

一宿晚景题过。到次日，西门庆往外边去了。妇人约饭时起来，换睡鞋，寻昨日脚上穿的那一双红鞋，左来右去少一只。问春梅，春梅说："昨日我和爹搊扶着娘进来，秋菊抱娘的铺盖来。"妇人叫了秋菊来问，秋菊道："我昨日没见娘穿着鞋进来。"妇人道："你看胡说！我没穿鞋进来，莫不我精着脚进来了？"秋菊道："娘，你穿着鞋，怎的屋里没有？"妇人骂道："贼奴才，还装憨儿！无故只在这屋里，你替我老实寻是的！"这秋菊三间屋里，床上床下，到处寻了一遍，那里讨那只鞋来？妇人道："端的我这屋里有鬼，摄了我这只鞋去了。连我脚上穿的鞋也不见了，要你这奴才在屋里做甚么？"秋菊道："倒只怕娘忘记落在花园里，没曾

① 此处删 383 字。

穿进来。”妇人道：“敢是合昏了！我鞋穿在脚上没穿在脚上，我不知道？”叫春梅：“你跟着这贼奴才，往花园里寻去。寻出来便罢，若寻不出我的鞋来，教他院子里顶着石头跪着。”这春梅真个押着他，花园到处，并葡萄架跟前，寻了一遍儿，那里得来？再有一只也没了。正是：都被六丁收拾去，芦花明月竟难寻。寻了一遍儿回来，春梅骂道“奴才，你媒人婆迷了路儿——没的说了！王妈妈卖了磨——推不的了！”秋菊道：“好，省恐人家不知。甚么人偷了娘的这只鞋去了？我没曾见娘穿进屋里去，敢是你昨日开花园门，放了那个拾了娘的鞋去了？”被春梅一口稠唾沫哕了去，骂道：“贼见鬼的奴才，又搅缠起我来了！六娘叫门，我不替他开？可可儿的就放进人来了。你抱着娘的铺盖，就不经心瞧瞧，还敢说嘴儿！”一面押他到屋里，回妇人说没有鞋。妇人教采出他院子里跪着。秋菊把脸哭丧下水来说：“等我再往花园里寻一遍，寻不着随娘打罢。”春梅道：“娘休信他。花园里地也扫得干干净净的，就是针也寻出来，那里讨鞋来！”秋菊道：“等我寻不出来，教娘打就是了，你在傍戳舌儿怎的？”妇人向春梅道：“也罢，你跟着他这奴才，看他那里寻去！”

书中各色人物，张嘴便是一串串俗谚俚谣歇后语，却都吻合各自身份，符合特定情境，有时更凸现人物性格；小说语言生动鲜活到这地步的，真不多见。

这春梅又押他在花园山子底下各雪洞儿、花池边、松墙下，寻了一遍，没有。他也慌了，被春梅两个耳刮子，就拉回来见妇人。秋菊道：“还有那个雪洞里没寻哩。”春梅道：“那里藏春坞是爹的暖房儿，娘这一向又没到那里。我看寻哩，寻不出来，我和你答话！”于是押着他，到于藏春坞雪洞内。正面是张坐床，傍边香几上都寻到，没有，又向书箧内寻。春梅道：“这书箧内都是他的拜帖纸，娘的鞋怎的到这里？没的摭溜子捱工夫儿，翻的他恁乱腾腾的，惹他看见又是一场儿，你这歪剌骨可死成了！”良久，只见秋菊说道：“这不是娘的鞋！在一个纸包内，裹着些棒儿香、排草。”取出来与春梅瞧，“可怎的有了娘的鞋，刚才就调唆打我。”春梅看见，果是一只大红平底鞋儿，说道：“是娘的，怎么来到这书箧内？好跷蹊的事！”于是走来见妇人。妇人问：“有了我的鞋，端的在那里？”春梅道：“在藏春坞，爹暖房书箧内寻出来，和些拜帖子纸、排草、安息香包在一处。”妇人拿在手内，取过他的那只鞋来一比，都是大红四季花嵌八宝段子白绫平底绣花鞋儿，绿提根儿，蓝口金儿，惟有鞋上锁线儿差些：一只是纱绿锁线儿，一只是翠蓝锁线，不仔细认不出来。妇人登在脚上试了试，寻出来这一只比旧鞋略紧些，方知是来旺儿媳妇子的鞋，“不知几时与了贼强人，不敢拿到屋里，悄悄藏放在那里，不想又被奴才翻将出来。”看了一回，说道：“这鞋不是我的鞋。奴才，快与我跪着去！”分付春梅：“拿块石头与他顶着。”那秋菊哭起来，说道：“不是娘的鞋是谁的鞋？我饶替娘寻出鞋来，还要打我；若是再寻不出来，不知还怎的打我哩！”妇人骂道：“贼奴才，休说嘴！”春梅一面掇了块大石头顶在他头上。那时妇人另换了一双鞋穿在脚上，嫌房里热，分付春梅把妆台放在玩花楼上，那里梳头去。梳了头要打秋菊，不在话下。

人亡物在。

秋菊可怜。

却说陈经济早辰从铺子里进来寻衣服，走到花园角门首。小铁棍儿在那里正顽着，见陈经济手里拿着一副银网巾圈儿，便问：“姑夫，你拿的甚么？与了我耍子儿罢。”经济道：“此是人家当的网巾圈儿，来赎，我寻出来与他。”那小猴子笑嘻嘻道：“姑夫，你与了我耍子罢，我换与你件好物件儿。”经济道：“傻孩子，此是人家当的。你要，我另寻一副儿与你耍子。你有甚么好物件？拿来我瞧。”那猴子便向腰里掏出一只红绣花鞋儿与经济看，经济便问：“是那里的？”那猴子笑嘻嘻道：“姑夫，我对你说了罢：我昨日在花园里耍子，看见俺爹吊着俺五娘两只腿在葡萄架儿底下，一阵好风摇落。后俺爹进去了，我寻俺春梅姑姑要果子，在葡萄架底下拾了这只鞋。”经济接在手里，曲似天边新月，红如退瓣莲花，把在掌中恰刚三寸，就知是金莲脚上之物，便道：“你与了我，明日另寻一对好圈儿与你耍子。”猴子道：“姑夫你休哄我，我明日就问你要了！”经济道：“我不哄你。”那猴子一面笑的耍去了。

别忘了西门庆之所以能过如此穷奢极欲的荒唐生活，是因为他开着当铺等买卖，有其滚滚的财源。

这陈经济把鞋褪在袖中，自己寻思：“我几次戏他，他口儿且是活，及到中间，又走滚了。不想天假其便，此鞋落在我手里。今日我着实撩逗他一番，不怕他不上帐儿。”正是：时人不用穿针线，那得工夫送巧来。

“走滚了”，“滚”字摄神。

经济袖着鞋，径往潘金莲房来，转过影壁，只见秋菊跪在院内，便戏道：“小大姐，为甚么来投充了新军，又掇起石头来了？”金莲在楼上听见，便叫春梅问道：“是谁说他掇起石头来了？干净这奴才没顶着？”春梅道："是姐夫来了。秋菊顶着石头哩。"妇人便叫："陈姐夫，楼上没人，你上来不是。"这小伙儿方扒步撩衣上的楼来，只见妇人在楼前面开了两扇窗儿，挂着湘帘，那里临镜梳头。这陈经济走到傍边一个小杌儿坐下，看见妇人黑油般头发，手挽着梳还拖着地儿，红丝绳儿扎着，一窝丝攒上，戴着银丝䯼髻，还垫出一丝香云，䯼髻内安着许多玫瑰花瓣儿，露着四鬓，打扮的就是个活观音。须臾，看着妇人梳了头，掇过妆台去，向面盆内洗了手，穿上衣裳，唤春梅拿茶来与姐夫吃。那经济只是笑不做声，妇人因问："姐夫笑甚么？"经济道："我笑你管情不见了些甚么儿。"妇人道："贼短命，我不见了关你甚事？你怎的晓得？"经济道："你看我好心倒做了驴肝肺，你倒讪起我来。恁说，我去罢！"抽身往楼下就走，被妇人一把手拉住，说道："怪短命，会张致的！来旺儿媳妇子死了，没了想头了，却怎么还认的老娘？"因问："你猜着我不见了甚么物件儿？"这经济向袖中取出来，提搯着鞋拽靶儿，笑道："你看这个好的儿，是谁的？"妇人道："好短命，原来是你偷拿了我的鞋去了！教我打着丫头，绕地里寻！"经济道："你怎的到得我手里？"妇人道："我这屋里再有谁来，敢是你贼头鼠脑，偷了我这只鞋去了。"经济道："你老人家不害羞。我这两日又往你这屋里来？我怎生偷你的？"妇人道："好贼短命，等我对你爹说！你倒偷了我鞋，还说我不害羞！"经济道："你只好拿爹来唬我罢了。"妇人道："你好小胆子儿！明知道和来旺儿媳妇子七个八个，你还调戏他，想那淫妇教你戏弄。既不是你偷了我的鞋，这鞋怎落在你手里？趁早实供出来，交还与我鞋，你还便益。自古物见主，不索取。但迸半个不字，教你死无葬身之地。"经济道："你老人家是个女番子，且是倒会的放刁。这里无人，咱每好讲：你既要鞋，拿一件物事儿，我换与你。不然，天雷也打不出去！"妇人道："好短命！我的鞋应当还我，教换甚物事儿与你？"经济笑道："五娘，你拿你袖的那方汗巾儿赏与儿子，儿子与了你的鞋罢。"妇人道："我明日另寻一方好汗巾儿。这汗巾儿是你爹成日眼里见过，不好与你的。"经济道："我不。别的就与我一百方也不算，一心我只要你老人家这方汗巾儿。"妇人笑道："好个牢成久惯的短命！我也没气力和你两个缠。"于是向袖中取出一

一把拉住，可见本是如获至宝。

方细撮穗白绫挑线莺莺烧夜香汗巾儿，上面连银三字儿都掠与他。这经挤连忙接在手里，与他深深的唱个喏。妇人分付：“你好生藏着，休教大姐看见，他不是好嘴头子！”经济道：“我知道。”一面把鞋递与他，如此这般，“是小铁棍儿昨日在花园里拾的，今早拿着问我换网巾圈儿要子”一节，告诉了一遍。妇人听了，粉面通红，银牙暗咬，说道：“你看，贼小奴才油手把我这鞋弄的恁漆黑的！看我教他爹打他不打他。”经济道：“你弄杀我。打了他不打紧，敢就赖在我身上，是我说的。千万休要说罢！”妇人道：“我饶了小奴才，除非饶了蝎子！”

两个正说在热闹处，忽听小厮来安儿来寻，“爹在前厅请姐夫写礼帖儿哩。”妇人连忙撺掇他出去了。下的楼来，教春梅取板子来，要打秋菊。秋菊说着，不肯躺，说道：“寻将娘的鞋来，娘还要打我！”妇人把刚才陈经济拿的鞋递与他看，骂道：“贼奴才，你把那个当我的鞋，将这个放在那里？”秋菊看见，把眼瞪了半日不敢认，说道：“可是怪的勾当，怎生跑出娘的三只鞋来了？”妇人道：“好大胆奴才！你敢是拿谁的鞋来搪塞我，倒如何说我是三只脚的蟾？这个鞋从那里出来了？”不由分说，教春梅拉倒，打了十下。打的秋菊抱股而哭，望着春梅道：“都是你开门，教人进来收了娘的鞋，这回教娘打我！”春梅骂道：“你倒收拾娘铺盖，不见了娘的鞋，娘打了你这几下儿，还敢抱怨人！早是这只旧鞋，若是娘头上的簪环不见了，你也推赖个人儿就是了？娘惜情儿，还打的你少。若是我，外边叫个小厮，辣辣的打上他二三十板，看这奴才怎么样的！”几句骂得秋菊忍气吞声，不言语了。

秋菊粗顽，怎知就里。春梅其实也是借此发泄心中对潘金莲的暗妒。

当下西门庆叫了经济到前厅，封尺头礼物，送提刑所贺千户，新升了淮安提刑所掌刑正千户。本卫亲识都与他送行，在永福寺。不必细说。西门庆差了钺安送去，厅上陪着经济吃了饭，归到金莲房中。这金莲千不合、万不合把小铁棍儿拾鞋之事告诉一遍，说道：“都是你这没才料的货，平白干的勾当！教贼万杀的小奴才把我的鞋拾了，拿到外头，谁是没瞧见，被我知道，要将过来了。你不打与他两下，到明日惯了他。”西门庆就不问谁告你说来，一冲性子走到前边。那小猴子不知，正在石台基顽耍，被西门庆揪住顶角，拳打脚踢，杀猪也似叫起来，方才住了手。这小猴子躺在地下，死了半日，慌得来昭两口子走来扶救，半日苏醒。见小厮鼻口流血，抱他到房里慢慢问他，方知为拾鞋之事。拾了金莲一只鞋，因和陈经济换圈儿，惹起事来。这一丈青气忿忿的走到后边厨下，指东骂西，一顿海骂道："贼不逢好死的淫妇，王八羔子！我的孩子和你有甚冤仇？他才十一二岁，晓的甚么？知道毬生在那块儿！平白地调唆打他恁一顿，打的鼻口都流血。假若死了他，淫妇、王八儿也不好，称不了你甚么愿！"于是厨房里骂了，到前边又骂，整骂了一二日还不定。因金莲在房中陪西门庆吃酒，还不知道。

奴才生命一钱不值。

晚夕上床宿歇，西门庆见妇人脚上穿着两只纱绸子睡鞋儿，大红提根儿，因说道："阿呀！如何穿这个鞋在脚上？怪怪的不好看！"妇人道："我只一双红睡鞋，倒乞小奴才拾了一只，弄油了我的，那里再讨第二双来？"西门庆道："我的儿，你到明日做一双儿穿在脚上。你不知，我达一心只喜欢穿红鞋儿，看着心里爱。"妇人道："怪奴才，可可儿的来，我想起一件事来，要说又忘了。"因令春梅："你取那只鞋来与他瞧。——你认的这鞋是谁的鞋？"西门庆道："我不知道是谁的鞋。"妇人道："你看他还打张鸡儿哩！瞒着我黄猫黑尾，你干的好茧儿！一行死了来旺儿媳妇子的一只臭蹄，宝上珠也一般，收藏在山子底下藏春坞雪洞儿里拜帖匣子内，搅着些字纸和香儿一处放着。甚么罕稀物件，也不当家化化的！怪不的那贼淫妇死了堕阿鼻地狱！"指着秋菊骂道："这奴才当我的鞋，又翻出来，教我打了几下。"分付春梅："趁早与我掠出去！"春梅把鞋掠在地下，看着秋菊说道："赏与你穿了罢！"那秋菊拾在手里说道："娘这个鞋，只好盛我一个脚指头儿罢了。"妇人骂道："贼奴才，还教甚么毬娘哩！他是你家主子前世的娘！不然，怎的把他的鞋这等收藏的娇贵？到明日好传代！没廉耻的货！"秋菊拿着鞋就往外走，被妇人又叫回来，分付："取刀来，等我把淫妇剁做几截子，掠到毛司里去，叫贼淫妇阴山背后，永世不得超生！"因向西门庆道："你看着越心疼，我越发偏剁个样儿你瞧。"西门庆笑道："怪奴才，丢开手罢了。我那里有这个心！"妇人道："你没这个心，你就赌了誓。淫妇死的不知往那去了，你还留着他鞋做甚么？早晚看着，好思想他。正经俺每和你恁一场，你也没恁个心儿，还教人和你一心一计哩！"西门庆笑道："罢

该骂。如果西门宅内连这样的骂声都没有，那就更不成个世界了！

"不当家化化的"，"罪罪过过"之意。《红楼梦》中亦用此语，说明自明至清几百年间，此语都是"活语言"。

西门庆对宋惠莲确已毫无顾念，但也不想再加恶评。

了，怪小淫妇儿，偏有这些儿的。他就在时，也没曾在你跟前行差了礼法。”于是搂过粉项来就亲了个嘴，两个云雨做一处。正是：动人春色娇还媚，惹蝶芳心软意浓。有诗为证：

漫吐芳心说向谁？欲于何处寄相思？

相思有尽情难尽，一日都来十二时。

毕竟未知后来如何，且听下回分解。

第二十九回
吴神仙贵贱相人　潘金莲兰汤午战

百年秋月与春花，展放眉头莫自嗟。
吟几首诗消世虑，酌二杯酒度韶华。
闲敲棋子心情乐，闷拨瑶琴兴趣赊。
人事与时俱不管，且将诗酒作生涯。

话说到次日，潘金莲早起，打发西门庆出门，记挂着要做那红鞋，拿着针线筐儿，往花园翡翠轩台基儿上坐着，那里描画鞋扇。使春梅请了李瓶儿来到，李瓶儿问道："姐姐，你描画的是甚么？"金莲道："要做一双大红光素段子白绫平底鞋儿，鞋尖儿上扣绣鹦鹉摘桃。"李瓶儿道："我有一方大红十样锦段子，也照依姐姐描恁一双儿，我要做高底的罢。"于是取了针线筐，两个同一处做。金莲描了一只，丢下说道："李大姐，你替我描这一只，等我后边把孟三姐叫了来。他昨日对我说，他也要做鞋哩。"一直走到后边。

玉楼在房中倚着护炕儿，手中也衲着一只鞋儿哩。金莲进门，玉楼道："你早办。"金莲道："我起的早，打发他爹往门外与贺千户送行去了。教我约下李大姐，花园里赶早凉做些生活。等住回，日头过，热了做不的。我才描了一只鞋，教李大姐替我描着，径来约你同去，咱三个一答儿哩好做。"因问："你手里衲的是甚么鞋？"玉楼道："是昨日你看我开的那双玄色段子鞋。"金莲道："你好汉！又早衲出一只来了。"玉楼道："那只昨日就衲了，这一只又衲了好些了。"金莲接过看了一回，说："你这个，到明日使甚么云头子？"玉楼道："我比不得你们小后生，花花黎黎。我老人家了，使羊皮金缉的云头子罢，周围拿纱绿线锁出白山子儿，上白绫高底穿，好不好？"金莲道："也罢，你快收拾，咱去来，李瓶儿那里等着哩。"玉楼道："你坐着，咱吃了茶去。"金莲道："不吃罢，咱拿了茶那里吃去来。"玉楼分付兰香顿下茶送去。两个妇人手拉着手儿，袖着鞋扇，径往外走。吴月娘在上房穿廊下坐，便问："你们那去？"金莲道："李大姐使我替他叫孟三儿去，与他描鞋。"说着，一直来到花园内。

三人一处坐下，拿起鞋扇，你瞧我的，我瞧你的，都瞧了一遍。先是春梅拿茶来吃了，然后李瓶儿那边的茶到，孟玉楼房里兰香落后才拿茶至。三人吃了，玉楼便道："六姐，你平白又做平底子红鞋做甚么？不如高底鞋好着。你若嫌木底子响脚，也似我用毡底子，却不好，走着又不响。"金莲道："不是穿的鞋，是睡鞋。也是他爹，因我不见了那只睡鞋，被小奴才儿偷了，弄油了我的，分付教我从新又做这双鞋。"玉楼道："又说鞋哩，这个也不是舌头，李大姐在这里听着：昨日因你不见了这只鞋，来昭家孩子小铁棍儿怎的花园里拾了，后来不知你怎的知道了，对他爹说，打了小铁棍儿一顿。说把他猴子打的鼻口流血，躺在地下死了半日，惹的一丈青好不在后边海骂：骂那个淫妇、王八羔子学舌，打了他小厮；说他小厮一点尿不晓孩子，晓的甚么，便唆调打了他恁一顿；早是活了，若死了，淫妇、王八羔子也不得清洁。俺再不知骂淫妇、王八羔子是谁。落后小铁棍儿进来，他大姐姐问他：'你爹为甚么打你？'小厮才说：'因在花园里耍子，拾了一只鞋，问姑夫换圈儿来。不知甚么人对俺爹说了，教爹打我一顿。我如今寻姑夫，问他要圈儿去也。'说毕，一直往前跑了。原来骂的王八羔子是陈姐夫。早是只李娇儿在傍边坐着，大姐没在跟前。若听见时，又是一场儿！"金莲问："大姐姐没说甚么？"玉楼道："你还说哩，大姐姐好不说你哩！说：'如今这一家子乱世为王，九条尾狐狸精出世了，把昏君祸乱的贬子休妻！想着去了的来旺儿小厮，好好的从南边来了，东一帐西一帐，说他老婆养着主子，又说他怎的拿刀弄杖，成日做贼哩，养汉哩，生生儿祸弄的打发他出去了，把个媳

那个社会富人内宅中的日常生活。

孟玉楼虽不如潘金莲那么奸猾狠毒，传起话来也颇有煽惑力。宋惠莲的悲剧，跟她"及时传话"就有很大关系。

妇又逼临的吊死了。如今为一只鞋子，又这等惊天动地反乱。你的鞋好好穿在脚上，怎的教小厮拾了？想必吃醉了，在那花园里和汉子不知怎的饧成一块，才吊了鞋。如今没的摭羞，拿小厮顶缸，打他这一顿，又不曾为甚么大事。'"金莲听了道："没的那扯毬淡！甚么是大事？杀了人是大事了，奴才拿刀子要杀主子！"向玉楼道："孟三姐，早是瞒不了你，咱两个听见来兴儿说了一声，唬的甚么样儿的？你是他的大老婆，倒说这个话！你也不管，我也不管，教奴才杀了汉子才好？老婆成日在你那后边使唤，你纵容着他，不管教他，欺大灭小，和这个合气，和那个合气。各人冤有头，债有主，你揭条我，我揭条你，吊死了，你还瞒着汉子不说。早时苦了钱好，人情说下来了，不然怎了？你这等推干净，说面子话儿！左右是左右，我调唆汉子也罢，若不教他把奴才老婆汉子一条提，撵的离门离户也不算！恒属人挟不到我井里头！"玉楼见金莲粉面通红，恼了，又劝道："六姐，你我姊妹都是一个人，我听见的话儿有个不对你说？说了，只放在你心里，休要使出来。"

金莲不依他，到晚等的西门庆进入他房来，一五一十告西门庆说："来昭媳妇子一丈青怎的在后边指骂，说你打了他孩子，要逻楂儿和人攘。"这西门庆不听便罢，听了记在心里。到次日，要撵来昭三口子出门，多亏月娘再三拦劝下。不容他在家，打发他往狮子街房子里看守，替了平安儿来家看守大门。后次月娘知道，甚恼金莲，不在话下。正是：事不三思终有悔，人逢得意早回头。

吴月娘其实也是维护全宅的整体利益。

却说西门庆在前厅打发来昭三口子，搬移狮子街看守房屋去。一日，正在前厅坐，忽有看守大门的平安儿来报："守备府周爷差人送了一位相面先生，名唤吴神仙，在门首伺候见爹。"西门庆唤来人进见，递上守备帖儿，然后道："有请。"须臾，那吴神仙头戴青布道巾，身穿布袍，足登草履，腰系黄丝双穗绦，手执龟壳扇子，自外飘然进来。年约四十之上，生的神清如长江皓月，貌古似太华乔松，威仪凛凛，道貌堂堂。原来神仙有四般古怪：身如松，声如钟，坐如弓，走如风。但见他：

一个利益集团中的人，连"神仙"也荐来共享。

能通风鉴，善究子平。观乾象能识阴阳，察龙经明知风水。五星深讲，三命秘谈。审格局，决一世之荣枯；观气色，定行年之休咎。若非华岳修真客，定是成都卖卜人。

西门庆见神仙进来，忙降阶迎接，接至厅上。神仙见西门庆，长揖稽首就坐。须臾茶罢，西门庆动问神仙高名雅号，仙乡何处，因何与周大人相识。那吴神仙坐上欠身道："贫道姓吴名奭，道号守真，本贯浙江仙游人。自幼从师，天台山紫虚观出家。云游上国，因往岱宗访道，道经贵处。周老总兵相约，看他老夫人目疾，特送来府上观相。"西门庆道："老仙长会那几家阴阳？道那几家相法？"神仙道："贫道粗知十三家子平，善晓麻衣相法，又晓六壬神课。常施药救人，不爱世财，随时住世。"西门庆听言，益加敬重，夸道："真乃谓之神仙也！"一面令左右放桌儿，摆斋管待神仙，神仙道："周老总兵送贫道来，未曾观相造，可先要赐斋？"西门庆笑道："仙长远来，一定未用早斋。待用过，看命未迟。"于是陪着神仙吃了些斋食素馔，抬过桌席，拂抹干净，讨笔砚来。神仙道："请先观贵造，然后观相尊容。"西门庆便说与八字："属虎的，二十九岁了，七月二十八日子时生。"这神仙暗暗掐指寻纹，良久，说道："官人贵造：丙寅年，辛酉月，壬午日，丙子时。七月廿三日白露，已交八月算命。月令提刚辛酉，理伤官格。子平云：伤官伤尽复生财，财旺生官福转来。立命申宫，是城头土命：七岁行运辛酉，十七行壬戌，二十七癸亥，三十七甲子，四十七乙丑。官人贵造，依贫道所讲，元命贵旺，八字清奇，非贵则荣之造。但戊土伤官，生在七八月，身忒旺了。幸得壬午日干，壬中有癸水，水火相济，乃成大器。丙子时，丙合辛生，后来定掌威权之职。一生盛旺，快乐安然，发福迁官，主生贵子。为人一生耿直，干事无二，喜则和气春风，怒则迅雷烈火。一生多得妻财，不少纱帽戴，临死有二子送老。今岁丁未流年，丁壬相合，目下丁火来克。若你克我者为官鬼，必主平地登云之喜，添官进禄之荣。大运见行癸亥，戊土得癸水滋润，定见发生。目下透出红鸾天喜，熊罴之兆。又命宫驲马临申，不过七月必见矣。"西门庆问道："我后来运限何如，有灾没有？"神仙道："官人休怪我说，但八字中不宜阴水太多，后到甲子运中，常在阴人之上，只是多了底流星打搅，又被了壬午日破了，不出六六之年，主有呕血流脓之灾，骨瘦形衰之病。"西门庆问道："于今如何？"神仙道："目

头头是道。作者用"吴神仙"给西门一家算命，暗示了本书这些角色的命运归宿。后来《红楼梦》用"太虚幻境"的"册子"和"十二支曲"暗示"金陵十二钗"的命运归宿，可能受到此书此回启发。说西门庆"一生耿直"，并无讽刺之意。"吴神仙"没有，此书作者也无借"吴神仙"之口进行反讽之意。我们如果超越政治、道德评价的角度，仅就西门庆的性格而论，那么，不能不承认，他是个"一根肠子通屁股"的直性子人，并且，他很少隐瞒自己的观点，并相当地敢做敢为。

今流年，只多日逢破败五鬼在家炒闹，些小气恼不足为灾，都被喜气神临门冲散了。”西门庆道：“命中还有败否？”神仙道：“年赶着月，月赶着日，实难矣。”

西门庆听了满心欢喜，便道：“先生，你相我面何如？”神仙道：“请尊容转正，贫道观之。”西门庆把座儿掇了一掇，神仙相道：“夫相者，有心无相，相逐心生；有相无心，相随心往。吾观官人，头圆项短，必为享福之人；体健筋强，决是英豪之辈；天庭高耸，一生衣禄无亏；地阁方圆，晚岁荣华定取。此几庄儿好处。还有几庄不足之处，贫道不敢说。”西门庆道：“仙长但说无妨。”神仙道：“请官人走两步看。”西门庆真个走了几步。神仙道：“你行如摆柳，必主伤妻；鱼尾多纹，终须劳碌。眼不哭而泪汪汪，心无虑而眉缩缩，若无刑克，必损其身，妻宫克过方可。”西门庆道：“已刑过了。”神仙道：“请出手来看一看。”西门庆舒手来与神仙看，神仙道：“智慧生于皮毛，苦乐观乎手足。细软丰润，必享福逸禄之人也。两目雌雄，必主富而多诈；眉抽二尾，一生常自足欢娱；根有三纹，中岁必然多耗散；奸门红紫，一生广得妻财；黄气发于高旷，旬日内必定加官；红色起于三阳，今岁间必生贵子。又有一件不敢说：泪堂丰厚，亦主贪花；谷道乱毛，号为淫抄。且喜得鼻乃财星，验中年之造化；承浆地阁，管末世之荣枯。

以上是推八字，以下开始看相。

体健筋强，不是女性化、娘娘腔的那种阴柔男子。

下文将一一应验。

承浆地阁要丰隆，准乃财星居正中。

生平造化皆由命，相法玄机定不容。”

神仙相毕，西门庆道：“请仙长相相房下众人。”一面令小厮：“后边请你大娘出来。”于是李娇儿、孟玉楼、潘金莲、李瓶儿、孙雪娥等众人都跟出来，在软屏后潜听。神仙见月娘出来，连忙道了稽首，也不敢坐，在旁边观相，“请娘子尊容转正。”那吴月娘把面容朝看厅外，神仙端详了一回，说：“娘子面如满月，家道兴隆；唇若红莲，衣食丰足，必得贵而生子；声响神清，必益夫而发福。请出手来。”月娘从袖口中露出十指春葱来。神仙道：“干姜之手，女人必善持家；照人之鬓，坤道定须秀气。这几桩好处。还有些不足之处，休道贫道直说。”西门庆道：“仙长但说无妨。”神仙道：“泪堂黑痣，若无宿疾必刑夫；眼下皱纹，亦主六亲若冰炭。

吴月娘是此书难得的“正面人物”。

女人端正好容仪，缓步轻如出水龟。

行不动尘言有节，无肩定作贵人妻。”

相毕，月娘退后，西门庆道：“还有小妾辈请看看。”于是李娇儿过来。神仙观看良久，“此位娘子，额尖鼻小，非侧室，必三嫁其夫；肉重身肥，广有衣食而荣华安享；肩耸声泣，不贱则孤；鼻梁若低，非贫即夭。请步几步我看。”李娇儿走了几步。神仙道：

“额尖露臀并蛇行，早年必定落风尘。

假饶不是娼门女，也是屏风后立人。”

果然。

相毕，李娇儿下去，吴月娘叫：“孟三姐，你也过来相一相。”神仙观道：“这位娘子，三停平等，一生衣禄无亏；六府丰隆，晚岁荣华定取。平生少疾，皆因月孛光辉；到老无灾，大抵年宫润秀。请娘子走两步。”玉楼走了两步。神仙道：

“口如四字神清彻，温厚堪同掌上珠。

威媚兼全财命有，终主刑夫两有馀。”

此妇尚命好，但“终主刑夫两有馀”，起码要嫁三次。

玉楼相毕，叫潘金莲过来。那潘金莲只顾嬉笑，不肯过来，月娘催之再三，方才出见。神仙抬头观看这个妇人，沉吟半日，方才说道：“此位娘子，发浓鬓重，光斜视以多淫；脸媚眉弯，身不摇而自颤。面上黑痣，必主刑夫；人中短促，终须寿夭。

潘金莲不信这一套。

举止轻浮惟好淫，眼如点漆坏人伦。

月下星前长不足，虽居大厦少安心。”

岂堪入耳？

相毕金莲，西门庆又叫李瓶儿上来，教神仙相一相。神仙观看这个女人，“皮肤香细，乃富室之女娘；容貌端庄，乃素门之德妇。只是多了眼光如醉，主桑中之约；眉靥渐生，月下之期难定。观卧蚕明润而紫色，必产贵儿；体白肩圆，必受夫之宠爱。常遭疾厄，只因根上昏沉；频过喜祥，盖谓福星明润。此几桩好处。还有几桩不足处，娘子可当戒之：山根青黑，三九前后定见哭声；法令细缠，鸡犬之年焉可过？慎之，慎之！

对命中凶厄一面，语意照例含混。

花月仪容惜羽翰，平生良友凤和鸾。

朱门财禄堪依倚，莫把凡禽一样看。”

相毕，李瓶儿下去，月娘令孙雪娥出来相一相。神仙看了，说道：

"这位娘子,体矮声高,额尖鼻小,虽然出谷迁乔,但一生冷笑无情,作事机深内重。只是吃了这四反的亏,后来必主凶亡。夫四反者,唇反无棱,耳反无轮,眼反无神,鼻反不正故也。

燕体蜂腰是贱人,眼如流水不廉真。

常时斜倚门儿立,不为婢妾必风尘。"

"四反"丑妇,西门也纳,可见除了"珍馐美味",有时也要吃口"臭豆腐"。

雪娥下去,月娘教大姐上来相一相。神仙道:"这位女娘,鼻梁仰露,破祖刑家;声若破锣,家私消散。面皮太急,虽沟洫长而寿亦夭;行如雀跃,处家室而衣食缺乏。不过三九,当受折磨。

惟夫反目性通灵,父母衣食仅养身。

状貌有拘难显达,不遭恶死也艰辛。"

毋乃太糟糕。西门大姐不好发作,西门庆居然也听得进!

大姐相毕,教春梅也上来教神仙相相。神仙睁眼儿见了春梅,年约不上二九,头戴银丝云髻儿,白线挑衫儿,桃红裙子,蓝纱比甲儿,缠手缚脚出来,道了万福。神仙观看良久,相道:"此位小姐,五官端正,骨格清奇。发细眉浓,禀性要强;神急眼圆,为人急燥。山根不断,必得贵夫而生子;两额朝拱,主早年必戴珠冠。行步若飞仙,声响神清,必益夫而得禄,三九定然封赠。但吃了这左眼大,早年克父;右眼小,周岁克娘;左口角下只一点黑痣,主常沾啾唧之灾;右腮一点黑痣,一生受夫爱敬。

天庭端正五官平,口若涂硃行步轻。

仓库丰盈财禄厚,一生常得贵人怜。"

此书第三大女角,其命独佳,可见"好戏在后头"。

"皆咬指以为神相"?潘金莲也服?

神仙相毕,众妇女皆咬指以为神相。西门庆封白银五两与神仙,又赏守备府来人银五钱,拿拜帖回谢。吴神仙再三辞却,说道:"贫道云游四方,风餐露宿,化救万道,周总兵送将过来,可一时之情耳,要这财何用? 决不敢受!"西门庆不得已,拿出一匹大布,"送仙长做一件大衣何如?"神仙方才受之,令小童接了,收在经包内,稽首拜谢。西门庆送出大门,扬长飘然而去。正是:拄杖两头挑日月,葫芦一个隐山川。

西门庆送神仙出,回到后厅,问月娘众人所相何如。月娘道:"相的也都好,只是三个人相不着。"西门庆道:"那三个人相不着?"月娘道:"相李大姐有实疾,到明日生贵子,他见今怀着身孕,这个也罢了。相咱家大姐到明日受折磨,不知怎的折磨? 相春梅后日来也生贵子,或者只吴月娘不能不忌讳。

怕你用了他，各人子孙也看不见。我只不信说他春梅后来戴珠冠，有夫人之分。端的咱家又没官，那讨珠冠来？就有珠冠，也轮不到他头上！”西门庆笑道：“他相我目下有平地登云之喜，加官进禄之荣，我那得官来？他见春梅和你每站在一处，又打扮不同，戴着银丝云髻儿，只当是你我亲生养女儿一般，或后来匹配名门，招个贵婿，故说有些珠冠之分。自古算的着命，算不着好，相逐心生，相随心灭。周大人送来，咱不好嚣了他的头，教他相相除疑罢了。”说毕，月娘房中摆下饭，打发吃了饭。

原来没几个人认真，“咬指以为神相”只是为了照顾周总兵面子。

西门庆手拿芭蕉扇儿，信步闲游，来花园大卷棚内聚景堂内。周围放下帘栊，四下花木掩映。正值日当午时分，只闻绿阴深处一派蝉声，忽然风送花香，袭人扑鼻。有诗为证：

绿树阴浓夏日长，楼台倒影入池塘。
水晶帘动微风起，一架蔷薇满院香。

别院深沉夏草青，石榴开遍透帘明。
槐阴满地日卓午，时听新蝉噪一声。

西门庆坐于椅上以手扇摇凉，只见来安儿、画童儿两个小厮来井上打水，西门庆道：“叫一个来，拿浇冰安放盆内。”来安儿忙走向前，西门庆分付：“到后边对你春梅姐说，有梅汤提一壶来，放在这冰盘内湃着。”来安儿应诺去了。半日，只见春梅家常露着头，戴着银丝云髻儿，穿着毛青布褂儿，桃红夏布裙子，手提一壶蜜煎梅汤，笑嘻嘻走来，问道：“你吃了饭了？”西门庆道：“我在后边上房里吃了。”春梅说：“嗔道不进房里来！——把这梅汤放在冰内湃着你吃？”西门庆点头儿。春梅湃上梅汤，走来扶着椅儿，取过西门庆手中芭蕉扇儿，替他打扇，问道：“头里大娘和你说甚么话来？”西门庆道：“说吴神仙相面一节。”春梅道：“那道士平白说戴珠冠，教大娘说‘有珠冠只怕轮不到他头上’。常言道：凡人不可貌相，海水不可斗量。从来旋的不圆砍的圆，各人裙带上衣食，怎么料得定？莫不长远只在你家做奴才罢！”西门庆笑道：“小油嘴儿，自胡乱！你若到明日有了娃儿，就替你上了头。”于是把他搂到怀里，手扯着手儿顽耍，问他：“你娘在后边，在屋里？怎的不见？”春梅道：“娘

春梅认了真，不管怎么说，吉祥话儿人人爱听，有心理暗示作用，长人志气。

在屋里，教秋菊热下水要洗浴，等不的就在床上睡了。”西门庆道：“等我吃了梅汤，等我掴混他一混去。”于是春梅向冰盆倒了一瓯儿梅汤与西门庆。呷了一口，湃骨之凉，透心沁齿，如甘露洒心一般。

别看那时没有电冰箱。

须臾吃毕，搭伏着春梅肩膀儿，转过角门，来到金莲床房中。掀开帘栊进来，看见妇人睡在正面一张新买的螺甸床上。原是因李瓶儿房中安着一张螺甸厂厅床，妇人旋教西门庆使了六十两银子，也替他也买了这一张螺甸有栏杆的床。两边槅扇都是螺甸攒造，安在床内，楼台殿阁，花草翎毛。里面三块梳背，都是松竹梅岁寒三友。挂着紫纱帐幔，锦带银钩，两边香球吊挂。① 西门庆问道：“说你等着我洗澡来？”妇人问道：“你怎得知道来？”西门庆把春梅告诉他话说了一遍。妇人道：“你洗，我教春梅掇水来。”不一时，把浴盆掇到房中，注了汤。二人下床来同浴兰汤，共效鱼水之欢。② 抹身体干净，撤去浴盆，止着薄纩短襦，上床安放炕桌果酌饮酒。教秋菊：“取白酒来与你爹吃。”又向床阁板上方盒中，拿果馅饼与西门庆吃，恐怕他肚中饥饿。只见秋菊半日拿上一银注子酒来。妇人才待斟在钟上，摸了摸冰凉的，就照着秋菊脸上只一泼，泼了一头一脸，骂道：“好贼少死的奴才！我分付教你盪了来，如何拿冷酒与爹吃？你不知安排些甚么心儿！”叫春梅：“与我把这奴才采到院子里跪着去。”春梅道：“我替娘后边卷裹脚去来，一些儿没在跟前，你就弄下碜儿了。”那秋菊把嘴谷都着，口里喃喃呐呐说道：“每日爹娘还吃冰湃的酒儿，谁知今日又改了腔儿。”妇人听见，骂道：“好贼奴才，你说甚么？与我采过来！”教春梅每边脸上打与他十个嘴巴。春梅道：“皮脸，没的打污浊了我手，娘只教他顶着石头跪着罢。”于是不由分说，拉到院子内，教他顶着块大石头跪着。不在话下。妇人从新教春梅暖了酒来，陪西门庆吃了几钟，掇去酒桌，放下纱帐子来，分付拽上房门，两个抱头交股，体倦而寝。正是：

一个绝妙的性空间。

纵欲与酷刑。一个晦暗悲惨的世界。

若非群玉山头觅，多是阳台梦里寻。

毕竟未知后来何如，且听下回分解。

---

① 此处删365字。
② 此处删368字。

第三十回
来保押送生辰担　西门庆生子喜加官

得失荣枯总是闲，机关用尽也徒然。
人心不足蛇吞象，世事到头螳捕蝉。
无药可医卿相寿，有钱难买子孙贤。
家常守分随缘过，便是逍遥自在天。

话说西门庆与潘金莲两个洗毕澡，就睡在房中。春梅坐在穿廊下一张凉椅儿上纳鞋，只见琴童儿在角门首探头舒脑的观看，春梅问道："你有甚话说？"那琴童又见秋菊顶着石头跪在院内，只顾用手往来指。春梅骂道："怪囚根子！你有甚么话说就是了，指手画脚怎的！"那琴童笑了半日，方才说："有看坟的张安儿在外边等爹说话哩。"春梅道："贼囚根子！张安就是了，何必大惊小怪，见鬼也似！悄悄儿的，爹和娘在屋里睡着了，惊醒他，你就是死！你且教张安在外边等等儿。"那琴童儿走出来，外边约等勾半日，又走来角门首趄，探问："姐，爹起来了不曾？"春梅道："怪囚！失张冒势，諕唬我一跳！有要没紧，两头回来游魂哩！"琴童道："张安等爹出去见了，说了话，还要赶出门去，怕天晚了。"春梅道："爹娘正睡的甜甜儿的，谁敢搅扰他？你教张安且等着去，十分晚了，教他明日去罢。"

人间惨象，见者却都在笑。

正说着，不想西门庆在房里听见，便叫春梅进房，问谁说话。春梅道："琴童小厮进来说，坟上张安儿在外边，见爹说话哩。"西门庆道："拿衣我穿，等我起去。"春梅一面打发西门庆穿衣裳，金莲便问："张安来说甚么话?”西门庆道:“张安前日来说,咱家坟隔壁赵寡妇家庄子儿,连地要卖,价钱三百两银子。我只还他二百五十两银子,教张安和他讲去。若成了,我教贲四和陈姐夫去兑银子。里面一眼井,四个井圈打水。我买了这庄子,展开合为一处,里面盖三间卷棚,三间厅房,叠山子花园,松墙,槐树棚,井亭,射箭厅,打球场,耍子去处,破使几两银子收拾也罢。”妇人道:“也罢,咱买了罢。明日你娘们上坟,到那里好游玩耍子。”说毕,西门庆往前边和张安说话去了。

城外置别墅。

金莲起来,向镜台前重匀粉脸,再整云鬟,出来院内,要打秋菊。那春梅旋去外边叫了琴童儿来吊板子。金莲便问道:“教你拿酒,你怎的拿冷酒与你爹吃?原来你家没大了,说着你,还钉嘴铁舌儿的!”喝声:“叫琴童儿,与我老实打与这奴才二十板子!”那琴童才打到十板子上,多亏了李瓶儿笑嘻嘻走过来劝住了,饶了他十板。金莲教与李瓶儿磕了头,放他起来,厨下去了。李瓶儿道:“老冯领了个十五岁的丫头,后边二姐姐买了房里使唤,要七两五钱银子,请你过去瞧瞧。要送与他去哩。”这金莲遂与李瓶儿一同后边去了。李娇儿果然问了西门庆,用七两银子买了丫头,改名夏花儿,房中使唤。不在话下。

又买来一个女奴。

安下一头,却说一处。单表来保同吴主管押送生辰担,自从离了清河县,一路朝登紫陌,暮践红尘,饥餐渴饮,夜住晓行。正值大暑炎蒸天气,烁石流金之际,路上十分难行。评话捷说,有日到了东京万寿门外,寻客店安下。到次日,赍抬驮箱礼物,径到天汉桥蔡太师府门前伺候。来保教吴主管押着礼物,他穿上青衣,径向守门官吏唱了个喏,那守门官吏问道:“你是那里来的?”来保道:“我是山东清河县西门员外家人,来与老爷进献生辰礼物。”官吏骂道:“贼少死野囚军!你那里便兴你东门员外、西门员外?俺老爷当今一人之下,万人之上,不论三台八位,不论公子王孙,谁敢在老爷府前这等称呼?趁早靠后!”内中有认的来保的,便安抚来保说道:“此是新参的守门官吏,才不多几日,他不认的你,休怪。你要禀见老爷,等我请出翟大叔来。”这来保便向袖中取出一包银子,重一两,递与那人,那人道:“我倒不消。你再添一分,与那两个官吏,休和他一般见识。”来保连忙拿出三包银子来,每人一两,都打发

猛一听确实“八竿子打不着”。

见了银子，近了几竿子。

了。那官吏才有些笑容儿，说道："你既是清河县来的，且略候候，等我领你先见翟管家。老爷才从上清宝箓宫进了香回来，书房内睡。"良久，请到翟管家出来，穿着凉鞋净袜，青丝绢道袍。来保见了，先磕下头去，翟管家答礼相还，说道："前者累你。你来与老爷进生辰担礼来了？"来保先递上一封揭帖，脚下人捧着一对南京尺头，三十两白金，说道："家主西门庆，多上覆翟爹，无物表情，这些薄礼与翟爹赏人。前者盐客王四之事，多蒙翟爹费心。"翟谦道："此礼我不当受。罢，罢，我且收下。"来保又递上太师寿礼帖儿，看了还付与来保，分付把礼抬进来，到二门里首伺候。原来二门西首有三间倒座，来往杂人都在那里待茶。须臾，一个小童拿了两盏茶来，与来保、吴主管吃了。

蔡太师正面登场。

少顷，太师出厅，翟谦先禀知太师。太师然后令来保、吴主管进见，跪于阶下。翟谦先把寿礼揭帖呈递与太师观看，来保、吴主管各捧献礼物。但见黄烘烘金壶玉盏，白晃晃减靸仙人，良工制造费工夫，巧匠钻凿人罕见。锦绣蟒衣，五彩夺目；南京纻段，金碧交辉；汤羊美酒，尽贴封皮；异果时新，高堆盘榼。如何不喜？便道："这礼物决不好受的，你还将回去。"于是慌了来保等，在下叩头说道："小的主人西门庆，没甚孝顺，些小微物进献老爷赏人便了。"太师道："既是如此，令左右收了。"傍边左右祗应人等，把礼物尽行收下去。太师又道："前日那沧州客人王四等之事，我已差人下书与你巡抚侯爷说了，可见了分上不曾？"来保道："蒙老爷天恩，书到，众盐客都牌提到盐运司，与了勘合，都放出来了。"太师因向来保说道："礼物我故收了，累次承你主人费心，无物可伸，如何是好？你主人身上可有甚官役？"来保道："小的主人，一介乡民，有何官役？"太师道："既无官役，昨日朝廷钦赐了我几张空名告身劄付，我安你主人，在你那山东提刑所，做个理刑副千户，顶补千户贺金的员缺，好不好？"来保慌的叩头谢道："蒙老爷莫大之恩，小的家主举家粉首碎身，莫能报答！"于是唤堂候官，抬书案过来，即时佥押了一道空名告身劄付，把西门庆名字填注上面，列衔金吾卫衣左所副千户、山东等处提刑所理刑。向来保道："你二人替我进献生辰礼物，多有辛苦。"因问："后边跪的是你甚么人？"来保才待说是伙计，那吴主管向前

不嫌几竿子远。厚礼确实非充数者可比。

辞与受之间，毋乃衔接得太匆匆？

居然主动"表功"。可见钱财力量之大，不仅可使"鬼推磨"，还能让"鬼表功"。

"送货上门"。卖官鬻爵，一至于此。

道："小的是西门庆舅子，名唤吴典恩。"太师道："你既是西门庆舅子，我观你倒好个仪表。"唤堂候官取过一张劄付，"我安你在本处清河县，做个驲丞，倒也去的。"那吴典恩慌的磕头如捣蒜。又取过一张劄付来，把来保名字填写山东郓王府，做了一名校尉。俱磕头谢了，领了劄付。分付明日早辰，吏兵二部挂号，讨勘合，限日上任应役。又分付翟谦西厢房管待酒饭，讨十两银子与他二人做路费，不在话下。

吴典恩自称"舅子"，已怀讨官之心。

顺手再给两个人情。

看官听说：那时徽宗，天下失政，奸臣当道，谗佞盈朝。高、杨、童、蔡四个奸党，在朝中卖官鬻狱，贿赂公行，悬秤升官，指方补价。夤缘钻刺者，骤升美任；贤能廉直者，经岁不除。以致风俗颓败，赃官污吏遍满天下，役烦赋重，民穷盗起，天下骚然。不因奸佞居台辅，合是中原血染人。

尽兴骂前朝，今朝谁肯认？

当下翟谦把来保、吴主管邀到厢房管待，厨下大盘大碗，肉赛花糕，酒如琥珀，汤饭点心齐上，饱餐了一顿。翟谦向来保说："我有一件事，央及你爹替我处处，未知你爹肯应承我否？"来保道："翟爹说那里话！蒙你老人家这等老爷前扶持看顾，不拣甚事，但肯分付，无不奉命！"翟谦道："不瞒你说，我答应老爷，每日止贱荆一人，我年也将及四十，常有疾病，身边通无所出。央及你爹，只说你那贵处有好人才女子，不拘十五六上下，替我寻一个送来，该多少财礼，我一一奉过去。"于是一封人事并回书付与来保，又体己送二人五两盘缠。来保再三不肯受，说道："刚才老爷上已赏过了，翟爹还收回去。"翟谦道："那是老爷的，此是我的，不必推辞。"当下吃毕酒饭，翟谦道："如今我这里替你差个办事官，同你到下处，明早好往吏兵二部挂号，就领了勘合，好起身。省的你明日又来，途间往返了。我分付了去，部里不敢迟滞了你文书。"那时唤了个办事官，名唤李中友，"你与二位，明日同到部里挂了号，讨勘合来回我话。"

翟谦"趁兴而入"。人肉生意。

"李中友"，你中有我，我中有你。

那员官与来保、吴典恩作辞，出的府门，来到天汉桥街上白酒店内会话。来保管待酒饭，又与了李中友三两银子，约定明日绝早先到吏部，然后到兵部，都挂号讨了勘合。闻得是太师老爷府里，谁敢迟滞，颠倒奉行。金吾卫太尉朱勔即时使印，佥了票帖，行下头司，把来保填注在本处山东郓王府当差。又拿了个拜帖，回翟管家。不消两日，把事情干得完备。有日雇头口起身，星夜回清河县来报喜。正是：富贵必因奸巧得，功名全仗邓通成。

且说一日三伏天气，十分炎热，西门庆在家中聚景堂中大卷棚内，赏玩荷花，避暑饮酒。吴月娘与西门庆居上坐，诸妾与大姐都两边列坐，春梅、迎春、玉箫、兰香，一般儿四个家乐，在傍弹唱。怎见的当日酒席？但见：

盆栽绿草，瓶插红花。水晶帘卷虾须，云母屏开孔雀。盘堆麟脯，佳人笑捧紫霞觞；盆浸冰桃，美女高擎碧玉斝。食烹异品，果献时新。弦管讴歌，奏一派声清韵美；绮罗珠翠，摆两行舞女歌儿。当筵象板撒红牙，遍体舞裙铺锦绣。消遣壶中闲日月，遨游身外醉乾坤。

妻妾正饮酒中间，坐间不见了李瓶儿，月娘向绣春说道："你娘往屋里做甚么哩，怎的不来吃酒？"绣春道："我娘害肚里疼，屋里歪着哩，便来也。"月娘道："还不快对他说去，休要歪着，来这里坐着，听一回唱罢。"西门庆便问月娘怎的，月娘道："李大姐忽然害肚里疼，屋里躺着哩，我刚才使小丫头请他去了。"因向玉楼道："李大姐七八临月，只怕搅撒了。"潘金莲道："大姐姐，他那里是这个月，约他是八月里孩子，还早哩！"西门庆道："既是早哩，使丫头请你六娘来听唱。"不一时，只见李瓶儿来到。月娘道："只怕你掉了风冷气，你吃上钟热酒，管情就好了。不一时，各人面前斟满了酒。西门庆分付春梅："你每唱个'人皆畏夏日'我听。"那春梅等四个方才筝排雁柱，阮跨鲛绡，启朱唇，露皓齿，唱"人皆畏夏日"云云。

潘金莲早有盘算。

那李瓶儿在酒席上只是把眉头忔皱着，也没等的唱完了，回房中去了。月娘听了词曲，耽着心，使小玉房中瞧去。回来报说："六娘害肚里疼，在炕上打滚哩！"慌了月娘道："我说是时候，这六姐还强说早哩！还不唤小厮来，快请老娘去！"西门庆即令来安儿："风跑，快请蔡老娘去！"于是连酒也吃不成，都来李瓶儿房中问他。月娘问道："李大姐，你心里觉怎的？"李瓶儿回道："大娘，我只心口连小肚子往下鳖坠着疼。”月娘道：“你起来，休要睡着，只怕滚坏了胎。老娘请去了，便来也。”少顷，渐渐李瓶儿疼的紧了，月娘又问：“使了谁请老娘去了？这咱还不见来？”玳安道：“爹使了来安去了。”月娘骂道：“这囚根子，你还不快迎迎去！平白没算计，使那小奴才去，有紧没慢的！”西门庆叫玳安快骑了骡子赶了去。月娘道：“一个风火事，还像寻常慢条斯礼儿的。”那潘金莲见李瓶儿待养孩子，心中未免有几分气。在房里看了一回，把孟玉楼拉出来，两个站在西稍间檐柱儿底下，那里歇凉，一处说话。说道：“耶哧哧！紧着热剌剌的挤了一屋子里人，也不是养孩子，都看着下象胆哩！”

吴月娘不妒，因为西门连一个子嗣尚无，能有一个，管他谁生，都好。其中也有她的利益在焉。

潘金莲焉能不妒！对于她来说，最坏的情况终于出现！

良久，只见蔡老娘进门，望众人道：“那位主家奶奶？”李娇儿道：“这位大娘哩。”那蔡老娘倒身磕头去。月娘道：“姥姥，生受你。怎的这咱才来？”蔡老娘道：“你老人家听我告诉：

> 我做老娘姓蔡，两只脚儿能快。身穿怪绿乔红，各样鬏髻歪戴。嵌丝环子鲜明，闪黄手帕符摞。入门利市花红，坐下就要管待。不拘贵宅娇娘，那管皇亲国太。教他任意端详，被他褪衣刮划。横生就用刀割，难产须将拳揣。不管脐带包衣，着忙用手撕坏。活时来洗三朝，死了走的偏快。因此主顾偏多，请的时常不在。”

月娘道：“你且休闲说，请看这位娘子，敢待生养也。”蔡老娘向床前摸了摸李瓶儿身上，说道：“是时候了。”问：“大娘预备下绷接、草纸不曾？”月娘道有，便教小玉：“往我房中快取去！”

且说玉楼见老娘进门，便向金莲说：“蔡老娘来了，咱不往屋里看看去？”那金莲一面不是一面，说道：“你要看你去，我是不看他！他是有孩子的姐姐，又有时运，人怎的不看他？头里我自不是，说了句话儿，见他不是这个月的孩子，只怕是八月里的，教大姐姐白抢白相。我想起来好没来由，倒恼了我这半日。”玉楼道：“我也只说他是六月里孩子。”金莲道：“这回连你也韶刀了！我和你恁算：他从去年八月来，又不是黄花女儿，当年怀，入门养。一个后婚老婆，汉子不知见过了多少，也一两个月才生胎，就认做是咱家孩子。我说：差了！若是八月里孩儿，还有咱

孟玉楼总在“无意”中说出潘金莲最需要的话。

家些影儿。若是六月的，蹀小板凳儿糊险道神——还差着一帽头子哩！失迷了家乡——那里寻犊儿去？”正说着，只见小玉抱着草纸、绷接并小褥子儿来，孟玉楼道：“此是大姐姐预备下他早晚临月用的物件儿，今日且借来应急儿。”金莲道：“一个是大老婆，一个是小老婆，明日两个对养，十分养不出来，零碎出来也罢。俺每是买了个母鸡不下蛋，莫不杀了我不成！”又道：“仰着合着，没的狗咬尿胞虚喜欢。”玉楼道：“五姐是甚么话！”以后见他说话儿出来有些不防头恼，只低着头弄裙子，并不作声应答他。潘金莲用手扶着庭柱儿，一只脚跐着门槛儿，口里磕着瓜子儿。只见孙雪娥听见李瓶儿前边养孩子，后边慌慌张张一步一跌走来观看，不防黑影里被台基险些不曾绊了一交。金莲看见，教玉楼：“你看，献勤的小妇奴才！你慢慢走，慌怎的？抢命哩！黑影子拌倒了，磕了牙也是钱！姐姐，卖萝卜的拉盐担子——攮咸嘈心。养下孩子来，明日赏你这小妇一个纱帽戴！”

孟玉楼这才感到不能“紧跟”。

一个姿势作派，内心暴露无遗。

良久，只听房里呱的一声，养下来了。蔡老娘道：“对当家的老爹说，讨喜钱，分娩了一位哥儿！”吴月娘报与西门庆。西门庆慌的连忙洗手，天地祖先位下满炉降香，告许一百二十分清醮，要祈子母平安，临盆有庆，坐草无虞。这潘金莲听见生下孩子来了，合家欢喜，乱成一块，越发怒气生，走去了房里，自闭门户，向床上哭去了。时宣和四年戊申六月廿三日也。正是：不如意处常八九，可与人言无二三。

超出了嫉妒。此哭的悲剧性在于，在那个社会中，女人给男人的性快乐，必得以为男人生下子嗣，才能获得价值。否则，都是“过眼烟云”。

这蔡老娘收拾孩儿，咬去脐带，埋毕衣胞，熬了些定心汤，打发李瓶儿吃了，安顿孩儿停当。月娘让老娘后边管待酒饭。临去，西门庆与了他五两一锭银子，许洗三朝来，还与他一匹段子。这蔡老娘千恩万谢出门。

当日，西门庆进房去，见一个满抱的孩子，生的甚是白净，心中十分欢喜。合家无不欣悦。晚夕就在李瓶儿床房中歇了，不住来看孩儿。次日巴天不明，早起来拿十副方盒，使小厮各亲戚邻友处，分投送喜面。应伯爵、谢希大听见西门庆生了子送喜面来，慌的两步做一步走来贺喜，西门庆留他卷棚内吃面。刚打发去了，正在厅上乱着，使小厮叫媒人来，寻养娘，看奶孩儿。忽有薛嫂儿领了个奶子来，原是小人家媳妇儿，年三十岁，新近丢了孩儿，不上一个月。男子汉当军，过不的，恐出征去无人养赡，只要六两银子，要卖他。月娘见他生的干净，对西门庆说，兑了六两银子留下，起名如意儿，教他早晚看奶哥儿。又把老冯叫来暗房中使唤，每月与他五钱银子，管顾他衣服。

军汉卖妻，闲闲叙及。富的为何还要富？穷的为何还要穷？

正热闹一日，忽有平安报："来保、吴主管在东京回还，见在门首下头口。"不一时，二人进来，见了西门庆报喜，西门庆问："喜从何来？"二人悉把到东京见蔡太师进礼一节，从头至尾诉说一遍："老爷见了礼物甚喜，说道我累次受你主人礼太多，无可补报，因问爹原祖上有甚差事。小的说一介乡民，并无寸役在身。太师老爷说，朝廷钦赏了他几张空名诰身劄付，与了爹一张，填写爹名姓在上。填注在金吾卫副千户之职，就委差的在本处提刑所理刑，顶补贺老爹员缺。把小的做了铁铃卫校尉，填注郓王府当差，吴主管升做本县驲丞。"于是把一样三张印信劄付，并吏兵二部勘合，并诰身，都取出来放在桌上，与西门庆观看。西门庆看见上面衔着许多印信，朝廷钦依事例，果然他是副千户之职，不觉欢从额角眉尖出，喜向腮边笑脸生。便把朝廷明降拿到后边，与吴月娘众人观看，说："太师老爷抬举我，升我做金吾卫副千户，居五品大夫之职。你顶受五花官诰，坐七香车，做了夫人。又把吴主管携带做了驿丞，来保做了郓王府校尉。吴神仙相我不少纱帽戴，有平地登云之喜，今日果然不上半月，两桩喜事都应验了！"对月娘说："李大姐养的这孩儿甚是脚硬，到三日洗了三，就起名叫做官哥儿罢！"来保进来，与月娘众人磕头，说了回话。分付：明日早，把文书下到提刑所衙门里，与夏提刑知会了，吴主管明日早下文书到本县。作辞西门庆回家去了。

福喜双至，双料暴发。

取名官哥，何必含蓄？

到次日，洗三毕，众亲邻朋友，一概都知西门庆第六个娘子新添了娃儿。未过三日，就有如此美事，官禄临门，平地做了千户之职，谁人不来趋附？送礼庆贺，人来人去，一日不断头。常言：时来谁不来？时不来谁来？正是：时来顽铁有光辉，运退真金无艳色。

时来谁不来谁吃瘪——他给你吃。时不来谁来也吃瘪——有人给你吃。

毕竟未知后来何如，且听下回分解。

第三十一回
琴童藏壶觑玉箫　西门庆开宴吃喜酒

家富自然身贵，逢人必让居先。

贫寒敢仰上官怜，彼此都看钱面。

婚嫁专寻势要，通财邀结豪英。

不知兴废在心田，只靠眼前知见。

话说西门庆次日使来保提刑所、本县下文书，一面使人做官帽。又唤赵裁率领四五个裁缝，在家来裁剪尺头，攒造衣服。又叫了许多匠人，钉了七八条，都是四指宽，玲珑云母，犀角鹤顶红，玳瑁鱼骨香带。

不说西门庆家中热乱，且说吴典恩那日走到应伯爵家，把做驿丞之事，再三央及伯爵，要问西门庆借银子，上下使用，许伯爵："借银子出来，把十两银子买礼物谢老兄。"说着，跪在地下。慌的伯爵一手拉起，说道："此是成人之美，大官人照顾你东京走了这遭，携带你得此前程，也不是寻常小可。"因问："你如今所用，多少勾了？"吴典恩道："不瞒老兄说，我家活人家，一文钱也没有。到明日上任，参官贽见之礼，连摆酒，并治衣类鞍马，少说也得七八十两银子，那里区处？如今我写了一纸文书在此，也没敢下数儿。望老兄好歹扶持小人，在旁加美言，事成恩有重报，不敢有忘！"伯爵看了文书，因说："吴二哥，你说借出这七八十两银子来，也不勾使。依我，取笔来写上一百两。恒是看我面，不要你利钱，你且得手使了。到明日，做上官儿，慢慢陆续还他也是不迟。常言俗语说得好：借米下得锅，讨米下不的锅。哄了一日是两晌。何况

当官虽然利息大，毕竟也要先投资。

你又在他家曾做过买卖,他那里把你这几两银子放在心上!”那吴典恩听了,谢了又谢,于是把文书上填写了一百两之数。

当下两个吃了茶,一同起身,来到西门庆门首,伯爵问守门平安儿:“你爹起来了不曾?”平安儿道:“俺爹起来了,在卷棚看着匠人钉带哩,待小的禀去。”于是一直走来,报西门庆说:“应二爹和吴二叔来了。”西门庆道:“请进。”不一时,二人进入里面,见有许多裁缝匠人七手八脚做生活。西门庆带着小帽锦衣,和陈经济在穿廊下看着写见官手本揭帖,见二人,作揖让坐。伯爵问:“哥的手本、劄付下了不曾?”西门庆道:“今早使小价往提刑府下劄付去了,今有手本还未往东平府并本县下去。”说毕,小厮画童儿拿上茶来。

吃毕茶,那应伯爵并不题吴主管之事,走下来且看匠人钉带。西门庆见他拿起带来看,一径卖弄说道:“你看我寻的这几条带如何?”伯爵极口称赞夸奖,说道:“亏哥那里寻的,都是一条赛一条的好带,难得这般宽大。别的倒也罢了,自这条犀角带并鹤顶红,就是满京城拿着银子也寻不出来。不是面奖,就是东京卫主老爷,玉带金带空有,也没这条犀角带。这是水犀角,不是旱犀角。旱犀不值钱。水犀角,号作通天犀。你不信,取一碗水,把犀角安放在水内,分水为两处,此为无价之宝。又,夜间燃火照千里,火光通宵不灭。”因问:“哥,你使了多少银子寻的?”西门庆道:“你每试估估价值。”伯爵道:“这个有甚行款,我每怎么估得出来!”西门庆道:“我对你说了罢,此带是大街上王招宣府里的带。昨日晚间,一个人听见我这里要带,巴巴来对我说。我着贲四拿了七十两银子,再三回了他这条带来。他家还张致不肯,定要一百两。”伯爵道:“且难得这等宽样好看。哥,你到明日系出去,甚是霍绰。就是你同僚间,见了也爱。”于是夸美了一回,坐下,西门庆便向吴主管问道:“你的文书下了不曾?”伯爵道:“吴二哥文书还未下哩,今日巴巴的他央我来激烦你。虽然蒙你招顾他,往东京押生辰担,蒙太师与了他这个前程,就是你抬举他一般,也是他各人造化。说不的,一品至九品都是朝廷臣子。况他如今家中无钱。他告我说,就是如今上任,见官摆酒,并治衣服之类,共要许多银子使,一客不烦二主,那处活变去?没奈何,

官还未到位,“行头”已张狂。

哥看我面，有银子借与几两，扶持他，周济了这些事儿。他到明日做上官，就衔环结草也不敢忘了哥大恩人！休说他旧是咱府中伙计，在哥门下出入，就是从前后外京外府官吏，哥不知拔济了多少。不然，你教他那里区处去？”因说道：“吴二哥，你拿出那符儿来与你大官人瞧。”这吴典恩连忙向怀中取出，递与西门庆观看。见上面借一百两银子，中人就是应伯爵，每月利行五分。西门庆取笔把利钱抹了，说道：“既是应二哥作保，你明日只还我一百两本钱就是了。我料你上下也得这些银子搅缠。”于是把文书收了。才待后边取银子去，忽有提刑所夏提刑，拿帖儿差了一名写字的，拿手本三班送了十二名排军来答应，就问讨上任日期，讨问字号，衙门同僚具公礼来贺。西门庆教阴阳徐先生择定七月初二日，青龙金匮黄道，宜辰时到任，拿拜帖儿回夏提刑，赏了写字的五钱银子，俱不必细说。

不是作态，是真的“耿直”。

应伯爵和吴典恩正在卷棚内坐的，只见陈经济拿着一百两银子出来，西门庆教与吴主管，说：“吴二哥，你明日只还我本钱便了。”那吴典恩一面接了银在手，叩头谢了，西门庆道：“我不留你坐罢，你家中执你的事去。留下应二哥，我还和你说句话儿。”那吴典恩拿着银子，欢喜出门。看官听说：后来西门庆死了，家中时败势衰，吴月娘守寡，把小玉配与玳安为妻。家中平安儿小厮，又偷盗出解当库头面，在南瓦子里宿娼。被吴驿丞拿住，痛刑拶打，教他指攀月娘与玳安有奸，要罗织月娘出官，恩将仇报。此系后事，表过不题。正是：不结子花休要种，无义之人不可交。

此处先透露诸多情节，似欠高明。

那时贲四往东平府并本县下了手本来回话，西门庆留他和应伯爵，陪阴阳徐先生摆饭。正吃着饭，只见西门庆舅子吴大舅来拜望，徐先生就起身。良久，应伯爵也作辞出门，来到吴主管家。吴典恩又早封下十两保头钱，双手递与伯爵，磕下头去。伯爵道：“若不是我那等取巧说着，他会胜不肯借这一百两银子与你。随你上下还使不了这些，还落一半家中盘缠。”那吴典恩酬谢了伯爵，治办官带衣类，择日见官上任不题。

吴典恩是假舅子，这方是真舅子。

那时本县正堂李知县，会了四衙同僚，差人送羊酒贺礼来。又拿帖儿送了一名小郎来答应,年方一十八岁。本贯苏州府常熟县人,唤名小张松,原是县中门子出身。生的清俊,面如傅粉,齿白唇红,又识字会写,善能歌唱南曲。穿着青绡直裰,京鞋净袜。西门庆一见小郎伶俐,满心欢喜,就拿拜帖回复李知县,留下他在家答应。改换了名字,叫做书童儿。与他做了一身衣裳,新靴新帽,不教他跟马,教他专管书房,收礼帖,拿花园门钥匙。祝日念又举保了一个十四岁小厮来答应,亦改名棋童。每日派定和琴童儿两个背书袋,夹拜帖匣,跟马。

到了上任日期,在衙门中摆大酒席桌面,出票拘集三院乐工牌色长承应,吹打弹唱,后堂饮酒,日暮时分散归。每日骑着大白马,头戴乌纱,身穿五彩洒线揉头狮子补子员领,四指大宽萌金茄楠香带,粉底皂靴,排军喝道,张打着大黑扇,前呼后拥,何止十数人跟随,在街上摇摆。上任回来,先拜本府县,帅府都监,并清河左右卫同僚官,然后亲朋邻舍,何等荣耀施为!家中收礼、接帖子,一日不断。正是:

白马血缨彩色新,不来亲者强来亲。

时来顽铁皆光彩,运去良金不发明。

从此官商一体也。

西门庆自从到任以来,每日坐提刑院衙门中升厅画卯,问理公事。光阴迅速,不觉李瓶儿坐褥一月将满,吴大妗子、二妗子、杨姑娘、潘姥姥、吴大姨、乔大户娘子,许多亲邻堂客女眷都送礼来,与官哥儿做弥月。院中李桂姐、吴银儿见西门庆做了提刑所千户,家中又生了子,亦送大礼,坐轿子来庆贺。西门庆那日在前边大厅上摆设筵席,请堂客饮酒。春梅、迎春、玉箫、兰香都打扮起来,在席前与月娘斟酒执壶,堂客饮酒。

倒还跟青楼人物公开来往,并仍准她们登堂入室。

原来西门庆每日从衙门中来,只到外边厅上就脱了衣服,教书童叠了,安在书房中,止戴着冠帽进后边去。到次日起身,旋使丫鬟来书房中取。新近收拾大厅西厢房一间做书房,内安床几、桌椅、屏帏、笔砚、琴书之类。书童儿晚夕只在床脚踏板上搭着铺睡,未曾西门庆出来,就收拾头脑,打扫书房干净,伺候答应。或是在那房里歇,早辰就使出那房里丫鬟来前边取衣服。取来取去,不想这小郎本是门子出身,生的伶俐乖觉,又清俊,与各房丫头打牙犯嘴惯熟,于是暗和上房里玉箫两个嘲戏上了。那日也是合当有事，这小郎正起来，在书房床地平上插着棒儿香，正在窗户台上搁着镜儿梳头，拿红绳扎头发。不料上房玉箫推开门进来，看见说道："好贼囚，你这咱还来描眉画眼儿的！爹吃了粥便出来。"书童也不理，只顾扎包髻儿。那玉箫道："爹的衣服叠了，在那里放着哩？"书童道："在床南头安放着哩。"玉箫道："他今日不穿这一套。他分付我，教问你要那件玄色匾金补子、系布圆领、玉色衬衣穿。"书童道："那衣服在厨柜里，我昨日才收了，今日又要穿他。姐，你自开门取了去。"那玉箫且不拿衣服，走来跟前看着他扎头，戏道："怪贼囚，也象老婆般拿红绳扎着头儿，梳的鬏这虚笼笼的！"因见他白滚纱漂白布汗褂儿上系着一个银红纱香袋儿，一个绿纱香袋儿，问他要："你与我这个银红的罢！"书童道："人家个爱物儿，你就要。"玉箫道："你小厮家带不的这银红的，只好我带。"书童道："早是这个罢了，倘要是个汉子儿，你也爱他罢？"被玉箫故意向他肩膊上拧了一把，说道："贼囚，你夹道卖门神——看出来的好画儿！"不由分说，把两个香袋子等不的解，都揪断系儿，放在袖子内。书童道："你好不尊贵，把人的带子也揪断！"被玉箫发讪，一拳一把，戏打在身上。打的书童急了，说："姐，你休鬼混我，待我扎上这头发着！"玉箫道："我且问你，没听见爹今日往那去？"书童道："爹今日与县中三宅华主簿老爹送行，在皇庄薛公公那里摆酒，来家早。下午时分，我听见会下应二叔，今日兑银子，要买对门乔大户家房子，那里吃酒罢了。"玉箫道："等住回你休往那去了，我来和你说话。"书童道："我知道。"玉箫于是与他约会下，拿衣服一直往后边去了。

玉箫主动，爱此种女性化的男人。

少顷西门庆出来，就叫书童分付："在家，别往那去了，先写十二个请帖儿，都用大红纸封套，二十八日请官客吃庆官哥儿酒。教来兴儿买办东西，添厨役茶酒，预备桌面齐整。玳安和两名排军送帖儿，叫唱的，留下琴童儿在堂客面前管酒。"分付毕，西门庆上马送行去了。

那吴月娘众姊妹，请堂客到齐了，先在卷棚摆茶，然后大厅上屏开孔雀，褥隐芙蓉，上坐。席间，叫了四个妓女弹唱。果然西门庆到午后时分来家，家中安排一食盒酒菜，邀了应伯爵和陈经济，抬了七百两银子，往对门乔大户家成房子去了。

扩大住宅。真是鲜花着锦、烈火烹油。

堂客正饮酒中间，只见玉箫拿下一银执壶酒，并四个梨、一个柑子，径来厢房中送与书童儿吃。推开门，不想书童儿不在里面，恐人看见，连壶放下，就出来了。可霎作怪，琴童儿正在上边看酒，冷眼睃见玉箫进书房去，半日出来，只知有书童儿在里边，三不知扠进去瞧。不想书童儿外边去，不曾进来，一壶热酒和果子还放在床底下。这琴童连忙把果子藏袖里，将那一壶酒，影着身子，一直提到李瓶儿房里。迎春和妇人都在上边，不曾下来，止有奶子如意儿和绣春在屋里看哥儿。那琴童进门就问："姐在那里？"绣春道："他在上边与娘斟酒哩，你问他怎的？"琴童儿道："我有个好的儿，教他替我收着。"绣春问他甚么，他又不拿出来。正说着，迎春从上边拿下一盘子烧鹅肉、一碟玉米面玫瑰果馅蒸饼儿与奶子吃，看见便道："贼囚，你在这里笑甚么，不在上边看酒？"那琴童方才把壶从衣裳底下拿出来，教迎春："姐，你与我收了。"迎春道："此是上边筛酒的执壶，你平白拿来做甚么？"琴童道："姐，你休管他。此是上房里玉箫和书童儿小厮七个八个，偷了这壶酒和些柑子、梨，送到书房中与他吃。我赶眼不见，戏了他的来。你只与我好生收着，随问甚么人来抓寻，休拿出来。我且拾了白财儿着！"因把梨和柑子掏出来与迎春瞧，说道："我看筛了酒，今日该我狮子街房子里上宿去也。"迎春道："等住回，抓寻壶反乱，你就承当？"琴童道："我又没偷他的壶。各人当场者乱，隔壁心宽，管我腿事！"说毕，扬长去了。迎春把壶藏放在里间桌上，不题。

至晚，酒席上人散，查收家火，少了一把壶。玉箫往书房中寻，那里得来！再有一把也没了。问书童，说："我外边有事去，不知道。"那玉箫就慌了，一口推在小玉身上，小玉骂道："合昏了你这淫妇！我后边看茶，你抱着执壶，在席上与娘斟酒。这回不见了壶儿，你来赖我！"向各处都抓寻不着。良久，李瓶儿到房来，迎春如此这般告诉："琴童儿拿了一把进来，教我替他收着。"李瓶儿道："这囚根子，他做甚么拿进他这把壶来？后边为这把壶好不反乱，玉箫推小玉，小玉推玉箫，急的那大丫头赌身发咒，只是哭。你趁早还不快替他送进去哩，迟回管情就赖

人际争斗，常从一壶一瓶发端。

在你这小淫妇儿身上！”那迎春方才取出壶，要送入后边来。后边玉箫和小玉两个正乱，这把壶不见了，两个嚷到月娘面前。月娘道：“贼臭肉，还敢嚷的是些甚么？你每管着那一门儿？把壶不见了！”玉箫道：“我在上边跟着娘送酒。他守着银器家火，不见了，如今赖我。”小玉道：“大妗子要茶，我不往后边替他取茶去？你抱着执壶儿，怎的不见了？敢屁股大，吊了心了也怎的？”月娘道：“我省恐今日席上再无闲杂人，怎的不见了东西？等住回，看这把壶从那里出来。等住回，嚷的你主子来，没这壶，管情一家一顿！”玉箫道：“爹若打了我，我把这淫妇饶了也不算！”

西门庆喜事盈门，自然不以丢一把壶为意。

从此潘金莲的思绪时时刻刻地盯准了李瓶儿母子。这障碍可不像武大、惠莲那么好排除。

正乱着，只见西门庆自外来，问因甚嚷乱。月娘把不见壶一节说了一遍，西门庆道：“慢慢寻就是了，平白嚷的是些甚么！”潘金莲道：“若是吃一遭酒，不见了一把，不嚷乱，你家是王十万！头醋不酸，到底儿薄！”看官听说：金莲此话，讥讽李瓶儿首先生孩子，满月就不见了壶，也是不吉利。西门庆明听见，只不做声。只见迎春送壶进来，玉箫便道：“这不是壶有了？”月娘问迎春：“这壶端的在那里来？”迎春悉把琴童从外边拿到俺娘屋里收着，不知在那里来。月娘因问：“琴童儿那奴才如今在那里？”玳安道：“他今日该狮子街房差上宿去了。”金莲在旁不觉鼻子里笑了一声，西门庆便问：“你笑怎的？”金莲道：“琴童儿是他家人，放壶他屋里，想必要瞒昧这把壶的意思。要叫我，使小厮如今叫将那奴才，老实打着，问他个下落。不然，头里就赖他那两个，正是走杀金刚坐杀佛！”西门庆听了，心中大怒，睁眼看着金莲说道：“看着你恁说起来，莫不李大姐他爱这把壶？既有了，丢开手就是了，只管乱甚么！”那金莲把脸羞的飞红了，便道：“谁说姐姐手里没钱。”说毕，走过一边使性儿去了。西门庆就被陈经济来请，说有管砖厂刘太监差人送礼来，往前去看了。

西门庆与李瓶儿此时利益紧粘，潘金莲不好办了。

金莲和孟玉楼站在一处，骂道：“恁不逢好死三等九做贼强盗！这两日作死也怎的？自从养了这种子，恰似他生了太子一般！见了俺每如同生刹神一般，越发通没句好话儿说了，行动就睁着两个毬窟窿吆喝人。谁不知姐姐有钱，明日惯的他每小厮丫头养汉做贼，把人合遍了，也休要管他!”说着,只见西门庆坐了一回往前边去了。孟玉楼道:“你还不去?他管情往你屋里去了。”金莲道:“可是他说的,有孩子屋里热闹,俺每没孩子的屋里冷清。”正说着,只见春梅从外来。玉楼道:“我说他往你屋里去了,你还不信哩,这春梅来叫你来了。”一面叫过春梅来问他。春梅道:“我来问玉箫要汗巾子来,他今日借了我汗巾子戴来。玉楼问道:“你爹在那里?”春梅道:“爹往六娘房里去了。”这金莲听了,心上如撺上一把火相似,骂道:“贼强人,到明日永世千年,就跌折脚,也别要进我那屋里!踹踹门槛儿,教那牢拉的囚根子把怀子骨搓折了!”玉楼道:“六姐,你今日怎的下恁毒口咒他?”金莲道:“不是这说,贼三寸货强盗,那鼠腹鸡肠的心儿,只好有三寸大一般。都是你老婆,无故只是多有了这点尿胞种子罢了,难道怎么样儿的!做甚么恁抬一个灭一个,把人蹋到泥里!”正是:大风刮倒梧桐树,自有旁人话短长。这里金莲使性儿不题。

潘金莲渐入癫狂状态。

且说西门庆走到前边,薛太监差了家人送了一坛内酒,一牵羊,两匹金段,一盘寿桃,一盘寿面,四样嘉肴,一者祝寿,二者来贺。西门庆厚赏来人,打发去了。到后边,有李桂姐、吴银儿两个拜辞要家去,西门庆道:“你每两个再住一日儿,到二十八日,我请你帅府周老爹,和提刑夏老爹,都监荆老爹,管皇庄薛公公和砖厂刘公公,有院中杂耍扮戏的,教你二位只专递酒。”桂姐道:“既留下俺每,我教人家去回妈声,放心些。”于是把两人轿子都打发去了。不在话下。

认妓为友,真官宦人家大约不至如此,贵族家庭更不可想象。西门庆毕竟是“新兴人物”。

次日,西门庆在大厅上锦屏罗列,绮席铺陈,预先发柬请官客饮酒。因前日在皇庄见管砖厂刘公公,故与薛内相都送了礼来。西门庆这里发柬请他,又邀了应伯爵、谢希大两个相陪。从饭时,二人衣帽齐整,又早先到了,西门庆让他卷棚内坐,待茶,伯爵因问:“今日哥席间请那儿客?”西门庆道:“有刘薛二内相,帅府周大人,都监荆南江,敝同僚夏提刑,团练张总兵,卫上范千户,吴大哥,吴二哥。乔老便今日使人来回了不来。连二位,通只数客。”说毕,适有吴大舅、二舅到,作了揖,同坐下,左右放桌儿摆饭。吃毕,应伯爵因问:“哥儿满月,抱出来不曾?”西门庆道:“也是因众堂客要看,房下说且休教孩儿出来,恐风试着他,他奶子说不妨事。教奶子用被裹出来，他大妈屋里走了遭，应了个日子儿，就进屋去了。”伯爵道：“那日嫂子这里请去，房下也要来走走，百忙里旧时那疾又举发了，起不的炕儿，心中急的要不的。如今趁人未到，爹倒好说声，抱哥儿出来，俺每同看一看。”西门庆一面分付后边：“慢慢抱哥儿出来，休要唬着他。对你娘说，大舅、二舅在这里，和应二爹、谢爹要看一看。”月娘教奶子如意儿用红绫小被儿裹的紧紧的，送到卷棚角门首，玳安儿接抱到卷棚内。众人睁眼观看，官哥儿穿着大红段毛衫儿，生的面白唇红，甚是富态，都夸奖不已。伯爵与希大每人袖中掏出一方锦段兜肚，上着一个小银坠儿，惟应伯爵是一柳五色线，上穿着十数文长命钱。教与玳安儿好生抱回房去，休要惊唬哥儿，说道：“相貌端正，天生的就是个戴纱帽胚胞儿。”西门庆大喜，作揖谢了他二人重礼，伯爵道：“哥没的说，惶恐，表意罢了。”

活宝贝。人类就这样往下延续。我们未必不是西门庆者流的后代。

说话中间，忽报刘公公、薛公公来了，慌的西门庆穿上衣，仪门迎接。二位内相坐四人轿，穿过肩蟒，缨枪队喝道而至。西门庆先让至大厅上，拜见叙礼，接茶。落后周守备、荆都监、夏提刑等众武官，都是锦绣服，藤棍大扇，军牢喝道，僚掾跟随，须臾都到了门首，黑压压的许多伺候。里面鼓乐喧天，笙箫迭奏。西门庆迎入，与刘薛二内相相见。厅正面设十二张桌席，都是帼拴锦带，花插金瓶。桌上摆着簇盘定胜，地下铺着锦裀绣毯。西门庆先把盏让坐次，刘薛二内相再三让逊：“还有列位大人。”周守备道：“二位老太监齿德俱尊。常言：三岁内宦，居于王公之上。这个自然首坐，何消泛讲。”彼此让逊了一回，薛内相道：“刘哥，既是列位不肯，难为东家，咱坐了罢。”于是罗圈唱了个喏，打了恭，刘内相居左，薛内相居右，每人膝下放一条手巾，两个小厮在傍打扇，就坐下了。其次者才是周守备、荆都监众人。须臾，阶下一派箫韶，动起乐来。怎见的当日好筵席？但见食烹异品，果献时新。

宦官权倾一时。

须臾，酒过五巡，汤陈三献，厨役上来割了头一道小割烧鹅，先首位刘内相赏了五钱银子。教坊司俳官跪呈上大红纸手本，下边簇拥一段笑乐的院本，当先是外扮节级上开：

大宴必有烧鹅，鹅为先，鹅为贵。

法正天心顺，官清民自安，妻贤夫祸少，子孝父心宽。小人不是别人，乃是上厅节级是也。手下管着许多长行乐俑匠。昨日市上买了一架围屏，上写着滕王阁的诗，访问人。

请问人，说是唐朝身不满三尺王勃殿试所作。自说此人下笔成章，广有学问，乃是个才子。我如今叫付末抓寻着，请得他来，见他一见，有何不可？付末的在那里？（末云）堂上一呼，阶下百诺。禀复节级，有何使令？（外云）我昨日见那围屏上，写的滕王阁诗甚好，闻说乃是唐朝身不满三尺王勃殿试所作。我如今这个样板去，限即时就替我请去。请得来，一钱赏赐；请不得来，二十麻杖，决打不饶！（末云）小人理会了。（转下云）节级糊涂，那王勃殿试，从唐时到如今，何止千百余年，教我那里抓寻他去！不免来来去去，到于文庙门首，远远望见一位饱学秀士过来，不免动问他一声：先生你是做滕王阁诗的，身不满三尺王勃殿试么？（净扮秀才，笑云）王勃殿试乃唐朝人物，今时那里有？试哄他一哄！我就是那王勃殿试，滕王阁的诗是我做的，我先念两句你听："南昌故郡，洪都新府。星分翼轸，文光射斗牛之墟；人杰地灵，徐孺下陈蕃之榻。"（末云）俺节级与了我这副样板，身只要三尺，差一指也休请去，你这等身躯如何充得过？（净云）不打紧，道在人为。你见那里又一位王勃殿试来了！（皆妆矮子来）（将样板比，净越缩，末笑云）可充得过了。（净云）一件，见你节级切记，好歹小板凳儿要紧。来来去去，到节级门首。（末令净）外边伺候。（净云）小板凳儿要紧！等进去禀报节级。（外云）你请得那王勃殿试来了？（末云）见请在门外伺候。（外云）你与说：我在中门相待，榛松泡茶，割肉水饭。（相见科，外云）此真乃王勃殿试也。一见尊颜，三生有幸。磕下头。（净慌科）小板凳在那里？（外又云）亘古到今，难逢难遇，闻名不曾见面，今日见面胜若闻名。再磕下头去。（那净慌科）小板凳在那里？（末）躲过一边去了。（外云）闻公博学广记，笔底龙蛇，真才子也！在下如渴思浆，如热思凉，多拜两拜。（净急了，说道）你家爷好，你家妈好，你家姐和妹子，

样板下面，只能低头，叹叹！

一家儿都好！(外云)都好。(净云)狗合娘的，你既一家大小都好，也教我直直腰儿着！正是：

百宝妆腰带，珍珠络臂鞲。

笑时能近眼，舞罢锦缠头。

筵前递酒，席上众官都笑了。薛内相大喜，叫上来，赏了一两银子，磕头谢了。

须臾，李铭、吴惠两个小优儿上来弹唱了，一个搽筝，一个琵琶。周守备先举手让两位内相，说："老太监，分付赏他二人唱那套词儿？"刘太监道："列位请先。"周守备道："老太监自然之理，不必计较。"刘太监道："两个子弟喝个'叹浮生有如一梦里'。"周守备道："老太监，此是这归隐叹世之词。今日西门大人喜事，又是华诞，唱不的。"刘太监又道："你会唱'虽不是八位中紫绶臣，管领的六宫中金钗女'？"周守备道："此是《陈琳抱妆盒》杂记，今日庆贺，唱不的。"薛太监道："你叫他二人上来，等我分付他。你记的《普天乐》'想人生最苦是离别'？"夏提刑大笑道："老太监，此是离别之词，越发使不的！"薛太监道："俺每内官的营生，只晓的答应万岁爷，不晓的词曲中滋味，凭他每唱罢。"夏提刑倒还是金吾执事人员，倚仗他刑名官，一乐工上来，分付："你唱套《三十腔》，今日是你西门老爹加官进禄，又是好的日子，又是弄璋之喜，宜该唱这套。"薛内相问："这怎的弄璋之喜？"周守备道："二位老太监，此日又是西门大人公子弥月之辰，俺每同僚都有薄礼庆贺。"薛内相道："这等……"因向刘太监道："刘家，咱每明日都补礼来庆贺。"西门庆谢道："学生生一豚犬，不足为贺，倒不必老太监费心。"说毕，唤玳安里边叫出吴银儿、李桂姐，席前递酒。两个唱的打扮出来，花枝招飐，望上不端不正，插烛也似磕了四个头儿，起来执壶斟酒，逐一敬奉。两个乐工又唱一套新词，歌喉宛啭，真有绕梁之声。

"只晓的答应万岁爷"，这功夫比"晓词曲中滋味"重要多了！两"公公"形象甚生动。

当夜前歌后舞，锦簇花攒，直饮至更余时分，方才薛内相起身，说道："生等一者过蒙盛情，二者又值喜庆，不觉留连畅饮，十分扰极，学生告辞。"西门庆道："杯茗相邀，得蒙光降，顿使蓬荜增辉，幸再宽坐片时，以毕余兴。"众人俱出位说道："生等深扰，酒力不胜。"各躬身施礼

宾主官话，俱不伦类。

相谢。西门庆再三款留不住,只得同吴大舅、吴二舅等一齐送至大门。一派鼓乐喧天,两边灯火灿烂,前遮后拥,喝道而去。正是:得多少欢娱嫌日短,故烧高烛照红妆。

毕竟后项未知如何,且听下回分解。

第三十二回
李桂姐拜娘认女　应伯爵打诨趋时

常言富者贵之基，财旺生官众所知。

延揽宦途陪激引，夤缘权要入迁推。

姻连党恶人皆惧，势倚豪强孰敢欺。

好把炎炎思寂寂，岂容人力敌天时！

话说当日众官饮酒席散，西门庆还留吴大舅、二舅、应伯爵、谢希大后坐。打发乐工等酒饭吃了，分付："你每明日还来答应一日，我请县中四宅老爹吃酒，俱要齐备些才好。临了等我一总赏你每罢。"众乐工道："小的每无不用心，明日多是官样新衣服来答应。"吃了酒饭，磕头去了。良久，李桂姐、吴银儿搭着头出来，笑嘻嘻道："爹，只怕晚了，轿子来了，俺每去罢。"应伯爵道："我儿，你倒且是自在。二位老爹在这里，不说唱个曲儿与老舅听，就要去罢？"桂姐道："你不说这一声儿，不当哑狗卖。俺每两日没往家里去，妈不知怎么盼哩！"伯爵道："盼怎的？玉黄李子儿，掐了一块儿去了？"西门庆道："也罢，教他两个去罢，本等连日辛苦了。咱教李铭、吴惠唱一回罢。"问道："你吃了饭了？"桂姐道："刚才大娘房里留俺每吃了。"于是齐插烛磕头下去。西门庆分付："你二位后日还来走走，再替我叫两个，不拘郑爱香儿也罢，韩金钏儿也罢，我请亲朋吃酒。"伯爵道："造化了小淫妇儿，教他叫，又讨提钱使。"桂姐道："你又不是架儿，你怎晓的恁切？"说毕，笑的去了。伯爵因问："哥，后日请谁？"西门庆道："那日请乔老、二位老舅、花大哥、沈姨夫，

妓女、乐工、食客在西门家中与主人打成一片。

"提钱"（回扣）风俗古已有之。
"架儿"便是专吃"提钱"的人。

并会中列位兄弟，欢乐一日。”伯爵道：“说不得，俺每打搅的哥忒多了。到后日俺两个还该早来，与哥做副东。”西门庆道：“此是二位下顾了。”说毕话，李铭、吴惠拿乐器上来，唱了一套，吴大舅等众人方一齐起身。一宿晚景不题。

到次日，西门庆请本县四宅官员。先送过礼，贺西门庆才生儿。那日薛内相来的早，西门庆请至卷棚内待茶，薛内相因问：“刘家没送礼来？”西门庆道：“刘老太监送过礼了。”良久，薛内相要请出哥儿来看一看，“我与他添寿。”西门庆推却不得，只得教玳安后边说去，抱哥儿出来。不一时，养娘抱官哥送出到角门首，玳安接到上面。薛内相看见，只顾喝采：“好个哥哥！”便叫：“小厮在那里！”须臾，两个青衣家人，戢金方盒拿了两盒礼物：烂红官段一匹，福寿康宁镀金银钱四个，追金沥粉彩画寿星博郎鼓儿一个，银八宝贰两。说道：“穷内相没什么，这些微礼儿与哥儿耍子。”西门庆作揖谢道：“多蒙老公公费心。”看毕，抱哥儿回房不题。西门庆陪他吃了茶，抬上八仙桌来先摆饭，就是十二碗嗄饭，上新稻米饭。刚才吃罢，忽门上人来报：“四宅老爹到了。”西门庆慌整衣冠出二门迎接，因是知县李达天，并县丞钱成，主簿任廷贵、典史夏恭基。各先投拜帖，然后厅上叙礼，薛内相方出见。众官让薛内相居首席，席间又有尚举人相接，分宾坐定。普坐递了一巡茶，少顷，阶下鼓乐响动，笙歌拥奏，递酒上坐。教坊呈上揭帖，薛内相拣了四折《韩湘子升仙记》，又陈舞数回，十分齐整。薛内相心中大喜，唤左右拿两吊钱出来，赏赐乐工。

薛、刘二太监摽得紧。

不说当日众官饮酒至晚方散，且说李桂姐到家，见西门庆做了提刑官，与虔婆铺谋定计。次日，买了盒果馅饼儿，一副豚蹄，两只烧鸭，两瓶酒，一双女鞋，教保儿挑着盒担，绝早坐轿子先来，要拜月娘做干娘，他做干女儿。进来先向月娘笑嘻嘻插烛也似拜了四双八拜，然后才与他姑娘和西门庆磕头。把月娘哄的满心欢喜，说道：“前日受了你妈的重礼，今日又教你费心，买这许多礼来。”桂姐笑道：“妈说：爹如今做了官，比不的那咱常往里边走。我情愿只做干女儿罢，图亲戚来往，宅里好走动。”慌的月娘连教他脱衣服坐。收拾罢，因问桂姐：“有吴银姐和

妓女攀亲，公然结纳。西门一家子都“反礼教”。当然，他们做这些事时都没什么“形而上”。他们就是这么一种生存状态。

那两个怎的还不来?”桂姐道:“吴银儿,我昨日会下他,不知他怎的还不见来。前日爹分付教我叫了郑爱香儿和韩金钏儿,我来时他轿子都在门首,怕不也待来。”言未了,只见银儿和爱香儿,又与一个穿大红纱衫年小的粉头,提着衣裳包儿进门。先望月娘花枝招飐、绣带飘飘磕了头。吴银儿看见李桂姐脱了衣裳坐在炕上,说道:“桂姐,你好人儿,不等俺每等儿就先来了。”桂姐道:“我等你来,妈见我的轿子在门首,说道:‘只怕银姐先去了,你快去罢。’谁知你每来的迟。”月娘笑道:“也不迟,你每坐着,多一搭儿里摆茶。”因问:“这位姐儿上姓?”吴银儿道:“他是韩金钏儿的妹子,玉钏儿。”不一时,小玉放桌儿,摆了八碟茶食,两碟点心,打发四个唱的吃了。

先到一步,遂有天渊之别。

那李桂姐卖弄他是月娘的干女儿,坐在月娘炕上,和玉箫两个剥果仁儿、装果盒,吴银儿、郑香儿、韩钏儿在下边杌儿上一条边坐的。那桂姐一径抖搜精神,一回叫:“玉箫姐,累你,有茶倒一瓯子来我吃。”一回又叫:“小玉姐,你有水盛些来,我洗这手。”那小玉真个拿锡盆舀了水,与他洗了手。吴银儿众人都看他睁睁的,不敢言语。桂姐又道:“银姐,你三个拿乐器来,唱个曲儿与娘听,我先唱过了。”月娘和李娇儿对面坐着。吴银儿见他这般说,只得取过乐器来。当下郑爱香儿弹唱,吴银儿琵琶,韩玉钏儿在旁随唱,唱了一套《八声甘州》“花遮翠拥”。须臾唱毕,放下乐器,吴银儿先问月娘:“爹今日请那几位官家吃酒?”月娘道:“你爹今日请的都是亲朋。”桂姐道:“今日没有那两位公公?”月娘道:“薛内相。昨日只他一位在这里来,那姓刘的没来。”桂姐道:“刘公公还好,那薛公公快顽,把人掐拧的魂也没了。”月娘道:“左右是个内官家,又没什么,随他摆弄一回子就是了。”桂姐道:“娘且是说的好,乞他奈何的人慌。”

一句话勾画出太监的性变态。

正说着,只见玳安儿进来取果盒,见他四个在屋里坐着,说道:“客已到了一半,七八待上坐,你每还不快收拾上去?”月娘便问:“前边有谁来了?”玳安道:“乔大爹、花大爹、大舅、二舅、谢爹,都来了这一日了。”桂姐问道:“今日有应二花子和祝麻子二人没有?”玳安道:“会中十位,今日一个儿也不少。应二爹从辰时就来了,爹使他有勾当去了,

西门庆当官不变脸,仍与市井“十兄弟”热乎。

便道就来也。"桂姐道:"爷哧!遭遭儿有这起攮刀子的,又不知缠到多早晚!我今日不出去,宁可在屋里唱与娘听罢。"玳安道:"你倒且是自在性儿!"拿出果盒去了。桂姐道:"娘还不知道,这祝麻子在酒席上,两片子嘴不住,只听见他说话,饶人那等骂着,他还不理。他和孙寡嘴两个好不涎脸!"郑爱香儿道:"常和应二走的那祝麻子,他前日和张小二官儿到俺那里,拿着十两银子,要请俺家妹子爱月儿。俺妈说:'他才教南人梳弄了,还不上一个月,南人还没起身,我怎么好留你?'说着他再三不肯。缠的妈急了,把门倒插了,不出来见他。那张小官儿好不有钱!骑着大白马,四五个小厮跟随,坐在俺每堂屋里只顾不去。急得祝麻子直撅儿跪在天井内,说道:'好歹请出妈来,收了这银子,只教月姐见一见,待一杯茶儿,俺每就去。'把俺每笑的要不的。只像告水灾的,好个涎脸的行货子!"吴银儿道:"张小二官儿,先包着董猫儿来。"郑爱香道:"因把猫儿的虎口内火镜了两醮,和他丁八着好一向了,这日只散走哩。"因望着桂姐道:"昨日我在门外庄子上收头,会见周肖儿,多上覆你,说前日同聂钺儿到你家,你不在。"桂姐使了个眼色,说道:"我来爹宅里来,他请了俺姐姐桂卿了。"郑爱香儿道:"你和他没点儿相交,如何却打热?"桂姐道:"好合的刘九儿!把他当个孤老,甚么行货子,可不砢碜杀我罢了!他为了事出来,逢人至人说了来,嗔我不看他。妈说:'你只在俺家,俺倒买些什么看看你,不打紧。你和别人家打热,俺傻的不匀了。'真是硝子石望着南儿丁口心!"说着,都一齐笑了。月娘坐在炕上听着他说,道:"你每说了这一日,我不懂,不知说的是那家话。"按下这里不题。

"逐日撵",撵不上,盖因囊中羞涩。

诸妓谈论嫖客,如进行"业务交流"。

却说前边各客都到齐了,西门庆冠冕着递酒。众人让乔大户为首,先与西门庆把盏。只见他三个唱的从后边出来,都头上珠冠蹀躞,身边兰麝降香,应伯爵一见戏道:"怎的三个零布在那里来?拦住,休放他进来!"因问:"东家,李家桂儿怎不来?"西门庆道:"我不知道。"初是郑爱香儿弹筝,吴银儿琵琶,韩玉钏儿拨板。启朱唇,露皓齿,先唱《水仙子》"马蹄金铸就虎头牌"一套。

良久,递酒毕,乔大户坐首席,其次者吴大舅、二舅、花大哥、沈姨

“十兄弟”中没了吴典恩，补了傅自新（负子心）。

夫、应伯爵、谢希大、孙寡嘴、祝日念、云离守、常时节、白来创、傅自新、贲地传，共十四人上席，八张桌儿，西门庆下席主位。说不尽歌喉宛转，舞态蹁跹，酒若波流，肴如山叠。到了那酒过数巡、歌吟三套之间，应伯爵就在席上开言说道：“东家，也不消教他每唱了，翻来吊过去，左右只是这两套狗挝门的，谁待听！你教大官儿拿三个座儿来，教他与列位递酒，倒还强似唱。”西门庆道：“且教他孝顺席尊、众亲两套词儿着。你这狗才，就这等摇席破坐的。”郑爱香儿道：“应花子，你门背后放花子——等不到晚了！”伯爵亲自走下席来骂道：“怪小淫妇儿，什么晚不晚？你娘那毯！”教玳安：“过来，你替他把刑法多拿了。”一手拉着一个，都拉到席上，教他递酒。郑爱香儿道：“怪行货子，拉的人手脚儿不着地！”伯爵道：“我实和你说，小淫妇儿，时光有限了，不久青刀马过，递了酒罢，我等不的了。”谢希大便问：“怎么是青刀马？”伯爵道：“寒鸦儿过了，就是青刀马。”众人都笑了。

不仅白嚼，还要白嫖。

当下吴银儿递乔大户，郑爱香儿递吴大舅，韩玉钏儿递吴二舅，两分头挨次递将来。落后吴银儿递到应伯爵跟前，伯爵因问：“李家桂儿怎的不来？”吴银儿道：“爹，你老人家还不知道，李桂姐如今与大娘认义干女儿，我告诉二爹，只放在心里。却说人弄心，前日在爹宅里散了，都一答儿家去了，都会下了明日早来。我在家里收拾了，只顾等他。谁知他安心早买了礼，就先来了，倒教我等到这咱晚！使丫头往你家瞧去，说你来了，好不教妈说我，早时就与他姊妹两个来了。你就拜认与爹娘做干女儿，对我说了便怎的？莫不搀了你什么分儿？瞒着人干事！嗔道他头里坐在大娘炕上，就卖弄显出他是娘的干女儿，剥果仁儿，定果盒，拿东拿西，把俺每往下躧。我还不知道，倒是里边六娘刚才悄悄对我说，他替大娘做了一双鞋，买了一盒果馅饼儿，两只鸭子，一副膀蹄，两瓶酒，老早坐了轿子来。”从头至尾，告诉一遍。伯爵听了，说道：“他如今在这里不出来，不打紧，我务要奈何那贼小淫妇儿出来。我对你说罢，他想必和他鸨子计较了，见你大爹做了官，又掌着刑名，一者惧怕他势要，二者恐进去稀了，假着认干女儿往来，断绝不了这门儿亲。我猜的是不是？我教与你个法儿：他认大娘做干女，你到明日也买些礼来，却认与六娘是干女儿就是了。你和他多还是过世你花爹一条路上的人，各进其道就是了。我说的是不是？你也不消恼他。”吴银儿道：“二爹说的是，我到家就对妈说。”说毕，递过酒去。就是韩玉钏儿，挨着来递酒，伯爵道：“韩玉姐起动起动，不消行礼罢。你姐姐家里做什么哩？”玉钏儿道：“俺姐姐家中有人包着哩，好些时没出来供唱。”伯爵道：“我记的五月里在你那里打搅了，再没见你姐姐。”韩玉钏道：“那日二爹怎的不肯深坐坐，老早就去了？”伯爵道：“那日，不是我还坐坐，内中有两个人还不合节，又是你大老爹这里相招，我就先走了。”韩玉钏儿见他吃过一杯，又斟出一杯，伯爵道：“罢罢，少斟些，我吃不得了！”玉钏道：“二爹，你慢慢上，上过待我唱曲儿你听。”伯爵道：“我的姐姐，谁对你说来？正可着我心坎儿。常言道：养儿不要屙金溺银，只要见景生情。倒还是丽春院娃娃，到明日不愁没饭吃。强如郑家那贼小淫妇，搓刺骨儿，只躲滑儿，再不肯唱。”郑香儿道：“应二花子，汗邪了你，好骂！”西门庆道：“你这狗才，头里嗔他唱，这回又索落他。”伯爵道：“这是头里帐，如今递酒，不教他唱个儿？我有三钱银子，使的那小淫妇鬼推磨。”韩玉钏儿不免取过琵琶来，席上唱了四个小曲儿。

活画出此种市井混混的嘴脸心态。他们的“赏心乐事”无非是在妓女群中厮混。这也是一种生存。

伯爵因问西门庆：“今日李桂儿怎的不教他出来？”西门庆道：“他今日没来。”伯爵道：“我刚才听见后边唱，就替他说谎！”因使玳安：“好歹后边快叫他出来。”那玳安又不肯动，说：“这应二爹错听了，后边是女先生郁大姐弹唱与娘每听来。”伯爵道：“贼小油嘴还哄我！住等我自家后边去叫。”祝日念便向西门庆道：“哥也罢，只请李桂姐来，与列位老亲递杯酒来，不教他唱也罢。我晓的他今日人情来了。”西门庆被这起人缠不过，只得使玳安往后边请李桂姐去。那李桂姐正在月娘上房弹着琵琶，唱与大妗子、杨姑娘、潘姥姥众人听，见玳安进来叫他，便问：“谁使你来？”玳安道：“爹教我来，请桂姨上去递一巡酒。”桂姐道：“娘，你看爹韶刀，头里我说不出去，又来叫我！”玳安道：“爹被众人缠不过，才使进小的来。”月娘道，“也罢，你出去递巡酒儿，快下来就了。”桂姐又问玳安：“真个是你爹叫，我便出去；若是应二花子，随问他怎的叫，我一世也不出去！”于是向月娘镜台前，重新妆点打扮出来。

李桂姐这一着，除了趋炎附势，也多少有些自我保护的用意。因为一旦有了吴月娘“干女儿”的身份，应花子们就不大好轻举妄动了。甚至西门庆也不大好“随随便便”了——但从西门宅中得到的好处却可更多。

众人看见他头戴银丝鬏髻，周围金累丝钗梳，珠翠堆满。上着藕丝衣裳，下着翠绫裙，尖尖趫趫一对红鸳。粉面贴着三个翠面花儿。一阵异香喷鼻，朝上席不当不正，只磕了一个头，就用洒金扇儿掩面，佯羞整翠，立在西门庆面前。西门庆分付玳安，放锦杌儿在上席，教他与乔大户捧酒，乔大户倒忙欠身道："倒不消劳动，还有列位尊亲。"西门庆道："先从你乔大爹起。"这桂姐于是轻摇罗袖，高捧金樽，递乔大户酒。伯爵在旁说道："乔上尊，你请坐，交他侍立。丽春院粉头，供唱递酒是他的职分，休要惯了他！"乔大户道："二老，此位姐儿乃是这大官府令翠，在下怎敢起动，使我坐起不安。"伯爵道："你老人家放心，他如今不做婊子了，见大人做了官，情愿认做干女儿了。"那桂姐便脸红了，说道："汗邪你了，谁恁胡言！"谢希大道："真个有这等事？俺每不晓的。趁今日众位老爹在此，一个也不少，每人五分银子人情，都送到哥这里来，与哥庆庆干女儿。"伯爵接过来道："还是哥做了官好。自古不怕官，只怕管，这回子连干女儿也有了。到明日洒上些水，看出汁儿来。"被西门庆骂道："你这贱狗才，单管这闲事胡说！"伯爵道："胡铁？倒打把好刀儿哩。"郑爱香正递沈姨夫酒，插口道："应二花子，李桂姐便做了干女儿，你到明日与大爹做个干儿子罢，吊过来就是个儿干子。"伯爵骂道："贼小淫妇儿，你又少死得，我不缠你念佛。"李桂姐道："香姐，你替我骂这花子两句。"郑爱香儿道："不要理这望江南巴山虎儿，汗东山斜纹布！"伯爵道："你这小淫妇，道你调子曰儿骂我，我没的说，只是一味白鬼，把你妈那裤带子也扯断了。由他，到明日不与你个功德，你也不怕，不把将军为神道。"桂姐道："咱休惹他，哥儿拿出急来了。"郑爱香笑道："这应二花子，今日鬼酉上车儿——推丑，东瓜花儿——丑的没时了。他原来是个王姑来子。"伯爵道："这小歪剌骨儿，诸人不要，只我将就罢了。"桂姐骂道："怪攮刀子，好干净嘴儿，摆人的牙花也搁了。爹，你还不打与他两下子哩，你看他恁发讪！"西门庆骂道："怪狗才东西！教他递酒，你斗他怎的！"走向席上打了他一下。伯爵道："贼小淫妇儿！你说你倚着汉子势儿，我怕你？你看他叫的爹那甜！"又道："且休教他递酒，倒便益了他。拿过刑法来，且教他唱一套与俺每听着。他

应花子嘴虽臭，却诛心甚确。

后边滑了这会滑儿也勾了。”韩玉钏儿道:“二爹,曹州兵备——管的事儿宽!”这里前厅花攒锦簇,饮酒顽耍不题。

单表潘金莲自从李瓶儿生了孩子,见西门庆常在他房宿歇,于是常怀嫉妒之心,每蓄不平之意。知西门庆前厅摆酒,在镜台前巧画双蛾,重扶蝉髻,轻点朱唇,整衣出房。听见李瓶儿房中孩儿啼哭,便走入来问:“他妈妈原来不在屋里,他怎这般哭?”奶子如意儿道:“娘往后边去了,哥哥寻娘,赶着这等哭。”那潘金莲笑嘻嘻的向前戏弄那孩儿,说道:“你这多少时初生的小人芽儿,就知道你妈妈?等我抱的后边寻你妈妈去!”才待解开衫儿抱这孩子,奶子如意儿就说:“五娘休抱哥哥,只怕一时撒了尿在五娘身上。”金莲道:“怪臭肉,怕怎的!拿衬儿托着他,不妨事。”一面接过官儿来抱在怀里,一直往后去了。走到仪门首,一径把那孩儿举得高高的。不想吴月娘正在上房穿廊下,看着家人媳妇定添换菜碟儿,李瓶儿与玉箫在房首拣酥油蚫螺儿。那潘金莲笑嘻嘻看孩子说道:“‘大妈妈,你做什么哩?’你说,‘小大官儿来寻俺妈妈来了。’”月娘忽抬头看见,说道:“五姐,你说的什么话?早是他妈妈没在跟前,这咱晚平白抱出他来做什么?举的恁高,只怕唬着他。他妈妈在屋里忙着手哩。”便叫道:“李大姐你出来,你家儿子寻你来了。”那李瓶儿慌走出来,看见金莲抱着,说道:“小大官儿好好儿在屋里奶子抱着,平白寻我怎的?看溺了你五妈身上尿!”金莲道:“他在屋里,好不哭着寻你,我抱出他来走走。”这李瓶儿忙解开怀接过来。月娘引斗了一回,分付:“好好抱进房里去罢,休要唬他!”李瓶儿到前边,便悄悄说奶子:“他哭,你慢慢哄着他,等我来。如何教五娘抱着他,到后边寻我?”如意儿道:“我说来,五娘再三要抱了去。”那李瓶儿慢慢看着他,喂了奶,安顿他睡了。谁知睡下不多时,那孩子就有些睡梦中惊哭,半夜发寒潮热起来。奶子喂他奶,也不吃,只是哭。李瓶儿慌了。

虽心怀妒意,此时之惊吓尚属“即兴式”。

且说西门庆前边席散,打发四个唱的出门。月娘与了李桂姐一套重绡绒金衣服,二两银子,不必细说。西门庆晚夕到李瓶儿房里看孩儿,因见孩儿只顾哭,便问怎么的。李瓶儿亦不题起金莲抱他后边去一节,只说道:“不知怎的,睡了起来这等哭,奶也不吃。”西门庆道:“你好李瓶儿、吴月娘竟都不对西门庆说。一来是因为事态还不算大。二来都知道如说出必掀起轩然大波。

好拍他睡。"因骂如意儿:"不好生看哥儿,管何事,唬了他!"走过后边对月娘说。月娘就知金莲抱出来唬了他,就一字没得对西门庆说,只说:"我明日叫刘婆子看他看。"西门庆道:"休教那老淫妇来胡针乱灸的,另请小儿科太医来看孩儿。"月娘不依他,说道:"一个刚满月的孩子,什么小儿科太医!"到次日,打发西门庆早往衙门中去了,使小厮请了刘婆来看了,说是着了惊,与了他三钱银子。灌了他些药儿,那孩儿方才得稳睡,不漾奶了,李瓶儿一块石头方落地。正是:满怀心腹事,尽在不言中。

毕竟未知后来如何,且听下回分解。

第三十三回
陈经济失钥罚唱　韩道国纵妇争锋

人生虽未有前知，富贵功名岂力为。

枉将财帛为根蒂，岂容人力敌天时。

世俗炎凉空过眼，尘纷离合漫忘机。

君子行藏须用舍，不开眉笑待何如。

话说西门庆衙门中来家，进门就问月娘："哥儿好些？使小厮请太医去。"月娘道："我已叫刘婆子来了。见吃了他药，孩子如今不漾奶，稳稳睡了这半日，觉好些了。"西门庆道："信那老淫妇胡针乱灸，还请小儿科太医看才好。既好些了罢，若不好，拿到衙门里去拶与老淫妇一拶子！"月娘道："你恁的枉口拔舌骂人。你家孩儿现吃了他药好了，还恁舒着嘴子骂人！"说毕，丫鬟摆上饭来。

再作威不必多一道"帖子"了。

西门庆刚才吃了饭，只见玳安儿来报："应二爹来了。"西门庆教小厮拿茶出去，"请应二爹卷棚内坐。"向月娘道："把刚才我吃饭的菜蔬休动，教小厮拿饭出去，教姐夫陪他吃，我就来。"月娘便问："你昨日早辰使他往那里去，那咱才来？"西门庆便告说："应二哥认的湖州一个客人何官儿，门外店里堆着五百两丝线，急等着要起身家去，来对我说，要折些发脱，我只许他四百五十两银子。昨日使他同来保拿了两锭大银子作样银，已是成了来了，约下今日兑银子去。我想来，狮子街房子空闲，打开门面两间，倒好收拾开个绒线铺子，搭个伙计。况来保已是郓王府认纳官钱，教他与伙计在那里，又看了房儿，又做了买卖。"月娘道：

又长出一个枝杈来。

“少不得又寻伙计。”西门庆道：“应二哥说他有一相识，姓韩，原是绒线行，如今没本钱，闲在家里。说写算皆精，行止端正，再三保举。改日领他来见我，写立合同。”

说毕，西门庆在房中兑了四百五十两银子，教来保拿出来。陈经济已是陪应伯爵在卷棚内吃完饭，等的心里火发，见银子出来，心中欢喜，与西门庆唱了喏，说道：“昨日打搅哥，到家晚了，今日再扒不起来。”西门庆道：“这银子我兑了四百五十两，教来保取搭连眼同装了。今日好日子，便雇车辆搬了货来，锁在那边房子里就是了。”伯爵道：“哥主张的有理。只怕蛮子停留长智，推进货来，就完了帐。”于是同来保骑头口，打着银子，径到门外店中，成交易买卖。谁知伯爵背地与何官儿砸杀了，只四百二十两银子，打了三十两背工。对着来保，当面只拿出九两用银来，二人均分了。雇了车脚，即日推货进城，堆在狮子街空房内，锁了门，来回西门庆话。西门庆教应伯爵择吉日领韩伙计来。见其人五短身材，三十年纪，言谈滚滚，相貌堂堂，满面春风，一团和气。西门庆即日与他写立合同，同来保领本钱雇人染丝，在狮子街开张铺面，发卖各色绒丝，一日也卖数十两银子。不在话下。

应花子连西门庆都诓。相对而言，西门庆确算“耿直”。

西门庆全凭“第一印象”。即日写立合同，爽快麻利。疑人不用，用人不疑。难怪西门庆发财。

光阴迅速，日月如梭，不觉八月十五日，月娘生辰来到，请堂客摆酒。留下吴大妗子、潘姥姥、杨姑娘并两个姑子住两日，晚夕宣诵唱佛曲儿，常坐到二三更才歇。那日，西门庆因上房有吴大妗子在这里，不方便，走到前边李瓶儿房中看官哥儿，心里要在李瓶儿房里睡。李瓶儿道：“孩子才好些儿，我心里不耐烦，往他五妈妈房里睡一夜罢。”西门庆笑道：“我不惹你。”于是走过金莲这边来。那金莲听见汉子进他房来，如同拾了金宝一般，连忙打发他潘姥姥过李瓶儿这边宿歇。他便房中高点银灯，款伸锦被，薰香澡牝，夜间陪西门庆同寝。枕畔之情，百般难述，无非只要牢笼汉子之心，使他不往别人房里去。正是：鼓鬣游蜂，嫩蕊半匀春荡漾；餐香粉蝶，花房深宿夜风流。

人类的性欲，从根本上说是为传延后代而存在。西门庆初得贵子，正沉浸在“成功感”中，性欲相对有所减弱。李瓶儿更是如此。而且，一般来说，女性的生育成功，往往使其性渴望更加淡化。

但人类的性欲，又确有超“传种”的一面。男性的性欲尤其如此。往往会把“快乐”升至第一位。

李瓶儿见潘姥姥过来，连忙让在炕上坐的，教迎春安排酒席烙饼，晚夕说话，坐半夜才睡。到次日，与了潘姥姥一件葱白绫袄儿，两双段子鞋面，二百文钱，把婆子喜欢的屁滚尿流。过这边来，拿与金莲瞧，说："此是那边姐姐与我的。"金莲见了，反说他娘："好恁小眼薄皮的，什么好的，拿了他的来！"潘姥姥道："好姐姐，人倒可怜见与我，你却说这个话。你肯与我一件儿穿？"金莲道："我比不得他有钱的姐姐，我穿的还没有哩，拿什么与你！你平白吃了人家的来，等住回，咱整理儿碟子来，筛上壶酒，拿过去还了他就是了。到明日，少不的教人碜言试语，我是听不上！"一面分付春梅，定八碟菜蔬，四盒果子，一锡瓶酒。打听西门庆不在家，教秋菊用方盒拿到李瓶儿房里，说："娘和姥姥过来，无事和六娘吃杯酒。"李瓶儿道："又教你娘费心。"少顷，金莲和潘姥姥来，三人坐定，把酒来斟，春梅侍立斟酒。

李瓶儿原来心地便较善良，私房丰厚，况独生贵子，志满意得，故乐得广结善缘。

娘儿每说话间，只见秋菊来叫春梅，说："姐夫在那边寻衣裳，教你去开外边楼门哩。"金莲分付："叫你姐夫寻了衣裳，来这里呵瓯子酒去。"不一时，经济寻了几家衣服，就往外走。春梅进来回说："他不来。"金莲道："好歹拉了他来。"又使出绣春去把经济请来。潘姥姥在炕上坐，小桌儿摆着果菜儿，金莲、李瓶儿陪着吃酒。连忙唱了喏。金莲说："我好意教你来吃酒儿，你怎的张致不来？就吊了造化了。"努了个嘴儿，教春梅："拿宽杯儿来，筛与你姐夫吃。"经挤把寻的衣服放到炕上，坐下。春梅做定科范，取了个茶瓯子，流沿边斟上，递与他，慌的经济说道："五娘赐我，宁可吃两小钟儿罢。外边铺子里许多人等着要衣裳。"金莲道："教他等着去，我偏教你吃这一大钟，那小钟子刁刁的不耐烦。"潘姥姥道："只教哥哥吃这一钟罢，只怕他买卖事忙。"金莲道："你信他！有什么忙，吃好少酒儿？金漆桶子吃到第二道箍上。"那经济笑着，拿酒来刚呷了两口，潘姥姥叫："春梅姐姐，你拿箸儿与哥哥，教他吃寡酒？"春梅也不拿箸，故意殴他，向攒盒内取了两个核桃递与他，那经济接过来道："你敢笑话我就禁不开他？"于是放在牙上只一磕，咬碎了下酒。潘姥姥道："还是小后生家，好口牙。相老身，东西儿硬些就吃不得。"经济道："儿子世上有两庄儿：鹅卵石、牛犄角吃不得罢了。"金莲见他吃了那钟酒，教春梅再斟上一钟儿，说："头一钟，是我的了，你姥姥和六娘不是人么？也不教你吃多，只吃三瓯子，饶了你罢。"经济道："五娘可怜见儿子来，真吃不得了。此这一钟，恐怕脸红，

按弗洛伊德学说，这大杯敬酒也是一种变相的性虐待。

惹爹见怪。”金莲道：“你也怕你爹？我说你不怕他。你爹今日往那里吃酒去了？”经济道：“后晌往吴驿丞家吃酒，如今在对过乔大户房子里看收拾哩。”金莲问：“乔大户家昨日搬了去，咱今日怎不与他送茶？”经济道：“今早送茶去了。”李瓶儿问：“他家搬到那里住去了？”经济道：“他在东大街上，使了一千二百银子，买了所好不大的房子，与咱家房子差不多儿，门面七间，到底五层。”说话之间，经济捏着鼻子又挨了一钟，趁金莲眼错，得手拿着衣服往外一溜烟跑了。迎春便道：“娘你看，姐夫忘记钥匙去了。”那金莲取过来，坐在身底下，向李瓶儿道：“等他来寻，你每且不要说，等我奈何他一回儿才与他。”潘姥姥道：“姐姐与他便了，又奈何他怎的。”

记清：除花园及邻花园的潘、李两小院（均有楼）外，西门宅是“门面七间，到底五层”。

那经济走到铺子里，袖内摸摸，不见钥匙，一直走到李瓶儿房里寻。金莲道：“谁见你什么钥匙！你拿钥匙，管着什么来？放在那里，就不知道？”春梅道：“只怕你锁在楼上了，头里我没见你拿来。”经济道：“我记的带出来。”金莲道：“小孩儿家屁股大，敢吊了心？又不知家里外头，什么人扯落的你恁有魂没识，心不在肝上！”经济道：“有人来赎衣裳，可怎的样？趁爹不过来，少不得叫个小炉匠来开楼门，才知有没。”那李瓶儿忍不住，只顾笑。经济道：“六娘拾了，与了我罢！”金莲道：“也没见这李大姐，不知和他笑什么，恰似俺每拿了他的一般。”急得经济只是油回磨转，转眼看见金莲身底下露出钥匙带儿来，说道：“这不是钥匙！”才待用手去取，被金莲褪在袖内，不与他，说道：“你的钥匙儿怎落在我手里？”急得那小伙儿只是杀鸡扯膝。金莲道：“只说你会唱的好曲儿，倒在外边铺子里唱与小厮听，怎的不唱个儿我听？今日趁着你姥姥和六娘在这里，只拣眼生好的唱四个儿，我就与你这钥匙。不然，随你就跳上白塔，我也没有！”经济道：“这五娘，就勒掯出人痞来。谁对你老人家说我会唱的儿？”金莲道：“你还捣鬼？南京沈万三，北京枯树弯——人的名儿，树的影儿。”那小伙儿吃他奈何不过，说道：“死不了人，等我唱。我肚子里使心柱肝，要一百个也有！”金莲骂道：“说嘴的短命！”自把各人面前酒斟上，金莲道：“你再吃一杯，盖着脸儿好唱。”经济道：“我唱了慢慢吃。我唱果子、花儿名《山坡羊儿》你听：

百般调戏，亦是一种性虐待。

初相交，在桃园儿里结义。相交下来，把你当玉黄李子儿抬举。人人说你在青翠花家饮酒，气的我把苹婆脸儿挝的纷纷的碎。我把你贼，你学了虎刺宾了外实里虚，气的我李子眼儿珠泪垂。我使的一对桃奴儿寻你，见你在软枣儿树下就和我别离了去。气的我鹤顶红剪一柳青丝儿来呵，你海东红反说我理亏。骂了句牛心红的强贼，逼的我急了，我在吊枝干儿上寻个无常，到三秋，我看你倚靠着谁？

一个愿"打"，一个愿"挨"。

又

我听见金雀儿花眼前高哨，撇的我鹅毛菊在斑竹帘儿下乔叫。多亏了二位灵鹊儿报喜，我说是谁来，不想是望江南儿来到。我在水红花儿下梳妆未了，狗奶子花迎着门子去咬。我暗使着迎春花儿绕到处寻你，手搭伏蔷薇花口吐丁香把我玉簪儿来叫。红娘子花儿慢慢把你接进房中来呵，同在碧桃花下斗了回百草。得了手我把金盏儿花丢了，曾在转枝莲下缠勾你几遭。叫了你声娇滴滴石榴花儿，你试被九花丫头传与十姊妹。什么张致？可不交人家笑话死了。"

所唱两曲充满小市民趣味。

唱毕，就问金莲要钥匙，说道："五娘快与了我罢，伙计铺子里不知怎的等着我哩！只怕一时爹过来。"金莲道："你倒自在性儿，说的且是轻巧。等你爹问我，就说你不知在那里吃了酒，把钥匙不见了，走来俺屋里寻。"经济道："爷呀！五娘就是弄人的刽子手。"李瓶儿和潘姥姥再三旁边说道："姐姐与他去罢。"金莲道："若不是姥姥和你六娘劝我，定罚教你唱到天晚！头里骗嘴说一百个、二百个，才唱两个曲儿就要腾翅子？我手里放你不过。"经济道："我还有两个儿看家的，是银钱名《山坡羊》，亦发孝顺你老人家罢。"于是顿开喉音唱道：

冤家你不来，白闷我一月，闪的人反拍着外膛儿细丝谅不彻。我使狮子头定儿小厮拿着黄票儿请你，你在兵部洼儿里元宝儿家欢娱过夜。我陪铜磬儿家私为焦心一旦儿弃舍，我把如同印箱儿印在心里愁无救解。叫着你把那挺脸儿高扬着不理，空教我拨着双火同儿顿着罐子等到你更深半夜。气的

越唱越下流。把潘金莲比成了窑姐儿。其实是反过来对潘金莲实行"性骚扰"。

奴花银竹叶脸儿咬定银牙来呵，唤官银顶上了我房门，随那泼脸儿冤家干敲儿不理。骂了句煎彻了的三倾儿，捣槽斜贼，空把奴一腔子暖汁儿真心倒与你，只当做热血。

又

姐姐你在开元儿家，我和你燃香说誓，我拿着祥道祥元好黄边钱，也在你家行三坐四。谁知你将香炉拆爪哄我，受不尽你家虔婆鹅眼儿闲气。你榆叶儿身轻，笔管儿心虚。姐姐你好似古碌钱，身子小眼儿大，无庄儿可取。自好被那一条棍滑镘儿油嘴把你戏耍，脱的你光屁股。把你线边火漆打硌硌跌涧儿无所不为来呵，到明日只弄的倒四颠三一个黑沙也是不值。叫了声二兴儿姐姐，你识听知：可惜我黄邓邓的金背，配你这锭难儿一脸褶子。

经济唱毕，金莲才待叫春梅斟酒与他，忽有吴月娘从后边来，见奶子如意儿抱着官哥儿在房门首石台基上坐，便说道："孩子才好些，你这狗肉又抱他在风里，还不抱进去！"金莲问："是谁说话？"绣春回道："大娘来了。"经济慌的拿钥匙往外走不迭。众人都下来迎接月娘，月娘便问："陈姐夫在这里做什么来？"金莲道："李大姐整治些菜，请俺娘坐坐；陈姐夫寻衣服，叫他进来吃一杯。姐姐，你请坐，好甜酒儿，你吃一杯。"月娘道："我不吃。后边他大妗子和杨姑娘要家去，我又记挂着这孩子，径来看看。李大姐，你也不管，又教奶子抱他在风里坐的！前日刘婆子说他是惊寒，你还不好生看他！"李瓶儿道："俺每陪着他姥姥吃酒，谁知贼臭肉三不知抱他出去了。"月娘坐了半歇，回后边去了。一回，使小玉来请姥姥和五娘、六娘后边坐。

那潘金莲和李瓶儿匀了脸，同潘姥姥往后来，陪大妗子、杨姑娘吃酒。到日落时分，与月娘送出大门，上轿去了。都在门里站立，先是孟玉楼说道："大姐姐，今日他爹不在，往吴驿丞家吃酒去了，咱倒好往对门乔大户家房里瞧瞧。"月娘问看门的平安儿："谁拿着那边钥匙哩？"平安道："娘每要过去瞧，开着门哩。来兴哥看着两个坌工的在那里做活。"月娘分付："你教他躲开，等俺每瞧瞧去。"平安儿道："娘每只顾瞧，不妨事。他每都在第四层大空房拨灰筛土，叫出来就是了。”

当下月娘、李娇儿、孟玉楼、潘金莲、李瓶儿，都用轿子短搬抬过房子内。进了仪门，就是三间厅，第二层是楼。月娘要上楼去，可是作怪，刚上到楼梯中间，不料梯磴陡趄，只闻月娘哎了一声，滑下一只脚来，早是月娘攀住楼梯两边栏杆。慌了玉楼，便道：“姐姐怎的?”连忙扫住他一只胳膊，不曾跌下来。月娘吃了一惊，就不上去。众人扶了下来，唬的脸蜡渣儿黄了，玉楼便问：“姐姐，怎么上来尖了脚，不曾磕着那里?”月娘道：“跌倒不曾跌着，只是扭了腰子，唬的我心跳在口里。楼梯子趄，我只当咱家里楼上来，滑了脚。早是攀住栏杆，不然怎了!”李娇儿道：“你又身上不方便，早知不上楼也罢了。”于是众姊妹相伴月娘回家。刚到家，叫的应就肚中疼痛。月娘忍不过，趁西门庆不在家，使小厮叫了刘婆子来看。婆子道：“你已是去经事来着伤，多是成不的了!”月娘道：“便是五个多月了，上楼着了扭。”婆子道：“你吃了我这药，安不住，下来罢了。”月娘道：“下来罢!”婆子于是留了两服大黑丸子药，教月娘用艾酒吃。那消半夜，吊下来了，在杩桶内，点灯拨看，原来是个男胎，已成形了。正是：胚胎未能全性命，真灵先到杳冥天。幸得那日西门庆来到，没曾在上房睡，在玉楼房中歇了。

闲处出岔。

吴月娘小产。如顺产，故事当又是另一种发展。

到次日，玉楼早辰到上房，问月娘身子如何，月娘告诉：“半夜果然存不住，落下来了，倒是小厮儿。”玉楼道：“可惜了的！他爹不知道?”月娘道：“他爹吃酒来家，到我屋里，才待脱衣裳，我说，你往他每屋里去罢，我心里不自在。他才往你这边来了。我没对他说，我如今肚里还有些隐隐的疼。”玉楼道：“只怕还有些余血未尽，筛酒吃些锅脐灰儿就好了。”又道：“姐姐，你还计较两日儿，且在屋里，不可出去。小产比大产还难调理，只怕掉了风寒，难为你的身子。”月娘道：“你没的说！倒没的倡扬的一地里知道，平白噪剌剌的抱什么空窝，惹的人动的唇齿。”以此就没教西门庆知道。此事表过不题。

且说西门庆新搭的开绒线铺伙计，也不是守本分的人。姓韩，名道国，字希尧，乃是破落户韩光头的儿子。如今跌落下来，替了大爷的差使，亦在郓王府做校尉，见在县东街牛皮小巷居住。其人性本虚飘，言过其实，巧于词色，善于言谈。许人钱，如捉影捕风；骗人财，如探囊取物。因此街上人见他是般说谎，顺口叫他做“韩道国”。自从西门庆家做了买卖，手里财帛从容，新做了几件虼蚾皮，在街上虚飘说诈，掇着肩膊儿就摇摆起来。人见了，不叫他个韩希尧，只叫他做“韩一摇”。他浑家乃是宰牲口王屠妹子，排行六姐，生的长挑身材，瓜子面皮，紫膛色，约二十八九年纪。身上有个女孩儿，嫡亲三口儿度日。他兄弟韩二，名二捣鬼，是个耍钱的捣子，在外另住。旧与这妇人有奸，要便赶韩道国不在家，铺中上宿，他便时常走来，与妇人吃酒，到晚夕刮涎，就不去了。不想街坊有几个浮浪子弟，见妇人搽脂抹粉，打扮乔模乔样，常在门首站立睃人。人略斗他斗儿，又臭又硬，就张致骂人。因此街坊这些小伙子儿，心中有几分不愤，暗暗三两成群，背地讲论，看他背地与什么人有首尾。那消半个月，打听出与他小叔韩二这件事来。

原来韩道国是绰号。“道国”——“道诓”？走相有特点。大名韩希尧。又一绰号“韩一摇”。

又出来一个淫妇。竟是紫膛面皮。还有一位小叔子韩二，经常奸宿。天下从此又多事。

原来韩道国在牛皮小巷住着，门面三间，房里两边都是邻舍，后门通水塘。这伙人，单看韩二进去，或倩老妪洒堂，或夜晚扒在墙上看觑，或白日里暗使小猴子在后堂推道捉蛾儿，单等捉奸。不想那日二捣鬼打听他哥不在，大白日装酒，和妇人吃醉了，倒插了门，在房里干事。不防众人睃见踪迹，小猴子扒过来，把后门开了，众人一齐进去，掇开房门。韩二夺门就走，被一少年一拳打倒拿住。老婆还在炕上，慌穿衣不迭，一人进去，先把裤子揿在手里，都一条绳子拴出来。须臾围了一门首人，跟到牛皮街厢铺里，就烘动了那一条街巷，这一个来问，那一个来瞧，都说韩道国妇人与小叔犯奸。内中一老者见男妇二人拴做一处，便问左右站的人：“此是为什么事的？”旁边有多口的道：“你老人家不知，此是小叔奸嫂子的。”那老者点了点头儿，说道：“可伤！原来小叔儿要嫂子的，到官，叔嫂通奸，两个都是绞罪。”那旁多口的，认的他有名叫做“陶扒灰”，一连娶三个媳妇，都吃他扒了，因此插口说道：“你老人家深通条律，相这小叔养嫂子的便是绞罪，若是公公养媳妇的，却论什么罪？”那老者见不是话，低着头，一声儿没言语走了。正是：各人自扫檐前雪，莫管他家屋上霜。

市井百姓好捉奸。捉奸乐，乐融融。自己没捉，围观奸夫淫妇也是一大乐子。填补了自己潜意识里的性饥渴，却又安全而可靠。围观者其实是集体手淫。

有绞刑看更过瘾。

这里二捣鬼与妇人被捉不题。单表那日，韩道国铺子里不该上宿，来家早。八月中旬天气，身上穿着一套儿轻纱软绢衣服，新盔的一顶帽儿，细网巾圈，玄色段子履鞋，清水绒袜儿。摇着扇儿，在街上阔行大步，摇摆走着。但遇着人，或坐或立，口若悬河，滔滔不绝，就是一回。内中遇着他两个相熟的人：一个是开纸铺的张二哥，一个是开银铺的白四哥，慌作揖举手。张好问便道："韩老兄，连日少见，闻得恭喜在西门大官府上，开宝铺做买卖，我等缺礼失贺，休怪休怪！"一面让他坐下。那韩道国坐在凳上，把脸儿扬着，手中摇着扇儿，说道："学生不才，仗赖列位余光，在我恩主西门大官人做伙计，三七分钱。掌巨万之财，督数处之铺，甚蒙敬重，比他人不同。"有白汝谎道："闻老兄在他门下只做线铺生意。"韩道国笑道："二兄不知，线铺生意，只是名目而已。今他府上大小买卖，出入资本，那些儿不是学生算帐！言听计从，祸福共知，通没我一时儿也成不得。大官人每日衙门中来家摆饭，常请去陪侍，没我便吃不下饭去。俺两个在他小书房里，闲中吃果子说话儿，常坐半夜，他方进后边去。昨日他家大夫人生日，房下坐轿子行人情，他夫人留饮至二更方回。彼此通家，再无忌惮。不可对兄说，就是背地他房中话儿，也常和学生计较。学生先一个行止端庄，立心不苟，与财主兴利除害，拯溺救焚。凡百财上分明，取之有道。就是傅自新也怕我几分。不是我自己夸奖，大官人正喜我这一件儿。"

韩道国真真是"商女不知亡国恨"。

韩道国虽是臭美，却也反映出西门庆的用人原则是"能替我赚钱就好"，其余则忽略不计。

刚说在闹热处，忽见一人慌慌张张走向前，叫道："韩大哥，你还在这里说什么，教我铺子里寻你不着！"拉到僻静处告他说："你家中如此如此，这般这般，大嫂和二哥被街坊众人撮弄儿，拴到铺里，明早要解县见官去。你还不早寻人情，理会此事？"这韩道国听了，大惊失色，口中只咂嘴，下边顿足，就要翅趫走，被张好问叫道："韩老兄，你话还未尽，如何就去了？"这韩道国举手道："学生家有小事，不及奉陪。"慌忙而去。正是：谁人挽得西江水，难洗今朝一面羞。

毕竟未知后来何如，且听下回分解。

第三十四回
书童儿因宠揽事　平安儿含愤戳舌

自恃官豪放意为，休将喜怒作公私。

贪财不顾纲常坏，好色全忘义理亏。

狎客盗名求势利，狂奴乘饮弄奸欺。

欲占后世兴衰理，今日施为可类知。

话说韩道国走到家门首打听，见浑家和他兄弟韩二拴在铺中去了，急急走来狮子街铺子内和来保计议，来保说："你还早央应二叔来，对当家的说了，拿个帖儿对县中李老爹一说，不论多大事情都了了。"这韩道国竟到应伯爵家。他娘子儿使丫头出来回："没人在家，不知往那里去了，只怕在西门大老爹家。"韩道国道："没在宅里。"问应宝，也跟出去了。韩道国慌了，往构栏院里抓寻。原来伯爵被湖州何蛮子的兄弟何二蛮子——号叫何两峰，请在四条巷内何金蟾儿家吃酒。被韩道国抓着了，请出来。伯爵吃的脸红红的，帽檐上插着剔牙杖儿。韩道国唱了喏，拉到僻静处，如此这般告他说。伯爵道："既有此事，我少不得陪你去。"于是作辞了何两峰，与道国先同到家，问了端的。道国央及道："只望二叔往大官府宅里说说，讨个帖儿。只怕明早解县上去，转与李老爹案下，求青目一二，只不教你侄妇见官。事毕重谢二叔，磕头就是了。"说着，跪在地下，伯爵用手拉起来，说道："贤契，这些事儿，我不替你处？你取张纸儿，写了个说帖儿，我如今同你到大官府里对他说。把一切闲话多丢开，你只说我常不在家，被街坊这伙光棍，时常打砖掠瓦，

帽檐上插着剔牙杖儿，细。一个小道具赛过千百遍叫"白嚼"。

欺负娘子。你兄弟韩二气忿不过，和他嚷乱，反被这伙人群住，揪采在地，乱行踢打，同拴在铺里。望大官府讨个帖儿，对李老爹说，只不教你令正出官，管情见个分上就是了。”那韩道国取笔砚，连忙写了说帖，安放袖中。

伯爵领他径到西门庆门首，问守门的平安儿：“爹在家?”平安道：“爹在花园书房里，二爹和韩大叔请进去。”那应伯爵狗也不咬，走熟了的，同韩道国进入仪门，转过大厅，由鹿顶钻山进去，就是花园角门。抹过木香棚，两边松墙。松墙里面，三间小卷棚，名唤翡翠轩，乃西门庆夏月纳凉之所。前后帘栊掩映，四面花竹阴森，周围摆设珍禽异兽、瑶草琪花，各极其盛。里面一明两暗书房，有画童儿小厮在那里扫地，说：“应二爹和韩大叔来了!”二人掀开帘子进入明间内，只见书童在书房里。看见应二爹和韩大叔，便道：“请坐，俺爹刚才进后边去了。”一面使画童儿请去。伯爵见上下放着六把云南玛瑙漆减金钉藤丝甸矮矮东坡椅儿，两边挂四轴天青衢花绫裱白绫边名人的山水，一边一张螳螂蜻蜓脚一封书大理石心壁画的帮桌儿，桌儿上安放古铜炉、流金仙鹤，正面悬着“翡翠轩”三字。左右粉笺吊屏上写着一联：“风静槐阴清院宇；日长香篆散帘栊。”伯爵于是正面椅上坐了，韩道国拉过一张椅子打横。画童后边请西门庆，去了良久。伯爵走到里边书房内，里面地平上安着一张大理石黑漆缕金凉床，挂着青纱帐幔。两边彩漆描金书厨，盛的都是送礼的书帕、尺头，几席文具、书籍堆满。绿纱窗下，安放一只黑漆琴桌，独独放着一张螺甸交椅。书箧内都是往来书柬拜帖，并送中秋礼物帐簿。应伯爵取过一本，揭开观看，上面写着：蔡老爷、蔡大爷、朱太尉、童太尉、中书蔡四老爹、都尉蔡五老爹，并本处知县、知府四宅。第二本，是周守备、夏提刑、荆都监、张团练、并刘薛二内相。都是金段尺头，猪酒金饼，鲥鱼海蚱，鸡鹅大礼，各有轻重不同。这里二人等候不题。

此轩已演过多幕活剧，此时方细写“布景”。

两本行贿、勾结账。

且说画童儿走到后边金莲房内，问：“春梅姐，爹在这里?”春梅骂道：“贼见鬼小奴才儿！爹在间壁六娘房里不是，巴巴的跑来这里问!”画童便走过这边，只见绣春在石台基上坐的，悄悄问：“爹在房里？应二爹和韩大叔来了，在书房里请爹说话。”绣春道：“爹在房里，看着娘与希望寄托在下一代。以为日子就可以这么过下去。

哥裁衣服哩。”原来西门庆拿出两匹尺头来,一匹大红纻丝,一匹鹦哥绿潞䌷,教李瓶儿替官哥裁毛衫儿、披袄、背心儿、护顶之类。在洒金炕上,正铺着大红毡条。奶子抱着哥儿在旁边,迎春执着熨斗。只见绣春进来,悄悄拉迎春一把,迎春道:“你拉我怎么的? 拉撇了,这火落在毡条上。”李瓶儿便问:“你平白拉他怎的?”绣春道:“画童说应二爹来了,请爹说话。”李瓶儿道:“小奴才儿,应二爹来,你进来说就是了,巴巴的扯他!”

西门庆分付画童:“请二爹坐坐,我就来。”于是看裁完了衣服,便衣出来,书房内见伯爵二人,作揖坐下,韩道国打横。西门庆唤画童取茶来。不一时,银匙雕漆茶钟,蜜饯金橙泡茶吃了,收了盏托去,伯爵就开言说道:“韩大哥,你有甚话,对你大官府说。”西门庆道:“你有甚话说来。”韩道国才待说“街坊有伙不知姓名棍徒……”,被应伯爵拦住,便道:“贤侄,你不是这等说了。噙着骨秃露着肉,也不是事。对着你家大官府在这里,越发打开后门说了罢:韩大哥常在铺子里上宿,家下没人,止是他娘子儿一人,还有个孩儿。左右街坊,有几个不三不四的人,见无人在家,时常打砖掠瓦鬼混。欺负的急了,他令弟韩二哥看不过,来家声骂了几句,被这起光棍,不由分说,群住打了个臭死。如今都拴在铺里,明早解厢往本县正宅,往李大人那里去。见他哭哭啼啼,敬央烦我来对哥说,讨个帖儿,差人对李大人说说,青目一二。有了他令弟也是一般,只不要他令正出官就是了。”因说:“你把那说帖儿拿出来与你大官人瞧,好差人替你去。”韩道国便向袖中取去,连忙双膝跪下,说道:“小人忝在老爹门下,万乞老爹看应二叔分上,俯就一二,举家没齿难忘。”慌的西门庆一把手拉起,说道:“你请起来。”于是观看帖儿,上面写着:“犯妇王氏,乞青目免提。”西门庆道:“这帖子不是这等写了,只有你令弟韩二一人就是了。”向伯爵道:“比时我拿帖对县里说,不如只分付地方,改了报单,明日带来我衙门里来发落就是了。”伯爵教:“韩大哥,你还与大老爹下个礼儿,这等亦发好了!”那韩道国又倒身磕头下去。西门庆教玳安:“你外边快叫个答应的班头来。”不一时,叫了个穿青衣的节级来,在旁边伺候。西门庆叫近前,分付:“你去牛皮街韩

西门庆竟“慌”——难为情起来。此人性格确实“耿直”。

如今不用递帖子,自己便是官,接过此案亲审便了。

伙计住处，问是那牌那铺地方，对那保甲说，就称是我的钧语：分付把王氏即时与我放了，查出那几个光棍名字来，改了报帖，明日早解提刑院，我衙门里听审。”那节级应诺，领了言语出门。伯爵道：“韩大哥，你即一同跟了他，干你的事去罢，我还和大官人说句话。”那韩道国千恩万谢，出门与节级同往牛皮街分付去了。

西门庆陪伯爵在翡翠轩坐下，因令玳安放桌儿，“后边对你大娘说：昨日砖厂刘公公送的木樨荷花酒，打开筛了来，我和应二叔吃，就把糟鲥鱼蒸了来。”伯爵举手道：“我还没谢的哥，昨日蒙哥送了那两尾好鲥鱼与我。送了一尾与家兄去，剩下一尾，对房下说，拿刀儿劈开，送了一段与小女；余者打成窄窄的块儿，拿他原旧红糟儿培着，再搅些香油，安放在一个磁罐内，留着我一早一晚吃饭儿，或遇有个人客儿来，蒸恁一碟儿上去，也不枉辜负了哥的盛情。”西门庆告诉：“刘太监的兄弟刘百户，因在河下管芦苇场撰了几两银子，新买了一所庄子在五里店，拿皇木盖房。近日被我衙门里办事官缉听着，首了。依着夏龙溪，饶受他一百两银子，还要动本参送，申行省院。刘太监慌了，亲自拿着一百两银子到我这里，再三央及，只要事了。不瞒说，咱家做着些薄生意了，料着也过了日子，那里希罕他这样钱！况刘太监平日与我相交，时常受他些礼，今日因这些事情，就又薄了面皮？教我丝毫没受他的，只教他相房屋边连夜拆了。到衙门里，只打了他家人刘三二十，就发落开了。事毕，刘太监感不过我这些情，宰了一口猪，送我一坛自造荷花酒，两包糟鲥鱼，重四十斤，又两匹妆花织金段子，亲自来谢。彼此有光，见个情分，钱恁自中使！”伯爵道：“哥，你是希罕这个钱的？夏大人他出身行伍，起根立地上没有，他不挝些儿，拿甚过日？哥，你自从到任以来，也和他问了几桩事儿？”西门庆道：“大小也问了几件公事。别的倒也罢了，只吃了他贪滥蹹婪的，有事不问青水皂白，得了钱在手里就放了，成什么道理！我便再三扭着不肯，‘你我虽是个武职官儿，掌着这刑条，还放些体面才好。’”说未了，酒菜齐至。先放了四碟菜果，然后又放了四碟案鲜：红邓邓的泰州鸭蛋，曲湾湾王瓜拌辽东金虾，香喷喷油煠的烧骨，秃肥肥干蒸的劈晒鸡。第二道，又是四碗嗄饭：一瓯儿滤蒸的烧鸭，

“白嚼”毕竟有其“到处潜悲辛”一面。两尾鲥鱼分作三家，珍藏久享，视为瑰宝。

西门庆此话倒非假撇清。

一百两银子虽不收，这些礼也非轻。仅两包糟鲥鱼便有四十斤。“白嚼”闻之，当口涎难禁。

此时西门庆真作此想。毕竟他自有经商之财。实是“业余官吏”。夏大人等“纯官吏”不贪婪怎生得过？

一瓯儿水晶膀蹄，一瓯儿白煠猪肉，一瓯儿炮炒的腰子。落后才是里外青花白地磁盘，盛着一盘红馥馥柳蒸的糟鲥鱼，馨香美味，入口而化，骨刺皆香。西门庆将小金菊花杯斟荷花酒，陪伯爵吃。

油水虽大，却欠精雅。

不说两个说话儿，坐更余方散。且说那伙人，见青衣节级下地方，把妇人王氏放回家去，又拘总甲，查了各人名字，明早解提刑院问理，都各人面面相觑。就知韩道国是西门庆家伙计，寻的本家扳子，只落下韩二一人在铺里。都说：这事弄的不好了。这韩道国又送了节级五钱银子，登时问保甲查写了那几个名字，送到西门庆宅内，单等次日早解。

过一日，西门庆与夏提刑两位官到衙门里坐厅。该地方保甲带上人去，头一起就是韩二，跪在头里。夏提刑先看报单："牛皮街一牌四铺总甲萧成，为地方喧闹事。"第一个就叫韩二，第二个车淡，第三个管世宽，第四个游守，第五个郝贤。都叫过花名去，然后问韩二："为什么起来？"那韩二先告道："小的哥是买卖人，常不在家去的。小男幼女，被街坊这几个光棍，要便弹打胡博词扠儿，坐在门首，胡歌野调，夜晚打砖，百般欺负。小的在外另住，来哥家看视，含忍不过，骂了几句。被这伙群虎棍徒不由分说揪倒在地，乱行踢打，获在老爷案下。望老爷查情。"夏提刑便问："你怎么说？"那伙人一齐告道："老爷休信他巧对！他是耍钱的捣鬼。他哥不在家，和他嫂子王氏有奸。王氏平日倚逞刁泼，毁骂街坊。昨日被小的每捉住，见有底衣为证。"夏提刑因问保甲萧成："那王氏怎的不见？"萧成怎的好回节级放了，只说："王氏脚小，路上走不动，便来。"那韩二在下边，两只眼只看着西门庆。良久，西门庆欠身望夏提刑道："长官也不消要这王氏。想必王氏有些姿色，这光棍因调戏他不遂，捏成这个圈套。"因叫那为首的车淡上去问道："你在那里捉住那韩二来？"众人道："昨日在他屋里捉来。"又问韩二："王氏是你什么人？"保甲道：是他嫂子儿。"又问保甲："这伙人打那里进他屋里？"保甲道："越墙进去。"西门庆大怒，骂道："我把你这起光棍！他既是小叔，王氏也是有服之亲，莫不不许上门行走？相你这起光棍，你是他什么人，如何敢越墙进去？况他家男子不在，又有幼女在房中，非奸即盗了！"喝令左右拿夹棍来，每人一夹，二十大棍，打的皮开肉绽，鲜血

扯淡。管事宽。游手。好闲。是些什么"道德维护者"！

迸流。况四五个都是少年子弟，出娘胞胎，未经刑杖，一个个打的号哭动天，呻吟满地。这西门庆也不等夏提刑开口，分付："韩二出去听候。把四个都与我收监，不日取供送问。"

一朝权在手，便把令来行。

四人到监中，都互相抱怨，个个都怀鬼胎。监中人都吓唬他："你四个若送问，都是徒罪。到了外府州县，皆是死数。"这些人慌了，等的家下人来送饭，捎信出去，教各人父兄使钱，上下寻人情。内中有拿人情央及夏提刑，夏提刑说："这王氏的丈夫是你西门老爹门下的伙计。他在中间扭着要送问，同僚上，我又不好处得。你须还寻人情，和他说去，才好出来。"也有央吴大舅出来说的。人都知西门庆家有钱，不敢来打点。

夏提刑未得好处。话里话外倒颇有"公道"味儿。

四家父兄都慌了，会在一处，内中一个说道："也不消再央吴千户，他也不依。我闻得人说，东街上住的开细绢铺应大哥兄弟应二，和他契厚。咱不如每人拿出几两银子，凑了几十两银子，封与应二，教他过去替咱每说说，管情极好。"于是车淡的父亲——开酒店的车老儿为首，每人拿十两银子来，共凑了四十两银子，齐到应伯爵家，央他对西门庆说。伯爵收下，打发众人去了，他娘子儿便说："你既替韩伙计出力，摆布这起人，如何又揽下这银子，反替他说方便，不惹韩伙计怪？"伯爵道："我可知不好说的。我如今如此这般，拿十五两银子去，悄悄进与他管书房的书童儿，教他取巧说这桩事。你不知，他爹大小事儿甚是托他，专信他说话，管情一箭就上垛！"于是把银子兑了十五两，包放袖中，早到西门庆家。西门庆还未回来。伯爵进入厅上，只见书童正从西厢房书房内出来，头带瓦楞帽儿，扎着玄色段子总角儿，撇着金头莲瓣簪子，身上穿着苏州绢直裰，玉色纱裢儿，凉鞋净袜。说道："二爹，请客位内坐。"交画童儿后边拿茶去，说道："小厮，我使你拿茶与应二爹，你不动，且要子儿。等爹来家，看我说不说！"那小厮就拿茶去了。伯爵便问："你爹衙门里还没来家？"书童道："刚才答应的来说爹衙门散了，和夏老爹门外拜客去了。二爹有甚说话？"伯爵道："没甚话。"书童道："二爹前日说的韩伙计那事，爹昨日到衙门里，把那伙人都打了收监，明日做文书还要送问他。"伯爵拉他到僻静处，和他说："如今又一件，那伙人家属，

走"秘书"门子，"一箭上垛"。

如此这般,听见要送问,多害怕了。昨日晚夕到我家哭哭啼啼,再三跪着央及我,教对你爹说。我想,已是替韩伙计说在先,怎又好管他的,惹的韩伙计不怪?没奈何,教他四家处了这十五两银子,看你取巧对你爹说,看怎么将就饶他,放了罢。"因向袖中取出银子来递与书童。书童打开看了,大小四锭零四块,说道:"既是应二爹分上,交他再拿五两来,待小的替他说,还不知爹肯不肯。昨日吴大舅亲自来和爹说了,爹不依。小的虼蚤脸儿——好大面皮儿!实对二爹说:小的这银子不独自一个使,还破些铅儿,转达知俺生哥的六娘,绕个湾儿替他说,才了他此事。"伯爵道:"既如此,等我和他说。你好歹替他上心些,他后晌些来讨回话。"书童道:"爹不知多早来家,你教他明日早来罢。"说毕,伯爵去了。

应花子仅此一事已赚了许多银子。"秘书"也要赚点儿。

这书童把银子拿到铺子,铋下一两五钱来,教买了一坛金华酒,两只烧鸭,两只鸡,一钱银子鲜鱼,一肘蹄子,二钱顶皮酥果馅饼儿,一钱银子的搽穰卷儿。把下饭送到来兴儿屋里,央及他媳妇惠秀替他整理,安排端正。那一日,不想潘金莲不在家,从早间坐轿子往门外潘姥姥家做生日去了。书童使画童儿用方盒把下饭先拿在李瓶儿房中,然后又提了一坛金华酒进去,李瓶儿便问:"是那里的?"画童道:"是书童哥送来孝顺娘的。"李瓶儿笑道:"贼囚!他怎的孝顺我?"良久,书童儿进来,见李瓶儿在描金炕床上,舒着雪藕般玉腕儿,带着镀金镯钏子,引着玳瑁猫儿和哥儿要子。因说道:"贼囚!你送了这些东西来与谁吃?"那书童只是笑,李瓶儿道:"你不言语,笑是怎的说?"书童道:"小的不孝顺娘,再孝顺谁!"李瓶儿道:"贼囚!你平白好好的怎么孝顺我?你不说明白,我也不吃。常言说的好:君子不吃无名之食。"那书童把酒打开,菜蔬都摆在小桌上,教迎春取了把银素筛了来,倾酒在钟内,双手递上去,跪下说道:"娘吃过,等小的对娘说。"李瓶儿道:"你有甚事,说了我才吃你的。不说,你就跪一百年我也是不吃。"又道:"你起来说。"那书童于是把应伯爵所央四人之事,从头诉说一遍,"他先替韩伙计说了,不好来说得,央及小的先来禀过娘。等爹问,休说是小的说,只假做花大舅那头使人来说。小的写下个帖儿在前边书房内,只说是娘递与小的,教与爹看,娘屋里再加一美言。况昨日衙门里爹已是打过他罪儿,

此是李瓶儿生命中最幸福的时刻。

犯难者求"关系人"。"关系人"求"秘书"。"秘书"求"夫人"。"夫人"求当官的老爷。老爷再"交办"给"秘书"。

爹胡乱做个处断,放了他罢,也是老大的阴骘。”李瓶儿笑道:“原来也是这个事!不打紧,等你爹来家,我和他说就是了。你平白整治这些东西来做什么?”又道:“贼囚!你想必问他起发些东西了?”书童道:“不瞒娘说,他送了小的五两银子。”李瓶儿道:“贼囚,你倒且是会排铺撰钱!”于是不吃小钟,旋教迎春取了付大银衢花杯来,先吃了两钟,然后也回斟一杯与书童吃。书童道:“小的不敢吃,吃了快脸红,只怕爹来看见。”李瓶儿道:“我赏你吃,怕怎的!”于是磕了头起来,一吸而饮之。李瓶儿把各样嗄饭拣在一个碟儿里,教他吃。那小厮一连陪他吃了两大杯,怕脸红就不敢吃,就出来了。到了前边铺子里,还剩了一半点心嗄饭,摆在柜上,又打了两提坛酒,请了傅伙计、贲四、陈经济、来兴儿、玳安儿。众人都一阵风卷残云,吃了个净光,就忘了教平安儿吃。

那平安儿坐在大门首,把嘴谷都着,不想西门庆约后晌从门外拜了客来家,平安看见也不说。那书童听见喝道之声,慌的收拾不迭,两三步扠到厅上,与西门庆接衣服。西门庆便问:“今日没人来?”书童道:“没人。”西门庆脱了衣服,摘去冠帽,带上巾帻,走到书房内坐下。书童儿取了一盏茶来递上,西门庆呷了一口放下,因见他面带红色,便问:“你那里吃酒来?”这书童就向桌上砚台下取出一纸柬帖,与西门庆瞧,说道:“此是后边六娘叫小的到房里,与小的这个柬帖,是花大舅那里送来,说车淡等事。六娘教小的收着与爹瞧。因赏了小的一盏酒吃,不想脸就红了。”西门庆把帖观看,上写道:“犯人车淡四名,乞青目。”看了,递与书童,分付:“放下我书箧内,教答应的明日衙门里禀我。”书童一面接了放在书箧内,又走在旁边侍立。西门庆见他吃了酒,脸上透出红白来,红馥馥唇儿,露着一口糯米牙儿,如何不爱。① 因嘱付他:“少要吃酒,只怕糟了脸。”书童道:“爹分付,小的知道。”两个在屋里正做一处。

子嗣既立,性欲便更朝“非生育”的变态方向蹿动。

且说一个青衣人骑了一匹马,走到大门首,跳下马来,向守门的平安作揖,问道:“这里是问刑的西门老爹家?”那平安儿因书童儿不请他

① 此处删54字。

吃东道，把嘴头子撅着，正没好气，半日不答应。那人只顾立着，说道："我是帅府周老爷差来，送转帖与西门老爹看。明日与新平寨坐营须老爹送行，在永福寺摆酒，也有荆都监老爹，掌刑夏老爹，营里张老爹，每位分资一两。刚才多到了，径来报知。累门上哥禀禀进去，小人还等回话。"那平安方拿了他的转帖入后边，打听西门庆在花园书房内，走到里面，刚转过松墙，只见画童儿在窗外台基上坐的，见了平安摆手儿。那平安就知西门庆与书童干那不急的事，悄悄走在窗下，听觑半日。① 只见书童出来，与西门庆舀水洗手，看见平安儿、画童儿在窗子下站立，把脸飞红了，往后边拿去了。平安拿转帖进去，西门庆看了，取笔画了知，分付："后边问你二娘讨一两银子，教你姐夫封了，付与他去。"平安儿应诺去了。

书童拿了水来，西门庆洗毕手，回到李瓶儿房中，李瓶儿便问："你吃酒？教丫头筛酒你吃。"西门庆看见桌子底下放着一坛金华酒，便问："是那里的？"李瓶儿不好说是书童儿买进来的，只说："我一时要想些酒儿吃，旋使小厮街上买了这坛酒来。打开只吃了两钟儿，就懒待吃了。"西门庆道："阿呀，前头放着酒，你又拿银子买！因前日买酒我，赊了丁蛮子的四十坛河清酒，丢在西厢房内，你要吃时，教小厮拿钥匙取去。"说毕，李瓶儿还有头里吃酒的一碟烧鸭子、一碟鸡肉、一碟鲜鱼没动，教迎春安排了四碟小菜，切了一碟火薰肉，放下桌儿，在房中陪西门庆吃酒。西门庆更不问这嗄饭是那里，可见平日家中受用、管待人家，这样东西无日不吃。西门庆饮酒中间想起，问李瓶儿："头里书童拿的那帖儿是你与他的？"李瓶儿道："是门外花大舅那里来说，教你饶了那伙人罢。"西门庆道："前日吴大舅来说，我没依。若不是，我定要送问这起光棍。既是他那里分上，我明日到衙里，每人打他一顿，放了罢。"李瓶儿道："又打他怎的？打的那雌牙露嘴，什么模样！"西门庆道："衙门是这等衙门，我管他雌牙不雌牙。还有比他娇贵的，昨日衙门中问了一起事：咱这县中过世陈参政家。陈参政死了，母张氏守寡。有一小

富翁口吻。

李瓶儿到底心软。

① 此处删40字。

姐,因正月十六日在门首看灯,有对门住的一个小伙子儿——名唤阮三——放花儿。看见那小姐生得标致,就生心调胡博词、琵琶,唱曲儿调戏他。那小姐听了邪心动,使梅香暗暗把这阮三叫到门里,两个只亲了个嘴,后次竟不得会面。不期阮三在家思想成病,病了五个月不起。父母那里不使钱请医看治?看看至死,不久身亡。有一朋友周二定计说:陈宅母子,每年中元节令,在地藏庵薛姑子那里做伽蓝会烧香。你许薛姑子十两银子,藏在他僧房内与小姐相会,管病就要好了。那阮三喜欢,果用其计。薛姑子受了十两银子。在方丈内,不期小姐午寝,遂与阮三苟合。那阮三刚病起来,久思色欲,一旦得了,遂死在女子身上。慌的他母亲忙领女子回家。这阮三父母怎肯干罢?一状告到衙门里,把薛姑子、陈家母子都拿了。依着夏龙溪,知陈家有钱,就要问在那女子身上。便是我不肯,说女子与阮三虽是私通,阮三久思不遂,况又病体不痊,一旦苟合,岂不伤命?那薛姑子不合假以作佛事,窝藏男女通奸,因而致死人命,况又受赃,论了个知情,褪衣打二十板,责令还俗。其母张氏,不合引女入寺烧香,有坏风俗,同女每人一拶,二十敲,取了个供招,都释放了。若不然,送到东平府,女子稳定偿命!”李瓶儿道:“也是你老大个阴骘!你做这刑名官,早晚公门中与人行些方便儿,别的不打紧,只积你这点孩儿罢!”西门庆道:“可说什么哩!”李瓶儿道:“别的罢了,只是难为那女孩儿,亏那小嫩指头儿上,怎的禁受来,他不害疼?”西门庆道:“疼的两个字?拶的顺着指头儿流血!”李瓶儿道:“你到明日也要少拶打人,得将就将就些儿,那里不是积福处?”西门庆道:“公事可惜不的情儿。”

西门庆不指着当这官儿吃饭。夏某人却指着用这官位刮油呢!

西门庆过的是当官施威的瘾。

这里两个正饮酒中间,只见春梅掀帘子进来。见西门庆正和李瓶儿腿压着腿儿吃酒,说道:“你每自在吃的好酒儿!这咱晚,就不想使个小厮接接娘去?只有来安儿一个跟着轿子,隔门隔户,只怕来晚了,你倒放心!”西门庆见他花冠不整,云鬓蓬松,便满脸堆笑道:“小油嘴儿,我猜你睡来。”李瓶儿道:“你头上挑线汗巾儿跳上去了,还不往下拉拉!”因让他:“好甜金华酒,你吃钟儿。”西门庆道:“你吃,我使小厮接你娘去。”那春梅一手按着桌头且兜鞋,因说道:“我才睡起来,心里恶拉拉，懒待吃。”西门庆道：“你看不出来，小油嘴吃好少酒儿！”李瓶儿道：“左右今日你娘不在，你吃上一钟儿怕怎的？”春梅道：“六娘，你老人家自饮，我心里本不待吃，有俺娘在家不在家便怎的？就是娘在家，遇着我心不耐烦，他让我，我也不吃。”西门庆道：“你不吃，呵口茶儿罢。我使迎春前头叫个小厮，接你娘去。”因把手中吃的那盏木樨芝麻薰笋泡茶递与他。那春梅似有如无，接在手里，只呷了一口就放下了，说道：“你休教迎春叫去。我已叫了平安儿在这里，他还大些，教他接去。”西门庆隔窗就叫平安儿，那小厮应道：“小的在这里伺候。”西门庆道：“你去了，谁看大门？”平安道：“小的委付棋童儿在门上。”西门庆道：“既如此，你快拿个灯笼接去罢。”

句句问在点上。句句回答刺心。春梅一副不争宠的意态。

平安儿于是径拿了灯笼来迎接潘金莲。迎到半路，只见来安儿跟着轿子从南来了——原来两个是熟抬轿的，一个叫张川儿，一个叫魏聪儿——走向前，一把手拉住轿杠子，说道：“小的来接娘来了。”金莲就叫平安儿问道：“你爹在家？是你爹使你来接我？谁使你来？”平安道：“是爹使我来？倒少倒少！是姐使了小的接娘来了。”金莲道：“你爹想必衙门里没来家。”平安道：“没来家？门外拜了人，从后晌就来家了。在六娘房里，吃的好酒儿！若不是姐旋叫了小的进去，催逼着拿灯笼来接娘，还早哩！小的见来安一个跟着轿子，又小，只怕来晚了，路上不方便，须得个大的儿来接才好。又没人看守大门，小的委付棋童儿在门首，小的才来了。”金莲又问：“你来时，你爹在那里？”平安道：“小的来时，爹还在六娘房里吃酒哩。姐禀问了爹，才打发了小的来了。”

金莲听了，在轿子内半日没言语，冷笑骂道：“贼强人！把我只当亡故了的一般！一发在那淫妇屋里睡了长觉也罢了。到明日，只交长远倚逞那尿胞种，只休要晌午错了。张川儿在这里听着，也没别人，你脚踏千家门、万家户，那里一个才尿出来多少时儿的孩子，拿整绫段尺头裁衣裳与他穿？你家就是王十万，使的使不的？”张川儿接过来道：“你老人家不说，小的也不敢说：这个可是使不的。不说可惜，倒只恐折了他，花麻痘疹还没见，好容易就能养治的大？去年东门外一个高贵大庄屯人家，老儿六十岁，见居着祖父的前程，手里无碑记的银子，可是说的

急切中竟与轿夫“一唱一合”。

牛马成群，米粮无数，丫鬟侍妾成群，立纪穿袍儿的身边也有十七八个。要个儿子花看样儿也没有。东庙里打斋，西寺里修供，舍经施像，那里没求？倒不想他第七个房里生了个儿子，喜欢的了不得。也象咱当家的一般，成日如同掌儿上看擎，锦绣绫罗窝儿里抱大。糊了五间雪洞儿的房，买了四五个养娘扶侍。成日见了风也怎的！那消三岁，因出痘疹丢了。休怪小的说，倒是泼丢泼养的还好。”金莲道：“泼丢泼养？恨不得成日金子儿裹着他哩！”平安道：“小的还有桩事对娘说，小的若不说，到明日娘打听出来，又说小的不是了。便是韩伙计说的那伙人，爹衙门里都夹打了，收在监里，要送问他。今早应二爹来和书童儿说话，想必受了几两银子，大包子拿到铺子里，就硬凿了二三两使了。买了许多东西嗄饭，在来兴屋里，教他媳妇子整治了，掇到六娘屋里。又买了两坛金华酒，先和六娘吃了，又走到前边铺子里，和傅二叔、贲四、姐夫、玳安、来兴众人，打伙儿直吃到爹来家时分才散了哩。”金莲道：“他就不让你吃些？”平安道：“他让小的？好不大胆的蛮奴才，把娘每还不放到心上！不该小的说，还是爹惯了他，爹先不先和他在书房里干的龌龊营生。况他在县里当过门子，什么事儿不知道？爹若不早把那蛮奴才打发了，到明日，咱这一家子乞他弄的坏了。”金莲问道：“在李瓶儿屋里吃酒，吃的多大回？”平安儿道：“吃了好一日儿，小的看见他吃的脸通红才出来。”金莲道：“你爹来家，就不说一句儿？”平安道：“爹也打牙粘住了，说什么！”金莲骂道：“恁贼没廉耻的昏君强盗！卖了儿子招女婿，彼此腾倒着做。你便图毬他那屎屁股门子，奴才左右合你家爱娘子。”嘱付平安：“等他再和那蛮奴才在那里干这龌龊营生，你就来告我说！”平安道：“娘分付，小的知道。老川在这里听着，也没走了里话，他在咱家也答应了这几年，也是旧人。小的穿青衣抱黑柱，娘就是小的的主儿，小的有话儿怎不告娘说？娘只放在心里，休要题出小的一字儿来。”于是跟着轿子，直说到家门首。

凭空又添一刺。潘金莲的“性敌手”真是越来越多。

“老川”，叫得好热络。不能不笼络，不能不嘱咐。

潘金莲下了轿，上穿着丁香色南京云绸摞的五彩纳纱喜相逢天圆地方补子，对衿衫儿；下着白碾光绢一尺宽攀枝耍娃娃挑线拖泥裙子；胸前摞带金玲珑摞领儿，下边羊皮金荷包。先进到后边月娘房里拜见月娘,月娘道:“你住一夜,慌的就来了?”金莲道:“俺娘要留我住。他又招了俺姨那里一个十二岁的女孩儿在家养活,都挤在一个炕上,谁住他!又恐怕隔门隔户的,教我就来了。俺娘多多上覆姐姐:多谢重礼。”于是拜毕月娘,又到李娇儿、孟玉楼众人房里,多拜了。回到前边,打听西门庆在李瓶儿屋里吃酒,径来拜李瓶儿。李瓶儿见他进来,连忙起身笑着迎接,两个齐拜。说道:“姐姐来家早,请坐吃钟酒儿。”教迎春:“快拿座儿与你五娘坐。”金莲道:“今日我偏了杯,重复吃了双席儿,不坐了。”说着,扬长抽身就去了,西门庆道:“好奴才,恁大胆,来家就不拜我拜儿?”那金莲接过来道:“我拜你?还没修福来哩。奴才不大胆,什么人大胆!”看官听说:潘金莲这几句话,分明讥讽李瓶儿,说他先和书童儿吃酒,然后又陪西门庆,岂不是双席儿?那西门庆怎晓的就里?正是:情知语是针和线,就地引起是非来。

为争夺“性霸权”,潘金莲必将再发动几次战役!

毕竟未知后来何如,且听下回分解。

第三十五回
西门庆挟恨责平安　书童儿妆旦劝狎客

莫入州衙与县衙，劝君勤谨作生涯。
池塘积水须防旱，买卖辛勤是养家。
教子教孙并教艺，栽桑栽枣莫栽花。
闲是闲非休要管，渴饮清泉闷煮茶。

此八句，单说为人之父母，必须自幼训教子孙，读书学礼，知孝顺父母，尊敬长上，和睦乡里，各安生理。切不可纵容他少年骄惰放肆，三五成群，游手好闲，张弓挟矢，笼养飞鸟，蹴踘打球，饮酒赌博，飘风宿娼，无所不为，将来必然招事惹非，败坏家门。似此人家，使子陷于官司，大则身亡家破，小则吃打受牢，财入公门，政出吏口，连累父兄，惹悔耽忧，有何益哉！

话说西门庆早到衙门，先退厅与夏提刑说："此四人再三寻人情来说，交将就他。"夏提刑道："也有人到学生那边，不好对长官说。既是这等，如今提出来，戒饬他一番，放了罢。"西门庆道："长官见得有理。"即升厅，令左右提出车淡等犯人。跪下，生怕又打，只顾磕头。西门庆也不等夏提刑开言，就道："我把你这起光棍，如何寻这许多人情来说！本当都送问，且饶你这遭，若再犯了我手里，都活监死。出去罢！"连韩二都喝出来了。往外金命水命，走投无命。这里处断公事不题。

想是已有收益。

且说应伯爵拿着五两银子，寻书童儿问他讨话，悄悄递与他银子，书童接的袖了。那平安儿在门首拿眼儿睃着他。书童于是如此这般，

“昨日已对爹说了，今日往衙门里发落去了。”伯爵道：“他四个父兄再三说，恐怕又责罚他。”书童道：“你老人家只顾放心去，管情儿一下不打他。”那伯爵得了这消息，急急走去，回他每话去了。到早饭时分，四家人都到家，个个扑着父兄家属，放声大哭。每人去了百十两银子，落了两腿疮，再不敢妄生事了。正是：祸患每从勉强得，烦恼皆因不忍生。

捉奸也不是都能讨彩的。

却说那日西门庆未来家时，书童儿在书房内叫来安儿扫地，向食盒揭了，把人家送的桌面上响糖与他吃。那小厮千不合万不合，叫：“书童哥，我有句话儿告你说：昨日俺平安哥接五娘轿子，在路上好不学舌，说哥的过犯。”书童问道：“他说我什么来？”来安儿道：“他说哥揽的人家儿两银子，大胆买了酒肉，送在六娘房里，吃了半日出来；又在前边铺子里吃，不与他吃；又说你在书房里和爹干什么营生。”

这书童不听便罢，听了暗记在心，过了一日也不题起。到次日，西门庆早辰约会了，不往衙门里去，都往门外永福寺置酒，与须坐营送行去了，直到下午时分才来家。下马就分付平安：“但有人来，只说还没来家。”说毕，进到厅上，书童儿接了衣裳。西门庆因问：“今日没人来？”书童道：“没有。管屯的徐老爹，送了两包螃蟹，十斤鲜鱼。小的拿回帖打发去了，与了来人二钱银子。又有吴大舅送了六个帖儿，明日请娘每吃三日。”原来吴大舅儿子吴舜臣，娶了乔大户娘子侄女儿郑三姐做媳妇儿。西门庆早送了茶去，他那里来请。

西门庆到后边，月娘拿帖儿与他瞧，西门庆说道：“明日你每都收拾了去。”说毕，出来到书房里坐下。书童连忙拿炭火，炉内烧甜香饼儿，双手递茶上去，西门庆擎茶在手。他慢慢挨近，站立在桌头边。良久，西门庆掀了个嘴儿，使他把门关上，用手搂在怀里，一手捧着他的脸儿。① 西门庆问道：“我儿，外边没人欺负你？”那小厮乘机就说：“小的有桩事，不是爹问，小的不敢说。”西门庆道：“你说不妨。”书童就把平安一节告说一遍：“前日爹叫小的在屋里，他和画童在窗外听觑，小的出来舀水与爹洗手，亲自看见他。又在外边对着人骂小的蛮奴才，百般欺

此时方说。乃最佳时机。

① 此处删28字。

负小的。”西门庆听了，心中大怒，发狠说道：“我若不把奴才腿卸下来也不算！”这里书房中说话不题。

平昔平安儿专一打听这件事，三不知走去房中报与金莲。金莲使春梅前边来请西门庆说话。刚转过松墙，只见画童儿在那里弄松虎儿，便道：“姐来做什么？爹在书房里。”被春梅头上凿了一下。西门庆在里面听见裙子响，就知有人来，连忙推开小厮，走在床上睡着。那书童在桌上弄笔砚。春梅推门进来，见了西门庆，咂嘴儿说道：“你每悄悄的在屋里，把门儿关着，敢守亲哩？娘请你说话。”西门庆仰睡在枕头上，便道：“小油嘴儿，他请我说什么话？你先行，等我略躺躺儿就去。”那春梅那里容他，说道，“你不去，我就拉起你来。”西门庆怎禁他死拉活拉，拉到金莲房中。金莲问他在前头做什么，春梅道：“他和小厮两个在书房里，把门儿插着，捏杀蝇子儿是的，知道干的什么茧儿，恰似守亲的一般。我进去，小厮在桌子跟前推写字儿了。我眼张大个的，他便躺剌在床上，拉着再不肯来。”潘金莲道：“他进来我这屋里，只怕有锅镬吃了他是的。贱没廉耻的货，你想，有个廉耻，大白日和那奴才平白两个关着门，在屋里做什么来？左右是奴才臭屁股门子，钻了，到晚夕还进屋里，还和俺每沾身睡，好干净儿！”西门庆道：“你信小油嘴儿胡说，我那里有此勾当！我看着他写礼帖儿来，我便歪在床上。”金莲道：“巴巴的关着门儿写礼帖，什么机密谣言，什么三只腿的金刚、两个觭角的象，怕人瞧见？明日吴大妗子家做三日，掠了个帖子儿来，不长不短的，也寻什么件子与我做拜钱。你不与，莫不问我和野汉子要？大姐姐是一套衣裳、五钱银子，别人也有簪子的，也有花的。只我没有，我就不去了！”西门庆道：“前边厨柜内拿一匹红纱来，与你做拜钱罢。”金莲道：“我就去不成，也不要那嚣纱片子，拿出去倒没的教人笑话。”西门庆道：“你休乱，等我往那边楼上寻一件什么与他便了。如今往东京这贺礼，也要几匹尺头，一套儿寻下来罢。”于是走到李瓶儿那边楼上，寻了两匹玄色织金麒麟补子尺头，两匹南京色段，一匹大红斗牛纻丝，一匹翠蓝云段。因对李瓶儿说：“寻一件云绢衫与金莲做拜钱，如无，拿帖段子铺讨去罢。”李瓶儿道：“你不要铺子里取去，我有一件织金云绢衣服

潘金莲久旷矣。

哩，大红衫儿、蓝裙，留下一件也不中用，俺两个都做了拜钱罢。”一面向箱中取出来，李瓶儿亲自拿与金莲瞧，“随姐姐拣，衫儿也得，裙儿也得，咱两个一事，包了做拜钱倒好，省得又取去。”金莲道：“你的，我怎好要你的？”李瓶儿道：“好姐姐，怎生恁说话！”推了半日，金莲方才肯了。又出去教陈经济换了腰封，写了二人名字在上。这里西门庆后边拣尺头不题。

李瓶儿现在愿与一切人亲和。

且说平安儿正在大门首，只见西门庆朋友白来创走来问道：“大官人在家么？”平安儿道：“俺爹不在家了。”那白来创不信，径入里面厅上，见槅子关着，说道：“果然不在家，往那里去了？”平安道：“今日门外送行去了，还没来。”白来创道：“既是送行，这咱晚也来家了。”平安道：“白大叔有甚说话，说下，待爹来家，小的禀就是了。”白来创道：“没什么话，只是许多时没见，闲来望望。既不在，我等等罢。”平安道：“只怕来晚了，你老人家等不得。”白来创不依，把槅子推开，进入厅内，在椅子上就坐了。众小厮也不理他，由他坐去。不想天假其便，西门庆教迎春抱着尺头，从后边走来，刚转过软壁，顶头就撞见白来创在厅上坐着。迎春儿丢下段子，往后走不迭。白来创道：“这不是哥在家！”一面走下来唱喏。这西门庆见了，推辞不得，须索让坐。睃见白来创头带着一顶出洗覆盔过的恰如太山游到岭的旧罗帽儿，身穿着一件坏领磨襟救火的硬浆白布衫，脚下靸着一双乍板唱曲儿前后弯绝户绽的古铜木耳儿皂靴，里边插着一双一碌子绳子打不到底、黄丝转香马凳袜子。坐下，也不叫茶，只见琴童在旁伺候，西门庆分付：“把尺头抱到客房里，教你姐夫封去。”那琴童应诺，抱尺头往厢房里去了。白来创举手道：“一向欠情，没来望的哥。”西门庆道：“多谢挂意！我也常不在家，日逐衙门中有事。”白来创道：“哥这衙门中也日日去么？”西门庆道：“日日去两次，每日坐厅问事。到朔望日子，还要拜牌，画公座，大发放，地方保甲、番役打卯。归家便有许多穷冗，无片时闲暇。今日门外去，因须南溪新升了新平寨坐营，众人和他送行，只刚到家。明日管皇庄薛公公家请吃酒，路远去不成。后日又要打听接新巡按。又是东京太师老爷四公子又选了驸马，尚茂德帝姬，童太尉侄男童天胤新选上大堂，升指挥使佥

真是“白来闯”。西门庆倒不往外推。

虽淡淡道来，究竟禁不住得意之情。

双方已全然不在一个层面矣！

书管事，两三层都要贺礼。自这连日通辛苦的了不得。”说了半日话，来安儿才拿上茶来。白来创才拿在手里呷了一口，只见玳安拿着大红帖儿往后飞跑，报道：“掌刑的夏老爹来了，外边下马了。”西门庆就往后边穿衣服去了。白来创躲在西厢房内，打帘里望外张看。

良久，夏提刑进来，穿着黑青水纬罗五彩洒线猱头金狮补子圆领，翠蓝罗衬衣，腰系合香嵌金带，脚下皂朝靴，身边带钥匙。黑压压跟着许多人，进到厅上。西门庆冠带从后边迎将来，两个叙礼毕，分宾主坐下。不一时，棋童儿云南玛瑙雕漆方盘拿了两盏茶来，银镶竹丝茶钟，金杏叶茶匙，木樨青豆泡茶。吃了，夏提刑道：“昨日所言接大巡的事，今日学生差人打听，姓曾，乙未进士，牌已行到东昌地方，他列位每都明日起身远接。你我虽是武官，系领敕衙门，提点刑狱，比军卫有司不同。咱后日起身，离城十里寻个去所，预备一顿饭，那里接见罢。”西门庆道：“长官所言甚妙。也不消长官费心，学生这里着人寻个庵观寺院，或是人家庄园亦好，教个厨役早去整理。”夏提刑谢道：“这等，又教长官费心。”说毕，又吃了一道茶，夏提刑起身去了。

白来创看在眼里，听在耳中，作何感想？

西门庆送了进来，宽去衣裳。那白来创还不去，走到厅上又坐下了，对西门庆说：“自从哥这两个月没往会里去，把会来就散了。老孙虽年纪大，主不得事，应二哥又不管。昨日七月内，玉皇庙打中元醮，连我只三四个人儿到，没个人拿出钱来，都打撒手儿。难为吴道官，晚夕谢将，又叫了个说书的，甚是破费他。他虽故不言语，各人心上不安。不如那咱哥做会首时，还有个张主，不久还要请哥上会去。”西门庆道：“你没的说，散便散了罢，我那里得工夫干此事？遇闲时，在吴先生那里一年打上个醮，答报答报天地就是了。随你每会不会，不消来对我说。”几句抢的白来创没言语了。又坐了一回，西门庆见他不去，只得唤琴童儿厢房内放桌儿，拿了四碟小菜，带荤连素，一碟煎面筋，一碟烧肉。西门庆陪他吃了饭。筛酒上来，西门庆后边讨副银镶大钟来，斟与他吃了几钟，白来创才起身。西门庆送他二门首，说道：“你休怪我不送你，我带着小帽，不好出去得。”那白来创告辞去了。

还不识相。如今“官兄弟”还应付不过来呢！

西门庆毕竟还是赏了饭，且陪他吃。总算并不绝情。

插入一段“白来闯”不吃到饭不走人的故事，使所展现的“西门庆世界”更立体，也更多棱多角了。

西门庆回到厅上，拉了把椅子来，就一片声的叫平安儿。那平安儿走到跟前，西门庆骂道："贼奴才，还站着？叫答应的！"就是三四个排军在旁伺候。那平安不知什么缘故，唬的脸蜡渣黄，跪下了。西门庆道："我进门就分付你，但有人来，答应不在，你如何不听？"平安道："白大叔来时，小的回说爹往门外送行去了，没来家，他不信，强着进来了。小的就跟进来问他：'白大叔，有话说下，待爹来家，小的禀就是了。'他又不言语，自家推开厅上槅子坐下了。落后不想出来就撞见了。"西门庆骂道："你这奴才，不要说嘴！你好小胆子儿？人进来，你在那里要钱吃酒去来，不在大门首守着！"令左右："你闻他口里。"那排军闻了一闻，禀道："没酒气。"西门庆分付："叫两个会动刑的上来，与我着实拶这奴才！"当下两个伏侍一个，套上拶指，只顾檠起来。拶的平安疼痛难忍，叫道："小的委的回爹不在，他强着进来。"那排军拶上，把绳子绾住，跪下禀道："拶上了。"西门庆令："与我敲五十敲。"旁边数着，敲到五十上，住了手，西门庆分付："打二十棍。"须臾打了二十，打的皮开肉绽，满腿杖痕。西门庆喝令："与我放了。"两个排军向前解了拶子，解的直声呼唤。西门庆骂道："我把你这贼奴才！你说你在大门首，想说要人家钱儿，在外边坏我的事，休吹到我耳朵内，把你这奴才腿卸下来！"那平安磕头了起来，提着裤子往外去了。西门庆看见画童儿在旁边，说道："把这小奴才拿下去，也拶他一拶子。"一面拶的小厮杀猪儿似怪叫。这里西门庆在前厅拶人不题。

私宅中动官刑。

单说潘金莲从房里出来往后走，刚走到大厅后仪门首，只见孟玉楼独自一个在软壁后听觑，金莲便问："你在此听什么儿哩？"玉楼道："我在这里听他爹打平安儿，连画童小奴才也拶了一拶子，不知为什么。"一回，棋童儿过来，玉楼叫住问他："为什么打平安儿？"棋童道："爹嗔他放进白来创来了。"金莲接过来道："也不是为放进白来创来，敢是为他打了象牙梳，不是打了象牙，平白为什么打得小厮这样的！贼没廉耻的货，亦发脸做了主了。想有些廉耻儿也怎的！"那棋童就走了。玉楼便问金莲："怎的打了象牙？"金莲道："我要告诉你，还没告诉你。我前日去俺妈家做生日去了，不在家，学说蛮秫秫小厮揽了人家说事儿两银子，买嗄饭在前边整治了两方盒，又是一坛金华酒，掇到李瓶儿房里，和

人多耳杂。似此等宅子，总是隔墙隔窗常有耳。

小厮吃了半日酒，小厮才出来。没廉耻货来家，学说也不言语，还和小厮在花园书房里插着门儿，两个不知干着什么营生。平安这小厮拿着人家帖子进去，见门关着，就在窗下站着了。蛮小厮开门看见了，想是学与贼没廉耻的货。今日挟仇打这小厮，打的膫子成。那怕蛮奴才到明日把一家子都收拾了，管人吊脚儿事！”玉楼笑道：“好说！虽是一家子，有贤有愚，莫不都心邪了罢？”金莲道：“不是这般说，等我告诉你：如今这家中，他心肝肐蒂儿事偏欢喜的这两个人，一个在里，一个在外，成日把魂恰似落在他身上一般，见了，说也有，笑也有。俺每是没时运的，行动就相乌眼鸡一般。贼不逢好死变心的强盗，通把心狐迷住了，更变的如今相他哩！三姐，你听着，到明日弄出什么八怪七喇出来！今日为拜钱，又和他合了回气。但来家，不是在他房里，就在书房里，不知干的什么事。我今日使春梅：‘你看他在那里，叫他来。’谁知他大白日里，和贼蛮奴才关着门儿在书房里。春梅推门入去，唬的一个眼张失道的。到屋里，教我尽力数骂了几句，他只顾左遮右掩的。先拿一匹红纱与我做拜钱，我不要，落后往李瓶儿那边楼上寻去。贼人胆儿虚，自知理亏，拿了他箱内一套织金衣服来，亲自来尽我，说道：‘姐姐，你看这衣服好不好？省的拆开了，咱两个拿去，都做了拜钱罢。’我便说：‘你的东西儿，我如何要你的。教爹铺子里取去。’他慌了，说：‘姐姐，怎的这般计较！姐姐拣，衫儿也得，裙儿也得，看了好，拿到前边，教陈姐夫封写去。’尽了半日，我才吐了口儿。他让我要了衫子。”玉楼道：“这也罢了，也是他的尽让之情。”金莲道：“你不知道，不要让了他。如今年世，只怕睁着眼儿的金刚，不怕闭着眼儿的佛！老婆汉子，你若放些松儿与他，王兵马的皂隶——还把你不当合的。”玉楼戏道：“六丫头，你是属面筋的，倒且是有靳道。”说着，两个笑了。

一石三鸟。

孟玉楼虽好脾气，“属面筋的”、“靳道货”的詈骂倒也听来顺耳。难怪孟、金总是“手拉手”

只见小玉来请：“三娘、五娘，后边吃螃蟹哩。我去请六娘和大姑娘去。”两个手拉着手儿进来。月娘和李娇儿正在上房那门穿廊下坐，说道：“你两个笑什么儿？”金莲道：“我笑他爹打平安儿。”月娘道：“嗔他恁乱蝍蟟叫喊的，只道打什么人，原来打他。为什么来？”金莲道：“为他打折了象牙了。”月娘老实，便问：“象牙放在那里来，怎的教他打折

“象牙”，影射书童是“相公”。

了?”那潘金莲和孟玉楼两个嘻嘻哈哈,只顾笑成一块,月娘道:“不知你每笑什么,不对我说。”玉楼道:“姐姐,你不知道,爹打平安,为放进白来创来了。”月娘道:“放进白来创便罢了,怎么说道打了象牙?也没见这般没稍干的人,在家闭着膫子坐,平白有要没紧,来人家撞些什么!”来安道:“他来望爹来了。”月娘道:“那个吊下炕来了?望,没的扯臊淡,不说来挑嘴吃罢了。”良久,李瓶儿和大姐来到,众人围绕吃螃蟹。月娘分付小玉:“屋里还有些葡萄酒,筛来与你娘每吃。”金莲快嘴,说道:“吃螃蟹,得些金华酒吃才好。”又道:“只刚一味螃蟹就着酒吃,得只烧鸭儿撕了来下酒。”月娘道:“这咱晚那里买烧鸭子去!”那席上李瓶儿听了,把脸飞红了。正是:话头儿包含着深意,题目儿里暗蓄着留心。那月娘是个诚实的人,怎晓的话中之话?这里吃螃蟹不题。

在李瓶儿的“好世界”上,撒些棘藜。

且说平安儿被责,来到外边,打的剌扒着腿儿走那屋里,拶的把人揸沙着。贲四、来兴众人都乱来问:“平官儿,爹为什么打你?”平安哭道:“我知为什么!”来兴儿道:“爹嗔他放进白来创来了。”平安道:“早是头里你看着,我那等拦了他两次儿,说爹不在家,他强着进去了。到厅上槅子门里,我说:‘你老人家有什么说,说下罢。爹门外送行去了,不知多咱来,只怕等不得。’他说:‘我等等儿。’话又不说,坐住了。不想爹从后边出来撞见了,又没甚话,‘我闲来望望儿’,吃了茶,再不起身。只见夏老爹来了,我说他去了,他还躲在厢房里,又不去。爹没法儿,少不的留他坐。人家知惭愧的,略坐一回儿就去,他直等拿酒来吃了才去。倒惹的进来打我这一顿!说我不在门首看,放进人来了。你说我不造化低?我没拦他,又说我没拦他,不亏了,他强自进来坐着,管我腿事?打我!教那个贼天杀男盗女娼的狗骨秃,吃了俺家这东西,打背梁脊下过!”来兴儿道:“烂折脊梁骨的,倒好了他,往下撞。”平安道:“教他生噎食病,把颡根轴子烂吊了。天下有没廉耻皮脸的,不相这狗骨秃没廉耻,来我家闯的狗也不咬!贼雌饭吃花子合的,再不烂了贼亡八的屁股门子!”来兴笑道:“烂了屁股门子,人不知道,只说是臊的!”众人都笑了。平安道:“想必是家里没晚米做饭,老婆不知饿得怎么样的。闲的没的干,来人家抹嘴吃,图家里省了一顿,也不是常法儿。不如教老婆养汉，做了忘八，倒硬朗些，不教下人唾骂。正是外头摆浪子，家里老婆啃家子。”

玳安在铺子里篦头，篦了，打发那人钱去了，走出来说：“平安儿，我不言语憋的我慌。亏你还答应主子，当家的性格，你还不知道？你怎怪人！常言：养儿不要屙金溺银，只要见景生情。比不的应二叔和谢叔来，答应在家不在家，他彼此都是心甜厚，间便罢了。以下的人，他又分付你答应不在家，你怎的放人来？不打你，却打谁？”贲四戏道：“平安儿从新做了小孩儿，才学闲闲，他又会顽，成日只踢球儿耍子。”众人又笑了一回。贲四道：“他便为放进人来，这画童儿却为什么也陪拶了一拶子？是好吃的果子儿，陪吃个儿？吃酒吃肉，也有个陪客，十个指头套在拶子上，也有个陪的来？”那画童儿揉着手，只是哭，玳安戏道：“我儿少哭！你娘养的你忒娇，把馓子儿拿绳儿拴在你手儿上，你还不吃？”这里前边小厮热乱不题。

玳安所以能“立于不败之地”，就在于掌握了“当家的性格”。

小厮热乱，自成一隅世界。

西门庆在厢房中，看着陈经济、书童封了礼物尺头，写了揭帖。次日早，打发人上东京，送蔡驸马、童堂上礼，不在话下。到次日，西门庆往衙门里去了。吴月娘与众房共五顶轿子，头带珠翠冠，身穿锦绣袍，来兴媳妇一顶小轿跟随，往吴大妗家做三日去了。止留下孙雪娥在家中，和西门大姐看家。早间，韩道国送礼相谢：一坛金华酒，一只水晶鹅，一副蹄子，四只烧鸭，四尾鲥鱼。帖子上写着“晚生韩道国顿首拜”。书童因没人在家，不敢收，连盒担留下，待的西门庆衙门中回来，拿与西门庆瞧。西门庆使琴童儿铺子里旋叫了韩伙计来，甚是说他：“没分晓，又买这礼来做什么，我决然不受！”那韩道国拜说：“老爹，小人蒙老爹莫大之恩，可怜见与小人出了气，小人举家感激不尽。无甚微物，表一点穷心，望乞老爹好歹笑纳。”西门庆道：“这个使不得。你是我门下伙计，如同一家，我如何受你的礼！即令原人与我抬回去。”韩道国慌了，央说了半日，西门庆分付左右，只受了鹅酒，别的礼都令抬回去了。教小厮拿帖儿请应二爹和谢爹去，对韩道国说：“你后晌叫来保看着铺子，你来坐坐。”韩道国说：“礼物不受，又教老爹费心。”应诺去了。

经理何用给董事送礼？西门庆给韩道国的定位十分明确。这是用人之善策。

西门庆家中又添买了许多菜蔬，后晌时分，在花园中翡翠轩卷棚内放下一张八仙桌儿。应伯爵、谢希大先到了，西门庆告他说："韩伙计费心，买礼来谢我，我再三不受他，他只顾死活央告，只留了他鹅酒。我怎好独享？请你二位陪他坐坐。"伯爵道："他和我计较来，要买礼谢。我说你大官府里那里稀罕你的，休要费心，你就送去，他决然不受。如何？我恰似打你肚子里钻过一遭的，果然不受他的。"说毕，吃了茶，两个打双陆。

不一时，韩道国到了，二人叙礼毕，坐下。应伯爵、谢希大居上，西门庆关席，韩道国打横。登时四盘四碗拿来，桌上摆了许多嗄饭。吃不了，又是两大盘玉米面鹅油蒸饼儿堆集的。把金华酒分付来安儿就在旁边打开，用铜甑儿筛热了拿来；教书童斟酒，画童儿单管后边拿果拿菜去。酒斟上来，伯爵分付书童儿："后边对你大娘房里说，怎的不拿出螃蟹来与应二爹吃？你去说，我要螃蟹吃哩。"西门庆道："傻狗材，那里有一个螃蟹！实和你说，管屯的徐大人送了我两包螃蟹，到如今娘每都吃了，剩下腌了几个。"分付小厮："把腌螃蟹揸几个来。今日娘每都不在，往吴妗子家做三日去了。"

对应花子、谢希大二人确实挺够"哥儿们"。也是他们帮闲得力。

不一时，画童拿了两盘子腌蟹上来，那应伯爵和谢希大两个抢着，吃的净光。因见书童儿斟酒，说道："你应二爹一生不吃哑酒。自夸你会唱的南曲，我不曾听见，今日你好歹唱个儿，我才吃这钟酒。"那书童才待拍着手唱，伯爵道："这个唱一万个也不算。你装龙似龙，装虎似虎，下边搽画妆扮起来，相个旦儿的模样才好。"那书童在席上，把眼只看西门庆的声色儿。西门庆笑骂伯爵："你这狗材，专一歪斯缠人！"因向书童道："既是他索落你，教玳安儿前边问你姐要了衣服，下边妆扮了来。"玳安先走到前边金莲房里问春梅要，春梅不与；旋往后，问上房玉箫要了四根银簪子，一个梳背儿，面前一件仙子儿，一双金镶假青石头坠子，大红对衿绢衫儿，绿重绢裙子，紫销金箍儿。要了些脂粉，在书房里搽抹起来，俨然就是个女子，打扮的甚是娇娜。走在席边，双手先递上一杯与应伯爵，顿开喉音，在旁唱《玉芙蓉》道：

书童是一个典型的"错位性角色"。

残红水上飘，梅子枝头小。这些时，淡了眉儿谁描？因春带得愁来到，春去缘何愁未消？人别后，山遥水遥。我为你，数尽归期，画损了掠儿稍。

伯爵听了，夸奖不已，说道："相这大官儿，不枉了与他碗饭吃。你看他这喉音，就是一管箫。说那院里小娘儿便怎的，那套唱都听的熟了，怎生如他那等滋润！哥，不是俺每面奖，似他这般的人儿在你身边，你不喜欢？"西门庆笑了。伯爵道："哥，你怎的笑？我倒说的正经话，你休亏了这孩子，凡事衣类儿上，另着个眼儿看他。难为李大人送了他来，也是他的盛情。"西门庆道："正是。如今我不在家，书房中一应大小事：收礼帖儿、封书柬、答应，都是他和小婿。小婿又要铺子里兼看看。"应伯爵饮过，又斟双杯，伯爵道："你替我吃些儿。"书童道："小的不敢吃，不会吃。"伯爵道："你不吃，我就恼了。我赏你，怕怎的？"书童只顾把眼看西门庆，西门庆道："也罢，应二爹赏你，你吃了。"那小厮打了个佥儿，慢慢低垂粉头，呷了一口，余下半钟残酒，用手擎着，与伯爵吃了。方才转过身来，递谢希大酒。又唱个前腔儿：

书童自然需要西门庆的批准。西门庆颇"大公无私"。与朋友"有饭同吃，有酒同饮"，并且"有相公同狎"。

新荷池内翻，过雨琼珠溅。对南薰，燕侣莺俦心烦。啼痕界破残妆面，瘦对腰肢忆小蛮。从别后，千难万难。我为你，盼归期，靠损了玉栏杆。

谢希大问西门庆道："哥，书官儿青春多少？"西门庆道："他今年才交十六岁。"问道："你也会多少南曲？"书童道："小的也记不多几个曲子，胡乱席上答应爹每罢了。"希大道："好个乖觉孩子！"亦照前递了酒，下来递韩道国，道国道："老爹在上，小的怎敢欺心。"西门庆道："今日你是客。"韩道国道："岂有此理。还是从老爹上来，次后才是小人吃酒。"书童下席来递西门庆酒，又唱第三个前腔儿：

东篱菊绽开，金井梧桐败。听南楼，塞雁声哀伤怀。春情欲寄梅花信，鸿雁来时人未来。从别后，音乖信乖。我为你，恨归期，跌绽了绣罗鞋。

西门庆吃毕，到韩道国跟前，那韩道国慌的连忙立起身来接酒。伯爵道："你坐着，教他好唱。"那韩道国方才坐下。书童又唱个第四个前腔儿：

漫空柳絮飞，乱舞蜂蝶翅。岭头梅，开了南枝。折梅须寄皇华使，几度停针长叹时。从别后，朝思暮思。我为你，数归期，掐破了指尖儿。

那韩道国未等词终，连忙一饮而尽。

正饮酒中间，只见玳安来说："贲四叔来了，请爹说话。"西门庆道："你叫他来这里说罢。"不一时，贲四身穿青绢褶子，单穗绦儿，粉底皂靴，向前作了揖，旁边安顿坐了。玳安连忙取一双钟箸放下，西门庆令玳安后边取菜蔬去了。西门庆因问他："庄子上收拾怎的样了？"贲四道："前一层才盖瓦，后边卷棚，昨日才打的基。还有两边厢房与后一层住房的料没有。还少客位与卷棚漫地尺二方砖，还得五百，那旧的都使不得。砌墙的大城角多没了。垫地脚带山子上土，也添勾一百多车子。灰还得二十两银子的。"西门庆道："那灰不打紧，我明日衙门里分付灰户，教他送去。昨日你砖厂刘公公说，送我些砖儿。你开个数儿，封几两银子送与他，须是一半人情儿回去。只少这木植。"贲四道："昨日老爹分付，门外看那庄子。今早同张安儿到那家庄子上，原来是向皇亲家庄子。大皇亲没了，如今向五要卖神路明堂。咱每不是要他的，讲过只拆他三间厅、六间厢房、一层群房就勾了。他口气要五百两！到跟前拿银子和他讲，三百五十两上，也该拆他的。休说木植木料，光砖瓦连土，也值一二百两银子。"应伯爵道："我道是谁来，是向五的那庄子。向五被人告争地土，告在屯田兵备道打官司，使了好多银子；又在院里包着罗存儿。如今手里弄的没钱了。你若要，与他三百两银子，他也罢了。冷手挝不着热馒头，在那坛儿哩念佛么！"西门庆分付贲四："你明日拿两锭大银子，同张安儿和他讲去。若三百两银子肯，拆了来罢。"贲四道："小人理会。"良久，后边拿了一碗汤、一盘蒸饼上来，贲四吃了。斟上，陪众人吃酒。

当官可以"化公为私"。更要暴发了。

闲闲中又道出向皇亲没落情状。有人上坡，必有人下坡。

书童唱了一遍，下去了。应伯爵道："这等吃的酒没趣，取个骰盆儿，俺每行个令儿吃才好。"西门庆令玳安："就在前边六娘屋里，取个骰盆来。"不一时，玳安取了来，放在伯爵跟前，悄悄走到西门庆耳边掩口说："六娘房里哥哭哩，迎春姐教爹着个人儿接接六娘去。"西门庆道："你放下壶，快教个小厮拿灯笼接去。"因问："那两个小厮在那里？"

玳安道："琴童与棋童儿先拿两个灯笼接去了。"伯爵见盆内放着六个骰儿，即用手拈着一个，说："我掷着点儿，各人要骨牌名一句，见合着点数儿。如说不过来，罚一大杯酒，下家唱曲儿；不会唱曲儿，说笑话儿；两桩儿不会，定罚一大杯。"西门庆道："怪狗材，忒韶刀了！"伯爵道："令官放个屁，也钦此钦遵，你管我怎的！"叫来安："你且先斟一杯，罚了爹，然后好行令。"西门庆笑而饮之。伯爵道："众人听着，我起令了。说差了也罚一杯。"说道："张生醉倒在西厢。吃了多少酒？一大壶，两小壶。"果然是个么。西门庆教书童儿上来斟酒，该下家谢希大唱。希大拍着手儿："我唱了个《折桂令》儿你听罢。"唱道：

可人心二八娇娃，百件风流，所事撑达。眉蹙春山，眼横秋水，鬓绾着乌鸦。干相思，撇不下一时半霎，咫尺间，如隔着海角天涯。瘦也因他，病也因他。谁与俺成就了姻缘，便是那救苦难菩萨！

伯爵吃过酒，过盆与谢希大掷，轮着西门庆唱。谢希大拿过骰儿来说："多谢红儿扶上床。什么时候？三更四点。"可要作怪，掷出个四来。伯爵道："谢子纯该吃四杯。"希大道："折两杯罢！我吃不得。"书童儿满斟了两杯，先吃了头一杯，等他唱。席上伯爵二个把一碟子荸荠都吃了。西门庆道："我不会唱，说了笑话儿罢。"说道："一个人到果子铺，问：'可有榧子么？'那人说有，取来看。那买果子的不住的往口里放，卖果子的说：'你不买，如何只顾吃？'那人道：'我图他润肺。'那卖的说：'你便润了肺，我却心疼。'"众人多笑了。伯爵道："你若心疼，再拿两碟子来。我媒人婆拾马粪——越发越晒。"谢希大吃了。第三该西门庆掷。说："留下金钗与表记。多少重？五六七钱。"西门庆拈起骰儿来，掷了个五。书童儿也只斟上两钟半酒。谢希大道："哥大量，也吃两钟儿？没这个理。哥吃四钟罢，只当俺一家孝顺一钟儿。"该韩伙计唱。韩道国让贲四哥年长，贲四道："我不会唱，说个笑话儿罢。"西门庆吃过两钟，贲四说道："一官问奸情事，问：'你当初如何奸他来？'那男子说：'头朝东，脚也朝东奸来。'官云：'胡说！那里有个缺着行房的道理。'旁边一个人走来跪下，说道：'告禀：若缺刑房，待小的补了

此"白嚼"也太能"嚼"了。

虽已当官，却依然生活在此种粗鄙的市井流氓文化之中。

罢！’”应伯爵道：“好贲四哥，你便益不失当家！你大官府又不老，别的还可说，你怎么一个行房你也补他的？”贲四听见他此言，唬的把脸通红了，说道：“二叔什么话！小人出于无心。”伯爵道：“什么话？檀木靶，没了刀儿，只有刀鞘儿了。”那贲四在席上终是坐不住，去又不好去，如坐针毡相似。西门庆于是饮毕四钟酒，就轮该贲四掷，贲四才待拿起骰子来，只见来安儿来请：“贲四叔，外边有人寻你。我问他，说是窑上人。”这贲四巴不得要去，听见这一声，一个金蝉脱壳走了，西门庆道：“他去了，韩伙计，你掷罢。”韩道国举起骰儿道：“小人遵令了。”说道：“夫人将棒打红娘。打多少？八九十下。”伯爵道：“该我唱，我不唱罢，我也说个笑话儿。”教书童：“合席都筛上酒，连你爹也筛上，听我这个笑话。一个道士，师徒二人往人家送疏。行到施主门首，徒弟把绦儿松了些，垂下来。师父说：‘你看那样！倒相没屁股的。’徒弟回头答道：‘我没屁股，师父你一日也成不得。’”西门庆骂道：“你这歪狗材，狗口里吐出什么象牙来！”这里饮酒不题。

且说玳安先到前边，又叫了画童，拿着灯笼来吴大妗子家接李瓶儿。瓶儿听见说家里孩子哭，也等不得上拜，留下拜钱，就要告辞来家。吴大妗、二妗子那里肯放，“好歹等他两口儿上了拜儿！”月娘道：“大妗子，你不知道，倒教他家去罢，家里没人，孩子好不寻他哭哩。俺每多坐回儿不妨事。”那吴大妗子才放李瓶儿出门。玳安丢下画童，和琴童儿两个随着轿子，跟了先来家了。落后上了拜，堂客散时，月娘和四位轿子只打着一个灯笼，况是八月二十四日，月黑的时分。月娘问：“别的灯在那里，如何只一个？”棋童道：“小的原拿了两个来，玳安要了一个，和琴童先跟六娘家去了。”月娘冷帐，更不问，就罢了。潘金莲有心，便问棋童：“你每头里拿几个来？”棋童道：“小的和琴童拿了两个来接娘每，落后玳安与画童又要了一个去，把画童换下，和琴童先跟了六娘去了。”金莲道：“玳安那囚根子，他没拿灯来？”画童道：“我和他又拿一个灯笼来了。”金莲道：“既是有一个，就罢了，怎的又问你要这个？”棋童道：“我那们说，他强着夺去了！”金莲便叫吴月娘：“姐姐，你看玳安恁贼献勤的奴才！等到家里，和他答话！”月娘道：“奈烦，孩子家里紧等着，叫

连灯笼的多寡也闹出一场风波。

他打了去罢了。”金莲道：“姐姐，不是这等说。俺便罢了，你是个大娘子，没些家法儿，晴天还好，这等月黑，四顶轿子只点着一个灯笼，顾那些儿的是？”说着轿子到门首。月娘、李娇儿便往后边去了。金莲和孟玉楼一答儿下轿，进门就问：“玳安儿在那里？”平安道：“在后边伺候哩。”刚说着，玳安出来，被金莲骂了几句：“我把你献勤的囚根子！明日你只认清了，单拣着有时运的跟，只休要把脚儿锡锡儿。有一个灯笼打着罢了，信那斜汗世界一般又夺了个来。又把小厮也换了来。他一顶轿子倒占了两个灯笼，俺每四顶轿子反打着一个灯笼！俺每不是爹的老婆？”玳安道：“娘错怪小的了。爹见哥儿哭，教小的快打灯笼，‘接你六娘先来家罢，恐怕哭坏了哥儿。’莫不爹不使我，我好干着接去来！”金莲道：“你这囚根子，不要说嘴！他教你接去，没教你把灯笼都拿了来。哥哥，你的雀儿只拣旺处飞，休要认着了，冷灶上着一把儿、热灶上着一把儿才好。俺每天生就是没时运的来？”玳安道：“娘说的什么话！小的但有这心，骑马把脯子骨撞折了！”金莲道：“你这欺心的囚根子，不要慌，我洗净眼儿看着你哩！”说着，和玉楼往后边去了。那玳安对着众人说：“我精攮气的营生，平白的爹使我接的去，教五娘骂了我恁一顿！”

玉楼、金莲二人到仪门首，撞见来安儿，问：“你爹在那里坐着哩？”来安道：“爹和应二爹、谢爹、韩大叔，还在卷棚内吃酒。书童哥装了个唱的在那里唱哩，娘每瞧瞧去。”金莲拉玉楼：“咱瞧瞧去。”二人同走到卷棚槅子外往里观看，只见应伯爵在上坐着，把帽儿歪挺着，醉的只相线儿提的；谢希大醉的把眼儿通睁不开；书童便妆扮在旁边斟酒唱南曲。西门庆悄悄使琴童儿抹了伯爵一脸粉，又拿草圈儿悄悄儿从后边作戏，弄在他头上。把金莲和玉楼在外边忍不住，只是笑的不了，骂：“贼囚根子！到明日死了也没罪了，把丑却教他出尽了！”西门庆听见外边笑，使小厮出来问是谁，二人才往后边去了，散时已一更天气了。

这便是西门庆“性趣”之外的“兴趣”。

西门庆那日往李瓶儿房里睡去了。金莲归房，因问春梅：“李瓶儿来家，说什么话来？”春梅道：“没说什么。”又问：“那没廉耻货进他屋里去来没有？”春梅道：“六娘来家，爹往他房里还走了两遭。”金莲道：“真潘金莲“色色精细”。

个是因孩子哭接他来?”春梅道:“孩子后晌好不怪哭的,抱着也哭,放下也哭,没法处。前边对爹说了,才使小厮接去。”金莲道:“若是这等的也罢了。我说又是没廉耻的货,三等儿九般使了接去。”又问:“书童那奴才穿的谁的衣服?”春梅道:“先来问我要,教我骂了玳安出去,落后和上房玉箫借了。”金莲道:“衣有来,休要与秫秫奴才穿。”说毕,见西门庆不进来,使性儿关了门睡了。

应花子讹财有方。至此应伯爵形象已相当丰满。谁敢说应花子后继无人呢?

且说应伯爵见贲四管工,在庄子上撰钱,明日又拿银子买向五皇亲房子,少说也有几两银子背工。行令之间,可可见贲四不防头,说出这个笑话儿来,伯爵因此错他这一错,使他知道。贲四果然害怕,次日封了三两银子亲到伯爵家磕头。伯爵反打张惊儿,说道:“我没曾在你面上尽得心,何故行此事?”贲四道:“小人一向缺礼,早晚只望二叔在老爹面前扶持一二,足感不尽!”伯爵于是把银子收了,待了一钟茶,打发贲四出门,拿银子到房中,与他娘子儿说:“老儿不发狠,婆儿没布裙。贲四这狗啃的,我举保他一场,他得了买卖,扒自饭碗儿,就不用着我了。大官人教他在庄子上管工,明日又托他拿银子成向五家庄子,一向撰的钱也勾了。我昨日在酒席上拿言语错了他错儿,他慌了,不怕他今日不来求我。送了我这三两银子,我且买几匹布,勾孩子每冬衣了。”正是:恨小非君子,无毒不丈夫。

毕竟未知后来何如,且听下回分解。

正是:只恨闲愁成懊恼,始知伶俐不如痴。

第三十六回

翟谦寄书寻女子　西门庆结交蔡状元

富川遥望剑江西，一片孤云对夕晖。
有泪应投烟树断，无书堪寄雁鳞稀。
问安已负三千里，流落空怀十二时。
海阔天高都是念，凭谁为我说归期？

话说次日，西门庆早与夏提刑出郊外，接了新巡按，又到庄上犒劳做活的匠人。至晚来家，有平安进门就禀："今日有东昌府下文书快手，往京里顺便捎了一封书帕来，说是太师爷府里翟大爹寄来的书与爹。小的接了，交进大娘房里去了，那人明日午后来讨回书。"西门庆听了，走到上房，取书拆开观看，上面写着什么言词：

京都侍生翟谦顿首书拜

即擢大锦堂西门大人门下：久仰山斗，未接丰标，屡辱厚情，感愧何尽！前蒙驰谕，生铭刻在心，凡百于老爷左右，无不尽力扶持。所有琐事，敢托盛价烦渎，想已为我处之矣。今因便鸿，薄具帖金十两奉贺，兼候起居。伏望俯赐回音，生不胜感激之至！外新状元蔡一泉，乃老爷之假子，奉敕回籍省视，道经贵处，仍望留之一饭，彼亦不敢有忘也。

至祝至祝！

秋后一日信。

西门庆看毕，只顾咨嗟不已，说道："快教小厮叫媒人去。我什么营

官也不是那么好当的。对付"底下"容易，应付"同僚"也不难，伺候"上面"就得拿出"真功夫"了！

生，就忘死了，再想不起来！”吴月娘便问：“什么勾当？你对我说。”西门庆道：“东京太师老爷府里翟管家，前日有书来，说无子，来央及我这里替他寻个女子。不拘贫富，不限财礼，只要好的，他要图生长。妆奁财礼，该使多少，教我开了写去，他一封封过银子来。往后他在老爷面前，一力好扶持我做官。我一向乱着上任，七事八事，就把这事忘死了，想不起来。来保他又日逐往铺子里去了，又不题我。今日他老远的又教人捎书来，问寻的亲事怎样的了，又寄了十两折礼银子贺我，明日原差人来讨回书，你教我怎样回答他？教他就怪死了！叫了媒人，你分付他，好歹上紧替他寻着，不拘大小人家，只要好女儿，或十五六、十七八的也罢，该多少财礼，我这里与他。再不，把李大姐房里绣春，倒好模样儿，与他去罢！”月娘道：“我说你是个火燎腿行货子！这两三个月，你早做什么来？人家央你一场，替他看个真正女子去，他也好谢你。那丫头，你又收过他，怎好打发去的！你替他当个事干，他到明日也替你用的力。如今施捏佛施烧香，急水里怎么下得桨？比不的买什么儿，拿了银子到市上就买的来了。一个人家闺门女子，好歹不同，也等教媒人慢慢踏看将来。你倒说的好容易自在话儿！”西门庆道：“明日他来要回书，怎么回答他？”月娘道：“亏你还断事！这些勾当儿，便不会打发人？等那人明日来，你多与他些盘缠，写在书上，回覆了他去，只说女子寻下了，只是衣服妆奁未办，还待几时完毕，这里差人送去。打发去了，你这里教人替他寻也不迟。此一举两得其便，才干出好事来，也是人家托你一场！”西门庆笑道：“说的有理！”一面叫将陈经济来，隔夜修了回书。

不该忘不该忘！到底还“嫩”，经验欠缺！亡羊补牢，犹未为晚。

月娘竟有杀伐。

次日，下书人来到，西门庆亲自出来，问了备细；又问蔡状元几时船到，好预备接他。那人道：“小人来时，蔡老爹才辞朝，京中起身。翟爹说：只怕蔡老爹回乡，一时缺少盘缠，烦老爹这里多少只顾借与他，写书去，翟爹那里如数补还。”西门庆道：“你多上覆翟爹，随他要多少，我这里无不奉命！”说毕，命陈经济让去厢房内管待酒饭，临去交割回书，又与了他五两路费。那人拜谢，欢喜出门，长行去了。正是：意急欲摇飞虎站，心忙抨碎紫花鞭。

今后这类花销不小。欲在官场里发达，也需“投资”。

看官听说：当初安忱取中头甲，被言官论他是先朝宰相安惇之弟，系党人子孙，不可以魁多士。徽宗不得已，把蔡蕴擢为第一，做了状元，投在蔡京门下，做了假子，升秘书省正字，给假省亲。

且说月娘家中使小厮叫了老冯、薛嫂儿并别的媒人来，分付各处打听，人家有好女子，拿帖儿来说，不在话下。

一日，西门庆使来保往新河口，打听蔡状元船只，原来和同榜进士安忱同船。这安进士亦因家贫未续亲，东也不成，西也不就，辞朝还家续亲，因此二人同船。来到新河口，来保拿着西门庆拜帖来到船上见，就送了一分嗄程：酒面、鸡鹅、嗄饭、盐酱之类。蔡状元在东京，翟谦已是预先和他说了："清河县有老爷门下一个西门千户，乃是大巨家，富而好礼，亦是老爷抬举，见做理刑官。你到那里，他必然厚待。"这蔡状元牢记在心，见西门庆差人远来迎接，又馈送如此大礼，心中甚喜。次日到了，就同安进士进城拜西门庆。西门庆已是叫厨子家里预备下酒席。因在李知县衙内吃酒，看见有一起苏州戏子唱的好，问书童儿，说在南门外磨子营儿那里住，旋叫了四个来答应。

可见此书所写的"清河"是个临大运河的埠头。

"富而好礼"，重点在"富"字。

当然"甚喜"。此后宜多多鬻官与此等富户。

蔡状元那日封了一端绢帕、一部书、一双云履；安进士亦是书帕二事、四袋芽茶、四柄杭扇。各具宫袍乌纱，先投拜帖进去。西门庆冠冕迎接至厅上，叙礼交拜，家童献毕贽仪，然后分宾主而坐。先是蔡状元举手欠身说道："京师翟云峰甚是称道贤公，阀阅名家，清河巨族。久仰德望，未能识荆，今得晋拜堂下，为幸多矣！"西门庆答道："不敢！昨日云峰书来，具道二位老先生华辀下临，理当迎接，奈公事所羁，幸为宽恕。"因问："二位老先生仙乡、尊号？"蔡状元道："学生蔡蕴，本贯滁州之匡庐人也，贱号一泉。侥幸状元，官拜秘书正字，给假省亲，得蒙皇上俞允。不想云峰先生称道盛德，拜迟！"安进士道："学生乃浙江钱塘县人氏，贱号凤山。见除工部观政，亦给假还乡续亲。敢问贤公尊号？"西门庆道："在下卑官武职，何得号称。"询之再三，方言："贱号四泉。累蒙蔡老爷抬举，云峰扶持，袭锦衣千户之职。见任理刑，实为不称。"蔡状元道："贤公抱负不凡，雅望素著，休得自谦。"叙毕礼话，请去花园卷棚内宽衣。蔡状元辞道："学生归心匆匆，行舟在岸，就要回去。既见尊颜，又不遽舍，奈何奈何！"西门庆道："蒙二公不弃蜗居，伏乞暂驻文

西门庆号四泉，此方叙出。竟也能用官场用语应付一气，难为四泉！

旆，少留一饭，以尽芹献之情。”蔡状元道：“既是雅情，学生领命。”一面脱去衣服，二人坐下，左右又换了一道茶上来。蔡状元以目瞻顾西门庆家园池花馆，花木深秀，一望无际，心中大喜，极口称羡，夸道：“诚乃胜蓬瀛也！”于是抬过棋桌来下棋。西门庆道：“今日有两个戏子在此伺候，以供燕赏。”安进士道：“在那里，何不令来一见？”不一时，四个戏子跪下磕头。蔡状元问道：“那两个是生旦？叫甚名字？”于是走向前说道：“小的是装生的，叫苟子孝；那一个装旦的，叫周顺；一个贴旦，叫袁琰；那一个装小生的，叫胡慥。”安进士问：“你每是那里子弟？”苟子孝道：“小的都是苏州人。”安进士道：“你等先妆扮了来，唱个我每听。”四个戏子下边妆扮去了。西门庆令后边取女衣钗梳与他，教书童也妆扮起来。共三个旦、两个生，在席上先唱《香囊记》。大厅正面设两席，蔡状元、安进士居上，西门庆下边主位相陪。饮酒中间，唱了一折下来。安进士看见书童儿装小旦，便道：“这个戏子是那里的？”西门庆道：“此是小价书童。”安进士叫上去，赏他酒吃，说道：“此子绝妙而无以加矣！”蔡状元又叫别的生旦过来，亦赏酒与他吃，因分付：“你唱个《朝元歌》‘花边柳边’。”苟子孝答应，在旁拍手唱道：

《香囊记》是明代传奇，宋朝尚无。此处泄露了此书“借宋道明”的底蕴。

花边柳边，檐外晴丝卷。山前水前，马上东风软。自叹行踪，有如蓬转，盼望家乡留恋。雁杳鱼沉，离愁满怀谁与传？日短北堂萱，空劳魂梦牵。（合）洛阳遥远，几时得上九重金殿？

唱了一个，吃毕酒，又唱第二个：

十载，青灯黄卷。萤窗苦勉旃，雪案费精研。指望荣亲，姓扬名显，试向文场鏖战。礼乐三千，英雄五百争后先。快着祖生鞭，行瞻尺五天。（合前）

安进士令苟子孝：“你每可记的《玉环记》‘恩德浩无边’？”苟子孝答道：“此是《画眉序》，小的记得：

恩德浩无边，父母重逢感非浅。幸终身托与，又与姻缘。风云际会异日飞腾，鸾凤配今谐缱绻。（合）料应夫妇非今世，前生玉种蓝田。”

书童儿把酒斟，拍手唱道：

弱质始笄年，父母恩深浩如天。拟无由愧赧，此心萦牵。

鸳鸯配深沐亲恩，箕帚妇愿夫荣显。（合前）

原来安进士杭州人，喜尚南风，见书童儿唱的好，拉着他手儿，两个一递一口吃酒。良久，酒阑上来，西门庆陪他复游花园，向卷棚内下棋。令小厮拿两桌盒，三十样，都是细巧果菜、鲜物下酒。蔡状元道："学生每初会，不当深扰潭府，天色晚了，告辞罢！"西门庆道："岂有此理。"因问："二公此回去，还到船上？"蔡状元道："暂借门外永福佛寺寄居。"西门庆道："如今就门外去也晚了。不如老先生把手下从者留下一二人答应，余者都分付回去，明日来接，庶可两尽其情。"蔡状元道："贤公虽是爱客之意，其如过扰何！"当下二人一面分付手下，都回门外寺里歇去，明日早拿马来接，众人应诺去了。不在话下。

官场不避"南风"。

住官驿不如住寺院，住寺院不如住富宅。

二人在卷棚内下了两盘棋，子弟唱了两折，恐天晚，西门庆与了赏钱，打发去了，止是书童一人，席前递酒伏侍。看看吃至掌灯，二人出来更衣，蔡状元拉西门庆说话："学生此去回乡省亲，路费缺少。"西门庆道："不劳老先生分付。云峰尊命，一定谨领。"良久，让二人到花园，"还有一处小亭请看。"把二人一引，转过粉墙，来到藏春坞雪洞内，里面晓腾腾掌着灯烛，小琴桌儿早已陈设绮席果酌之类，床榻依然，琴书潇洒。从新复饮，书童在旁歌唱。蔡状元问道："大官，你会唱'红入仙桃'？"书童道："此是《锦堂月》，小的记得。"蔡状元道："既是记的，大官你唱。"于是把酒都斟，那书童拿住南腔，拍手唱道：

红入仙桃，青归御柳，莺啼上林春早。帘卷东风，罗襟晓寒犹峭。喜仙姑书付青鸾，念慈母恩同乌鸟。（合）风光好，但愿人景长春，醉游蓬岛。

安进士听了，喜之不胜，向西门庆称道："此子可敬。"将杯中之酒一吸而饮之。那书童席前穿着翠袖红裙，勒着销金箍儿，高擎玉斝，捧上酒去，又唱道：

难报，母氏劬劳，亲恩罔极，只愿寿比松乔。定省晨昏，连枝上有兄嫂。喜春风棠棣联芳，娱晚景松柏同操。（合前）

当日饮至夜分,方才歇息。西门庆藏春坞、翡翠轩两处俱设床帐,铺陈绫锦被褥,就派书童、玳安两个小厮答应。西门庆道了安置,回后边去了。

到次日,蔡状元、安进士跟从人夫轿马来接,西门庆厅上摆饭伺候,馔盘酒饭与脚下人吃。教两个小厮,方盒捧出礼物:蔡状元是金段一端,领绢二端,合香五百,白金一百两;安进士是色段一端,领绢一端,合香三百,白金三十两。蔡状元固辞再三,说道:"但假十数金足矣,何劳如此太多,又蒙厚贶!"安进士道:"蔡年兄领受,学生不当!"西门庆笑道:"些须微贶,表情而已。老先生荣归续亲,在下此意,少助一茶之需。"于是二人俱席上出来谢道:"此情此德,何日忘之!"一面令家人各收下去,入毡包内,与西门庆相别,说道:"生辈此去,天各一方,暂违台教。不日旋京,倘得寸进,自当图报。"安进士道:"今日相别,何年再得奉接尊颜?"西门庆道:"学生蜗居屈尊,多有亵慢,幸惟情恕!本当远送,奈官守在身,先此告过。"送二人到门首,看着上马而去。正是:博得锦衣归故里,功名方信是男儿。

出手不凡。长线投资。

毕竟未知后来何如,且听下回分解。

从第三十回到这一回,此书在更宏阔的背景上来展示西门庆的生存状态。他通过赍送厚礼,取得权贵欢心,竟因此当上了有实权的地方官,并在官场上威福并施,所向披靡。因李瓶儿生下了儿子,他的子嗣问题也得到了解决。他的生存状态达到了最佳境界。但他的"性史"也仍在谱写出新的篇章。也许是因为完全排除了"生育目的"的考虑,他的"性趣"开始更多地朝变态的方向恣意发展。"人逢喜事精神爽",虽然他有时搒拷小厮毫不留情,但这一时期他却常常表现出对妻妾的温厚,对朋友的照顾,对同僚的通达,对小事的洒脱,对妓女乐工伶人的爱怜；特别是对独生子官哥的父爱，令他的面目有了较多的软线条。此书作者仍只是平静地客观地写出他的这些“状态”，而并不负褒贬臧否的责任，也很少剖析他的心理动机与情感内涵。

从这些新章回中，我们看到了那个时代那个社会那些人们更多的黑暗、龌龊、卑鄙、无耻、下流、无聊，更多的穷奢极欲与悲苦无告，没有理想的闪光、真理的存在、道义的伸张，可是人们就那么生存着，甚至是有滋有味的；活不下去的，便如蚊蝇般死去。令人惊异的是，作者叙述这一切时使用着一种不动声色的语调，构成一种冷漠无情的文本，仿佛亘古以来，世界、人生无非就是这么个样子。

但在这极为平静的叙述中，作者所写出的人物对话，仍是那么生猛鲜活，显示出非凡的白描功力。在挖掘潘金莲等角色的性恶时，也仍保持着相当的深度，毫无不忍之心，却又很少批判否定。

第三十七回
冯妈妈说嫁韩氏女　西门庆包占王六儿

吴舣轻舸更迟迟，别酒重斟惜醉携。
沧海侵愁光荡漾，乱山那恨色高低。
君驰蕙楫情何极，我恣兰干日向西。
咫尺烟波几多地，不须怀抱重萋萋。

话说西门庆打发蔡状元、安进士去了。一日，骑马带眼纱在街上喝道而过，撞见冯妈妈，便教小厮叫住问他："爹说问你寻的那女子怎样的，如何不往宅里回话去？"那婆子两步走到跟前，说："这几日，我虽是看了几个女子，都是卖肉的、挑担儿的，怎好回你老人家话？不想天使其便，眼跟前一个人家女儿，就想不起来。十分人材，属马儿的，交新年十五岁。若不是老婆子昨日打他门首过，他娘在门首，请进我吃茶，我不得看见他哩！才吊起头儿，没多几日戴着云髻儿。好不笔管儿般直缕的身子儿，缠得两只脚儿一些些，搽的浓浓的脸儿，又一点小小嘴儿，鬼精灵儿是的。他娘说，他是五月端午养的，小名叫做爱姐。休说俺每爱，就是你老人家见了，也爱的不知怎么样的了！"西门庆道："你看这风妈妈子，我平白要他做什么？家里放着好少儿。实对你说了罢，此是东京蔡太师老爷府里大管家翟爹，要做二房，图生长，托我替他寻。你若与他成了，管情不亏你。"因问道："是谁家的女子？问他讨个庚帖儿来我瞧。"冯妈妈道："谁家的？我教你老人家知道了罢，远不一千，近只在一砖。不是别人，是你家开绒线的韩伙计的女孩儿。你老人家要

泼天大事，焉得迟慢。

竟得来全不费工夫。

相看，等我和他老子说，讨了帖儿来，约会下个日子，你只顾去就是了。”西门庆分付道：“既如此这般，就和他说。他若肯了，讨了帖儿，来宅内回我话。”那婆子应诺去了。

过两日，西门庆正在前厅坐的，忽见冯妈妈来回话，拿了帖儿与西门庆瞧，上写着：韩氏，女命，年十五岁，五月初五日子时生。便道：“我把你老人家的话对他老子说了，他说：‘既是大爹可怜见，孩儿也是有造化的。但只是家寒，没办备的。’”西门庆道：“你对他说：不费他一丝儿东西，凡一应衣服首饰、妆奁箱柜等件，都是我这里替他办备，还与他二十两财礼，教他家止备女孩儿的鞋脚就是了。临期，还叫他老子送他往东京去。比不的与他做房里人，翟管家要图他生长，做娘子。难得他女儿生下一男半女，也不愁个大富贵。”冯妈妈问道：“他那里请问你老人家，几时过去相看，好预备。”西门庆道：“既是他应允了，我明日就过去看看罢——他那里再三有书来，要的急。——就对他说，休教他预备什么，我只吃钟清茶就起身。”冯妈妈道：“爷爷，你老人家上门儿怪人家就是！虽不稀罕他的，也略坐坐儿。伙计家，莫不空教你老人家来了！”西门庆道：“你就不是了。你不知，我有事。”冯妈妈道：“既是恁的，等我和他说。”一面先到韩道国家，对他浑家王六儿一五一十说了一遍，“宅内老爹看了你家孩子的帖儿，甚喜不尽。说来，不教你这里费一丝儿东西，一应妆奁陪送都是宅内管，还与你二十两银子财礼。只教你家与孩儿做些生活鞋脚儿就是了。到明日，还教你官儿送到那里。难得你家姐姐一年半载有了喜事，你一家子都是造化的了，不愁个大富贵。明日他老人家衙门中散了，就过来相看，教你一些儿休预备，他也不坐，只吃一钟茶，看了就起身。”王六儿道：“真个？妈妈子休要说谎！”冯妈妈道：“你当家不恁的说，我来哄你不成！他好少事儿，家中人来人去，通不断头的。”妇人听言，安排了些酒食与婆子吃了，打发去了，明日早来伺候。到晚，韩道国来家，妇人与他商议已定。早起往高井上叫了一担甜水，买了些好细果仁放在家中，还往铺子里做买卖去了。丢下老婆在家，艳妆浓抹，打扮的乔模乔样，洗手剔甲，揩抹杯盏干净，剥下果仁，顿下好茶，等候西门庆来。冯妈妈先来撺掇。

谁知去了便难起身。

又强调紫膛色面皮。西门庆敢是对细白红润面皮都看腻了。性心理真是奥妙莫测。

不仅此妇乖觉，韩道国更乖，大有“又贡女儿又献妇”的架式。

西门庆衙门中散了，到家换了便衣靖巾，骑马，带眼纱，玳安、琴童两个跟随，径来韩道国家。下马进去，冯妈妈连忙请入里面坐了。良久，王六儿引着女儿爱姐出来拜见。这西门庆且不看他女儿，不转睛只看妇人。见他上穿着紫绫袄儿，玄色段红比甲；玉色裙子下边，显着趫趫的两只脚儿，穿着老鸦段子羊皮金云头鞋儿。生的长挑身材，紫膛色瓜子脸，描的水髩长长的。正是：未知就里何如，先看他妆色油样。但见：

> 淹淹润润，不搽脂粉，自然体态妖娆；嫋嫋娉娉，懒染铅华，生定精神秀丽。两弯眉画远山，一对眼如秋水。檀口轻开，勾引得蜂狂蝶乱；纤腰拘束，暗带着月意风情。若非偷期崔氏女，定然闻瑟卓文君。

西门庆见了，心摇目荡，不能定止，口中不说，心内暗道：“原来韩道国有这一个妇人在家，怪不的前日那些人鬼混他。”又见他女孩儿生的一表人物，暗道：“他娘母儿生的这般模样，女儿有个不好的？”妇人先拜见了，教他女儿爱姐转过来望上，向西门庆花枝招飐，绣带飘飘，也磕了四个头，起来侍立在旁。老妈连忙拿茶上来，妇人取来，抹去盏上水渍，令他去递上。西门庆把眼上下观看这个女子：乌云叠髩，粉黛盈腮，意态幽花酴丽，肥肤嫩玉生香。便令玳安毡包内取出锦帕二方、金戒指四个、白银二十两，教老妈安放在茶盘内。他娘忙将戒指带在女儿手上，朝上拜谢，回房去了。

西门庆对妇人说：“迟两日，接你女孩儿往宅里去，与他裁衣服。这些银子，你家中替他做些鞋脚儿。”妇人连忙又磕下头去，谢道：“俺每头顶脚踏都是大爹的，孩子的事又教大爹费心，俺两口儿就杀身也难报。亏了大爹，又多谢爹的插带厚礼。”西门庆问道：“韩伙计不在家了？”妇人道：“他早辰说了话，就往铺子里走了，明日教他往宅里与爹磕头去。”西门庆见妇人说话乖觉，一口一声只是爹长爹短，就把心来惑动了，临出门上覆他：“我去哩。”妇人道：“再坐坐。”西门庆道：“不坐了。”于是竟出门，一直来家，把上项告吴月娘说了。月娘道：“也是千里姻缘着线穿。既是韩伙计这女孩儿好，也是俺每费心一场。”西门庆道："明日接他来住两日儿，好与他裁衣服。我如今先拿十两银，替他打半副头面簪镮之类。"月娘道："及紧攒做去，正好后日教他老子送去，咱这里不着人去罢了。"西门庆道："把铺子关两日也罢，还着来保同去，就府内问声，前日差去节级送蔡驸马的礼，到也不曾。"

话休饶舌。过了两日，西门庆果然使小厮接韩家女儿。他娘王氏买了礼，亲送他来。进门与月娘大小众人磕头拜见，道生受，说道："蒙大爹、大娘并众娘每抬举孩儿，这等费心，俺两口儿知感不尽！"先在月娘房摆茶，然后明间内管待，李娇儿、孟玉楼、潘金莲、李瓶儿都陪坐。西门庆与他买了两匹红绿潞绸，两匹绵绸，和他做里衣儿；又叫了赵裁来，替他做两套织金纱段衣服，一件大红妆花段子袍儿。他娘王六儿安抚了女儿，晚夕回家去了。西门庆又替他买了半副嫁妆，描金箱笼、拣妆、镜架、盒罐、铜锡盆、净桶、火架等件。非止一日，都治办完备，写了一封书信，择定九月初十日起身。西门庆问县里讨了四名快手，又拨了两名排军，执袋弓箭随身。来保、韩道国雇了四乘头口，紧紧保定车辆暖轿，送上东京去了，不题。丢的王六儿在家，前出后空，整哭了两三日。

王六儿不哭便不合情理了。

一日，西门庆无事，骑马来狮子街房里观看。冯妈妈来递茶，西门庆与了一两银子，说道："前日韩伙计孩子的事累你，这一两银子你买布穿。"婆子连忙磕头谢了。西门庆又问："你这两日，没到他那边走走？"冯妈道："老身那一日没到他那里做伴儿坐！他自从女儿去了，本等他家里没人，他娘母靠惯了，他整哭了两三日，这两日才玩下些儿来了。他又说孩子事多累了爹，问我：爹曾与了你些辛苦钱儿没有？我便说：他老人家事忙，我连日宅里也没曾去，随他老人家多少与我些儿，我敢争？他也许我，等他官儿回来，重重谢我哩！"西门庆道："他老子回来一定有些东西，少不的谢你。"说了一回话，见左右无人，悄悄在婆子耳边，如此这般，"你闲了到他那里，取巧儿和他说，就说我上覆他，闲中我要到他那里坐半日，看他意何如，肯也不肯？我明日还来讨回话。"那婆子掩口冷冷笑道："你老人家，坐家的女儿偷皮匠——逢着的就上。一锹撅了个银娃娃，还要寻他娘母儿哩！夜晚些，等老身慢慢皮着脸对他

妇人此问有深意。

屠夫之妹。
怎知其未输身？

说。爹，你还不知这妇人，是咱后街宰牲口王屠的妹子，排行叫六姐，属蛇的，二十九岁了，虽是打扮的乔样，倒没见他输身。你老人家明日准来，等我问他，讨个话来回你。”西门庆道：“是了。”说毕，骑马来家。

婆子打发西门庆出门，做饭吃了，锁了房门，慢慢来到牛皮巷妇人家。妇人开门，便让进里边房里坐，道：“我昨日下了些面，等你来吃，就不来了。”婆子道：“我可知要来哩，到人家便就有许多事挂住了腿子，动不得身。”妇人道：“刚才做的热腾腾的饭儿，炒面筋儿，你吃些？”婆子道：“老身才吃的饭来，呵些茶罢。”那妇人便浓浓点了一盏茶递与他，看着妇人吃了饭。妇人道：“你看我恁苦！有我那冤家，靠定了他。自从他去了，弄的这屋里空落落的，件件的都看了我。弄的我鼻儿乌，嘴儿黑，相个人模样！倒不如他死了，扯断肠子罢了。似这般远离家乡去了，你教我这心怎么放的下来？急切要见他见，也不能勾。”说着眼酸酸的哭了。婆子道：“说不得，自古养儿人家热腾腾的，养女儿家冷清清，就是长一百岁，少不得也是人家的！你如今这等抱怨，到明日，你家姐姐到府里脚硬，生下一男半女，你两口子受用，就不说我老身了。”妇人道：“大人家的营生，三层大，两层小，知道怎样的。等他长的俊了，我每不知在那里晒牙揸骨去了。”婆子道：“怎的恁般的说！你每姐姐，比那个不聪明伶俐，愁针指女工不会？各人裙带衣食，你替他愁！”两个一递一口说勾良久，看看说得入港，婆子道：“我每说个傻话儿，你家官儿不在，前后去的恁空落落的，你晚夕一个人儿不害怕么？”妇人道：“你还说哩，都是你弄得我！肯晚夕来和我做做伴儿？”婆子道：“只怕我一时来不到，我保举个人儿来与你做伴儿，你肯不肯？”妇人问是谁，婆子掩口笑道：“一客不烦二主，宅里大老爹昨日到那边房子里，如此这般对我说，见孩子去了，丢的你冷落，他要来和你坐半日儿，你怎么说？这里无人，你若与他凹上了，愁没吃的、穿的、使的、用的？走上了时，到明日房子也替你寻得一所，强如在这僻格剌子里。”妇人听了，微笑说道：“他宅里神道相似的几房娘子，他肯要俺这丑货儿？”婆子道：“你怎的这般说？自古道：情人眼内出西施。一来也是你缘法凑巧。爹他好闲人儿，不留心在你时，他昨日巴巴的肯到我房子里说，又与了一两银子，

冯妈妈老到，闲闲引入。

倒尚有自知之明。

说前日孩子的事累我。落后没人在跟前，话就和我说，教我来对你说。你若肯时，他还等我回话去。典田卖地，你两家愿意，我莫非说谎不成！”妇人道：“既是下顾，明日请他过来，奴这里等候。”这婆子见他吐了口儿，坐了一回，千恩万谢去了。

到次日，西门庆来到，一五一十把妇人话告诉一遍。西门庆不胜欣喜，忙秤了一两银子与冯妈妈，拿去治办酒菜。那妇人听见西门庆来，收拾房中干净，薰香设帐，预备下好茶好水。不一时，婆子拿篮子买了许多鸡鱼嗄饭、菜蔬果品，来厨下替他安排端正。妇人洗手剔甲，又烙了一箸面饼。明间内，揩抹桌椅光鲜。

西门庆约下午时分，便衣小帽，带着眼纱，玳安、棋童两个小厮跟随，径到门首，下马进去。分付把马回到狮子街房子里去，晚上来接，止留玳安一人答应。西门庆到明间内坐下，良久，妇人扮的齐齐整整，出来拜见，说道：“前日打搅，孩子又累爹费心，一言难尽。”西门庆道：“一时不到处，你两口儿休抱怨。”妇人道：“一家儿莫大之恩，岂有抱怨之理？”磕了四个头。冯妈妈拿上茶来，妇人递了茶。见马回去了，玳安把大门关了。妇人陪坐一回，让进房里坐。正面纸门儿，厢的炕床，挂着四扇各样颜色绫段剪贴的张生遇莺莺蜂花香的吊屏儿，桌上拣妆、镜架、盒罐、锡器家活堆满，地下插着棒儿香。上面设着一张东坡椅儿，西门庆坐下。妇人又浓浓点一盏胡桃夹盐笋泡茶，递上去，西门庆吃了。妇人接了盏，在下边炕沿儿上陪坐，问了回家中长短。西门庆见妇人自己拿托盘儿，说道：“你这里还要个孩子使才好。”妇人道：“不瞒爹说，自从俺家女儿去了，凡事不方便。那时有他在家，如今少不的奴自己动手。”西门庆道：“这个不打紧，明日教老冯替你看个十三四岁的丫头子，且胡乱替替手脚。”妇人道：“也得俺家的来，少不得东拼西凑的，央冯妈妈寻一个孩子使。”西门庆道：“也不消，该多少银子，等我与他。”那妇人道：“怎好又费烦你老人家，自恁累你老人家还少哩！”西门庆见他会说话，心中甚喜。

一面冯妈妈进来安放桌儿，西门庆就对他说寻使女一节，冯妈妈道：“爹既是许了，你拜谢拜谢儿。南首赵嫂儿家有个十三岁的孩子，我

只算“小康之家”。

倒还不是“直奔主题”。

煞有介事。如“到此为止”，竟颇像“首长探视”，慰问“荣属”。

明日领来与你看。也是一个小人家的亲养的孩儿来，他老子是个巡捕的军，因倒死了马，少桩头银子，怕守备那里打，把孩子卖了。只要四两银子，教爹替你买下罢。”妇人连忙向前道了万福。不一时，摆下案碟菜蔬，筛上酒来。妇人满斟一盏，双手递与西门庆，才待磕下头去，西门庆连忙用手拉起，说：“头里已是见过，不消又下礼了，只拜拜便了。”妇人笑吟吟道了万福，旁边一个小杌儿上坐下。厨下老妈将嗄饭果菜一一送上。又是两箸软饼，妇人用手拣肉丝细菜儿裹卷了，用小碟儿托了递与西门庆吃。两个在房中，杯来盏去，做一处饮酒。玳安在厨房里，老冯陪他，自有坐处，打发他吃，不在话下。彼此饮勾数巡，妇人把座儿挪近西门庆跟前，与他做一处说话，递菜儿。然后西门庆与妇人一递一口儿吃酒，见无人进来，搂过脖子来亲嘴咂舌，①当日和他缠到起更才回家。妇人和西门庆说：“爹到明日再来早些，白日里咱破工夫，脱了衣裳好生耍耍。”西门庆大喜。到次日，到了狮子街线铺里，就兑了四两银子与冯妈妈，讨了丫头使唤，改名叫做锦儿。

几句话里，又撕开悲惨世界一角。

冯妈妈是轻车熟路。玳安是绝不碍脚。

西门庆想着这个甜头儿，过了两日，又骑马来妇人家行走。原是棋童、玳安两个跟随，到了门首，就分付棋童把马回到狮子街房里去。那冯妈妈专一替他提壶打酒，街上买东西整理，通小殷勤儿，图些油菜养口。西门庆来一遭，与妇人一二两银子盘缠。白日里来，直到起更时分才家去，瞒的家中铁桶相似。冯妈妈每日在妇人这里打勤劳儿，往宅里也去的少了。李瓶儿使小厮叫了他两三遍，只是不得闲，要便锁着门去了一日。

一日，小厮画童儿撞见婆子，叫了来家，李瓶儿说道：“妈妈子成日影儿不见，干的什么猫儿头差事？叫一遍只是不在，通不来这里走走儿，忙的你恁样儿的！丢下好些衣裳，带孩子被褥，等你来帮着丫头每拆洗拆洗，再不见来了。”婆子道：“我的奶奶，你倒说的且是好，写字的拏逃军，我如今一身故事儿哩！卖盐的做雕銮匠——我是那咸人儿？”李瓶儿道：“妈妈子，你做了石佛寺里长老，请着你，就是不闲！成日搀的钱，不知在

① 此处删692字。

那里?”婆子道:“老身大风刮了颊耳去了——嘴也赶不上在这里。撰什么钱?你恼我。可知心里急急的要来,再转不到这里来,我也不知成日干的什么事儿哩!后边大娘,从那时与了银子,教我门外头替他捎个拜佛的蒲甸儿来,我只要忘了。昨日甫能想起来,卖蒲甸的贼蛮奴才又去了,我怎的回他?”李瓶儿道:“你还敢说没有他甸儿,你就信信拖拖跟了和尚去了罢了!他与了你银子,这一向还不替他买将来,你这等装憨打呆的。”婆子道:“等我没也对大娘说去,就交与他这银子去。昨日骑骡子,差些儿没吊了他的。”李瓶儿道:“等你吊了他的,你死也!”

李瓶儿到底还是将信将疑。也算是当年帮她偷情的报应。

这妈妈一直来到后边,未曾入月娘房,先走在厨下打探子儿。只见玉箫和来兴儿媳妇坐在一处,见了说道:“老冯来了!贵人,你在那里来?你六娘要把你肉也嚼下来,说影边儿就不来了。”那婆子走到跟前,拜了两拜,说道:“我才到他前头来,乞他聒聒了这一回来了。”玉箫道:“娘问你替他捎的蒲甸儿怎样的。”婆子道:“昨日拿银子到门外,卖蒲甸的卖了家去了,直到明年三月里才来哩。银子我还拿在这里,姐你收了罢!”玉箫笑道:“怪妈妈子,你爹还在屋里兑银子,等出去了,你还亲交与他罢。”又道:“你且坐的,我问你:韩伙计送他女儿去了多少时了?也待将来。这一回来,你就造化了,他还谢你谢儿。”婆子道:“谢不谢,随他了。他连今才去了八日,也得尽头才得来家。”不一时,西门庆兑出银子,与贲四拿了庄子上去,就出去了。

婆子走在上房,见了月娘,也没敢拿出银子来,只说蛮子有几个粗甸子,都卖没了,回家明年捎双料好蒲甸来。月娘是诚实的人,说道:“也罢,银子你还收着,到明年,我只问你要两个就是了。”与婆子几个茶食吃了。后又到李瓶儿房里来,瓶儿因问:“你大娘没骂你?”婆子道:“被我如此支吾,调的他喜欢了,倒与我些茶吃,赏了我两大饼定出来了。”李瓶儿道:“还是昨日他往乔大户家吃满月的饼定。妈妈子,不亏你这片嘴头子,六月里蚊子,也钉死了!”又道:“你今日与我洗衣服,不去罢了。”婆子道:“你收拾讨下浆,我明日早来罢。后晌时分,还要往一个熟主顾人家干些勾当儿。”李瓶儿道:“你这老货,偏有这些胡枝扯叶的!得,你明日不来,我与你答话!”那婆子说笑了一回,脱身走了。

冯妈妈恐怕还不仅是图银子。在此种拉皮条的活动中,她想必产生出了一种快感。这也算是一种“自我价值肯定”吧!

李瓶儿留他:“你吃了饭去。”婆子道:“还饱着哩,不吃罢。”恐怕西门庆往王六儿家去,两步做一步。正是:媒人婆地里小鬼,两头来回抹油嘴;一日走勾千千步,只是苦了两只腿。

毕竟未知后来如何,且听下回分解。

刘心武评点

金瓶梅

中

（明）兰陵笑笑生 著

覃知非 校点

刘心武 评点

漓江出版社

桂林

第三十八回

西门庆夹打二捣鬼　潘金莲雪夜弄琵琶

丽质温柔更老成，玉壶明月适人情。

轻回玉脸花含媚，浅蹙娥眉云鬓松。

勾引蜂狂桃蕊绽，潜牵蝶乱柳腰新。

令人心地常相忆，莫学章台赠淡情。

话说冯婆子走到前厅角门首，看见玳安在厅槅子前拿着茶盘儿伺候。玳安望着妈妈拗嘴儿："你老人家先往那里去。俺爹和应二爹说话哩！说了话，打发他去了，就起身，先使棋童儿送酒去了。"那婆子听见，两步做一步走的去了。

原来，应伯爵来说："揽头李智、黄四派了年例三万香蜡等料，钱粮下来该一万两银子，也有许多利息。上完了批，就在东平府见关银子，来和你计较，做不做？"西门庆道："我那里做他！揽头以假充真，买官让官。我衙门里搭了事件，还要动他。我做他怎的！"伯爵道："哥若不做，教他另搭别人？在你。借二千两银子与他，每月五分行利，教他关了银子还你，你心下如何？计较定了我对他说，教他两个明日拿文书来。"西门庆道："既是你的分上，我挪一千银子与他罢！如今我庄子收拾，还没银子哩！"伯爵见西门庆吐了口儿，说道："哥，若十分没银子，看怎么再拨五百两银子货物儿，凑个千五儿与他罢。他不敢少下你的。"西门庆道："他少下我的，我有法儿处。又一件，应二哥银子便与他，只不教他打着我的旗儿，在外边东诓西骗。我打听出来，只怕我衙

"衙门里搭了事件"，另有发达之路，便把此种"小揽小闹"事看轻了。知是"以假充真，买官让官"，却并非有谴责之心，是懒得做、不屑做。

不教他打旗儿，并非"自爱"，而是预防。其实李智、黄四等多半要打他旗儿。

门监里放不下他。”伯爵道：“哥说的什么话！典守者不得辞其责。他若在外边打哥的旗儿，常没事罢了。若坏了事，要我做什么？哥，你只顾放心，但有差迟，我就来对哥说。说定了，我明日教他好写文书。”西门庆道：“明日不教他来，我有勾当，教他后日来。”说毕，伯爵去了。

西门庆教玳安伺候马，带上眼纱，问棋童去没有。玳安道：“来了，取挽手儿去了。”不一时，取了挽手儿来，打发西门庆上马，径往牛皮巷来。不想韩道国兄弟韩二捣鬼，耍钱输了，吃的光睁睁儿的，走来哥家问王六儿讨酒吃。袖子里掏出一条小肠儿来，说道：“嫂，我哥还没来哩！我和你吃壶烧酒。”那妇人恐怕西门庆来，又见老冯在厨下，不去兜揽他。说道：“我是不吃。你要吃，拿过一边吃去，我那里耐烦！你哥不在家，招是招非的，又来做什么？”那韩二捣鬼把眼儿涎瞪着，又不去，看见桌底下一坛白泥头酒，贴着红纸帖儿。问道：“嫂子，是那里酒？打开筛壶来俺每吃。耶咻，你自受用！”妇人道：“你趁早儿休动。是宅里老爹送来的，你哥还没见哩！等他来家，有便倒一瓯子与你吃。”韩二道：“等什么哥！就是皇帝爷的，我也吃一钟儿！”才待搬泥头，被妇人劈手一推，夺过酒来，提到屋里去了。把二捣鬼仰八叉推了一交。半日扒起来，恼羞变成怒，口里喃喃呐呐骂道：“贼淫妇！我好意带将菜儿来，见你独自一个冷落落，和你吃杯酒，你不理我倒推我一交。我教你不要慌，你另叙上了有钱的汉子不理我了，要把我打开，故意的撵我、嚣我、讪我、又趍我！休教我撞见，我教你这不值钱的淫妇，白刀子进去红刀子出来！”妇人见他的话不防头，一点红从耳畔起，须臾紫胀了双腮，便取棒槌在手，赶着打出来骂道：“贼饿不死的杀才！倒了你！那里味醉了，来老娘这里撒野火儿！老娘手里饶你不过！”

那二捣鬼口里喇喇哩哩骂淫妇，直骂出门去。不想西门庆正骑马来，见了他，问是谁。妇人道：“情知是谁！是韩二那厮，见他哥不在家，要便耍钱输了，吃了酒来殴我。有他哥在家，常时撞见打一顿。”那二捣鬼一溜跑了。西门庆又道：“这少死的花子，等我明日到衙门里，与他做功德！”妇人道：“又教爹惹恼。”西门庆道：“你不知，休要惯了他！”妇人道：“爹说的是。自古良善被人欺，慈悲生患害。”一面让西门庆明间内

袖着小肠，生动。卑而贱，陋而贼。

本是紫膛面皮，再加紫胀，岂不成了茄子！

权是这样用法！

坐。西门庆分付棋童回马家去，叫玳安儿："你在门首看，但掉着那光棍的影儿，就与我锁在这里，明日带衙门里来。"玳安道："他的魂儿听见爹到了，不知走的那里去了。"

西门庆坐下。妇人见毕礼，连忙屋里叫丫鬟锦儿拿了一盏果仁茶出来，与西门庆吃，就叫他磕头。西门庆道："也罢。倒好个孩子，你且将就使着罢。"又道："老冯在这里，怎的不替你拿茶？"妇人道："冯妈妈他老人家，我央及他厨下使着手哩！"西门庆又道："头里我使小厮送来的那酒，是个内臣送我的竹叶清酒，里头有许多药味，甚是峻利。我前日见你这里打的酒，通吃不上口，我所以拿的这坛酒来。"妇人又道了万福，说："多谢爹的酒。正是这般说，俺每不争气，住在这僻巷子里，又没个好酒店，那里得上样的酒来吃？只往大街上取去。"西门庆道："等韩伙计来家，你和他计较，等子狮子街那里，替你破几两银子买下房子。等你两口子亦发搬到那里住去罢。铺子里又近，买东西诸事方便。"妇人道："爹说的是，看你老人家怎的可怜见！离了这块儿也好。就是你老人家行走，也免了许多小人口嘴。咱行的正，也不怕他。爹心里要处自情处，他在家和不在家一个样儿，也少不得打这条路儿来。"

"行的正，不怕"，细思此"逻辑"，不禁寒浸毛孔。

说一回，房里放下桌儿，请西门庆房里宽了衣服坐。须臾，安排酒菜上来，桌上无非是些鸡鸭鱼肉、嗄饭、点心之类。妇人陪定，把酒来斟。不一时，两个并肩叠股而饮。吃得酒浓时，两个脱剥上床交欢，自在顽耍。①

西门庆与妇人搂抱到二鼓时分，小厮马来接，方才起身回家。到次日早，衙门里差了两个缉捕，把二捣鬼拿到提刑院。只当做掏摸土贼，不由分说一夹二十，打的顺腿流血。睡了一个月，险不把命花了。往后吓了，影也再不敢上妇人门缠搅了。正是：恨小非君子，无毒不丈夫。

上次明明被"捉奸捉双"，却得"无罪开释"。这回不过语言挑逗，不但未沾一星荤腥，还已吃过棒槌，却被"严加法办"。叹小民，莫遇官，祸福哪有法可依？全在为官喜怒中！

迟了几日，来保、韩道国一行人东京回来，备将前事对西门庆说："翟管家见了女子，甚是欢喜，说费心。留俺在府里住了两日，讨了回书。送了爹一匹青马，封了韩伙计女儿五十两银子礼钱，又与了小的二十两盘缠。"西门庆道："勾了。"看了回书，书中无非是知感不尽之意。

① 此处删643字。

自此两家都下眷生名字，前日有了。称呼亲家，不在话下。韩道国与西门庆磕头拜谢回家。西门庆道："韩伙计，你还把你女儿这礼钱收去。也是你两口儿恩养孩儿一场。"韩道国再三不肯收，说道："蒙老爹厚恩，礼钱已是这银子小人怎好又受得！从前累的老爹好少哩！"西门庆道："你不依，我就恼了。你将回家，不要花了，我有个处。"那韩道国就磕头谢了，拜辞回去。

好大方，好体恤，好厚道。

老婆见他汉子来家，满心欢喜。一面接了行李，与他拂了尘土，问他长短："孩子到那里好么？"这道国把往回一路的话，告诉一遍说："好人家，孩子到那里就与了三间房，两个丫鬟伏侍，衣服头面是不消说。第二日，就领了后边见了太太。翟管家甚是欢喜，留俺每住了两日，酒饭连下人都吃不了。又与了五十两礼钱，我再三推辞，大官人又不肯，还教我拿回来了。"因把银子与妇人收了。妇人一块石头方落地，因和韩道国说："咱到明日，还得一两银子谢老冯。你不在，亏他常来做伴儿。大官人那里，也与了他一两。"正说着，只见丫头过来递茶。韩道国道："这个是那里大姐？"妇人道："这个是咱新买的丫头，名唤锦儿。——过来与你爹磕头！"磕了头，丫头往厨下去了。

竟满心欢喜。并不像当年潘金莲看见武大郎回来般懊恨。

老婆如此这般，把西门庆勾搭之事，告诉一遍："自从你去了，来行走了三四遭，才使四两银子买了这个丫头。但来一遭，带一二两银子来。第二的不知高低，气不愤，走这里放水，被他撞见了，拿到衙门里，打了个臭死，至今再不敢来了。大官人见不方便，许了要替咱每大街上买一所房子，教咱搬到那里住去。"韩道国道："嗔道他头里不受这银子，教我拿回来，休要花了。原来就是这些话了。"妇人道："这不是有了五十两银子。他到明日，一定与咱多添儿两银子，看所好房儿。也是我输了身一场，且落他些好供给穿戴。"韩道国道："等我明日往铺子里去了，他若来时，你只推我不知道，休要怠慢了他，凡事奉他些儿。如今好容易撰钱，怎么赶的这个道路！"老婆笑道："贼强人，倒路死的！你倒会吃自在饭儿，你还不知老娘怎样受苦哩！"两个又笑了一回。打发他吃了晚饭，夫妻收拾歇下。到天明，韩道国宅里讨了钥匙，开铺子去了，与了老冯一两银子谢他。俱不必细说。

口气如叙述一桩做成的好生意。

恍然大悟后，并无愤慨之情。大有"受之无愧"之态。

一个自觉"输身"赚钱，一个切嘱"休要怠慢"，真是一对卖肉的最佳拍档。"你还不知老娘怎样受苦哩！"一句话里有西门庆多少变态的性虐待狂为。

一日，西门庆同夏提刑衙门回来。夏提刑见西门庆骑着一匹高头点子青马，问道："长官，那匹白马怎的不骑，又换了这匹马？倒好一匹马，不知口里如何？"西门庆道："那马在家歇他两日儿。这马，是昨日东京翟云峰亲家送来的，是西夏刘参将送他的。口里才四个牙儿，脚程紧慢多有他的。只是有些毛病儿，快护槽踅蹬。初时着了路上走，把膘息跌了许多；这两日，才吃的好些儿了。"夏提刑道："这马甚是会行。只好长骑着每日躧街道儿罢了，不可走远了他。论起在咱这里，也值七八十两银子。我学生骑的那马，昨日又瘸了，今早来衙门里来，旋拿帖儿问舍亲借了这匹马骑来了。甚是不方便！"西门庆道："不打紧。长官没马，我家中还有一匹黄马，送与长官罢！"夏提刑举手道："长官下顾，学生奉价过来。"西门庆道："不须计较，学生到家，就差人送来。"两个走到西街口上，西门庆举手分路来家，到家就使玳安把马送去。夏提刑见了大喜，赏了玳安一两银子，与了回帖儿说："多上覆，明日到衙门里面谢。"

巴不得一问。欲骄且谦。

见缝插针。欲收故辞。

过了两月，乃是十月中旬时分。夏提刑家中做了些菊花酒，叫了两名小优儿，请西门庆一叙，以酬送马之情。西门庆家中吃了午饭，理了些事务，往夏提刑家饮酒。原来夏提刑备办一席齐整酒肴，只为西门庆一人而设，见了他来，不胜欢喜。降阶迎接，至厅上叙礼。西门庆道："如何长官这等费心？"夏提刑道："今年寒家做了些菊花酒，闲中屈执事一叙，再不敢请他客。"于是见毕礼数，宽去衣服，分宾主而坐。茶罢着棋，就席饮酒叙谈，两个小优儿在旁弹唱。正是：得多少金尊进酒浮香蚁，象板催筝唱鹧鸪。

不说西门庆在夏提刑家饮酒，单表潘金莲见西门庆许多时不进他房里来，每日翡翠衾寒，芙蓉帐冷。那一日把角门儿开着，在房内银灯高点，靠定帏屏，弹弄琵琶。等到二三更，便使春梅瞧数次，不见动静。正是：银筝夜久殷勤弄，寂寞空房不忍弹。取过琵琶，横在膝上，低低弹了个《二犯江儿水》以遣其闷。在床上和衣儿又睡不着，不免"闷把帏屏来靠，和衣强睡倒"。猛听的房檐上铁马儿一片声响，只道西门庆来到，敲的门环儿响，连忙使春梅去瞧。春梅回道："娘，错了。是外边风起落雪了。"妇人于是弹唱道：

听风声嘹亮，雪洒窗寮，任冰花片片飘。

潘金莲原比王六儿之辈多情。王六儿纯粹是"卖肉"。潘金莲主要是为了享受性快乐。

一回儿灯昏香尽，心里欲待去剔续。见西门庆不来，又意儿懒的动旦了。唱道：

懒把宝灯挑，慵将香篆烧。（只是捱一日似三秋，盼一夜如半夏。）捱过今宵，怕到明朝。细寻思，这烦恼何日是了？（暗想负心贼当初说的话儿，心中由不的我伤情儿。）想起来，今夜里心儿内焦，误了我青春年少！（谁想你弄的我三不归，四捕儿，着他）你撇的人，有上稍来没下稍。

且说西门庆约一更时分，从夏提刑家吃了酒归来。一路天气阴晦，空中半雨半雪下来，落在衣服上，多化了。不免打马来家，小厮打着灯笼，就不到后边，径往李瓶儿房来。李瓶儿迎着，一面替他拂去身上雪霰。西门庆穿着青绒狮子补子、坐马白绫袄子，忠靖段巾、皂靴棕套、貂鼠风领。李瓶儿替他接了衣服。止穿绫敞衣，坐在床上就问："哥儿睡了不曾？"李瓶儿道："小官儿顽了这回，方睡下了。"西门庆分付："叫孩儿睡罢。休要沉动着，只怕唬醒他。"迎春于是拿茶来吃了。李瓶儿问："今日吃酒来的早？"西门庆道："夏龙溪还是前日因我送了他那匹马，今日全为我费心，治了一席酒请我；又叫了两个小优儿。和他坐了这一回。见天气下雪，来家早些。"李瓶儿道："你吃酒，教丫头筛酒来你吃。大雪里来家，只怕冷哩！"西门庆道："还有那葡萄酒，你筛来我吃。今日他家吃的是自造的菊花酒，我嫌他䬡香䬡气的，我没大好生吃。"于是迎春放下桌儿，就是几碟腌鸡儿嗄饭、细巧果菜之类。李瓶儿拿杌儿在旁边坐下，桌下放着一架小火盆儿。

西门庆此时却又"性而下"，只想享受"天伦之乐"。

这里两个吃酒，潘金莲在那边屋里冷清清。独自一个儿坐在床上，怀抱着琵琶。桌上灯昏烛暗。待要睡了，又恐怕西门庆一时来；待要不睡，又是那盹困，又是寒冷。不免除去冠儿，乱挽乌云；把帐儿放下半边来，拥衾而坐。正是：倦倚绣床愁懒睡，低垂锦帐绣衾空。早知薄幸轻抛弃，辜负奴家一片心。又唱道：

懊恨薄情轻弃，离愁闲自恼。

又唤春梅过来："你去外边再瞧瞧，你爹来了没有，快来回我话。"那春梅走去，良久回来，说道："娘还认爹没来哩！爹来家不耐烦了，在六娘屋里吃酒的不是？"这妇人不听罢了；听了，如同心上戳上几把刀子一般。骂了几句负心贼，由不得，扑簌簌眼中流下泪来。一径把那琵琶儿放得高高的，口中又唱道：

论杀人好恕，情理难饶，负心的天鉴表！（好教我题起来，又是那疼他，又是那恨他。）心痒痛难搔，愁怀闷自焦。（叫了声贼狠心的冤家，我比他何如？盐也是这般盐，醋也是这般醋。砖儿能厚？瓦儿能薄？你一旦弃旧怜新。）让了甜桃，去寻酸枣。（不合今日教你哄了。）奴将你这定盘星儿错认了。（合）想起来，心儿里焦，误了我青春年少。你撇的人，有上稍来没下稍。

为人莫作妇人身，百般苦乐由他人。

痴心老婆负心汉，悔莫当初错认真。

常记的当初相聚，痴心儿望到老。（谁想今日他把心变了，把奴来一旦轻抛不理，正如那日）被云遮楚岫，水淹蓝桥，打折开鸾凤交。（到如今当面对语，心隔千山，隔着一堵墙，咫尺不得相见。）心远路非遥，（意散了，如盐落水，如水落沙相似了。）情疏鱼雁杳。（空教我有情难控诉。）地厚天高，（空教我无梦到阳台。）梦断魂劳。俏冤家这其间心变了！（合）想起来，心儿里焦，误了我青春年少。你撇的人，有上稍来无下稍。

西门庆正在房中和李瓶儿吃酒，忽听见这边房里弹的琵琶之声，便问是谁弹琵琶。迎春答道："是五娘在那边弹琵琶响。"李瓶儿道："原来你五娘还没睡哩！绣春，你快去请你五娘来吃酒。你说俺娘请哩。"那绣春去了，李瓶儿忙教迎春那边安下个坐儿，放个钟箸在面前。良久，绣春走来说："五娘摘了头，不来哩！"李瓶儿道："迎春，你再去请你五娘去。你说，娘和爹请五娘哩！"不多时，迎春来说："五娘把角门儿关了，说吹了灯睡下了。"西门庆道："休要信他小淫妇儿，等我和你两个拉他去。务要把他拉了来，咱和他下盘棋耍子。"

于是和李瓶儿同来打他角门，打了半日，春梅把角门子开了，西门庆拉着李瓶儿进入他房中。只见妇人坐在帐上，琵琶放在旁边。西门庆道："怪小淫妇儿，怎的两三转请着你不去？"金莲坐在床上纹丝儿不动，把脸儿沉着。半日说道："那没时运的人儿，丢在这冷屋里，随我自

人在欲火中。最难煎熬是此时。

此种俚曲，也自有其动人之处。

生儿由活的，又来揪采我怎的？没的空费了你这个心，留着别处使。”西门庆道：“怪奴才，八十岁妈妈没牙——有那些唇说的！李大姐那边请你和他下盘棋儿，只顾等你不去了。”李瓶儿道：“姐姐，可不怎的？我那屋里摆下棋子了，咱每闲着下一盘儿，赌杯酒吃。”金莲道：“李大姐，你每自去。我摘了头，你不知我心里不耐烦。我如今睡也，比不的你每心宽闲散。我这两日，只有口游气儿，黄汤淡水谁尝着来？我成日睁着脸儿过日子哩！”西门庆道：“怪奴才，你好好儿的，怎的不好？你若心内不自在，早对我说，我好请太医来看你。”金莲道：“你不信，教春梅拿过我的镜子来，等我瞧：这两日，瘦的相个人模样哩！”春梅把镜子真个递在妇人手里，灯下观看。正是：羞对菱花拭粉妆，为郎憔瘦减容光。闭门不顾闲风月，任您梅花自主张。

欲火中烧者，最怕此种“友好姿态”。

羞把菱花来照，蛾眉懒去扫。暗消磨了精神，折损了丰标，瘦伶仃不甚好。

西门庆拿过镜子也照了照，说道：“我怎么不瘦？”金莲道：“拿什么比的你！每日碗酒块肉，吃的肥胖胖的，专一只奈何人！”被西门庆不由分说，一屁股挨着他坐在床上，搂过脖子来就亲了个嘴。舒手被里，摸见他还没脱衣裳，两只手齐插在他腰里去，说道：“我的儿，真个瘦了些！”金莲道：“怪行货子，好冷手，冰的人慌！莫不我哄了你不成？”正是：香褪了海棠娇，衣惚了杨柳腰。说着，顺着香腮抛下珠泪来，“我的苦恼谁人知道！眼泪打肚里流罢了。”

他也照。此笔甚妙。饱汉怎知饿汉饥？

闷闷无聊，攘攘劳劳。泪珠儿到今滴尽了。（合）想起来，心里乱焦，误了我青春年少。撇的人来，有上稍来落下稍。

乱了一回，西门庆还把他强死强活拉到李瓶儿房内，下了一盘棋，吃了一回酒。临起身，李瓶儿见他这等脸酸，把西门庆撺掇过他这边歇了。正是：得多少腰瘦故知闲事恼，泪痕只为别情浓。有诗为证：

岂止脸酸。心如醋腌。

自从别后减容光，万转千回懒下床。

亏杀瓶儿成好事，得教巫女会襄王。

毕竟未知后来如何，且听下回分解。

第三十九回
西门庆玉皇庙打醮　吴月娘听尼僧说经

汉武清斋夜筑坛，自斟明水醮仙官。
殿前玉女移香案，云际金人捧露盘。
绛节几时还入梦，碧桃何处更骖鸾？
茂陵烟雨埋弓剑，石马无声蔓草寒。

话说当日，西门庆在潘金莲房中歇了一夜，那妇人恨不的钻入他腹中，在枕畔千般贴恋，万种牢笼；泪揾鲛绡，语言温顺，实指望买住汉子心。不料，西门庆外边又刮剌上了韩道国老婆王六儿，替他狮子街石桥东边，使了一百廿两银子买了一所门面两间、倒底四层房屋居住。除了过道，第二层间半客位；第三层除了半间供养佛像祖先、一间做住房，里面依旧厢着炕床，对面是烧煤火炕，收拾糊的干净；第四层除了一间厨房、半间盛煤炭，后边还有一块做坑厕，俱不必细说。

王六儿“肉价”不菲。

自从搬过来，那左近街坊邻舍，都知他是西门庆伙计。又见他穿着一套儿齐整绢帛衣服，在街上摇摆。他老婆常插戴的头上黄晃晃打扮模样，在门前站立。这等行景，不敢怠慢。都送茶盒与他，又出人情庆贺。那中等人家称他做韩大哥、韩大嫂，以下者赶着以叔婶呼之。西门庆但来他家韩道国就在铺子里上宿，教老婆陪他自在顽耍。朝来暮往，街坊人家也多知道这件事，惧怕西门庆有钱有势，谁敢惹他？见一月之间，西门庆也来行走三四次，与王六儿打的一似火炭般热。穿着器用的，比前日不同。

世情多如此。作者叙来不惊。构成世情的最深层的因素还是人性。

看看腊月时分，西门庆在家乱着送东京并府、县、军卫、本卫衙门中节礼。有玉皇庙吴道官使徒弟送了四盒礼物：一盒肉、一盒银鱼、两盒果馅蒸酥，并天地疏、新春符、谢灶诰。

僧道在那时，如水银泄地般“走跳”于每一个中等以上人家的内庭。

西门庆正在上房吃饭，玳安儿拿进帖来，上写着：“玉皇庙小道吴宗哲顿首拜。”西门庆揭开盒儿看了，说道：“出家人，又教他费心，送这厚礼来。”分付玳安，连忙教书童儿封一两银子，拿回帖与他。月娘在旁，因话题起：“一个出家人，你要便年头节尾常受他的礼，倒把前日李大姐生孩儿时你说许了多少愿醮，就教他打了罢！”西门庆道：“早是你题起来！我许下一百廿分醮，我就忘死了。”月娘道：“原来你这个大诌答子货！谁家愿心是忘记的？你便有口无心许下，神明都记着。嗔道孩子成日恁啾啾唧唧的，原来都这愿心压的他。此是你干的营生！”西门庆道：“既恁说，正月里就把这醮愿，在吴道官这庙里还了罢！”月娘道：“昨日李大姐说，这孩子有些病痛儿的。要问那里讨个外名？”西门庆道：“又往那里讨外名？就寄名在吴道官这庙里罢。”因问玳安：“他庙里有谁在这里？”玳安道：“是他第二个徒弟应春跟了礼来。”

吴月娘真是贤“内助”。她压抑着情欲，张罗着祈福禳灾一类的“家庭大事”。

西门庆一面走出外边来，那应春儿连忙跨马磕头，说：“家师父多拜上老爹，没什么孝顺。使小徒来送这天地疏并些微礼儿，与老爹赏人。”西门庆止还了半礼，说道：“多谢你师父厚礼。”让他坐。说道：“小道怎么敢坐！”西门庆道：“你坐，我有话和你说。”那道士头戴小帽，身穿青布直掇，下边履鞋净袜。谦逊数次，方才把椅儿挪到旁边坐下。问道：“老爹有甚钧语分付？”西门庆道：“正月里我有些醮愿，要烦你师父替我还还儿。在你本院。也是那日，就送小儿寄名。不知你师父闲不闲？”徒弟连忙立起身来说道：“老爹分付，随问有甚人家经事，不敢应承！请问老爹，订在正月几时？”西门庆道：“就订在初九——爷旦日那个日子罢！”徒弟道：“此日正是天诞。《玉匣记》上我请律爷交庆，五福骈臻，修斋建醮甚好。那日开大殿与老爹铺坛，请问老爹，多少醮款？”西门庆道：“也是今岁七月，为生小儿，许了一百廿分清醮，一向不得个心净，趁着正月里还了罢！就把小儿送与你师父，向三宝座下讨个外名。”徒弟又问：“请问那日延请多少道众？”西门庆道：“教你师父请十

“多少醮款”这一问最最要紧。

六众罢！"说毕，左右放桌儿待茶。先封十五两经钱，另外又封了一两酬答他的节礼。又说："道众的衬施，你师父不消备办，我这里连阡张香烛一事带去。"喜欢的道士屁滚尿流，临出门谢了又谢，磕了头儿又磕。

到正月初八日，先使玳安儿送了一石白米、一担阡张、十斤官烛、五斤沉檀马牙香、十二匹生眼布做衬施；又送了一对京段、两坛南酒、四只鲜鹅、四只鲜鸡、一对豚蹄、一脚羊肉、十两银子与官哥儿寄名之礼。西门庆预先发帖儿：请下吴大舅、花大舅、应伯爵、谢希大四位相陪。陈经济骑头口，先到庙中替西门庆瞻拜。

"衬施"如此丰厚，喜欢得怕不仅是屁滚尿流了。人们寄希望于能为自己消灾引福的"专职人员"。"专职人员"则渴盼寄希望于己者有丰厚的报酬。此种俗世景象，至今犹存。

到初九日，西门庆也没往衙中去。绝早冠带，骑大白马，仆从跟随，前呼后拥；竟出东门，往玉皇庙来。远远望见结彩的宝幡，过街榜棚，进约不上五里之地，就是玉皇庙。至山门前下马睁眼观看，果然好座庙宇，天宫般盖造！但见：

青松郁郁，翠柏森森。金钉朱户，玉桥低影轩宫；碧瓦雕檐，绣幕高悬宝槛。七间大殿，中悬敕额金书；两庑长廊，彩画天神帅将。祥云影里，流星门高接青霄；瑞霞光中，郁罗台直侵碧汉。黄金殿上，列天帝三十二尊；白玉京中，现毫光百千万亿。三天门外，离娄与师旷狰狞；左右阶前，白虎与青龙猛勇。宝殿前仙妃玉女，霞帔曾献御香花；玉陛下四相九卿，朱履肃朝丹凤阙。九龙床上，坐着个不坏金身万天教主玉皇张大帝。头戴十一冕旒，身披衮龙青袍。腰系蓝田带，按八卦九宫；手执白玉圭，听三皈五戒。金钟撞处，三千世界尽皈依；玉磬鸣时，万象森罗皆拱极。朝天阁上，天风吹下步虚声；演法坛中，夜月常闻仙佩响。只此便为真紫府，更于何处觅蓬莱！

西门庆由正门而入，见头一座流星门上，七尺高朱红牌架，列着两行门，对大书：

倒是没有杂糅进佛教符号的一个"纯粹道观"。

黄道天开，祥启九天之阊阖，迓金舆翠盖以延恩；

玄坛日丽，光临万圣之幡幢，诵宝笈瑶章而阐化。

到了宝殿上，悬着二十四字斋题，大书着："灵宝答天谢地，报国酬恩，九转玉枢，酬盟寄名，吉祥普满斋坛。"两边一联：

先天立极，仰大道之巍巍，庸申至悃；

昊帝尊居，鉴清修之翼翼，上报洪恩。

西门庆进入坛中香案前，旁边一小童捧盆巾盥手毕，铺排跪请上香。铺毡褥，行礼叩坛毕。原来吴道官讳宗哲，法名道真。生的魁伟身材，一脸胡须；襟怀洒落，广结交，好施舍；见作本宫住持。以此，高贵达官多往投之做醮。席设甚齐整。迎宾待客，一团和气。手下也有三五个徒弟徒孙，一呼百诺。西门庆会中常在建醮，每生辰节令，疏礼不缺。何况西门庆又做了刑名官，来此做好事，送公子寄名，受其大礼，如何不敬？

“何况”一句不可少。

那日就是他做斋功，主行法事。头戴玉环九阳雷巾，身披天青二十八宿大袖鹤氅，腰系丝带。忙下经筵来，与西门庆稽首道：“小道蒙老爹错爱，迭受重礼，使小道却之不恭，受之有愧。就是哥儿寄名，小道礼当叩祝，三宝保安，增延寿命，尚不能以报老爹大恩；何以又叨受老爹厚赏？许多厚礼，诚有愧赧。经衬又且过厚，令小道愈不安。”西门庆道：“厚劳费心辛苦，无物可酬，薄礼表情而已。”

“符码”越复杂，越令信者入彀。

叙礼毕，两边道众齐来稽首。一面请去外方丈，三间厂厅名曰松鹤轩，多是朱红亮槅，那里自在坐处待茶。西门庆见四面粉墙，摆设湖山潇洒，堂中椅桌光鲜，左壁挂黄鹤楼白日飞升，右壁悬洞庭湖三番渡过。正面有两幅吊屏，草书一联：“引两袖清风舞鹤，对一方明月谈经。”西门庆刚坐下，就令小厮棋童儿：“拿马接你应二爹去。只怕他没马，如何这咱还没来？”玳安道：“有姐夫骑的驴子还在这里。”西门庆道：“也罢。”分付棋童快骑接去。那棋童从山门里面牵出来，骑了一直去了。

吴道官诵毕经，下来递茶，陪西门庆坐，叙话：“老爹敬神，一点诚心，小道怎敢惹罪？各道多从四更起来，到坛讽诵诸品仙经，并玉皇参行醮经。今日，三朝九转，玉枢法事，多是整做。将官儿的生日八字，另具一文书，奏名于三宝面前，起名叫做吴应元。太乙司命，桃延合康；寿龄永保，富贵遐昌。小道这里又添了二十四分答谢天地、十二分庆赞上帝、二十四分荐亡，共列一百八十分醮款。”西门庆道：“多有费心。”

不一时，打动法鼓，请西门庆到坛看文书。西门庆从新换了大红五彩狮补吉服，腰系蒙金犀角带。到坛，有绛衣表白在旁先宣念斋意：

大宋国山东清河县县牌坊居住，奉道祈恩酬醮保安信官西门庆，本命丙寅年七月廿八日子时建生；同妻吴氏，本命戊辰年八月十五日子时建生；（表白道：“还有宝眷，小道未曾添上。”西门庆道：“你只添上个李氏，辛未年正月十五日午时建生。”）同男官哥儿，丙申年六月廿三日申时建生。领家眷等，即日投诚，拜干洪造。言念庆一介微生，三才末品。出入起居，每感龙天之护佑；迭迁寒暑，常蒙神圣以匡扶。职列武班，叨承禁卫。沐恩光之宠渥，享符禄之丰盈。莅任刑名，每思图报；恭逢盛世，仰赖帡幪。是以修设清醮，共廿四分位。答报天地之洪恩，酬祝皇王之巨泽。又修设清醮十二分位，兹逢天诞，庆赞帝真。介五福以遐昌，迓诸天而下迈。良愿于去岁六月二十三日，因为侧室李氏生男官哥儿，是庆要祈坐蓐无虞，临盆有庆。恭对将男官哥儿寄于三宝殿下，赐名吴应元，期在出幼圆满。另行请祈天地位下，告许清醮一百廿分位，续箕裘之胤嗣，保寿命之延长。附荐西门氏门中，三代宗亲等魂：祖西门京良，祖妣李氏；先考西门达，妣夏氏；故室人陈氏，及前亡后化，升坠罔知。是以修设清醮廿四分位，恩资道力，均证生方。共列仙醮一百八十分位，仰干化覃，俯赐勾销。谨以宣和三年正月初九日，天诞良辰，特就大慈玉皇殿，仗延官道，修建灵宝，答天谢地，报国酬盟；庆神保安，寄名转经；吉祥普满，大斋一昼夜。延三境之司尊，迓万天之帝驾。日近清光，出入金门而有喜；时加美秩，褒封紫诰以增荣。一门长叨均安，四序公和迪吉。统资道力，介福方来。谨意。

宣毕斋意，铺设下许多文书符命。表白一一请看。揭开第一张说道：“此是弃世功果影发文书。申请三天三境上帝、十极高真、三官四圣、泰玄都省，及天曹大皇万满真君、天曹掌醮司真君、天曹降圣司真君，到坛证监功德的奏收。”又揭起第二张：“此是申请东岳天齐大生神圣帝、子孙娘娘、监生卫房圣母元君，并当时许还愿日受祷之神、今日勾

好鲜亮神气的官服。

进入伦理座次，则只有正配与产子妾的“座席”。

销顷愿典者、祠家侍奉长生香火、三教明神，勾销老爹昔日许的愿款，及行下七十五司地府真官案吏主者，到坛来受追荐，护送亡人生天。此一票，是玉女灵宣、天神帅将、功曹符使、土地等神，捧奏三天门运递关文。此一张，玉清总召万灵真符，高功发遣公文，受事官符。此一张，是召九斗阳芒流星火全纱大将，开天门的符命。”看毕此处，又到一张桌上，揭起头一张来：“此是早朝开启请无佞太保康元帅、九天灵符监斋使者，严禁斋仪，监临厨所。此一张，是请正法马、赵、温、关四大元帅，崔、卢、窦、邓四大天君，监临坛监门，及玄坛四灵神君、九凤破机大将军，净坛荡秽，以格高真。此一字，是早朝启五师笺文，晚朝谢五师笺文。此一字，是开辟二代卷帘化坛真符。此一字，是请神霄辟非大将军鸣金钟阳牒，神霄禁坛大将军击玉磬阴牒。此一字，是安镇五方真人云象，东方九炁镇天玉字真文、南方三炁镇天玉字真文、西方七炁镇天玉字真文、北方五炁镇天玉字真文、中央一炁镇天玉字真文。请五老上帝安镇坛垠，证监功德，俱是五方颜色彩画的。此一字，早朝头一遍，转经高上神霄，玉真王南极长生大帝；第二遍，转经高上碧霄，东极青华生大帝；第三遍转经高上青霄，九天应元雷声普化天尊；午朝第四遍，转经高上玉霄，九天雷祖大帝；第五遍，第六遍，转经高上泰霄，六天洞渊大帝；晚朝第七遍，转经高上紫霄，深波天主帝君；第八遍，转经高上景霄，青城益算可干司丈人真君；第九遍，转经高上绛霄，九天采访使真君：九道表笺。掠剩、报应、幽枉、积逮，起四司，谢四司笺。此又一字，是午朝高功捧奏拜进三天玉陛、黄素朱衣，并遣旨、介直、符醮吏者，同当日受事功曹，护送章表殿递云盘关文。此一字，是三天持宝箓大将军并金龙、茭龙、骑吏、火府、赍简童子，灵宝诸符命，不可细数。此一字，是晚朝谢恩诚词都疏，及一百八十表醮、经醮，云鹤、马子俵分钱马、满散关文。”又一桌案上，“此是哥儿三宝荫下寄名，外一家文书符索牒札。”其余不暇细览。

一而再，再而三，三而多多。煞有介事。

不览也罢。以极多极复杂的符码压抑人的思维，使其皈依不疑。

西门庆于是向案前炷了香，画了文书：“请谢高功老爹，今日十分费心。”左右捧一匹尺头，与吴道官画字。固辞再三，方令小童收了。然后，一个道士向殿角头，砧碌碌擂动法鼓，有若春雷相似。合堂诸众，一派音乐响起。吴道官身披大红五彩云织法氅，脚穿云根飞舄朱履，手执牙笏，关发文书，登坛召将。两边鸣起钟来，铺排引西门庆进坛里，向三宝案左右两边上香。西门庆于是睁眼观看，果然铺设斋坛齐整。但见：

有声有色。

位按五方，坛分八级。上层供三清四御，八极九霄，十极高真，云宫列圣；中层山川岳渎，社会隍司，福地洞天，方舆博厚；下层冥官幽壤，地府罗郡，江河湖海之神，水国泉扃之众。两班醮筵森列，合殿官将威仪。香腾瑞霭，千枝画烛流光；花簇锦筵，百盏银灯散彩。天地亭，左右金童玉女，对对高张羽盖；玉帝堂，两边执盂捧剑，重重密布幢幡。风清三界步虚声，月冷九天乘沆瀣。金钟撞处，高功来进奏虚皇；玉佩鸣时，都讲登坛朝玉帝。绛绡衣，星辰灿烂；美蒙冠，金碧交加。监坛神将狰狞，直尺功曹猛勇。道众齐宣宝忏，上瑶台酌水献花；真人密诵灵章，按法剑踏罡步斗。青龙隐隐来黄道，白鹤翩翩下紫宸。

西门庆刚绕坛拈香下来，被左右就请到松鹤轩阁儿里。地铺锦毯，炉焚兽炭，那里坐去了。不一时，应伯爵、谢希大来到，唱毕喏，每人封了一星折茶银子，说道："实告要送些茶儿来，路远。这些微意，权为一茶之需。"西门庆也不接，说道："奈烦！自恁请你来陪我坐坐，又干这营生做什么？吴亲家这里点茶，我一总多有了，不消拿出来了。"那应伯爵连忙又唱喏说："哥，真个？俺每还收了罢！"因望着谢希大说道："都是你干这营生！我说哥不受，拿出来，倒惹他讪两句好的。"良久，吴大舅、花子由都到了。每人两盒细茶食来点茶，西门庆都令吴道官收了。吃毕茶，一同摆斋，放了两张桌。桌上堆的咸食斋馔、点心汤饭，甚是丰洁。西门庆宽去衣服，同吃了早斋。

如许银子何堪入眼？确实只不过是要他们来凑趣。富人不能总是"自乐"，必得经常有人在侧"凑趣"，方能趋于"极乐"。

"哥，真个？"一句传神至极。

原来吴道官叫了个说书的，说西汉评话《鸿门会》。吴道官发了文书，走来陪坐，问："哥儿今日来不来？"西门庆道："正是。小顽还小哩！房下恐怕路远，唬着他，来不的。到午间，拿他穿的衣服来，三宝面前，摄受过就是一般。"吴道官道："小道也是这般计较，最好。"西门庆道："别的倒也罢了，他是有些小胆儿。家里三四个丫鬟连养娘轮流看视，

独生子往往如此"小心易碎"地"保养"，结果往往是如玻璃般莹洁，也如玻璃般难承磕碰。

只是害怕，猫狗都不敢到他跟前。”吴大舅道：“孩儿们好容易养活大。”

正说着，只见玳安进来说：“里边桂姨、银姨使了李铭、吴惠送茶来了。”西门庆道：“叫他进来。”李铭、吴惠两个拿着两个盒子跪下，揭开都是顶皮饼、松花饼、白糖万寿糕、玫瑰搽穰卷儿。西门庆俱令吴道官收了。因问李铭：“你每怎得知道今日我在这里打醮？”李铭道：“小的今早辰路见陈姑夫骑头口。问来，才知道爹今日在此做好事。归家告诉桂姐、三妈，说：‘还不快买礼去？’旋约了吴银姐，才来了。多上覆爹，本当亲来不好来得，这盒粗茶儿与爹赏人罢了。”西门庆分付：“你两个等着吃斋。”吴道官一面让他二人下去，自有坐处，连手下人多饱食一顿。话休饶舌。

来往有娼家。此官究竟是出于市井。

到了午朝，拜表毕，吴道官预备了一张大插桌。簇盘定胜，高顶方糖果品，各样托荤蒸煠、咸食素馔、点心汤饭。又有四十碟碗，又是一坛金华酒。哥儿的一顶黑青段子销金道髻，一件玄色纻丝道衣，一件绿云段小衬衣，一双白绫小袜，一双青潞绸纳脸小履鞋，一根黄绒线绦，一道三宝位下的黄线索，一道子孙娘娘面前紫线索，一付银项圈条脱，刻着“金玉满堂，长命富贵”，一道朱书辟非黄绫符，上书着“太乙司命，桃延合康”八字，就扎在黄线索上，都用方盘盛着；又是四盘羹果，摆在桌上。差小童经袱内包着宛红纸经疏，将三朝做过法事，一一开载节次，请西门庆过了目，方才装入盒担内。共约八抬，送到西门庆家。西门庆甚是欢喜，快使棋童儿家去，赏了道童两方手帕、一两银子。

又一大堆符码。任何符码如形成堆砌，必窒息人的灵性。

且说那日是潘金莲生日，有吴大妗子、潘姥姥、杨姑娘、郁大姐，都在月娘上房坐的，见庙里送了斋来，又是许多羹果插桌礼物，摆了四张桌子，还摆不下，都乱出来观看。金莲便道：“李大姐你还不快出来看哩！你家儿子，师父庙里送礼来了，又有许多他的小道冠髻、道衣儿。噫，你看，又是小履鞋儿！”孟玉楼又走向前，拿起来手中看，说道：“大姐姐，你看道士家也精细的！这小履鞋，白绫底儿，都是倒扣针儿，方胜儿锁的，这云儿又且是好。我说他敢有老婆！不然，怎的扣搽的恁好针脚儿？”吴月娘道：“没的说！他出家人，那里有老婆？想必是雇人做的。”潘金莲接过来说：“道士有老婆，相王师父和大师父会挑的好汗巾儿，莫不是也有汉子？”王姑子道：“道士家，掩上个帽子，那里不去了！似俺这僧家，行动就认出来。”金莲说道：“我听得说，你住的观音寺，背后就是玄明观。常言道：男僧寺对着女僧寺，没事也有事。”月娘道：“这六姐，好恁罗说白道的！”金莲道：“这个是他师父与他娘娘寄名的紫线锁。又是这个银脖项符牌儿，上面银打的八个字，带着且是好看。背面坠着他名字，吴什么元？”棋童道：“此是他师父起的法名，吴应元。”金莲道：“这是个‘应’字。”叫道：“大姐姐，道士无礼！怎的把孩子改了他姓了？”月娘道：“你看不知礼！”因使李瓶儿：“你去抱了你儿子来，穿上这道衣，俺每瞧瞧好不好？”李瓶儿道：“他才睡下，又抱他出来？”金莲道：“不妨事。你揉醒他。”那李瓶儿真个去了。

潘金莲擅长“性思维”。

这潘金莲识字，取过红纸袋儿，扯出送来的经疏看。上面西门庆底下同室人吴氏，傍边只有李氏，再没别人，心中就有几分不忿，拿与众人瞧：“你说贼三等儿九格的强人，你说他偏心不偏心？这上头只写着生孩子的，把俺每都是不在数的，都打到赘字号里去了。”孟玉楼问道：“有大姐姐没有？”金莲道：“没有大姐姐倒好笑！”月娘道：“也罢了。有了一个，也多是一般。莫不你家有一队伍人，也多写上，惹的道士不笑话么？”金莲道：“俺每都是刘湛儿鬼儿么？比那个不出材的，那个不是十个月养的哩！”

潘金莲到底眼尖心细。倒也“不忿”得有理。

正说着，李瓶儿从前边抱了官哥儿来。孟玉楼道：“拿过衣服来，等我替哥哥穿。”李瓶儿抱着，孟玉楼替他戴上道髻儿，套上项牌和两道索，唬的那孩子只把眼儿闭着，半日不敢出气儿。玉楼把道衣替他穿上。吴月娘分付李瓶儿：“你把这经疏，纳个阡张头儿，亲往后边佛堂中，自家烧了罢！”那李瓶儿去了。玉楼抱弄孩子说道：“穿着这衣服，就是个小道士儿。”金莲接过来说道：“什么小道士儿，倒好相个小太乙儿！”被月娘正色说了两句，便道：“六姐，你这个什么话？孩儿们上，快休恁的！”那金莲讪讪的不言语了。

都是抱，心态却不一。潘金莲是明捧暗讽。

一回，那孩子穿着衣服害怕，就哭起来。李瓶儿走来，连忙接过来，替他脱衣裳时，就拉了一抱裙奶屎。孟玉楼笑道：“好个吴应元！原来拉屎也有一托盘。”月娘连忙教小玉拿草纸替他抹。不一时，那孩子就

孟玉楼基本上还是羡多于妒。对小生命有一份爱怜之心。

磕伏在李瓶儿怀里睡着了。李瓶儿道:“小大哥原来困了,妈妈送你到前边睡去罢!”吴月娘一面把桌面多散了,请大妗子、杨姑娘、潘姥姥众人出来吃斋。看看晚来。

原来初八日,西门庆因打醮,不用荤酒。潘金莲晚夕就没曾上的寿,直等到今晚来家,就与他递酒,来到大门站立。不想,等到日落时分,只见陈经济和玳安自骑头口来家。潘金莲问:“你爹来了?”经济道:“爹怕来不成了。我来时,醮事还未了,才拜忏,怕不弄到起更!道士有个轻饶素放的?还要谢将吃酒。”金莲听了,一声儿没言语,使性子回到上房里,对月娘说:“贾瞎子传操——干起了个五更。隔墙掠肝——能死心塌地。兜肚断了带子——没得绊了!刚才在门首站了一回,只见陈姐夫骑了头口来了,说爹不来了,醮事还没了,先打发他来家。”月娘道:“他不来罢。咱每自在,晚夕听大师父、王师父说因果、唱佛曲儿。”

正说着,只见陈经济掀帘进来,已带半酣儿,说:“我来与五娘磕头。”问大姐:“有钟儿,寻个儿筛酒,与五娘递一钟儿。”大姐道:“那里寻钟儿去?只恁与五娘磕个头儿。到住回,等我递罢。你看他醉腔儿!恰好今日打醮,只好了你,吃的恁憨憨的来家。”月娘便问道:“你爹真个不来了?玳安那奴才没来?”陈经济道:“爹见醮事还没了,恐怕家里没人,先打发我来了。留下玳安在那里答应哩!道士再三不肯放我,强死强活,拉着吃了两三大钟酒,才来了。”月娘问:“今日有那几个在那里?”经济道:“今日有大舅和门外花大舅,应二叔和谢三叔。李铭,又有吴惠,两个小优儿,夜黑不知缠到多咱晚。今日只吴大舅来了,门外花大舅,教爹留住了,也是过夜的数。”金莲没见李瓶儿在跟前,便道:“陈姐夫,连你也叫起花大舅来?是那门儿亲,死了的知道罢了!你叫他李大舅才是,怎叫他花大舅?”经济道:“五娘,你老人家乡里姐姐嫁郑恩——睁着个眼儿,闭着个眼儿。早出儿子,不知他什么帐儿,只是伙里分钱就是了。”大姐道:“贼囚根子!快磕了头,趁早与我外头挺去!又口里恁汗邪胡说了!”陈经济于是请金莲转上,踉踉跄跄磕了四个头,往前边去了。

潘金莲又挑刺儿。处处滋蹿妒意,见缝便下针狠刺。

不一时，房中掌上灯烛。放下桌儿，摆上菜儿，请潘姥姥、杨姑娘、大妗子与众人来了。金莲递了酒，打发坐下吃了面。吃到酒阑，收了家活，抬了桌出去。月娘分付小玉把仪门关了，炕上放下小桌儿，众人围定两个姑子，在正中间焚下香，秉着一对蜡烛，都听他说因果。先是大师父说道：

盖闻大藏经中，讲说一段佛法。乃是西天第三十二祖下界，降生东土，传佛心印。昔日唐高宗天子咸亨三年，中夏记事不题。却说岭南乡泡渡村，有一张员外，家豪大富，广有金银，呼奴使婢。员外所取八个夫人，朝朝快乐，日日奢华；贪恋风流，不思善事。忽的一日出门游玩，见一伙善人，驮载香油细米等物，人人称念佛号。向前便问："你这些善人何往？"内中一人答曰："一者打斋，二者听经。"员外又问："你等打斋听经，有何功德？"众人言说："人生在世，佛法难闻，人身难得。《法华经》上说的好：'若人有福，曾供养佛。'今生不舍，来生荣华富贵，从何而来？古人云：龙听法而悟道，蟒闻忏以生天，何况人乎？"张员外到家，便叫安童："去后房请出你八个奶奶来。"不一时，都到堂前。员外说："婆婆，我今黄梅寺修行去，把家财分作八分，各人过其日月。想你我如今，只顾眼前快乐，不知身后如何；若不修行，求出火坑，定落三涂五苦。"有夫人听说，便道："员外，你八宝罗汉之体，有甚业障！比不得俺女流之辈，生男长女，触犯神祇。俺每业重，你在家里修行，等俺八个替你耽罪，你休要去罢！"正是：婆婆将言劝夫身，员外冷笑两三声。

这一回作者生动细腻地描绘了当年民间宗教迷信活动的情景。前面写打醮，充满了繁复琐细的符码罗列。这里开始写姑子劝善，"白文"中穿插着"偈语"，令我们现代人"听来"忍俊不禁。

大师父说了一回，该王姑子接偈。月娘、李娇儿、孟玉楼、潘金莲、孙雪娥、李瓶儿、西门大姐并玉箫，多齐声接佛。王姑子念道：

说八个，众夫人，要留员外；告丈夫，休远去，在家修行。

你如今，下狠心，撇下妻子；痛哭杀，儿和女，你也心疼。

闪得俺，姊妹们，无处归落；好教我，一个个，怎过光阴？

从小儿，做夫妻，相随到老；半路里，丢下俺，倚靠何人？

儿扯爷，女扯娘，捶胸跌脚；一家儿，大共小，痛哭伤情！

〔金字经〕

夫人听说泪不干，苦劝员外莫归山。顾家园，儿女永团圆；休远去，在家修行都一般。

白文：

员外便说："多谢你八个夫人！我明日死在阴司，你们替我耽罪。我今与你们递一钟酒，明日好在阎王面前承当。"饮酒中间，员外设了一计："夫人与我把灯剔一剔。"员外哄的夫人剔灯，一口把灯吹死。唬的八个夫人失色，连忙叫梅香，快点灯来。员外取出钢刀剑，唬杀八个众夫人。

又偈：

老员外，唤梅香把灯点起；将钢刀，拿在手，指定夫人：

那一个，把明灯，一口吹死；图家财，害我命，改嫁别人。

若不说，一剑去，这头落地。一个个，心害怕，倒在埃尘。

有八个，老夫人，慌忙跪下：告员外，你息怒，饶俺残生。

你分明，一口气，把灯吹死；吃几钟，红面酒，拿剑杀人。

你若还，杀了俺，八个夫人；到阴司，告阎君，取你真魂。

员外冷笑，便叫八个夫人："你哄我。当身吹灯不认，如何认我阴司耽罪？八个女流之辈倒哄男身，笑杀年高有德人！"说的八个夫人闭口无言。员外想人生富贵，都是前生修来，便叫安童："连忙与我装载数车香油米面，各样菜蔬钱财等物，我往黄梅山里打斋听经去也。"

竟是一派闹剧场面。

〔金字经〕

夫人听我说根源，梵王天子弃江山。不贪恋，要结万人缘。多全舍，万古标名在世间。

员外今日修行去，亲戚邻人送起程。

念了一回，吴月娘道："师父饿了，且把经请过，吃些甚么。"一面令小玉安排了四碟素菜儿，两碟咸食儿，四碟儿糖薄脆、蒸酥、菊花饼、扳搭馓子，请大妗子、杨姑娘、潘姥姥，陪着二位师父用一个儿。大妗子说："俺每不当家的，都刚吃的饱。教杨姑娘陪个儿罢：他老人家又吃着个斋。"月娘连忙用小描金碟儿每样拣了个点心，放在碟儿里，先递与两位师父，然后递与杨姑娘，说道："你老人家陪二位请些儿。"婆子道："我的佛爷！不当家，老身吃的可够了。"又道："这碟儿里是烧骨朵，姐姐你拿过去，——只怕错拣到口里。"把众人笑的了不得。月娘道："奶奶，这个是头里庙上送来的托荤咸食。你老人家只顾用，不妨事。"杨姑娘道："既是素的，等老身吃；老身干净眼花了，只当做荤的来。"

偏对"烧骨朵""眼熟"。需"拿过去"，方才不至"错拣"。杨姑娘"虔心"真令人笑煞。

正吃着，只见来兴儿媳妇子惠秀走来。月娘道："贼臭肉，你也来做什么？"惠秀道："我也来听唱曲儿。"月娘道："仪门关着，你打那里进来了？"玉箫道："他在厨房封火来。"月娘道："嗔道恁王小的鼻儿乌、嘴儿黑的，成精鼓捣，来听什么经！"

并非有心皈依，实是府中无趣事，权将"听经"当乐子。

当下，众丫鬟妇女围定两个姑子，吃了茶食，收过家活去，搽抹经桌干净。月娘从新剔起灯烛来，炷了香。两个姑子打动击子儿，又高念起来。

从张员外在黄梅山寺中修行，白日长跪听经，夜晚参禅打坐。四祖禅师观见他不是凡人，定是个真僧出世，问其乡贯住处，姓甚名谁。员外具说前因一遍："弟子把家财妻子弃了，实为生死出家。"四祖收留座下，做了徒弟。白日教他栽树，夜晚舂米。六年苦行已满，惊动护法韦驮天尊，惊觉四祖，教他寻安身立命之处，与了他三庄宝贝：斗篷、蓑衣、弯枣棍，往南去浊河边投胎夺舍，寻房儿居住。三百六十日，经果圆成。"你如今年纪高大，房儿坏了，传不得真妙法，度脱不得众生。"直说到千金小姐姑嫂两个在浊河边洗濯衣裳，见一僧人借房儿住，不合答了他一声，那老人就跳下河去了。

潘金莲熬的磕困上来，就往房里睡去了。少顷，李瓶儿房中绣春来叫，说官哥儿醒了，也去了，只剩下李娇儿、孟玉楼、潘姥姥，孙雪娥、杨姑娘、大妗子守着。听到河中漂过一颗大鳞桃来，小姐不合吃了，归家有孕，怀胎十月，王姑子唱了一个《耍孩儿》：

此等灭人欲的故事，潘金莲如何听得进去。恐不仅是"磕困上来"。

一灵真性投肚内，这个消息谁得知？人人不识西来意，呀的一声孕男女。认的娘生铁面皮，才得见光明际。昆仑顶上转大千沙界，古弥陀分南北东西。

说：

千金小姐来到嫂子房中，“吃咱两个曾在浊河边洗衣，见了那老人，问咱借房儿住。他如何跳在河内，唬的我心中惊怕，又吃了一个仙桃。我如今心头膨闷，好生疑悔，腹中成其身孕！”正是：十月腹中母怀胎，千金小姐泪盈腮。

千金说：在绣房，成其身孕；心中悔，无可奈，忍气吞声。

一个月，怀胎着，如同露水；两个月，怀胎着，才却朦胧。

三个月，怀胎着，才成血饼；四个月，怀胎着，骨节才成。

五个月，怀胎着，才分男女；六个月，怀胎着，长出六根。

七个月，怀胎着，生长七窍；八个月，怀胎着，着相成人。

九个月，怀胎着，看看大满；十个月，母腹中，准备降生。

五祖投胎在母腹中，因为度众生。娑婆男女不肯回心，古佛下界转凡身。借胎出壳，久后度母到天宫。

五祖一佛性，投胎在腹中。

权住十个月，转凡度众生。

念到此处，月娘见大姐也睡去了，大妗子歪在月娘里间床上睡着了，杨姑娘也打起欠呵来，桌上蜡烛也点尽了两根。问小玉：“这天有多咱晚了？”小玉道：“已是四更天气，鸡鸣叫。”月娘方令两位师父收拾经卷。杨姑娘便往玉楼房里去了，郁大姐在后边雪娥房里宿歇。只有两个姑子，月娘打发大师父和李娇儿一处睡去了。王姑子和月娘在炕上睡。两个还等着小玉顿了一瓯子茶，吃了才睡。大妗子在里间床上和玉箫睡。

虽已将“说经”的“文本”极度地市俗化，仍难“叫座”。

月娘因问王姑子：“后来这五祖长大了，怎生成了正果？”王姑子道：“这里爷娘见他有身孕，教他哥哥祝虎把千金小姐赶将出去，要行杀害。多亏祝龙慈心，放他逃生。走在垂杨树下自缢，惊动天上太白李金星，教他寻茶讨饭随缘度日。不觉十月满足来到仙人庄神庙里，降生下五祖，紫雾红光，罩满了庙堂。小姐见孩儿生下就盘膝端坐，心中害怕，不比寻常。后又到天喜村王员外家场里宿歇，场中火起，拿起见员外。

见小姐颜色，就要留下做小。子母两个下拜，登时把员外、夫人多拜死了。家奴院公拿住子母。后员外苏省过，说道："只怕是好人。"留在家中，养活六岁，五祖方说话，不由为母的，一直走到浊河边枯树下，取了三庄宝贝，径往黄梅寺听四祖说法，遂成正果。后还度脱母亲生天。"月娘听了，越发好信佛法了。有诗为证：

听法闻经怕无常，红莲舌上放毫光。

何人留下禅空话？留取尼僧化稻粮！

毕竟未知后来如何，且听下回分解。

吴月娘之所以"越发好信佛法了"，是因为从中获得了某种心理暗示。

第四十回
抱孩童瓶儿希宠　妆丫鬟金莲市爱

善事须好做，无心近不得。
你若做好事，别人分不得。
经卷积如山，无缘看不得。
财钱过壁堆，临危将不得。
灵承好供奉，起来吃不得。
儿孙虽满堂，死来替不得。

三姑六婆，任其登堂入室，已埋伏下多少是是非非，更与其"一炕睡"，便"天下从此多事了"。

话说当夜月娘和王姑子一炕睡，王姑子因问月娘："你老人家怎的就没见点喜事儿？"月娘道："又说喜事哩！前日八月里，因买了对过乔大户房子，平白俺每都过去看。上他那楼梯，一脚蹬滑了，把个六七个月身扭吊了。至今再谁见什么孩子来！"王姑子道："我的奶奶，六七个月也成形了！"月娘道："半夜里吊在杩子里，我和丫头点灯拨着瞧，倒是个小厮儿。"王姑子道："我的奶奶，可惜了！怎么来扭着了？还是胎气坐的不牢。"月娘道："我只上他家楼。梯子窄趔，不知怎的一脚滑下来！还亏了孟三姐，一手扶住我，不然一吊下来了。"王姑子道："你老人家养出个儿来，强如别人。你看他前边六娘，进门多少时儿，倒生了个儿子，何等的好！"月娘道："他各人的儿女，随天罢了。"王姑子道："也不打紧，俺每同行一个薛师父，一纸好符水药。前年陈郎中娘子，也是中年无子。常时小产了几胎，白不存，也是吃了薛师父符药。如今生了好不丑满抱的小厮儿！一家儿欢喜的要不得。只是用着一件物件儿难寻。"月娘问道：

"什么物件儿?"王姑子道:"用着头生孩子的衣胞,拿酒洗了,烧成灰儿,伴着符药,拣壬子日,人不知,鬼不觉,空心用黄酒吃了。算定日子儿不错,至一个月,就坐胎气。好不准!"月娘道:"这师父是男僧女僧?在那里住?"王姑子道:"他也是俺女僧,也有五十多岁。原在地藏庵儿住来,如今搬在南首里法华庵儿做首座,好不有道行!他好少经典儿!又会讲说《金刚科仪》,各样因果宝卷,成月说不了。专在大人家行走,要便接了去,十朝半月不放出来。"月娘道:"你到明日请他来走走。"王姑子道:"我知道。等我替你老人家讨了这符药来着。止是这一件儿难寻,这里没寻处。恁般如此,你不如把前头这孩子的房儿,借情跑出来使了罢。"月娘道:"缘何损别人安自己的?我与你银子,你替我慢慢另寻便了。"王姑子道:"这个倒只是问老娘寻,他才有。我替你整治这符水,你老人家吃了管情就有。难得你明日另养出来?随他多少,十个明星当不的月!"月娘分付:"你却休对人说。"王姑子道:"好奶奶,傻了我?肯对人说!"说了一回各人多睡了。一宿晚景题过。

吴月娘倒是个不愿损人利己的人。

到次日,西门庆打庙里来家。月娘才起来梳头,玉箫接了衣服,坐下。月娘因说:"昨日家里六姐等你来上寿,怎的就不来了?"西门庆悉把"醮事未了,吴亲家晚夕费心摆了许多桌席。吴大舅先来了,留住我和花大哥、应二哥、谢希大。两个小优儿弹唱着,俺每吃了半夜酒。今早我便先进城来了,应二哥他三个还吃酒哩!昨日甚是难为吴亲家,破费了许多钱",告诉了一回。玉箫递茶吃了。也没往衙门里去,走到前边书房里,搓在床上就睡着了。

落后潘金莲、李瓶儿梳了头,抱着孩子出来。多到上房,陪着吃茶。月娘向李瓶儿道:"他爹来了这一日,在前头哩!我教他吃茶食,他不吃。丫头有了饭了。你把你家小道士替他穿上衣裳,抱到前头与他爹瞧瞧去。"潘金莲道:"我也去。等我替道士儿穿衣服。"于是戴上销金道髻儿,穿上道衣,带了项牌符索,套上小鞋袜儿。金莲就要夺过去。月娘道:"教他妈妈抱罢!况自你这蜜褐色挑绣裙子不耐污,撒上点子臜倒了不成。"于是李瓶儿抱定官哥儿,潘金莲便跟着,来到前边西厢房内。书童见他二人掀帘,连忙就躲出来了。

一个"夺"字,包孕潘金莲多少意态心性。

金莲见西门庆脸朝里睡炕床上，指着孩子说："老花子，你好睡！小道士儿自家来请你来了。大妈妈房里摆下饭，教你吃去，你还不快起来，还推睡儿！"那西门庆吃了一夜酒的人，倒去头那顾天高地下，鼾睡如雷。金莲与李瓶儿，一边一个坐在床上，把孩子放在他面前，怎禁的鬼混，不一时把西门庆弄醒了。睁开眼，看见官哥儿在面前：头上戴着销金道髻儿，身穿小道衣儿，项围符索，喜欢的眉开眼笑。连忙接过来抱到怀里，与他亲个嘴儿。

潘金莲总从性事上着想。

金莲道："好干净嘴头子，就来亲孩儿！小道士儿吴应元，你啰他一口，你说昨日在那里使牛耕地来？今日乏困的你这样的，大白日强觉！昨日叫五妈只顾等着你。你恁大胆，不来与五妈磕头！"西门庆道："昨日醮事散的晚，晚夕谢将，又整酒吃了一夜。今日到这咱时分，还一头酒在这里。睡回，还要往尚举人家吃酒去。"金莲道："你不吃酒去罢了！"西门庆道："他家从昨日送了帖儿来，不去惹人不怪？"金莲道："你去，晚夕早些儿来家，我等着你哩！"李瓶儿道："他大妈妈摆下饭了，又做了些酸笋汤，请你吃饭去哩！"西门庆道："我心里还不待吃，等我去呵些汤罢。"于是起来往后边去了。

潘金莲此举颇有"意淫"意味。不过她无自觉的"意淫"观念。此书作者也没有。"意淫"概念是曹雪芹在《石头记》里提出来的，有很深的内涵。这里我说潘金莲"意淫"，是取其字面之义。潘金莲不能将自我意识升华为"形而上"。本书作者也只管描述不拟升华。

但我们今天阅读这本书，却可"再创作"。我们无妨从那平静的"冷叙述"中，升华出种种超越世道人生的幽深哲思，比如：个体生命采取何种手段摆脱生存困境，方能既维持住尊严，又不失群体生存规范？

这潘金莲儿见他去了，一屁股就坐在床上正中间。脚蹬着地炉子，说道："这原来是个套炕子。"伸手摸了摸褥子里，说道："倒且是烧的滚热的炕儿。"瞧了瞧旁边桌上，放着个烘砚瓦的铜丝火炉儿，随手取过来，叫："李大姐，那边香几儿上牙盒里，盛的甜香饼儿，你取些来与我。"一面揭开了，拿几个在火炕内，一面夹在裆里，拿裙子裹的沿沿的，且薰热身上。坐了一回，李瓶儿说道："咱进去罢！只怕他爹吃了饭出来。"金莲道："他出来不是？怕他么！"于是二人抱着官哥，进入后边来。良久，西门庆吃了饭，分付排军备马，午后往尚举人家吃酒去了。潘姥姥先去了。

且说晚夕王姑子要家去，月娘悄悄与了他一两银子，叫他休对大师父说，好歹请薛姑子带了符药来。王姑子接了银子和月娘说："我这一去，只过十六日儿才来罢，就替你寻了那件东西儿来。"月娘道："也罢。你只替我干的停当，我还谢你。"于是作辞去了。

看官听说：但凡大人家，似这样僧尼牙婆，决不可抬举。在深宫大院，相伴着妇女，俱以讲天堂地狱、谈经说典为由，背地里说釜念款，送暖偷寒，甚么事儿不干出来？十个九个，都被他送上灾厄。有诗为证：

最有缁流不可言，深宫大院哄婵娟。

此辈若皆成佛道，西方依旧黑漫漫。

却说金莲晚夕走到镜台前，把鬏髻摘了，打了个盘头揸髻，把脸搽的雪白，抹的嘴唇儿鲜红，戴着两个金灯笼坠子，贴着三个面花儿，带着紫销金箍儿，寻了一套大红织金袄儿，下着翠蓝段子裙：要装丫头，哄月娘众人耍子。叫将李瓶儿来，与他瞧，把李瓶儿笑的前仰后合，说道："姐姐你装扮起来，活像个丫头！等我往后边去，我那屋里有红布手巾，替你盖着头，对他们只说他爹又寻了个丫头，唬他们唬，管定就信了。"春梅打着灯笼，在头里走，走到仪门首，撞见陈经济，笑道："我道是谁来？这个就是五娘干的营生！"李瓶儿叫道："姐夫你过来，等我和你说了着：你先进去见他们，只如此如此，这般这般。"经济道："我有法儿哄他。"于是先走到上房里。

又是一种"移情"手段。更确切地说，是设法化解自己的性焦虑。

众人都在炕上坐着吃茶。经济道："娘，你看爹平白里叫薛嫂儿，使了十六两银子，买了人家一个二十五岁、会弹唱的姐儿，刚才拿轿子送将来了。"月娘道："真个？薛嫂儿怎不先来对我说？"经济道："他怕你老人家骂他。送轿子到大门首，他就去了。丫头便教他每领进来了。"大妗子还不言语，杨姑娘道："官人有这几房姐姐勾了，又要他来做什么？"月娘道："好奶奶，你禁的！有钱就买一百个，有什么多？俺每多是老婆当军，在这屋里充数儿罢了！"玉箫道："等我瞧瞧去。"

只见月亮地里，原来春梅打灯笼，落后叫了来安儿小厮打着，和李瓶儿后边跟着。搭着盖头，穿着红衣服进来，慌的孟玉楼、李娇儿都出来看。良久，进入房里。玉箫挨在月娘边，说道："这个是主子，还不磕头哩！"一面揭了盖头。那潘金莲插烛也似磕下头去，忍不住扑砣的笑了。玉楼道："好丫头！不与你主子磕头，且笑！"月娘也笑了，说道："这六姐成精死了罢！把俺每哄的信了。"玉楼道："大娘，我不信。"杨姑娘道："姐姐，你怎的见出来不信？"玉楼道："俺六姐平昔磕头，也学的那等磕了头起来，倒退两步才拜。"杨姑娘道："还是姐姐看的出来。

慌什么？有微妙心态在其中焉。

孟玉楼参与游戏，也许倒是“无性有趣”。

要着老身就信了！”李娇儿道：“我也就信了！刚才不是揭盖头他自家笑，还认不出来。”正说着，只见琴童儿抱进毡包来，说：“爹来家了。”孟玉楼道：“你且藏在明间里。等爹进来，等我哄他哄。”

不一时，西门庆来到，杨姑娘、大妗子出去了。进入房内，椅子上坐下。月娘在旁不言语。玉楼道：“今日薛嫂儿轿子，送人家一个二十岁丫头来，说是你教他送来要他的。你恁许大年纪，前程也在身上，还干这勾当？”西门庆笑道：“我那里教他买丫头来？信那老淫妇哄你哩！”玉楼道：“你问大姐姐不是？丫头也领在这里，我不哄你。你不信我？我叫出来你瞧。”于是叫玉箫：“你拉进那新丫头来，见你爹。”那玉箫掩着嘴儿笑，又不敢去拉。前边走了走儿，又回来了说道：“他不肯来。”玉楼道：“等我去拉，恁大胆子的奴才！头儿没动，就扭主子，也是个不听指教的！”一面走到明间内。只听说道：“怪行货子，我不好骂的！人不进去，只顾拉人拉的手脚儿不着！”玉楼笑道：“好奴才，谁家使的你恁没规矩？不进来见你主子磕头！”一面拉进来。西门庆灯影下睁眼观看，却是潘金莲打着揸髻装丫头，笑的眼没缝儿。那金莲就坐在旁边椅子上，玉楼道：“好大胆丫头！新来乍到，就恁少条失教的，大剌剌对着主子坐着！”月娘笑道：“你趁着你主子来家，与他磕个头儿罢！”那金莲也不动，走到月娘里间屋里，一顿把簪子拔了，戴上䯼髻出来。月娘道：“好淫妇，讨了谁上头话，就戴上䯼髻了！”众人又笑了一回。

“笑的眼没缝”，试问比“老莱子娱亲”如何？

月娘告诉西门庆说：“今日，乔亲家那里，使乔通送了六个帖儿来，请俺每吃看灯酒。咱到明日，不先送些礼儿去？”教玉箫拿帖儿与西门庆瞧。见上面写着：

十二日寒舍薄具菲酌，奉屈鱼轩。仰冀贲临，不胜荣幸。

右启大德望西门大亲家老夫人妆次。

下书：“眷末乔门郑氏敛衽拜。”西门庆看毕，说道：“明早叫来兴儿，买四样肴品、一坛南酒，送了去就是了。到明日，咱家发柬，十四日也请他娘子，并周守备娘子、荆都监娘子、夏大人娘子、张亲家母，大妗子也不必家去了。教贲四叫将花儿匠来，做几架烟火。王皇亲家一起扮戏的小厮每来扮《西厢记》的。你每往院中，再把吴银儿、李桂儿接了。你每在家看灯吃酒，我和应二哥、谢子纯往狮子街楼上吃酒去。”说毕，不一时放下桌儿，安排酒上来。

潘金莲递酒，众姊妹相陪，吃了一回。西门庆因见金莲装扮丫头，灯下艳妆浓抹，不觉淫心荡漾，不住把眼色递与他。这金莲就知其意，行陪着吃酒，就到前边房里。去了冠儿，挽着杭州攒，重匀粉面，复点朱唇。原来早在房中，先预备下一桌酒、齐整果菜，等西门庆进房，妇人还要自己与递酒。

西门庆此时需要粗鄙而强烈的性刺激。潘金莲“市爱”成功。原来与其“雅售”，不如“贱卖”。

不一时，西门庆果然来到。见妇人还挽起云髻来，心中喜甚，搂着他坐在椅子上，两个说笑。不一时，春梅收拾上酒菜来，妇人从新与他递酒。西门庆道：“小油嘴儿，头里已是递过罢了。又教你费心。”金莲笑道：“那个大伙里酒儿不算，这个是奴家业儿，与你递钟酒儿，年年累你破费，你休抱怨。”把西门庆笑的没眼缝儿，连忙接了他酒，搂在怀里膝盖儿坐的。春梅斟酒，秋菊拿菜儿。金莲道：“我问你：到十二日乔家请，俺每多去？只教大姐姐去？”西门庆道：“他既是下帖儿多请，你每如何不去？到明日，叫奶子抱了哥儿也去走走，省的家里寻他娘哭。”金莲道：“大姐姐他每多有衣裳穿；我老道只自知数的那几件子，没件好当眼的！你把南边新治来那衣服，一家分散几件子，裁与俺每穿了罢！只顾放着，敢生小的儿也怎的？到明日，咱家摆酒请众官娘子，俺每也好见他，不惹人笑话。我长是说着，你把脸儿憨着。”西门庆笑道：“既是恁的，明日叫了赵裁来，与你每裁了罢！”金莲道：“及至明日叫裁缝做，只差两日儿，做着还迟了哩！”西门庆道：“对赵裁说，多带几个人来，替你每攒造两三件出来就勾了。剩下别的，慢慢再做也不迟。”金莲道：“我早对你说过，好歹拣两套上色儿的与我，我难相他们多有，我身体没与我做什么大衣裳。”西门庆笑道：“贼小油嘴儿，去处掐个尖儿！”两个说话饮酒，到一更时分方上床。两个如被底鸳鸯，帐中鸾凤，整狂了半夜。

得淫乐思衣装。

到次日，西门庆衙门中回来，开了箱柜，打开出南边织造的夹板罗段尺头来。使小厮叫将赵裁来，每人做件妆花通袖袍儿、一套遍地锦衣服、一套妆花衣服。惟月娘是两套大红通袖遍地锦袍儿、四套妆花衣服。在卷棚内，一面使琴童儿叫赵裁去。这赵裁正在家中吃饭，听的西门庆宅用套话写一个类型化人物。

中叫，连忙丢下饭碗，带着剪尺就走。时人有几句夸赞这赵裁好处：

我做裁缝姓赵，月月主顾来叫。
针线紧紧随身，剪尺常掖靴鞦。
幅折赶空走攒，截弯病除手到。
不论上短下长，那管襟扭领拗。
每日肉饭三餐，两顿酒儿是要。
剪截门首常出，一月不脱三庙。
有钱老婆嘴光，无时孩子乱叫。
不拘谁家衣裳，且交印铺睡觉。
随你催讨终朝，只拿口儿支调。
十分要紧腾挪，又将后来顶倒。
问你有甚高强？只是一味老落！

不一时走到，见西门庆坐在上面，连忙磕了头。桌上铺着毡条，取出剪尺来，先裁月娘的：一件大红遍地锦五彩妆花通袖袄，兽朝麒麟补子段袍儿；一件玄色五彩金遍边葫芦样鸾凤穿花罗袍；一套大红段子遍地金通袖麒麟补子袄儿，翠蓝宽拖遍地金裙；一套沉香色妆花补子遍地锦罗袄儿，大红金枝绿叶百花拖泥裙。其余李娇儿、孟玉楼、潘金莲、李瓶儿四个多裁了一件大红五彩通袖妆花锦鸡段子袍儿，两套妆花罗段衣服，孙雪娥只是两套，就没与他袍儿。须臾共裁剪三十件衣服，兑了五两银子，与赵裁做工钱。一面叫了十来个裁缝，在家攒造。不在话下。正是：金铃玉坠装闺女，锦绮珠翘饰妹娃。

“顺口溜”偏刻薄到底，其实手艺并不差。

毕竟未知后来如何，且听下回分解。

第四十一回

西门庆与乔大户结亲　潘金莲共李瓶儿斗气

富贵双全世业隆，联翩朱紫一门中。
官高位重如王导，家盛财丰比石崇。
画烛锦帏消夜月，绮罗红粉醉春风。
朝欢暮乐年年事，岂肯潜心任始终。

话说西门庆在家中，裁缝攒造衣服，那消两日，就完了。到十二日，乔家使人邀请。早辰，西门庆先送了礼去。那日，月娘并众姊妹、大妗子，六顶轿子一搭儿起身，留下孙雪娥看家。奶子如意儿抱着官哥，又令来兴媳妇惠秀伏侍叠衣服，又是两顶小轿。

西门庆在家，看着贲四叫了花儿匠来扎缚烟火，在大厅、卷棚内挂灯，使小厮拿帖儿往王皇亲宅内定下戏子，俱不必细说。后晌时分，走到金莲房中。金莲不在家，春梅在旁伏侍茶饭，放桌儿吃酒。西门庆因对春梅说："十四日请众官娘子，你每四个多打扮出去。与你娘跟着递酒，也是好处。"春梅听了，斜靠着桌儿说道："你若叫，只叫他三个出去，我是不出去。"西门庆道："你怎的不出去？"春梅道："娘每都新裁了衣裳，陪侍众官户娘子便好看。俺每一个一个，只像烧煳了卷子一般，平白出去惹人家笑话。"西门庆道："你每多有各人的衣服首饰，珠翠花朵云髻儿，穿戴出去。"春梅道："头上将就戴着罢了，身上有数那两件旧片子怎么好穿？少去见人的，倒没的羞剌剌的！"西门庆笑道："我晓的你这小油嘴儿！你娘每做了衣裳，都使性儿起来。不打紧。叫赵裁来，连大姐带你四个每人都替你裁三件：一套段

女人要求男人舍得花钱包装她，此种现象至今仍普遍存在。"女权主义"者对改造此种心态有何良策？"烧煳了卷子一般"，此语后来曹雪芹也用于王熙凤那一艺术形象口中。

子衣裳，一件遍地锦比甲。”春梅道：“我不比与他。我还问你要件白绫袄儿，搭衬着大红遍地锦比甲儿穿。”西门庆道：“你要不打紧，少不的也与你大姐裁一件。”春梅道：“大姑娘有一件罢了，我却没有，他也说不的。”西门庆于是拿钥匙开楼门，拣了五套段子衣服、两套遍地金比甲儿、一匹白绫裁了两件白绫对衿袄儿。惟大姐和春梅是大红遍地锦比甲儿，迎春、玉箫、兰香都是蓝绿颜色；衣服都是大红段子织金对衿袄，翠蓝边拖裙，共十七件。一面叫了赵裁来，都裁剪停当。又要一匹黄纱做裙腰，贴里一色多是杭州绢儿。春梅方才喜欢了，陪侍西门庆在屋里吃了一日酒，按下家中不题。

春梅究竟不是常居奴婢位者。

且说吴月娘众姊妹到了乔大户家。原来乔大户娘子那日请了尚举人娘子，并左邻朱台官娘子、崔亲家母，并两个外甥、侄女儿——段大姐及吴舜臣媳妇儿郑三姐，叫了两个妓女，席前弹唱。听见月娘众姊妹和吴大妗子到了，连忙出仪门首迎接，后厅叙礼。赶着月娘呼姑娘，李娇儿众人都排行叫二姑娘、三姑娘，称着吴大妗子那边称呼之礼，也与尚举人、朱台官娘子叙礼毕。段大姐、郑三姐向前拜见了，各依次坐下。丫鬟递过了茶，乔大户出来拜见，谢了礼。

女眷聚会，也请妓女助兴。那时娼妓业兴盛，渗透于社会生活各个缝隙。

他娘子让进众人房中去宽衣服，就放桌儿摆茶。无非是蒸煠细巧茶食、果馅点心、酥果甜食、诸般果蔬，摆设甚是齐整，请堂客坐下吃茶。奶子如意儿和惠秀在房中等着看官哥儿，另自管待。须臾吃了茶到厅，屏开孔雀，褥隐芙蓉，正面设四张桌席。让月娘坐了首位，其次就是尚举人娘子、吴大妗子、朱台官娘子、李娇儿、孟玉楼、潘金莲、李瓶儿，乔大户娘子关席坐位，傍边放一桌，是段大姐、郑三姐。共十一位堂客。两个妓女在旁弹唱。上了汤饭，厨役上来献了头一道水晶鹅，月娘赏了二钱银子；第二道是顿烂烤蹄儿，月娘又赏了一钱银子；第三道献烧鸭，月娘又赏了一钱银子。

乔大户娘子下来递酒，递了月娘过去，又递尚举人娘子。月娘就下来往后房换衣服、匀脸去了，孟玉楼也跟下来。到了乔大户娘子卧房中，只见奶子如意儿看守着官哥儿，在炕上铺着小褥子儿躺着。他家新生的长姐，也在傍边卧着。两个你打我下儿，我打你下儿顽耍，把月娘、玉楼见了，喜欢的要不得，说道：“他两个倒好相两口儿。”只见吴大妗子进来，说道：“大妗子，你来瞧瞧，两个倒相小两口儿！”大妗子笑道：“正是。孩儿每在炕上，张手儿蹬脚儿的，你打我，我打你，小姻缘一对儿耍子。”

乔大户娘子和众堂客多进房来，吴妗子如此这般说，乔大户娘子道：“列位亲家听着：小家儿人家，怎敢攀的我这大姑娘府上！”月娘道：“亲家好说。我家嫂子是何人？郑三姐是何人？我与你爱亲做亲，就是我家小儿，也玷辱不了你家小姐！如何却说此话？”玉楼推着李瓶儿说道：“李大姐，你怎的说？”那李瓶儿只是笑。吴妗子道：“乔亲家不依，我就恼了！”尚举人娘子和朱台官娘子皆说道：“难为吴亲家厚情，乔亲家你休谦辞了。”因问：“你家长姐去年十一月生的？”月娘道：“我家小儿六月廿三日生的，原大五个月，正是两口儿。”众人于是不由分说，把乔大户娘子和月娘、李瓶儿拉到前厅，两个就割了衫襟，两个妓女弹唱着。旋对乔大户说了，拿出果盒、三段红来递酒。月娘一面分付玳安、琴童快往家中对西门庆说。旋抬了两坛酒、三匹段子、红绿板儿绒金丝花、四个螺甸大果盒，两家席前挂红吃酒。一面堂中画烛高擎、花灯灿烂，麝香叆叇、喜笑匆匆。席前两个妓女，启朱唇、露皓齿，轻拨玉阮，斜把琵琶，唱一套《斗鹌鹑》：

好会说话。是“背面敷粉”法。以没来由的狂傲，令吴月娘无端慌乱。“心理战”的绝佳“兵法”。吴月娘赌气也要“攀”这门亲了。

翡翠窗纱，鸳鸯碧瓦；孔雀银屏，芙蓉绣榻；幕卷轻绡，香焚睡鸭；灯上上，帘下下。这的是南省尚书，东床驸马。

〔紫花儿序〕 帐前军朱衣画戟，门下士锦带吴钩，坐上客绣帽宫花。按教坊歌舞，依内苑奢华；板拨红牙，一派箫韶准备下。立两行美人如画：粉面银筝，玉手琵琶。

“词话”特点。一唱便是“一套”。那时这些饱食终日的阔太太们有的是悠闲的时间。

〔金蕉叶〕 我则见银烛明烧绛蜡，纤手高擎着玉斝。我见他举止处堂堂俊雅，我去那灯影儿下孜孜的觑着。

〔调笑令〕 这生那里每曾见他，莫不我眼睛花？呀！我这里手抵着牙儿事记咱。不由我眼儿里见了他，心牵挂。莫不是五百年前欢喜冤家，是何处绿杨曾系马？莫不是梦儿中云雨巫峡？

〔小桃红〕 玉箫吹彻碧桃花，一刻千金价。灯影儿里斜将眼稍儿抹，唬的我脸红霞，酒杯中嫌杀春风凹。玉箫年当二八，未曾招嫁，俺相公培养出牡丹芽。

〔鬼三台〕 他说几句凄凉话，我泪不住行儿般下，锁不住心猿意马。我是个娇滴滴洛阳花，险些露出风流的话靶。这言词道耍不是耍，这公事道假不是假。他那里拔树寻根，我这里指鹿道马。

〔秃厮儿〕 我劝他似水底纳瓜，他觑我似镜里观花。更做道书生自来情性耍，调戏咱好人家娇娃。

〔圣药王〕 你着我怎救他？难按纳，公孙弘东阁闹喧哗。散了玳瑁筵，漾了这鹦鹉斝；踢番了银烛绛笼纱，扯三尺剑离匣。

〔尾声〕 从来这秀才每色胆天来大，把俺这小胆文君唬杀！忒火性卓王孙，强风情汉司马。

当下，众堂客与吴月娘、乔大户娘子、李瓶儿三人都簪了花，挂了红，递了酒，各人都拜了。从新复安席坐下饮酒。厨子上了一道果馅寿字雪花糕、喜重重满池娇并头莲汤，割了一道烧花猪肉。月娘坐在上席，满心欢喜。叫玳安过来，赏一匹大红与厨役。两个妓女每人都是一匹。俱磕头谢了。乔大户娘子还不放起身，还在后堂留坐，摆了许多劝碟、细果攒盒。

此汤何如此对景儿？想非厨师"灵机一动"，而是乔大户娘子早有预谋。

约吃到一更时分，月娘等方才拜辞回家，说道："亲家，明日好歹下降寒舍，那里久坐坐。"乔大户娘子道："亲家盛情，家老儿说来，只怕席间不好坐的，改日望亲家去罢！"月娘道："好亲家，再没人，亲家只是见外！"因留了大妗子："你今日不去，明日同乔亲家一搭儿里来罢！"大妗子道："乔亲家，别的日子你不去罢；到十五日你正亲家生日，你莫不也不去？"乔大户娘子道："亲家十五日好日子，我怎敢不去！"月娘道："亲家若不去，大妗子，我交付与你，只在你身上！"于是生死把大妗子留下了，然后作辞上轿。

头里两个排军，打着两个大红灯笼；后边又是两个小厮，打着两个灯笼，喝的路走。吴月娘在头里，李娇儿、孟玉楼、潘金莲、李瓶儿一字在中间，如意儿和惠秀随后。奶子轿子里用红绫小被把官哥儿裹得沿沿的。恐怕冷，脚下还蹬着铜火炉儿。两边小厮环随。到了家门首下轿，西门庆正在上房吃酒。月娘等众人进来，道了万福，坐下。众丫鬟都来磕了头。月娘先把今日酒席上结亲之话告诉了一遍。西门庆听了道："今日酒席上有那几位堂客？"月娘道："有尚举人娘子、朱序班娘子、崔亲家母、两个侄女。"西门庆说："做亲也罢了，只是有些不搬陪。"

"官眷"气派。不仅"富"，而且"贵"。

先问堂客，是衡量宴请的"档次"如何。西门庆到底清醒。确实并不"搬陪"。

月娘道："倒是俺嫂子，见他家新养的姐和咱孩子在床炕上睡着，都盖着那被窝儿，你打我一下儿，我打你一下儿，恰是小两口儿一般，才叫了俺每去说将起来。酒席上，就不因不由做了这门亲。我方才使小厮来对你说，抬送了花红果盒去。"西门庆道："既做亲也罢了，只是有些不搬陪些。乔家虽如今有这个家事，他只是个县中大户，白衣人。你我如今见居着这官，又在衙门中管着事，到明日会亲，酒席间，他戴着小帽，与俺这官户怎生相处？甚不雅相。就是前日，荆南岗央及营里张亲家，再三赶着和我做亲，说他家小姐，今才五个月儿，也和咱家孩子同岁。我嫌他没娘母子，是房里生的，所以没曾应承他。不想倒与他家做了亲。"潘金莲在旁接过来道："嫌人家是房里养的？谁家是房外养的？就是今日乔家这孩子，也是房里生的。正是：险道神撞见那寿星老儿——你也休说我的长，我也休嫌你那短！"这西门庆听了此言，心中大怒骂道："贼淫妇，还不过去！人这里说话，也插嘴插舌的！有你什么说处？"金莲把脸羞的通红了，抽身走出来，说道："谁这里说我有说处？可知我没说处哩！"

世上多少事，尽在"不因不由"中。

两层不"搬陪"。倒是那社会"公认"的价值标准。

潘金莲这才深知自己是"玩物"而非可"插嘴插舌"的"人"。即使自己得宠，也无非"爱巴物儿"。即使彼失宠，却依然是"人"。

看官听说：今日潘金莲在酒席上，见月娘与乔大户家做了亲，李瓶儿都披红簪花递酒，心中甚是气不愤；来家又被西门庆骂了这两句，越发急了，走到月娘这边屋里哭去了。

西门庆因问："大妗子怎的不来？"月娘道："乔亲家母明日见有他众官娘子，说不得来。我留下他在那里，教明日同他一搭儿里来。"西门庆道："我说自这席间坐次上也不好相处的，到明日怎么厮会？"说了回话，只见孟玉楼也走过这边屋里来。见金莲哭泣，说道："你只顾恼怎的？随他说了几句罢了！"金莲道："早是你在旁边听着，我说他什么歹话来？又是一说，他说别家是房里养的，我说乔家是房外养的？也是房里生的！那个纸包儿包着，瞒得过人？贼不逢好死的强人，就睁着眼骂起我来，骂的人那绝情绝义！我怎来的，没我说处？改变了心，教他明日现报了我的眼！我不说的，乔小妗子出来，还有乔老头子的些气儿，你家的失迷了家乡，还不知是谁家的种儿哩！人便图往来，扳亲家要子儿，教他人拿我惹气、骂我，管我毬事！多大的孩子，一个怀抱的尿泡种

孟玉楼不作"人"想，便少许多烦恼。

子,平白子扳亲家,有钱没处施展的!争破卧单没的盖,狗咬尿胞空喜欢!如今做湿亲家还好,到明日休要做了干亲家才难!吹杀灯挤眼儿,后来的事,看不见的勾当。做亲时人家好,过后三年五载妨了的,才一个儿?"玉楼道:"如今人也贼了,不干这个营生。论起来也还早哩!才养的孩子,割什么衫襟?无过只是图往来,扳陪着耍子儿罢了!"金莲道:"你的便浪摣着图扳亲家耍子,平白教贼不合钮的强人骂我!我养虾蟆,得水蛊儿病,着什么来由来?"玉楼道:"谁教你说话不着个头顶儿就说出来?他不骂你骂狗!"金莲道:"我不好说的。他不是房里,是大老婆?就是乔家孩子,是房里生的,还有乔老头子的些气儿。你家失迷家乡,还不知是谁家的种儿哩!"玉楼听了,一声儿没言语。坐了一回,金莲归房去了。

潘金莲并不争"人权",而是将一腔怒气移到李瓶儿身上,并在"谁家种"上大做文章。

孟玉楼知道"谁家种"这个问题超出了"学术性",实在不能轻易附和。

李瓶儿见西门庆出来了,从新花枝招飐与月娘磕头,说道:"今日孩子的事,累姐姐费心。"那月娘笑嘻嘻,也倒身还下礼去,说道:"你喜呀!"李瓶儿道:"与姐姐同喜。"磕毕头,起来与月娘、李娇儿坐着说话。只见孙雪娥、大姐来与月娘磕头,与李娇儿、李瓶儿道了万福。小玉拿将茶。正吃茶,只见李瓶儿房里丫鬟绣春来请,说:"哥儿屋里寻哩,爹使我请娘来了。"李瓶儿道:"奶子慌的三不知就抱的屋里去了,一搭儿去也罢了。是孩子没个灯儿。"月娘道:"头里进门,我教他抱的房里去,恐怕晚了。"小玉道:"头里如意儿抱着他,来安儿打着灯笼送他来。"李瓶儿道:"这等也罢了。"于是作辞月娘,回房中来。

只见西门庆在屋里,官哥儿在奶子怀里睡着了。因说是:"你如何不对我说,就抱了他来?"如意儿道:"大娘见来安儿打着灯笼,就趁着灯儿来了。哥哥哭了一回,才拍着他睡着了。"西门庆道:"他寻了这一回,才睡了。"李瓶儿说毕,望着他笑嘻嘻说道:"今日与孩子定了亲,累你。我替你磕个头儿。"于是插烛也似磕下去。喜欢的西门庆满面堆笑,连忙拉起来,做一处坐的。一面令迎春摆上酒儿,两个这屋里吃酒。

真是恨不能含在嘴里,却又怕化了。

且说潘金莲到房中使性子,没好气,明知西门庆在李瓶儿这边。一径因秋菊开的门迟了,进门就打两个耳刮子。高声骂道:"贼淫妇奴才,怎的叫了恁一日不开?你做什么来折儿?我且不和你答话!"于是走到

拿秋菊煞气。秋菊真是个无辜的被侮辱被损害者。

屋里坐下。春梅走来磕头递茶。妇人问他："贼奴才，他在屋里做什么来？"春梅道："在院子里坐着来。你叫了，我那等催他，还不理。"妇人道："我知道，他和我两个殴业。党太尉吃匾食，他也学人照样儿行事欺负我！"待要打他，又恐西门庆在那屋里听见；不言语，心中又气。一面卸了浓妆，春梅与他搭了铺，上床就睡了。

到次日，西门庆衙门中去了。妇人把秋菊教他顶着大块柱石，跪在院子里。跪的他梳了头，教春梅扯了他裤子，拿大板子要打他。那春梅道："好干净的奴才，教我扯裤子，倒没的污浊了我的手！"走到前边，旋叫了画童儿小厮扯去秋菊底衣。妇人打着他骂道："贼奴才淫妇！你从儿时就恁大来？别人兴你，我却不兴你！姐姐，你知我见的，将就脓着些儿罢了。平白撑着头儿，逞什么强？姐姐，你休要倚着，我到明日，洗着两个眼儿看着你哩！"一面骂着又打，打了大骂，打的秋菊杀猪也似叫。

不是指桑骂槐，是打桑唬槐。

李瓶儿那边才起来，正看着奶子奶官哥儿打发睡着了，又唬醒了。明明白白，听见金莲这边打丫鬟，骂的言语儿妨头，一声儿不言语，唬的只把官哥儿耳朵握着。一面使绣春去："对你五娘说休打秋菊罢。哥儿才吃了些奶睡着了。"金莲听了，越发打的秋菊狠了，骂道："贼奴才！你身上打着一万把刀子，这等叫饶？我是恁性儿，你越叫我越打！莫不为你，拉断了路行人？人家打丫头，也来看着！你好姐姐，对汉子说，把我别变了罢！"李瓶儿这边分明听见指骂的是他，把两只手气的冰冷，忍气吞声，敢怒而不敢言。早辰茶水也没吃，搂着官哥儿，在炕上就睡着了。

等到西门庆衙门中回家，入房来看官哥儿。见李瓶儿哭的眼红红的，睡在炕上，问道："你怎的这咱还不梳头收拾？上房请你说话，你怎揉的眼恁红红的？"李瓶儿也不题金莲那边指骂之事，只说："我心中不自在。"西门庆告说："乔亲家那里，送你的生日礼来了：一匹尺头、两坛南酒、一盘寿桃、一盘寿面、四样嗄饭。又是哥儿送节的两盘元宵、四盘蜜食、四盘细果、两挂珠子吊灯、两座羊皮屏风灯、两匹大红官段、一顶青段挖攃的金八吉祥帽儿、两双男鞋、六双女鞋。咱家倒还没往他那里

为何忍气吞声？性格使然？也是因为"幸福"太多，尚经得起"小损"。

怪不得口气有变。原来发现乔家有皇亲。

去，他又早与咱孩儿送节来了。如今上房的请你计较去。只他那里使了个孔嫂儿和乔通押了礼来。大妗子先来了，说明日乔亲家母不得来，直到后日才来。他家有一门子做皇亲的乔五太太，听见和咱门做亲，好不喜欢！到十五日，也要来走走。咱少不得补个帖儿请去。”李瓶儿听了方慢慢起来梳头，走到后边，拜了大妗子。孔嫂儿正在月娘房里待茶，礼物都摆明间内，都看了。一面打发回盒起身，与了孔嫂儿、乔通每人两方手帕、五钱银子，写了回帖。又差人补请帖，送与乔太太去了。正是：但将钟鼓悦私爱，好把犬羊为国羞。有诗为证：

西门独富太骄矜，襁褓孩童结做亲。

不独资财如粪土，也应嗟叹后来人。

毕竟未知后来如何，且听下回分解。

第四十二回
豪家拦门玩烟火　贵客高楼醉赏灯

星月当空万烛烧，人间天上两元宵。
乐和春奏声偏好，人蹈衣归马亦娇。
易老韶光休浪度，最公白发不相饶。
千金博得斯须刻，分付谯更仔细敲。

话说西门庆打发乔家去了，走来上房，和月娘、大妗子、李瓶儿商议。月娘道："他家既先来与咱家孩子送节，咱少不的也买礼过去，与他家长姐送节。就权为插定一般，庶不差了礼数。"大妗子道："咱这里，少不的立上个媒人，往来方便些。"月娘道："他家是孔嫂儿，咱家安上谁好？"西门庆道："一客不烦二主。就安上老冯罢！"于是连忙写了请帖八个，就叫了老冯来。教他同玳安拿请帖盒儿，十五日请乔老亲家母、乔五太太并尚举人娘子、朱序班娘子、崔亲家母、段大姐、郑三姐来赴席，与李瓶儿做生日，并吃看灯酒。一面分付来兴儿，拿银子早往糖饼铺，早定下蒸酥点心。多用大方盘，要四盘蒸饼：两盘果馅团圆饼，两盘玫瑰元宵饼；买四盘鲜果：一盘李干、一盘胡桃、一盘龙眼、一盘荔枝；四盘羹肴：一盘烧鹅、一盘烧鸡、一盘鸽子儿、一盘银鱼干。又是两套遍地锦罗段衣服，一件大红小袍儿，一顶金丝绉纱冠儿；两盏云南羊角珍灯，一盒衣翠；一对小金手镯，四个金宝石戒指儿。十四日早装盒担，教女婿陈经济和贲四穿青衣服押送过去。乔大户那边酒筵管待，重加答贺。回盒中回了许多生活鞋脚，俱不必细说。

当年并不以"四"为"死"之谐音而避之不及，相反，一律"成四"，方显气派，方周全吉利。当今趋"六"逐"八"而避"四"的俗人，见此作何感想？

正乱着,应伯爵来讲李智、黄四官银子事,看见,问其所以。西门庆告诉与乔大户结亲之事:"十五日好歹请令正来陪亲家坐的。"伯爵道:"嫂子呼唤,房下必定来。"西门庆道:"今日请众堂官娘子吃酒,咱每往狮子街房子内看灯去罢。"伯爵应诺去了,不题。

且说那日,院中吴银儿先送了礼来。买了一盘寿桃、一盘寿面、两只烧鸭、一副豕蹄,两方销金汗巾、一双女鞋,来与李瓶儿上寿,就拜干儿相交。月娘收了礼物,打发轿子回去。李桂姐只到次日才来。见吴银儿在这里,悄悄问月娘:"他多咱来了?"月娘如此这般告他说:"昨日送了礼来,拜认你六娘做干女儿了。"李桂姐听了,一声儿没言语。一日只和吴银儿使性子,两个不说话。

妓女斗法,竟用"拜干娘"为"利器"。李桂姐虽抢先几步且拜了正房,但吴银儿拜了李瓶儿后,俨然官哥儿"干姐",李桂姐当然不忿。

却说前厅有王皇亲家二十名小厮唱戏,挑了箱子来,有两名师父领着,先与西门庆磕头。西门庆分付:"西厢房做戏房;管待酒饭;堂客到时,吹打迎接。"大厅上玳筵齐整,锦茵匝地。不一时,周守备娘子、荆都监母亲荆太太与张团练娘子先到了,俱是大轿,排军喝道,家人媳妇跟随。里边月娘众姊妹,多穿着袍出来迎接。至后厅叙礼,与众亲相见毕,让坐递茶,等着夏提刑娘子到才摆茶。

究竟是有些身份,故姗姗来迟。

不料等到日中,还不见来。小厮邀了两三遍。约午后时分,才喝了道来,抬着衣匣,家人媳妇跟随,许多仆从拥护。鼓乐接进后厅,与众堂客见毕礼数,依次序坐下。先在卷棚内摆茶,然后大厅上坐。春梅、玉箫、迎春、兰香,都是云髻珠子缨络儿、金灯笼坠、遍地锦比甲、大红段袍、翠蓝织金裙儿,惟春梅宝石坠子、大红遍地锦比甲儿,——席上捧茶斟酒。那日王皇亲家乐扮的是《西厢记》。

不说画堂深处,珠围翠绕,歌舞吹弹饮酒,单表西门庆那日,打发堂客家里上茶,就骑马约下应伯爵、谢希大,往狮子街房里去了。分付四架烟火,拿一架那里去。晚夕,堂客跟前放两架。那里楼上,设放围屏桌席,挂上灯。旋叫了个厨子生了火,家中抬了两食盒下饭菜蔬,两坛金华酒,叫了两个唱的——董娇儿、韩玉钏儿。原来西门庆先使玳安顾下轿子,请王六儿同往狮子街房里去。玳安见妇人道:"爹说请韩大婶,那里晚夕看放烟火。"那妇人笑道:"我羞剌剌,怎么好去哩!你韩大叔知道不嗔?”玳安道:“爹对韩大叔说了,教你老人家快收拾哩!若不是,使了老冯来请你老人家,今日各宅众奶奶吃酒,六娘着他看哥儿,那里抹嘴去?见爹巴巴使了我来,因叫了两个唱的,没人陪他。”那妇人听了还不动身。

一回,只见韩道国来家。玳安道:“这不是韩大叔来了!韩大婶这里不信我说哩!”妇人向他汉子说:“真个教我去?”韩道国道:“老爹再三说,两个唱的没人陪他,请你过去,晚夕就看放烟火。等你,还不收拾哩!刚才教我把铺子也收了,就晚夕一搭儿里坐坐。保官儿也往家去了,晚夕该他上宿哩!”妇人道:“不知多咱才散。你到那里坐回就来罢,家里没人,你又不该上宿。”说毕,打扮穿了衣服,玳安跟随,径到狮子街房里来。

竟是商谈“公务”的口吻。

来昭妻一丈青,又早床房里收拾下干净床炕,帐幔褥被多是见成的,安息沉香薰的喷鼻香。房里吊着两盏纱灯,地平上火盆里笼着一盆炭火。妇人走到里面炕上坐下。良久,来昭妻一丈青走出来,道了万福,拿茶吃了。

西门庆与应伯爵看了回灯,才到房子里。两个在楼上打双陆。楼上除了六扇窗户,挂着帘子;下边就是灯市,十分热闹。打了回双陆,收拾摆饭吃了,二人在帘里观看灯市,但见:

万井人烟锦绣围,香车骏马闹如雷。

鳌山耸出青云上,何处游人不看来。

伯爵因问:“明日乔家那头几位人来?”西门庆道:“有他家做皇亲家五太太。明日我又不在家,早辰从庙中上元醮,又是府里周菊轩那里请吃酒。”西门庆忽见人丛里谢希大、祝日念同一个戴方巾的,在灯棚下看灯,指与伯爵瞧。因问:“那戴方巾这个人,你可认的他?如何跟着他一答儿里走?”伯爵道:“此人眼熟,不认的他。”西门庆便叫玳安:“你去下边悄悄请了谢爹来。休教祝麻子和那人看见。”玳安小厮眼里说话贼,一直走下楼来,挨到人闹里,待祝日念和那人先过去了,从傍边出来,把谢希大拉了一把。慌的希大回身观着,却是他。玳安道:“爹和应二爹在这楼上,请谢爹说话。”希大道:“你去,知道了。等陪他两个到粘梅花处,就去见

不容朋友有“新欢”。西门庆要妻妾、朋友、熟妓随时对他保持“透明度”。

你爹。”玳安便一道烟去了。不想到了粘梅花处，这希大向人闹处，就扠过一边，由着祝日念和那一个人只顾寻。

他便走来楼上，见西门庆、应伯爵二个作揖，因说道：“哥来此看灯，早晨就不说呼唤兄弟一声？”西门庆道：“我早辰对众人，不好邀你每的。已托应二哥到你家请你去，说你不在家。刚才，祝麻子没看见你这里来？”因问：“那戴方巾的是谁？”希大道：“那戴方巾的，是王昭宣府里王三官儿。今日和祝麻子到我家，要问许不与先生那里借三百两银子。央我和老孙、祝麻子作保。要干前程，入武学肄业。我那里管他这闲帐！刚才陪他灯市里走了走。听见哥使盛价呼唤，我只伴他到粘梅花处，交我乘人乱就扠开了，走来见哥。”因问伯爵：“你来多大回了？”伯爵道：“哥使我先到你家，你不在，我就来了。和哥在这里打了这回双陆。”西门庆问道：“你吃了饭不曾？叫小厮拿饭来你吃？”谢希大道：“可知道哩，早辰从哥那里出来，和他两个搭了这一日，谁吃饭来！”西门庆分付玳安：“厨下安排饭来，与你谢爹吃。”不一时，揩抹桌儿干净，就是春盘小菜、两碗稀烂下饭、一碗𤆵肉粉汤、两碗白米饭。希大独自一个吃了里外干净，剩下些汁汤儿，还泡了碗吃了。玳安收下家活去。希大在旁看着两个打双陆。

西门庆是量着尺寸赏饭。谢希大也就只够“汁汤儿泡饭”的“尺寸”。

只见两个唱的门首下了轿子。抬轿的各提着衣裳包儿，笑进来。伯爵早已在窗里看见，说道：“两个小淫妇儿这咱才来！”分付玳安：“且别教他往后边去，先叫他楼上来见我。”希大道：“今日叫的是那两个？”玳安道：“是董娇儿、韩玉钏儿。”忙下楼说道：“应二爹叫你说话。”两个那里肯来？一直往后走了。见了一丈青，拜了。引他入房中，看见王六儿头上戴着时样扭心鬏髻儿，羊皮金箍儿；身上穿紫潞绸袄儿，玄色一块瓦领披袄儿；白挑线绢裙子下边，显着趫趫两只金莲，穿老鸦段子纱绿锁线的平底鞋儿。拖的水鬓长长的；紫膛色，不十分搽铅粉；学个中人打扮，耳边带着丁香儿。进门只望着他拜了一拜，多在炕边头坐了。小铁棍拿茶来，王六儿陪着吃了。两个唱的，上上下下把眼只看他身上。看一回，两个笑一回，更不知是什么人。落后，玳安进来，两个唱的悄悄问他道：“房中那一位是谁？”玳安没的回答，只说：“是俺爹大姨人

“贫”不笑娼娼笑“贫”。

家，接来这看灯。”两个听的，进房中从新说道：“俺每头里不知是大姨，没曾见的礼，休怪！”于是插烛磕了两个头。慌的王六儿连忙还下半礼。落后，摆上汤饭来，陪着同吃。两个拿乐器，又唱与王六儿听。

伯爵打了双陆，下楼来小净手。听见后边唱，点手儿叫过玳安，问道：“你告我说，两个唱的在后边，唱与谁听？”玳安只是笑，不做声，说道：“你老人家曹州兵备好管事宽。唱不唱，管他怎的！”伯爵道：“好贼小油嘴！你不说，愁我不知道？”玳安笑道：“你老人家知道罢了，又问怎的！”说毕，一直往后走了。

伯爵上的楼来，西门庆又与谢希大打了三贴双陆。只见李铭、吴惠两个蓦地上楼来磕头。伯爵道：“好呀，你两个来的正好。在那里来？怎知道俺每在这里？”李铭跪下掩口说道：“小的和吴惠先到宅里来，宅里说爹每在这边房子里摆酒。前来伏侍爹们。”西门庆道：“也罢，你起来伺候。玳安，快往对门请你韩大叔去。”不一时，韩道国到了，作了揖坐下。一面收拾放桌儿，厨下拿春盘案酒来，琴童便在旁边用铜布甑儿筛酒。伯爵与希大居上，西门庆主位，韩道国打横，坐下把酒来斟。一面使玳安后边请唱的去。

竟唤“韩一摇”摇来。爽性要作一处。西门庆真是如入无人之境。

少顷，韩玉钏儿、董娇儿两个，慢条斯礼上楼来，望上不当不正磕下头去。伯爵骂道：“我道是谁来，原来是这两个小淫妇儿！头里知道我在这里，我叫着，怎的不先来见我？这等大胆！到明日，一家不与你个功德，你也不怕！”董娇儿笑道：“哥儿那里隔墙掠个鬼脸儿，可不把我唬杀！”韩玉钏道：“你知道，爱奴儿掇着兽头城往里掠，好个丢丑儿的孩儿！”伯爵道：“哥，你今日忒多余了。有了李铭、吴惠在这里唱罢了，又要这两个小淫妇做什么？还不趁早打发他去，大节夜还赶几个钱儿！等住回晚了，越发没人要了。”韩玉钏儿道：“哥儿，你怎的没着？大爹叫了俺每来答应，又不伏侍你，哥你怎的闲出气？”伯爵道：“傻傻小剌骨儿！你见在这里，不伏侍我，你说伏侍谁？”韩玉钏道：“唐胖子吊在醋缸里，把你撅酸了！”伯爵道：“贼小淫妇儿，是撅酸了我！等住回散了家去时，我和你答话，我左右有两个法儿，你原出得我手。”董娇儿问道：“哥儿，那里两个法儿？说来我听。”伯爵道：“我头一个儿，对巡捕说了，拿你犯夜；到第二日，我拿个拜帖儿对你周爷说，拶你一顿好拶子。十分不巧，只消三分银子烧酒，把抬轿的灌醉了，随你这小淫妇儿去！天晚到家没钱，不怕鸨子不打，管我腿事！”韩玉钏道：“十分晚了，俺每不去，在爹这房子里睡。再不，教爹这里差人送俺每，王妈妈支钱一百文，不在于你。好淡嘴女又十撇儿！”伯爵道：“我是奴才，如今年程欺保了，拿三道三。”说笑回，两个唱的在傍弹唱了春景之词。

妓女流氓打牙犯嘴，煞是热闹。

众人才拿起汤饭来吃，只见玳安儿走来，报道：“祝爹来了。”众人多不言语。不一时，祝日念上的楼来，看见伯爵和谢希大在上面说道：“你两个好吃，可成个人！”因说谢子纯：“哥这里请你，也对我说一声儿；三不知就走的来了，教我只顾在粘梅花处那里寻你！”希大道：“我也是误行，才撞见哥在楼上和应二哥打双陆。走上来作揖，被哥留住了。”西门庆因令玳安儿：“拿椅儿来，我和祝兄弟在下边坐罢！”于是安放钟箸在下席坐了。厨下拿了汤饭上来，一齐同吃。西门庆只吃了一个包儿呷了一口汤，因见李铭在旁，都递与李铭下去吃了。那应伯爵、谢希大、祝日念、韩道国，每人青花白地吃一大深碗八宝攒汤、三个大包子，还零四个挑花烧卖，只留了一个包儿压碟儿。左右收下汤碗去，斟上酒来饮酒。

也真可怜可叹。大灯节的来混吃混喝。

妙。留一个包子“压碟儿”。左右来收拾时，表示“我们非馋痨”。

希大因问祝日念道：“你陪他还到那里才拆开了？怎知道我在这里？”祝日念于是如此这般告说：“我因寻了你一回，寻不着，就同王三官到老孙家会了。往许不与先生那里借三百两银子去，乞孙寡嘴老油嘴把借契写差了。”希大道：“你每休写上我，我不管。左右是你与老孙作保，讨保头钱使。”因问：“怎的写差了？”祝日念道：“我那等分付他，文书写滑着些，立与他三限才还他这银子。不依我，教我从新把文书又改了。”希大道：“你文书上怎么写着？念一遍我听。”祝日念道：“依着了我，这等写：

以下将书面文字与口头俚语混写，活肖此种市井无赖辈声口，不是熟悉此等人者断不能摹出。

立借契人王寀，系招宣府舍人。（休说因为要钱使用，只说）要钱使用。凭中见人孙天化、祝日念作保，借到许不与先生名下，（不要说白银）软斯金三百两。每月（休说利钱，只说）出纳梅儿五百文。（约至次年交还。别要题次年，只说）约至三限交还。

那三限？头一限，风吹辘轴打孤雁；第二限，水底鱼儿跳上岸；第三限，水里石头泡得烂。（这三限交还他。平白写了垓子点头那一年才还他。我便说，垓子点头，倘忽遇着一年地动，怎了？教我改了两句，说道：）如借债人东西不在，代保人门面南北躲闪。恐后无凭，立此文契不用。（到后又批了两个字：）后空。”

谢希大道：“你这等写着，还说不滑稽？及到水里石头烂了时，知他和尚在也不在？”祝日念道：“你倒说的好！有一朝天旱水浅，朝廷挑河，把石头乞做工的夫子，两三镢头坎得稀烂，怎了？那里少不的还他银子！”众人说笑了一回。

看看天晚，西门庆分付楼上点起灯。又楼檐前一边一盏羊角玲灯，甚是奇巧。不想家中，月娘使棋童儿和排军抬送了四个攒盒，多是美口糖食、细巧果品。也有黄烘烘金橙、红馥馥石榴、甜磂磂橄榄、青翠翠苹婆、香喷喷水梨；又有纯蜜盖柿透糖大枣、酥油松饼、芝麻象眼、骨牌减煠、蜜润绦环；也有柳叶糖、牛皮缠。端的世上稀奇，寰中少有。西门庆叫棋童儿向前，问他：“家中众奶奶们散了不曾？还在那里吃酒？谁使你送来？”棋童道：“大娘使小的送来，与爹这边下酒。众奶奶们还未散哩！戏文扮了四折。大娘留住，大门首吃酒看放烟火哩！”西门庆问：“有人看没有？”棋童道：“挤围满街人看。”西门庆道：“我分付下平安儿，留下四名青衣排军，拿栏杆在大门首拦人伺候，休放闲杂人挨挤。”棋童道：“小的与平安儿两个，同排军多看放了烟火。众奶奶们七八散了，大娘才使小的来了。并没闲杂人搅扰。”西门庆听了分付，把桌上饮馔多搬下去，将攒盒摆上。厨下拿上一道果馅元宵来，两个唱的在席前递酒。西门庆分付棋童回家看去。一面重筛美酒，再设珍馐，教李铭、吴惠席前弹唱了一套灯词《双调·新水令》：

街市观烟火，谁不“闲杂”？

凤城佳节赏元宵，绕鳌山瑞云笼罩。见银河星皎洁，看天堑月轮高。动一派箫韶，开玳宴尽欢乐。

〔川拨棹〕 花灯儿两边挑，更那堪一天星月皎。我则见绣带风飘，宝盖微摇。鳌山上灯光照耀，剪春蛾头上挑。

〔七弟兄〕 一壁厢舞着，唱着共弹着，惊人的这百戏其实妙。动人的高戏怎生学？笑人的院本其实笑。

〔梅花酒〕 呀！一壁厢舞鲍老。仕女每打扮的清标，有万种妖娆，更百媚千娇。一壁厢舞迓鼓，一壁厢踊高橇，端的有笑乐。细氤氲兰麝飘，笑吟吟饮香醪。

〔喜江南〕 呀！今日喜孜孜开宴赏元宵，玉纤慢拨紫檀槽，灯光明月两相耀。照楼台殿阁，今日个开怀沉醉乐醄醄。

唱毕，吃了元宵，韩道国先往家去了。少顷，西门庆分付来昭，将楼下开下两间，吊挂上帘子，把烟火架抬出去。西门庆与众人在楼上看；教王六儿陪两个粉头，和来昭妻一丈青在楼下观看。玳安和来昭将烟火安放在街心里，须臾，点着。那两边围看的，挨肩擦膀，不知其数。都说西门大官府在此放烟火，谁人不来观看？果然扎得停当好烟火。但见：

该去的去，该露的露，倒也安插得当。

一丈五高花桩，四围下山棚热闹。最高处一只仙鹤，口里衔着一封丹书，乃是一枝起火。起去萃山律一道寒光，直钻透斗牛边。然后正当中一个西瓜炮迸开，四下里人物皆着，觱剥剥万个轰雷皆燎彻。彩莲舫，赛月明，一个赶一个，犹如金灯冲散碧天星。紫葡萄，万架千株，好似骊珠倒挂水晶帘箔。霸王鞭，到处响喨；地老鼠，串绕人衣。琼盏玉台，端的旋转得好看；银蛾金弹，施逞巧妙难移。八仙捧寿，名显中通；七圣降妖，通身是火。黄烟儿，绿烟儿，氤氲笼罩万堆霞；紧吐莲，慢吐莲，灿烂争开十段锦。一丈菊与烟兰相对，火梨花共落地桃争春。楼台殿阁，顷刻不见巍峨之势；村坊社鼓，仿佛难闻欢闹之声。货郎担儿，上下光焰齐明；鲍老车儿，首尾迸得粉碎。五鬼闹判，焦头烂额见狰狞；十面埋伏，马到人驰无胜负。总然费却万般心，只落得火灭烟消成煨烬。

都非想象，都是实有其物，实有其景。好一幅灯节焰火图。

玉漏铜壶且莫催，星桥火树彻明开。
万般傀儡皆成妄，使得游人一笑回。

那应伯爵见西门庆有酒了，刚看罢烟火下楼来，见王六儿在这里，推小净手，拉着谢希大、祝日念，也不辞西门庆就走了。玳安便道："二爹那里去？"伯爵便向他耳边说道："傻孩子，我头里说的那本帐。我若不起身，别人也只顾坐着，显的就不趣了。等你爹问你，只说俺每多跑了。”

落后，西门庆见烟火放了，问伯爵等那里去了。玳安道：“应二爹和谢爹多一路去了。小的拦不回来，多上覆爹。”西门庆就不再问了。因叫过李铭、吴惠来，每人赏了一大巨杯酒与他吃，分付：“我且不与你唱钱。你两个到十六日早来答应。还是应二爹三个并众伙计当家儿，晚夕在门首吃酒。”李铭跪下道：“小的告禀爹：十六日和吴惠、左顺、郑奉三个多往东平府，新升的胡爷那里到任。官身去，只到后晌才得来。”西门庆道：“左右俺每晚夕才吃酒哩，你只休误了就是了。”二人道：“小的并不敢误。”于是跪着吃毕酒。两个唱的也就来拜辞出门。西门庆分付：“明日家中堂客摆酒，李桂姐、吴银姐多在这里，你两个好歹来走一走。”二人应诺了，一同出门，不在话下。西门庆分付来昭、玳安、琴童看着收家活，灭息了灯烛，就往后边房里去了。

倒不光会“白嚼”。倒颇知趣。难怪“十兄弟”中，西门庆对他最赏脸。

闲闲一笔，使当时社会生活更加立体化。

且说来昭儿子小铁棍儿，正在外边看放了烟火。见西门庆进去了，于是来楼上。见他爹老子收了一盘子杂合的肉菜、一瓯子酒和些元宵，拿到屋里，就问他娘一丈青讨，手里拿着烧胡鬼子，被他娘打了两下。不防他走在后边院子里顽耍，只听正面房子里笑声，只说唱的还没去哩，见房门关着，就在门缝里张看。见房里掌着灯烛，原来西门庆和王六儿两个在床沿子上行房。① 不防他娘一丈青走来后边，看见他孩子，揪着头角儿揪到那前边，凿了两个栗爆，骂道：“贼祸根子小奴才儿！你还少第二遭死？又往那里听他去！”于是与了他几个元宵吃了，不放他出来，就吓住他上炕睡了。西门庆和老婆足干捣有两顿饭时，才了事。玳安打发抬轿的酒饭吃了，跟送他到家。然后才来同琴童两个打着灯儿，跟西门庆家去。正是：不愁明月尽，自有暗香来。有诗为证：

王六儿“备用”久矣。至此方“物尽其用”。

南楼玩赏顿忘归，总有风流得几时。

回来明月三更转，不觉欢娱醉似泥。

毕竟未知后来如何，且听下回分解。

---

① 此处删 84 字。

第四十三回
为失金西门庆骂金莲　因结亲月娘会乔太太

细推今古事堪愁，贵贱同归土一丘。
汉武玉堂人岂在，石家金谷水空流。
光阴自旦还将暮，草木从春又到秋。
闲事与时俱不了，且将身入醉乡游。

话说西门庆归家，已有三更时分。到于后边，吴月娘还未睡，正和吴大妗子众人坐着说话。见李瓶儿还伺候着，与他递酒。大妗子见西门庆来家，就过那边屋里去了。月娘见他有酒了，打发他脱了衣裳。只教李瓶儿与他磕了头，同坐下，问了回今日酒席上话。玉箫点茶来吃。因有大妗子在，就往孟玉楼房中歇了一夜。

到次日，厨役早来，收拾备办酒席。西门庆先到衙门中拜牌，大发放。夏提刑见了，致谢日昨房下厚扰之意。西门庆道："日昨甚是简慢，恕罪，恕罪！"来家，有乔大户家使了孔嫂儿，引了乔五太太那里家人送礼来了。一坛南酒，四样肴品，西门庆收了，管待家人酒饭。孔嫂儿进里边月娘房里坐的。吴舜臣媳妇儿郑三姐轿子先来了，拜了月娘众人，多陪着孔嫂儿吃茶。

"揽头""以假充真，买官卖官"归来。

正值李智、黄四关了一千两香蜡银子，贲四从东平府押了来家。应伯爵打听得知，亦走来帮扶交与。西门庆令陈经济拿天平在厅上盘秤兑明白，收了。还欠五百两，又银一百五十两利息。当日黄四拿出四锭金镯儿来，重三十两，算一百五十之数。别的捣换了合同。

西门庆分付二人："你等过灯节再来计较，我连日家中有事。"那李智、黄四老爹长老爹短，千恩万谢出门。应伯爵因记挂着二人许了他些业障儿，趁此机会好问他要。正要跟随同去，又被西门庆叫住说话。西门庆因问："昨日你每三个，怎的三不知，不和我说就走了？我使小厮落后赶你不着了。"伯爵道："昨日甚是深扰哥。本等酒够多了，我见哥也有酒了，今日嫂子家中摆酒，已定还等哥说话。俺每不走了，还只顾缠到多咱？我猜哥今日也没得往衙门里去，本等连日辛苦。"西门庆道："我昨日来家，已有三更天气。今日还早到衙门，拜了牌，坐厅大发放，理了回公事。如今家中治料堂客之事，今日观里打上元醮，拈了香回来，还赶了往周南轩家吃酒去，不知到多咱才得来家！"伯爵道："还是亏哥好神思，你的大福。不是面奖，若是第二个，也成不的。"两个说了一回。西门庆要留伯爵吃饭，伯爵道："我不吃饭，去罢。"西门庆又问："嫂子怎的不来？"伯爵道："房下轿子已叫下来，便来也。"举手作辞出门，一直赶往李智、黄四去了。正是：假饶驾雾腾云术，取火钻冰只要钱。

急茬儿。

西门庆多半是明知故问。应白嚼真能顾其脸面。所以能成好朋友。

奉承如挠痒，需恰挠到点儿上。应白嚼水平一流。

却说西门庆打发伯爵去了，手中拿着黄烘烘四锭金镯儿，心中甚是可爱。口中不言，心里暗道："李大姐生的这孩子，甚是脚硬！一养下来，我平地就得此官。我今日与乔家结亲，又进这许多财。"于是用袖儿抱着那四锭金镯儿，也不到后边，径往花园内李瓶儿房里来。正往潘金莲角门首所过，只见金莲正出来看见，叫住问道："你手里托的是什么东西儿？过来我瞧瞧。"那西门庆道："等我回来与你瞧。"托着一直往李瓶儿那边去了。这妇人见叫不回他来，心中就有几分羞讪，说道："什么罕稀货，忙的这等唬人子剌剌的！不与我瞧罢！贼跌折腿的三寸货强盗，进他门去正走着，矻齐的把那两条腿歪折了，才见报了我的眼！"

世上几人能不爱"黄烘烘"的金子？

却说西门庆拿着金子，走入李瓶儿房里。见李瓶儿才梳了头，奶子正抱着孩子顽耍。西门庆一径里把那四个金镯儿抱着，教他手儿挝弄。李瓶儿道："是那里的？只怕冰了他手！"西门庆悉把李智、黄四今日还银子，"准折利钱，约这金子。"这李瓶儿生怕冰着他，取了一方通花汗巾儿，与他裹着耍子。只见玳安走来说道："云伙计骑了两匹马来，在外

怕金子冰了富儿手。可由此联想多多。

边。请爹出去瞧。”西门庆问道：“云伙计他是那里的马？”玳安道：“他说是他哥云参将边上捎来的马，只说会行。”正说着，只见后边李娇儿、孟玉楼，陪着大妗子并他媳妇儿郑三姐，多来李瓶儿房里看官哥儿。西门庆丢下那四锭金子，就往外边大门首看马去了。

李瓶儿见众人来到，只顾与众人见礼让坐，也就忘记了孩子拿着这金子，弄来弄去，少了一锭。只见奶子如意儿问李瓶儿说道：“娘，没曾收哥儿要的那锭金子？只三锭，少了一锭了。”李瓶儿道：“我没曾收，我把汗巾子替他裹着哩！”如意儿道：“汗巾子也落在地下了。我抖来，那里得那锭金子来？”屋里就乱起来。奶子问迎春，迎春就问老冯。老冯道：“耶嚛，耶嚛！我老身就瞎了眼，也没看见。老身在这里恁几年，就是折针我也不敢动。娘他老人家知道我，就是金子，我老身也不爱！你每守着哥儿，没的冤枉起我来了！”李瓶儿笑道：“你看这妈妈子说混话！这里不见的，不是金子却是什么！”又骂迎春：“贼臭肉，平白乱的是些什么！等你爹进来，等我问他，只怕是你爹收了。怎的只收一锭儿？”孟玉楼问道：“是那里金子？”李瓶儿道：“是他爹外边拿来的，与孩子要。谁知道是那里的！”

不想西门庆在门首看了一回马，众伙计家人多在跟前，教小厮来回骑，溜了两趟。西门庆道：“虽是两匹东路来的马，鬃尾丑，不十分会行；论小行也罢了！”因问云伙计道：“此马，你令兄那里要多少银子？”云离守道：“两匹只要七十两。”西门庆道：“也不多，只是不会行。你还牵了去。另有好马骑来，倒不说银子。”

说毕，西门庆进来，只见琴童来请：“六娘房里请爹哩！”于是走入李瓶儿房里来。李瓶儿问他：“金子你收了一锭去了？如何只三锭在这里？”西门庆道：“我丢下就出来了，外边看马，谁收那锭来？”李瓶儿道：“你没收，却往那里去了？寻了这一日没有。奶子推老冯，急的那老冯赌身罚咒，只是哭。”西门庆道：“端的是谁拿了？由他，慢慢儿寻罢！”李瓶儿道：“头里因大妗子、女儿两个来时，乱着就忘记了。我只说你收了出去，谁知你也没收，就两耽了。寻起来，唬的他们多走了。”于是把那三锭还交与西门庆收了。正值贲四倾了一百两银子来交，西门庆就

究竟是大富人家，“由他”二字随口吐出。

往后边收兑银子去了。

且说潘金莲听见李瓶儿这边攘，不见了孩子耍的一锭金镯子，得不的风儿就是雨儿，就先走来房里，告月娘说："姐姐，你看三寸货干的营生！随你家怎的有钱，也不该拿金子与孩子耍！"月娘道："刚才他每告我说，他房里好不翻乱，说不见了金镯子。端的不知那里的金镯子？"金莲道："谁知他是那里的！你还没见，他头里从外边拿进来，那等用袄子袖儿托着，恰是八蛮进宝的一般。我问他是什么，拿过来我瞧瞧。头儿也不回，一直奔命往屋里去了。迟了一回，反乱起来，说不见了一锭金子。干净就是他学三寸货说：'不见了，由他，慢慢儿寻罢！'你家就是王十万也使不的。一锭金子，至少重十来两，也值个五六十两银子，平白就罢了？瓮里走了鳖，左右是他家一窝子，再有谁进他屋里去？"

无风尚掀三尺浪，况风声起雨点落。

正说着，只见西门庆进来兑收贲四倾的银子，把剩的那三锭金子交与月娘收了。因告诉月娘："此是李智、黄四还的。这四锭金子拿到与孩子耍了耍，就不见了一锭。"分付月娘："你与我把各房里丫头叫出来审问审问。我使小厮街上买狼筋去了，早拿出来便罢；不然，我就教狼筋抽起来。"月娘道："论起来，这金子也不该拿与孩子。沉甸甸冰着他，怕一时砸了他手脚怎了？"潘金莲在旁接过来说道："不该拿与孩子耍？只恨拿不到他屋哩！头里叫着，想回头也怎的！恰似红眼军抢将来的，不教一个人儿知道。这回不见了金子，亏你怎么有脸儿来对大姐姐说，教大姐姐替你查考各房里丫头！教各房里丫头口里不笑，毬罢了也笑！"几句说的西门庆急了，走向前把金莲按在月娘炕上，提起拳来，骂道："狠杀我罢了！不看世界面上，把你这小搉刺骨儿就一顿拳头打死了。单管嘴尖舌快的，不管你事也来插一脚。"那潘金莲就假做乔张，就哭将起来，说道："我晓的你倚官仗势，倚财为主，把心来横了，只欺负的是我！你说你这般把这一个半个人命儿打死了，不放在意里，那个拦着你手儿哩不成？你打不是？有的是！我随你怎么打，难得只打的有这口气儿在着！若没了愁我家那病妈妈子来，不问你要人？随你家怎么有钱有势，和你家一来一状。你说你是衙门里千户便怎的？无故只是个破纱帽，债壳子穷官罢了，能禁的几个人命？就不是教皇帝，敢杀

设若拳头落下，或许不会有下面的变局。

骂得好淋漓痛快！

“反呵呵笑了”，好笔力！西门庆平时耳里所缺的，反倒是这般热辣辣的“虐而不伤”的“骂语”。如吃辣子鸡丁，自然“辣而不弃”。

潘金莲接应亦妙。

“铜盆”与“铁刷帚”自有内在的相通处。西门庆与潘金莲性格中的“刚硬”、“辣味”极相通相应，所以到头来他们能互相欣赏。

下人也怎的？”几句说的西门庆反呵呵笑了，说道：“你看这小搵刺骨儿，这等刁嘴！我是破纱帽穷官？教丫头取我的纱帽来！我这纱帽那块儿放着破？这里清河县问声，我少谁家银子，你说我是债壳子？”金莲道：“你怎的叫我是搵刺骨来？”因跷起一只脚来，“你看，老娘这脚，那些儿放着歪？你怎骂我是搵刺骨？那刺骨也不怎的！”月娘在旁笑道：“你两个铜盆撞了铁刷帚！常言：恶人见了恶人磨，见了恶人没奈何！自古嘴强的争一步。六姐，也亏你这个嘴头子，不然嘴钝些儿也成不的。”

那西门庆见奈何不过他，穿了衣裳往外去了。迎见玳安来说：“周爹家差人邀来了。备马了，请问爹先往打醮处去？往周爷家去？”西门庆分付：“打醮处教你姐夫去罢！到了那里，拈了香快来家里看。伺候马，我往你周爷家吃酒去就是了。”说罢书童儿拿冠带过来，打发穿了，系上带。只见王皇亲家扮戏两个师父率众过来，与西门庆叩头，西门庆教书童看饭与他吃，说：“今日你等用心唱，伏侍众奶奶，我自有重赏。休要上边打箱去。”那师父跪下说道：“小的每若不用心答应，岂敢讨赏？”西门庆因分付书童：“他唱了两日，连赏赐封下五两银子赏他。”书童应诺：“小的知道了。”西门庆就上马往周守备家吃酒去了。

单表潘金莲在上房陪吴妗子坐的，吴月娘便说：“你还不往屋里匀匀那脸去！揉的恁红红的，等住回人来看着什么张致！谁教你惹他来，我倒替你捏两把汗。若不是我在跟前劝着，绑着鬼，是也有几下子打在身上。汉子家脸上有狗毛，不知好歹，只顾下死手的和他缠起来了。不见了金子，随他不见去，寻不寻不在你。又不在你屋里不见了，平白扯着脖子和他强怎么？你也丢了这口气儿罢！”几句说的金莲闭口无言，往屋里匀脸去了。

“汉子家脸上有狗毛”，实是在“男权淫威”下的经验之论。

不一时，只见李瓶儿和吴银儿多打扮出来，到月娘房里。月娘问他：“金子怎的不见了？刚才惹得他爹和六姐两个在这里，好不辨了这回嘴，差些儿没曾辨恼了打起来！乞我劝开了，他爹便往人家吃酒去了。分付小厮买狼筋去了。等他晚上来家，要把各房丫头抽起来。你屋里丫头、老婆管着那一门儿来？就看着孩子耍，便不见了他一锭金子。是一个半个钱的东西儿也怎的!”李瓶儿道:“平白他爹拿进四锭金子来与孩子耍!我乱着陪大妗子和郑三姐并他二娘,坐着说话,谁知就不见了一锭。如今丫头推奶子,奶子推老冯,急的那妈妈哭哭啼啼,只要寻死。无眼难明勾当,如今冤谁的是?”吴银儿道:“天么天么!每常我还和哥儿耍子,早是今日我在这边屋里梳头,没曾过去,不然难为我了!虽然爹娘不言语,你我心上何安?谁人不爱钱?俺里边人家最忌叫这个名声儿传出去丑听!”

娼家亦怕“贪财”的“丑名儿”。谁人不爱钱?谁人不怕别人讥自己“爱钱”?

正说着,只见韩玉钏儿、董娇儿两个摆着衣包儿进来,笑嘻嘻先向月娘、大妗子、李瓶儿磕了头,起来望着吴银儿拜了一拜。说道:“银姐昨已来了,没家去?”吴银儿道:“你两个怎的晓得?”董娇儿道:“昨日俺两个都在灯市街房子里唱来。大爹对俺们说,教俺今日来唱,伏侍奶奶。”一面月娘让他两个坐下。须臾,小玉拿了两盏茶来。那韩玉钏儿、董娇儿连忙立起身来接茶,还望小玉拜了一拜。吴银儿因问:“你两个昨日唱多咱散了?”韩玉钏道:“俺们到家,也有二更多了。同你兄弟李铭都一路去来。”说了一回话,月娘分付玉箫:“早些打发他们吃了茶罢!等住回,只怕那边人来忙了。”一面放下桌儿,两方春槅,四盒茶食。月娘使小玉:“你二娘房里,请了桂姐来同吃了茶罢!”不一时,和他姑娘来到。两个各道了礼数,坐下同吃了茶,收过家活去。

忽见迎春打扮着,抱了官哥儿来。头上戴着金梁缎子八吉祥帽儿,身穿大红氅衣儿,下边白绞袜儿、缎子鞋儿,胸前项牌符索,手上小金镯儿。李瓶儿看见说道:“小大官儿,没人请你,来做甚么?”一面接过来,放在膝盖上。看见一屋里人,把眼不住的看了这头,看那一个。桂姐坐在月娘炕上笑,引斗他耍子道:“哥子只看就这里,想必只要我抱他。”于是用手引了他引儿,那孩子就扑到怀里教他抱着。吴大妗子笑道:“恁点小孩儿,他也晓的爱好!”月娘接过来说:“他老子是谁!到明日大了,管情也是小飘头儿。”孟玉楼道:“若做了小飘头儿,教大妈妈就打死了。”那李瓶儿道:“小厮,你姐姐抱,只休溺了你姐姐衣服,我就忙打死了!”那桂姐道:“耶哧,怕怎么!溺了也罢,不妨事!我心里要抱哥儿耍耍儿。”于是与他两个嘴揾嘴儿耍子。

看来未必全是讨好的虚伪做派。其中有喜爱幼小生命的性善成分。

只见孟玉楼也来了。董娇儿、韩玉钏儿下来行礼毕，坐下说道：“俺两个来了这一日，还没曾唱个儿与娘们听。”因叫小玉：“姐，你取乐器来，等俺唱。”那小玉便取筝和琵琶递与他二人。当下韩玉钏儿琵琶，董娇儿弹筝，吴银儿也在旁边陪唱。于是唱了一套“繁花满目开”《金索挂梧桐》。唱出一句来，端的有落尘绕梁之声，裂石流云之响。把官哥儿唬的在桂姐怀里只磕倒着，再不敢抬头出气儿。月娘看见，便叫：“李大姐，你接过孩子来，教迎春抱的屋里去罢。好个不长俊的小厮，你看唬的那脸上！”这李瓶儿连忙接过来，教迎春掩着他耳朵，抱的往那边房里去了。于是四个唱的齐合着声儿，唱这一套词道：

娇弱至此。怪道富家多病儿、早夭儿。

繁花满目开，锦被空闲在。劣性冤家误得我忒毒害。我前生少欠他今世里相思债。废寝忘餐，倚定门儿待，房栊静悄如何捱？

〔骂玉郎〕 冷清清房栊静悄如何捱？独自把帏屏倚，知他是甚情怀？想当初同行同坐同欢爱，到如今孤另另怎𠝹划。愁戚戚酒倦𨢿，羞惨惨花慵戴。

〔东瓯令〕 花慵戴，酒倦𨢿。如今曾约前期不见来，都应是他在那里那里贪欢爱。物在人何在？空劳魂梦到阳台。只落得泪盈腮。

〔感皇恩〕 呀！只落得雨泪盈腮，都应是命里合该。莫不是你缘薄、咱分浅，都应是一般运拙时乖。怎禁那搅闲人是非，施巧计栽排？撕挦碎合欢带，破分开鸾凤钗，水淹浸楚阳台。

〔针线箱〕 把一床弦索尘埋，两眉峰不展开。香肌瘦损愁无奈，懒刺绣，傍妆台。旧恨新愁教我如何捱？我则怕蝶使蜂媒不再来。临鸾镜也问道朱颜未改，他又早先改。

全是靡靡之音。那时的市井中充斥着这类弹唱。

〔采茶歌〕 改朱颜瘦了形骸，冷清清怎生捱？我则怕梁山伯不恋祝英台。他若是背义忘恩寻罪责，我将那盟山誓海说的明白。

〔解三酲〕 顿忘了盟山誓海，顿忘了音书不寄来；顿忘了枕边许多恩和爱，顿忘了素体相挨；顿忘了神前两下千千拜，顿忘了表记香罗红绣鞋。说将起，旁人见了珠泪盈腮。

〔乌夜啼〕 俺如今相离三月，如隔数载。要相逢甚日何年再？则我这瘦伶仃形体如柴，甚时节还彻了相思债？又不见青鸟书来，黄犬音乖，每日家病恹恹懒去傍妆台。得团圆便把神羊赛。意厮投，心相爱，早成了鸾交凤友，省的着蝶笑蜂猜。

〔尾声〕 把局儿牢铺摆，情人终久再归来，美满夫妻百岁谐。

四个唱的正唱着，只见玳安进来。月娘便问："你邀请的众奶奶们，怎的这咱还不见来？"玳安道："小的到乔亲家娘那边邀来，朱奶奶、尚举人娘子都过乔亲家娘家来了。只等着乔五太太到了，就往咱这里来。"月娘分付："你就说与平安儿小厮说：教他在大门首看着，等奶奶们轿子到了就先进来说。"玳安道："大门前边大厅上鼓乐迎接哩！娘们都收拾伺候就是了。"月娘分付玳安，后厅明间铺下锦毯，安放坐位。卷起帘来，金钩双控，兰麝香飘。春梅、迎春、玉箫、兰香都打扮起来。家人媳妇都插金戴银，披红垂绿，准备迎接新亲。

只见应伯爵娘子儿应二嫂先到了，应宝跟着轿子。月娘等迎接进来。见了礼数，明间内坐下，向月娘拜了又拜，说："俺家的常时打搅这里，多蒙看顾！"月娘道："二娘好说！常时累你二爹。"

良久，只闻喝道之声渐近，前厅鼓乐响动。平安儿先进来报道："乔太太轿子到了。"须臾，黑压压一群人，跟着五顶大轿落在门首。惟乔五太太轿子在头里，轿上是垂珠银顶，天青重沿、销金走水轿衣。使藤棍喝路，后面家人媳妇坐小轿跟随。四名校尉抬衣箱火炉，两个青衣家人骑着小马后面随从。其余者，就是乔大户娘子、朱台官娘子、尚举人娘子、崔大官媳妇段大姐，并乔通媳妇也坐着一顶小轿，跟来收叠衣裳。吴月娘这里，穿大红五彩遍地锦百兽朝麒麟段子通袖袍儿，腰束金镶宝石闹妆，头上宝髻巍峨、凤钗双插、珠翠堆满，胸前绣带垂金、项牌错落，裙边禁步明珠，与李娇儿、孟玉楼、潘金莲、李瓶儿、孙雪娥，一个个打扮的似粉妆玉琢、锦绣耀目，都出二门迎接。只见众堂客簇拥着乔五太太

阔亲戚究竟非同一般。

只这一件"宫绣袍儿",便令众人皆矮了一半。

进来。生的五短身材,约七旬多年纪,戴着叠翠宝珠冠,身穿大红宫绣袍儿,近面视之,鬓发皆白。正是:眉分八道雪,髻绾一窝丝。眼如秋水微浑,鬓似楚山云淡。接入后厅,先与吴大妗子叙毕礼数,然后与月娘等厮见。月娘再三请太太受礼,太太不肯;让了半日,止受了半礼。次与乔大户娘子,又叙其新亲家之礼,彼此道及款曲,谢其厚仪。已毕,然后向锦屏正面,设放一张锦裀座位,坐了乔五太太。其次坐就让乔大户娘子,乔大户娘子再三辞说:"侄妇不敢与五太太上僭。"让朱台官、尚举人娘子,两个又不肯。彼此让了半日,乔五太太坐了首座,其余客东主西,两分头坐了。当中大方炉火厢笼起火来,堂中气暖如春。春梅、迎春、玉箫、兰香,一般儿四个丫头,都打扮起来,身上一色都大红妆花段袄儿,蓝织金裙,绿遍地金比甲儿,在跟前递茶。

好壮的口气。竟是她要宣召接见。

良久,乔五太太对月娘说:"请西门大人出来拜见,叙叙亲情之礼。"月娘道:"拙夫今日衙门中理公事去了,还未来家哩!"乔五太太道:"大人居于何官?"月娘道:"乃一介乡民。蒙朝廷恩例,实授千户之职,见掌刑名。寒家与亲家那边结亲,实是有玷!"乔五太太道:"娘子说那里话!似大人这等峥嵘也够了。昨日老身听得舍侄女与府上做亲,心中甚喜。今日我来会会,到明日席上好厮见。"月娘道:"只是有玷老太太名目。"乔五太太道:"娘子是甚怎说话!想朝廷不与庶民做亲哩!老身说起来话长,如今当今东宫贵妃娘娘,系老身亲侄女儿,他父母都没了,止有老身。老头儿在时,曾做世袭指挥使,不幸五十岁故了。身边又无儿孙,轮着别门侄另替了。手里没钱,如今倒是做了大户。我这个侄儿,虽是差役立身,颇得过的日子,庶不玷污了门户。"说了一回,吴大妗子对月娘说:"抱孩子出来与老太太看看,讨讨寿。"李瓶儿慌的走去,到房里分付奶子抱了官哥来,与太太磕头。乔太太看了夸道:"好个端正的哥哥!"即叫过左右,连忙向毡包内打开,捧过一端宫中紫闪黄锦段,并一付镀金手镯,与哥儿戴。月娘连忙下来拜谢了。请去房中换了衣裳。须臾,前边卷棚内安放四张桌席,摆下茶,每桌四十碟,都是各样茶果甜食、美口菜蔬、蒸酥点心、细巧油酥饼馓之类。两边家人媳妇、丫头侍奉伏侍,不在话下。吃了茶,月娘就引去后边山子

一味炫耀。

乔大户这白衣亏得有这么一位姑娘。否则实不"搬陪"西门大官人家。

花园中，开了门，游玩了一回下来。

那时陈经济打醮去，吃了午斋回来了。和书童儿、玳安儿，又早在前厅摆放桌席齐整，请众奶奶们递酒上席。端的好筵席，但见：

屏开孔雀，褥隐芙蓉。盘堆异果奇珍，瓶插金花翠叶。炉焚兽炭，香袅龙涎。器列象州之古玩，帘开合浦之明珠。白玉碟高堆麟脯，紫金壶满贮琼浆。煮猩唇，烧豹胎，果然下箸了万钱；烹龙肝，炮凤髓，端的献时品满座。梨园子弟，簇捧着凤管鸾箫；内院歌姬，紧按定银筝象板。进酒佳人双洛浦，分香侍女两嫦娥。正是：两行珠翠列阶前，一派笙歌临座上。

须臾，吴月娘与李瓶儿递酒。阶下戏子鼓乐响罢，乔太太与众亲戚又亲与李瓶儿把盏祝寿。李桂姐、吴银儿、韩玉钏儿、董娇儿四个唱的，在席前锦瑟银筝、玉面琵琶、红牙象板，弹唱起来，唱了一套“寿比南山”。下边鼓乐响动，戏子呈上戏文手本，乔五太太分付下来，教做《王月英元夜留鞋记》。厨役上来献小割烧鹅，赏了五钱银子。比及割凡五道、汤陈三献、戏文四折下来，天色已晚。堂中画烛流光者如山叠，各样花烛都点起来。锦带飘飘，彩绳低转。一轮明月从东而起，照射堂中，灯光掩映。来兴媳妇惠秀与来保媳妇惠祥，每人拿着一方盘果馅元宵，——都是银镶茶钟、金杏叶茶匙，放白糖玫瑰，馨香美口，——走到上边。春梅、迎春、玉箫、兰香四人分头照席捧递，甚是礼数周详，举止沉稳。阶下动乐，琵琶筝纂、笙箫笛管，吹打了一套灯词《画眉序》“花月满春城”。

唱毕，乔太太和乔大户娘子叫上戏子，赏了两包一两银子。四个唱的，每人二钱。月娘又在后边明间内，摆设下许多果碟儿留后座，四张桌子都堆满了。唱的唱，弹的弹，又吃了一回酒。乔太太再三说晚了，要起身。月娘众人款留不住，送在大门首，又拦了递酒，看放烟火。两边街上看的人，鳞次蜂脾一般。平安儿同众排军，执棍拦挡再三，还涌挤上来。

此家欢乐几家愁！

须臾，放了一架烟火，两边人散了，乔太太和众娘子方才拜辞月娘等，起身上轿去了。那时已有三更天气，然后又送应二嫂起身。月娘众姊妹归到后边来，分付陈经济、来兴、书童、玳安儿看着厅上，收拾家活，管待戏子，并两个师范酒饭，与了五两银子唱钱，打发去了。

月娘分付出来，剩攒下一桌肴馔、半坛酒，请傅伙计、贲四、陈姐夫，说他们："管事辛苦，大家吃钟酒。就在大厅上安放一张桌儿，你爹不知多咱才回。"于是还有残灯未尽。当下傅伙计、贲四、经济、来保上坐，来兴、书童、玳安、平安打横，把酒来斟。来保叫平安儿："你还委个人大门首。怕一时爹回，没人看门。"平安道："我教画童看着哩！不妨事。"于是八个人猜枚饮酒。经济道："你每休猜枚，大惊小怪的，惹后边听见。咱不如悄悄行令儿耍子：每人要一句，说的出免罚，说不出罚一大杯酒。"该傅伙计先说："堪笑元宵草物。"贲四道："人生欢乐有数。"经济道："趁此月色灯光。"来保道："咱且休要辜负。"来兴道："才约娇儿不在。"书童道："又学大娘分付。"玳安道："虽然剩酒残灯。"平安道："也是春风一度。"众人念毕，呵呵笑了。正是：饮罢酒阑人散后，不知明月转梅梢。

倒合此等人口吻。此书各人话语无不与其身份教养相合，主要人物更性格各别而鲜活凸现。笔力实在非凡。

毕竟未知后来如何，且听下回分解。

第四十四回
吴月娘留宿李桂姐　西门庆醉拶夏花儿

穷途日日困泥沙，上苑年年好物华。
荆林不当车马道，管弦长奏丝罗家。
王孙草上悠扬蝶，少女风前烂熳花。
懒出任从愁子笑，入门还是旧生涯。

话说经济同傅伙计众人前边吃酒。吴大妗子轿子来了，收拾要家去。月娘款留再三，说道："嫂子，再住一夜儿，明日去罢。"吴大妗子道："我连在乔亲家那里，就是三四日了。家里没人，你哥衙里又有事，不得在家，我家去罢！明日请姑娘众位，好歹往我那里大节坐坐，晚夕告百备儿来家。"月娘道："俺们明日，只是晚上些去罢了。"吴大妗子道："姑娘早些坐轿子去，晚夕同走了来家就是了。"说毕，装了两个盒子，一盒子元宵，一盒子馒头，叫来安儿送大妗子到家。

李桂姐等四个都磕了头拜辞月娘，也要家去。月娘道："你们慌怎的，也就要去？还等你爹来家着你去。他去分付我留下你们，只怕他还有话和你们说，我是不敢放你去。"桂姐道："爹去吃酒，到多咱晚来家？俺们原等的他。娘先教我和吴银子先去罢！他两个今日才来，俺们住了两日，妈在家里不知怎么盼望！"月娘道："可可的就是你妈盼望，这一夜儿等不的？"李桂姐道："娘且是说的好。我家里没人，俺姐姐又被人包住了。宁可拿乐器来唱个与娘听，娘放了奴去罢！"正说着，只见陈经济走进来，交剩下的赏赐，说道："乔家并各家，贴轿赏一钱，共使了十

市井富妇与娼妓间竟如此情深谊重。娼妓与鸨母间竟有互盼之情。著书人于此似并无讥讽之意。他只是如实录下这些人的瞬间情绪。

包，重三两；还剩下十包在此。”月娘收了。桂姐便道：“我央及姑夫，你看外边俺们的轿子来了不曾？”经济道：“只有他两个的轿子。你和银姐的轿子没来。从头里不知谁回了去了。”桂姐道：“姑夫，你真个回了？你哄我哩！”那陈经济道：“你不信，瞧去不是！我哄你？！”刚言未罢，只见琴童抱进毡包来，说：“爹家来了。”月娘道：“早是你每不曾去。这不你爹来了！”

不一时西门庆进来，戴着冠帽，已带七八分酒了。走入房中，正面坐下。董娇儿、韩玉钏儿二人向前磕头。西门庆问月娘道：“人都散了，怎的不教他唱？”月娘道：“他们这里求着我，要家去。”西门庆向桂姐说：“你和银儿亦发过了节儿去。且打发他两个去罢！”月娘道：“如何？我说你们不信，恰相我哄你一般！”那桂姐把脸儿苦低着，不言语。西门庆问玳安：“他两个轿子在这里不曾？”玳安道：“只有董娇儿、韩玉钏儿两顶轿子伺候着哩！”西门庆道：“我也不吃酒了。你们拿乐器来，唱《十段锦儿》我听。打发他两个先去罢。”当下四个唱的：李桂姐弹琵琶、吴银儿弹筝、韩玉钏儿拨阮、董娇儿打着紧急鼓子，一递一个唱《十段锦·二十八半截儿》。吴月娘、李娇儿、孟玉楼、潘金莲、李瓶儿都在屋里坐的听唱。先是桂姐唱《山坡羊》：

西门庆待认了干女儿的妓女真不错。

李桂姐“脸儿苦低着”，似并非作态。一半或是真想回家。一半或是苦于仍需弹唱。

俏冤家，生的出类拔萃。翠衾寒，孤残独自。自别后朝思暮想，想冤家何时得遇？遇见冤家如同往，如同往。

该吴银儿唱：

〔金字经〕 惜花人何处，落红春又残，倚遍危楼十二栏，十二栏。

韩玉钏唱：

〔驻云飞〕 闷倚栏杆，燕子莺儿怕待看。色戒谁曾犯？鬼病谁经惯？

董娇儿唱：

呀！减尽了花容月貌，重门常是掩。正东风料峭，细雨涟濈，落红千万点。

桂姐唱：

《红楼梦》中亦有妓女云儿弹唱，但词曲已经提炼。此书却保留“原生态”，也好，有“高保真”的“原汁原味”感。

〔画眉序〕 自会俏冤家,银筝尘锁怕汤抹。虽然是人离咫尺,如隔天涯。记得百种恩情,那里计半星儿狂诈。

吴银儿唱:

〔红绣鞋〕 水面上鸳鸯一对,顺河岸步步相随,怎见个打渔船惊拆在两下里飞。

韩玉钏唱:

〔耍孩儿〕 自从他去添憔瘦,不似今番病久。才郎一去正逢春,急回头雁过了中秋。

董娇儿唱:

〔傍妆台〕 到如今,瑶琴弦断少知音,花好时谁共赏?

桂姐唱:

〔锁南枝〕 纱窗外,月儿斜,久想我人儿常常不舍。你为我力尽心竭,我为你珠泪偷揩。

吴银儿唱:

〔桂枝香〕 杨花心性,随风不定。他原来假意儿虚名,倒使我真心陪奉。

韩玉钏唱:

〔山坡羊〕 惜玉怜香,我和他在芙蓉帐底抵面,共你把衷肠来细讲。讲离情,如何把奴抛弃,气的我似醉如痴来呵。何必你别心另叙上知己。几时,得重整佳期?佳期,实相逢如同梦里。

董娇儿唱:

〔金字经〕 弹泪痕,罗帕班。江南岸,夕阳山外山。

李桂姐唱:

〔驻云飞〕 嗏,书寄两三番,得见艰难。再倩霜毫,写下乔公案。满纸春心墨未干。

吴银儿唱:

〔江儿水〕 香串懒重添,针儿怕待拈。瘦体嵓嵓,鬼病恹恹。俺将这旧恩情重检点,愁压挨两眉翠尖。空惹的张郎憎厌，这些时莺花不卷帘。

韩玉钏唱：

〔画眉序〕 想在枕上温存的话，不由人肉颤身麻。

董娇儿唱：

〔红绣鞋〕 一个儿投东去，一个儿向西飞。撇的俺一个儿南来，一个儿北去。

李桂姐唱：

〔耍孩儿〕 你那里偎红倚翠销金帐，我这里独守香闺泪暗流。从记得说来咒，负心的随灯儿灭，海神庙放着根由。

总不外痴心女子怨负心郎的"永恒主题"。

吴银儿唱：

〔傍妆台〕 美酒儿谁共斟？意散了如瓶儿碎，难见面似参辰。从别后岁月深，画划儿画损了掠儿金。

韩玉钏唱：

〔锁南枝〕 两下里心肠牵挂，谁知道风扫云开，今宵复显出团圆月。重令情郎把香罗再解，诉说情谁负谁心，须共你说个明白。

董娇儿唱：

〔桂枝香〕 怎忘了旧时山盟为证，坑人性命。有情人，从此分离了去，何时再得成？

李桂姐唱：

〔尾声〕 半叉绣罗鞋，眼儿见了心儿爱。可喜才，舍着抢白，忙把这俏身挨。

唱毕，西门庆与了韩玉钏、董娇儿两个唱钱，拜辞出门。留李桂姐、吴银儿两个这里歇罢。忽听前边玳安儿和琴童儿两个嚷乱，簇拥定李娇儿房里夏花儿进来，禀西门庆说道："小的刚送两个唱的出去，打灯笼往马房里拌草，牵马上槽，只见二娘房里夏花儿躲在马槽底下，唬了小的一跳。不知甚么缘故，小的每问着，他又不说。"西门庆听见便道："那奴才在那里？与我拿来。"就走出外边明间，穿廊下椅子上坐着。一边打着，一个簇把那丫头儿揪着跪下。西门庆问他："往前边做甚么去?”那丫头不言语。李娇儿在傍边说道:“我又不使你,平平白白往马坊里做甚么去?”见他慌做一团,西门庆只说丫头要走之情,即令小厮:“与我与他搜身上!”他又不容搜。于是琴童把他一拉,倒在地,只听滑浪一声,从腰里吊下一件东西来。西门庆问是甚么,玳安递上去。可霎作怪,却是一锭金子。西门庆灯下看了,道:“是头里不见了的那锭金子!寻不见,原来是你这奴才偷了。”他说:“是拾的。”西门庆问是那里拾的,他又不言语。西门庆于是心中大怒,令琴童往前边去取拶子来。须臾把丫头拶起来,拶的杀猪也是叫。拶了半日,又敲二十敲。月娘见他有酒了,又不敢劝。那丫头挨忍不过,方说:“我在六娘房里地下拾的。”西门庆方命放了拶子,又分付与李娇儿领到屋里去:“明日叫媒人,即时与我拉出去,卖了这个奴才,还留着做甚么!”那李娇儿没的话儿说,便道:“恁贼奴才,谁叫你往前头去来?养在家里,也问我声儿,三不知就出去了!你就拾了他屋里金子,也对我说一声儿!”那夏花儿只是哭。李娇儿道:“拶死你这奴才才好哩!你还哭!”西门庆道罢,把金子交与月娘收了,就往前边李瓶儿房里去了。那小厮多出去了。

用官刑。前面说让买狼筋来,好抽审。这时却不提狼筋而用拶子。潜意识里还是想过过官瘾。“拉出去卖了”,是当年丫头的生存常态。实在还算是“从轻发落”。

月娘令小玉关上仪门,因叫玉箫问:“头里这丫头也往前边去来么?”小玉道:“二娘、三娘陪大妗子娘儿两个往六娘那边去,他也跟了去来;谁知他三不知,就偷了他这锭金子在手里。头里听见娘说,爹使小厮买狼筋去了,唬的他要不的,在厨房问我:‘狼筋是甚么?’教俺每众人笑道:‘狼筋敢是狼身上的筋。若是那个偷了东西不拿出来,把狼筋抽将起来,就缠在那人身上,抽攒的手脚儿都在一处。’他见咱说,想必慌了,到晚夕赶唱的出去,就要走的情。见大门首有人,才藏入马坊里,钻在槽底下躲着。不想被小厮又看见了,采出来。”月娘道:“那里看人去!恁小丫头,原来这等贼头鼠脑的!倒就不是个哈咳的。”

且说李娇儿领夏花儿到房里。李桂姐晚间甚是说夏花儿:“你原来是个俗孩子!你恁十五六岁,也知道些人事儿,还这等懵懂!要着俺里边,才使不的!这里没人:你就拾了些东西,来屋里悄悄交与你娘。似这等把出来,他在傍边也好救你。你怎的不望他题一字儿?刚才这等拶打着,好么?干净俊丫头,常言道,穿青衣,抱黑柱。你不是他这屋里李桂姐竟训完丫头又数落长辈主子,俨然"过来人"口吻。

人,就不管他?刚才这等掠掣着你,你娘脸上有光没光?"又说他姑娘:"你也忒不长俊!要着是我,怎教他把我房里丫头对众拶恁一顿拶子?又不是拉到房里来,等我打。前边几个房里丫头怎的不拶,只拶你房里丫头?你是好欺负的,就鼻子口里没些气儿。等不到明日,真个教他拉出这丫头去罢,你也就没句话儿说?你不说,等我说!休教他领出去,教别人好笑话!你看看孟家的和潘家的,两家一似狐狸一般,你原斗的过他了?"因叫夏花儿过来,问他:"你出去不出去?"那丫头道:"我不出去。"桂姐道:"你不出去,今后要贴你娘的心,凡事要和他一心一计。不拘拿了甚么,交付与他。教似元宵一般抬举你。"那夏花儿说:"姐分付,我知道了。"按下这里教唆夏花儿不题。

李瓶儿有了官哥儿,性欲大减。

且说西门庆走到前边李瓶儿房里,只见李瓶儿和吴银儿炕上做一处坐的,心中就要脱衣去睡。李瓶儿道:"银姐在这里,没地方儿安插。你且过一家儿罢!"西门庆道:"怎的没地方儿?你娘儿两个在两边,等我在当中睡就是。"李瓶儿便瞅他一眼儿道:"你就说下道儿去了。"西门庆道:"我如今在那里睡?"李瓶儿道:"你过六姐那边去睡一夜罢!"西门庆坐了一回,起身走了,说道:"也罢,也罢!省的我打搅你娘儿们,我过那边屋里睡去罢!"于是一直走过金莲这边来。金莲听见西门庆进房来,天上落下来一般。向前与他接衣解带,铺陈床铺干净,展放鲛绡,款设珊枕;吃了茶,两个上床歇宿不题。

李瓶儿"性外"雅兴倒颇高。

李瓶儿这里打发西门庆出来,和吴银儿两个灯下放炕桌儿,拨下黑白棋子,对坐下象棋儿。分付迎春:"定两盏茶儿,拿个果盒儿,把这甜金华酒儿筛一壶儿来。我和银姐吃。"因问:"银姐,你吃饭?教他盛饭来你吃?"吴银儿道:"娘,我且不饿。休叫姐盛来。"李瓶儿道:"也罢。银姐不吃饭,你拿个盒盖儿,我拣妆里有果馅饼儿拾四个儿来,与银姐吃罢!"须臾,迎春拿了四碟小菜,一碟糟蹄子筋、一碟咸鸡、一碟摊鸡蛋、一碟炒的豆芽菜拌海蜇,一个果盒,都是细巧果仁,一盒果馅饼儿,顿备在傍边。

少顷,与吴银儿下了三盘棋子,筛上酒来拿银钟儿两个共饮。吴银儿叫迎春:"姐,你递过琵琶来,我唱个曲儿与娘听。"李瓶儿道:"姐姐,不唱罢！小大官儿睡着了，他爹那边又听着，教他说。咱掷骰子耍耍罢。”于是教迎春递过色盆来，两个掷骰儿赌酒为乐。

掷了一回，吴银儿因叫迎春：“姐，你那边屋里请过奶妈儿来，教他吃钟酒儿。”迎春道：“他搂着哥儿在那边炕上睡哩！”李瓶儿道：“教他搂着孩子睡罢。拿一瓯子酒送与他吃就是了。你不知，俺这小大官好不伶俐人！只离来开，他就醒了。有一日儿，在我这边炕上睡，他爹这里敢动一动儿，就睁开眼醒了，恰似知道的一般！教奶子抱了去那边屋里，只是哭，——只要我搂着他。”吴银儿笑道：“娘有了哥儿，和爹自在觉儿也不得睡一个儿。爹儿日来这屋里走一遭儿？”李瓶儿道：“他也不论。遇着一遭也不可止，两遭也不可止，常进屋里看他。为这孩子来看他不打紧，教人把肚子也气破了。将他爹和这孩子，背地咒的白湛湛的！我是不消说的，只与人家垫舌根。谁和他有甚么大闲事，宁可他不来我这里还好！第二日教人眉儿眼儿的，只说俺们什么把拦着汉子。为什么刚才到这屋里，我就撺掇他出去？银姐你不知，俺这家人多舌头多。自今日为不见了这锭金子，早是你看着就有人气不愤，在后边调白你大娘，说拿金子进我这屋里来了。怎的不见了？落后，不想是你二娘屋里丫头偷了，才显出个青红皂白来。不然，绑着鬼，只是俺这屋里丫头和奶子。老冯妈妈急的那哭，只要寻死。说道：‘若没有这金子，我也不家去。’落后见有了金子，那咱才肯去，还打了灯家去了。”吴银儿道：“娘也罢，你看爹的面上，你守着哥儿，慢慢过，到那里是那里。论起后边大娘没甚言语，也罢了。倒只是别人，见娘生了哥儿，未免都有些儿气。爹他老人家有些主就好。”李瓶儿道：“若不是你爹和你大娘看觑，这孩子也活不到如今。”说话之间，你一钟，我一盏，不觉坐到三更天气，方才宿歇。正是：得意客来情不厌，知心人到话相投。有诗为证：

原是为了一吐怨闷。这些话儿也只有对吴银儿吐方才无牵碍。

画楼明月转窗寮，相伴婵娟宿一宵。

玉骨冰肌谁不爱，一枝梅影夜迢迢。

毕竟未知后来何如，且听下回分解。

第四十五回
桂姐央留夏花儿　月娘含怒骂玳安

佳名号作百花王，幻出冰肌异众芳。
映日妖娆呈素艳，随风冷淡散清香。
玉容宛似啼妆女，雪脸浑如傅粉郎。
檀板金尊歌胜赏，何夸魏紫与姚黄！

话说西门庆因放假，没往衙门里去。早辰起来，前厅看着，差玳安送两张桌面与乔家去。一张与乔五太太，一张与乔大户娘子。俱有高顶方糖、时件树果之类。乔五太太赏了玳安两方手帕、三钱银子；乔大户娘子是一匹青绢。俱不必细说。

原来应伯爵自从与西门庆作别，赶到黄四家。黄四又早伙中封下十两银子谢他："大官人分付教俺过节去，口气儿只是捣那五百两银子文书的情。你我钱粮拿甚么支持？"应伯爵道："你如今还得多少才勾？"黄四道："李三哥他不知道。只要靠着问那内臣借，一般也是五分行利。不如这里借着衙门中势力儿，就是上下使用也省些。如今找着，再得出五十个银子来；把一千两合同，就是每月也好认利钱。"应伯爵听了，低了低头儿说道："不打紧，假若我替你说成了，你伙计六人怎生谢我？"黄四道："我对李三说伙中再送五两银子与你。"伯爵道："休说五两的话！要我手段，五两银子要不了你的。我只消一言，替你每巧一巧儿，就在里头了。今日俺房下往他家吃酒，我且不去。明日，他请俺每晚夕赏灯，你两个明日绝早，买四样好下饭，再着上一坛金华酒。不要

应伯爵的生存手段，此乃最主要者。

叫唱的，——他家里有李桂儿、吴银儿还没去哩！——你院里叫上六名吹打的，等我领着送了去。他就要请你两个坐，我在傍边，那消一言半句，管情就替你说成了！找出五百两银子来，共捣一千两文书，一个月满破认他五十两银子。那里不去了，只当你包了一个月老婆了。常言道，秀才无假漆无真。进钱粮之时，香里头多上些木头、蜡里头多搀些柏油，那里查帐去？不图打鱼，只图混水，借着他这名声儿才好行事。”于是计议已定。

“香里头多上些木头，蜡里头多搀些柏油，那里查帐去！”可奉为以伪劣假冒产品牟暴利者之“圣经”。此“经”不废，民族难兴！“不图打鱼，只图混水”，更是“流氓发家”的“秘诀”。

到次日，李三、黄四果然买了酒礼；伯爵领着两个小厮，抬着送到西门庆家来。西门庆正在前厅打发桌面，只见伯爵来到。作了揖，道及：“昨日房下在这里打搅，回家晚了。”西门庆道：“我昨日周南轩那里吃酒，回家也有一更天气。也不曾见的新亲，说老早就去了。今早衙门中放假，也没去；看着打发了两张桌面，与乔亲家那里去。”说毕，坐下了。伯爵就唤李锦：“你把礼抬进来。”不一时，两个抬进仪门里放下。伯爵道：“李三哥、黄四哥，再三对我说，受你大恩，节间没甚么，买了些微礼来孝顺你赏人。”只见两个小厮向前，扒在地下磕头。西门庆道：“你们又送这礼来做甚么？我也不好受的，还教他抬回去。”伯爵道：“哥，你不受他的？这一抬出去，就丑死了！他还要叫唱的来伏侍，是我阻住他了；只叫了六名吹打的，在外边伺候。”西门庆即令：“与我叫进来！”不一时，把六名乐工叫至当面跪下。西门庆向伯爵道：“他既是叫将来了，莫不又打发他，不如请他两个来坐坐罢！”伯爵得不的一声儿，即叫过李锦来分付：“到家对你爹说：老爹收了礼了，这里不着人请去了；叫你爹同黄四爹早来这里坐坐。”那李锦应诺下去。须臾收进礼去，西门庆令玳安封二钱银子赏他。磕头去了。六名吹打的下边伺候。

少顷，棋童儿拿茶上来，西门庆陪伯爵吃了茶。棋童儿说道：“有了饭，请问爹那里吃？”西门庆让伯爵西厢房里坐。因问伯爵：“你今日没会谢子纯？”伯爵道：“我早辰起来时，李三就到我那里，看着打发了礼来，谁得闲去会他？”西门庆即使棋童儿：“快请你谢爹去！”

不一时，书童儿放桌儿摆饭，画童儿用罩漆方盒儿拿了四碟小菜儿，都是里外花靠，小碟儿精致：一碟美甘甘十香瓜茄，一碟甜孜孜五方引人食欲。不过均非贵族气派口味。究竟还是市井暴发户。穷的吃千富的喝粥。

豆豉，一碟香喷喷的橘酱，一碟红馥馥的糟笋。四大碗下饭：一碗大燎羊头，一碗卤炖的炙鸭，一碗黄芽菜并炖的馄饨鸡蛋汤，一碗山药脍的红肉圆子。上下安放了两双金箸牙儿，伯爵面前是一盏上新白米饭儿，西门庆面前是一瓯儿香喷喷软稻粳米粥儿。两个同吃了饭，收了家火去，揩抹的桌儿干净。西门庆与伯爵两个坐着，赌酒儿打双陆。伯爵趁谢希大未来，乘先问下西门庆，说道："哥明日找与李智、黄四多少银子？"西门庆道："把旧文书收了，另捣五百两银子文书就是了！"伯爵道："这等也罢了。哥，你总不如再找上一千两，到明日也好认利钱。我又一句话，那金子你用不着还算一百五十两与他，再找不多儿了。"西门庆听罢，道："你也说的是。我明日再找三百五十两与他罢！改一千两银子文书就是了。省的金子放在家，也只是闲着。"

应伯爵计成矣。

两个正打双陆，忽见玳安儿走来说道："贲四拿了一座大螺钿大理石屏风、两架铜锣铜鼓连铛儿，说是白皇亲家的，要当三十两银子。爹当与他不当他？"西门庆道："你教贲四拿进来我瞧。"不一时，贲四同两个人抬进去，放在厅堂上。西门庆与伯爵丢下双陆，走出来撇看。原来是三尺阔、五尺高、可桌放的螺钿描金大理石屏风，端的是一样，黑白分明！伯爵观了一回，悄与西门庆道："哥，你仔细瞧：恰相好似蹲着个镇宅狮子一般。"两架铜锣铜鼓，都是彩画生妆雕刻云头，十分齐整。在傍一力撺掇，说道："哥，该当下他的。休说两架铜鼓，只一架屏风，五十两银子还没处寻去！"西门庆道："不知他明日赎不赎？"伯爵道："没的说，赎甚么，下坡车儿营生！及到三年过来，七八本利相等。"西门庆道："也罢。教你姐夫前边铺子里兑三十两与他罢！"刚打发去了，西门庆把屏风拂抹干净，安在大厅正面，左右看视，金碧彩霞交辉。因问："吹打乐工吃了饭不曾？"琴童道："在下边打发吃饭哩。"西门庆道："他吃了饭来吹打一回我听。"于是厅内抬出大鼓来，穿廊下边一架，安放铜锣铜鼓。吹打起来，端的声震云霄、韵惊鱼鸟。

白皇亲已是"下坡车儿营生"。西门庆却是"出坡阳儿正旺"。衰者衰，旺者旺。衰者曾旺。旺者终衰。衰旺交替，是为世界、人生、命运、天道。

正吹打着，只见棋童儿请了谢希大到了，进来与二人唱了喏。西门庆道："谢子纯，你过来，估估这座屏风儿，值多少价？"谢希大近前观看了半日，口里只顾夸奖不已，说道："哥，你这屏风买的巧！也得一百两银子与他，少了他不肯。”伯爵道：“你看，连这外边两架铜锣铜鼓，带铛铛儿，通共与了三十两银子。”那谢希大拍着手儿叫道：“我的南无耶，那里寻本儿利儿！休说屏风，三十两银子还搅给不起这两架铜锣铜鼓来！你看这两座架，做的这工夫，朱红彩漆，都照依官司里的样范。少说也有四十斤响铜，该值多少银子？怪不的一物一主，那里有哥这等大福？偏有这样巧价儿来寻你的！”说了一回，西门庆请入书房里坐的。

财主的乐趣之一，便是别人猜少了他所占到的便宜。

不一时，李智、黄四也到了。西门庆说道：“你两个如何又费心送礼来？我又不好受你的！”那李智、黄四慌的下了礼，说道：“小人惶恐，微物胡乱与爹赏人罢了。蒙老爹呼唤，不敢不来。”于是搬过坐儿来，打横坐了。须臾，小厮画童儿拿了五盏茶上来，众人吃了，收下盏托去。少顷，玳安走上来：“请问爹在那里放桌儿？”西门庆令：“抬进桌儿，就在这里坐罢！”于是玳安与书童两个，一肩搭抬进一张八仙玛瑙笼漆桌儿进来，骑着火盆安放在地平上。伯爵、希大居上，西门庆主位；李智、黄四两边打横坐了。须臾拿上春槃按酒，大盘大碗汤饭点心，无非鹅鸭鸡蹄，各样下饭之类。酒泛羊羔，汤浮桃浪，乐工都在窗外吹打。西门庆叫了吴银儿席上递酒，这里前边饮酒不题。

虽“无非鹅鸭鸡蹄”，谢希大却是“浮生又获一盛餐”。

却说李桂姐家保儿、吴银儿家丫头腊梅，都叫了轿子来接他姐姐家去。那桂姐听保儿来，慌的走到门外，和保儿两个悄悄说了半日话。回到上房，告辞要回家去。月娘再三留他：“俺们如今便都往吴大妗子家去，连你们也带了去。你越发晚了，从他那里起身。也不用轿子，伴俺每走百病儿，就往家去便了。”桂姐道：“娘不知。我家里无人，俺姐姐又不在家，有我王姨妈那里又请了许多人来做盒子会，俺妈不知怎么盼我？昨日等了我一日。他不急时，不使将保儿来接我；若是闲常日子，随娘留我几日，我也住了。”月娘见他不肯，一面教玉箫将他那原来的盒子，装了一盒元宵、一盒白糖薄脆，交与保儿掇着；又与桂姐一两银子，打发他早去。这桂姐先辞月娘众人，然后他姑娘送他到前边，教画童替他抱了毡包。竟来书房门首，教玳安请出西门庆来说话。

这玳安慢慢掀帘子进入书房，向西门庆请道：“桂姐家去，请爹说话。”应伯爵道：“李桂儿这小淫妇儿，原来还没去哩！西门庆道：“他今日才家去。”一面走出前边来，看见李桂姐穿着紫丁香色潞州妆花眉子对衿袄儿，白展光五色线挑的宽襕裙子，用青点翠的白绫汗巾儿搭着头。面前花枝招飐，绣带飘飘，磕了四个头，就道：“打搅爹娘这里。”西门庆道：“你明日家去罢？”桂姐道：“家里无人，妈使保儿拿轿子来接了。”又道：“我还有一件事对爹说，俺姑娘房里那孩子，休要领出去罢！俺姑娘昨日晚夕，又打了他几下。说起来还小哩，恁怎么不知道？吃我说了他几句，从今改了，他也再不敢了。不争打发他出去，大节间，俺姑娘房中没个人使，你心里不急么？自古木杓火杖儿短，强如手拨剌。爹好歹看我分上，留下这丫头罢！”西门庆道：“既是你恁说，留下这奴才罢！”一面分付玳安：“你去后边对你大娘说，休要叫媒人去了。”玳安见画童儿抱着桂姐毡包，说道：“拿桂姨毡包等我抱着，教画童儿后边说去罢！”那画童应喏，一直往后边去了。

未必是李桂姐面子有多大，实在是此时西门庆正在“上坡”状态中。

桂姐与西门庆说毕话，东窗子前扬声叫道：“应花子，我不拜你了，你娘家去！”伯爵道：“拉回贼小淫妇儿来，休放他去了！叫他唱一套儿且与我听听着。”桂姐道：“等你娘闲了唱与你听。”伯爵道：“由他干干净净！自你两个梯己话儿，就不教我知道了。恁大白日就家去了，便益了贼小淫妇儿了，投到黑还接好几个汉子！”桂姐道：“汗邪了你这花子！”一面笑出去。玳安跟着，打发他上轿去了。西门庆与桂姐说了话，后边更衣去了。

妓女帮闲间总要如此打牙犯嘴，其实有很大成分是以此娱主。

应伯爵向谢希大说：“李家桂儿这小淫妇儿，就是个真脱牢的强盗，越发贼的疼人子！恁个大节，他肯只顾在人家住着？鸨子来叫他，又不知家里有甚么人儿等着他哩！”谢希大道：“你好猜。”悄悄向伯爵耳边，如此如此，这般这般，说未数句。伯爵道：“悄悄里说道，哥正不知道哩！”不一时，西门庆走的脚步儿响进来，两个就不言语了。这应伯爵就把吴银儿搂在怀里，和他一递一口儿吃酒，说道：“是我这干女儿又温柔，又软款；强如李家狗不要的小淫妇儿一百倍了！”吴银儿笑道：“二爹好骂。说一个就一个，百个就百个。一般一方之地，也有贤有愚，可可儿一个就比一个来，俺桂姐没恼着你老人家！”西门庆道：“你问贼狗才，单管只六说白道的！”伯爵道：“你休管他！等我守着我这干女儿过

得便宜就占，方见帮闲本色。

日子。干女儿过来，拿琵琶且先唱个儿我听。”这吴银儿不忙不慌，轻舒玉指，款跨鲛绡，把琵琶在于膝上，低低唱了一回《柳摇金》：

心中牵挂，饭不饭茶不茶，难割舍我俏冤家。凄凉，因为我心上放不下，更不知你在谁家。要离别，与我两句伶仃话。抛闪杀奴家，闪赚杀奴家。你休要把奴来干罢！

伯爵吃过酒，又递谢希大，吴银儿又唱道：

常怀忧闷，何时得趁我心，牵挂着我有情人。姊妹们拘管的紧，老尊堂不放松，显的我言儿无信。不爱你宝和金，只爱你、只爱你生的庞儿俊。我和你做夫妻，死了甘心。教奴和你往来相趁。

这里和吴银儿前边递酒弹唱不题。且说画童儿走到后边，月娘正和孟玉楼、李瓶儿、大姐、雪娥并大师父，都在上房里坐的，只见画童儿进来。月娘才待使他叫老妈来，领夏花儿出去。画童便道：“爹使小的对大娘说：教且不要领他出去罢了。”月娘道：“你爹教卖他，怎的又不卖他了？你实说，是谁对你爹说，教休要领他出去？”画童儿道：“刚才小的抱着桂姨毡包，桂姨临去对爹说，央及留下了，‘且将就使着罢，休领出去了。’爹使玳安进来对娘说。玳安不进来，在爹跟前，使小的进来了，夺过毡包，送桂姨去了。”这月娘听了，就有几分恼在心中，骂玳安道：“恁贼！两头弑番、献勤欺主的奴才！嗔道头里使他叫媒人，他就说道爹教领出去。原来都是他弄鬼.如今又干办着送他去了，住回等他进后来，我和他答话！”正说着，只见吴银儿前边唱了进来。月娘对他说：“你家腊梅接你来了。李家桂儿家去了，你莫不也往家去了罢？”吴银儿道：“娘既留我，我又家去，显的不识敬重了。”因问腊梅：“你来做甚么？”腊梅道：“妈使我来瞧瞧你。”吴银儿问道：“家里没甚勾当？”腊梅道：“没甚事。”吴银儿道：“既没事，你来接我怎的，你家去罢！娘留下我，晚夕还同众娘每，往妗奶奶家走百病儿去。我那里回来，才往家去哩！”说毕，腊梅就要走。月娘道：“你叫他回来，打发他吃些甚么儿。”吴银儿道：“你大奶奶赏你东西吃哩！等着就把衣裳包子带了家去。对妈妈说，休教轿子来。晚夕我走了家去。”因问：“吴惠他怎的不来？”腊

吴银儿“恋栈”。何处是家？何人是娘？

梅道："他在家里害眼哩！"月娘分付玉箫领腊梅到后边，拿下两碗肉、一盘子馒头、一瓯子酒，打发他吃。又拿他原来的盒子，装了一盒元宵、一盒细茶食，回与他拿去。

原来吴银儿的衣裳包儿放在李瓶儿房里，李瓶儿连忙又早寻下一套上色织金段子衣服，两方销金汗巾儿，一两银子，安放在他毡包内与他。那吴银儿喜孜孜辞道："娘，我不要这衣服罢！"又笑嘻嘻道："实和娘说：我没个白袄儿穿，娘收了这段子衣服；不拘娘的甚么旧白绫袄儿，与我一件儿穿罢！"李瓶儿道："我的白袄子多宽大，你怎的穿？"于是叫迎春："拿钥匙上大橱柜里，拿一匹整白绫来与银姐。——对你妈说，教裁缝替你裁两件好袄儿。"因问："你要花的，要素的？"吴银儿道："娘，我要素的罢！图衬着比甲儿好穿。"笑嘻嘻向迎春说道："又起动叫姐往楼上走一遭，明日我没甚么孝顺，只是唱曲儿与姐姐听罢了。"

须臾，迎春从楼上取了一匹松江阔机尖素白绫，下号儿写着重三十八两，递与吴银儿。银儿连忙花枝招飐、绣带飘飘，插烛也似与李瓶儿磕了四个头。起来，又深深拜了迎春八拜。李瓶儿道："银姐，你把这段子衣服还包了去，早晚做酒衣儿穿。"吴银儿道："娘赏了白绫做袄儿，又包了这衣服去……"于是又磕头谢了。

吴银儿收获不小。李瓶儿也是报答她昨夜的"倾听诉怨闷"。

不一时，腊梅吃了东西，交与盒子、毡包，都拿回家去了。月娘便说："银姐，你这等我才喜欢。你休学李桂儿那等乔张致！昨日和今早，只相卧不住虎子一般，留不住的，只要家去。可可儿家里就忙的恁样儿，连唱也不用心唱了。见他家人来接，饭也不吃就去了。就不待见了？银姐，你快休学他。"吴银儿道："好娘，这里一个爹娘宅里，是那里去处？就有虚篢，放着别处使，敢在这里使？桂姐年幼，他不知事，俺娘休要恼他。"

正说着，只见吴大妗子家使了小厮来定儿来请，说道："俺娘上覆三姑娘：好歹同众位娘并桂姐、银姐，请早些过去罢！又请雪姑娘也走走。"月娘道："你到家对你娘说：俺们如今便收拾去。二娘害腿疼不去，他在家看家哩！你姑夫今日前边有人吃酒，家里没人，后边姐也不去。李桂姐家去了，连大姐、银姐，和俺每六位去。你家少费心整治甚么。俺每坐一回，晚上就来。”因问来定儿：“你家叫了谁在那里唱？”来定儿道：“是郁大姐。”说毕，来定儿先去了。月娘一面同玉楼、金莲、李瓶儿、大姐并吴银儿，对西门庆说了，分付奶子在家看哥儿，都穿戴收拾定当，共六顶轿子起身。派定玳安儿、棋童儿、来安儿三个小厮，四名排军跟轿，往吴大妗子家来。正是：

万井风光春落落，千门灯火夜漫漫。

此生此夜不长见，明月明年何处看？

毕竟未知后来何如，且听下回分解。

去赴宴，乐趣也无非是听弹唱。郁大姐所唱也无非还是那类的曲目。

第四十六回
元夜游行遇雪雨　妻妾笑卜龟儿卦

帝里元宵，风光好，胜仙岛蓬莱。玉尘飞动，车喝绣毂，月照楼台。三宫此夕欢谐，金莲万盏，撒向天街。迓鼓通宵，华灯竞起，五夜齐开。

此只词儿是前人所作，单题这元宵景致、人物繁华。且说西门庆那日，打发吴月娘众人往吴大妗子家吃酒去了。李智、黄四约坐到黄昏时分，就告辞去了。伯爵赶送出去，如此这般告诉："我已替你二公说了。准在明日，还找五百两银子。"那李智、黄四向伯爵打了恭又打恭。

伯爵复到厢房中，和谢希大还陪西门庆饮酒。只见李铭掀帘子进来，伯爵看见，便道："李日新来了。"李铭扒在地下磕头。西门庆问道："吴惠怎的不来？"李铭道："吴惠今日东平府官身也没去，在家里害眼。小的叫了王柱来了。"便叫王柱："进来与爹磕头。"那王柱掀帘进入房里朝上磕了头，与李铭站立在旁。伯爵道："你家桂姐刚才家去了。你不知道？"李铭道："小的官身，到家洗了洗脸就来了，并不知道。"伯爵同西门庆说："他两个怕不的还没吃饭哩！哥分付拿饭与他两个吃。"书童在旁说："二爹，叫他等一等，亦发和吹打的一答里吃罢，敢也拿饭去了。伯爵令书童取过一个托盘来，桌上掉了两碟下饭、一盘烧羊肉，递与李铭："等拿了饭，你每拿两碗，在这明间吃罢！"说书童儿："我那傻侄子，常言道：方以类聚，物以群分。你不知，他这行人故虽是当院出身，小优儿比乐工不同；一概看待也罢了，显的说你我不帮衬了。"被西

白描出乐伶生存状态。吴惠害眼，小小细节令此书不仅丰富，而且玲珑。

门庆向伯爵头上打了一下，笑骂道："怪不的你这狗才，行记中人只护行记中人，又知这当差的苦甘！"伯爵道："傻孩儿，你知道甚么！你空做子弟一场，连'惜玉怜香'四个字你还不晓的怎生说？粉头、小优儿如同鲜花儿，你惜怜他，越发有精神。你但折剉他，敢就《八声甘州》'恹恹瘦损'，难以存活。"西门庆笑道："还是我的儿晓的道理。"

应花子自己本也是讨饭吃的，偏用这种做派显示自己的"二主子"地位，既在伶工前买好，又讨主子欢心，兼及训戒了奴仆，制造出一种轻松欢快的气氛，真是超级帮闲、优质混混。

那李铭、王柱须臾吃了饭。应伯爵叫过来分付："你两个会唱'雪月风花共裁剪'不会？"李铭道："此是黄钟，小的每记的。"于是拿过筝来，王柱弹琵琶，李铭搽筝，顿开喉音，唱《黄钟·醉花阴》：

雪月风花共裁剪，云雨梦香娇玉软。花正好，月初圆，雪压风颠，人比天涯远。这些时欲寄断肠篇，争奈我无边岸的相思好着我难运转。

〔喜迁莺〕 指沧溟为砚，管城毫健笔如椽。松烟，将泰山作墨研，万里青天为锦笺，都做了草圣传。一会家书，书不尽心事。一会家诉，诉不尽熬煎。

〔出队子〕 忆当时初见，见俺风流小业冤。两心中便结下死生缘，一载间浑如胶漆坚。谁承望半路番腾，倒做了离恨天！

〔出队子〕 二三朝不见，浑如隔了十数年。无一顿茶饭不挂牵，无一刻光阴不唱念。无一个更儿，将他来不梦见。

〔四门子〕 无一个来人行，将他来不问遍。害的人有似风颠，相识每见了重还劝。不由我记挂在心间，思量的眼前活现，作念的口中粘涎。襟领前、袖儿边，泪痕湮遍。想从前我和他语在先。那时节娇小当年，论聪明贯世何曾见。他敢真诚处有万千。

〔刮地风〕 忆咱家为他情无倦，泪江河成眷恋。俺也曾坐并着膝，语并着肩。俺也曾芰荷香效他交颈鸳。俺也曾把手儿行，共枕眠。天也，是我缘薄分浅。

〔水仙子〕 非干是我自专，只觅的鸾胶续断弦。忆枕上盟言，念神前发愿，心坚石也穿。暗暗的祷告青天：若咱家负他前世缘，俏冤家不趁今生愿，俺那世里再团圆！

〔尾声〕 嘱付你衷肠莫更变，要相逢则除是动载经年。则你那身去远，莫教心去远！

说话唱了，看看晚来。正是：金乌渐渐落西山，玉兔看看上画阑。佳人款款来传报，报道月移花影上纱窗。西门庆命收了家火，使人请傅伙计、韩道国、云主管、贲四、陈经济。大门首用一架围屏围，安放两张桌席，悬挂两盏羊角灯。摆设酒筵，堆集许多春檠果盒、各样肴馔。西门庆与伯爵，希大都一带上面坐了，伙计、主管两边打横。大门首两边，一边十二盏金莲灯，还有一座小烟火，西门庆分付等堂客来家时放。先是六个乐工，抬铜锣铜鼓，在大门首吹打。吹打了一回，又清吹细乐上来。李铭、王柱两个小优儿筝、琵琶上来，弹唱灯词《画眉序》“花月满春城”云云。那街上来往围看的人，莫敢仰视。西门庆带忠靖冠，丝绒鹤氅、白绫袄子。玳安与平安两个，一递一桶放花儿。两名排军各执揽杆，拦挡闲人，不许向前拥挤。不一时，碧天云静，一轮皓月东升之时，街上游人十分热闹，但见：

西门庆究竟不是贵族，虽大摆排场，炫财耀势，倒也还能与伙计们一起宴饮，共度佳节。

户户鸣锣击鼓，家家品竹弹丝。游人队队踏歌声，士女翩翩垂舞调。鳌山结彩，巍峨百尺矗晴云；凤禁缛香，缥缈千层笼绮队。闲廷内外，溶溶宝月光辉；画阁高低，灿灿花灯照耀。三市六街人闹热，凤城佳节赏元宵。

且说后边，春梅、迎春、玉箫、兰香、小玉众人见月娘不在，听见大门首吹打铜鼓弹唱，又放烟火，都打扮着走来，在围屏背后扒着望外瞧。书童儿和画童儿两个，在围屏背后火盆上筛酒。原来，玉箫和书童旧有私情，两个常时戏狎。两个因按在一处，夺瓜子儿磕。不防火盆上坐着一锡瓶酒，推倒了，那火烘烘望上腾起来，溜了一地灰起去。那玉箫还只顾嘻笑，被西门庆听见，使下玳安儿来问：“是谁笑？怎的这等灰起？”那日春梅穿着新白绫袄子、大红遍地金比甲，正坐在一张椅儿上。看见他两个推倒了酒，一径扬声骂玉箫：“好个怪浪的淫妇！见了汉子，就邪的不知怎么样儿的了！只当两个把酒推倒了才罢了，都还嘻嘻哈哈，不知笑的是甚么！把火也溜死了，平白落了人恁一头灰！”那玉箫见

关不住的春光。

他骂起来，唬的不敢言语，往后走了。慌的书童儿走上去，回说："小的火盆上筛酒来，扒倒了锡瓶里酒了。"那西门庆听了，更不问其长短，就罢了。

先是那日，贲四娘子打听月娘不在，平昔知道春梅、玉箫、迎春、兰香四个，是西门庆贴身答应、得宠的姐儿，大节下安排了许多菜蔬果品，使了他女孩儿长儿来，要请他四个去他家里散心坐坐。众人领了来见李娇儿，娇儿说："我灯草拐杖不定，你还请问你爹去。"问雪娥，雪娥亦发不敢承揽。看看挨到掌灯已后，贲四娘子又使了长儿来邀四人。兰香推玉箫，玉箫推迎春，迎春推春梅；要令齐了，转央李娇儿和西门庆说，放他去。那春梅坐着纹丝儿也不动，反骂玉箫等："都是那没见食面的行货子！从没见酒席，也闻些气儿来。我就去不成，也不到央及他家去！一个个鬼撺撍的也似，不知忙的是甚么，你教我半个眼儿看的上！"那迎春、玉箫、兰香都穿上衣裳，打扮的齐齐整整出来，又不敢去，这春梅又只顾坐着不动身。书童见贲四嫂又使了长儿来邀，说道："我破着爹骂两句，也罢。等我上去替姐们禀禀去。"一直走到西门庆身边，掩口对耳说道："贲四嫂家大节间要请姐们坐坐，姐教我来禀问爹，去不去？"西门庆听了，分付："教你姐每收拾去，早些来。家里没人。"这书童连忙走下来，说道："还亏我到上头一言，就准了！教你姐快收拾去，早些来。"那春梅慢慢才往房里匀施脂粉去了。

一个层次有一个层次的联络应酬。

春梅之心，早超越了这一层次。

不一时，四个都一答儿里出门。书童扯围屏掩过半边来，遮着过去。到了贲四家，贲四娘子见了，如同天上落下来的一般，迎接进里间屋里。顶槅上点着绣球纱灯，一张桌儿上整齐肴菜，盛堆满满的。赶着春梅叫大姑，迎春叫二姑，玉箫是三姑，兰香是四姑，都见过礼。又请过韩回子娘子来相陪，教下人家另是一分菜蔬。当下春梅、迎春上坐，玉箫、兰香对席，贲四嫂与韩回子娘子打横，长儿往来盪酒拿菜。按下这里不题。

庙小香烛足。

西门庆因叫过乐工来分付："你们吹了一套'东野翠烟消'《好事近》与我听。"正值后边拿上玫瑰元宵来，银杏匙。众人拿起来同吃，端的香甜美味，入口而化，甚应佳节。李铭、王柱席前又拿乐器，接着弹唱

此词。端的声慢悠扬,挨徐合节。道:

此曲是从男性角度唱出。

东野翠烟消,喜遇芳天晴晓。惜花心性,春来又起得偏早。教人探取,问东君肯与我春多少?见丫鬟笑语回言道:昨夜海棠开了。

〔千秋岁〕 杏花稍间着梨花雪,一点点梅豆青小。流水桥边,流水桥边,只听的卖花人声声频叫。秋千外,行人道。我只听的粉墙内佳人欢笑。笑道春光好。我把这花篮儿旋簇,食垒高挑。

〔越恁好〕 闹花深处,滴溜溜的酒旗招。牡丹亭佐侧,寻女伴斗百草。翠巍巍的柳条,忒楞楞的晓莺飞过树稍,扑簌簌乱横舞翩翩粉蝶儿飞过画桥。一年景,四季中,惟有春光好。向花前畅饮,月下欢笑。

〔红绣鞋〕 听一派凤管鸾箫,见一簇翠围珠绕。捧玉樽,醉频倒。歌金缕,舞六幺。任明月上花稍,月上花稍。

〔尾声〕 醉教酩酊眠芳草,高把银烛花下烧。韶光易老。休把春光虚度了!

这里弹唱饮酒不题。且说玳安与陈经济袖着许多花炮,又叫两个排军拿着两个灯笼,竟往吴大妗子家接月娘。众人正在明间,和吴大妗、吴二妗子、吴舜臣媳妇儿,郁大姐在傍弹唱着,正饮酒。见了陈经济来:“教二舅和姐夫房里坐。你大舅今日不在家,卫里看着造册哩!”一面放桌儿,拿春盛点心酒菜上来,陪经济。玳安走到上边,对月娘说:“爹使小的来接娘们来了。请娘早些家去,恐晚夕人乱,和姐夫一答儿来了。”月娘因着头里恼他,就一声儿没言语答他。吴大妗子便叫来定儿:“拿些甚么儿与玳安儿吃。”来定儿道:“酒肉汤饭,都前头摆下,和他一处儿吃罢!”吴月娘道:“忙怎的?那里才来乍到就与他吃罢!教他前边站着,我每就起身。”吴大妗子道:“三姑娘慌怎的?上门儿怪人家?比来大姑娘们,在俺这里大节下,姊妹间众位开怀大坐坐儿。左右家里有他二娘和他姐在家里,怕怎的?老早就要家去!是别人家又是一说。”因叫郁大姐:“你唱个好曲儿伏侍他众位娘。”孟玉楼道:“他六

到处都在吃喝玩乐。

娘好不恼他哩！不与他做生日。”郁大姐连忙下席来，与李瓶儿磕了四个头，说道：“自从与五娘做了生日，家去就不好起来。昨日妗奶奶这里接我去，教我才收拾闸闽了来。若好时，怎的不与你老人家磕头！”金莲道：“郁大姐，你六娘不自在哩！你唱个好的与他听，他就不恼你了。”那李瓶儿在旁只是笑，不做声。郁大姐道：“不打紧，拿琵琶过来，等我唱。”大妗子叫吴舜臣媳妇郑三姐：“你把你二位姑娘，和众位娘的酒儿斟上。这一日还没上过钟酒儿。”那郁大姐接琵琶在手，唱《一江风》道：

歌女生涯，辛酸自知。

子时那，这凄凉如何过？罗帏锦帐和衣卧。歹哥哥，你许下我子丑时来，不觉寅时错，疼心肠等他待如何？抛闪了我，愿神灵降与他灾和殃。

卯时的，乱挽起乌云髻，羞对菱花镜。想多情，穿不的锦绣衣裳，戴不起翡翠珍珠，解不开心头闷。辰时已过了，巳时不见影，奴家为你忧成病。

午时牌，这相思真个害，害的我魂不在。想多才，你记的月下星前，誓海盟山，谁把你轻看待？他若是未时来，也把奴愁怀解，申时买个猪头儿赛。

酉时下，不由人心牵挂，谁说几句知心话？谎冤家，你在谢馆秦楼，倚翠偎红，色胆天来大。戌时点上烛，早晚不见他，亥时去卜个龟儿卦。

可与前李铭、王柱儿所唱做一对比。从男性角度，所关注的只是如何及时行乐，而且行乐的选择空间比较大。郁大姐所唱，是从女性角度，不仅时间感受上充满焦虑，空间感受也体现为狭小压抑。

正唱着，月娘便道：“怎的这一回子恁凉凄凄的起来？”来安在旁说道：“外边天寒下雪哩！”孟玉楼道：“姐姐，你身上穿的不单薄？我倒带了个绵披袄子来了。咱这一回，夜深不冷么？”月娘道：“既是下雪，叫个小厮家里取皮袄来咱们穿。”那来安连忙走下来，对玳安说：“娘分付，教人家去取娘们皮袄哩！”那玳安便叫琴童儿：“你取去罢。等我在这里伺候。”那琴童也不问，一直家去了。

大懒支小懒。

少顷，月娘想起金莲的皮袄，因问来安儿：“谁取皮袄去了？”来安道：“琴童取去了。”月娘道：“也不问我，就去了。”玉楼道：“刚才短了一句话，不该教他拿俺每的。他五娘没皮袄，只取姐姐的来罢！”月娘道：

"怎的家中没有？还有当的人家一件皮袄，取来与六姐穿就是了。"月娘便问："玳安那奴才怎的不去，却使这奴才去了？你叫他来！"一面把玳安叫到跟前，吃月娘尽力骂了几句好的："好奴才！使你怎的不动？又遣将儿，使了那个奴才去了。也不问我声儿，三不知就去了。但坐坛遣将儿，怪不的！你做了大官儿，恐怕打动你展翅儿巾，就只遣他去！"玳安道："娘错怪了小的。头里娘分付若是教小的去，小的敢不去？来安下来，只说教一个家里去。"月娘道："那来安小奴才敢分付你，俺们恁大老婆还不敢使你哩！如今惯的你这奴才们想有些折儿也怎的？一来主子烟熏的佛像，挂在墙上。有恁施主，有恁和尚？你说你恁行动？两头戳舌，献勤出尖儿，外合里表，奸懒贪馋，背地瞒官作弊，干的那茧儿，我不知道？头里你家主子没使你送李桂儿家去，你怎的送他？人拿着毡包，你还匹手夺过去了。留丫头不留丫头不在你，使你进来说，你怎的不进来？你便就恁送他，里头图嘴吃去了，却使别人进来。须知我若骂只骂那个人了。你还说你不久惯牢成！"玳安道："这个也没人，就是画童儿过的舌。爹见他抱着毡包，教我：'你送送你桂姨去罢。'使了他进来的。娘说留丫头不留丫头不在于小的，小的管他怎的？"月娘大怒，骂道："贼奴才，还要说嘴哩！我可不这里闲着和你犯牙儿哩！你这奴才，脱脖倒坳过飏了。我使着不动，耍嘴儿。我就不信到明日不对他说，把这欺心奴才，打与他个烂羊头，也不算！"吴大妗子道："玳安儿，还不快替你娘们取皮袄去？他恼了。"又道："姐姐，你分付他拿那里皮袄与他五娘穿？"潘金莲接过来说道："姐姐，不要取去。我不穿皮袄，教他家里捎了我的披袄子来我穿罢！人家当的，好也歹也。黄狗皮也似的，穿在身上教人笑话，也不长久，后还赎的去了。"月娘道："这皮袄才不是当。倒是当人李智少十六两银子，准折的皮袄。当的王招宣府里那件皮袄，与李娇儿穿了。"因分付玳安："皮袄在大橱里，教玉箫寻与你。就把大姐的皮袄也带了来。"

谁说吴月娘一味好性子？作为主妇，她亦要求仆人一忠二勤。尤其是玳安这种由家主和她"共用"的仆人，她容不得其"两头戳舌"、"外合里表"。

玳安实是"一仆二主"，其实难当。

这就显出潘金莲的"来历"寒微。她是全凭"性魅力"，赤手空拳打进西门府来的。

那玳安把嘴谷都，走出来。陈经济问道："你往那去？"玳安道："精是攮气的营生，一遍生活两遍做！这咱晚又往家里跑一遭。"径走到家。西门庆还在大门首吃酒，傅伙计、云主管都去了，还有应伯爵、谢希大、韩道国、贲四众人吃酒未去。便问玳安:“你娘们来了?”玳安道:“没来,使小的取皮袄来了。”说毕,便往后走。

先是琴童到家,上房里寻玉箫要皮袄。小玉坐在炕上正没好气,说道:“四个淫妇今日都在贲四老婆家吃酒哩!我不知道皮袄放在那里,往他家问他要去。”这琴童一直走到贲四家,且不叫,在窗外悄悄觑听。只见贲四嫂说道:“大姑和二姑,怎的这半日酒也不上,菜儿也不拣一箸儿?嫌俺小家儿人家,整治的不好吃也怎的?”春梅道:“四嫂,俺们酒勾了。”贲四嫂道:“耶嗏,没的说。怎的这等上门儿怪人家!”又叫韩回子老婆:“便是我的切邻,就如副东一样,三姑、四姑跟前酒,你也替我劝劝儿,怎的单板!”叫长姐:“筛酒来,斟与三姑吃,你四姑钟儿斟浅些儿罢。”兰香道:“我自来吃不的。”贲四嫂道:“你姐儿们今日受饿,没甚么可口的菜儿管待,休要笑话!今日要叫了先生来,唱与姑娘们下酒,又恐怕爹那里听着,浅房浅屋,说不的俺小家儿人家的苦。”

一个层次吃一个层次的醋。

说着,琴童儿敲了敲门,众人多不言语了。半日,只听长儿问:“是谁?”琴童道:“是我,寻姐说话。”一面开了门,那琴童入来。玉箫便问:“娘来了?”那琴童看着待笑,半日不言语。玉箫道:“怪雌牙的,谁与你雌牙?问着不言语。”琴童道:“娘们还在妗子家吃酒哩!见天阴下雪,使我来家取皮袄来,都教包了去哩!”玉箫道:“皮袄在外描金箱子里不是?叫小玉拿与你。”琴童道:“小玉说,教我来问你要。”玉箫道:“你信那小淫妇儿,他不知道怎的!”春梅道:“你每有皮袄的,都打发与他。俺娘也没皮袄,自我不动身。”兰香对琴童:“你三娘皮袄,问小鸾要。”迎春便向腰里拿钥匙与琴童儿:“教绣春开里间门拿,与你。”

那琴童儿走到后边,上房小玉和玉楼房中小鸾,都包了皮袄交与他。正拿着往外走,遇见玳安,问道:“你来家做甚么?”玳安道:“你还说哩!为你来了,平白教大娘骂了我一顿好的。又使我来取五娘的皮袄来。”琴童道:“我如今取六娘的皮袄去也。”玳安道:“你取了,还在这里等着我,一答儿里去;你先去了不打紧,又惹的大娘骂我。”说毕,玳安来到上房。小玉正在炕上笼着炉台烤火,口中磕瓜子儿。见了玳安,问道:“原来你也来了?”玳安道:“你又说哩!受了一肚子气在这里。”于是把月娘骂他一节，前后诉说一遍："着琴童取皮袄，嗔我不来，说我遣将儿。因为五娘没皮袄，又教我来取，说大橱里有李三准折的一领皮袄，教拿与我去哩！"小玉道："玉箫拿了里间门上钥匙，都在贲四家吃酒哩！教他来拿。"玳安道："琴童往六娘房里去取皮袄，便来也，教他叫去。我且歇歇腿儿，烤烤火儿着。"那小玉便让炕头儿，与他并肩相挨着向火。小玉道："壶里有酒，筛盏子你吃？"玳安道："可知好哩！看你下顾。"小玉下来，把壶坐在火上，抽开抽替，拿了一碟子腊鹅肉，筛酒与他。无人处两个就搂着咂舌亲嘴。

处处有性。

正吃着酒，只见琴童儿进来。玳安让他吃了一盏子，便使他："叫玉箫姐来，拿皮袄与五娘穿。"那琴童把毡包放下，走到贲四家叫玉箫。玉箫骂道："贼囚根子，又来做甚么？"又不来，递与钥匙教小玉开门。那小玉开了里间房门，取了一把钥匙通了半日，白通不开。琴童又往贲四家问去。那玉箫道："不是那个钥匙。娘橱里钥匙在床褥子座下哩！"小玉又骂道："那淫妇丁子钉在人家不来，两头来回，只教使我！"甫能开了，橱里又没皮袄。琴童儿来回走的抱怨了："就死也死三日三夜，又撞着恁瘟死鬼小奶奶儿们，把人魂也走出了！"向玳安道："你说此回去，又惹的娘骂。不说屋里锁，只怪俺们。"走去又对玉箫说："里间娘橱里寻，没有皮袄。"玉箫想了想，笑道："我也忘记，在外间大橱里。"到后边，又被小玉骂道："淫妇吃那野汉子捣昏了！皮袄在这里，却到处寻。"一面取出来，将皮袄包了，连大姐披袄，都交付与玳安、琴童。

只为取一领当死的皮袄，绕出这许多的弯子。

两个拿到吴大妗子家，月娘又骂道："贼奴才，你说同了都不来罢了。"那玳安又不敢言语。琴童道："娘的皮袄都有了，等着姐又寻这件青镶皮袄。"于是打开取出来。吴大妗子灯下观看，说道："也好一件皮袄。五娘，你怎的说他不好，说是黄狗皮。那里有恁黄狗皮，与我一件穿也罢了。"月娘道："新新的皮袄儿，只是面前歇胸旧了些儿。到明日，从新换两个遍地金歇胸，穿着就好了。"孟玉楼拿过来，与金莲戏道："我儿，你过来。你穿上这黄狗皮，娘与你试试看好不好？"金莲道："有本事到明日问汉子要一件穿，也不枉的。平白拾了人家旧皮袄来，披在身上做甚么！"玉楼戏道："好个不认业的，人家有这一件皮袄，穿在身念佛。”于是替他穿上。见宽宽大大，潘金莲才不言语。

皮袄虽宽大，终难填满金莲心。

当下吴月娘是貂鼠皮袄，孟玉楼与李瓶儿俱是貂鼠皮袄，都穿在身上，拜辞吴大妗子、二妗子起身，月娘与了郁大姐一包二钱银子。吴银儿道：“我这里就辞了妗子、列位娘，磕了头罢！”当下吴大妗子与了一对银花儿，月娘与李瓶儿每人袖中摘去一两银子与他，磕头谢了。吴大妗子同二妗子、郑三姐，都还要送月娘众人，因见天气落雪，月娘阻回去了。琴童道：“头里下的还是雪，这回沾在身都是水珠儿。只怕湿了娘们的衣服，问妗子这里讨把伞打了家去。”吴二舅连忙取了伞来，琴童儿打着，头里两个排军打着灯笼，一簇男女跟了。走几条小巷，到大街上。陈经济路上放了许多花炮，因叫：“银姐，你家不远了，俺们送你到家。”月娘便问：“他家去那里？”经济道：“这条胡同内，一直进去；中间一座大门楼，就是他家。”那吴银儿道：“我这里就辞了娘们家去。”月娘道：“地下湿，姐家去了罢！头里已是见过礼了。我还着小厮送你到家。”因叫过玳安：“你送送银姐家去。”经济道：“娘，我与玳安两个去罢！”月娘道：“也罢。姐去，你与他两个同送他送。”那经济得不的一声，同玳安一路送去了。

吴月娘众人便回家来。潘金莲路上说：“大姐姐，你原说咱每送他家去，怎的又不去了？”月娘笑道：“你也只是个小孩儿，哄你说着耍子儿，你就信了？丽春院里，那处是那里，你我送去？”潘金莲道：“象人家汉子在院里嫖院来。家里老婆没曾往那里寻去，寻出没曾打成一锅粥？”月娘道：“你来时儿，他爹到明日往院里去，寻他寻试试？倒没的教人家汉子当粉头拉了去，看你那两个眼儿哩！”

只有潘金莲才有此种“垄断”之心。

说着，看看走到东街口上，将近乔大户门首。只见乔大户娘子和他外甥媳妇段大姐，在门首站立。远远的见月娘这边一簇男女过来，拉请月娘进去。月娘再三说道：“多谢亲家盛情。天晚了，不进去罢！”那乔大户娘子那里肯放，说道：“好亲家，你怎的上门儿怪人家？”强把月娘众人拉进去了。客位内挂着灯，摆设酒果，有两个女儿弹唱，饮酒不题。

人情应酬也成灾。

却说西门庆，在家门首与伯爵众人饮酒，酒已将阑。先是伯爵与希大二人整吃了一日，顶颡吃不下去，见西门庆在椅子上打盹，赶眼错，把白嚼之后，还要白拿，且多多益善，贪得无厌。

果碟儿带减碟倒在袖子里，都收拾了个净光，和韩道国就走了。只落下贲四又不敢往屋里去，直陪着西门庆。打发了乐工酒来吃了，各都与了赏钱，打发出门，看着收了家火，灭息了灯烛，归后边去了。

只见平安走来贲四家叫道："姐们还不起身，爹进去了。"那春梅听见，和迎春、玉箫等慌的行回不顾将，拜了贲四嫂，辞的一溜烟跑了。只落下兰香在后边了，别了鞋赶不上，骂道："你们都抢棺材奔命哩！把人的鞋都别了，白穿不上！"到后边，打听西门庆在李娇儿房里，都来磕头。大师父见西门庆进入李娇儿房中，都躲到上房和小玉在一处。玉箫进来道了万福。那小玉还说玉箫："娘那里使了小厮来要皮袄，你就不来管管儿！教我来拿，我又不知那根钥匙开橱门，甫能开了又没有，落后却在外边大橱柜里寻出来。你放在里头，又昏抢了你不知道？姐姐们都吃勾来了罢，一个也曾见长出块儿来？"那玉箫倒吃抢的脸飞红，便道："怪小淫妇儿，如何狗挝了脸似的？人家不请你，怎的和俺每使性儿？"小玉道："我稀罕那淫妇请！"大师父在傍劝道说："姐姐们义让一句儿罢，你爹在屋里听着。只怕你娘们来家，顿下些茶儿伺候着。"正说着，只见琴童抱进毡包来。玉箫便问："娘来了？"琴童道："娘们来了，又被乔亲家娘在门首让进去吃酒哩！也将好起身。"两个才不言语了。

一层上有一层的浪。人在"人际"中。"人际"有层次。层层有风浪。"错层"生浪或层间"浪打浪"，则可能导致"人际"紊乱和"人际"重组。

不一时，月娘等从乔大户娘子家出来。到家门首，贲四娘子走出来厮见。陈经济和贲四一面取出一架小烟火来，在门首又看放了一回烟火，方才进来。众人与李娇儿、大师父道了万福。雪娥走来，向月娘跟前磕了头，与玉箫等三人见了礼。月娘因问："他爹在那里？"李娇儿道："刚才在我那屋里，我打发他睡了。"月娘一声儿没言语。只见春梅、迎春、玉箫、兰香进来磕头。李娇儿便说："今日前边贲四嫂请了四个出去，坐了回儿就来了。"月娘听了半日没言语。骂道："恁成精狗肉们，平白去做甚么！谁教他去来？"李娇儿道："问过他爹才去来。"月娘道："问他好有张主的货！你家初一十五开的庙门早了，都竟出些小鬼来了！"大师父道："我的奶奶！恁四个上画儿的姐姐，还说是小鬼。"月娘道："上画儿只画的半边儿，平白放出做甚么？与人家喂眼儿！"孟玉楼见月娘说来的不好，就先走了。落后金莲见玉楼起身，和李瓶儿、大

吴月娘是暗妒李娇儿。

姐也走了。止落下大师父，和月娘同在一处睡了。那雪霰直下到四更方止。正是：香消烛冷楼台夜，挑菜烧灯扫雪天。

一宿晚景题过。到次日，西门庆往衙门中去了。月娘约饭时前后，与孟玉楼、李瓶儿三个同送大师父家去。因在大门里首站立，看见一个乡里卜龟儿卦儿的老婆子，穿着水合袄、蓝布裙子，勒黑包头、背着褡裢，正从街上走来。月娘使小厮叫进来，在二门里铺下卦帖，安下灵龟，说道："你卜卜俺们。"那老婆扒在地下磕了四个头："请问奶奶多大年纪？"月娘道："你卜个属龙儿的女命。"那老婆道："若是大龙儿，四十二岁，小龙儿三十岁。"月娘道："是三十岁了，八月十五日子时生。"那老婆把灵龟一掷，转了一遭儿住了，揭起头一张卦帖儿。上面画着一个官人和一位娘子在上面坐，其余多是侍从人。也有坐的，也有立的，守着一库金银财宝。老婆道："这位当家的奶奶是戊辰生，戊辰己巳大林木。为人一生有仁义，性格宽洪；心慈好善，看经布施，广行方便。一生操持，把家做活；替人顶缸受气，还不道是。喜怒有常，主下人不足。正是：喜乐起来笑嘻嘻，恼将起来闹哄哄。别人睡到日头半天还未起，你人早在堂前禁转。梅香洗铫铛，虽是一时风火性，转眼却无心。就和人说也有，笑也有。只是这疾厄宫上着刑星，常沾些啾唧。吃了你这心好，济过来了，往后有七十岁活哩！"孟玉楼道："你看这位奶奶命中有子没有？"婆子道："休怪婆子说。儿女宫上有些贵，往后只好招个出家的儿子送老罢了。随你多少也存不的。"玉楼向李瓶儿笑道："就是你家吴应元，见做道士家名哩！"

吴月娘在这几回里，心中暗转着一门子心思。骂玳安、斥"小鬼"，都不过是借题发挥。

月娘指着玉楼："你也叫他卜卜。"玉楼道："你卜个三十四岁的女命，十一月二十七日寅时生。"那婆子从新撇了卦帖，把灵龟一卜，转到命宫上住了，揭起第二张卦帖来。上面画着一个女人，配着三个男人：头一个小帽商旅打扮；第二个穿红官人；第三个是个秀才。也守着一库金银，有左右侍从人伏侍。婆子道："这位奶奶是甲子年生，甲子乙丑海中金。命犯三刑六害，夫主克过方可。"玉楼道："已克过了。"婆子道："你为人温柔和气，好个性儿。你恼那个人也不知，喜欢那个人也不知，显不出来。一生上人见喜下钦敬，为夫主宠爱。只一件，你饶与人为了

与第二十九回相呼应。其实已有吴神仙卜过。但市井辈总要一卜再卜。甚至连这样的乡婆子的龟儿卦也不放过。一般人卜卦，听见好话，总信；听见坏话，总半信半疑。之所以要一卜再卜，是想：一，巩固前次听到的吉兆；二，修正前次所听到的凶兆。

美，多不得人心。命中一生替人顶缸受气，小人驳杂，饶吃了还不道你是。你心地好了去了，虽有小人也拱不动你。”玉楼笑道：“刚才为小厮讨银子，和爹乱了这回子，乱将出来。自我吃了却是顶缸受气。”月娘道：“你看这位奶奶，往后有子没有？”婆子道：“济得好，见个女儿罢了；子上不敢许。若说寿，倒尽有。”

月娘道：“你卜卜这位奶奶。——李大姐，你与他八字儿。”李瓶儿笑道：“我是属羊的。”婆子道：“若属小羊的，今年廿七岁，辛未年生的。生几月？”李瓶儿道：“正月十五日午时。”那婆子卜转龟儿，到命宫上矻磴住了，揭起卦帖来。上面画着一个娘子，三个官人：头个官人穿红；第二个官人穿绿；第三个穿青。怀着个孩儿，守着一库金银财宝，傍边立着个青脸獠牙红发的鬼。婆子道：“这位奶奶，庚午辛未路傍土。一生荣华富贵，吃也有，穿也有，所招的夫主都是贵人。为人心地有仁义，金银财帛不计较，人吃了转了他的，他喜欢；不吃他不转他，倒恼。只是吃了比肩不和的亏，凡事恩将仇报。正是：比肩刑害乱扰扰，转眼无情就放刁。宁逢虎摘三生路，休遇人前两面刀。奶奶，你休怪我说：你尽好匹红罗，只可惜尺头短了些。气恼上要忍耐些，就是子上也难为。”李瓶儿道：“今已是寄名做了道士。”婆子道：“既出了家，无妨了。又一件，你老人家今年计都星照命，主有血光之灾；仔细七八月不见哭声才好。”说毕，李瓶儿袖中掏出五分一块银子，月娘和玉楼每人与钱五十文。

刚打发卜龟卦婆子去了，只见潘金莲和大姐从后边出来，笑道：“我说后边不见，原来你们都往前头来了。”月娘道：“俺们刚才送大师父出来，卜了这回龟儿卦。你早来一步，也教他与你卜卜儿也罢了。”金莲摇头儿道：“我是不卜他！常言：算的着命，算不着行。想着前日道士打看，说我短命哩！怎的哩？说的人心里影影的。随他明日街死街埋，路死路埋，倒在洋沟里就是棺材！”说毕，和月娘同归后边去了。正是：万事不由人计较，一生都是命安排。有诗为证：

《红楼梦》里王熙凤不信阴司报应，大约是从潘金莲学来。

甘罗发早子牙迟，彭祖颜回寿不齐，

范丹家贫石崇富，算来各是只争时。

毕竟未知后来何如，且听下回分解。

第四十七回
王六儿说事图财　西门庆受赃枉法

风拥狂澜浪正颠，孤舟斜泊抱愁眠。
鸡鸣叫彻寒云外，驿鼓清分旅梦边。
诗思有添池草绿，河船无约晚潮迁。
凭虚细数谁知己，惟有故人月在天。

此一首诗，单题塞北以车马为常。江南以舟楫为便。南人乘舟，北人乘马，盖可信也。

话说江南扬州广陵城内，有一苗员外，名唤苗天秀，家有万贯资财，颇好诗礼。年四十岁，身边无子；止有一女，尚未出嫁。其妻李氏，身染痼疾在床。家事尽托与宠妾刁氏，名唤刁七儿，原是扬州大马头娼妓出身。天秀用银三百两娶来家，纳为侧室，宠嬖无比。

自此另起一条线索。前数回叙述文本趋细琐，现在转为较粗线条，疏密相间，方不板结。

忽一日，有一老僧在门首化缘。自称是东京报恩寺僧，因为堂中缺少一尊镀金铜罗汉，故云游在此，访善纪录。天秀闻之不吝，即施银五十两与那僧人。僧人道："不消许多，一半，足以完备此像。"天秀道："吾师休嫌少。除完佛像，余剩可作斋供。"那僧人问讯致谢。临行，向天秀说道："员外左眼眶下有一道白气，乃是死气。主不出此年，当有人灾殃。你有如此善缘与我，贫僧焉可不预先说与你知？今后随有甚事，切勿出境。戒之，戒之！"言毕，作辞天秀而去。

那消半月，天秀偶游后园，见其家人苗青，——平日是个浪子，——正与刁氏在亭侧相倚私语。不意天秀卒至，躲避不及。看见不由分说，将苗青痛打一顿，誓欲逐之。苗青恐惧，转央亲邻再三劝留，得免。终是切恨在心。

不期有天秀表兄黄美，原是扬州人氏，乃举人出身，在东京开封府做通判，亦是博学广识之人也。一日，差人寄了一封书来扬州与天秀。要请天秀上东京，一则游玩，二者为谋其前程。苗天秀得书不胜欢喜。因向其妻妾说道："东京乃辇毂之地，景物繁华所萃，吾心久欲游览，无由得便；今不期表兄书来相招，实有以大慰平生之意。"其妻李氏便说："前日僧人相你面上有灾厄，嘱付不可出门；且此去京都甚远，况你家私沉重，抛下幼女病妻在家，未审此去前程如何。不如勿往为善。"天秀不听，反加怒叱，说道："大丈夫生于天地之间，桑弧蓬矢，不能遨游天下，观国之光，徒老死牖下无益矣！况吾胸中有物，囊有余资，何愁功名之不到手？此去表兄必有美事于我，切勿多言！"于是分付家人苗青收拾行李衣装，多打点两箱金银，载一船货物，带了个安童并苗青，来上东京。取功名如拾芥，得美职犹唾手。嘱咐妻妾守家，择日起行。

数行间出现数个新人物。故事节奏亦快捷起来。

正值秋末冬初之时，从扬州马头上船，行了数日，到徐州洪。但见一派水光十分险恶：

万里长洪水似倾，东流海岛若雷鸣。
滔滔雪浪令人怕，客旅逢之谁不惊！

前过地名陕湾，苗员外见看天晚，命舟人泊住船只。也是天数将尽，合当有事：不料搭的船只，却是贼船！两个艄子皆是不善之徒：一个姓陈，名唤陈三；一个姓翁，乃是翁八。常言道：不着家人，弄不得家鬼。这苗青深恨家主苗天秀，日前被责之仇，一向要报无由。口中不言，心内暗道："不如我如此如此，这般这般，与两个艄子做一路，拿得将家主害了性命，推在水内，尽分其财物。我这一回去，再把病妇谋死，这分家私，连刁氏都是我情受的。"正是：花枝叶下犹藏刺，人心怎保不怀毒？

这苗青由是与两个艄子密密商量，说道："我家主皮箱中还有一千两金银、二千两段匹，衣服之类极广。汝二人若能谋之，愿将此物均分。"陈三、翁八笑道："汝若不言，我等不瞒你说：亦有此意久矣。"是夜天气阴黑，苗天秀与安童在中舱睡，苗青在橹后。将近三鼓时分，那苗青故意连叫有贼。苗天秀从梦中惊醒,便探头出舱外观看;被陈三手持利刀,一下刺中脖下,推在洪波荡里。那安童正要走时,乞翁八一闷棍打落于水中。三人一面在船舱内打开箱笼,取出一应财帛金银,并其段货衣服,点数均分。二艄便说:"我等若留此货物,必然有犯;你是他手下家人,载此货物,到于市店上发卖,没人相疑。"因此二艄尽把皮箱中一千两金银,并苗员外衣服之类分讫,依前撑船回去了。这苗青另搭了船只,载至临清马头上,钞关上过了,装到清河县城外官店内卸下。见了扬州故旧商家,只说:"家主在后船便来也。"这个苗青在店发卖货物不题。

由此可知本书故事发生的主要场景清河,约在扬州、徐州之北,运河边上的一个不算小的商埠。

常言:人便如此如此,天理未然未然。可怜苗员外平昔良善,一旦遭其仆人之害,不得好死。虽则是不纳忠言之劝,其亦大数难逃。

不想安童被艄子一棍打昏,虽落水中,幸得不死。浮没芦港,得岸上来,在于堤边号泣连声。看看天色微明之时,忽见上流有一只渔船撑将下来,船上坐着个老翁,头顶箬笠,身披短蓑,只听得岸边芦荻深处有啼哭。移船过来看时,却是一个十七八岁小厮,满身是水。问其始末情由,却是扬州苗员外家童在洪上被劫之事。这渔翁带下船,撑回家中,取衣服与他换了,给以饮食。因问他:"你要回去乎?却同我在此过活?"安童哭道:"主人遭难,不见下落,如何回得家去?愿随公公在此。"渔翁道:"也罢,你且随我在此。等我慢慢替你访此贼人是谁,再作理会。"安童拜谢公公,遂在此翁家过其日月。

一日,也是合当有事。年除岁末,渔翁忽带安童正出河口卖鱼,正撞见陈三、翁八在船上饮酒。穿着他主人衣服,上岸来买鱼。安童认得,即密与渔翁说道:"主人之冤当雪矣!"渔翁道:"如何不具状官司处告理?"当下安童将情具告到巡河周守备府内,守备见没赃证,不接状子。又告到提刑院,夏提刑见是强盗劫杀人命等事,把状批行了。从正月十四日,差缉捕公人押安童下来拿人。前至新河口,把陈三、翁八获住到案,责问了口词。二艄见安童在旁执证,也没得动刑,一一招承了。供称:"下手之时,还有他家人苗青同谋杀其家主,分赃而去。"这里把三人监下,又差人访拿苗青,拿到一起定罪。因节间放假,提刑官吏一

在不牵扯到本人本地利益的前提下,官吏尚能"秉公执法"。

连两日没来衙门中问事。早有衙门首透信儿的人,悄悄报与苗青。

苗青把这件事儿慌了,把店门锁了,暗暗躲在经纪乐三家。这乐三就在狮子街石桥西首,韩道国家隔壁。门面一间,到底三层房儿居住。他浑家乐三嫂,与王六儿所交极厚,常过王六儿这边来做伴儿坐。王六儿无事,也常往他家行走,彼此打的热闹。这乐三见苗青面带忧容,问其所以说道:"不打紧。间壁韩家就是提刑西门老爹的外室,又是他家伙计;和俺家交往的甚好,凡事百依百随。若要保得你无事,破多少东西,教俺家过去和他家说说。"这苗青听了,连忙就下跪说道:"但得除割了我身上没事,恩有重报,不敢有忘!"于是写了说帖,封下五十两银子,两套妆花段子衣服。乐三教他老婆拿过去,如此这般对王六儿说。王六儿喜欢的要不的,把衣服和银子并说帖都收下,单等西门庆,不见来。

七勾八连,连入本书故事主线。

王六儿虽为图财,以与西门大官人有"特殊关系"为荣耀,为心理满足,也是揽此事儿的动力。

到十七日日西时分,只见玳安夹着毡包、骑着头口,从街心里来。王六儿在门首,叫下来问道:"你往那里去来?"玳安道:"我跟了爹走了个远差,往东平府送礼去来。"王六儿道:"你爹如今在那里,来了不曾?"玳安道:"爹和贲四先往家去了。"王六儿便叫进去,和他如此这般说话,拿帖儿与他瞧。玳安道:"韩大婶,管他这事?休要把事轻看了,如今衙门里监着那两个船家,供着只要他哩!拿过几两银子来,也不勾打发脚下人的哩!我不管别的帐,韩大婶和他说,只与我二十两银子罢。等我请将俺爹来,随你老人家与俺爹说就是了。"王六儿笑道:"怪油嘴儿!要饭吃,休要恶了火头。事成了,你的事甚么打紧,宁可我们不要也少不得你的!"玳安道:"韩大婶,不是这等说。常言:君子不羞当面。先断过,后商量。"王六儿当下备几样菜,留玳安吃酒。玳安道:"吃的红头红脸,咱家去爹问,却怎的回爹?"王六儿道:"怕怎的?你就说在我这里来。"于是玳安只吃了一瓯子就走了。王六儿道:"你到好歹累你说,我这里等着哩!"

玳安真会"抽头儿"。

王六儿倒不"瞒产"。

玳安一直上了头口来家,交进毡包,等的西门庆房中睡了一觉出来,在厢房中坐的。这玳安慢慢走到跟前,说:"小的回来,韩大婶叫住小的,要请爹快些过去。有句要紧话和爹说。"西门庆说:"甚么话？——我知道了。”说时正值刘学官来借银子。打发刘学官去了，西门庆骑马带着眼纱、小帽，便叫玳安、琴童两个跟随。来到王六儿家，下马进去，到明间客位坐下，王六儿出来拜见了。那日韩道国因来前边铺子里，该上宿，没来家。老婆买了许多东西，叫老冯厨下整治，等候西门庆。一面丫鬟锦儿拿茶上来，妇人递了茶。西门庆分付琴童把马送到对门房子里去，把大门关上。妇人且不敢就题此事，先只说：“爹家中连日摆酒辛苦。我闻得说，哥家中定了亲事，你老人家喜呀！”西门庆道：“只因舍亲吴大嫂那里说起，和乔家做了这门亲事。他家也只这一个女孩儿，论起来，也还不搬陪，胡乱亲上做亲罢了！”王六儿道：“就是和他做亲也好。只是爹如今居着恁大官，会在一处，不好意思的。”西门庆道：“说甚么哩！”

西门庆只当是王六儿"旷久了"。他也"旷久了"。因此去是不成问题的。

说了一回，老婆道：“只怕爹寒冷，往房里坐去罢。”一面让至房中，一面安着一张椅儿，笼着火盆，西门庆坐下。妇人慢慢先把苗青揭帖拿与西门庆看，说：“他央了间壁经纪乐三娘子过来对我说：这苗青是他店里客人，如此这般被两个船家拽扯，只望除豁了他这名字，免提他。他备了些礼儿在此谢我。好歹望老爹怎的将就他罢！”西门庆看了帖子，因问：“他拿了那礼物谢你？”王六儿向箱中取出五十两银子来，与西门庆瞧，说道：“明日事成还许两套衣裳。”西门庆看了笑道：“这些东西儿，平白你要他做甚么？你不知道，这苗青乃扬州苗员外家人。因为在船上与两个船家商议，杀害家主，撺在河里，图财谋命。如今见打捞不着尸首，又当官两个船家招认他，原跟来的一个小厮安童？又当官三口执证着要他。这一拿去稳定是个凌迟罪名。那两个，都是真犯斩罪。两个船家，见供他有二千两银货在身上，拿这些银子来做甚么，还不快递与他去！”这王六儿一面到厨下，使了丫头锦儿把乐三娘子儿叫了来，将原礼交付与他，如此这般对他说了去。

王六儿倒能知难而退。

那苗青不听便罢，听他说了，犹如一桶水，顶门上直灌到脚底下。正是：惊骇六叶连肝胆，唬坏三魂七魄心。即请乐三，一处商议道：“宁可把二千货银都使了，只要救得性命家去！”乐三道：“如今老爹上边既发此言，一些半些恒属，打不动两位官府。须得凑一千货物与他。其余节级、原解缉捕,再得一半,才得勾用。”苗青道:“况我货物未卖,那讨银子来?”因使过乐三嫂来,和王六儿说:“老爹就要货物,发一千两银子货与老爹。如不要,伏望老爹再宽限两三日。等我倒下价钱,将货物卖了,亲往老爹宅里进礼去。”王六儿拿礼帖复到房里,与西门庆瞧。西门庆道:“既是恁般,我分付原解,且宽限他几日拿他。教他即便进礼来。”当下乐三娘子得此口词,回报苗青。苗青满心欢喜。

原来西门庆并没有走。是大鱼要吞大食。

西门庆见间壁有人,也不敢久坐。吃了几钟酒,与老婆坐了回房,见马来接,就起身家去了。次日到衙门早发放,也不题问这件事,分付缉捕:“你休捉这苗青。”就托经纪乐三,连夜替他会了人,撺掇货物出去。那消三日,都发尽了,共卖了一千七百两银子。把原与王六儿的不动,又另加上五十两银子、四套上色衣服。

受赃枉法倒也麻利。

且说十九日,苗青打点一千两银子,装在四个酒坛内;又宰一口猪。约掌灯已后时分,抬送到西门庆门首。手下人都是知道的。玳安、平安、书童、琴童四个家人,与了十两银子才罢。玳安在王六儿这边,梯己又要十两银子。

“水过地皮湿”。

玳安岂能“任水流平”。

须臾西门庆出来,卷棚内坐的。也不掌灯,月色朦胧才上来,抬至当面。苗青穿青衣,望西门庆只顾磕着头说道:“小人蒙老爹超拔之恩,粉身碎骨,死生难报!”西门庆道:“你这件事情,我也还没好审问哩!那两个船家甚是攀你;你若出官,也有老大一个罪名。既是人说,我饶了你一死。此礼我若不受你的,你也不放心;我还把一半送你掌刑夏老爹,同做分上。你不可久住,即便星夜回去。”因问:“你在扬州那里?”苗青磕头道:“小的在扬州城内住。”西门庆分付后边拿了茶来,那苗青在松树下立着吃了,磕头告辞回去。又叫回来问:“下边原解的,你都与他说了不曾说?”苗青道:“小的外边已说停当了。”西门庆分付:“既是说了,你即回家。”那苗青出门走到乐三家,收拾行李,还剩一百五十两银子。苗青拿出五十两来,并余下几匹段子,都谢了乐三夫妇。五更替他雇长行牲口,起身往扬州去了。正是:忙忙如丧家之狗,急急似漏网之鱼。

这边不掌灯,那厢穿青衣,配合默契。

西门庆倒能“与同僚共甘”。

不说苗青逃出性命不题,单表西门庆、夏提刑,从衙门中散了出来,并马而行。走到大街口上，夏提刑要作辞分路。西门庆在马上举着马鞭儿说道："长官不弃，降到舍下一叙。"把夏提刑邀到家来。门首同下了马，进到厅上叙礼，请入卷棚内宽了衣服。左右拿茶上来吃了。书童、玳安走上，安放桌席摆设。夏提刑道："不当闲，来打搅长官。"西门庆道："岂有此理。"须臾，两个小厮用方盒拿了小菜，就在旁边摆下。各样鸡、蹄、鹅、鸭、鲜鱼，下饭就是十六碗。吃了饭，收了家火去，就是吃酒的各样菜蔬出来，小金把钟儿、银台盘儿、金镶象牙箸儿。

饮酒中间，西门庆慢慢题起苗青的事来："这厮昨日央及了个士夫，再三来对学生说，又馈送了些礼在此。学生不敢自专。今日请长官来，与长官计议。"于是把礼帖递与夏提刑。夏提刑看了，便道："任凭长官尊意裁处。"西门庆道："依着学生，明日只把那个贼人、真赃送过去罢！也不消要这苗青。那个原告小厮安童，便收领在外；待有了苗天秀尸首归给未迟。礼还送到长官处。"夏提刑道："长官这些意就不是了。长官见得极是，此是长官费心一场，何得见让于我？决然使不得。"彼此推辞了半日。西门庆不得已，还把礼物两家平分了，装了五百两在食盒内。夏提刑下席来，作揖谢道："既是长官见爱，我学生再辞，显的迂阔了。盛情感激不尽，实为多愧。"又领了几杯酒，方才告辞起身。这里西门庆随即就差玳安拿了盒，还当酒抬送到夏提刑家。夏提刑亲在门上收了，拿回帖。又赏了玳安二两银子，两名排军四钱。俱不在话下。

是需"慢慢"。

夏提刑倒也痛快。一句啰唆遮掩话俱无。

三下五除二，"生意"速成。

常言道：火到猪头烂，钱到公事办。且说西门庆、夏提刑已是会定了。次日，到衙门里升厅，那提、孔、节级并缉捕观察，都被乐三替苗青上下打点停当了。摆设下刑具，监中提出陈三、翁八。审问情由，只是供称："跟伊家人苗青同谋。"西门庆大怒，喝令左右："与我用起刑来！你两个贼人，专一积年在江河中，假以舟楫装载为名，实是劫帮凿漏、邀截客旅、图财致命！见有这个小厮供称，是你等持刀戮死苗天秀波中，又将棍打伤他落水。见有他主人衣服存证，你如何抵头赖别人！"因把安童提上来，问道："是谁刺死你主人，推在水中来？"安童道："某日夜，至三更时分，先是苗青叫有贼；小的主人出船舱观看，被陈三一刀戮死推在水去。小的便被翁八一棍打落水中，才得逃出性命。苗青并不知下落。”西门庆道：“据这小厮所言，就是实话。汝等如何展转得过？”于是每人两夹棍，三十根头。打的胫骨皆碎，杀猪也似叫动。他一千两赃货已追出大半，余者花费无存。

这里提刑连日做了文书，歇过赃货，申详东平府。府尹胡师文又与西门庆相交，照依原行文书，叠成案卷。将陈三、翁八问成强盗杀人，斩罪。只把安童保领在外听候。有日走到东京，投到开封府黄通判衙内，具诉：“苗青情夺了主人家事，使钱提刑，除了他名字出来。主人冤仇，何时得报？”黄通判听了，连夜修书，并他诉状封在一处，与他盘费，就着他往巡按山东察院里投下。这一来，管教：苗青之祸从头上起；西门庆往时做过事，今朝没兴一齐来。有诗为证：

“生意”做大了，风险自然也大。

善恶从来毕有因，吉凶祸福并肩行。

平生不作亏心事，夜半敲门不吃惊。

毕竟未知后来何如，且听下回分解。

经过十来回关于西门庆一家子“好日子”的有时未免令人感到过分细琐的白描，从这回起，本书又将笔触延伸到官场的黑暗，显示出本书作者实在并不是只有“性趣”。对于西门庆、夏提刑沆瀣一气，贪赃枉法，放走命犯，作书人当然是持否定态度的，在叙述语言中，也时有“常言道：火到猪头烂，钱到公事办”一类的抨击之词，但具体到对人物行为的描摹中，却依然是一派冷静。他只负责写出“他们这么干”，而不负责揭示“他们这么干时心里想些什么”。西门庆作出贪赃决定时仿佛毫无心理过程，而只不过是听命于其“固有的本能”。作者这样写，是因缺乏理想而形成的麻木，还是一种更为沉痛的“人性批判”？

第四十八回
曾御史参劾提刑官　蔡太师奏行七件事

格言：

知危识险，终无罗网之门；誉善荐贤，自有安身之地。施恩布德，乃后代之荣昌；怀妒藏奸，为终身之祸患。损人利己，终非远大之图；害众成家，岂是长久之计？改名异体，皆因巧语而生；讼起伤财，盖为不仁之召。

每回开始的这种"套话"（一般往往是"打油"档次的"诗"），虽然可以算作著书人的"道德宣言"或"警世箴言"，却并不会对读者心性起到多少冲击作用。到今天恐怕那影响就更微乎其微。对读者起作用的，还是对书中人物生存状态的那个流动着的叙述文本。

话说安童领着书信，辞了黄通判，往山东大道而来。打听巡按御史在东昌府察院住札。姓曾，双名孝序；乃都御史曾布之子，新中乙未科进士，极是个清廉正气的官。这安童自思："我若说下书的，门上人决不肯放；不如我在此等着放告牌出来，我跪门进去，连状带书呈上。老爹见了，必然有个决断。"于是早已把状子写下，揣在怀里，在察院门首等候。多时，只听里面打的云板响，开了大门二门，曾御史坐厅。头面牌出来，大书告亲王、皇亲、驸马势豪之家；第二面牌出来，告都、布、按并军卫有司官吏；第三面牌出来，才是百姓户婚田土词讼之事。这安童就随状牌进去，待把一应事情发放净了，方走在丹墀上跪下。前边左右问是做甚么的，这安童方才把书双手举得高高的呈上。只听公座上曾御史叫："接上来！"慌的左右吏典下来，把书接上去，安放于书案上。曾公拆开观看，端的上面写着甚言词？书曰：

介绍信是要紧的。

寓都下年教生黄美端肃书奉

大柱史少亭曾年兄先生大人门下：违越光仪，倏忽一载；知己难逢，胜游易散。此心耿耿，常在左右。去秋忽报瑶章华札，开轴启函，捧诵之间，而神游恍惚，俨然长安对面时也。每有感怆，辄一歌之，足舒怀抱矣。未几，年兄省亲南旋，复闻德音，知年兄按巡齐鲁，不胜欣慰。叩贺，叩贺。惟年兄忠孝大节，风霜贞操，砥砺其心；耿耿在廊庙，历历在士论。今兹出巡，正当摘发官邪，以正风纪之日。区区爱念，尤所不能忘者矣。窃谓年兄平日抱可为之器，当有为之年，值圣明有道之世，老翁在家康健之时，当乘此大展才猷，以振扬法纪；勿使舞文之吏以挠其法，而奸顽之徒以逞其欺。胡乃如东平一府，而有挠大法如苗青者，抱大冤如苗天秀者乎？生不意圣明之世而有此魍魉！年兄巡历此方，正当分理冤滞，振刷为之一清可也。去伴安童，持状告诉，幸垂察。不宣。　　仲春望后一日具。

这曾御史览书已毕，便问有状没有。左右慌忙下来问道："老爷问你有状没有。"这安童向怀中取状递上。曾公看了，取笔批："仰东平府府官，从公查明，验相尸首，连卷详报。"喝令安童东平府伺候。这安童连忙磕头起来，从便门放出。

这里曾公将批词连状装在封套内，钤了关防，差人赍送东平府来。府尹胡师文见了上司批下来，慌得手脚无措，即调委阳谷县县丞狄斯彬。本贯河南舞阳人氏，为人刚而且方，不要钱；问事糊突，人都号他做狄混。明文下来，沿河查访苗天秀尸首下落。

妙评。不要钱，却"糊突"。

也是合当有事，不想这狄县丞率领一行人，巡访到清河县城西河边。正行之际，忽见马头前起一阵旋风，团团不散，只随着狄公马走。狄县丞道："怪哉！"遂勒住马，令左右公人："你去随此旋风，务要跟寻个下落。"那公人真个跟定旋风而来。七八将近新河口而止，走来回覆了狄公话。狄公即拘了里老来，用锹掘开岸土，深数尺，见一死尸，宛然颈上有一刀痕。命仵作检视明白，问其前面是那里。公人禀道："离此不远就是慈惠寺。"县丞即令拘寺中僧行问之，皆言："去冬十月中，本寺因放水灯儿，见一死尸，从上流而来，漂入港里。长老慈悲，故收而埋之。不知为何而死。”县丞道：“分明是汝众僧谋杀此人，埋于此处。想必身上有财帛，故不肯实说。”于是不由分说，先把长老一箍、两拶、一夹一百敲，余者众僧都是二十板，俱令收入狱中。回覆曾公，再行报看。各僧皆称冤不服。曾公寻思：既是此僧谋死，尸必弃于河中，岂反埋于岸上？又说干碍人众，此有可疑。因令将众僧收监。将近两月，不想安童来告此状。即令委官押安童前至尸所，令其认视。这安童见其尸，大哭道：“正是我的主人！被贼人所伤，刀痕尚在。”于是检验明白，回报曾公。即把众僧放回，一面查刷卷宗，复提出陈三、翁八审问，执称苗青主谋之情。曾公大怒，差人行牌，星夜往扬州提苗青去了，一面写本参劾提刑院两员问官受赃卖法。正是：

果然不要钱。果然“糊突”。

污吏赃官滥国刑，曾公判刷雪冤情。

虽然号令风霆肃，梦里输赢总未真。

话分两头，却表王六儿自从得了苗青干事的那一百两银子、四套衣服，夜间与他汉子韩道国，就白日不闲，一夜没的睡，计较着要打头面，治簪环，唤裁缝来裁衣服，从新抽银丝鬏髻。用十六两银子，又买了个丫头——名唤春香——使唤，早晚教韩道国收用不题。

真是见钱难闭眼。

算是“性事亏损补偿”。

一日，西门庆到韩道国家，王六儿接着。里面吃茶毕，西门庆往后边净手去。看见隔壁月台，问道：“是谁家的？”王六儿道：“是隔壁乐三家月台。”西门庆分付王六儿：“你对他说：若不与我即便拆了。如何教他遮住了这边风水？不然，我教地方分付他！”这王六儿与韩道国说：“邻舍家，怎好与他说的？”韩道国道：“咱不如瞒着老爹，庙上买几根木植来，咱这边也搭起个月台来。上面晒酱，下边不拘做马坊，做个东净也是好处。”老婆道：“呸，贼没算计的！比是搭月台，买些砖瓦来盖上两间厦子，却不好？”韩道国道：“盖两间厦子倒不好了，是东子房子了。不如，盖一层两间小房罢！”于是使了三十两银子，又盖了两间平房起来。西门庆差玳安儿抬了许多酒肉、烧饼来与他家，犒劳匠人。那条街上，谁人不知。

张嘴便是霸道话。

夏提刑得了几百两银子在家，把儿子夏承恩，年十八岁，干入武学肄业，做了生员。每日邀结师友，习学弓马。西门庆约会刘薛二内相、周守备、荆都监、张团练，合卫官员，出人情与他挂轴文庆贺。俱不必细说。

是不必细说。人间就是这般“风光”。

西门庆因坟上新盖了山子卷棚房屋，自从生了官哥，并做了千户，还没往坟上祭祖。教阴阳徐先生看了，从新立了一座坟门。砌的明堂神路，门首栽的柳，周围种松柏，两边叠的坡峰。清明日上坟，要更换锦衣牌面，宰猪羊、定桌面。三月初六日清明，预先发柬，请了许多人，推运了东西，酒米下饭菜蔬。叫的乐工、杂耍、扮戏的，小优儿是李铭、吴惠、王柱、郑奉，唱的是李桂姐、吴银儿、韩金钏、董娇儿。官客请了张团练、乔大户、吴大舅、吴二舅、花大舅、沈姨夫、应伯爵、谢希大、傅伙计、韩道国、云离守、贲地传并女婿陈经济等，约二十余人。堂客请了张团练娘子、张亲家母、乔大户娘子、朱台官娘子、尚举人娘子、吴大妗子、二妗子、杨姑娘、潘姥姥、花大妗子、吴大姨、孟大姨、吴舜臣媳妇郑三姐、崔本妻段大姐，并家中吴月娘、李娇儿、孟玉楼、潘金莲、李瓶儿、孙雪娥、西门大姐、春梅、迎春、玉箫、兰香。奶子如意儿抱着官哥儿，里外也有二十四五顶轿子。先是月娘对西门庆说：“孩子且不消教他往坟上去罢！一来还不曾过一周；二者，刘婆子说这孩子囟门还未长满，胆儿小。这一到坟上路远，只怕唬着他。依着我不教他去。留下奶子和老冯在家，和他做伴儿，只教他娘母子一个去罢。”西门庆不听，便道：“比来为何？他娘儿两个，不到坟前与祖宗磕个头儿去？你信那婆子老淫妇胡说，可可就是孩子囟门未长满！教奶子用被儿裹着，在轿子里按的孩儿牢牢的，怕怎的？”那月娘便道：“你不听人说，随你！”从清早晨，堂客都从家里取齐，起身上了轿子。无辞。

“一网打尽”，倾巢而出。

祖宗崇拜，深入骨髓。

出南门，到五里外祖坟上。远远望见青松郁郁，翠柏森森，新盖的坟门，两边坡峰上去，周围石墙，当中甬路，明堂神台，香炉烛台，都是白玉石凿的。坟门上新安的牌面，大书“锦衣武略将军西门氏先茔”。坟内正面土山环抱，林树交枝。西门庆穿大红冠带，摆设猪羊祭品，桌席祭奠。官客祭毕，堂客才祭，响器锣鼓，一齐打起来。那官哥儿唬的在奶子怀里磕伏着，只倒咽气，不敢动一动儿。月娘便叫：“李大姐，你还不教奶子抱了孩子，往后边去罢哩！你看唬的那腔儿！我说且不教孩儿来罢，恁强的货！只当教抱了他来，你看唬的那孩儿这模样！”李瓶儿连忙下来，分付玳安：“且叫把锣鼓住了。”连忙撺掇：“掩着孩儿耳朵，

西门庆阳宅、阴宅均已规模可观。

快抱了后边去罢!"

须臾,祭毕,徐先生念了祭文,烧了纸。西门庆邀请官客在前客位。月娘邀请堂客在后边卷棚内。由花园进去,两边松墙普筑,竹径栏杆,周围花草,一望无际。正是:桃红柳绿莺梭织,都是东君造化成。当下,扮戏的,在卷棚内扮与堂客们瞧;两个小优儿,在前厅官客席前唱了一回。四个唱的轮番递酒。春梅、玉箫、兰香、迎春四个,都在堂客上边执壶斟酒;立在大姐桌头,同吃汤饭点心。吃了一回,潘金莲与玉楼、大姐、李桂姐、吴银儿,同往花园里打了回秋千。

原来卷棚后边,西门庆收拾了一明两暗三间床炕房儿。里边铺陈床帐,摆放桌椅、梳笼、抿镜、妆台之类;预备堂客来上坟,在此梳妆歇息,或闲常接了妓者,在此顽耍。糊的犹如雪洞般干净,悬挂的书画、琴棋潇洒。奶子如意儿看守官哥儿,正在那洒金床炕儿铺着小褥子儿睡,迎春也在傍和他顽耍。只见潘金莲独自从花园蓦地走来,手中拈着一枝桃花儿。进屋里看见迎春,便道:"你原来这一日没在上边伺候。"迎春道:"有春梅、兰香、玉箫在上边哩。俺娘教我下边来看哥儿,拿了两碟下饭点心与如意儿吃。"金莲看见那边桌上放着一碟子鹅肉、一碟蹄子肉,并几个果子。奶子见金莲来,便抱起官哥儿来。金莲便戏他说道:"小油嘴儿,头里见打起锣鼓来,唬的不则声,原来这等小胆儿!"于是一面解开藕丝罗袄儿、销金衫儿,接过孩儿,抱在怀里,与他两个嘴对嘴亲嘴儿。

祖宗坟边也要嫖妓。

怕不是出于爱。

忽有陈经济掀帘子走入来,看见金莲斗孩子顽耍,也斗那孩子。金莲道:"小道儿,你也与姐夫个嘴儿。"可霎作怪,那官哥儿便嘻嘻望着他笑。经济不由分说,把孩子就搂过来,一连亲了几个嘴。金莲骂道:"怪短命,谁家亲孩子,把人的鬓都抓乱了!"经济笑戏道:"你还说,早时我没错亲了哩!"金莲听了,恐怕婢子瞧科,便戏发讪,将手中拿的扇子倒过把子来,向他身上打了一下,打的经济鲫鱼般跳,骂道:"怪短命,谁和你那等调嘴调舌的!"经济道:"不是,你老人家摸量惜些情儿!人身上穿着恁单衣裳,就打恁一下!"金莲道:"我平白惜甚情儿?今后惹着我,只是一味打。"如意儿见他顽的讪,连忙把官哥儿接过来抱着。金莲与经济两个还戏谑做一处,金莲将那一枝桃花儿,做了一个圈儿,悄

"鲫鱼般跳",好活泼。挨这打好过瘾。

"苦闷的象征"。

悄套在经济帽子上。走出去，正值孟玉楼和大姐、桂姐三个从那边来。大姐看见，便问："是谁干的营生？"经济取下来去了，一声儿也没言语。

堂客前戏文扮了四大折。看看窗外日光弹指过，席前花影座间移。看看天色晚来，西门庆分付贲四，先把抬轿子的每人一碗酒、四个烧饼、一盘子熟肉，捧散停当。然后才把堂客轿子起身。官客骑马在后，来兴儿与厨役慢慢的抬食盒煞后。玳安、来安、画童、棋童儿跟月娘众人轿子，琴童并四名排军跟西门庆马。奶子如意儿独自坐一顶小轿，怀中抱着哥儿，用被裹得紧紧的进城。月娘还不放心，又使回画童儿来，叫他跟定着奶子轿子，恐怕进城人乱。

且说月娘轿子进了城，就与乔家那边众堂客轿子分路来家，先下轿。进去半日，西门庆、陈经济才到家下马。只见平安儿迎门就禀说，"今日掌刑夏老爹，亲自下马列厅，问了一遍去了。落后又差人问了两遍，不知有甚勾当。"西门庆听了，心中犹豫。到于厅上，只见书童儿在傍接衣服。西门庆因问："今日你夏老爹来，留下甚么话来？"书童道："他也没说出来，只问爹往那去了：'使人请去。我有句要紧话儿说。'小的便道：'今日都往坟上烧纸去了，至晚才来。'夏老爹说：'我到午上还来。'落后又差人来问了两遭，小的说还未来哩！"西门庆心中不足，心下转道："却是甚么？"正疑惑之间，只见平安来报："夏老爹来了。"

可见不妙。

那时已有黄昏时分，只见夏提刑便衣坡巾，两个伴当跟随。下马到于厅上，叙礼说道："长官今日往宝庄去来？"西门庆道："今日先茔祭扫，不知长官下降，失迎。恕罪恕罪！"夏提刑道："敢来有一事报与长官知道。"因说："咱每往那边客位内坐去罢！"西门庆令书童开卷棚门，请往那里说话，左右都令下去。夏提刑道："今朝县中李大人到学生那里，如此这般，说大巡新近有参本上东京，长官与学生俱在参例。学生令人抄了个邸报在此，与长官看。"西门庆听了大惊失色，急接过邸报来，灯下观看。端的上面写着甚言词？

"便衣坡巾"，形迹可疑。

鬼鬼祟祟。

当初竟不曾有预防之想。

巡按山东监察御史曾孝序一本：参劾贪肆不职武官，乞赐罢黜，以正法纪事。臣闻巡搜四方，省察风俗，乃
天子巡狩之事也；弹压官邪，振扬法纪，乃御史纠政之职也。昔

《春秋》载天王巡狩而万邦怀保，民风协矣，王道彰矣，四民顺矣，圣治明矣。臣自去岁奉

命巡按山东齐鲁之邦，一年将满，历访方面有司，文武官员贤否，颇得其实。兹当差满之期，敢不循例甄别，为我

皇上陈之。除参劾有司方面官员，另具疏上请。参照山东提刑所掌刑金吾卫正千户夏延龄：阘茸之材，贪鄙之行，久干物议，有玷班行。昔者典牧

皇畿，大肆科扰，被属官阴发其私；今省理山东刑狱，复著狼贪，为同僚之箝制。纵子承恩，冒籍武举，倩人代考，而士风扫地矣；信家人夏寿，监索班钱，被军腾詈，而政事不可知乎？接物则奴颜婢膝，时人有丫头之称；问事则依违两可，群下有木偶之诮。理刑副千户西门庆：本系市井棍徒，夤缘升职，滥冒武功，菽麦不知，一丁不识。纵妻妾嬉游街巷，而帷薄为之不清；携乐妇而酣饮市楼，官箴为之有玷。至于包养韩氏之妇，恣其欢淫，而行检不修；受苗青夜赂之金，曲为掩饰，而赃迹显著。此二臣者，皆贪鄙不职，久乖清议，一刻不可居任者也。伏望

圣明垂听，

敕下该部，再加详查。如果臣言不谬，将延龄等亟赐罢斥，则官常有赖，而裨

圣德永光矣。

并不夸张。

西门庆看了一遍，唬的面面相觑，默默不言。夏提刑道："长官，似此如何计较？"西门庆道："常言兵来将挡，水来土掩。事到其间，道在人为。少不的你我打点礼物，早差人上东京央及老爷那里去。"于是夏提刑急急作辞，到家拿了二百两银子、两把银壶。西门庆这里是金镶玉宝石闹妆一条、三百两银子。夏家差了家人夏寿，西门庆这里是来保。将礼物打包端正，西门庆修了一封书与翟管家。两个早雇了头口，星夜往东京干事去了。不题。

你有千般"道理"，我只知"金钱万能"。

轻车熟路。

且表官哥儿自从坟上来家，夜间只是惊哭，不肯吃奶。但吃下奶去就吐了。慌的李瓶儿走来告诉月娘，月娘道："我那等说，还未到一周的

孩子,且休带他出城门去。独强货,他生死不依,只说比来今日坟上祭祖,为甚么来?不教他娘儿两个走走!只象那里挽了分儿一般,睁着眼和我两个叫。如今却怎么好?”李瓶儿正没法儿摆布。况西门庆又是因巡按御史参本参了,和夏提刑在前边说话,往东京打点干事,心上不遂;家中孩子又不好。月娘使小厮叫刘婆子来看,又请小儿科太医,开门阖户,乱了一夜。刘婆子看了说:“哥儿着了些惊气入肚,又路上撞见五道将军。不打紧,烧些纸儿退送退送,就好了。”又留了两服朱砂丸药儿,用薄荷灯心汤送下去。那孩儿方才宁贴,睡了一觉,不惊哭吐奶了。只是身上热还未退,李瓶儿连忙拿出一两银子,教刘婆子备纸去。后晌带了他老公,还和一个师婆来,在卷棚内与哥儿烧纸跳神。

没兴一齐来。

乱作一团。

那西门庆早五更打发来保、夏寿起身,就乱着和夏提刑往东平府胡知府那里,打听提苗青消息去了。吴月娘听见刘婆说孩儿路上着了惊气,甚是抱怨如意儿,说他不用心看孩儿:“想必路上轿子里唬了他了。不然,怎的就不好起来?”如意儿道:“我在轿子里将被儿裹得紧紧的,又没磕着他。娘便回画童儿来跟着轿子,他还好好的,我按着他睡。只进城内,七八到家门首,我只觉他打了个冷战;到家就不吃奶,哭起来了。”按下这里家中烧纸,与孩子下神。

且说来保、夏寿一路攒行,只六日,就赶到东京城内。到太师府内见了翟管家,将两家礼物交割明白。翟谦看了西门庆书信,说道:“曾御史参本还未到哩!你且住两日。如今,老爷新近条陈奏了七件事在这里,旨意还未曾下来。待行下这个本去,曾御史本到,等我对老爷说,交老爷阁中只批与他‘该部知道’。我这里差人再拿帖儿分付兵部余尚书,把他的本只不覆上来。交你老爹只顾放心,管情一些事儿没有。”于是把二人管待了酒饭,还归到客店安歇,那里等到。

京城官场,此乃惯技。

一日,蔡太师条陈本,圣旨准下来了。来保央府中门吏抄了个邸报,带回家与西门庆瞧。端的上面奏行那七件事?

崇政殿大学士吏部尚书鲁国公蔡京一本:陈愚见,竭愚衷,收人才,臻实效,足财用,便民情,以隆

圣治事。

煞有介事。

第一曰：罢科举取士，悉由学校升贡。窃谓教化陵夷，风俗颓败，皆由取士不得真才，而教化无以仰赖。《书》曰：'天生斯民，作之君，作之师。'汉举孝廉，唐兴学校，我国家始制考贡之法，各执偏陋，以致此辈无真才，而民之司牧何以赖焉？今皇上寤寐求才，宵旰图治。治在于养贤，养贤莫如学校。今后取士，悉遵古由学校升贡。其州县发解礼闱，一切罢之。每岁考试上舍，则差知贡举，亦如礼闱之式。仍立八行取士之科。八行者，谓孝、友、睦、婣、任、恤、忠、和也。士有此者，即免试，率相补太学上舍。

二曰：罢讲议财利司。切惟国初定制，都堂置讲议财利司。盖谓人君节浮费，惜民财也。今陛下即位以来，不宝远物，不劳逸民，躬行节俭以自奉。盖天下亦无不可返之俗，亦无不可节之财。惟当事者以俗化为心，以禁令为信，不忽其初，不弛其后，治隆俗美，丰亨豫大，又何讲议之为哉？悉罢。

三曰：更盐钞法。切惟盐钞，乃国家之课，以供边备者也。今合无遵复祖宗之制盐法者。诏云中、陕西、山西三边，上纳粮草，关领旧盐钞，易东南淮浙新盐钞。每钞折派三分，旧钞搭派七分。令商人照所派产盐之地，下场支盐。亦如茶法，赴官秤验，纳息，请批引，限日行盐之处贩卖。如遇过限，并行拘收，别买新引。增贩者俱属私盐。如此，则国课日增，而边储不乏矣。

四曰：制钱法。切谓钱货，乃国家之血脉，贵乎流通，而不可淹滞。如有扼阻淹滞不行者，则小民何以变通，而国课何以仰赖矣。自晋末鹅眼钱之后，至国初琐屑不堪，甚至杂以铅铁夹锡。边人贩于虏，因而铸兵器，为害不小。合无一切通行禁之也。以陛下新铸大钱——崇宁、大观通宝，一以当十。庶小民通行，奸臣偏得信任。说是宋朝故事,其实影射明朝现实。

物价不致于踊贵矣。

五曰:行结粜俵籴之法。切惟官粜之法,乃赈恤之义也。近年水旱相仍,民间就食,上始下赈恤之诏。近有户部侍郎韩侣题覆

钦依:将境内所属州县,各立社会,行结粜俵籴之法。保之于党,党之于里,里之于乡,倡之结也。每乡编为三户,按上上、中中、下下。上户者纳粮,中户者减半,下户者递派。粮数关支,谓之俵粜。如此,则敛散便民之法得以施行,而

皇上可广不费之仁矣。惟责守令,核切举行,其关系盖匪细矣。

六曰:诏天下州郡纳免夫钱。切惟我

国初,寇乱未定,悉令天下军徭丁壮,集于京师,以供运馈,以壮国势。今

承平日久,民各安业,合颁　　诏行天下州郡,每岁上纳免夫钱,每名折钱三十贯,解赴京师,以资边饷之用。庶两得其便矣,而民力少苏矣。

七曰:置提举御前人舡所。切惟

陛下自即位以来,无声色犬马之奉。所尚花石,皆山林间物,乃人之所弃者。但有司奉行之过,因而致扰,有伤

圣治。

陛下节其浮滥,仍请作御前提举人舡所,凡有用,悉出内帑,差官取之,庶无扰于州郡。伏乞　　圣裁。奉

圣旨:卿言深切时艰,朕心嘉悦,足见忠猷,都依拟行。该部知道。

来保抄了邸报,等的翟管家写了回书,与了五两盘缠,与夏寿取路回山东清河县来。有日到家中。西门庆正在家耽心不下,那夏提刑一日一遍来问信,听见来保二人到了,叫至后边问他端的。来保对西门庆悉把上项事情,诉说一遍:"府中见翟爹,看了爹的书,便说:此事不打紧,交你爹放心。见今巡按也满了,另点新巡按下来了。况他的参本还

未到。等他本上时，等我对老爷说了，随他本上参的怎么重，只批了‘该部知道’。老爷这里再拿帖儿分付兵部余尚书，只把他的本立了案，不覆上去。随他有拨天关本事也无妨。”西门庆听了，方才心中放下。因问：“他的本怎倒还不到？”来保道：“俺每一去时，昼夜马上行去。只五日就赶到京中，可知在他头里。俺每回来，见路上一簇响铃驿马过，背着黄包袱，插着两根雉尾、两面牙旗，怕不就是巡按衙门进送实封才到了？”西门庆道：“到得他的本上的迟，事情就停当了；我只怕去迟了。”来保道：“爹放心，管情没事。小的不但干了这件事的，又打听的两桩好事来，报爹知道。”西门庆问道：“端的何事？”来保道：“太师老爷新近条陈了七件事，旨意已是准行。如今老爷亲家户部侍郎韩爷题准事例。在陕西等三边，开引种盐；各府州郡县，设立义仓，官粜粮米。令民间上上之户，赴仓上米，讨仓钞，派给盐引支盐；旧仓钞七分，新仓钞三分。咱旧时和乔亲家爹，高阳关上纳的那三万粮仓钞，派三万盐引，户部坐派。倒好趁着蔡老爹巡盐下场，支种了罢！倒有好些利息。”西门庆听言，问道：“真个有此事？”来保道：“爹不信，小的抄了个邸报在此。”向书箧中取出来，与西门庆观看。因见上面许多字样，前边叫了陈经济来，念与他听。陈经济念到中间，只要结住了，还有几个眼生字不认的，旋叫了书童儿来念。那书童倒还是门子出身，荡荡如流水不差，直念到底。端的上面奏着那七件事云云。西门庆听了喜。又看了翟管家书信，已知礼物交得明白；蔡状元见朝，已点了两淮巡盐，心中不胜欢喜。一面打发夏寿回家：“报与你老爹知道。”一面赏了来保五两银子、两瓶酒、一方肉，回房歇息。不在话下。正是：树大招风风损树，人为名高伤丧身。有诗为证：

得失荣枯命里该，皆因年月日时栽。

胸中有志终须到，囊内无财莫论才。

毕竟不知后来如何，且听下回分解。

覆上去的全是或报喜的奏本，或冠冕堂皇的“策论”。

官家速度比不上商家速度。

官商可联合榨取民脂民膏，实乃特大喜讯。

参他“一丁不识”，实非污蔑。

第四十九回
西门庆迎请宋巡按　永福寺饯行遇胡僧

宽性宽怀过几年，人死人生在眼前。

随高随下随缘过，或长或短莫埋怨。

自有自无休叹息，家贫家富总由天。

平生衣禄随缘度，一日清闲一日仙。

话说夏寿到家，回覆了话，夏提刑随即就来拜谢西门庆。说道："长官活命之恩。不是托赖长官余光，这等大力量，如何了得？"西门庆笑道："长官放心。料着你我没曾过为，随他说去便了。老爷那里自有个明见。"一面在厅上放桌儿留饭，谈笑至晚，方才作辞回家。到次日，依旧入衙门里理事，不在话下。

"谈笑""依旧"。恶人偏得逞。

却表巡按曾公见本上去不行，就知道二官打点了，心中忿怒。因蔡太师所陈七事，内多乖方舛讹，皆损下益上之事；即赴京见朝覆命，上了一道表章。极言："天下之财，贵于通流，取民膏以聚京师，恐非太平之治，民间结粜俵籴之法不可行，当十大钱不可用，盐钞法不可屡更。臣闻民力殚矣，谁与守邦？"蔡京大怒，奏上徽宗天子，说他大肆倡言，阻挠国事。那时将曾公付吏部考察，黜为陕西庆州知州。陕西巡按御史宋盘，就是学士蔡攸之妇兄也。太史阴令盘就劾其私事，逮其家人，锻炼成狱，将孝序除名，窜于岭表，以报其仇。此系后事，表过不题。

损下益上，便是得宠真诀。

清正之官，下场大抵如此。

再说西门庆在家，一面使韩道国与乔大户外甥崔本，拿仓钞早往高阳关户部韩爷那里赶着挂号。留下来保，家中定下果品，预备大桌面酒席，打听蔡御史舡到。一日，来保打听得他与巡按宋御史舡，一同京中起身，都行至东昌府地方，使人先来家通报，这里西门庆就会夏提刑起身。知府州县及各卫有司官员，又早预备祗应人马，铁桶相似。来保从东昌府舡上，就先见了蔡御史，送了下程。然后西门庆与夏提刑出郊五十里迎接，到新河口，地名百家村。先到蔡御史舡上拜见了，备言邀请宋公之事。蔡御史道："我知道，一定同他到府。"那时东平胡知府，及合属州县，方面有司、军卫官员、吏典生员、僧道阴阳，都具连名手本，伺候迎接。帅府周守备、荆都监、张团练，都领人马披执跟随，清跸传道，鸡犬皆隐迹。鼓吹进东平府察院，各处官员都见毕，呈递了文书，安歇一夜。

"祗应人马，铁桶相似"，不仅表忠，亦是将其与"闲杂人等"隔离，免滋"事端"。

鸡犬皆隐迹，平民之躲避不迭可想而知。

到次日，只见门吏来报："巡盐蔡爷来拜。"宋御史急令撤去公案，连忙整冠出迎。两个叙毕礼数，分宾主坐下。少顷，献茶已毕，宋御史便问："年兄事期，几时方行？"蔡御史道："学生还待一二日。"因告说："清河县有一相识——西门千兵，乃本处巨族。为人清慎，富而好礼。亦是蔡老先生门下，与学生有一面之交。蒙他远接，学生正要到他府上拜他拜。"宋御史问道："是那个西门千兵？"蔡御史道："他如今见是本处提刑千户。昨日已参见过年兄了。"宋御史令左右取递的手本来，看见西门庆与夏提刑名字，说道："此莫非与翟云峰有亲者？"蔡御史道："就是他。如今见在外面伺候，要央学生奉陪年兄到他家一饭。未审年兄尊意若何？"宋御史道："学生初到此处，不好去得。"蔡御史道："年兄，怕怎的？既是云峰分上，你我走走何害？"于是分付看轿，就一同起行，一面传将出来。

"为人清慎"实不敢当，"富而好礼"受之无愧。

宋御使亦假惺惺得可以。

西门庆知了此消息，与来保、贲四骑快马先奔来家，预备酒席。门首搭照山彩棚，两院乐人奏乐，叫海盐戏并杂耍承应。原来宋御史将各项伺候人马都令散了，只用几队蓝旗清道，官吏跟随；与蔡御史坐两顶大轿，打着双檐伞，同往西门庆家来。当时哄动了东平府，抬起了清河县，都说："巡按老爷也认的西门大官人，来他家吃酒来了！"慌的周守备、荆都监、张团练各领本哨人马，把住左右街口伺候。西门庆青衣冠带，远远迎接，两边鼓乐吹打。到大门道，下了轿进去。宋御史与蔡御

巡按到"破落财主"家吃酒，这世道也忒"破落"了。

史都穿着大红獬豸绣服、乌纱皂履、鹤顶红带。从人执着两把大扇。只见五间厅上，湘帘高卷，锦屏罗列。正面摆两张吃看桌席，高顶方糖，定胜簇盘，十分齐整。二官揖让进厅，与西门庆叙礼。蔡御史令家人具贽见之礼：两端湖绸、一部文集、四袋芽茶、一面端溪砚。宋御史只投了个宛红单拜帖，上书："侍生宋乔年拜。"向西门庆道："久闻芳誉。学生初临此地，尚未尽情，不当取扰。若不是蔡年兄见邀，同来进拜，何以幸接尊颜？"慌的西门庆倒身下拜，说道："仆乃一介武官，属于按临之下。今日幸蒙清顾，蓬荜生光。"于是鞠恭展拜，礼容甚谦。宋御史亦答礼相还，叙了礼数。当下蔡御史让宋御史居左，他自在右，西门庆垂首相陪。茶汤献罢，阶下箫韶盈耳，鼓乐喧阗，动起乐来。西门庆递酒安席已毕，下边呈献割道。说不尽肴列珍馐、汤陈桃浪、酒泛金波。端的歌舞声容，食前方丈。西门庆知道手下跟从人多，阶下两位轿上跟从人，每位五十瓶酒、五百点心、一百斤熟肉，都领下去。家人、吏书、门子人等，另在厢房中管待，不必用说。当日西门庆这席酒，也费勾千两金银。

宋御使知道"面子抵万金"。

政治投资，更其泼撒。

虽耗千两金银，不仅有形利润将滚滚而来，无形收益更难以计量。

那宋御史又系江西南昌人，为人浮躁。只坐了没多大回，听了一折戏文就起来，慌的西门庆再三固留。蔡御史在旁便说："年兄无事，再消坐一时。何遽回之太速耶？"宋御史道："年兄还坐坐，学生还欲到察院中处分些公事。"西门庆早令手下，把两张桌席连金银器，已都装在食盒内，共有二十抬，叫下人夫伺候。宋御史的一张大桌席，两坛酒、两牵羊、两对金丝花、两匹段红、一副金台盘、两把银执壶、十个银酒杯、两个银折盂、一双牙箸。蔡御史的也是一般的，都递上揭帖。宋御史再三辞道："这个，我学生怎么敢领？"因看着蔡御史。蔡御史道："年兄贵治所临，自然之道。我学生岂敢当之！"西门庆道："些须微仪，不过乎侑觞而已，何为见外？"比及二官推让之次，而桌席已抬送出门矣。宋御史不得已，方令左右收了揭帖。向西门庆致谢，说道："今日初来识荆，既扰盛席，又承厚贶，何以克当？徐容图报不忘也。"因向蔡御史道："年兄还坐坐，学生告别。"于是作辞起身。西门庆还要远送，宋御史不肯，急令请回，举手上轿而去。

"为人浮躁"，实是懒得与"一丁不识"者走完全部"过场"。

一个"早"字，说明西门庆亦是知趣者。你不耐"一出出戏慢慢演来"，我爽性"一步到位"。

看着蔡御使，并非是不好意思，或征询却礼良策，是等着彼架几级台阶。

"徐容图报"，有此一句，西门庆所费实不算多。

西门庆回来，陪侍蔡御史，解去冠带，请去卷棚内后坐。因分付把乐人都打发散去，只留下戏子。西门庆令左右重新安放桌席，摆设珍羞果品上来，二人饮酒。蔡御史道："今日陪我这宋年兄坐便僭了；又叨盛筵，并许多酒器，何以克当？"西门庆笑道："微物惶恐，表意而已。"因问道："宋公祖尊号？"蔡御史道："号松原：松树之松，原泉之原。"又说起："头里他再三不来，被我学生因称道四泉盛德，与老先生那边相熟，他才来了。他也知府上与云峰有亲。"西门庆道："想必翟亲家有一言于彼。我观宋公为人有些跷蹊。"蔡御史道："他虽故是江西人，倒也没甚跷蹊处。只是今日初会，怎不做些模样！"说毕笑了。西门庆便道："今日晚了，老先生不回舡上去罢了！"蔡御史道："我明早就要开舡长行。"西门庆道："请不弃在舍留宿一宵，明日学生长亭送饯。"蔡御史道："过蒙爱厚。"因分付手下人："都回门外去罢，明早来接。"众人都应诺去了，只留下两个家人伺候。

关系又近一层。

确实无甚"跷蹊"，西门庆少见多怪。

"呼旧皆得势，惊呼热中肠。"

西门庆见手下人都去了，走下席来，叫玳安儿附耳低言，如此这般，分付："即去院中，坐名叫了董娇儿、韩金钏儿两个，打后门里用轿子抬了来，休交一人知道。"那玳安一面应诺去了。

西门庆复上席，陪蔡御史吃酒。海盐子弟在旁歌唱。西门庆因问："老先生到家多少时就来了？令堂老夫人起居康健么？"蔡御史道："老母倒也安。学生在家，不觉荏苒半载；回来见朝，不想被曹禾论劾，将学生敝同年一十四人之在史馆者，一时皆黜授外职。学生便选在西台，新点两淮巡盐。宋年兄便在贵处巡按，他也是蔡老先生门下。"西门庆问道："如今安老先生在那里？"蔡御史道："安凤山他已升了工部主事，往荆州催攒皇木去了。也待好来也。"说毕，西门庆交海盐子弟上来递酒。蔡御史分付："你唱个《渔家傲》我听。"子弟排手在旁唱道：

别后杳无书，不疼不痛病难除。恨凄凄，旅馆有谁相知。鱼沉不见雁传书，三山美人知何处？眠思梦想，此情为谁？恹恹憔瘦，一似风中柳絮。知他几时再得重相会！

〔皂罗袍〕　满目黄花初绽，怪渊明怎不回还？交人盼得眼睛穿。冤家怎不行方便？从伊别后，相思病缠。昏昏如醉，汪汪泪涟。知他几时再得重相见！

我爱他桃花为面，笋生成十指纤纤。我爱他春山淡淡柳拖烟，我爱他清俊一双秋波眼。乌鸦堆鬓，青丝翠绾。玳钩月钓，丹霞衬脸。交人想得肝肠断。

戍鼓冬冬初转，听楼头画角声残。捶床捣枕数千番。长吁短叹千千遍。精神撩乱，语言倒颠。忘餐废寝，和衣泪涟：终朝懞憧昏沉倦。

我为你终朝思念，在那里耍笑贪欢？忽然想起意悬悬。一番题起一番怨。恩深如海，情重似山；佳期非偶，离别最难。常言道藕断丝不断。

正唱着，只见玳安走来，请西门庆下边说话。玳安道："叫了董娇儿、韩金钏儿打后门来了，在娘房里坐着哩！"西门庆道："你分付把轿子抬过一边才好。"玳安道："抬过一边了。"

这西门庆走至上房，两个唱的向前磕了头。西门庆道："今日请你两个来，晚夕在山子下扶侍你蔡老爹。他如今见在巡按御史，你不可怠慢了他！用心扶侍他，我另酬答你两个。"那韩金钏儿笑道："爹不消分付，俺每知道。"西门庆因戏道："他南人的营生，好的是南风，你每休要扭手扭脚的。"董娇儿道："娘在这里听着，爹你老人家羊角葱靠南墙——越发老辣已是了。王府门首磕了头，俺们不吃这井里水了。"这西门庆笑的往前边来。走到仪门首，只见来保和陈经济拿着揭帖走来，与西门庆看，说道："刚才乔亲家爹说，趁着蔡老爹这回闲，爹倒把这件事对蔡老爹说了罢。只怕明日起身忙了。交姐夫写了俺两个名字在此。"西门庆道："你跟了来。"那来保跟到卷棚槅子外边跪着。

蔡御使留宿，所图在此。

西门庆饮酒中间，因题起："有一事在此，不敢干渎。"蔡御史道："四泉有甚事，只顾分付。学生无不领命。"西门庆道："去岁，因舍亲那边，在边上纳过些粮草。坐派了有些盐引，正派在贵治扬州支盐。只是望乞到那里青目青目，早些支放，就是爱厚。"因把揭帖递上去。蔡御史看了，上面写着："商人来保、崔本，旧派淮盐三万引，乞到日早掣。"蔡御史看了，笑道："这个甚么打紧？"一面把来保叫至近前跪下，分付："与你蔡爷磕头。"蔡御史道："我到扬州，你等径来察院见我。我比别

火候已到。

"甚么打紧"，黄金万锭。

的商人早掣取你盐一个月。”西门庆道：“老先生下顾，早放十日就勾了。”蔡御史把原帖就袖在袖内。一面书童旁边斟上酒，子弟又唱《下山虎》：

中秋将至，渐觉心酸。只见穿窗月，不见故人还。听叮当砧声满耳，嘹呖呖北雁南还。怎不交人心中惨然？料想相思，断送少年。黄昏后，更漏残，把银灯剔尽方眠。

当初携手，月下并肩。说下山盟海誓，对天祷言：若有个负意忘恩，早归九泉。一向如何音信远？空教我卜金钱，废寝忘餐有谁见怜。黄昏后，更漏残，把银灯剔尽方眠。

〔尾声〕 苍天若肯行方便，早遣情人到枕边，免使书生独自眠。

唱毕，当下掌灯时分。蔡御史便说：“深扰一日，酒告止了罢！”因起身出席。左右便欲掌灯。西门庆道：“且休掌烛，请老先生后边更衣。”于是从花园里游玩了一回，让至翡翠轩那里。又早湘帘低簇，银烛荧煌，设下酒席完备。海盐戏子，西门庆已命手下管待酒饭，与了二两赏钱，打发去了。书童把卷棚内家活收了，关上角门。只见两个唱的，盛妆打扮立于阶下，向前花枝招飐磕头。但见：

绰约容颜金缕衣，香尘不动下阶墀。
时来水溅罗裙湿，好似巫山行雨归。

蔡御史看见，欲进不能，欲退不可。便说道：“四泉，你如何这等爱厚？恐使不得！”西门庆笑道：“与昔日东山之游，又何别乎？”蔡御史道：“恐我不如安石之才，而君有王右军之高致矣！”于是月下与二妓携手，不啻恍若刘阮之入天台。因进入轩内，见文物依然，因索纸笔要留题。西门庆即令书童，连忙将端溪砚研的墨浓，拂下锦笺。这蔡御史终是状元之才，拈笔在手，文不加点，字走龙蛇；灯下一挥而就，作诗一首。诗曰：

欲退便退，有何不可？

比喻得不伦不类。即使“急不择言”，稍有廉耻者，也不至肉麻至此。

不到君家半载余，轩中文物尚依稀。
雨过书童开药圃，风回仙子步花台。
饮将醉处钟何急，诗到成时漏更催。

还想再来“人财两得”。

此去又添新怅望，不知何日是重来？

写毕，交书童粘于壁上，以为后日之遗焉。因问二妓：“你等叫甚名字？”一个道：“小的姓董，名唤娇儿。他叫韩金钏儿。”蔡御史又道：“你二人有号没有？”董娇儿道：“小的无名娼妓，那讨号来？”蔡御史道：“你等休要太谦。”问至再三，韩金钏方说：“小的号玉卿。”董娇儿道：“小的贱号薇仙。”蔡御史一闻“薇仙”二字，心中甚喜，遂留意在怀。令书童取棋桌来，摆下棋子，蔡御史与董娇儿两个着棋。西门庆陪侍，韩金钏儿把金樽在旁边递酒，书童拍手歌唱《玉芙蓉》。唱道：

东风柳絮飘，玉砌兰芽小。这春光艳冶巧斗难描。墙头红粉佳人笑，蹴罢秋千香汗消。寻芳兴，不辞路遥。我只见酒旗摇曳杏花稍。

唱毕，蔡御史赢了董娇儿一盘棋。董娇儿吃过，回奉蔡御史。韩金钏这里递与西门庆陪饮一杯。书童又唱道：

风吹蕉尾翻，雨洒荷珠乱。见佳人盘鬓如蝉。湘纨半掩芙蓉面，彩袖轻飘赛小蛮。秋波脸，两情牵好难。引的人意迟寂寞泪阑干。

饮了酒，两人又下。董娇儿赢了，连忙递酒一杯与蔡御史。西门庆在旁，又陪饮一杯。书童又唱：

黄花遍地开，百草皆凋败。小蛩吟唧唧空阶。牛郎夜夜依然在，织女缘何不见来？恹恹害，糊突梦怎猜？我为他泪滴湿表记凤头鞋。

实是想“入洞房”了。

唱毕，蔡御史道：“四泉，夜深了，不胜酒力了。”于是走出外边来，站立在于花下。那时正是四月半头时分，月色才上。西门庆道：“老先生，天色还早哩！还有韩金钏，未曾赏他一杯酒。”蔡御史道：“正是。你唤他来，我就此花下立饮一杯。”于是韩金钏拿大金桃杯，满斟一杯，用纤手捧递上去。董娇儿在旁捧果。书童拍手又唱第四个：

梨花散乱飞，不见游蜂翅。小窗前鹊踏枯枝。愁闻冒雪寻梅至，忽听铜壶更漏迟。伤心事，把离情自思。我为他写情书，阁不住笔尖儿。

蔡御史吃过，斟上一杯，赏与韩金钏儿。因告辞道："四泉，今日酒太多了，令盛价收过去罢！"于是与西门庆握手相语，说道："贤公盛情盛德，此心悬悬。若非斯文骨肉，何以至此？向日所贷，学生耿耿在心，在京已与云峰表过。倘我后日有一步寸进，断不敢有辜盛德。"西门庆道："老先生何出此言？倒不消介意。"

御使向土财主表忠。

那韩金钏见他一手拉着董娇儿，知局就往后边去了。到了上房里，月娘便问："你怎的不陪他睡来了？"韩金钏笑道："他留下董姐儿了。我不来，只在那里做甚么！"良久，西门庆亦告了安置进来，叫了来兴儿分付："明日早五更，打发食盒酒米，点心下饭，叫了厨役，跟了往门外永福寺去。那里与你蔡老爹送行。叫两个小优儿答应，休要误了。"来兴儿道："家里二娘上寿，没人看来。"西门庆道："留下棋童儿买东西，叫厨子后边大灶上做罢。"

长线投资，色色精细。

不一时，书童、玳安收下家活来。又讨了一壶好茶，往花园里去，与蔡老爹漱口。翡翠轩书房床上，铺陈衾枕，俱各完备。蔡御史见董娇儿手中拿着一把湘妃竹泥金面扇儿，上面水墨画着一种湘兰平溪流水。董娇儿道："敢烦老爹赏我一首诗在上面？"蔡御史道："无可为题，就指着你这薇仙号。"于是灯下来兴，拈起笔来，写了四句在上：

小院闲庭寂不哗，一池月上浸窗纱。

邂逅相逢天未晚，紫薇郎对紫薇花。

以权谋妓，洋洋得意。

写毕，那董娇儿连忙拜谢了。两个收拾上床就寝。书童、玳安与他家人在明间里睡。一宿晚景不题。

次日早辰，蔡御史与了董娇儿一两银子，用红纸大包封着。到于后边，拿与西门庆瞧。西门庆笑说道："文职的营生，他那里有大钱与你？这个就是上上签了。"因交月娘每人又与了他五钱，早从后门打发他去了。书童舀洗面水，打发他梳洗穿衣。西门庆出来，在厅上陪他吃了粥。手下又早伺候轿马来接，与西门庆作辞，谢了又谢。西门庆又道："学生日昨所言之事，老先生到彼处，学生这里书去。千万留神一二，足叨不浅。"蔡御史道："休说贤公华札下临；只盛价有片纸到，学生无不奉行。"说毕，二人同上马，左右跟随。

西门庆深知"官大未必有现钱"。

财主给御使"派活"。

比对圣旨态度如何？

出城外，到于永福寺，借长老方丈摆酒饯行。来兴儿与厨役早已安排桌席停当，李铭、吴惠两个小优弹唱。数杯之后，坐不移时，蔡御史起身，夫马坐轿在于三门外伺候。临行，西门庆说起苗青之事："乃学生相知，因诖误在旧大巡曾公案下，行牌往扬州，案候捉他。此事情已问结了。倘见宋公，望乞借重一言。彼此感激。"蔡御史道："这个不妨。我见宋年兄说，设使就提来，放了他去就是了。"西门庆又作揖谢了。

苗青事只是"搭配"而已。

看官听说：后来宋御史往济南去，河道中又与蔡御史会在那舡上。公人扬州提了苗青来，蔡御史说道："此系曾公手里案外的，你管他怎的？"遂放回去了。倒下详去东平府，还只把两个舡家决不待时，安童便放了。正是：人事如此如此，天理未然未然。有诗单表人情之有亏人处。诗曰：

公道人情两是非，人情公道最难为。

若依公道人情失，顺了人情公道亏。

胡知府已受了西门庆、夏提刑嘱托，无不做分上。要说此系后事。当日西门庆要送至舡上，蔡御史不肯，说道："贤公不消远送，只此告别。"西门庆道："万惟保重，容差小价问安。"说毕，蔡御史上轿而去。

西门庆回到方丈坐下。长老走来递茶，头戴僧伽帽，身披袈裟。小沙弥拿着茶托，递茶去，合掌道了问讯。西门庆答礼相还，见他雪眉交白，便问："长老多大年纪？"长老道："小僧七十有五。"西门庆道："倒还这等康健！"因问："法号称呼甚么？"长老道："小僧法名道坚。""有几位徒弟？"长老道："止有两个小徒。本寺也有三十余僧行。"西门庆道："你这寺院倒也宽大；只是欠修整。"长老道："不瞒老爹说：这座寺原是周秀老爹盖造；长住里没钱粮修理，丢得坏了。"西门庆道："原来就是你守备府周爷的香火院，我见他家庄子不远。不打紧处。你禀了你周爷，写个缘簿，一般别处也再化着，来我那里，我也资助你些布施。"道坚连忙合掌问讯谢了。西门庆分付玳安儿："书袋内取一两银子谢长老。今日打搅长老这里。"道坚道："小僧不知老爷来，不曾预备斋供。"西门庆道："我要往后边更更衣去。"道坚连忙叫小沙弥开便门。

西门庆更了衣，因见方丈后面五间大禅堂。有许多云游和尚，在那里敲着木鱼念经。西门庆不因不由,信步走入里面观看。见一个和尚,形骨古怪,相貌搊搜:生的豹头凹眼,色若紫肝;戴了鸡蜡箍儿,穿一领肉红直裰;颏下髭须乱拃,头上有一溜光檐。就是个形容古怪真罗汉,未除火性独眼龙。在禅床上旋定过去了,垂着头,把脖子缩到腔子里,鼻口中流下玉箸来。西门庆口中不言,心内暗道:"此僧必然是个有手段的高僧。不然,如何有此异相?等我叫醒他,问他个端的。"于是扬声叫:"那位僧人,你是那里人氏、何处高僧,云游到此?"叫了头一声不答应;第二声也不言语;第三声,只见这个僧人在禅床上把身子打了个挺,伸了伸腰,睁开一只眼,跳将起来,向西门庆点了点头儿,粗声应道:"你问我怎的?贫僧行不更名,坐不改姓,乃西域天竺国密松林齐腰峰寒庭寺下来的胡僧。云游至此,施药济人。官人,你叫我有甚话说?"西门庆道:"你既是施药济人,我问你求些滋补的药儿,你有也没有?"胡僧道:"我有,我有。"又道:"我如今请你到家,你去不去?"胡僧道:"我去,我去。"西门庆道:"你说去,即此就行。"那胡僧直竖起身来,向床头取过他的铁柱杖来拄着,背上他的皮褡裢,——褡裢内盛着两个药葫芦儿。下的禅堂,就往外走。西门庆分付玳安:"叫了两个驴子,同师父先往家去等着。我就来。"胡僧道:"官人不消如此。你骑马只顾先行。贫僧也不骑头口,管情比你先到。"西门庆道:"已定是个有手段的高僧。不然如何开这等朗言!"恐怕他走了,分付玳安:"好歹跟着他同行。"于是作辞长老上马,仆从跟随,径直进城来家。

此僧出现是西门庆性生活的一大转折。

"玉箸"就是长而粗的口涎与鼻涕。一副肮脏相。

林、峰、寺名均非吉音。

"我有,我有。"竟是急不可待要推销其"滋补药"的口吻。"我去,我去。"更是生怕买主改主意,极欲拿到"药钱"的声气。

那日四月十七日,不想是王六儿生日;家中又是李娇儿上寿,有堂客吃酒。后晌时分,只见王六儿家没人使,使了他兄弟王经来请西门庆,分付他宅门首只寻玳安儿说话。不见玳安在门首,只顾立。立了约一个时辰,正值月娘与李娇儿送院里李妈妈出来上轿。看见一个十五六岁扎包髻儿小厮,问是那里的。那小厮三不知,走到跟前与月娘磕了个头,说道:"我是韩家,寻安哥说话。"月娘问:"那安哥?"平安在旁边,恐怕他知道是王六儿那里来的,恐怕他说岔了话,向前把他拉过一边对月娘说:"他是韩伙计家使了来寻玳安儿,问韩伙计几时来。"以此哄过月娘不言语，回后边去了。

不一时，玳安与胡僧先到门首。走的两腿皆酸，浑身是汗，抱怨的要不的。那胡僧体貌从容，气也不喘。平安把王六儿那边使了王经来请爹，寻他说话一节，对玳安儿说了："不想大娘正送院里李奶奶出来，门首上轿，看见他冒冒势势走到跟前，与大娘磕头。大娘问他，说我是韩家的。早是我在旁边，拉过一边。落后大娘问我，我说是韩伙计家的，使他来问他韩伙计几时来，大娘才不言语了。早是没曾犸觉出来。等住回，娘若问你也是这般说。"那玳安走的睁睁的，只顾扇扇子："今日造化低也怎的？平白爹交我领了这贼秃囚来！好近远儿！从门外寺里直走到家，路上通没歇脚儿，走的我上气儿接不着下气儿。爹交雇驴子与他骑，他又不骑！他便走着没事没事的，难为我这两条腿了，把鞋底子也磨透了，脚也踏破了。攮气的营生！"平安道："爹请他来家做甚么？"玳安道："谁知道他，说问他讨甚么药哩！"

也不过是比玳安少喘些气儿罢了，并不能腾云驾雾，亦无《水浒》中"神行太保"的法术。

正说着，只闻喝道之声，西门庆到家。看见胡僧在门首，说道："吾师真乃人中神也！果然先到。"一面让至里面大厅上坐。西门庆叫书童接了衣裳，换了小帽，陪他坐的。那胡僧睁眼观见厅堂高远，院宇深沉。门上挂的是龟背纹、虾须织抹绿珠帘，地下铺狮子滚绣球绒毛线毯。正当中放一张蜻蜓腿、螳螂肚、肥皂色起楞的桌子，桌子上安着绦环样须弥座大理石屏风。周围摆的都是泥鳅头、楠木靶肿筋的校椅，两壁挂的画都是紫竹杆儿绫边、玛瑙轴头。正是：鼍皮画鼓振庭堂，乌木春台盛酒器。胡僧看毕，西门庆问道："吾师用酒不用？"胡僧道："贫僧酒肉齐行。"西门庆一面分付小厮："后边不消看素馔，拿酒饭来。"

玳安也是"人中神"，只不过是"喘神"罢了。

此桌造型甚佳。实是明代风格。

酒肉齐行，算不得功夫。

那时正是李娇儿生日，厨下肴馔下饭都有。安放桌儿，只顾拿上来。先绰边儿放了四碟果子、四碟小菜；又是四碟案酒：一碟头鱼、一碟糟鸭、一碟乌皮鸡、一碟舞鲈公；又拿上四样下饭来：一碟羊角葱炒的核桃肉、一碟细切的饀饦样子肉、一碟肥肥的羊贯肠、一碟光溜溜的滑鳅。次又拿了一道汤饭出来：一个碗内两个肉圆子，夹着一条花筋滚子肉，名唤一龙戏二珠汤；一大盘裂破头高装肉包子。西门庆让胡僧吃了。教琴童拿过团靶钩头鸡脖壶来，打开腰州精制的红泥头，一股一股

油腻不堪。

邈出滋阴摔白酒来，倾在那倒垂莲蓬高脚钟内，递与胡僧。那胡僧接放口内，一吸而饮之。随即又是两样添换上来：一碟寸扎的骑马肠儿、一碟子腌腊鹅脖子。又是两样艳物与胡僧下酒：一碟子癞葡萄、一碟流心红李子。落后又是一大碗鳝鱼面与菜卷儿一齐拿上来，与胡僧打散。登时把胡僧吃的楞子眼儿，便道："贫僧酒醉饭饱，足可以勾了。"

真是胡吃海塞。读者亦读得"楞子眼儿"。

西门庆叫左右拿过酒桌去，因问他求房术的药儿。胡僧道："我有一枝药，乃老君炼就、王母传方。非人不度，非人不传，专度有缘。既是官人厚待于我，我与你几丸罢！"于是向褡裢内取出葫芦儿，倾出百十丸分付："每次只一粒不可多了。用烧酒送下。"又将那一个葫芦儿揭了，取二钱一块粉红膏儿，分付："每次只许用二厘，不可多用。若是胀的慌，用手捏着两边腿上，只顾摔打，百十下方得通。你可撙节用之，不可轻泄于人。"西门庆双手接了，说道："我且问你，这药有何功效？"胡僧说："形如鸡卵，色似鹅黄。三次老君炮炼，王母亲手传方。外视轻如粪土，内觑贵乎玕琅。比金金岂换？比玉玉何偿？任你腰金衣紫，任你大厦高堂；任你轻裘肥马，任你才俊栋梁，此药用托掌内，飘然身入洞房。洞中春不老，物外景长芳；玉山无颓败，丹田夜有光。一战精神爽，再战气血刚。不拘娇艳宠，十二美红妆；交接从吾好，彻夜硬如枪。服久宽脾胃，滋肾又扶阳；百日须发黑，千朝体自强。固齿能明目，阳生姤始藏。恐君如不信，拌饭与猫尝：三日淫无度，四日热难当。白猫变为黑，尿粪俱停亡。夏月当风卧，冬天水里藏。若还不解泄，毛脱尽精光。每服一厘半，阳兴愈健强。一夜歇十女，其精永不伤。老妇颦眉蹙，淫娼不可当。有时心倦怠，收兵罢战场。冷水吞一口，阳回精不伤。快美终宵乐，春色满兰房。赠与知音客，永作保身方。"

房术的药儿，明代极盛。大约一般多是"假冒伪劣"，故西门庆向胡僧"求真"。

副作用惊人。

绝好广告词。

西门庆听了，要问他求方儿。说道："请医须请良，传药须传方。吾师不传于我方儿，倘或我久后用没了，那里寻师父去？随师父要多少东西，我与师父！"因令玳安后边快取二十两白金来，递与胡僧，要问他求这一枝药方。那胡僧笑道："贫僧乃出家之人，云游四方，要这资财何用？官人趁早收回去。"一面就要起身。西门庆见他不肯传方，便道：

不要现金要实物，其实药钱亦不菲。只卖产品，不转让专利。胡僧会做生意。

"师父，你不受资财；我有一匹四丈长大布，与师父做件衣服罢！"即令左右取来，双手递与胡僧。胡僧方才打问讯谢了，临出门，又分付："不可多用，戒之，戒之！"言毕，背上褡裢，拴定拐杖，出门扬长而去。正是：拄杖挑擎双日月，芒鞋踏遍九军州。有诗为证：

弥勒和尚到神州，布袋横拖拄杖头。

饶你化身千百化，一身还有一身愁。

毕竟未知后来何如，且听下回分解。

第五十回
琴童潜听燕莺欢　玳安嬉游蝴蝶巷

天与胭脂点绛唇，东风满面笑欣欣。

芳心自是欢情足，醉脸常含喜气新。

倾国有情偏恼客，向阳无语笑撩人。

红尘多少愁眉者，好入花林结近邻。

话说那日李娇儿上寿，观音庵王姑子请了莲华庵薛姑子来了；又带了他两个徒弟妙凤、妙趣。月娘听薛师父来了，知道他是个有道行的姑子，连忙出来迎接。见他戴着清净僧帽，披着茶褐袈裟；剃的青旋旋头儿，生的魁肥胖大，沼口豚腮，进来与月娘众人合掌问讯。王姑子便道："这个就是主家大娘与列位娘。"慌的月娘众人连忙磕下头去。见他在人前铺眉苫眼，拿班做势，口里咬文嚼字，一口一声只称呼他"薛爷"，他便叫月娘是"在家菩萨"，或称"官人娘子"。月娘甚是敬重他十分。那日大妗子、杨姑娘都在这里。月娘摆茶与他吃，整理素馔咸食、菜蔬点心，摆了一大桌子，比寻常分外不同。两个小姑子妙趣、妙凤才十四五岁，生的甚是清俊，就在他傍边桌头吃东西。吃了茶，都在上房内坐的。月娘、李娇儿、孟玉楼、潘金莲、李瓶儿、西门大姐，都听着他讲道说话。只见小厮画童儿前边收下家活来，月娘便问道："前边那吃酒肉的和尚，去了？"画童道："刚才起身。爹送出他去了。"吴大妗子因问："是那里请来的僧人？"月娘道："是他爹今日与蔡御史送行，门外寺里带来

男主人前边宴胡僧。女主人后堂会姑子。当时社会风气如此。

拿班做势，便非善类。

的一个和尚，酒肉都吃。问他求甚么药方。与他银子也不要，钱也不受。谁知他干的甚么营生！吃了这日才去了。”那薛姑子听见，便说道：“茹荤、饮酒，这两件事也难断。倒还是俺这比丘尼，还有些戒行。他这汉僧们那里管！《大藏经》上不说的？如你吃他一口，到转世过来，须还他一口。”吴大妗听了道：“像俺们终日吃肉，却不知转世有多少罪业？”薛姑子道：“似老菩萨，都是前生修来的福；享荣华，受富贵。譬如五谷，你春天不种下，到那有秋之时，怎望收成？”这里说话不题。

嘴倒甜。心未必不苦。

且说西门庆送了胡僧进来。只见玳安悄悄向前说道：“头里韩大婶那里，使了他兄弟来请爹。说今日是他生日，请爹好歹过去坐坐。”西门庆得了胡僧药，心里正要去和妇人试验，不想他那里来请，正中下怀。即分付玳安备马，使琴童先送一坛酒去。于是径走到潘金莲房里，取了淫器包儿，便衣小帽，带着眼纱，玳安跟随，径往王六儿家来。下马到里面，就分付：“留琴童儿在这里伺候。玳安回了马家去，等家里问，只说我在狮子街房子里算帐哩！”玳安应诺：“小的知道。”说毕，骑马回家去了。

淫器包儿里装的是增强房事快乐的工具。现又有了胡僧药，西门庆的性生活越发离开了自然状态，房事渐渐成为一种有计划有预谋的性放纵。一般来说，顺其自然的房事不仅不戕身，还有利生的作用；即使房事“技巧”上有些个“变态”，危害也不一定很大。但使用“胡僧药”这样的房事，扭曲自身的自然状态，形成恶性“出超”，则无异于慢性自杀。

王六儿出来，戴着银丝鬏髻、金累丝钗梳、翠钿儿、二珠环子；露着头，穿着玉色纱比甲儿、夏布衫子、白腰挑线单拖裙子。与西门庆磕了头，在傍边陪坐，说道：“无事，请爹过来散心坐坐。又多谢爹送酒来。”西门庆道：“我忘了你生日。今日往门外送行去，才来家。”因向袖中取出一对簪儿来，就递与他：“今日与你上寿。”妇人接过来观看，却是一对金寿字簪儿，说道：“倒好样儿。”连忙道了万福。西门庆又递与他五钱银子，分付：“你秤五分交小厮，有南烧酒，买他一瓶来我吃。”那王六儿笑道：“爹老人家，别的酒吃厌了，想起来又要吃南烧酒了！”于是连忙称了五分银子，使琴童儿拿瓶买去了。王六儿一面替西门庆脱了衣裳，请入房里坐的。亲自洗手剔甲、剥果仁儿，交丫头顿好茶，拿上来西门庆吃。在房内放小桌儿，看牌耍子。看了一回，才收拾吃酒。按下这头不题。

王六儿清醒地知道自己无非西门庆的泄欲工具，所以对西门庆的“驾到”，并无潘金莲式的惊喜娇嗔。只是迅速进入“状态”而已。

单表玳安回马到家。辛苦了一日，跟和尚走了来，乏困了，走到前边屋里躺了一觉。直睡到掌灯时分才醒了，揉了揉眼，见天晚了，走到后边要灯笼，要接爹去，只顾立着。月娘因问他："头里你爹打发和尚去了，也不进来换衣裳，三不知就去了。端的在谁家吃酒哩？"玳安没的回答，说道："爹没往人家去，在狮子街房子里和保哥算帐哩！"月娘道："就是算帐，没的算恁一日？"玳安道："算了帐，爹自家吃酒哩！"月娘道："又没人陪他，他莫不平白的自家吃酒？眼见的就是两样话！头里韩道国家小厮来寻你做甚么？"玳安道："他来问韩大叔几时来。"月娘骂道："贼囚根子，你又不知弄甚么鬼！"那玳安不敢多言。月娘交小玉拿了灯笼与他，分付："你说家中你二娘等着上寿哩！"

知夫莫若妇。

玳安应诺，走到前边铺子里。只见书童儿和傅伙计坐着，水柜上放着一瓶酒，两双钟箸；几个碗碟，一盘牛肚子，平安儿从外边拿了两瓶鲊来。正饮酒中间，只见玳安走来，把灯笼掠下，说道："好呀，我赶着了！"因见书童儿，戏道："好淫妇！你在这里做甚么？交我那里没寻你，你原来躲在这里吃酒儿。"书童道："你寻我做甚么？心里要与我做半日孙子儿！"玳安骂道："秫秫小厮，你也回嘴！我寻你要合你的屁股。"于是走向前，按在椅子上就亲嘴。那书童用手推开，说道："怪行货子，我不好骂出来的！把人牙花都磕破了，帽子都抓落了人的！"傅伙计见他帽子在地下，说道："新一盏灯帽儿。"交平安儿："你替他拾起来，只怕蹦了。"被书童拿过，往炕上只一摔，把脸通红了。玳安道："好淫妇，我斗了你斗儿，你恼了！"不由分说，掀起腿，把他按在炕上，尽力向他口里吐了一口唾沫，把酒推掀了，流在水柜上。傅伙计恐怕他湿了帐簿，连忙取手巾来抹了，说道："管情住回两个顽恼了！"玳安道："好淫妇，你今日讨了谁口里话，这等扭手扭脚？"那书童把头发都揉乱了说道："耍便耍，笑便笑，臜刺剌的屄水子，吐了人恁一口！"玳安道："贼村秫秫，你一日才吃屄？你从前已后，把屄不知吃了多少！"平安筛了一瓯子酒，递与玳安，说道："你快吃了接爹去罢。有话回来和他说。"玳安道："等我接了爹回来，和他答话。我不把秫秫小厮不摆布的见神见鬼的，他也不怕我。①"

铺中景象。因陋就简。

玳安借机发泄性苦闷。

---

① 此处删17字。

于是吃了酒，门班房内叫了个小伴当，拿着灯笼，他便骑着马。到了王六儿家，叫开门，问琴童儿："爹在那里？"琴童道："爹在屋里睡哩！"于是关上门，两个走到后边厨下。老冯便道："安官儿你韩大婶只顾等你不见来，替你留下分儿了。"向厨柜里拿了一盘驴肉、一碟腊烧鸡、两碗寿面、一素子酒。玳安吃了一回，又让琴童吃酒。叫道："你过来，这酒我吃不了，咱两个噇了这素子酒罢！"琴童道："留与你的，你自吃罢！"玳安道："我刚才吃了瓯子来了。"于是二人吃毕。玳安便叫道："冯奶奶，我有句话儿说，你休恼我。想着你老人家，在六娘那里，与俺六娘当家；如今在韩大婶这里，又与韩大婶当家。等我到家，看我对六娘说不对六娘说？"那老冯便向他身上拍了一下，说道："怪倒路死猴儿！休要是言不是语，到家里说出来，就交他恼我一生，我也不敢见他去。"这里玳安儿和老冯说话。

不想琴童走到卧房窗子底下，悄悄听觑。原来西门庆用烧酒把胡僧药吃了一粒下去，脱了衣裳，上床和老婆行房。① 西门庆因对老婆说道："等你家的来，我打发他和来保、崔本扬州支盐去。支出盐来卖了，就交他往湖州织了丝绸来。好不好？"老婆道："好达达，随你交他那里，只顾去。闲着王八在家里做甚么！"因问："这铺却交谁管？"西门庆道："我交贲四在家，且替他卖着。"王六儿道："也罢，且交贲四看着罢！"这里二人行房，不想都被琴童儿窗外听了不亦乐乎。

现货交易。

玳安正从后边来，见他在窗下听觑，向身上拍了一下，说道："平白听他怎的？趁他正未起来，咱每去来。"琴童跟出他到外边。玳安道："你不知：后面小胡同子里，新来了两个好丫头子。我头里骑马打那里过，看见了来，在鲁长腿屋里。一个金儿，一个叫赛儿，都不上十六七岁。交小伴当在这里看着，咱往混一回子去。"一面分付小伴当："你在此听着门，俺每往街上净净手去。等里边寻，你往小胡同口儿上那里，叫俺每去。"分付了，两个月亮地里走到小巷内。

仆人还有仆人。层层支嘴。

原来这条巷，唤做蝴蝶巷。里边有十数家，都是开坊子吃衣饭的。

① 此处删 419 字。

那玳安一来也有酒了，叫门叫了半日才开。原来王八正和虔婆鲁长腿，在灯下拿黄杆大等子称银子哩。见两个凶神也般撞进里间屋里来，连忙把灯来一口吹灭了。王八认的玳安是提刑所西门老爹家管家，便让坐。玳安道："叫出他姐儿两个。唱个曲儿俺每听就去。"王八道："管家，你来的迟行一步儿，两个刚才都有了人了。"这玳安不由分说，两步就扫进里面。只见黑洞洞，灯也不点。炕上有两个戴白毡帽子的酒太公，一个炕上睡下，那一个才脱裹脚，便问道："是甚么人进屋里来了？"玳安道："我合你娘的眼！"不防飕的只一拳去，打的那酒子叫声阿哧，裹脚袜子也穿不上，往外飞跑；那一个在炕上扒起来，一步一跌也走了。玳安叫掌起灯来，骂道："贼野蛮流民，他倒问我是那里人！刚才把毛搞净了他的才好，平白放了他去了。好不好，拿到衙门里去，交他且试试新夹棍着！"鲁长腿向前掌上灯，拜了又拜，说："二位官家哥哥息怒。他外京人不知道，休要和他一般见识。"因令金儿、赛儿出来："唱与二位叔叔听。"只见两个都是一窝丝盘髻，穿着洗白衫儿、红绿罗裙儿，向前道："今日不知叔叔来。夜晚了，没曾做得准备。"一面放了四碟干菜，其余几碟都是鸭蛋、虾米、熟鲊、咸鱼、猪头肉、干板肠儿之类。玳安便搂着赛儿一处，琴童便拥着金儿。玳安看见赛儿带着银红纱香袋儿，就拿袖中汗巾儿，两个换了。少顷筛酒上来，赛儿拿钟儿斟上酒，递与玳安。先是金儿取过琵琶来唱，顿开喉音就是《山坡羊》。下来，金儿就奉酒与琴童。唱道：

色急自然凶。

仗的是衙门的势。

此回写到几处的吃食，至此真是一处不如一处。

烟花寨，委实的难过。白不得清凉倒坐。逐日家迎宾待客，一家儿吃穿全靠着奴身一个。到晚来，印子房钱逼的是我。老虔婆，他不管我死活。在门前，站到那更深儿夜晚，到晚来，有那个问声我那饱饿。烟花寨再住上五载三年来，奴活命的少来死命的多，不由人眼泪如梭。有英树上开花，那是我收圆结果！

金儿唱毕，赛儿又斟一杯酒递与玳安儿，接过琵琶来唱道：

此曲虽格外鄙俗，却道出了三等妓女的苦难酸辛。

进房来，四下观看。我自见粉壁墙上，排着那琵琶一面。我看琵琶上尘灰儿倒有，那一只袖子里掏出个汗巾儿，来把尘灰摊散。抱在我怀中定了定子弦。弹了个孤恓调，泪似涌泉。有我那冤家何等的欢喜，冤家去，撇的我和琵琶一样。有他在同唱同弹里来哌，到如今，只剩下我孤单，不由人雨泪儿伤残。物在存留，不知我人儿在那厢！

正唱在热闹处，忽见小伴当来叫，二人连忙起身。玳安向赛儿说："俺每改日再来望你。"说毕出门，来到王六儿家，西门庆才起来，老婆陪着吃酒哩。两个进入厨房内，玳安问老冯："爹寻俺每来？"老冯道："你爹没寻，只问马来了。我回说来了，再没言语。"两个坐在厨下问老冯要茶吃，每人呵了一瓯子茶。交小伴当点上灯笼，牵出马去。西门庆临起身，老婆道："爹，好暖酒儿，你再吃上一钟儿。你到家莫不又吃酒？"西门庆道："到家可不吃了。"于是拿起酒儿又吃了一钟。老婆问道："你这一去，几时来走走？"西门庆道："我待的打发了他每起身，我才来哩！"说毕，丫头点茶来漱了口。王六儿送到门首，西门庆方上马归家。

受尽了蹂躏，并无依依不舍之态。

却表潘金莲，同众人在月娘房内。听薛姑子徒弟——两个小姑子唱佛曲儿，到起更时分，才回房来。想起头里月娘骂玳安说两样话，不知弄的甚么鬼，因是向床上摸那淫器包儿，又没了。叫春梅问，说不曾拿，"头里娘不在时，爹进屋里来。向床背阁抽替内翻了一回去了。谁知道那包子放在那里。"金莲道："他多咱进来？我怎就不知道？"春梅道："娘正往后边瞧薛姑子去了。爹带着小帽儿进屋里来，我问着他，又不言语。"金莲道："已定拿了这行货，往院中那淫妇家去了。等他来家，我好生问他！"不想西门庆来家，见夜深了，也没往后边去。琴童打着灯笼，送到花园角门首。西门庆就往李瓶儿屋里去了。

琴童儿把灯笼还交送到后边，小玉收了。月娘与李娇儿、孟玉楼、潘金莲、李瓶儿、孙雪娥、大姐并两个姑子，正在上房坐着。月娘问道："你爹来了？"琴童道："爹来了，往前边六娘房里去了。"月娘道："你看是有个槽道的！这里人等着，就不进来了。"李瓶儿慌的走到前边，对西门庆说道："他二娘在后边等着你上寿；你怎的平白进我这屋里来了？"西门庆笑道："我醉了，明日罢！"李瓶儿道："就是你醉了，到后边也接

虽是荒淫无度之家，大面上的礼仪却不能不顾。

个钟儿。你不去,惹他二娘不恼么?”于是一力撺掇西门庆进后边来。李娇儿递了酒。月娘问道:“你今日独自一个在那边房子里,坐到这早晚?”西门庆道:“我和应二哥吃酒来。”月娘道:“可又来,我说没个人儿,自家怎么吃!”说了丢开了,就罢了。

西门庆坐不移时,提起脚儿,还踅到前边李瓶儿房里来。① 且说潘金莲那边,见西门庆在李瓶儿屋里歇了。自知他偷去淫器包儿,和他要顽,更不体察外边勾当。是夜暗咬银牙,关门睡了。

从此西门庆不能支配肉欲,而由肉欲支配了他。

月娘和薛姑子、王姑子在上房宿睡。王姑子把整治的头男衣胞并薛姑子的药,悄悄递与月娘。薛姑子教月娘:“拣个壬子日,用酒儿吃下去;晚夕与官人同床一次,就是胎气。不可交一人知道。”月娘连忙的将药收了,拜谢了两个姑子。月娘向王姑子道:“我正月里好不等着你,就不来了!”王姑子道:“你老人家倒说的好!我怎来见你老人家。我说亦发等四月里,他二娘生日,会了薛师父一答儿里来罢!不想亏我这师父,好不异难!寻了这件物儿出来。也是个人家媳妇儿,养头次娃儿,可可薛爷在那里,悄悄与了个熟老娘三钱银子,才得了。拿在这里,替你老人家熬矾水,打磨干净;两盒鸳鸯新瓦,泡炼如法,用重罗筛过,搅在符药一处,才拿来了。”月娘道:“只是多累了薛爷和王师父。”于是两个姑子,每人拿出二两银子来相谢,说道:“明日若坐了胎气,还与薛爷一匹黄褐段子做袈裟穿。”那薛姑子合掌道了问讯:“多承菩萨好心。”常言:十日卖一担针卖不得,一日卖三担甲倒卖了。正是:

男求春药,女求孕药,此风今存。

若教此辈成佛道,天下僧尼似水流。

毕竟未知后来何如,且听下回分解。

此书作者信春药不信孕药。

① 此处删720字。

第五十一回
月娘听演金刚科　桂姐躲在西门宅

羞看鸾镜惜朱颜，手托香腮懒去眠。

瘦损纤腰宽翠带，泪流粉面落金钿。

薄幸恼人愁切切，芳心撩乱恨绵绵。

何时借得来风便，刮得檀郎到枕边？

话说潘金莲见西门庆拿了淫器包儿，在李瓶儿房里歇了，足恼了一夜没睡，怀恨在心。到第二日，打听西门庆往衙门里去了，李瓶儿在屋里梳头。老早走到后边，对月娘说："李瓶儿背地好不说姐姐哩！说姐姐会那等虔婆势、乔作衙，'别人生日，乔作家管。你汉子吃醉了进我屋里来，我又不曾在前边，平白对着人羞我，望着我丢脸儿。交我恼了，走到前边，把他爹趁到后边来。落后，他怎的也不在后边？还往我房里来了。我两个黑夜说了一夜梯己话儿，只有心肠五脏没曾倒与我罢了！'"这月娘听了，如何不恼！因向大妗子、孟玉楼说："果是你昨日也在跟前看着，我又没曾说他甚么。小厮交灯笼进来，我只问了一声：'你爹怎的不进来？'小厮倒说往六娘屋里去了。我便说：'你二娘这里等着，恁没槽道，却不进来！'论起来也不伤他，怎的说我虔婆势、乔作衙？我是淫妇老婆？我还把他当好人看成！原来知人知面不知心，那里看人去？干净是个绵里针、肉里刺的货，还不知背地在汉子跟前架的甚么舌儿哩！怪道他昨日决烈的就往前走了。傻姐姐，那怕汉子成日在你那屋里不出门，不想我这心动一动儿！一个汉子丢与你们，随你们去，

编排得好像。潘金莲真是造谣专家。

守寡的不过？想着一娶来之时，贼强人和我门里门外不相逢，那等怎么过来？”大妗子在傍劝道：“姑娘罢么，都看着孩儿的分上罢！自古宰相肚里好行船。当家人是个恶水缸儿，好的也放在你心里，歹的也放在心里。”月娘道：“不拘几时，我也要对这两句话。等我问着他：我怎么虔婆势、乔作衙？”金莲慌的没口子，说道：“姐姐宽恕他罢！常言大人不责小人过，那个小人没罪过！他在屋里背地调唆汉子，俺每这几个谁没吃他排说过？我和他紧隔着壁儿，要与他一般见识起来，倒了不成！行动只倚逞着孩子降人。他还说的好话儿哩，说他的孩儿到明日长大了，有恩报恩，有仇报仇，俺们都是饿死的数儿。你还不知道哩！”吴大妗子道：“我的奶奶，那里有此话说！”月娘一声儿也没言语。

造谣者最怕“三曹对案”，故赶忙排除“对质”可能。

爽性把谣造大。

常言：路见不平，也有向灯向火。不想西门大姐平日与李瓶儿最好，常没针线鞋面，李瓶儿不拘好绫罗段帛就与之，好汗巾手帕两三方背地与大姐，银钱是不消说。当日听了此话，如何不告诉他？李瓶儿正在屋里，与孩子做那端午戴的那绒线符牌儿，及各色纱小粽子儿并解毒艾虎儿。只见大姐走来，李瓶儿让他坐，同看做生活。李瓶儿交迎春：“拿茶与你大姑娘吃。”一面吃了茶，大姐道：“头里请你吃茶，你怎的不来？”李瓶儿道：“打发他爹出门。我赶早凉儿，与孩子做这戴的碎生活儿来。”大姐道：“有桩事儿，我也不是舌头，敢来告你说一说：你说俺娘虔婆势？你没曾恼着五娘？他在后边对着俺娘，如此这般，说了你一篇是非。如今俺娘要和你对话哩！你别要说我对你说，交他怪我。你须预备些话儿打发他。”这李瓶儿不听便罢，听了此言，手中拿着那针儿通拿不起来，两只胳膊都软了，半日说不出话来。对着大姐吊眼泪，说道：“大姑娘，我那里有一字儿闲话？昨晚我在后边，听见小厮说他爹往我这边来了，我就来到前边，催他往后边去了。再谁说一句话儿来？你娘恁觑我一场，莫不我恁不识好歹，敢说这个话？设使我就说，对着谁说来？也有个下落！”大姐道：“他听见俺娘说，不拘几时要对这话，他如何就慌了？要着我，你两个当面锣、对面鼓的，对不是！”李瓶儿道：“我对的过他那嘴头子？自凭天罢了。他左右昼夜算计的我。只是俺娘儿两个，到明日，科里吃他算计了一个去，也是了当！”说毕哭了。大姐坐

处处人际皆复杂。

面对谣言，手足无措。

着劝了一回,只见小玉来请六娘、大姑娘吃饭。就后边去了。

李瓶儿丢下针指,同大姐到后边,也不曾吃饭,回来房中,倒在床上就睡着了。西门庆衙门中来家,见他睡,问迎春。迎春道:"俺娘一日饭也还没吃哩!"慌了西门庆向前问道:"你怎的不吃饭?你对我说。"又见他哭的眼红红的,只顾问:"你心里怎么的?对我说。"那李瓶儿连忙起来,揉了揉眼,说道:"我害眼疼,不怎的。今日心里懒待吃饭。"并不题出一字儿来。正是:满怀心腹事,尽在不言中。有诗为证:

李瓶儿不说,是愚钝是聪明?是省却眼前事还是虑及今后险?都不是。只不过是性格。"性格即命运",诚然!

莫道佳人总是痴,惺惺伶俐没便宜。

只因会尽人间事,惹得闲愁满肚皮。

大姐在后边对月娘说:"我问他来,他说没有此话,'我对着谁说来?'且是好不赌身罚咒,望着我哭哩。说娘这般看顾他,他肯说此话?"吴大妗子道:"我就不信。李大姐好个人儿,他原肯说这等谎?"月娘道:"想必两个不知怎的,有些小节不足,哄不动汉子,走来后边戳无路儿。没的拿我垫舌根。我这里还多着个影儿哩!"大妗子道:"大姑娘,今后你也别要亏了人。不是我背地说,潘五姐一百个不及他为人。心地儿又好,来了咱家恁二三年,要一些歪样儿也没有!"

正说着,只见琴童儿蓝布大包袱背进来。月娘问是甚么。琴童道:"是三万盐引。韩伙计和崔本才从关上挂了号来。爹说打发饭与他二人吃,如今兑银子打包。后日二十一日好日子起身,打发他三个往扬州去。"吴大妗子道:"只怕姐夫进来。我和二位师父往他二娘房里坐去罢!"刚说未毕,只见西门庆掀帘子进来。慌的吴妗子和薛姑子、王姑子往李娇儿屋里走不迭。早被西门庆看见,问月娘:"那个是薛姑子贼胖秃淫妇,来我这里做甚么?"月娘道:"你好恁枉口拔舌!不当家化化的,骂他怎的?他惹着你来?你怎的知道他姓薛?"西门庆道:"你还不知他弄的乾坤儿哩!他把陈参政家小姐,七月十五日吊在地藏庵儿里,和一个小伙阮三偷奸,不想那阮三就死在女子身上。他知情,受了三两银子。事发,拿到衙门里被我褪衣打了二十板,交他嫁汉子还俗。他怎的还不还俗?好不好,拿到衙门里,再与他几拶子!"月娘道:"你有要没紧,恁毁神谤佛的!他一个佛家弟子,想必善根还在,他平白还甚么

此书虽以西门庆家庭生活为经,却随处织进社会生活的纬线。闲嵌一笔,照应前面所写,可知官商勾结,势不可挡。

薛姑子配春药恐不让胡僧。

俗？你还不知他，好不有道行！”西门庆道：“你问他有道行，一夜接儿个汉子？”月娘道：“你就休汗邪，又讨我那没好口的骂你！”因问：“几时打发他三个起身？”西门庆道：“我刚才使来保会乔亲家去了。他那里出五百两，我这里出五百两。二十是个好日子，打发他每起身去罢了。”月娘道：“线铺子却交谁开？”西门庆道：“且交贲四替他开着罢！”说毕，月娘开箱子拿出银子。一面兑了出来，交付与三人。正在卷棚内看着打包。每人兑与他五两银子，交他家中收拾衣装行李。不在话下。

只见应伯爵走到卷棚里，见西门庆看着打包，便问：“哥，打包做甚么？”西门庆因把二十日打发来保等，往扬州支盐去一节，告诉一遍。伯爵举手道：“哥，恭喜！此去回来必有大利息。”西门庆一面让他坐，唤茶来吃了。因问：“李三、黄四银子几时关？”应伯爵道：“也只不出这个月里，就关出来了。他昨日对我说，如今东平府又派下二万香来了。还要问你挪五百两银子，接济他这一时之急。如今关出这批的银子，一分也不动，都抬过这边来。”西门庆道：“倒是你看见。我这里打发扬州去还没银子，问乔亲家那里借了五百两在里头，那讨银子来？”伯爵道：“他再三央及我对你说：一客不烦二主，你不接济他这一步儿，交他又问那里借去？”那西门庆道：“门外街东徐四铺少我银子，我那里挪五百两银子与他罢！”伯爵道：“可知好哩！”

生意正旺，是县中大债主。

正说着，只见平安儿拿进帖儿来，说：“夏老爹家差了夏寿，道请爹明日坐坐。”西门庆看了柬帖道：“晓得了。”伯爵道：“我今敢来有桩事儿来报与哥：你知道院里李桂儿勾当？他没来？”西门庆道：“他从正月去了，再几时来？我并不知道甚么勾当。”伯爵因说起：“王招宣府里第三的，原来是东京六黄太尉侄女儿女婿。从正月往东京拜年，老公公赏了一千两银子，与他两口儿过节。你还不知：六黄太尉这侄女儿生的怎么标致！上画儿委的只画半边儿，也没恁俊俏相的。你只守着你家里的罢了！每日被老孙、祝麻子、小张闲三四个摽着在院里撞，把二条巷齐家那小丫头子齐香儿梳笼了，又在李桂儿家走，把他娘子儿的头面都拿出来当了。气的他娘子儿家里上吊。不想前日，这月里老公公生日，他娘子儿到东京只一说，老公公恼了，将这几个人的名字送与朱太尉，朱太尉批行东平府，着落本县拿人。昨日，把老孙、祝麻子与小张闲，都从李桂儿家拿的去了，李桂儿便躲在隔壁朱毛头家过了一夜。今日说来你这里，央及你来了。”西门庆道：“我说正月里都摽着他走，这里借人家银子，那里借人家银子。那祝麻子还对着我捣生鬼。”说毕，伯爵道：“我去罢！等住回，只怕李桂儿来，你管他不管他？他又说我来串作你。”西门庆道：“你且坐着，我还和你说哩！李三，你且别要许他，等我门外讨银子出来，和你说话去。”伯爵道：“我晓的。”刚走出大门首，只见李桂姐轿子在门首，又早下轿进去了。

勾栏风波。

西门庆对几位兄弟被捉不仅不惊，倒还生出几分快意。

西门庆正分付陈经济，交他骑骡子往门外徐四家催银子去。只见琴童儿走到卷棚内请西门庆，道：“大娘后边请，有李桂姨来了。”这西门庆走到后边，只见李桂姐身穿茶色衣裳，也不搽脸，用白挑线汗巾子搭着头，云鬟不整、花容淹淡，与西门庆磕着头，哭起来说道：“爹可怎么样儿的，恁造化低的营生！正是关着门儿家里坐，祸从天上来。一个王三官儿，俺每又不认的他。平白的祝麻子、孙寡嘴领了，来俺家来讨茶吃，俺姐姐又不在家。依着我说，别要招惹他，那些儿不是？俺这妈越发老的韶刀了。就是来宅里与俺姑娘做生日的这一日，你上轿来了就是了。见祝麻子打旋磨儿跟着，从新又回去，对我说：‘姐姐，你不出去，待他钟茶儿。却不难为嚣了人了？’他便往爹这里来了。交我把门插了不出来。谁想从外边撞了一伙人来，把他三个，不由分说都拿的去了，王三官儿便夺门走了。我便走在隔壁人家躲了。家里有个人牙儿！才使保儿来这里，接的他家去。到家，把妈唬的魂儿也没了，只要寻死。今日县里皂隶，又拿着票，喝啰了一清早起去了。如今坐名儿，只要我往东京回话去。爹你老人家，不可怜见救救儿却怎么样儿的？娘在旁边也替我说说儿！”西门庆笑道：“你起来。”因问：“票上还有谁的名字？”桂姐道：“还有齐香儿的名子。他梳笼了齐香儿，在他家使钱着，便该当。俺家若见了他一个钱儿，就把眼睛珠子吊了！若是沾他沾身子儿，一个毛孔儿里生一个天疱疮！”月娘对西门庆道：“也罢，省的他恁说誓剌剌的。你替他说说罢！”西门庆道：“如今齐香儿拿了不曾？”桂姐道：“齐香儿他在王皇亲宅里躲着哩！”西门庆道：“既是恁的，你且

西门庆笑，是把别人的危难，当作了“审美对象”。

在我这里住两日。倘人来寻你，我就差人往县里替你说去。”于是就叫书童儿：“你快写个帖儿，往县里见你李老爹，就说桂姐常在我这里答应，看怎的免提他罢。”书童应诺，穿青绢衣服去了。

又写一张“条子”。

不一时，拿了李知县回帖儿来。书童道：“李老爹说：‘多上覆你老爹，别的事无不领命；这个却是东京上司行下来批文，委本县拿人，县里只拘的人在。既是你老爹分上，我这里且宽限他两日。要免提，还往东京上司处说去。’”西门庆听了只顾沉吟，说道：“如今来保一两日起身，东京没人去。”月娘道：“也罢，你打发他两个先去，存下来保，替桂姐往东京说了这勾当；交他随后边赶了去，也是不迟。你看唬的他那腔儿！”那桂姐连忙与月娘和西门庆磕头。

“条子”只在一定范围内有效。还需动用“腿子”。

西门庆随使人叫将来保来，分付：“二十日你且不去罢。交他两个先去。你明日且往东京替桂姐说说这勾当来。见你翟爹，如此这般，好歹差人往卫里说说。”桂姐连忙就与来保下礼。慌的来保顶头相还，说道：“桂姨，我就去。”西门庆一面交书童儿写就一封书，致谢翟管家，前日曾巡按之事甚是费心；又封了二十两折节礼银子，连书交与来保。桂姐便欢喜了，拿出五两银子来，与来保路上做盘缠，说道：“回来俺妈还重谢保哥。”西门庆不肯，还交桂姐收了银子，交月娘另拿五两银子与来保盘缠。桂姐道：“也没这个道理。我央及爹这里说人情，又交爹出盘缠。”西门庆道：“你笑话我没这五两银子盘缠了，要你的银子！”那桂姐方才收了，向来保拜了又拜，说道：“累保哥，明日好歹起身罢！只怕迟了。”来保道：“我明日早五更就走道儿了。”于是领了书信，又走到狮子街韩道国家。

西门庆对李桂姐真不错。

王六儿正在屋里替他缝小衣儿哩。打窗眼看见是来保，忙道：“你有甚说话，请房里坐。他不在家，往裁缝那里讨衣裳去了。便来也。”便叫锦儿：“还不往对过徐裁家叫你爹去！你说保大爷在这里。”来保道：“我敢来说声，我明日且去不成，又有桩业障钻出来。当家的留下，交我往东京，替院里李桂姐说人情去哩！他刚才在爹跟前，再三磕头礼拜央及我。娘和爹说：‘也罢，你且替他往东京走一遭，说说这勾当。’且交韩伙计和崔大官儿先去，你回来再赶了去，也是不迟。我明日早起身王六儿还是以韩道国为"人伦本位"。

了，刚才书也有了。"因问："嫂子，你做的是甚么？"王六儿道："是他的小衣裳儿。"来保道："你交他少带衣裳。到那去处，是出纱罗段绢的窝儿里，愁没衣裳穿？"

蛛网般的人际关系。中国人尤讲究"在外靠关系"。

正说着，韩道国来了。两个唱了喏，因把前事说了一遍，因说："我到明日，扬州那里寻你们？"韩道国道："老爹分付，交俺每马头上投经纪王伯儒店里下。说过世老爹曾和他父亲相交。他店内房屋宽广，下的客商多，放财物不耽心。你只往那里寻俺每就是了。"又说："嫂子，我明日东京去，你没甚鞋脚东西捎进府里，与你大姐去？"王六儿道："没甚么，只有他爹替他打的两对簪儿，并他两双鞋，起动保叔，捎捎进去与他。"于是用手帕包缝停当，递与来保，一面交春香看菜儿筛酒。妇人连忙丢下生活，就放桌儿。来保道："嫂子，你休费心，我不坐。我到家还收拾了褡裢，明日好起身。"王六儿笑嘻嘻道："耶嗏，你怎的上门怪人家！伙计家，自恁与你饯行，也该吃钟儿。"因说韩道国："你好老实，桌儿不稳，你也撒撒儿让保叔坐。只相没事的人儿一般儿！"于是拿上菜儿来，斟酒递与来保，王六儿也陪在旁边，三人坐定吃酒。

来保吃了几钟，说道："我家去罢，晚了只怕家里关门早。"韩道国问道："你头口雇下了不曾？"来保道："明日早雇罢了。铺子里钥匙并帐簿，都交与贲四罢了，省的你又上宿去。家里歇息歇息，好走路儿。"韩道国道："伙计说的是。我明日就交与他。"王六儿又斟了一瓯子，说道："保叔，你只吃这一钟，我也不敢留你了。"来保道："嫂子，你既要我吃，再筛热着些。"那王六儿连忙归到壶里，交锦儿炮热了，倾在盏内，双手递与来保。说道："没甚好菜儿与保叔下酒。"来保道："嫂子好说，家无常礼。"拿起酒来，与妇人对饮，一吸而同干，方才作辞起身。王六儿便把女儿鞋脚递与他，说道："累保叔，好歹到府里问声孩子好不好。我放心些。"于是道了万福，两口儿齐送出门来。不说来保到家收拾行李，第二日起身东京去了。

除却与西门庆的不正常关系，王六儿也算得是个常情人儿。

单表月娘上房摆茶与桂姐吃，吴大妗子、杨姑娘、两个姑子都做一处坐。有吴大舅前来，对西门庆说："有东平府行下文书来，派俺本卫两所掌印千户管工修理社仓，题准旨意，限六月工完，升一级。违限听巡按御史查参。姐夫有银子，借得几两工上使用。待关出工价来，一一奉还。”西门庆道：“大舅用多少，只顾拿去。”吴大舅道：“姐夫下顾，与二十两罢！”一面进入后边，见了月娘，说了话，交月娘拿二十两出来交与大舅，又吃了茶出来。因后边有堂客，不好坐的；月娘交西门庆留大舅大厅上吃酒。正饮酒中间，只见陈经济走来回话，说：“门外徐四家银子，顶上爹，再让两日儿。”西门庆道：“胡说！我这里用银子使，再让两日儿？照旧还去，骂那狗弟子孩儿！”经济应诺。吴大舅让：“姐夫坐的。”陈经济作了揖，打横坐了。琴童儿连忙安放了钟箸，这里前边吃酒。

又织进社会生活的纬线。

恶债主嘴脸。

且说后边，大妗子、杨姑娘、李娇儿、孟玉楼、潘金莲、李瓶儿、大姐，都伴桂姐在月娘房里吃酒。先是郁大姐数了回“张生游宝塔”，放下琵琶。孟玉楼在旁，斟酒哺菜儿与他吃。说道：“贼瞎贱磨的唱了这一日，又说我不疼你！”那潘金莲又大箸子夹腿肉，放在他鼻子上，戏弄他顽耍。桂姐因叫玉箫：“姐，你递过那郁大姐琵琶来。我唱个曲儿，与姑奶奶和大妗子听。”月娘道：“桂姐，你心里热剌剌的。不唱罢！”桂姐道：“不妨事，等我唱。见爹娘替我说人情去了，我这回不焦了。”孟玉楼笑道：“李桂姐倒还是院中人家娃娃，做脸儿快。头里一来时把眉头忔㥜着，焦的茶儿也吃不下去；这回说也有，笑也有。”当下桂姐轻舒玉指，顿拨冰弦，唱了一回。

正唱着，只见琴童儿收进家活来。月娘便问道：“你大舅去了？”琴童儿道：“大舅去了。”吴大妗子道：“只怕姐夫进来，俺每活变活变儿。”琴童道：“爹不往后边来了，往五娘房里去了。”这潘金莲听见往他屋里去了，就坐不住。趔趄着脚儿只要走，又不好走的。月娘也不等他动身，说道：“他往你屋里去了，你去罢，省的你欠肚儿亲家是的。”那潘金莲嚷：“可可儿的走来？”口儿的硬着，那脚步儿且是去的快。来到前边入房来，西门庆已是吃了胡僧药，交春梅脱了衣裳，在床上帐子里坐着哩！金莲看见笑道：“我的儿！今日好呀，不等你娘来就上床了。俺每刚才在后边陪大妗子、杨姑娘吃酒，被李桂姐唱着，灌了我几钟好的。独自一个儿，黑影子里，一步高，一步低，不知怎的就走的来了！”叫春

口硬脚软。其实何必。

从此潘金莲难填西门庆欲壑。

梅："你有茶，倒瓯子我吃。"那春梅真个点了茶来，金莲吃了。[1] 西门庆[2]早辰起来梳洗，春梅打发穿上衣裳。韩道国、崔本又早外边伺候。西门庆出来烧了纸。打发起身，交付二人两封书："一封到扬州马头上，投王伯儒店里下；这一封就往扬州城内，抓寻苗青，问他的事情下落，快来回报我。如银子不勾，我后边再交来保捎去。"崔本道："还有蔡老爹书没有？"西门庆道："你蔡老爹书还不曾写，交来保后边捎了去罢。"二人拜辞，上头口去了。不在话下。

西门庆冠带了，就往衙门中来，与夏提刑相会，道及日昨多承见招之意。夏提刑道："今日奉屈长官一叙，再无他客。"发放已毕，各分散来家。吴月娘又早上房摆下菜蔬，请西门庆吃粥。只见一个穿青衣皂隶，骑着快马，夹着毡包，走的满面汗流。到大门首，问平安："此是问刑西门老爹家？"平安道："你是那里来的？"那人疾便下了马，作揖。便说："我是督催皇木的安老爹先差来，送礼与老爹。俺老爹与管砖厂黄老爹，如今都往东平府胡老爹那里吃酒，顺便先来拜老爹。这里看老爹在家不在？"平安道："有帖儿没有？"那人向毡包内取出，连礼物都递与平安。平安拿进去，与西门庆看，见礼帖上写着浙绸二端、湖绵四斤、香带一束、古镜一圆。分付："包五钱银子，拿回帖打发来人，就说在家拱候老爹。"那人急急去了。

此回"纬线"甚密。

西门庆一面家中预备酒菜，等至日中，二位官员喝道而至。此日乘轿，张盖甚盛。先令人投拜帖，一个是"侍生安忱拜"，一个是"侍生黄葆光拜"；都是青云白鹇补子，乌纱皂履，下轿揖让而入。西门庆出大门迎接，至厅上叙礼。各道契阔之情，分宾主坐下。黄主事居左，安主事居右，西门庆主位相陪。先是黄主事举手道："久仰贤名，盛德芳誉。学生拜迟。"西门庆道："不敢！辱承老先生先事枉驾，当容踵叩。敢问尊号？"安主事道："黄年兄号泰宇，取'履泰定而发天光'之意。"黄主事道："敢问尊号？"西门庆道："学生贱号四泉，因小庄有四眼井之说。"安主事道："昨日会见蔡年兄，说他与宋松原都在尊府打搅。"西门庆道：

"泉""钱"相通，恐未必是源于"四眼井"。

---

① 此处删1506字。

② 此处删15字。

"因承云峰尊命,又是敝邑公祖,敢不奉迎!小价在京,已知凤翁荣选,未得躬贺。"又问:"几时家中起身来?"安主事道:"自去岁尊府别后,学生到家续了亲,过了年,正月就来京了。选在工部,备员主事。钦差督运皇木,前往荆州,回来道经此处,敢不奉谒!"西门庆又说:"盛仪感谢不尽。"

说毕,因请宽衣,令左右安放桌席。黄主事就要起身,安主事道:"实告:我与黄年兄,如今还往东平胡大尹那里赴席。因打尊府过,敢不奉谒。容日再来取扰。"西门庆道:"就是往胡公处,去路尚许远;纵二公不饿,其如从者何?学生不敢具酌,只备一饭在此,以犒手下从者。"于是先打发轿上攒盘。厅上安放桌席。珍羞异品,极时之盛,就是汤饭点心,海鲜美味,一齐上来。西门庆将小金钟只奉了三杯,连桌儿抬下去,管待亲随家人、吏典。少顷,两位官人拜辞起身,向西门庆道:"生辈明日有一小柬到,奉屈贤公,到我这黄年兄同僚刘老太监庄上一叙。未审肯命驾否?"西门庆道:"既蒙宠招,敢不趋命!"说毕,送出大门,上轿而去。

只见夏提刑差人来邀。西门庆说道:"我就去。"一面分付备马。走到后边换了衣服,出来上马。玳安、琴童跟随,排军喝道,打着黑扇,径往夏提刑家来。到厅上叙礼,说道:"适有工部督皇木安主政,和砖厂黄主政来拜,留坐了半日去了。不然也来的早。"见毕礼数,接了衣服下来,玳安叫排军摺了,连带放在毡包内。见厅上面设放两张桌席,让西门庆居左,其次就是西宾倪秀才。座间因叙起来,问道:"老先生尊号?"倪秀才道:"学生贱名倪鹏,字时远,号桂岩,见在府庠备数。在我这东主夏老先生门下设馆,教习贤郎大先生举业。友道之间,实有多愧。"说话间,两个小优儿上来磕头。吃罢汤饭,厨役上来割道。西门庆唤玳安拿赏赐赏了厨役,分付:"取巾来戴,把冠带衣服送回家去。晚上来接罢!"玳安应诺,吃了点心,回马家来不题。

中国式应酬,一天要吃多少次饭!

且说潘金莲从打发西门庆出来,直睡到晌午,才扒起来。甫能起来,又懒待梳头。恐怕后边人说他,月娘请他吃饭也不吃,只推不好。大后晌才出房门,来到后边。月娘因西门庆不在,要听薛姑子讲说佛法,演颂《金刚科仪》。正在明间内安放一张经桌儿,焚下香。薛姑子与王姑子两个一对坐，妙趣、妙凤两个徒弟立在两边，接念佛号。大妗子、杨姑娘、吴月娘、李娇儿、孟玉楼、潘金莲、李瓶儿、孙雪娥和李桂姐，一个不少都在跟前，围着他坐的，听他演诵。先是薛姑子道：

被男主人拷打过并勒令还俗者，在被男主人于府中发现后，竟还能如此若无其事地在后堂糊弄女主人。恐更适合讲“厚黑学”。

盖闻电光易灭，石火难消。落花无返树之期，逝水绝归源之路。画堂绣阁，命尽有若长空；极品高官，禄绝犹如作梦。黄金白玉，空为祸患之资；红粉轻衣，总是尘劳之费。妻孥无百载之欢，黑暗有千重之苦。一朝枕上，命掩黄泉。空榜扬虚假之名，黄土埋不坚之骨。田园百顷，其中被儿女争夺；绫锦千箱，死后无寸丝之分。青春未半，而白发来侵；贺者才闻，而吊者随至。苦苦苦！气化清风尘归土。点点轮回唤不回，改头换面无遍数。南无尽虚空遍法界过见未来佛法僧三宝！

无上甚深微妙法，百千万劫难遭遇。

我今见闻得受持，愿解如来真实义。

王姑子道：“当时释伽牟尼佛，乃诸佛之祖，释教之主如何出家？愿听演说。”薛姑子便唱《五供养》：

释伽佛，梵王子！舍了江山雪山去，割肉喂鹰鹊巢顶。只修的九龙吐水混金身，才成南无大乘大觉释伽尊。

王姑子又道：“释伽佛既听演说，当日观音菩萨如何修行，才有庄严百化化身，有大道力。愿听其说。”薛姑子又道：

大庄严，妙善主！辞别皇宫香山住，天人送供跏趺坐。只修的五十三参变化身，才成南无救苦救难观世音。

王姑子道：“观音菩萨既听其法，昔日有六祖禅师传灯佛，教化行西域，东归不立文字，如何苦功？愿听其详。”薛姑子又道：

达摩师，卢六祖！九年面壁功行苦，芦芽穿膝伏龙虎。只修的，只履折芦任往来，才成了南无大慈大愿毗卢佛。

王姑子道：“六祖传灯既闻其详，敢问昔日有个庞居士，舍家私送穷船归海，以成正果。如何说？”薛姑子道：

庞居士，善知识！放债来生济贫苦，驴马夜间私相居。只修的抛妻弃子上法舡，才成了南无妙乘妙法伽蓝耶。

月娘正听到热闹处，只见平安儿慌慌张张走来，说道："巡按宋爷家，差了两个快手、一个门子送礼来。"月娘慌了，说道："你爹往夏家吃酒去了，谁人打发他？"正乱着，只见玳安儿放进毡包来，说道："不打紧，等我拿帖儿对爹说去。交姐夫且让那门子进来，管待他些酒饭儿着。"这玳安交下毡包，拿着帖子，骑马云飞般走到夏提刑家。如此这般，说了巡按宋老爷送礼来。西门庆看了帖子，上面写着"鲜猪一口、金酒二尊、公纸四刀、小书一部"，下书"侍生宋乔年拜"，连忙分付："到家交书童，快拿我的官衔双摺手本回去，门子答赏他三两银子、两方手帕；抬盒的每人与他五钱。"玳安来家，到处寻书童儿，那里得来？急的只游回磨转。陈经济又不在，交傅伙计陪着人吃酒。玳安旋打后边楼房里讨了手帕、银子出来；又没人封，自家在柜上弥封停当，交傅伙计写了，大小三包。因向平安儿道："你就不知他往那去了？"平安道："头里姐夫在家时他还在家来。落后姐夫往门外讨银子去了，他也不见了。"玳安道："别要题！已定秫秫小厮在外边胡行乱走的，养老婆去了！"正在急唣之间，只见陈经济与书童两个，叠骑着骡子才来，被玳安骂了几句，交他写了官衔手本，打发送礼人去了。玳安道："贼秫秫小厮，仰搧着挣了，合蓬着去！爹不在，家里不看，跟着人养老婆儿去了。爹又没使你和姐夫门外讨银子，你平白跟了去做甚么？看我对爹说不说！"书童道："你说不是，我怕你？你不说就是我的儿！"玳安道："贼狗攮的秫秫小厮，你赌几个真个！"走向前，一个泼脚撇翻倒，两个就磆碌成一块子。那玳安得手，吐了他一口唾沫才罢了。说道："我接爹去，等我来家，和淫妇算帐！"骑马一直去了。

"小书一部"不是明知一丁不识而故羞之，乃是以此自诩"档次"。

"机要秘书"不在，"生活秘书"抓瞎。

月娘在后边，打发两个姑子吃了些茶食儿。又听他唱佛曲儿，宣念偈子儿。那潘金莲不住在傍，先拉玉楼不动，又扯李瓶儿，又怕月娘说。月娘便道："李大姐，他叫你，你和他去不是。省的急的他在这里，恁有𠜱划没是处的。"那李瓶儿方才同他出来。被月娘瞅了一眼说道："拔了萝卜地皮宽。交他去了，省的他在这里跑兔子一般。原不是那听佛法的人！"

这潘金莲拉着李瓶儿走出仪门，因说道："大姐姐好干这营生！你家又不死人，平白交姑子家中宣起卷来了。都在那里围着他怎的？咱

又在李瓶儿前诋吴月娘。潘金莲一骑顶千军，无处不扫荡。

每出来走走，就看看大姐在屋里做甚么哩！”于是一直走出大厅来。只见厢房内点着灯，大姐和经济正在里面絮聒，说不见了银子了。被金莲向窗棂上打了一下，说道：“后面不去听佛曲儿，两口子且在房里拌的甚么嘴儿？”陈经济出来，看见二人，说道：“早是我没曾骂出来，原来是五娘、六娘来了。请进来坐。”金莲道：“你好胆子，骂不是！”进来见大姐正在灯下纳鞋，说道：“这咱晚，热剌剌的，还纳鞋？”因问：“你两口子嚷的是些甚么？”陈经济道：“你问他。——爹使我门外讨银子去，他与了我三钱银子，就交我替他捎销金汗巾子来。不想到那里，袖子里摸，银子没了，不曾捎得来。来家他说我那里养老婆，和我嚷，骂我这一日，急的我赌身发咒。不想丫头扫地，地下拾起来。他把银子收了不与，还交我明日买汗巾子来！你二位老人家说，却是谁的不是？”那大姐便骂道：“贼囚根子，别要说嘴！你不养老婆，平白带了书童儿去做甚么？刚才交玳安甚么不骂出来！想必两个打伙儿养老婆去来。去到这咱晚才来，你讨的银子在那里？”金莲问道：“有了银子了不曾？”大姐道：“有了银子。刚才丫头地下扫地拾起来，我拿着哩！”金莲道：“不打紧处。我与你银子，明日也替我带两方销金汗巾子来。”李瓶儿便问：“姐夫，门外有买销金汗巾儿？也捎几方儿与我。”经济道：“门外手帕巷，有名王家，专一发卖各色改样销金点翠手帕汗巾儿，随你要多少也有！你老人家要甚颜色，销甚花样，早说与我。明日一齐都替你带来了。”李瓶儿道：“我要一方老金黄销金点翠穿花凤汗巾。”经济道：“六娘，老金黄销上金不现。”李瓶儿道：“你别要管我。我还要一方银红绫销江牙海水嵌八宝汗巾儿，又是一方闪色芝麻花销金汗巾儿。”经济便道：“五娘，你老人家要甚花样？”金莲道：“我没银子，只要两方儿勾了。要一方玉色绫琐子地儿销金汗巾儿。”经济道：“你又不是老人家，白剌剌的要他做甚么？”金莲道：“你管他怎的！戴不的，等我往后吃孝戴。”经济道：“那一方要甚颜色？”金莲道：“那一方，我要娇滴滴紫葡萄颜色，四川绫汗巾儿。上销金、间点翠，十样锦、同心结，方胜地儿。一个方胜儿里面一对儿喜相逢，两边栏子儿都是缨络出珠碎八宝儿。”经济听了，说道：“耶哧耶哧，再没了？卖瓜子儿开箱子打嚏喷，琐碎一大堆！”那金莲道：

逗漏出清河县商业上多少繁荣景象。

《红楼梦》中写色彩花样，想是受此启发。

"怪短命！有钱买了称心货，随各人心里所好。你管他怎的！"李瓶儿便向荷包里拿出一块银子儿，递与经济说："连你五娘的都在里头哩！"那金莲摇着头儿说道："等我与他罢。"李瓶儿道："都一答儿哩交姐夫捎来的，又起个窖儿。"经济道："就是连五娘的，这银子还多着哩！"一面取等子称了一两九钱。李瓶儿道："剩下的，就与大姑娘捎两方来。"那大姐连忙道了万福。金莲道："你六娘替大姐买了汗巾儿，把那三钱银子拿出来；你两口儿斗叶儿，赌了东道儿罢！少便叫你六娘贴些儿出来。明日等你爹不在了，买烧鸭子、白酒咱每吃。"经济道："既是五娘说，拿出来。"大姐递与金莲，金莲交付与李瓶儿收着。拿出纸牌来，灯下大姐与经济斗。金莲又在傍替大姐指点，登时赢了经济三卓。忽听前边打门，西门庆来家，金莲与李瓶儿才回房去了。

李瓶儿以为小恩小惠便可息事宁人。其实只能收一时的小效。到头来人际间的利益之争还得通过恶斗方可达到新的局面。而任何局面也都只能是暂时的利益平衡，过一阵难免再度失衡，再度恶斗。

经济出来迎接西门庆，回了话说："徐四家银子，后日先送二百五十两来，余者出月交还。"西门庆骂了几句，酒带半酣，也不到后边，径往金莲房里来。正是：自有内事迎郎意，何怕明朝花不开。

毕竟未知后来何如，且听下回分解。

第五十二回

应伯爵山洞戏春娇　潘金莲花园看蘑菇

海棠深院雨初收，苔径无风蝶自由。
百结丁香夸美丽，三眠杨柳弄轻柔。
小桃酒腻红尤浅，芳草寒馀绿渐稠。
寂寂珠帘归燕子，子规啼处一春愁。

话说那日西门庆在夏提刑家吃酒，宋巡按送礼与他，心中十分欢喜。夏提刑亦敬重不同往日，拦门劝酒，吃至二更天气，才放回家。潘金莲又早向灯下除去冠儿，露着粉面油头。交春梅床上设放衾枕，搽抹凉席干净，薰香澡牝，等候西门庆。进门接着，见他酒带半酣，连忙替他脱了衣裳。春梅点茶来吃了，打发上床歇息。①

次日，西门庆早辰到衙门中回来，有安主事、黄主事那里差人来下请书；二十二日在砖厂刘太监庄上设席，请早去。西门庆打发人去了，从上房吃了粥，正出厅来，只见篦头的小周儿扒倒地下磕头，在旁伺候。西门庆道："你来得正好。我正要寻你篦篦头哩！"于是走到花园翡翠轩小卷棚内。西门庆坐在一张京椅儿上，除了巾帻，打开头发。小周儿在后面桌上铺下梳篦家活，与他篦头栉发。观其泥垢，辨其风雪，跪下讨赏钱，说："老爹今岁必有大迁转！发上气色甚旺。"西门庆大喜。篦了头，又交他取耳，掐捏身上。他有滚身上一弄儿家活，到处都与西门

古代男人生活中的必需事项。

虽是贵人，其发上泥垢在焉。古人卫生水平也就如此。

① 此处删744字。

庆滚捏过。又行导引之法，把西门庆弄的浑身通泰。赏了他五钱银子，交他吃了饭，伺候与哥儿剃头。西门庆就在书房内，倒在大理石床上就睡着了。

中国古代篦发师(剃头匠)兼掏耳、按摩、导引(气功)等职能。如西洋理发师兼放血、外科手术等职能然。

那日杨姑娘起身，王姑子与薛姑子要家去。吴月娘将他原来的盒子，都装了些蒸酥茶食，打发起身。两个姑子，每人又是五钱银子。两个小姑子，与了他两匹小布儿，管待出门。薛姑子又嘱付月娘："到壬子日把那药吃了，管情就有喜事。"月娘道："薛爷，你这一去，八月里到我生日，好歹走走。我这里盼你哩！"薛姑子合掌问讯道："打搅。菩萨这里，我到那日已定来。"于是作辞月娘，众人都送到大门首。月娘与大妗子回后边去了。只有孟玉楼、潘金莲、李瓶儿、西门大姐、李桂姐穿着白银条纱对衿衫儿、鹅黄缕金挑线纱裙子，戴着银丝鬏髻、翠水祥云钿儿、金累丝簪子、紫夹石坠子，大红鞋儿，抱着官哥儿，来花园里游玩。李瓶儿道："桂姐，你递过来，等我抱罢！"桂姐道："六娘，不妨事。我心里要抱抱哥子。"孟玉楼道："桂姐，你还没到你爹新收拾书房儿瞧瞧来。"

到花园内，金莲见紫薇花开得烂熳，摘了两朵与桂姐戴。于是顺着松墙儿到翡翠轩，见里边摆设的床帐屏儿，书画琴棋，极其潇洒；床上绡帐银钩，冰簟珊枕。西门庆正倒在床上，睡思正浓。旁边流金小篆，焚着一缕龙涎。绿窗半掩，窗外芭蕉低映。那潘金莲且在桌上掀弄他的香盒儿，玉楼和李瓶儿都坐在椅儿上。西门庆忽翻过身来，看见众妇人都在屋里便道："你每来做甚么？"金莲道："桂姐要看看你的书房哩！俺每引他来瞧瞧。"那西门庆见他抱着官哥儿，又引斗了一回。忽见画童来说："应二爹来了。"众妇人都乱走不迭，往李瓶儿那边去了。

富人昼寝。实是朽木。

应伯爵走到松墙边，看见桂姐抱着官哥儿，便道："好呀！李桂姐在这里。"故意问道："你几时来？"那桂姐走了说道："罢么！怪花子，又不关你事，问怎的？"伯爵道："好小淫妇儿，不关我事？也罢，你且与我个嘴罢！"于是搂过来就要亲嘴。被桂姐用手只一推，骂道："贼不得人意怪攮刀子！若不是怕唬了哥子，我这一扇把子打的你！"西门庆走出来，看见伯爵拉着桂姐说道："怪狗材，看唬了孩儿！"因交书童："你抱哥儿，送与你六娘去。"那书童连忙接过来。奶子如意儿正在松墙拐角边

食色两白嚼。

等候，接的去了。伯爵和桂姐两个站着说话，问："你的事怎样的？"桂姐道："多亏爹这里可怜见。差保哥替我往东京说去了。"伯爵道："好好，也罢了。如此你放心些。"说毕，桂姐就往后边去了。伯爵道："怪小淫妇儿。你过来，我还和你说话。"桂姐道："我走走就来。"于是也往李瓶儿这边来了。

伯爵与西门庆才唱喏，两个在轩内坐的。西门庆道："昨日我在夏龙溪家吃酒，大巡宋道长那里差人送礼，送了一口鲜猪。我恐怕放不的，今早旋叫了厨子来卸开，用椒料连猪头烧了。你休去了，如今请了谢子纯来，咱每打双陆，同享了罢！"一面使琴童儿："快请你谢爹去，你说应二爹在这里。"琴童儿应诺，一直去了。伯爵因问："徐家银子讨了来了？"西门庆道："贼没行止的狗骨秃！明日才有，先与二百五十两。你交他两个后日来少的，我家里凑与他罢！"伯爵道："这等又好了。怕不的他今日，买些鲜物儿来孝顺你。"西门庆道："倒不消交他费心。"说了一回，西门庆问道："老孙、祝麻子两个，都起身去了不曾？"伯爵道："这咱哩！从李桂儿家拿出来，在县里监了一夜。第二日，三个一条铁索，都解上东京去了。到那里，没个清洁来家的！你只说成日图饮酒快肉，前架虫好容易吃的果子儿！似这等苦儿也是他受。路上这等大热天，着铁索扛着，又没盘缠，有甚么要紧！"西门庆笑道："怪狗材，充军摆站的不过？谁交他成日跟着王家小厮只胡撞来！李六他寻的苦儿他受。"伯爵道："哥，你说的有理，苍蝇不钻没缝的鸡弹，他怎的不寻我和谢子纯？清的只是清，浑的只是浑。"

有猪头共享，算得朋友。

何厚此薄彼到这种地步。

何谓清？何谓浊？

正说着，谢希大到了。唱毕喏坐下，只顾扇扇子。西门庆问道："你怎的，走恁一脸汗？"希大道："哥，别题。大官儿去迟了一步儿，我不在家了。我刚出大门，可可他就到了。今日平白惹了一肚子气！"伯爵问道："你惹的又是甚么气？"希大道："大清早辰，老孙妈妈子走到我那里，说我弄了他去。因主何故，恁不合理的老淫妇！你家汉子成日摽着人在院里顽。酒快肉吃，大把家挝了银子钱家去，你过阴去来？谁不知道！你讨保头钱，分与那个一分儿使也怎的？交我扛了两句，走出来。不想哥这里呼唤。"伯爵道："我刚才这里和哥不说，新酒放在两下哩！

清自清，浑自浑。出不的咱每怎么说来？我说跟着王家小厮，到明日有一欠。今日如何撞到这网里？怨畅不的人。”西门庆道：“王家那小厮，着甚大气概？几年儿了，脑子还未变全，养老婆，还不勾俺每那咱撒下的，羞死鬼罢了？”伯爵道：“他曾见过甚么大头面，且比哥那咱的勾当，题起来，把他唬杀了罢了！”

原来只帮衬西门官人一人为“清”，竟去帮衬王三官儿便是“浊”。

说毕，小厮拿茶上来吃了。西门庆道：“你两个打双陆。后边做着个水面，等我叫小厮拿面来咱每吃。”不一时，琴童来放桌儿。画童儿用方盒拿上四个靠山小碟儿，盛着四样小菜儿：一碟十香瓜茄，一碟五方豆豉，一碟酱油浸的鲜花椒，一碟糖蒜；三碟儿蒜汁，一大碗猪肉卤，一张银汤匙，三双牙箸。摆放停当，西门庆走来坐下。然后拿上三碗面来，各人自取浇卤，倾上蒜醋。那应伯爵与谢希大，拿起箸来，只三扒两咽就是一碗，两人登时狠了七碗。西门庆两碗还吃不了，说道：“我的儿，你两个吃这些！”伯爵道：“哥，今日这面，是那位姐儿下的？又爽口，又好吃。”谢希大道：“本等卤打的停当。我只是刚才家里吃了饭来了，不然我还禁一碗。”两个吃的热上来，把衣服脱了搭在椅子上。见琴童儿收家活，便道：“大官儿，到后边取些水来。俺每漱漱口。”谢希大道：“温茶儿又好，热的盪的死蒜臭。”

“狠”字妙。馋痨相。

给脸便上头。

少顷，画童儿拿茶至。三人吃了茶，出来外边松墙外各花台边走了一遭。只见黄四家送了四盒子礼来，平安儿掇进来与西门庆瞧。一盒鲜乌菱，一盒鲜荸荠，四尾冰湃的大鲥鱼，一盒枇杷果。伯爵看见，说道：“好东西儿！他不知那里剜的送来，我且尝个儿着。”一手捝了好几个，递了两个与谢希大，说道：“还有活到老死，还不知此物甚么东西儿哩！”西门庆道：“怪狗才，还没供养佛，就先捝了吃。”伯爵道：“甚么没供佛，我且入口无赃着。”西门庆分付：“交到后边收了。问你三娘讨三钱银子赏他。”伯爵问：“是李锦送来，是黄宁儿？”平安道：“是黄宁儿。”伯爵道：“今日造化了这狗骨秃了。又赏他这三钱银子。”这里西门庆看着他两个打双陆不题。

“不知哪里剜的”，可见多半是“借花送佛”。

且说月娘和桂姐、李娇儿、孟玉楼、潘金莲、李瓶儿、大姐，都在后边上房明间内吃了饭，在穿廊下坐的。只见小周儿在影壁前探头舒脑的，李瓶儿道："小周儿你来的好。且进来与小大官儿剃剃头，把头发都长长了。"小周儿连忙向前都磕了头，说："刚才老爹分付，交小的进来与哥儿剃头。"月娘道："六姐，你拿历头看看。好日子，歹日子，就与孩子剃头。"这金莲便交小玉取了历头来，揭开看了一回说道："今日是四月廿一日是个庚戌日。金定娄金狗当直，宜祭祀、官带、出行、裁衣、沐浴、剃头、修造、动土，宜用午时，——好日期。"月娘道："既是好日子，交丫头热水，你替孩儿洗头。交小周儿慢慢哄着他剃。"小玉在旁，替他用汗巾儿接着头发儿。那里才剃得几刀儿下来，这官哥儿呱的声怪哭起来。那小周连忙赶着他哭只顾剃。不想，把孩子哭的那口气憋下去，不言语了，脸便胀的红了。李瓶儿也唬慌手脚，连忙说："不剃罢，不剃罢！"那小周儿唬的，收不迭家活，往外没脚子跑。月娘道："我说这孩子有些不长俊，护头。自家替他剪剪罢。平白交进来剃，剃的好么？"天假其便，那孩子憋了半日气，放出声来了。李瓶儿一块石头方才落地，只顾抱在怀里拍哄着他，说道："好小周儿，恁大胆！平白进来，把哥哥头来剃了去了！剃的恁半落不合接，欺负我的哥哥。还不拿回来等我打与哥哥出气！"于是抱到月娘跟前。月娘道："不长俊的小花子儿！剃头要了你，失便益了，这等哭！剩下这些，到明日做剪毛贼。"引斗了一回，李瓶儿交与奶子。月娘分付："且休与他奶吃。等他睡一回儿与他吃。"奶子抱的他前边去了。只见来安儿进来取小周儿的家活，说门首唬的小周儿脸焦黄的。月娘问道："他吃了饭不曾？"来安道："他吃了饭，爹赏他五钱银子。"月娘交来安："你拿一瓯子酒出去与他。唬着人家，好容易讨这几个钱！"小玉连忙筛了一盏，拿了一碟腊肉交来安与他吃了，往家去了。

给阔人家剃头，如同与虎剪须。

吴月娘因交金莲："你看看历头，几时是壬子日？"金莲看了，说道："二十三是壬子日，交芒种五月节。"便道："姐姐，你问他怎的？"月娘道："我不怎的。问一声儿。"李桂姐接过历头来看了说道："这二十四日，苦恼是俺娘的生日！我不得在家。"月娘道："前月初十日，是你姐姐生日，过了，这二十四日，可可儿又是你妈的生日了！原来你院中人家，一日害两样病，做三个生日。日里害思钱病，黑夜思汉子的病！早

"日里病"恐更甚。

辰是妈的生日，晌午是姐姐生日，晚夕是自家生日。怎的都挤在一块儿？趁着姐夫有钱，撺掇着都生日了罢！”桂姐只是笑，不做声。

只见西门庆使了画童儿来请，桂姐方向月娘房中妆点匀了脸，往花园中来。卷棚内，又早放下八仙桌儿，前后放下帘栊来。桌上摆设许多肴馔：两大盘烧猪肉，两盘烧鸭子，两盘新煎鲜鲥鱼，四碟玫瑰点心，两碟白烧笋鸡，两碟炖烂鸽子雏儿；然后又是四碟脏子、血皮、猪肚、酿肠之类。众人吃了一回，桂姐在旁拿钟儿递酒，伯爵道：“你爹听着说，不是我索落你，事情儿已是停当了。你爹又替你县中说了，不寻你了。亏了谁？还亏了我。再三央及你爹，他才肯了。平白他肯替你说人情去了？随你心处的甚么曲儿，你唱个儿我听下酒，也是拿勤劳准折。”桂姐笑骂道：“怪磅花子，你蛇蚤儿好大面皮儿，爹他肯信你说话？”伯爵道：“你这贼小淫妇儿，你经还没念，就先打和尚起来。要吃饭，休要恶了火头！你敢笑和尚没丈母，我就单丁，摆布不起你这小淫妇儿？你休笑话，我半边俏，还动的。”被桂姐拿手中扇把子，尽力向他身上打了两下。西门庆笑骂道：“你这狗材！到明日论个男盗女娼，还亏了原问处！”笑了一回，桂姐慢慢才拿起琵琶，横担膝上，启朱唇，露皓齿，唱了个《伊州三台令》：

脏子、血皮、猪肚、酿肠——能吃这些杂碎者，享受其他生活乐趣一定也“不留余地”。

思量你好辜恩，便忘了誓盟。遇花朝月夕良辰，好交我虚度了青春。闷恹恹把栏杆凭倚，凝望他怎生全无个音信。几回自忖，多应是我分薄缘轻。

〔黄莺儿〕 谁想有这一程。（伯爵道：“阴沟里翻了舡，后十年也不知道。”）减香肌憔瘦损。（伯爵道：“爱好贪他，闪在人水里。”）镜鸾尘锁无心整。脂粉懒匀，花枝又懒簪。空教我黛眉蹙破春山恨。（伯爵道：“你记的说，接客千个，情在一人。无言对镜长吁气，半是思君半恨君。你两个当初好，如今就为他耽些惊怕儿也罢，不抱怨了。”桂姐道：“汗邪了你，怎的胡说！”）最难禁，（伯爵道：“你难禁，别人却怎样禁的？”）谯楼上画角，吹彻了断肠声。（伯爵道：“肠子倒没断，这一回，来提你的断了线，你两个休提了。”被桂姐尽力打了一下，骂道：“贼们攮的！今日汗歪了你，只鬼混人的！”）

应花子其实自娱只占两分，八分是与李桂姐“联袂逗趣”，以娱西门。

〔集贤宾〕 幽窗静悄月又明，恨独倚帏屏。蓦听的孤鸿只在楼外鸣，把离愁又还题醒。更长漏永，早不觉灯昏香尽眠未成。他那里睡得安稳？（伯爵道："傻小淫妇儿，他怎的睡不安稳？又没拿了他去，落合的在家里睡觉儿哩！你便在人家躲着，逐日怀着羊皮儿，直等东京人来，一块石头方落地。"桂姐被他说急了便道："爹，你看应花子来！不知怎的只发讪缠我。"伯爵道："你这回才认得爹了！"桂姐不理他，弹着琵琶又唱：）

〔双声叠韵〕 思量起，思量起，怎不上心？（伯爵道："揉着你那痒痒处，不由你不上心。"）无人处，无人处，泪珠儿暗倾。（伯爵道："一个人惯溺床。那一日，他娘死了，守孝打铺在灵前睡。晚了，不想又溺下了。人进来看见褥子湿，问怎的来。那人没的回答，只说：'你不知，我夜间眼泪打肚里流出来了。'就和你一般，为他声说不的，只好背地哭罢了！"桂姐道："没羞的孩儿，你看见来？汗邪了你哩！"）我怨他，我怨他，说他不尽。（伯爵道："我又一件说，你怎的不怨天？赤道得了他多少钱，见今日躲在人家，把买卖都误了。说他不尽，是左门神，白脸子，极古来子，不知道甚么儿的，好哄他。"）谁知道这里先走滚，（伯爵道："可知拿着到手中，还飞了哩！"）自恨我当初不合地认真。（伯爵道："傻小淫妇儿，如今年程在这里。三岁小孩儿出来也哄不过，何况风月中子弟。你和他认真？你且住了等我唱个《南枝儿》你听：风月事，我说与你听：如今年程，论不的假真。个个人古怪精灵，个个人久惯牢成，倒将计活埋把瞎缸暗顶。老虔婆只要图财，小淫妇儿少不的拽着脖子往前挣。苦似投河，愁如觅井。几时得把业罐子填完，就变驴变马也不干这个营生。"当下把桂姐说的哭起来了。被西门庆向伯爵头上打了一扇子，笑骂道："你这断了肠子的狗材！生生儿吃你把人就殴杀了。"因叫桂姐："你唱，不要理他。"谢希大道："应二哥，你好没趣！今日左来右去只欺负我这干女儿。你再言语，口上生个大疔疮。"那桂姐半日拿起琵琶又唱：）

噱头出彩。

〔簇御林〕 人都道，人都道他志诚，（伯爵才待言语，被希大把口按了，说道："桂姐你唱。休理他！"李桂姐又唱道：）却原来厮勾引。眼睁睁心口不相应。（希大放了手，伯爵又说："相应倒好了，弄不出此事来了。心口里不相应，如今虎口里倒相应。不多，也只两三炷儿。"桂姐道："白眉赤眼，你看见来？"伯爵道："我没看见，在乐星堂儿里不是？"连西门庆众人都笑起来了。）山誓海盟说假道真，险些儿不为他错害了相思病。(伯爵道:“好保虫儿!只有错买了的,没有错卖了的。你院中人,肯把病儿错害了?”)负心人,看伊家做作,如何交我有前程?(伯爵道:“前程也不敢指望,他到明日,少不了他个招宣袭了罢!”)

〔琥珀猫儿〕 日疏日远,再相逢枉了奴痴心宁耐等。(伯爵道:“等到几日?到明日,东京了毕事,再回炉也是不迟。”)想巫山云雨梦难成。薄情,猛拼今生和你凤折鸾分。

〔尾声〕 冤家下得忒薄幸。割舍的将人孤另。那世里恩情番成做画饼。

唱毕,谢希大道:“罢罢。叫画童儿接过琵琶去,等我酬劳桂姐一杯酒儿。”伯爵道:“等我哺菜儿。我本领儿不济事,拿勤劳准折罢了!”桂姐道:“花子过去,谁理你!你大拳打了人,这回拿手来摸挲。”当下希大一连递了桂姐三杯酒,拉伯爵道:“咱每还有那两盘双陆,打了罢!”于是二人又打双陆。西门庆递了个眼色与桂姐,就往外走。伯爵道:“哥,你往后边去,捎些香茶儿出来。头里吃了些蒜,这回子倒反帐儿,恶泛泛起来了。”西门庆道:“我那里得香茶儿来!”伯爵道:“哥,你还哄我哩!杭州刘学官送了你好少儿着!你独吃也不好。”西门庆笑的后边去了。那桂姐也走出来,在太湖石畔推掐花儿戴,也不见了。伯爵与希大一连打了三盘双陆,等西门庆,白不见出来。问画童儿:“你爹在后边做甚么哩?”画童儿道:“爹在后边,就出来了。”伯爵道:“就出来却往那去了?”因交谢希大:“你这里坐着,等我寻他寻去。”那谢希大且和书童儿两个在书桌上下象棋。

此种“揭发”,行同搔痒,难怪被“揭发者”要“笑认”。

原来西门庆只走到李瓶儿房里就出来了。在木香棚下看见李桂姐,就拉到藏春坞雪洞儿里;把门儿掩着,两个坐在矮床儿上说话。①

不想应伯爵到各亭儿上寻了一遭,寻不着。打滴翠岩小洞儿里穿过去,到了木香棚,抹转葡萄架。到松竹深处,藏春坞边,隐隐听见有人笑声,又不知在何处。这伯爵慢慢蹑足潜踪,掀开帘儿,见两扇洞门儿

① 此处删167字。

难道真是白搭救"干闺女"不成。

虚掩,在外面只顾听觑。① 伯爵猛然大叫一声,推开门②道:"小淫妇儿你央及我央及儿！不然,我就吆喝起来,连后边嫂子们都嚷的知道。你既认做干女儿了,好意交你躲住两日儿,你又偷汉子,交你了不成!"桂姐道:"去罢,应怪花子!"伯爵道:"我去罢,我且亲个嘴着。"于是按着桂姐亲讫一嘴,才走出来。西门庆道:"怪狗材！还不带上门哩!"伯爵一面走来把门带上,说道:"我儿,两个尽着捣,尽着捣,捣吊底子,不关我事。"才走到那个松树儿底下,又回来说道:"你头里许我的香茶在那里?"西门庆道:"怪狗材！等住会我与你就是了,又来缠人!"那伯爵方才一直笑的去了。桂姐道:"好个不得人意的攮刀子的!"这西门庆和桂姐两个,在雪洞内足干勾约一个时辰,吃了一枚红枣儿,才得了事,雨散云收。有诗为证:

海棠枝上莺梭急,绿竹阴中燕语频。

闲来付与丹青手,一段春娇画不成。

少顷,二人整衣出来。桂姐向他袖子内掏出好些香茶来袖了。西门庆则使的满身香汗,气喘吁吁,走来马缨花下溺尿。李桂姐腰里摸出镜子来,在月窗上搁着,整云理鬓,往后边去了。

西门庆走到李瓶儿房里,洗洗手出来。伯爵问他要香茶,西门庆道:"怪花子！你害了痞,如何只鬼混人!"每人掐了一撮与他。伯爵道:"只与我这两个儿！由他,由他！等我问李家小淫妇儿要。"正说着只见李铭走来磕头。伯爵道:"李日新在那里来？你没曾打听得,他每的事怎么样儿了?"李铭道:"俺桂姐亏了爹这里。这两日县里也没人来催,只等京中示下哩。"伯爵道:"齐家那小老婆子出来了?"李铭道:"齐香儿还在王皇亲宅内躲着哩！桂姐在爹这里好,谁人敢来寻?"伯爵道:"要不然也费手,亏我和你谢爹再三央劝你爹:'你不替他处处儿,交他那里寻头脑去?'"李铭道:"爹这里不管,就了不成。俺三婶,老人家风风势势的,干出甚么事!"伯爵道:"我记的这儿时是他生日。俺每会了你爹,与他做做生日。"李铭道:"爹们不消了。到明日事情毕

① 此处删 33 字。
② 此处删 126 字。

了，三婶和桂姐愁不请爹们坐坐？”伯爵道：“到其间，俺每补生日就是了。”因叫他近前：“你且替我吃了这钟酒着。我吃了这一日了，吃不的了。”那李铭接过银把钟来，跪着一饮而尽。谢希大交琴童又斟了一钟与他。伯爵道：“你敢没吃饭？”桌上还剩了一盘点心，谢希大又拿两盘烧猪头肉和鸭子，递与他。李铭双手接的，下边吃去了。伯爵用箸子又拨了半段鲥鱼与他，说道：“我见你今年还没食这个哩！且尝新着。”西门庆道：“怪狗材！都拿与他吃罢了，又留下做甚么？”伯爵道：“等住回吃的酒阑上来，饿了我不会吃饭儿。你每那里晓得，江南此鱼，一年只过一遭儿，吃到牙缝儿里，剔出来都是香的。好容易！公道说，就是朝廷还没吃哩！不是哥这里，谁家有？”正说着，只见画童儿拿出四碟鲜物儿来：一碟乌菱、一碟荸荠、一碟雪藕、一碟枇杷。西门庆还没曾放到口里，被应伯爵连碟子都挝过去，倒的袖了。谢希大道：“你也留两个儿我吃。”也得手挝一碟子乌菱来。只落下藕在桌子上。西门庆掐了一块，放在口内。别的与了李铭吃了。分付画童后边再取两个枇杷来赏李铭。李铭接的袖了到家把与三妈吃。

受人赏赐者，自己亦找机会尝尝赏人之趣。

倒并非言过其实。朝廷未必能有的，宰相家有；京官未必能有的，外放家有；外官未必能有的，富家却有——此即“公道的说法”。

未及赏赐，竟已哄抢。丑态可掬。

李铭吃了点心，上来拿筝过来，才弹唱了。伯爵道：“你唱个《花药栏》俺每听罢！”李铭调定筝弦，拿腔唱道：

新绿池边，猛拍栏杆，心事向谁论？花也无言，蝶也无言，离恨满怀萦牵。恨东君不解留去客，叹舞红飘絮蝶粉轻沾。景依然，事依然，悄然不见郎面。

〔塞鸿秋〕 俺想别时正逢春，海棠花初绽蕊，微分间现。不觉的榴花喷，红莲放，沉冰果，避暑摇纨扇。霎时间菊花黄金风动，败叶飘梧桐变。逡巡见腊梅开，冰花坠，暖阁内把香醪旋。四季景偏多，思想心中恋。不知俺那俏冤家，冷清清，独自个，闷恹恹何处耽寂怨。

〔金殿喜重重〕 嗟怨。自古风流误少年，那堪暮春天。生怕到黄昏，愁怕到黄昏，独自个闷不成欢。换宝香薰被谁共宿，叹夜长枕冷衾寒。你孤眠，我孤眠，但只是魂梦里相见。

〔货郎儿〕 有一日称了俺平生心愿，成合了夫妻谢天。

今生一对儿好姻缘，冷清清耽寂寞，愁沉沉受熬煎。

〔醉太平煞尾〕 只为俺多情的业冤，今日恨惹情牵。想当初说山盟言海誓在星前，担阁了风流少年。有一日朝云暮雨成姻眷，画堂歌舞排欢宴，罗帏锦帐永团圆，花烛洞房成连理，休忘了受过熬煎有万千。

当日，三个吃至掌灯时候，还等着后边拿出绿豆白米水饭来，吃了才去。伯爵道："哥，明日不得闲？"西门庆道："我明日往砖厂刘太监庄子上。安主事、黄主事两个昨来请我吃酒，早去了。"伯爵道："李三、黄四那事，我后日会他来罢！"西门庆点头儿分付："交他那日后晌来。休来早了。"二人也不等送就去了。西门庆交书童看着收家活，就归后边孟玉楼房中歇去了。一宿无话。

到次日，西门庆早起也没往衙门中去。吃了粥，冠带着，骑马拿着金扇，仆从跟随，出城南三十里，径往刘太监庄上来赴席。那日书童与玳安两个都跟去了。不在话下。

停战期间，硝烟暂散。

潘金莲赶西门庆不在家，与李瓶儿计较，将陈经济输的那三钱银子，又交李瓶儿添出七钱来，交来兴儿买了一只烧鸭、两只鸡、一钱银子下饭、一坛金华酒、一瓶白酒、一钱银子裹馅凉糕，交来兴儿媳妇整理端正。金莲对着月娘说："大姐那日斗牌，赢了陈姐夫三钱银子，李大姐又添七钱，今治了东道儿。请姐姐在花园里吃。"吴月娘就同孟玉楼、李娇儿、孙雪娥、大姐、桂姐先在卷棚内吃了一回。然后，拿了酒菜儿往山子上一个最高的卧云亭儿上，那里下棋投壶耍子。孟玉楼便与李娇儿、大姐、孙雪娥都往玩花楼上去，凭栏杆望下看，那山子前面牡丹畦、芍药圃、海棠轩、蔷薇架、木香棚、玫瑰树，端的有四时不谢之花，八节长春之景，观了一回下来。小玉、迎春却在卧云亭上，侍奉月娘斟酒下菜。月娘猛然想起问道："今日倒不请陈姐夫来坐坐？"大姐道："爹又使他，今日往门外徐家催银子去了，也待好来也。"

不一时，陈经济来到。穿着玄色练绒纱衣，脚下凉鞋净袜，头上缨子瓦楞帽儿、金簪子。向月娘众人作了揖，就拉过大姐一处坐下。向月娘说："徐家银子讨了来了，共五封——二百五十两。送到房里，玉箫收了。”于是传杯换盏，酒过数巡，各添春色。月娘与李娇儿、桂姐三个下棋；玉楼、李瓶儿、孙雪娥、大姐、经济便向各处游玩观花草。惟有金莲，在山子后那芭蕉丛深处，将手中白纱团扇儿，且去扑蝴蝶为戏。不防，经济蓦地走在背后，猛然叫道：“五娘，你不会扑蝴蝶，等我与你扑！这蝴蝶，就和你老人家一般：有些球子心肠，滚上滚下的走滚大。”那金莲扭回粉颈，斜睨秋波，对着陈经济笑骂道：“你这少死的贼短命，谁要你扑！将人来听见，敢待死也！我晓得你也不怕死了，搗了几钟酒儿，在这里来鬼混。”因问：“你买的汗巾儿怎了？”那经济笑嬉嬉向袖子中取出，一手递与他，说道：“六娘的都在这里了。”又道：“汗巾儿捎了来，你把甚来谢我？”于是把脸子挨向他身边，被金莲只一推。不想李瓶儿抱着官哥儿，并奶子如意儿跟着，从松墙那边走来。见金莲和经济两个在那里嬉戏，扑蝴蝶，李瓶儿这里赶眼不见，两三步就钻进去山子里边，猛叫道：“你两个扑个蝴蝶儿，与官哥儿耍子！”慌的那潘金莲恐怕李瓶儿瞧见，故意问道：“陈姐夫与了汗巾子不曾？”李瓶儿道：“他还没与我哩！”金莲道：“他刚才袖着。对着大姐姐不好与咱的，悄悄递与我了。”于是两个坐在花台石上打开，两个分了。金莲见官哥儿脖子里围着条白挑线汗巾子，手里把着个李子往口里吮。问道：“是你的汗巾子？”李瓶儿道：“是刚才他大妈妈见他口里吮李子，流下水，替他围上这汗巾子。”两个只顾坐在芭蕉丛下。李瓶儿说道：“这答儿里倒且是荫凉，咱在这里坐一回儿罢！”因使如意儿：“你去叫迎春，屋里取孩子的小枕头儿，带凉席儿，放他在这里。悄悄儿就取骨牌来，我和五娘在这里抹回牌儿。你就在屋里看罢！”如意儿去了。

见色缝插淫针。

不一时，迎春取了枕席并骨牌来。李瓶儿铺下席，把官哥儿放在小枕头儿上躺着，交他顽耍。他便和金莲抹牌。抹了一回，交迎春往屋里炖一壶好茶来。不想孟玉楼在卧云亭栏杆上看见，点手儿叫李瓶儿说：“大姐姐叫你说句话儿，就来。”那李瓶儿撇下孩子，交金莲看着：“我就来。”那金莲记挂经济在洞儿里，那里又去顾那孩子！赶空儿两三步走入洞门首，交经济说：“没人，你出来罢！”经济便叫妇人进去瞧蘑菇：“里面长出这些大头蘑菇来了。”哄的妇人入到洞里，就折跌腿跪着，要

李瓶儿以此掩饰自己“已知情”的状态。《红楼梦》中宝钗扑蝶及偷听到小红“淫情”后“便故意放重了脚步，笑着叫道”等情节，似受到此书此处（起码是无形中的）影响。

和妇人云雨。两个正接着亲嘴,也是天假其便,李瓶儿走到亭子上,吴月娘说:"孟三姐和桂姐投壶输了,你来替他投两壶儿。"李瓶儿道:"底下没人看孩子哩!"玉楼道:"左右有六姐在那里,怕怎的?"月娘道:"孟三姐,你去替他看看罢!"李瓶儿道:"三娘,累你,亦发抱了他来罢!"交小玉:"你去,就抱他的席和小枕头儿来。"那小玉和玉楼走到芭蕉丛下,孩子便躺在席上,登手登脚的怪哭。并不知金莲在那里。只见傍边大黑猫,见人来一滚烟跑了。玉楼道:"他五娘那里去了?耶咻,耶咻!把孩子丢在这里,吃猫唬了他了!"那金莲便从傍边雪洞儿里钻出来,说道:"我在这里净了净手,谁往那去来!那里有猫来唬了他,白眉赤眼儿的!"那玉楼也更不往洞里看,只顾抱了官哥儿,拍哄着他,往卧云亭儿上去了。小玉拿着枕席,跟的去了。金莲恐怕他学舌,随屁股也跟了来。月娘问:"孩子怎的哭?"玉楼道:"我去时,不知是那里一个大黑猫,蹲在孩子头跟前。"月娘说:"干净唬着孩儿。"李瓶儿道:"他五娘看着他哩!"玉楼道:"六姐往洞儿里净手去来。"金莲走上来说:"玉楼,你怎的恁白眉赤眼儿的?我在那里讨个猫来!他想必饿了要奶吃哭,就赖起人了!"李瓶儿见迎春拿上茶来,就使他叫奶子来喂哥儿奶。

只怕是托兔于虎。

那陈经济见无人,从洞儿钻出来,顺着松墙儿,抹转过卷棚,一直行前边角门往外去了。正是:双手劈开生死路,一身跳出是非门。月娘见孩子不吃奶,只是哭,分付李瓶儿:"你抱他到屋里,好好打发他睡罢!"于是也不吃酒,众人都散了。原来陈经济也不曾与潘金莲得手,做为燕侣莺俦,只得做了个蜂头花嘴儿。事情不巧,归到前边厢房中,有些咄咄不乐。正是:无可奈何花落去,似曾相识燕归来。有《折桂令》为证:

虎口偷食,谈何容易。

我见他戴花枝,笑捻花枝。朱唇上不抹胭脂,似抹胭脂。逐日相逢,似有情儿,未见情儿。欲见许何曾见许,似推辞未是推辞。约在何时?会在何时?不相逢,他又相思;既相逢,我反相思。

毕竟未知后来何如,且听下回分解。

第五十三回
吴月娘承欢求子息　李瓶儿酬愿保儿童

人生有子万事足，身后无儿总是空。
产下龙媒须保护，欲求麟种贵阴功。
祷神且急酬心愿，服药还教暖子宫。
父母好将人事尽，其间造化听苍穹。

话说吴月娘，与李娇儿、桂姐、孟玉楼、李瓶儿、孙雪娥、潘金莲、大姐混了一场，身子也有些不耐烦，径进房去睡了。醒时约有更次，又差小玉去问李瓶儿道："官哥没怪哭么？叫奶子抱得紧紧的，拍他睡好。不要又去惹他哭了。奶子也就在炕上吃了晚饭，没待下来，又丢放他在那里。"李瓶儿道："你与我谢声大娘道：自进了房里，只顾呱呱的哭，打冷战不住；而今才住得哭，磕伏在奶子身上睡了。额子上有些热剩剩的。奶子动也不得动，停会儿，我也待换他起来，吃夜饭净手哩！"那小玉进房，回覆了月娘。月娘道："他们也不十分当紧的。那里一个小娃儿，丢放在芭蕉脚下，径倒别的走开？吃猫唬了，如今才是愁神哭鬼的。定要弄坏了，才住手。"那时说了几句，也就洗了脸，睡了一宿。

一再强调"吃猫唬了"，搞不好对暗中使坏者起着"负面暗示"的作用。

到次早起来，别无他话，只差小玉问官哥下半夜有睡否，还说："大娘吃了粥，就待过来看官哥了。"李瓶儿对迎春道："大娘就待过来，你快去拿脸水来，我洗了脸。"那迎春飞抢的拿脸水进来。李瓶儿急攘攘的梳了头，交迎春慌不迭的烧起茶来，点些安息香在房里。三不知小玉来报，说："大娘进房来了。"慌得李瓶儿扑起的也似接了。月娘就到奶子床前，摸着官哥道："不长俊的小油嘴。常时把做亲娘的，平白地提在水缸里。"这官哥儿呱的声怪哭起来。月娘连忙引斗了一番，就住了。月娘对如意儿道："我又不得养，我家的人种便是这点点儿；休得轻觑着他，着紧用心才好。"奶子如意儿道："这不消大娘分付。"月娘就待出房，李瓶儿道："大娘来，泡一瓯子茶在那里，请坐坐去。"月娘就坐定了问道："六娘，你头鬓也是乱蓬蓬的？"李瓶儿道："因这冤家作怪捣气，头也不得梳！又是大娘来，仓忙的扭一挽儿，胡乱磕上鬏髻，不知怎模样的做笑话。"月娘笑道："你看是有槽道的么！自家养的亲骨肉，倒也叫他是冤家。学了我，成日要那冤家，也不能勾哩！"李瓶儿道："是便是这等说，没有这些鬼病来缠扰他便好。如今不得三两日安静，常时一出。前日坟上去，锣鼓唬了；不几时，又是剃头哭得要不的；如今又吃猫唬了。人家都是好养，偏有这东西，是灯草一样脆的！"说了一场，月娘就走出房来。李瓶儿随后送出，月娘道："你莫送我，进去看官哥去罢！"李瓶儿就进了房。

富家子弟，大都"灯草一样脆"。

月娘走过房里去，只听得照壁后边，贼烧纸的说些什么。月娘便立了听着，又在板缝里瞧着。一名是潘金莲，与孟玉楼两个，同靠着栏杆，憋了声气，絮絮答答的讲说道："姐姐好没正经！自家又没得养，别人养的儿子，又去溜遭魂的挜相知，呵卵脬。我想穷有穷气，杰有杰气，奉承他做甚的？他自长成了，只认自家的娘，那个认你！"只见迎春走过去，两个闪的走开了，假做寻猫儿喂饭，到后边去了。

月娘不听也罢，听了这般言语，怒生心上，恨落牙根。那时即欲叫破骂他，又是争气不穿的事，反伤体面；只得忍耐了，一径进房，睡在床上。又恐丫鬟每觉着了，不好放声哭得；只管自埋自怨短叹长吁。真个在家不敢高声哭，只恐猿闻也断肠！那时日当正午，还不起身，小玉立在床边："请大娘起来吃饭。"月娘道："我身子不好，还不吃饭。你掩上房门，且烧些茶来吃。"小玉捧了茶进房去，月娘才起来。闷闷的坐在房里，说道："我没有儿子，受人这样懊恼。我求天拜地，也要求一个来，羞那些贼淫妇的毯脸！"于是走到后房，文柜梳匣内取出王姑子整治的头胎衣胞来，又取出薛姑子送的药看。小小封筒上面，刻着"种子灵丹"

女人不能为男人传宗接代，便丧失了最基本的生存价值——这观念难道已随封建社会消失而不复存在？

四字，有诗八句：

姮娥喜窃月中砂，笑取斑龙顶上芽。
汉帝桃花敕特降，梁王竹叶诰曾加。
须臾饵验人堪羡，衰老还童更可夸。
莫作雪花风月趣，乌须种子在些些。

后有赞曰：

红光闪烁，宛如碾就之珊瑚；香气沉浓，仿佛初燃之檀麝。噙之口内，则甜津涌起于牙根；置之掌中，则热气贯通于脐下。直可还精补液，不必他求玉杵霜；且能转女为男，何须别觅神楼散。不与炉边鸡犬，偏助被底鸳鸯。乘兴服之，遂入苍龙之梦；按时而动，预征飞燕之祥。求子者一投即效，修真者百日可仙。

后又曰：

服此药后，凡诸脑损物，诸血败血，皆宜忌之。又忌萝卜、葱白。其交接，单日为男，双日为女，惟心所愿。服此一年，可得长生矣。

月娘看毕，心中渐渐的欢喜。见封袋封得紧，用纤纤细指缓缓轻挑，解包开看：只见乌金纸三四层，裹着一丸药，外有飞金朱砂，妆点得十分好看。月娘放在手中，果然脐下热起来。放在鼻边，果然津津的满口香唾。月娘笑道："这薛姑子果有道行，不知那里去寻这样妙药灵丹！莫不是我合当得喜，遇得这个好药，也未可知！"把药来看玩了一番，又恐怕药气出了，连忙把面浆来依旧封得紧紧的，原进后房，锁在梳匣内了。走到步廊下，对天长叹道："若吴氏明日壬子日，服了薛姑子药，便得种子，承继西门香火；不使我做无祀的鬼，感谢皇天不尽了！"那时日已近晚，月娘才吃了饭。话不再烦。

关键还是得有丈夫来播种。

西门庆到刘太监庄上，投了帖儿。那些役人报了，黄主事、安主事一齐迎住，都是冠带，好不齐整。叙了揖坐下，那黄主事便开言道："前日仰慕大名，敢尔轻造。不想就扰执事，太过费了。"西门庆道："多慢为罪。"安主事道："前日要赴敝同年胡大尹召，就告别了。主人情重，至今心领。今日都要尽欢达旦才是。”西门庆道：“多感盛情。”门子低报道：“酒席已完备了。”就邀进卷棚，解去冠带，安席，送西门庆首坐。西门庆假意推辞，毕竟坐了首席。歌童上来唱一只曲儿，名唤《锦橙梅》：

红馥馥的脸衬霞，黑髭髭的鬓堆鸦。料应他必是个中人，打扮的堪描画。颤巍巍的插著翠花，宽绰绰的穿著轻纱，兀的不风韵煞人也嗏！是谁家？把我不住了偷睛儿抹。

西门庆赞好，安主事、黄主事就送酒与西门庆。西门庆答送过了，优儿又展开檀板，唱一只曲，名唤《降黄龙衮》：

鳞鸿无便，锦笺慵写。腕松金，肌削玉，罗衣宽彻。泪痕淹破，胭脂双颊。宝鉴愁临，翠钿羞贴。等闲孤负，好天良夜。玉炉中，银台上，香消烛灭。凤帏冷落，鸳衾虚设。玉笋频搓，绣鞋重攧。

那时吃到酒后，传杯换盏，都不絮烦。

却说那潘金莲在家，因昨日雪洞里，不曾与陈经济得手，此时趁西门庆在刘太监庄与黄主事、安主事吃酒；吴月娘又在房中不出来，奔进奔出的，好像熬盘上蚁子一般。那陈经济在雪洞里跑出来，睡在店中，那话儿硬了一夜。此时，西门庆不在家中，只管与金莲两个眉来眼去。直至黄昏时后，各房将待掌灯，金莲蹑足潜踪，踮到卷棚后面。经济三不知走来，隐隐的见是金莲，遂紧紧的抱着了。把脸子挨在金莲脸上，两个亲了十来个嘴。经济道：“我的亲亲！昨夜孟三儿那冤家，打开了我每，害得咱硬帮帮撑起了一宿。今早见你妖妖娆娆，摇飐的走来，教我浑身儿酥麻了。”金莲道：“你这少死的贼短命，没些槽道的！把小丈母便揪住了亲嘴，不怕人来听见么？”经济道：“若见火光来，便走过了。”经济口里只故叫亲亲。① 忽听得外面狗子都嗥嗥的叫起来，却认是西门庆吃酒回来了，两个慌得一滚烟走开了。却是书童、玳安两个。拿着冠带金扇进来，乱嚷道：“今日走死人也！”月娘差小玉出来看时，

岂止偷偷摸摸，形同联手互盗。

① 此处删221字。

只见两个小厮都是醉糢糊的。小玉问道："爷怎的不归？"玳安道："方才我每恐怕追马不及，问了爷，先走回来。他的马快，也只在后边来了。"小玉进去回覆了。

不一时，西门庆已到门外下了马。本待到金莲那里睡，不想醉了，错走入月娘房里来。月娘暗想：明日二十三日，乃是壬子日。今晚若留他，反挫明日大事；又是月经左来日子，也至明日洁净。对西门庆道："你今晚醉昏昏的，不要在这里鬼混。我老人家月经还未净，不如在别房去睡了；明日来罢！"把西门庆带笑的推出来。走到金莲那里去了，捧着金莲的脸道："这个是小淫妇了！方才待走进来，不想有了几杯酒，三不知走入大娘房里去。"金莲道："精油嘴的东西，你便说明日要在姐姐房里睡了。碜说嘴的，在真人前赤巴巴吊谎，难道我便信了你？"西门庆道："怪油嘴，专要歪斯缠人。真正是这样的，着甚紧，吊着谎来！"金莲道："且说姐姐怎地不留你住？"西门庆道："不知道他。只管道我醉了，推了出来，说明晚来罢！我便急急的来了。"①两个宿了一夜不题。

正经老婆房，竟是"错走入"。

却表吴月娘次早起来，却正当壬子日了。便思想薛姑子临别时，千叮咛万嘱付，叫我到壬子日吃了这药，管情就有喜事。今日正当壬子，正该服药了。又喜昨夜天然凑巧，西门庆饮醉回家，撞入房来，回到今夜。因此月娘心上暗自喜欢。清早起来，即便沐浴，梳妆完了，就拜了佛，念一遍《白衣观音经》。求子的最是要念他；所以月娘念他，也是王姑子教他念的。那日壬子日，又是个紧要的日子，所以清早闭了房门，烧香点烛。先诵过了，就到后房，开取药来。叫小玉炖起酒来。也不用粥，先吃了些干糕饼食之类。就双手捧药，对天祷告，先把薛姑子一丸药用酒化开，异香触鼻，做三两口服完了。后见王姑子制就头胎衣胞，虽则是做成末子，然终觉有些注疑，有些焦剌剌的气子，难吃下口。月娘自忖道："不吃他，不得见效；待吃他，又只管生疑。也罢。事到其间，做不得主了，只得勉强吃下去罢！"先将符药一把罨在口内，急把酒来大呷半碗，几乎呕将出来；眼都忍红了，又连忙把酒过下去。喉舌间只觉

① 此处删133字。

有些腻格格的，又吃了几口酒，就讨温茶来漱净口，睡向床上去了。

西门庆正走过房来，见门关着，叫小玉开了。问道："怎么悄悄的关上房门？莫不道我昨夜去了，大娘有些二十四么？"小玉道："我那里晓得来？"西门庆走进房来，叫了几声。月娘吃了早酒，向里床睡着去，那里答应他？西门庆向小玉道："贼奴才，现今叫大娘，只是不应。怎的不是气我！"遂没些趣向，走出房去。只见书童进来说道："应二爹在外边了。"

闪开一笔。

西门庆走出来，应伯爵道："哥，前日到刘太监庄上，赴黄、安二公酒席，得尽欢么？直饮到几时分才散了？"西门庆道："承两公十分相爱。他前的下顾，因欲赴胡大尹酒席，倒坐不多时。我到他那里，却情投意合，倒也被他多留住了。灌了好几杯酒，直到更次。归路又远，醉又醉了。不知怎的了。"应伯爵道："别处人倒也好情分，还该送些下程与他。"西门庆道："说得有理。"就叫书童写起两个红礼帖来。分付里面办一样两副盛礼：枝圆桃枣，鹅、鸭、羊腿、鲜鱼，两坛南酒，又写二个谢宴名帖。就叫书童来分付了，差他送去。书童答应去了。

应伯爵就挨在西门庆身边来坐近了，"哥，前日说的，曾记得么？"西门庆道："记甚的来？"应伯爵道："想是忙的都忘记了。便是前日，同谢子纯在这里吃酒，临别时说的。"西门庆呆登登想了一会，说道："莫不就是李三、黄四的事么？"应伯爵笑道："这叫做檐头雨滴从高下，一点也不差！"西门庆做攒眉道："教我那里有银子？你眼见我前日支盐的事没有银子，与乔亲家挪得五百两凑用。那里有许多银子放出去！"应伯爵道："左右生利息的，随分箱子角头，寻些凑与他罢！哥说门外徐四家的，昨日先有二百五十两来了，这一半就易处了。"西门庆道："是便是，那里去凑？不如且回他，等讨徐家银子一总与他罢！"应伯爵正色道："哥，君子一言，快马一鞭。'人而无信，不知其可也。'哥前日不要许我便好；我又与他每说了，千真万真，道今日有的了，怎好去回他？他们极服你做人慷慨。直甚么事，反被这些经纪人背地里不服你？"西门庆道："应二爹如此说，便与他罢！"自己走进去，收拾了二百三十两银子，又与玉箫讨昨日收徐家二百五十两头，一总弹准四百八十两。走出

"做人慷慨"这顶高帽子，倒不大不小将可好能戴。

来对应伯爵道："银子只凑四百八十两，还少二十两。有些段匹作数，可使得么？"伯爵道："这个却难。他就要现银去干香的事。你好的段匹，也都没放；你剩这些粉段，他又干不得事。不如凑现物与他，省了小人脚步。"西门庆道："也罢。也罢。"又走进来，称了二十两成色银子，叫玳安通共掇出来。

那李三、黄四却在间壁人家坐久，只待伯爵打了照面，就走进来。谢希大适值进来，李三、黄四叙揖毕了。就见西门庆，行礼毕，就道："前日蒙大恩，因银子不得关出，所以迟迟。今因东平府又派下二万香来，敢再挪五百两，暂济燃眉之急。如今关出这批银子，一分也不动；都尽这边来，一齐算利奉还。"西门庆便唤玳安，铺子里取天平，请了陈姐夫，先把他讨的徐家二十五包弹准了，后把自家二百五十两弹明了，付与黄四、李三。两人拜谢不已，就告别了。西门庆欲留应伯爵、谢希大再坐一回，那两个那有心想坐？只待出去与李三、黄四分中人钱了。假意说有别的事，急急的别去了。那玳安、琴童都拥住了伯爵，讨些使用，买果子吃。应伯爵摇手道："没有，没有。这是我认得的，不带得来，送你这些狗弟子的孩儿。"径自去了。只见书童走得进来，把黄主事、安主事两个谢帖回话，说："两个爷说不该受礼，恐拂盛意，只得收了。多去致意你爷。"力钱二封，西门庆就赏与他。又称出些，把雇来的挑盘人打发了。

急分"中人钱"，连"白嚼"机会都放弃了。

天色已是掌灯时分，西门庆走进月娘房里坐定。月娘道："小玉说，你曾进房来叫我。我睡着了，不得知你叫。"西门庆道："却又来，我早认你有些不快我哩！"月娘道："那里说起不快你来？"便叫小玉泡茶，讨夜饭来吃了。西门庆饮了几杯，身子连日吃了些酒，只待要睡。因几时不在月娘房里来，又待奉承他；也把胡僧的膏子药来用了些，胀得阳物来铁杵一般。月娘见了，道："那胡僧这样没槽道的，唬人的弄出这样把戏来！"心中暗忖道：他有胡僧的法术，我有姑子的仙丹，想必有些好消息也。遂都上床去，畅美的睡了一夜。次日起身，都至日午时候。

"非常状态"，确实唬人。

"房事专家"竟出在和尚姑子中。

那潘金莲又是颠唇簸嘴，与孟玉楼道："姐姐前日，教我看几时是壬子日，莫不是拣昨日与汉子睡的？为何恁的凑巧？"玉楼笑道："那有这事?”正说话间,西门庆走来。金莲一把扯住西门庆道:“那里人家睡得这般早,起得恁的晏。日头也沉沉的待落了,还走往那里去?”西门庆被他鬼混了一场,那话儿又硬起来。径撇了玉楼,玉楼自进房去。西门庆按金莲在床口上,就戏做一处。春梅就讨饭来,金莲同吃了不题。

只算是得些“剩余物资”。

却说那月娘,自从听见金莲背地讲他爱官哥,两日不到官哥房里去看。只见李瓶儿走进房来,告诉道:“孩子日夜啼哭,只管打冷战不住。却怎么处?”月娘道:“你做一个摆布,与他弄好了便好。把些香愿也许许,或是许了赛神,一定减可些。”李瓶儿道:“前日身上发热,我许拜谢城隍土地;如今也待完了心愿。”月娘道:“是便是,你的心愿也还该再请刘婆来,商议商议,看他怎地说。”李瓶儿正待走出来,月娘道:“你道我昨日成日的不得看孩子,着甚缘故不得进来?只因前日我来看了孩子,走过卷棚照壁边,只听得潘金莲在那里和孟三儿,说我自家没得养,倒去奉承别人。扯淡得没要紧!我气了半日的,饭也吃不下。”李瓶儿道:“这样怪行货,歪剌骨。可是有槽道的!多承大娘好意思,着他甚的,也在那里捣鬼。”月娘道:“你只记在心,防了他,也没则声。”李瓶儿道:“便是这等。前日迎春说:大娘出房,后边迎春出来,见他与三姐立在那里说话,见了迎春就寻猫去了。”

同仇敌忾。

正说话间,只见迎春气吼吼的走进来。说道:“娘快来!官哥不知怎么样,两只眼不住反看起来,口里卷些白沫出来。”李瓶儿唬得顿口无言,攒眉欲泪。一面差小玉报西门庆,一面急急归到房里,见奶子如意儿都失色了。刚看时,西门庆也走进房来,见了官哥放死放活,也吃了一惊。就道:“不好了,不好了!怎么处?妇人平日不保护他好,到这田地就来叫我,如今怎好?”指如意儿道:“奶子不看好他,以致今日。若万一差池起来,就捣烂你做肉泥,也不当稀罕!”那如意儿慌得口也不敢开,两泪齐下。李瓶儿只管看了暗哭。西门庆道:“哭也没用,不如请施灼龟来与他灼一个龟板。不知他有恁祸福纸脉,与他完一完再处。”就问书童讨单名帖,飞请施灼龟来。坐下,先是陈经济陪了吃茶。琴童、玳安点烛烧香、舀净水、摆桌子。西门庆出来相见了,就拿龟板对天祷告作揖,进入堂中,放龟板在桌上。那施灼龟双手接着,放上龟药,点上

竟手足无措至此。

了火。又吃一瓯茶。西门庆正坐时,只听一声响。施灼龟看了,停一会不开口。西门庆问道:"吉凶如何?"施灼龟问甚事,西门庆道:"小儿病症,大象怎的?有纸脉也没有?"施灼龟道:"大象目下没甚事,只怕后来反覆牵延,不得脱然全愈。父母占子孙,子孙爻不宜晦了。又看朱雀爻大动,主献红衣神道城隍等类。要杀猪羊去祭他,再领三碗羹饭,一男伤,二女伤,草船送到南方去。"西门庆就送一钱银子谢他。施灼龟极会谄媚,就千恩万谢,虾也似打躬去了。

"虾也似打躬",想来有趣。

西门庆走到李瓶儿房里,说道:"方才灼龟的说大象牵延,还防反覆,只是目下急急的该献城隍老太。"李瓶儿道:"我前日原许的,只不曾献得。孩子只管驳杂。"西门庆道:"有这等事!"即唤玳安叫惯行烧纸的钱痰火来。玳安即便出门。西门庆和李瓶儿拥着官哥道:"孩子,我与你赛神了;你好了些,谢天谢地!"说也奇怪,那时孩子就放下眼,磕伏着有睡起来了。李瓶儿对西门庆道:"好不作怪么?一许了献神道,就减可了大半。"西门庆心上一块石头,才得放了下来。

月娘闻得了,也不胜喜欢。又差琴童去请刘婆子的来。刘婆急波波的,一步高一步低走来。西门庆不信婆子的,只为爱着官哥,也只得信了。那刘婆子一径走到厨房下去摸灶门。迎春笑道:"这老妈,敢汗邪了!官哥倒不看,走到厨下去摸灶门则甚的?"刘婆道:"小奴才你晓得甚的,别要吊嘴说。我老人家一年也大你三百六十日哩!路上走来,又怕有些邪气,故来灶门前走走。"迎春把他做了个脸。听李瓶儿叫,就同刘婆进房来。刘婆磕了头。西门庆要分付玳安称银子买东西、杀猪羊献神,走出房来。刘婆便问道:"官哥好了么?"李瓶儿道:"便是凶得紧。请你来商议。"刘婆道:"前日是我说了,献了五道将军就好了;如今看他气色,还该谢谢三界土便好。"李瓶儿道:"方才施灼龟说,该献城隍老太。"刘婆道:"他惯一不着的,晓得甚么来!这个原是惊,不如我收惊倒好。"李瓶儿道:"怎地收惊?"刘婆道:"迎春姐,你去取些米,舀一碗水来。我做你看。"迎春取了米水来。刘婆把一只高脚瓦钟,放米在里面,满满的;袖中摸出旧绿绢头来,包了这钟米,把手捏了,向官哥头面上下手足,虚空运来运去的战。官哥正睡着,奶子道:"别要惊觉

"同行是冤家","戗行"更是冤家。

了他。”刘婆摇手低言道：“我晓得，我晓得。”运了一阵，口里唧哝哝的念，不知是甚么。中间一两句响些，李瓶儿听得是念“天惊地惊，人惊鬼惊，猫惊狗惊”。李瓶儿道：“孩子正是猫惊了起的。”刘婆念毕，把绢儿抖开了，放钟子在桌上，看了一回，就从米摇实下的去处，撮两粒米，投在水碗内，就晓得病在月尽好：“也是一个男伤，两个女伤，领他到东南方上去。只是不该献城隍，还该谢土才是。”那李瓶儿疑惑了一番，道：“我便再去谢谢土也不妨。”又叫迎春出来对西门庆说：“刘婆看水碗，说该谢土。左右今夜庙里去不及了，留好东西，明早志诚些去。”西门庆就叫玳安：“把拜庙里的东西及猪羊收拾好了，待明早去罢！”再买了谢土东西，炒米茧团、土笔土墨、放生麻雀鳅鳝之类，无物不备，件色整齐。那刘婆在李瓶儿房里，走进来到月娘房里坐了。月娘留他吃了夜饭。

逢神皆可拜求。中国人大多无宗教信仰，无“异教”概念。

却说那钱痰火到来，坐在小厅上。琴童与玳安忙不迭的扶侍他谢土。那钱痰火吃了茶，先讨个意旨。西门庆叫书童写与他。那钱痰火就带了雷圈板巾，依旧着了法衣，仗剑执水，步罡起来，念《净坛咒》。咒曰：

> 洞中玄虚，晃朗太元，八方威神，使我自然。灵宝符命，普告九天乾罗，答那洞罡太玄：斩妖缚邪，杀鬼万千。中山神咒，元始玉文。持诵一遍，却病延年。按行五岳，八海知闻。魔王束手，侍卫我轩。凶秽消散，道气常存。云云。

“请祭主拈香。”西门庆净了手，漱了口；着了冠带，带了兜膝。孙雪娥、孟玉楼、李娇儿、桂姐都帮他着衣服，都啧啧的赞好。西门庆走出来，拈香拜佛，安童背后扯了衣服。好不冠冕气象。钱痰火见主人出来，念得加倍响些。那些妇人便在屏风后，瞧着西门庆，指着钱痰火，都做一团笑倒。西门庆听见笑得慌，跪在神前又不好发话，只顾把眼睛来打抹。书童就觉着了，把嘴来一挪，那众妇人便觉，住了些。

又添一乱。真真是“病笃乱投医”。

金莲独自后边出来，只见转一拐儿，蓦见了陈经济，就与他亲嘴摸奶，袖里拿出一把果子与他。又问道：“你可要吃烧酒？”经济道：“多少用些也好。”遂吃。金莲乘众人忙的时分，扯到屋里来。叫春梅闭了房门，连把几钟与他吃了，就说：“出去罢！恐人来，我便死也。”经济又待亲嘴,金莲道:"碜短命,不怕婢子瞧科!"便戏发讪,打了恁一下,那经济就慌跳走出来。金莲就叫春梅先走,引了他出去了。正是:双手拨开生死路,一身跳出是非门。那时金莲也就走外边瞧了。不在话下。

那西门庆拜了土地,跪了半晌,才得起来。只做得开启功德。钱痰火又将次拜忏。西门庆走到屏风后边,对众妇人道:"别要嘻嘻的笑,引的我几次忍不住了!"众妇人道:"那钱痰火是烧纸的火鬼,又不是道士的,带了板巾,着了法衣。这赤巴巴没廉耻的!呦喽喽的臭涎唾,也不知倒了几斛出来了!"西门庆道:"敬神如神在,不要是这样的寡薄嘴,调笑的他苦!"钱痰火又请拜忏,西门庆走到毡单上。钱痰火通陈起头,就念入忏科文,遂念起"志心朝礼"来。看他口边涎唾,卷进卷出。一个头得上得下,好似磕头虫一般,笑得那些妇人做了一堆。西门庆那里赶得他拜来?那钱痰火拜一拜,是一个神君;西门庆拜一拜,他又拜过几个神君了。于是也顾不得他,只管乱拜。那些妇人笑得了不的。适值小玉出来,请李桂姐吃夜饭,说道:"大娘在那里冷清清,和大姐、刘婆三个坐着讲闲话。这里来这样热闹得狠!"娇儿和桂姐即便走进屋里来,众人都要进来。独那潘金莲还要看后边,看见都待进来,只得进来了。吴月娘对大姐道:"有心赛神,也放他志诚些。这些风婆子,都拥出去,甚紧要的,有甚活狮子相咬?去看他!"才说得完,李桂姐进来,陪了月娘、大姐三个吃夜饭不题。

不信,却又畏惧报应;信,却又感到分明可笑。在"乱拜"中缓和心理焦虑,甘受人欺,亦复自欺。

却说那西门庆拜了满身汗。走进里面,脱了衣冠靴带,就走入官哥床前,摸着说道:"我的儿,我与你谢土了。"对李瓶儿道:"好呀!你来摸他额上,就凉了许多。谢天,谢天!"李瓶儿笑道:"可霎作怪,一从许了谢土,就也好些。如今热也可些,眼也不反看了,冷战也住些了。莫道是刘婆没有意思!"西门庆道:"明日一发去完了庙里的事,便好了。"李瓶儿道:"只是做爷的吃了劳碌了。你且揩一揩身上,吃夜饭去。"西门庆道:"这里恐唬了孩子,我别的去吃罢!"走到金莲那里来,坐在椅上说道:"我两个腰子,落出也似的痛了。"金莲笑道:"这样孝心,怎地痛起来?如今叫那个替你拜拜罢!"西门庆道:"有理,有理。"就叫春梅唤琴童:"请陈姐夫替爷拜拜,送了纸马。"谁想那经济,在金莲房里灌了几钟酒出来，恐怕脸红了；小厮们猜道出来，只得买了些淡酒，在铺子里又吃了几杯。量原不济，一霎地醉了，齁齁的睡着了。琴童那里叫得起来？一脚箭走来，回复西门庆道："睡在那里，再叫不起。"西门庆便恼将起来，道："可是个有槽道的！不要说一家的事，就是邻佑人家还要看看，怎的就早睡了？"就叫春梅来大娘房里，对大姐说："爷拜酸了腰子，请姐夫替拜送纸马；随问怎的再不肯来，只管睡着。"大姐道："这样没长俊的，待我去叫他！"径走出房来。月娘就叫小玉到铺子里叫起经济来。经济揉一揉眼，走到后边，见了大姐道："你怎的忙不迭的叫命？"大姐道："叫你替爷拜土送马去。方才琴童来，叫你不应，又来与我歪斯缠。如今娘叫小玉来叫你，好歹去拜拜罢么！"遂半推半搀的拥了经济到厅上，大姐便进房去了。小玉回复了月娘，又回复了西门庆。西门庆分付琴童、玳安等伏侍钱痰火完了事，就睡在金莲床上，不题。

其实他腰子怕是更疼。

却说那陈经济走到厅上，只见灯烛辉煌，才得醒了。挣着眼，见钱痰火正收散花钱，遂与叙揖。痰火就待领羹饭，交琴童掌灯，到李瓶儿房首。迎春接香进去，递与如意儿，替官哥呵了一呵，就递出来。钱痰火捏神捏鬼的念出来，到厅上就待送马。陈经济拜了一回，钱痰火就送马发檄，发了乾卦。说道："檄向天门，一两日就好的。纵有反覆，没甚事。"就放生，烧纸马奠酒辞神，礼毕。那痰火口渴肚饥，也待要吃东西了。那玳安收家活进去了。琴童摆下桌子，就是陈经济陪他散堂。钱痰火千百声谢去了，经济也进房去了。李瓶儿又差迎春，送果子福物到大姐房里来，大姐谢了。不题。

这位钱痰火比施灼龟、刘婆子啰唆多了。

却说刘婆在月娘房里谢了出来。刚出大门，只见后边钱痰火提了灯笼，醉醺醺的撞来。刘婆便道："钱师父，你们的散花钱，可该送与我老人家么？"钱痰火道："那里是你本事！"刘婆道："是我看水碗作成你老头子，倒不识好歹哩！下次落我头，也不荐你了。"钱痰火再三不肯，道："你精油嘴，老淫妇，平白说嘴！你那里荐的我？我是旧主顾。那里说起，分散花钱！"刘婆指骂道："饿杀你这贼火鬼，才来求我哩！"两个鬼混的斗口一场去了。不题。

全是鬼混。

却说西门庆次早起来，分付安童跟随上庙。挑猪羊的挑猪羊，拿冠带的拿冠带,径到庙里。慌得那些道士连忙铺单读疏。西门庆冠带拜了,求了签,交道士解说。道士接了签,送茶毕,即便解说:“签是中吉。”解云:“病者即愈,只防反覆,须宜保重些。”

西门庆打发香钱归来了。刚下马进来,应伯爵正坐在卷棚底下。西门庆道:“请坐,我进去来。”遂走到李瓶儿房,说求签如此如此,这般这般。径走到卷棚下,对伯爵道:“前日中人钱盛么?你可该请我一请。”伯爵笑道:“谢子纯也得了些,怎的独要我请?也罢,买些东西与哥子吃也罢!”西门庆笑道:“那个真要吃你的,试你一试儿。”伯爵便道:“便是,你今日猪羊上庙,福物盛得十分的。小弟又在此,怎的不散福?”西门庆道:“也说得有理。”唤琴童:“去请谢爹来同享。一面分付厨下整理菜蔬出来,与应二爹吃酒。”

点不破的厚黑脸。

那应伯爵坐了,只等谢希大到。那得见来?便道:“我们先坐了罢!等不得这样乔做作的。”西门庆就与应伯爵吃酒。琴童归来说:“谢爹不在家。”西门庆道:“怎去得恁久?”琴童道:“寻得要不的。”应伯爵遂行口令,都是祈保官哥的意思。西门庆不胜欢喜。应伯爵道:“不住的来扰宅上,心上不安的紧。明后日待小弟做个薄主,约诸弟兄,陪哥子一杯酒何如?”西门庆笑道:“赚得些中钱,又来撒漫了。你别要费,我有些猪羊剩的,送与你凑样数。”伯爵就谢了道:“只觉忒相知了些。”西门庆道:“唱的优儿都要你身上完备哩!”应伯爵道:“这却不消说起。只是没人伏侍,怎的好?”西门庆道:“左右是弟兄,各家人都使得的。我家琴童、玳安将就用用罢!”应伯爵道:“这却全副了。”吃了一回,遂别去了。正是:百年终日醉,也只三万六千场。

到底是高级帮闲。总是“正对景儿”。

毕竟不知如何,且听下回分解。

第五十四回
应伯爵郊园会诸友　任医官豪家看病症

来日阴晴未可商，常言极乐起忧惶。

浪游年少耽红陌，薄命娇娥怨绿窗。

乍入杏村沽美酒，还从橘井问奇方。

人生多少悲欢事，几度春风几度霜。

话说西门庆在金莲房里起身，分付琴童、玳安："送猪蹄羊肉到应二爹家去。"两个小厮正送去时，应伯爵正邀客回来，见了就进房。带邀带请的写一张回字："昨扰极，兹复承佳惠，谢谢。即刻屈吾兄过舍，同往郊外一乐。"写完了走出来，将交与玳安。玳安道："别要写字去了，爹差我们两个在这里伏侍，也不得去了。"应伯爵笑道："怎好劳动你两个亲油嘴，折杀了你二爹哩！"就把字来袖过了。玳安道："二爹，今日在那笪儿吃酒？我们把桌子也摆摆么？还是灰尘的哩！"伯爵道："好人呀，正待要抹抹。先摆在家里，吃了便饭；然后到郊园上去顽耍。"琴童道："先在家里吃饭，也倒有理，省得又到那里吃饭，径把攒盒、酒、小碟儿拿去罢。"伯爵道："你两个倒也聪明，正合二爹的粗主意。想是日夜被人钻掘，掘开了聪明孔哩！"玳安道："别要讲闲话，就与你收拾起来。"伯爵道："这叫做接连三个观音堂——妙，妙，妙！"

虽不甚通，究竟还能自己写出，比西门庆强些。

怎么省钱怎么来。

两个安童刚收拾得七八分，只见摇摇摆摆的走进门来，却是白来创。见了伯爵拱手，又见了琴童、玳安，道："这两个小亲亲，这等奉承你二爹。"伯爵道："你莫待捻酸哩！"笑了一番，白来创道："哥请那几客？"

摆摆地闯来了。

伯爵道:“只是弟兄几个坐坐,就当会茶。没有别的新客。”白来创道:“这却妙了。小弟极怕的,是面没相识的人同吃酒。今日我们弟兄辈小叙,倒也好吃酒顽耍。只是席上少不得娼的,和李铭、吴惠儿弹唱弹唱,倒也好吃酒。”伯爵道:“不消分付,此人自然知趣。难道闷昏昏的,吃了一场便罢了？你几曾见我是恁的来?”白来创道:“停当,停当,还是你老帮衬。只是停会儿,少罚我的酒。因前夜吃了火酒,吃得多了,嗓子儿怪疼的要不得;只吃些茶饭粉汤儿罢!”伯爵道:“酒病酒药医,就吃些何妨？我前日也有些嗓子痛,吃了几杯酒,倒也就好了。你不如依我这方,绝妙!”白来创道:“哥,你只会医嗓子,可会医肚子么?”伯爵道:“你想是没有用早饭。”白来创道:“也差不远。”伯爵道:“怎么处?”就跑的进去了,拿一碟子干糕、一碟子檀香饼、一壶茶出来,与白来创吃。那白来创把檀香饼一个一口,都吃尽了,赞道:“这饼却好!”伯爵道:“糕亦颇通。”白来创就哔哔声都吃了。只见琴童、玳安收迭家活,一霎地明窗净儿。白来创道:“收拾恁的整齐了,只是弟兄们还未齐。早些来,多顽顽也得,怎地只管缩在家里,不知做甚的来?”

闯来为的就是白吃。

“白嚼”让“白来”这一“闯”,损失不小。

伯爵正望着外边,只见常时节走进屋里来。琴童正掇茶出来,常时节拱手毕,便瞧着琴童道:“是你在这里。”琴童笑而不答。吃茶毕,三人刚立起散走,白来创看见橱上有一副棋枰,就对常时节道:“我与你下一盘棋。”常时节道:“我方走了,热剩剩的,正待打开衣带扇扇扇子,又要下棋？也罢么,待我胡乱下局罢!”就取下棋枰来下棋。伯爵道:“赌个东道儿么?”白来创道:“今日扰兄了,不如着入己的,倒也径捷些儿。省得虚脾胃,吃又吃不成,倒不如入己的有实惠。”伯爵道:“我做主人不来,你们也着东道来凑凑么?”笑了一番,常时节道:“如今说了,着甚么东西,还是银子?”白来创道:“我不带得银子,只有扇子在此,当得二三钱银子起的,漫漫的赎了罢!”常时节道:“我是赢别人的绒绣汗巾在这里,也值许多,就着了罢!”一齐交与伯爵。伯爵看看,一个是诗画的白竹金扇,却是旧做骨子;一个是簇新的绣汗巾。说道:“都值的,径着了罢。”伯爵把两件拿了,两个就对局起来。琴童、玳安见家主不在,不住的走到椅子后边来看下棋。伯爵道:“小油嘴!有心央及你来,再与

扇子想是白“闯”来的,汗巾想是“借”来的。

我泡一瓯茶来。"琴童就对玳安暗暗里做了一个鬼脸,走到后边烧茶了。

却说白来创与常时节,棋子原差不多。常时节略高些,白来创极会反悔。正着时,只见白来创一块棋子,渐渐的输倒了。那常时节暗暗决他要悔。那白来创果然要拆几着子,一手撇去常时节着的子,说道:"差了,差了!不要这着。"常时节道:"哥子来,不好了!"伯爵奔出来道:"怎的闹起来?"常时节道:"他下了棋,差了三四着,后又重待拆起来,不算帐。哥做个明府,那里有这等率性的事?"白来创面色都红了,太阳里都是青筋绽起了,满面涎唾的嚷道:"我也还不曾下,他又扑的一着了;我正待看个分明,他又把手来影来影去,混帐得人眼花撩乱了;那一着方才着下,手也不曾放,又道我悔了。你断一断,怎的说我不是?"伯爵道:"这一着,便将就着了,也还不叫悔;下次再莫待恁的了!"常时节道:"便罢,且容你悔了这着,后边再不许你白来创我的子了。"白来创笑道:"你是常时节输惯的,倒来说我!"

输不得棋者,难以为友。

倒都还算幽默。

正说话间,谢希大也到了。琴童掇茶吃了,就道:"你们自去完了棋,待我看着。"正看时,吴典恩也正走到屋里来了。都叙过寒温,就问:"可着甚的来?"伯爵把二物与众人看,都道:"既是这般,须着完了。"白来创道:"九阿哥,完了罢!只管思量甚的!"常时节正在审局,吴典恩与谢希大旁赌。希大道:"九弟胜了。"吴典恩道:"他输了,恁地倒说胜了,赌一杯酒!"常时节道:"看看区区叨胜了。"白来创脸都红了,道:"难道,这把扇子是送你的了?"常时节道:"也差不多。"于是填完了官着就数起来。白来创看了五块棋头,常时节只得两块,白来创又该找还常时节三个棋子。口里道:"输在这三着了。"连忙数自家棋子,输了五个子。希大道:"可是我决着了。"指吴典恩道:"记你一杯酒。停会一准要吃还我。"吴典恩笑而不答。伯爵就把扇子并原梢汗巾送与常时节,常时节把汗巾原袖了,将扇子拽开卖弄,品评诗画。众人都笑了一番。

小便宜,小乐趣。

玳安外边奔进来报,却是吴银儿与韩金钏儿。两个相牵相引,嬉笑进来了,深深的拜见众位。白来创意思还要下盘,却被众人笑了。伯爵道:"罢罢!等大哥一来,用了饭就到郊园上去。着到几时,莫要着了!”于是琴童忙收棋子,都吃过茶。伯爵道:“大哥此时也该来了。莫待弄晏了,顽耍不来。”刚说时,西门庆来到。衣帽齐整,叫个小厮跟随。众人都下席迎接,叙礼让坐。两个妓女都磕了头,李铭、吴惠都到来磕头过了。伯爵就催琴童、玳安拿上八个靠山小碟儿,盛着十香瓜、五方豆豉酱油浸的花椒、酽醋滴的苔菜、一碟糖蒜、一碟糟笋干、一碟辣菜、一碟酱的大通姜、一碟香茵,摆放停当。两个小厮见西门庆坐地,加倍小心,比前越觉有些马前健。伯爵见西门庆看他摆放家活,就道:“亏了他两个,收拾了许多事。替了二爹许多力气。”西门庆道:“恐怕也伏侍不来。”伯爵道:“忒会了些。”谢希大道:“自古道,强将手下无弱兵。毕竟经了他们,自然停当。”那两个小厮摆完小菜,就拿上大壶酒来,不住的拿上二十碗下饭菜儿:蒜烧荔枝肉、葱白椒料桂皮煮的烂羊肉、烧鱼、烧鸡、酥鸭、熟肚之类,说不得许多色样。原来伯爵在各家吃转来,都学了这些好烹庖了。所以色色俱精,无物不妙。众人都拿起箸来,嗒嗒声,都吃了几大杯酒,就拿上饭来吃了。那韩金钏吃素,再不用荤,只吃小菜。伯爵道:“今日又不是初一月半,乔作衙甚的?当初有一个人,吃了一世素,死去见了阎罗王说:‘我吃了一世素,要讨一个好人身。’阎王道:‘那得知你吃不吃?且割开肚子验一验。’割开时,只见一肚子涎唾。原来平日见人吃荤,咽在那里的。”众人笑得翻了。金钏道:“这样捣鬼,是那里来!可不怕地狱拔舌根么?”伯爵道:“地狱里只拔得小淫妇的舌根。道是他亲嘴时,会活动哩!”都笑一阵。

中看不中吃。

总算像样。

好恶心。

伯爵道:“我们到郊外去一游何如?”西门庆道:“极妙了。”众人都说妙。伯爵就把两个食盒、一坛酒,都央及玳安与各家人,抬在河下,唤一只小舡,一齐下了,又唤一只空舡载人。众人逐一上舡,就摇到南门外三十里有余,径到刘太监庄前。伯爵叫湾了舡,就扶了韩金钏、吴银儿两个上岸。西门庆问道:“到那一家园上走走倒好?”应伯爵道:“就是刘太监园上也好。”西门庆道:“也罢。就是那笪也好。”众人都到那里,进入一处厅堂,又转入曲廊深径。茂林修竹,说不尽许多景致。但见:

俗极生雅。

翠柏森森,修篁簌簌;芳草平铺青锦褥,垂杨细舞绿丝绦。

曲砌重栏，万种名花纷若绮；幽窗密牖，数声娇鸟弄如簧。真同阆苑风光，不减清都景致。散淡高人，日涉之以成趣；往来游女，每乐此而忘疲。果属奇观，非因过誉。

西门庆携了韩金钏、吴银儿手，走往各处，饱玩一番。到一木香棚下，荫凉的紧；两边又有老大长的石凳琴台，恰好散坐的，众人都坐了。伯爵就去交琴童、两个舡上人，拿起酒盒菜蔬、风炉器皿等上来，都放在绿阴之下。先吃了茶，闲话起孙寡嘴、祝麻子的事。常时节道："不然，今日也在这里。那里说起！"西门庆道："也是自作自受。"伯爵道："我们坐了罢！"白来创道："也用得着了。"于是就摆列坐了。西门庆首席坐下，两个妓女就坐在西门庆身边。李铭、吴惠立在太湖石边，轻拨琵琶，漫擎檀板，唱一只曲，名曰《水仙子》：

应该提及。西门庆仍对其"不忠"耿耿于怀。

据着俺老母情，他则待祆庙火，刮刮匝匝烈焰生；将水面上鸳鸯忒楞楞腾，生分开交颈；疏剌剌沙，鞴雕鞍撒了锁鞓；厮琅琅汤，偷香处喝号提铃；支楞楞筝，弦断了不续碧玉筝；咭叮叮珰，精砖上摔碎菱花镜；扑通通冬，井底坠银瓶。

唱毕，又移酒到水池边。铺下毡单，都坐地了。传杯弄盏，猜拳赛色，吃得恁地热闹。西门庆道："董娇儿那个小淫妇，怎地不来？"应伯爵道："昨日我自去约他。他说要送一个汉子出门，约午前来的。想必此时晓得我们在这里顽耍，他一定赶来也。"白来创道："这都是二哥的过，怎的不约实了他来？"西门庆就向白来创耳边说道："我们与那花子赌了：只说过了日中董娇儿不来，各罚主人三大碗。"白来创对应伯爵说了，伯爵道："便罢。只是日中以前来了，要罚列位三大碗一个。"赌便一时赌了，董娇儿那得见来？伯爵慌的只管笑。白来创与谢希大、西门庆、两个妓女，这般这般，都定了计。西门庆假意净手起来，分付玳安，交他假意嚷将进来，只说董姑娘在外来了，如此如此。玳安晓得了。

无聊至此。

停一会时，伯爵正在迟疑，只见玳安慌不迭的奔将来，道："董家姐姐来了，不知那里寻的来！"那伯爵嚷道："乐杀我老太婆也！我说就来的。快把酒来，各请三碗一个！"西门庆道："若是我们赢了要你吃，你怎的就肯吃？"伯爵道："我若输了不肯吃，不是人了。"众人道：'是便是了。你且去叫他进来，我们才好吃。”伯爵道：“是了，好人口里的言语呢！”一走出去，东西南北，都看得眼花了，那得董娇儿的魂灵？望空骂道：“贼淫妇，在二爷面上这般的拔短梯，乔作衙哩！”走进去，众人都笑得了不的。拥住道：“如今日中过了，要吃还我们三碗一个。”伯爵道：“都是小油嘴哄我，你们倒做实了我的酒了，怎的摆布？”西门庆不由分说，满满捧一碗酒，对伯爵道：“方才说的，不吃不是人了。”伯爵接在手。谢希大接连又斟一碗来了，吃也吃不完。吴典恩又接手，斟一大碗酒来了，慌得那伯爵了不的，嚷道：“不好了，呕出来了，拿些小菜我过过便好。”白来创倒取甜东西去，伯爵道：“贼短命！不把酸的，倒把甜的来，混帐！”白来创笑道：“那一碗就是酸的来了？左右咸酸苦辣，都待尝到罢了，且没慌着。”伯爵道：“精油嘴，碜夸口得好。”常时节又送一碗来了。伯爵只待奔开暂避，西门庆和两个妓女拥住了，那里得去？伯爵叫道：“董娇儿贼短命，小淫妇！害得老子好苦也！”众人都笑做一堆。那白来创又交玳安拿酒壶满满斟着。玳安把酒壶嘴支入碗内一寸许多，骨都都只管筛，那里肯住手？伯爵瞧着道：“痴客劝主人，也罢！那贼小淫妇惯打闲间的，怎的把壶子都放在碗内了！看你一千年，我二爷也不撺掇你讨老婆哩！”韩金钏、吴银儿各人斟了一碗，送与应伯爵。伯爵道：“我跪了杀鸡罢！”韩金钏道：“都免礼，只请酒便了。”吴银儿道：“怎的不向董家姐姐杀鸡，求他来了？”伯爵道：“休见笑了，也勾吃了。”两个一齐推酒到嘴边。伯爵不好接一头，两手各接了一碗，就吃完了，连忙吃了些小菜，一时面都通红了。叫道：“我被你们弄了。酒便漫漫吃还好，怎的灌得闷不转的？”众人只待斟酒，伯爵跪着西门庆道：“还求大哥说个方便。饶恕小人穷性命，还要留他陪客。若一醉了，便不知天好日暗，一些兴子也没有了。”西门庆道：“便罢。这两碗一个，你且欠着。停斟了罢。”伯爵就起来谢道：“一发蠲免了罢！足见大恩。”西门庆道：“也罢，就恕了你。只是方才说我们不吃不是个人，如今你渐有些没人气了。”伯爵道：“我倒灌醉了，那淫妇不知那里歪斯缠去了？”吴银儿笑伯爵道：“咳！怎的大老官人在这里做东道顽要，董娇姐也不来来？”伯爵假意道：“他是上台盘的名妓，倒是难请的。”韩金钏儿道：“他是赶势利去了！成甚的行货，叫他是名妓！”伯爵道：“我晓得

此种兄弟，也就只有此种恶谑。

你,想必有些吃醋的宿帐哩!”西门庆认是蔡公子那夜的故事,把金钏一看。不在话下。

妓女嫖客都有自备的醋缸。

那时伯爵已是醉醺醺的;两个妓女又不是耐静的,只管调唇弄舌,一句来,一句去,歪斯缠,倒吃得冷淡了。白来创对金钏道:“你两个唱个曲儿么。”吴银儿道:“也使得。”让金钏先唱。常时节道:“我胜那白阿弟的扇子,倒是板骨的,倒也好打板。”金钏道:“借来打一打板。”接去看看,道:“我倒少这把打板的扇子,不如作我赢的棋子,送与我罢!”西门庆道:“这倒好。”常时节吃众人撺掇不过,只得送与他了。金钏道:“吴银姐在这里,我怎的好独要?我与你猜色,那个色大的拿了罢!”常时节道:“这却有理。”就猜一色,是吴银儿赢了。金钏就递与银儿了。常时节假冠冕道:“这怎么处?我还有一条汗巾,送与金钏姐补了扇罢!”遂送过去。金钏接了道:“这却撒漫了。”西门庆道:“我可惜不曾带得好川扇儿来。也卖富卖富。”常时节道:“这是打我一下了。”那谢希大蓦地嚷起来道:“我几乎忘了,又是说起扇子来!”交玳安斟了一大杯酒,送与吴典恩道:“请完了旁赌的酒。”吴典恩道:“这罢了,停了几时才想出来。他每的东西都花费了,那在一杯酒。”被谢希大逼勒不过,只得呷完了。那时金钏就唱一曲,名唤《荼蘼香》:

穷酸被讥实如挨打。

记得初相守,偶尔间因循成就,美满效绸缪。花朝月夜同宴赏,佳节须酬。到今日一旦休。(常言道)好事天悭,美姻缘他娘间阻,生折散鸾交凤友。　　坐想行思,伤怀感旧。(辜负了)星前月下深深咒。愿不损,愁不煞,神天还佑。他有日不测相逢,话别离情,取一场消瘦。

唱毕,吴银儿接唱一曲,名《青杏儿》:

风雨替花愁,风雨过花也应休。劝君莫惜花前醉,今朝花谢,明朝花谢,白了人头。　　乘兴再三瓯,拣溪山好处追游。但教有酒身无事,有花也好,无花也好,选甚春秋!

唱毕,李铭、吴惠排立。谢希大道:“还有这些伎艺不曾做哩!”只见弹的弹,吹的吹,琵琶箫管,又唱一只《小梁州》:

门外红尘滚滚飞,飞不到鱼鸟清溪。绿阴高柳听黄鹂。

幽栖意，料俗客几人知。　　山林本是终焉计，用之行，舍之藏兮。悼后世，追前辈：五月五日，歌楚些吊湘累。

唱毕，酒兴将阑。那白来创寻见园厅上，架着一面小小花框羯鼓，被他驮在湖山石后，又折一枝花来，要催花击鼓。西门庆叫李铭、吴惠击鼓。一个眼色，他两个就晓得了：从石孔内瞧着，到会吃的面前，鼓就住了。白来创道："毕竟贼油嘴有些作弊。我自去打鼓。"也弄西门庆吃了几杯。正吃得热闹，只见书童抢进来，到西门庆身边，附耳低言道："六娘身子不好的紧，快请爹回来。马也备在门外接了。"西门庆听得，连忙走起告辞。那时酒都有了，众人都起身。伯爵道："哥，今日不曾奉酒，怎的好去！是这些耳报法极不好。"便待留住。西门庆以实情告诉他，就谢了上马来。

伯爵又留众人。一个韩金钏，霎眼挫不见了。伯爵蹑足潜踪寻去。只见在湖山石下撒尿，露出一条红线，抛却万颗明珠。伯爵在隔篱笆眼，把草戏他①。韩金钏撒也撒不完，吃了一惊，就立起，裤腰都湿了。骂道："砍短命，恁尖酸的没槽道！"面都红了，带笑带骂出来。伯爵与众人说知，又笑了一番。西门庆原留琴童与伯爵收拾家活，琴童收拾风炉食具下舡，都进城了。众人谢了伯爵，各散去讫。伯爵打发两只舡钱。琴童送进家活，伯爵就打发琴童吃酒。都不在话下。

却说西门庆来家，两步做一步走，一直走进六娘房里。迎春道："俺娘了不得病，爹快看看他！"走到床边，只见李瓶儿呻嘤的叫疼，却是胃脘作疼。西门庆听他叫得苦楚，连忙道："快去请任医官来看你！"就叫迎春："唤书童写帖，去请任太医。"迎春出去说了，书童随写侍生帖去请任太医了。西门庆拥了李瓶儿坐在床上，李瓶儿道："恁的酒气！"西门庆道："是胃虚了，便厌着酒气。"又对迎春道："可曾吃些粥汤？"迎春回道："今早至今，一粒米也没有用。只吃了两三瓯汤儿。心口肚腹两腰子，都疼得异样的。"西门庆攒着眉，皱着眼，叹了几口气。又问如意儿："官哥身子好了么？"如意儿道："昨夜还有头热，还要哭哩！"西门庆

此回花不少笔墨写到西门庆与其市井朋友的滥饮厮混，展现出他既俗不可耐，却又不失其平民脾性的为人特点。

他所"热结"的"十兄弟"，现在到场的连他只有六个。原来的十个里，花子虚被他夺妻病死，孙天化、祝日念因为去帮衬王三公子惹出官司被抓解到东京去了，云离守去别处了。

只要不触犯到他的利益，或不令他感到是去帮衬别人、"变节投靠"，西门庆对这些市井兄弟是很热络的，因为他除了官场、生意上的"正事"和那对他来说十分重要的"性生活"，也还需要消遣、消闲，在他和这些市井兄弟厮混时，他不必冠冕堂皇，也不必倾力而为，充满了安全感、优越感，在漫不经心的松弛与戏谑中，填补了人生中的若干空白。

在大多数情况下，西门庆对忠于他的结拜兄弟是平等的、平和的，也是慷慨的、宽容的。他们有共同的下流语言，共同的庸俗趣味，聚在一起时是热闹而泼撒的。由于有这些市井朋友，西门庆的个人生活可能比那些科举出身的职业官吏要丰富而活泼一些。

① 此处删3字。

虽母子均疼爱,相比之下子还是比母更金贵。

道:"恁的悔气,娘儿两个都病了,怎的好!留得娘的精神,还好去支持孩子哩!"李瓶儿又叫疼起来了。西门庆道:"且耐心着,太医也就来了。待他看过脉,吃两钟药,就好了的。"迎春打扫房里,抹净桌椅,烧香点茶,又支持奶子引斗得官哥睡着。

此时有更次了,外边狗叫得不迭,却是琴童归来。不一时,书童掌了灯,照着任太医,四角方巾、大袖衣服,骑马来了。进门坐在轩下。书童走进来说:"请了来了,坐在轩下了。"西门庆道:"好了,快拿茶出去。"玳安即便掇茶跟西门庆出去迎接任太医。太医道:"不知尊府那一位看脉,失候了。负罪实多。"西门庆道:"昏夜劳重,心切不安,万惟垂谅。"太医着地打躬道:"不敢。"吃了一钟熏豆子撒的茶,就问:"看那一位尊恙?"西门庆道:"是第六个小妾。"又换一钟咸樱桃的茶,说了几句闲话。玳安接钟,西门庆道:"里面可曾收拾?你进去话声,掌灯出来,照进去。"玳安进到房里去话了一声,就掌灯出来回报。

怪。若医术高超,又何必如此做作。

西门庆就起身打躬,邀太医进房。太医遇着一个门口,或是阶头上,或是转弯去处,就打一个半喏的躬,浑身恭敬,满口寒温。走进房里,只见沉烟绕金鼎,兰火爇燕银釭,锦帐重围,玉钩齐下。真是繁华深处,果然别一洞天。西门庆看了太医的椅子,太医道:"不消了。"也答看了西门庆椅子,就坐下了。迎春便把绣褥来,衬起李瓶儿的手,又把锦帕来拥了玉臂,又把自己袖口笼着他纤指,从帐底下露出一段粉白的臂来,与太医看脉。太医澄心定气,候得脉来,却是胃虚气弱、血少肝经旺,心境不清,火在三焦,须要降火滋荣。就依书据理,与西门庆说了。西门庆道:"先生果然如见,实是这样的。这个小妾,性子极忍耐得。"太医道:"正为这个缘故,所以他肝经原旺,人却不知他。如今木克了土,胃气自弱了,气那里得满?血那里得生?水不能载火,火都升上截来,胸膈作饱作疼,肚子也时常作疼;血虚了,两腰子、浑身骨节里头通作酸痛,饮食也吃不下了。可是这等的?"迎春道:"正是这样的。"西门庆道:"真正任仙人了!贵道里望、闻、问、切,如先生这样明白脉理,不消问的,只管说出来了。也是小妾有幸。"太医深打躬道:"晚生晓得甚的?只是猜多了。"西门庆道:"太谦逊了些。"又问:"如今小妾该用甚

依书据理,只怕是"教条主义","头头是道",而并不能治好症候。

么药?"太医道:"只是降火滋荣。火降了,这胸膈自然宽泰;血足了,腰胁自然不作疼了。不要认是外感,一些也不是的;都是不足之症。"又问道:"经事来得匀么?"迎春道:"便是不得准。"太医道:"几时便来一次?"迎春道:"自从养了官官,还不见十分来。"太医道:"元气原弱,产后失调,遂致血虚了。——不是壅积了,要用疏通药。——要逐渐吃些丸药,养他转来才好。不然,就要做牢了病。"西门庆道:"便是,极看得明白。如今先求煎剂,救得目前痛苦。还要求些丸药。"太医道:"当得。晚生返舍,即便送来。没事的,只要知此症乃不足之症,其胸膈作痛,乃火痛,非外感也;其腰胁怪疼,乃血虚,非血滞也。吃了药去,自然逐一好起来。不须焦躁得。"西门庆谢不绝口。刚起身出房,官哥又醒觉了,哭起来。太医道:"这位公子好声音。"西门庆道:"便是也会生病,不好得紧。连累小妾,日夜不得安枕。"一路送出来了。

却说书童对琴童道:"我方才去请他,他已早睡了。敲得半日门才有人出来。那老子一路揉眼出来,上了马还打盹不住。我只愁突了下来。"琴童道:"你是苦差使。我今日游玩得了不的,又吃了一肚子酒。"正在闲话,玳安掌灯,跟西门庆送出太医来。到轩下,太医只管走。西门庆道:"请宽坐,再奉一茶;还要便饭点心。"太医摇头道:"多谢盛情。不敢领了。"一直走到出来。西门庆送上马,就差书童掌灯送去。

恐是不想多揽责任。

别了太医,飞的进去,交玳安拿一两银子,赶上随去讨药,直到任太医家。太医下了马,对他两个道:"阿叔们,且坐着吃茶。我去拿药出来。"玳安拿礼盒送与太医道:"药金请收了。"太医道:"我们是相知朋友,不敢受你老爷的礼。"书童道:"定求收了,才好领药。不然,我们药也不好拿去;恐怕回家去,一定又要回来,空走脚步。不如作速收了,候的药去便好。"玳安道:"无钱课不灵,定求收了。"太医只得收了。见药金盛了,就进去簇起煎剂,连瓶内丸子药也倒了浅半瓶。两个小厮吃茶毕,里面打发回帖出来与玳安、书童,径闭了门。

两个小厮回来,西门庆见了药袋厚大的,说道:"怎地许多?"拆开看时,却是丸药也在里面了。笑道:"有钱能使鬼推磨。方才他说先送煎药,如今都送了来。也好,也好。"看药袋上是写着:"降火滋荣汤。水二

原也是爱钱的。

在西门庆与众女子的关系中，他与李瓶儿之间算得上是有超越“性趣”的情爱的。

钟，姜不用，煎至捌分，食远服。渣再煎。忌食麸面、油腻、炙煿等物。”又打上“世医任氏药室”的印记。又一封筒，大红票签写着“加味地黄丸”。西门庆把药交迎春，先分付煎一帖起来。李瓶儿又吃了些汤。迎春把药熬了，西门庆自家看药滤清了渣，出来捧到李瓶儿床前，道：“六娘，药在此了。”李瓶儿翻身转来，不胜娇颤。西门庆一手拿药，一手扶着他头颈。李瓶儿吃了叫苦，迎春就拿滚水来，过了口。西门庆吃了粥，洗了足，就伴李瓶儿睡了。迎春又烧些热汤护着，也连衣服假睡了。说也奇怪：吃了这药，就有睡了。西门庆也熟睡去了。官哥只管要哭起来，如意儿恐怕哭醒了李瓶儿，把奶子来放他吃，后边也寂寂的睡了。

到次早，西门庆将起身，问李瓶儿：“昨夜觉好些儿么？”李瓶儿道：“可霎作怪！吃了药，不知怎地睡的熟了。今早心腹里，都觉不十分怪疼了。学了昨的下半晚，真要疼死人也！”西门庆笑道：“谢天，谢天！如今再煎他二钟吃了，就全好了。”迎春就煎起第二钟来吃了。西门庆一个惊魂落向爪哇国去了。怎见得？有诗为证：

西施时把翠蛾颦，幸有仙丹妙入神。

信是药医不死病，果然佛度有缘人。

毕竟未知如何，且听下回分解。

第五十五回
西门庆东京庆寿旦　苗员外扬州送歌童

千岁蟠桃带露携，携来黄阁祝期颐。

八仙下降称觞日，七凤团花织锦时。

六合五溪输贺轴，四夷三岛献珍奇。

羲和莫遣两丸速，愿寿中朝帝者师。

却说任医官看了脉息，依旧到厅上坐下。西门庆便开言道："不知这病症看得何如？没的甚事么？"任医官道："夫人这病，原是产后不慎调理，因此得来。目下恶路不净，面带黄色，饮食也没些要紧，走动便觉烦劳；依学生愚见，还该谨慎保重。大凡妇人产后、小儿痘后，最难调理；略有些差池，便种了病根。如今，夫人两手脉息虚而不实，按之散大，却又软不能自固。这病症都只为火炎肝腑，土虚木旺，虚血妄行。若今番不治，他后边一发了不的了。"说毕，西门庆道："如今该用甚药才好？"任医官道："只是用些清火止血的药——黄柏、知母为君，其余只是地黄、黄芩之类，再加减些，吃下看住，就好了。"西门庆听了，就叫书童封了一两银子，送任医官做药本，任医官作谢去了。不一时，送将药来，李瓶儿屋里煎服。不在话下。

从此坐下了病症。

且说西门庆送了任医官去，回来与应伯爵坐地。想起东京蔡太师寿旦已近，先期曾差玳安往杭州买办龙袍锦绣、金花宝贝上寿礼物，俱已完备。即日要自往东京拜贺。算来日期已近，自山东来到东京，也有半个月日路程；连夜收拾行李进发，刚刚正好，再迟不的了。便进房来

龙袍是只有皇帝才能穿的，西门庆却敢买办给蔡京，杭州织造也敢卖造，而蔡京也一定敢收。一个细节里，令人悚然于当时的政治局势。

和月娘说知，如此这般。月娘道："这咱时不说！如今忙匆匆的，你择定几时起身？"西门庆道："明日起身也才够到哩！还得几个日头。"西门庆说毕，就走出外来，分付玳安、琴童、书童、画童："打点衣服行李，明日跟随东京走一遭。"四个小厮各各收拾行李不迭。月娘便教小玉："去请你各房娘，都来收拾你爹行李。"当下只有李瓶儿，——一来有了孩子，二来服了药，——不出房来，其余各房孟玉楼、潘金莲一齐都到。走来的多动手，把皮箱、凉箱装了蟒衣、龙袍、段匹，上寿等物，共有二十多扛；又整顿了应用冠带衣服等件，一齐完了。

竟有二十多扛。

晚夕，三位娘子摆设酒肴，和西门庆送行。席上，西门庆各人叮嘱了几句，自进月娘房里宿歇。次日，把二十扛行李先打发出门；又发了一张通行马牌，仰经过驿递，起夫马迎送。各各停当，然后进李瓶儿房里来，看了官哥儿，与李瓶儿说了句话，教他："好好调理，我不久便来家看你。"那李瓶儿阁着泪道："路上小心保重。"直送出厅来，和月娘、玉楼、金莲，打伙儿送出了大门。

西门庆乘了凉轿，四个小厮骑了头口，往东京进发。施逞行来，却走了百里路程。那时日已傍晚，西门庆分付驻札。驿官厮见，送供应，过了一宵。明日天早西门庆催趱人马，扛箱快行，一路看了些山明水秀。午牌时打中火，又行。路上相遇的，无非各路文武官员，进京庆贺寿旦的，也有进生辰贡的，不计其数。又行了十来日，算前途路已不多，趱到刚刚凑巧。宿了一晚，又行勾两日，早到东京进了万寿城门。那时天色将晚，赶到龙德街牌楼底下，就投翟家屋里去住歇。

势炎甚高，炙手可热。托言宋朝蔡京。实是影射成书时的政治现实。

那翟管家闻知西门庆到了，忙的出来迎接。各叙寒暄，吃了茶。西门庆叫玳安专管行李，一一交盘，进了翟家里来。翟谦交府干收了，就摆酒和西门庆洗尘。不一时，只见剔犀官桌上列着几十样大菜，几十样小菜，都是珍馐美味、燕窝鱼翅，绝好下饭；只没有龙肝凤髓，其余奇巧富丽，便是蔡太师自家受用，也不过如此。当直的拿着通天犀杯，斟上麻姑酒儿，递与翟谦。接过滴了天，然后又斟上来把盏与西门庆。西门庆也回敬了。两人坐下，糖果热楪按酒之物，流水也似递将上来。酒过两巡，西门庆便对翟谦道："学生此来，单为老太师庆寿。聊备些微礼，

回想这之前所写到的西门家宴席，似无燕窝鱼翅。毕竟豪门在京中。

孝顺太师,想不见却。只是学生向有相攀的心,欲求亲家预先禀过:但拜太师门下做个干生子,也不枉了一生一世。不知可以启口带携的学生么?”翟谦道:“这个有何难哉!我们主人虽是朝廷大臣,却也极好奉承。今日见了这般盛礼,自然还要升选官爵,不惟拜做干子,定然允哩!”西门庆听说,不胜之喜。饮够多时,西门庆便推:“不吃酒罢。”翟管家道:“再请一杯,怎的不吃了?”西门庆道:“明日有正经事,却不敢多饮。”再四相劝,只得又吃了一杯。

竟一口应承,毫不遮掩。

翟管家赏了随从人酒食,分付叫把牲口牵到后槽去。当下收过了家活,就请西门庆到后边书房里安歇。排下好描金暖床、鲛绡帐儿,把银钩挂,起露出一床好锦被,香喷喷的。一班小厮扶侍西门庆脱衣脱袜上床。独宿孤眠,西门庆一生不惯,那一晚好难捱过也。

西门庆在清河夜夜有性生活。耿耿长夜何时尽!

巴到天明,正待起身,那翟家门户重掩,着那里讨水来净脸?直挨到巳牌时分,才有个人把匙钥一路开将出来。随后一个小厮拿着手巾,一个捧着银面盆,倾了香汤进书房来。西门庆梳洗完毕,戴上忠靖冠,穿着外盖衣服,一个在书房里坐。只见翟管家出来和西门庆厮见了,坐下。当直的托出一个朱红盒子,里边有三十来样美味,一把银壶斟上酒来,吃早饭。翟谦道:“请用过早饭,学生先进府去和主翁说过,然后亲家搬礼物进来。”西门庆道:“多劳费心!”酒过数杯,就拿早饭来吃了。收过家活。翟管家道:“且权坐一回,学生进府去便来。”

比县里馔食精巧多了。

翟谦去不多时,忙跑来家,向西门庆说:“老爷正在书房梳洗。外边满朝文武官员,都各伺候拜寿,未得厮见哩!学生已对老爷说过了,如今先进去拜贺,省的溷杂。学生也随后便到了。”西门庆不胜欢喜,便教跟随人拉同翟家几个伴当,先把那二十扛金银段匹,抬到太师府前。一行人应声去了。

竟能提前拜贺。想是满朝文武的礼物,都没一人能出二十扛的。

西门庆冠带乘了轿来。只见乱哄哄的挨肩擦背,都是大小官员来上寿的。西门庆远远望见一个官员,也乘着轿进龙德坊来。西门庆仔细一认,倒是扬州苗员外;却不想,苗员外也望见西门庆了。两个同下轿作揖,叙说寒温。原来这苗员外,是一个财主,他身上也现做个散官之职,向来给交在蔡太师门下,那时也来上寿,恰遇了故人。当下,两个

原来也是以财谋官者。自然同气相求。

忙匆匆，路次话了几句，分手而别。

西门庆来到太师府前，但见：

堂开绿野，仿佛云霄；阁起凌烟，依稀星斗。门前宽绰堪旋马，阀阅嵬峨好竖旂。锦绣丛中，风送到画眉声巧；金银堆里，日映出琪树花香。旃檀香截成梁栋，醒酒石满砌阶除。左右玉屏风，一个个夷光红拂；满堂罗宝玩，一件件周鼎商彝。明晃晃悬挂着明珠十二，黑夜里何用灯油；貌堂堂招致得珠履三千，弹短铗尽皆名士。恁地九州四海，大小官员，多来庆贺；就是六部尚书，三边总督，无不低头。正是：除却万年天子贵，只有当朝宰相尊。

西门庆恭身进了大门，只见中门关着不开，官员都打从角门而入。西门庆便问："为何今日大事，却不开大门？"翟管家道："原来中门曾经官家行幸，因此人不敢打这门出入。"西门庆和翟管家进了几重门，门上都是武官把守，一些儿也不混乱。

奸臣后台，照例是"明君"。

见了翟谦，一个个都欠身问："管家从何处来？"翟管家答道："舍亲打山东来拜寿老爷的。"说罢，又走过几座门，转几个弯，无非是画栋雕梁、金张甲第。隐隐听见鼓乐之声，如在天上的一般。西门庆又问道："这里民居隔绝，那里来的鼓乐喧嚷？"翟管家道："这是老爷教的女乐，一班共二十四人，也晓得天魔舞、霓裳舞、观音舞。凡老爷早膳、中饭、夜燕，都是奏的。如今想是早膳了。"西门庆听言未了，又鼻子里觉得异香馥馥，乐声一发近了。翟管家道："这里老爷书房将到了，脚步儿放松些。"

清河西门府中的吹拉弹唱，比此只算是小打小闹。

转个回廊，只见一座大厅，如宝殿仙宫；厅前仙鹤、孔雀种种珍禽，又有那琼花、昙花、佛桑花，四时不谢，开的闪闪烁烁，应接不暇。西门庆还未敢闯进，交翟管家先进去了，然后挨挨排排走到堂前。堂上虎皮太师交椅上，坐一个大猩红蟒衣的，是太师了。屏风后列有二三十个美女，一个个都是宫样妆束，执巾执扇，捧拥着他。翟管家也站在一边。西门庆朝上拜了四拜，蔡太师也起身，就绒单上回了个礼。——这是初相见了。落后，翟管家走近蔡太师耳边，暗暗说了几句话下来。西门庆

翡翠轩之类，比之只算将将就就。

此话要紧。

理会的是那话了，又朝上拜四拜，蔡太师便不答礼：这四拜是认干爷了。因受了四拜，后来都以父子相称。

西门庆开言道："孩儿没恁孝顺爷爷。今日华诞，家里备的几件菲仪，聊表千里鹅毛之意。愿老爷寿比南山！"蔡太师道："这……怎的生受？便请坐下。"当直的拿了把椅子上来。西门庆朝上作了个揖，道："告坐了。"就西边坐地吃茶。翟管家慌跑出门来，叫抬礼物的都进来。二十来扛礼物，揭开了凉箱盖，呈上一个礼目：大红蟒袍一套、官绿龙袍一套、汉锦二十匹、蜀锦二十匹、火浣布二十匹、西洋布二十匹，其余花素尺头共四十匹，狮蛮玉带一围、金镶奇南香带一围，玉杯、犀杯各十对，赤金攒花爵杯八只，明珠十颗，又梯己黄金二百两，送上蔡太师做贽见的礼。蔡太师看了礼目，又瞧了抬上二十来扛，心下十分欢喜，连声称"多谢"不迭。便教翟管家："收进库房去罢！"一面分付摆酒款待。西门庆因见忙冲冲，推事故辞别了蔡太师。太师道："既如此，下午早早来罢！"西门庆作个揖起身。蔡太师送了几步，便不送了。西门庆依旧和翟管家同出府来。翟管家府内有事，也作别进去。

谦得勉强。但不仅多达二十杠，内中还有龙袍，想想也该淡然一句。妙在此前总未吱声。

礼单看过，谢意由淡转浓。

西门庆知趣。

西门庆竟回到翟家来，脱下冠带又，整的好饭吃了一顿。回到书房打了个瞌睡。恰好蔡太师差舍人邀请赴席，西门庆谢了些扇金，着先去，随后就来了。便重整冠带，预先叫玳安封下许多赏封，做一拜匣盛了。跟随着四个小厮，乘轿望太师府来，不题。且说蔡太师，那日满朝文武官员来庆贺的各各请酒。自次日为始，分做三停：第一日是皇亲内相，第二日是尚书显要衙门官员，第三日是内外大小等职。只有西门庆，一来远客，二来送了许多礼物，蔡太师倒十分欢喜他。因此就是正日，独独请他一个。见说请到了新干子西门庆，忙走出轩下相迎。西门庆再四谦逊，让"爷爷先行"，自家屈着背，轻轻跨入槛内。蔡太师道："远劳驾从，又损隆仪。今日略坐，少表微忱。"西门庆道："孩儿戴天履地，全赖爷爷洪福。些小敬意，何足挂怀！"两个喁喁笑语，真似父子一般。二十个美女一齐奏乐，府干当直的斟上酒来。蔡太师要与西门庆把盏，西门庆力辞不敢，只领的一盏，立饮而尽。随即坐了筵席。西门庆教书童取过一只黄金桃杯，斟上满满一杯，走到蔡太师席前，双膝跪

"一来"是虚，"二来"是实。

有权便是爹。有钱便是儿。

下道："愿爷爷千岁！"蔡太师满面欢喜道："孩儿起来。"接过，便饮个完。西门庆才起身，依旧坐下。那时相府华筵，珍奇万状，都不必说。西门庆直饮到黄昏时候，拿赏封赏了诸执役人，才作谢告别道："爷爷贵冗，孩儿就此叩谢。后日不敢再来求见了。"出了府门，仍到翟家安歇。

次日，要拜苗员外，着玳安跟寻了一日，却在皇城后李太监房中住下。玳安拿着帖子通报了，苗员外来出迎道："学生一个儿坐着，正想个知心的朋友讲讲。恰好来得凑巧。"就留西门庆筵燕。西门庆推却不过，只得便住了。当下山肴海错，不记其数。又有两个歌童，生的眉清目秀，开喉音唱几套曲儿。西门庆指着玳安、琴童、书童、画童，向苗员外看着："那班蠢材，只顾吃酒饭，却怎地比的那两个！"苗员外笑道："只怕伏侍不的老先生。若爱时，就送上也何难！"西门庆谦谢，不敢夺人之好。饮到更深，别了苗员外，依旧来翟家歇。

娈童也是别人的好。

那几日内，相府管事的，各各请酒，留连了八九日。西门庆归心如箭，便叫玳安收拾行李。那翟管家苦死留住，只得又吃了一夕酒。重叙姻亲，极其眷恋。次日早起辞别，望山东而行。一路水宿风飧，不在话下。

且说自从西门庆往东京庆寿，姊妹每眼巴巴望西门庆回来。多有悬挂，在屋里做些针指，通不出来闲耍。只有那潘金莲打扮的如花似玉，娇模乔样，在丫鬟伙里，或是猜枚，或是抹牌；说也有，笑也有，狂的通没些成色。嘻嘻哈哈，也不顾人看见。只想着与陈经济沟搭，便心上乱乱的焦燥起来，多少长吁短叹，托着腮儿呆登登。本待要等经济回来，和他做些营生，又不道经济每日在店里没的闲；欲要自家出来寻着他，又有许多丫头，往来不方便。日里便似熬盘上蚁子一般，跑进跑出，再不坐在屋里。

与西门庆在京中独眠难熬"相映成趣"。

那一日，正是风和日暖。那金莲身边带着许多麝香合香，走到卷棚后面，只望着雪洞里。那经济日在店里，那得脱身进来？望了一回不见，只得来到屋里。把笔在手，吟哦了几声，便写一封书。封着，叫春梅："径送与陈姊夫。"经济接着，拆开从头一看，却不是书，一个曲儿。经济看罢，慌的丢了买卖，跑到卷棚后面看。只见春梅回房去对潘金莲说了，不一时也跑到卷棚下。两个遇着，就如饿眼见瓜皮一般，禁不的，

只恨不能囫囵吞下。

一身直钻到经济怀里来，捧着经济脸一连亲了几个嘴，咂的舌头一片声响，道："你负心的短命贼囚！自从我和你在屋里，被小玉撞破了去后，如今一向都不得相会。这几日，你爹上东京去了，我一个儿坐炕上，泪汪汪只想着你。你难道耳根儿也不热的？我仔细想来，你恁地薄情！便去着，也索罢休。只到了其间，又丢你不的。常言痴心女子负心汉，只你也全不留些情！"正在热闹间，不想那玉楼冷眼瞧破。忽然抬头看见，顺手一推，险些儿经济跌了一交。慌忙惊散不题。

那日吴月娘、孟玉楼、李瓶儿同一处坐地，只见玳安慌慌的跑进门来。见月娘磕了个头，道："爹回来了。小的一路骑头口，拿着马牌先行，因此先到家。爹这时节，也差不上二十里远近了。"月娘道："你曾吃饭没有？"玳安道："从早上吃来，却不曾吃中饭。"月娘便教玳安厨下吃饭去，又教整饭待大官人回来。自和六房姊妹同伙儿，到厅上迎接。正是：诗人老去莺莺在，公子归时燕燕忙。

四人闲话多时，却早西门庆到门前下轿了。众妻妾一齐相迎进去。西门庆先和月娘厮见毕，然后孟玉楼、李瓶儿、潘金莲依次见了。西门庆和六房妻小各叙寒温。落后，书童、琴童、画童也来磕了六房的头，自去厨下吃饭。西门庆把路上辛苦，并到翟家住下，明日蔡太师厚情，与内相日日吃酒事情，备细说了一遍。因问李瓶儿："孩子这几时好么？你身子怎地调理？吃的任医官药，有些应验么？我虽则往东京，一心只吊不下家事哩！店里又不知怎样，因此急忙回来。"李瓶儿道："孩子也没甚事。我身子吃药后，略觉好些。"月娘一面教众人收好行李，及蔡太师送的下程；一面做饭与西门庆吃。到晚，又设酒和西门庆接风。西门庆晚就在月娘房里歇了。两个是久旱逢甘雨，他乡遇故知。欢爱之情，多不必说。

心中位置，此系第一。

久饥嗜正餐。

次日，陈经济和大姐来厮见了，说了些店里的帐目。应伯爵和常时节打听的大官人来家，都来望。西门庆出门厮见毕，两个一齐说："哥哥一路辛苦。"西门庆便把东京富丽的事情，及太师管待情分，备细说了一遍，两人只顾称羡不已。当日，西门庆留二人吃了一日酒。常时节临起身，向西门庆道："小弟有一事相求。不知哥可照顾么？"说着，只是低了脸，半含半吐。西门庆道："但说不妨。"常时节道："实为住的房子不方便。待要寻间房子安身，却没有银子。因此要求哥周济些儿。日后少不的加些利钱，送还哥哥。”西门庆道：“相处中说甚利钱！我如今忙忙地，那讨银子？且待到韩伙计货船来家，自有个处。”说罢，常时节、应伯爵作谢去了，不在话下。

且说苗员外，自与西门庆相会在太师府前，便请了一席酒，席上又把两个歌童许下了。那一日，西门庆归心如箭。却不曾作别的他，竟自归来了。员外还道西门庆在京，伴当来翟家问着。那翟家说：“三日前西门大官家去了。”伴当回话，苗员外才晓的。“却不道君子一言，快马一鞭。不送去也罢，不和我合着气，只后边说不的话了。”便叫过两个歌童分付道：“我前日请山东西门大官，席上把你两个许下他。如今他离东京回家去了。我目下就要送你们过去，你们早收拾包裹，待我捎下书，打发你们。”那两个歌童一齐陪告道：“小的每伏侍的员外多年了，却为何今日闪的小的们不好？又不知西门大官性格怎地。今日还要员外做主！”员外道：“你们却不晓的。西门大官家里豪富泼天，金银广布，身居着右班左职。现在蔡太师门下做个干儿子，就是内相、朝官，那个不与他心腹往来？家里开着两个绫段铺，如今又要开个标行，进的利钱也委的无数。况兼他性格温柔，吟风弄月，家里养着七八十个丫头，那一个不穿绫着袄？后房里摆着五六房娘子，那一个不插珠挂金？那些小优们、戏子们，个个借他钱钞，服他差使。平康巷、青水巷这些角伎，人人受他恩惠。这也不消说的。只是咱前日酒席之中，已把小的子许下他了，如今终不成改个口哩！”那歌童又说道：“员外这几年上，不知费尽多少心力，教的俺们弹唱哩！如今才晓得些弦索，却不留下自家欢乐，怎地倒送与别人快活？”说罢，不觉地扑簌簌哩吊下泪来。那员外也觉惨然不乐，说道：“小的子，你也说的是。咱也何苦定要是这等。只是‘人而无信，不知其可也’。那孔圣人说的话，怎么违得！如今也由不得你。待咱修书一封，差个伴当送你去，教把只眼儿好生看觑你们。你到那边快活，也强似在我这里一般。”就叫那门馆先生写着一封通候的八行书信，后面又写那相送歌童、求他青目的语儿。又写个礼单儿，把些尺头书帕做个通问的礼儿。差了苗秀、苗实赍擎书信，护送两个歌

此系最紧要的。其余都是搭配的“道理”。

恐主要还不是个讲信义的问题，是害怕与西门庆“后边说不的话了”。

童。一霎时拴上了头口，带了被囊行李，直到山东西门庆家来。

那两个歌童，当时忍不住腮边泪滴。又是主命难违，只得插烛也似磕了几个头，谢辞了员外，番身上马。迤逦行来，见那青山环马首，绿水绕行鞭。酒帘深树里，草舍落霞前。止为那遏行云歌声绝代，不觉的辞恩主跋涉风烟。这两个思乡念主，把那些檀板风流《阳春白雪》儿多忘却；这两个忙投急趁，止思量早完公事，披星带月的夜忘眠。正是：朝为苗府清歌客，暮作西门侑酒人。

远远望见绿树林中挂着一个望子，那歌童道："哥，走了这一日了，肚里有些饥了。且吃杯酒儿去。"只见四个人儿滚鞍下马，走入店中。那招牌上面写的好，说："神仙留玉佩，卿相解金貂。"真个是好酒店也。四人坐下，唤过卖打上两角酒来，攮个葱儿、蒜儿，大卖肉儿、豆腐菜儿铺上几碟。正待舒怀畅饮，忽地哩回头看时，止见粉壁上飞白字写着两行，说道："千里不为远，十年归未迟。总在乾坤内，何须叹别离！"正对着两个歌童眼儿，不觉的药卖有病的了，动人心处，扑簌簌流下两行泪来。说道："哥，我们随着员外，指望一蒂儿到底。谁想酒席中间，一言两句，竟把我们送与别人！人离乡贱，未知去后若何？"那苗秀、苗实把好言知慰了一番。吃了饭，上马又走，四个牲口十六个蹄儿，端的是走的好。不多几个日头，就到东平府清河县地面。四人拴了牲口，下马访问端的，一直地竟到县牌坊西门庆家府里投下。

"铁蹄下的歌童"。

却说那西门庆，自从东京到家，每日忙不迭。送礼的，请酒的，日日三朋四友；既要与大娘儿接风，又要与各房儿缱绻，朝朝殢雨尤云。以此不曾到衙门里去走，连那告假的帖儿也不曾消的。那日清闲无事，且到衙门里升堂画卯。把那些解到的人犯，也有奸情的、斗殴的、赌博的、窃盗的，一一重问一番；又把那些投到文书，一一押到日，佥押了会。乘了一乘凉轿，几个牢子喝道了，簇拥来家。只见那苗秀、苗实与那两个歌童，已是候的久了，就跟着西门庆的轿子，随到前厅，双膝跪下，禀说："小的是扬州苗员外，有书拜候老爷。"磕个头起在一边。那西门庆举个手，说着"起来"，就把苗员外别来的行径，寒暄的套语问了一会。就叫书童把那银剪子剪开护封，拆了内函封袋，打开副启，细细看时；只见

蔡太师干儿，还消跟谁请假？"清闲无事"时，以"办公"解闷儿。

那苗秀、苗实依先跪下，奉过那许多礼物，说道："这是俺员外一点孝心，求老爹俯纳。"西门庆喜之不胜。连忙叫玳安收起礼物，请起苗秀、苗实，说道："我与你员外千里相逢，不想就蒙员外情投意合，十分相爱，就把歌童相许。那时酒中说话，咱也忘却多时。因为那归的忙促，不曾叩府辞别，正在想着；不意一诺千金，远蒙员外记忆。我记得那古人交谊，止有那范张结契，千里相从，古今以为美谈。如今你们那个员外，委的也是难的。"称长道好，细细又感谢了一番。只见那两个歌童从新走过，又磕几头，说道："员外着小的们伏侍老爷。万求老爷青目。"西门庆见两个儿生得清秀，真真嫋嫋媚媚；虽不是两节穿衣的妇人，却胜似那唇红齿白的妮子，欢天喜地。就请四位管家前厅茶饭。一面整办厚礼，绫罗细软，修书答谢员外，一面收拾房间，就叫两个歌童在于书房伺候着。

已以眼淫矣！从今后，蹂躏无休矣！

只见那应伯爵诸人闻知此事，通来探望。西门庆就叫玳安里边讨出菜蔬、嗄饭、点心、小酒，摆着八仙桌儿。就与诸人燕饮，就叫两个歌童前来唱。只见捧着檀板，拽起歌喉，唱一个：

〔新水令〕 小园昨夜放江梅，另一番动人风味。梨花迎笑脸，杨柳妒腰围。试问荼蘼：开到海棠未？

〔驻马听〕 野径疏篱，阵阵香风来燕子；小园幽砌，纷纷晴雨过林西。芳心不与蝶潜知，暗香未许蜂先觉。阑遍倚，不知多少伤心处。

〔雁儿落带得胜令〕 我则见碧阴阴西施锁翠，红点点鵾鹁抛珠泪，舞仙仙砑光帽帽簪，虚飘飘花谷楼前坠。尚兀是芳气袭人衣，艳质易沾泥。落处鱼惊，飞来蝶欲迷。寻思，凭谁寄？还悲，花源未可期。

那西门庆点着头道："果然唱得好。"那两个歌童打个半跪儿，跪将下告道："小的们还学得些小词儿。一发歌与老爹听。"西门庆说道："这却更好。"便教歌词：

试裂齐纨，施铅椠爰图春牧。草浅浅，细铺平野，散骑黄犊。一卷残书牛背稳，数声短笛烟光绿。想按图题咏赋新词，劳心曲。　　文章妙，传芸局。音调促，谐丝竹。倚清歌追和，《阳春》难续。一代风流夸好事，可堪脸炙人争录。羡先生想像赋《高唐》，情词足。

又

画出耕图，郊原外东阡西陌。野疃曲，群山环翠，岸塍联络。绿遍田畴多黍稌，麦旂纂纂蚕盈箔。仿佛有溪水绕柴门，山如削。　扶藜杖，径丘壑。穿林薮，听猿鹤。子耕耘妻馌，服劳耕作。乔木阴森流憩处，皤然扪腹舒双足。羡先生想像咏《豳风》，村田乐。

又

写就丹青，新图好溪山环绕。隐隐遍，沙汀水岸，绿蘋红蓼。一派秋光连浦溆，短蓑箬笠烟波渺。看此时网得几鲜鳞，鲈鱼小。　渔唱起，飞鸿杳。江月白，归云少。倚蓬窗试觅，旧盟鸥鸟。借问忘机当日事，何如此际心情悄？羡先生想像咏沧浪，起尘表。

又

四野云垂，冰花碎平铺茅屋。红炉暖，妻煨山芋，自斟醽醁。课仆采薪去外户，呼儿引鹤翻平陆。揽此景写入画图中，娱心目。　纵贵富，天之禄。惧盛满，吾之欲。骋妍奇摅写，好词盈轴。愧我倡酬才思涩，输他文采机关熟。羡先生想像乐桑榆，颜如玉。

果然是声遏行云，歌成《白雪》。引的那后边娘子们，吴月娘、孟玉楼、潘金莲、李瓶儿都来听着，十分欢喜，齐道唱的好。只见潘金莲在人丛里，双眼直射那两个歌童，口里暗暗低言道："这两个小伙子，不但唱的好；就他容貌也标致的紧。"心下便已有几分喜他了。当下，西门庆打发两个歌童东厢房安下。一面叫摆饭与苗秀、苗实吃，一面整顿礼物回书答谢苗员外。

毕竟未知何如，且听下回分解。

曲词比往常西门府中所唱的文雅多了。

男人眼中是妮子，女人眼中是小伙子。

第五十六回
西门庆周济常时节　应伯爵举荐水秀才

斗积黄金侈素封，蘧蘧庄蝶梦魂中。

曾闻郿坞光难驻，不道铜山运可穷。

此日分簟推鲍子，当年沉水笑庞公。

悠悠末路谁知己？惟有夫君尚古风！

这八句单说人生世上，荣华富贵不能常守，有朝无常到来；恁地堆金积玉，出落空手归阴。因此西门庆仗义疏财，救人贫难，人人都是赞叹他的，这也不在话下。当日西门庆留下两个歌童只候着，遇有呼唤，不得有违。两人应诺去了。随即打发苗家人回书礼物，又赏了些银钱，苗实、苗秀磕头谢了出门。后来两个歌童，西门庆毕竟用他不着，都送太师府去了。正是：千金散尽教歌舞，留与他人乐少年。

得来全不费功夫，乐得"借花"献"活佛"。

却说常时节，自那日席上求了西门庆的事情，还不得个到手；房主又日夜催逬了不的。恰遇西门庆自从在东京来家，今日也接风，明日也接风，一连过了十来日，只不得个会面。常言道：见面情难尽。一个不见，却告诉谁？每日央了应伯爵，只走到大官人门首问声，说不在，就空回了。回家又被浑家埋怨道："你也是男子汉大丈夫，房子没间住，吃这般懊恼气！你平日只认的西门大官，今日求些周济，也做了瓶落水！"说的常时节有口无言，呆登登不敢做声。

身价倍增，连当年结拜兄弟亦难谋面了。

到了明日早起身，寻了应伯爵，来到一个酒店内。只见小小茅檐儿，靠着一湾流水，门前绿树阴中露出酒望子来。五七个火家，搬酒搬肉不住的走。店里横着一张柜台，挂几样鲜鱼鹅鸭之类，倒洁净可坐。便请伯爵店里吃三杯去。伯爵道："这却不当生受。"常时节拉了到店里坐下，量酒打上酒来，摆下一盘熏肉、一盘鲜鱼。酒过两巡，常时节道："小弟向求哥和西门大官人说的事情，这几日通不能勾会。房子又催进的紧，昨晚被房下聒絮了半夜，耐不的。五更抽身，专求哥趁早大官人还没出门时，慢慢地候他。不知哥意下如何？"应伯爵道："受人之托，必当终人之事。我今日好歹要大官人助你些就是了。"两个又吃过几杯，应伯爵便推早酒不吃罢。常时节又劝一杯，算还酒钱，一同出门，径奔西门庆屋里来。

为见西门庆，"兄弟"竟还要走另一面子大的"兄弟"的"后门"。

那时正是新秋时候，金风荐爽。西门庆连醉了几日，觉精神减了几分。正遇周内相请酒，便推事故不去，自在花园藏春坞游玩。原来西门庆后园那藏春坞有的是果树，鲜花儿四季不绝。这时虽是新秋，不知开着多少花朵在园里。西门庆无事在家，只是和吴月娘、孟玉楼、潘金莲、李瓶儿五个，在花园里顽耍。只见西门庆头戴着忠靖冠，身穿柳绿纬罗直身，粉头靴儿；月娘上穿柳绿杭绢对衿袄儿，浅蓝水绸裙子，金红凤头高底鞋儿；孟玉楼上穿鸦青段子袄儿，鹅黄绸裙子，桃红素罗羊皮金滚口高底鞋儿；潘金莲上穿着银红绉纱白绢里对衿衫子，豆绿沿边金红心比甲儿，白杭绢画拖裙子，粉红花罗高底鞋儿；只有李瓶儿上穿素青杭绢大衿袄儿，月白熟绢裙子，浅蓝玄罗高底鞋儿。四个妖妖娆娆，伴着西门庆寻花问柳，好不快活。

李娇儿想是体肥不便，孙雪娥是自觉形秽，并且须在厨房张罗，所以不到。

且说常时节和应伯爵来到厅上，问知大官人在屋里，欢的坐着。等了好半日，却不见出来。只见门外书童和画童两个抬着一只箱子，都是绫绢衣服，气吁吁走进门来，乱嚷道："等了这半日，还只得一半！"就厅上歇下。应伯爵便问："你爹在那里？"书童道："爹在园里顽耍哩！"伯爵道："劳你说声。"两个依旧抬着进去了。

不一时，书童出来道："爹请应二爹、常二叔少待，便出来。"两人坐着等了一回，西门庆才走出来。二人作了揖，便请坐地。伯爵道："连日哥吃酒忙，不得些空；今日却怎的在家里？"西门庆道："自从那日别后，整日被人家请去饮酒，醉的了不的！通没些精神。今日又有人请酒，我

酒席要推，馋痨者羡煞。

只推有事不去。”伯爵道：“方才那一箱衣服，是那里抬来的？”西门庆道：“这目下交了秋，大家都要添些秋衣。方才一箱，是你大嫂子的，还做不完，才勾一半哩！”常时节伸着舌道：“六房嫂子，就六箱了，好不费事！小户人家，一匹布也难的。恁做着许多绫绢衣服，哥果是财主哩！”西门庆和应伯爵都笑起来。伯爵道：“这两日杭州货船怎地还不见到？不知他买卖货物何如。这几日不知李三、黄四的银子，曾在府里头关了些送来与哥么？”西门庆道：“货船不知在那里担阁着，书也没捎封寄来，好生放不下！李三、黄四的，又说在出月才关。”

少见多怪。

先探财源，再替求助。

应伯爵挨到身边坐下，乘间便说：“常二哥那一日在哥席上求的事情，一向哥又没的空，不曾说的。常二哥被房主催迸慌了，每日被嫂子埋怨，二哥只麻做一团，没个理会。如今又是秋凉了，身上皮袄儿又当在典铺哩！哥若有好心，常言道：救人须救急时无。省的他嫂子日夜在屋里絮絮叨叨。况且寻的房子住着了，人走动，也只是哥的体面。因此常二哥央小弟，特地来求哥：早些周济他罢！”西门庆道：“我当先曾许下他来，因为东京去了这番，费的银子多了，本待等韩伙计到家和他理会，要房子时，我就替他兑银子买。如今又恁地要紧？”伯爵道：“不是常二哥要紧，当不的他嫂子聒絮，只得求哥早些便好。”西门庆踌躇了半晌道：“既这等，也不难。且问你，要多少房子才勾住了？”伯爵道：“他两口儿，也得一间门面、一间客坐、一间床房、一间厨灶——四间房子是少不得的。论着价银，也得三四个多银子。哥只早晚凑些，交他成就了这桩事罢！”西门庆道：“今日先把几两碎银与他拿去：买件衣服，办些家活，盘搅过来。待寻下房子，我自兑银与你成交，可好么？”两个一齐谢道：“难得哥好心。”西门庆便叫书童：“去对你大娘说，皮匣内一包碎银，取了出来。”书童应诺去了。不一时，取了一包银子出来，递与西门庆。西门庆对常时节道：“这一包碎银，是那日东京太师府赏封，剩下的十二两，你拿去好杂用。”打开与常时节看，都是三五钱一块的零碎纹银。常时节接过放在衣袖里，就作揖谢了。西门庆道：“我这几日不是要迟你。只等你寻下房子，一搅果和你交易。你又没曾寻的。如今即忙便寻下，待我有银，一起兑去便了。”常时节又称谢不迭。三个依旧坐

富猫也难舍好毛。

下，伯爵便道：“几个古人轻财好施，到后来子孙高大门闾，把祖宗基业一发增的多了。悭吝的，积下许多金宝，后来子孙不好，连祖宗坟土也不保。可知天道好还哩！”西门庆道：“兀那东西，是好动不喜静的，曾肯埋没在一处？也是天生应人用的，一个人堆积，就有一个人缺少了。因此积下财宝，极有罪的。”有诗为证：

积玉堆金始称怀，谁知财宝祸根荄。

一文爱惜如膏血，仗义翻将笑作呆。

亲友人人同陌路，存形心死定堪哀。

料他也有无常日，空手俜伶到夜台。

明为附和，实是反驳。应花子劝他施舍莫敛财，他也认为不可敛财，但不“堆积”的主要做法是拿这些钱去再生钱。

正说着，只见书童托出饭来，三人吃了。常时节作谢起身，袖着银子，欢的走到家来。刚刚进门，只见那浑家闹炒炒嚷将出来，骂道：“梧桐叶落——满身光棍的行货子！出去一日，把老婆饿在家里，尚兀是千欢万喜到家来，可不害羞哩！房子没的住，受别人许多酸呕气，只教老婆耳朵里受用！”那常二只是不开口。任老婆骂的完了，轻轻把袖里银子摸将出来，放在桌儿上，打开瞧着道：“孔方兄，孔方兄！我瞧你光闪闪响当当的无价之宝，满身通麻了！恨没口水咽你下去。你早些来时，不受这淫妇几场合气了。”那妇人明明看见包里十二三两银子一堆，喜的抢近前来，就想要在老公手里夺去。常二道：“你生世要骂汉子，见了银子，就来亲近哩！我明日把银子去买些衣服穿好，自去别处过活，却再不和你鬼混了。”那妇人陪着笑脸道：“我的哥，端的此是那里来的这些银子？”常二也不做声。妇人又问道：“我的哥，难道你便怨了我？我只是要你成家。今番有了银子，和你商量停当，买房子安身，却不好？倒恁地乔张智！我做老婆的，不曾有失花儿。凭你怨我，也是枉了。”常二也不开口。那妇人只顾饶舌，又见常二不揪不采，自家也有几分惭愧了，禁不的吊下泪来。常二看了，叹口气道：“妇人家不耕不织，把老公恁地发作！”那妇人一发吊下泪来。两个人都闭着口，又没个人劝解，闷闷的坐着。常二寻思道：“妇人家也是难做。受了辛苦埋怨人，也怪他不的。我今日有了银子不采他，人就道我薄情。便大官人知道，也须断我不是。”就对那妇人笑道：“我自要你，谁怪你来！只你时常聒噪，我

“轻轻摸将出来”，“打开瞧”。动词用得确。一朝银到手，嘴脸便不同。

“抢近前来”，“想夺去”。动词亦确。

乐极生悲。此节描摹常时节夫妻情绪转换一波三折，细腻精当。

只得忍着出门去了，却谁怨你来！我明白和你说：这银子，原是早上耐你不的，特地请了应二哥，在酒店里吃了三杯，一同往大官人宅里等候。恰好大官人正在家，没曾去吃酒，多亏了应二哥！不知费许多唇舌，才得这些银子到手；还许我寻下房子，一顿兑银与我成交哩！这十二两，是先教我盘搅过日子的。"那妇人道："原来正是大官人与你的。如今又不要花费开了，寻件衣服过冬，省的耐冷。"常二道："我正要和你商量：十二两纹银，买几件衣服，办几件家活在家里。等有了新房子，搬进去也好看些。只是感不尽大官人恁好情，后日搬了房子，也索请他坐坐是。"妇人道："且到那时再作理会。"正是：惟有感恩并积恨，万年千载不生尘。

常二与妇人两个说了一回。那妇人道："你那里吃饭来没有？"常二道："也是大官人屋里吃来的。你没曾吃饭，就拿银子买了米来。"妇人道："仔细拴着银子。我等你，就来。"常二取栲栳望街上便走。不一时，买了米，栲栳上又放着一大块羊肉儿，笑哈哈跑进门来。那妇人迎门接住道："这块羊肉又买他做甚？"常二笑道："刚才说了许多辛苦，不争这一些羊肉？就牛也该宰几个请你。"那妇人笑指着常二骂道："狠心的贼！今日便怀恨在心，看你怎的奈何了我！"常二道："只怕有日，叫我一万声：'亲哥，饶我小淫妇罢！'我也只不饶你哩。试试手段看！"那妇人听说，笑的走井边打水去了。当下妇人做了饭，切了一碗羊肉，摆在桌儿上，便叫："哥，吃饭。"常二道："我才在大官人屋里吃的饭，不要吃了。你饿的慌，自吃些罢！"那妇人便一个自吃了。收了家活，打发常二去买衣服。

叮嘱得细。

其实那饭恐怕已消化大半。此时就是咽一堆涎唾，也要占尽脸面。

常二袖着银子，一直奔到大街上来。看了几家都不中意；只买了一领青杭绢女袄、一条绿绸裙子、月白云绸衫儿、红绫袄子儿、白绸子裙儿，共五件。自家也对身买了件鹅黄绫袄子、丁香色绸直身儿，又有几件布草衣服。共用去六两五钱银子。打做一包，背着来到家中，教妇人打开看看。那妇人忙打开来瞧着，便问："多少银子买的？"常二道："六两五钱银子买来。"妇人道："虽没的便宜，却直这些银子。"一面收拾箱笼放好，明日去买家活。当日妇人欢天喜地过了一日，埋怨的话都吊在东洋大海去了。不在话下。

钱是夫妻关系的黏合剂。

再表应伯爵和西门庆两个，自打发常时节出门，依旧在厅上坐的。西门庆因说起：“我虽是个武职，恁的一个门面，京城内外也交结的许多官员，近日又拜在太师门下。那些通问的书柬，流水也似往来，我又不得细工夫，多不得料理。我一心要寻个先生们在屋里，好教他写写，省些力气也好。只没个有才学的人。你看有时，便对我说。我须寻间空房与他住下，每年算还几两束脩与他养家，却也要是你心腹之友便好。”伯爵道：“哥不说不知，你若要别样却有，要这个倒难。怎的要这个倒没？第一要才学，第二就要人品了。又要好相处，没些说是说非、翻唇弄舌这就好了。若只是平平才学，又做惯捣鬼的，怎用的他？小弟只有祖父相处一个朋友生下来的孙子，他现是本州一个秀才，应举过几次，只不得中。他胸中才学，果然班马之上；就是他人品，也孔孟之流。他和小弟，通家兄弟，极有情分的。曾记他十年前应举两道策，那一科试官极口赞他好。却不想又有一个赛过他的，便不中了。后来连走了几科不中，禁不的发白鬓斑。如今他虽是飘零书剑，家里也还有一百亩田、三四带房子，整的洁净住着。”西门庆道：“他家几口儿也勾用了，却怎的肯来人家坐馆？”应伯爵道：“当先有的田房，都被那些大户人家买去了，如今只剩得双手皮哩！”西门庆道：“原来是卖过的田，算甚么数！”伯爵道：“这果是算不的数了。只他一个浑家，年纪只好二十左右，生的十分美貌；又有两个孩子，才三四岁。”西门庆道：“他家有了美貌浑家，那肯出来？”伯爵道：“喜的是两年前，浑家专要偷汉，跟了个人上东京去了。两个孩子，又出痘死了。如今止存他一口，定然肯出来。”西门庆笑道：“恁地说的他好，都是鬼混。你且说他姓甚么？”伯爵道：“姓水。他才学果然无比。哥若用他时，管情书柬诗词歌赋，一件件增上哥的光辉哩！人看了时，都道西门大官恁地才学哩！”西门庆道：“你才说这两桩都是吊谎，我却不信你的吊谎。你有记的他些书柬儿，念来我听。看好时，我便请他来家，拨间房子住下。只一口儿，也好看承的，寻个好日子，便请他也罢！”伯爵道：“曾记得他捎书来，要我替他寻个主儿。这一封书略记的几句，念与哥听，《黄莺儿》：

光有书童当“机要秘书”不够了。需觅一“办公厅主任”。

西门庆自有独特的“干部考察法”。

书寄应哥前：别来思不待言。满门儿托赖都康健。舍字在边，傍立着官，有时一定求方便。羡如椽，往来言疏，落笔起云烟。”

西门庆听毕，呵呵大笑将起来，道：“他满心正经，要你和他寻个主子，却怎的不捎封书来，倒写着一只曲儿？又做的不好。可知道他才学荒疏、人品散弹哩！”伯爵道：“这倒不要作准他，只为他与我是三世之交。小弟两三岁时节，他也才勾四五岁，那时就同吃糖糕饼果之类，也没些儿争论。后来人家长大了，上学堂读书写字，先生也道：‘应二学生子，和水学生子一般的聪明伶俐。后来已定长进。’落后做文字，一样同做，再没些妒忌。日里同行同坐；夜里，有时也同一处歇。到了戴网子，尚兀是相厚的。因此是一个人一般，极好兄弟。故此不拘形迹，便随意写个曲儿。我一见了，也有几分着恼。后想一想，他自托相知，才敢如此，就不恼罢了。况且那只曲儿，也倒做的有趣，哥却看不出来。第一句说‘书寄应哥前’，是启口。就如人家写某人见字一般，却不好哩？第二句说‘别来思不待言’，这是叙寒温了。简而文，又不好哩？第三句是‘满门儿托赖都康健’，这是说他家没事故了。后来一发好的紧了。”西门庆道：“第五句是甚么说话？”伯爵道：“哥不知道，这正是拆白道字，尤人所难。‘舍’字在边，旁立着‘官’字，不是个‘舘’字？若有舘时，千万要举荐。因此说‘有时定要求方便’。‘羡如椽’，他说自家一笔如椽；做人家往来的书疏，笔儿落下去，其烟满纸，因此说‘落笔起云烟’。哥，你看他词里，有一个字儿是闲话么？只这几句，稳稳把心窝里事都写在纸上，可不好哩！”西门庆被伯爵说了他恁地好处，倒没的说了。只得对伯爵道：“你既说他许多好处，且问你有甚正经的书札？拿些我看看，我就请了他。”伯爵道：“他做的词赋，也有在我处，只是不曾带得来哥看。我还记的他一篇文字，做得甚好，就念与哥听着：

一戴头巾心甚欢，岂知今日误儒冠。别人戴你三五载，偏恋我头三十年。要戴乌纱求阁下，做篇诗句别尊前。此番非是吾情薄，白发临期太不堪。今秋若不登高第，踹碎冤家学种田。

虽目不识丁，耳却能听出高低。

此人若当了“西门办主任”，应花子更有好果子吃了。

如此长文，竟在偶然提起时能倒背如流，实在夸张过度。

维岁在大比之期，时到揭晓之候，诉我心事，告汝头巾：为你青云利器望荣身，谁知今日白发盈头恋故人。嗟乎！忆我初戴头巾，青青子襟；承汝枉顾，昂昂气忻。既不许我少年早发，又不许我久屈待伸；上无公卿大夫之职，下非农工商贾之民。年年居白屋，日日走黉门。宗师案临，胆怯心惊；上司迎接，东走西奔。思量为你，一世惊惊吓吓受了若干苦辛；一年四季，零零碎碎被人赖了多少束脩银。告状助贫，分谷五斗，祭下领支肉半斤。官府见了，不觉怒嗔；皂快通称，尽道广文。东京路上陪人几次，两斋学霸惟吾独尊。你看我两只皂靴穿到底，一领蓝衫剩布筋。埋头有年，说不尽艰难凄楚；出身何日，空历过冷淡酸辛。赚尽英雄，一生不得文章力；未沾恩命，数载犹怀霄汉心。嗟乎哀哉！哀此头巾。看他形状，其实可矜：后直前横，你是何物？七穿八洞，真是祸根。呜呼，冲霄鸟兮未垂翅，化龙鱼兮已失鳞。岂不闻久不飞兮一飞登云，久不鸣兮一鸣惊人。早求你脱胎换骨，非是我弃旧怜新。斯文名器，想是通神。从兹长别，方感洪恩。短词薄奠，庶其来歆。理极数穷，不胜具恳。就此拜别，早早请行。"

伯爵念罢，西门庆拍手大笑道："应二哥把这样才学，就做了班扬了！"伯爵道："他人品比才学又高，如今且说他人品罢！"西门庆道："你且说来。"伯爵道："前年，他在一个李侍郎府里坐馆。那李家有几十个丫头，一个个都是美貌俊俏的。又有几个伏侍的小厮，也一个个都标致龙阳的。那水秀才连住了四五年，再不起一些邪念。后来不想被几个坏事的丫头、小厮，见是一个圣人一般，反去日夜括他。那水秀才又极好慈悲的人，便口软勾搭上了，因此被主人逐出门来，哄动街坊。人人都说他无行，其实水秀才原是坐怀不乱的。若哥请他来家，凭你许多丫头、小厮，同眠同宿，你看水秀才乱么？再不乱的！"西门庆道："他既前番被主人赶了出门，一定有些不停当哩！二哥虽与我相厚，那桩事不敢领教。前日敝僚友倪桂岩老先生，曾说他有个姓温的秀才，且待他来时再处。"

水秀才恐是"色秀才"。

毕竟未知何如，且听下回分解。

第五十七回
道长老募修永福寺　薛姑子劝舍陀罗经

本性圆明道自通，翻身跳出网罗中。
修成禅那非容易，炼就无生岂俗同。
清浊几番随运转，辟门数仞任西东。
逍遥万亿年无计，一点神光永注空。

忽又另起头绪。

话说那山东东平府地方，向来有个永福禅寺，起建自梁武帝普通二年，开山是那万回老祖。怎么叫做万回老祖？因那老师父七八岁的时节，有个哥儿从军边上，音信不通，不知生死。因此上，那老娘儿思想那大的孩儿，掉不下的心肠，时常在家啼哭。忽一日，那孩子问着母亲，说道："娘，这等清平世界，孩儿们又没的打搅你，顿顿儿小米饭儿，咱家也尽挨的过。恁地哩，你时时吊下泪来？娘，你说与咱，咱也好分忧哩！"那老娘儿就说："小孩子，你还不知道老人家的苦哩！自从你老头儿去世，你大哥儿到边上去做了长官，四五年地，信儿也不捎一个来家。不知他死生存亡，教我老人家怎生吊的下！"说了又哭起来。那孩子说："早是这等，有何难哉！娘，如今哥在那里？咱做弟郎的，早晚间走去，抓着哥儿，讨个信来回复你老人家，却不是好？"那婆婆一头哭一头笑起来，说道："怪呆子！说起你哥在甚地，若是那一百二百里程途，便可去的；直在那辽东地面，去此一万余里，就是那好汉子，也走得要不的，直要四五个月才到哩！笑你孩儿家怎么去的？"那孩子就说："嗄，若是果在辽东，也终不在个天上！我去去，寻哥儿就回也。"只见把靸鞋儿系好了，把直裰儿整一整，望着婆儿拜个揖，一溜烟去了。

那婆婆叫之不应，追之不及，愈添愁闷。也有邻舍街坊、婆儿妇女，捱肩擦背、拿汤送水，说长道短，前来解劝。也有说的是的，说道："孩儿们怎去的远？早晚间却回也。"因此，婆婆也收着两眶眼泪，闷闷的坐地。看看红日西沉，东邻西舍一个个烧汤煮饭，一个个上榻关门。那婆婆探头探脑，那两只眼珠儿一直向外，恨不的赶将上去。只见远远的，望见那黑魆魆影儿头，有一个小的儿来也。那婆婆就说："靠天靠地，靠着日月三光。若得俺小的子儿来也，也不负了俺修斋吃素的念头！"只见那万回老祖一忽地跪到跟前，说："娘，你还未睡炕哩？咱已到辽东抓着哥儿，讨的平安家信来也。"婆婆笑道："孩儿，你不去的正好，免教你老人家挂心。只是不要吊着谎，哄着老娘。那里有一万里路程，朝暮往还的？"孩儿道："娘，你不信么？"一直里卸下衣包，取出平安家信，果然是那哥儿手笔；又取出一件汗衫，带回浆洗的，也是那个婆婆亲手缝纫的，毫厘不差。因此哄动了街坊，叫做"万回"。日后舍俗出家，就叫做"万回长老"。果然是道德高妙，神通广大。曾在那后赵皇帝石虎跟前，吞下两升铁针儿；又在那梁武皇殿下，在头顶上取出舍利三颗。因此敕建那永福禅寺，做那万回老祖的香火院，正不知费了多少钱粮。正是：神僧出世神通大，圣主尊隆圣泽深。

吞下两升铁针也算"道德高妙"。

不想那岁月如梭，时移事改。只见那万回老祖归天圆寂，那些得皮得肉的上人们，一个个多化去了。只见有个惫赖的和尚，撇赖了百丈清规，养婆儿，吃烧酒，咱事儿不弄出来；打哄了烧苦葱，咱勾当儿不做。却被那些泼皮赖虎，常常作酒捞钱。抵当不过，一会儿把袈裟也当了，钟儿、磬儿多典了，殿上椽儿卖了，没人要的烧了，砖儿、瓦儿换酒吃了。弄得那雨淋风刮，佛像儿倒了，荒荒凉凉，烧香的也不来了。主顾门徒，做道场的，荐亡的，多是关大王卖豆腐，鬼儿也没的上门了。一片钟鼓道场，忽变做荒烟衰草。蓦地里三四十年，那一个扶衰起废！

原来那寺里有个道长老，原是西印度国出身，因慕中国清华，发心要到上方行脚。打从那流沙河、星宿海、淮儿水地方，走了八九个年头，才到中华区处。迤逦来到山东地方，卓锡在这个破寺院里面。面壁九年，不言不语。真个是：佛法原无文字障，工夫好向定中寻。

面壁九年，只悟到应募修寺庙。

忽一日，发个念头，说道："呀，这寺院儿坍塌的这模样了。你看这些蠢头村脑的秃驴，止会吃酒噇饭，把这古佛道场弄得赤白白地，岂不可惜！那一个寻得一砖半瓦，重整家风？常记的古人说得好：人杰地灵。事到今日，咱不做主，那个做主？咱不出头，那个出头儿？且前日山东有个西门大官，官居锦衣之职。他家私巨万，富比王侯，家中那一件没有？前日饯送蔡一泉御史，曾在咱这里摆设酒席。他因见咱这里寺宇倾颓，就有个舍钱布施、鼎建重新的意思。咱那时口虽不言，心窝里已有下几分了。今日呵若得那个檀越为主作倡，管情早晚间把咱好事成就也。咱须办自家去走一遭。"当时间唤起法子徒孙，打起钟敲起鼓，举集大众，上堂宣扬此意。那长老怎生打扮？只见：

身上禅衣猩血染，双环挂耳是黄金。

手中锡杖光如镜，百八胡珠耀日明。

开觉明路现金绳，提起凡夫梦亦醒。

庞眉绀发铜铃眼，道是西天老圣僧。

那长老宣扬已毕，就教行者拿过文房四宝，磨起龙香墨，饱蘸鼠须笔，展开乌丝栏，写着一篇疏文。先叙那始末根由，后劝人舍财作福。写的行行端正，字字清新。好长老，真个是古佛菩萨现身！从此辞了大众，着上了禅鞋，戴上个斗篷笠子，一壁厢直奔到西门庆家府里来。

"一壁厢直奔到西门庆家"，是长老急不可待，亦是此书叙述者急于将头绪归束到西门庆家。

且说西门庆辞别了应伯爵，转到后厅，直到卷棚下。卸了衣服，走到吴月娘房内，把那应伯爵荐水秀才的事体说了一番。就说道："咱前日东京去的时节，多亏那些亲朋，齐来与咱把盏。如今，少不的也要整办些儿小酒回答他。倒今日空闲，没件事体，就把这事儿完了也罢！"当下就叫了玳安，拿了篮儿，到十市街坊买下些时鲜果品、猪羊鱼肉、腌腊鸡鹅、嘎饭之类。分付了当，就分付小厮分头去请各位。一面拉着月娘，一同走到李瓶儿房里来看官哥。

李瓶儿笑嘻嘻的接住了月娘、西门庆。西门庆道："娘儿来看孩子哩！"李瓶儿就叫奶子抱出官哥儿来。只见眉目稀疏，就如粉块装成一般，笑欣欣直攒到月娘怀里来。月娘把手接着，抱起道："我的儿，恁地乖觉！长大来定是聪明伶俐的。”又向那孩子说：“儿长大起来，恁地奉养老娘哩！”那李瓶儿就说：“娘说那里话。假饶儿子长成，讨的一官半职，也先向上头封赠起。娘那凤冠霞帔，稳稳儿先到娘哩！好生奉养老人家！”西门庆接口便说：“儿，你长大来，还挣个文官。不要学你家老子，做个西班出身。虽有兴头，却没十分尊重。”

“贵族看三代”。第一代“西班出身”的暴发户官吏希望第二代先归到“科班出身”的“正路”上去。

正说着，不想那潘金莲正在外边听见。不觉的怒从心上起，就骂道：“没廉耻、弄虚脾的臭娼根，偏你会养儿子哩！也不曾经过三个黄梅、四个夏至，又不曾长成十五六岁，出幼过关、上学堂读书，还是水的泡，与阎罗王合养在这里的！怎见的就做官，就封赠那老夫人？我那怪贼囚根子，没廉耻的货，怎地就见的要他做个文官，不要像你？”正在唠唠叨叨，喃喃洞洞，一头骂一头着恼的时节，只见那玳安走将进来，叫声“五娘”，说道：“爹在那里？”潘金莲便骂：“怪尖嘴的贼囚根子，那个晓的你什么爹在那里！爹怎的到我这屋里来？他自有五花官诰的太奶奶、老封婆，八珍五鼎奉养他的在那里！那里问着我讨？”那玳安就晓的不是路了，说“是了”，望六娘房里便走。走到房门前，打个咳嗽，朝着西门庆道：“应二爹在厅上。”西门庆道：“应二爹？才送的他去，又做甚？”玳安道：“爹自家出去便知。”

已现杀心。

西门庆只得撇了月娘、李瓶儿，仍到那卷棚下面，穿了衣服，走到外边迎接伯爵。正要动问间，只见那募缘来的长老，已到西门庆门首了，高声叫：“阿弥陀佛！这是西门老爹门首么？那个掌事的管家，与吾传报一声，说道：扶桂子，保兰孙，求福有福，求寿有寿。东京募缘的长老求见。”原来，西门庆平日原是一个撒漫好使钱的汉子；又是新得官哥，心下十分欢喜也要干些好事，保佑孩儿。小的也通晓得，并不嗔道作难，一壁厢进报西门庆。西门庆就说：“且教他进来看。”只见管家的三步那来两步走，就如见了活佛的一般，慌忙请了长老。那长老进到花厅里面，打了个问讯，说道：“贫僧出身西印度国，行脚到东京汴梁，卓锡在永福禅寺，面壁九年，颇传心印。止为那殿宇倾颓，琳宫倒塌，贫僧想的起来，为佛弟子，自然应的为佛出力，总不然攒到那个身上去。因此上贫僧发了这个念头。前日老檀越饯行各位老爹的时，悲怜本寺废坏，也

“撒漫好使钱的汉子”，此评甚确。

有个良心美腹，要和本寺作主。那时诸佛菩萨已作证盟。贫僧记的佛经上说的好：‘如有世间善男子、善女人，以金钱喜舍，庄严佛像者，主得桂子兰孙，端严美貌，日后早登科甲，荫子封妻之报。’故此特叩高门，不拘五百一千，要求老檀那开疏发心，成就善果。”就把锦帕展开，取出那募缘疏簿，双手递上。不想那一席话儿，早已把西门庆的心儿打动了。不觉的欢天喜地接了疏簿，就叫小厮看茶。揭开疏簿，只见写道：

“心儿动了”，并非进入一种信仰，而是要神佛为自己佑福。中国汉人对佛道等宗教的态度，至今大抵如此。

伏以白马驼经开象教，竺腾衍法启宗门。大地众生，无不皈依佛祖；三千世界，尽皆兰若装严。看此瓦砾倾颓，成甚名山胜境；若不慈悲喜舍，何称佛子款人？今有永福禅寺，古佛道场，梵修福地。启建自梁武皇帝，开山是万回祖师。规制恢弘，仿佛那给孤园黄金铺地；雕镂精制，依希似祇洹舍白玉为阶。高阁摩空，旃檀气直接九霄云表；层基亘地，大雄殿可容千众禅僧。两翼嵬峨，尽是琳宫绀宇；廊房洁净，果然精胜洞天。那时钟鼓宣扬，尽道是寰中佛国；只这缁流济楚，却也像尘界人天。那知岁久年深，一瞬地时移事异。莽和尚纵酒撒泼，首坏清规；呆道人懒惰贪眠，不行打扫。渐成寂寞，断绝门徒；以致凄凉，罕稀瞻仰。兼以乌鼠穿蚀，那堪风雨漂摇。栋宇摧颓，一而二，二而三，支撑靡计；墙垣坍塌，日复日，年复年，振起无人。朱红棂槅，拾来煨酒煨茶；合抱梁楹，拿去换盐换米。风吹罗汉金消尽，雨打弥陀化作尘。吁嗟乎！金碧焜炫，一旦为灌莽榛荆。虽然有成有败，终须否极泰来。幸而有道长老之虔诚，不忍见梵王宫之废败。发大弘愿，遍叩檀那。伏愿咸起慈悲，尽兴恻隐。梁柱椽楹，不拘大小，喜舍到高题姓字；银钱布币，岂论丰赢，投柜日疏簿标名。仰仗着佛祖威灵，福禄寿永永百年千载；倚靠他伽蓝明镜，父子孙个个厚禄高官。瓜瓞绵绵，森挺三槐五桂；门庭奕奕，焜煌金埒钱山。凡所营求，吉祥如意。疏文到日，各破悭心。谨疏。

看毕，西门庆就把册叶儿收好，装入那锦套里头；把插销儿销着，锦带儿拴着，恭恭敬敬放在桌儿上面。叉手面言，对长老说：“实不相瞒：

在下虽不成个人家,也有几万产业。忝居武职,交游世辈尽有。不想偌大年纪,未曾生下儿子。房下们也有五六房,只是放心不下,有意做些善果。去年第六房贱累,生下孩子,咱万事已是足了。偶因饯送俺友,得到上方,因见庙宇倾颓,有个舍财助建的念头。蒙老师下顾,西门庆那敢推辞!”拿着兔毫妙笔,正在踌躇之际,那应伯爵就说:“哥,你既有这片好心,为侄儿发愿,何不一力独成?也是小可的事体。”西门庆拿着笔,哈哈哩笑道:“力薄,力薄。”伯爵又道:“极少也助一千。”西门庆又哈哈地笑道:“力薄,力薄。”那长老就开口说道:“老檀越在上,不是贫僧多口:止是我们佛家的行径,多要随缘喜舍,终不强人所难。随分,但凭老爹发心便是。此外亲友,更求檀越吹嘘吹嘘。”西门庆又说道:“还是老师体亮。少也不成,就写上五百两。”阁了兔毫笔。那长老打个问讯谢了。西门庆又说:“我这里内官太监,府县仓巡,一个个多与我相好的,我明日就拿疏簿去,要他们写。写的来,就不拘三百二百,一百五十。管教与老师成就这件好事。”当日留了长老素斋,相送出门。正是:慈悲作善豪家事,保福消灾父母心。又有一首词,单道那些施主的事体:

“一力独成”不允,“极少也助一千”亦不呼应,最后只捐五百。求福佑也只当谈生意,“一分钱一分货”。

佛法无多止在心,种瓜种果是根因。
珠和玉珀宝和珍,谁人拿得见阎君?
积善之人贫也好,豪家积业枉抛银。
若使年龄财可买,董卓还应活到今。

却说西门庆送了长老,转到厅上,与应伯爵坐地,道:“二哥,我正要差人请你,你来的正好。我前日因往东京,多亏众亲友们与咱把个盏儿。今日分付小的买办,你家大嫂安排小酒,与众人回答,要哥在此相陪;不想遇着这个长老,鬼混了一会儿。”那伯爵就说道:“好个长老!想是果然有德行的。他说话中间,连咱也心动起来,做了施主。”西门庆说道:“二哥,你又几曾做施主来的?疏簿又是几时写的?”应伯爵笑道:“咦,难道我出口的不是施主不成?哥,你也不曾见佛经过来。佛经上第一重的是心施,第二法施,第三才是财施。难道我从傍撺掇的,不当个心施的不成?”西门庆又笑道:“二哥,又怕你有口无心哩!”两人拍手大笑。应伯爵

情绪复原,一想,长老确是“鬼混”来了。

应花子竟有此“锦心绣口”。

就说："小弟在此等待客来。哥有正事，自与嫂子商议去来。"

只见西门庆别了伯爵，转到内院里头。只见那潘金莲哖哖唔唔，没揪没采。不觉的睡魔缠扰，打了几个喷涕，走到房中，倒在象牙床上，一忽地睡去了。那李瓶儿又为孩子啼哭，自与那奶子、丫鬟在房中坐地，看官哥喜笑。只有那吴月娘与孙雪娥，两个伴当在那里整办嗄饭。西门庆走到面前坐地，就把那道长老募缘，与那自己开疏的事，备细对月娘说了一番。又把那应伯爵要笑打觑的说话，也说了一番。欢天喜地，大家嘻笑了一会。只见那吴月娘毕竟是个正经的人，不慌不忙，不思不想，说下几句话儿，倒是西门庆顶门上针。正是：妻贤每致鸡鸣警，款语常闻药石言。毕竟那说话怎么讲？月娘说道："哥，你天大的造化！生下孩儿，你又发起善念，广结良缘，岂不是俺一家儿的福分？只是那善念头怕他不多，那恶念头怕他不尽！哥，你日后那没来回没正经养婆儿，没搭煞贪财好色的事体，少干几桩儿也好，攒下些阴功与那小的子也好！"西门庆笑道："你的醋话儿又来了。却不道天地尚有阴阳，男女自然配合。今生偷情的、苟合的，都是前生分定，姻缘簿上注名，今生了还，难道是生剌剌、胡挡乱扯、歪斯缠做的？咱闻那佛祖西天，也止不过要黄金铺地，阴司十殿，也要些楮镪营求。咱只消尽这家私广为善事；就使强奸了常娥，和奸了织女，拐了许飞琼，盗了西王母的女儿，也不减我泼天富贵。"月娘笑道："笑哥狗吃热矢，原道是个香甜的！生血吊在牙儿内，怎生改得！"正在笑间，只见那王姑子同了薛姑子，提一个合子，直闯进来，飞也似朝月娘道个万福，又向西门庆拜，拜了说："老爹，你倒在家里。——我自前日别了，因为有些小事，不得空，不曾来看得你老人家，心子里吊不下，今日同这薛姑子来看你。"

此是西门庆的"性宣言"。他崇信"自然配合"，不畏"强奸常娥"、"和奸织女"、"拐了飞琼"、"盗了西王母女儿"的泼天罪名，并以钱为胆，以募捐"行善"为心理平衡的手段，自信他的荒淫无妨于他的"泼天富贵"。这些观点，在那个社会中，已突破主流意识形态的樊篱，颇为"先锋"。

原来，这薛姑子不是从幼出家的，少年间曾嫁丈夫，在广成寺前居住，卖蒸饼儿生理。不料生意浅薄，那薛姑子就有些不尴不尬，专一与那些寺里的和尚、行童调嘴弄舌，眉来眼去，说长说短，弄的那些和尚们的怀中，个个是硬帮帮的。乘那丈夫出去了，茶前酒后，早与那和尚们刮上了四五六个。也常有那火烧、波波、馒头、栗子拿来进奉他；又有那付应钱与他买花，开地狱的布，送与他做裹脚，他丈夫那里晓得！以后，

补叙薛姑子来历。奇怪的是她怎不怕西门庆。按前面所叙，西门庆是曾勒令她还俗的。西门庆见她入府也不轰她。此处与前不甚对榫。

丈夫得病死了，他因佛门情熟，这等就做了个姑子，专一在些士夫人家往来，包揽经忏。又有那些不长进要偷汉子的妇人，叫他牵引和尚进门。他就做个马八六儿，多得钱钞。闻的那西门庆家里豪富，见他侍妾多人，思想拐些用度，因此频频往来。那西门庆也不晓的，三姑六婆人家最忌出入。正是：

当年行径是窠儿，和尚阇黎铺。中间打扮念弥陀，开口儿就说西方路。尺布裹头颅，身穿直裰，系个黄绦，早晚捱门傍户。骗金银犹是可，心窝里毕竟胡涂。算来不是好姑姑，几个清名被点污。

又有一只歌儿道得好：

尼姑生来头皮光，拖子和尚夜夜忙。三个光头好像师父、师兄并师弟，只是铙钹缘何在里床？

那薛姑子坐下，就把那个小合儿揭开，说道："咱们没有甚么孝顺。拿得施主人家几个供佛的果子儿，权当献新。"月娘道："要来竟来来便了，何苦要你费心！"只见那潘金莲睡觉，听得外边有人说话，又认是前番光景，便走向前来听看。那李瓶儿在房中弄孩子，因晓得王姑子在此，也要与他商议保佑官哥。同到月娘房中，大家道个万福，各各坐地。西门庆因见李瓶儿不曾晓的，又把那道长老募缘，与那自家开疏舍财，替官哥求福的事情，重新又说一番。不想道恼了潘金莲，抽身竟走，喃喃呐呐，一溜烟竟自去了。

只见那薛姑子站将起来，合掌着手，叫声："佛阿！老爹，你这等样好心作福！怕不的寿年千岁，五男二女，七子团圆。只是我还有一件，说与你老人家：这个因果费不甚多，更自获福无量。咦，老檀越，你若干了这件功德，就是那老瞿昙雪山修道，迦叶尊散发铺地，二祖可投崖饲虎，给孤老满地黄金，也比不的你功德哩！"西门庆笑道："姑姑且坐下。细说甚么功果，我便依你。"那薛姑子就说："我们佛祖留下一卷《陀罗经》，专一劝人法西方净土的：佛说那三禅天、四禅天、忉利天、兜率天、大罗天、不周天，急切不能即到。唯有西方极乐世界，这是阿弥陀佛出身所在。没有那春夏秋冬，也没有那风寒暑热，常常如三春时候，融和

西门庆对薛姑子竟如此客气，还乞她说经，何前嫌尽弃？

天气。也没有夫妇男女，其人生在七宝池中，金莲台上……”西门庆道：“那一朵莲花有几多大？生在上边，一阵风摆，怕不骨碌碌吊在池里么？”薛姑子道：“老爹，你还不晓的。我依那经上说：佛家以五百里为一由旬。那一朵莲花好生利害，大的紧，大的紧，大的五百由旬。宝衣随愿至，玉食自天来。又有那些好鸟和鸣，如笙簧一般，委的好个境界！因为那肉眼凡夫不知去向，不生尊信，故此佛祖演说此经，劝人专心念佛，竟往西方见了阿弥陀佛，自此一世二世，以至百千万世，永永不落轮回。那佛祖说的好：如有人持颂此经，或将此经印刷抄写，转劝一人至千万人持诵，获福无量。况且此经里面，又有《护诸童子经》咒。凡有人家生育男女，必要从此发心，方得易长易养，灾去福来。如今这付经板现在，只没人印刷施行。老爹，你只消破些工料，印上几千卷，装钉完成，普施十方。那个功德，真是大的紧！”西门庆道：“也不难。只不知这一卷经，要多少纸札，多少装钉工夫，多少印刷？有个细数才好动弹。”薛姑子又道：“老爹，你一发呆了。说那里话去，细细算将起来？止消先付九两银子，交付那经坊里，要他印造几千几万卷，装钉完满，以后一揽果算还他工食纸札钱儿就是了。却怎地要细细算将出来！”

只怕要先扣下三两。

正说的热闹，只见那陈经济要与西门庆说话，跟寻了好一回不见，问那玳安，说在月娘房里。走到卷棚底下，刚刚凑巧，遇着了那潘金莲凭阑独恼。猛然抬起头来，见了经济，就是个猫儿见了鱼鲜饭，一心心要啖他下去了。不觉的把一天愁闷，多改做春风和气。两个乘着没有人来，执手相偎，剥嘴咂舌头，两下肉麻，好生儿顽了一回儿。因恐怕西门庆出来撞见，连那算帐的事情也不吆呼，两只眼又像老鼠儿见了猫来，左顾右盼；提防着，又没个方便，一溜烟自出去了。

总是见缝插针。

且说西门庆听罢了薛姑子的话头，不觉心上打动了一片善念。就叫玳安取出拜匣，把汗巾上的小匙钥儿开了，取出一封银子，准准三十两足色松纹。便交付薛姑子与那王姑子：“即便同去随分那里经坊，与我印下五千卷经。待完了，我就算帐找他。”

比所要多出三倍多。薛姑子巧舌便是掏银钩。

正话间，只见那书童忙忙的来报道：“请的各位客人多到了。”少不的是吴大舅、花二舅、谢希大、常时节这一班，多各齐齐整整一齐到。西门庆忙的不迭，即便整衣出外迎接升堂。就叫小厮摆下桌儿、放下小菜儿，请吴大舅上坐了。众人一行儿分班列次、各叙长幼，各各坐地。那些腌腊煎熬、大鱼大肉、烧鸡烧鸭、时鲜果品，一齐儿多捧将出来。西门庆又叫道：“开那麻姑酒儿盪来。”只见酒逢知己，形迹多忘。猜枚的、打鼓的、催花的，三拳两谎的，歌的歌，唱的唱。谈风月，尽道是杜工部、贺黄门乘春赏玩；掉文袋，也晓的苏玉局、黄鲁直赤壁清游。投壶的，定要那正双飞、拗双飞、八仙过海；掷色的，又要那正马军、拗马军、鳅入菱窠。输酒的要喝个无滴，不怕你玉山颓倒；赢色的又要去挂红，谁让你倒着接䍠。顽不尽少年场光景，说不了醉乡里日月。正是：

未必真知己，定然都慕财。

总算有附庸风雅苗头。西门府宴乐氛围有所提升。

秋月春花随处有，赏心乐事此时同。

百年若不千场醉，碌碌营营总是空。

毕竟未知后来何如，且听下回分解。

自西门庆进京给蔡京拜寿，蔡京认了他做干儿子，他行贿得胜打道回府后，他的生活状态又“迈上了一个新台阶”。这不仅体现在他更自豪自得，更荒淫无度上，更体现在他心理状态的变化上。因为他“该有的都有了”，所以他就更害怕失去，这样他便更要想方设法求神佛保佑，他的迷信行为多了起来，在这方面也更舍得“滥漫”地使钱。但他生活中潜在的阴影却也随之浓郁。特别是家庭中围绕着官哥儿这一唯一的“法定继承人”所交织出的爱憎恩仇，已如蛛网般缠定了他。在极度的“完美”之后，等待他的将是难以承受的破碎与失却。以上数回，叙述的节奏略觉拖沓，有些情节也略感沉闷，但文本中依旧保持着一种张力，令读者不时越出文字本身，而生发出对政治、社会、世道人心与命运人性的种种思索。

第五十八回
怀妒忌金莲打秋菊　乞腊肉磨镜叟诉冤

绣帏寂寂思恹恹，万种新愁日夜添。
一雁叫群秋度塞，乱蛩吟苦月当檐。
蓝桥失路悲红线，金屋无人下翠帘。
何似湘江江上竹，至今犹被泪痕沾。

酩酊大醉，才进此屋。是错进，还是醉而嗜腥？

话说当日，西门庆前厅陪亲朋饮酒，吃的酩酊大醉，走入后边孙雪娥房里来。雪娥正顾灶上，看收拾家火，听见西门庆往后边去，慌的两步做一步走。先前郁大姐正在他炕上坐的，一面撺掇他往月娘炕屋里，和玉箫、小玉一处睡去了。原来孙雪娥在后边也住着一明两暗三间房——一间床房，一间炕房。西门庆也有一年多没进他房中来。听见今日进来，连忙向前替西门庆接了衣服，安顿中间椅子上坐的。一面在房中揩抹凉席，收拾床铺，薰香澡牝。走来递茶与西门庆吃了，搀扶进房中，上床脱靴解带，打发安歇。一宿无话。

西门庆何时识的丁？想是接过一看，密密麻麻，"望文生义"，便自心中大喜。

到次日廿八，乃西门庆正生日。刚烧毕纸，只见韩道国后生胡秀到了门首，下头口，左右禀报与西门庆。西门庆叫胡秀到厅上，磕头见了，问他货船在那里。这胡秀递上书帐，说道："韩大叔在杭州置了一万两银子段绢货物。见今直抵临清钞关，缺少税钞银两，未曾装载进城。"这西门庆一面看了书帐，心中大喜，分付棋童："看饭与胡秀吃了，教他往乔亲家爹那里见见去。"不一时，胡秀吃毕饭去了。西门庆进来对吴月娘说："如此这般。韩伙计货船到了临清，使了后生胡秀送书帐上来。

如今少不的把对门房子打扫，卸到那里，寻伙计收拾，装修土库，开铺子发卖。”月娘听了，便说：“你上紧寻着，也不早了。还要慢慢的！”西门庆道：“如今等应二哥来，我就对他说。教他上紧寻觅。”

急聘经理。

不一时，应伯爵来了。西门庆在厅上陪着他坐，对他说：“韩伙计杭州货船到了，缺少个伙计发卖。”伯爵就说：“哥，恭喜！今日华诞的日子，货船到，决增十倍之利，喜上加喜！哥若寻卖手，不打紧。我有一相识，却是父交子往的朋友，原是这段子行卖手，连年运拙，闲在家中。今年才四十多岁，正是当年汉子。眼力看银水是不消说，写算皆精，又会做买卖。此人姓甘，名润，字出身。现在石桥儿巷住，倒是自己房儿。”西门庆道：“若好，你明日请他见我。”

俨然“人才红娘”。不需宿舍，也是一条优点。

正说着，只见李铭、吴惠、郑奉三个先来，扒在地下磕头，起来旁边站立。不一时，杂耍乐工都到了。厢房中打发吃饭，就把桌子摆下，与李铭、吴惠、郑奉三个同吃。只见答应的节级拿票来回话：“小的叫了唱的，止有郑爱月儿不到。他家鸨子说，收拾了才待来，被王皇亲家人拦的，往宅里唱去了。小的只叫了齐香儿、董娇儿、洪四儿三个。收拾了便来也。”西门庆听见他不来，便道：“胡说！怎的不来？”便叫过郑奉问：“怎的，你妹子我这里叫他不来？果系是被王皇亲家拦了去？”那郑奉跪下便道：“小的另住，不知道。”西门庆道：“你说往王皇亲家唱就罢了？敢量我就拿不得来？”便叫玳安儿近前分付：“你多带两个排军，就拿我个侍生帖儿，到王皇亲家宅内见你王二老爹，就说是我这里请几位人吃酒，这郑月儿答应下两三日了，好歹放了他来！倘若推辞，连那鸨子都与我锁了，墩在门房儿里。这等可恶叫不得来，就罢了！”一面叫郑奉：“你也跟了去。”那郑奉又不敢不去。走出外边来，央及玳安儿，说道：“安哥，你进去，我在外边等着罢！一定是王二老爹府里叫，怕不的还没收拾去哩！有累安哥，若是没动身，看怎的将就，教他好好的来罢。”玳安道：“若果然往王家宅里去了，等我拿帖儿讨去；若是在家藏着，你进去对他妈说，教他快收拾一答儿来，俺就与你替他回护两句言语儿，爹就罢了。你每不知道性格，他从夏老爹宅定下你；不来，他可知恼了哩！”这郑奉一面先往家中说去了。玳安同两个排军、一名节级，后

西门庆现已无“身份”上的自卑感。“身份”既不低人一头，腰缠万贯，岂把徒有“身份”而未必有“万贯”的王皇亲放在眼里！

边去着。

且说西门庆打发玳安、郑奉去了。因向伯爵道："这个小淫妇儿，这等可恶！在别人家唱，我这里叫他不来。"伯爵道："小行货子，他晓的甚么，他还不知你的手段哩！"西门庆道："我倒见他酒席上说话儿伶俐，叫他来唱两日试他，倒这等可恶！"伯爵道："哥今日拣的这四个粉头，都是出类拔萃的尖儿了，再无有出在他上的了。"李铭道："二爹，你还没见爱月儿哩！"伯爵道："我跟你爹在他家吃酒，他还小哩！这几年倒没曾见，不知出落的怎样的了。"李铭道："这小粉头子，虽故好个身段儿，光是一味妆饰。唱曲也会，怎生赶的上桂姐的一半儿唱？爹这里是那里，叫着敢不来？就是来了，亏了你？还是不知轻重！"只见胡秀来回话："小的到乔爹那边见了来了，伺候老爷示下。"西门庆教陈经济："后边讨五十两银子来，令书童写一封书，使了印色，差一名节级，明日早起身一同去，下与你钞关上钱老爹，教他过税之时青目一二。"须臾，陈经济取了一封银子来，交与胡秀。胡秀禀道："小的往韩大叔家歇去。"便领文书并税帖。次日早同起身，不在话下。

西门庆正当炙手可热时，手段了得！

"批郑"是为了"抬桂"。

忽听喝的道子响，平安来报："刘公公与薛公公来了。"西门庆即冠带迎接至大厅，见毕礼数，请至卷棚内，宽去上盖蟒衣，上面设两张校椅坐下。应伯爵在下，与西门庆关席陪坐。薛内相便问："此位是何人？"西门庆道："去年老太监会过来，乃是学生故友应二哥。"薛内相道："却是那快要笑的应先儿么？"那应伯爵欠身道："老公公还记的，就是在下。"

应花子与二公公平起平坐，也是西门府中独特一景。西门庆确有"新兴"气派。

薛太监不说此话不能达到心理平衡。

须臾，拿茶上来吃了，只见平安走来禀道："府里周爷差人拿帖儿来说，今日还有一席，来迟些。教老爹这里先坐，不须等罢！"西门庆看了帖儿便说："我知道了。"薛内相因问："西门大人，今日谁来迟？"西门庆道："周南轩那边还有一席，使人来说上坐休等他哩。只怕来迟些。"薛内相道："既来说，咱虚着他席面就是。"只见两个小厮上来，一边一个打扇。

人有财势客如云。

正说话之间，王经拿了两个帖儿进来："两位秀才来了。"西门庆见帖儿上一个是侍生倪鹏，一个温必古，西门庆就知倪秀才举荐了他同窗朋友来了，连忙出来迎接。见都穿着衣巾进来，且不看倪秀才，观看那温必古：年纪不上四旬，生的明眸皓齿，三牙须，丰姿洒落，举止飘逸。未知行藏何如，见观动静若是。有几句道得他好：

“三牙须”颇具特点。

虽抱不羁之才，惯游非礼之地。功名蹭蹬，豪杰之志已灰；家业凋零，浩然之气先丧。把文章道学，一并送还了孔夫子；将致君泽民的事业，及荣华显亲的心念，都撇在东洋大海。和光混俗，惟其利欲是前；随方逐圆，不以廉耻为重。峨其冠，博其带，而眼底旁若无人；席上阔其论，高其谈，而胸中实无一物。三年叫案，而小考尚难，岂望月桂之高攀；广坐衔杯，遁世无闷，且作岩穴之隐相。

西门庆让至厅上叙礼，每人递书帕二事，与西门庆祝寿。交拜毕，分宾主而坐。西门庆问道："久仰温老先生大才，敢问尊号?"温秀才道："学生贱名必古。字日新，号葵轩。"西门庆道："葵轩老先生。"又问贵庠、魁经。温秀才道："学生不才，府学备数。初学《易经》。一向久仰尊府大名，未敢进拜。昨因我这敝同窗倪桂岩，道及老先生盛德。敢来登堂恭谒。"西门庆道："不敢。承老先生先施，学生容日奉拜。只因学生一个武官，粗俗不知文理，往来书柬无人代笔。前者，因在我这敝同僚府上，会遇桂岩老先生，甚是称道老先生大才盛德。正欲趋拜请教；不意老先生下降，兼承厚贶，感激不尽。"温秀才道："学生匪才薄德，缪承过誉。"茶罢，西门庆让至卷棚内，有薛刘二老太监在座。薛内相道："请二位老先生宽衣进来。"西门庆一面请宽了青衣，进里面，各逊让再四，方才一边一位垂首坐下。

西门庆一如此说话，便不像活人，只似笨鸟。

正叙谈间，吴大舅、范千户到了，叙礼坐定。不一时，玳安与同答应的和郑奉，都来回话："四个唱的都叫来了。"西门庆问："是王皇亲那里不在?"玳安道："是王皇亲宅内叫，还没起身。小的要拴他鸨子墩锁，他慌了，才上轿，都一答儿来了。"西门庆即出来，到厅台基上站立。只见四个唱的一齐进来，向西门庆花枝飐招，绣带飘摇，都插烛也似磕下头去。那郑爱月儿穿着紫纱衫儿，白纱挑线裙子。头上风钗半卸，宝髻玲珑。腰肢袅娜，犹如杨柳轻盈；花貌娉婷，好似芙蓉艳丽。正是：万种风流无处买,千金良夜实难消。

西门庆便向郑爱月儿道:“我叫你,如何不来?这等可恶,敢量我拿不得你来!”那郑爱月儿磕了头起来,一声儿也不言语,笑着同众人一直往后边去了。到后边,与月娘众人都磕了头。看见李桂姐、吴银儿都在跟前,各道了万福,说道:“你二位来的早。”李桂姐道:“俺每两日没家去了。”因说:“你四个怎的这咱才来?”董娇儿道:“都是月姐,带累的俺每来迟了。收拾下,只顾等着他,白不起身。”那郑爱月儿用扇儿遮着脸儿,只是笑,不做声。月娘便问:“这位大姐是谁家的?”董娇儿道:“娘不知道。他是郑爱香儿的妹子郑爱月儿。才成人,还不上半年光景。”月娘道:“可倒好个身段儿!”说毕,看茶吃了,一面放桌儿,摆茶与众人吃。那潘金莲且只顾揭起他裙子,撮弄他的脚看,说道:“你每这里边的样子,只是恁直尖了,不相俺外边的样子趫。俺外边尖底停匀,你里边的后跟子大。”月娘向大妗子道:“偏他恁好百胜,问他怎的!”一回又取下他头上金鱼撇杖儿来瞧,因问:“你这样儿是那里打的?”郑爱月儿道:“是俺里边银匠打的。”须臾,摆下茶,月娘便叫:“桂姐、银姐,你陪他四个吃茶。”不一时,六个唱的做一处同吃了茶。李桂姐、吴银儿便向董娇儿四个说:“你每来花园里走走。”董娇儿道:“等我每到后边就来。”

不言语是最巧妙的应付法。

扇儿遮脸,仍不做声,更妙。

妻妾娼优居然和平共处。

这李桂姐和吴银儿,就跟着潘金莲、孟玉楼,出仪门往花园中来。因有人在大卷棚内,就不曾过那边去。只在这边看了回花草,就往李瓶儿房里看官哥儿。官哥心中又有些不自在,睡梦中惊哭,吃不下奶去。李瓶儿在屋里守着不出来,看见李桂姐、吴银儿和孟玉楼、潘金莲进来,连忙让坐的。桂姐问道:“哥儿睡哩?”李瓶儿道:“他哭了这一日。我打发他面朝里床,才睡下了。”玉楼道:“大娘说请刘婆子来看他看。你怎的不使小厮快请去?”李瓶儿道:“今日他爹好的日子,明日请他去罢!”

正说话中间,只见四个唱的和西门大姐、小玉走来。大姐道:“原来你每都在这里,却教俺花园内寻你!”玉楼道:“花园内有人在那里,咱每不好去的。瞧了瞧儿就来了。”李桂姐问洪四儿:“你每四个在后边做甚么？这半日才来？”洪四儿道：“俺每在后边四娘房里吃茶来，坐了这一回。”潘金莲听了，望着玉楼、李瓶儿笑，问洪四儿：“谁对你说是四娘来？”董娇儿道：“他留俺每在房里吃茶来。他每问来：‘还不曾与你老人家磕头，不知娘是几娘？’他便说：‘我是你四娘哩。’”金莲道：“没廉耻的小妇人！别人称道你便好，谁家自己称是四娘来？这一家大小，谁兴你、谁数你、谁叫你是四娘？汉子在屋里睡了一夜儿，得了些颜色儿，就开起染房来了。若不是大娘房里有他大妗子，他二娘房里有桂姐，你房里有杨姑奶奶，李大姐便有银姐在这里，我那屋里有他潘姥姥，且轮不到往你那屋里去哩！”玉楼道：“你还没曾见哩。今日早辰起来，打发他爹往前边去了，在院子里呼张唤李的，便那等花哨起来！”金莲道：“常言道：奴才不可逞，小孩儿不宜哄。”又问小玉：“我听见你爹对你奶奶说，替他寻丫头子与他。爹昨日到他屋里，见他只顾收拾不了，问他。到底是那小淫妇做势儿，对你爹说：‘我终日不得个闲收拾屋里，只好晚夕来这屋里睡罢了。’你爹说：‘不打紧，到明日对你娘说，寻一个丫头子与你使便了。’真个有此话？”小玉道：“我不晓的。敢是玉箫他听见来？”金莲向桂姐道：“你爹不是俺各房里有人，等闲不往他后边去。莫不俺每背地说他，本等他嘴头子不达时务，惯伤犯人，俺每急切不和他说话。”正说着，绣春拿了茶上来，每人一盏果仁泡茶。正吃间，忽听前边鼓乐响动。荆都监众人都到齐了，递酒上坐。玳安儿来叫，四个唱的就往前边去了。

她开染房，你开醋厂。

一夜夫妻百日狂。

那日乔大户没来。先是杂耍百戏，吹打弹唱。队舞吊罢，做了个笑乐院本。割切上来，献头一道汤饭。只见任医官到了，冠带着进来。西门庆迎接至厅上叙礼。任医官令左右毡包内取出一方寿帕、二星白金来，与西门庆拜寿。说道：“昨日韩明川才说老先生华诞，恕学生来迟！”西门庆道：“岂敢动劳车驾，又兼谢盛仪。外日多谢妙药！”彼此拜毕，任医官还要把盏，西门庆道：“不消，刚才已见过礼就是了。”一面脱了衣服，安在左手第四席，与吴大舅相近而坐。献上汤饭并手下攒盘。任医官道：“多谢了。”令仆从领下去，告坐坐下。四个唱的弹着乐器，在旁唱了一套寿词。西门庆令上席各分投递酒。下边乐工呈上揭帖，

热闹到不堪地步。

到刘薛二内相席前,拣令一段“韩湘子度陈半街”《升仙会》杂剧。

才唱得一折,只听喝道之声渐近。平安进来禀报:“守备府周爷来了。”西门庆冠带迎接,未曾相见,就先令宽盛服。周守备道:“我来非为别务,要与四泉把一盏。”薛内相向前来说道:“周大人不消把盏,只见礼儿罢!”于是二人交拜。又道:“我学生来迟,恕罪,恕罪。”叙毕礼数,方宽衣解带,才与众人作揖,左首第三席安下钟箸。下边就是汤饭割切,一道添换拿上来。席前打发马上人两盘点心、两盘熟肉、两瓶酒,周守备举手谢道:“忒多了。”令左右上来领下去,然后坐下。一面刘薛二内相,每人送周守备一大杯。觥筹交错,歌舞吹弹,花攒锦簇饮酒。正是:舞低杨柳楼心月,歌罢桃花扇底风。

吃至日暮时分,先是任医官隔门去的早。西门庆送出来,任医官因问:“老夫人贵恙觉好了?”西门庆道:“拙室服了良剂,已觉好些。这两日不知怎的,又有些不自在。明日还望老先生过来看看。”说毕,任医官作辞上马而去。落后又是倪秀才、温秀才起身。西门庆再三款留不住。送出大门,说道:“容日奉拜请教。寒家就在对门收拾一所书院,与老先生居住。连宝眷多搬来一处方便。学生每月奉上束修,以备菽水之需。”温秀才道:“多承盛爱。感激不尽。”倪秀才道:“观此,是老先生崇尚斯文之雅意矣。”打发二秀才去了。

恐非崇尚斯文,而是善豢斯文。

西门庆陪客饮酒,吃至更阑方散。四个唱的都归在月娘房内,唱与月娘、大妗子、杨姑娘众人听。西门庆还在前边,留下吴大舅、应伯爵,复坐饮酒。看着打发乐工酒饭吃了,先去了。其余席上家火都收了,鲜果残馔,都令手下人分散吃了。分付从新后边拿果碟儿上来,教李铭、吴惠、郑奉上来弹唱,拿大杯赏酒与他吃。应伯爵道:“哥今日华诞设席,列位都是喜欢。”李铭道:“今日薛爷和刘爷也费了许多赏赐。落后见桂姐、银姐又出来,每人又递了一包与他。只是薛爷比刘爷年小,快顽些。”不一时,画童儿拿上添换果碟儿来,都是蜜饯减碟、榛松果仁、红菱雪藕、莲子荸荠、酥油蚫螺、冰糖霜梅、玫瑰饼之类。这应伯爵看见酥油蚫螺,浑白与粉红两样,上面都沾着飞金,就先拣了一个放在口内,如甘露洒心,入口而化。说道:“倒好吃!”西门庆道:“我的儿,你倒会吃!

此物最特别,大概类似今之鲜奶油蛋糕顶层的“挤花”。

此是你六娘亲手拣的。”伯爵笑道：“也是我女儿孝顺之心。”说道：“老舅，你也请个儿。”于是拣了一个，放在吴大舅口内。又叫李铭、吴惠、郑奉近前，每人拣了一个赏他。

正饮酒间，伯爵向玳安道：“你去后边，叫那四个小淫妇出来。我便罢了，也教他唱个儿与老舅听。再迟一回儿，便好去。今日连递酒，他只唱了两套，休要便宜了他。”那玳安不动身，说道：“小的叫了他了，在后边唱与妗子和娘每听哩！便来。”伯爵道：“贼小油嘴，你几时去哩？还哄我。”因叫王经：“你去。”那王经又不动。伯爵道：“我便看你每都不去，等我去罢！”于是就往后走。玳安道：“你老人家趁早休进去，后边有狗哩。好不利害，只咬大腿。”伯爵道：“若咬了我，我直赖到你娘那炕头子上。”玳安入后边。

良久，只听一阵香风过，觉有笑声，四个粉头都用汗巾儿搭着头出来。伯爵看见道：“我的儿，谁养的你恁乖？搭上头儿，心里要去的情！好自在性儿，不唱个曲儿与俺每听，就指望去？好容易！连轿子钱就是四钱银子，买红梭儿来买一石七八斗，勾你家鸨子和你一家大小吃一个月。”董娇儿道：“哥儿，恁便益衣饭儿。你也入了籍罢了。”洪四儿道：“大爷，这咱晚七八有二更，放了俺每去罢了。”齐香儿道：“俺每明日，还要起早往门外送殡去哩！”伯爵道：“谁家？”齐香儿道：“是房檐底下开门儿那家子。”伯爵道：“莫不又是王三官儿家？前日被他连累你那场事，多亏你大爹这里人情，替李桂儿说，连你也饶了。这一遭，雀儿不在那窝儿罢了。”齐香儿笑骂道：“怪老油嘴，汗邪了你，恁胡说！”伯爵道：“你笑话我老，我那些儿放着老？我半边俏，把你这四个小淫妇儿，还不勾摆布。”洪四儿笑道：“哥儿，我看你行头不怎么好，光一味好撇。”伯爵道：“我那儿，到跟前看手段还钱。”又道：“郑家那贼小淫妇儿，吃了糖五老座子儿，百不言语有些出神的模样，敢记挂着那孤老儿在家里？”董娇儿道：“他刚才听见你说，在这里有些怯床。”伯爵道：“怯床不怯床，拿乐器来，每人唱一套，你每去罢。我也不留你了。”西门庆道：“也罢。你每叫两个递酒，两个唱一套与他听罢！”齐香儿道：“等我和月姐唱。”当下郑月儿琵琶，齐香儿弹筝，坐在校床儿，两个轻舒玉指，

其实应花子与入了籍也无大区别。

款跨鲛绡,启朱唇,露皓齿,歌美韵,放娇声,唱了一套《越调·斗鹌鹑》:"夜去明来,倒有个天长地久。"当下董娇儿递吴大舅酒,洪四儿递应伯爵酒。在席上交杯换盏,倚翠偎红,翠袖殷勤,金杯潋滟。正是:

朝赴金谷宴,暮伴绮楼娃。

休道欢娱处,流光逐落霞。

当下酒进数巡,歌吟两套,打发四个唱的去了。西门庆还留吴大舅坐,教春鸿上来唱南曲与大舅听。分付棋童备马来,拿灯笼送大舅。大舅道:"姐夫不消备马,我同应二哥一路走罢!天色晚了。"西门庆道:"无是理。如此,教棋童打灯笼送到家。"当下唱了一套,吴大舅与伯爵起身作别,道:"深扰姐夫。"西门庆送至大门首,因和伯爵说:"你明日好歹上心。约会了那位甘伙计来见了,批合同。我会了乔亲家,好收拾那边房子,一两日卸货。"伯爵道:"哥不消分付,我知道。"一面作辞,与大舅同行,棋童打着灯笼。吴大舅便问:"刚才姐夫说收拾那里房子?"伯爵悉道:"韩伙计货船到,无人发卖,他心内要开个段子铺,收拾对门房子,教我替他寻个伙计。"大舅道:"几时开张?咱每亲朋会定,少不的具果盒花红来作贺作贺。"须臾,出大街,到伯爵小胡同口上,大舅要棋童打灯笼:"送你应二叔到家。"伯爵不肯,说道:"棋童,你送大舅。我不消灯笼,进巷内就是了。"一面作辞,分路回来。棋童便送大舅去了。

酒足饭饱,不忘发财。

西门庆打发李铭等唱钱关门,回后边月娘房中歇了一夜。到次日,果然伯爵领了甘出身,穿青衣走来拜见,讲说了回买卖之事。西门庆叫将崔本来,会乔大户那边,收拾房子卸货,修盖土库局面,择日开张举事。乔大户对崔本说:"将来凡一应大小事,随你亲家爹这边只顾处。不消多较。"当下就和甘伙计批立了合同,就立伯爵作保。譬如得利十分为率:西门庆分五分,乔大户分三分,其余韩道国、甘出身与崔本三分均分。一面收卸砖瓦木石,修盖土库,里面装画牌面;待货车到日,堆卸货物。后边独自收拾一所书院,请将温秀才来作西宾。专修书柬,回答往来士夫。每月三两束脩,四时礼物不缺。又拨了画童儿小厮伏侍他半晚,替他拿茶饭,舀砚水。他若出门望朋友,跟他拿拜帖匣儿。西门

此等比例,能照顾到各方利益,有利合作,便于运转,西门庆确是经商有术。

庆家中常筵客，就请过来陪侍饮酒。俱不必细说。

安排得当，操纵自如，西门庆焉得不发！

不觉过了西门庆生辰，第二日早辰，就请了任医官来看李瓶儿，讨药。又在对门看着收拾。杨姑娘先家去了，李桂姐、吴银儿还没家去。吴月娘买了三钱银子螃蟹，午间煮了来，在后边院内请大妗子、李桂姐、吴银儿，众人都围着吃了一回。只见月娘请的刘婆子来看官哥儿。吃了茶，李瓶儿就陪他往前边房里去了。刘婆子说："哥儿惊了，住了奶奶。"又留下几服药。月娘与了他三钱银子，打发去了。孟玉楼、潘金莲和李桂姐、吴银儿、大姐都在花架底下，放小桌儿，铺毡条，同抹骨牌，赌酒顽耍。那个输一牌，吃一大杯酒。孙雪娥吃众人赢了七八钟酒，又不敢久坐，坐一回又去了。西门庆在对门房子内，看着收拾打扫，和应伯爵、崔本、甘伙计吃酒，又使小厮来家要菜儿。慌的雪娥往厨下打发，只拿李娇儿顶缺。金莲教吴银儿、桂姐："你唱'庆七夕'俺每听。"当下弹着琵琶，唱《商调·集贤宾》：

暑才消大火即渐西，斗柄往坎宫移。一叶梧桐飘坠，万方秋意皆知。暮云闲聒聒蝉鸣，晚风轻点点萤飞。天阶夜凉清似水，鹊桥高挂偏宜。金盆内种五生，琼楼上设筵席。

当日众姊妹饮酒至晚，月娘装了盒子，相送李桂姐、吴银儿家去了。

潘金莲吃的大醉归房。因见西门庆夜间，在李瓶儿房里歇了一夜，早辰请任医官又来看他，都恼在心里。知道他孩子不好，进门不想天假其便，黑影中蹦了一脚狗屎。到房中叫春梅点灯来看，大红段子新鞋儿上，满帮子都展污了。登时柳眉剔竖，星眼圆睁，叫春梅打着灯把角门关了，拿大棍把那狗没高低只顾打，打的怪叫起来。李瓶儿那边使过迎春来说："俺娘说：哥儿才吃了老刘的药，睡着了。教五娘这边休打狗罢！"这潘金莲坐着，半日不言语，一面把那狗打了一回，开了门，放出去了。又寻起秋菊的不是来，看着那鞋，左也恼，右也恼。因把秋菊唤至跟前，说："论起这咱晚，这狗也该打发去了。只顾还放在这屋里做甚么？是你这奴才的野汉子？你不发他出去！教他恁遍地撒屎，把我恁双新鞋儿，连今日才三四日儿蹦了恁一鞋帮子屎！知道了我来，你与我点个灯儿出来，你如何恁推聋妆哑装憨儿？"春梅道："我头里就对他

借狗屎掀风波，手段毋乃太臭。

说，你趁娘不来，早喂他些饭，关到后边院子里去罢！他佯打耳睁的不理我，还拿眼儿瞟着我。”妇人道：“可又来！贼胆大万杀的奴才，怎么恁把屁股儿懒待动旦！我知道，你在这屋里成了把头。便说你恁久惯牢头，把这打来不作理。”因叫他到跟前，叫春梅：“拿过灯来，教他瞧！跚的我这鞋上的齷齪！我才做的恁双心爱的鞋儿，就教你奴才遭塌了我的。”哄得他低头瞧，提着鞋拽巴，兜脸就是几鞋底子，打的秋菊嘴唇都破了，只顾揾着搽血。那秋菊走开一边，妇人骂道：“好贼奴才，你走了！”教春梅：“与我采过跪着。取马鞭子来，把他身上衣服与我扯了，好好教我打三十马鞭子便罢！但扭一扭儿，我乱打了不算！”春梅于是扯了他衣裳，妇人教春梅把他手拴住，雨点般鞭子轮起来。打的这丫头杀猪也似叫。

春梅亦可恶。

那边官哥才合上眼儿，又惊醒了。又使了绣春来说：“俺娘上覆五娘，饶了秋菊，不打他罢。只怕唬醒了哥哥。”那潘姥姥正揑在里间屋里炕上，听见金莲打的秋菊叫，一砧碌子扒起来，在旁边劝解。见金莲不依，落后又见李瓶儿使过绣春来说，又走向前夺他女儿手中鞭子，说道：“姐姐，少打他两下儿罢！惹的他那边姐姐说，只怕唬了哥哥。为驴扭棍不打紧，倒没的伤了紫荆树。”金莲紧自心里恼，又听见他娘说了这一句，越发心中撺上把火一般。须臾，紫漒了面皮，把手只一推，险些儿不把潘姥姥推了一交。便道：“怪老货，你不知道，与我过一边坐着去！不干你事，来劝甚么腌子？甚么紫荆树、驴扭棍，单管外合里差！”潘姥姥道：“贼作死的短寿命，我怎的外合里差？我来你家讨冷饭吃，教你恁顿摔我！”金莲道：“你明日夹着那老毯走，怕是他家不敢拿长锅煮吃了我！”那潘姥姥听见女儿这等讧他，走那里边屋里，呜呜咽咽哭起来了。由着妇人打秋菊，打勾约二三十马鞭子，然后又盖了十栏杆，打得皮开肉绽，才放起来。又把他脸和腮颊，都用尖指甲掐的稀烂。

潘母尚存天良。潘金莲是任心底恶浪滚滚喷涌了。

惨不忍睹。

李瓶儿在那边，只是双手握着孩子耳朵，腮颊痛泪，敢怒而不敢言。不想那日，西门庆在对门房子里吃酒，散了，径往玉楼房中歇了一夜。到次日，周守备家请吃补生日酒，不在家。李瓶儿见官哥儿吃了刘婆子药不见动静，夜间又着惊唬，一双眼只是往上吊吊的。因那日薛姑子、王姑子家去，来对月娘说："向房中拿出他压被的银狮子一对来，要教薛姑子印造《佛顶心陀罗经》，赶八月十五日岳庙里去舍。"那薛姑子就要拿着走，被孟玉楼在旁说道："师父你且住。大娘，你还使小厮叫将贲四来，替他兑兑多少分两。就同他往经铺里讲定个数儿来：每一部经多少银子，咱每舍多少，到几时有，才好。你教薛师父去，他独自一个，怎弄的过来？"月娘道："你也说的是。"一面使来安儿："你去瞧贲四来家不曾？你叫了他来。"来安儿一直去了。不一时，贲四来到，向月娘众人作了揖，把那一对银狮子上天平兑了，重四十一两五钱。月娘分付，同薛师父往经铺，请印造经数去了。

孟玉楼到底有些经济头脑。

潘金莲随即叫孟玉楼："咱送送他两位师父去。就前边看看大姐，他在屋里做鞋哩！"两个携着手儿往前边来。贲四同来安儿、薛姑子、王姑子往经铺里去。金莲与玉楼走出大厅前，来东厢房门首，见大姐正守着针线筐儿，在檐下纳鞋。金莲拿起来看，却是沙绿潞绸子鞋面。玉楼道："大姐，你不要这红锁线子，爽利着蓝头线儿，却不老作些！你明日还要大红提跟子？"大姐道："我有一双是大红提跟子的。这个，我心里要蓝提跟子，所以使大红线锁口。"金莲瞧了一回，三个都在厅台基上坐的。玉楼问大姐："你女婿在屋里不在？"大姐道："他不知那里吃了两钟酒，在屋里睡哩！"孟玉楼便向金莲说："刚才若不是我在旁边说着，李大姐恁哈帐行货，就要把银子交姑子拿了印经去。经也印不成，没脚蟹行货子，藏在那大人家，你那里寻他去？早时我说，叫将贲四来，同他去了。"金莲道："你看么，你教我干？恁有钱的姐，不撰他些儿，是傻子！只相牛身上拔一根毛了。你孩儿若没命，休说舍经，随你把万里江山舍了也成不的！正是：饶你有钱拜北斗，谁人买得不无常。如今这屋里，只许人放火，不许俺每点灯。大姐听着，也不是别人。偏染的白儿不上色，偏你会那等轻狂百势，大清早辰，刁蹬着汉子太医看。他乱他的，俺每又不管。每当在人前，会那等做清儿说话：'我心里不耐烦，他爹要便进我屋里，推看孩子，雌着和我睡。谁耐烦？教我就撺掇往别人屋里睡去了。俺每自恁好罢了，背地还嚼说俺每。'那大姐姐偏听他一面词儿说话。不是俺每争这个事，怎么昨日汉子不进你屋里去，你使丫

一夫多妻制度下，必会派生"屋间战"。

头在角门子首叫进屋里？推看孩子，你便吃药，一径把汉子作成在那屋里，和吴银儿睡了一夜去了。一径显你那乖觉，教汉子喜欢你！那大姐姐就没的话儿说了。昨日晚夕，人进屋里踹了一鞋狗屎，打丫头赶狗，也嗔起来，使丫头过来说，唬了他孩子了。俺娘那老货，又不知道，慌他那嘴吃，教他那小买手，走来劝甚么的，驴扭棍伤了紫荆树。我恼他那等轻声浪气，他又来我跟前说话长短，教我墩了他两句，他今日使性子，家去了。去了罢，教我说，他家有你这样穷亲戚也不多，没你也不少。比时恁地快使性子到明日不要来他家，怕他拿长锅煮吃了我，随我和他家缠去。”玉楼笑道：“你这个没训教的子孙！你一个亲娘母儿，你这等讧他！”金莲道：“不是这等说，恼人子肠了。单管黄猫黑尾，外合里差，只替人说话！吃人家碗半，被人家使唤。得不的人家一个甜头儿，千也说好，万也说好。想着迎头儿，养了这个孩子，把汉子调唆的生根也似的，把他便扶的正正儿的，把人恨不的踹到那泥里头还踹。今日怎的，天也有眼，你的孩儿生出病来了。我只说日头常晌午，如何也有个错了的时节儿！”

孟玉楼虽笑，究竟不能不如此说她两句。

正说着，只见贲四和来安儿往经铺里交了银子，来回月娘话。看见玉楼、金莲和大姐都在厅台基上坐的，只顾在仪门外立着，不敢进来。来安走来说道：“娘每闪闪儿，贲四来了。”金莲道：“怪囚根子！你教他进去，不是才乍见他来？”来安说了。贲四于是低着头，一直后边见月娘、李瓶儿，说道：“银子四十一两五钱，眼同两个师父，交付与翟经儿家收了。讲定印造绫壳《陀罗》五百部，每部五分；绢壳经一千部，每部三分。算共该五十五两银子，除收过四十一两五钱，还找与他十三两五钱。准在十四日早抬经来。”李瓶儿连忙向房里取出一个银香球来，教贲四上天平，兑了十五两。李瓶儿道：“你拿了去。除找与他，别的你收着，换下些钱，到十五日庙上舍经，与你每做盘缠就是了。省的又来问我要。”贲四于是拿了香球出门，月娘使来安送贲四出去。李瓶儿道：“四哥，多累你！”贲四躬着身说道：“小人不敢。”走到前边，金莲、玉楼又叫住问他：“银子交付与经铺了？”贲四道：“已交付明白。共一千五百部经，共该给五十五两银子，除收过那四十一两五钱，刚才六娘又与

还想多赚。

了这件银香球。”玉楼、金莲瞧了瞧，没言语，贲四便回家去了。玉楼向金莲说道：“李大姐相这等都枉费了钱。他若是你的儿女，就是狼头也搚不死。他若不是你儿女，你舍经造像，随你怎的也留不住他。信着姑子，甚么茧儿干不出来！刚才不是我说着，把这些东西就托他拿的去了。这等着咱家个人儿去，却不好！”金莲道：“纵然他背地落，也落不多儿。”

孟玉楼心里面其实与潘金莲“同仇”，只是外面经常不显示出“敌忾”罢了。

两个说了一回，都立起来。金莲道：“咱每往前边大门首走走去。”因问大姐：“你不出去？”大姐道：“我不去。”这潘金莲便拉着玉楼手儿，两个同来到大门里首站立。因问平安儿：“对门房子都收拾了？”平安道：“这咱哩！从昨日爹看着都打扫干净了。后边楼上堆货。昨日教阴阳来破土，楼底下要装修三间土库，阁段子。门面打开，一溜三间铺子，局面都教漆匠装新油漆，地下镘砖，镶地平，打架子，要在出月开张。”玉楼又问：“那写书温秀才家小，搬过来了不曾？”平安道：“从昨日就过来了。今早爹分付，把后边堆放的那一张凉床子拆了与他，又搬了两张桌子、四张椅子与他坐。”金莲道：“你没见他老婆，怎的模样儿？”平安道：“黑影子坐着轿子来，谁看见他来！”

正说着，只听见远远一个老头儿，斯琅琅摇着惊闺叶过来。潘金莲便道：“磨镜子的过来了。”教平安儿：“你叫住他，与俺每磨磨镜子。我的镜子这两日都使的昏了，分付你这囚根子看着，过来再不叫！俺每出来站了多大回，怎的就有磨镜子的过来了？”那平安一面叫住。磨镜老儿放下担儿，见两个妇人在门里首，向前唱了两个喏，立在旁边。金莲便问玉楼道：“你也磨？都教小厮带出来，一答儿里磨了罢！”于是使来安儿：“你去我屋里，问你春梅姐，讨我的照脸大镜子，两面小镜子儿；就把那大四方穿衣镜也带出来，教他好生磨磨。”玉楼分付来安：“你到我屋里，教兰香也把我的镜子拿出来。”那来安儿去不多时，两只手提着大小八面镜子，怀里又抱着四方穿衣镜出来。金莲道：“贼小肉儿！你拿不了做两遭儿拿，如何恁拿出来？一时叮当了我这镜子怎了？”玉楼道：“我没见你这面大镜子，是那里的？”金莲道：“是铺子人家当的。我爱他且是亮，安在屋里早晚照照。”因问：“我的镜子只三面？”玉楼道：“我

民俗风情，古香氤氲。

的大小只两面。”金莲道：“这两面是谁的？”来安道：“这两面是俺春梅姐的，捎出来也教磨磨。”金莲道：“贼小肉儿！他放着他的镜子不使，成日只挝着我的镜子照。弄的恁昏昏的。”共大小八面镜子，交付与磨镜老叟，教他磨。当下绊在坐架上，使了水银；那消顿饭之间，睁磨的耀眼争光。妇人拿在手内，对照花容，犹如一汪秋水相似。有诗为证：

莲萼菱花共照临，风吹貌动影沉沉。
一池秋水芙蓉现，好似嫦娥入月宫。
翠袖拂尘霜晕退，朱唇呵气碧云深。
从教粉蝶飞来扑，始信花香在画中。

当年最好的铜镜，新磨后的照映效果怕也不如今天镜子的一半。但铜镜自有其独特情调。

那磨镜老子须臾将镜子磨毕，交与妇人看了，付与来安儿收进去了。玉楼便令平安，问铺子里傅伙计柜上，要五十文钱儿与磨镜的。那老子一手接了钱，只顾立着不去。玉楼教平安问那老子：“你怎的不去，敢嫌钱少？”那老子不觉眼中扑簌簌流下泪来，哭了。平安道：“俺当家的奶奶问你怎的烦恼？”老子道：“不瞒哥哥说，老汉今年痴长六十一岁。老汉前者丢下个儿子，二十二岁尚未娶妻，专一狗油，不干生理。老汉日逐出来挣钱，便养活他。他又不守本分，常与街上捣子耍钱。昨日惹了祸，同拴到守备府中，当土贼打了他二十大棍，归来把妈妈的裙袄都去当了。妈妈便气了一场病，打了寒，睡在炕上半个月。老汉说了他两句，他便走出来，不往家去。教老汉日逐抓寻他，不着个下落。待要赌气不寻他，况老汉恁大年纪，止生他一个儿子，往后无人送老；有他在家，见他不成人，又要惹气。似这等，乃老汉的业障！有这等负屈衔冤，没处告诉，所以这等泪出痛肠。”玉楼教平安儿：“你问他，你这后娶婆儿是今年多大年纪了？”老子道：“他今年痴长五十五岁了，男女花儿没有。如今打了寒才好些，只是没将养的，心中想块腊肉儿吃。老汉在街上，恁问了两三日，走了十数条街巷，白讨不出块腊肉儿来，甚可嗟叹人子！”玉楼笑道：“不打紧处。我屋里抽替内有块腊肉儿哩！”即令来安儿：“你去对兰香说，还有两个饼锭，教他拿与你来。”金莲叫：“那老头子，问你家妈妈儿吃小米儿粥不吃？”老汉子道：“怎的不吃！那里有？可知好哩！”金莲于是叫过来安儿来：“你对春梅说，把昨日你姥姥

一个凄惋的“文本”。此老磨镜有术，诉苦亦有方。

捎来的新小米儿量二升，就拿两个酱瓜儿出来，与他妈妈儿吃。”那来安去不多时，拿出半腿腊肉、两个饼锭、二升小米、两个酱瓜茄。叫道：“老头子过来，造化了你！你家妈妈子不是害病想吃；只怕害孩子坐月子，想定心汤吃。”那老子连忙双手接了安放在担内，望着玉楼、金莲唱了个喏，扬长挑着担儿、摇着惊闺叶去了。

潘金莲居然大发善心。人在与自己利益无涉的情况下，性善一面多能显现。

平安道：“二位娘不该与他这许多东西，被这老油嘴设智诓的去了。他妈妈子是个媒人，昨日打这街上走过去不是？几时在家不好来！”金莲道：“贼囚，你早不说做甚么来？”平安道：“罢了。也是他的造化。可可二位娘出来看见，叫住他，照顾了他这些东西去了。”正是：

闲来无事倚门楣，正是惊闺一老来。

不独纤微能济物，无缘滴水也难为！

毕竟未知后来何如，且听下回分解。

妙。谎言居然瞒过了如潘金莲这样的刁蛮之辈。磨镜叟能使镜明，却也能令谎圆。此书插入此情节，或有深意存焉？

细考此书文本，似都是“纯客观”的“冷叙述”，拒“升华”，不“形上”。也许，插入此磨镜叟骗腊肉的故事，只不过是为了丰富此书“画面”，并无深寓意也。

但即便如此，我们亦可将阅读化为“参与创作”，由此磨镜叟的插曲，“浮想联翩”。

第五十九回
西门庆摔死雪狮子　李瓶儿痛哭官哥儿

日落水流西复东，春风不尽折何穷。

巫娥庙里低含雨，宋玉门前斜带风。

莫将榆荚共争翠，深感杏花相映红。

灞上汉南千万树，几人游宦别离中。

话说孟玉楼和潘金莲，在门首打发磨镜叟去了。忽见从东一人，带着大帽眼纱，骑着骡子走得甚急，径到门首下来。慌的两个妇人，往后走不迭。落后揭开眼纱，却是韩伙计来家了。平安忙问道："货车到了不曾？"韩道国道："货车进城了。禀问老爹，卸在那里？"平安道："爹不在家，往周爷府里吃酒去了。收拾了，交卸在对门楼上哩！你老人家请进里边去。"不一时，陈经济出来，陪韩道国入后边见了月娘。出来厅上，拂去尘土，把行李搭连教王经送到家去。月娘一面打发出饭来，与他吃了。不一时，货车才到。经济拿钥匙开了那边楼上门，就有卸车的小脚子，领筹搬运货，一箱箱堆卸在楼上。十大车段货，连家用酒米，直卸到掌灯时分。崔本也来帮扶照管。堆卸完毕，查数锁门，贴上封皮，打发小脚钱出门。

巨贾景象。

早有玳安往守备府报西门庆去了。西门庆听见家中卸货，吃了几钟酒，约掌灯以后就来家。韩伙计等着见了，在厅上坐的，悉把前后往回事说了一遍。西门庆因问："钱老爹书下了，也见些分上不曾？"韩道国道："全是钱老爹这封书，十车货少使了许多税钱。小人把段箱两箱并一箱，三停只报了两停，都当茶叶、马牙香柜上税过来了。通共十大车货，只纳了三十两五钱钞银子。老爹接了报单，也没差巡拦下来查点，就把车喝过来了。”西门庆听言，满心欢喜，因说：“到明日，少不的重重买一分礼，谢那钱老爹。”于是分付陈经济：“陪韩伙计、崔大哥坐。”后边拿菜出来，留吃了一回酒，方才各散回家。

王六儿听见韩道国来了，王经替他驼行李、搭连来家，连忙接了行李，因问：“你姐夫来了么？”王经道：“俺姐夫看着卸行李，还等见爹才来哩！”这妇人分付丫头春香、锦儿伺候下好茶好饭。等的晚上韩道国到家，拜了家堂，脱了衣裳，净了面目，夫妻二人各诉离情一遍。韩道国悉把买卖得意一节告诉老婆，老婆又见搭连内沉沉重重，许多银两，因问他。替已又带了一二百两货物酒米，卸在门前店里，漫漫发卖了银子来家。老婆满心欢喜，道：“我听见王经说，又寻了个甘伙计做卖手，咱每和崔大哥与他同分利钱使，这个又好了。到出月开铺子。”韩道国道：“这里使着了人做卖手。南边不少个人立庄置货，老爹已定还裁派我去。”老婆道：“你看货才料，自古能者多劳。你看不会做买卖，那老爹托你么？常言：不将辛苦意，难得世人财。你外边走上三年，——你若懒得去，等我对老爹说了，教姓甘的和保官儿打外，你便在家卖货就是了。”韩道国道：“外边走熟了。也罢了。”老婆道：“可又来，你先生迷了路，在家也是闲！”说毕，摆上酒来，夫妇二人饮了几杯阔别之酒，收拾就寝。是夜欢娱无度，不必用说。

次日却是八月初一日，韩道国早到，西门庆教同崔本、甘伙计在房子内，看着收卸砖瓦木石，收拾装修土库。不在话下。却说西门庆见卸货物，家中无事，忽然心中想起要往郑爱月儿家去，暗暗使玳安儿送了三两银子、一套纱衣服与他。郑家鸨子听见西门老爹来请他家姐儿，如天上落下来的一般，连忙收了礼物，没口子向玳安道：“你多顶上老爹，就说他姐儿两个都在家里伺候老爹，请老爹早些儿下降。”玳安走来家中书房内回了西门庆话。西门庆约午后时分，分付玳安收拾着凉轿。头上戴着坡巾，身上穿青纬罗暗补子直身，粉底皂靴，先走在房子看了一回装修土库。然后起身，坐上凉轿，放下斑竹帘来。琴童、玳安跟随，

受贿的真能枉法，偷税的真会作假。

乐得再“补贿”税官枉法，到了逃税者都“过意不去”的地步。吏治腐败，一至于此！

王六儿对西门庆是卖身不卖夫。

王六儿与夫君自有其想必是非变态的性生活。

玩腻妇人，又思雏妓。

留王经在家；止着春鸿背着直袋，径往院中郑月儿家来。正是：

天仙机上整香罗，入手先拖雪一窝。

不独桃源能问渡，却来月窟伴嫦娥。

却说郑爱香儿头戴着银丝鬏髻、梅花钿儿，周围金累丝簪儿，打扮的粉面油头，花容月貌；上着藕丝裳，下着湘纹裙。见西门庆到，笑吟吟在半门里首迎接进去。到于明间客位，道了万福。西门庆坐下，就分付小厮琴童："把轿回了家去，晚夕骑马来接。"琴童跟轿家去不题。止留玳安和春鸿两个伺候。

良久，只见鸨子出来拜见，说道："外日姐儿在宅内多有打搅。老爹家中闷的慌，来这里自恁散心走走罢了。如何多计较，又见赐将礼来？又多谢与姐儿的衣服。"西门庆道："我那日叫他，怎的不去？只认王皇亲家了？"鸨子道："俺每如今还怪董娇儿和李桂儿。不知是老爹生日叫唱，他每都有了礼；只俺每姐儿没有。若早知时，已定不答应王皇亲家唱，先往老爹宅里去了。老爹那里叫唱在后，咱姐儿才待收拾起身。只见王家人来，把姐儿的衣包拿的去。落后老爹那里又差了人来。他哥子郑奉又说：'你若不去，一时老爹动意，怒了。'慌的老身背着王家人，连忙撺掇姐儿，打后门起身上轿去了。"西门庆道："先日，我在他夏老爹家酒席上，已定下他了。他若那日不去，我不消说的就恼了。怎的他那日不言不语，不做喜欢，端的是怎的说？"鸨子道："小行货子家，自从梳弄了，那里好生出去供唱去！到老爹宅内，见人多，不知唬的怎样的！他从小是恁不出语，娇养惯了。你看，甚时候才起来！老身该催促了几遍，说：'老爹今日来，你早些起来收拾了罢。'他不依，还睡到这咱晚。"

不一时，丫鬟拿茶上来。郑爱香儿向前递了茶吃了。鸨子道："请老爹到后边坐罢！"原来郑爱香儿家门面四间，到底五层房子。转过软壁，就是竹枪篱，三间大院子，两边四间厢房，上首一明两暗三间正房，就是郑爱月儿的房。他姐姐爱香儿的房，在后边第四层住。但见帘栊香霭，

算是俗中之雅了。

进入明间内，供养着一轴海潮观音；两旁挂四轴美人，按春夏秋冬：惜花春起早，爱月夜眠迟。掬水月在手，弄花香满衣；上面挂着一联："卷帘邀

月入，谐瑟待云来。”上首列四张东坡椅，两边安二条琴光漆春凳。西门庆坐下，看见上面楷书“爱月轩”三字。坐了半日，忽听帘栊响处，郑爱月儿出来。不戴鬏髻，头上挽着一窝丝杭州攒，梳的黑鬖鬖光油油的乌云，露着四鬓；云鬓堆纵，犹若轻烟密雾，都用飞金巧贴；带着翠梅花钿儿，周围金累丝簪儿齐插，后鬓凤钗半卸，耳边带着紫瑛石坠子；上着白藕丝对衿仙裳，下穿紫绡翠纹裙，脚下露一双红鸳凤嘴；胸前摇琱珰宝玉玲珑；正面贴三颗翠面花儿，越显那芙蓉粉面。四周围香风缥缈，偏相衬杨柳纤腰。正是：若非道子观音画，定然延寿美人图。望上不当不正，与西门庆道了万福。就用洒金扇儿掩着粉脸，坐在旁边。西门庆注目停视，比初见时节儿越发齐整。不觉心摇目荡，不能禁止。

倒还认得这三个字，难得难得。

又以扇掩脸，招怜有技。

不一时，丫鬟又拿一道茶来。这粉头轻摇罗袖，微露春纤，取一钟茶过来，抹去盏边水渍，双手递与西门庆。然后与爱香各取一钟相陪。吃毕，收下盏托去，请宽衣服房里坐。西门庆叫玳安上来，把上盖青纱衣宽了，搭在椅子上。

进入粉头房中，但见瑶窗用素纱罩，淡月半浸；绣幕以夜明悬，伴光高灿。正面黑漆镂金床，床上帐悬绣锦，褥隐华裀。旁设褆红小儿，博山小篆霭沉檀；楼鼻壁上，文锦囊象窑瓶，插紫笋其中；床前设两张绣甸矮椅，旁边放对鲛绡锦帨。云母屏，模写淡浓之笔；鸳鸯榻，高阁古今之书。西门庆坐下，但觉异香袭人，极其清雅。真所谓神仙洞府，人迹不可到者也。

此处写景，格外“工整”。又不似“话本”风格了。此书文字，时有气质不统一处。是说书人的“底本”，还是“纯文人创作”？如是文人创作，为何忽而“拟话本”，忽而“书卷气”？

彼此攀话之间，语言调笑之际，只见丫鬟进来，安放桌儿。四个小翠碟儿，都是精制银丝细菜，割切香芹、鲟丝、鳇鲊、凤脯、鸾羹；然后拿上两箸赛团圆、、如明月、薄如纸、白如雪、香甜美口、酥油和蜜饯、麻椒盐荷花细饼。郑爱香儿与郑爱月儿，亲手拣攒各样菜蔬肉丝，卷就，安放小泥金碟儿内，递与西门庆吃。旁边烧金翡翠瓯儿，斟上苦艳艳桂花木樨茶。须臾，姊妹二人陪吃了饼，收下家火去，揩抹桌席。铺茜红毡条，床儿上取了一个沉香雕漆匣，内盛象牙牌三十二扇，两个与西门庆抹牌。当下，西门庆出了个天地分——剑行十道，那爱香儿出了个地牌——花开蝶满枝，那爱月儿出了个人牌——搭梯望月。须臾收过去，摆上酒来。但见盘堆异果，酒泛金波。桌上无非是鹅鸭鸡蹄、烹龙炮凤。珍果人间少有，佳肴天上无双。正是：舞回明月坠秦楼，歌遏行云遮楚馆。鸳鸯杯，翡翠盏；饮玉液，泛琼浆。姊妹二人递上酒去，在旁筝排雁柱，款跨鲛绡，当下郑爱香儿弹筝，爱月儿琵琶，唱了一套“兜的上心来”。端的词出佳人口，有裂石绕梁之声。唱毕，又是十二碟果仁减碟、细巧品类。姊妹两个促席而坐，拿骰盆儿、二十个骰儿，与西门庆抢红猜枚。

知趣。

饮勾多时，郑爱香儿推更衣出去了。独有爱月儿陪着西门庆吃酒。先是西门庆向袖中取出白绫双栏子汗巾儿，上一头拴着三事挑牙儿，一头束着金穿心盒儿。郑爱月儿只道是香茶，便要打开。西门庆道：“不是香茶。是我逐日吃的补药。我的香茶不放在这面，只用纸包儿包着。”于是袖中取出一包香茶桂花饼儿，递与他。那月儿不信，还伸手往他这边袖子里掏。又掏出个紫绉纱汗巾儿，上拴着一副拣金挑牙儿。拿在手中观看，甚是可爱，说道：“我见桂姐和吴银儿都拿着这样汗巾儿。原来是你与他的？”西门庆道：“是我扬州船上带来的。不是我与他，谁与他的？若爱，与了你罢！到明日，再送一副与你姐姐。”说毕，西门庆就着钟儿里酒，把穿心盒儿内药吃了一服，把粉头搂在怀中。两个一递一儿饮酒咂舌，无所不至。① 西门庆欲与他讲欢，爱月儿道：“你不吃酒了？”西门庆道：“我不吃了，咱睡罢！”爱月儿便叫丫鬟把酒桌抬过一边，与西门庆脱靴。他便就往后边更衣澡牝去了。西门庆脱靴时，还赏了丫头一块银子。打发先上床睡，炷了香，放在薰笼内。良久，妇人进房，问西门庆：“你吃茶不吃？”西门庆道：“我不吃。”一面掩上房门，放下绫绡来，将绢儿安在褥下，解衣上床。两个枕上鸳鸯，被中鸂鶒。②

以春药强化性事，恶习戕身。

当下西门庆与郑月儿留恋至三更，方才回家。到次日，吴月娘打发他往衙门中去了，和玉楼、金莲、李娇儿都在上房坐的。只见玳安进来，上房取尺头匣儿，往夏提刑送生日礼去。四样鲜肴、一坛酒、一匹金段。月娘因问玳安：“你爹昨日坐轿子，往谁家吃酒？吃到那咱晚才来家！想必又在韩道国家，望他那老婆去来。原来贼囚根子，成日只瞒着我，背地

---

① 此处删 201 字。

② 此处删 241 字。

替他干这等茧儿!"玳安道:"不是。他汉子来家,爹怎好去的?"月娘道:"不是那里,却是谁家?"那玳安又不说,只是笑,取了段匣,送礼去了。

潘金莲道:"娘,你不消问这贼囚根子,他也不肯实说。我听见说蛮小厮昨日也跟他爹去来,你只叫了蛮小厮,来问他就是了。"一面把春鸿叫到跟前。金莲问:"你昨日跟了你爹轿子去,在谁家吃酒来?你实说便罢;不实说,如今你大娘就要打你。"那春鸿跪下便道:"娘,休打小的,待小的说就是来。小的和玳安、琴童哥三个,跟俺爹从一座大门楼进去,转了几条街巷,到个人家:只半截门儿,都用锯齿儿镶了。门里立着个娘娘,打扮的花花黎黎的。"金莲听见笑了,说道:"囚根子,一个院里半门子也认不的了,赶着粉头叫娘娘起来!"金莲问道:"那个娘娘怎么模样?你认的他不认的?"春鸿道:"我不认的他。生的相菩萨样,也相娘每头上戴着这个假壳。进入里面,一个年老白头的阿婆出来。望俺爹拜了一拜。落后请到大后边,竹篱笆进去,又是一位年小娘娘出来,不戴假壳,生的银盆脸、瓜子面,搽的嘴唇红红的,陪着俺爹吃酒。"金莲道:"你每都在那里坐来?"春鸿道:"我和玳安、琴童哥,便在阿婆房里,陪着俺每吃酒并肉兜子来。"把月娘、玉楼笑的了不得。因问道:"你认的他不认的?"春鸿道:"那一个好似在咱家唱的。"玉楼笑道:"就是李桂姐了。"月娘道:"原来摸到他家去了。"李娇儿道:"俺家没半门子,也没竹枪篱。"金莲道:"只怕你不知道。你家新安的半门子是的!"问了一回,西门庆来家,往夏提刑家拜寿去了。

当年风俗,妓院多是镶"锯齿儿"的"半截门"。

却说潘金莲房中,养活的一只白狮子猫儿。浑身纯白,只额儿上带龟背一道黑,名唤"雪里送炭",又名"雪狮子"。又善会口衔汗巾儿,拾扇儿。西门庆不在房中,妇人晚夕常抱着他在被窝里睡,又不撒尿屎在衣服上。妇人吃饭,常蹲在肩上喂他饭,呼之即至挥之即去,妇人常唤他是"雪贼"。每日不吃牛肝干鱼,只吃生肉半斤。调养得十分肥壮,毛内可藏一鸡弹。甚是爱惜他,终日抱在膝上摸弄。不是生好意,因李瓶儿官哥儿平昔怕猫,寻常无人处,在房里用红绢裹肉,令猫扑而挝食。

只怕是"雪里送冰"、"灶里送炭"。

历代奸人,多用此计。

也是合当有事,官哥儿心中不自在,连日吃刘婆子药,略觉好些。李瓶儿与他穿上红段衫儿,安顿在外间炕上,铺着小褥子儿顽耍。迎春守着，奶子便在旁拿着碗吃饭。不料金莲房中这雪狮子，正蹲在护炕上，看见官哥儿在炕上穿着红衫儿，一动动的顽耍，只当平日哄喂他肉食一般，猛然望下一跳，扑将官哥儿，身上皆抓破了。只听那官哥儿呱的一声，倒咽了一口气，就不言语了。手脚俱被风搐起来。慌的奶子丢下饭碗，搂抱在怀，只顾唾唠，与他收惊。那猫还来赶着他要挝，被迎春打出外边去了。如意儿实承望孩子搐过一阵好了，谁想只顾常连，一阵不了一阵搐起来。李瓶儿入在后边，一面使迎春："后边请娘去！哥儿不好了，风搐着哩，叫娘快来！"

"雪贼"扑"官哥"，此重要情节，前面缺少铺垫。如在前面写潘金莲房中戏时，略提及"雪贼"的存在，当不至有突兀之感。

那李瓶儿不听便罢，听了正是惊损六叶连肝肺，唬坏三毛七孔心！连月娘慌的两步做一步走，径扑到房中。见孩子搐的两只眼直往上吊，通不见黑眼睛珠儿；口中白沫流出，咿咿犹如小鸡叫，手足皆动。一见心中犹如刀割相侵一般，连忙搂抱起来，脸揾着他嘴儿，大哭道："我的哥哥！我出去好好儿，怎么的搐起来？"迎春与奶子悉把被五娘房里猫所唬一节说了。那李瓶儿越发哭起来，说道："我的哥哥，你紧不可公婆意，今日你只当脱不了，打这条路儿去了！"

月娘听了，一声儿没言语，一面叫将金莲来，问他说："是你屋里的猫唬了孩子？"金莲问："是谁说的？"月娘指着："是奶子和迎春说来。"金莲道："你着这老婆子这等张睛！俺猫在屋里好好儿的卧着不是？你每乱道怎的！把孩子唬了，没的赖人起来，瓜儿只拣软处捏，俺每这屋里是好缠的！"月娘道："他的猫怎得来这屋里？"迎春道："每常也来这边屋里走跳。"那金莲接过来道："早时你说，每常怎的不挝他？可可今日儿就挝起来？你这丫头也跟着他恁张眉瞪眼儿，六说白道的！将就些儿罢了，怎的要把弓儿扯满了？可可儿俺每自恁没时运来。"于是使性子，抽身往房里去了。

前面如有一两笔此猫"走跳"的细节，当更合理。

看官听说：常言道花枝叶下犹藏刺，人心怎保不怀毒？这潘金莲平日见李瓶儿从有了官哥儿，西门庆百依百随，要一奉十；每日争妍竞宠，心中常怀嫉妒不平之气，今日故行此阴谋之事，驯养此猫，必欲唬死其子，使李瓶儿宠衰，教西门庆复亲于己。就如昔日屠岸贾养神獒，害赵盾丞相一般。正是：

湛湛青天不可欺，未曾举意早先知。

休道眼前无报应，古往今来放过谁？

月娘众人见孩子只顾搐起来，一面熬姜汤灌他，一面使来安儿快叫刘婆去。不一时刘婆子来到，看了脉息，只顾跌脚。说道："此遭惊唬重了！是惊风，难得过来。"急令快熬灯心薄荷金银汤，取出一丸金箔丸来，向钟儿内研化。牙关紧闭，月娘连忙拔下金簪儿来，撬开口，灌下去。刘婆道："过得来便罢；如过不来，告过主家奶奶，必须要灸几醮才好。"月娘道："谁敢耽？必须还等他爹来，问了他爹。不然灸了，惹他来家吆喝。"李瓶儿道："大娘救他命罢！若等来家，只恐迟了。若是他爹骂，等我承当就是了！"月娘道："孩儿是你的孩儿，随你灸。我不敢张主。"当下刘婆子把官哥儿眉攒、脖根、两手关尺并心口，共灸了五醮，放他睡下。那孩子昏昏沉沉，直睡到日暮时分西门庆来家，还不醒。那刘婆见西门庆来家，月娘与了他五钱银子药钱，一溜烟从夹道内出去了。

"一溜烟去了"，可见大为不妙。

西门庆归到上房，月娘把孩子风搐不好对西门庆说了。西门庆连忙走到前边来看视。见李瓶儿哭的眼红红的，问："孩儿怎的风搐起来？"李瓶儿满眼落泪，只是不言语。问丫头、奶子，都不敢说。西门庆又见官哥儿手上皮儿去了，灸的满身火艾，心中焦燥，又走到后边问月娘。月娘隐瞒不住，只得把金莲房中猫惊唬之事说了："刘婆子刚才看，说是急惊风。若不针灸，难过得来；若等你来，又恐怕迟了。他娘母子主张，教他灸了孩儿身上五醮，才放下他睡了。这半日还未醒。"西门庆不听便罢；听了此言，三尸暴跳，五脏气冲。怒从心上起，恶向胆边生，直走到潘金莲房中，不由分说，寻着猫，提溜着脚，走向穿廊，望石台基轮起来只一摔。只听响亮一声，脑浆迸万朵桃花，满口牙零噙碎玉。正是：不在阳间擒鼠耗，却归阴府作狸仙。那潘金莲见他拿出猫去摔死了，坐在炕上风纹也不动。待西门庆出了门，口里喃喃呐呐骂道："贼作死的强盗！把人妆出去杀了，才是好汉！一个猫儿碍着你味屎，亡神也似走的来摔死了。他到阴司里，明日还问你要命，你慌怎的？贼不逢好死变心的强盗！"

"雪狮子"可怜。西门庆摔狮子时潘金莲"风纹不动"，描摹准确。

这西门庆走到李瓶儿房里，因说奶子、迎春：“我教你好生看着孩儿，怎的教猫唬了他？把他手也撧了！又信刘婆子那老淫妇，平白把孩子灸的恁样的！若好便罢，不好把这老淫妇拿到衙门里，与他个两拶！”李瓶儿道：“你看孩儿紧自不得命，你又是恁样的！孝顺是医家，他也巴不得要好哩！”当下李瓶儿只指望孩儿好来，不料被艾火把风气反于内，变为慢风。内里抽搐的肠肚儿皆动，尿屎皆出，大便屙出五花颜色，眼目忽睁忽闭。终朝只是昏沉不省，奶也不吃了。李瓶儿慌了，到处求神、问卜、打卦，皆有凶无吉。月娘瞒着西门庆，又请刘婆子来家调神，又请小儿科太医来看。都用接鼻散试之，“若吹在鼻孔内打鼻涕，还看得；若无鼻涕出来，则看阴骘，守他罢了。”于是吹下去，茫然无知，并无一个喷涕出来。越发昼夜守着哭涕不止，连饮食都减了。

这期间西门庆为何不千方百计救治官哥，交代不明。

看看到八月十五日将近，月娘因他不好，连自家生日都回了不做。亲戚内眷，就送礼来也不请。家中止有吴大妗子、杨姑娘并大师父来相伴。那薛姑子和王姑子两个，在印经处争分钱不平，又使性儿，彼此互相揭调。十四日，贲四同薛姑子催讨，将经卷挑将来，一千五百卷都完了。李瓶儿又与了一吊钱，买纸马香烛。十五日同陈经济早往岳庙里进香纸，把经来看着都散施尽了，走来回李瓶儿话。乔大户家，一日一遍，使孔嫂儿来看，又举荐了一个看小儿的鲍太医来看，说道：“这个变成天吊客忤。治不得了。”白与了他五钱银子打发去了。灌下药去，也不受，还吐出了。只是把眼合着，口中咬的牙格支支响。李瓶儿通衣不解带，昼夜口接在怀中，眼泪不干的只是哭。西门庆也不往那里去，每日衙门中来家，就进来看孩儿。

“分钱不平”，转化为“互相揭调”，闲插两句，无限世情。

那时正值八月下旬天气，李瓶儿守着官哥儿睡在床上。桌上点着银灯，丫鬟养娘都睡熟了。觑着满窗月色，更漏沉沉；见那孩儿只是昏昏不省人事，一向愁肠万结，离思千端。正是：人逢喜事精神爽，闷来愁肠磕睡多。但见；

银河耿耿，玉漏迢迢。穿窗皓月耿寒光，透户凉风吹夜气。雁声嘹亮，孤眠才子梦魂惊；蛩韵凄凉，独宿佳人情绪苦。谯楼禁鼓，一更未尽一更敲；别院寒砧，千捣将残千捣起。画檐前叮当铁马，敲碎仕女情怀；银台上闪烁灯光，偏照佳人长叹。一心只想孩儿好，谁料愁来在梦多。

当下李瓶儿卧在床上，似睡不睡。梦见花子虚从前门外来，身穿白衣，恰像活时一般。见了李瓶儿，厉声骂道："泼贼淫妇！你如何抵盗我财物与西门庆？如今我告你去也！"被李瓶儿一手扯住他衣袖，央及道："好哥哥，你饶恕我则个！"花子虚一顿，撒手惊觉，却是南柯一梦。醒来手里扯着，却是官哥儿的衣衫袖子。连啰了几口，道："怪哉，怪哉！"听一听更鼓，正打三更三点。这李瓶儿唬的浑身冷汗毛发皆竖起来。

合当梦见此人。

到次日，西门庆进房来，把梦中之事告诉与西门庆。西门庆道："知道他死到那里去了！此是你梦想旧境。只把心来放正着，休要理他！你休害怪，如今我使小厮拿轿子接了吴银儿，晚夕来与你做伴儿，再把老妈叫来伏侍你两个。"玳安打院里接了吴银儿来。

将梦见花子虚告诉西门庆，李瓶儿到底是心地中有善光。

那消到日西时分，那官哥儿在奶子怀里，只搐气儿了。慌的奶子叫李瓶儿："娘，你来看哥哥！这黑眼睛珠儿只往上翻，口里气儿，只有出来的，没有进去的。"这李瓶儿走来抱到怀中，一面哭起来，叫丫头："快请你爹去！你说孩子待断气也！"可好常时节又走来说话，告诉房子儿寻下了：门面两间，二层；大小四间，只要三十五两银子。西门庆听见后边官哥儿重了，就打发常时节起身，说："我不送你罢！改日我使人拿银子和你看去。"急急走到李瓶儿房中。月娘众人连吴银儿、大妗子，都在房里瞧着。那孩子在他娘怀里，把嘴一口口搐气儿。西门庆不忍看他，走到明间椅子上坐着，只长吁短叹。

生意与人命，交织一处，令人"哭笑不得"。

西门庆虽不哭，那长吁短叹比哭更苦涩。

那消半盏茶时，官哥儿呜呼哀哉，断气身亡。时八月廿三日申时也，只活了一年零两个月。合家大小放声号哭。那李瓶儿挝耳挠腮，一头撞在地下，哭的昏过去。半日方才苏省，搂着他，大放声哭叫道："我的没救星儿，心疼杀我了！宁可我同你一答儿里死了罢！我也不久活于世上了！我的抛闪杀人的心肝，撇的我好苦也！"那奶子如意儿和迎春在旁，哭的言不得，动不得。西门庆即令小厮，收拾前厅西厢房干净，放下两条宽凳，要把孩子连枕席被褥抬出去，那里挺放。那李瓶儿躺在孩儿身上，两手搂抱着，那里肯放！口口声声直叫："没救星的冤家！娇西门庆能作此想，因"再来一个"的机率颇高。对李瓶儿来说，即使"再来一个"，又怎能保证养大？实在是只能绝望。

孟玉楼此时心中是宽慰，还是怜悯，还是兼而有之？

娇的儿！生揭了我的心肝去了！撇的我枉费辛苦，干生受一场！再不得见你了，我的心肝！"月娘众人哭了一回，在旁劝他不住。西门庆走来，见他把脸抓破了，滚的宝髻蓬松，乌云散乱。便道："你看蛮子！他既然不是你我的儿女，干养活他一场。他短命死了，哭两声丢开罢了。如何只顾哭了去！又哭不活他，你的身子也要紧。如今抬出去，好叫小厮请阴阳来看。——那是甚么时候？"月娘道："这个也有申时前后。"玉楼道："我头里怎么说来？他管情还等他这个时候才去。原是申时生，还是申时死，日子又相同，都是二十三日，只是月分差些，圆圆的一年零两个月。"李瓶儿见小厮每伺候两旁要抬他，又哭了，说道："慌抬他出去怎么的！大妈妈，你伸手摸摸，他身上还热的！"叫了一声："我的儿哧！你教我怎生割舍的你去？坑得我好苦也！"一头又撞倒在地下，放声哭道。有《山坡羊)为证：

叫一声，青天你，如何坑陷了人奴性命！叫一声，我的娇儿呵，恨不的一声儿就要把你叫应！也是前缘前世那世里，少欠下你冤家债不了，轮着我今生今世，为你眼泪也抛流不尽。每日家吊胆提心，费杀了我心。从来我又不曾坑人陷人，苍天如何恁不睁眼？非是你无缘，必是我那些儿薄幸。撇的我回扑着地，树倒无阴来呵，竹篮打水落而无效。叫了一声：痛肠的娇生！奴情愿和你阴灵，路上一处儿行。

当下李瓶儿哭了一回，把官哥儿抬出停在西厢房内。月娘向西门庆计较："还对亲家那里，并他师父庙里说声去。"西门庆道："他师父庙里，明早去罢！"一面使玳安往乔大户家说了，一面使人请了徐阴阳来批书。又拿出十两银子与贲四，教他快抬了一付平头杉板，令匠人随即攒造了一具小棺椢儿，就要入殓。乔宅那里一闻来报，随即乔大户娘子就坐轿子，进门来就哭。月娘众人都陪着大哭了一场，告诉前事一遍。不一时，阴阳徐先生来到，看了说道："哥儿还是正申时永逝。"月娘分付出来，教与他看看黑书。徐先生掐指寻复，又检阅了阴阳秘书，瞧了一回，说道："哥儿生于政和丙申六月廿三日申时，卒于政和丁酉八月廿三日申时。月令丁酉，日干壬子，犯天地重春，本家却要忌：忌哭声。亲人不忌。入殓之时，蛇、龙、鼠、兔四生人，避之则吉。又黑书上云：壬子日死者，上应宝瓶宫，下临齐地。他前生曾在兖州蔡家作男子，曾倚力夺人财物，吃酒落魄，不敬天地六亲，横事牵连。遭气寒之疾，久卧床席，秽污而亡。今生为小儿，亦患风痫之疾。十日前被六畜惊去魂魄，又犯土司太岁，先亡摄去魂；死托生往郑州王家为男子，后作千户，寿六十八岁而终。”

“因果报应”，“前生后世”，说来“凿凿有据”，煞有介事。如今，仍有人信这一套。其实此书作者并不笃信此类“阴司报应”，他只是借此表述人物的“下场”而已。

须臾，徐先生看了黑书，“请问老爹：明日出去。或埋或化？”西门庆道：“明日如何出得！出三日，念了经，到五日出去，坟上埋了罢。”徐先生道：“二十七日丙辰，合家本命都不犯，宜正午时掩土。”批毕书，一面就收拾入殓，已有三更天气。李瓶儿哭着往房中，寻出他几件小道衣、道髻、鞋袜之类，替他安放在棺椁内，钉了长命钉。合家大小又哭了一场，打发阴阳去了。

次日，西门庆乱着，也没往衙门中去。夏提刑打听得知，早辰衙门散时，就来吊问，致赙慰怀。又差人对吴道官庙里说知。到三日，请报恩寺八众僧人在家诵经。吴道官庙里并乔大户家，俱备折桌三牲来祭奠。吴大舅、沈姨夫，门外韩姨夫、花大舅，都有三牲祭桌来烧纸。应伯爵、谢希大、温秀才、常时节、韩道国、甘出身、贲地传、李智、黄四，都斗了分资，晚夕来与西门庆宿伴。打发僧人去了，叫了一起提偶的，先在哥儿灵前祭毕。然后，西门庆在大厅上放桌席管待众人。

那日院中李桂姐、吴银儿并郑月儿三家，都有人情来上纸。李瓶儿思想官哥儿，每日黄恹恹，连茶饭儿都懒待吃。题起来只是哭涕，把喉音都哭哑了。西门庆怕他思想孩儿，寻了拙智，白日里分付奶子、丫鬟和吴银儿相伴他，不离左右。晚夕，西门庆一连在他房中歇了三夜，枕上百般解劝。薛姑子夜间又替他念《楞严经》、《解冤咒》，劝他：“休要哭了。经上不说的好？改头换面，轮回去来，世机缘莫想他当来世。他不是你的儿女，都是宿世冤家债主，托生来化财化目，骗劫财物。或一岁而亡，二岁而亡，三、六、九岁而亡。一日一夜，万死万生。《陀罗经》上不说的好？昔日有一妇人，常持《佛顶心陀罗经》，日以供养不缺。乃于三生之前，曾置毒药杀害他命。此冤家不曾离于前后，欲求方便，致杀其母，遂以托荫

此三夜想无性事。西门庆对李瓶儿究竟有些超性的情感。

此身。向母胎中抱母心肝，令母至生产之时，分解不得，万死千生。及至生产下来，端正如法。不过两岁，即便身亡。母思忆之，痛切号哭。遂即把他孩儿抛向水中。如是三遍，托荫此身，向母腹中，欲求方便，致杀其母。至第三遍，准前得生，向母胎中百千计较，抱母心肝，令其母千生万死，闷绝叫唤。准前得生下，特地端严，相见具足。不过两岁，又以身亡。母既见之，不觉放声大哭。是何恶业因缘？准前把孩儿直至江边，已经数时，不忍抛弃。感得观世音菩萨，遂化作一僧，身披百衲，直至江边，乃谓此妇人曰：'不用啼哭，此非是你男女，是你三生前冤家：三度托生，欲杀母不得。为缘你常持诵《佛顶心陀罗经》，并供养不缺，所以杀汝不得。若你要见这冤家，但随贫僧手指看之。'道罢，以神通力一指，其儿遂化作一夜叉之形，向水中而立，报言：'缘汝曾杀我来，我今故来报冤。盖缘汝有大道心，常持《佛顶心陀罗经》，善神日夜拥护，所以杀汝不得。我已蒙观世音菩萨受度了，从今永不与汝为冤。'道毕，沉水中不见。此女人两泪交流，礼拜菩萨，归家益修善事。后寿至九十七岁而终，转女成男。不该我贫僧说：今你这儿子，必是宿世冤家；托来你荫下化目化财，要恼害你身。为缘你供养修持，舍了此经一千五百卷。有此功行，他投害你不得，今此离身。到明日再生下来，才是你儿女。"这李瓶儿听了，终是爱缘不断。但题起来，辄流涕不止。

爱缘不断，方是真佛性。

须臾，过了五日光景，到廿七日早辰，雇了八名青衣白帽小童，大红销金棺，与幡幢、云盖、玉梅、雪柳围随，前首大红铭旌，题着"西门冢男之柩"。吴道官庙里，又差了十二众青衣小道童儿来，绕棺转咒生神玉章，动清乐送殡。众亲朋陪西门庆，穿素服走至大街东口，将及门上，才上头口。西门庆恐怕李瓶儿到坟上悲恸，不叫他去。只是吴月娘、李娇儿、孟玉楼、潘金莲、大姐，家里五顶轿子，陪乔亲家母、大妗子和李桂姐、郑月儿、吴舜臣媳妇郑三姐，往坟头去，留下孙雪娥、吴银儿并个姑子在家，与李瓶儿做伴儿。那李瓶儿见不放他去，见棺材起身，送出到大门首。赶着棺材大放声，一口一声只叫："不来家亏心的儿哧！"叫的连声气破了。不防一头撞在门底下，把粉额磕伤，金钗坠地。慌了吴银儿与孙雪娥，向前捣扶起来，劝归后边去了。到了房中，见炕上空落落的，只有他要的那寿星博浪鼓儿，还挂在床头上。一面想将起来，拍了桌子，由不的又哭了。《山坡羊》全腔为证：

"全腔为证"，又显"话本"特色。

进房来，四下静，由不的我悄叹。想娇儿，哭的我肝肠儿气断。想着生下你来，我受尽了千辛万苦，说不的偎干就湿，成日把你耽心儿来看。教人气破了心肠，和我两个结冤，实承望你与我，做主儿团圆久远。谁知道天无眼，又把你残生丧了，撇的我，前不着村后不着店！明知我不久也命丧在黄泉来呵，咱娘儿两个鬼门关上一处儿眠。叫了一声：我娇娇的心肝！皆因是前世里无缘，你今生寿短。

那吴银儿在旁，一面拉着他手，劝说道："娘，少哭了。哥哥已是抛闪了你去了，那里再哭得活？你须自解自叹，休要只顾烦恼了。"雪娥道："你又年少青春，愁到明日养不出来也怎的！这里墙有缝，壁有眼，俺每不好说的。他使心用心，反累己身。谁不知他气不忿你养这孩子！若果是他害了，当当来世，教他一还一报，问他要命！不知你我也被他话埋了几遭哩！只要汉子常守着他便好；到人屋里睡一夜儿，他就气生气死。早时前者，你每都知道，汉子等闲不到我后边。到了一遭儿，你看背地乱都囔，唧喳成一块，对着他姐儿每，说我长道我短，那个纸包儿里也看哩！俺每也不言语，每日洗着眼儿看着他。这个淫妇，到明日还不知怎么死哩！"李瓶儿道："罢了。我也惹了一身病在这里。不知在今日明日死也，和他也争执不得了，随他罢！"

李瓶儿死在"不争"的"好性儿"上。

正说着，只见奶子如意儿向前跪下，哭道："小媳妇有句话，不敢对娘说：今日哥儿死了，乃是小媳妇没造化。只怕往后，爹与大娘打发小媳妇出去。小媳妇男子汉又没了，那里投奔？"李瓶儿见他这般说，又心中伤痛起来，说："我有那冤家在一日，去用他一日，他岂有此话说？"便道："怪老婆，你放心，孩子便没了，我还没死哩！纵然我到明日死了，你恁在我手下一场，我也不教你出门。往后你大娘身子若是生下哥儿小姐来，你就接了奶，就是一般了。你慌乱的是些甚么！"那如意儿方才不言语了。这李瓶儿良久又悲恸哭起来。前腔：

李瓶儿善心颇丰。

想娇儿，想的我，无颠无倒。盼娇儿，除非是，梦儿中来到。白日里睹物伤情。如刀剜了肺腑，到晚间睡醒来，再不见你在我这怀儿中抱，由不的珍珠望下抛。你再不来在描金床儿上睡着顽耍，你再不来在我手掌儿上引笑，你再不来相靠着我胸膛儿来呵，生抱这热笑笑。心肝割上一刀，奴为你干生受枉费了徒劳！称愿了别人，撇的我无有个下稍！

雪娥与吴银儿两个在旁解劝了一回，说道："你肚中吃了些甚么儿，这般只顾哭了去！"一面绣春后边拿了饭来，摆在桌上陪他吃。那李瓶儿怎生咽得下去？只吃了半瓯儿，就丢下不吃了。

西门庆在坟上，教徐先生画了穴，把官哥儿就埋在先头陈氏娘怀中，抱孙葬了。那日乔大户山头并众亲戚都在祭祀，就在新盖卷棚管待，饮酒一日。来家，李瓶儿与月娘、乔大户娘子、大妗子磕着头又哭了。向乔大户娘子说道："亲家，谁似奴养的孩儿不气长，短命死了。既死了，你家姐姐做了望门寡，劳而无功，亲家休要笑话！"那乔大户娘子说道："亲家怎的这般说话？孩儿每各人寿数，谁人保得后来的事！常言先亲后不改。亲家每又不老，往后愁没子孙？须得慢慢来，亲家也少要烦恼了。"说毕，作辞回家去了。

西门庆在前厅，教徐先生洒辉，各门上都贴辟非黄符。死者煞高三丈，向东北方而去，遇日游神冲回不出，斩之则吉，亲人勿避。西门庆拿出一匹大布、二两银子谢了徐先生，管待出门。晚夕入李瓶儿房中，陪他睡，夜间百般言语温存。见官哥儿的戏要物件都还在跟前，恐怕李瓶儿看见思想烦恼，都令迎春拿到后边去了。正是：

思想娇儿昼夜啼，寸心如割命悬丝。

世间万般哀苦事，除非死别共生离。

毕竟未知后来何如，且听下回分解。

官哥儿夭折，是西门庆命运的一大转折。但此时西门庆尚未充分认识到这一点。西门庆把官哥之死，视作"他命中不是你我的儿女"，而未能依"雪狮子"的线索，形成官哥是"非正常死亡"的认知。官哥之死，是西门府内"权利斗争"白热化、严酷化、复杂化的集中体现。

第六十回
李瓶儿因暗气惹病　西门庆立段铺开张

赤绳缘尽再难期，造化无端敢恨谁？
残泪惊秋和叶落，断魂随月到窗迟。
金风拂面思儿处，玉烛成灰堕泪时。
任是肝肠如铁石，不生悲也自生悲。

话说当日，孙雪娥、吴银儿两个在旁边劝解了李瓶儿一回云云，到后边去了。那潘金莲见孩子没了，李瓶儿死了生儿，每日抖擞精神，百般的称快。指着丫头骂道："贼淫妇！我只说你日头常晌午，却怎的今日也有错了的时节？你班鸠跌了弹也——嘴答谷了！春凳折了靠背儿——没的倚了！王婆子卖了磨——推不的了！老鸨子死了粉头——没指望了！却怎的也和我一般？"李瓶儿这边屋里，分明听见，不敢声言，背地里只是吊泪。着了这暗气暗恼，又加之烦恼忧戚，渐渐心神恍乱，梦魂颠倒儿，每日茶饭都减少了。自从坟上葬埋了官哥儿回来，第二日吴银儿就家去了。老冯领了十三岁丫头来，卖与孙雪娥房中使唤。要了五两银子改名翠儿。不在话下。

自然应写到潘金莲的反应。一串儿称心话虽刻薄透顶却也生动到"没治"地步。

这李瓶儿一者思念孩儿，二者着了重气，把旧时病症又发起来。照旧下边经水淋漓不止。西门庆请任医官来看一遍，讨将药来，吃下去如水浇石一般：越吃药越旺。那消半月之间，渐渐容颜顿减，肌肤消瘦，而精彩丰标无复昔时之态矣。正是：肌骨人都无一把，如何禁架许多愁？

别人都翻过了"这一页"。独李瓶儿还"滞留"在"昨夜"中。

妇人以色事主。色衰形槁，还有何"前途"？

一日，九月初旬，天气凄凉，金风渐渐。李瓶儿夜间独宿在房中。

银床枕冷，纱窗月浸，不觉思想孩儿，欷歔长叹。似睡不睡，恍恍然恰似有人弹的窗棂响。李瓶儿呼唤丫鬟，都睡熟了不答。乃自下床来，倒靸弓鞋，翻披绣袄，开了房门出户视之。仿佛见花子虚抱着官哥儿叫他，新寻了房儿，同去居住。这李瓶儿还舍不的西门庆，不肯去，双手就去抱那孩儿。被花子虚只一推，跌倒在地。撒手惊觉，却是南柯一梦，吓了一身冷汗。呜呜咽咽，只哭到天明。正是：有情岂不等，着相自家迷。有诗为证：

李瓶儿究竟既不同于潘金莲也不同于王六儿，她对西门庆，确有“性之外”的“情爱”。

纤纤新月照银屏，人在幽闺欲断魂。

益悔风流多不足，须知恩爱是愁根！

那时，来保南京货船又到了，使了后生王显上来取车税银两。西门庆这里写书，差荣海拿一百两银子，又具羊酒金段礼物谢主事，就说：“此船货过税，还望青目一二。”家中收拾铺面完备。又择九月初四日开张，就是那日卸货，连行李共装二十大车。那日，亲朋递果盒挂红者，约有三十多人。乔大户叫了十二名吹打的乐工，杂耍撮弄。西门庆这里，李铭、吴惠、郑春三个小优儿弹唱。甘伙计与韩伙计都在柜上发卖，一个看银子，一个讲说价钱；崔本专管收生活，不拘经纪、买主进来，让进去，每人饮酒二杯。西门庆穿大红，冠带着，烧罢纸，各亲友都递果盒、把盏毕；后边厅上安放十五张桌席，五果五菜，三汤五割，从新递酒上坐，鼓乐喧天。那日夏提刑家差人送礼花红来，西门庆回了礼物，打发去了。在座者有乔大户、吴大舅、吴二舅、花大舅、沈姨夫、韩姨夫、吴道官、倪秀才、温葵轩、应伯爵、谢希大、常时节，还有李智、黄四、傅自新等众伙计主管并街坊邻舍，都坐满了席面。三个小优儿，在席前唱了一套《南吕·红衲袄》“混元初生太极”云云。须臾，酒过五巡，食割三道，下边乐工吹打弹唱，杂耍百戏过去，席上觥筹交错。当日，应伯爵、谢希大飞起大钟来，杯来盏去。

西门庆已“翻过折子一页”，进入了“发财新篇章”。

饮至日落时分，把众人打发散了，西门庆只留下吴大舅、沈姨夫、倪秀才、温葵轩、应伯爵、谢希大，从新摆上桌席，留后坐。那日新开张，伙计攒帐，就卖了五百余两银子。西门庆满心欢喜。晚夕收了铺面，把甘伙计、韩伙计、傅伙计、崔本、贲四，连陈经济都邀来，到席上饮酒。吹打

“满心欢喜”，已无隙悲子矣。

良久,把吹打乐工打发去了。止留下三个小优儿在席前唱。

那应伯爵坐了一日,吃的已醉上来,出来前边解手,叫过李铭,问李铭:"那个扎包髻儿的清俊小优儿,是谁家的?"李铭道:"二爹不知道?"因掩口说道:"他是郑奉的兄弟郑春。前日爹在里边他家吃酒,请了他姐姐爱月儿了。"伯爵道:"真个?怪道前日上纸送殡都有他。"于是归到酒席上,向西门庆道:"哥,你又恭喜,又抬了小舅子了!"西门庆笑道:"怪狗材,休要胡说!"一面叫过王经来:"斟与你应二爹一大杯酒。"伯爵向吴大舅说道:"老舅,你怎么说?这钟罚的我没名。"西门庆道:"我罚你这狗材,一个出位妄言!"那伯爵低头想了想儿,呵呵笑了,道:"不打紧处。等我吃我吃,死不了人!"又道:"我从来吃不得哑酒;你叫郑春上来唱个儿我听,我才罢了。"当下三个小优一齐上来弹唱。伯爵令李铭、吴惠下去:"不要你两个。我只要郑春单弹着筝儿,只唱个小小曲儿我下酒罢!"谢希大叫道:"郑春,你过来,依着你应二爹唱。"西门庆道:"和花子讲过:有个曲儿,吃一钟酒。"于是玳安旋取了两个大银钟,放在应二面前。那郑春款按银筝,低低唱《清江引》道:

一个姐儿十六七,见一对蝴蝶戏。香肩靠粉墙,春筝弹珠泪。唤梅香,赶他去别处飞!

郑春唱了个请酒。伯爵刚才饮讫,那玳安在旁连忙又斟上一杯酒。郑春又唱道:

转过雕阑正见他,斜倚定荼蘼架。佯羞整凤钗,不说昨宵话。笑吟吟,掐将花片儿打。

伯爵吃过,连忙推与谢希大,说道:"罢!我是成不的,成不的!这两大钟,把我就打发的了。"谢希大道:"傻花子,你吃不的,推于我来。我是你家有毯的蛮子!"伯爵道:"傻花子,我明日就做了堂上官儿,少不的是你替!"西门庆道:"你这狗材,到明日只好做个韶武!"伯爵笑道:"傻孩儿,我做了韶武,把堂上让与你就是了。"西门庆笑令玳安儿:"拿磕瓜来打这贼花子!"那谢希大悄悄向他头上打了一个响瓜儿,说道:"你这花子!温老先生在这里,你口里只恁胡说!"伯爵道:"温老先儿,他斯文人。不管这闲事。"温秀才道:"二公与我这东君老先生,原来这等厚。酒席中间,诚然不如此也不乐。悦在心,乐主发散在外。自不觉手之舞之,足之蹈之如此。”

西门庆与其地痞兄弟的厮混胡羼,竟被帮闲文人论证为“合乎礼仪”。

座上沈姨夫向西门庆说:“姨夫,不是这等。请大舅上席,还行个令儿,或掷骰,或猜枚,或看牌,不拘诗词歌赋、顶真续麻、急口令,说不过来吃酒。这个庶几均匀,彼此不乱。”西门庆道:“姨夫说的是。”先斟了一杯,与吴大舅起令。吴大舅拿起骰盆儿来,说道:“列位,我行一令。说差了,罚酒一杯。先用一骰,后用两骰,遇点饮酒。

一——百万军中卷白旗,二——天下豪杰少人知,

三——秦王斩了余元帅,四——骂得将军无马骑,

五——唬得吾今无口应,六——衮衮街头脱去衣,

七——皂人头上无白发,八——分尸不得带刀归,

九——一丸好药无人点,十——千载终须一撇离。”

吴大舅掷毕,遇有两点,饮过酒。该沈姨夫起令,说道:“用一骰六掷,遇点饮酒。”说道:

天象六色地象双,人数推来中二红,

三见巫山梅五出,算来花有几人通。

当下只遇了个四红,饮过一杯,过盆与温秀才。秀才道:“我学生奉令了。遇点要一花名,名下接《四书》一句顶:

一掷一点红,红梅花对白梅花;二掷并头莲,莲漪戏彩鸳;三掷三春柳,柳下不整冠;四掷状元红,红紫不以为亵服;五掷腊梅花,花迎剑佩星初落;六掷满天星,星辰之远也。”

温秀才只遇了一钟酒,该应伯爵行令。伯爵道:“我在下一个字也不识,行个急口令儿罢:

此回写法,也许对曹雪芹写《红楼梦》中宝玉、冯紫英、蒋玉菡、薛蟠等聚饮一节,有过启发。花子自有“花子腔”。

一个急急脚脚的老小,左手拿着一个黄豆巴斗,右手拿着一条绵花叉口。望前只管跑走,撞着一个黄白花狗,咬着那绵花叉口。那急急脚脚的老小,放下那左手提的那黄豆巴斗,走向前去打黄白花狗。不知手斗过那狗,狗斗过那手!”

西门庆笑骂道:“你这贼诌断了肠子的,天杀的!谁家一个手去斗狗来?一口不被那狗咬了?”伯爵道:“谁教他不拿个棍儿来?我如今抄化子

不见了拐棒儿，受狗的气了。”谢希大道：“大官人，你看花子！自家倒了架，说他是花子。”西门庆道：“该罚他一钟，不成个令。谢子纯，你行罢！”谢希大道：“我这令儿比他更妙！说不过来，罚一钟：

墙上一片破瓦，墙下一匹骡马。落下破瓦，打着骡马。不知是那破瓦打伤骡马，不知是那骡马踏碎了破瓦！”

伯爵道：“你笑话我的令不好，你这破瓦倒好？你家娘子儿刘大姐就是个骡马，我就是个破瓦；俺两个破磨对瘸驴。”谢希大道：“你家那杜蛮婆老淫妇！撒把黑豆，只好喂猪拱，狗也不要他！”两个人斗了回嘴，每人罚了一钟。该傅自新行令。傅自新道：“小人行个江湖令，遇点饮酒，先一后二：

不堪入耳。

一舟二橹，三人摇出四川河；五音六律，七人齐唱八仙歌；九十春光齐赏玩，十一十二庆元和。”

掷毕皆不遇。吴大舅道：“总不如傅伙计这个令儿，行得切实些。”伯爵道：“太平钟也该他吃一杯儿。”于是亲下席来，斟了一杯与傅自新吃。

如今该韩伙计。韩道国道：“老爹在上，小人怎敢占先？”西门庆道：“你每行过，等我行罢。”于是韩道国道：“头一句要天上飞禽，第二句要果名，第三句要骨牌名，第四句要一官名，俱要贯串，遇点照席饮酒。说：

天上飞来一仙鹤，落在园中吃鲜桃。
却被孤红拿住了，将去献与一提学。
天上飞来一鸹莺，落在园中吃朱樱。
却被二姑拿住了，将去献与一公卿。
天上飞来一老鹳，落在园中吃菱芡。
却被三纲拿住了，将去献与一通判。
天上飞来一班鸠，落在园中吃石榴。
却被四红拿住了，将来献与一户侯。
天上飞来一锦鸡，落在园中吃苦株。
却被五岳拿住了，将来献与一尚书。
天上飞来一淘鹅，落在园中吃苹菠。

却被绿暗拿住了，将来献与一照磨。”

掷毕该西门庆掷。西门庆道：“我只掷四掷，遇点饮酒：

六口载成一点霞，不论春色见梅花。

搂抱红娘亲个嘴，抛闪莺莺独自嗟。”

掷到遇红一句，果然掷出个四来。应伯爵看见，说道：“哥，今年上冬，管情高转加官，主有庆事！”于是斟了一大杯酒与西门庆。一面唤李铭等三个上来弹唱，顽耍至更阑方散。西门庆打发小优儿出门，看着收了家火。派定韩道国、甘伙计、崔本、来保四人轮流上宿，分付仔细门户，就过那边去了。一宿晚景不题。

却说次日，应伯爵领了李智、黄四来交银子。说：“此遭只关了一千四百五六十两银子，不勾还人，只挪了这三百五十两银子与老爹。等下遭银子关出来再找完，不敢迟了。”伯爵在旁又替他说了两句美言。西门庆把银子教陈经济来，拿天平兑收明白，打发去了。银子还摆在桌上，西门庆因问伯爵道：“常二哥说他房子寻下了：前后四间，只要三十五两银子就卖了。他来对我说，正值小儿病重了，我心里正乱着哩！打发他去了。不知他对你说来不曾？”伯爵道：“他对我说来。我说，你去的不是了，他乃郎不好，他自乱乱的，有甚么心绪和你说话？你且休回那房主儿，等我见哥替你题就是了。”西门庆听了，便道：“也罢。你吃了饭，拿一封五十两银子，今日是个好日子，替他把房子成了来罢！剩下的，教常二哥门面开个小本铺儿，月间撰的几钱银子儿，勾他两口儿盘搅过来就是了。”伯爵道：“此是哥下顾他了。”不一时，放桌儿摆上饭来。西门庆陪他吃了饭，道：“我不留你。你拿了这银子去，替他干干这勾当去罢！”伯爵道：“你这里还教个大官，和我两个拿这银子去。”西门庆道：“没的扯淡！你袖了去就是了。”伯爵道：“不是这等说，今日我还有小事去。实和哥说：家表弟杜三哥生日，早辰我送了些礼儿去，他使小厮来，请我后晌坐坐，我不得来回你。教个大官儿跟了去。成了房子，我教大官儿好来回你。”说罢，西门庆道：“若是恁说，教王经跟了你去罢！”一面叫了王经，跟伯爵去了。

西门庆心中有朋友，难得，难得。

西门庆不疑朋友，更是难得。

到了常时节家，常时节正在家。见伯爵至，让进里面坐。伯爵拿出银子来,与常时节看,说:“大官人如此如此,教我同你今日成房子去。我又不得闲,杜三哥请我吃酒。我如今了毕你的事,我方才得去。所以叫大官儿跟了我来;成了房子,我不回他爹话去,教他回回便了。”常时节连忙叫浑家快看茶来,说道:“哥的盛情,谁肯!”一面吃毕茶,叫了房中人来,同到新市街,兑与卖主银子,写立房契。伯爵分付与王经,归家回西门庆话。剩的银,教与常时节收了。他便与常时节作别,往杜家吃酒去了。西门庆看了文契,还使王经:“送与你常二叔收了。”不在话下。正是:

求人须求大丈夫,济人须济急时无。

一切万般皆下品,谁知阴德是良图。

正是:三光有影谁遗系,万事无根只自生。

毕竟未知后来何如,且听下回分解。

此回甚短,仿佛情节大转折当中的一个小湾流。

第六十一回
韩道国筵请西门庆　李瓶儿苦痛宴重阳

去年九日愁何限，重上心来益断肠。
秋色夕阳俱淡薄，泪痕离思共凄凉。
征鸿有队全无信，黄菊无情却有香。
自觉近来消瘦了，频将鸾镜照容光。

话说一日，韩道国晚夕铺中散了，回家。睡到半夜，他老婆王六儿与他商议："你我被他照顾，此遭挣了恁些钱。就不摆席酒儿，请他来坐坐儿？休说他又丢了孩儿，只当与他释闷，也请他坐半日。他能吃多少？彼此好看些。就是后生小郎看着，到明日就到南边去，也知财主和你我亲厚，比别人不同。"韩道国道："我心里也是这等说。明日是初五日，月忌不好；到初六日，叫了厨子，安排酒席，叫两个唱的，具个柬帖，等我亲自到宅内，请老爹散闷坐坐。我晚夕便往铺子里睡去。"王六儿道："平白又叫甚么唱的？只怕他酒后要来这屋里坐坐，不方便。隔壁乐三嫂家常走一个女儿申二姐，年纪小小儿的，打扮又风流，又会唱时兴的小曲儿，倒请将他来唱。等晚夕酒阑上来，老爹若进这屋里来，打发他过去就是了。"韩道国道："你说的是。"一宿晚景题过。

坦然卖身。韩氏夫妻之思想作为，在那样的人文环境里，不但"合理"，甚至于也"合情"。确是一个无不可卖也无不可以钱买的相当发达的商品社会。

到次日，这韩道国走到铺子里，央及温秀才写了个请柬儿。走到对门宅内，亲见西门庆，声喏毕，说道："老爹明日没事，小人家里治了一杯水酒，无事请老爹贵步下临，散闷坐一日。"因把请柬递上去。西门庆看了，说道："你如何又费此心？我明日倒没事，衙门中回家就去。"

那韩道国作辞出门，来到铺子做买卖，拿银子叫后生胡秀，拿篮子往街买鸡蹄鹅鸭、鲜鱼嗄饭、菜蔬。一面叫厨子在家整理割切，使小厮早拿轿子接了申二姐来。王六儿同丫鬟伺候下好茶好水，客座内打扫收拾桌椅干净，单等西门庆来到。等到午后，只见琴童儿先送了一坛葡萄酒来，然后西门庆坐着凉轿，玳安、王经跟随，到门首下轿。头戴忠靖冠，身穿青水纬罗直身，粉头皂靴。韩道国迎接入内，见毕礼数，说道："又多谢老爹赐将来酒。"正面独独安放一张校椅，西门庆坐下。

不一时，王六儿打扮出来。头上银丝䯼髻，翠蓝绉纱羊皮金滚边的箍儿，周围插碎金草虫啄针儿；白杭绢对衿儿，玉色水纬罗比甲儿，鹅黄挑线裙子；脚上老鸦青光素段子高底鞋儿，羊皮金缉的云头儿；耳边金丁香儿，打扮的十分精致。与西门庆插烛也似磕了四个头儿，回后边看茶去了。

既是商品，须重"包装"。只未写到脸上。想仍保持紫膛"本色"。

须臾，王经红漆描金托子，拿了两盏八宝青豆木樨泡茶。韩道国先取一盏，举的高高奉与西门庆。然后自取一盏，旁边相陪。吃毕，王经接了茶盏下去。韩道国便开言说道："小人承老爹莫大之恩。一向在外，家中小媳妇蒙老爹看顾；王经又蒙抬举，叫在宅中答应，感恩不浅。今日与媳妇儿商议，无甚孝顺，治了一杯水酒儿，请老爹过来坐坐。前日因哥儿没了，虽然小人在那里，媳妇儿因感了些风寒，不曾往宅里吊问的，恐怕老爹恼。今日一者请老爹解解闷，二者就恕俺两口儿罪。"西门庆道："无事又教你两口儿费心！"

说着只见王六儿也在旁边小杌儿坐下。因向韩道国道："你和老爹说了不曾？"韩道国道："我还不曾说哩！"西门庆问道："是甚么？"王六儿道："他今日心里，要内边请两位姐儿来伏侍老爹；恐怕老爹计较，又不敢请。隔壁乐家常走的一个女儿，姓申，名唤申二姐。诸般大小时样曲儿，连数落都会唱。我前日在宅里，见那一位郁大姐，唱的也中中的，还不如这申二姐唱的好。教我今日请了他来，唱与爹听。未知你老人家心下何如？若好，到明日叫了宅里去，唱与他娘每听。他也常在各人家走，若叫他，预先两日定下他，他并不敢误了。"西门庆道："既是有女儿亦发好了。你请出来我看看。"

不一时，韩道国教玳安上来："替老爹宽去衣服。"一面安放桌席，胡秀拿果菜案酒上来。无非是鸭腊、虾米、海味、烧骨饳之类。当下王六儿把酒打开，盪热了，在旁执壶，道国把盏，与西门庆安席坐下。然后，才叫上申二姐来。西门庆睁眼观看他，高髻云鬟，插着几枝稀稀花翠、淡淡钗梳；绿衫红裙，显一对金莲趫趫；桃腮粉脸，抽两道细细春山；青石坠子耳边垂，糯米银牙噙口内。望上花枝招飐，与西门庆磕了四个头。西门庆便道："请起。你今青春多少？"申二姐道："小的二十一岁了。"又问："你记得多少小唱？"申二姐道："小的大小也记百十套曲子。"西门庆令韩道国旁边安下个坐儿与他坐。那申二姐向前行毕礼，方才坐下，先拿筝来，唱了一套《秋香亭》。然后吃了汤饭，添换上来，又唱了一套《半万贼兵》。落后酒阑上来，西门庆分付："把筝拿过去，取琵琶与他，等他唱小词儿我听罢！"那申二姐一径要施逞他能弹接唱。一面轻摇罗袖，款跨鲛绡，顿开喉音，把弦儿放得低低的，弹了个《四不应·山坡羊》：

算得上"买一送一"。

一向来，不曾和冤家面会，肺腑情难稍难寄。我的心诚想着你，你为我悬心挂意。咱两个相交不分个彼此，山盟海誓心中牢记。你比莺莺重生而再有，可惜不在那蒲东寺。不由人一见了，眼角留情来呵，玉貌生春你花容无比。听了声娇姿，好教人目断东墙，把西楼倦倚。

意中人，两下里悬心挂意，意儿里不得和你两个眉来眼去。去了时强挨孤枕，枕儿寒衾儿剩瑶琴独对。病体如柴，瘦损了腰肢。知道你夫人行应难离，倒等的我寸心如醉。最关心伴着这一盏寒灯来呵，又被风弄竹声，只道多情到矣。急忙忙，出离了书帏。不想是花影轻摇，月明如水。

唱了两个《山坡羊》，叫了斟酒。那韩道国教浑家筛酒上来，满斟一盏，递与西门庆。因说："申二姐，你还有好《锁南枝》。唱两个儿与老爹听。"那申二姐改了调儿，唱《锁南枝》道：

初相会，可意人，年少青春不上二旬。黑鬖鬖两朵乌云，红馥馥一点朱唇，脸赛夭桃，十指如嫩笋。若生在画阁兰堂，端的也有个夫人分。可惜在章台出落做下品。但能够改嫁从

娼优多有此叹。

良，胜强似弃旧迎新。

初相会，可意娇，月貌花容风尘中最少。瘦腰肢一捻堪描，俏心肠百事难学，恨只恨和他相逢不早。常则愿席上樽前，浅斟低唱相偎抱。一觑一个真，一看一个饱。虽然是半霎欢娱，权且将闷减愁消。

西门庆听了这两个《锁南枝》，正打着他初请了郑月儿那一节事来，心中甚喜。王六儿在旁，满满的又斟上一盏，笑嘻嘻说道："爹，你慢慢儿的消饮。申二姐这个才是零头儿，他还记得好些小令儿哩！到明日闲了，拿轿子接了，唱与他娘每听。"又说："宅中那位唱姐儿？"西门庆道："那个是常在我家走的郁大姐。这好些年代了。"王六儿道："管情申二姐到宅里，比他唱的高。爹到明日呼唤他，早些儿来对我说；我使孩子早拿轿子去接他，送到宅内去。"西门庆因说："申二姐，我重阳那日使人来接你去不去？"申二姐道："老爹说那里话。但呼唤小的，怎敢违阻？"西门庆听见他说话伶俐，心中大喜。

西门庆于女色真是多多益善。

不一时，交杯换盏之间，王六儿恐席间说话不方便，教他唱了几套，悄悄向韩道国说："教小厮招弟儿，送过他那边乐三嫂家歇去罢！"临去拜辞西门庆，西门庆向袖中，掏出一包儿三钱银子，赏赐与他买弦。那申二姐连忙花枝招飐，向西门庆磕头谢了。西门庆约下："我初八日，使人请你去。"那王六儿道："爹只教王经来对我说，等这里教小厮送他去。"

那申二姐拜辞了韩道国夫妇，招弟领着，往隔壁去了；那韩道国打发申二姐去了，与老婆说知，就往铺子里睡去了。只落下老婆在席上，陪西门庆掷骰饮酒。吃了一回，两个看看吃的涎将上来。西门庆推起身，往后边更衣，就走入妇人房里，两个顶门顽耍。王经便把灯烛拿出来，在前半间内，和玳安、琴童儿三个，做一处饮酒。

韩一摇售妻有术。

那后生胡秀，不知道多咱时分，在后边厨下偷吃多儿碗酒，打发厨子去了。走在王六儿隔壁，半间供养佛祖先堂儿内，地下铺着一领席，就睡着了。睡了一觉起来，原来与那边卧房，止隔着一层板壁儿，忽听妇人房里声唤起来。这胡秀只见板壁缝儿透过灯亮儿来，只道西门庆去了，韩道国在房中宿歇。暗暗用头上簪子取下来，刺破板缝中糊的纸，往那边张看。见那边房中亮腾腾点着灯烛，不想西门庆和老婆在屋里正干得好。① 西门庆道："你既是一心在我身上，到明日等卖下银子，这遭打发他和来保起身，亦发留他长远在南边立庄，做个买手。家中已有甘伙计发卖，那里只是缺少个买手，看着置货。"老婆道："等走过两遭儿回来，却教他去。省的闲着在家，做甚么！他说道倒在外边走惯了，一心只要外边去。他江湖从小儿走过，甚么买卖客货中事儿不知道？你若下顾他，可知好哩！等他回来，我房里替他寻下一个。我也不要他，一心扑在你身上，随你把我安插在那里就是了。我若说一句假，把淫妇不值钱身子就烂化了！"西门庆道："我儿，你快休赌誓！"这里两个一动一静，都被这胡秀听了个不亦乐乎。

王六儿此时其实并不愿舍弃韩一摇。王六儿的身子其实已被西门庆的变态虐待狂交弄得离"烂化"也不远了。

那韩道国先在家中，不见胡秀，只说往铺子里睡去了；走到段子铺里问王显、荣海，说他没来。韩道国一面又走回家，叫开门，前后寻胡秀，那里得来？只见王经陪玳安、琴童三个在前边吃酒。这胡秀听见他的语音来家，连忙倒在席上，又推睡了。不一时，韩道国点灯，寻到佛堂地下，看见他鼻口内打鼾睡，用脚踢醒，骂道："贼野狗，死囚！还不起来！我只说先往铺子里睡去，你原来在这里挺的好觉儿，还不起来跟我去！"那胡秀起来，推揉了揉眼，瞒瞒睁睁，跟道国往铺子里去了。

西门庆弄老婆，直弄勾有一个时辰。② 老婆起来穿了衣服，教丫鬟打发舀水，净了手，重筛暖酒，再上佳肴。情话攀盘，又吃了几钟，方才起身上马。玳安、王经、琴童三个跟着。到家中已有二更天气，走到李瓶儿房中。

李瓶儿睡在床上，见他吃的酣酣儿的进来，说道："你今日在谁家吃酒来？"西门庆道："韩道国家请我。见我丢了孩子与我释闷。他家叫了个女先生申二姐来，年纪小小，好不会唱！又不说郁大姐。等到明日重阳，使小厮拿轿子接他来家，唱两日你每听，就与你解解闷！你紧心里不好，休要只顾思想他了。"说着，就要叫迎春来脱衣裳，和李瓶儿睡。

① 此处删169字。
② 此处删26字。

李瓶儿道："你没的说！我下边不住的长流，丫头火上替我煎着药哩！你往别人屋里睡去罢！你看着我成日好模样儿罢了，只有一口游气儿在这里，还来缠我起来。"西门庆道："我的心肝！我心里舍不的你，只要和你睡，如之奈何？"李瓶儿瞟了他一眼，笑了笑儿："谁信你那虚嘴掠舌的！我到明日死了，你也舍不的我罢？"又道："亦发等我好好儿，你再进来和我睡也是不迟。"那西门庆坐了一回，说道："罢，罢。你不留我，等我往潘六儿那边睡去罢！"李瓶儿道："着来！你去，省的屈着你那心肠儿。他那里正等的你火里火发。你不去，却忙惚儿来我这屋里缠。"西门庆道："你恁说，我又不去了。"那李瓶儿微笑道："我哄你哩。你去么。"于是打发西门庆过去了。这李瓶儿起来，坐在床上，迎春伺候他吃药。拿起那药来，止不住扑簌簌从香腮边滚下泪来，长吁了一口气，方才吃那盏药。正是：心中无限伤心事，付与黄鹂叫几声。

西门庆的"性外情"，也就只在李瓶儿身上。

不说李瓶儿吃药睡了，单表西门庆到于潘金莲房里。金莲才教春梅罩了灯上床睡下，忽见西门庆推开门，进来便道："我儿，又早睡了？"金莲道："稀幸，那阵风儿刮你到我这屋里来！"因问："你今日往谁家吃酒去来？"西门庆道："韩伙计打南边来，见我没了孩子，一者与我释闷，二者照顾了他外边走了这遭。请我坐坐。"金莲道："他便在外边；你在家，却照顾了他老婆了。"西门庆道："伙计家，那里有这道理？"妇人道："伙计家，有这个道理！齐腰拴着根线儿，只怕合过界儿去了。你还捣鬼哄俺每哩！俺每知道的不耐烦了。你生日时，贼淫妇，他没在这里？你悄悄把李瓶儿寿字簪子，黄猫黑尾偷与他，却教他戴了来这里施展。大娘、孟三儿，这一家子那个没看见？乞我相问着，他那脸儿上红了，他没告诉你？今日又摸到那里去了，贼没廉耻的货，你家外头还少哩！也不知怎的一个大摔瓜长淫妇，乔眉乔样，描的那水鬓长长的，搽的那嘴唇鲜红的，倒相人家那血毴。甚么好老婆！一个大紫膛色黑淫妇，我不知你喜欢他那些儿！嗔道把忘八舅子也招惹将来，却一早一晚教他好往回传梢话儿。"那西门庆坚执不认，笑道："怪小奴才儿，单管只胡说，那里有此勾当？今日他男子汉陪我坐，他又没出来。"妇人道："你拿这个话儿来哄我？谁不知他汉子是个明忘八，又放羊又拾柴，一径把老婆

潘金莲究竟爽利。

岂知"紫膛色"恰是其"专利特色"。

丢与你，图你家买卖做，要撰你的钱使。你这傻行货子，是好四十里听铳响罢了！”①几句说的西门庆睁睁的。上的床来，教春梅筛热了烧酒，把金穿心盒儿内药拈了一粒，放在口里含下去。② 两个颠鸾倒凤，又狂了半夜，方才体倦而寝。

揭得底儿朝天，焉能不“睁睁的”。

话休饶舌，又早到重阳令节。西门庆对吴月娘说：“韩伙计家前日请我，席上唱的一个申二姐：生的人材又好，又会唱，琵琶筝都会。我使小厮接他去。等接了他来，留他两日，教他唱与你每听。”于是分付厨下收拾酒果肴馔，在花园大卷棚聚景堂内，安放大八仙桌席，放下帘来，合家宅眷在那里饮酒，庆赏重阳佳节。

不一时，王经轿子接的申二姐到了。入到后边，与月娘众人磕了头。月娘见他年小，生的好模样儿。问他套数，倒会不多；若题诸般小曲儿，《山坡》、《锁南枝》兼数落，倒记的有十来个。一面打发他吃了茶食，先教在后边唱了两套，然后花园摆设下酒席。那日西门庆不曾往衙门中去，在家看着栽了菊花。请了月娘、李娇儿、孟玉楼、潘金莲、李瓶儿、孙雪娥并大姐，都在席上坐的，春梅、玉箫、迎春、兰香在旁斟酒伏侍。申二姐先拿琵琶在旁弹唱。那李瓶儿在房中，身上不方便，请了半日才请了来。恰似风刮倒的一般，强打着精神陪西门庆坐。众人让他酒儿，也不大好生吃。西门庆和月娘见他面带忧容，眉头不展，说道：“李大姐，你把心放开。教申二姐唱个曲儿你听。”玉楼道：“你说与他，教他唱甚么曲儿，他好唱。”那李瓶儿只顾不说。

李瓶儿的损失难以弥补。西门庆的损失尚有很多机会弥补。其他妻妾不唯无甚损失，甚或还有“无形收获”。

正饮酒中间，忽见王经走来说道：“应二爹、常二叔来了。”西门庆道：“请你应二爹、常二叔在小卷棚里坐。我就来。”王经道：“常二叔教人拿了两个盒子在外头。”西门庆向月娘道：“此是他成了房子，买了些礼来谢我的意思。”月娘道：“少不的安排些甚么管待他，怎好空了他去！你陪他坐去，我这里分付看菜儿。”西门庆临出来，又叫申二姐：“你好歹唱个好曲儿，与他六娘听。”一直往前边去了。金莲道：“也没见这李大姐，随你心里说个甚么曲儿，教申二姐唱个你听就是了！辜负

① 此处删220字。
② 此处删362字。

他爹的心，此来为你叫将他来，你又不言语的。”于是催逼的李瓶儿急了，半日才说出来：“你唱个‘紫陌红径’俺每听罢！”那申二姐道：“这个不打紧。我有。”于是取过筝来，排开雁柱，调定冰弦，顿开喉音，唱《折腰一枝花》：

紫陌红径，丹青妙手难画成，触目繁华如铺锦。料应是春负我，我非是辜负了春。为着我心上人，对景越添愁闷。

〔东瓯令〕 花零乱，柳成阴，蝶困蜂迷莺倦吟。方才眼睁，心儿里忘了想。啾啾唧唧呢喃燕，重将旧恨，旧恨又题醒。扑扑簌簌，泪珠儿暗倾。

〔满园春〕 悄悄庭院深，默默的情挂心。凉亭水阁，果是堪宜宴饮。不见我情人，和谁两个开樽。把丝弦再理，将琵琶自拨，是奴欲歇闷情，怎如倦听！

〔东瓯令〕 榴如火，簇红巾，有焰无烟烧碎我心。怀羞向前，欲待要摘一朵。触触拈拈不敢戴，怕奴家花貌不似旧时容。伶伶仃仃，怎宜样簪！

〔梧桐树〕 梧叶儿飘金风动，渐渐害相思，落入深深井。一日一日夜长，夜长难捱孤枕。懒上危楼望我情人，未必薄情与奴心相应。知他在那里，那里贪欢恋饮。

〔东瓯令〕 菊花绽，桂花零，如今露冷风寒秋意渐深。蓦听的窗儿外几声，几声孤飞雁。悲悲切切如人诉，最嫌花下砌畔小蛩吟。咭咭咶咶，恼碎奴心。

〔浣溪沙〕 风渐急，寒威凛。害相思最恐怕黄昏。没情没绪对着一盏孤灯，窗儿眼数教还再轮。画角悠悠声透耳，一声声哽咽难听。愁来把酒强重斟，酒入闷怀珠泪倾。

〔东瓯令〕 长吁气，两三声，斜倚定帏屏儿思量那个人。一心指望梦儿里，略略重相见。扑扑簌簌雪儿下，风吹檐马把奴梦魂惊。叮叮当当，捻碎了奴心。

〔尾声〕 为多情，牵挂心，朝思暮想泪珠倾。恨杀多才不见影。

此等曲子，当是那时的流行曲目，由此书作者录于书内，而非此书作者专门为此段情节创作出来的。

唱毕,吴月娘道:"李大姐,你好甜酒儿吃上一钟儿。"那李瓶儿又不敢违阻了月娘,拿起钟儿来,咽了一口儿又放下了。强打着精神儿与众人坐的。坐不多时,下边一阵热热的来,又往屋里去了。

可怜女人身。

不说这里内眷,单表西门庆到于小卷棚翡翠轩。只见应伯爵与常时节,在松墙下正看菊花;原来松墙两边,摆放二十盆,都是七尺高各样有名的菊花,也有大红袍、状元红、紫袍金带、白粉西,黄粉西、满天星、醉杨妃、玉牡丹、鹅毛菊、鸳鸯花之类。西门庆出来,二人向前作揖。常时节即唤跟来人把盒儿掇进来。西门庆一见,便问:"又是甚么?"伯爵道:"常二哥蒙你厚情,成了房子。无甚么酬答,教他娘子制造了这螃蟹鲜并两只炉烧鸭儿,邀我同来和哥坐坐。"西门庆道:"常二哥,你又费这个心做甚么?你令正病才好些,你又禁害他!"伯爵道:"我也是恁说。他说道别的东西儿来,恐怕哥不稀罕。"西门庆令左右打开盒儿观看,四十个大螃蟹,都是剔剥净了的,里边酿着肉,外用椒料、姜蒜米儿、团粉裹就,香油煤、酱油醋造过,香喷喷,酥脆好食;又是两大只院中炉烧熟鸭。西门庆看了,即令春鸿、王经掇进去,分付拿五十文钱赏拿盒人,因向常时节谢毕。

品种不俗。

此"螃蟹鲜"真是佳肴。

琴童在旁掀帘,请入翡翠轩坐的。伯爵只顾夸奖不尽好菊花。问:"哥是那里寻的?"西门庆道:"是管砖厂刘太监送我这二十盆。"伯爵道:"连这盆?"西门庆道:"就连这盆都送与我了。"伯爵道:"花倒不打紧,这盆,正是官窑双箍邓浆盆。又吃年代,又禁水漫。都是用绢罗打,用脚跐过泥,才烧造这个物儿,与苏州邓浆砖一个样儿做法。如今那里寻去!"夸了一回。

想是砖厂承揽的"御造"。皇帝未享,土豪先用。

西门庆唤茶来吃了,因问:"常二哥几时搬过去?"伯爵道:"从兑了银子,三日就搬过去了。那家子已是寻下房子,两三日就搬了。昨见好日子买刮了些杂货儿;门首把铺儿也开了。就是常二嫂兄弟,替他在铺儿里看银子儿。"西门庆道:"俺每几时买些礼来,休要人多了,再邀谢子纯、你三四位。我家里整理菜儿抬了去,休费烦常二哥一些东西儿。叫两个妓者,咱每替他暖暖房,耍一日。"常时节道:"小弟有心也要请哥坐坐,算计来不敢请。地方儿窄狭,恐怕哥受屈驰。"西门庆道:"没的扯淡！那里又费你的事起来？如今使小厮请将谢子纯来，和他说说。”即令琴童儿：“快请你谢爹去。”伯爵因问：“哥，你那日叫那两个去？”西门庆笑道：“叫你郑月娘和洪四儿去。洪四儿令打掇鼓儿，唱慢《山坡羊》儿。”伯爵道：“哥，你是个人，你请他就不对我说声！我怎的也知道了？比李桂儿风月如何？”西门庆道：“通。色丝子女不可言！”伯爵道：“他怎的前日你生日时，那等不言语，扭扭的？也是个肉佞贼小淫妇儿。”西门庆道：“等我到几时再去着，也携带你走走。你月娘儿会打的好双陆，你和他打两贴双陆。”伯爵道：“等我去混那小淫妇儿，休要惯了他！”西门庆道：“你这歪狗材，不要恶识他便好。”

一个“通”字，极为传神。“男性霸权话语”。

正说着，谢希大到了。声喏毕，坐下。西门庆道：“常二哥如此这般，新有了华居，瞒着俺每已搬过去了。咱每人随意出些分资，休要费烦他丝毫。我这里整治停当，教小厮抬了他府上；我还助两个妓者，咱要一日何如？”谢希大道：“哥分付每人出多少分资，俺每都送哥这里来就是了。还有那几位？”西门庆道：“再没人，只这三四个儿，每人二星银子就勾了。”伯爵道：“十分人多了，他那里没地方儿。”

正说着，只见琴童来说：“吴大舅来了。”西门庆道：“请你大舅这里来坐。”不一时，吴大舅进入轩内。先与三人作了揖，然后与西门庆叙礼坐下。小厮拿茶上来，同吃了茶。吴大舅起身说道：“请姐夫到后边说句话儿。”西门庆连忙让大舅到于后边月娘房里。月娘还在卷棚内与众姊妹吃酒听唱，听见小厮说：“大舅来了，爹陪着在后边坐着说话哩！”一面走到上房，见大舅道了万福，叫小玉递上茶来。大舅向袖中取出十两银子，递与月娘说道：“昨日府里才领了三锭银子，姐夫且收了这十两；余者待后次再送来。”西门庆道：“大舅，你怎的这般计较？且使着，慌怎的！”大舅道：“我恐怕迟了姐夫的。”西门庆因问：“仓厫修理的也将完了？”大舅道：“还得一个月将完。”西门庆道：“工完之时，一定抚按有些奖励。”大舅道：“今年考选军政在迩，还望姐夫扶持，大巡上替我说说。”西门庆道：“大舅之事，都在于我。”

西门庆暴发后非但没有“六亲不认”，反更照恤亲友。

说毕话，月娘道：“请大舅来前边坐。”大舅道：“我去罢！只怕他三位来有甚话说。”西门庆道：“没甚么话。常二哥新近问我借了几两银子，买下了两间房子，已搬过去了，今日买了些礼儿来谢我，节间留他每坐坐。不想大舅来的正好。”于是让至前边坐下。月娘连忙教厨下打发菜儿上去。琴童与王经先安放八仙桌席端正，拿上小菜果酒上去。西门庆旋教开库房，拿出一坛夏提刑家送的菊花酒来。打开碧靛清，喷鼻香。未曾筛，先搀一瓶凉水，以去其蓼辣之性，然后贮于布甑内，筛出来，醇厚好吃，又不说葡萄酒。教王经用小金钟儿斟一杯儿，先与吴大舅尝了；然后伯爵等每人都尝讫，极口称羡不已。须臾，大盘大碗嗄饭肴品摆将上来，堆满桌上。先拿了两大盘玫瑰果馅蒸糕，蘸着白砂糖，众人乘热抢着吃了一顿；然后才拿上酿螃蟹；并两盘烧鸭子来。伯爵让大舅吃，连谢希大也不知是甚么做的，这般有味，酥脆好吃。西门庆道：“此是常二哥家送来的。”大舅道：“我空痴长了五十二岁，并不知螃蟹这般造作，委的好吃！”伯爵又问道：“后边嫂子都尝了尝儿不曾？”西门庆道：“房下每都有了。”伯爵道：“也难为我这常嫂，也这般好手段儿！”常时节笑道：“贱累还恐整理的不堪口，教列位哥笑话。”吃毕螃蟹，左右上来斟酒。西门庆令春鸿和书童两个在旁，一递一个歌唱南曲。

常氏有此“一绝”，常时节也算福分不浅了。

应伯爵忽听大卷棚内弹筝歌唱之声，便问道：“哥，今日有李桂姐在这里？不然，如何这等音乐之声？”西门庆道：“你再听着，是不是？”伯爵道：“李桂姐不是，就是吴银儿。”西门庆道：“你这花子，单管只瞎诌。倒是个女先生。”伯爵道：“不是郁大姐？”西门庆道：“不是他。这个是申二姐。年小哩！好个人材，又会唱。”伯爵道：“真个这等好，哥怎的不牵出来俺每瞧瞧，又唱个儿俺每听？”西门庆道：“今日你众娘每大节间，叫他来赏重阳顽耍；偏你这狗材，耳朵内听的见。”伯爵道：“我便是千里眼，顺风耳，随他四十里有蜜蜂儿叫，我也听见了。”谢希大道：“你这花子，两耳朵似竹签儿也似，愁听不见！”两个又顽笑了一回，伯爵道：“哥你好歹叫他出来，俺每见见儿。俺每不打紧，教他只当唱个儿与老舅听，也罢了！休要就古执了。”西门庆乞他逼迫不过，一面使王经：“领申二姐出来，唱与大舅听。”

不仅“白嚼”习以为常，“白听”也习以为常了。

不一时，申二姐来，望上磕了头起来，旁边安放校床儿，与他坐下。伯爵问申二姐：“青春多少？”申二姐回道：“属牛的，二十一岁了。”又问:“会多少小唱?”申二姐道:“琵琶筝上套数小唱,也会百十来个。”伯爵道:“你会许多唱也勾了。”西门庆道:“申二姐,你拿琵琶唱小词儿罢,省的劳动了你。说你会唱‘四梦八空’,你唱与大舅听。”分付王经、书童儿席间斟上酒。那申二姐款跨鲛绡,微开檀口,唱《罗江怨》道:

恹恹病转浓,甚日消融?春思夏想秋又冬。满怀愁闷诉与天公也,天有知呵,怎不把恩情送?恩多也是个空,情多也是个空,都做了南柯梦。

伊西我在东,何日再逢?花笺慢写封又封。叮咛嘱付与鳞鸿也,他也不忠,不把我这音书送。思量他也是空,埋怨他也是空,都做了巫山梦。

恩情逐晓风,心意懒慵。伊家做作无始终。山盟海誓一似耳边风也,不记当时,多少恩情重。亏心也是空,痴心也是空,都做了蝴蝶梦。

惺惺似懞懂,落伊套中。无言暗把珠泪涌。口心谁想不相同也,一片真心,将我厮调弄。得便宜也是空,失便宜也是空,都做了阳台梦。

总是陈词滥调。

不说前边弹唱饮酒,且说李瓶儿归到房中。坐净桶,下边似尿也一般,只顾流将起来,登时流的眼黑了。起来穿裙子,忽然一阵旋晕的,向前一头撞倒在地。饶是迎春在旁搊扶着,还把额角上磕伤了皮。和奶子搊到炕上,半日不省人事。慌了迎春,使绣春:“连忙快对大娘说去!”那绣春走到席上,报与月娘众人:“俺娘在房中晕倒了!”这月娘撇了酒席,与众姊妹慌忙走来看视。见迎春、奶子两个搊扶着他,坐在炕上,不省人事。便问:“他好好的进屋里,端的怎么来就不好了?”迎春揭开净桶与月娘瞧,把月娘唬了一跳,说道:“此是他刚才只怕吃了酒,助赶的他这血旺了,流了这些!”玉楼、金莲都说:“他几曾大好生吃酒来!”一面煎灯心姜汤灌他。半晌苏省过来,才说出话儿来了。月娘问:“李大姐,你怎的来?”李瓶儿道:“我不怎的。坐下桶子起来穿裙子,只见眼面前黑黑的一块子,就不觉天旋地转起来。由不的,身子就倒了。”月娘便要使来安儿:“请你爹进来。对他说,教他请任医官来看你。”那

心中不免幸灾乐祸。

李瓶儿又嗔教请去："休要大惊小怪，打搅了他吃酒。"月娘分付迎春："打铺教你娘睡罢！"月娘于是也就吃不成酒了，分付收拾了家火，都归后边去了。

西门庆陪侍吴大舅众人，至晚归到后边月娘房中。月娘告诉李瓶儿跌倒之事，西门庆慌走到前边来看视。见李瓶儿睡在炕上，面色蜡查黄了，扯着西门庆衣袖哭泣。西门庆问其所以，李瓶儿道："我到屋里坐杩子，不知怎的，下边只顾似尿也一般流起来，不觉眼前一块黑黑的。起来穿裙子，天旋地转就跌倒了，恁甚么就顾不的了！"西门庆见他额上磕伤一道油皮，说道："丫头都在那里，不看你，怎的跌伤了面貌？"李瓶儿道："还亏大丫头都在跟前，和奶子搊扶着我。不然，还不知跌得怎样的！"西门庆道："我明日还早使小厮，请任医官来看你看。"当夜，就在李瓶儿对面床上睡了一夜。

难得难得。一日无性事，于西门庆而言，可谓重大牺牲。

次日早辰，没往衙门里去，旋使琴童骑头口请任医官去了。直到晌午才来。西门庆先在大厅上陪吃了茶，使小厮说进去。李瓶儿房里收拾干净，薰下香。然后请任医官到房中。诊毕脉，走出外边厅上，对西门庆说："老夫人脉息，比前番甚加沉重些。七情感伤，肝肺火太盛，以致木旺土虚，血热妄行；犹如山崩而不能节制。复使大官儿后边问去，若所下的血，紫者犹可以调理；若鲜红者，乃新血也。学生撮过药来，若稍止则可有望；不然，难为矣。"西门庆道："望乞老先生留神加减，学生必当重谢！"任医官道："是何言语！你我厚间，又是明川情分，学生无不尽心。"

任医官态度虽极好，却总不见有医效。

西门庆待毕茶，送出门。随即具一匹杭绢、二两白金。使琴童儿讨将药来，名曰归脾汤。乘热而吃下去，其血越流之不止。西门庆越发慌了，又请大街口胡太医来瞧。胡太医说是气冲血管，热入血室，亦取将药来。吃下去，如石沉大海一般。

月娘见前边乱着请太医，只留申二姐住了一夜。与了他五钱银子、一件云绢比甲儿并花翠，装了个盒子，打发他坐轿子去了。花子由自从开张那日吃了酒去，听见李瓶儿不好，至是使了花大嫂，买了两盒礼来看他。见他瘦的黄恹恹儿，不比往时，两个在屋里大哭了一回。月娘后边摆茶，请他吃了。

韩道国说："东门外，住的一个看妇人科的赵太医，指下明白，极看得好。前岁小侄媳妇月经不通，是他看来。老爹这里差人，请他来看看六娘。管情就好。"西门庆于是就使玳安同王经两个，叠骑着头口，往门外请赵太医去了。

西门庆请了应伯爵来，在厢房坐的，和他商议："第六个房下，甚是不好的重。如之奈何？"伯爵失惊道："这个嫂子，贵恙说好些；怎的又不好起来？"西门庆道："自从小儿没了，一向着了忧戚，把病来又犯了。昨日重阳，我说接了申二姐，节间你每打伙儿散闷顽耍。他又没大好生吃酒，谁知走到屋中就不好：晕起来，一交跌倒在地，把脸都磕破了。请任医官来看，说脉息比前沉重，吃了药，倒越发血盛了。"伯爵道："哥，你请胡太医来看，怎的说？"西门庆道："胡太医说，是气冲了血管。吃了他的，也不见动静。今日韩伙计说，门外一个赵太医，名唤赵龙岗，专科看妇女，我使小厮骑头口请去了。一回把我焦愁的了不得，生生为这孩子不好，是白日黑夜思虑，起这病来了。妇女人家，又不知个回转；劝着他，又不依你，教我无法可处！"

正说着，平安来报："乔亲家爹来了。"西门庆一面让进厅上坐，叙礼已毕，坐下。乔大户道："闻得六亲家母有些不安，昨日舍甥到家，请房下便来奉看。"西门庆道："便是。一向因小儿没了，他着了忧戚；身上原有些不调，又感发起来了。蒙亲家挂心。"乔大户道："也曾请人来看不曾？"西门庆道："常吃任后溪的药，昨日又请大街胡先生来看。吃药越发转盛。今日又请门外专看妇人科赵龙岗去了。"乔大户道："咱县门前住的行医何老人，大小方脉俱精，他儿子何岐轩，见今上了个冠带医士。——亲家何不请他来看看亲家母？"西门庆道："既是好！等小价请了赵龙岗来看了脉息，看怎的说，再请他来不迟。"乔大户道："亲家，依我愚见：如今请了何老人来，看了亲家母脉息，讲说停当，安在厢房内坐的。待盛价门外请将赵龙岗来，看他诊了脉怎么说。教他两个细讲一讲，就论出病原来了。然后下药，无有个不效之理。"西门庆道："亲家说的是。"一面使玳安："拿我拜帖儿，和乔通去请县门前行医何老人来。"玳安等应诺去了。西门庆请伯爵到厅上，与乔大户相见，同

乱作一团。

病笃乱投医，乱投无好医。

也算搞一次"会诊"。

坐一处吃茶。

那消片晌之间，何老人到来。进门与西门庆、乔大户等作了揖，让于上面坐下。西门庆举手道："数年不见你老人家，不觉越发苍髯皓首。"乔大户又问："令郎先生肄业盛行？"何老人道："他逐日县中迎送，也不得闲。倒是老拙常出来看病。"伯爵道："你老人家高寿了？还这等健朗！"何老人道："老拙今年痴长八十一岁。"叙毕话，看茶上来吃了，小厮说进去。须臾请至房中，就床看李瓶儿脉息。旋挡扶起来，坐在炕上；挽着香云，阻隔三焦，形容瘦的十分狼狈了。但见他：

面如金纸，体似银条。看看减褪丰标，渐渐消磨精彩。胸中气急，连朝水米怕沾唇；五脏膨脝，尽日药丸难下腹。隐隐耳虚闻磬响，昏昏眼暗觉萤飞。六脉细沉，东岳判官催命去；一灵缥缈，西方佛子唤同行。丧门吊客已临身，扁鹊卢医难下手。

那何老人看了脉息，出来外边厅上，向西门庆、乔大户说道："这位娘子，乃是精冲了血管起，然后着了气恼。气与血相搏，则血如崩。细思当初起病之由，看是也不是？"西门庆道："你老人家如何治疗？"正相论间，忽报："琴童和王经门外，请了赵先生来了。"何老人便问是何人。西门庆道："也是伙计举来一医者。你老人家只推不知，待他看了脉息出来，你老人家和他两个相讲一讲，好下药。"

须知同行是冤家。

不一时，从外而入。西门庆与他叙礼毕，然后与众人相见。何乔二老居中，让他在左，应伯爵在右，西门庆主位相陪。来安儿拿上茶来。吃了，收下盏托去。此人便问："二位尊长贵姓？"乔大户道："俺二人一位姓何，一位姓乔。"伯爵道："在下姓应。敢问先生高姓，尊寓何处，治何生理？"其人答道："不敢。在下小子，家居东门外头条巷二郎庙三转桥四眼井住的。有名赵捣鬼便是。平生以医为业，家祖见为太医院院判；家父见充汝府良医，祖传三辈，习学医术。每日攻习王叔和、东垣勿听子、《药性赋》、《黄帝素问》、《难经》、《活人书》、《丹溪纂要》、《丹溪心法》、《洁古老脉诀》、《加减十三方》、《千金奇效良方》、《寿域神方》、《海上方》，无书不读，无书不看。药用胸中活法，脉明指下玄机。六气四时，辨阴阳之标格；七表八里，定关格之沉浮。风虚寒热之症候，一览无余；弦洪芤石之脉理，莫不通晓。小人拙口钝吻，不能细陈。聊有几句，道其梗概。”便道：

我做太医姓赵，门前常有人叫。只会卖杖摇铃，那有真材实料。行医不按良方，看脉全凭嘴调。撮药治病无能，下手取积儿妙。头疼须用绳箍，害眼全凭艾醮。心疼定敢刀剜，耳聋宜将针套。得钱一味胡医，图利不图见效。寻我的少吉多凶，到人家有哭无笑。正是：

半积阴功半养身，古来医道通仙道。

众人听了，都呵呵笑了。何老人道：“你门里出身，门外出身？”赵太医道：“门里出身怎的说，门外出身怎的说？”何老人道：“你门里出身，有父待子，接脉理之良法；若是门外出身，只可问病下药而已。”赵太医道：“老先生，你就不知道：古人云望闻问切，神圣功巧。学生三辈门里出身，先问病，后看脉，还要观其气色。就如同子平兼五星，还要观手相貌，才看得准，庶乎不差。”何老人道：“既是如此。请先生进看去。”西门庆即令琴童后边说去：“又请了赵先生来了。”

本是一折悲剧，忽嵌入此闹剧式“台词”。本书的文本，实在是非喜非悲非正非闹，然而，却又亦喜亦悲亦正亦闹。在作者叙述文本中，一切都毋庸“惊奇”，一切都可化为笑谈。

不一时，西门庆陪他进入李瓶儿房中。那李瓶儿方才睡下，安逸一回，又挡扶起来，靠养枕褥坐着。这赵太医先诊其左手，次诊右手，便教：“老夫人，抬起头来，看看气色。”那李瓶儿真个把头儿扬起来。赵太医教西门庆：“老爹，你问声老夫人：我是谁？”西门庆便问李瓶儿：“你看这位是谁？”那李瓶儿抬头看了一眼，便低声说道：“他敢是太医？”赵先生道：“老爹，不妨事，死不成。还认的人哩！”西门庆笑道：“赵先生，你用心看。我重谢你。”一面看视了半日，说道：“老夫人此病，休怪我说。据看其面色，又诊其脉息，非伤寒则为杂症。不是产后，定然胎前。”西门庆道：“不是此疾。先生，你再仔细诊一诊。”先生道：“敢是饱闷伤食，饮馔多了？”西门庆道：“他连日饭食，通不十分进。”赵先生又道：“莫不是黄病？”西门庆道：“不是。”赵先生道：“不是，如何面色这等黄？”又道：“多管是脾虚泄泻。”西门庆道：“也不是泄疾。”赵先生道：“不泄泻，却是甚么？怎生的害个病，也教人摸不着头脑！”坐想

仅此一句，可知医术确实“非凡”。

庸医问诊，也不至于如此"瞎子摸象"。实是一"荒唐医"。

了半日，说道："我想起来了。不是便毒鱼口，定然是经水不调匀。"西门庆道："女妇人那里便毒鱼口来？你说这经事不调，倒有些近理。"赵先生道："南无佛耶！小人可怎的也猜着一庄儿了！"西门庆问："如何经事不调匀？"赵先生道："不是干血痨，就是血山崩。"西门庆道："实说与先生：房下如此这般，下边月水淋漓不止，所以身上都瘦弱了。你有甚急方，合些好药与他吃，我重重谢你。"赵先生道："不打紧处。小人有药，等我到前边写出个方来，好配药去。"

西门庆一面同他来到前厅。乔大户、何老人还未去，问他甚么病源。赵先生道："依小人讲，只是经水淋漓。"何老人道："当用何药以治之？"赵先生道："我有一妙方，用着这几味药材，吃下去管情就好。听我说：

甘草、甘遂与硇砂，藜芦、巴豆与芫花，姜汁调着生半夏，用乌头、杏仁、天麻，这几味儿齐加。葱蜜和丸只一挝，清辰用烧酒送下。"

何老人听了，便道："这等药吃了，不药杀人了？"赵先生道："自古毒药苦口利于病。若早得摔手伶俐，强如只顾牵经。"西门庆道："这厮俱是胡说，教小厮与我扠出去！"乔大户道："伙计既举保来一场，医家休要空了他。"西门庆道："既是恁说，前边铺子里称二钱银子，打发他去罢！"那赵太医得了二钱银子往家，一心忙似箭，两脚走如飞。

西门庆到底是财主，"扠出去"与"称二钱银子打发"等价。

西门庆见打发赵太医去了，因向乔大户说："此人原来不知甚么。"何老人道："老拙适才不敢说：此人东门外有名的赵捣鬼，专一在街上卖杖摇铃，哄过往之人。他那里晓的甚脉息病源！"因说："老夫人此疾，老拙到家撮两贴药来。遇缘看，服毕经水少减，胸口稍开，就好用药。只怕下边不止，饮食再不进，就难为矣！"说毕起身。西门庆这里封白金一两。使玳安拿盒儿讨将药，晚夕与李瓶儿吃了，并不见其分毫动静。吴月娘道："你也省可里与他药吃。他饮食先阻住了，肚腹中有甚么儿，只顾拿药陶碌他。前者那吴神仙算他二十七岁有血光之灾，今年却不整二十七岁了？你还使人寻这吴神仙去，教替他打算算，这禄马数上看如何！只怕犯着甚么星辰，替他禳保禳保。"

西门庆这里，旋差人拿帖儿，往周守备府里问去。那里说："吴神仙云游之人，来去不定。但来，只在城南土地庙下。今岁从四月里，往武当山去了。要打数算命，真武庙外有个黄先生，打的好数。一数只要三钱银子，不上人家门去。一生前后事，都如眼见。"西门庆随即使陈经济拿三钱银子，径到北边真武庙门首抄寻，有黄先生家，门上贴着："抄算先天易数，每命卦金三星。"陈经济向前作揖，奉上卦金，说道："有一命，烦先生推算。"说与他八字：女命，年二十七岁，正月十五日午时。这黄先生把算子一打，就说："这女命辛未年，庚寅月，辛卯日，壬午时，理取印绶之格，借四岁行运。四岁己未，十四岁戊午，廿四岁丁巳，三十四岁丙辰。今年流年丁酉，比肩用事，岁伤日干，计都星照命；又犯丧门五鬼，灾杀作抄。夫计都者，乃阴晦之星也，其像犹如乱丝而无头，变异无常。大运逢之，多主暗昧之事，引惹疾病。主正、二、三、七、九月病灾有损，暗伤财物，小口凶殃。小人所算，口舌是非，主失财物。若是阴人，大为不利。"断云：

求医不成必问神。至今仍有不少中国人如此。

计都流年临照，命逢陆地行舟，必然家主皱眉头。静里踌躇无奈，闲中悲恸无休，女人犯此问根由：必似乱丝不久，切记胎前产后。

其数曰：

莫道成家在晚时，止缘父母早先离。
芳姿娇媚年来美，百计俱全更有思。
传扬伉俪当龙至，荣合屠羊看虎威。
可怜情熟恩情失，命入鸡宫叶落里。

抄毕数，封付与经济拿来家。西门庆正和应伯爵、温秀才坐的，见经济抄了数来，拿到后边解说与月娘听。命中多凶少吉，西门庆不听便罢，听了眉头搭上三黄锁，腹内包藏万斛愁。正是：

求医问卜，最后多半落实在"命中注定"。于是只好"认命"。

高贵青春遭大丧，伶俐醒然却受贫。
年月日时该定载，算来由命不由人。

毕竟未知后来如何，且听下回分解。

第六十二回
潘道士解禳祭灯法　西门庆大哭李瓶儿

行藏虚实自家知，祸福因由更问谁？
善恶到头终有报，只争来早与来迟。
闲中点检平生事，静里思量日所为。
常把一心行正道，自然天理不相亏。

话说西门庆见李瓶儿服药百般，医治无效。求神问卜发课，皆有凶无吉，无法可处。初时李瓶儿还闬阑着梳头洗脸，还自己下炕来坐净桶，次后渐渐饮食减少，形容消瘦，下边流之不止。那消几时，把个花朵朵人儿，瘦弱的不好看。也不着的炕了，只在裀褥上铺垫草纸。恐怕人进来嫌秽恶，教丫头烧着下些香在房中。西门庆见他胳膊儿瘦的银条儿相似，守着在房内哭泣。衙门中，隔日去走一走。

花落枝秽，居然不弃，西门庆对李瓶儿确有爱情。

李瓶儿便道："我的哥，你还往衙门中去，只怕误了你公事。我不妨事，只吃下边流的亏。若得止住不流了，再把口里放开，吃下些饮食儿，就好了。你男子汉，常绊住你，在房中守着甚么？"西门庆哭道："我的姐姐！我见你不好，心中舍不的你。"李瓶儿道："好傻子，只不死，死将来，你拦的住那些！"又道："我要对你说，也没与你说：我不知怎的，但没人在房里，心中只害怕。恰似影影绰绰，有人在我跟前一般。夜里要便梦见他，恰似好时的，拿刀弄杖，和我厮嚷。孩子也在他怀里，我去夺，反被他推我一交，说他那里又买了房子，来缠了好几遍，只叫我去。只不好对你说。"西门庆听了说道："人死如灯灭。这几年知道他往那里去了！此是你病的久了，下边流的你这神虚气弱了，那里有甚么邪魔魍魉、家亲外祟！我明日往吴道官庙里，讨两道符来，贴在这房门上，看有邪祟没有？”说话中间，走到前边，即差玳安骑头口，往玉皇庙讨符去。走到路上，迎见应伯爵和谢希大，忙下头口。因问：“你爹在家里？”玳安道：“爹在家里。”又问：“你往那里去？”玳安道：“小的往玉皇庙讨符去。”

说是不信邪魔魍魉，却又去求驱邪除祟的符。没有宗教信仰的中国人，心态做派大都如是。

伯爵与谢希大到西门庆家，因说道：“谢子纯听见嫂子不好，唬了一跳，敬来问安。”西门庆道：“这两日身上瘦的通不相模样了，丢的我上不上、下不下，却怎生样的？孩子死了随他罢了，成夜只是哭，生生忧虑出病儿来了，劝着又不依你，教我有甚法儿处！”伯爵道：“哥，你又使玳安往庙里做甚么去？”西门庆悉把李瓶儿房中无人害怕之事，告诉一遍：“只恐有邪祟。教小厮问吴道官那里，讨两道符来贴在房中，镇压镇压。”谢希大道：“哥，此是嫂子神气虚弱，那里有甚么邪祟魍魉来！”伯爵道：“哥，若遣邪也不难。门外五岳观潘道士，他受的是天心五雷法，极遣的好邪，有名唤做潘捉鬼，常将符水救人。哥，你差人请请他来，看看嫂子房里有甚邪祟，他就知道。你就教他治病，他也治得。”西门庆道：“等讨了吴道官符来，看在那里住。没奈何，你就领小厮，骑了头口，请了他来。”伯爵道：“不打紧，等我去。天可怜见嫂子好了，我就头着地也走。”说了一回话，伯爵和希大吃了茶，起身自勾当去了。

玳安儿讨了符来，贴在房中。晚间李瓶儿还害怕，对西门庆说：“死了的，他刚才和两个人来拿我。见你进来，躲出去了。”西门庆道：“你休信邪，不妨事。昨日应二哥说，此是你虚极了。他说门外五岳观有个潘道士，好符水治病，又遣的好邪。我明日早教应二哥去，请他来看你。有甚邪祟，教他遣遣。”李瓶儿道：“我的哥哥，你请他早早来。那厮他刚才发恨而去，明日还来拿我哩！你快些使人请去！”西门庆道：“你若害怕，我使小厮拿轿子接了吴银儿，和你做两日伴儿。”李瓶儿摇头儿，说：“你不要叫他，只怕误了他家里勾当。”西门庆道：“叫老冯来伏侍你两日儿如何？”李瓶儿点头儿。这西门庆一面使来安，往那边房子里。叫“冯妈妈”，又不在，锁了门出去了。对一丈青说下：“等他来，好歹教

李瓶儿一生，狠毒处只在背叛花子虚，故此种“梦魇”，实难避免。

他快来，宅内六娘叫他哩！”西门庆一面又差下玳安：“明日早起，你和应二爹往门外五岳观请潘道士去。”俱不在话下。

次日，只见观音庵王姑子，跨着一盒儿粳米、二十块大乳饼、一小盒儿十香瓜茄来看。李瓶儿见他来，连忙教迎春㧐扶起来坐的。王姑子道了问讯，李瓶儿道：“请他坐下。——王师父，你自印经时去了，影边儿通不见你。我恁不好，你就不来看我看儿？”王姑子道：“我的奶奶，我通不知你不好。昨日他大娘使了大官儿到庵里，我才晓得的。又说印经来，你不知道，我和薛姑子老淫妇合了一场好气。与你老人家印了一场经，只替他赶了网儿。背地里和印经家打了一两银子夹帐，我通没见一个钱儿。你老人家作福。这老淫妇到明日堕阿鼻地狱！为他气的我不好了，把大娘的寿日都误了，没曾来。”李瓶儿道：“他各人作业，随他罢。你休与他争执了。”王姑子道：“谁和他争执甚么！”李瓶儿道：“大娘好不恼你哩！说你把他受生的经都误了。”王姑子道：“我的菩萨，我虽不好，敢误了他的经？在家整诵了一个月受生，昨日才圆满了，今日才来。先到后边见了他，把我这些屈气告诉了他一遍。我说不知他六娘不好，没甚么，这盒粳米和些十香瓜、几块乳饼，与你老人家吃粥儿。大娘才教小玉姐领我来看你老人家。”小玉打开盒儿，与李瓶儿看了，说道：“多谢你费心。”王姑子道：“迎春姐，你把这乳饼就蒸两块儿来，我亲看你娘吃些粥儿。”那迎春一面收下去了。李瓶儿分付迎春：“摆茶来与王师父吃。”王姑子道：“我刚才后边大娘屋里吃了茶。煎些粥米，我看着你吃些粥儿。”

印经亦是生意，亦有从中犯规取利者。真是“处处闻商鸟”，“禅林鸟更刁”。

不一时，迎春安放桌儿，摆了四样茶食，打发王姑子吃了。然后拿上李瓶儿粥来，一碟十香甜酱瓜茄、一碟蒸的黄霜霜乳饼、两盏粳米粥。一双小牙筷，迎春拿着，奶子如意儿在旁拿着瓯儿。喂了半日，只呷了两三口粥儿，咬了一些乳饼儿，就摇头儿不吃了，教：“拿过去罢！”王姑子道：“人以水食为命，恁煎的好粥儿，你再吃些儿不是！”李瓶儿道：“也得我吃的下去是怎的！”迎春便把吃茶的桌儿掇过去。

水食不进，其命休矣！

王姑子揭开被，看李瓶儿身上肌体都瘦的没了，唬了一跳。说道：“我的奶奶，我去时你好些了；如何又不好了，就瘦得恁样的了？”如意儿道："可知好了哩！娘原是气恼上起的病，爹请了太医来看，每日服药，已是好到七八分了。只因八月内，哥儿着了惊唬不好，娘昼夜忧戚，那样劳碌，连睡也不得睡，实指望哥儿好了，不想没了。成日着了那哭，又着了那暗气暗恼在心里，就是铁石人也禁不的。怎的不把病又犯了！是人家有些气恼儿，对人前分解分解，也还好；娘又不出语，着紧问还不说哩！"王姑子道："那讨气来？你爹又疼他，你大娘又敬他，左右是五六位娘，端的谁气着他？"奶子道："王爷，你不知道，谁气着他——"因使绣春："外边瞧瞧，看关着门不曾。路上说话，草里有人不备。——俺娘都因为着了那边五娘一口气。他那边猫挝了哥儿手，生生的唬出风来。爹来家那等问着娘，只是不说。落后大娘说了，才把那猫来摔杀了。他还不承认，拿俺每煞气！八月里哥儿死了，他每日那边指桑树骂槐树，百般称快。俺娘这屋里，分明听见，有个不恼的？左右背地里气，只是出眼泪。因此这样暗气暗恼，才致了这一场病。天知道罢了！娘可是好性儿，好也在心里，歹也在心里，姊妹之间，自来没有个面红面赤。有件称心的衣裳，不等的别人有了，他还不穿出来。这一家子，那个不叨贴他娘些儿？可是说的，饶叨贴了娘的，还背地不道是。"王姑子道："怎的不道是？"如意儿道："相五娘那边，潘姥姥来一遭，遇着爹在那边歇，就过来这屋里和娘做伴儿。临去，娘与他鞋面、衣服、银子，甚么不与他！五娘还不道是。"

李瓶儿听见，便嗔如意儿："你这老婆，平白只顾说他怎的！我已是死去的人了，随他罢了。天不言而自高，地不言而自卑。"王姑子道："我的佛爷，谁知道你老人家这等好心！天也有眼，望下看着哩！你老人家往后来还有好处！"李瓶儿道："王师父，还有甚么好处！一个孩儿也存不住，去了。我如今又不得命，身底下弄这等疾，就是做鬼，走一步，也不得个伶俐。我心里还要与王师父些银子儿，望你到明日我死了，你替我在家请几位师父，多诵些《血盆经》，忏我这罪业。还不知堕多少罪业哩！"王姑子道："我的菩萨，你老人家忒多虑了。天可怜见！到明日假若好了是的。你好心人，龙天自有加护。"正说着，只见琴童儿进来对迎春说："爹分付把房内收拾收拾，花大舅便进来看娘，在前边坐

失败者自慰语。其实"天地以万物为刍狗"。天地无言，命运自知。

着哩!”王姑子便起身说道:“我且往后边走走去。”李瓶儿道:“王师父,你休要去了,与我做两日伴儿,我还和你说话哩!”王姑子道:“我的奶奶,我不去。”

不一时,西门庆陪花大舅进来看问,见李瓶儿睡在炕上不言语。花子由道:“我不知道,昨日听见这边大官儿去说,才晓的;明日你嫂子来看你。”那李瓶儿只说了一声:“多有起动。”就把面朝里去了。花子由坐了一回,起身到前边,向西门庆说道:“俺过世公公老爷在广南镇守,带的那三七药,曾吃来不曾?不拘妇女甚崩漏之疾,用酒调五分末儿,吃下去即止。大姐他手里有收下此药,何不服之?”西门庆道:“这药也吃过了。昨日本府胡大尹来拜,我因说起此疾,他也得了个方儿:棕灰与白鸡冠花煎酒服之。只止了一日,到第二日流的比常更多了。”花子由道:“这个就难为了。姐夫,你早替他看下副板儿,预备他罢!明日教嫂子来看他。”说毕起身,西门庆再三款留不住,作辞去了。

在花家人跟前,实无法“直面”。

奶子与迎春,正与李瓶儿垫草纸在身底下,只见冯妈妈来到,向前道了万福。如意儿道:“冯妈妈贵人,怎的不来看看娘?昨日爹使来安儿叫你去来,说你锁着门,往那里去来?”冯婆子道:“说不得我这苦。成日往庙里修法,早辰出去了,是也直到黑,不是也直到黑。来家,偏有那些张和尚、李和尚、王和尚。”如意儿道:“你老人家怎的这些和尚?早时没王师父在这里?”那李瓶儿听了,微笑了一笑儿,说道:“这妈妈子,单管只撒风。”如意儿道:“冯妈妈,叫着你还不来!娘这几日粥儿也不吃,只是心内不耐烦。你刚才来到,就引的娘笑了一笑儿。你老人家伏侍娘两日,管情娘这病就好了。”冯妈妈道:“我是你娘退灾的博士!”又笑了一回。因向被窝里摸了摸他身上,说道:“我的娘,你好些儿也罢了!”又问:“坐杩子还下的来?”迎春道:“下的来倒好。前两遭娘还閒阑,俺每搊扶着下来。这两日通只在炕上铺垫草纸,一日回两三遍。”如意儿道:“本等没吃甚么大食力,怎禁的这等流!”

旧仆胜至亲。

正说着,只见西门庆进来。看见冯妈妈,说道:“老冯,你也常来这边瞧瞧。怎的去了就不来?”婆子道:“我的爷,我怎不来?这两日腌菜的时候,挣两个钱儿,腌些菜在屋里。遇着人家领来的业障,好与他吃。

不然，我那讨闲钱买菜儿与他吃？”西门庆道：“你不对我说，昨日俺庄子上起菜，拨两三畦与你也勾了。”婆子道：“又敢缠你老人家？”说毕，老冯过那边屋里去了。

西门庆便坐在炕沿上，迎春在旁薰爇芸香。西门庆便问：“你今日心里觉怎样？”又问迎春：“你娘早辰吃了些粥儿不曾？”迎春道：“吃的倒好。王师父送了乳饼，蒸来，娘只咬了一些儿，呷了不上两口粥汤，就丢下了。”西门庆道：“刚才应二哥、小厮门外请那潘道士，又不在了。明日我教来保骑头口再请去。”李瓶儿道：“你上紧着人请去。那厮但合上眼，只在我跟前缠。”西门庆道：“此是你神弱了，只把心放正着，休要疑影他。管情请了他，替你把这邪祟遣遣，再服他些药儿，管情你就好了。”李瓶儿道：“我的哥哥，奴已是得了这个拙病，那里好甚么！若好，只除非再与两世人是的。奴今日无人处，和你说些话儿：奴指望在你身边团圆几年，死了也是做夫妻一场。谁知到今二十七岁，先把冤家死了；奴又没造化，这般不得命，抛闪了你去了。若得再和你相逢，只除非在鬼门关上罢了！”说着，一把拉着西门庆手，两眼落泪，哽咽，再哭不出声来。那西门庆亦悲恸不胜，哭道：“我的姐姐，你有甚话？只顾说。”两个正在屋里哭，忽见琴童儿进来，说：“答应的禀爹：明日十五，衙门里拜牌，画公座，大发放，爹去不去？班头好伺候。”西门庆道：“我明日不得去。拿我帖儿回你夏老爹，自家拜了牌罢！”琴童应诺去了。

李瓶儿道：“我的哥哥，你依我，还往衙门去，休要误了你公事要紧。我知道几时死，还早哩。”西门庆道：“我在家守你两日儿，其心安忍！你把心来放开，不要只管多虑了。刚才他花大舅和我说，教我早与你看下副寿木，冲你冲，管情你就好了。”李瓶儿点头儿，便道：“也罢。你休要信着人，使那憨钱。将就使十来两银子，买副熟料材儿，把我埋在先头大娘坟旁。只休把我烧化了，就是夫妻之情。早晚我就抢些浆水，也方便些。你偌多人口，往后还要过日子哩！”这西门庆不听便罢，听了如刀剜肝胆、剑挫身心相似，哭道：“我的姐姐，你说的是那里话！我西门庆就穷死了，也不肯亏负了你！”

正说着，只见月娘亲自拿着一小盒儿鲜苹菠进来，说道：“李大姐，

问“心里觉怎样”，是真关怀。若问“身体觉怎样”，则虽未必是假关怀，总有“应付”之嫌。

官哥死西门庆未哭，李瓶儿未死，西门庆却哭了。此是书中西门庆头一回哭。这一哭不要紧，从此起，哭声不断，越哭越厉害。西门庆不仅是个“血肉性躯”，也是个“有情种子”。此书中的西门庆血肉感情均极丰满。

西门庆确实对李瓶儿有称得上是真挚的爱情。为了李瓶儿他不惜“耽搁公事”，并且把财产也都看虚了，此时的西门庆，人性中的美好一面显现出来，并颇为强烈。

他大妗子那里送苹菠儿来与你吃。"因令迎春:"你洗净了,拿刀儿切块来你娘吃。"李瓶儿道:"又多谢他大妗子挂心。"不一时,迎春旋去皮儿,切了,用瓯儿盛贮。西门庆与月娘在旁看着,拈喂了一块,与他放在口内,只嚼了些味儿,还吐出来了。月娘恐怕劳碌他,安顿他面朝里,就睡了。

西门庆与月娘都出来外边商议。月娘便道:"李大姐我看他有些沉重。你不早早与他看一副材板儿来,预备着他?直到那临时到节热乱,又乱不出甚么好板来。马捉老鼠一般,不是那干营生的道理。"西门庆道:"今日花大哥也是这般说。适才我略与他题了题儿,他分付:'休要使多了钱,将就抬副熟板儿罢。你偌多人口,往后还要过日子。'倒把我伤心了这一会。我说亦发请潘道士来看了他,看板去罢!"月娘道:"你看没分晓。一个人的形也脱了,关口都锁住,勺水也不进来,还妄想指望好?咱一壁打鼓,一壁磨旗。幸的他若好了,把棺材就舍与人,也不值甚么。"西门庆道:"既是恁说——"就出到厅上,叫将贲四来,问他:"谁家有好材板,你和姐夫两个拿银子看一副来。"贲四道:"大街上陈千户家,新到了几副好板。"西门庆道:"既有好板——"即令陈经济:"你后边问你娘要五锭大银子来,你两个看去。"

一拿就是五锭大银子,确实舍得。

那陈经济少顷取了五锭元宝出来,同贲地传去了。直到后晌才来回话。西门庆问:"怎的这咱才来?"他二人回说:"到陈千户家,看了几副板都中等,又价钱不合。回来到路上,撞见乔亲家爹,说尚举人家有一副好板。原是尚举人父亲,在四川成都府做推官时带来,预备他老夫人的。两副桃花洞,他使了一副;只剩下这一副,墙磕、底盖、堵头俱全,共大小五块,定要三百七十两银子。乔亲家爹同俺每过去看了,板是无比的好板。乔亲家与做举人的讲了半日,只退了五十两银子。不是明年上京会试用这几两银子,便也还舍不得卖这副板。还看咱这里要,别人家,定要三百五十两。"西门庆道:"既是你乔亲家爹主张,兑三百二十两抬了来罢。休要只顾摇铃打鼓的了。"陈经济道:"他那里收了咱二百五十两。还找与他七十两银子就是了。"一面问月娘又要出七十两雪花银子,二人去了。

《红楼梦》中对秦可卿用板一节的描写,或受此书此处影响。

确实不惜银子。

比及黄昏时分，只见许多闲汉，用大红毡条裹着，抬板进门，放在前厅天井内。打开西门庆观看，果然好板。随即叫匠人来锯开，里面喷香；每块五寸厚，二尺五寸宽，七尺五寸长。看了满心欢喜。又旋寻了伯爵到来看，因说："这板也看得过了。"伯爵口不住只顾喝采不已，说道："原说是姻缘板，大抵一物必有一主。嫂子嫁哥一场，今日情受这副材板勾了。"分付匠人："你用心，只要做的好，你老爹赏你五两银子。"匠人道："小人知道。"一面在前厅七手八脚，连夜攒造棺椁不题。伯爵嘱来保："明日早五更去请潘道士。他若来，就同他一答儿来，不可迟滞。"说毕，陪西门庆晚夕在前厅看着做材，到一更时分才家去了。西门庆道："明日早些来。只怕潘道士来的早。"伯爵道："我知道。"作辞出门去了。

应花子此话，虽仍出于"凑趣"，对西门庆心灵的抚慰作用极大。朋友总算没有白交。

却说老冯与王姑子，晚夕都在李瓶儿屋里相伴。只见西门庆前边散了，进来看视，要在屋里睡。李瓶儿不肯，说道："没的这屋里龌龌龊龊的。他每都在这里，不方便，你往别处睡去罢！"西门庆又见王姑子都在这里，遂过那边金莲房中去了。

李瓶儿教迎春把角门关了，上了拴。教迎春点着灯，打开箱子取出几件衣服银饰来，放在旁边。先叫过王姑子来，与他了五两一锭银子，一匹绸子："等我死后，你好歹请几位师父，与我诵《血盆经忏》。"王姑子道："我的奶奶，你忒多虑了。天可怜见，你只怕好了。"李瓶儿道："你只收着，不要对大娘说我与你银子；只说我与了你这匹绸子做经钱。"王姑子道："我理会了。"于是把银子和绸子接过来了。

又唤过冯妈妈来，向枕头边也拿过四两银子，一件白绫袄、黄绫裙，一根银掠儿，递与他，说道："老冯，你是个旧人。我从小儿，你跟我到如今。我如今死了去，也没甚么。这一套衣服，并这件首饰儿，与你做一念儿。这银子你收着，到明日做个棺材本儿。你放心，那房子等我对你爹说。你只顾住着，只当替他看房儿，他莫不就撵你不成！"冯妈妈一手接了银子和衣服，倒身下拜，哭的说道："老身没造化了！有你老人家在一日，与老身做一日主儿；你老人家若有些好歹，那里归着？"

人之将死，其言更善。

李瓶儿又叫过奶子如意儿，与了他一袭紫绸子袄儿、蓝绸裙，一件旧绫披袄儿，两根金头簪子、一件银满冠儿，说道："也是你奶哥儿一场。哥儿死了，我原说的教你休撅上奶去。实指望我在一日，占用你一日，不想我又死去了。我还对你爹和你大娘说，到明日我死了，你大娘生了哥儿，也不打发你出去了，就教接你的奶儿罢！这些衣物与你做一念儿，你休要抱怨。"那奶子跪在地下，磕着头，哭道："小媳妇实指望伏侍娘到头！娘自来，没曾大气儿呵着小媳妇。还是小媳妇没造化，哥儿死了，娘又这般病的不得命。好歹对大娘说，小媳妇男子汉又没了，死活只在爹娘这里答应了，出去投奔那里？"说毕，接了衣服首饰，磕了头起来，立在旁边，只顾揩眼泪。

李瓶儿一面叫过迎春、绣春来跪下，嘱付道："你两个……也是你从小儿在我手里答应一场，我今死去，也顾不得你每了。你每衣服都是有的，不消与你了。我每人与你这两对金裹头簪儿、两枝金花儿，做一念儿。那大丫头迎春，已是他爹收用过的，出不去了，我教与你大娘房里拘管着。这小丫头绣春，我教你大娘寻家儿人家，你出身去罢。省的观眉说眼，在这屋里，教人骂没主子的奴才。我死了，就见出样儿来了。你伏侍别人，还相在我手里那等撒娇撒痴？好也罢歹也罢了，谁人容的你？"那绣春跪在地下哭道："我娘，我就死也不出这个门！"李瓶儿道："你看傻丫头！我死了，你在这屋里伏侍谁？"绣春道："我守着娘的灵。"李瓶儿道："就是我的灵，供养不久，也有个烧的日子。你少不的也还出去。"绣春道："我和迎春都答应大娘。"李瓶儿道："这个也罢了。"这绣春还不知甚么，那迎春听见李瓶儿嘱付他，接了首饰，一面哭的言语说不出来。正是：流泪眼观流泪眼，断肠人送断肠人。当夜，李瓶儿都把各人嘱付了。

人在鬼门关前，对人情世故参得格外透彻。

到天明，西门庆走进房来。李瓶儿问："买了我的棺材来了没有？"西门庆道："从昨日就抬了板来，在前边做材哩！且冲你冲。你若好了，情愿舍与人罢！"李瓶儿因问："是多少银子买的？休要使那枉钱，往后不过日子哩？"西门庆道："没多，只给了百十两来银子。"李瓶儿道："也还多了。预备下，与我放着。"那西门庆说了回出来，前边看着做材去了。

二人此时的对话，双方都压抑着感情的奔涌，却令人读来格外鼻酸。

只见吴月娘和李娇儿先进房来，看见他十分沉重，便问道："李大姐，你心里却怎样的？"李瓶儿揝着月娘手，哭道："大娘，我好不成了。"月娘亦哭道："李大姐，你有甚么话儿？二娘也在这里，你和俺两个说。"李瓶儿道："奴有甚话说。奴与娘做姊妹这几年，又没曾亏了我，实承望和娘相守到白头。不想我的命苦，先把个冤家没了；如今不幸我又得了这个拙病，死去了。我死之后，房里这两个丫头无人收拘。那大丫头已是他爹收用过的，教他往娘房里伏侍娘。小丫头，娘若要使唤，留下；不然，寻个单夫独妻，与小人家做媳妇儿去罢，省的教人骂没主子的奴才。也是他伏侍奴一场；奴就死，口眼也闭。又奶子如意儿，再三不肯出去，大娘也看着奴分上，也是他奶孩儿一场，明日娘十月已满，生下哥儿，就教接他奶儿罢！"月娘道："李大姐，你放宽心，都在俺两个身上。说凶得吉。你若有些山高水低，迎春教他伏侍我，绣春教他伏侍二娘罢！如今二娘房里丫头不老实做活，早晚要打发出去；教绣春伏侍他罢！奶子如意儿，既是你说他没头奔，咱家那里占用不下他来？就是我有孩子没孩子，到明日配上个小厮，与他做房家人媳妇也罢了。"李娇儿在旁便道："李大姐，你休只要顾虑。一切事都在俺两个身上。绣春到明日过了你的事，我收拾房内伏侍我，等我抬举他就是了。"李瓶儿一面教奶子和两个丫头过来，与二人磕头。那月娘由不得眼泪出。

吴月娘哭，一是她二人矛盾最小，二是本富同情心。

不一时，孟玉楼、潘金莲、孙雪娥都进来看他。李瓶儿都留了几句姊妹仁义之言，不必细记。落后待的李娇儿、玉楼、金莲众人都出去了，独月娘在屋里守着他。李瓶儿悄悄向月娘哭泣说道："娘到明日好生看养着，与他爹做个根蒂儿。休要似奴心粗，吃人暗算了。"月娘道："姐姐，我知道。"看官听说：自这一句话，就感触月娘的心来。后次西门庆死了，金莲就在家中住不牢者，就是想着李瓶儿临终这句话。正是：惟有感恩并积恨，千年万载不成尘。

实有必要细记。李瓶儿对潘金莲如何说，潘金莲如何应答，尤应细记。竟不仅不"细记"，亦不"粗记"，是著者避难，还是故意留下"想象空间"，让读者"参与创作"？

听李瓶儿对吴月娘的肺腑之言，可知前面李、潘对话实难描摹。

正说话中间，只见琴童分付房中收拾焚下香，五岳观请了潘法官来了。月娘一面看着，教丫头收拾房中干净；伺候净茶净水，焚下百合真香。月娘与众妇女，都藏在那边床屋里听觑。不一时，只见西门庆领了那潘道士进来。怎生形相？但见：

头戴云霞五岳冠，身穿皂布短褐袍，腰系杂色彩丝绦；背上横纹古铜剑，两只脚穿双耳麻鞋，手执五明降鬼扇。八字眉，两个杏子眼；四方口，一道落腮胡。威仪凛凛，相貌堂堂。若非霞外云游客，定是蓬莱玉府人。

只见进入角门，刚转过影壁，恰走到李瓶儿房穿廊台基下。那道士往后退讫两步，似有呵叱之状。尔语数四，方才左右揭帘，进入房中。向病榻而立，运双睛，努力以慧通神目一视。仗剑手内，掐指步罡，念念有辞，早知其意。走出明间，朝外设下香案。西门庆焚了香。这潘道士焚符，喝道："值日神将，不来等甚！"噀了一口法水去，见一阵狂风所过，一黄巾力士现于面前。但见：

黄罗抹额，紫绣罗袍。狮蛮带紧束狼腰，豹皮裈牢拴虎体。常游云路，每历罡风。洞天福地片时过，岳渎酆都捻指到。业龙作孽，向海底以擒来；妖魅为殃，劈山穴而提出。玉皇殿上，称为符使之名；北极车前，立有天丁之号。常在坛前护法，每来世上降魔。胸悬雷部赤铜牌，手执宣花金蘸斧。

那位神将拱立阶前，大言："召吾神那厢使令？"潘道士便道："西门氏门中，李氏阴人不安，投告于我案下。汝即与我拘当坊土地、本家六神，查考有何邪祟，即与我擒来，毋得迟滞！"言讫，其神不见。须臾，潘道士瞑目变神，端坐于位上。据案击令牌，恰似问事之状，久久乃止。

出来，西门庆让至前边卷棚内，问其所以。潘道士便说："此位娘子，惜乎为宿世冤愆所诉于阴曹。非邪祟也，不可擒之。"西门庆道："法官，可解禳得么？"潘道士道："冤家债主，须得本人可舍则舍之。虽阴官亦不能强。"因见西门庆礼貌虔切，便问："娘子年命若干？"西门庆道："属羊的，二十七岁。"潘道士道："也罢。等我与他祭祭本命星坛，看他命灯何如。"西门庆问："几时祭？用何香纸祭物？"潘道士道："就是今晚三更正子时，用白灰界画，建立灯坛，以黄绢围之，镇以生辰坛斗，祭以五谷枣汤。不用酒脯，只用本命灯二十七盏，上浮以华盖之仪，余无他物。官人可斋戒青衣，坛内俯伏行礼，贫道祭之。鸡犬皆关去，不可入来打搅。"这西门庆都一一备办停当，就不敢进入，在书房中沐浴

此书作者，未必信此，但对于人物命运，总要找个解释，百无聊赖中，只好归结为善恶报应、轮回有定。

斋戒，换了净衣。那日留应伯爵也不家去了，陪潘道士吃斋馔。

到三更天气，建立灯坛完备，潘道士高坐在上，——下面就是灯坛，按青龙、白虎、朱雀、玄武，上建三台华盖，周列十二宫辰，下首才是本命灯，共合二十七盏。——先宣念了投词。西门庆穿青衣俯伏阶下。左右尽皆屏去，再无一人在左右。灯烛荧煌，一齐点将起来。那潘道士在法座上披下发来，仗剑，口中念念有词，望天罡，取真炁，布步诀，蹑瑶坛。正是：三信焚香三界合，一声令下一声雷。但见：晴天星明朗灿，忽然一阵地黑天昏；卷棚四下皆垂着帘幕，须臾起一阵怪风所过。正是：

非干虎啸，岂是龙吟。仿佛入户穿帘，定是摧花落叶。推云出岫，送雨归川。雁迷失伴作哀鸣，鸥鹭惊群寻树杪。嫦娥急把蟾宫闭，列子空中叫救人。

大风所过三次，一阵冷气来，把李瓶儿二十七盏本命灯尽皆刮尽，惟有一盏复明。那潘道士明明在法座上，见一个白衣人领着两个青衣人从外进来，手里持着一纸文书，呈在法案下。潘道士观看：却是地府勾批，上面有三颗印信。唬的慌忙下法座来，向前唤起西门庆来，如此这般，说道："官人，请起来罢！娘子已是获罪于天，无所祷也！本命灯已灭，岂可复救乎？只在旦夕之间而已了。"那西门庆听了，低首无语，满眼落泪，哭泣哀告："万望法师搭救则个！"潘道士道："定数难逃，难以搭救了。"就要告辞。西门庆再三款留："等天明早行罢！"潘道士道："出家人草行露宿，山栖庙止，自然之道。"西门庆不复强之，因令左右捧出布一匹、白金三两，作经衬钱。潘道士道："贫道奉行皇天至道，对天盟誓，不敢贪受世财。取罪不便。"推让再四，只令小童收了布匹，作道袍穿，就作辞而行。嘱付西门庆："今晚官人切忌不可往病人房里去，恐祸及汝身。慎之，慎之！"言毕，送出大门，拂袖而去。

西门庆有泪不轻弹，却为李瓶儿一哭再哭。

西门庆归到卷棚内，看着收拾灯坛。见没救星，心中甚恸，向伯爵坐的，不觉眼泪出。伯爵道："此乃各人禀的寿数。到此地位，强求不得。哥也少要烦恼。"因打四更时分，说道："哥，你也辛苦了，安歇安歇罢！我且家去，明日再来。"西门庆道："教小厮拿灯笼送你去。"即令来安取了灯，送伯爵出去，关上门进来。

道士宣布"定数难逃"，"救星"已绝，仍留恋难舍，此情确深。

那西门庆独自一个坐在书房内,掌着一枝蜡烛,心中哀恸,口里只长吁气,寻思道:"法官戒我休往房里去,我怎生忍得!宁可我死了也罢!须得厮守着,和他说句话儿。"于是进入房中,见李瓶儿面朝里睡。听见西门庆进来,翻过身来便道:"我的哥哥,你怎的就不进来了?"因问:"那道士点的灯怎么说?"西门庆道:"你放心,灯上不妨事。"李瓶儿道:"我的哥哥,你还哄我哩!刚才那厮领着两个人,又来在我跟前闹了一回,说道:'你请法师来遣我,我已告准在阴司,决不容你!'发恨而去,明日便来拿我也。"西门庆听了两泪交流,放声大哭道:"我的姐姐,你把心来放正着,休要理他。我实指望和你相伴几日,谁知你又抛闪了我去了!宁教我西门庆口眼闭了,倒也没这等割肚牵肠!"那李瓶儿双手搂抱着西门庆脖子,呜呜咽咽悲哭,半日哭不出声。说道:"我的哥哥,奴承望和你并头相守,谁知奴家今日死去也。趁奴不闭眼,我和你说几句话儿:你家事大,孤身无靠,又没帮手,凡事斟酌,休要那一冲性儿。大娘等,你也少要亏了他的;他身上不方便,早晚替你生下个根绊儿,庶不散了你家事。你又居着个官,今后也少要往那里去吃酒,早些儿来家,你家事要紧。比不的有奴在,还早晚劝你。奴若死了,谁肯只顾的苦口说你?"西门庆听了,如刀剜心肝相似,哭道:"我的姐姐,你所言我知道,你休挂虑我了。我西门庆那世里绝缘短幸,今世里与你夫妻不到头!疼杀我也!天杀我也!"李瓶儿又说迎春、绣春之事:"奴已和他大娘说来,到明日我死,把迎春伏侍他大娘;那小丫头,他二娘已承揽。他房内无人,便教伏侍二娘罢!"西门庆道:"我的姐姐,你没的说!你死了,谁人敢分散你丫头?奶子也不打发他出去,都教他守你的灵。"李瓶儿道:"甚么灵!回个神主子,过五七儿烧了罢了。"西门庆道:"我的姐姐,你不要管他。有我西门庆在一日,供养你一日。"两个说话之间,李瓶儿催促道:"你睡去罢。这咱晚了。"西门庆道:"我不睡了,在这屋里守你守儿。"李瓶儿道:"我死还早哩!这屋里秽恶,熏的你慌,他每伏侍我不方便。"

此时西门庆兽性全消,人性凸现。

生人作死别,恨恨哪可论!

感情达于沸点,但李瓶儿用感情承载的劝诫,却未必会随感情进入他的深层意识。

西门庆不得已,分付丫头:"仔细看守你娘。"往后边上房里对月娘说,悉把祭灯不济之事告诉一遍:"刚才我到他房中,我观他说话儿还伶俐。天可怜，只怕还熬出来了，也不见得。”月娘道：“眼眶儿也塌了，嘴唇儿也干了，耳轮儿也焦了。还好甚么？也只在早晚间了。他这个病，是恁伶俐，临断气还说话儿。”西门庆道：“他来了咱家这几年，大大小小没曾惹了一个人，且是又好个性格儿，又不出语。你教我舍得他那些儿！”题起来又哭了。月娘亦止不住落泪。不说西门庆与月娘说话。

西门庆仍存一线希望。从月娘形容可知，李瓶儿已大脱形，西门庆却毫不嫌其“鬼样”，可知情人眼里存在永恒的西施。

且说李瓶儿唤迎春、奶子：“你扶我面朝里略倒倒儿。”因问道：“天有多咱时分了？”奶子道：“鸡还未叫，有四更天了。”叫迎春替他铺垫了身底下草纸，扫他朝里，盖被停当，睡了。众人都熬了一夜没曾睡。老冯与王姑子都已先睡了，那边屋里锁着。迎春与绣春在面前地坪上搭着铺。那里刚睡倒，没半个时辰，正在睡思昏沉之际，梦见李瓶儿下炕来，推了迎春一推，嘱付：“你每看家，我去也！”忽然惊醒，见桌上灯尚未灭；向床上视之，还面朝里，摸了摸，口内已无气矣。不知多咱时分呜呼哀哉，断气身亡。可惜一个美色佳人，都化作一场春梦！正是：阎王教你三更死，怎敢留人到五更！迎春慌忙推醒众人，点灯来照，果然见没了气儿，身底下流血一洼。慌了手脚，走去后边报知西门庆。

西门庆听见李瓶儿死了，和吴月娘两步做一步，奔到前边。揭起被，但见面容不改，体尚微温。脱然而逝，身上止着一件红绫抹胸儿。这西门庆也不顾的甚么身底下血渍，两只手抱着他香腮亲着。口口声声只叫：“我的没救的姐姐，有仁义好性儿的姐姐！你怎的闪了我去了？宁可教我西门庆死了罢！我也不久活于世了，平白活着做甚么！”在房里离地跳的有三尺高，大放声号哭。吴月娘亦揾泪哭涕不止。落后李娇儿、孟玉楼、潘金莲、孙雪娥，合家大小，丫鬟养娘，都抬起房子来也一般，哀声动地哭起来。月娘向李娇儿、孟玉楼道：“不知晚夕多咱死了，恰好衣服儿也不曾得穿一件在身上。”玉楼道：“娘，我摸他身上还温温儿的，也才去了不多回儿。咱不趁热脚儿不替他穿上衣裳，还等甚么？”月娘因见西门庆搕伏在他身上，挝脸儿那等哭，只叫：“天杀了我西门庆了！姐姐你在我家三年光景，一日好日子没过，都是我坑陷了你了！”月娘听了，心中就有些不耐烦了，说道：“你看韶刀！哭两声儿，丢开手罢了！一个死人身上，也没个忌讳，就脸挝着脸儿哭，倘忽口里恶气扑着

此回写西门庆为李瓶儿哭，每回写法不同，登峰造极的一哭，是此处。

西门庆哭到“孤立无援”的地步了。

吴月娘认为西门庆哭过"限"了,越过"次序"了。西门庆对月娘的"义正辞严",只能默然领受。

你是的!他没过好日子,谁过好日子来?人死如灯灭,半晌时不借!留的住他倒好!各人寿数到了,谁人不打这条路儿来?"因令李娇儿、孟玉楼:"你两个拿钥匙,那边屋里寻他装防的衣服出来。咱每眼看着与他穿上。"又叫:"六姐,咱两个把这头来整理整理。"西门庆又向月娘说:"多寻出两套他心爱的好衣服,与他穿了去。"月娘分付李娇儿、玉楼:"你寻他新裁的大红段遍地锦袄儿、柳黄遍地金裙,并他今年乔亲家去那套丁香色云绸妆花衫、翠蓝宽拖子裙,并新做的白绫袄、黄绸子裙出来罢。"

当下迎春拿着灯,孟玉楼拿钥匙,开了床屋里门,拔步床上第二个描金箱子里,都是新做的衣服。揭开箱盖,玉楼、李娇儿寻了半日,寻出三套衣裳来,又寻出件绑衬身紫绫小袄儿、一件白绸子裙、一件大红小衣儿并白绫女袜儿、妆花膝裤腿儿。李娇儿抱过这边屋里,与月娘瞧。月娘正与金莲灯下替他整理头髻,用四根金簪儿绾一方大鸦青手帕,旋勒停当。李娇儿因问:"寻双甚么颜色鞋,与他穿了去?"潘金莲道:"姐姐,他心里只爱穿那双大红遍地金鹦鹉摘桃白绫高底鞋儿,只穿了没多两遭儿。倒寻那双鞋出来,与他穿了去罢!"吴月娘道:"不好。倒没的穿上阴司里,好教他跳火坑。你把前日门外往他嫂子家去,穿的那双紫罗遍地金高底鞋,也是扣的鹦鹉摘桃鞋,寻出来与他装绑了去罢!"这李娇儿听了,走来向他盛鞋的四个小描金箱儿,约百十双鞋,翻遍了都没有。迎春说:"俺娘穿了来,只放在这里。怎的没有?"走来厨下问绣春。绣春道:"我看见娘包放在箱坐橱里。"扯开坐橱子寻,还有一大包,都是新鞋,寻出来了。众人七手八脚,都装绑停当。

潘金莲此建议未必出于恶意。反正斯人已死,乐得让她穿双"好鞋"。

西门庆率领众小厮,在大厅上收卷书画,围上帏屏。把李瓶儿用板门抬出,停于正寝。下铺锦褥,上覆纸被,安放几筵香案,点起一盏随身灯来。专委两个小厮在旁侍奉,一个打磬、一个炷纸。一面使玳安:"快请阴阳徐先生来看时批书。"月娘打点出装绑衣服来,就把李瓶儿床房门锁了,只留炕屋里,交付与丫头养娘。那冯妈妈见没了主儿,哭的三个鼻头,两个眼泪。王姑子且口里喃喃呐呐,替李瓶儿念《密多心经》、《药师经》、《解冤经》、《楞严经》并《大悲中道神咒》,请引路王菩萨与他接引冥途。西门庆在前厅手拘着胸膛，由不的抚尸大恸。哭了又哭，把声都呼哑了，口口声声只叫“我的好性儿有仁义的姐姐”不住。

又是一样哭法，却都非做作，乃一片至情的自然迸发。“好性儿”“有仁义”，此评最确。

比及乱着，鸡就叫了。玳安请了徐先生来，向西门庆施礼，说道：“老爹烦恼，奶奶没了。在于甚时候?”西门庆道：“因此时候不真，睡下之时已打四更，房中人都困倦，睡熟了，不知多咱时分没了。”徐先生道：“此是第几位奶奶?”西门庆道：“乃是第六的小妾。生了个拙病，淹淹缠缠，也这些时了。”徐先生道：“不打紧。”因令左右掌起灯来，厅上揭开纸被观看，手掐丑更，说道：“正当五更二点彻。还属丑时断气。”西门庆即令取笔砚，请徐先生批书。这徐先生向灯下打开青囊，取出万年历通书来观看，问了姓氏并生时八字，批将下来：“已故锦衣西门夫人李氏之丧。生于元祐辛未正月十五日午时，卒于政和丁酉九月十七日丑时。今日丙子，月令戊戌，犯天地往亡日，重丧之日，煞高一丈，向西南方而去，遇太岁煞冲迎斩之局。避本家，忌哭声，成服后无妨。入殓之时，忌龙、虎、鸡、蛇四生人外，亲人不避。”吴月娘使出玳安来：“教徐先生看看黑书上，往那方去了。”这徐先生一面打开阴阳秘书观看，说道：“今日丙子日，乃是己丑时死者。上应宝瓶宫，下临齐地。前生曾在滨州王家作男子，打死怀胎母羊，今世为女人，属羊。禀性柔婉，自幼阴谋之事，父母双亡，六亲无靠；先与人家作妾，受大娘子气；及至有夫主，又不相投，犯三刑六害；中年虽招贵夫，常有疾病，比肩不和。生子夭亡，主生气疾，肚腹流血而死。前九日魂去，托生河南汴梁开封府袁指挥家为女，艰难不能度日；后耽阁至二十岁，嫁一富家，老少不对；中年享福，寿至四十二岁，得气而终。”

看毕黑书，众妇女听了，皆各叹息。西门庆教徐先生看破土安葬日期。徐先生请问：“老爹，停放几时?”西门庆哭道：“热突突怎么就打发出去的? 须放过五七才好。”徐先生道：“五七里没有安葬日期；倒是四七里，宜择十月初八日丁酉午时破土，十二日辛丑巳时安葬。合家六位本命都不犯。”西门庆道：“也罢。到十月十二日发引，再没那移了。”徐先生当写殃榜，盖伏死者身上，向西门庆道：“十九日辰时大殓，一应之物老爹这里备下。”于是刚打发徐先生出了门，天已发晓。

已成死尸，仍恋恋不舍。此回写西门庆对李瓶儿的情爱，真是写足到了十二分。

西门庆使琴童儿骑头口，往门外请花大舅，然后分班差家下人各亲眷处报丧。又使人往衙门中给假，在家整理丧事。使玳安往狮子街取了二十桶瀼纱漂白、三十桶生眼布来，教赵裁雇了许多裁缝，在西厢房先雇人造帏幕、帐子、桌围，并入殓衣衾缠带，各房里女人衫裙。外边小厮伴当，每人都是白唐巾、一件白直裰。又兑了一百两银子，教贲四往门外店里推了三十桶魁光麻布、二百匹黄丝孝绢。一面又教搭匠在大天井内，搭五间大棚。西门庆因想起李瓶儿动止行藏模样儿来，心中忽然想起忘了与他传神。叫过来保来问："那里有写真好画师？寻一个传神。我就把这件事忘了。"来保道："旧时与咱家画围屏的韩先儿，他原是宣和殿上的画士，革退来家。他传的好神。"西门庆道："他在那里住？快与我请来。"这来保应诺去了。

西门庆熬了一夜没睡的人，前后又乱了一五更，心中感着了悲恸，神思恍乱，只是没好气，骂丫头、踢小厮，守着李瓶儿尸首，由不的放声哭叫。那玳安在傍，亦哭的言不的语不的。

转悲为怒，这才是西门庆。

吴月娘正和李娇儿、孟玉楼、潘金莲在帐子后，打伙儿分散各房里丫头并家人媳妇。看见西门庆只顾哭起来，把喉音也叫哑了。问他，与茶也不吃，只顾没好气。月娘便道："你看恁劳叨！死也死了，你没的哭的他活！哭两声丢开手罢了！只顾扯长绊儿哭起来了。三两夜没睡，头也没梳，脸也还没洗，乱了恁五更，黄汤辣水还没尝着，就是铁人也禁不的。把头梳了，出来吃些甚么，还有个主张。好小身子，一时摔倒了，却怎样儿的？"玉楼道："他原来还没梳头洗脸哩？"月娘道："洗了脸倒好！我头里使小厮请他后边洗脸，他把小厮踢进来，谁再问他来！"金莲接过来道："你还没见，头里进他屋里寻衣裳，教我是不是，倒好意说他：'都相恁一个死了，你恁般起来，把骨秃肉儿也没了。你在屋里吃些甚么儿，出去再乱也不迟。'他倒把眼睁红了的，骂我：'狗攮的淫妇，管你甚么事！'我如今镇日不教狗攮，却教谁攮哩？恁不合理的行货子，只说人和他合气。"月娘道："热突突死了，怎么不疼？你就疼也还放心里。那里就这般显出来。人也死了，不管那有恶气没恶气，就口挝着口那等叫唤，不知甚么张致！吃我说了两句：他可可儿来，三年没过一日好日

虽都是不满意于西门庆的哭，心思究竟还有区别。

子，镇日教他挑水挨磨来?”孟玉楼道:“娘，不是这等说。李大姐倒也罢了，没甚么。倒吃了他爹恁三等九格的!”金莲道:“他没得过好日子，那个偏受用着甚么哩！都是一个跳板儿上人。”

正说着，只见陈经济手里拿着九匹水光绢:“爹说教娘每剪各房里手帕，剩下的与娘每做裙子。”月娘收了绢，便道:“姐夫，去请你爹进来扒口子饭。这咱七八待晌午，他茶水还没尝着哩!”经济道:“我是不敢请他。头里小厮请他吃饭，差些没一脚踢杀了，我又惹他做甚么!”月娘道:“你不请他，等我另使人请他来吃饭。”良久，叫过玳安来，说道:“你爹还没吃饭，哭这一日了。你拿上饭去，趁温先生在，陪他吃些儿。”玳安道:“请应二爹和谢爹去了，等他来时，娘这里使人拿饭上去，消不的他几句言语儿，管情爹就吃了饭!”月娘道:“碜说嘴的囚根子，你是你爹肚里蛔虫！俺每这几个老婆，倒不如你了。你怎的就知道他两个来才吃饭?”玳安道:“娘每不知。爹的好朋友，大小酒席儿，那遭少了他两个？爹三钱，他也是三钱；爹二星，他也是二星。爹随问怎的着了恼，只他到，略说两句话儿，爹就眉花眼笑的。”

“知夫莫若妇”，又不如“知主莫若仆”灵验；然而，“酒肉朋友”们，却又比宠仆更解颐催餐。

说了一回，棋童儿请了应伯爵、谢希大二人来到。进门扑倒灵前地下，哭了半日，只哭“我的有仁义的嫂子”。被金莲和玉楼骂道:“贼油嘴的囚根子！俺每都是没仁义的!”二人哭毕扒起来，西门庆与他回礼。两个又哭了，说道:“哥烦恼，烦恼。”一面让至厢房内，与温秀才叙礼坐下。先是伯爵问道:“嫂子甚时候殁了?”西门庆道:“正丑时断气。”伯爵道:“我到家已是四更多了。房下问我，我说看阴骘，嫂子这病已在七八了。不想刚睡就做了一梦，梦见哥使大官儿来请我，说家里吃庆官酒教我急急来到。见哥穿着一身大红衣服，向袖中取出两根玉簪儿与我瞧，说一根砸折了。教我瞧了半日，对哥说:‘可惜了，这折了是玉的，完全的倒是硝子石。’哥说两根都是玉的。俺两个正睡着，我就醒了，教我说此梦做的不好。房下见我只顾咂嘴，便问:‘你和谁说话?’我道:‘你不知，等我到天晓告诉你。’等到天明，只见大官儿到了，戴着白，教我只顾跌脚！果然哥有孝服。”西门庆道:“我前夜也做了恁个梦，和你这个一样儿。梦见东京翟亲家那里，寄送了六根簪儿，内有一根砸折了。我说可惜儿的，教我夜里告诉房下，不想前边断了气。好不睁眼的天，撇的我真好苦！宁可教我西门庆死了，眼不见就罢了！到明日，一时半霎想起来，你教我怎不心疼？平时我又没曾亏欠了人，天何今日夺吾所爱之甚也！先是一个孩儿也没了，今日他又长伸脚子去了。我还活在世上做甚么？虽有钱过北斗，成何大用？”伯爵道：“哥，你这话就不是了。我这嫂子与你是那样夫妻，热突突死了，怎的不心疼？争耐你偌大的家事，又居着前程，这一家大小太山也似靠着你。你若有好歹，怎么了得！就是这些嫂子都没主儿。常言：一在三在，一亡三亡。哥你聪明、你伶俐，何消兄弟每说？就是嫂子他青春年少，你疼不过，越不过他的情，成服，令僧道念几卷经，大发送，葬埋在坟里，哥的心也尽了，也是嫂子一场的事。再还要怎样的？哥，你且把心放开！”

爱情大于金钱，此是西门此时所悟。可惜悟性难常久。凡人大都如此，也难单责西门庆。

当时被伯爵一席话，说的西门庆心地透彻，茅塞顿开，也不哭了。须臾，拿上茶来吃了，便唤玳安：“后边说去，看饭来。我和你应二爹、温师父、谢爹吃。”伯爵道：“哥原来还未吃饭哩！”西门庆道：“自你去了，乱了一夜，到如今谁尝甚么儿来？”伯爵道：“哥，你还不吃饭，这个就糊突了！常言道：‘宁可折本，休要饥损。《孝经》上不说的：‘教民无以死伤生，毁不灭性。’死的自死了，存者还要过日子。哥要做个张主。”正是：数语拨开君子路，片言题醒梦中人。毕竟未知后来如何，且听下回分解。

养友千日，用于一时。

死的自死，活的自活。此确系人间常景、常情、常理。

此回之前，西门庆“性多情少”，乃至常呈现为一种“尽性而为”的“色狼”面貌。李瓶儿之死，却突然打开了西门庆作为一个完整的生命存在的另一扇人性之门，让我们惊异于他原来竟也能有那样强烈、执著、率真、纯净的情爱。在此回里，作者不厌其烦地重复迭进地描写李瓶儿的色槁身秽，以此映衬西门庆的超“色”之纯情，并且淋漓尽致地描写西门庆“大哭李瓶儿”，那种“不顾体统”的恨不能死在一处的大哭，在作者笔下确实传达出了一种震撼力，此书的许多读者都有这样的感受：通体而言，此书是一种“冷文本”，它绝不使我们感动，只令我们在“冷观”中“寂悟”，然而此回是个例外，它让西门庆与李瓶儿的生死恋情，在迭进的细节中，生发出一种令读者心热眼也热的“感动效应”，这种“以热间冷”的手法，使此书不仅在揭橥人性的复杂方面又升上了一个台阶，也使此书的艺术魅力，平添了更多的光彩。

李瓶儿之死，从通部书的结构上来说，也是一个大变局、大转折。从此西门庆的生活打破了“美满”“兴旺”的总体格局，开始出现越来越多的失落、扫兴、疑虑、凶兆，虽然仍有某些“意外”的乐趣填补着他的空虚与缺憾，但他本人和他家庭的前景，确是趋于暗淡与衰落了！

第六十三回
亲朋祭奠开筵宴　西门庆观戏感李瓶

十二瑶台七宝栏，琼花落后再开难。
龙须煮药医无效，熊胆为丸晒未干。
蓉帐夜愁红烛冷，纸窗秋暮翠衾寒。
应怜失伴孤飞雁，霜落风高一影单。

话说当日，应伯爵劝解了西门庆一回，拭泪而止，令小厮后边看饭去了。不一时，吴大舅、吴二舅都到了，灵前行毕礼，与西门庆作揖，道及烦恼之意。请至厢房中，与众人同坐。

玳安走至后边，向月娘说："如何？我说娘每不信，怎的应二爹来了，一席话说的爹就吃饭了？"金莲道："你这贼，积年久惯的囚根子！镇日在外边替他做牵头，有个拿不住他性儿的！"玳安道："从小儿答应主子，不知心腹？"月娘问道："那几个在厢房子里坐着，陪他吃饭？"玳安道："大舅、二舅刚才来，和温师父，连应二爹、谢爹、韩伙计、姐夫，共爹八位人哩。"月娘道："请你姐夫来后边吃罢了，也挤在上头！"玳安道："姐夫坐下了。"月娘分付："你和小厮往厨房里拿饭去。你另拿瓯儿拿粥与他吃，清早辰不吃饭。"玳安道："再有谁？止我在家，都使出报丧、烧纸、买东西。王经，又使他往张亲家爹那里借云板去了。"月娘道："书童那奴才，和他拿去是的，怕打了他纱帽展脚儿！"玳安道："书童和画童两个在灵前，一个打磬，一个伺候焚香烧纸哩！春鸿，爹又使他跟贲四换绢去了。嫌绢不好，要换六钱一匹的绢破孝。"月娘道："论

宠仆得意语。

起来,五钱银子的也罢,又巴巴儿换去!”又道:“你叫下画童儿那小奴才,和他快拿去,只顾还挨磨甚么!”玳安于是和画童两个,大盘大碗拿到前边,安放八仙桌席。

众人正吃着饭,只见平安拿进手本来禀:“衙门中夏老爹,差写字的送了三班军卫,来这里答应,讨回帖。”西门庆看了放下,分付:“讨三钱银子赏他。写期服生双回帖儿,回你夏老爹,多谢了。”一面吃毕饭,收了家火。只见来保请的画师韩先生来到。西门庆与他行毕礼,说道:“烦先生揭白传个神子儿。”那韩先生道:“小人理会得了。”吴大舅道:“动手迟了些。倒只怕面容改了。”韩先生道:“也不妨,就是揭白也传得。”

正吃茶毕,忽见平安来报:“门外花大舅来了。”西门庆陪花子由灵前哭涕了一回,见毕礼数,与众人一处。因问甚么时候,西门庆道:“正丑时断气。临死还伶伶俐俐说话儿!刚睡下,丫头起来瞧,就没了气儿。”因见韩先生旁边小童拿着屏插,袖中取出抹笔颜色来,花子由道:“姐夫如今要传个神子?”西门庆道:“我心里疼他,少不的留了个影像儿。早晚看着,题念他题儿。”一面分付后边堂客躲开,掀起帐子,领韩先生和花大舅众人到跟前。这韩先生用手揭起千秋幡,用五轮八宝玩着两点神水,打一观看,见李瓶儿勒着鸦青手帕,虽故久病,其颜色如生,姿容不改:黄恹恹的,嘴唇儿红润可爱。那西门庆由不的掩泪而哭。当下来保与琴童在傍捧着屏插、颜色。韩先生一见就知道了。众人围着他求画,应伯爵便道:“先生,此是病容;平昔好时,比此还生的面容饱满,姿容秀丽。”韩先生道:“不须尊长分付,小人知道。不敢就问老爹:此位老夫人,前者五月初一日,曾在岳庙里烧香,亲见一面,可是否?”西门庆道:“正是。那时还好哩!先生,你用心想着,传画一轴大影、一轴半身,灵前供养,我送先生一匹段子、上盖十两银子。”韩先生道:“老爹分付,小人无不用心。”须臾,描染出个半身来,端的玉貌幽花秀丽,肌肤嫩玉生香。拿与众人瞧,就是一幅美人图儿。西门庆看了,分付玳安:“拿到后边与你娘每瞧瞧去,看好不好。有那些儿不是,说来好改。”

这玳安拿到后边,向月娘道:“爹说交娘每瞧瞧六娘这影,看画的如何?那些儿不像,说出去教韩先生好改。”月娘道:“成精鼓捣!人也不

爱之深,由此可见。

还哭。

全是“醋溜眼睛”。

知死到那里去了，又描起影来了，画的那些儿像！”潘金莲接过来道：“那个是他的儿女，画下影，传下神来，好替他磕头礼拜？到明日六个老婆死了，画下六个影才好。”孟玉楼和李娇儿拿过来观看，说道：“大娘，你来看李大姐这影，倒像似好时那等模样；打扮的鲜鲜儿，只是嘴唇略扁了些儿。”月娘道：“这左边额头略低了些儿。他的眉角，比这眉角儿还湾些。亏这汉子，揭白怎的画来？”玳安道：“他在庙上曾见过六娘一面，刚才想着，就画到这等模样。”少顷，只见王经进来说道：“娘每看了，快教拿出去，乔亲家爹来了，等乔亲家爹瞧哩！”

写韩先生画技，不取夸张笔法。头一遍稍逊风骚，改后方好。

玳安走到前边，分付韩先生道：“这里边说来：嘴唇略扁了些；左额角稍低，眉还略放湾着些儿。”韩先生道：“这个不打紧。”随即取描笔改正了呈与乔爹瞧。乔大户道：“亲家母这幅尊像，是画得通；只是少了口气儿。”西门庆满心欢喜，一面递了三钟酒与韩先生，管待了酒饭，红漆盘捧出一匹尺头、十两白金与韩先生。教他：“先攒造出半身来，就要挂；大影不误出殡就是了。俱要用大青大绿，珠翠围发冠，大红通神五彩遍地金袍儿，百花裙。衢花绫裱，象牙轴头。”韩先生道：“不必分付，小人知道。”领了银子，教小童拿着插屏，拜辞出门。乔大户与众人又看了一回做成的棺木，便道：“亲家母今日小殓罢了？”西门庆道：“如今仵作行人来，就小殓。大殓还等到三日。”乔大户吃毕茶，就告辞起身去了。

大办丧事。色色精细。《红楼梦》写秦可卿丧事，或受到此回影响。

不一时，仵作行人来伺候，纸劄打卷，铺下衣衾。西门庆要亲与他开光明，强着陈经济做孝子，与他抿了目。西门庆旋寻出一颗胡珠，安放在他口里。登时小殓停当，照前停放端正，放下帐子，合家大小哭了一场。来兴又早冥衣铺里，做了四座堆金沥粉侍奉的捧盆巾盥栉毛女儿，都是珠子缨络儿、银厢坠儿，似真的色绫衣服，一边两座摆下。灵前供养彝炉商瓶、烛台香盒、教锡匠打造停当，摆在桌上，耀日争辉。又兑了十两银子，教银匠打了三付银爵盏。正在厢房中，与应伯爵定管丧礼簿籍：先兑了五百两银子、一百吊钱来，委付与韩伙计管帐；贲四与来兴儿专管大小买办，兼管外厨房；应伯爵、谢希大、温秀才、甘伙计四人，轮番陪侍往来吊客；崔本专管付孝帐；来保管外库房；王经管酒房；春鸿与画童专管灵前伺候；平安逐日与四名排军，单管人来打云板，捧香纸；又是一个写字的，带领四名排军，在大门首记门簿，值念经日期打伞，相搭挑幡幢，无事把门。都派委已定，写了告示，贴在影壁上，各遵守去讫。

只见皇庄上薛内相，差人送了六十根杉条、三十条毛竹、三百领芦席、一百条麻绳，拿帖儿与西门庆瞧。连忙赏了来人五钱银子，拿期服生回帖儿，打发去了。分付搭彩匠把棚起脊，搭大着些，留两个门走，把影壁夹在中间；前厨房内还搭三间罩棚，大门首扎七间榜棚。请报恩寺十二众僧人，先念倒头经。每日两个茶酒，在茶坊内伺候茶水。外厨房两名厨役，答应各项饭食。花大舅、吴二舅坐了一回，起身去了。

西门庆交温秀才起孝帖儿，要开刊去，令写“荆妇奄逝”。温秀才悄悄拿与应伯爵看。伯爵道：“这个理上说不通。见有如今吴家嫂子在正室，如何使得？这一个出去，不被人议论？就是吴大哥心内也不自在。等我慢慢再与他讲，你且休要写着！”陪坐至晚，各散归家去了。

温秀才“善揣人意”。

西门庆晚夕也不进后边去。就在李瓶儿灵旁边，装起一张凉床，拿围屏围着，铺陈停当，独自宿歇。有春鸿、书童儿近前伏侍。天明便往月娘房里梳洗。裁缝做白唐巾、孝冠、孝衣、白绒袜、白履鞋、绖带随身。

西门庆居然扬情抑性到如此地步。

第二日清辰，夏提刑就来探丧吊问，慰其节哀。西门庆还礼毕，温秀才相陪，待茶而去。到门首，分付写字的：“好生在此答应。查有不到的排军，呈来衙门内惩治。”说毕，骑马往衙门中去了。西门庆令温秀才发帖儿，差人请各亲眷，三日做斋诵经，早来赴会。后晌，铺排来收拾道场，悬挂佛像。不必细说。

那日，院中吴银儿打听得知，坐轿子来，灵前哭泣上纸。到后边，月娘相接引去。吴银儿与月娘磕头，哭道：“六娘没了，我通一字不知。就没个人儿和我说声儿。可怜，伤感人也！”孟玉楼道：“你是他干女儿，他不好了这些时，你就不来看他看儿？”吴银儿道：“好三娘，我但知道，有个不来看的？说句假就死了！委实不知道。”月娘道：“你不来看你娘，他还挂牵着你，留了件东西儿与你做一念儿，我替你收着哩！”因令小玉：“你取出来，与银姐儿看。”那小玉走到里间，取出包袱，内包着一套段子衣服、两根金头簪儿、一件金花儿。把吴银儿哭的泪人也相似，说道："我早知他老人家不好，也来伏侍两日儿！"说着，一面拜谢了月娘。月娘待茶与他吃，留他过了三日去。

到三日，和尚打起磬子，扬幡，道场诵经，挑出纸钱去。合家大小都披麻带孝。陈经济穿重孝、绖巾，佛前拜礼。街坊邻舍，亲朋官长，来吊问上纸祭奠者，不计其数。阴阳徐先生早来伺候大殓。祭告已毕，抬尸入棺。西门庆交吴月娘，又寻出他四套上色衣服来，装在棺内，四角安放了四锭小银子儿。依着花子由，说："姐夫倒不消安他在里面。金银日久定要出世，倒非久远之居。"西门庆不肯，安放如故。放下一七星板，阁上紫盖，仵作四面用长命丁一齐钉起来。一家大小放声号哭。西门庆亦哭的呆了，口口声声哭叫："我的年小的姐姐，再不得见你了！"良久哭毕，管待徐先生斋馔，打发去了。

洒花米，贴"神灯安真"四个大字在灵前。亲朋伙计人等，都是巾带孝服。行香之时，门首一片皆白。温秀才举荐北边杜中书来题名旌，名子春，号云野，原侍真宗宁和殿，今坐闲在家。西门庆备金币请来，在卷棚内备果盒。西门庆亲递三杯酒，应伯爵与温秀才相陪，铺大红官纻题旌。西门庆要写"诏封锦衣西门恭人李氏柩"十一字，伯爵再三不肯，说："见有正室夫人在，如何使得！"杜中书道："说曾生过子，于礼也无碍。"讲了半日，去了"恭"字，改了"室人"。温秀才道："恭人系命妇有爵，室人乃室内之人，只是个浑然通常之称。"于是用白粉题毕，"诏封"二字贴了金，悬于灵前，又题了神主。叩谢杜中书，管待酒馔，拜辞而去。

西门庆果然要这样写。

将主子意旨用合乎"礼义"的"符码"体现，正是秀才值得主子豢养的原因。

那日，乔大户、吴大舅、花大舅，门外韩姨夫、沈姨夫，各家都是三牲祭桌来烧纸。乔大户娘子并吴大妗子、二妗子、花大妗子，坐轿子来吊丧，祭祀哭泣。月娘等皆孝髻、头须系腰、麻布孝裙，出来回礼举哀，让后边待茶摆斋。惟花大妗子与花大舅便是重孝，直身道袍儿；余者都是轻孝。那日院中李桂姐打听得知，坐轿子也来上纸。看见吴银儿在这里，说道："你几时来的，怎的也不会我会儿？好人来，原来只顾你！"吴银儿道："我也不知道娘没了。早知是也来看看儿。"月娘后边管待，俱不必细说。

李桂姐此语穿插得妙。到权财两旺的人家奔丧，也要争个"先来后到"。

须臾过了，看看到首七，正是报恩寺十六众上僧：黄僧官为首座，引领做水陆道场，诵《法华经》，拜三昧水忏。亲朋伙计，无不毕集。那日，玉皇庙吴道官来上纸吊孝、揽二七经，西门庆留在卷棚内。众人吃斋，忽见小厮来报："韩先生送半身影来。"众人观看，但见头戴金翠围冠、双凤珠子挑牌、大红妆花袍儿，白馥馥脸儿，俨然如生时一般。西门庆见了满心欢喜，悬挂像材头上。众人无不夸奖："只少口气儿。"一面让卷棚吃斋，嘱付："大影比这还要加工夫些。"韩先生道："小人随笔润色，岂敢粗心！"西门庆厚赏而去。

午间，乔大户那边来上祭：猪羊祭品，吃看桌面，高顶簇盘，五老锭胜、方糖树果、金碟汤饭、五牲看碗、金银山、段帛彩缯、冥纸炷香，共约五十余抬；地吊高跷，锣鼓细乐吹打，缨络打挑，喧阗而至。官堂客约许多人，阴阳生读祝，西门庆与陈经济穿孝衣在灵前还礼，应伯爵、谢希大与温秀才、甘伙计等迎待宾客。那日，乔大户邀了尚举人、朱台官、吴大舅、刘学官、花千户、段亲家七八位亲朋，各在灵前上香。三献已毕，俱跪听读祝文曰：

维政和七年，岁次丁酉，九月庚申朔，越二十二日辛巳，眷生乔洪等，谨以刚鬣、柔毛、庶羞之奠，致祭于

故亲家母西门孺人李氏之灵曰：呜呼，孺人之性，宽裕温良，治家勤俭，御众慈祥，克全妇道，誉动乡邦。闺阃之秀，兰蕙之芳，夙配君子，效聘鸾凰。抚字子姓，以义以方；效颦大德，以柔以良。施懿范于家室，悚和粹于娣婞。蓝玉已种，浦珠已光。正期谐琴瑟于有永，享弥寿于无疆。胡为一疾，梦断黄粱。善人之殁，孰不哀伤。弱女襁褓，沐爱姻嫱。不期中道天不从愿，鸳伴失行，恨隔幽冥，莫睹行藏。悠悠情谊，寓此一觞。灵其有知，来格来歆。尚飨。

官客祭毕。回礼毕，让卷棚内，自有桌席管待，不在话下。然后乔大户娘子、崔亲家母、朱台官娘子、尚举人娘子、段大姐众堂客女眷祭奠，地吊锣鼓，灵前吊鬼判队舞，戟将响乐。吴月娘陪着哭毕，请去后边待茶设席，三汤五割，俱不必细说。

西门庆正在卷棚内陪人吃酒，忽听前边打的云板响。答应的慌慌张张进来禀报："本府胡爷上纸来了，在门首下轿子。"慌的西门庆连忙穿孝衣，灵前伺候。即使温秀才衣巾素服出迎，前厅伺候换衣裳。左右先捧进香纸，然后胡府尹素服金带才进来。许多官吏围随，扶衣搊带，奔走不暇。于是灵前春鸿跪着，捧的香高高的，上了香，展拜两礼。西门庆便道："老先生请起，多有劳动。"连忙下来回了礼。胡府尹道："吊迟，吊迟。令夫人几时没了？学生昨日才知。"西门庆道："不想箧室一疾不救，辱承老先生枉吊。"温秀才在傍作揖毕，与西门庆两边列坐。待茶一杯，胡府尹起身，温秀才送出大门，上轿而去。上祭人吃至后晌时分，方散。

地方高级行政长官也来与祭，西门庆真有面子。

到第二日，院中郑爱月儿家来上纸。爱月儿下了轿子，穿着白云绢对衿袄儿、蓝罗裙子，头上勒着珠子箍儿，白挑线汗巾子，进至灵前烧了纸。月娘见他抬了八盘饼馓、三牲汤饭来祭奠，连忙讨了一匹整绢孝裙与他。吴银儿与李桂姐都是三钱奠仪，告西门庆说。西门庆道："值甚么？每人都与他一匹整绢就是了。"月娘邀到后边房儿里摆茶管待，过夜。

晚夕，亲朋伙计来伴宿，叫了一起海盐子弟搬演戏文。李铭、吴惠、郑奉、郑春都在这里答应。晚夕，西门庆在大棚内放十五张桌席，为首的就是乔大户、吴大舅、吴二舅、花大舅、沈姨夫、韩姨夫、倪秀才、温秀才、任医官、李智、黄四、应伯爵、谢希大、祝日念、孙寡嘴、白来创、常时节、傅自新、韩道国、甘出身、贲地传、吴舜臣、两个外甥，还有街坊六七位人，都是十菜五果，开桌儿。点起十数枝高檠大烛来，厅上垂下帘。堂客便在灵前，围着围屏放桌席，往外观戏。当时众人祭奠毕，西门庆与经济回毕礼，安席上坐。下边戏子打动锣鼓，搬演的是"韦皋、玉箫女两世姻缘"《玉环记》。西门庆分派四名排军，单管下边拿盘，琴童、棋童、画童、来安四个单管下果儿，李铭、吴惠、郑奉、郑春四个小优儿席上斟酒。

"白喜事"，竟比"红喜事"还要热闹火爆。

不一时吊场，生扮韦皋，唱了一回下去；贴旦扮玉箫，又唱了一回下去。厨房里厨役上汤饭割鹅。应伯爵便向西门庆说："我闻的院里姐儿三个在这里，何不请出来，与乔老亲家、老舅席上递杯酒儿？他倒是会看戏，又倒便益了他！"西门庆便使玳安："进入说去：请他姐儿三个出来。"乔大户道:"这个却不当。他来吊丧,如何叫他递起酒来?"伯爵道:"老亲家,你不知,相这样小淫妇儿,别要闲着他。——快与我牵出来!你说应二爹说,六娘没了,只当行孝顺;也该与俺每人递杯酒儿。"玳安进去半日,说:"听见应二爹在坐,都不出来哩!"伯爵道:"既恁说,我去罢。"走了两步,又回坐下。西门庆笑道:"你怎的又回了?"伯爵道:"我有心待要扯那三个小淫妇出来。等我骂两句,出了我气,我才去。"落后又使了玳安请了一遍,那三个才慢条条出来。都一色穿着白绫对衿袄儿、蓝段裙子,向席上不端不正拜了拜儿,笑嘻嘻立在旁边。应伯爵道:"俺每在这里,你如何只顾推三阻四,不肯出来?"那三个也不答应,向上边递了回酒,别设一席坐着。下边鼓乐响动,关目上来,生扮韦皋,净扮包知水,同到勾栏里玉箫家来。那妈儿出来迎接,包知水道:"你去叫那姐儿出来。"妈云:"包官人,你好不着人,俺女儿等闲不便出来。说不的一个'请'字儿,你如何说'叫他出来'?"那李桂姐向席上笑道:"这个姓包的!就和应花子一般,就是个不知趣的蹇味儿!"伯爵道:"小淫妇,我不知趣,你家妈儿喜欢我!"桂姐道:"他喜欢你过一边!"西门庆道:"且看戏罢,且说甚么?再言语罚一大杯酒!"那伯爵才不言语了。那戏子又做了一回,并下。

应花子专起此种"化严肃为玩笑"的作用,插科打诨,实不亚于戏中丑角。

应花子目的正在引出西门庆的笑容。

这里厅内,左边吊帘子看戏的,是吴大妗子、二妗子、杨姑娘、潘妈妈、吴大姨、孟大姨、吴舜臣媳妇郑三姐、段大姐,并本家月娘众娣妹;右边吊帘子看戏的,是春梅、玉箫、兰香、迎春、小玉,都挤着观看。那打茶的郑纪,正拿着一盘果仁泡茶从帘下头过,被春梅叫住问道:"拿茶与谁吃?"郑纪道:"那边大妗子、娘每要吃。"这春梅取一盏在手。不想小玉听见下边扮戏的旦儿,名子也叫玉箫,便把玉箫拉着说道:"淫妇,你的孤老汉子来了。鸨子叫你接客哩!你还不出去!"使力往下一推,直推出帘子外。春梅手里拿着茶,推泼一身,骂玉箫:"怪淫妇,不知甚么张致!都顽的这等!把人的茶都推泼了,早是没曾打碎盏儿!"西门庆听得,使下来安儿来问:"谁在里面喧嚷?"春梅坐在椅上道:"你去就说:玉箫浪淫妇,面见了汉子,这等浪想!"那西门庆问了一回,乱着席上递酒,就罢了。月娘便走过那边数落小玉:"你出来这一日,也往屋里瞧瞧

这些人对李瓶儿之死已无动于衷矣。只当是元宵看灯会。

去。都在这里,屋里有谁?”小玉道:“大姐刚才后边去的,两位师父也在屋里坐着。”月娘道:“教你们贼狗胎在这里看看,就恁惹是招非的!”春梅见月娘过来,连忙立起身来说道:“娘,你问他。都一个个只像有风出来,狂的通没些成色儿。嘻嘻哈哈,也不顾人看见!”那月娘数落了一回,仍过那边去了。

那时乔大户与倪秀才先起身去了。沈姨夫与任医官、韩姨夫也要起身,被应伯爵拦住道:“东家,你也说声儿!俺们倒是朋友,不敢散,一个亲家都要去。沈姨夫又不隔门,韩姨夫与任大人、花大舅都在门里。这咱才三更天气,门也还未开,慌的甚么?都来大坐回儿,左右关目还未了哩!”西门庆又令小厮,提四坛麻姑酒放在面前,说:“列位只了此四坛酒,我也不留了。”因拿大赏钟放在吴大舅面前,说道:“那位离席破坐说起身者,任大舅举罚。”于是众人又复坐下了。西门庆令书童:“催促子弟,快吊关目上来,分付拣省热闹处唱罢!”须臾,打动鼓板,扮末的上来,请问西门庆:“小的‘寄真容’的那折唱罢?”西门庆道:“我不管你,只要热闹。”贴旦扮玉箫唱了一回。西门庆看唱到“今生难会,因此上寄丹青”一句,忽想起李瓶儿病时模样,不觉心中感触起来。止不住眼中泪落,袖中不住取汗巾儿搽拭。又早被潘金莲在帘内冷眼看见,指与月娘瞧,说道:“大娘,你看他,好个没来头的行货子!如何吃着酒,看见扮戏的哭起来?”孟玉楼道:“你聪明一场,这些儿就不知道了?乐有悲欢离合,想必看见那一段儿触着他心,他觑物思人,见鞍思马,才落泪来。”金莲道:“我不信。打谈的吊眼泪,替古人耽忧,这个都是虚。他若唱的我泪出来,我才算他好戏子。”月娘道:“六姐,悄悄儿。咱每听罢!”玉楼因向大妗子道:“俺六姐不知怎的,只好快说嘴。”

命拣热闹处唱,说明想用强刺激压抑内心的悲痛。

竟因戏生感而思“瓶”落泪,说明西门庆爱“瓶”之心实难消移。

潘金莲自私心硬,但也曾被磨镜叟谎话打动。此种人大凡可为与己利无关的事偶生“感动”。在与自己利害相关的事情上,是绝不动心分毫的——此种人在利益冲突中不会让步、妥协,一定是心狠手辣、不达目的绝不甘休的。

那戏子又做了一回,约有五更时分,众人齐起身。西门庆拿大杯拦门递酒,款留不住,俱送出门。看收了家火,留下戏箱:“明日有刘公公、薛公公来祭奠,白日坐,还做一日。”众戏子答应,管待了酒饭,归下处歇去了。李铭等四个亦归家不题。西门庆见天色已将晓,就归后边歇息去了。正是:待多少红日映窗寒色浅,淡烟笼竹曙光微。

毕竟后来如何,且听下回分解。

第六十四回
玉箫跪央潘金莲　合卫官祭富室娘

着人情思觉初阑，失把鲛绡仔细看。
到老春蚕丝乃尽，成灰蜡烛泪初干。
鸾交凤友惊风散，软玉娇香异世间。
西子风流夸未了，鸡鸣残月五更寒。

话说众人散了，已有鸡唱时分。西门庆歇息去了。玳安拿了一大壶酒、几碟下饭，在前边铺子里，还和傅伙计、陈经济同吃。傅伙计老头子熬到这咱，已是不乐坐，搭下铺，倒在炕上就睡了，因向玳安道："你自和平安两个吃罢。陈姐夫想是也不来了。"这玳安柜上点着夜烛，叫进平安来，两个把那酒你一钟我一盏都吃了。把家火收过一边，平安便去门房里去睡了。玳安一面关上铺子门，上炕和傅伙计两个，通厮脚儿睡下。傅伙计闲中因话题话，问起玳安说道："你六娘没了，这等样棺椁祭祀，念经发送，也勾他了。"玳安道："一来他是福好，只是不长寿。俺爹饶使了这些钱，还使不着俺爹的哩！俺六娘嫁俺爹，瞒不过你老人家是知道，该带了多少带头来？别人不知道，我知道：把银子休说，只光金珠玩好、玉带、绦环、鬏髻、值钱宝石，还不知有多少！为甚俺爹心里疼？不是疼人，是疼钱。是便是，说起俺这过世的六娘性格儿，这一家子都不如他，又有谦让又和气，见了人只是一面儿笑。俺每下人，自来也不曾呵俺每一呵，并没失口骂俺每一句奴才；要的誓也没赌一个。使俺每买东西，只拈块儿。俺每但说：'娘拿等子，你称称，俺每好使。'他便笑

西门庆大哭时所说的"有仁义"，包含此项内容。

道：'拿去罢？称甚么？你不图落，图甚么来？只要替我买值着。'这一家子，都那个不借他银使？只有借出来，没有个还进去的。还也罢，不还也罢。俺大娘和俺三娘使钱也好。只是五娘和二娘慳吝些。他当家俺每就遭瘟来，会把腿磨细了。会胜买东西，也不与你个足数，绑着鬼，一钱银子拿出来，只称九分半，着紧只九分。俺每莫不赔出来？"傅伙计道："就是你大娘还好些。"玳安道："虽故俺大娘好，毛司火性儿。一回家好，娘儿每亲亲哒哒说话儿。你只休恼狠着他，不论谁，他也骂你几句儿。总不如六娘，万人无怨，又常在爹跟前替俺们说方便儿。随问天来大事，受不的人央，俺们央他央儿对爹说，无有个不依。只是五娘快戳无路儿，行动就说'你看我对你爹说'，把这打只题在口里。如今春梅姐，又是个合气星。天生的都出在他一屋里！"傅伙计道："你五娘来这里也好几年了。"玳安道："你老人家是知道他，想的起那咱来哩！他一个亲娘也不认的，来一遭要便抢的哭了家去。如今六娘死了，这前边又是他的世界。那个管打扫花园，又说地不干净，一清早辰吃他骂的狗血喷了头。"两个说了一回，那傅伙计在枕上齁齁就睡着了；玳安亦有酒了，合上眼。不知天高地下，直至红日三竿，都还未起来。

家仆雇员私下总要评议主子们，而且往往"一语中的"。

原来西门庆每常在前边灵前睡。早辰玉箫出来收叠床铺，西门庆便往后边梳头去。书童蓬着头，要便和他两个在前边打牙犯嘴，互相嘲斗，半日才进后边去。不想今日西门庆归后边上房歇去，这玉箫赶人没起来，暗暗走出来，与书童递了眼色。两个走在花园书房里干营生去了。

不料潘金莲起的早，蓦地走到厅上，只见灵前灯儿也没了，大棚里丢的桌椅横三竖四，没一个人儿；只见画童儿正在那里扫地。金莲道："贼囚根！干净只你在这里扫地，都往那里去了？"画童道："他每都还没起来哩！"金莲道："你且丢下苕帚，到前边对你姐夫说，有白绢拿一匹来，你潘姥姥还少一条孝裙子，再拿一副头须系腰来与他。他今日家去。"画童道："怕不俺姐夫还睡哩！等我问他去。"良久回来道："姐夫说不是他的首尾，书童哥与崔大哥管孝帐，娘问书童哥要就是了。"金莲道："知道那奴才往那去了？你去寻他来。"画童向厢房里瞧了瞧，说道:“才在这里来,敢往花园书房里梳头去了。”金莲道:“你自在这里扫完了地,等我自家问这囚根子要去。”于是轻移莲步,款蹙湘裙,走到花园书房内。偶然听见里面有人笑声,推开门,只见他和玉箫在床上正干得好哩。便骂道:“好囚根子!你两个在此干得好事!”唬得两个做手脚不迭,齐跪在地下哀告。金莲道:“贼囚根子,你且拿一匹孝绢、一匹布来,打发你潘姥姥家去。”那书童连忙拿来递上,金莲径归房来。

潘金莲“捉奸捉双”,却并不以此要挟书童,因书童是“西门庆的人”,且与她的利害关系不甚大。

那玉箫跟到房中,打旋磨儿跪在地下央及:“五娘,千万休对爹说。”金莲便问:“贼狗囚,你和我实说,这奴才从前已往偷了几遭?一字儿休瞒我便罢!”那玉箫便把和他偷的缘由说了一遍。金莲道:“既要我饶恕你,你要依我三件事。”玉箫道:“娘饶了我,随问几件事,我也依娘。”金莲道:“一件,你娘房里但凡大小事儿,就来告我说。你不说,我打听出,定不饶你。第二件,我但问你要甚么,你就捎出来与我。第三件,你娘向来没有身孕,如今他怎生便有了?”玉箫道:“不瞒五娘说。俺娘如此这般,吃了薛姑子的衣胞符药,便有了。”这潘金莲一一听记在心,才不对西门庆说了。

玉箫身上可榨油水多多,潘金莲岂可放过!

那书童见潘金莲冷笑领进玉箫去了,知此事有几分不谐。向书房橱柜内,收拾了许多手帕汗巾、挑牙簪纽,并收的人情;他自己也攒勾十来两银子;又到前边柜上诓了傅伙计二十两,只说要买孝绢。径出城外,雇了长行头口,到马头上,搭在乡里船上,往苏州原籍家去了。正是:撞碎玉笼飞彩凤,顿开金锁走蛟龙。

虽潘金莲未必立即揭发,留下来总无安全感也,故“三十六计,走为上策”。

不想那日李桂姐、吴银儿、郑爱月都要家去了;薛内相、刘内相早辰差了人,抬三牲桌面来,祭奠烧纸,又每人送了一两银子伴宿分资,叫了两个唱道情的来,白日里要和西门庆坐坐。紧等着要打发他孝绢,寻书童儿要钥匙,一地里寻不着。傅伙计道:“他早辰问我柜上要了二十两银子,买孝绢去了。口称爹分付他,孝绢不勾。敢是向门外买去哩?”西门庆道:“我并没分付他,如何问你要银子?”一面使人往门外绢铺找寻他,那里得来?月娘便向西门庆说:“我猜这奴才有些跷蹊。不知弄下甚么碜儿,拐了几两银子走了。你那书房子里,开了门还大瞧瞧,没脚蟹的营生,只怕还拿甚么去了。”西门庆走到两个书房里都瞧了,见库房里钥匙挂在墙上，大橱柜里不见了许多汗巾手帕，并书礼银子、挑牙纽扣之类。西门庆心中大怒，叫将该地方的管役来，分付："各处三瓦两巷，与我访缉！"那里得来？正是：不独怀家归兴急，五湖烟水正茫茫。

那时，薛内相从晌午时就坐轿来了，西门庆请下吴大舅、应伯爵、温秀才相陪。先到灵前上香，打了个问讯，然后与西门庆叙礼，说道："可伤，可伤！如夫人是甚么病儿殁了？"西门庆道："不幸患崩泻之疾，看治不好，殁了。又多谢老公公费心。"薛内相道："没多儿，将就表意罢了。"因看见挂着影，说道："好个标致娘子！正好青春享福，只是去世太早些。"温秀才在傍道："物之不齐，物之情也。穷通寿夭，自有个定数。虽圣人亦不能强。"薛内相扭回头来，见温秀才衣巾穿着素服，说道："此位老先儿是那学里的？"温秀才躬身道："学生不才，备名府庠。"薛内相道："我瞧瞧娘子的棺木儿。"西门庆即令左右把两边帐子撩起，薛内相进去观看了一遍，极口称赞道："好付板儿！请问多少价买的？"西门庆道："也是舍亲的一付板。学生回了他的来了。"应伯爵道："请老公公试估估：那里地道，甚么名色？"薛内相仔细看了："此板不是建昌，是付镇远。"伯爵道："就是镇远，也值不多。"薛内相道："最高者必定是杨宣榆。"伯爵道："杨宣榆单薄短小，怎么看的过！此板还在杨宣榆之上，名唤做桃花洞，在于湖广武陵川中。昔日唐渔父入此洞中，曾见秦时毛女在此避兵，是个人迹罕到之处。此板七尺多长，四寸厚，二尺五宽。还看一半亲家分上，要了三百七十两银子哩！公公，你不曾看见，解开喷鼻香的，里外俱有花色。"薛内相道："是娘子这等大福，才享用了这板。俺每内官家，到明日死了，还没有这等发送哩！"吴大舅道："老公公好说，与朝廷有分的人享大爵禄。俺每外官焉能赶的上。老公公日近清光，代万岁传宣金口，见今童老爷加封王爵，子孙皆服蟒腰玉，何所不至哉！"薛内相便道："此位会说话的兄，请问上姓？"西门庆道："此是妻兄吴大哥，见居本卫千户之职。"薛内相道："就是此位娘子的令兄么？"西门庆道："不是。乃贱荆之兄。"薛内相复与吴大舅声喏，说道："吴大人，失瞻。"

昔日人们"论板"，犹如今人论"骨灰存放规格"。

薛内相应有此误。西门庆殓李瓶儿的规格，已超正配标准。

看了一回，西门庆让至卷棚内，正面安放一把校椅。薛内相坐下，打茶的拿上茶来吃了。薛内相道："刘公公怎的这咱还不到？叫我答应的迎迎去。"青衣人跪下禀道："公公起身时，差小的邀刘公公去，刘公公轿已伺候下了。便来也。"薛内相又问道："那两个唱道情的，来了不曾？"西门庆道："早上就来了。——叫上来！"不一时，走来面前磕头。薛内相道："你每吃了饭不曾？"那人道："小的每得了饭了。"薛内相道："既吃了饭，你每今日用心答应，我重赏你。"西门庆道："老公公，学生这里还预备着一起戏子，唱与老公公听。"薛内相问："是那里戏子？"西门庆道："是一班海盐戏子。"薛内相道："那蛮声哈剌，谁晓的他唱的是甚么？那酸子每在寒窗之下，三年受苦，九载遨游。背着个琴剑书箱来京应举，怎得了个官，又无妻小在身边，便希罕他这样人！你我一个光身汉，老内相，要他做甚么？"温秀才在傍笑说道："老公公说话太不近情了。居之齐则齐声，居之楚则楚声。老公公处于高堂广厦，岂无一动其心哉？"这薛内相便拍手笑将起来，道："我就忘了温先儿在这里。你每外官，原来只护外官。"温秀才道："虽是士大夫，也只是秀才做的。老公公砍一枝，损百林。兔死狐悲，物伤其类。"薛内相道："不然。一方之地，有贤有愚。"

此处揭示太监心理甚确甚深。太监看状元及第、赐婚封诰之类的戏，确实越看心里面越阴暗。且戏中阉人，多为反角丑类。

正说着，忽左右来报："刘公公下轿了。"吴大舅等出去迎接进来，向灵前作了揖，叙礼已毕。薛内相道："刘公公，你怎的这咱才来？"刘内相道："北边徐同家来拜望，陪他坐了一回。打发去了。"一面分席坐下，左右递上茶去。因问答应的："祭奠桌面儿都摆上了？"下边人说："都排停当了。"刘内相道："咱每去烧了纸罢。"西门庆道："老公公不消多礼，头里已是见过礼了。"刘内相道："此来为何？还当亲祭祭。"当下左右接过香来，两个内相上了香，递了三钟酒，拜下去。西门庆道："老公公请起。"于是拜了两拜起来，西门庆还了礼。复至卷棚内坐下，然后收拾安席，递酒上坐。两位内相分左右坐了，吴大舅、温秀才、应伯爵从次，西门庆下边相陪。子弟鼓板响动，递上关目揭帖。两位内相看了一回，拣了一段《刘智远红袍记》。唱了还未几折，心下不耐烦，一面叫上唱道情去："唱个道情儿耍耍倒好。"于是打起渔鼓，两个并肩朝上，高声唱了一套"韩文公雪拥蓝关"故事下去。只见厨役上来磕头，两位内相都有赏赐。西门庆预备酒肉，赏赐跟随人等。不用细说。

薛内相便与刘内相两个，席上说说话儿，道："刘哥，你不知道：昨日这八月初十日，下大雨如注，雪电把内里凝神殿上鸱尾震碎了，唬死了许多宫人。朝廷大惧，命各官修省，逐日在上清宫宣精灵疏建醮。禁屠十日，法司停刑，百官不许奏事。昨日大金遣使臣进表，要割内地三镇。依着蔡京老贼，就要许他。掣童掌事的兵马，交都御史谭积、黄安十大使节制三边兵马。又不肯，还交多官计议。昨日立冬，万岁出来祭太庙，太常寺一员博士，名唤方轸，早辰直着打扫，看见太庙砖缝出血，殿东北上地陷了一角，写表奏知万岁。科道官上本极言：童掌事大了，宦官不可封王。如今马上差官，拿金牌去取童掌事回京。"刘内相道："你我如今出来在外做土官，那朝里事也不干咱每。俗语道：咱过了一日是一日。便塌了天，还有四个大汉。到明日，大宋江山管情被这些酸子弄坏了。王十九，咱每只吃酒！"因叫唱道情的上来分付："你唱个'李白好贪杯'的故事。"那人立在席前，打动渔鼓，又唱了一回。

薛内相京中机密事真知道不少。

刘内相两耳懒闻京中政事。

直吃至日暮时分，分付下人看轿起身。西门庆款留不住，送出大门，喝道而去。回来分付点起烛来，把桌席休动，教厨役上来攒整停当。留下吴大舅、应伯爵、温秀才坐的，又使小厮请傅伙计、甘伙计、韩道国、贲地传、崔本和陈经济复坐，叫上子弟来分付："还找着昨日《玉环记》上来。"因向伯爵道："内相家不晓的南戏滋味。早知他不听，我今日不留他。"伯爵道："哥，倒辜负你的意思。内臣斜局的营生，他只喜《蓝关记》，捣喇小子胡歌野调；那里晓的大关目，悲欢离合？"于是下边打动鼓板，将昨日《玉环记》做不完的折数，一一紧做慢唱，都搬演出来。

太监们与正常人的审美取向之区别，内中有多少心理学上的问题！

西门庆令小厮席上频斟美酒。伯爵与西门庆同桌而坐。便问："他姐儿三个还没家去，怎的不叫出来递杯酒儿？"西门庆道："你还想那一梦儿，他每去的不耐烦了！"伯爵道："他每在这里，住了有两三日？"西门庆道："吴银儿住的久了。"当日众人坐到三更时分，搬戏已完，方起身各散。西门庆邀下吴大舅，明日早些来陪上祭官员。与了戏子四两银子，打发出门。

到次日，周守备、荆都监、张团练、夏提刑，合卫许多官员，都合了分资，办了一副猪羊吃桌祭奠，有礼生读祝。西门庆预备酒席，李铭等三个小优儿伺候答应。到向午，只听鼓响，祭礼到了。吴大舅、应伯爵、温秀才在门首迎接。只见后拥前呼，众官员下马，在前厅换衣服。良久，把祭品摆下，众官齐到灵前。西门庆与陈经济伺候还礼。礼生喝礼，三献毕，跪在旁边读祝：

维政和七年，岁次丁酉，九月庚申朔，越二十五日甲申，寅侍生周秀、荆忠、夏延龄、张关、文臣、范勋、吴铠、徐凤翔、潘矾等，谨以刚鬣、柔毛、庶羞之仪，致奠于
故锦衣西门孺人李氏之灵曰：维灵秀毓闺闱，善淑女红，金玉其德，兰蕙其姿。相内政而有道，主中馈而无阙。重积学而和睦内眷，尊所天而举案齐眉。人愿耆艾，天睎绝奇。正宜同谐鸾琴，何乃啬后而促其期？噫！修短有数也，天厌善类。珠沉璧碎，云惨风悲，扣玄扃而莫启，叹薤露而易睎。秀等忝居僚侪，情重交谊，崇肴于俎，酌酒于卮，庶乎来享，鉴此哀辞。呜呼，尚飨。

祭毕，西门庆下来谢礼已毕。吴大舅等让众官至卷棚内，宽去素服，待茶。小优弹唱起来，安席上坐。手下跟随之人，自有管待。厨役上来三道五割，酒肴比前两日更丰盛齐整，照席还磕了头。西门庆与吴大舅、应伯爵、温秀才下席相陪，觥筹交错，殷勤劝酒；李铭等三个小优儿，银筝象板，朝上弹唱。外边自有伙计主管，将跟随祭来各项人役盒担钱，都照例打发银子停当。众官坐到后晌时分，就要起身。西门庆不肯，与吴大舅、伯爵等拿大杯款留，教李铭等弹乐器，唱小曲儿，欢饮直到日暮时分方散。西门庆还要留吴大舅众人坐，吴大舅道：“各人连日打搅，姐夫也辛苦了。各自歇息去罢！”当时告辞回家。正是：

天上碧桃和露种，日边红杏倚云栽。
家中巨富人趋附，手内多时莫论财。

毕竟不知后来如何，且听下回分解。

丧事真办得累断仆人腿、坠坏主客胃！

第六十五回
吴道官迎殡颁真容　宋御史结豪请六黄

齐眉相见喜柔和，谁料参商发寤歌。
残月云边悬破镜，流光机上掷飞梭。
愁随草色春深谢，苦入莲心夜几何。
试问流干多少泪？枫林秋色一般多。

话说到九月二十八日，李瓶儿死了二七光景。玉皇庙吴道官受斋，请了十六个道众，在家中扬幡修建请法救苦二七斋坛。早修之时，有官安郎中来下书，西门庆管待来人去了。吴道官庙中抬了三牲、祭器、汤饭盘、饼馓、素食、金银锭、香纸之类，又是一匹尺头，以为奠仪。道众绕棺传咒，吴道官灵前展拜。西门庆与经济回礼，谢道："师父多有破费，何以克当？"吴道官道："小道甚是惶愧，本当该助一经，追荐夫人。曾奈力薄，粗茶饭奠，表意而已，望乞大人笑纳。"西门庆祭毕，即收了，打发抬盒人回去。那日三朝转经，演生神章，破九幽狱，对灵摄召，拜进救苦朱表，领告诸真符命，整做法事。俱不必细说。

忽又牵出孟玉楼兄弟。一般来说，虚构的小说不必如此枝蔓，这种写法很像纪实性的文体；此书这些地方，令人觉得所写是有当时某地的某人的家庭状况作"模特"的。作者因此在叙述中，时有不经意的"照录其事"的"原始记载"。当然，总体而言，此书却又是颇注意剪裁、结构和细节勾勒的。

第二日，先是门外韩姨夫家来上祭。那时孟玉楼兄弟外边做买卖去了，五六年没来家。至是来家，见他姐姐、西门庆这边有丧事，跟随韩姨夫那边来上祭，讨了一分孝去，送了许多人事儿。西门庆叙礼，进入玉楼房中拜见。至是堂客约有十数位人，西门庆这边亦设席管待。俱不在言表。

那日午间，又是本县知县李拱极、县丞钱成、主簿任廷贵、典史夏恭基，又有阳谷县知县狄斯彬，共五员官，都斗了分，穿孝服来上纸帛吊问。西门庆备席在卷棚内管待，请了吴大舅与温秀才相陪，三个小优儿弹唱。马上人俱有攒盘领下去，自有坐处吃。

正饮酒到热闹处，当时没巧不成话，忽报："管砖厂工部黄老爹来吊孝。"慌的西门庆连忙穿孝衣，灵前伺候。温秀才又早迎接至大门外，让至前厅，换了衣裳，跟从进来。家下人手捧香烛纸匹金段，到灵前用红漆丹盘捧过香来跪下。黄主事上了香，展拜毕。西门庆同经济下来还礼。黄主事道："学生不知尊阃没了。吊迟，恕罪，恕罪！"西门庆道："学生一向欠恭；今又承老先生枉吊，兼辱厚仪，不胜感激。"叙毕礼，让至棚内上面坐下。西门庆与温秀才下边相陪。左右捧茶上来，吃了茶。黄主事道："昨日宋松原多致意先生，他也闻知令夫人作故，也要来吊问；争奈有许多事情羁绊。他如今在济州住札。先生还不知：朝廷如今营建艮岳，敕旨令太尉朱勔，往江南湖湘采取花石纲，运船陆续打河道中来，头一运将次到淮上。又钦差殿前六黄太尉，来迎取卿云万态奇峰：长二丈，阔数尺，都用黄毡盖覆，张打黄旗，费数号船只，由山东河道而来。况河中没水，起八郡民夫牵挽。官吏倒悬，民不聊生。宋道长督率州县，事事皆亲身经历，案牍如山，昼夜劳苦，通不得闲。况黄太尉不久自京而至，宋道长说：必须率三司官员，要接他一接。想此间无可相熟者，委托学生来，敬烦尊府作一东，要请六黄太尉一饭。未审尊意可允否？"因唤左右："叫你宋老爹承差上来。"有二青衣官吏跪下，毡包内捧出一对金段、一根沉香、两根白蜡、一分绵纸。黄主事道："此乃宋公致赙之仪。那两封是两司八府官员办酒分资：两司官十二员，每员三两；府官八员，每员五两，计二十二分，共一百零六两。"交与西门庆："有劳盛使一备之何如？"西门庆再三辞道："学生有服在家，奈何奈何？"因问："迎接在于何时？"黄主事道："还早哩！也得到出月半头。黄太监京中还未起身。"西门庆道："学生十月十二日才发引。既是宋公祖老先生分付，敢不领命，又兼谢盛仪。赙礼且领下，分资决不敢收。该多少桌席，只顾分付，学生无不毕具。"黄主事道："四泉此意差矣。松原委托学生来烦渎，此乃山东一省各官公礼，又非松原之己出，何得

"民不聊生"是一句"陪语"。"官吏倒悬"才是"正经牢骚"。

"政治派饭"，对一般人来说是求之不得的"大好事"。

倘不是对李瓶儿有一份深情，怕不至于再三推辞。

见却？如其不纳，学生即回松原，再不敢烦渎矣！”西门庆听了此言，说道：“学生权且领下。”因令玳安、王经接下去，问备多少桌席。黄主事道：“六黄备一张吃看大桌面，宋公与两司都是平头桌席，以下府官散席而已。承应乐人，自有差拨伺候，府上不必再叫。”说毕，茶汤两换，作辞起身。西门庆款留，黄主事道：“学生还到尚柳塘老先生那里拜拜。他昔年曾在学生敝处作县令，然后转成都府推官；如今他令郎两泉，又与学生乡试同年。”西门庆道：“学生不知老先生与尚两泉相厚；两泉亦与学生相交。”黄主事起身，西门庆道：“烦老先生多致意宋公祖，至期寒舍拱候矣。”黄主事道：“临期松原还差人来通报先生，亦不可太奢。”西门庆道：“学生知道。”送出大门上马而去。

丑态可掬。

那县中官员听见黄主事带领巡按上司人来，唬的都躲在山子下小卷棚内饮酒。分付手下把轿马藏过一边。当时西门庆回到卷棚，与众官相见，具说宋巡按率两司八府来，央烦出月迎请六黄太尉之事。众官悉言：“正是，州县不胜忧苦这件事。钦差若来，凡一应祗迎、廪饩、公宴、器用、人夫，无不出于州县，必取之于民。公私困极，莫此为甚。我辈还望四泉于上司处美言提拔，足见厚爱之至。”言讫，都不久坐，告辞起身，上马而去。话休饶舌。

丧事中还有“偶戏”可看。

到李瓶儿三七，有门外永福寺道坚长老，领十六众上堂僧来念经。穿云锦袈裟，戴毗卢帽，大钹大鼓，早辰取水，转五方，请三宝，浴佛；午间加持召亡破狱，礼拜《梁皇忏》，谈《孔雀》，甚是齐整。晚夕，乔大户娘子与众伙计娘子，与月娘等伴宿，在灵前看偶戏。西门庆与应伯爵、吴大舅、温秀才在棚内东首，另设围屏饮酒。

过午便动荤酒，想早耐不住戒律矣！

十月初八日是四七，请西门外宝庆寺赵喇嘛，亦十六众，来念番经，结坛跳沙，洒花米行香，口诵真言。斋供都用牛乳茶酪之类，悬挂都是九丑天魔变相，身披缨络琉璃，项挂髑髅，口咬婴儿，坐跨妖魅，腰缠蛇螭。或四头八臂，或手执戈戟，朱发蓝面，丑恶莫比。午斋已后，就动荤酒。西门庆那日不在家，同阴阳徐先生往门外坟上破土开圹去了，后晌方回。晚夕打发喇嘛散了。

次日，推运山头酒米、桌面肴品，一应所用之物。又委付主管伙计，庄上前后搭棚，四五处酒房厨坊，坟内穴边又起三间罩棚。先请附近地邻来坐席面，大酒大肉管待。临散皆肩背项负而归。俱不必细说。

临散还要“肩背项负而归”。奢靡如此！不过，“羊毛出在羊身上”，这也还耗不尽李瓶儿带过来的财富。

十一日白日，先是歌郎并锣鼓地吊来灵前参灵，吊《五鬼闹判》、《张天师着鬼迷》、《钟馗戏小鬼》、《老子过函关》、《六贼闹弥勒》、《雪里梅》、《庄周梦蝴蝶》、《天王降地水火风》、《洞宾飞剑斩黄龙》、《赵太祖千里送荆娘》，各样百戏吊罢。堂客都在帘内观看。参罢灵去了，内眷亲戚都来辞灵烧纸，大哭一场。

丧事成了“戏曲大会演”。

到次日发引，先绝早抬出名旌、各项幡亭纸札，僧道鼓手、细乐人役，都来伺候。西门庆预先问帅府周守备，讨了五十名巡捕军士，都带弓马，全装结束。留十名在家看守；四十名跟殡在材前摆马道，分两翼而行。衙门里又是二十名排军打路，照管冥器；坟头又是二十名把门，管收祭祀。那日官员士夫、亲邻朋友来送殡者，车马喧呼，填街塞巷。本家并亲眷堂客，轿子也有百十余顶。三院鸨子粉头，小轿也有数十。徐阴阳择定辰时起棺，西门庆留下孙雪娥并二女僧看家，平安儿同两名排军把前门。那女婿陈经济跪在柩前摔盆，六十四人上杠。有仵作一员官立于增架上，敲响板，指拨抬材人上肩。先是请了报恩寺朗僧官来起棺，刚转过大街口望南走，那两边观看的人山人海。那日正值晴明天气，果然好殡。但见：

真是“假公祭私”。

和风开绮陌，细雨润芳尘。东方晓日初升，北陆残烟乍敛。咚咚咙咙，花丧鼓不住声喧；叮叮当当，地吊锣连宵振作。铭旌招飐，大书九尺红罗；起火轩天，中散半空黄雾。狰狰狞狞，开路鬼斜担金斧；忽忽洋洋，险道神端秉银戈。逍逍遥遥八洞仙，龟鹤绕定；窈窈窕窕四毛女，虎鹿相随。地吊鬼晃一片锣筛，烟火架迸千枝花炮。热热闹闹采莲船，撒科打诨；长长大大高跷汉，贯甲顶盔。清清秀秀小道童十六众，众众都是霞衣道髻，击坤庭之金，奏八琅之璈，动一派之仙音；肥肥胖胖大和尚二十四个，个个都是云锦袈裟，排大钹，敲大鼓，转五方之法事。一十二座大绢亭，亭亭皆绿舞红飞；二十四座小绢亭，座座尽珠围翠绕。左势下，天仓与地库相连；右势下，金山与银山作队。掌醢厨，列八珍之罐；香烛亭，供三献之仪。六座百花亭，现千团锦绣；一乘引魂轿，扎百结黄丝。这边把花与雪柳争辉，那边宝盖与银幢作队。金字幡银字幡，紧护棺舆；白绢繖绿绢繖，同围增架。斧符云气，一边三把，皆彩画鲜明；执罐捧巾，两下侍妾，尽梳妆如活。功布招颭，孝眷声哀。簇捧定五出头六歌郎，仰覆运须弥座。六十四名青衣白帽，稳稳抬定五老云鹤、华盖顶、四垂头流苏带、大红销金宝象花棺罩，里面安着巍巍不动锦绣棺舆。只见那两边打路排军，个个都头戴孝巾，身穿青衲袄，腰系孝带，脚靸腿绷鞓鞋；手执榄杆，前呼后拥。两边走解的，头戴芝麻罗万字头巾，扑匾金环飞于脑后。穿的是两三领纻丝衲袄，腰系紫缠带，足穿鹰爪四缝干黄靴，衬着五彩翻身抢水兽纳纱袜口。卖解犹如鹰鹞，走马好似猿猴。执着一杆明枪，显朱红杆令字蓝旗。竖肩桩，打斤斗，隔肚穿钱，金鸡独立，仙人打过桥，镫里藏身。人人喝采，个个争夸。扶肩挤背，纷纷不辨贤愚；挨睹并观，攘攘那分贵贱。张三蠢胖，只把气吁；李四矮矬，频将脚踊。白头老叟，尽将拐棒拄髭须；绿鬓佳人，也带儿童来看殡。正是：

锣鼓咚咚霭路尘，花攒锦簇万人瞻。

哀声隐隐棺舆过，此殡诚然压帝京。

《红楼梦》中关于秦可卿大出殡场面描写，或受此影响。

吴月娘坐大轿在头里，后面李娇儿等本家轿子十余顶，一字儿紧跟材后走。西门庆总冠孝衣，同众亲朋在材后。陈经济紧扶棺舆走，出东街口。西门庆具礼，请玉皇庙吴道官来悬真。身穿大红五彩云霞二十四鹤鹤氅，头戴九阳玉环雷巾，脚蹬丹舄手，执牙笏，坐在四人肩舆上，迎殡而来，将李瓶儿大影捧于手内。陈经济跪在面前，那殡停住了。众人听他在上高声宣念：

兔走乌飞西复东，百年光景似风灯。

时人不悟无生理，到此方知色是空。

人去影留。想来人生真如梦，此梦难醒，纵醒难悟！

恭惟

故锦衣西门恭人李氏之灵，存日阳年二十七岁，元命辛未相，正月十五日午时受生，大限于政和七年九月十七日丑时分身故。伏以尊灵：名家秀质，绮阁娇姝；禀花月之仪容，蕴蕙兰之佳气。郁德柔婉，赋性温和。配我西君，克谐伉俪。处闺门而贤淑，资琴瑟以好和。曾种蓝田，寻嗟楚畹。正宜享福百年，可惜春光三九。呜呼！明月易缺，好物难全，善类无常，修短有数。今则棺舆载道，丹旐迎风，良夫躃踊于柩前，孝眷哀矜于巷陌。离别情深而难已，音容日远以日忘。某等谬忝冠簪，愧领玄教，愧无新垣平之神术，恪遵玄元始之遗风。徒展崔徽镜里之容，难返庄周梦中之蝶。漱甘露而沃琼浆，超仙识登于紫府；披百宝而面七真，引净魄出于冥途。一心无挂，四大皆空。苦苦苦！气化清风形归土。一灵真性去弗回，改头换面无遍数。众听末后一句：咦！精爽不知归何处，真容留与后人传。

吴道官念毕，端坐轿上，那轿卷坐退下去了。这里鼓乐喧天，哀声动地，殡才起身，迤逦出南门。众亲朋陪西门庆，走至门上方乘马。陈经济扶柩，到于山头五里原。原来坐营张团练，带领二百名军，同刘薛二内相，又早在坟前高阜处搭帐房，吹响器，打铜锣铜鼓，迎接殡到。看着装烧冥器纸札，烟焰涨天。坟内有十数家收头祭祀，皆两院妓女摆列。堂客内眷，自有帏幕。棺舆到，落下杠，徐先生率领仵作，依罗经吊向。巳时祭告后土方隅后，才下葬掩土。西门庆易服，备一对尺头礼，请帅府周守备点主；卫中官员并众亲朋伙计，皆争拉西门庆祭毕递酒。鼓乐喧天，烟火匝地。收祭祀者，自有所管人役，再无淆乱。那日待人斋堂，也有四五处。堂客在后卷棚内坐，各有派定人数。热闹丰盛，不必细说。吃毕，各有邀占庄院，设席请西门庆收头饮酒，赏赐亦费许多。

“热闹丰盛”，正是“死的自去，活的自活”之“人间胜景”。

后晌回灵，吴月娘坐魂轿，抱神主魂幡；陈经济扶灵床，都是玄色纻丝灵衣，玉色销金走水，四角垂流苏。吊挂大影亭、大绢亭、小绢亭、香烛亭，鼓手细乐，十六众小道童两边吹打。吴大舅并乔大户、吴二舅、花大舅、沈姨夫、孟二舅、应伯爵、谢希大、温秀才、众主管伙计，都陪着西门庆进城。堂客轿子压后。到家门首燎火而入。李瓶儿房中安灵已毕,徐先生前厅祭神洒扫,各门户皆贴辟非黄符。管待徐先生,备一匹尺头、五两银子,相谢出门。各项人役打发散了,拿出二十吊钱来。五吊赏巡捕军人,五吊与卫中排军,十吊赏营里人马。拿帖儿回谢周守备、张团练、夏提刑。俱不在话下。西门庆还令左右放桌,留乔大户、吴大舅众人坐,众人都不肯,作辞起身。来保回说:“搭棚在外伺候,明日来拆棚。”西门庆道:“棚且不消拆,亦发过了你宋老爹摆酒日子来拆罢!”打发搭彩匠去了。后边花大娘子与乔大户娘子众堂客,还等着安毕灵,哭了一场,方才去了。

唯西门庆有超越以上种种“表演性”的真怀思。

西门庆不忍遽舍,晚夕还来李瓶儿房中,要伴灵宿歇。见灵床安在正面,大影挂在旁边;灵床内安着半身,里面小锦被褥、床几、衣服、妆奁之类,无不毕具;下边放着他的一对小小金莲,桌上香花灯烛、金碟樽俎,般般供养,西门庆大哭不止。令迎春就在对面炕上搭铺。到夜半,对着孤灯,半窗斜月,翻复无寐,长吁短叹,思想佳人。有诗为证:

短叹长吁对琐窗,舞鸾孤影寸心伤。

兰枯楚畹三秋雨,枫落吴江一夜霜。

夙世已违连理愿,此生难觅返魂香。

九泉果有精灵在,地下人间两断肠。

西门庆此举的确感人。纯挚的爱情能令一个残暴粗糙的心灵起码在一时间闪现出人性善的瑰丽光环。

白日间供养茶饭,西门庆在房中亲看着丫鬟摆下。他便对面桌儿和他同吃,举起箸儿来,“你请些饭儿!”行如在之礼。丫鬟养娘都忍不住掩泪而哭。

但“好景不常”。西门庆在悲极之后,性欲复苏,并且“一触即发”。“兽性”又开始掩过“人性”。

奶子如意儿无人处常在跟前递茶递水,挨挨抢抢,掐掐捏捏,插话儿应答,那消三夜两夜。这日西门庆因陪人,吃得醉了进来,迎春打发歇下。到夜间要茶吃,叫迎春不应,如意儿起来递茶。因见被拖下炕来,接过茶盏,用手扶起被。西门庆一时兴动,搂过脖子就亲了个嘴,递舌头在他口内。老婆就咂起来,一声儿不言语。西门庆令脱去衣服上炕,两个搂接,在被窝内不胜欢娱,云雨一处。老婆说:“既是爹抬举,娘也没了;小媳妇情愿不出爹家门,随爹收用便了。”西门庆便叫:“我儿,你只用心伏侍我,愁养活不过你来!”当下这老婆枕席之间无不奉承,颠鸾倒凤,随手而转,把西门庆欢喜要不的。

次日，老婆早辰起来，与西门庆拿鞋脚，叠被褥，就不靠迎春；极尽殷勤，无所不至。西门庆开门，寻出李瓶儿四根簪儿来赏他，老婆磕头谢了。迎春亦知收用了他，两个打成一路。老婆自恃得宠，脚跟已牢，无复求告于人。自从西门庆请了许多官客、堂客，并院中李桂姐、吴银儿、郑月儿三个唱的，李铭、吴惠、郑奉、郑春四名小优儿，坟上暖墓回家，这如意儿就不同往日打扮，乔眉乔样，在丫鬟伙儿内，说也有，笑也有。早被潘金莲看到眼里。

潘金莲一双眼唯对此种事敏感过人。

早辰西门庆正陪应伯爵坐的，忽报宋御史老爹差人来，送贺黄太尉一桌金银酒器：两把金壶、两副金台盏、十副小银钟、两副银折盂、四副银赏钟，两匹大红彩蟒、两匹金段，十坛酒、两牵羊。传报："太尉船只已到东昌地方，烦老爹这里早先预备酒席，准在十八日迎请。"西门庆收入明白，与了来人一两银子，打柬打发回去。随即，兑银与贲四、来兴儿，定桌面，粘果品，买办整理。不必细说。

因向应伯爵说："自从他不好起到而今，我再没一日儿心闲。刚刚打发丧事儿出去了，又钻出这等勾当来，教我手忙脚乱！"伯爵道："这个哥不消抱怨，你又不曾掉揽他，他上门儿来央烦你。虽然你这席酒替他赔几两银子，到明日，休说朝廷一位钦差殿前大太尉来咱家坐一坐；自这山东一省官员，并巡抚、巡按、人马散级，也与咱门户添许多光辉，压好些仗气。"西门庆道："不是此说。我承望他到二十已外也罢，不想十八日就迎接，忒促急促忙！这十六日又是他五七，我前日已与了吴道官写法银子去了，如何又改！不然，双头火杖都挤在一处，怎乱得过来？"应伯爵道："这个不打紧。我算来嫂子是九月十七日没了，此月二十一日正是五七。你十八日摆了酒，二十日与嫂子念经也不迟。"西门庆道："你说的是了。我如今就使小厮回吴道官改日子去。"伯爵道："哥，我又一件：如今趁着东京黄真人在庙里住，朝廷差他来泰安州，进金铃吊挂御香，建七昼夜罗天大醮，趁他未起身，倒好教吴道官请他那日来做高功，领行法事。咱图他这个名声也好看。"西门庆道："自说这黄真人有利益，少不的那日全堂添二十四众道士，做一昼夜斋事。争奈吴道官斋日受他祭礼，出殡又起动他悬真，道童送殡，没的酬谢他，教他

其实西门庆何尝不知这个道理，只是来得实在不是时候。

念这个经儿表意而已。今又请黄真人主行,却不难为他?”伯爵道:“斋一般还是他受,只教他请黄真人做高功就是了。哥只是多费几两银子。为嫂子,没曾为了别人。”西门庆一面教陈经济写帖子,又多封了五两银子写法,教他早请黄真人,改在二十日念经,二十四众道士,水火炼度一昼夜。即令玳安骑头口回去了。

忽又插入贲四嫂发送女儿给西门庆同僚事,使得书中所述的世道更立体多面。

西门庆打发伯爵去讫,进入后边。只见吴月娘说:“贲四嫂买了两个盒儿,他女儿长姐定与人家,来磕头。”西门庆便问:“谁家?”贲四娘子穿着蓝绸袄儿、白绢裙子、青段披袄,他女儿穿着大红段袄儿、黄绸裙子,戴着花翠,插烛向西门庆磕了四个头。月娘在旁说:“咱也不知道。原来这孩子,与了夏大人房里抬举,昨日才相定下。这二十四日就娶过门,只得了他三十两银子。论起来,这孩子倒也好身量:不相十五岁,倒有十六七岁的。多少时不见,就长的成成的。”西门庆道:“他前日在酒席上和我说,要抬举两个孩子学弹唱。不知你家孩子与了他。”于是教月娘让在房内,摆茶留坐。落后李娇儿、孟玉楼、潘金莲、孙雪娥、大姐,都来见礼陪坐。临走,西门庆、月娘与了一套重绢衣服、一两银子;李娇儿众人都有与花翠、汗巾、脂粉之类。晚上玳安回话:“吴道官收了银子,知道了。黄真人还在庙里住,过二十头才回东京去,十九日早来铺设坛场。”

重的是规格气派,究竟是否又中看又中吃,那可说不定了。

西门庆次日,家中厨役落作治办酒席,务要齐整。大门上扎七级彩山,厅前五级彩山。十七日,宋御史差委两员县官来观看筵席。厅正面屏开孔雀,地匝氍毹;都是锦绣桌帏,妆花椅甸。黄太尉便是肘件、大饭、簇盘、定胜、方糖、五老锦丰、堆高顶吃看大插桌;观席两张小插桌,是巡抚、巡按陪坐;两边布按三司有桌席列坐;其余八府官,都在厅外棚内两边,只是五果五菜平头桌席。看毕,西门庆待茶,起身回话去了。

确是“民不潦生,官吏倒悬”的可怖景象。

到次日,抚按率领多官人马,早迎到船上。张打黄旗“钦差”二字,捧着敕书在头里走。地方统制、守御、都监、团练,各卫掌印武官,皆戎服甲胄,各领所部人马围随。蓝旗缨枪,叉槊仪仗,摆数里之远。黄太尉穿大红五彩双挂绣蟒,坐八抬八簇银顶暖轿,张打茶褐伞;后边名下执事人役跟随无数。皆骏骑咆哮,如万花之灿锦,随路鼓吹而行。黄土垫道,鸡犬不闻,樵采遁迹。

人马过东平府，进清河县，县官黑压压跪于道旁迎接，左右喝叱起去。随路传报，直到西门庆家中大门首。教坊鼓乐，声震云霄，两边执事人役皆青衣排伏，雁翅而列。西门庆青衣冠冕，望尘拱伺。良久，人马过尽，太尉落下轿进来。后面抚按率领大小官员，一拥而入，到于厅上。厅上又是筝、纂、方响、云璈、龙笛、凤管，细乐响动。为首就是山东巡抚都御史侯蒙、巡按监察御史宋乔年参见，太尉还依礼答之。其次就是山东左布政龚共、左参政何其高、右布政陈四箴、右参政季侃、左参议冯廷鹄、右参议汪伯彦、廉访使赵讷、采访使韩文光、提学副使陈正汇、兵备副使雷启元等两司官参见，太尉稍加优礼。及至东昌府徐崧、东平府胡师文、兖州府凌云翼、徐州府韩邦奇、济南府张叔夜、青州府王士奇、登州府黄甲、莱州府叶迁等八府官行厅参之礼，太尉答以长揖而已。至于统制、制置、守御、都监、团练等官，太尉则端坐。各官听其发放，各人外边伺候。然后西门庆与夏提刑上来拜见献茶，侯巡抚、宋巡按向前把盏。下边动鼓乐，来与太尉簪金花，捧玉斝，彼此酬饮。递酒已毕，太尉正席坐下，抚按下边主席，其余官员并西门庆等，各依次第坐了。教坊伶官递上手本，奏乐，一应呈应，弹唱队舞四数，各有节次，极尽声容之盛。当筵搬演的《裴晋公还带记》。一折下去，厨役割献烧鹿、花猪、百宝攒汤、大饭烧卖。又有四员伶官，筝、纂、琵琶、箜篌，上来清弹小唱。唱了一套《南吕·一枝花》：

官居八辅臣，禄享千钟近。功存遗百世，名播万年春。拯溺亨迍，惟治国安邦论。调和鼎鼐持义节率忠贞，都则待报主施恩。秉贤烈秉正直，也则是清惩化民。

唱毕，汤未两陈，乐已三奏。下边跟从执事官身人等，宋御史委差两员州官，在西门庆卷棚内自有桌席管待。守御、都监等官，西门庆都安在前边客位，自有坐处。黄太尉令左右拿十两银子来，赏赐各项人役，随即看轿就要起身。众官上来，再三款留不住，都送出大门。鼓乐笙簧迭奏，两街仪卫喧阗，清跸传道，人马森列。多官俱上马远送，太尉悉令免之，举手上轿而去。宋御史、侯巡抚分付都监以下军卫有司，直护送至皇船上来回话。桌面器皿、答贺羊酒，具手本差东平府知府胡师文与守御周

太尉恐还觉得自己相当“体恤官民，循规蹈矩”。

桌面器皿、答贺羊酒还要送到船所。太尉一路之上,其船不堪负荷矣!

秀,亲送到船所,交割明白。回至厅上,拜谢西门庆说:“今日不当负累。取扰华府,深感深感!分资有所不足,容当奉补。”西门庆慌躬身施礼道:“学生屡承教爱,累辱盛仪。日昨又蒙赙礼。些小微物,何足挂齿!蜗居卑陋,犹恐有不到处,万望公祖谅宥。幸甚!”宋御史谢毕,即令左右看轿,与侯巡抚一同起身。两司八府官员皆拜辞而去。各项人役一哄而散。

西门庆回至厅上,将伶官乐人赏以酒食,俱令散了,止留下四名官身小优儿伺候。厅内外各官桌面,自有本官手下人领,不题。

西门庆见天色尚早,收拾家火停当,攒下四张桌席,佳肴堆满。使人请吴大舅、应伯爵、谢希大、温秀才、傅自新、甘出身、韩道国、贲四、崔本及女婿陈经济,从五更起来各项照管辛苦,坐饮三杯。不一时众人来到,吴大舅与温秀才、应伯爵、谢希大居上坐,西门庆关席,众伙计两边列坐,左右摆上酒来饮酒。伯爵道:“哥今日落忙。黄太尉坐了多大一回,喜欢不喜欢?”韩道国道:“今日六黄老公公见咱家酒席齐整,无个不喜欢的。巡抚、巡按两位甚是知感不尽。谢了又谢。”伯爵道:“若是第二家摆这席酒,也成不的!也没咱家恁大地方,也没府上这些人手。今日少说也有上千人进来,都要管待出去。哥就赔了几两银子,咱山东一省也响出名去了。”温秀才道:“学生宗主提学陈老先生,也在这里预席。”西门庆问其故。温秀才道:“名陈正汇者,乃谏垣陈了翁先生乃郎。本贯河南鄄城县人,十八岁科举,中壬辰进士,今任本处提学副使,极有学问。”西门庆道:“他今年才二十四岁。”正说着,汤饭上来。

离接过驾的威名也不远了。从今谁再敢小觑!

众人吃毕,西门庆叫上四个小优儿问道:“你四人叫甚名字?”答道:“小的叫周采、梁铎、马真、韩毕。”伯爵道:“你不是韩金钏儿一家?”韩毕跪下说:“金钏儿、玉钏儿,都是小的妹子。”西门庆问:“你们吃了酒饭不曾?”周采道:“小的刚才都吃过酒饭了。”西门庆因一回想起李瓶儿来:“今日摆酒,就不见他。”分付小优儿:“你每拿乐器过来,会唱‘洛阳花,梁园月’不会?唱一个我听。”韩毕跪下:“小的与周采记的。”一面挡筝拨阮,板排红牙,唱道《普天乐》:

洛阳花,梁园月。好花须买,皓月须赊。花倚栏杆看烂熳开,月曾把酒问团圆夜。月有盈亏,花有开谢。想人生最苦离别。花谢了三春近也,月缺了中秋到也,人去了何日来也?

唱毕,应伯爵见西门庆眼里酸酸的,便道:"哥,别人不知你心,自我略知一二。哥教唱此词,关系心间之事,莫非想起过世嫂子来?就如同连理枝、比目鱼,今分为两下,心中怎不想念?"西门庆看见后边上来果碟儿,叫:"应二哥,你只嗔我说!有他在,就是他经手整定。从他没了,随着丫鬟掇弄,你看都相甚模样?好应口菜也没一根我吃!"温秀才道:"这等盛设,老先生中馈也不谓无人,足可以勾了。"伯爵道:"哥休说此话。你心间疼不过,便是这等说,恐一时冷淡了别的嫂子们心。"

此时不哭了,只眼里酸酸的。此时的西门庆处于半人半兽状态。

这里酒席上说话,不想潘金莲在软壁后听唱,听见西门庆说此话。走到后边,一五一十告诉月娘。月娘道:"随他说去就是了。你如今却怎样的?前日是不是,他在时即许下把绣春教伏侍李娇儿?他倒睁着眼和我叫:'死了许多时儿,就分散他房里丫头!'教我就一声儿再没言语。这两日,你看他那媳妇子和两个丫头,狂的有些样儿?我但开口,就说咱每挤撮他。"金莲道:"娘,我也见这老婆,这两日有些别改模样的。怕这贼没廉耻货,镇日在那屋里,缠了这老婆也不见的。我听见说,前日与了他两对簪子,老婆戴在头上,拿与这个瞧,拿与那个瞧。"月娘道:"豆芽菜儿,有甚捆儿!"众人背地里都不做喜欢。正是:遗踪堪入时人眼,不买胭脂画牡丹。有诗为证:

"豆芽菜儿"无分量,吴月娘倒不视奶妈子如意为"敌手"。

襄王台下水悠悠,一种相思两地愁。
月色不知人事改,夜深还照粉墙头。

毕竟不知后来如何,且听下回分解。

第六十六回
翟管家寄书致赙　黄真人炼度荐亡

八面明窗次第开，伫看环佩下瑶台。
闺门春色连新柳，山岭寒梅带早崖。
影动梅梢明月上，风敲竹径故人来。
佳人留下鸳鸯锦，都付东君仔细裁。

再有天大的丧事与“公事”，生意是“雷打不动”要继续做的。

话说西门庆那日陪吴大舅、应伯爵等饮酒中间，因问韩道国：“客伙中标船几时起身？咱好收拾打包。”韩道国道：“昨日有人来会，也只在二十四日开船。”西门庆道：“过了二十念经，打包便了。”伯爵问：“这遭起身，那两位去？”西门庆道：“三个人都去。明年先打发崔大哥，押一船杭州货来，他与来保还往松江下五处，置买些布货来发卖。家中段货绸绵都还有哩！”伯爵道：“哥主张极妙。常言道：要的般般有，才是买卖。”说毕已至起更时分，吴大舅起身说：“姐夫，你连日辛苦，俺每酒已勾了，告回。你可歇息歇息。”西门庆不肯，还要留住。令小优儿奉酒唱曲，每人吃三钟，才放出门。西门庆赏了小优四人六钱银子。再三不敢接，说：“宋爷出票叫小的每来，官身如何敢受老爷重赏？”西门庆道：“虽然官差，此是我赏你，怕怎的！”四人方磕头领去。不在话下。

西门庆在“公事”上亦愿“倒贴”些钱，对上，是巴结；对下，是笼络；此外也是为了在“财大气粗”的势派中获得自我心理满足。

西门庆便归后边歇去了。次日早起，往衙门中去。早有玉皇庙吴道官，差了一个徒弟、两名铺排来，在大厅上铺设坛场。上安三清四御，中安太乙救苦天尊；两边东岳、酆都，下列十王九幽，冥曹幽壤。监坛神虎二大元帅、桓刘吴鲁四大天君、太阴神后、七真玉女、倒真悬司提魂摄魄一十七员神将。内外坛场,铺设的齐齐整整,香花灯烛摆列的灿灿辉辉。炉中都焚百合名香,周围高悬吊挂,经筵罗列,幕走销金,法鼓高张,架彩云鹤旋绕。西门庆来家看见,心中大喜。打发徒弟铺排斋食吃了,回庙中去了。随即令温秀才写帖儿,请乔大户、吴大舅、吴二舅、花大舅、沈姨夫、孟二舅、应伯爵、谢希大、常时节、吴舜臣许多亲眷并堂客,明日念经,家中厨役落作治办斋供,不题。

次日五更,道众皆挨门进城,到于西门庆家。叫开门,进入经坛内。明起灯烛,沐手焚香,打动响乐,讽诵诸经,敷演生神玉章。铺排大门首挂起长幡,悬吊榜文,两边黄纸门对一联,大书:"东极垂慈,仙识乘晨而超登紫府;南丹赦罪,净魄受炼而径上朱陵。"榜上写着:

一场丧事,办得昏天黑地,仅这些个繁文缛礼,便令人读来头大。

大宋国山东东平府清河县某坊居住,奉

道追修孝夫信官西门庆,合家孝眷人等,即日皈诚,上干慈造。意者伏为室人李氏之灵,存日阳年二十七岁。元命辛未相,正月十五日午时受生,大限于政和七年九月十七日丑时分身故。伏以伉俪情深,叹凤鸾之先别;闺门月冷,嗟琴瑟以断鸣。徒追悼以何堪,忆音容而缅想。光阴易逝,五七俄临,欲拔幽魂,敬陈丹悃。谨以今月二十日,仗延官道,爰就孝居,建盟真炼度斋坛;赓颂玉简,演九转生神宝范。奏启琅函:迓狮驭以垂光,金灯破暗;降龙章而灭罪,铁柱停酸。爰至深宵,度彩桥而鸣玉佩;频餐沆瀣,登碧落而谒金真。伏愿玉陛垂慈,青宫降鉴。广覃恻隐之仁,大赐提撕之力。亡魂早超逍遥之境,滞爽咸登极乐之天。存殁眷属,均沐休祥。愿亲人等,同登道岸。凡预荐修,悉希元化。故榜。政和年月日榜。

《上清大洞经箓》九天金阙大夫、神霄玉府上笔判、雷霆诸司府院事、清微弘道体玄养素崇教高士、领太乙宫提点、皇坛知磬兼管天下道教事、高功黄元白奉行。

大厅经坛,悬挂斋题二十字,大书:"青玄救苦、颁符告简、五七转经、水火炼度荐扬斋坛"。

东京来的御用"真人","行头"气派确实非凡。

即日,黄真人穿大红、坐牙轿、系金带,左右围随,仪从喧喝,日高方到。吴道官率众接至坛所，行毕礼。然后西门庆着素衣绖巾，拜见递茶毕。洞案旁边，安设经筵法席，大红销金桌帏，妆花椅褥，二道童侍立左右。其人仪伟容貌，戴王冠，韬以乌纱；穿大红斗牛衣服，靸乌履。登文书之时，西门庆备金段一匹。登坛之时，换了九阳雷巾，大红金云白鹤法氅，与袖飞鬣；脚下白绫软袜，朱红登云朝舄。朝外建天地亭，张两把金伞盖。金童扬烟，玉女散花，执幢捧节。监坛神将，三界符使，四直功曹，城隍社令，土地祇迎，无不毕陈。高功香案上列五式天皇号令，召雷皂纛，天蓬玉尺，七星宝剑，净水法盂。

先是表白宣毕斋意，斋宣沐手上香，词忏二人飘手炉，向外三信礼召请。然后高功系令焚香，荡秽净坛，飞符召将，关发一应文书符命。启奏三天，告盟十地。三献礼毕，打动音乐，化财行香。西门庆与陈经济执手炉跟随，排军喝路，前后四把销金伞、三对缨络挑搭。孝眷列于大门首，孤魂棚建于街上。场饭净供，委付四名排军看守。行香回来，安请监斋坛已毕，在卷棚摆斋。那日各亲友街邻伙计，送茶者络绎不绝。西门庆悉令玳安、王经收记，打发回盒人银钱。早辰开启，请三宝证盟，颁告符简，破狱召亡。又动音乐，往李瓶儿灵前摄召引魂，朝参玉陛，旁设几筵，闻经悟道。高功搭高座，演《九天生神经》，焚烧太乙、东岳、酆都十王冠帔云驭。午朝，高功冠裳，步罡踏斗，拜进朱表，径达东极青宫，遣差神将，飞下罗酆。原来黄真人年约三旬，仪表非常，妆束起来，午朝拜表，俨然就是个活神仙。端的生成模样，但见：

星冠攒玉叶，鹤氅缕金霞。神清似长江皓月，貌古如太华乔松。踏罡朱履步丹霄，步虚琅函浮瑞气。长髯广颡，修行到无漏之天；皓齿明眸，佩箓掌五雷之令。三岛十洲，存性到洞天福地；出神游高，餐沆瀣静里朝元。三更步月鸾声远，万里乘云鹤背高。就是都仙太史临凡世，广惠真人降下方。

拜了表文，吴道官当坛，颁生天宝箓、神虎玉劄。行毕午香，回来卷棚内摆斋。黄真人前大桌面定胜，吴道官等稍加差小，其余散众俱平头桌席。黄真人、吴道官皆衬段尺头、四对披花、四匹丝绸，散众各布一匹。桌面俱令人抬送庙中散众。各有手下徒弟收入箱中，不必细说。

所付酬谢“手下徒弟收入箱中”，可见真人、道官也不过是做“宗教生意”的特殊商人罢了。

吃毕午斋，谢了西门庆，都往花园各亭台洞内，游玩散食去了。一面收下家火，从新摆上下桌斋馔上来，请吴大舅等众亲朋伙计来吃。

正吃之间，忽报："东京翟爷那里差人来下书。"西门庆即出到厅上，请来人进入。只见是府前承差干办，青衣窄袴、万字头巾、干黄靴、全付弓箭，向前施礼。西门庆答还下礼。那人向身边取出书来递上，书内封折赙仪银十两。问来人上姓，那人道："小人姓王名玉，蒙翟爷差遣，送此书来。不知老爹这边有丧事，安老爹书到京才知道。"西门庆问道："你安老爹书几时到来?"那人说："安老爹书十月才到京。因催皇木一年已满，升都水司郎中。如今又奉敕修理河道，直到工完回京。"西门庆问了一遍，即令来保厢房中管待斋饭，分付明日来讨回书。那人问："韩老爹在那里住？宅内捎信在此，小的见了，还要赶往东平府下书去。"西门庆即唤出韩道国来见那人，陪吃斋食毕，同往家中去了。

这类事进一步将西门庆从感情世界中拉回到现实的功利世界里。

西门庆拆看书中之意，于是乘着喜欢，将书拿到卷棚内，教温秀才看，说："你照此修一封回书答他，就捎寄十方绉纱汗巾、十方绫汗巾、十副拣金挑牙、十个乌金酒杯，作回奉之礼。他明日就来取回书。"温秀才接过书来观看，其书曰：

寓京都眷生翟谦顿首书奉

即擢大锦堂西门四泉亲家大人门下：自京邸执手话别之后，未得从容相叙，心甚歉然。其领教之意，生已于家老爷前悉陈之矣。迩者因安凤山书到，方知老亲家有鼓盆之叹；但不能一吊为怅，奈何奈何？伏望以礼节哀可也。外具赙仪，少表微忱，希莞纳。又，久仰贵任荣修德政，举民有五袴之歌，境内有三留之誉，今岁考绩，必有甄升。昨日神运、都功两次工上，生已对　　老爷说了，安上亲家名字。工完题奏，必有恩典，亲家必有掌刑之喜。夏大人年终类本，必转京堂，指挥列衔矣。谨此预报，伏惟高照。不宣。

附云：

此书可自省览，不可使闻之于渠。谨密，谨密。

又云：

此种交往，实是“勾结”。“又云”一句点眼。

帮闲者往往“机密早知道”。

杨老爷前月二十九日卒于狱。

下书：“冬上浣具。”

却说温秀才看毕，才待袖；早被应伯爵取过来，观看了一遍，还付与温秀才收了，说道：“老先生把回书千万加意做好些。翟公府中人才极多，休要教他笑话。”温秀才道：“貂不足，狗尾续。学生匪才，焉能在班门中弄大斧！不过乎塞责而已。”西门庆道：“老先生他自有个主意。你这狗才晓的甚么！”须臾，吃罢午斋，西门庆分付来兴儿打发斋馔，送各亲眷街邻。又使玳安回院中李桂姐、吴银儿、郑爱月儿、韩钏儿、洪四儿、齐香儿六家香仪人情礼去。每家还答一匹大布、一两银子。后晌，就叫李铭、吴惠、郑奉三个小优儿来伺候。

良久，道众升坛，发擂、上朝、拜忏、观灯、解坛、送圣，天色渐晚。及比设了醮，就有起更天气。门外，花大舅被西门庆留下，已不去了；乔大户、沈姨夫、孟二舅告辞儿回家；止有吴大舅、二舅、应伯爵、谢希大、温秀才、常时节并众伙计在此，晚夕观看水火炼度。就在大厅棚内搭高座，扎彩桥，安设水池火沼，放摆斛食。李瓶儿灵位另有几筵帏幕，供献齐整，旁边一首魂幡，一首红幡，一首黄幡，上书“制魔保举”，“受炼南宫”。先是，道众音乐两边列坐，持节捧盂剑四个道童，侍立法座两边。黄真人头戴黄金降魔冠，身披绛绡云霞衣，登高座，口中念念有词。音乐止，二人执手炉，宣偈云：

太乙慈尊降驾临，夜壑幽关次第开。

童子双双前引导，死魂受炼步云阶。

黄真人薰沐焚香，念曰：

伏以玄皇阐教，广开度于冥途。正一垂科，俾炼形而升举。恩沾幽爽，泽被饥嘘。谨运真香，志诚上请东极宫中大慈仁者，寻声赴感太乙救苦天尊、青玄九阳上帝、十方救苦诸大真人、天仙地仙、三界官属、五岳十洲、水府罗酆圣众，仗此真香，来临法会。伏望狮座浮空，龙旂耀日。空青枝洒频除热恼，甘露食味广济孤嘘。今则暂供几告颁符命，九幽灭罪，罢对停殴。切以人处尘凡，日萦俗务，不知有死，惟欲贪生。鲜能种于善根，多随入于恶趣。昏迷弗省，恣欲贪嗔。将谓自己长存，岂信无常易到？一朝倾逝，万事皆空；业障缠身，冥司受苦。今奉道伏为亡过室人李氏灵魂，一弃尘缘，久沦长夜。若非荐拔于愆辜，必致难逃于苦报。恭惟天尊号隆亿劫，气应九阳，秉好生之仁，救寻声之苦。洒甘露而普滋群类，放瑞光而遍烛昏衢。命三官宽考较之条，诏十殿阁推研之笔。开囚释禁，宥过解冤。各随符使，尽出幽关。咸令登火池之沼，悉荡涤黄华之形。凡得更生，俱归道岸。（高功念《五厨经》、《变食神咒》，散法食。）闻天浮九炁。九炁出乎太空之先；地凝九幽，九幽郁于重阴之垒。九炁列正，万物并受生成，所以为天地之根。各受生于胞胎，赖三光而育养。人之有死坏者，皆所以不能受其形、保其神、贵其炁、固其根，离其本真耳。若得还生，须得濯形于太阴，炼质于太阳；复受九炁，凝合三元，结成胞，乃可成形。匪伏太上之金科，玄元之秘旨；岂可开度幽魂，全形复体，驾景朝元，制魔保举灵宝炼形真符。谨当宣奏。

太微回黄旗，无英命灵幡。

摄召长夜府，开度受生魂。

道众先将魂幡安于水池内，焚结灵符，换红幡；次于火沼内焚郁仪符，换黄幡。高功念：“天一生水，地二生火；水火交炼，乃成真形。”炼度毕，请神主冠帔，步金桥，朝参玉陛，皈依三宝。朝玉清，众举《五供养》：

此种文字，当代读者读来怕难耐其烦。道士的炼度荐亡仪式，何繁琐砌腻到如此地步！

道中尊，玉清主！溟滓无光包梵炁，万象森罗一黍珠。死魂受炼，受炼超仙界。

朝上清《五供养》：

经中尊，上清主！赤明开图推运极，元纲流演洞渺溟。死魂受炼，受炼超仙界。

朝太清《五供养》：

师中尊，太清主！道包天地玄元始，历劫度苦出迷魂。死魂受炼，受炼超仙界。

高功曰:“既受三皈,当宣九戒:

第一戒者:敬让——孝养父母;

第二戒者:克勤——忠于君王;

第三戒者:不杀——慈救众生;

第四戒者:不淫——正身处物;

第五戒者:不盗——推义损己;

第六戒者:不嗔——凶怒凌人;

第七戒者:不诈——谄贼害善;

第八戒者:不骄——傲忽至真;

第九戒者:不二——奉戒专一。

汝当谛听:戒之,戒之!九戒毕。”

试以此“九戒”衡量西门庆,能否及格?

道众举音乐,宣念符命,并十类孤魂《挂金索》:

大慈仁者,救苦青玄帝;狮座浮空,妙化成神力。清净斛食,示现焦面鬼。注界孤魂,来受甘露味!

北战南征,贯甲披袍士;舍死忘生,报效于国家。炮响一声,身卧沙场里。阵亡孤魂,来受甘露味!

好儿好女,与人为奴婢;暮打朝喝,衣不遮身体。逐赶出门,缠卧长街内。饥死孤魂,来受甘露味!

坐贾行商,僧道云游士;动岁经年,在外寻衣食。病疾临身,旅店无依倚。客死孤魂,来受甘露味!

斗恶争强,枷锁囹圄闭;斩绞凌迟,身丧长街里。律有明条,犯了王法罪。刑死孤魂,来受甘露味!

宿世冤仇,今世来相会;暗计阴谋,毒药搀肠胃。九窍生烟,丧了身和体。药死孤魂,来受甘露味!

乳哺三年,父母恩难极;十月怀胎,坐草临盆际。性命悬丝,子母归阴世。产死孤魂,来受甘露味!

急难颠危,受忍难回避;私债官钱,逐日来催逼。自刎悬梁,断了三寸气。屈死孤魂,来受甘露味!

久病淹缠,气蛊瘫痨类;疥癣痍疮,遍体脓腥气。菽水无亲，医药无调治。病死孤魂，来受甘露味！

巨浪风涛，洪水滔天至；缆断舟沉，身丧长江里。回首家乡，无人捎书寄。溺死孤魂，来受甘露味！

回禄风烟，一时难回避；猛火无情，烧毁身和体。烂额焦头，死作烟熏鬼。焚死孤魂，来受甘露味！

附木精邪，无主魍魉辈；鳞介飞潜，莫不回生意。太上慈悲，广垂方便泽。十类孤魂，来受甘露味！

此书对这些道士搞的名堂"照单全录"，就小说而言，应属败笔。

炼度已毕，黄真人下高座。道众音乐送至门外化财，焚烧箱库。回来，斋功圆满，道众都换了冠服，铺排收卷道像。西门庆又早大厅上画烛齐明，酒筵罗列。三个小优弹唱，众亲友都在堂前。西门庆先与黄真人把盏，左右捧着一匹天青云鹤金段、一匹色段、十两白银，叩首下拜道："亡室今日已赖我师经功救拔，得遂超生。均感不浅，微礼聊表寸心。"黄真人道："小道谬忝冠裳，滥膺玄教，有何德以达人天？皆赖大人一诚感格，而尊夫人已驾景朝元矣！此礼若受，实为赧颜。"西门庆道："此礼甚薄，有亵真人。伏乞笑纳。"黄真人方令小童收了。西门庆递了真人酒，又与吴道官把盏，乃一匹金段、伍两白银，又是十两经资。吴道官只受了经资，余者不肯受，说："小道自忝效劳，诵经追拔夫人往生仙界，以尽其心。受此经资，尚为不可，又岂当此盛礼乎？"西门庆道："师父差矣。真人掌坛，其一应文检法事，皆乃师父费心，此礼当与师父酬劳，何为不可？"吴道官不得已方领下，再三致谢。

西门庆与道众递酒已毕，然后吴大舅、应伯爵等上来，与西门庆散福递酒。吴大舅把盏，伯爵执壶，谢希大捧菜，一齐跪下。伯爵道："兄为嫂子，今日做此好事。请得真人在此，又是吴师父费心。方才化财，见嫂子头戴凤冠，身穿素衣，手执羽扇，骑着白鹤，望空腾云而去。此赖真人追荐之力！哥的虔心，嫂子的造化，连我好不快活！"于是满斟一杯，送与西门庆。西门庆道："多蒙列位连日劳神。言谢不尽，何敢当此盛意！"说毕，一饮而尽。伯爵又斟一盏，说："哥吃酒，吃个双杯。不要吃单杯。"希大慌忙递一箸菜来吃了。西门庆回敬众人毕，安席坐下。小优弹唱起来，厨役上来割道。当夜在席前猜拳行令，品竹弹丝。直吃

巧舌如簧。帮闲本色。

到二更时分，西门庆已带半酣，众人方作辞起身而去。西门庆进来，赏小优儿三钱银子，往后边去了。正是：人生有酒须当醉，一滴何曾到九泉。

有诗为证：

百年方誓日，一夕竟为云。
飞凤金钿落，翔鸾宝镜分。
超生空自喜，长恨不胜情。
杯物频频饮，愁怀且暂清。

毕竟不知后来如何，且听下回分解。

第六十七回
西门庆书房赏雪 李瓶儿梦诉幽情

从第六十二回到六十六回，西门庆的身心均陷溺于爱妾李瓶儿的死亡事件中。他的“性史”有所中断，“情感”上扬，构成了他一生中最瑰丽的“精神史”篇章。但这件事终于过去，死的自死，活的自活，他的生活又渐渐复原到“常态”，他的“纯情”心态也逐步消解，他的“性史”又开始向前流动。他与其他妻妾的性事当然恢复，并有以奶妈如意儿暂且解闷之举，但此书作者以非凡的笔力，在下几回中，又极其自然地引入了西门庆的新“性伙伴”——林太太，这是一个与前面所写女性全然不同的角色，不仅深化着西门庆形象的刻画，也揭示着更多的社会怪象与人性真谛。

终日思卿不见卿，数声寒角未堪闻。
匣中破镜收残月，箧里馀衣敛断云。
寒雀疏枝栖不定，征鸿断字叹离群。
玉钗敲断心难碎，想像伤心记未真。

话说西门庆归后边，辛苦的人，直睡至次日日色高还未起来。有来兴儿进来说：“搭彩匠外边伺候，请问拆棚。”西门庆骂了来兴儿几句，说：“拆棚教他拆就是了。只顾问怎的！”搭彩匠一面外边七手八脚，卸天下没有不散的筵席——无论"红筵"还是"白筵"。

下席绳松条,拆了,送到对门房子里堆放,不题。玉箫进房说:"天气好不阴的重!"西门庆令他向暖炕上取衣裳穿,要起来。有吴月娘便说:"你昨日辛苦了一夜,天阴,大睡回儿起来。慌的老早就扒起去做甚么?就是今日不往衙门里去也罢了!"西门庆道:"我不往衙门里去,只怕翟亲家那人来讨书,好打发回书与他。"月娘道:"既是恁说,你起去。我叫丫头熬下粥等你来吃。"这西门庆也不梳头洗脸。蓬头,披着绒衣,戴着毡巾,径走到花园里藏春阁书房中。

原来自从书童去了,西门庆就委王经管花园两边书房门钥匙,春鸿便收拾打扫大厅前书房。冬月间,西门庆只在藏春阁书房中坐。那里烧下的地炉暖炕,地平上又安放着黄铜火盆,放下梅稍月油单绢暖帘来。明间内摆着夹枝桃、各色菊花、清清瘦竹、翠翠幽兰;里面笔砚瓶梅,琴书潇洒。床炕上茜红毡条,银花锦褥,枕横鸂鶒,帐挂鲛绡。西门庆拄在床上,王经连忙向桌上象牙盒内炷爇龙涎于流金小篆内。西门庆使王经:"你去叫来安儿请你应二爹去。"那王经出来,分付来安儿请去了。只见平安走来对王经说:"小周儿在外边伺候。"那王经走入书房,对西门庆说了。西门庆叫进小周儿来,磕了头,说道:"你来得好。且与我篦篦头,捏捏身上。"因说:"你怎一向不来?"小周儿道:"小的见六娘没了,忙,没曾来。"西门庆于是坐在一张醉翁椅上,打开头发,教他整理梳篦。

好个暖窝儿。

虽是狐朋狗友,一日不见,如隔三秋兮。

只见来安儿请的应伯爵来了,头戴毡帽,身穿绿绒袄子,脚穿一双旧皂靴棕套,掀帘子进来唱喏。西门庆正篦头,说道:"不消声喏,请坐。"伯爵拉过一张椅子来,就着火盆坐下了。西门庆道:"你今日如何这般打扮?"伯爵道:"你不知,外边飘雪花儿哩!好不寒冷。昨日家去晚了,鸡也叫了。你还使出大官儿来拉俺每,就走不的了。我见天阴上来,还讨了个灯笼,和他大舅一路家去了。今日白扒不起来。不是来安儿去叫,我还睡哩!哥,你好汉,还起的早。若着我,成不的。"西门庆道:"早是你看着,我怎得个心闲!自从发送他出去了,又乱着接黄太尉,念经,直到如今,心上是那样不遂。今早房下说:'你辛苦了,大睡回起去。'我又记挂着,只怕翟亲家人来讨回书;又看着拆棚,二十四日又打发韩伙计和小价起身,打包,写书帐。丧事费劳了人家,亲朋罢了;士夫官员,你不上门谢谢孝，礼也过不去。”伯爵道：“正是，我愁着哥谢孝这一节。少不的也谢，只摘拨谢几家要紧的，胡乱也罢了。其余相厚，若会见，告过就是了。谁不知你府上事多，彼此心照罢！”

多少根家庭、社会长线，要穿过西门庆这个大活人的“针鼻儿”。

正说着，只见王经掀帘子，画童儿用彩漆方盒、银厢雕漆茶钟，拿了两盏酥油白糖熬的牛奶子。伯爵取过一盏，拿在手内，见白潋潋鹅脂一般酥油，飘浮在盏内，说道：“好东西，滚热！”呷在口里，香甜美味，那消费力，几口就呵没了。西门庆直待篦了头，又教小周儿替他取耳。把奶子放在桌上，只顾不吃。伯爵道：“哥且吃些不是？可惜放冷了。相你清辰吃恁一盏儿，倒也滋补身子。”西门庆道：“我且不吃；你吃了，停会我吃粥罢！”那伯爵得不的一声，拿在手中一吸而尽。画童收下钟去。

按说应花子这些日也连吃了不少珍馐美味，怎么还这样馋痨？想是“不吃白不吃”的“习惯”成“自然”了吧！

西门庆取毕耳，又叫小周儿拿木滚子滚身上，行按摩导引之术。伯爵问道：“哥滚着身子，也通泰自在些么？”西门庆道：“不瞒你说，相我晚夕身上常时发酸起来，腰背疼痛。不着这般按捏，通了不得！”伯爵道：“你这胖大身子，日逐吃了这等厚味，岂无痰火！”西门庆道：“昨日任后溪常说：‘老先生虽故身体魁伟，而虚之太极。’送了我一罐儿百补延龄丹，说是林真人合与圣上吃的，教我用人乳常清辰服。我这两日心上乱的，也还不曾吃。你每只说我身边人多，终日有此事；自从他死了，谁有甚么心绪理论此事！”

西门庆“胖大身子”、“身体魁伟”，是壮汉模样。与潘安之类“标准爱情男角”形象全然不同。

西门庆对李瓶儿之死的真情哀痛，主要体现在多日舍弃性事上。

正说着，只见韩道国进来，作揖坐下，说：“刚才各家多来会了，船已雇下，准在二十四日起身。”西门庆分付：“甘伙计攒下帐目，兑了银子，明日打包。”因问：“两边铺子里卖下多少银两？”韩道国说：“共凑六千余两。”西门庆道：“兑二千两一包，着崔本往湖州买绸子去；那四千两，你与来保往松江贩布，过年赶头水船来。你每人先拿五两银子，家中收拾行李去。”韩道国道：“又一件：小人身从郓王府，要正身上直，不纳官钱，如何处置？”西门庆道：“怎的不纳官钱？相来保，一般也是郓王差事。他每月只纳三钱银子。”韩道国道：“保官儿那个，亏了太师老爷那边文书上注过去，便不敢缠扰。小人此是祖役，还要勾当徐丁。”西门庆道：“既是如此，你写个揭帖：我央任后溪到府中替你和王奉承说，把你官字注销，常远纳官钱罢！你每月只委付家下一个的当人打米就是了。”那韩伙计作揖谢了。伯爵道：“哥，你这一替他处了这件事，他就去也放心。”少顷，小周滚毕身上。西门庆往后边梳

商事上指挥若定。此为西门庆真本事所在。

处置精细。

头去了，分付打发小周儿吃了点心。

良久，西门庆出来。头戴白绒忠靖冠，身披绒氅，赏了小周三钱银子。又使王经：“请你温师父来。”不一时，温秀才峨冠博带而至。叙礼已毕，左右放桌儿，拿粥上来，四碟小菜：一碗顿烂蹄子、一碗黄芽韭炒驴肉、一碗鲊炒馄饨鸡，一碗顿烂鸽子雏儿；四瓯软稻粳米粥儿，安放四双牙箸。伯爵与温秀才上坐，西门庆关席，韩道国打横。西门庆分付来安儿：“再取一盏粥，一双筷儿，请你姐夫来吃粥。”不一时，陈经济来到。头戴孝巾，身穿白绸道袍，葱白段氅衣，蒲鞋绒袜，与伯爵等作揖，打横坐下。须臾吃了粥，收下家火去，韩道国起身去了，只有伯爵、温秀才在书房坐的。西门庆因问温秀才：“书可写了不曾？”温秀才道：“学生已写稿在此。与老生看过，方可誊真。”一面袖中取出，递与西门庆观看。其书曰：

寓清河眷生西门庆端肃书复

大硕德柱国云峰老亲丈大人先生台下：自从京邸邂逅，数语之后，不觉违越光仪，倏忽半载。生以不幸，闺人不禄，特蒙亲家远致赙仪，兼领诲教，足见为我之深且厚也。感刻无任，而终身不能忘矣。但恐一时官守责成，有所疏陋之处；企仰门墙，有负荐拔耳。又赖在

老翁钧前，常为锦覆，则生始终蒙恩之处，皆亲家所赐也。今因便鸿，谨候起居，不胜驰恋，伏惟照亮。不宣。外具扬州绉纱汗巾十方，色绫汗巾十方，拣金挑牙二十付，乌金酒钟十个，少将远意，希笑纳。

西门庆究竟能否识丁，此书中各处描写不甚统一。此处亦可理解为无论何人来书或写讫文书，一律要他“过目”，以示他的尊严。

西门庆看毕，即令陈经济书房内取出人事来，同温秀才封了。将书誊付锦笺，弥封停当，印了图书。另外又封五两白银，与下书人王玉。不在话下。

一回见雪下的大了，西门庆留下温秀才在书房中赏雪。搽抹桌儿，拿上案酒来。只见有人在暖帘外探头儿，西门庆问谁，王经说：“郑春在这里。”西门庆叫他进来。那郑春手内拿着两个盒儿，举的高高的，跪在当面，上头又阁着个小描金方盒儿。西门庆问是甚么，郑春道：“小的姐姐月姐，知道昨日爹与六娘念经辛苦了；没甚么，送这两盒儿茶食儿来与爹赏人。”揭开：一盒果馅顶皮酥、一盒酥油泡螺儿。郑春道：“此是月姐亲手自家拣

郑爱月儿真会奉承。献酥油泡螺儿，恰如轻挠西门庆心窝。

的，知道爹好吃此物；敬来孝顺爹。”西门庆道：“昨日又多谢你家送茶，今日你月姐费心又送这个来！”伯爵道：“好呀，拿过来，我正要尝尝！死了我一个女儿会拣泡螺儿，如今又是一个女儿会拣了。”先捏了一个放在口内，又拈了一个递与温秀才，说道：“老先儿，你也尝尝！吃了牙老重生，抽胎换骨；眼见稀奇物，胜活十年人。”温秀才呷在口内，入口而化，说道：“此物出于西域，非人间可有。沃肺融心，实上方之佳味。”西门庆又问：“那小盒儿内是什么？”郑春悄悄跪在西门庆跟前，揭开盒儿，说：“此是月姐捎与爹的物事。”西门庆把盒子放在膝盖儿上揭开，才待观看，一边伯爵一手挝过去。打开，是一方回纹锦双栏子、细撮古碌钱、同心方胜结、穗桃红绫汗巾儿，里面裹着一包亲口磕的瓜仁儿。这伯爵把汗巾儿掠与西门庆，将瓜仁两把喃在口里都吃了。比及西门庆用手夺时，只剩下没多些儿。便骂道：“怪狗才，你害馋痨馋痞！留些儿与我见见儿，也是人心。”伯爵道：“我女儿送来，不孝顺我，再孝顺谁？我儿，你寻常吃的勾了。”西门庆道：“温先儿在此，我不好骂出来。你这狗才，忒不相模样！”一面把汗巾收入袖中，分付王经：“把盒儿掇在后边去。”

西门庆、应花子抢瓜仁儿一幕精彩。郑爱月儿倘仅献酥油泡螺儿，不过是填补李瓶儿所留下的空白；送亲口嗑的瓜仁儿，则是“无可比拟”之献。妓女夺爱心思，绵密至此。西门庆不见“白嚼”想“白嚼”，“白嚼”真来“白嚼”又生厌。“你寻常吃的够了”，“白嚼”心中的“不平”，于惶急中“和盘托出”。

不一时，杯盘罗列，筛上酒来。才吃了一巡酒，玳安儿来说：“李智、黄四关了银子，送银子来了。”西门庆问多少，玳安道：“他说一千两。余者再一限送来。”伯爵道：“你看这两个天杀的！他连我也瞒了，不对我说。嗔道他昨日你这里念经他也不来，原来往东平府关银子去了。你今收了，也少要发银子出去了。这两个光棍，他揽的人家债也多了，只怕往后后手不接。昨日，北边徐内相发恨，要亲往东平府自家抬银子去。只怕他老牛箍嘴箍了去，却不难为哥的本钱了。”西门庆道：“我不怕他。我不管甚么徐内相、李内相，好不好，我把他小厮提留在监里坐着，不怕他不与我银子。”一面教陈经济：“你拿天平出去收兑了他的。上了合同就是了，我不出去罢。”

“我不管什么……”是新兴暴发户的得意口吻。

良久，陈经济走来回话，说：“银子已兑足一千两，交入后边大娘收了。黄四说，还要请爹出去说句话儿。”西门庆道：“你只说我陪着人坐着哩！左右他只要捣合同的话，教他过了二十四日来罢。”经济道：“不是。他有庄事儿要央烦爹，请爹出去，亲自对爹说。”西门庆道：“甚么事？等我出去。”一面走到厅上。那黄四磕头起来，说：“银子一千两，姐夫收了，余者下单找还与老爹。有小人一庄事儿，今央烦老爹……”说着，磕在地下哭了。西门庆拉起来，道：“端的有甚么事？你说来。”黄四道：“小的外父孙清，搭了个伙计冯二，在东昌府贩绵花。不想冯二有个儿子冯淮，不守本分，要便锁了门出去宿娼。那日，把绵花不见了两大包，被小人丈人说了两句，冯二将他儿子打了两下。他儿子就和俺小舅子孙文相厮打，攘起来，把孙文相牙打落了一个；他亦把头磕伤，被客伙中解劝开了。不想他儿子到家，迟了半月，破伤风身死。他丈人是河西有名土豪白五，绰号白千金，专一与强盗作窝主。教唆冯二，具状在巡按衙门朦胧告下来，批雷兵备老爹问。雷老爹又伺候皇船，不得闲，转委本府童推官问。白家在童推官处使了钱，教邻动人供状，说小人丈人在傍喝声来。如今，童推官行牌来提俺丈人。望乞老爹千万垂怜，讨封书，对雷老爹说，宁可监几日，抽上文书去；还见雷老爹问，就有生路了。他两人厮打，委的不管小人丈人事；又系歇后身死，出于保辜限外。先是他父冯二打来，何必独赖在孙文相一人身上？”

又牵出一桩官司。在黄四等人眼里心里，西门庆已是无所不能之人。

西门庆看了说帖，写着：“东昌府见监犯人孙清、孙文相，乞青目。”因说：“雷兵备前日在我这里吃酒，我只会了一面，又不甚相熟。我怎好写书与他？”那黄四就跪下，哭哭啼啼哀告说：“老爹若不可怜见，小的丈人子父两个，就多是死数了！如今随孙文相投去罢了，只是分豁小人外父出来，就是老爹莫大之恩。小人外父今年六十岁，家下无人，冬寒时月再放在监里，就死罢了！”西门庆沉吟良久，说：“罢。我转央钞关钱老爹和他说说去。与他是同年，多是壬辰进士。”那黄四又磕下头去，向袖中又取出一百石白米帖儿递与西门庆，腰里就解两封银子来。西门庆不接，说：“我那里要你这行钱！”黄四道：“老爹不稀罕，谢钱老爹也是一般。”西门庆道：“不打紧。事成我买礼谢他。”

西门庆说的是实话。官场上人，虽七穿八达，互有勾连，到底不是面情均厚。

正说着，只见应伯爵从角门首出来，说：“哥休替黄四哥说人情。他闲时不烧香，忙时走来抱佛腿。昨日哥这里念经，连茶儿也不送，也不来走走儿。今日还来说人情！”那黄四便与伯爵唱喏，说道：“好二叔，你老人家杀人哩！我因这件事整走了这半月，谁得闲来！昨日又去府里与老爹领这银子。今日李三哥起早打卯去了，我竟来老爹这里交银

应花子岂能白白将黄四放过。

子，就央说此事，救俺丈人。老爹再三不肯收这礼物，还是不下顾小人！”伯爵看见是一百两雪花官银放在面前，因问：“哥，你替他去说不说？”西门庆道：“我与雷兵备不熟，如今又转央钞关钱主政替他说去，到明日，我买分礼谢老钱就是了。又收他礼做甚么？”伯爵道：“哥，你这等就不是了。难说他来说人情，哥你赔出礼去谢人，也无此道理。你不收，恰是你嫌少的一般，倒难为他了。你依我，收下他这个礼，虽你不稀罕；明日谢钱公，又是一个样儿。黄四哥在这里听着：看你外父和你小舅子造化，这一回求了书去，难得两个多没事出来，你老爹他恒是不稀罕你钱，你在院里老实大大摆一席酒，请俺每要一日就是了。”黄四道：“二叔，你老人家费心。小人摆酒不消说，还教俺丈人买礼来，磕头酬谢你老人家。不瞒你，我为他爷儿两个这一场事，昼夜上下替他走跳，还寻不出个门路来。老爹再不可怜怎了！”伯爵道：“傻瓜！你搂着他女儿，你不替他上紧谁上紧？”黄四道：“房下在家只是哭。俺丈人便躲了，家中连送饭人也没一个儿。”

所图在此。怕还不足。

当下西门庆被伯爵说着，把礼帖收了，礼物还令他拿回去。黄四道：“你老人家没见，好大事？这般多计较！”就往外走。伯爵道：“你过来，我和你说：你书几时要？”黄四道：“如今紧等着救命。老爹今日下顾，有了书，差下人，明早我使小儿同去走遭。”于是央了又央：“差那位大官儿去？我会他会。”西门庆道：“我就替你写书。”因叫过玳安来分付：“你明日就同黄大官一路去。”那黄四见了玳安，辞西门庆出门，走到门首，问玳安要盛银子搭连。

应花子将他唤回一笔细。西门庆尚淡淡，应花子是急欲坐实一场“白嚼”。

玳安进入后边，月娘房里正与玉箫、小玉裁衣裳。见玳安站着等要搭连，玉箫道：“使着手，不得闲腾。教他明日来与他就是了。”玳安道：“黄四紧等着，明日早起身东昌府去，不得来了，你腾腾与他罢！”月娘便说：“你拿与他就是了。只教人家等着！”玉箫道：“银子还在床地平上掠着不是！”走到里间，把银子往床上只一倒，掠出搭连来说：“拿去了！怪囚根子，那个吃了他这条搭连，只顾立虹蚂蝗的要！”玳安道：“人家不要，那个好来后边取来！”于是拿出，走到仪门首，还抖出三两一块蘑菇头银子来。原来纸包破了，怎禁玉箫使性那一倒，漏下一块在

要回盛银子的空搭连一笔细。可见黄四本是悭吝人。不得已掏银子，心中悲苦可知。

富家宠仆眼孔大。

搭连底内。玳安道："且喜得我拾个白财!"于是褪入袖中。到前边递与黄四搭连，约会下明早起身。

且说西门庆回到书房中，即时教温秀才修了书，付与玳安。不题。一面觑那门外雪，纷纷扬扬，犹如风飘柳絮，乱舞梨花相似。西门庆另打开一坛双料麻姑酒，教春鸿用布甑筛上来，郑春在傍弹筝低唱。西门庆令他唱一套"柳底风微"。正唱着，只见琴童进来说："韩大叔教小的拿了这个帖儿，与爹瞧。"西门庆看了，分付："你就拿往门外任医官家，替他说说去。教他明日到府中承奉处替他说说，注销差事。"琴童道："今日晚了，小的明早去罢。"西门庆道："是了。"不一时，来安儿用方盒拿了八碗下饭：一碗黄熬山药鸡、一碗臊子韭、一碗山药肉圆子、一碗顿烂羊头、一碗烧猪肉、一碗肚肺羹、一碗血脏汤、一碗牛肚儿、一碗爆炒猪腰子，又是两大盘玫瑰鹅油盪面蒸饼儿。连陈经济共四人吃了。西门庆教王经拿盘儿，拿两碗下饭、一盘点心与郑春吃，又赏了他两大钟酒。郑春跪禀："小的吃不的。"伯爵道："傻孩儿！冷呵呵的，你爹赏你不吃，你哥他怎的吃来?"郑春道："小的哥吃的，小的本吃不的。"伯爵道："你吃一钟罢！那一钟教王经替你吃。"王经道："二爹，小的也吃不的。"伯爵道："你这孩儿，你就替他吃些儿也罢！休说一个大分上，自古长者赐，少者不敢辞。"一面站起来说："我好歹教你吃这一杯。"那王经捏着鼻子，一吸而饮。西门庆道："怪狗才！小行货子他吃不的，只恁奈何他吃!"还剩下半盏，教春鸿替他吃了，令他上来排手唱南曲。

> 西门庆平日所嗜食者，多是此种"家常菜"，且多取"下水"为料。可见他人虽已"贵"，饮食文化上还欠雅。

西门庆道："咱每和温老先儿行个令，饮酒之时教他唱便有趣。"于是教王经取过骰盆儿："就是温老先儿先起。"温秀才道："学生岂敢僭?还从应老翁来。"因问："老翁尊号?"伯爵道："在下号南坡。"西门庆戏道："老先生你不知：他家孤老多，到晚夕桶子掇出屎来，不敢在左近倒，恐怕街坊人骂。教丫头直掇到大南首县仓墙底下那里泼去，因起号叫做'南泼'。"温秀才笑道："此'坡'字不同。那'泼'字乃是点水边之'发'，这'坡'字却是土字傍边着个'皮'字。"西门庆道："老先儿倒猜的着，他娘子镇日着皮子缠着哩!"温秀才笑道："岂有此说?"伯爵道："葵轩，你不知道，他自来有些快伤叔人家。"温秀才道："自古言不亵不

> 温秀才亦是甲级帮闲，受了主子辱还要将主子所为"合理化"。

笑。"伯爵道:"老先儿,误了咱每行令,只顾和他说甚么? 他快屎口伤人! 你就在手,不劳谦逊。"温秀才道:"掷出几点,不拘诗词歌赋,要个雪字,就照依点数儿上。说过来,饮一小杯;说不过来,吃一大盏。"当夜温秀才掷了个幺点,说道:"学生有了:'雪残鸂鶒亦多时'。"推过去,该应伯爵行,掷出个五点来。伯爵想了半日,想不起来说:"逼我老人家命也!"良久说道:"可怎的也有了。"说道:"'雪里梅花雪里开',好不好?"温秀才道:"老翁说差了。犯了两个雪字,头上多了一个雪字。"伯爵道:"头上只小雪,后来下大雪来了。"西门庆道:"这狗才! 单管胡说。"教王经斟上大钟。春鸿拍手唱南曲《驻马听》:

寒夜无茶,走向前村觅店家。这雪轻飘僧舍,密洒歌楼,遥阻归槎。江边乘兴探梅花,庭中欢赏烧银蜡。一望无涯,一望无涯,有似灞桥柳絮满天飞下。

伯爵才待拿起酒来吃,只见来安儿后边拿了几碟果食:一碟果馅饼、一碟顶皮酥、一碟炒栗子、一碟晒干枣、一碟榛仁、一碟瓜仁、一碟雪梨、一碟苹波、一碟风菱、一碟荸荠、一碟酥油泡螺,一碟黑黑的团儿,用橘叶裹着。伯爵拈将起来,闻着喷鼻香,吃到口,犹如饴蜜,细甜美味,不知甚物。西门庆道:"你猜!"伯爵道:"莫非是糖肥皂?"西门庆笑道:"糖肥皂那有这等好吃!"伯爵道:"待要说是梅苏丸,里面又有胡儿。"西门庆道:"狗才过来,我说与你罢! 你做梦也梦不着:是昨日小价杭州船上捎来,名唤做衣梅。都是各样药料,用蜜炼制过,滚在杨梅上,外用薄荷、橘叶包裹,才有这般美味。每日清辰呷一枚在口内,生津补肺,去恶味,煞痰火,解酒剋食,比梅苏丸甚妙!"伯爵道:"你不说,我怎的晓的?"因说:"温老先儿,咱再吃个儿。"教王经:"拿张纸儿来,我包两丸儿,到家捎与你二娘吃。"又拿起泡螺儿来问郑春:"这泡螺,果然是你家月姐亲手拣的?"那郑春跪下说:"二爹,莫不小的敢说谎! 不知月姐费了多少心,拣了这几个儿来孝顺爹。"伯爵道:"可也亏他,上头纹溜就相螺蛳儿一般,粉红、纯白两样儿。"西门庆道:"我见此物,不免又使伤我心。惟有死了的六娘,他会拣。他没了,如今家中谁会弄他!"伯爵道:"我头里不说的? 我愁甚么? 死了一个女儿会拣泡螺儿孝顺我,如

不住地吃。又是一大堆零食。

"糖肥皂"这名称令今人听来真不敢下嘴。

其做派总是如此。

今又钻出个女儿会拣了。偏你也会寻,寻的多是妙人儿。"西门庆笑的两眼没缝儿,赶着伯爵打说:"你这狗才!单管只胡说!"温秀才道:"二位老先生可谓厚之至极。"伯爵道:"老先儿你不知,他是你小侄人家。"西门庆道:"我是他家二十年旧孤老儿了。"陈经济见二人犯言,就起身走了;那温秀才只是掩口而笑。

之所以敢于公开地呈现"叫花子"的"馋痨""抢掠"相,概因能逗得西门庆"笑得两眼没缝儿"也。

须臾,伯爵饮过大钟,次该西门庆掷骰儿,于是掷出个七点来。想了半日,说:"我打《香罗带》一句唱:'东君去意切,梨花似雪。'"伯爵道:"你说差了,此在第九个字上了,且吃一大钟。"于是流沿儿斟了一银衢花钟,放在西门庆面前,教春鸿唱,说道:"我的儿!你肚子里枣胡解板儿,能有几句儿!"春鸿又排手唱前腔:

正是在这种"没大没小"的胡闹中,西门庆获得了与其他人在一起时都难得到的彻底松弛与"无所用心"。

四野彤霞,回首江山自占涯。这雪轻如柳絮,细似鹅毛,白胜梅花。山前曲径更添滑,村中鲁酒偏增价。叠坠天花,叠坠天花,濠平沟满令人惊讶!

看看饮酒至昏,掌烛上来。西门庆饮过,伯爵道:"姐夫不在;温老先生,你还该完令。"这温秀才拿起骰儿,掷出个幺点,想了想,见书房墙上挂着一幅吊屏,泥金书一联:"风飘弱柳平桥晚,雪点寒梅小院春。"说了末后一句。伯爵道:"不算,不算!不是你心上发出来的,该吃一大钟。"春鸿斟上。那温秀才不胜酒力,坐在椅上只顾打盹,起来告辞。伯爵只顾留他不住,西门庆道:"罢,罢!老先儿他斯文人,吃不的。"令画童儿:"你好好送你温师父那边歇去。"温秀才得不的一声,作别去了。伯爵道:"今日葵轩不济,吃了多少酒儿就醉了。"

于是又饮勾多时,伯爵起身说:"地下黑,我也酒勾了。"因说:"哥,明日你早教玳安替他下书去。"西门庆道:"你不见我交与他书?明日早去了。"伯爵掀开帘儿,见天阴地下滑,旋要了个灯笼,和郑春一路去。西门庆又与了郑春五钱银子,盒内回了一罐衣梅,捎与他姐姐郑月儿吃。临出门,西门庆因戏伯爵:"你哥儿两个好好去。"伯爵道:"你多说话!父子上山,各人努力!好不好,我如今就和郑月儿那小淫妇儿答话去。"说着,琴童送出门去了。

应花子酒醉不忘有油揩。

西门庆看收了家火,扶着来安儿打灯笼入角门。从潘金莲门首所过，见角门关着，悄悄就往李瓶儿房门首弹了弹门。有绣春开了门，来安就出去了。西门庆进入明间，见李瓶儿影，问："供养了羹饭不曾？"如意儿就出来应道："刚才我和姐供养了。"西门庆入房中，椅上坐了。迎春拿茶来吃了。西门庆令他解衣带，如意儿就知他在这房里歇，连忙收拾伸铺，用汤婆熨的被窝暖洞洞的，打发他歇下。绣春把角门关了，都在明间地平上支着板凳，打铺睡下。西门庆要茶吃，两个已知科范，连忙撺掇奶子进去和他睡。老婆脱了衣服，钻入被窝内。① 西门庆说："我儿，你原来身体皮肉，也和你娘一般白净。我搂着你，就如同和他睡一般。你须用心伏侍我，我看顾你。"老婆道："爹没的说！将天比地，折杀奴婢，拿甚么比娘！奴婢男子汉已没了，早晚爹不嫌丑陋，只看奴婢一眼儿就勾了。"西门庆便问："你年纪多少？"老婆道："我今年属兔的，三十一岁了。"西门庆道："你原来小我一岁。"见他会说话儿，枕上又好风月，心下甚喜。

虽说是"移情"，其实滑向了"别恋"。

早辰起来，老婆先起来伏侍拿鞋袜，打发梳洗，极尽殷勤；把迎春、绣春打靠后。又问西门庆讨葱白绸子做披袄儿："与娘穿孝。"西门庆一一许他，教小厮铺子里拿三匹葱白绸来："你每一家裁一件。"以此见他两三次打动了心，瞒着月娘，背地银钱、衣服、首饰，甚么不与他。

次日，潘金莲就打听得知，西门庆在李瓶儿房内和奶子老婆睡了一夜，走到后边对月娘说："大姐姐，你不说他几句？贼没廉耻货，昨日悄悄钻到那边房里，与老婆歇了一夜。饿眼见瓜皮，甚么行货子，好的歹的揽搭下！不明不暗，到明日弄出个孩子来算谁的？又相来旺儿媳妇子，往后教他上头上脸，甚么张致？"月娘道："你每只要栽派教我说。他要了死了的媳妇子，你每背地多做好人儿，只把我合在缸底下一般。我如今又做傻子哩！你每说，只顾和他说。我是不管你这闲帐！"金莲见月娘这般说，一声儿不言语，走回房去了。

吴月娘深知说也无用。谁愿往老虎口里剔牙。

西门庆早起见天晴了，打发玳安往钱主事处下书去了。往衙门回来，平安儿来禀："翟爹人来讨回书。"西门庆打发书与他，因问那人：

又包揽成一桩"以钱化解"的官司。

---

① 此处删 108 字。

"你怎的昨日不来取?"那人说:"小的又往巡抚侯爷那里下书来,担阁了两日。"说毕,领书出门。西门庆吃了饭,就过对门房子里看着兑银、打包、写书帐。二十四日烧纸,打发韩伙计、崔本、来保,并后生荣海、胡秀五人,起身往南边去。写了一封书,捎与苗小湖,就谢他重礼。

看看过了二十五六,西门庆谢毕孝。一日早辰,在上房吃了饭坐的。月娘便说:"这出月初一日,是乔亲家长姐生日,咱也还买分礼儿送了去。常言先亲后不改,莫非咱家孩儿没了,断了礼,不送了?"西门庆道:"怎的不送!"于是分付来兴买两只烧鹅、一副豕蹄、四只鲜鸡、两只熏鸭、一盘寿面;又是一套妆花段子衣服、两方销金汗巾、一盒花翠。写帖儿,教王经送去。这西门庆分付毕,就往前边花园藏春阁书房中坐的。只见玳安下了书回来回话,说:"钱老爹见了爹帖子,随即写书差了一吏,同小的和黄四儿子,到东昌府兵备道下与雷老爹。老爹旋行牌,问童推官催文书,连犯人提上去从新问理。连他家儿子孙文相都开出来,只追了十两烧埋钱,问了个不应罪名。杖七十,罚赎。复又到钞关上回了钱老爹话,讨了回帖,才来了。"西门庆见玳安中用,心中大喜,拆开回帖观看。原来雷兵备回钱主事帖子,多在里面,上写道:

可怜乔家幼女,未识人事已成活寡。

> 来谕悉已处分。但冯二已曾责子在先;何况与孙文相忿殴,彼此俱伤;歇后身死,又在保辜限外。问之抵命,难以平允。量追烧埋钱十两,给与冯二。相应发落,谨此回覆。

下书:"年侍生雷启元再拜。"

西门庆看了欢喜,因问:"黄四舅子在那里?"玳安道:"他出来都往家去了。明日同黄四来与爹磕头。黄四丈人与了小的一两银子。"西门庆分付置鞋脚穿,玳安磕头而出。

西门庆就搓在床炕上眠着了。王经在桌上小篆内炷了香,悄悄出来了。良久,忽听有人掀的帘儿响,只见李瓶儿蓦地进来,身穿糁紫衫、白绢裙,乱挽乌云,黄恹恹面容,向床前叫道:"我的哥哥,你在这里睡哩!奴来见你一面。我被那厮告了我一状,把我监在狱中。血水淋漓,与秽污在一处,整受了这些时苦!昨日蒙你堂上说了人情,减了我三等之罪。那厮再三不肯，发恨还要告了来拿你。我待要不来对你说，诚恐你早晚暗遭他毒手。我今寻安身之处去也，你须防范来！没事少要在外吃夜酒，往那去，早早来家。千万牢记奴言，休要忘了！”说毕，二人抱头放声而哭。西门庆便问：“姐姐，你往那去？对我说。”李瓶儿顿脱，撒手却是南柯一梦。西门庆从睡梦中直哭醒来，看见帘影射入书斋，正当卓午。追思起，由不的心中痛切。正是：花落土埋香不见，镜空鸾影梦初醒。有诗为证：

残雪初晴照纸窗，地炉灰烬冷侵床。

个中邂逅相思梦，风扑梅花斗帐香。

此“白日梦”设计极佳。刚完成一桩枉法官司，便在梦中与李瓶儿如此相会，压抑在心底的罪感与情欲绞在一起，构成如此一梦，很符合心理学规律。

不想早辰送了乔亲家礼，乔大户娘子使了乔通来送请帖儿，请月娘众姊妹。小厮说：“爹在书房中睡哩！”都不敢来问。月娘在后边管待乔通，潘金莲说：“拿帖儿，等我问他去。”于是蓦地进书房。上穿黑青回纹锦对衿衫儿，泥金眉子，一溜摞五道金三川钮扣儿；下着纱裙，内衬潞绸裙，羊皮金滚边，面前垂一双合欢鲛绡鸂鶒带，下边尖尖趫趫锦红膝裤下显一对金莲；头上宝髻云鬟，打扮如粉妆玉琢，耳边带着青宝石坠子。推开书房门，见西门庆揘着，他一屁股坐在椅子上，说：“我的儿，独自个自言自语，在这里做甚么？嗔道不见，你原在这里好睡也！”一面说话，口中磕瓜子儿，因问西门庆：“眼怎生揉的恁红红的？”西门庆道：“我控着头睡来。”妇人道：“倒只相哭的一般。”西门庆道：“怪奴才！我平白怎的哭？”金莲道：“只怕你一时想起甚心上人儿来是的。”西门庆道：“没的胡说，有甚心上人、心下人！”金莲道：“李瓶儿是心上的，奶子是心下的；俺每是心外的人，入不上数！”西门庆道：“怪小淫妇儿，又六说白道起来。”因问：“我和你说正话：前日李大姐装椁，你每替他穿了甚么衣服在身底下来？”金莲道：“你问怎的？”西门庆道：“不怎的。我问声儿。”金莲道：“你问必有个缘故。上面他穿两套遍地金段子衣服，底下是白绫袄、黄绸裙，贴身是紫绫小袄、白绢裙、大红段小衣。”西门庆点了点头儿。金莲道：“我做兽医二十年，猜不着驴肚里病！你不想他，问他怎的？”西门庆道：“我才方梦见他来。”金莲道：“梦是心头想，涕喷鼻子痒。饶他死了，你还这等念他！相俺多是可不着你心的人，到明日

西门庆的不承认，是因为此时他也想从丧“瓶”的阴影里回归到往日的“午阳”下。潘金莲真是字字尖锥、锥锥见血。

死了苦恼,也没那人显念。——此是想的你这心里胡油油的。”西门庆向前一手搂过他脖子来,就亲了个嘴,说:“怪小油嘴,你有这些贼嘴贼舌的!”金莲道:“我的儿,老娘猜不着你那黄猫黑尾的心儿!”一面把磕了的瓜子仁儿,满口哺与西门庆吃。两个又咂了一回舌头,自觉甜唾溶心,脂满香唇,身边兰麝袭人。① 正做到美处,忽听来安儿隔帘说:“应二爹来了。”西门庆道:“请进来。”慌的妇人没口子叫来安儿:“贼,且不要叫他进来,等我出去着!”来安儿道:“进来了,在小院内。”妇人道:“还不去教他躲躲儿!”那来安儿走去说:“二爹,且闪闪儿,有人在屋里。”这伯爵便走到松墙傍边,看雪培竹子。王经掀着软帘,只听裙子响,金莲一溜烟后边走了。正是:雪隐鹭鸶飞始见,柳藏鹦鹉语方知。

西门庆由此复归于“正常”。

伯爵进来,见西门庆唱喏,坐下。西门庆道:“你连日怎的不来?”伯爵道:“哥,恼的我要不的在这里!”西门庆问道:“又怎的恼?你告我说。”伯爵道:“不好告你说,紧自家中没钱,昨日俺房下那个平白又桶出个孩儿来。但是人家白日里还好挝挠;半夜三更,房下又七痛八病,少不得扒起来,收拾草纸被褥,陆续看他,叫老娘去。打紧应宝又不在家,俺家兄使了他往庄子上驮草去了。百忙挝不着个人,我自家打着灯笼,叫了巷口儿上邓老娘来。及至进门,养下来了。”西门庆问:“养个甚么?”伯爵道:“养了个小厮。”西门庆骂道:“傻狗才!生了儿子倒不好,如何反恼!是春花儿那奴才生的?”伯爵笑道:“是你春姨人家。”西门庆道:“那贼狗掇腿的奴才!谁教你要他来,叫叫老娘还抱怨?”伯爵道:“哥,你不知。冬寒时月,比不的你每有钱的人家,家道又有钱,又有偌大前程官职。生个儿子上来,锦上添花,便喜欢。俺如今自家还多着个影儿哩!家中一窝子人口要吃穿盘搅,自这两日忙巴劫的魂也没了。应宝逐日该操,当他的差事去了。家兄那里是不管的。大小姐便打发出去了,天理在头上,多亏了哥——你。眼见的这第二个孩子又大了,交年便是十三岁,昨日媒人来讨帖儿。我说:‘早哩,你且去着!’紧自焦的魂也没了,猛可半夜又钻出这个业障来。那黑天摸地,那里活变钱

真让西门庆羡煞。

虽可时常来富人家“白嚼”,富人却并不会让“富水”平流到“花子”家中。

---

① 此处删83字。

去？房下见我抱怨，没计奈何，把他一根银插儿与了老娘，发落去了。明日洗三，嚷的人家知道了，到满月拿甚么使？到那日我也不在家，信信拖拖，往那寺院里，且住几日去罢！”西门庆笑道：“你去了，好了和尚，却打发来好赶热被窝儿。你这狗才！到底占小便益儿。”又笑了一回，那应伯爵故意把嘴谷都着不做声。西门庆道：“我的儿，不要恼。你用多少银，一对我说，等我与你处。”伯爵道：“有甚多少！”西门庆道：“也勾你搅缠是的。到其间不勾了，又拿衣服当去！”伯爵道：“哥若肯下顾，二十两银子就勾了，我写个符儿在此。费烦的哥多了，不好开口的，也不敢填数儿。随哥尊意便了。”那西门庆也不接他文约，说：“没的扯淡！朋友家，什么符儿！”

正说着，只见来安儿拿茶进来。西门庆叫小厮：“你放下盏儿，唤王经来。”不一时，王经来到。西门庆分付：“你往后边对你大娘说：我里间床背阁上，有前日巡按宋老爹摆酒两封银子，拿一封来。”王经应诺，去不多时，拿银子来。西门庆就递与应伯爵说：“这封五十两，你多拿了使去；省的我又拆开他。原封未动，你打开看看。”伯爵道：“忒多了。”西门庆道：“多的你收着。眼下你二令爱不大了？你可也替他做些鞋脚衣裳，到满月也好看。”伯爵道：“哥说的是。”将银子拆开，都是两司各府倾就分资，三两一锭，松纹足色，满心欢喜。连忙打恭致谢，说道：“哥的盛情，谁肯！真个不收符儿？”西门庆道：“傻孩儿，谁和你一般计较？左右我是你老爷老娘家，不然你但有事来就来缠我？这孩子也不是你的孩子，自是咱两个分养的。实和你说过了，满月把春花儿那奴才叫了来，且答应我些时儿，只当利钱，不算发了眼。”伯爵道：“你春姨这两日瘦的相你娘那样哩！”不说两个在书房中说话。

西门庆对应花子一向不薄。

伯爵因问：“黄四丈人那事怎样了？”西门庆把玳安往返的事告说了一遍：“钱龙野书到，雷兵备旋行牌提了犯人上去，从新问理，把孙文相父子两个都开出来了。只认十两烧埋钱，打了杖罪，没事了。”伯爵道：“造化他了。他就点着灯儿，那里寻这人情去？你不受他的？干不受他的。虽然你不希罕，留送钱大人也好。别要饶了他，教他好歹摆一席大酒，里边请俺每坐一坐。你不说，等我和他说。饶了他小舅一个死罪,当别的小可事儿!”这里说话。

吴月娘一天到晚线头也多,心也烦。

且说月娘在上房拿银子与王经出来,只见孟玉楼走入房来,说他兄弟孟锐在韩姨夫那里:“如今不久又起身,往川广贩杂货去。今来辞辞他爹,在我屋里坐着哩!爹在那里?姐姐使个小厮对他爹说声儿。”月娘道:“他在花园书房,和应二坐着哩!又说请他爹哩,头里潘六姐倒请的好他爹!乔通送帖儿来,等着问他爹去。就讨他个话儿,到明日咱每好收拾了去。我便把乔通留下,打发吃茶,长等短等不见来,熬的乔通也去了。半日只见他从前边走将来,教我问他:‘你对他说了不曾?’他没的话,说:‘哕,我就忘了!和他说一回,应二来了,我就出来了,谁得久停久住和他说话来?帖子还袖在袖子里。’交我说:‘脆帮根儿咬,早是没甚紧勾当,教人只顾等着。’你原来恁个没尾八行货子!不知在前头干甚么营生,那半日才进来。恰好还不曾说。乞我讧了两句,往前去了。”

少顷来安进来,月娘使他请西门庆,说孟二舅来了。西门庆便起身,留伯爵:“你休去了。我就来。”走到后边,月娘先把乔家送帖来请说了。西门庆说:“那日只你一人去罢!热孝在身,莫不一家子都出来!”月娘说:“他孟二舅来辞辞你,一两日起身往川广去也,在那边屋里坐着哩!”又问:“头里你要那封银子与谁?”西门庆道:“应二哥房里春花儿,昨晚生了个儿子,问我借几两银子使。告我说,他第二个女儿又大,愁的要不的。借助几两银子使罢了。”月娘道:“好好!他恁大年纪,也才见这个儿子,应二嫂不知怎的喜欢哩!到明日,咱也少不的送些粥米儿与他。”西门庆道:“这个不消说。到满月,不要饶花子。奈何他好歹发帖儿,请你们往他家走走去;就瞧瞧春花儿怎么模样。”月娘笑道:“左右和你家一般样儿!也有鼻儿,有眼儿,莫非别些儿!”一面使来安下边请孟二舅来。

不一时,玉楼同他兄弟来拜见,叙礼已毕。西门庆陪他叙了回话,让至前边书房内,与伯爵相见。分付小厮后边看菜儿。于是放桌儿,筛酒上来,三人饮酒。西门庆教再取双钟箸:“对门请温师父陪你二舅坐。”来安不一时回说:“温师父不在,望倪师父去了。”西门庆说:“请你姐夫来坐坐。”

良久,陈经济来,与二舅见了礼,打横坐下。西门庆问:“二舅几时起身。去多少时?”孟锐道:“出月初二日准起身,定不的年岁,还到荆州买纸，川广贩香蜡，着紧一二年也不止。贩毕货，就来家了。此去从河南、陕西、汉州去；回来打水路，从峡江、荆州那条路来。往回七八千里地。”伯爵问：“二舅贵庚多少？”孟锐道：“在下虚度二十六岁。”伯爵道：“亏你年小小的，晓的这许多江湖道路！似俺每虚老了，只在家里坐着。”须臾添换上来，杯盘罗列。孟二舅吃至日西时分，告辞去了。

孟二舅虽是过场人物，闲闲自叙，却反映出明代商业流通的繁旺景象。

西门庆送了回来，还和伯爵吃了一回。只见买了两座等库来，西门庆委付陈经济装库。问月娘寻出李瓶儿两套锦衣，搅金银钱纸装在库内。因向伯爵说：“今日是他六七，不念经，替他烧座库儿。”伯爵道：“好快光阴！嫂子又早没了个半月了。”西门庆道：“这出月初五日，是他断七。少不的替他念个经儿。”伯爵道：“这遭哥念佛经罢了。”西门庆道：“大房下说，他在时，因生小儿，许了些《血盆经忏》；许下家中走的两个女僧做首座，请几众尼僧，替他礼拜几卷忏儿。”说毕，伯爵见天晚，说道：“我去罢。只怕你与嫂子烧纸。”又深深打恭，说：“蒙哥厚情，死生难忘！”西门庆道：“难忘不难忘，我儿，你休推梦里睡里！你众娘亲满月那日，买礼多要去哩！”伯爵道：“又买礼做甚？我就头着地，好歹请众嫂子到寒家光降光降。”西门庆道：“到那日，好歹把春花儿那奴才收拾起来，牵了来我瞧瞧。”伯爵道：“你春姨他说来，有了儿子，不用着你了。”西门庆道：“别要慌。我见了那奴才，和他答话。”伯爵佯长笑的去了。

将此会生儿子的妇人给了应花子，西门庆心中不免失悔。

西门庆令小厮收了家火，走到李瓶儿房里。陈经济和玳安已把库装封停当。那日玉皇庙、永福寺、报恩寺多送疏。道家是宝肃昭成真君像，佛家是冥府第六殿变成大王。门外花大舅家送了一盒担食、十分冥纸，吴大舅子家也是如此。西门庆看着迎春摆设羹饭完备，下出匾食来，点上香烛，使绣春请了后边吴月娘众人来。西门庆与李瓶儿烧了纸，抬出库去，教经济看着大门首焚化。不在话下。正是：芳魂料不随灰死，再结来生未了缘。

毕竟未知后来如何，且听下回分解。

第六十八回

郑月儿卖俏透密意　玳安殷勤寻文嫂

雪压残红一夜凋，晓来帘外正飘飘。
数枝翠叶空相对，万片香魂不可招。
长乐梦回春寂寂，武陵人去水迢迢。
欲将玉笛传遗恨，苦被东风透绮寮。

话说西门庆与李瓶儿烧纸毕，归潘金莲房中歇了一夜。到次日，先是应伯爵家送喜面来；落后，黄四领他小舅子孙文相，宰了一口猪、一坛酒、两只烧鹅、四只烧鸡、两盒果子，来与西门庆磕头。西门庆再三不受，黄四打旋磨儿跪着说："蒙老爹活命之恩，救出孙文相来，举家感激不浅。今无甚孝顺，些微薄礼，与老爹赏人罢了。如何不受？"推阻了半日，西门庆止受猪酒："留下送你钱老爹也是一样。"黄四道："既是如此，难为小人一点穷心，无处所尽。"只得把羹果抬回去。又请问："老爹几时闲暇？小人问了应二叔，里边请老爹坐坐。"西门庆道："你休听他哄你哩！又费烦你，不如在年下了。"那黄四和他小舅子千恩万谢出门。这里西门庆赏抬盒钱，打发去讫。

应花子可是认真的，咽着口涎等着呢。

到十一月初一日，西门庆往衙门中回来，又往李知县衙内吃酒去。月娘独自一人，素妆打扮，坐轿子往乔大户家与长姐做生日，都不在家。到后晌，有庵里薛姑子，听见月娘许下他到初五日李瓶儿断七，教他请八众尼僧，来家念经，拜《血盆忏》，于是悄悄瞒着王姑子，买了两盒礼物来见月娘。月娘不在家，李娇儿、孟玉楼留下他，陪他吃茶，说："大姐姐不在家,往乔亲家与长姐做生日去了。你须等他来见他,他还和你说话,好与你写法银子。"那薛姑子就坐住了。潘金莲因想着玉箫告他说,月娘吃了他的符水药,才坐了胎气;自从李瓶儿死了,又见西门庆在他屋里把奶子也要了,恐怕一时奶子养出孩子来,搀夺了他宠爱,于是把薛姑子让到前边他房里。无人处,悄悄央薛姑子,与他一两银子,替他配坐胎气符药吃,寻头男衣胞,不在话下。到晚夕,等的月娘来家,留他住了一夜。次日,问西门庆讨了五两银子经钱,写法与他。

说到底,那时女人欲在家庭中立足,必须要能为丈夫生下儿子。

这薛姑子就瞒着王姑子、大师父,不和他说。到初五日早,请了八众女僧,在花园卷棚内建立道场,各门上贴欢门吊子,讽诵《华严》、《金刚》经咒,礼拜《血盆宝忏》,洒花米,转念《三十五佛明经》,晚夕设放焰口施食。那日,请了吴大妗子、花大嫂,官客吴大舅、应伯爵、温秀才吃斋。尼僧也不打动法事,只是敲木鱼、击手磬、念经而已。

那日,伯爵领了黄四家人,具帖,初七日在院中,郑爱月儿家置酒,请西门庆。西门庆见帖儿,笑了说:"我初七日不得闲,张西材家吃生日酒。倒是明日空闲。"问还有谁,伯爵道:"再没人。只请了我、李三哥相陪。又费事叫了四个女儿唱《西厢记》。"西门庆分付与黄四家人斋吃了,打发回去。伯爵便问:"黄四那日买了分甚么礼来谢你?"西门庆如此这般:"我不受他的,再三磕头礼拜,我只受了猪酒。添了两匹白鹇纻丝、两匹京段、五十两银子,谢了龙野钱先生。"伯爵道:"哥,你不接钱尽勾了。这个是你落得的。少说四匹尺头值三十两银子,那二十两那里寻这分上去?便益了他,救了他父子二人性命!"当日坐至晚夕方散。西门庆向伯爵说:"你明日还到这边。"伯爵说:"我知道。"作别去了。八众尼僧直乱到一更多时分,方才道场圆满,焚烧箱库散了。至次日,西门庆早往衙门中去了。

应花子至为关心。

且说王姑子打听得知,大清早辰走来西门庆家,说薛姑子揽了经去,要经钱。月娘怪他:"你怎的昨日不来?他说你往王皇亲家做生日去了。"王姑子道:"这个就是薛家老淫妇的鬼。他对着我说:咱家挪了日子,到初六念经。经钱他多拿的去了,一些儿不留下?"月娘道:"这咱哩!未曾念经,经钱写法都找完了与他了。早是我,还与你留下一匹

尼姑念经也要互戗生意,封锁消息、抢先一步,都是惯常手段。

衬钱布在此。"教小玉连忙摆了些昨日剩下的斋食与他吃了,把与他一匹蓝布。这王姑子口里喃喃呐呐骂道:"我教这老淫妇独吃!他印造经,转了六娘许多银子。原说这个经儿,咱两个使,你又独自掉揽的去了!"月娘道:"老薛说你接了六娘《血盆》经五两银子,你怎的不替他念?"王姑子道:"他老人家五七时,我在家请了四位师父,念了半个月哩!"月娘道:"你念了,怎的挂口儿不对我题?你就对我说,我还送些衬施儿与你。"那王姑子便一声儿不言语,讪讪的坐了一回,往薛姑子家攘去了。看官听说:似这样缁流之辈,最不该招惹他。脸虽是尼姑脸,心同淫妇心。只是他六根未净,本性欠明;戒行全无,廉耻已丧。假以慈悲为主,一味利欲是贪。不管堕业轮回,一味眼下快乐。哄了些小门闺怨女,念了些大户动情妻。前门接施主檀那,后门丢胎卵湿化。姻缘成好事,到此会佳期。有诗为证:

王姑子比起薛姑子更像奸商。

佛会僧尼是一家,法轮常转度龙华。

此物只好图生育,枉使金刀剪落花。

却说西门庆从衙门中回来,吃了饭。应伯爵又早到了,盔的新段帽,沉香色褦褶,粉底皂靴,向西门庆声喏,说:"这天也有晌午,咱也好去了。他那里使人邀了好几遍了,休要难为人家。"西门庆道:"咱今邀葵轩走走。"使王经:"往对过,请你温师父来。"王经去不多时,回说:"温师父不在家,望朋友去了。画童儿请去了。"伯爵便说:"咱等不的他。秀才家赤道有要没紧望朋友,多咱来?倒没的误了勾当!"西门庆分付琴童:"备黄马与应二爹骑。"伯爵道:"我不骑。你依我,省的摇铃打鼓。我先走一步儿,你坐轿子慢慢来就是了。"西门庆道:"你说的是。你先行罢。"那伯爵举手先走了。

凡"白嚼"事"白嚼"都如此上劲。堪羡其有一副好下水。

西门庆分付玳安、琴童、四个排军,收拾下暖轿跟随。才待出门,忽平安儿慌慌张张从外拿着双帖儿来,报说:"工部安老爹来拜。先差了个吏送帖儿,后边走着便来也。"慌的西门庆分付家中厨下备饭,使来兴儿买攒盘点心伺候。良久,安郎中来到,跟从许多人。西门庆冠冕出来迎接。安郎中穿着妆花云鹭补子员领,起花萌金带。进门拜毕,分宾主坐定,左右拿茶上来。茶罢,叙其间阔之情。西门庆道:"老先生荣擢,

与官僚相比,酒肉朋友自然不算东西了。

失贺，心甚缺然。前日蒙赐华札厚仪，生正值丧事匆匆，未及奉候起居为歉。”安郎中道：“学生有失吊问，罪，罪！生到京也曾道达云峰，未知可有礼到否？”西门庆道：“正是。又承翟亲家远劳致赙。”安郎中道：“四泉已定今岁恭喜在即。”西门庆道：“在下才微任小，岂敢过于非望？”又说：“老先生此今荣擢美差，足展雄才大略。河治之功，天下所仰！”安郎中道：“蒙四泉过誉。一介寒儒，叨承科甲，处在下僚，若非蔡老先生抬举，备员冬曹，谬典水利。奔走湖湘之间，一年以来，王事匆匆，不暇安迹。今又承命修理河道，当此民穷财尽之时，前者皇船载运花石，毁闸折坝，所过倒悬，公私困弊之极。而今瓜州、南旺、沽头、鱼台、徐沛、吕梁、安陵、济宁、宿迁、临清、新河一带，皆毁坏废圮，南河南徙，淤沙无水，八府之民皆疲弊之甚；又兼贼盗梗阻，财用匮乏，大覃神输鬼役之才，亦无如之何矣！”西门庆道：“老先生自有才猷展布，不日就绪，必大升擢矣。”因问：“老先生敕书上有期限否？”安郎中道：“三年钦限，河工完毕，圣上还要差官来祭谢河神。”

贪官污吏亦怨声载道，朝廷横征暴敛已逼近了全社会的承受极限。

说话中间，西门庆令放桌儿。安郎中道：“学生实告：还要往黄泰宇那里拜拜去。”西门庆道：“既如此，少坐片时，教跟从者吃些点心。”不一时，放了桌，就是春盛案酒，一色十六碗，多是顿烂下饭，鸡蹄鹅鸭、鲜鱼羊头、肚肺血脏、鲊汤之类；纯白上新软稻粳饭，用银厢瓯儿盛着，里面沙糖、榛、松、瓜仁拌着饭；又小金钟暖斟美酿。下人俱有攒盘点心酒肉。安郎中席间只吃了三钟，就告辞起身，说：“学生容日再来请教。”西门庆款留不住，送至大门首，上轿而去。回到厅上，解去了冠带，换了巾帻，止穿紫绒狮补直身。使人问：“温师父来了不曾？”玳安回说：“温师父未回家哩！有郑春和黄四叔家来定儿来邀，在这里半日了。”

西门庆即出门上轿，左右跟随，径往院中郑爱月儿家来。比及进院门，架儿、行头都躲过一边，只该日俳长两边站立，不敢跪接。郑春与来定儿先通报去了。应伯爵正和李三打双陆，听见西门庆来，连忙收拾不及。郑爱月儿、爱香儿戴着海獭卧兔儿、一窝丝杭州攒、翠重梅钿儿，油头粉面，打扮的花仙也似的，都出来门首，迎接西门庆下了轿，进入客位内。西门庆分付不消吹打，止住鼓乐。先是李三、黄四见毕礼数，然后郑家鸨子出来拜见了。才是爱月儿姊妹两个，插烛也似磕了头。正面安设两张交椅，西门庆与应伯爵坐下，李智、黄四与郑家姊妹两个打横。玳安在傍禀问："轿子在这里，回了家去?"西门庆令排军和轿子多回去，分付琴童："到家看你温师父。家里来了，拿黄马接了来。"琴童应喏去了。伯爵因问："哥怎的这半日才来?"西门庆悉把工部安郎中来拜留饭之事，说了一遍。

仅有应花子凑"俗趣"，未免寡淡，仍需温秀才来凑"雅趣"。

须臾，郑春拿茶上来。爱香儿拿了一盏递与伯爵，爱月儿便递西门庆，那伯爵连忙用手去接，说："我错接，只说你递与我来。"爱月儿道："我递与你？没修这样福来!"伯爵道："你看这小淫妇儿，原来只认的他家汉子；倒把客人不着在意里。"爱月儿笑道："今日轮不着你做客人！还有客人来。"吃毕茶，收下盏托去。

须臾，四个唱《西厢》妓女，多花枝招飐、绣带飘飘出来，与西门庆磕头，一一多问了名姓。西门庆对黄四说："等住回上来唱，只打鼓儿，不吹打罢!"黄四道："小人知道。"只见鸨子上来说："只怕老爹害冷。"教郑春放下暖帘来，火盆兽炭频加，兰麝香霭。只见几个青衣圆社，听见西门庆老爹进来在郑家吃酒，走来门首伺候，探头舒脑，不敢进去。有认的玳安儿，向玳安打恭，央及作成作成。玳安悄悄进来替他禀问，被西门庆喝了一声，唬的众人一溜烟走了。不一时，收拾果品案酒上来，正面放两张桌席：西门庆独自一席，伯爵与温秀才一席。留空着温秀才坐位在左首。傍边一席李三和黄四，右边是他姊妹二人。端的盘堆异品，花插金瓶。郑奉、郑春在傍弹唱。

西门庆此时竟了无观球兴趣。想是觉得自己当了官，不能再那么"低俗"了。

才递酒安席坐下，只见温秀才到了。头戴过桥巾，身穿绿云袄，脚穿云履绒袜，进门作揖。伯爵道："老先生何来迟也？留席久矣。"温秀才道："学生有罪，不知老先生呼唤。适往敝同窗处会书，来迟了一步。"慌的黄四一面安放钟箸，与伯爵一处坐下。

不一时，汤饭上来，黄芽韭烧卖、八宝攒汤、姜醋碟儿。两个小优儿弹唱一回下去。端的酒斟绿蚁，词歌金缕。四个妓女才上来，唱了一折"游艺中原"。只见玳安来说："后边银姨那里，使了吴惠和腊梅送茶来了。"原来吴银儿就在郑家后边住，止隔一条巷。听见西门庆在这里吃酒，故使送茶。西门庆唤入里面，吴惠、腊梅先磕了头，说："银姐使我送茶来与爹吃。"揭开盒儿，斟茶上去，每人一盏瓜仁、栗丝、盐笋、芝麻、玫瑰香茶。西门庆问："银儿在家做甚么哩？"腊梅道："姐儿今日在家没出门。"西门庆吃了茶，赏了他两个三钱银子，即令玳安同吴惠："你快请银姨去。"郑爱月儿急俐便，就教郑春："你也跟了去，好歹缠了银姨来。他若不来，你就说我到明日，就不和他做伙计了。"应伯爵道："我倒好笑。你两个原来是贩毴的伙计！"温秀才道："南老好不近人情！自古同声相应，同气相求，本乎天者亲上，本乎地者亲下，同他做伙计一般了。"爱月儿道："应花子，你与郑春他们多是伙计。当差供唱，都在一处。"伯爵道："傻孩子，我是老王八，那咱和你妈相交，你还在肚子里！"说笑中间，厨下割献豕蹄一领，又是四碗下饭，羊蹄黄芽、臊子韭、肚肺羹、血脏之类。妓女上来唱了一套"半万贼兵"。西门庆叫上唱莺莺的韩家女儿，近前问："你是韩家的……？"爱香儿说："爹，你不认的。他是韩金钏侄女儿，小名消愁儿，今年才十三岁。"西门庆道："这孩子到明日成个好妇人儿！举止伶俐，又唱的好。"因令他上席递酒。黄四下汤下饭，极尽殷勤。

温秀才果然"物尽其用"。

不一时，吴银儿来到。头上戴着白绉纱鬏髻、珠子箍儿、翠云钿儿，周围撇一溜小簪儿，耳边戴着金丁香儿。上穿白绫对衿袄儿、妆花眉子，下着纱绿潞绸裙、羊皮金滚边，脚上墨青素段云头鞋儿。笑嘻嘻进门，向西门庆磕了头，后与温秀才等各位多道了万福。伯爵道："我倒好笑了，来到就教我惹气！俺每是后娘养的，只认的你爹，与他磕头；望着俺每搞一拜。原来你这丽春院小娘儿，这等欺客！我若有五棍儿衙门，定不饶你！"爱月儿叫："应花子，好没羞的孩儿，那里哥儿！你行头不怎么，光一味好撇。"一面安座儿，让银姐坐，就在西门庆桌边坐下，连忙放钟箸。西门庆见了戴着白鬏髻，问："你戴的谁人孝？"吴银儿道："爹故意又问个！儿与娘戴孝一向了。"西门庆一闻与李瓶儿戴孝，不觉满心欢喜，与他侧席而坐，两个说话。

吴银儿的"包装"果然奏效。

须臾汤饭上来，爱月儿下来与他递酒。吴银儿下席说："我还没见郑妈哩！"一面走到鸨子房内，见了礼出来。鸨子叫："月姐让银姐坐，只怕冷，教丫头烧个火笼儿，与银姐烤手儿。”随即添换热菜，打发上来。吴银儿在傍，只吃了半个点心，呵了两口汤，放下箸儿，和西门庆攀话。因拿起钟儿来说：“爹，这酒寒些。”从新折了，另换上暖酒。郑春上来，把伯爵众人等酒都斟上，行过一巡。

吴银儿便问：“娘前日断七，念经来？”西门庆道：“五七多谢你每茶。”吴银儿道：“好说。俺每送了些粗茶，倒教爹又把人情回了，又多谢重礼，教妈惶恐要不的！昨日娘断七，我会下月姐和桂姐，也要送茶来，又不知宅内念经不念？”西门庆道：“断七那日，胡乱请了几众女僧，在家拜了拜忏。亲眷一个都没请，恐怕费烦。”饮酒说话之间，吴银儿又问：“家中大娘，众娘每多好？”西门庆道：“都好。”吴银儿道：“爹乍没了娘，到房里孤孤儿的，心中也想。”西门庆道：“想是不消说。前日在书房中，白日梦见他，哭的我要不的！”吴银儿道：“热突突没了，可知想哩！”伯爵道：“你每说的只情说，把俺每这里只顾旱着。不说来递钟酒，也唱个儿与俺听。——俺每起身去罢！”慌的李三、黄四连忙撺掇他姐儿两个上来递酒。安下乐器，吴银儿也上来。三个粉头一般儿坐在席傍，蹑着火盆，合着声音，启朱唇，露皓齿，词出佳人口，唱了套《中吕·粉蝶儿》“三弄梅花”。端的有裂石流云之响。

唱毕，西门庆向伯爵说：“你落索他姐儿三个唱，你也下来酬他一杯儿。”伯爵道：“不打紧，死不了人。等我打发他：仰靠着、直舒着、侧卧着、金鸡独立，随我受用；又一件，野马踩场、野狐抽丝、猿猴献果、黄狗溺尿、仙人指路、靠背将军柱、夜对木伴哥，随他拣着要！”爱香道：“我不好骂出来的！汗邪了你这贼花子，胡说乱道的！”这应伯爵用酒碟安三个钟儿，说：“我儿，你们在我手里吃两钟。不吃，望身上只一泼！”爱香道：“我今日忌酒。”爱月儿道：“你跪着月姨儿，教我打个嘴巴儿，我才吃。”伯爵道：“银姐，你怎的说？”吴银儿道：“二爹，我今日心内不自在，吃半盏儿罢！”那爱月儿道：“花子，你不跪，我一百年也不吃。”黄四道：“二爷，你不跪，显的不是趣人。也罢。跪着不打罢。”爱月儿道：“不。他只教我打两个嘴巴儿，我方吃这钟酒儿。”伯爵道：“温老先儿在这里看着，怪小淫妇儿，只顾赶尽杀绝！”于是奈何不过，真个直撅儿跪在地下。那爱月儿轻揎彩袖，款露春纤，骂道："贼花子，再敢无礼伤犯月姨儿？'再不敢。'——高声儿答应！你不答应，我也不吃。"那伯爵无法可处，只得应声道："再不敢伤犯月姨了。"这爱月儿一连打了两个嘴巴，方才吃那杯酒。伯爵起来道："好个没仁义的小淫妇儿！你也剩一口儿我吃，把一钟酒都吃的净净儿的。"爱月儿道："你跪下，等我赏你一钟酒。"于是满满斟上一杯，笑望伯爵口里只一灌。伯爵道："怪小淫妇儿！使促挟灌撒了我一身酒。我老道只这件衣服，新穿了才头一日儿，就污浊了我的，我问你家汉子要！"

可叹应花子，"白嚼"也是要付出代价的。此回吃的是"耳茄子"。

乱了一回，各归席上坐定。看看天色掌烛上来，下饭添换，都已上完。下边玳安、琴童、画童、应宝，都在鸨子房里放桌儿，有汤饭点心酒肴管待。须臾，拿上各样果碟儿来，那伯爵推让温秀才，只顾不住手拈放在口里，一壁又往袖中褪。西门庆分付取个骰盆儿来，先让温秀才。秀才道："岂有此理？还从老先儿那边来。"于是西门庆与吴银儿用十二个骰儿抢红，下边四个妓女拿乐器弹唱。饮过一巡，吴银儿却转过来与温秀才、伯爵抢红，爱香儿却来西门庆席上递酒猜枚；须臾过去，爱月儿近前与西门庆抢红，吴银儿却往下席递李三、黄四酒。原来爱月儿旋往房中新妆打扮出来，上着烟里火回纹锦对衿袄儿，鹅黄杭绢点翠缕金裙，妆花膝裤，大红凤嘴鞋儿，灯下海獭卧兔儿，越显的粉浓浓雪白的脸儿，犹赛美人儿一般。但见：

可谓"狗改不了吃屎"。

芳姿丽质更妖娆，秋水精神瑞雪标。
凤目半弯藏琥珀，朱唇一颗点樱桃。
露来玉笋纤纤细，行步金莲步步娇。
白玉生香花解语，千金良夜实难消。

这西门庆一见，如何不爱？吃了几钟酒，半酣上来，因想着李瓶儿梦中之言，少贪在外夜饮，一面起身后边净手。慌的鸨子连忙叫丫鬟点灯，引到后边。解手出来，爱月随即也跟来伺候。盆中净手毕，拉着他手儿同到房中。

房中又早月窗半启，银烛高烧，气暖如春，兰麝馥郁；床畔则斗帐云横，鲛绡雾设。于是脱了上盖，底下白绫道袍，两个在床上，腿压腿儿做

“考察在迩，恐惹是非”，当不是虚言。其实当时几乎是无官不嫖，但官场倾轧，互纠“过错”，“芝麻”也是可能变成“西瓜”的。

一处。先是爱月儿问：“爹今日不家去罢了！”西门庆道：“我还去。今日一者银儿在这里，不好意思；二者我居着官，今年考察在迩，恐惹是非。只是白日来和你坐坐罢了！”又说：“前日多谢你泡螺儿。你送了去，倒惹的我心酸了半日。当初有过世六娘他会拣，他死了，家中再有谁会拣他！”爱月道：“拣他不难，只是要拿的着禁节儿便好。那日我胡乱整治了不多儿，知道爹好吃，教郑春送来。那瓜仁都是我口里一个个儿磕的，汗巾儿是我闲着用工夫撮的穗子。瓜仁子，说应花子倒挝了好些吃了。”西门庆道：“你问那讪脸花子头！我见他早时两把挝去，喃了好些。只剩下没多，我吃了。”爱月儿道：“倒便益了贼花子！恰好只孝顺了他。”又说：“多谢爹的衣梅。妈看见吃了一个儿，喜欢的要不的。他要便痰火发了，晚夕咳嗽，半夜把人聒死了。常时口干，得恁一个在口内噙着，他倒生好些津液。我和俺姐姐吃了没多几个儿，连罐儿他老人家都收了在房内。早晚吃，谁敢动他！”西门庆道：“不打紧。我明日使小厮再送一罐来你吃。”爱月又问：“爹连日会桂姐来没有？”西门庆道：“自从孝堂里到如今，谁见他来！”爱月儿道：“六娘五七，他也送茶去来？”西门庆道：“他家使李铭送去来。”爱月道：“我有句话儿，只放在爹心里。”西门庆问：“甚么话？”那爱月又想了想说：“我不说罢。若说了，显得姊妹们恰似我背地说他一般，不好意思的。”西门庆一面搂着他脖子，说：“怪小油嘴儿，甚么话？说与我，不显出你来就是了。”

两个正说得入港，猛然应伯爵走入来，大叫一声：“你两个好人儿！撇了俺每，走在这里说梯己话儿！”爱月儿道：“唦，好个不得人意怪讪脸花子！犹可走来，唬了人恁一跳！”西门庆骂：“怪狗才，前边去罢！丢的葵轩和银姐在那里，都往后头来了。”这伯爵一屁股坐在床上说：“你拿胳膊来，我且咬口儿，我才去。你两个在这里尽着合捣！”于是不由分说，向爱月儿袖口边，勒出那赛鹅脂雪白的手腕儿来，带着银镯子，犹若美玉，尖溜溜十指春葱，手上笼着金戒指儿。夸道：“我儿！你这两只手儿，天生下就是发髻𩭹的肥一般。”爱月儿道：“怪刀攮的，我不好骂出来的！”被伯爵拉过来，咬了一口走了。咬的老婆怪叫，骂：“怪花子，平白进来鬼混人死了！”便叫：“桃花儿！你看他出去了，把笼道子

“白嚼”成了“色急鬼”。即使“秀色可餐”，也不至如此狂啖。

门关上。”

爱月便把李桂姐如今又和王三官儿子女一节，说与西门庆：“怎的有孙寡嘴、祝麻子、小张闲，架儿于宽、聂钺儿，踢行头白回子、向三，日逐标着在他家行走。如今丢开齐香儿，又和秦家玉芝儿打热，两下里使钱。使没了，包了皮袄，当了三十两银子。拿着他娘子儿一副金镯子，放在李桂姐家，算了一个月歇钱。”西门庆听了，口中骂道：“恁小淫妇儿，我分付休和这小厮缠，他不听，还对着我赌身发咒；恰好只哄我。”爱月儿道：“爹也别要恼，我说与爹个门路儿，管情教王三官打了嘴，替爹出气。”

西门庆把他搂在怀里，用白绫袖子兜着他粉项，揾着他香腮。他便一手拿着铜丝火笼儿，内烧着沉速香饼儿，将袖口笼着熏爇身上，便道：“我说与爹，休教一人知道。就是应花子也休望他题，只怕走了风。”西门庆问：“我的儿，你告我说，我傻了，肯教人知道！端的甚门路儿？”郑爱月道：“王三官娘林太太，今年不上四十岁，生的好不乔样！描眉画眼，打扮狐狸也似。他儿子镇日在院里，他专在家，只送外卖，假托在个姑姑庵儿打斋。但去就他，说媒的文嫂儿家落脚。文嫂儿单管与他做牵儿，只说好风月。我说与爹，到明日遇他遇儿，也不难。又一个巧宗儿：王三官儿娘子儿，今才十九岁，是东京六黄太尉侄女儿。上画般标致，双陆、棋子都会。三官常不在家，他如同守寡一般，好不气生气死。为他也上了两三遭吊，救下来了。爹难得，先刮剌上了他娘，不愁媳妇儿不是你的。”当下被他一席话，说的西门庆心邪意乱，搂着粉头说：“我的亲亲，我又问你：怎的晓的就里？”这爱月儿就不说常在他家唱，只说：“我一个熟人儿如此这般，和他娘在其处会过一遍，也是文嫂儿说合。”西门庆问：“那人是谁？莫不是大街坊张大户侄儿张二官儿？”爱月儿道：“那张懋德儿好合的货！麻着七八个脸弹子，密缝两个眼，可不砢硶杀我罢了！只好樊家百家奴儿接他，一向董金儿也与他丁八了。”西门庆道：“我猜不着，端的是谁？”爱月儿道：“教爹得知了罢。是原梳笼我的那个南人。他一年来此做买卖两遭，正经他在里边歇不的一两夜，倒只在外边常和人家偷猫递狗，干此勾当！”这西门庆听了，见粉头

由此牵出林太太来。此时，西门庆的兴趣，一半还是为了报复王三官。

所事合着他的板眼，亦发欢喜，说：“我儿，你既贴恋我心，每月我送三十两银子与你妈盘缠：也不消接人了，我遇闲就来。”爱月儿道：“爹，你有我心时，甚么三十两、二十两！两日间掠几两银子与妈，我自恁懒待留人，只是伺候爹罢了。”西门庆道：“甚么话！我决然送三十两银子来。”说毕，两个上床交欢。① 云收雨散，各整衣裙。于灯下照镜理容，西门庆在床前盆中净手，着上衣服，两个携手来到席上。

吴银儿便守着伯爵，爱香儿挨近葵轩，正掷色猜枚。觥筹交错，要在热闹处。众人见西门庆进入，多立起身来让坐。伯爵道：“你也下般的，把俺每丢在这。你才出来，拿酒儿且扶扶头着。”西门庆道：“俺每说句话儿，有甚这闲勾当！”伯爵道：“好话，你两个原来说梯己话儿。”当下伯爵拿大钟斟上暖酒，众人陪西门庆吃。四个妓女拿乐器弹唱。玳安在傍掩口说道：“轿子来了。”西门庆努了个嘴儿与他，那玳安连忙分付排军打起灯笼，外边伺候。这西门庆也不坐，陪众人执杯立饮，分付四个妓女：“你再唱个‘一见娇羞’我听。”那韩消愁儿道：“俺每会唱。”于是拿起琵琶来，款放娇声拿腔唱道：

虽众人皆知怎么一回事儿，也还有必要遮掩。

> 一见娇羞，雨意云情两意投。我见他千娇百媚，万种妖娆，一捻温柔。通书先把话儿勾，传情暗里秋波溜。记在心头，心头，未审何时成就。

唱了一个词儿，吴银儿递西门庆酒，郑香儿便递伯爵，爱月儿奉温秀才，李智、黄四都斟上。又唱道：

> 问尔丫鬟，欲铸黄金拜将坛。莫通明晓，寄与书生，云雨巫山。重门今夜未曾拴，深闺特把情郎盼。夜静更阑，更阑，偷花妙手今番难按。

吃毕，西门庆令再斟上。郑香儿上来递西门庆，吴银儿递温秀才，爱月儿递伯爵，郑春在傍捧着果菜儿。又唱道：

> 梦入高唐，相会风流窈窕娘。我与他同携素手，共入罗帏，永结鸾凰。灵犀一点透膏肓，鲛绡帐底翻红浪。粉汗凝

---

① 此处删194字。

香，凝香，今宵一刻人间天上。

唱毕，又叫斟酒。爱月儿却转过捧西门庆酒，吴银儿递伯爵，爱香儿递温秀才，并李三、黄四。从新斟酒，又唱第四个：

春暖芙蓉，鬓乱钗横宝髻松。我为他香娇玉软，燕侣莺俦，意美情浓。腰肢无力眼朦胧，深情自把眉儿纵。两意相同，相同，百年恩爱和偕鸾凤。

唱毕，都饮过。西门庆起身，一面令玳安向书袋内取出大小十一包赏赐来。四个妓女每人三钱，叫上厨役赏了五钱，吴惠、郑奉、郑春每人三钱，撺掇打茶的每人二钱，丫头桃花儿也与了他三钱。俱磕头谢了。

黄四再三不肯放，道："应二叔，你老人家说声，天还早哩！老爹大坐坐，也尽小人之情，如何就要起身？我的月姨儿，你也留留儿。"爱月儿道："我留他，他白不肯坐。"西门庆道："你每不知，我明日还有事。"一面向黄四、李三作揖，道："生受，打搅！"黄四道："惶恐！没的请老爹来受饿，又不肯久坐，还是小人没敬心。"说着，三个唱的都磕头说道："爹到家，多顶上大娘和众娘们：俺每闲了，会了银姐，往宅内看看大娘去。"西门庆道："你每闲了，去坐上一日来。"一面掌起灯笼，西门庆下台矶，郑家鸨子迎着道万福，说道："老爹大坐回儿！慌的就起身，嫌俺家东西不美口？还有一道米饭儿未曾上哩！"西门庆道："勾了。我不是还坐回儿，许多事在身上。明日还要起早，衙门中有勾当。应二哥他没事，教他大坐回儿罢！"那伯爵就要跟着起来，被黄四死力拦住，说道："我的二爷，你若去了，就没趣死了。"伯爵道："不是，你休拦我。你把温老先生有本事留下，我就算你好汉。"那温秀才夺门就走，被黄家小厮来定儿拦腰抱住。西门庆到了大门首，因问琴童儿："温师父有头口在这里没有？"琴童道："备了驴子在此，画童儿看着哩！"西门庆向温秀才道："既有头口，也罢。老先儿你陪应二哥再坐坐，我先去罢。"于是多送出门来。

"许多事在身上"，毕竟当了官，不同以往，提醒众人再放尊重些！

"帮闲"在无"闲"可帮时，竟也难闲。还得主子发话，方可"得闲"。

那郑月儿拉着西门庆手儿，悄悄捏了一把。脸上转，一径扬声说道："我头里说的话，爹你在心些。法不传六耳。"西门庆道："知道了。"爱月儿又叫："郑春，你送老爹到家，多上覆娘们。"那吴银儿也说："多上覆大娘。”伯爵道：“我不好说的，贼小淫妇儿们！都搀行夺市的捎上覆，偏我就没个人儿上覆！”爱月道：“你这花子！过一边儿。”那吴银儿就在门首作辞了众人，并郑家姐儿两个，吴惠打着灯，回家去了。郑月儿便叫：“银姐，见了那个流人儿，好歹休要说！”吴银儿道：“我知道。”众人回至席上，重添兽炭，再泛流霞；歌舞吹弹，欢娱乐饮，直要了三更方散。黄四摆了这席酒，也与了他十两银子；西门庆赏赐了三四两。俱不在话下。

当日西门庆坐轿子，两个排军打着灯，径出院门，打发郑春回家，一宿晚景题过。

到次日，夏提刑差答应的来，请西门庆早往衙门中审问贼情等事，直问到晌午。来家吃了饭，早是沈姨夫差大官沈定，拿帖儿送了个后生来，在段子铺煮饭做火头，名唤刘包。西门庆留下了，正在书房中，拿帖儿与沈定回家去了。只见玳安在旁边站立，西门庆便问道：“温师父昨日多咱来了？”玳安道：“小的铺子里睡了好一回，只听见画童儿打对过门，那咱有三更时分才来了。我今早辰问，温师父倒没酒。应二爹醉了，吐了一地。月姨恐怕夜深了，使郑春送了他家去了。”西门庆听了，呵呵笑了。因叫过玳安近前，说道：“旧时与你姐夫说媒的文嫂儿在那里住？你寻了他来，对门房子里见我。我和他说话。”玳安道：“小的不认的文嫂儿家，等我问了姐夫去。”西门庆道：“你吃了饭，问了他快去。”

玳安到后边吃了饭，走到铺子里问陈经济。经济道：“寻他做甚么？”玳安道：“谁知他做甚么？猛可教我找寻他去。”经济道：“出了东大街，一直往南去，过了同仁桥牌坊，转过往东；打王家巷进去，半中腰里有个发放巡捕的厅儿，对门有个石桥儿，转过石桥儿；紧靠着个姑姑庵儿，旁边有个小胡同儿，进小胡同往西走；第三家豆腐铺隔壁上坡儿有双扇红封门儿的，就是他家。你只叫文妈，他就出来答应你。”这玳安听了，说道：“再没了？小炉匠跟着行香的走——锁碎一浪汤。你再说一遍我听，只怕我忘了。”那陈经济又说了一遍，玳安道：“好近路儿！等我骑了马去。”一面牵出大白马来，搭上替子，兜上嚼环，蹁着马台，

指路中勾画出县里街巷风情。

望上一骗，打了一鞭。那马跑踍跳跃，一直去了。

出了东大街径往南，过同仁桥牌坊，由王家巷进去，果然中间有个巡捕厅儿。对门就是座破石桥儿，里首半截红墙是大悲庵儿。往西是小胡同，北上坡挑着个豆腐牌儿，门首只见一个妈妈晒马粪。玳安在马上便问："老妈妈，这里有个说媒的文嫂儿？"那妈妈道："这隔壁封门儿就是。"

又添晒马粪一景。长篇小说有时需要这类"锁碎一浪汤"的细节，以增强真实感与"可视性"。

玳安到他门首，果然是两扇红封门儿。连忙跳下马来，拿鞭儿敲着门儿叫道："文妈在家不在？"只见他儿子文缝儿开了门，便问道："是那里来的？"玳安道："我是县门外提刑西门老爹来请，教文妈快去哩！"文缝听见是提刑西门大官府家来的，便让家里坐。那玳安把马拴住，进入里面他明间内。见上面供养着利市纸，有几个人在那里会茶倚报，进香算帐哩！半日拿了钟茶出来，说道："俺妈不在了。来家说了，明日早去罢！"玳安道："驴子见在家里，如何推不在？"侧身径往后走。

不料文嫂和他媳妇儿，陪着几个道妈妈子正吃茶，躲不及，被他看见了，说道："这个不是文妈？刚才说，回我不在家了，教我怎的回俺爹话？惹的不怪我！"文嫂笑哈哈与玳安道了个万福，说道："累哥哥，你到家回声儿：我今日家里会茶。不知老爹呼唤我做甚么，我明日早往宅内去罢。"玳安道："只分付我来寻你，谁知他做甚么？原来不知你在这咭溜搭剌儿里住，教我抓寻了个不发心。"文嫂儿道："他老人家这几年宅内买使女、说媒、用花儿，自有老冯和薛嫂儿、王奶妈子走跳，希罕俺每！今日忽剌八又冷锅中豆儿爆，我猜见你六娘没了，已定教我去替他打听亲事，要补你六娘的窝儿。"玳安道："我不知道。你到那里见了俺爹，他自有话和你说。"文嫂儿道："哥哥，你略坐坐儿；等我打发会茶人去了，同你去。"玳安道："原来等你会茶，马在外边没人看。俺爹在家紧等的火里火发，分付了又分付，教你快去哩。和你说了话，如今还要往府里罗同知老爹家吃酒去哩！"文嫂道："也罢。等我拿点心你吃了，同你去。"玳安道："不吃罢。"文嫂因问："你大姐生了孩儿没有？"玳安道："还不曾见哩！"

文嫂自有高门槛可迈，故被西门府以"冷锅"待，亦并不怎么在意。

这文嫂一面打发玳安吃了点心，穿上衣裳，说道："你骑马先行一步儿,我慢慢走。”玳安道:“你老人家放着驴子,怎不备上骑?”文嫂儿道:“我那讨个驴子来?那驴子是隔壁豆腐铺里驴子,借俺院儿里喂喂儿。你就当我的驴子!”玳安道:“我记得你老人家骑着匹驴儿来往,那去了?”文嫂儿道:“这咱哩!那一年吊死人家丫头,打官司,为了场事,把旧房儿也卖了;且说驴子哩!”玳安道:“房子倒不打紧处,且留着那驴子,和你早晚做伴儿也罢了。别的罢了,我见他常时落下来,好个大鞭子!”那文嫂哈哈笑道:“怪猴儿,短寿命!老娘还只当好话儿,侧着耳躲听你什么好物件儿。几年不见你,也学的恁油嘴滑舌的。到明日还教我寻亲事哩!”玳安道:“我的马走得快,你步行,赤道挨磨到多咱晚,惹的爹说?你上马,咱两个叠骑着罢!”文嫂儿道:“怪小短命儿,我又不是你影射的,街上人看着,怪剌剌的!”玳安道:“再不,你备豆腐铺子里驴子骑了去。到那里,等我打发他钱就是了。”文嫂儿道:“这等还许说。”一面教文缱将驴子备了,带上眼纱,骑上。玳安与他同行,径往西门庆宅中来。正是:欲向深闺求艳质,全凭红叶是良媒。有诗为证:

玳安恶谑,文嫂不论;玳安毕竟达到了目的,确是伶俐狡仆。

谁信桃源有路通,桃花含露笑春风。
桃源只在山溪里,今许渔郎去问津。

毕竟未知后来如何,且听下回分解。

第六十九回
文嫂通情林太太　王三官中诈求奸

信手烹鱼觅素音，神仙有路足登临。
扫阶偶得任卿叶，弹月轻移司马琴。
桑下肯期秋有意，怀中可犯柳无心。
黄昏误入销金帐，且把羔儿独自斟。

话说玳安同文嫂儿到家，平安说："爹在对门房子里。"进去禀报。西门庆正在书房中，和温秀才坐的。见玳安，随即出来，小客位内坐下。玳安道："文嫂儿小的叫了来，在外边伺候着。"西门庆即令："叫他进来。"那文嫂悄悄掀开暖帘，进入里面，向西门庆磕头。西门庆道："文嫂儿，许久不见你。"文嫂道："小媳妇有。"西门庆道："你如今搬在那里住了？"文嫂道："小媳妇因不幸，为了场官司，把旧时那房儿弃了。如今搬在大南首王家巷住哩！"西门庆分付道："起来说话。"那文嫂一面站立在傍边。西门庆令左右多出去，那平安和画童都躲在角门外伺候，只玳安儿影在帘儿外边听说话儿。西门庆因问："你常在那几家大人家走跳？"文嫂道："就是大街皇亲家，守备府周爷家，乔皇亲、张二老爹、夏老爹家，多相熟。"西门庆道："你认的王招宣府里不认的？"文嫂道："小媳妇定门主顾。太太和三娘常照顾小的花翠。"西门庆道："你既相熟，我有庄事儿央烦你，休要阻了我。"向袖中取出五两一锭银子与他，悄悄和他说："如此这般，你却怎的寻个路儿，把他太太吊在你那里，我会他会儿。我还谢你。"那文嫂听了，哈哈笑道："是谁对爹说来？你老

虽遭官司受了损，仍走跳于达官贵人之家。

记清:林太太乃“端的上等妇人”。这是西门庆原来“性史”与“情史”中都没有过的女子。

人家怎的晓得来?”西门庆道:“常言:人的名儿,树的影儿。我怎不得知道!”文嫂道:“若说起我这太太来,今年属猪,三十五岁。端的上等妇人!百伶百俐,只好三十岁的。他虽是干这营生,好不干的最密!就是往那里去,许多伴当跟着,喝着路走。径路儿来,径路儿去。三老爹在外为人做人,他原在人家落脚?这个人说的讹了。倒只是他家里深宅大院,一时三老爹不在,藏掖个儿去,人不知鬼不觉,倒还许说;若是小媳妇那里,窄门窄户,敢招惹这个事?说在头上,就是爹赏的这银子,小媳妇也不敢领去。宁可领了爹言语,对太太说就是了。”西门庆道:“你不收,还自推托,我就恼了。事成,我还另外赏儿个绸段你穿。你不收,阻了我。”文嫂道:“愁你老人家没也怎的?上人着眼觑,就是福星临。”磕了个头,把银子接了,说道:“待小媳妇悄悄对太太话,来回你老人家。”西门庆道:“你当件事干,我这里等着你。来时,只在这里来就是了,我不使小厮去了。”文嫂道:“我知道。不在明日,只在后日。随早随晚,讨了示下就来了。”一面走出来。玳安道:“文嫂,随你罢了,我只要一两银子。也是我叫你一场,你休要独吃。”文嫂道:“猴孙儿!隔墙掠筛箕,还不知仰着合着哩!”于是出门,骑上驴子,他儿子笼着,一直去了。

传言准确处,往往都在点中本质。传言不准确处,往往都在细节里。所以传言不可不信。所以传言不可尽信。对所传人来说,传言实可畏。对获传言者来说,传言实可贵。

西门庆和温秀才坐了一回。良久,夏提刑来,就到家待了茶,冠冕着,同往府里罗同知——名唤罗万象——那里吃酒去了。直到掌灯已后,才来家。

且说文嫂儿,拿着西门庆与他五两银子,到家欢喜无尽,打发会茶人散了。至后晌时分,走到王招宣府宅里,见了林太太,道了万福。林氏便道:“你怎的这两日不来走走,看看我?”文嫂便把家中倘报会茶,赶腊月要往顶上进香一节告诉林氏。林氏道:“你儿子去,你不去罢了!”文嫂儿道:“我如何得去?只教文缠儿带进香去便了。”林氏道:“等临期,我送些盘缠与你。”文嫂便道:“多谢太太布施。”

说毕,林氏叫他近前烤火,丫鬟拿茶来吃了。这文嫂一面吃了茶,问道:“三爹不在家了?”林氏道:“他有两夜没回家,只在里边歇哩!逐日搭着这伙乔人,只眠花卧柳,把花枝般媳妇儿丢在房里,通不顾,如何是好?”文嫂又问:“三娘怎的不见?”林氏道:“他还在房里未出来哩!”

这文嫂见无人，便说道："不打紧，太太宽心。小媳妇有个门路儿，管就打散了这干人，三爹收心，也再不进院去了。太太容小媳妇，便敢说；不容，定不敢说。"林氏道："你说的话儿，那遭儿我不依你来？你有话只顾说，不妨。"这文嫂方说道："县门前西门大老爹，如今见在提刑院做掌刑千户，家中放官吏债，开四五处铺面：段子铺、生药铺、绸绢铺、绒线铺；外边江湖又走标船，扬州兴贩盐引，东平府上纳香蜡，伙计主管约有数十。东京蔡太师是他干爷，朱太尉是他卫主，翟管家是他亲家，巡抚、巡按多与他相交，知府、知县是不消说。家中田连阡陌，米烂成仓。赤的是金，白的是银，圆的是珠，光的是宝。身边除了大娘子，——乃是清河左卫吴千户之女，填房与他为继室，——只成房头、穿袍儿的，也有五六个，以下歌儿舞女，得宠侍妾，不下数十。端的朝朝寒食，夜夜元宵。今老爹不上三十四五年纪，正是当年汉子，大身材，一表人物，也曾吃药养龟，惯调风情；双陆象棋，无所不通；蹴踘打球，无所不晓；诸子百家，拆白道字，眼见就会。端的击玉敲金，百伶百俐。闻知咱家乃世代簪缨人家，根基非浅，又三爹在武学肄业，也要来相交。只是不曾会过，不好来的。昨日闻知太太贵旦在迩，又四海纳贤，也一心要来与太太拜寿。小媳妇便道：初会怎好骤然请见的？待小的达知老太太，讨个示下，来请老爹相见。今老太太不但结识他来往相交，只央浼他把这干人断开了，须玷辱不了咱家门户。"看官听说：水性下流，最是女妇人。当日林氏被文嫂这篇话，说的心中迷留摸乱，情窦已开。便向文姨儿计较道："人生面不熟，怎生好遽然相见的？"文嫂道："不打紧，等我对老爹说。只说太太先央浼老爹，要在提刑院递状，告那起引诱三爹这起人，预先私请老爹来，私下先会一会。此计有何不可？"说得林氏心中大喜，约定后日晚夕等候。

以上"背景材料"，恐对林太太诱惑力有限。

"大身材，一表人物"等等，才撞在林太太心坎上。

可怜林太太久寡难熬，且可想象出一"大身材"伟岸男子，心中怎能不"迷留摸乱"。

这文嫂讨了妇人示下归家，到次日饭时前后，走来西门庆宅内。那日，西门庆从衙门回来，家中无事，正在对门房子里书院内坐的。忽有玳安来报："文嫂来了。"西门庆听了，即出小客位内坐，令左右放下帘儿。良久，文嫂进入里面，磕了头。玳安知局，就走出来了，教二人自在说话。这文嫂便把怎的说念林氏，夸奖老爹人品家道，怎样结识官府，

玳安最得力处，便在"知局"而退。

又怎的仗义疏财，风流博浪，“说得他千肯万肯，约定明日晚间，三爹不在家，家中设席等候。假以说人情为由，暗中相会。”西门庆听了，满心欢喜，又令玳安拿了两匹绸段赏他。文嫂道：“爹明日要去，休要早了。直到掌灯已后，街上人静了时，打他后门首扁食巷中。他后门傍有个住房的段妈妈，我在他家等着爹，只使大官儿弹门，我就出来引爹入港。休令左近人知道。”西门庆道：“我知道。你明日先去，不可离寸地。我也依期而至。”说毕，文嫂拜辞而去，又回林氏话去了。

西门庆那日，归李娇儿房中宿歇，一宿无话。巴不到次日，培养着精神。午间戴着白忠靖巾，便同应伯爵，骑马往谢希大家吃生日酒。席上两个唱的。西门庆吃了几杯酒，约掌灯上来，就逃席走出来了。骑上马，玳安、琴童两个小厮跟随。

李瓶儿死后，西门庆头一回“培养着精神”，准备“入港”。

那时约十九日，月色朦胧，带着眼纱，由大街抹过，径穿到扁食巷王招宣府后门来。那时，才上灯以后，街上人初静之后。西门庆离他后门半舍远，把马勒住，令玳安先弹段妈妈家门。原来，这妈妈就住着王招宣府家后房，也是文嫂举荐；早晚看守后门，开门闭户，但有入港，在他家落脚做眼。文嫂在他屋里听见外边弹门，连忙开了门，见西门庆来了。一面在后门里等的西门庆下了马，带着眼纱儿，引进来，分付琴童牵了马，往对门人家西首房檐下那里等候，玳安便在段妈妈屋里存身。这文嫂一面请西门庆入来，便把后门关了，上了拴。由夹道内进内，转过一层群房，就是太太住的五间正房。傍边一座便门闭着，这文嫂轻轻敲了门环儿。原来有个听头儿，少顷见一丫鬟出来开了双扉。文嫂导引西门庆到后堂，掀开帘栊而入。

此种神秘情境，西门庆头一回领受，真够刺激。

只见里面灯烛荧煌，正房供养着他祖爷，太原节度邠阳郡王王景崇的影身图。穿着大红团袖蟒衣玉带，虎皮校椅坐着观看兵书，有若关王之像，只是髯须短些。傍边列着枪刀弓矢。迎门朱红匾上“节义堂”三字，两壁书画丹青，琴书潇洒，左右泥金隶书一联：“传家节操同松竹，报国勋功并斗山。”西门庆正观看之间，只听得门帘上铃儿响，文嫂从里拿出一盏茶来与西门庆吃。西门庆便道：“请老太太出来拜见。”文嫂道：“请老爹且吃过茶着。刚才禀过，太太知道了。”

千呼万唤不出来。究竟是“上等妇人”。

不想林氏悄悄从房门帘里，望外观看。见西门庆身材凛凛，语话非俗，一表人物，轩昂出众，头戴白缎忠靖冠，貂鼠暖耳，身穿紫羊绒鹤氅，脚下粉底皂靴，上面绿剪绒狮坐马，一溜五道金钮子。就是个富而多诈奸邪辈，压善欺良酒色徒。一见满心欢喜，因悄悄叫过文嫂来问："他戴的孝是谁的？"文嫂道："是他第六个娘子的孝。新近九月间没了，不多些时。饶少杀！家中如今还有巴掌数儿。他老人家，你看不出来：出笼儿的鹌鹑，也是个快斗的。"这婆娘听了，越发欢喜无尽。文嫂催逼他出去，见他一见儿。妇人道："我羞答答怎好出去？请他进来见罢！"

偷情先偷貌。林太太不是"人皆可夫"者流。"身材凛凛"，"轩昂出众"，此是林太太所喜的貌。"奸邪辈"，"酒色徒"，此是林太太所喜的神——在林太太的生活圈子里，所缺的就是此种"坦然的强悍"。

文嫂一面走出来，向西门庆说："太太请老爹房内拜见哩！"于是忙掀门帘，西门庆进入房中。但见帘幕垂红，地屏上毡毹匝地，麝兰香霭，气暖如春。绣榻则斗帐云横，锦屏则轩辕月映。妇人头上戴着金丝翠叶冠儿，身穿白绫宽袖袄儿，沉香色遍地金妆花段子鹤氅，大红宫锦宽襕裙子，老鸦白绫高底扣花鞋儿。就是个绮阁中好色的娇娘，深闺内合毯的菩萨。有诗为证：

面腻云浓眉又弯，莲步轻移实匪凡。

醉后情深归帐内，始知太太不寻常。

此种女子，西门庆原来无缘相会。

这西门庆一见，躬身施礼，说道："请太太转上，学生拜见。"林氏道："大人免礼罢！"西门庆不肯，就侧身磕下头去拜两拜。妇人亦叙礼相还。拜毕，西门庆正面椅子上坐了。林氏就在下边梳背炕沿，斜佥相陪坐的。文嫂又早把前边仪门闭上了，再无一个仆人在后边。三公子那边角门也关了。一个小丫鬟名唤芙蓉，红漆丹盘拿茶上来。林氏陪西门庆吃了茶，丫鬟接下盏托去。文嫂就在傍开言说道："太太久闻老爹在衙门中执掌刑名，敢使小媳妇请老爹来，央烦庄事儿，未知老爹可依允不依？"西门庆道："不知老太太有甚事分付。"林氏道："不瞒大人说。寒家虽世代做了这招宣，夫主去世年久，家中无甚积蓄。小儿年幼优养，未曾考袭。如今虽入武学肄业，年幼失学。家中有几个奸诈不级的人，日逐引诱他，在外飘酒，把家事都失了。几次欲待要往公门诉状，争奈妾身未曾出闺门，诚恐抛头露面，有失先夫名节。今日敢请大人至寒家诉其衷曲，就如同递状一般。望乞大人千万留情，把这干人怎生处断开了。使小儿改过自新，专习功名，以承先业。实出大人再造之恩，妾身感激不浅，自当重谢！"西门庆道："老太太怎生这般说？言谢之一字。尊家乃世代簪缨，先朝将相，何等人家！令郎既入武学，正当努力功名，承其祖武，不意听信游食所哄，留连花酒，实出少年所为。太太既分付，学生到衙门里，即时把这干人处分惩治。亦可戒谕令郎，再不可蹈此故辙。庶可杜绝将来。"这妇人听了，连忙起身向西门庆道了万福，说道："容日妾身致谢大人。"西门庆道："你我一家，何出此言？"说话之间，彼此言来语去，眉目顾盼留情。

与此种女子勾搭，必须"循序渐近"。

不一时，文嫂放桌儿摆上酒来。西门庆故意辞道："学生初来进谒，倒不曾具礼来，如何反承老太太盛情留坐！"林氏道："不知大人下降，没作准备；寒天聊具一杯水酒，表意而已。"丫鬟筛上酒来，端的金壶斟美酿，玉盏泛羊羔。林氏起身捧酒，西门庆亦下席说道："我当先奉老太太一杯。"文嫂儿在傍插口说道："老爹，你且不消递太太酒：这十一月十五日是太太生日，那日送礼来，与太太祝寿就是了。"西门庆道："阿呀，早时你说！今日初九日，差六日，我在下已定来与太太登堂拜寿。"林氏笑道："岂敢动劳？大人厚意。"须臾大盘大碗，就是十六碗热腾腾美味佳肴，熬烂下饭，煎熖鸡鱼、烹炮鹅鸭、细巧菜蔬、新奇果品。傍边绛烛高烧，下边金炉添火。交杯换盏，行令猜枚，笑雨嘲云，酒为色胆。

看看饮至莲漏已沉，窗月倒影之际；一双竹叶穿心，两个芳情已动。文嫂已过一边，连次呼酒不至。西门庆见左右无人，渐渐促席而坐，言颇涉邪。把手捏腕之际，挨肩擦膀之间，初时戏搂粉项，妇人则笑而不言；次后款启朱唇，西门庆则舌吐其口，呜咂有声，笑语密切。妇人于是自掩房门，解衣松佩，微开锦帐，轻展绣衾，鸳枕横床；凤香薰被，相挨玉体，抱搂酥胸。①

起来穿衣之际，妇人下床，款剔银灯，开了房门，照镜整容，呼丫鬟捧水净手。复饮香醪，再劝美酌。三杯之后，西门庆告辞起身。妇人挽留不已，叮咛频嘱。西门庆躬身领诺，谢扰不尽，相别出门，妇人送到角

---

① 此处删244字。

门首回去了。文嫂先开后门，呼唤玳安、琴童牵马过来，骑上回家。街上已喝号提铃，更深夜静，但见一天霜气，万籁无声。西门庆回家，一宿无话。

到次日，西门庆到衙门中，发放已毕，在后厅叫过该地方节级缉捕，分付如此如此，这般这般："王招宣府里三公子，看有甚么人勾引他，院中在何人家行走？便与我查访出名字来，报我知道。"因向夏提刑说："王三公子甚不学好，昨日他母亲再三央人来对我说。倒不关他这儿子事，只被这干光棍勾引他。今若不痛加惩治，将来引诱坏了人家子弟。"夏提刑道："长官所见不错，必须该取他。"节级缉捕领了西门庆钧语，到当日果然查访出各人名姓来，打了事件，到后晌时分，来西门庆宅内呈递揭帖。

西门庆见上面有孙寡嘴、祝日念、张小闲、聂钺儿、向三、于宽、白回子，乐妇是李桂姐、秦玉芝儿。西门庆取过笔来，把李桂姐、秦玉芝儿并老孙、祝日念名字多抹了，分付："只动这小张闲等五个光棍。即与我拿了，明日早带到衙门里来。"众公人应诺下去。

名字的抹留，全在当权者一枝笔上。

至晚，打听王三官众人都在李桂姐家吃酒、踢行头，多埋伏在后门首。深更时分，刚散出来，众公人把小张闲、聂钺、于宽、白回子、向三五人都拿了。孙寡嘴与祝日念，扒李桂姐后房去了。王三官儿藏在李桂姐床身下，不敢出来。桂姐一家唬的捏两把汗，更不知是那里动人，白央人打听实信。王三官躲了一夜不敢出来。李家鸨子又恐怕东京做公的下来拿人，到五更时分，撺掇李铭换了衣服，送王三官来家。节级缉捕把小张闲等拿在听事房，吊了一夜。

到次日早辰，西门庆进衙门，与夏提刑升厅，两边刑杖罗列，带人上去。每人一夹二十大棍，打得皮开肉绽，鲜血迸流；响声震天，哀号恸地。西门庆嘱咐道："我把你这起光棍，专一引诱人家子弟在院飘风，不守本分；本当重处，今姑从轻责你这几下儿。再若犯在我手里，定然枷号在院门首示众！"喝令左右："扠下去！"众人望外金命水命，走投无命。

小小牺牲品，既然未死，苍蝇般飞散。

两位官府发放事毕，正在退厅吃茶。夏提刑因说起："昨日京中舍亲崔中书那里书来,衙中投考察本上去了,还未下来哩!今日会了长官,咱倒好差人往怀庆府同僚林苍峰,——他那里临风近。——打听打听消息去。”西门庆道:“长官所见甚明。”即唤走差答应的上来跪下,分付:“与你五钱银子盘缠,即去南河,拿俺两个拜帖,怀庆府提刑林千户老爹那里,打听京中考察本示下,看经历司行下照会来不曾。务要打听的实来回报!”那人领了银子、拜帖,又到司房戴上范阳毡笠,结束行装,讨了匹马,长行去了。两位官府起身回家。

却说小张闲等从提刑院打出来,走在路上,各人省恐;更不量今日受这场亏那里药线,互相埋怨。小张闲道:“莫不还是东京六黄太尉那里下来的消息?”白回子道:“不是。若是那里消息,怎肯轻饶素放?”常言说得好:乖不过唱的,贼不过银匠,能不过架儿。聂钺儿一口就说道:“你每多不知道,只我猜得着。此已定是西门官府和三官儿上气,嗔请他表子,故拿俺每煞气。正是:龙斗虎伤,苦了小张。”小张闲道:“列位倒罢了。只是苦了我在下了。孙寡嘴、祝麻子都跟着,只把俺每顶缸了。”于宽道:“你怎的说浑话?他两个是他的朋友,若拿来跪在地下,他在上面坐着,怎生相处!”小张闲道:“怎的不拿老婆?”聂钺道:“两个老婆,都是他心上人。李家桂姐是他的表子,他肯拿来?也休怪人,是俺每的晦气,偏撞在这网里!才夏老爹怎生不言语,只是他说话?这个就见出情弊显然来了。如今往李桂姐儿家寻王三官去,白为他打了这一屁股疮来的,腿烂烂的便罢了;问他要几两银子盘缠,也不吃家中老婆笑话。”于是来来去去,转弯抹角,径入拘拦李桂姐家。见门关的铁桶相似,就是樊哙也撞不开。叫了半日,丫头隔门问是谁,小张闲道:“是俺每。寻三官儿说话。”丫头回说:“他从那日半夜就往家去了,不在这里。无人在家中,不敢开门。”

苍蝇有头,倒还明白。

苍蝇总是飞散了,绕一圈又叮到原处。

这众人只得回来,到王招宣府宅内,径入他客位里坐下。王三官听见众人来寻他,唬得躲在房里不敢出来。半日,使出小厮永定来说:“俺爹不在家了。”众人道:“好自在性儿,不在家了!往那里去了?叫不将来?”于宽道:“实和你说了罢!休推睡里梦里!刚才提刑院打了俺每,押将出来,如今还要他正身见官去哩!”搂起腿来与永定瞧,教他进里面去说:“此事为你,打的俺每,有甚要紧!”一个个都躺在板凳上声疼叫喊。

那王三官儿越发不敢出来,只叫:“娘,怎么样儿,却如何救我则可?”林氏道:“我女妇人家,如何寻人情去救得?”求了半日,见外边众人等的急了,要请老太太说话。那林氏又不出去,只隔着屏风说道:“你每略等他等,委的在庄上不在家了。我这里使小厮叫他去。”小张闲道:“老太太快使人请他来!不然这个疖子也要出脓,只顾脓着,不是事!俺每为他连累,打了这一顿。刚才老爹分付,押出俺每来要他。他若不出来,大家都不得清净,就弄的不好了。”林氏听言,连忙使小厮拿出茶来与众人吃。

苍蝇难惹。也难怪:苍蝇不抱没缝的蛋嘛。

王三官唬的鬼也似,逼他娘寻人情。到至急之处,林氏方才说道:“文嫂他只认的提刑西门官府家,昔年曾与他女儿说媒来,在他宅中走的熟。”王三官道:“就认的提刑也罢!快使小厮请他来。”林氏道:“他自从你前番说了他,使性儿一向不来走动,怎好又请?他肯来?”王三官道:“好娘,如今事在至急,请他来,等我与他陪个礼儿便了。”

林氏便使永定儿悄悄打后门出去,请了文嫂来。王三官再三央及他,一口声只叫:“文妈,你认的提刑西门大官府?好歹说个人情救我!”这文嫂故意做出许多乔张致来,说道:“旧时虽故与他宅内大姑娘说媒,这几年谁往他门上走!大人家,深宅大院,不去缠他。”王三官连忙跪下,说道:“文妈,你救我,自有重报,不敢有忘。那几个人在前边只要出官,我怎去得?”那文嫂只把眼看他娘,他娘道:“也罢。你替他说说罢了。”文嫂道:“我独自个去不得。三叔,你衣巾着,等我领你亲自到西门老爹宅上。你自拜见他央浼他,等我在傍再说,管情一天事就了了。”王三官道:“见今他众人在前边催逼甚急,只怕一时被他看见怎了?”文嫂道:“有甚难处勾当?等我出去安抚他,再安排些酒肉点心茶水,哄他吃着。我悄悄领你从后门出去,干事回来。他就便也不知道。”

这文嫂一面走出前厅,向众人拜了两拜,说道:“太太教我出来,多上覆列位哥们:本等三叔往庄上去了,不在家,使人请去了,便来也。你每略坐坐儿。吃打受骂,连累了列位。谁人不吃盐米?等三叔来,教他知遇你们。你们千差万差来人不差,恒属大家只要图了事。上司差派不由自己。有了三叔出来,一天大事都了了。”当时众人一齐道:“还是文妈见的多。你老人家早出来,说恁句有南北的话儿,俺每也不恁急的要不的。执杀法儿只回不在家,莫不为俺每自做出来的事也罢!你倒带累俺每吃官棒,上司要你,假推不在家。吃酒吃肉,教人替你不成?文妈,你自晓道理的。你出来,俺每还透个路儿与你:破些东西儿,寻个分上儿说说,大家了事。你不出来见俺每,这事情也要销缴。一个缉捕问刑衙门,平不答的就罢了?”文嫂儿道:“哥每说的是。你每略坐坐儿。我对太太说,安排些酒饭儿管待你每:你每来了这半日,也饿了。”众都道:“还是我的文妈知人甘苦。不瞒文妈说,俺每从衙门里打出来,黄汤儿也还没曾尝着哩!”这文嫂走到后边,一力撺掇,打了二钱银子酒,买了一钱银子点心,猪羊牛肉各切几大盘,拿将出去。一壁哄他众人,在前厅大酒大肉吃着。

文嫂会制苍蝇。要粘蝇,先布腥。

这王三官儒巾青衣,写了揭帖;文嫂领着,带上眼纱,悄悄从后门出来,步行径往西门庆家来。到了大门首,平安儿认的文嫂,说道:“爹才在厅上,进去了。文妈有甚说话?”文嫂递与他拜帖,说道:“哥哥,累你替他禀禀去。”连忙问王三官要了二钱银子,递与他,那平安儿方进去,替他禀知西门庆。西门庆见了手本拜帖,上写着:“眷晚生王寀顿首百拜。”一面先叫进文嫂,问了回话,然后才开大厅槅子门,使小厮请王三官进去。大厅上左右忙掀暖帘。西门庆头戴忠靖冠,便衣出来迎接。见王三衣巾进来,故意说道:“文嫂怎不早说?我亵衣在此。”便令左右:“取我衣服来。”慌的王三官向前拦住:“呀,尊伯尊便!小侄敬来拜渎,岂敢动劳!”至厅内,王三官务请西门庆转上行礼。西门庆笑道:“此是舍下。”再三不肯。西门庆居先拜下去,王三官说道:“小侄有罪在身。久仰,欠拜。”西门庆道:“彼此少礼。”王三官因请西门庆受礼,说道:“小侄人家,老伯当得受礼,以恕拜迟之罪。”务让起来,让了两礼,然后挪座儿斜佥坐的。

西门庆也会演戏。

少顷吃了茶,王三官见西门庆厅上锦屏罗列,四壁挂四轴金碧山水;座上铺着绿锦段厢嵌貂鼠椅座,地下氍毹匝地;正中间黄铜四方镜,水磨的耀目争辉，上面牌扁，下书“承恩”二字，系米元章妙笔。观览之余，似有邵清而宁之貌。向西门庆说道：“小侄见有一事，不敢奉渎尊严。”因向袖中取出揭帖递上，随即离席跪下。被西门庆一手拉住，说道：“贤契，有甚话但说何害！”这王三官就说：“小侄不才，诚为得罪。望乞老伯念先父武弁一殿之臣，宽恕小侄无知之罪，完其廉耻，免令出官。则小侄垂死之日，实有再生之幸也。衔结图报，惶恐惶恐！”西门庆展开揭帖，上面有小张闲等五人名字，说道：“这起光棍，我今日衙门里已各重责发落，饶恕了他。怎的又央你去？”王三官道：“还是要小侄如此这般。他说老伯衙门中责罚，押出他来，还要小侄见官。在家百般称骂喧嚷，索要银两，不得安生。无处控诉，前来老伯这里请罪。”又把礼帖递上。西门庆一见，便道：“岂有是理？”因说道：“这起光棍可恶！我倒饶了他，如何倒往那里去搅扰！”把礼帖还与王三官收了：“贤契请回。我也且不留你坐。如今即时就差人拿这起光棍去，容日奉招。”王三官道：“岂敢！蒙老伯不弃，小侄容当踵门叩谢。”千恩万谢出门。西门庆送至二门首，说：“我亵服不好送的。”那王三官自出门，还带上眼纱，小厮跟随去了。文嫂还讨了西门庆话。西门庆分付：“休要惊动他，我这里差人拿去。”

这文嫂同王三官暗暗到家。不想西门庆随即差了一名节级、四个排军，走到王招宣宅内。那起人正在那里饮酒喧闹，被公人进去不由分说都拿了带上镯子。唬得众人面如土色，说道：“王三官干得好事！把俺每稳在你家，倒把锄头反弄俺每来了。”那个排军节级骂道：“你这厮还胡说，当了甚么名人！各人到老爹跟前哀告，讨你那命正经！”小张闲道：“大爷教导的是。”不一时，都拿到西门庆宅门首。门上排军并平安都张着手儿要钱，才去替他禀。众人不免脱下褶，并拿头上簪圈下来，打发停当，方才说进去。半日，西门庆出来坐厅。节级带进去，跪在厅下。西门庆骂道：“我把你这起光棍！我倒将就了，如何指称我这衙门，往他家吓诈去？实说诈了多少钱？不说，令左右拿拶子，与我着实拶起来！”当下只说了声，那左右排军登时取了五六把新拶子来伺候。小张闲等只顾在下叩头哀告道：“小的并没吓诈分文财物。只说衙门中打出

这下真成了无头苍蝇。

小的每来，对他说声。他家拿出些酒食来管待小的，小的并没需索他的！”西门庆道：“你也不该往他家去。你这起光棍，设骗良家子弟，白手要钱，深为可恶！既不肯实供，都与我带了衙门里收监，明日严审取供，枷号示众！”众人一齐哀告，哭道：“天官爷，超生小的每罢！小的再不敢上他门缠扰了！休说枷号，这一送到监里去，冬寒时月，小的每是死数！”西门庆道：“我把你这光棍，我道饶出你去，都要洗心改过，务要生理。不许你挨坊靠院，引诱人家子弟，诈骗财物。再拿到我衙门里来，都活打死了！”喝令：“出去罢！”众人得了个性命，往外飞跑走。正是：敲碎玉笼飞彩凤，顿开金锁走蛟龙。

这下才算四下飞散。

西门庆发了众人去，回至后房，月娘问道：“这个是王三官儿？”西门庆道：“此是王招宣府中三公子。前日李桂儿为他那场事，就是他。今日贼小淫妇儿不改，又和他缠，每月三十两银子教他包着，嗔道一向只哄着我！不想有个底脚里人儿又告我说，教我昨日差干事的，拿了这干人到衙门里去都夹打了。不想这干人又到他家里嚷赖，指望要诈他几两银子的情，只恐衙门中要他。他从来没曾见官，慌了。央文嫂儿拿五十两礼帖来求我，说人情。我刚才把那起人又拿了来，诈发了一顿，替他杜绝了。再不缠他去了。人家倒运，偏生出这样不肖子弟出来！你家父祖何等根基，又做招宣，你又见入武学，放着那名儿不干，家中丢着花枝般媳妇儿，——自东京六黄太尉侄女儿，——不去理论，白日黑夜，只着这伙光棍在院里嫖弄，把他娘子头面都拿出来使了。今年不上二十岁，年小小儿的，不成器！”月娘道：“你不曾潸胞尿看看自家！乳儿老鸦笑话猪儿足，原来灯台不照自！你自道成器的，你也吃这井里水，无所不为，清洁了些甚么儿？还要禁的人！”几句说的西门庆不言语了。

确是“乳儿老鸦笑话猪儿足”，“灯台不照自”。但人在不同的社会地位上，同一种行径便能有完全不同的“处境”。

正摆上饭来吃，小厮来安来报：“应二爹来了。”西门庆分付：“请书房里坐，我就来。”王经连忙开了厅上书房门，伯爵进里面暖炉炕傍椅上坐了。良久，西门庆出来。声喏毕，就坐在炕上，两个说话。伯爵道：“哥，你前日在谢二哥那里。怎的老早就起身？”西门庆道：“第二日我还要早起，衙门中连日有勾当，又考察在迩，差人东京打听消息。我比你每闲人儿!”伯爵又问:“哥,连日衙门中有事没有?”西门庆道:“事那日没有?”伯爵又道:“王三官儿说哥衙门中动了,把小张闲他每五个,初八日晚夕,在李桂姐屋里都拿的去了。只走了老孙、祝麻子两个。今早解到衙门里,都打出来了,众人都往招宣府缠王三官去了。怎的还瞒着我不说?”西门庆道:“傻狗才,谁对你说来?你敢错听了,敢不是我衙门里,敢是周守备府里?”伯爵道:“守备府中那里管这闲事!”西门庆道:“只怕是都中提人?”伯爵道:“也不是。今早李铭对我说,那日把他一家子唬的魂也没了,李桂儿唬的这两日睡倒了,至今还没曾起炕儿坐哩!怕又是东京下来拿人,今早打听,方知是提刑院动人。”西门庆道:“我连日不进衙门,并没知道。李桂儿既赌个誓不接他,随他拿乱去,又害怕睡倒怎的?”伯爵见西门庆迸着脸儿待笑,说道:“哥,你是个人!连我也瞒着起来,不告我说。今日他告我说,我就知道哥的情。怎的祝麻子、老孙走了,一个缉事衙门,有个走脱了人的?此是哥打着绵羊驹骣战,使李桂儿家中害怕,知道哥的手段。若多拿到衙门去,彼此绝了情意,多没趣了。事情许一不许二,如今就是老孙、祝麻子,见哥也有几分惭愧。此是哥明修栈道,暗度陈仓的计策。休怪我说,哥这一着做的绝了。这一个叫做真人不露相,露相不是真人!若明使函了,逞了脸,就不是乖人儿了。还是哥智谋大,见的多!”

毕竟多年酒肉朋友,嘴里打着官腔,却“迸着脸儿待笑”。

几句说的西门庆扑吃的笑了,说道:“我有甚么大智谋!”伯爵道:“我猜已定还有底脚里人儿对哥说,怎得知道这等切?端的有鬼神不测之机!”西门庆道:“傻狗才,若要人不知,除非己莫为。”伯爵道:“哥衙门中如今不要王三官儿罢了?”西门庆道:“谁要他做甚么!当初干事的打上事件,我就把王三官、祝麻子、老孙,并李桂儿、秦玉芝名字多抹了,只来打拿几个光棍。”伯爵道:“他如今,怎的还缠?”西门庆道:“我实和你说罢:他指称吓诈他几两银子,不想刚才亲上门来拜见,与我磕了头,陪了不是。我还差人把那几个光棍拿了,要枷号。他众人再三哀告,说再不敢上门缠他了。王三官一口一声,称呼我是老伯,拿了五十两礼帖儿,我不受他的。他到明日,还要请我家中知谢我去。”伯爵失惊道:“真个他来和哥陪不是来了?”西门庆道:“我莫不哄你!”因唤王经:

虽马屁常拍,拍者技巧越来越高,听者耳朵也越听越顺。

"拿王三官拜帖儿与应二爹瞧。"那王经向房子里取出拜帖,上面写着"晚生王寀顿首百拜"。伯爵见了,口中只是极口称赞:"哥的所算,神妙不测。"西门庆分付伯爵:"你若看见他每,只说我不知道。"伯爵道:"我晓得。机不可泄,我怎肯和他说!"坐了一回,吃了茶,伯爵道:"哥,我去罢。只怕一时老孙和祝麻子摸将来。只说我没到这里。"西门庆道:"他就来,我也不出来见他。只答应不在家。"一面叫将门上人来,都分付了:"但是他二人,只答应不在。"西门庆从此不与李桂姐上门走动,家中摆酒,也不叫李铭唱曲,就疏淡了。正是:昨夜浣花溪上雨,绿杨芳草为何人?有诗为证:

应花子哪知戏中还有戏。

喜新必厌旧。

谁道天台访玉真,三山不见海沉沉。

侯门一入深如海,从此萧郎是路人。

毕竟未知后来如何,且听下回分解。

刘心武评点

金瓶梅

下

（明）兰陵笑笑生 著　覃知非 校点

刘心武 评点

漓江出版社

桂林

第七十回

西门庆工完升级　群僚庭参朱太尉

昨夜西风鼓角喧，晓来隆冻怯寒毡。

茫茫一片浑无地，浩浩四方俱是天。

绮壁凄凉宜未守，霸陵豪杰且停鞭。

阳春有脚恩如海，愿借余温到客边。

话说西门庆，自此与李桂姐断绝，不题。却说走差人到怀庆府林千户处打听消息，林千户将升官邸报封付与来人，又赏了五钱银子，连夜来递与提刑两位官府。当厅夏提刑拆开，同西门庆先观本卫行来考察官员照会，其略曰：

西门庆的生活又在官、商、性等几条轨道上生气勃勃地运行起来。官运如何，当然还是心上所首悬的事。

兵部一本：遵明旨，严考核，以昭劝惩，以光圣治事。先该金吾卫提督官校太尉、太保兼太子太保朱题前事，考察禁卫官员，除堂上官自陈外，其余两厢诏狱缉捕、捉察、机察、观察，典牧皇畿，内外提刑所指挥千百户，镇抚等官，各按册籍，祖职世袭、转升、功升、荫升、纳级等项，各挨次格，从公举劾，甄别贤否，具题上请，当下该部详议黜陟，升调降革等因。奉

圣旨：兵部知道，钦此钦遵。抄出到科，按行到部，看得太尉朱题前事，遵奉旧例，委的本官殚力致忠，公于考核，委所同并内外属官，各据册籍，博协舆论，甄别贤否，皆出闻见之实，而无偏执之私。足见本官仰扳天颜之咫尺，而存体国之忠谋也。分别等第奖励，淑慝井井有条，足以励人心而孚公议，无容臣

等再喙；但恩威赏罚，出自朝廷，合候命下之日，一体照例施行等因，庶考核明而人心服，冒滥革而官箴肃矣。奉钦此，钦依拟行。

内开：山东提刑所正千户夏延龄，资望既久，才练老成，昔视典牧而坊隅安静，今理齐刑而绰有政声，宜加奖励，以冀甄升，可备卤簿之选者也。贴刑副千户西门庆，才干有为，英伟素著，家称殷实而在任不贪，国事克勤而台工有绩，翌神运而分毫不索，司法令而齐民果仰，宜加转正，以掌刑名者也。怀庆提刑千户所正千户林承勋，年清优学，占籍武科，继祖职抱负不凡，提刑狱详明有法，干济有法，泰严亡度，可加荐奖励简任者也。副千户谢恩，年齿既残，昔在行伍犹有可观，今任理刑罢软尤甚，可宜罢黜革任者也。

西门庆升为正职，再不用敷衍姓夏的了，更可作威作福，当然大悦；夏提刑升为指挥，管卤簿，明是升了，但那是个仪仗官，油水大不如提刑，且需离开他经营已久的“根据地”，当然不仅心中不快，而且反映到脸上来。

西门庆看了他转正千户掌刑，心中大悦；夏提刑见他升指挥，管卤簿，大半日无言，面容失色。于是又展开工部工完的本观看，上面写道：

工部一本：神运届京，天人胥庆，恳乞天恩，俯加渥典，以苏民困，以广圣泽事。奉

圣旨：这神运奉迎大内，奠安艮岳，以承天眷，朕心嘉悦！你每既效有勤劳，副朕事玄至意。所经过地方，委的小民困苦，着行抚按衙门，查勘明白，着行蠲免今岁田租之半；所毁坝闸，你部里差官，会同巡按御史，即行修理，完日还差内侍孟昌龄，前去致祭。蔡京、李邦彦、王炜、郑居中、高俅，辅弼朕躬，直赞内庭，勋劳茂著。京加太师，邦彦加柱国太子太师，王炜太傅，郑居中、高俅太保，各赏银五十两、四表里；蔡京还荫一子为殿中监。国师林灵素，佐国宣化，远致神运，北伐虏谋，实与天通，加封忠孝伯，食禄一千石，赐坐龙衣一袭，肩舆入内，赐号玉真教主，加渊澄玄妙广德真人、金门羽客、真达灵玄妙先生。朱勔、黄经臣，督理神运，忠勤可嘉。勔加太傅兼太子太傅，经臣加殿前都太尉，提督御前人船；各荫一子为金吾卫正千户。内侍李彦、孟昌龄、贾祥、何沂、蓝从熙，着直延福五位宫近侍，各

赐蟒衣玉带，仍荫弟侄一人为副千户，俱见任管事。礼部尚书张邦昌、左侍郎兼学士蔡攸、右侍郎白时中、兵部尚书余深、工部尚书林摅，俱加太子太保，各赏银四十两、彩段二表里。巡抚两浙佥都御史张阁，升工部右侍郎；巡抚山东都御史侯蒙，升太常正卿；巡抚两浙、山东监察御史尹大谅、宋乔年，都水司郎中安忱、伍训，各升俸一级，赏银二十两；祇迎神运千户魏承勋、徐相、杨廷佩、司凤仪、赵友兰、扶天泽、西门庆、田九皋等，各升一级；内侍宋推等，营将王佑等，俱各赏银十两；所官薛显忠等，各赏五两；校尉昌玉等，绢二匹。该衙门知道。

夏提刑与西门庆看毕，各散衙回家。后晌时分，有王三官差永定同文嫂，拿着请书盒儿来，内安泥金折，十一日请西门庆往他府中赴席，少罄谢私之意。西门庆收下，不胜欢喜，以为其妻指日在于掌握。不期到初十日晚夕，东京本卫经历司差人行照会到："晓谕各省提刑官员知悉，火速赴京，赶冬至令节，见朝引奏谢恩。毋得违误，取罪不便！"西门庆看了，到次日，衙门中会了夏提刑，回手本打发来人回去，不在话下。各人到家，收拾行装，备办贽见礼物，不日约会起程。

真是得意之想。

西门庆使玳安叫了文嫂儿，教他回王三官，十一日不得来赴席，如此这般，上京见朝谢恩去也。王三官道："既是老伯有事，容待回来，洁诚具请。"西门庆一面叫将贲四，分付教他跟了去，与他五两银子，家中盘缠；留下春鸿看家，带了玳安、王经跟随答应；又问周守备讨了四名巡捕军人、四匹小马，打点驮装、暖轿、马，排军抬扛。夏提刑那边夏寿跟随。两家有二十余人跟从，十二日起身，离了清河县。冬天易晚，昼夜趱行，到了怀西怀庆府，会林千户，千户已上东京去了。一路天寒坐轿，天暖乘马，朝登紫陌红尘，夜宿邮亭旅邸。正是：意急款摇青毡幞，心忙牵碎紫丝鞭。

评话捷说，到了东京，进得万寿门来。依着西门庆分别，他主意要往相国寺下；夏提刑不肯，坚执要请往他令亲崔中书家投下。西门庆不免先具拜帖拜见。正值崔中书在家，即出迎接，至厅叙礼相见，道及寒暄契阔之情，拂去尘土。坐下茶汤已毕，拱手问西门庆尊号。西门庆

"评话捷说"，显露"话本"（说书人用的底本）特色。纯文人小说不会有此种用语。

道:“贱号四泉。”因问:“老先生尊号?”崔中书道:“学生性最愚朴,名闲林下,贱名守愚,拙号逊斋。”因说道:“舍亲龙溪,久称盛德,全仗扶持,同心协恭,莫此为厚!”西门庆道:“不敢!在下常领教诲,今又为堂尊,受益恒多,可幸可幸。”夏提刑道:“长官如何这等称呼?虽有镃基,不如待时。”崔中书道:“四泉说的也名分使然,不得不早。”言毕,彼此笑了。不一时,收拾了行李。天晚了,崔中书分付童仆放桌摆饭,无非是果酌肴馔之类,不必细说。当日二人在崔中书家宿歇,不题。

西门庆故意提前称夏某为“堂尊”,令夏某难堪。

到次日,各备礼物拜帖,家人跟随,早往蔡太师府中叩见。那日,太师在内阁,还未出来,府前官吏人等,如蜂屯蚁聚,通挤匝不开。西门庆与夏提刑与了门上官吏两包银子,拿揭帖禀进去。翟管家见了,即出来相见,让他到外边私宅。先是夏提刑相见毕,然后西门庆叙礼,彼此道及往还酬答之意,各分宾位坐下。夏提刑先递上礼帖,两匹云鹤金段、两匹色段,翟管家的是十两银子。西门庆礼帖上,是一匹大红绒彩蟒、一匹玄色妆花斗牛补子员领、两匹京段,另外梯己送翟管家一匹黑绿云绒、三十两银子。翟谦分付左右:“把老爷礼都交收进府中去,上簿籍。”他只受了西门庆那匹云绒,将三十两银子连那夏提刑的十两银子都不受,说道:“岂有此理。若如此,不见至交亲情。”一面令左右放桌儿摆饭,说道:“今日圣上奉艮岳,新盖上清宝箓宫,奉安牌匾,该老爷主祭,直到午后才散。到家,同李爷又往郑皇亲家吃酒。只怕亲家和龙溪等不的,误了你每勾当。遇老爷闲,等我替二位禀,就是一般。”西门庆道:“蒙亲家费心,若是这等又好了。”翟谦因问:“亲家那里住?”西门庆就把夏龙溪令亲家下歇说了。不一时,安放桌席端正,就是大盘大碗,汤饭点心一齐拿上来,都是光禄烹炮美味,极品无加。每人金爵饮酒三杯,就要告辞起身。翟谦于是款留,令左右再筛上一杯。西门庆因问:“亲家,俺每几时见朝?”翟谦道:“亲家,你同不得夏大人。大人如今京堂官不在此例。你与本卫新升的副千户,何太监侄儿何永寿,他便贴刑你便掌刑,与他作同僚了。他先谢了恩,只等着你见朝引奏毕,一同好领劄付。你凡事只会他去。”夏提刑听了,一声儿不言语。西门庆道:“请问亲家,你晓的我还等冬至郊天毕回来,见朝如何?”翟谦道:“亲

“蜂屯蚁聚”,豪门前的火爆景象一至于此。

两包银子,方递得进揭贴。

夏提刑毕竟不是亦官亦商,出手当然比不得西门庆泼洒。

夏提刑已非提刑。官场失落感,不必罢黜,亦可浓酽。

家，你等不的冬至圣上郊天回来。那日天下官员，上表朝贺毕，还要排庆成宴，你每原等的？不如你今日先鸿胪寺报了名，明日早朝谢了恩，直到那日堂上官引奏毕，领劄付起身就是了。”西门庆谢道：“蒙亲家指教，何以克当。”

临起身，翟谦又拉西门庆，到侧净处说话，甚是埋怨西门庆，说：“亲家，前日我的书去，那等写了，大凡事要谨密，不可使同僚每知道！亲家如何对夏大人说了？教他央了林真人帖子来，立逼着朱太尉。太尉来对老爷说，要将他情愿不官卤簿，仍以指挥职衔，在任所掌刑三年；何太监又在内廷，转央朝廷所宠安妃刘娘娘的分上，便也传旨出来，亲对太爷和朱太尉说了，要安他侄儿何永寿在山东理刑。两下人情阻住了，教老爷好不作难！不是我再三在老爷跟前维持，回倒了林真人，把亲家不撑下去了？”慌的西门庆连忙打躬说道：“多承亲家盛情！我并不曾对一人说，此公何以知之？”翟谦道：“自古机事不密则害成，今后亲家凡事谨慎些便了。”这西门庆千恩万谢，与夏提刑作辞出门，来到崔中书家，一面差贲四，鸿胪寺报了名。

插入此笔，将官场黑幕揭透。西门庆在官场究竟还是“生嫩”。

夏提刑的“官场后门”也不软：由林真人通到朱太尉，再由朱太尉通到蔡太师；另外还有何太监通过安妃刘娘娘为其侄争夺此位；却都未能如愿，而“鹿死”西门庆之手。想来单凭“权势”，还是不能阻止“天平”朝西门庆方向倾斜，因为他肯出“大价钱”。

次日见朝，青衣冠带，同夏提刑进内，不想只在午门前谢了恩。出来，刚转过西阙门来，只见一个青衣人，走向前问道：“那位是山东提刑西门庆老爹？”贲四问道：“你是那里的？”那人道：“我是内府匠作监何公公来请老爹说话。”言未毕，只见一个太监，身穿大红蟒衣，头戴三山帽，脚下粉底皂靴，从御街定声叫道：“西门大人请了！”西门庆遂与夏大人分别，被这太监用手一把拉在傍边一所直房内，都是明窗亮槅，里面笼的火暖烘烘的，桌上陈设的许多桌盒。一面相见，作了揖，慌的西门庆倒身还礼不迭。这太监说道：“大人，你不认的我。在下是内府匠作太监何沂，见在延宁第四宫端妃马娘娘位下近侍。昨日内工完了，蒙万岁爷爷恩典，将侄男何永寿，升授金吾卫左所副千户，见在贵处提刑所理刑管事，与老大人作同僚。”西门庆道：“原来是何老太监，学生不知，恕罪恕罪！”一面又作揖说道：“此禁地不敢行礼，容日到老太监外宅进拜。”于是叙礼毕，让坐。家人捧茶，金漆朱红盘托盏递上茶去吃了。茶毕，就揭桌盒盖儿，桌上许多汤饭肴品，拿盏箸儿来安下。何太

亏得先从翟管家处闻知。

监道："不消小杯了，我晓的大人朝下来，天气寒冷，拿个小盏来，没甚么肴，亵渎大人，且吃个头脑儿罢。"西门庆道："不当取扰。"何太监于是满斟上一大杯，递与西门庆。西门庆道："承老太监所赐，学生领下；只是出去还要见官拜部，若吃得面红，不成道理。"何太监道："吃两盏儿盪寒，何害！"因说道："舍侄儿年幼，不知刑名。望乞大人看我面上，同僚之间，凡事教导他教导。"西门庆道："岂敢！老太监勿得太谦，令侄长官虽是年幼，居气养体，自然福至心灵。"何太监道："大人好道。常言学到老不会到老，天下事如牛毛，孔夫子也识得一腿；恐有不知到处，大人好歹说与他。"西门庆道："学生谨领！"因问："老太监外宅在何处？学生好去奉拜长官。"何太监道："舍下在天汉桥东文华坊双狮马台就是。"亦问："大人下处在那里？我教做官的先去叩拜。"西门庆道："学生暂借崔中书家下。"彼此问了住处。

此同僚恐不那么容易"教导"。

西门庆吃了一大杯就起身，何太监送出门，拱着手说道："适间所言，大人凡事看顾看顾。他还等着你，会同一答儿引奏，当堂上作主，进了礼好领劄付。"西门庆道："老太监不消分付，学生知道。"

于是出朝门，又到兵部，又遇见了夏提刑，同拜了部官来。比及到本卫参见朱太尉，递履历手本，缴劄付，又拜经历司并本所官员，已是申刻时分。夏提刑改换指挥服色，另具手本，参见了朱太尉，免行跪礼，择日南衙到任。刚出衙门，西门庆还等着，遂不敢与他同行，让他先上马；夏延龄那里肯，定要同行。西门庆赶着他呼堂尊，夏指挥道："四泉，你我同僚在先，为何如此称呼？"西门庆道："名分已定，自然之道，何故太谦！"因问："堂尊高升美任，不还山东去了，宝眷几时搬取？"夏延龄道："欲待搬来，那边房舍无人看守；如今且在舍亲这边权住，直待过年，差人取家小罢了。日逐望长官早晚家中看顾一二，房子若有人要，就央长官替我打发，自当感谢。"西门庆道："学生谨领！请问府上那房价值若干？"夏延龄道："舍下此房，原是一千三百两买的徐内相房子，后边又盖了一层，收拾使了二百两，如今卖原价也罢了。"西门庆道："堂尊说与我，有人问，我好回答，庶不误了。"夏延龄道："只是有累长官费心。"

西门庆表面尊重关怀备至，其实心中是"幸灾乐祸"；夏某明知如此，也只好吞下苦果。

二人归到崔宅，王经向前禀说："新升何老爹来拜，下马到厅，小的回部中还未来家。何老爹说多拜上，还与夏老爹、崔老爹都投下帖，午间差人送了两匹金段来。”宛红帖儿拿与西门庆看，上写着：“谨具段帕二端，奉引贽敬。寅侍教生何永寿顿首拜。”西门庆看了，连忙差王经封了两匹南京五彩狮补员领，写了礼帖，吃了饭，连忙往何家回拜去。到于厅上，何千户忙整衣迎接出来，穿着五彩妆花玄色云绒狮补员领，乌纱皂履，腰系玳瑁蒙金带；年纪不上二十岁，生的面如傅粉，眉目清秀，唇若涂朱。趋下阶来，揖让退逊，谦恭特甚。西门庆升阶，左右忙去掀帘，呼唤一声，奔走后先应诺。二人到厅上叙礼，西门庆令玳安揭开段盒，捧上贽见之礼，拜下去，说道：“适承光顾，兼领厚仪，所失迎迓；今早又蒙老公公直房赐馔，感德不尽。”何千户忙顶头还礼说：“小弟叨受微职，忝与长官同例，早晚得领教益，实为三生有幸！适间进拜不遇，又承垂爱，蓬荜光生。”令左右收下去，一面扯公座椅儿，都是麈皮坐褥，分宾主坐下，左右捧上茶来。何千户躬身捧茶，递与西门庆，西门庆亦离席交换。吃茶之间，彼此问号。西门庆道：“学生贱号四泉。”何千户道：“学生贱号天泉。”又问：“长官今日拜毕部堂了？”西门庆道：“从内里蒙公公赐酒出来，拜毕部，又到本衙门见堂，缴了劄付，拜了所司，出来见长官尊帖下顾，失迎，不胜惶恐！”何千户道：“不知长官到，学生拜迟。”因问：“长官今日与夏公都见朝来？”西门庆道：“龙溪今已升了指挥直驾，今日都见朝谢恩在一处。只到衙门见堂之时，他另具手本参见。”问毕，何千户道：“今日与长官计议了，咱每几时与本主老爹见礼、领劄付？”西门庆道：“依着舍亲说，咱每先在卫主宅中进了礼，然后大朝引奏，还在本衙门到堂，同众领劄付。”何千户道：“既是长官如此说，咱每明日早备礼进了罢。”于是都会下各人礼数：何千户是两匹蟒衣、一束玉带，西门庆是一匹大红麒麟金段、一匹青绒蟒衣、一柄金厢玉绦环；各金华酒四坛。明早在朱太尉宅前取齐。约会已定，茶汤两换，西门庆告辞而回，并不与夏延龄题此事。

一宿晚景题过，到次日，早到何千户家，何千户又是预备饭食，头脑小席，大盘大碗，齐齐整整，连手下人饱餐一顿，然后同往太尉宅门前来。贲四同何家人，又早押着礼物，伺候已久。那时正值朱太尉新加太

何千户未必有西门庆有钱，但府中有贵族气。

保，徽宗天子又差遣往南坛视牲未回，各家馈送贺礼，伺候参见，官吏人等黑压压在门首，等的铁桶相似。何千户同西门庆下了马，在左近一相识家坐的，差人打听老爷道子响，就来通报。一等等到午后时分，忽见一人飞马而来，传报道："老爷视牲回来，进南薰门了，分付闲杂人打开。"不一时，骑报回来，传："老爷过天汉桥了。"头一厨役跟随茶盒攒盒到了。半日才远远牌儿马到了；众官都头带勇字锁铁盔，身穿搂漆紫花甲、青纻丝团花窄袖衲袄、红绡裹肚、绿麂皮挑线海兽战裙，脚下四缝着腿黑靴，弓弯雀画，箭插雕翎，金袋肩上横担销金令字蓝旗：端的人如猛虎，马赛飞龙！须臾一对蓝旗过来，夹着一对青衣节级上，一个个长长大大，挡挡搜搜，头带黑青巾，身穿皂直裰，脚上干黄皮底靴，腰间悬系虎头牌，骑在马上：端的威风凛凛，相貌堂堂！须臾，三队牌儿马过毕，只闻一片喝声传来。那传道者都是金吾卫士，直场排军，身长七尺，腰阔三停，人人青巾桶帽，个个腿缠黑靴，左手执着藤棍，右手泼步撩衣，长声道子一声喝道而来，下路端的吓魄消魂，陡然市衢澄静。头道过毕，又是二道摔手；摔手过后，两边雁翎排列二十名青衣缉捕，皆身腰长大，都是宽腰大肚之辈，金眼黄须之徒，个个贪残类虎，人人那有慈悲！十对青衣后面，轿是八抬八簇肩舆明轿；轿上坐着朱太尉，头戴乌纱，身穿猩红斗牛绒袍，腰横四指荆山白玉玲珑带，脚靸皂靴，腰悬太保牙牌、黄金鱼钥，头带貂蝉，脚登虎皮踏台，那轿底离地约有三尺高。前面一边一个相抱角带身穿青纻丝家人跟着；轿后又是一班儿六面牌儿马、六面令字旗紧紧围护，以听号令；后约有数十人，都骑着宝鞍骏马，玉勒金镫，都是官家亲随、掌案、书办、书吏人等，都出于纨袴骄养，自知好色贪财，那晓王章国法！登时一队队都到宅门首，一字儿摆下，喝的人静回避，无一人声嗽。那来见的官吏人等，黑压压一群，跪在街前。良久，太尉轿到跟前，左右喝声："起来伺候！"那众人一齐应诺，诚然声震云霄。

好大阵仗。《红楼梦》中写元春省亲场面，或受此书此段影响。

真可谓"炙手可热势绝伦"。

只听东边咚咚鼓来响动，原来本尉六员太尉堂官，见朱太尉新加光禄大夫、太保，又荫一子为千户，都各备大礼在此，治具酒筵，来此庆贺，故此有许多教坊伶官在此动乐；太尉才下轿，乐就止了，各项官吏人等预备进见。忽然一声道子响，一青衣承差手拿两个红拜帖，飞走而来，递与门上人说："礼部张爷与学士蔡大爷来拜。"连忙禀报进去。须臾轿在门首，尚书张邦昌与侍郎蔡攸，都是红吉服孔雀补子，一个犀带，一个金带，进去拜毕，待茶毕，送出来。又是吏部尚书王祖道，与左侍郎韩侣、右侍郎尹京，也来拜朱太尉，都待茶送了。又是皇亲喜国公、枢密使郑居中、驸马掌宗人府王晋卿，都是紫花玉带来拜，惟郑居中坐轿，这两个都骑马。送出去，方是本衙堂上六员太尉到了，呵殿宣仪，行仗罗列：头一位是提督管两厢捉察使孙荣，第二位管机察梁应龙，第三管内外观察典牧皇畿童太尉侄儿童天胤，第四提督京城十三门巡察使黄经臣，第五管京营卫缉察皇城使窦监，第六督管京城内外巡捕使陈宗善；都穿大红，头带貂蝉，惟孙荣是太子太保，玉带，余者都是金带，下马进去。各家都有金币尺头礼物。少顷，里面乐声响动，众太尉插金花，拿玉带，与朱太尉把盏递酒，阶下一派箫韶盈耳，两行丝竹和鸣。端的食前方丈，花簇锦筵！怎见得太尉的富贵？但见：

顶尖级的官场应酬。且轮不到西门庆者流入堂。

官居一品，位列三台。赫赫公堂，昼长铃索静；潭潭相府，漏定戟杖齐。林花散彩赛长春，帘影垂虹光不夜。芬芬馥馥，獭髓新调百和香；隐隐层层，龙纹大篆千金鼎。被拥半床翡翠，枕欹八宝珊瑚。时闻浪佩玉叮咚，待看传灯金错落。虎符玉节，门庭甲仗生寒；象板银筝，魂礌排场热闹。终朝谒见，无非公子王孙；逐岁追游，尽是侯门戚里。雪儿歌发，惊闻丽曲三千；云母屏开，忽见金钗十二。铺荷芰，游鱼沼内不惊人；高挂笼，娇鸟帘前能对语。那里解调和燮理，一味趋谄逢迎！端的笑谈起干戈，吹嘘惊海岳。假旨令八位大臣拱手，巧辞使九重天子点头。督择花石，江南淮北尽灾殃；进献黄杨，国库民财皆匮竭。当朝无不心寒，列士为之屏息。正是：辇下权豪第一，人间富贵无双！

须臾递毕，安席坐下。一班儿五个俳优，朝上筝纂琵琶，方响箜篌，红牙象板，唱了一套《正宫·端正好》，端的余音绕梁，声清韵美。唱道：

当年真能在朱太尉堂上唱这种词儿吗？这不是公然进行"恶攻"吗？

享富贵，受皇恩；起寒贱，居高位。秉权衡威振京畿，怙恩恃宠把君王媚，全不想存仁义。

〔滚绣球〕起官夫造水池，与儿孙买田基，苦求谋多只为一身之计。纵奸贪那里管越瘦秦肥？趋附的身即荣，触忤的命必危。妒贤才，喜亲小辈，只想着复私仇公道全亏。你将九重天子深瞒昧，致令的四海生民总乱离，更不道天网恢恢。

〔倘秀才〕巧言词取君王一时笑喜，那里肯效忠良使万国雍熙，你只待颠倒豪杰把世迷。隔靴空揉痒，久症却行医，灭绝了天理！

〔滚绣球〕你有秦赵高指鹿心，屠岸贾纵犬机。待学汉王莽不臣之意，欺君的董卓燃脐。但行动弦管随，出门时兵仗围。入朝中百官悚畏，仗一人假虎张威。望尘有客趋奸党，借剑无人斩佞贼，一任的忒狂为！

想是此书作者故意这样写《正宫·端正好》的词儿，以抒其对现实政治的愤懑。

〔尾声〕金瓯底下无名姓，青史编中有是非。你那知燮理阴阳调元气，你止知盗卖江山结外夷！枉辱了玉带金鱼挂蟒衣，受禄无功愧寝食。权方在手人皆惧，祸到临头悔后迟。南山竹罄难书罪，东海波干臭未遗。万古流传，教人唾骂你！

当时酒进三巡，歌吟一套，六员太尉起身，朱太尉亲送出来。回到厅，乐声暂止，管家禀事，各处官员进见。朱太尉令左右抬公案，就在当厅一张虎皮校椅上坐下，分付出来，先令各勋戚中贵仕宦家人吏书人等，送礼的进去；须臾打发出来，才是本卫纪事，南北衙两厢、五所、七司捉察、讥察、观察、巡察、典牧、直驾、提牢、指挥、千百户等官，各有首领，具手本呈递；然后才传出来，叫两淮、两浙、山东、山西、关东、关西、河东、河北、福建、广南、四川十三省提刑官，挨次进见。

西门庆与何千户在第五起上，抬进礼物去，管家又早将何太监拜帖铺在书案上，二人立在阶下等上边叫名字。这西门庆抬头，见正面五间皆厂厅，歇山转角，滴水重檐，珠帘高卷，周围都是绿栏杆；上面朱红牌匾，悬着徽宗皇帝御笔钦赐"执金吾堂"斗大小四个金字，乃是官家耳目牙爪所家缉访密之所，常人到此者处斩；两边六间厢房，阶墀宽广，院宇深沉。朱太尉身着大红，在上面坐着。须臾叫到跟前，二人应诺升阶，到滴水檐前躬身参谒，四拜一跪，听发放。朱太尉道：“那两员千户，怎的又叫你家太监送礼来？”令左右收了，分付：“在地方谨慎做官，我这里自有公道。伺候大朝引奏毕，来衙门中领劄赴任。”二人齐声应诺。左右喝：“起去！”由左角门出来。刚出大门来，寻见贲四等，抬担出来，正要走，忽听一人飞马报来，拿宛红拜帖，来报说道：“王爷、高爷来了。”西门庆与何千户闪在人家门里观看，须臾军牢喝道，人马围随，填街塞巷，只见总督京营八十万禁军陇西公王烨，同提督神策御林军总兵官太尉高俅，俱大红玉带，坐轿而至。那各省参见官员，都一涌出来，又不得见了。西门庆与何千户良久等了贲四盒担出来，到于僻处，呼跟随人拉过马来，二人方才骑上马回寓。正是：不因奸佞居台鼎，那得中原血染衣？看官听说，妾妇索家，小人乱国，自然之道。识者以为将来数贼必覆天下。果到宣和三年，徽、钦北狩，高宗南迁，而天下为虏，有可深痛哉！史官意不尽，有诗为证：

权奸误国祸机深，开国承家戒小人。

六贼深诛何足道，奈何二圣远蒙尘！

毕竟未知后来如何，且听下回分解。

高俅一露。与《水浒》接榫。莫忘此书故事是从《水浒》中“分出一枝”后，才“另成一景”的。

此书写到“宋朝政治黑暗”时，常呈“金刚怒目”状。其中可能承载着作者对明代政治黑暗的激烈抨击。但就整部书而言，其文本基本上还是以冷静、客观、不动声色、不率作“终极判断”为特色的。

第七十一回
李瓶儿何千户家托梦　提刑官引奏朝仪

整衣罢鼓膝间琴，闲把简篇阅古今。
常叹贤君务勤俭，深悲愚主事荒淫。
治平端自亲贤恪，稔乱无非近佞臣。
说破兴亡多少事，高山流水有知音。

话说西门庆同何千户回来，走到大街。何千户先差人去回何太监话去了，一面邀请西门庆到家一饭，西门庆再三固辞。何千户令手下把马嚼拉住，说道："学生还有一事与长官商议。"于是并马相行，到宅前下马，贲四同抬盒径往崔中书家去了。原来何千户盛陈酒筵，在家等候。进入厅上，但见屏开孔雀，褥隐芙蓉，兽炭焚烧，金炉香霭。正中独独设一席，下边一席相陪，旁边东首又设一席，皆盘堆异果，花插金瓶，桌椅鲜明，帏屏齐整。西门庆问道："长官今日筵何客？"何千户道："家公公今日下班，敢与长官叙一中饭。"西门庆道："长官这等费心盛设待学生，就不是同僚之情。"何千户笑道："倒是家公公主意，治此粗酌，屈尊请教。"一面看茶吃了。西门庆请老公公拜见，何千户道："家公公便出来。"

便非"正常"景象。

不一时，何太监从后边出来，穿着绿绒蟒衣，冠帽皂靴，宝石绦环。西门庆展拜四拜，请公公受礼。何太监不肯，说道："使不的。"西门庆道："学生与天泉同寅晚辈，老公公齿德俱尊，又系中贵，自然该受礼。"讲了半日，何太监受了半礼。让西门庆上面，他主席相陪，何千户旁坐。

西门庆道："老公公，这个断然使不的，同僚之间，岂可旁坐？老公公叔侄便罢了，学生使不的！"何太监大喜道："大人甚是知礼！罢罢，我阁老位儿旁坐罢，教做官的陪大人主席，就是了。"西门庆道："这等学生坐的也安。"于是各叙礼坐下。何太监道："小的儿们，再烧好炭来，今日天气寒冷些。"须臾，左右火池火叉，拿上一包暖阁水磨细炭，向中间四方黄铜火盆内只一倒。厅前放下油纸暖帘来，日光掩映，十分明亮。何老太监道："大人请宽了盛服罢。"西门庆道："学生里边没穿甚么衣服，使小价下处取来。"何太监道："不消取去。"令左右："接了衣服，拿我穿的飞鱼绿绒氅衣来，与大人披上！"西门庆笑道："老公公职事之服，学生何以穿得？"何太监道："大人只顾穿，怕怎的！昨日万岁赐了我蟒衣，我也不穿他了，就送了大人遮衣服儿罢。"不一时，左右取上来。西门庆捏了带，令玳安接去员领，披上氅衣，作揖谢了；又请何千户也宽去上盖，陪坐。

何太监心中正防"土财主"财大气粗、买了官便"非礼而为"。

何太监心知用财富压不下西门庆的"气焰"，于是用"万岁赐衣"（且以不在乎口气说出）来令西门庆"知趣"。

又拿上一道茶来吃了，何太监道："叫小厮们来。"原来家中教了十二名吹打的小厮，两个师范领着上来磕头。何太监分付抬出铜锣铜鼓，放在厅前，一面吹打，动起乐来。端的声震云霄，韵惊鱼鸟。然后左右伺候酒筵，上坐。何太监亲自把盏，西门庆慌道："老公公请尊便！有长官代劳，只安放钟箸儿，就是一般。"何太监道："我与大人递一钟儿。我家做官的初入芦苇，不知深浅，望乞大人凡事扶持一二，就是情了。"西门庆道："老公公说那里话！常言同僚三世亲。学生亦托赖老公公余光，岂不同力相助？"何太监道："好说，好说，共同王事，彼此扶持。"西门庆也没等他递酒，只接了杯儿，领到席上，随即回奉一杯，安在何千户并何太监席上，彼此告揖过，坐下。吹打毕，三个小厮连师范，在筵前银筝象板，三弦琵琶，唱了一套《正宫·端正好》：

这一套《正宫·端正好》不像上回的那么邪乎。

水晶宫，鲛绡帐。光射水晶宫，冷透鲛绡帐。夜深沉睡不稳龙床，离金门私出天街上，正风雪空中降。

〔滚绣球〕 似纷纷蝶翅飞，如漫漫柳絮狂。舞冰花旋风儿飘荡，践琼瑶脚步儿匆忙。将白襕两袖遮，把乌纱小帽荡。猛回头凤楼凝望，全不见碧琉璃瓦甃鸳鸯。一霎时九重宫阙如银砌，半合儿万里乾坤似玉妆，恰便是粉甸满封疆。

〔倘秀才〕　我只见铁桶般重门闭上，我将这铜兽面双环扣响，敲门的我是万岁山前赵大郎。堂中无客伴，灯下看文章，特来听讲。

〔呆骨朵〕　冲寒风冒冻雪来相望，有些个机密事紧要商量。忙怎么了事公人，免礼咱招贤宰相。这的调鼎鼐三公府，那里也剃头发唐三藏。我向这坐席间听讲书，你休来我耳边厢叫点汤！

〔倘秀才〕　朕不学汉高皇身居未央，朕不学唐天子停眠在晋阳，常则是翠被寒生金凤凰。有心傅说，无梦到高唐，这的是为君的勾当。

〔滚绣球〕　虽然与四海为一人，必索要正三纲谨五常。朕幼年间广学枪棒，恨则恨未曾到孔子门墙。《尚书》是几篇？《毛诗》共几章？讲《礼记》始知谦让，论《春秋》可鉴兴亡。朕待学禹汤文武宗尧舜，卿可及房杜萧曹立汉唐，则要你燮理阴阳。

〔倘秀才〕　卿道是用《论语》治朝廷有方，却原来这半部运山河在掌，圣道如天不可量。谈经临绛帐，索强如开宴出红妆，听说罢神清气爽。

〔滚绣球〕　银台上华烛明，金炉内宝篆香。不当烦教老兄自斟佳酿，又何须嫂嫂亲捧着霞觞。卿道是糟糠妻不下堂，朕须想贫贱交不可忘。常言道表壮不如里壮，妻若贤夫免灾殃。朕将卿如太甲逢伊尹，卿得嫂嫂呵恰便是梁鸿配孟光，则愿你福寿绵长！

〔倘秀才〕　但歇息呵论前王后王，恰合眼虑兴邦丧邦，因此上晓夜无眠想万方。虽不是欢娱嫌夜短，早难道寂寞恨更长，忧愁事几庄。

这些词儿似都在影射明代社会现实与政治状态。

〔滚绣球〕　忧则忧当站的身无挂体衣，忧则忧家无隔宿粮；忧则忧甘贫的昼眠深巷，忧则忧读书的夜寐寒窗；忧则忧嚎寒妻怨夫，忧则忧啼饥子唤娘；忧则忧行船的一江风浪，忧则忧驾车的恁时分万里行商；忧则忧是布衣贤士无活计，忧则忧铁甲忙披守战场。题将来感叹悲伤！

〔倘秀才〕 忧的是百姓苦，向御榻心劳意攘；害的是不小可，教寡人眠思梦想。太原府刘崇拒北方，我只待暂离丹凤阙，亲拥碧油幢，先取那河东的上党。

〔滚绣球〕 卿道是钱王共李王，刘𬬮与孟昶，他每多无仁政，着万民失望，行霸道百姓遭殃。差何人镇守西？命何人定两广？取吴越必须名将，下江南宜用忠良。要定夺展江山，白玉擎天柱，索用您拯宇宙，黄金驾海梁。仔细参详！

〔脱布衫〕 取金陵飞渡长江，到钱塘平定他乡。西川路休辞栈恶，南蛮地莫愁烟瘴。

〔醉太平〕 阵冲开虎狼，身冒着风霜。用六韬三略定边疆，把元戎印掌。则要你人披铁甲添雄壮，马摇玉勒难遮当，鞭敲金镫响叮当，早班师汴梁。

〔一煞〕 有那等顺天心达天理去邪归正皆疏放，有那等霸王业抗王师耀武扬威尽灭亡。休掳掠民财，休伤残民命，休淫污民妻，休烧毁民房！恤军马施仁立法，实钱粮定赏罚，保城池讨逆招安。沿路上安民挂榜，从赈济任开仓。

〔尾声〕 朕专待正衣冠尊相貌就凌烟图画你那功臣像，卿莫负立金石铭钟鼎向青史标题姓字香。能用兵善为将，有心机有胆量。仰瞻天文算星象，俯察山川变形状，决战先将九地量。昼战须将旗帜张，夜战须将火鼓扬；步战屯云护军帐，水战随风使帆桨。奇正相生兵最强，仁智兼行勇怎当！耳听将军定这厢，坐拟元戎取那厢。飞奏边庭进表章，齐贺升平回帝乡。比及你列土分茅拜卿相，先将你各部下的军卒重重的赏。

让听惯了风月词儿的西门庆听此，只当是对牛弹琴。

唱了一套下去，酒过数巡，食割两道，看看天晚，秉上灯来。西门庆唤玳安，拿赏赐与厨役并吹打各色人役，就要起身回，说："学生不当，厚扰一日了,就此告回。”那公公那里肯放,说道:“我今日正是下班,要与大人请教。有甚大酒席,只是清坐而已,教大人受饥。”西门庆道:“承老公公赐这等太美馔,如何反言受饥?学生回去歇息歇息,明早还与天泉参谒参谒兵科,好领劄付挂号。”何太监道:“既是如此,大人何必又回下处?就在我这里歇了罢,明日好与我家做官的干事。敢问如今下处在那里?”西门庆道:“学生就暂借敝同僚夏龙溪令亲崔中书宅中权寓,行李都在那边。”何太监道:“这等也不难。大人何不令人把行李搬过来,我家住两日何如?我这后园儿里,有几间小房儿,甚是僻净,就早晚和做官的理会些公事儿,也方便些儿,强如在人家,这个就是一家。”西门庆道:“在这里也罢了,只是使夏公见怪的,学生疏他一般。”何太监道:“没的说!如今时年,早辰不做官,晚夕不唱喏。衙门是恁偶戏衙门,虽故当初与他同僚,今日前官已去,后官接管承行,与他就无干。他若这等说,他就是个不知道理的人了。今日我定然要和大人坐一夜,不放大人去。”唤左右:“下边房里快放桌儿,管待你西老爹大官儿饭酒;我家差几个人,跟他即时把行李都搬来了;分付打发后花园西院干净,预备铺陈,炕中笼下炭火!”堂上一呼,阶下百诺,答应下去了。西门庆道:“老公公盛情,只是学生得罪夏公了。”何太监道:“没的扯淡哩!他既出了衙门,不在其位,不谋其政,他管他那里銮驾库的事,管不的咱提刑所的事了,难怪于你。”不由分说,就打发玳安并马上人吃了酒饭,差了几名军牢,各拿绳扛,径往崔中书家搬取行李去了。

“人一走,茶就凉”,官场风俗亦如此。

何太监道:“又一件相烦大人,我家做官的若是到任所,还望大人那里替他看所宅舍儿,然后好搬取家小。今先教他同大人去,待寻下宅子,然后打发家小起身;也不多,连几房家人,也有二三十口。”西门庆道:“天泉去了,老公公这宅子谁人看守?”何太监道:“我两个名下官儿,第二个侄儿何永福,见在庄子上,叫他来住了罢。”西门庆道:“老公公分付,要看多少银子宅舍?”何太监道:“也得千金出外银子的房儿才勾住。”西门庆道:“敝同僚夏龙溪,他京任不去了,他一所房子倒要打发。老公公何不要了与天泉住,一举两得其便,甚好!门面七间,到底五层,仪门进去大厅,两边厢房鹿角顶,后边住房花亭,周围群房也有许

何太监对何千户包办包揽到如此地步。贵族出身的官吏,大都如此“起步”。这样的“温室花朵”,当然要拜托粗犷的“土官”照看。

多,街道又宽阔,正好天泉住。”何太监道:“他要许多价值儿?”西门庆道:“他对我说来,原是一千三百两,又后边添盖了一层平房,收拾了一处花亭。老公公若要,随公公与他多少罢了。”何太监道:“我乃托大人,随大人主张就是了。趁今日我在家,差个人和他说去,讨他那原文书我瞧瞧。难得寻下这房舍儿,我家做官的去到那里,就有个归着了。”

“新萝卜”恰可补“旧萝卜”的坑。

不一时,只见玳安同众人搬了行李来回话。西门庆问:“贲四、王经来了不曾?”玳安道:“王经同押了衣箱行李先来了;还有轿子,又叫贲四在那里看守着。”西门庆因附耳低言,如此如此,这般这般,分付:“拿我帖儿,上覆夏老爹,借过那里房子的原契来,何公公要瞧瞧;就同贲四一答儿来。”这玳安应的去了。不一时,贲四青衣小帽同玳安前来,拿文书回西门庆说:“夏老爹多上覆,既是何公公要,怎好说价钱?原文书都拿的来了,又收拾添盖,使费了许多,随爹主张了罢。”西门庆把原契递与何太监亲看了一遍,见上面写着一千二百两,说道:“这房儿想必也住了几年,里面未免有些糟烂,也别要说收拾,大人面上,我家做官的既治产业,还与他原价。”那贲四连忙跪下说:“何爷说的是!自古使的憨钱,治的庄田。千年房舍换百主,一番拆洗一番新。”把这何太监听了喜欢的要不的,便道:“你是那里的?此人倒会说话儿!常言成大者不惜小费,其实说的是。他叫甚么名字?”西门庆道:“此是舍下伙计,名唤贲四。”何太监道:“也罢,没个中人,你就做个中人儿,替我讨了文契来。今日是个上官好日期,就把银子兑与他罢。”西门庆道:“如今晚了,待的明日也罢了。”何太监道:“到五更我早进去,明日大朝。今日不如先交与他银子,就了事而已。”西门庆问道:“明日甚时驾出?”何太监道:“子时驾出到坛,三更鼓祭了,寅正一刻就回到宫里。摆了膳,就出来设朝,升大殿,又朝贺天下,诸司都上表拜冬。次日,文武百官吃庆成宴。你每是外任官,大朝引奏过,就没你每事了。”说毕,何太监分付何千户进后边,连忙打点出二十四锭大元宝来,用食盒抬着,差了两个家人,同贲四、玳安押送到崔中书家交割。夏公见抬了银子来,满心欢喜,随即亲手写了文契,付与贲四等,拿来递与。何太监不胜欢喜,赏了贲四十两银子,玳安、王经每人三两。西门庆道:“小孩子家,不当与

介绍宫中日常生活如数家珍。

皆大欢喜。

他。”何太监道：“胡乱与他买嘴儿吃。”三人磕了头谢了。何太监分付管待酒饭，又向西门庆唱了两个喏：“全仗大人余光！”西门庆道：“岂有此理，还是看老公公金面！”何太监道：“还望大人对他说说，早把房儿腾出来，这里好打发家小起身。”西门庆道：“学生一定与他说，教他早腾。何长官这一去，且在衙门公廨中权住几日；待他家小搬到京，收拾了，这里长官家小起身不迟。”何太监道：“收拾直待过年罢了，先打发家小去才好，十分在衙门中也不方便。”

说话之间，已有二更天气，西门庆说道：“老公公请安置罢，学生亦不胜酒力了。”何太监方作辞，归后边暖房内宿歇去了。何千户教家乐弹唱，还与西门庆投壶，吃了一回，方才起身，归至后园。正北三间书院，四面都是粉墙，台榭湖山，盆景花木。房内绛烛高烧，叠席床张锦幔，倭金屏护琴书，几席清幽，翠帘低挂，铺陈整齐，炉上茶煮宝瓶，篆内香焚麝饼。何千户又陪西门庆叙话良久，小童看茶吃了，方道安置，起身归后边去了。

西门庆向了回火，方才摘去冠帽，解衣就寝；王经、玳安打发脱了靴袜，合了灯烛，自往下边暖炕被褥歇去了。这西门庆有酒的人，睡在枕畔，见都是绫锦被褥，貂鼠绣帐火箱，泥金暖阁床，在被窝里，见满窗月色，番来覆去睡不着。良久，只闻夜漏沉沉，花阴寂寂，寒风吹得那窗纸有声。况离家已久，欲待要呼王经进来陪他睡，忽然听得窗外有妇人语声甚低，即披衣下床，靸着鞋袜，悄悄启户视之。只见李瓶儿雾鬓云鬟，淡妆丽雅，素白旧衫笼雪体，淡黄软袜衬弓鞋，轻移莲步，立于月下。西门庆一见，挽之入室，相抱而哭，说道：“冤家，你如何在这里？”李瓶儿道：“奴寻访至此。对你说，我已寻了房儿了，今特来见你一面，早晚便搬去也。”西门庆忙问道：“你房儿在于何处？”李瓶儿道：“咫尺不远，出此大街，迤东造釜巷中间便是。”言讫，西门庆共他相偎相抱，上床云雨，不胜美快之极。已而整衣扶髻，徘徊不舍。李瓶儿叮咛嘱付西门庆：“我的哥哥，切记休贪夜饮，早早回家，那厮不时伺害于你。千万勿忘奴言，是必记于心者！”言讫，挽西门庆，相送到家。走出大街，见月色如昼，果然往东转过牌坊，到一小巷，旋踵见一座双扇白板门，指道：“此奴

性苦闷到此地步。

不是“惊喜莫名”，而是“相抱而哭”，可见西门庆于李瓶儿确是爱情大于“性趣”。

西门庆对“那厮不时伺害”的可能性却始终并不放在心上。

之家也。”言毕，顿袖而入。西门庆急向前拉之，恍然惊觉，乃是南柯一梦。但见月影横窗，花枝倒影矣。西门庆向褥底摸了摸，见精流满席，余香在被，残唾犹甜，追悼莫及，悲不自胜。正是：世间好物不坚牢，彩云易散琉璃脆。有诗为证：

精满自流。此番梦遗还不算戕身。

玉宇微茫霜满襟，疏窗淡月梦魂惊。

凄凉睡到无聊处，恨杀寒鸡不肯鸣。

西门庆番来覆去盼鸡叫，巴不得天亮；比及天亮，又睡着了。次日清辰，何千户家童仆起来，伺候拿洗面汤手巾，王经、玳安打发西门庆梳洗毕，何千户又早出来，陪侍吃了姜茶，放桌儿请吃粥。西门庆问：“老公公怎的不见？”何千户道：“家公公从五更鼓进内去了。”须臾拿上粥，围着火盆，四碟齐整小菜，四大碗熬烂下饭；吃了粥，又拿上一盏肉员子馄饨鸡蛋头脑汤，金匙、银厢雕漆茶钟。一面吃着，分付出来伺候备马。何千户与西门庆冠冕，仆从跟随，早进内参见兵科。出来，何千户便分路来家。西门庆又到相国寺，拜智云长老。长老又留摆斋，西门庆只吃了一个点心，余者收下来，与手下人吃了。玳安毡包内拿着金段，从东街穿过来，要往崔中书家拜夏龙溪去。因从造釜巷所过，中间果见有双扇白板门，与梦中所见一般。悄悄使玳安问隔壁卖豆腐老姬：“此家姓甚名谁？”老姬答道：“乃袁指挥家也。”西门庆于是不胜叹异。到了崔中书家，夏公才待出门拜人去，见西门庆到，令左右把马牵过，迎西门庆至厅上，拜揖叙礼。西门庆令玳安拿上贺礼，青织金绫纻一端，色段一端。夏公道：“学生还不曾拜贺长官，到承长官先施；昨者小房又烦费心，感谢不尽！”西门庆道：“何太监央学生看房一节，我因堂尊分付，就说此房来，何公倒好，就估着要，学生无不作成。讨了房契去看了，一口就还了原价，是内臣性儿，立马盖桥就成了，还是堂尊大福！”说毕，呵呵笑了。夏公道：“何天泉，我也还未回拜他。”因问：“他此去，与长官同行罢了？”西门庆道：“他已会定同学生一路去，家小还且待后。昨日他老公公多致意，烦堂尊早些把房儿腾出来，搬取家眷；他如今且权在衙门里住几日罢了。”夏公道：“学生也不肯久稽，待这里寻了房儿，就使人搬取家小，也只待出月罢了。”说毕，西门庆起身，又留了个拜帖与崔

应了六十二回中徐先生之言。但此书对此并不过分渲染。

中书。夏公便道："要留长官坐坐，争奈在于客中，彼此情谅。"送出上马，归至何千户家。何千户又早伺候午饭等候。西门庆悉把拜夏公之事，说了一遍，"腾房已在出月，搬取家小。"何千户大喜，谢道："足见长官盛情。"

吃毕饭，二人正在厅上着棋，忽左右来报："府里翟爹那里，差人送下程来了。抓寻到崔老爹那里，崔老爹使他来这里来了。"于是拿帖来，宛红帖儿上写着："谨具金段一端，云纻一端，鲜猪一口，北羊一腔，内酒二坛，点心二盒。眷生翟谦顿首拜。"西门庆见来人，说道："又蒙翟大爹费心。"一面收了礼物，写回帖，赏来人二两银子，抬盒人五钱，说道："客中不便，有亵管家。"那人连忙接了，说道："小的不敢领。"西门庆道："将就买杯酒吃便了。"那人方才磕头收了。王经在傍插口，悄悄说："小的姐姐说，教我府里去看看爱姐，有物事捎与他。"西门庆问："甚物事？"王经道："是家中做的两双鞋脚手。"西门庆道："单单儿怎好拿去？"分付玳安："我皮箱内有捎带的玫瑰花饼，取两罐儿，用小描金盒儿盛着。"就把回帖付与王经，穿上青衣，教他同跟了，往府里看爱姐，不题。

礼尚往来，不厌其烦。

西门庆如此厚待王经，是因为打着以他为解决性苦闷的"代用品"的主意。

这西门庆写了帖儿，送了一腔羊、一坛酒，谢了崔中书。把那一口猪、一坛酒、两盒点心，抬到后边，"孝顺老公公，在此多有打扰。"慌的何千户就来拜谢，说道："长官，你我一家，如何这等计较！"

此韩爱姐后面还有若干"好戏"。

且说王经到府内，请出韩爱姐，外厅拜见了。打扮如琼林玉树一般，比在家出落自是不同，长大了好些。管待了酒饭，因见王经身上穿的单薄，与了一件天青纻丝貂鼠氅衣儿，又与了五两银子。拿来回覆西门庆话，西门庆大喜。

正与何千户下棋，忽闻绰道之声，门上人来报："夏老爹来拜，拿了两个拜帖儿。"忙的两个整衣冠迎接，到厅叙礼。何千户又谢昨日房子之事。夏提刑具了两分段帕酒礼，奉贺二公，西门庆与何千户再三致谢，令左右收了。夏公又赏了贲四、玳安、王经十两银子。一面分宾主坐下，茶罢，共叙寒温。夏公道："请老公公拜见。"何千户道："家公公进内去了。"夏公又留下了一个双红拜帖儿，说道："多顶上老公公，拜迟，恕罪！"言毕，告辞起身去了。何千户随即也具一分贺礼，一匹金段，差人送去，不在言表。

到晚夕，何千户又在花园暖阁中摆酒，与西门庆共酌，夜饮，家乐歌唱，到二更方寝。西门庆因其夜里梦遗之事，晚夕令王经拿铺盖来，书房地平上睡。半夜叫上床脱的精赤条，搂在被窝内，两个口吐丁香，舌融甜唾。正是：不能得与莺莺会，且把红娘去解馋。一晚提过。

到次日起五更，与何千户一行人跟随进朝，先到待漏院候时，等的开了东华门进入。但见：

星斗依稀禁漏残，禁中环佩响珊珊。
花迎剑戟星初落，柳拂旌旗露未干。
瑞霭光中瞻万岁，祥烟影里拥千官。
欲知今日天颜喜，遥睹蓬莱紫气蟠。

少顷，只听九重门启，鸣哕哕之鸾声；阊阖天开，睹巍巍之衮裳。重熙累洽之日，致履端嘉庆之时。当时天子祀毕南郊回来，文武百官聚集于宫省，等候设朝。须臾，钟响罢，天子驾出宫，升崇政大殿，受百官朝贺。须臾，香球拨转，帘卷扇开，怎见的当日朝仪整肃？但见：

此书一直从"基层"写到"天廷"。

皇风清穆，温温霭霭气氤氲；丽日当空，郁郁蒸蒸云叆叇。微微隐隐，龙楼凤阁散满天香雾；霏霏拂拂，珠宫宝殿映万缕朝霞。大庆殿、崇庆殿、文德殿、集贤殿，灿灿烂烂金碧交辉；乾明宫、神宁宫、昭阳宫、合璧宫、清宁宫，光光彩彩丹青炳耀。苍苍凉凉，日影着玉砌雕栏；袅袅婴婴，雾锁着金椽画栋。紫扉黄阁，宝鼎内缥缥缈缈，沉檀香爇；丹阶赤墀，玉砌台明明朗朗，画烛高焚。龙龙冬冬，报天鼓擂叠三通；鉴鉴镝镝，长乐钟撞一百八下。枝枝楂楂，叉刀手互相磕撞；挨挨曳曳，龙虎旗来往盘旋。锦衣花帽，擎着的是圆盖伞方盖伞，上上下下开展；螭集龙蟠，驾着的是金辂辇玉辂辇，左左右右相阵。又见那立金瓜卧金瓜，三三两两；双龙扇平龙扇，叠叠重重。群群队队金鞍马玉辔马，性貌驯习；双双对对宝匣象驾辕象，猛力狰狞。镇殿将军，一个个长长大大赛天神，甲披金叶；侍朝勋卫，一人人齐齐整整如地煞，刀系绣春。严严肃肃，殿门内摆列着纠仪御史，人人豸冠森耸，秉简当胸；端端正正，阶陛边立站定众官员，个个锦衣炳焕，传宣听旨。金殿上，参参差差齐开宝扇；画栋前，轻轻款款高卷珠帘。文楼上，嘐嘐哕哕报时鸡人三唱；玉阶前，剌剌刮刮肃静鞭响三声。齐齐整整，列簪缨有五等之爵；巍巍荡荡，坐龙床倚绣褥瞳万乘之尊。远远望见头戴十二旒平顶冠，穿赭黄衮龙袍，腰系蓝田玉带，脚靸乌油舄履，手执金厢白玉圭，背靠九雷龙凤扆。正是：

晴日明开青锁闼，天风吹下御炉香。

千条瑞霭浮金阙，一朵红云捧玉皇。

这帝皇果生得尧眉舜目，禹背汤肩！若说这个官家，才俊过人，口工诗韵，目览群籍；善写墨君竹，能挥薛稷书；道三教之书，晓九流之典。朝欢暮乐，依稀似剑阁孟商王；爱色贪杯，仿佛如金陵陈后主。从十八岁登基，即位二十五年，倒改了五遭年号，先改建中靖国，后改崇宁，改大观，改政和。当下驾坐宝位，静鞭响罢，文武百官，九卿四相，秉简当胸，向丹墀五拜三叩头礼，进上表章。

明写宋徽宗，其实影射明朝“当今”。此书写朝廷固然有“公式化”的弊病，远不如写民间市俗生活生动活泼，但能这样放笔纵横天下，由点线到多面，由多面转动为“整体”，展现出一幅幅宏阔的文学画面，不能不说是大手笔。

已而有殿头官，身穿紫窄衫，腰系金厢带，步着金阶，口传圣敕道：“朕今即位，二十禩于兹矣。艮岳告成，上天降瑞，今值履端之庆，与卿等共之。”言未毕，班首中闪过一员大臣来，朝靴踏地响，袍袖列风生。官不知多大，玉带显功名。视之，乃左丞相、崇政殿大学士兼吏部尚书、太师、鲁国公蔡京也。幞头象简，俯伏金阶，叩首，口称：“万岁万岁万万岁！臣等诚惶诚恐，稽首顿首，恭惟皇上御极二十禩以来，海宇清宁，天下丰稔，上天降鉴，祯祥叠见。日重轮，星重辉，海重阔，圣上握乾符，永享万年之正统；天保定，地保宁，人保安，皇图膺宝历，益增永寿之无疆。三边永息于兵戈，万国来朝于天阙。银岳排空，玉京挺秀。宝箓膺颁于昊阙，绛霄深耸于乾宫。臣等何幸，欣逢盛世，交际明良，永效华封之祝，常沾日月之光。不胜瞻天仰圣，激切屏营之至！谨献颂以闻。”良久，圣旨下来：“贤卿献颂，益见忠诚，朕心嘉悦。诏改明年为宣和元年，正月元旦，受定命宝，肆赦覃赏有差。”蔡太师承旨下来。

殿头官口传圣旨:“有事出班早奏,无事卷帘退朝。”言未毕,见一人出离班部,倒笏躬身,绯袍象简,玉带金鱼,跪在金阶,口称:“光禄大夫、掌金吾卫事、太尉、太保兼太子太保臣朱勔,引天下提刑官员事。后面跪的两淮、两浙、山东、山西、河南、河北、关东、关西、福建、广南、四川等处,刑狱千户章隆等二十六员,例该考察,已更升补,缴换劄付。合当引奏,未敢擅便,请旨定夺。”圣旨传下来:“照例给领。”朱太尉承旨下来。

从此西门庆是朝觐过皇帝并得到首肯的官儿了。“土财主”进入官僚阶层。这是社会的良性发展,还是恶性征兆?

天子袍袖一展,群臣皆散,驾即回宫。百官皆从端礼门两分而出,那十二象不待牵而先走。镇将长随,纷纷而散,只听甲响;叉刀力士,团子红军,尽尽而出,惟见戈明。朝门外车马纵横,侍仗罗列。人喧呼,海沸波翻;马嘶喊,山崩地裂。众提刑官皆出朝上马,都来本衙门伺候,铁桶相似。良久,只见知印拿了印牌来,传道:“老爷不进衙门了,轿儿已在西华门里安放,如今要往蔡爷、李爷宅内拜冬去了。”以此众官都散了。

西门庆与何千户回到家中,又过了一夕。到次日,衙门中领了劄付,同众科中挂了号,又拜辞了翟管家,打点残装,收拾行李,与何千户一同起身。何太监晚夕,置酒饯行,嘱付何千户:“凡事请教西门大人,休要自专,差了礼数。”从十一月十一日,东京起身,两家也有二十人跟随,竟往山东大道而来。

已是数九严寒之际,点水滴冻之时,一路上见了些荒郊野路,枯木寒鸦。疏林淡日影斜晖,暮雪冻云迷晚渡,一山未尽一山来,后村已过前村望。比及刚过黄河,到水关八角镇,骤然撞遇天起一阵大风。但见:

非干虎啸,岂是龙吟?卒律律寒飚扑面,急飕飕冷气侵人。既不能卸柳,暗藏着水妖山怪!初时节无踪无影,次后来卷雾收云。惊得那绿杨堤鸥鸟双飞,红蓼岸鸳鸯并起。则见那入纱窗,扑银灯,穿画阁,透罗裳,乱舞飘。吹花摆柳昏惨惨,走石扬砂白茫茫。刮得那大树连声吼刷吼刷,惊得那孤雁落深濠。须臾,砂石打地,尘土遮天。砂石打地,犹如满天骤雨即时来；尘土遮天，好相似百万貔貅卷土至。赶趁得村落渔翁罢钓，卷钩纶疾走回家；山中樵子魂惊，掖斧斤忙奔归舍。唬得那山中虎豹缩着头，隐着足，潜藏深壑；刮得那海底蛟拳着爪，蟠着尾，难显狰狞。刮多时，只见那房上瓦飞似燕；吹良久，山中石走如飞。瓦飞似燕，打得客旅迷踪失道；石走如飞，唬得那商船紧缆收帆。大树连根拔起，小树有条无稍。这风大不大？真个是，吹折地狱门前树，刮起酆都顶上尘；嫦娥急把蟾宫闭，列子空中叫救人，险些儿玉皇住不的昆仑顶；只刮的大地乾坤上下摇！

官也不是那么好当的。自然界和"小人"都可能来"捣乱"。

西门庆与何千户坐着两顶毡帏暖轿，被风刮得寸步难行，又见天色渐晚，恐深林中撞出小人来，西门庆说："投奔前村安歇一夜，明日风住再行。"抓寻了半日，远远望见路傍一座古刹，数株疏柳，半堵横墙。但见：

石砌碑横蔓草遮，回廊古殿半欹斜。

夜深宿客无灯火，月落安禅更可嗟！

西门庆与何千户入寺中投宿，见题着黄龙寺，见方丈内几个僧人在那里坐禅，又无灯火，房舍都毁坏，半用篱遮。长老出来问讯，旋炊火煮茶，伐草根喂马。煮出茶来，西门庆行囊中带得干鸡腊肉、果饼棋子之类，晚夕与何千户胡乱食得一顿。长老爨一锅豆粥吃了，过得一宿。次日风止，天气始晴，与了老和尚一两银子相谢，作辞起身，往山东来。正是：

王事驱驰岂惮劳，关山迢递赴京朝。

夜投古寺无烟火，解使行人心内焦。

毕竟未知后来如何，且听下回分解。

第七十二回
王三官拜西门为义父　应伯爵替李铭释冤

寒暑相推春复秋，他乡故国两悠悠。
清清行李风霜苦，蹇蹇王臣涕泪流。
风波浪里任浮沉，逢花遇酒且宽愁。
蜗名蝇利何时尽，几向青童笑白头。

话说西门庆与何千户在路，不题。单表吴月娘在家，因西门庆上东京，见家中妇女多，恐惹是非，分付平安，无事关好大门，后边仪门夜夜上锁；姊妹每都不出来，各自在房做针指；若经济要往后楼上寻衣裳，月娘必使春鸿或来安儿跟出跟入；常时查门户，凡事多严紧了。这潘金莲因此不得和经济勾搭，只赖奶子如意儿备了舌在月娘处，逐日只和如意儿合气。

大户人家的正房有此"职责"。

一日，月娘打点出西门庆许多衣服、汗衫、小衣，教如意儿做，又教他同韩嫂儿浆洗，就在李瓶儿那边晒晾。不想金莲这边，春梅也洗衣裳捶裙子，使秋菊问他借棒槌。这如意儿正与迎春捶衣，不与他，说道："前日你拿了，把个棒槌使着罢了，又来要！趁韩嫂在这里，替爹捶裤子和汗衫儿哩。"那秋菊使性子，决烈的走来对春梅说："平白教我借，他又不与；迎春倒说拿去，如意儿拦住了不肯。"春梅便道："耶哧，耶哧！这怎的这等生分，大白日里借不出个干灯盏来！娘不肯，还要教我洗裹脚。我浆了这黄绢裙子，问人家借棒槌使使儿，还不肯与将来，替娘洗了，拿什么捶？"教秋菊："你往后边，问他每借来使使罢！"这潘金莲正

"镜头"从上两回的京都朝廷"大场面"拉回来，转入极琐屑的"棒槌纠纷"。又进入了作者最擅长，而且读者也最感兴趣的文本。

在房中炕上裹脚，忽然听见，便问：“怎么的？”这春梅便把借棒槌，如意儿不与来一节说了。只这妇人因怀着旧时仇恨，寻了不着这个由头儿，便骂道：“贼淫妇怎的不与？他是丫头，你自家问他要去；不与，骂那淫妇，不妨事！”这春梅还是年壮，一冲性子，不由的激犯，一阵风走来李瓶儿那边说道：“那个是世人也怎的，要棒槌儿使使不与！他如今这屋里又钻出个当家人来了？”如意儿道：“耶哝，耶哝！这里放着棒槌，拿去使不是？谁在这里把住，就怒说起来？大娘分付，趁韩妈在这里，替爹浆出这汗衫子和绵绸裤子来，等着又抽出来要捶。秋菊来要，我说待我把你爹这衣服捶两下儿作，拿上使去；就架上许多诳，说不与来，早是迎春姐这里听着。”不想潘金莲随即就跟了来，便骂道：“你这个老婆，不要说嘴！死了你家主子，如今这屋里就是你！你爹身上衣服，不着你恁个人儿拴束，谁应的上他那心？俺这些老婆死绝了，教你替他浆洗衣服？你死拿这个法儿降伏俺每，我好耐惊耐怕儿！”如意儿道：“五娘怎的这说话？大娘不分付俺每，好意掉揽替爹整理也怎的？”金莲道：“贼捏刺骨，雌汉的淫妇，还犟说什么嘴！半夜替爹递茶儿、扶被儿是谁来？讨披袄儿穿是谁来？你背地干的那茧儿，你说我不知道！偷就偷出肚子来，我也不怕！”如意道：“正景有孩子还死了哩，俺每到的那些儿！”这金莲不听便罢，听了心头火起，粉面通红，走向前，一把手把老婆头发扯住，只用手抠他腹。这金莲就被韩嫂儿向前劝开了，骂道：“没廉耻的淫妇，嘲汉的淫妇！俺每这里还闲的声唤，你来雌汉子，合你在这屋里是什么人儿？你就是来旺儿媳妇子从新又出世来了，我也不怕你！”那如意儿一壁哭着，一壁挽头发，说道：“俺每后来，也不知什么来旺儿媳妇子，只知在爹家做奶子。”金莲道：“你做奶子，行你那奶子的事，怎的在屋里狐假虎威，成起精儿来？老娘成年拿雁，教你弄鬼儿去了！”

正骂着，只见孟玉楼从后慢慢的走将来，说道：“六姐，我请你后边下棋，你怎的不去，却在这里乱些什么？”一把手拉进到他房中坐下，说道：“你告我说，因为什么起来？”这金莲消了回气，春梅递上茶来，喝了些茶，便道：“你看教这贼淫妇，气的我手也冷了，茶也拿不起来。”说道：“我在屋里正描鞋，你使小鸾来请我，我说且躺躺儿去，歪在床上，还

李瓶儿死后，如意儿便成了潘金莲头号敌人。真是“一刺才去，又添一刺”。对此“小刺”，潘金莲当然不必“慎拔”。

潘金莲奋力“拔刺”。谁知此“刺”甚利。一“拔”不成，反入肉更深，只好“狠拔”。

重提宋惠莲。以此照应前面，也是长篇小说应有之笔法。

孟玉楼总以“慢慢”取胜。

未睡去着也。见这小肉儿百忙且捶裙子，我说你就带着，把我的裹脚捶捶出来。半日只听的乱起来，教秋菊问他要棒槌使使，他不与，把棒槌匹手夺下了，说道，前日拿了个去不见了，又来要！如今紧等着，与爹捶衣服哩。教我心里就恼起来，使了春梅，你去骂那贼淫妇！从几时就这等大胆降伏人？俺每手里教你降伏，你是这屋里什么儿，压折轿竿儿娶你来？你比来旺儿媳妇子差些儿！我就随跟了去。他还嘴里砒里剥剌的，教我一顿卷骂；不是韩嫂儿死气白赖在中间拉着我，我把贼没廉耻雌汉的淫妇口里肉也掏出他的来！要俺每在这屋里点韭买葱，教这淫妇在俺每手里弄鬼儿！也没见，大姐姐也有些儿不是，想着他把死的来旺儿贼奴才淫妇惯的有些折儿！教我和他为冤结仇，落后一染脓带还垛在我身上，说是我弄出那奴才去了。如今这个老婆，又是这般惯他，惯的恁没张倒置的！你做奶子行奶子的事，许你在跟前花黎胡哨，俺每眼里是放的下砂子的人？有那没廉耻的货，人也不知死的那里去了，还在那屋里缠。但往那里回来，就望着他那影作个揖，口里一似嚼蛆的，不知说的什么。到晚夕要吃茶，淫妇就起来连忙替他送茶，又忔忽儿替他盖被儿，两个就弄将起来。就是个久惯的淫妇！他说丫头递茶，许你去撑头获脑去雌汉子？为什么问他要披袄儿？没廉耻！他便连忙铺子拿了绸段来，替他裁披袄儿。你还没见哩，断七那日，他爹进屋里烧纸去，见丫头、老婆正在炕上坐着挝子儿，他进来收不及，反说道：姐儿，你每耍耍；供养的匾盒和酒，也不要收到后边去，你每吃了罢。这等纵容，看他谢的什么？这淫妇还说：爹来不来？俺每不等你了。不想我两步三步就扠进去，唬的他眼张失道，于是就不言语了。行货子，什么好老婆，一个贼活人妻淫妇！这等你饿眼见瓜皮，不管了好歹的，你收揽答下，原来是一个眼里火、烂桃行货子，想有些什么好正条儿！那淫妇的汉子说死了，前日汉子抱着孩子，没在门首打探儿？还是瞒着人捣鬼，张眼儿溜睛的。你看一向在人眼前，花哨星那样花哨，就别模儿改样的。你看又是个李瓶儿出世了！那大姐姐成日在后边，只推聋儿装哑的，人但开口，就说不是了。”那玉楼听了只是笑，因说：“你怎知道的这等详细？”金莲道：“南京沈万三，北京枯柳树——人的名儿，树的影儿，

夹枪带棒，又撩到吴月娘身上。

潘金莲对敌人是有侦察、有调查，摸底监视，时时警惕的。

怎么不晓的？雪里消死尸，自然消他出来！”玉楼道：“原说这老婆没汉子，如何又钻出汉子来了？”金莲道：“天不着风儿晴不的，人不着谎儿成不的！他不恁撺瞒着，你家肯要他？想着一来时，饿答的个脸，黄皮儿寡瘦的，乞乞缩缩那等腔儿。看你贼淫妇，吃了这二年饱饭，就生事儿雌起汉子来了！你如今不禁下他来，到明日又教他上头脑上脸的，一时捅出个孩子，当谁的？”玉楼笑道：“你这六丫头倒且是有权属。”说毕，坐了一回，两个往后边下棋去了。正是：三光有影遣谁系，万事无根只自生。有诗为证：

孟玉楼以“笑”示励。

一掬阳和动物华，深红浅绿总萌芽。

野梅亦足供清玩，何必辛夷树上花。

话休饶舌，有日后晌时分，西门庆来到清河县，分付贲四、王经，跟行李先往家去。他便送何千户到衙门中，看着收拾打扫公廨干净，住下；他便骑马来家，进入后厅，吴月娘接着。拂去尘土，舀水净面毕，就令丫鬟院子内放桌儿，满炉焚香，对天地位下告许愿心。月娘便问：“你为什么许愿心？”西门庆道：“且休说，我拾得性命来家。”往回路上之事告说一遍，“昨日十一月二十三日，刚过黄河，行到沂水县八角镇上，遭遇大风。那风那等凶恶，沙石迷目，通不放前进；天色又晚，百里不见人，众人多慌了；况驮垛又多，诚恐钻出个贼怎了？前行投到古寺中，和尚又穷，夜晚连灯火没个儿。各人随身带着些干粮面食，借了灯火来，熬了些豆粥，人各吃一顿；砍了些柴薪草根喂了马；我便与何千户在一个禅炕上抵足一宿。次日风住了，方才起身。这场苦，比前日还更苦十分！前日虽是热天，还好些，这遭又是寒冷天气，又耽许多惧怕。幸得平地还罢了，若在黄河遭此风浪怎了？我头行路上许了些愿心，到腊月初一日宰猪羊祭赛天地。”月娘又问：“你头里怎不来家，却往衙门里做甚么？”西门庆道：“夏龙溪已升做指挥直驾，不得来了。新升将作监何太监侄儿何千户，名永寿，贴刑，不上二十岁，捏出水儿来的一个小后生，任事儿不知道。他太监再三央及我，凡事看顾教导他。我不送到衙门里安顿他个住处，他知道什么？他如今一千二百两银子，也是我作成他，要了夏龙溪那房子。如今且教他在衙门里住着，待夏大官搬取了家小，他的家眷才搬来。前日夏大人甚是不顾意，在京不知什么人走了风。投到俺每去京中，他又早使了钱，知多少银子，寻了当朝林真人分上，对堂上朱太尉说，情愿以指挥职衔，再要提刑三年。朱太尉来对老爷说，把老爷难的要不的。若不是翟亲家在中间竭力维持，把我撑在空地里去了！去时亲家好不怪我，说我干事不谨密；不知他什么人对他说来。”月娘道：“不信我说，你做事有些三慌子、火燎腿样！有不的些事儿，诈不实的，告这个说一场，那个说一场，恰似逞强卖富的。正是有心算无心，不备怎提备？头见你干，人家晓的不耐烦了；人家悄悄干的事儿停停脱脱，你还不知道哩！”西门庆又说：“夏大人临来，再三央我早晚看顾看顾他家里，容日你买分礼儿走走去。”月娘道：“他娘子出月初二日生日，就一事儿。喜欢说，你今后把这狂样来改了。常言道：逢人且说三分话，未可全抛一片心。老婆还有个里外心儿，休说世人！”

西门庆在官场确实尚不老成。需知：即使对平日“合作不错”的同僚，也一定要“留一手”。

吴月娘到头来把话头落在“老婆还有个里外心儿”一句上。当然不是提醒西门庆留神自己的“外心”。

正说，只见玳安来说：“贲四问爹，要往夏大人家，说着去不去？”西门庆道：“你教他吃了饭去。”玳安道：“他说不吃罢。”李娇儿、孟玉楼、潘金莲、孙雪娥、大姐，多来参见道万福，问话儿陪坐的。西门庆又想起前番往东京回家，还有李瓶儿在；今日却没他了，一面走到他前边房内，与他灵床作揖，因落了几点眼泪。如意儿、迎春、绣春多来向前磕头。月娘随即使小玉，请在后边摆饭吃了。一面分付讨出四两银子，赏跟随小马儿上的人，拿帖儿回谢周守备了去。又教来兴儿宰了半口猪、半腔羊，四十斤白面，一包白米，一坛酒，两腿火燻，两只鹅，十只鸡，柴炭儿，又并许多油盐酱醋之类，与何千户送下程；又叫了一名厨役在那里答应。

从跳着脚大哭，到只落几滴眼泪，不是西门庆薄情——恰恰相反，这说明他对李瓶儿已超常地多情——但却再一次显示出“死的自死，活的自活”这一人世常景。

联络同僚，舍得投资，以便今后同流合污时“配合默契”。但西门庆对何千户肯定要“谨密”其口了。

正在厅上打点，差玳安送去，忽琴童儿进来说道：“温师父和应二爹来望。”西门庆连忙道：“有请。”温秀才穿着绿段道袍，伯爵是紫绒袄子，从前进来，参见西门庆，连连作揖，道其风霜辛苦。西门庆亦道：“蒙二公早晚看家。”伯爵道：“我又看家哩。我早起来时，忽听房上喜鹊喳喳的叫，俺房下就先说，‘只怕大官人来家了，你还不走的瞧瞧去！’我便说，哥从十二日起身，到今还得上半月期，怎的来得快？我三日一遍在那里问，还没见来的信息。房下说，‘来不来，你看看去！’教我穿衣裳到宅里，不想说哥来家了。走到对过会温老先儿，不想温老师也才穿衣裳，说我就同老翁一答儿过去罢。”因问了今东京路上的人，又见许多下饭酒米，装在厅台上，出来摆放，便问道：“谁家的？”西门庆道：“新同僚何大人一路同来，家小还未到，且在衙门中权住，送分下程与他。又发柬明日请他来家坐了，吃接风酒，再没人，请二位与大舅奉陪。”伯爵道：“又一件，吴大舅与哥是官，温老先戴着方巾，我一个小帽儿怎陪得他坐？不知把我当甚么人儿看我，惹他不笑话？”西门庆笑道：“这等把我买的段子忠靖巾借与你戴着，等他问，你只说道我的大儿子好不好？”说毕，众人笑了。伯爵道：“说正景话，我头八寸三，又戴不的你的。”温秀才道：“学生也是八寸三分，倒将学生方巾与老翁戴戴何如？”西门庆道：“老先生不要借与他，他到明日借惯了，往礼部当官身去，又来缠你。”温秀才笑道：“好说，老先生儿好说，连我扯下水去了。”少顷，拿上茶来吃了。温秀才问：“夏公已是京任，不来了？”西门庆道：“他已做了堂尊了，直掌卤簿大驾，穿麟服，使藤棍，如此华任，又来做什么？”须臾，看写了帖子儿，抬下程出门，教玳安送去了。

应花子此语不仅是逗趣，也是他“不要白不要”的内心世界的自然流露。

明知是丢了实惠，故意如此形容。争夺正职得逞后的得意语。

西门庆拉温秀才、伯爵厢房内暖炕上笼了火那里坐。又使琴童先往院里叫吴惠、郑春、郑奉、左顺四名小优儿，明日早来伺候。不一时，放桌儿陪二人吃酒。来安儿拿上案来摆下，西门庆分付：“再取双钟箸儿，请你姐夫来坐坐。”良久，陈经济走来作揖，打横坐下。四人围炉共坐，把酒来斟，因说回东京一路上的话。伯爵道：“哥，你的心好，一福能压百祸。就有小人，一时自然多消散了。”温秀才道：“善人为邦百年，亦可以胜残去杀。休道老先生为王事驱驰，上天也不肯有伤善类！”西门庆因问：“家中没甚事？”经济道：“家中爹去后倒也无事，只是工部安老爹那里，差人来问了两遭，昨日还来问，我回说还没来家哩。”正说着，只见来安儿拿了大盘子黄芽韭猪肉盒儿上来，西门庆陪着才吃了一个儿，忽有平安走来报：“衙门令史和众节级来禀事。”西门庆即到厅上站立，令他进见。二人跪下，“请问老爹，几时上任？官司公用银两动支多少？”西门庆道：“你们只照旧时整理就是了。”令史道：“去年只老爹一位到任；如今老爹转正，何老爹新到任，两事并举，比寻常不同。”西门庆道："既是如此，添十两银子，三十两买办就是了。"二人应喏下去。西门庆又叫回来分付："上任的日期，你还问何老爹择几时。"二人道："何老爹才定，准在二十六日上任。"西门庆道："既如此，你每伺候就是了。"二人到衙门，领了银子出来，定桌席买办去了。落后，乔大户又来拜望道喜，西门庆留坐不坐，吃茶起身去了。当下西门庆陪二人至掌灯时方散。西门庆往月娘房里歇了一宿，题过。

"就是了"，语尾拖出得意腔。

到次日，家中置酒与何千户接风。文嫂又早打听得西门庆来家，对王三官说了，具个柬帖儿来看请。西门庆这里买了二付豕蹄、两尾鲜鱼、两只烧鸭、一坛南酒，差玳安送去，与太太补生日之礼。他那里赏了玳安三钱银子。这不在话下。

正厅上设下酒，锦屏耀目，桌椅鲜明，地铺锦毡，壁挂名人山水。吴大舅、应伯爵、温秀才多来的早，西门庆陪坐吃茶，使人邀请何千户。不一时，小优儿上来磕头。应伯爵便问："哥，今日怎的不叫李铭？"西门庆道："他不来我家来，我没的请他去！"这伯爵便道："你恼他每。"不言语了。

西门庆对李桂姐接纳王三官一事仍耿耿于怀。

正说话中间，只见平安慌忙拿帖儿禀说："帅府周爷来拜，下马了。"吴大舅、温秀才、应伯爵都躲在西厢房内。西门庆冠带出来，迎至厅上叙礼，道及转升恭喜之事，西门庆又谢他人马。于是分宾主坐着，周守备问京中见朝之事，西门庆一一说了。周守备道："龙溪不来，已定差人来取家小上京去。"西门庆道："就取也待出月，如今何长官且在衙门权住着哩。夏公的房子与了他住，也是我替他主张的。"守备道："这等更妙！"因见堂中摆设桌席，问道："今日所延甚客？"西门庆道："聊具一酌，与何大人接风。同僚之间，不好意思。"二人吃了茶，周守备起身，说道："容日合衙列位，与二公奉贺。"西门庆道："岂敢动劳，多承先施。"作揖出门，上马而去。

西门庆回来脱了衣服，又陪三人坐的，在书房中摆饭。何千户到午后方来，吴大舅等各相见叙礼毕，各叙寒温。茶汤换罢，各宽衣服。何千户见西门庆家道相称，酒筵齐整。四个小优银筝象板，玉阮琵琶，递酒上坐。堂中金炉焚兽炭，玉盏泛羊羔，放下帘子，合席春风，满堂和气。正是:得多少金樽浮醁醑,玉烛剪春声。饮酒至起更时分,何千户方起身往衙门中去了。吴大舅、应伯爵、温秀才各辞回去了。

西门庆打发小优儿出门,分付收了家火,往前边金莲房中来。妇人在房内浓施朱粉,复整新妆,薰香澡牝,正盼西门庆进他房来。满面笑容,向前替他脱衣解带,连忙教春梅点茶与他吃。吃了,打发上床歇宿。端的暖衾暖被,锦帐生春,麝香蔼蔼。被窝中相挨素体,枕席上紧贴酥胸。妇人云雨之际,百媚俱生。① 看官听说:大抵妾妇之道,蛊惑其夫,无所不至,虽屈身忍辱,殆不为耻。若夫正室之妻,光明正大,岂肯为此!是夜西门庆与妇人尽力盘桓无度。

西门庆失去李瓶儿后,家中的"最佳性伙伴"也就是潘金莲了。潘金莲是一个"性存在"而不是一个"情存在"。为夺宠,潘金莲不惜使出浑身"性解数"。这对西门庆来说,便面临着越来越升级的"性索取"。西门庆的"性出超"状态如此发展下去,其生命危机日渐逼近矣!

次日早往衙门中,何千户上任,吃公宴酒,两院乐工动乐承应。午后才回家,排军随即抬了桌席来。王三官那里,又差人早来邀请。西门庆使玳安,段铺中要了一套衣服,包在毡包内。才收拾出来,左右来报:"工部安老爷来拜。"慌的西门庆整衣不迭,出来迎接。安郎中食寺丞的俸,系金厢带,穿白鹇补子,跟着许多官吏。满面笑容,相携到厅叙礼,彼此道及恭贺,分宾主坐下。安郎中道:"学生差人来问,几次说四泉还未回。"西门庆道:"正是,京中要等见朝引奏,才起身回。"须臾,茶汤吃罢,安郎中方说:"学生敬来有一事不当奉渎,今有九江大尹蔡少塘,乃是蔡老先生第九公子,来上京朝觐。前日有书来,早晚便到。学生与宋松泉、钱龙野、黄泰宇四人作东,借府上设席请他,未知允否?"西门庆道:"老先生尊命,岂敢有违,约定几时?"安郎中道:"在二十七日。明日学生送分子过来,烦盛使一办,足见厚爱矣。"说毕,又上了一道茶,作辞起身,上马喝道而去。

"借府设席",可见富商为官,他官"借富",已成风气。

西门庆即出门,前往王招宣府中来赴席,到门首先投了拜贴。王三官听的西门庆到了,连忙出来迎接,至厅上叙礼。原来五间大厅,球门盖造,五脊五兽,重檐滴水,多是菱花槅厢。正面钦赐牌额,金字题曰:"世忠堂";两边门对写着:"启运元勋第;山河带砺家"。厅内设着虎皮公座,地下铺着裁毛绒毯。王三官与西门庆行毕礼,尊西门庆上坐,他

非暴富景象,而显示出"积累"出的"高层气派"。

① 此处删280字。

便傍设一椅相陪。须臾，红漆丹盘拿上茶来，交手递了茶，左右收了去，彼此扳了些说话，然后安排酒筵，递酒。原来王三官叫了两名小优儿弹唱。

西门庆道："请出老太太拜见拜见。"慌的王三官令左右后边说。少顷，出来说道："请老爹后边见罢。"王三官让西门庆进内。西门庆道："贤契，你先导引。"于是径入中堂。林氏又早戴着满头珠翠，身穿大红通袖袍儿，腰系金镶碧玉带，下着玄锦百花裙，搽抹的如银人也一般，梳着纵鬓，点着朱唇，耳带一双胡珠环子，裙拖垂两挂玉佩叮咛。西门庆一面将身施礼："请太太转上。林氏道："大人是客，请转上。"让了半日，两个人平磕头。林氏道："小儿不识好歹，前日冲渎大人；蒙大人宽宥，又处断了那些人，知感不尽！今日备了一杯水酒，请大人过来，老身磕个头儿谢谢。如何又蒙大人见赐将礼来？使我老身却之不恭，受之有愧。"西门庆道："岂敢。学生因为公事往东京去了，误了与老太太拜寿，些须薄礼，胡乱送与老太太赏人便了。"因见文嫂儿在傍，便道："老文，你取付台儿来，等我与太太递一杯寿酒。"连忙呼玳安上来，原来西门庆毡包内，预备着一套遍地金时样衣服，紫丁香色通袖段袄，翠蓝拖泥裙，放在盘内献上。林氏一见，金彩夺目，先是有五七分欢喜。文嫂随即捧上金盏银台。王三官便叫两个小优拿乐器进来弹唱。林氏道："你看，叫进来做什么，在外答应罢了。"一面撵出来。当下西门庆把盏毕，林氏也回奉了一盏与西门庆，谢了。然后王三官与西门庆递酒，西门庆才待还下礼去，林氏便道："大人请起，受他一礼儿。"西门庆道："不敢，岂有此礼？"林氏道："好大人，怎生这般说！你恁大职级，做不起他个父亲？小儿自幼失学，不曾跟着那好人，若不是大人垂爱，凡事也指教为个好人。今日我跟前，教他拜大人做了义父，但看不是处，一任大人教训，老身并不护短！"西门庆道："老太太虽故说得是，但令郎贤契赋性也聪明，如今年少，为小试行道之端，往后自然心地开阔，改过迁善，老太太倒不必介意。"当下教西门庆转上，王三官把盏，递了三钟酒，受其四拜之礼。递毕，西门庆亦转下，与林氏作揖谢礼，林氏笑吟吟深深还了万福。自此以后，王三官见着西门庆以父称之。有这等事！

西门府中诸妇人无此"品位"。

"五七分"，估得准。倘说"十分"，便不符林太太眼孔尺度。

王三官确实做事过头。寡母在内室见西门，已不伦类，竟还把小优叫进来当"见证"，糊涂至此，令人齿冷。

如此一来，只差"正式过门"了。

正是：常将压善欺良意，权作尤云殢雨心。诗人看到此，必甚不平，故作诗以叹之。诗曰：

从来男女不通酬，卖俏营奸真可羞。

三官不解其中意，饶贴亲娘还磕头。

又诗：

大家闺阁要严防，牝鸡司晨最不良。

不但悖得家声丧，有愧当时节义堂。

递毕酒，林氏分付王三官："请大人前边坐，宽衣服。"玳安拿忠靖巾来换了。不一时安席坐下，小优弹唱起来。厨役上来割道，玳安拿赏赐伺候。当时席前唱了一套《新水令》：

此曲充满林太太与西门庆偷情的暗示。

翠帘深护小房栊，滴溜溜玉钩低控。驼茸毡斗帐，龟背锦屏风。春意溶溶，梅梢上暗香动。

〔乔牌儿〕　琐窗疏影横，倒挂绿毛凤。梨云一片罗浮梦，夜深沉，寒漏永。

〔甜水令〕　琼树生花，玉龙脱甲，银河剪冻，瑞雪舞回风。碧落无尘，淡月窥檐，彤云接栋，白茫茫巨阙珠宫。

〔折桂令〕　锦排场赏玩春工。二八仙鬟，十六歌童，花底藏阄，尊前赌令，席上投琼。娇滴滴争妍竞宠，喜孜孜倚翠偎红。走斝飞觥，换羽移宫；妙舞清讴，慢拨轻笼。

〔水仙子〕　麝煤香霭绣芙蓉，凤蜡光摇金蝃蝀，象床春暖花胡洞。粉脂香珠翠丛，彩云深罗绮重重。宝篆龙涎细，金炉兽炭红，暖溶溶和气春风。

〔雁儿落带得胜令〕　银筝秋雁横，玉管雏莺弄。花明翡翠翘，酒满玻璃瓮。彩袖捧金钟，罗帕衬春葱。橙嫩经霜剖，茶香带雪烹。欢浓，醉后情犹重；筵终，更深乐未穷。

〔沽美酒〕　转秋波一笑中，透灵犀两情通。灯下端详可意种，似嫦娥出月宫，如神女下巫峰。

〔太平令〕　欹鬟亸金钗飞凤，舞裙愢翠缕蟠龙。粉汗湿铅华娇莹，舌尖吐丁香微送。看臂钏，封守宫，是一对儿雏鸾娇凤。

〔川拨棹〕 喜相逢，喜相逢可意种。柳困花慵，玉暖酥融，那一回风流受用。颤巍巍宝髻松，困腾腾秋水横，曲弯弯眉黛浓。

〔七弟兄〕 醉烘，玉容，晕微红，尤花殢玉欢情纵。都疑身在醉魂中，蕊珠宫里游仙梦。

〔梅花酒〕 恰便似云雨踪，没乱杀见惯司空。禁鼓龙铜，檐马玎珎，邻鸡唱画角终。玉漏滴咽铜龙，银荷烬落火虫。纱窗外晓光笼，碧天边日初融，初融。

〔收江南〕 呀，则听的辘轳声在粉墙东，早鸦啼金井下梧桐。春娇满眼未惺忪，将一段幽欢密宠，等闲惊觉惜匆匆。

当下食割五道，歌吟二套，秉烛上来，西门庆起身更衣告辞。王三官再三款留，又邀到他那边书院中。独独的一所书院，三间小轩，里面花木掩映，文物潇洒。金粉笺匾曰："三泉诗舫"。四壁挂四轴古画，轩辕问道、伏生坟典、丙吉问牛、宋京观史。西门庆便问："三泉是何人?"王三官只顾隐避，不敢回答，半日才说："是儿子的贱号。"西门庆便一声儿没言语，抬过高壶来，只顾投壶饮酒；四个小优儿在傍弹唱；林氏后边和丫鬟养娘只顾打发添换菜蔬果碟儿上来。饮酒吃到二更时分，西门庆已带半酣，作辞起身，赏小优儿三钱银子。王三官亲送到大门，看他上轿，两个排军打着灯火。西门庆头戴暖耳，身披貂裘，作辞回家。

有趣。按此号，王三官不仅与西门庆平辈，且应是其兄。

不得直入林太太卧房，想心中怅怅。

到家，想着金莲白日里话，径往他房中。原来妇人还没睡哩，才摘去冠儿，挽着云髻，淡妆浓抹，正在房内倚靠着梳台，脚登着炉台儿，口中磕瓜子儿等待。火边茶烹玉蕊，桌上香袅金猊。见西门庆进来，慌的轻移莲步，款蹙湘裙，向前接衣裳安放。西门庆坐在床上，春梅拿净瓯儿，妇人从新用纤手抹盏边水渍，点了一盏浓浓艳艳，芝麻、盐笋、栗系、瓜仁、核桃仁夹春不老海青拿天鹅、木樨玫瑰泼卤、六安雀舌芽茶。西门庆刚呷了一口，美味香甜，满心欣喜。然后令春梅脱靴解带，打发在床。妇人在灯下摘去首饰，换了睡鞋。两个被翻红浪，枕欹彩鸳，并头交股而寝。春梅向桌上罩合银荷，双掩凤槅，归那边房中去了。西门庆

此是此书中加进辅料最多的一盏茶，其中"春不老"据说是一种腌菜，"海青"是橄榄，"天鹅"是银杏。一盏茶里加进如许多东西，哪里还像茶，比一般汤也酽稠多了，犹如粤菜中的煲。著者这样写，显然是有意夸张，以影射潘金莲的"性贡献"将使西门庆"着实吃不消"。

将一只胳膊与妇人枕着，精赤条搂在怀中，犹如软玉温香一般。① 西门庆因问道："我的儿，我不在家，你想我不曾？"妇人道："你去了这半个来月，奴那刻儿放下心来？晚间夜又长，独自一个又睡不着，随问怎的暖床暖铺，只是害冷，伸着腿儿触冷伸不开，只得忍酸儿缩着，数着日子儿，白盼不到，枕边眼泪不知流勾多少。落后春梅小肉儿，他见我短叹长吁，晚间斗着我下棋，坐到起更时分，俺娘儿两个一炕儿通厮脚儿睡。我的哥哥，奴心便是如此，不知你的心儿如何？"西门庆道："怪油嘴，这一家虽是有他们，谁不知我在你身上偏多？"妇人道："罢么，你还哄我哩！你那吃着碗里看着锅里的心儿，你说我不知道？想着你和来旺儿媳妇子，蜜调油也似的，把我来就不理了；落后李瓶儿生了孩子，见我如同乌眼鸡一般。今日多往那去了？止是奴老实的还在。你就是那风里杨花，滚上滚下，如今又兴起那如意儿贼捏刺骨来了。他随问怎的，只是奶子，见放着他汉子，是个活人妻。不争你要了他，到明日又教汉子好在门首放羊儿剌剌！你为官为宦，传出去什么好听？你看这贼淫妇，前日你去了，同春梅两个为一个棒槌，和我大嚷大闹，通不让我一句儿哩！"西门庆道："罢么，我的儿，他随问怎的，只是个手下人，他那里有七个头八个胆，敢顶撞你？你高高手儿他过去了，低低手儿他过不去。"妇人道："唧哝，说高高手儿他过去了的话！没了李瓶儿，他就顶了窝儿，学你对他说：'你若伏侍的好，我把娘这分家当就与你罢。'——你真个有这个话来？"西门庆道："你休胡猜疑，我那里有此话！你宽恕他，我教他明日与你磕头陪不是罢。"妇人道："我也不要他陪不是，我也不许你到那屋里睡。"西门庆道："我在那边睡，也非为别的，因越不过李大姐情，一两夜不在那边歇了。他守灵儿，谁和他有私盐私醋！"妇人道："我不信你这摭溜子！人也死了一百日来，还守什么灵？在那屋里也不是守灵，属米仓的，上半夜摇铃，下半夜丫头似的听好梆声。"几句说的西门庆急了，搂个脖子来亲了个嘴，说道："怪小淫妇儿，有这些张致的。"②问道："你怕我不怕？再敢管着！"妇人道："怪奴才，不管着

大兴醋浪，并顺带"揭发"如意儿。

① 此处删84字。
② 此处删50字。

你，待好上天也。我晓的你，也丢不开这淫妇，到明日问了我，方许你那边去；他若问你要东西，对我说，也不许你悄悄偷与他。若不依我，打听出来，看我嚷的尘邓邓的不！让我就摈兑了这淫妇，也不差什么儿。又相李瓶儿来头，教你哄了，险些不把我打到揣字号去了！你这波答子烂桃行货子，豆芽菜有甚正条捆儿也怎的？老娘如今也贼了些儿了。”西门庆笑道：“你这小淫妇儿，原来就是六礼约。”当下两个殢雨尤云，缠到三更方歇。正是：

潘金莲敢对西门庆实行“性垄断”。

带雨笼烟世所稀，妖娆身势似难支。

终宵故把芳心诉，留住东风不放归。

两个并头交股，睡到天明。① 只见玳安拿帖儿进来问春梅：“爹起身不曾？安老爹差人送分资来了，又抬了两坛金华酒、四盆花树进来。”春梅道：“爹还没起身，教他等等儿。”玳安道：“他好小近路儿，还要赶新河口闸上回说话哩。”不想西门庆在房中听见，隔窗叫玳安问了话，拿帖儿进去，拆开看着，上写道：

奉去分资四封，共八两。惟少塘桌席，余者散酌而已。仰冀从者留神，足见厚爱之至。外具时花四盆，以供清玩，浙酒二樽，少助待客之需，希莞纳，幸甚。

西门庆看了，一面起身，且不梳头，戴着毡巾，穿着绒氅衣，走出到厅上，令安老爹人进见，递上分资。西门庆见四盆花草，一盆红梅、一盆白梅、一盆茉莉、一盆辛夷，两坛南酒，满心欢喜，连忙收了，发了回帖，赏了来人五钱银子。因问：“老爹们明日多咱时分来？用戏子不用？”来人道：“多得早来。戏子用海盐的，不要这里的。”一面打发了。西门庆分付左右，把花草抬放藏春坞书房中摆放。旋叫泥水匠隔山拘火，打了两座暖炕，恐怕煤烟薰触；专委春鸿、来安浇灌茶水，不得有误。西门庆使玳安叫戏子去，一面兑银子与来安儿买办。那日又是孟玉楼上寿，院中叫小优儿晚夕弹唱。

四盆花换来“满心欢喜”，安郎中真会“借府设席”。

明代富家取暖方式已颇先进。

按下一头，却说应伯爵在家拿了五个笺帖，教应宝掇着盒儿，往西

① 此处删270字。

门庆对过房子内，央温秀才写请书，要请西门庆五位夫人，二十八日家中做满月。刚出门转了街口，只见后边一人高叫道："二爷，请回来！"伯爵扭头回看是李铭，立住了脚。李铭走到跟前，问道："二爷往那里去？"伯爵道："我到温师父那里有些事儿去。"李铭道："到家中，小的还有句话儿说。"只见后边一个闲汉掇着盒儿，这伯爵不免又到家堂屋内。

李铭连忙磕了个头，起来把盒儿掇进来放下，揭开却是烧鸭二只、老酒二瓶，说道："小人没甚，这些微物儿孝顺二爹赏人。小的有句话，径来央及二爹。"一面跪在地下不起来。伯爵一把手拉起，说道："傻孩儿，你有话只管和我说，怎的买礼来与我？"李铭道："小的从小儿在爹宅内答应这几年，如今爹倒看顾别人，不用小的了。就是桂姐那边的事，各门各户，小的一家儿是不知道；不争爹因着那边怪我，难为小的了。这负屈衔冤，没处声诉，径来告二爹；二爹倘到宅内见了爹，替小的加句美语儿说说。就是桂姐有些一差半错，不干小的事。爹动意恼小的不打紧，同行中人越发欺负小的了。"伯爵道："你原来这些时也没往宅内答应去？"李铭道："小的没曾去。"伯爵道："嗔道昨日你爹从东京来，在家摆酒与何老爹接风，请了我和大舅、温师父同坐，叫了吴惠、郑春、郑奉、左顺在那里答应。我说怎的不见你，我问你爹，你爹说，他没来，我没的请他去！傻孩儿，你还不走跳着些儿还好？你与谁赌鳖气哩！"李铭道："爹宅内不呼唤，小的怎的好去？前日他每四个在那里答应；今日三娘上寿，安官儿早辰在里边，又叫了两名小的儿去了；明日老爹摆酒，又是他每四个，倒没小的，小的心里怎么有个不急的？只望二爹替小的一说，明日小的还来与二爹磕头。"伯爵道："我没有个不替你说的。我从前已往，不知替人完美了多少勾当。你央及我这些事儿，我不替你说？你依着我，把这礼儿你还拿回去，你自那里钱儿，我受你的？你如今亲跟了我去，等我慢慢和你爹说。"李铭道："二爹不收此礼，小的也不敢去了。虽然二爹不稀罕，也尽小的一点穷心罢了。"千恩万谢，再三央告。伯爵把礼收了，讨出三十文钱，打发拿盒人回去。李铭说道："盒子且放在二爹这里，等小的到宅内回来取罢。"

于是与伯爵同出门，转弯抹角，来到西门庆对门房子里。到书院门

同行趁危欺负，也是惯常世情。

应花子从来是来者不拒、多多益善，怎么忽然推辞起来？或者是因为他知反正不可能真的"拿回去"，故作姿态罢了。或者竟是因为与李铭厮混多年，多少也真有些超功利的感情。

首，摇的门环儿响，说道："葵轩老先生在家么？"这温秀才正在书窗下写帖儿，忙应道："请里面坐。"画童开门，伯爵在明间内坐的。正面列四张东坡椅儿，挂着一轴《庄子惜寸阴图》，两边贴着墨刻，左右一联，书着："瓶梅香笔研；窗雪冷琴书。"一间挂着布门帘。温秀才听见他来，一面即出来相见，叙礼让坐，说道："老翁起来的早，往那里去来？"伯爵道："敢来烦渎大笔，写几个请书儿。如此这般，二十八日小儿满月，请宅内他娘们坐坐。"温秀才道："帖在那里？将来学生写。"伯爵即令应宝取出五个帖儿，递过去。这温秀才拿到房内，研起墨来，才来写得两个，只见棋童慌慌张张走来说道："温师父，再写两个帖儿，大娘的名字，如今请东头乔亲家娘和大妗子去；头里琴童来取了门外韩大姨和孟二妗子那两个帖儿，打发去了不曾？"温秀才道："你姐夫看着打发去这半日了。"棋童道："温师父写了这两个，还再写上四个，请黄四婶、傅大娘、韩大婶和甘伙计娘子的，我使来安儿来取。"不一时打发去了。只见来安来取这四个帖儿，伯爵问："你爹在家里？衙门中去了？"来安道："爹今日没往衙门里去，在厅上看着收礼，乔亲家那边送礼来了。二爹请过那边坐的。"伯爵道："我写了这帖儿就去。"温秀才道："老先生昨日王宅赴席来晚了。"伯爵问起那王宅，温秀才道："是招宣府中。"伯爵就知其故。良久来安等了帖儿去，方才与伯爵写得完备。

温秀才处，又是一种布置。酸意盎然。

温秀才每日的"正经工作"之一，便是写帖。

应花子实是间谍的料。

伯爵即带了李铭过这边来。西门庆蓬着头，只在厅上收礼，打发回帖，旁边排摆桌面。见伯爵来，唱喏毕让坐，厅上生着一盆炭火。伯爵谢前日厚情，因问："哥定这桌席做什么？"西门庆把安郎中来央浼作东，请蔡九知府之事，告与他说了一遍。伯爵问道："明日是戏子、小优？"西门庆道："叫了一起海盐子弟，我这里又预备下四名小优儿答应。"伯爵道："哥，那四个？"西门庆道："吴惠、郑奉、郑春、左顺。"伯爵道："哥怎的不用李铭？"西门庆道："他已有了高枝儿，又稀罕我这里做什么！"伯爵道："哥怎的说这个话？你唤他，他才来，也不知道你一向恼他。但是各人勾当，不干他事，三婶那边干事，他怎得晓的？你倒休要屈了他。他今早到我那里，哭哭啼啼告诉我，'休说小的姐姐在爹宅内，只小的答应该几年，今日有了别人，倒没小的。'他再三赌神发咒，并

应花子心知西门庆与王招宣府有勾搭后，为李铭求情的信心更足。

不知他三婶在那边一字儿。你若恼他，却不难为他了；他小人，有什么大汤水儿，你若动动意儿，他怎的禁得！”便教李铭：“你过来，亲自告诉你爹。你只顾躲着怎的，自古丑媳妇怕见公婆。”

没有了人样儿。小人物可怜。

那李铭站在槅子边，低头敛足，只见僻厅鬼儿一般，看着二人说话，再不敢言语；听得伯爵叫他，一面走进去，直着腿儿，跪着地下，只顾磕头，说道：“爹再访，那边事，小的但有一字知道，小的车碾马踏，遭官刑揲死。爹从前已往天高地厚之恩，小的一家粉身碎骨也报不过来。不争今日恼小的，惹的同行人耻笑，他也欺负小的，小的再向那里是个主儿！”说毕，号啕痛哭，跪在地下只顾不起身。伯爵在旁道：“罢罢，哥也是看他一场，大人不见小人之过。休说没他不是，就是他不是处，他既如此，你也将就可恕他罢。你过来，自古穿黑衣抱黑柱，你爹既说开，就不恼你了。”李铭道：“二爹说的是！知过必改，往后知道了。”伯爵道：“打面面口袋，你这回才倒过醮来了！”西门庆沉吟半晌，便道：“既你二爹再三说，我不恼你了，起来答应罢。”伯爵道：“你还不快磕头哩！”那李铭连忙磕个头，立在旁边。

伯爵方才令应宝取出五个请帖儿来，递与西门庆，说道：“二十八日小儿弥月，请列位嫂子过舍，光降光降。”西门庆展开观看，上面写着：

> 二十八日小儿弥月之辰，寒舍薄具豆觞，奉酹厚腆。千希鱼轩贲临，不胜幸荷。

西门庆潜意识里一定有妒意。

下书“应门杜氏敛衽拜”。西门庆看毕，令来安儿连盒儿送与大娘瞧去。“管情后日去不成。实和你说，明日是你三娘生日，家中又是安郎中摆酒。二十八日他又要往看夏大人娘子去，如何去的成？”伯爵道：“哥杀人！嫂子不去，满园中果子儿再靠着谁哩？我就亲自进屋里请去。”少顷，只见来安拿出空盒子来了，“大娘说，多知覆，知道了。”伯爵把盒儿递与应宝接了，笑了道：“哥，刚才你就哄我起来。若是嫂子不去，我就把头磕烂了，也好歹请嫂子走走去。”于是西门庆教伯爵：“你且休去，在书房中坐坐，等我梳了头儿，咱每吃饭。”说毕，入后边去了。这伯爵便向李铭道：“如何？刚才不是我这般说着，他甚是恼你。他有钱的性儿，随他说几句罢了。常言嗔拳不打笑面，如今时年尚个奉承

应花子指点李铭，要他懂得“有钱的性儿”、“如今时年尚个奉承”。事到如今，这两条是否仍应“把握”？

的，拿着大本钱做买卖，还放三分和气。你若撑硬船儿，谁理你？休说你每，随机应变，全要四水儿活，才得转出钱来；你若撞东墙，别人吃饭饱了，你还忍饿！你答应他几年，还不知他性儿？明日交你桂姐，赶热脚儿来，两当一儿，就与三娘做生日，就与他陪了礼儿来，一天事多了了！"李铭道："二爹说得是，小的到家，过去就对三妈说。"说着，只见来安儿放桌儿，说道："应二爹请坐，爹就出来。"

不一时，西门庆梳洗出来，陪伯爵坐的，问他："你连日不见老孙、祝麻子？"伯爵道："我令他来，他知道哥恼他。我便说，还是哥十分情分，看上顾下，那日蝗虫蚂蚱一例扑了去，你敢怎样的！他每发下誓，再不和王家小厮走。说哥昨日在他家吃酒来，他每也不知道。"西门庆道："昨日，他如此这般置了一席大酒，请了我，拜认我做干老子，吃到二更来了。他每怎样的再不和他来往？只不干碍着我的事，随他去，我管他怎的？我不真个是他老子，我管他不成！"伯爵道："哥这话说绝了。他两个一二日也要来与你服个礼儿，解释解释。"西门庆道："你教他只顾来，平白服甚礼？"一面来安儿拿上饭来，无非是炮烹美口肴馔。西门庆吃粥，伯爵用饭。吃毕，西门庆问："那两个小优儿来了不曾？"来安道："来了这一日了。"西门庆叫他和李铭一答儿吃饭。一个韩佐，一个邵谦，向前来磕了头，下边吃饭去了。良久，伯爵起身说道："我去罢，家里不知怎样等着我哩。小人家儿干事最苦，先从炉台底下，直买起到堂屋门首，那些儿不要买！"西门庆道："你去干了事，晚间来坐坐，与你三娘上寿，磕个头儿，也是你的孝顺。"伯爵道："这个一定来，还教房下送人情来。"说毕，一直去了。正是：得意友来情不厌，知心人至话相投。有诗为证：

顺情说好话，干直惹人嫌。

世事淡方好，人情耐久看。

毕竟未知后来何如，且听下回分解。

既然李铭可恕，孙寡嘴、祝麻子焉有再"凉拌"之理？

应花子点破。哪能"只许州官放火，不许百姓点灯"。

第七十三回
潘金莲不愤忆吹箫　郁大姐夜唱闹五更

巧厌多乖拙厌闲，善嫌懦弱恶嫌顽。
富遭嫉妒贫遭辱，勤又贪图俭又悭。
触目不分皆笑拙，见机而作又疑奸。
思量那件合人意，为人难做做人难！

话说应伯爵回家去了，西门庆正在花园藏春坞坐着，看泥水匠打地炉炕。墙外烧火，里边地暖如春，安放花草，庶不至煤烟熏触。忽见平安拿进帖来，禀说："帅府周爷那里，差人送分资来了。"盒内封着五封分资，周守备、荆都监、张团练、刘薛二内相，每人五星，粗帕二方，奉引贺敬。西门庆令左右收入后边，拿回帖打发来人去了。

且说那日，杨姑娘与吴大妗子、潘姥姥坐轿子先来了，然后薛姑子、大师父、王姑子，并两个小姑子妙趣、妙凤，并郁大姐，多买了盒儿来，与玉楼做生日。吴月娘在上房摆茶，众姊妹都在一处陪侍。须臾吃了茶，各人都取便坐了。潘金莲想着要与西门庆做白绫带儿，三不知走到房里，拿过针线匣，拣一条白绫儿，用扣针儿亲手缴龙带儿，用纤手向拣妆磁盒儿内，倾了些颤声娇药末儿，装在里面周围，又进房来，用倒口针儿撩缝儿，甚是细法，预备晚夕要与西门庆云雨之欢。不想薛姑子蓦地进房来，送那安胎气的衣胞符药。这妇人连忙收过，一连陪他坐的。这薛姑子见左右无人，悄悄递与他，向他说："多整理完备了，你拣了壬子日空心服，到晚夕与官人在一处，管情一度就成胎气。你看后边大菩萨，

潘金莲一味地实施"性掠夺"、"性强化"计谋，西门庆危矣！

也是贫僧替他安的胎，今也有了半肚子了。我还说个法儿与你，缝个锦香囊，我赎道朱砂雄黄符儿，安放在里面，带在身边，管情就是男胎，好不准验！”这妇人听了满心欢喜，一面接了符药藏放在箱中。拿过历日来看，二十九日是壬子日。于是就称了三钱银子送与他，说：“这个不当什么，拿到家买根菜儿吃；等坐胎之时，你明日捎了朱砂符儿来着，我寻匹绢与你做钟袖。”薛姑子道：“菩萨快休计较，我不相王和尚那样利心重！前者因过世那位菩萨念经，他说我搀了他的主顾，好不和我嚷闹，到处拿言语丧我。我的爷，随他堕业！我不与他争执，我只替人家行好，救人苦难。”妇人道：“薛爷，你只行你的事，各人心地不同。我这里勾当，你也休和他说！”薛姑子道：“法不传六耳，我肯和他说！去年为后边大菩萨喜事，他还说我背地得了多少钱，擗了一半与他才罢了。一个僧家，戒行也不知，利心又重，得了十方施主钱粮，不修功果，到明日死后，披毛戴角还不起！”说了回话，妇人教春梅看茶与薛爷吃。那姑子吃了茶，又同他到李瓶儿那边参了参灵，方归后边来。

希图生个麟儿以固宠，倒是此种人家妻妾的惯常心思。

薛、王二尼“窝里斗”越演越烈。

约后晌时分，月娘放桌儿，炕屋里请众堂客并三个姑子坐的。又明间内放八仙桌，铺着火盆，摆下案酒。晚夕，孟玉楼与西门庆递酒。穿着何太监与他那五彩飞鱼氅衣、白绫袄子，同月娘居上，其余四位都两边列坐。不一时，堂中画烛高烧，壶内羊羔满泛。邵谦、韩佐两个优儿，银筝象板，月面琵琶，席前弹唱。纷纷瑞霭飘，朵朵祥云坠。玉楼打扮粉妆玉琢，莲脸生春，与西门庆递酒，花枝招飐，绣带飘飘，磕了四个头，然后方与月娘众姊妹俱见了礼，安席坐下。只见陈经济向前，大姐执壶，先递了西门庆、月娘，后与玉楼上寿，行毕礼傍边坐下。厨下寿面点心添换，一齐拿上来。只见来安拿进盒儿来说：“应宝送人情来了。”西门庆教月娘收了，教来安：“送应二娘帖儿去，请你应二爹和大舅来坐坐，我晓的他娘子儿明日也是不来，请你二爹来坐坐罢，改日回人情与他就是了。”来安拿帖儿同应宝去了。西门庆坐在上面不觉想起，去年玉楼上寿，还有李大姐，今日妻妾五个，只少了他，由不得心中痛，眼中落泪。不一时，李铭和两个小优儿进来了，月娘分付：“你会唱‘比翼成连理’不会？”韩佐道：“小的有。”才待拿起乐器来弹唱，被西门庆叫近

先向妻妾炫此氅衣。恐争宠战火从此更炽。

西门庆此时不缺“性”，只缺“情”。

前来分付:“你唱一套‘忆吹箫’我听罢。”两个小优连忙改调唱《集贤宾》:

忆吹箫玉人何处也,今夜病较添些。白露冷秋莲香谢,粉墙低皓月光斜。止不过暂时间镜破钗分,倒胜似数十年信断音绝,对西风倚楼空自嗟。望不断岭树重叠,怕的是流光奔去马,雁阵摆长蛇。

〔逍遥乐〕 欢娱前夜,喜报灯花,香玉带结。刚得个和协,谁承望又早离别!常记得相靠相偎笑语喋。画堂中那日骄奢,受用些樽中绿蚁、扇底红牙、枕上蝴蝶。

〔醋葫芦〕 我和他那日相逢脸带羞,乍交欢心尚怯。半装醉半装醒半装呆,两情浓到今难弃舍。锦帐里鸳衾才方温热,把一枝凤凰簪掂做了两三截。

〔又〕 我为他,挑着灯将好句儿裁,背着人将心事说。直等到碧梧窗外影儿斜,惜花心怕将春漏泄。步苍苔脚尖儿轻蹑,露珠儿常污了踏青靴。

〔又〕 我为他朋亲上将谎话儿丢,他为我母亲行将乔样儿摭。我为他在家中费尽了巧喉舌,他为我褪湘裙杜鹃花上血。……

活潘金莲,亦难斗过死李瓶儿。因潘只以“性”娱西门庆,而李瓶儿“性”既不弱,又有浓情——虽死犹存。

原来潘金莲见唱此词,尽知西门庆念思李瓶儿之意。唱到此句,在席上故意把手放在脸儿上,这点儿那点儿羞他,说道:“孩儿,那里猪八戒走在冷铺中坐着,你怎的丑的没对儿?一个后婚老婆,又不是女儿,那里讨杜鹃花上血来?好个没羞的行货子!”西门庆道:“怪奴才,我只知道听唱,那里晓的什么!”两个小优唱道:

〔又〕 ……我为他耳轮儿常热,他为我面皮红羞把扇儿遮。

〔梧叶儿〕 一个是相府内怀春女,一个是君门前弹剑客。半路里恰逢者,刚几个千金夜。忽剌八抛去也,我怎肯恁随邪,又去把墙花乱折?

〔后庭花〕 梦了些虚飘飘枕上蝶,听了些咭叮当檐外铁。刚合上温郎镜，却又早拦回卓氏车。我这里痛伤嗟，鸳帐冷香消兰麝。困将来刚睡些，望阳台道路赊。那忧怎打叠？这相思索害也！看银河直又斜，对孤灯明又灭。

〔青歌儿〕 呀，风乱扫阶前阶前黄叶，云半遮柳稍柳稍残月，这离情更比前春较陡些。害的来乜斜，瘦的来咋嗻。待桑田重变海枯竭，还不了风流业！

〔浪里来煞〕 这愁呵，刚还在眼角趄，又来到眉上惹，恨不的倩三尸肺腑细镌碣！有一日绣帏中玉肌重厮贴，我将他指尖儿轻捏，直说到楼头北斗柄儿斜。

唱毕，那潘金莲不愤他唱这套，两个在席上只顾拌嘴起来。月娘就有些看不上，便道："六姐，你也耐烦，两个只顾且强什么！杨姑奶奶和他大妗子，丢的在屋里冷清清的，没个人儿陪他，你每着两个进去陪他坐坐儿，我就来。"当下金莲和李娇儿，往房里陪杨姑娘、潘姥姥、大妗子坐去了。

不一时，只见来安向前说："应二娘帖儿送到了，二爹来了，大舅便来。"西门庆道："你对过请温师父来坐坐。"因对月娘说："你分付厨下拿菜出来，我前边陪他坐去。"又叫李铭："你往前边唱来罢。"李铭即跟着西门庆出来。西厢房内陪伯爵坐的，又谢他人情，"明日请令正好歹来看看。"伯爵道："他怕不得来，家下没人。"良久，温秀才到，作揖坐下。伯爵举手道："早辰多有累老先生儿。"温秀才道："岂敢。"吴大舅也到了，相见让位毕。一面琴童儿秉烛来，四人围暖炉坐定；来安拿着春盛案酒，摆在桌上。伯爵灯下看见西门庆白绫袄子上，罩着青段五彩飞鱼蟒衣，张爪舞牙，头角峥嵘，扬须鼓鬣，金碧掩映，蟠在身上，唬了一跳，问："哥这衣服是那里的？"西门庆便立起身来笑道："你每瞧瞧，猜是那里的？"伯爵道："俺每如何猜得着。"西门庆道："此是东京何太监送我的，我在他家吃酒，因害冷，他拿出这件衣服与我披。这是飞鱼，朝廷另赐了他蟒龙玉带。他不穿这件，就相送了。此是一个大分上！"伯爵方极口夸奖："这花衣服少说也值几个钱儿。此是哥的先兆，到明日高转，做到都督上，愁玉带蟒衣，何况飞鱼，穿过界儿去了！"说着，琴童

再向朋友炫华服。恐今后奉承堆积如山矣！

安放钟箸,拿酒上来,李铭在面前弹唱。伯爵道:“也该进去,与三嫂递杯酒儿才好,如何就吃酒?”西门庆道:“我儿,你有孝顺之心,往后边与三嫂磕个头儿就是了,说他怎的。”伯爵道:“不打紧,等我磕头去;着紧磕不成头,炕沿儿上见个意思儿出来就是了。”被西门庆向他头上尽力打了一下,骂道:“你这狗材,单管恁没大小!”伯爵道:“孩儿们若肯了,那个好意做大?”两个又犯了回嘴。

西门庆除性事外,此种“犯嘴”亦是人生大乐。

不一时拿将寿面来,西门庆让吴大舅、温秀才、伯爵吃;西门庆因在后边吃了,递与李铭吃了。那李铭吃了,又上来弹唱。伯爵教吴大舅分付曲儿教他唱。大舅道:“不要索落他,随他拣熟的唱去。”西门庆道:“大舅好听《瓦盆》这一套儿。”一面令琴童斟上酒。李铭于是筝排雁柱,款定冰弦,唱了一套“教人对景无言,终日减芳容”,下边去了。只见来安上来禀说:“厨子家去,请问爹,明日叫几名答应。”西门庆分付:“六名厨役,二名茶酒,明日具酒筵共五桌,俱要齐备。”来安应诺去了。吴大舅便问:“姐夫明日请甚么人?”西门庆悉把安郎中作东,请蔡九知府说了。吴大舅道:“明日大巡在姐夫这里吃酒,又好了!”西门庆道:“怎的说?”吴大舅道:“还是我修仓的事,就在大巡手里题本。望姐夫明日说说,教我青白青白,到年终他任满之时,图他保举一二,就是姐夫情分。”西门庆道:“这不打紧,大舅明日写个履历揭帖来,等我会便和他说。”这大舅连忙下来打恭。伯爵道:“老舅,你老人家放心,你是个都根主子,不替你老人家说,再替谁说!管情消不得吹嘘之力,一箭就上垛。”前边吃酒到二更时分散了。西门庆打发了李铭等出门,就分付明日俱早来伺候。李铭等去了,小厮收进家活。上房内挤着一屋里人,听见前边散了,多往那房里去了。

七穿八达,正好“作福”。

却说金莲,只说往他屋里去,慌的往外走不迭。不想西门庆进仪门来了,他便藏在影壁边,黑影儿里看着西门庆进入上房,悄悄走来窗下听觑。只见玉箫站在堂屋门首,说道:“五娘怎的不进去?爹进来屋里来,和三娘多坐着不是。”又问:“姥姥怎的不见?”金莲道:“老行货子他害身上疼,往房里睡去了。”良久,只听月娘便问:“你今日怎的叫恁两个新小王八子?唱又不会唱,只一味会《三弄梅花》。”玉楼道:“只你临了教他唱‘鸳鸯浦莲开’，他才依了你唱这套。好个猾小王八子，又不知叫什么名字，一日在这里只是顽！”西门庆道：“他两个，叫韩佐，一个叫邵谦。”月娘道：“谁晓的他叫什么谦儿、李儿！”不防金莲，慢慢蹑足潜踪，掀开帘儿进去，立在暖炕儿背后便道：“你问他，正景姐姐分付的曲儿不教他唱，平白胡枝扯叶的教他唱什么‘忆吹箫’、‘李吹箫’。支使的一飘个小王八子，乱腾腾的不知依那个的是。”这玉楼扭回看见是金莲，便道：“是这一个六丫头，你在那里来？猛可说出句话，倒唬我一跳，单爱行鬼路儿！你从多咱走在我背后，怎的没看见你进来脚步儿响？”小玉道：“五娘在三娘背后好小一回儿。”金莲点着头儿，向西门庆道：“哥儿，你浓着些儿罢了。你的小见识儿，只说人不知道。他是甚‘相府中怀春女’？他和我多是一般后婚老婆。什么他为你‘褪湘裙杜鹃花上血’，三个官唱两个喏，谁见来？孙小官儿问朱吉，别的多罢了，这个我不敢许！可是你对人说的，自从他死了，好应心的菜也没一碟子儿？没了王屠，连毛吃猪！空有这些老婆，睁着你日逐只眯屎哩！见有大姐在上，俺每便不是上数的，可不着你那心的了。一个大姐怎当家理纪，也扶持不过你来？可可儿只是他好来？他死，你怎的不拉掣住他？当初没他来时，你也过来，如今就是诸般儿称不上你的心了。题起他来，就疼的你这心里格地地的；拿别人当他，借汁儿下面，也喜欢的你要不的，只他那屋里水好吃么？”月娘道：“好六姐，常言不说的，好人不长寿，祸害一千年。自古镟的不圆，砍的圆。你我本等是瞒货，应不上他的心，随他说去罢了。”金莲道：“不是咱不说他，他说出来的话灰人的心，只说人愦不过他。”那西门庆只是笑骂道：“怪小淫妇儿，胡说了你！我在那里说道这个话来？”金莲道：“还是请黄内官那日，你没对着应二和温蛮子说，从他死了，好菜也没拿出一碟子来？怪不的你老婆多死绝了！就是当初有他在，也不怎么的，到明日再扶一个起来和他做对儿么！贼没廉耻撒根基的货！”说的西门庆急了，跳起来赶着拿靴脚踢他，那妇人夺门一溜烟跑了。

潘金莲真是“单爱行鬼路儿”。还要来与“鬼”争宠。

潘金莲总算把吴月娘争取过来了。

西门庆刚才还笑辩，潘金莲应“见好就收”；谁知她“贪得无厌”，终至遭到西门庆暴踢。

这西门庆赶出去不见他，只见春梅站在上房门首，就一手搭伏着春梅肩背，往前边来。月娘见他醉了，巴不的打发他前边去睡，要听三个姑子晚夕宣卷。于是教小玉打个灯笼,送他前边去。金莲和玉箫站在穿廊下黑影中,西门庆没看见他。玉箫向金莲道:"我猜爹管情向娘屋里去了。"金莲道:"他醉了,快发讪,由他先睡,等我慢慢进去。"这玉箫便道:"娘你等等,我取些果子儿捎与姥姥吃去。"于是走到床房内,袖出两个柑子、两个苹波、一包蜜饯、三个石榴与妇人。妇人接的袖了,一直走到他前边。只见小玉送了西门庆回来,说道:"五娘端的在那边,爹好不寻五娘。"这金莲到房门首不进去,悄悄向窗眼里望里张觑,看见西门庆坐在床上,正搂着春梅做一处顽耍。恐怕搅扰他,连忙走到那边屋里,将果子交付秋菊。因问:"姥姥睡没有?"秋菊道:"睡了一大回了。"嘱付他果子好生收在拣妆内,复往后边来。

寻潘施行性虐待,也算是暴踢的延续。

只见月娘、李娇儿、孟玉楼、西门大姐、大妗子、杨姑娘,并三个姑子,带两个小姑子妙趣、妙凤,坐了一屋里人。姑子便盘膝坐在月娘炕上,薛姑子在当中,放着一张炕桌儿,炷了香。众人多围着他,听他说佛法。只见金莲笑掀帘子进来,月娘道:"你惹下祸来,他往屋里寻你去了。你不打发他睡,如何又来了?他到屋里打你?"金莲笑道:"你问他敢打我不敢!"月娘道:"他不打你嫌腥!我见你头里话出来的忒紧了,常言汉子脸上有狗毛,老婆脸上有凤毛,他有酒的人,我怕一时激犯他起来,激的恼了,不打你打狗不成?俺每倒替你捏两把汗,原来你倒这等泼皮!"金莲道:"他就恼,我也不怕他!看不上那三等儿九假的,正景姐姐分付的曲儿不教唱,且东沟犁西沟耙,支使的个小王八子乱烘烘的,不知依那个的是。就是今日孟三姐的好日子,不该唱'忆吹箫'这套离别之词。人也不知死那里去了,偏有那些佯慈悲、假孝顺,我和剌不上!"大妗子道:"你姐儿每乱了这一回,我还不知因为什么来。姑夫好好的进来坐着,怎的又出去了?"月娘道:"大妗子,你还不知道,那一个因想起李大姐来,说年时孟三姐生日还有他,今年就没他了,落了几点眼泪,教小优儿唱了一套'忆吹箫玉人儿何处也'。这一个就不愤他唱这词,刚才抢白了爹几句。抢白的那个急了,赶着踢打,这贼就走了。"杨姑娘道:"我的姐姐,你随官人分付教他唱罢了,又抢白他怎的?想必每常见姐姐每多全全儿的,今日只不见了李家姐姐,汉子家的心怎

潘金莲知道到头来,西门庆想过"性"瘾,还得寻她,故"有恃无恐"。

么不惨切个儿?”玉楼道:“好奶奶,若是我每,谁嗔他唱? 俺这六姐姐,平昔晓的曲子里滋味。那个夸死了的李大姐,比古人那个不如他,又怎的两个交的情厚,又怎么设山盟海誓,你为我,我为你,无比赛的好! 这个牢成的又不顾惯,只顾拿言语白他,和他整厮乱了这半日。”杨姑娘道:“我的姐姐,原来这等聪明!”月娘道:“他什么曲儿不知道? 但题起头儿,就知尾儿。相我,若叫唱老婆和小优儿来,俺每只晓的唱出来就罢了。偏他又说那一段儿唱的不是了,那一句儿唱的差了,又那一节儿稍了。但是他爹说出来个曲儿,就和爹热乱,两个白搽白的,必须搽恼了才罢。俺每便不去管他!”孟玉楼在傍戏道:“姑奶奶你不知,我三四胎儿只存了这个丫头子,这丫头子这般精灵儿古怪的。如今他大了,成了人儿,就不依我管教了!”金莲便向他打了一下,笑道:“你又做我的娘起来了。”玉楼道:“你看恁惯的少条儿失教的,又来打上辈!”杨姑娘道:“姐姐,你今后让他官人一句儿罢。常言一夜夫妻百夜恩,相随百步也有个徘徊之意。一个热突突人儿,指头儿似的少了一个,如何不想不疼不题念的?”金莲道:“想怎不想,也有个常时儿! 一般都是你的老婆,做什么抬一个、灭一个? 俺每多是刘湛儿鬼儿不出村的! 大姐在后边,他也不知道。你还没见哩,每日他从那里吃了酒来,就先到他房里,望着他影,深深唱喏,口里恰似嚼蛆一般。供着个羹饭儿着,举箸儿只象活的一般儿让他,不知什么张致! 又嗔俺每不替他戴孝,俺每便不说,他又不是婆婆,胡乱带过断七罢了,只顾带几时? 又与俺每乱了几场。”杨姑娘道:“姐姐们见一半不见一半儿罢。”大妗子道:“好快,断七过了,这一向又早百日来。”杨姑娘问:“几时是百日?”月娘道:“还早哩,到腊月二十六日。”王姑子道:“少不的念个经儿。”月娘道:“挨年近节,忙忙的,且念什么经,他爹只怕过年念罢了。”

孟玉楼以笑谑,透露出对潘金莲“不愤忆吹箫”的全力支持。

潘金莲的“不愤”,也甚得吴月娘心。

说着,只见小玉拿上一道土豆泡茶来,每人一盏。须臾吃毕,月娘洗手,向炉中炷了香,听薛姑子讲说佛法。先念谒曰:

禅家法教岂非凡,佛祖家传在世间。

落叶风飘着地易,等闲复上故枝难。

此四句诗,单说着这为僧的戒行最难! 言人生就如同铁树一般,落得容易,全枝复节甚难;堕业容易,成佛作祖难。却说当初治平年间,浙江宁海军钱塘门南山净慈古孝光禅寺,有两个得道的真僧,一个唤作五戒禅师,一个唤作明悟禅师。如何谓之五戒?第一不杀生命,第二不偷财物,第三不染淫声美色,第四不饮酒茹荤,第五不妄言绮语。如何谓之明悟?言其明心见性,觉悟我真。这五戒禅师,在家年方三十一岁,身不满五尺,形容古怪,左边瞽一目,自幼聪明,俗姓金。禅宗佛教,如法了得。他与明悟是师兄师弟。一日,同来寺中访大行禅师。禅师观五戒佛法晓得,留在寺中做个首座。不数年,大行圆觉,众僧立他做了长老,每日打坐。那第二个明悟,年二十九岁,生得头圆耳大,面阔口方,身体长大,貌类罗汉,俗姓王。两个如同一母所生,但遇说法,同升法座。

忽一日,冬尽春初时节,天道严寒作雪,下了两日,雪霁天晴。这五戒禅师早辰坐在禅椅上,耳边连连只闻得小儿啼哭,便叫一个身边知心腹的清一道人:"你往山门前看,有甚事来报我知道。"这道人开了山门,见松树下雪地上一块破席,放着一个小孩儿。"这是什么人家丢在此处?"向前看,是五六个月的女孩儿,破衣包裹,怀内片纸,写着他生时八字。清一道:"救人一命,胜造七级浮屠。"连忙到方丈禀知长老。长老道:"善哉!难得你善心,即抱回房中,好生喂养,救他性命,这是好事。"到了周岁,长老起了个名字,唤做"红莲"。日往月来,养在寺中,无人知觉,一向长老也忘了。不觉红莲长成十六岁,清一道人每日出锁入锁,如亲生女一般。女子衣服鞋袜如沙弥打扮,且是生得清俊,无事在房做针线,只指望招寻个女婿,养老送终。

此类"说法",已极为世俗化。实际上已构成一"通俗小说"。

一日,六月热天,这五戒禅师忽想数十年前之事,径来千佛阁后清一道人房中来。清一道:"长老希行,来此何干?"五戒因问:"红莲女子在于何处?"清一不敢隐讳,请长老进房,一见就差了念头,邪心辄起,分付清一:"你今晚送他到我房中，不可有误。你若依我，后日抬举你；切不可泄漏与人。”清一不敢不依，暗思今夜必坏了这女身。长老见他应得不爽利，唤入方丈，与了他十两白金，又许他度牒。清一只得收了银子，至晚，送红莲到方丈，长老遂破了他身。每日藏锁他在床后纸帐房内，把些饭食与他吃。

却说他师弟明悟禅师，在禅床上入定回来，已知五戒差了念头，犯了色戒，淫垢了红莲女子，把多年德行一旦抛弃了。“我去劝醒，再不可如此。”次日，寺门前荷莲花开，明悟令行者采一朵白莲花来，插在胆瓶内，令请五戒来赏莲花，吟诗谈笑。不一时，五戒至。两个禅师坐下，明悟道：“师兄，我今日见此花甚盛，竟请吾兄赏玩，吟诗一首。”行者拿茶吃了，预备文房四宝。五戒道：“将那荷根为题。”明悟道：“便将莲花为题。”五戒控起笔来，写诗四句：

一枝菡萏瓣儿张，相伴蜀葵花正芳。

红榴似火开如锦，不如翠盖芰荷香。

明悟道：“师兄有诗，小弟岂得无诗。”于是拈笔写四句：

春来桃杏柳舒张，千花万蕊斗芬芳。

夏赏芰荷如灿锦，红莲争似白莲香？

写毕呵呵大笑。五戒听了此言，心中一悟，面有愧色，转身辞回方丈，命行者快烧汤。洗浴罢，换了一身新衣，取纸笔忙写八句颂曰：

吾年四十七，万法本归一。

只为念头差，今朝去得急。

传语悟和尚，何劳苦相逼？

幻身如闪电，依旧苍天碧。

写毕放在佛前，归到禅床上就坐化了。行者忙去报与明悟。明悟听得大惊，走来佛前看见《辞世颂》，遂说：“你好却好了，只可惜差了这一着。你如今虽得个男身去，长成不信佛、法、僧三宝，必然灭佛谤僧，后世堕落苦轮，不得归依正道，深可痛哉！你道你去得，我赶你不着！”当下归房，令行者烧汤洗浴，坐在禅床上，“吾今赶五戒和尚去也。汝可将两个龛子盛了放三日，一时焚化。”说毕，亦圆寂坐化。众僧皆惊，有如此异事！传得四方知道，本寺连日坐化了两僧，烧香礼拜布施者，人山人海。抬去寺前焚化。这清一道人遂收红莲，改嫁平人养老。

“故事”成为主要的，“训诫”反成附加的赘物了。

不日后，五戒托生在西川眉州，与苏老泉居士做儿子，名唤苏轼，字子瞻，号东坡；明悟托生与本州，姓谢名原，字道清为子，取名端卿，后出家为僧，取名佛印。他两个还在一处作对，相交契厚。正是：

自到川中数十年，曾在毗卢顶上眠。
参透赵州关捩子，好姻缘做恶姻缘。
桃红柳绿还依旧，石边流水响潺潺。
今朝指引菩提路，再休错意恋红莲。

薛姑子说罢，只见玉楼房中兰香，拿了两方盒细巧素菜，果碟茶食点心，收了香炉，摆在桌上，又是一壶茶，与众人陪三个师父吃了。然后又拿荤下饭来，打开一坛麻姑酒，众人围炉吃酒。月娘便与大妗子掷色儿抢红；金莲便与李娇儿猜枚，玉箫便傍边斟酒，又替金莲打桌底下转子儿，须臾把李娇儿赢了数杯。玉楼道：“等我和你猜，你只顾赢他罢。”却要金莲露出手来，不许他褪在袖口边，又不许玉箫近前，当夜一连反赢了金莲几钟酒。又教郁大姐弹唱。月娘道：“你唱个‘闹五更’俺每听。”郁大姐便调弦，高声唱《玉交枝》道：

妻妾们也只能如此寻乐。

彤云密布，剪鹅毛雪花乱舞，朔风凛冽穿窗户，你心毒奴更受苦。爹娘骂得奴心忒狠毒，你说来的话全不顾。把更儿，从头细数。

〔金字经〕 夜迢迢孤另另，冷清清更初静。不寄平安一纸书，腮边流泪珠，不把佳期顾。一更里无限的苦。

〔玉交枝〕 一更才至，冷清清撇奴在帐里。番来复去如何睡，二更里泪珠垂。

〔又〕 二更难过，讨一觉频频的睡。着今宵，今宵梦儿里来托，我思他他思我。去时节海棠花儿开了半朵，到如今树叶儿皆零落。枉教奴痴心儿等着。

〔金字经〕 我痴心终日家等待你，何日是可？合少离多咱命薄、命薄，孤另孤另怎生奈何，好着教难存坐。三更里睡梦儿多。

〔玉交枝〕 三更月上，好难挨今宵夜长。烧残蜡烛银台上，泪珠流三两行。红绫的被儿闲了半床，新挑的手帕儿在谁行放？瘦损了腰肢，腰肢沈郎。

〔金字经〕 沈郎的腰肢瘦，每日家愁断了肠。盼望情人泪两行、两行，对菱花懒去妆，瘦损了娇模样。四更里偏夜长。

〔玉交枝〕 四更如昼，枕边想不觉的泪流。灵神庙里曾发咒，剪青丝两下里收。说来的话儿不应口，到如今闪的我似章台柳。章台柳，教奴痴心等守。

〔金字经〕 我痴心终日家等待你，何日是休？望盼情人空倚楼、倚楼，想情人一笔勾，不由把眉双皱。五更里泪珠流。

〔玉交枝〕 五更鸡唱，看看儿天色渐晓。放声欲待，放声又恐怕傍人笑。一全家心内焦，烧香告祷神前筊。负心的自有天知道，枉教奴痴心等着。

〔金字经〕 我痴心终日家等待你，何日是了？檐外叮当铁马儿敲、儿敲，搅的奴睡不着，一壁厢寒鸦叫。凄凄凉凉直到晓。

〔玉交枝〕 晓来梳洗，傍妆台懒上画眉。房檐上喜鹊儿喳喳的，小梅香来报喜。报道是有情郎真个归，奴奴同入罗帏里。向前来，奴家问你！

〔后庭花〕 我问你个负心贼，你尽知一去了半年来，怎生无个信息？我道你应举求官去，谁想你恋烟花家贪酒杯！我为你受孤恓，你在那里偎红倚翠。我为你病恹恹减了饮食，瘦伶仃消了玉体，挨清晨怕夕晚。一更里听天边孤雁飞，二更里想情人魂梦里，五更里醒来时不见你。

《忆吹箫》是男思女。《闹五更》是女思男。两曲的唱词，恰似一张扑克牌的两面。其实都是以“男”为主位，是“男性霸权话语”。

〔柳叶儿〕 呀，空闲了鸳鸯锦被，寂寞了盟约、盟约姻誓。海神庙见放着傍州例，不由我心中气。你尽知，负心的自有个天知道。

〔尾声〕 流苏锦帐同欢会，锦被里鸯鸯成对，永远团圆直到底！

《闹五更》是吴月娘点唱的。潘金莲听了恐亦“不愤”。只是不好发作耳。

当下金莲与玉楼猜枚，被玉楼赢了一二十钟酒，坐不住，往前边去了。到前边叫了半日，角门才开，只见秋菊揉眼。妇人骂道：“贼奴才，你睡来？”秋菊道：“我没睡。”妇人道：“见睡起来，你哄我！你倒自在，就不说往后来接我接儿去？”因问：“你爹睡了？”秋菊道：“爹睡了这一日了。”妇人走到炕房里，搂起裙子来就坐在炕上烤火。妇人要茶吃，秋菊连忙倾了一盏茶来。妇人道：“贼奴才，好干净手儿，你倒茶我吃！我不吃这陈茶，熬的怪泛汤气。你叫春梅来，教他另拿小铫儿，顿些好甜水茶儿，多着些茶叶，顿的苦艳艳我吃。”秋菊道：“他在那边床屋里睡哩，等我叫他进来。”妇人道：“你休叫他，且教他睡罢。”

这秋菊不依，走在那边屋里，见春梅歪在西门庆脚头，睡得正好，被他摇推醒了，道：“娘来了，要吃茶，你还不起来哩！”这春梅唠他一口，骂道：“见鬼的奴才！娘来了罢了，平白唬人剌剌的。”一面起来，慢条斯礼，撒腰拉裤，走来见妇人，只顾倚着炕儿揉眼。妇人反骂秋菊：“恁奴才，你睡的甜甜儿的，把你叫醒了！”因教他：“你头上汗巾子跳上去了，还不往下扯扯哩。”又问：“你耳躲上坠子怎的只带着一只，往那里去了？”这春梅摸了摸，果然只有一只金玲珑坠子，便点灯往那边床上寻去，寻不见。良久，不想落在床脚踏板上，拾起来。妇人问：“在那里来？”春梅道：“都是他失惊打怪叫我起来，乞帐钩子抓下来了，才在踏板上拾起来。”妇人道：“我那等说着，他还只当叫起你来！”春梅道：“他说娘要吃茶来。”妇人道：“我要吃口茶儿，嫌他那手不干净。”这春梅连忙舀了一小铫子水，坐在火上，使他扻了些炭在火内，须臾就是茶汤；涤盏儿干净，浓浓的点上去，递与妇人。妇人问春梅：“你爹睡下多大回了？”春梅道：“我打发睡了这一日了。问娘来，我说娘在后边还未来哩。”

对春梅只好暂且装聋作哑。毕竟不能“统统扫荡”。况多少事还得倚仗春梅。

这妇人吃了茶，因问春梅："我头里袖了几个果子和蜜饯，是玉箫与你姥姥吃的，交付这奴才接进来，你收了？"春梅道："我没见，他赤道放在那里。"这妇人一面叫秋菊，问他果子在那里。秋菊道："有，我放在拣妆内哩。"走去取来，妇人数了一数，只是少了一个柑子，问他那里去了。秋菊道："娘递与，拿进来就放在拣妆内。那个害馋痨，烂了口，吃他不成！"妇人道："贼奴才，还涨涩嘴！你不偷，往那去了？我亲手数了交与你的。贼奴才，你看省手拈搭的，零零落落，只剩下这些儿，干净吃了一半，原来只孝顺了你！"教春梅："你与我把那奴才，一边脸上打与他十个嘴巴。"春梅道："那臜脸弹子，倒没的龌龊了我这手。"妇人道："你与我拉过他来。"春梅用双手推颡到妇人跟前，妇人用手拧着他腮颊，骂道："贼奴才，这个柑子是你偷吃了不是？你即实实说了，我就不打你；不然，取马鞭子来，我这一旋剥，就打个不数。我难道醉了？你偷吃了，一径里溁混我！"因问春梅："我醉不醉？"那春梅道："娘清省白醒，那讨酒来！娘信他，不是他吃了？娘不信，掏他袖子，怕不的还有柑子皮儿，在袖子里不止的。"妇人于是扯过他袖子来，用手去掏。秋菊慌用手撇着，不教掏。春梅一面拉起手来，果然掏出些柑子皮儿来。被妇人尽力脸上拧了两把，打了两个手八，便骂道："贼奴才痞，不长俊奴才！你诸般儿不会，相这说舌偷嘴吃偏会！刚才掏出皮来，吃了，真赃实犯拿住你，还赖那个？我如今要打你，你爹睡在这里，我茶前酒后，我且不打你；到明日清醒白省，和你算帐！"春梅道："娘到明日，休要与他行行匆匆的，好生旋剥了，教一个人把他实辣辣打与他几十板子，教他忍疼，他也惧怕些；甚么斗猴儿似汤那几棍儿，他才不放心上。"那秋菊被妇人拧的脸胀肿的，谷都着嘴往厨下去了。妇人把那一个柑子平擗两半，又拿了个苹婆、石榴递与春梅，说道："这个与你吃，把那个留与姥姥吃。"这春梅也不瞧，接过来似有如无，掠在抽屉内。妇人把蜜蒸也要分开，春梅道："娘不要分，我懒待吃这甜行货子，留与姥姥吃罢。"以此妇人不分，都留下了，不题。

且用虐待秋菊来排解性苦闷。这也是潘金莲的惯技。

潘金莲以此向春梅"套磁"，也就是"套近乎"、笼络，表示"有我的就有你的"，春梅却不稀罕。

妇人走到桶子上小解了，教春梅掇进坐桶来澡了牝。又问春梅："这咱天有多少时分？"春梅道："月儿大倒西，也有三更天气。"妇人摘潘金莲在性事中竟扮演“出击者”。

了头面,走来那边床房里,见桌上银灯已残,从新剔了剔,向床上看西门庆,正打鼾睡。于是解松罗带,卸褪湘裙,坐换睡鞋,脱了裈裤,上床钻在被窝里,与西门庆并枕而卧。① 两个并肩交股,枕藉于床上,寐不觉东方之既白。正是:等闲试把银釭照,一对天生连理人。

毕竟未知后来何如,且听下回分解。

① 此处删 829 字。

第七十四回
宋御史索求八仙鼎　吴月娘听宣黄氏卷

昔年南去得娱宾，愿在阶前共好春。
蚁泛羽觞蛮酒腻，凤衔瑶句蜀笺新。
花怜游骑红随后，草恋征车碧绕轮。
别后清清郑南路，不知风月属何人。

话说西门庆搂抱潘金莲，一觉睡到次日天明。① 妇人一面问西门庆："二十八日应二爹送了请帖来请，俺每去不去？"西门庆道："怎的不去？都收拾了去。"妇人道："我有庄事儿央你，依不依？"西门庆道："怪小淫妇儿，你有甚事，说不是。"妇人道："把李大姐那皮袄拿出来，与我穿了罢。明日吃了酒回来，他们都穿着皮袄，只奴没件儿穿。"西门庆道："有年时王招宣府中当的皮袄，你穿就是了。"妇人道："当的我不穿他，你与了李娇儿去。把李娇儿那皮袄，却与雪娥穿。我穿李大姐这皮袄。你今日拿出来与了我，我搽上两个大红遍地金鹤袖，衬着白绫袄儿穿，也是我与你做老婆一场，没曾与了别人。"西门庆道："贼小淫妇儿，单管爱小便益儿。他那件皮袄，值六十两银子哩，油般大黑锋毛儿。你穿在身上是会摇摆！"妇人道："怪奴才，你是与了张三李四的老婆穿了？左右是你的老婆，替你装门面的，没的有这些声儿气儿的。好不好，我就不依了！"西门庆道："你又求人，又做硬儿。"妇人道："怪硶货，

以淫换袄，岂止是"爱小便益儿"。潘金莲人性，实在龌龊。

① 此处删141字。

我是你房里丫头,在你跟前服软?”①

当日却是安郎中摆酒,西门庆起来梳头净面出门。妇人还睡在被里,便说道:“你趁闲寻寻儿出来罢,等一回你又不得闲了。”这西门庆于是走到李瓶儿房中,奶子、丫头又早起来收拾干净,安顿下茶水伺候。西门庆进来坐下,问养娘如意儿,这咱供养多时了。西门庆见如意儿穿着玉色对衿袄儿、白布裙子、葱白段子纱绿高底鞋儿,薄施朱粉,长画蛾眉,油胭脂搽的嘴唇鲜红的,耳边带着两个金丁香儿,手上带着李瓶儿与他四个乌金戒指儿,笑嘻嘻递了茶,在旁边说话儿。西门庆一面使迎春,往后边讨床房里钥匙去,那如意儿便问:“爹讨来做什么?”西门庆道:“我要寻皮袄,与你五娘穿。”如意道:“是娘的那貂鼠皮袄?”西门庆道:“就是,他要穿穿,拿与他罢。”迎春去了,把老婆就搂在怀里,两手就舒在胸前摸他奶头,说道:“我儿,你虽然生养了孩子,奶头儿倒还恁紧!”就两个脸对脸儿亲嘴,且咂舌头做一处。如意儿道:“我见爹常在五娘身边,没见爹往别的房里去。他老人家别的罢了,只是心多,容不的人。前日爹不在,为了棒槌,好不和我大嚷了一场!多亏韩嫂儿和三娘来劝开了。落后爹来家,也没敢和爹说。不知什么多嘴的人对他说,又说爹要了我。他也告爹来不曾?”西门庆道:“他也告我来。你到明日,替他陪个礼儿便了。他是恁行货子,受不的人个甜枣儿就喜欢的;嘴头子虽利害,倒也没什么心。”如意儿道:“前日我和他嚷了,第二日爹到家,就和我说好话,说爹在他身边偏的多,‘就是别的娘,多让我几分!你凡事只有个不瞒我,我放着河水不洗船,好做恶人?’”西门庆道:“既是如此,大家取和些。”又许下老婆:“你每晚夕等我来这房里睡。”如意道:“爹真个来?休哄俺每着。”西门庆道:“谁哄你来!”正说着,只见迎春取钥匙来了。西门庆教开了床房门,又开橱柜,拿出那皮袄来,抖了抖,还用包袱包了,教迎春拿到那边房里去。如意儿悄悄向西门庆说:“我没件好裙袄儿,你趁着手儿,再寻出来与了我罢;有娘小衣裳儿,再与我一件儿。”西门庆连忙就教他开箱子,寻出一套翠蓝段子

西门庆的性欲恶性亢进。这样下去只怕性命难保。

如意儿抓紧“辩诬”。西门庆大抹稀泥。虽“性相连”,其实“心甚远”。

① 此处删122字。

袄儿、黄绵绸裙子，又是一件蓝潞绸绵裤儿，又是一双妆花膝裤腿儿，与了他。老婆磕头谢了。

为了"性"，也就顾不得"情"了。

西门庆锁上门去了，就使他送皮袄与金莲房里来。金莲才起来，在床上裹脚。只见春梅说："如意儿送皮袄来了。"妇人便知其意，说道："你教他进来。"问道："爹使你来？"如意道："是爹教我送来与娘穿。"金莲道："也与了你些什么儿没有？"如意道："爹赏了我两件绸绢衣裳年下穿，教我来与娘磕头。"于是向前磕了四个头。妇人道："姐姐们，这般却不好？你主子既爱你，常言船多不碍港，车多不碍路，那好做恶人！你只不犯着我，我管你怎的？我这里还多着个影儿哩。"如意儿道："俺娘已是没了，虽是后边大娘承揽，娘在前边还是主儿，早晚望娘抬举！小媳妇敢欺心，那里是叶落归根之处？"妇人道："你这衣服，少不得还对你大娘说声是的。"如意道："小的前者也问大娘讨来，大娘说，'等爹开时，拿两件与你。'"妇人道："既说知罢了。"这如意就出来，还到那边房里。西门庆已往前厅去了。如意便问迎春："你头里取钥匙去，大娘怎的说？"迎春说："大娘问，'你爹要钥匙做什么？'我也没说拿皮袄与五娘，只说我不知道。大娘没言语。"

结成"性联盟"。只怕不坚实。且就合着过。

却说西门庆走到厅上，看着设席摆列。海盐子弟张美、徐顺、苟子孝，生旦都挑戏箱到了，李铭等四名小优儿又早来伺候，都磕头见了。西门庆分付打发饭与众人吃，分付李铭三个在前边唱，左顺后边答应堂客。那日韩道国娘子王六儿没来，打发申二姐，买了两盒礼物，坐轿子，他家进财儿跟着，也来与玉楼做生日。王经送到后边，打发轿子出去了。那日门前韩大姨、孟大妗子都到了，又是傅伙计、甘伙计娘子，崔本媳妇儿段大姐，并贲四娘子。西门庆正在厅上，看见夹道内玳安领着那个五短身子，穿绿段袄儿、红裙子，勒着蓝金绡箍儿，不搽胭粉，两个密缝眼儿，一似郑爱香模样，便问是谁。玳安道："是贲四嫂。"西门庆就没言语，往后见了月娘。

色狼眼尖。

月娘摆茶，西门庆进来吃粥，递与月娘钥匙。月娘道："你开门做什么？"西门庆道："六儿他说明日往应二哥家吃酒，没皮袄，要李大姐那皮袄穿。"被月娘瞅了一眼，说道："你自家把不住自家嘴头了。他死了，嗔人分散房里丫头；相你这等，就没的话儿说了。他见放皮袄不穿，巴巴儿只要这皮袄穿。早时他死了，你只望这皮袄；他不死，你只好看一眼儿罢了！”几句说得西门庆闭口无言。忽报刘学官来还银子，西门庆出去陪坐，在厅上说话。只见玳安拿进帖儿说：“王招宣府送礼来了。”西门庆问：“是什么礼？”玳安道：“是贺礼，一匹尺头、一坛南酒、四样下饭。”西门庆看帖儿上写着：“眷晚生王家顿首拜。”西门庆即便叫王经拿眷生回帖儿谢了，赏了来人五钱银子，打发出了门。

西门庆心中此时“性追求”已远大于“情追求”矣！

只见李桂姐门首下轿，保儿挑四方盒礼物，慌的玳安替他抱毡包，说道：“桂姨打夹道内进去罢，厅上有刘学官坐着哩。”那桂姐即向夹道内进里边去，来安儿把盒子挑进月娘房里去。月娘道：“爹看见来不曾？”玳安道：“爹陪着客，还不见哩。”月娘便说道：“连盒放在明间内。”一回客去了，西门庆进来吃饭。月娘道：“李桂姐送礼在这里。”西门庆道：“我不知道。”月娘令小玉揭开盒儿，见一盒果馅寿糕、一盒玫瑰八仙糕、两只烧鸭、一副豕蹄。只见桂姐从房内出来，满头珠翠，勒着白挑线汗巾，大红对衿袄儿，蓝段裙子，望着西门庆磕了四个头。西门庆道：“罢了，又买这礼来做什么？”月娘道：“刚才桂姐对我说，怕你恼他，不干他事，说起来都是他妈的不是。那日桂姐害头疼来，只见这王三官领着一行人，往秦玉芝儿家请秦玉芝儿，打门首过，进来吃茶，就被人进来惊散了。桂姐也没出来见他。”西门庆道：“那一遭是没出来见他，这一遭又是没出来见他，自家也说不过。论起来我也难管你，这丽春院拿烧饼砌着门不成？到处银钱儿都是一样，我也不恼！”那桂姐跪在地下，只顾不起来，说道：“爹恼的是。我若和他沾沾身子，就烂化了，一个毛孔儿里生个天疱疮！都是俺妈，空老了一片皮，干的营生！没个主意，好的也招惹，歹的也招惹来家，平白教爹惹恼。”月娘道：“你既来了，说开就是了，又恼怎的？”西门庆道：“你起来，我不恼你便了。”那桂姐故作娇张致，说道：“爹笑一笑儿，我才起来；你不笑，我就跪一年也不起来。”不防潘金莲在傍插口道：“桂姐，你起来，只顾跪着他，求告他黄米头儿，教他张致。如今在这里，你便跪着他；明日到你家，他却跪着你。你那时别要理他！”把西门庆、月娘多笑了，桂姐才起了来。只见玳安慌

若不是已与王三官家打得火热，也未必就不再恼。

慌张张来报："宋老爹和安老爹来了。"这西门庆便教拿衣服穿了，出去迎接去了。桂姐向月娘说道："耶哧哧，从今后我也不要爹了，只与娘做女儿罢。"月娘道："你虚头愿心，说过道过罢了。前日两遭往里头去，没在那里？"桂姐道："天么天么，可是杀人！爹没往我家里；若是到我家，见爹一面，沾沾身子儿，就促死了我，浑身生天泡疮！娘你错打听了，敢不是我那里，多往郑月儿家走走两遭，请了他家小粉头子了。我这篇是非，就是他气不愤架的；不然，爹如何恼我？"金莲道："各人衣饭，他平白怎么架你是非？"桂姐道："五娘，你不知，俺每这里边人，一个气不愤一个，好不生分！"月娘接过来道："你每里边与外边怎的打偏别？也是一般。一个不愤一个，那一个有些时道儿，就要蹦下去。"月娘摆茶与他吃，不在话下。

原来富家与妓院，其"人际关系"何其相似乃尔。

却说西门庆迎接宋御史、安郎中到厅上叙礼，每人一匹段子、一部书，奉贺西门庆，见了桌席齐整，甚是称谢不尽。一面分宾主坐下，叫上戏子来参见，分付："等蔡老爹到，用心扮演。"不一时吃了茶，宋御史道："学生有一事奉渎四泉，今有巡抚侯石泉老先生，新升太常卿，学生同两司作东，二十九日借尊府置杯酒奉饯，初二日就起行上京去了，未审四泉允诺否？"西门庆道："老先生分付，敢不从命！但未知多少桌席？"宋御史道："学生有分资在此。"即唤书吏上来，毡包内取出布按两司连他共十二封分资来，每人一两，共十二两银子，要一张大插桌，余者六桌都是散桌，叫一起戏子。西门庆答应收了，宋御史又下席作揖致谢。少顷，请去卷棚聚景堂那里坐的。不一时，钞关钱主事也到了。三员官会在一处，换了茶，摆棋子下棋。宋御史见西门庆堂庑宽广，院中幽深，书画文物，极一时之盛。又见挂着一幅三阳捧日横批古画，正面螺钿屏风，屏风前安着一座八仙捧寿的流金鼎，约数尺高，甚是做得奇巧。见炉内焚着沉檀香，烟从龟鹤鹿口中吐出，只顾近前观看，夸奖不已，问西门庆："这付炉鼎造得好！"因向二官说："我学生写书与淮安刘年兄那里，替我捎带这一付来送蔡老先，还不见到；四泉不知是那里得来的？"西门庆道："也是淮上一个人送学生的。"说毕下棋。西门庆分付下边，看了两个桌盒，细巧菜蔬，果馅点心上来，一面叫生旦在上唱南

"借府设席"，此席未开，竟又定一席。西门府成高级餐馆了。

垂涎三尺矣。

曲。宋御史道:“客尚未到,主人先吃得面红,说不通。”安郎中道:“天寒,饮一杯无碍。”原来宋御史已差公人,船上邀蔡知府去了,近午时分,来人回报:“邀请了,在砖厂黄老爹那里下棋,便来也。”宋御史令起去伺候,一面下棋饮酒。安郎中唤戏子:“你每唱个《宜春令》奉酒。”于是贴旦唱道:

第一来为压惊,第二来因谢诚。杀羊茶饭,来时早已安排定。断闲人,不会亲邻,请先生和俺莺娘匹聘。我只见他欢天喜地,道谨依来命。

〔玉枝花〕 来回顾影,文魔秀士欠酸丁。下工夫将头颅来整,迟和疾擦倒苍蝇。光油油耀花人眼睛,酸溜溜螫得牙根冷。天生这个后生,天生这个俊英!

〔玉娇莺〕 今宵欢庆,我莺娘何曾惯经,你须索要款款轻轻。灯儿下共交鸳颈,端详可憎,谁无志诚,恁两人今夜亲折证。谢芳卿,感红娘错爱,成就了这姻亲。

〔解三酲〕 玳筵开香焚宝鼎,绣帘外风扫闲庭。落红满地胭脂冷,碧玉栏杆花弄影。准备鸳鸯夜月销金帐,孔雀春风软玉屏。合欢令,更有那凤箫象板,锦瑟鸾笙。

〔前腔〕 (生唱)可怜我书剑飘零无厚聘,感不尽姻亲事有成。新婚燕尔安排定,除非是折桂手报答前程。我如今、博得个跨凤乘鸾客,到晚来、卧看牵牛织女星。非侥幸,受用的珠围翠绕,结果了黄卷青灯。

〔尾声〕 老夫人专意等。(生唱)常言道恭敬不如从命。(生唱)休使红娘再来请。

唱毕,忽吏进报:“蔡老爹和黄老爹来了。”宋御史忙令收了桌席,各整衣冠,出来迎接。蔡九知府穿素服金带,跟着许多吏,先令人投一侍生蔡修拜帖与西门庆。进厅上,安郎中道:“此是主人西门大人,见在本处作千兵,也是京中老先生门下。”那蔡知府又作揖称道:“久仰,久仰。”西门庆亦道:“容当奉拜。”叙礼毕,各宽衣服坐下,左右上了茶,各人扳话。良久,就上坐,西门庆令小优儿在傍弹唱。蔡九知府居上,主位四坐，厨役割道汤饭。戏子呈递手本，蔡九知府拣了《双忠记》。演了两折，酒过数巡，宋御史令生旦上来递酒，小优儿席前唱这套《新水令》，“玉骢骄马出皇都”。蔡知府笑道：“松原直得，多少可谓‘御史青骢马’，三公乃‘刘郎旧紫髯’。”安郎中道：“今日更不道‘江州司马青衫湿’。”言罢，众人都笑了。西门庆又令春鸿唱了一套“金门献罢平胡表”，把宋御史喜欢的要不的，因向西门庆道：“此子可爱。”西门庆道：“此是小价，原是扬州人。”宋御史携着他手儿教他递酒，赏了他三钱银子，磕头谢了。正是：

《双忠记》虽演的唐代故事，宋代未见有此剧目，系明人姚茂良所撰。由此更可证本书所写实为明代的社会状况。

窗外日光弹指过，席前花影坐间移。

一杯未尽笙歌送，阶下申牌又报时。

不觉日色沉西，蔡九知府见天色晚了，即令左右穿衣，告辞。众位款留不住，俱送出大门而去。随即差了两名吏典，把桌席羊酒尺头，抬送到新河口下处去讫，不题。宋御史于是亦作辞西门庆，因说道：“今日且不谢，后日还要取扰。”各上轿而去。

主客停留时间，相对而言并不算长。此宴倒便宜了陪客们。

西门庆送了回来，打发了戏子，分付：“后日还是你们来，再唱一日，叫几个会唱的来。宋老爹请巡抚侯爷哩。”戏子道：“小的知道了。”西门庆令攒上酒桌，使玳安去请温相公来坐坐，再教来安儿去请应二爹去。不一时次第而至，各行礼坐下。三个小优儿在傍弹唱，把酒来斟。西门庆又问伯爵：“你娘们明日都去，你叫唱的是杂耍的？”伯爵道：“哥倒说得好，小人家那里抬放？将就叫了两个唱女儿唱罢了。明日早些请众娘嫂子下降。”这里前厅吃酒，不题。

后边，孟大姨与孟二妗子先起身去了。落后杨姑娘也要去，月娘道：“姑奶奶，你再住一日儿家去不是，薛姑子使他徒弟取了卷来，咱晚夕教他宣卷咱们听。”杨姑娘道：“老身实和姐姐说，要不是我也住，明日俺门外第二个侄儿定亲事，使孩子来请我，我要瞧瞧去。”于是作辞而去。只有傅伙计、甘伙计娘子与贲四娘子、段大姐，月娘还留在上房陪大妗子、潘姥姥。李桂姐、申二姐、郁大姐在傍，一递一套弹唱；两个小优儿都打发在前边来了。又吃至掌灯已后，三位伙计娘子都作辞去了。止段大姐没去，在后边雪娥房中歇了；潘姥姥往金莲房内去了。只有大妗子、李桂姐、申二姐和三个姑子，郁大姐和李娇儿、孟玉楼、潘金莲，在月娘房内坐的。忽听前边西门庆散了，小厮收进家活来。这金莲慌忙抽身就往前走了，到前边黑影儿里，悄悄立在角门首。只见西门庆扶着来安儿，打着灯，趔趄着脚儿，就往李瓶儿那边走。看见金莲在门首立着，拉了手进入房来。

那来安儿便往上房交钟箸。月娘只说西门庆进来，把申二姐、李桂姐、郁大姐都打发往李娇儿房内去了，问来安道："你爹来没有？在前边做什么？"来安道："爹在五娘房里去了的，不耐烦了。"月娘听了，心内就有些恼，因向玉楼道："你看，恁没来头的行货子！我说他今日进来往你房里去，如何三不知又摸到他那屋里去了？这两日又浪风发起来，只在他前边缠！"玉楼道："姐姐，随他缠去，恰似咱每把这件事放在头里，争他的一般！可是大师父说笑话儿的来头，左右这六房里，由他串到。他爹心中所欲，你我管的他！"月娘道："干净他有了话，刚才听见前头散了，就慌的奔命的往前走了。"因问小玉："灶上没人了，与我把仪门拴上了罢；后边请三位师父来，咱每且听他宣一回卷着。"又把李桂姐、申二姐、段大姐、郁大姐都请了来。月娘向大妗子道："我头里旋叫他使小沙弥请了《黄氏女卷》来宣，今日可可儿杨姑娘已去了。"分付玉箫："顿下好茶。"玉楼对李娇儿说："咱两家子轮替管茶，休要只顾累了大姐姐这屋里。"于是各往房里分付预备茶去。

妻妾们各有排解性苦闷的办法。吴月娘多用"听经说法"的方式。

不一时，放下炕桌儿，三个姑子来到，盘膝坐在炕上；众人俱各坐了，挤了一屋里人，听他宣卷。月娘洗手炷了香。这薛姑子展开《黄氏女卷》，高声演说道：

盖闻法初不灭，故归空；道本无生，每因生而不用。由法身以垂八相，由八相以显法身。朗朗惠灯，通开世户；明明佛镜，照破昏衢。百年景赖刹那间，四大幻身如泡影。每日尘劳碌碌，终朝业试忙忙。岂知一性圆明，徒逞六根贪欲。功名盖世，无非大梦一场；富贵惊人，难免无常二字。风火散时无老少，溪山磨尽几英雄。我好十方传句偈，八部会坛场，救大宅之蒸熬，发空门之龠绘。偈曰：富贵贫穷各有由，只缘分定不

薛姑子此回又使用了另一种"话语"。

须求。未曾下的春时种，空手荒田望有秋。众菩萨每，听我贫僧演说佛法，道四句偈子，乃是老祖留下。如何说"富贵贫穷各有由"？相如今你道众菩萨，嫁得官人，高官厚禄，在这深宅大院，呼奴使婢，插金带银，在绫锦窝中长大，绮罗堆里生成，思衣而绫锦千箱，思食而珍馐百味，享荣华，受富贵，尽皆是你前世因由，根基上有你的一般大缘分，不待求而自得。就是贫僧在此宣经念佛，也是吃着这美口茶饭，受着发心布施，老大缘分，非同小可！都是龙华一会上的人，皆是前生修下的功果；你不修下时，就如春天不种下场，到了秋成时候，一片荒田，那成熟结子从那里来？正是：净扫灵台好下工，得意欢喜不放松。五浊六根争洗净，参透玄门见家风。又：百岁光阴瞬息回，此身必定化飞灰。谁人肯向生前悟，悟却无生归去来。又：人命无常呼吸间，眼观红日坠西山。宝山历尽空回首，一失人身万劫难。想这富贵荣华，如汤泼雪，仔细算来，一件无多，做了虚花惊梦。我今得个人身，心中烦恼悲切，死后四大化作尘土，又不知这点灵魂，往何处受苦去也。惧怕生死轮回，往前再参一步。（唱）

〔一封书〕 生和死两下，相叹浮生终日忙。男和女满堂，到无常只自当。人如春梦终须短，命若风灯不久常。自思量，可悲伤，题起教人欲断肠。

开卷曰：应身长救苦，并本无去亦无来，弥陀教主大愿弘深，四十八愿度众生，使人人悟本性。弥陀今惟心净，主渡苦海，苦海洪波，证菩提之妙果。持念者罪灭河沙，称扬者福增无量，书写读诵者当生华藏之天，见闻受持，临命终时定往西方净土。凡念佛者，断有功无量。慈愍故，慈愍故，大慈愍故，信礼常住三宝，皈命十方一切佛法僧，法轮常转度众生。偈曰：无上甚深做妙法，百千万劫难遭遇。我今见闻得受持，愿解如来真实意。《黄氏宝卷》才展开，诸佛菩萨降临来。炉香遍满虚空界，佛号声名动九垓。

这回是"训诫"多于"故事"。

昔日汉王治世，雨顺风调，国泰民安，感得一位善心娘子出世。家住曹州南华县，黄员外所生一女，端严美色，年方七岁，吃斋把素，念《金刚经》，报答父母深恩，每日不缺，感得观世音菩萨半空中化魂。父母见他终日念经，苦切不从，一日寻媒，吉日良时，把他嫁与一婿，姓赵名令方，屠宰为生。为夫妇一十二载，生下一男二女。一日，黄氏告其夫曰：我与你为夫妻一十二载，生下娇儿娇女，但贪恋恩爱，永堕沉沦。妾有小词，劝喻丈夫听取。词曰：宿缘夫妇得成双。虽有男和女，谁会抵无常。伏望我夫主，定念与奴同。共修行，终天年。富贵也，须草草。休贪名与利，随分度时光。这赵郎见词不能依随，一日作别起身，往山东买猪去。黄氏女见丈夫去了，每日净房寝歇，沐浴身体，烧香礼诵《金刚经》。

令方当下山东去，三个儿女在中堂。黄氏女，在西房，香汤沐浴换衣裳，卸簪珥浅淡梳妆。每日家，向西方，烧香礼拜；面念颜，并宝卷，持念《金刚》。看经文，犹未了，香烟冲散；念佛音，声朗朗，贯彻穹苍。地狱门，天堂界，毫光发现；阎罗王，一见了，喜悦龙颜。莫不是，阳世间，生下佛祖？急宣召，二鬼判，审问端详。有鬼判，告吾王，聆音察理；曹州府，南华县，有一善良。看经文，黄氏女，持斋把素；行善心，功行大，惊动天堂。（唱《金刚经》）

连说带唱，尼姑与优伶的娱主方式其实无大差别，只不过“包装”不同罢了。

阎罗王闻言心内忙，急点无常鬼一双，一双急奔赵家庄。黄氏正看经卷，忽见仙童在面前。（念）

善人便是童子请，恶人须遣夜叉郎。黄氏看经忙来问，谁家童子到奴行？仙童答告娘子道，善心娘子你莫慌。不是凡间亲眷属，我是阴间童子郎。今因为你看经卷，阎王请你善心娘。黄氏见说心烦恼，小心一一告无常。同姓同名勾一个，如何勾我见阎王？千死万死甘心死，怎舍娇娃女一双。大姐娇姑方九岁，伴娇六岁怎抛娘？长寿娇儿年三岁，常抱怀中心怎忘？若放奴家魂一命，多将功德与你行。仙童答告娘子道，何人似你念《金刚》。

善恶二童子被黄氏女哀告，再三不肯赴幽，留恋一二个孩儿，难抛难舍。仙童催促说道："善心娘子，阴间取你三更死，定不容情到四更。不比你阳间好转限。阴司取你，若违了限，我得罪，更不轻说短长。"黄氏此时心意想，便唤女使去烧汤。香汤沐浴方才了，将身便乃入佛堂。盘膝坐定不言语，一灵真性见阎王。（唱）

〔楚江秋〕 人生梦一场，光阴不久常，临危个个是风灯样。看看回步见阎王，急办行妆。乡台上把家乡望，儿啼女哭好恓惶。排铰打鼓作道场，披麻带孝安茔葬。（白）

不说令方恓惶事，且言黄氏赴阴灵。看看来到奈何岸，一道金桥接路行。借问此桥作何用？单等看经念佛人。奈何两边血浪水，河中多少罪淹魂。悲声哭泣纷纷闹，四面毒蛇咬露筋。前到破钱山一座，黄氏向前问原因。是你阳间人化纸，残烧未了便抛焚。因此挑翻多破碎，积聚号作破钱山。又打枉死城下过，多少孤魂未托生。黄氏见说心慈悯，举口便诵《金刚经》。河里罪人多开眼，尸山炉剔树骞林。镬汤火池莲花现，无间地彻瑞云笼。当下仙童忙不住，急忙便去奏阎君。（唱）

〔山坡羊〕 黄氏到了那森罗宝殿，有童子先奏说："请了看经人来见。"阎罗王便传召请。黄氏拜在金阶下，不由的跪在面前。有阎君问："你从几年把《金刚经》念起？何年月日感得观世音出现？"这黄女叉手诉说前情来诃："自从七岁吃斋，供养圣贤，望上圣听言。从嫁了儿夫，看经心不减。"（白）

阎君当下忙传旨，善心娘子你听因。你念《金刚》多少字？几多点画接阴阴？甚字起头甚字落？是何两字在中间？你若念经无差错，放你还魂回世间。黄氏当时阶下立，愿王听奴念《金刚》。字有五千四十九，八万四千点画行；如字起头行字住，荷担两字在中央。黄氏说经犹未了，阎王殿前放毫

此回将"宣讲《黄氏卷》""照单全收"，超出了一般长篇小说的格局。可见此书有"话本"的原始风格。

想是当初茶肆中说此书时，有的说书者很愿长篇大套地嵌入此种"戏中戏"；当然，连续听书的茶客有时也愿暂且"滞住"故事情节，听听这种"说唱"，以松弛一下神经。

光。举手龙颜真喜悦，放你还魂看世间。黄氏闻知忙便告，愿王俯就听奴言。第一不往屠家去，第二不要染衣行。只愿作个善门子，看经念佛过时光。阎王取笔忙判断，曹州张家转为男。他家积有家财广，缺少坟前拜孝郎。员外夫妻俱修善，姓名四海广传扬。吃罢迷魂汤一盏，张家娘子腹怀耽。十月满足生一子，左肋红字有两行。此是看经黄氏女，曾嫁观水赵令方。此是看经多因果，得为男子寿延长。张家员外亲看见，爱如珍宝喜开颜。（唱）

此种因果报应故事，最能慰藉吴月娘一类妇女空虚惶惑的心灵。

〔皂罗袍〕 黄氏在张家托化。转男身，相凑无差。员外见了喜添花。三年就养成人大。年方七岁，聪明秀发。攻书习字，取名俊达。十八岁科举登黄甲。

却说张俊达，十八岁登科应举，升授曹州南华县知县。忽然思忆，是他本乡。到县中赴任之后，先完王粮国税，然后理论公厅。差两个公差，即去请赵郎令方，“我和他说话。”两个公差不敢怠慢，即到赵家来请令方。（白）

赵令方，在家中，看经念佛；两公人，忙唱喏，听说来因。即时间，忙打扮，来到县里；公厅上，忙施礼，且说家门。张知县，起躬身，便令坐下；叙寒温，分宾主，捧出茶汤。你是我，亲夫主，令方姓赵；我是你，前妻子，黄氏之身。你不信，到静台，脱衣亲见；左肋下，朱砂记，字写原因。我大女，娇姑儿，嫁人去了；第二女，伴娇姐，嫁了曹真；长寿儿，我挂牵，守我坟茔；咱两个，同骑马，前到先茔。

知县同令方、儿、女，五人到黄氏坟前，开棺见尸，容颜不动。回来做道场七日。令方看《金刚经》，瑞雪纷纷。男女五人总驾祥云升天去了。《临江仙》一首为证：

黄氏看经成正果，同日登极乐。五口尽升天道，善人传观音，菩萨未度我。

宝卷已终，佛圣已知，法界有情，同生胜会。南无一乘宗，无量义，真空妙有如来救苦经。诸佛海会悉遥闻，普使河沙同净土。伏愿经声佛号，上彻天堂，下透地府。念佛者出离苦海，作恶者永堕沉沦；得悟者诸佛引路，放光明照彻十方；东西下回光返照，南北处亲到家乡；登无生漂舟到岸，小孩儿得见亲娘；入母胎三实不怕，八十部永返安康。偈曰：

众等所造诸恶业，自始无始至如今。

灵山失散迷真性，一点灵光串四生。

一报天地盖载恩，二报日月照临恩，

三报皇王水土恩，四报爹娘养育恩，

五报祖师亲传法，六报十类孤魂早超身。

摩诃般若波罗密。

薛姑子宣毕卷，已有二更天气。先是李娇儿房内元宵儿，拿了一道茶来，众人吃了；后孟玉楼房中兰香，拿了几样精制果菜、一坐壶酒来，又顿了一大壶好茶，与大妗子、段大姐、桂姐众人吃；月娘又教玉箫拿出四盒儿细茶食饼糖之类，与三位师父点茶。李桂姐道："三位师父宣了这一回卷，也该我唱个曲儿孝顺。"月娘道："桂姐，又起动你唱。"郁大姐道："等我先唱罢。"月娘道："也罢，郁大姐先唱。"申二姐道："等姐姐唱了，等我也唱个儿与娘们听。"桂姐不肯，道："还是我先唱。"因问月娘要听什么，月娘道："你唱'更深静悄'。"当下桂姐送众人酒，取过琵琶来，轻舒玉笋，款跨鲛绡，启朱唇，露皓齿，唱道：

刚唱完"严肃"的，竟又开唱"通俗"的。其实都是用来释闷。

更深静悄，把被儿熏了。看看等到月上花稍，静悄悄全无消耗。敲残了更鼓你便才来到，见我这脸儿不瞧，来跪在奴身边告。我做意儿焦，他偷眼儿瞧。甫能咬定牙，其实忍不住笑。又：

勤儿推磨，好似飞蛾投火。他将我做哑谜儿包笼，我手里登时猜破。近新来把不住船儿舵，特故里搬弄心肠软，一似酥蜜果。者么是谁，休道是我。便做铁打人，其实强不过。又：

疏狂忒煞，薄情无奈。两三夜不见你回来，问着他便撒顽不睬，不由人转寻思权宁耐。他笑吟吟将锦被儿伸开，半掩过香罗待。我推绣鞋，不去睬。你若是恼的人慌，只教气得你害。又：

花街柳市，你恋着蜂媒蝶使。我这里玉洁冰清，你那里瓜甜蜜柿。恰回来无酒半装醉，只顾里打草惊蛇，到寻我些风流罪。我欲待挝了你面皮，又恐伤了就里；待要随顺了他，其实受不的你气。

桂姐唱毕，郁大姐才要接琵琶，早被申二姐要过去了。挂在胳膊上，先说道："我唱个十二月儿《挂真儿》与大妗子和娘每听罢。"于是唱道"正月十五闹元宵，满把焚香天地也烧"一套。

唱毕，月娘笑道："慢慢儿的说，左右夜长，尽着你说。"那时大妗子害夜深困的慌，也没等的郁大姐唱，吃了茶，多散归各房内睡去了。桂姐便归李娇儿房内，段大姐便往孟玉楼房中，三位师父便往孙雪娥后边房里睡，郁大姐、申二姐与玉箫、小玉在那边炕屋里睡，月娘同大妗子在上房内睡。俱不在话下。正是：参横斗转三更后，一钩斜月到纱窗。

终无意趣，到头来只好去睡。是人生如梦，还是梦如人生？

毕竟未知后来如何，且听下回分解。

第七十五回
春梅毁骂申二姐　玉箫愬言潘金莲

万里新坟尽十年，修行莫待鬓毛斑。
死生事大宜须觉，地彻时常非等闲。
道业未成何所赖，人身一失几时还。
前程暗黑路途险，十二时中自着研。

此八句，单道这善有善报，恶有恶报，如影随形，如谷应声。你道打坐参禅，皆成正果，相这愚夫愚妇在家修行的，岂无成道？礼佛者，取佛之德；念佛者，感佛之恩；看经者，明佛之理；坐禅者，踏佛之境；得悟者，正佛之道。非同容易，有多少先作后修，先修后作！有如吴月娘者，虽有此报，平日好善看经，礼佛布施，不应今此身怀六甲，而听此经法。人生贫富寿夭贤愚，虽蒙父母受气成胎中来，还要怀妊之时有所应召。古人妊娠怀孕，不倒坐，不偃卧，不听淫声，不视邪色，常玩弄诗书金玉异物，常令瞽者诵古词，后日生子女，必端正俊美，长大聪慧，此文王胎教之法也。今吴月娘怀孕，不宜令僧尼宣卷，听其生死轮回之说，后来感得一尊古佛出世，投胎夺舍，日后被其显化而去，不得承受家缘，盖可惜哉！正是：前程黑暗路途险，十二时中自着研。此系后事，表过不题。当下后边听宣毕《黄氏宝卷》，各房宿歇。

此书一开口说教，便无甚特色，无非惩恶扬善、因果报应云云。其特色倒是在“一片生活”的叙述之中。

单表潘金莲在角门边久站立，忽见西门庆过来，相携到房中。见西门庆只顾坐在床上，便问：“你怎的不脱衣裳？”那西门庆搂定妇人，笑嘻嘻说道：“我特来对你说声，我要过那边歇一夜儿去。你拿那淫器包

爽性明说。反正“有性无情”。说开了好“睡个痛快觉”。

儿来与我。”妇人骂道：“贼牢，你在老娘手里使巧儿，拿些面子话儿哄我。我刚才不在角门首站着，你过去的不耐烦了，又肯来问我？这个是你早辰和那歪剌骨两个商定了腔儿，好去和他个合窝去，一径拿我扎筏子。嗔道头里不使丫头，使他来送皮袄儿，又与我磕了头儿来。小贼歪剌骨，把我当甚么人儿？在我手内弄剌子！我还是李瓶儿时，教你活埋我？雀儿不在那窝儿里，我不醋了！”西门庆笑道：“那里有此勾当？他不来与你磕个头儿，你又说他的那不是。”妇人沉吟良久，说道：“我放你去便去，不许你拿了这包子去，和那歪剌骨弄答的龌龌龊龊的，到明日还要来和我睡，好干净儿。”西门庆道：“你不与我，使惯了，却怎样的？”缠了半日，妇人把银托子掠与他，说道：“你要，拿了这个行货子去。”西门庆道：“与我这个也罢。”一面接的袖了，趔趄着脚儿就往外走。妇人道：“你过来，我问你，莫非你与他停眠整宿，在一铺儿长远睡，惹的那两个丫头也羞耻。无故只是睡那一回儿，还教他另睡去！”西门庆道：“谁和他长远睡？”说毕就走。妇人又叫回来说道：“你过来，我分付你，慌走怎的？”西门庆道：“又说甚么？”妇人道：“我许你和他睡便睡，不许你和他说甚闲话，教他在俺每跟前欺心大胆的。我到明日打听出来，你就休要进我这屋里来，我就把你下截咬下来。”西门庆道：“怪小淫妇儿，琐碎死了！”一直走过那边去了。春梅便向妇人道：“由他去，你管他怎的？婆婆口絮，媳妇耳顽，倒没的教人与你为仇结仇。误了咱娘儿两个下棋。”一面叫秋菊关上角门，放桌儿摆下棋子。妇人问：“你姥姥睡了？”春梅道：“这咱哩，后边散了，来到屋里就睡了。”这里房中春梅与妇人下棋，不题。

所谓“不和他长远睡”，也就是不会将其正式“收房”。这承诺对潘金莲当然颇有意义。

且说西门庆走过李瓶儿房内，掀开帘子，如意儿正与迎春、绣春炕上吃饭，见了西门庆，慌的跳起身来。西门庆道：“你每吃饭，吃饭。”于是走出明间，李瓶儿影跟前一张交椅上坐下。不一时，只见如意儿笑嘻嘻走出来，说道：“爹，这里冷，你往屋里坐去罢。”这西门庆一把手摸到怀里，搂过来就亲了个嘴，一面走到房中床正面坐了。火炉上顿着茶，迎春连忙点茶来吃了。如意儿在炕边烤着火儿站立，问道：“爹，你今日没酒，外边散的早？”西门庆道：“我明日还要早船上拜拜蔡知府去，不是也还坐一回。”如意儿道：“爹，你还吃酒，斟酒与爹吃。还有头里后边送来与娘供养的一桌菜儿，一素儿金华酒。汤饭俺每吃了，酒菜还没敢动，留有预备，只把爹用。”西门庆道：“你每吃了罢了。”分付：“下饭不要别的，好细巧果碟拿几碟儿来；我不吃金华酒。”一面教绣春：“你打了灯笼，往花园藏春轩书房内，还有一坛葡萄酒，你问王经要了来，斟那个酒我吃。”那绣春应喏，打着灯笼去了。迎春连忙放桌儿，拿菜儿。如意儿道：“姐，你揭开盒子，等我拣两样儿与爹下酒。”于是灯下拣了一碟鸭子肉、一碟鸽子雏儿、一碟银丝鲊、一碟掐的银苗豆芽菜、一碟黄芽韭和的海蜇、一碟烧脏肉酿肠儿、一碟黄炒的银鱼、一碟春不老炒冬笋、两眼春槅。不一时摆在桌上，抹得钟箸干净，放在西门庆面前。良久，绣春前边取了酒来，打开筛热了。如意儿斟在钟内，递与西门庆。尝了尝，无比美酒，红红的颜色。当下如意儿就挨近在桌上边站立，侍奉斟酒，又亲剥炒栗子儿与他下酒。那迎春知局，往后边厨房内与绣春坐去了。

西门庆这回想“从容享受”。

这西门庆见无人在跟前，教老婆坐在他膝盖儿上，搂着与他一递一口儿吃酒，老婆剥果仁儿放在他口里。西门庆一面解开他穿的玉色绸子对衿袄儿钮扣儿，并抹胸儿，露出他白馥馥酥胸，用手揣摸着他奶头，夸道：“我的儿，你达达不爱你别的，只爱你倒好白净皮肉儿，与你娘的一般样儿。我搂着你，就如同搂着他一般。”如意儿笑道：“爹，没的说，还是娘的身上白。我见五娘虽好模样儿，也中中儿的红白肉色儿，不如后边大娘、三娘倒白净肉色儿；三娘只是多几个麻儿；倒是他雪姑娘生的清秀，又白净，五短身子儿。”又道：“我有句说话儿对爹说，迎春姐有件正面戴的仙子儿要与我，他要问爹讨娘家常戴的金赤虎，正月里戴，爹与了他罢。”西门庆道：“你没正面戴的，等我叫银匠拿金子另打一件与你。你娘的头面箱儿，你大娘都拿的后边去了，怎好问他要的？”老婆道：“也罢，你还另打一件赤虎与我罢。”一面走下来就磕头谢了。两个吃了半日酒，如意儿道：“爹，你叫姐来，与他一杯酒吃，惹的他不恼么？”这西门庆便叫迎春，不应；老婆亲走到厨房内说道：“姐，爹叫你哩。”迎春一面到跟前。西门庆令如意儿斟了一瓯酒儿与他，又拣了两箸菜儿放在酒托儿

如意儿爽性“以肉比肉”。既是“卖肉”，也就爽性“讨价”。

爽性“明买明卖”。

上。那迎春站在傍边,一面吃了。老婆道:“你叫绣春姐来吃些儿。”那迎春去了,回来说道:“他不吃哩。”就向炕上抱他铺盖。如意儿问道:“后边睡去?”迎春道:“我不往后边,在明间板凳上卖良姜?我与绣春厨房炕上睡去。茶在火上,等爹吃,你自家倒倒罢。”如意儿道:“姐,你去带上后边门,等我插去。”那迎春抱了被褥,一直后边去了。

这老婆陪西门庆吃了一回酒,收拾家火,点茶与西门庆吃了,插上后门。原来另预备着一床儿铺盖,与西门庆睡,都是绫绢被褥、扣花枕头,在薰笼内薰的暖烘烘的。老婆便问:“爹,你在炕上睡,床上睡?”西门庆道:“我在床上睡罢。”如意儿便将铺盖抱在床上铺下,打发西门庆上床解衣,替他脱了靴袜。他便打了水,拿出明间内澡洗了牝;掩上房门,将灯台拿在床边,一张小桌儿上搁放,然后他方脱了衣裤,上床钻入被窝里,与西门庆相搂相抱,并枕而卧。① 两个口吐丁香,交搂在一处。② 老婆③道:“这衽腰子,还是娘在时与我的。”西门庆道:“我的心肝,不打紧处!到明日,铺子里拿半个红段子,与你做小衣儿穿,再做双红段子睡鞋儿,穿在脚上,好伏侍我。”老婆道:“可知好哩!爹与了我,等我闲着做。”西门庆道:“我只要忘了,你今年多少年纪?你姓甚么?排行几姐?我只记你男子汉姓熊。”老婆道:“他便姓熊,叫熊旺儿;我娘家姓章,排行第四,今年三十二岁。”西门庆道:“我原来还大你一岁。”一壁干着,一面口中呼叫他:“章四儿,我的儿,你用心伏侍我,等明日你大娘生了孩儿,你好生看奶着;你若有造化,也生长一男半女,我就扶你起来,与我做一房小,就顶你娘的窝儿,你心下如何?”老婆道:“奴男子汉已是没了,娘家又没人。奴情愿一心只伏侍爹,再有甚么二心,就死了不出爹这门。若爹可怜见,可知好哩!”这西门庆见他言语儿投着机会,心中越发喜欢,④搂着睡到五更鸡叫时分散。⑤

都已卖到这个份儿上,西门庆却还不知她姓氏、排行、年纪,叹叹!

愿出高价。但仅是这一身肉还不行,还必得“生长一男半女”方可。

次日,老婆先起来开了门,预备盆巾,打发西门庆穿衣梳洗出门。

---

① 此处删 24 字。
② 此处删 46 字。
③ 此处删 13 字。
④ 此处删 176 字。
⑤ 此处删 90 字。

到前边，分付玳安："早教两名排军，把卷棚正面放的流金八仙鼎，写帖儿抬送到宋御史老爹察院内，交付明白，讨回帖来。"又教陈经济封了一匹金段、一匹色段，教琴童毡包内拿着，预备下马，要早往新河口拜蔡知府去。正在月娘房内吃粥，月娘问他："应二哥那里，俺每莫不都去，也留一个儿在家里看家，留下他姐在家陪大妗子做伴儿罢？"西门庆道："我已预备下五分人情，你的是一方兜肚、一个金坠儿、五钱银子，他四个每人都是二钱银子、一方手帕，都去走走罢。左右有大姐在家陪大妗子，就是一般。我已许下应二，都往他家去来。"月娘听了，一声儿没言语。李桂姐便拜辞，说道："娘，我今日家去罢。"月娘道："慌去怎的，再住一日儿不是？"桂姐道："不瞒娘说，俺妈心里不自在，俺姐不在，家中没人，改日正月间来住两日儿罢。"拜辞了西门庆，月娘装了两个茶食盒子，与桂姐一两银子，吃了茶，打发出门。

官场应酬，已颇娴熟。当时心下留意，却不动声色。此时送去，不卑不亢。

西门庆才穿上衣服往前边去，忽有平安儿来报："荆都监老爹来拜。"西门庆即出迎接，至厅上叙礼。荆都监穿着补服员领，戴着暖耳，腰系金带，叩拜堂上道："久违，欠礼，高转失贺。"西门庆道："多承厚贶，尚未奉贺。"叙毕契阔之情，分宾主坐下，左右献上茶汤。荆都监便道："良骑俟候何往？"西门庆道："京中太师老爷第九公子九江蔡知府，昨日巡按宋公祖与工部安凤山、钱龙野、黄泰宇，都借学生这里作东，请他一饭。蒙他昨日具拜帖与我，我岂可不回拜他拜去？诚恐他一时起身去了。"荆都监道："正是。小弟一事来奉渎兄，巡按宋公过年正月间差满，只怕年终举劾地方官员，望乞四泉借重与他一说。闻知昨日在宅上吃酒，故此斗胆恃爱。倘得寸进，不敢有忘！"西门庆道："此是好事，你我相厚，敢不领命？你写个说帖来，幸得他后日还有一席酒在我这里，等我抵面和他说又好些。"这荆都监连忙下坐位来，又与西门庆打一躬："多承盛情，衔结难忘！"便道："小弟已具了履历手本在此。"一面唤掾房写字的取出，荆都监亲手递上，与西门庆观看。上面写着："山东等处兵马都监、清河左卫指挥佥事荆忠，年三十二岁，系山后檀州人。由祖后军功累升本卫左所正千户。从某年由武举中式，历升今职，管理济州兵马。"历年余文，一一开载明白。西门庆看毕，荆都监又向袖中取出

走西门庆门路的官吏也多了起来。实是人生中又平添许多得意事。

礼物来递上，说道："薄仪望乞笑留。"西门庆见上面写着"白米二百石"，说道："岂有此理，这个学生断不敢领，以此视人，相交何在？"荆都监道："不然。总然四泉不受，转送宋公也是一般，何见拒之深耶？倘不纳，小弟亦不敢奉渎。"推阻再三，西门庆只得收了，说道："学生暂且收下。"一面接了，说道："学生明日与他说了，就差人回报。"茶汤两换，荆都监拜谢起身去了。西门庆分付平安："我不在，有甚人来拜望，帖儿接下，休往那去了；派下四名排军把门。"说毕，就上马，琴童跟随，拜蔡知府去了。

却说玉箫早辰打发西门庆出门，走到金莲房中说："五娘昨日怎的不往后边去坐？晚夕众人听薛姑子宣《黄氏女卷》，坐到那咱晚！落后二娘管茶，三娘房里又拿将酒菜来，都听桂姐、申二姐赛唱曲儿，到有三更时分，俺每才睡。俺娘好不说五娘哩，五娘听见爹前边散了，往屋里走不迭。昨日三娘生日，就不放往他屋里走儿，把拦的爹恁紧！三娘道，'没的羞人子剌剌的，谁耐烦争他？左右是这儿房儿，随他串去！'"金莲道："我待说就没好口，合瞎了他的眼来！昨日你道他在我屋里睡来么？"玉箫道："前边老大只娘屋里，六娘又死了，爹却往谁屋里去？"金莲道："鸡儿不撒尿，各自有去处。死了一个，还有一个顶窝儿的！"这玉箫又说："俺娘怎的恼五娘问爹讨皮袄不对他说。落后爹送钥匙到房里，娘说了爹几句好的，'李大姐死了，嗔俺分散他的丫头；多少时儿，相你把他心爱的皮袄拿了与人穿，就没话儿说了！'爹说他见没皮袄穿。娘说，'他怎的没皮袄？放着皮袄他不穿，坐名儿只要他这件皮袄。早是死了，便指望他的；他不死，你敢指望他的！'"金莲道："没的扯那毡淡！有了一个汉子做主儿罢了，你是我婆婆，你管着我？我把拦他，我拿绳子拴着他腿儿不成？偏有那些毯声浪气的！"玉箫道："我来对娘说，娘只放在心里，休要说出我来。今日桂姐也家去。俺娘收拾戴头面哩，今日要留下雪娥在家，与大妗子做伴儿，俺爹不肯，都封下人情，五个人都教去哩。娘也快些收拾了罢。"说毕，玉箫后边去了。

玉箫有把柄在潘金莲手中，故来传话讨好。

这金莲向镜台前搽胭抹粉，插花戴翠，又使春梅后边问玉楼："今日穿甚颜色衣裳？"玉楼道："你爹嗔换孝，都教穿浅淡色衣服。"这五个妇人会定了，都是白鬏髻珠子箍儿，用翠蓝销金绫汗巾儿搭着，头上珠翠堆满；银红织金段子对衿袄儿，蓝段子裙儿。惟吴月娘戴着白绉纱金梁冠儿、海獭卧兔儿、珠子箍儿、胡珠环子，上穿着沉香色遍地金妆花补子袄儿，纱绿遍地金裙。一顶大轿，四顶小轿，排军喝路，轿内安放铜火踏，王经、棋童、来安三个跟随，拜辞了吴大妗子、三位师父、潘姥姥，径往应伯爵家吃满月酒去了，不题。

却说前边如意儿和迎春，有西门庆晚夕吃酒的那一桌菜，安排停当，还有一壶金华酒，向坛内又打出一壶葡萄酒来，午间请了潘姥姥、春梅，郁大姐弹唱着，在房内四五个做一处。吃到中间，也是合当有事，春梅道："只说申二姐会唱的好《挂真儿》，没个人往后边去，便叫他来，倒好歹教他唱个《挂真儿》咱每听。"迎春才待使绣春叫去，只见春鸿走来向着火。春梅道："贼小蛮囚儿，你原来今日没跟了轿子去。"春鸿道："爹派下教王经去了，留我在家里看家。"春梅道："贼小蛮囚儿，你不是冻的，还不寻到这屋里来烘火。"因叫迎春："你釃半瓯子酒与他吃。"分付："你吃了，替我后边叫将申二姐来。你就说我要他唱个儿与姥姥听。"那春鸿连忙把酒吃了，一直走到后边。

不想申二姐伴着大妗子、大姐、三个姑子、玉箫，都在上房里坐的，正吃芫荽芝麻茶哩。忽见春鸿掀帘子进来，叫道："申二姐，你来，俺大姑娘前边叫你唱个儿与他听去哩。"这申二姐道："你大姑娘在这里，又有个大姑娘出来了？"春鸿道："是俺前边春梅姑娘这里叫你。"申二姐道："你春梅姑娘他稀罕，怎的也来叫的我？有郁大姐在那里，也是一般。这里唱与大妗奶奶听哩。"大妗子道："也罢，申二姐，你去走走再来。"那申二姐坐住了不动身。

申二姐怎知春梅非同一般。惹出事也。

春鸿一直走到前边，对春梅说："我叫他，他不来哩；都在上房坐着哩。"春梅道："你说我叫他，他就来了。"春鸿道："我说你叫他来，'前边大姑娘叫你'。他意思不动，说道，'大姑娘在这里，那里又钻出个大姑娘来了！'我说是春梅姑娘，他说，'你春梅姑娘他从几时来，也来叫我，我不得闲，在这里唱与大妗奶奶听哩。'大妗奶奶倒说，'你去走走再来。'他不肯来哩。"这春梅不听便罢，听了三尸神暴跳，五脏气冲天，一点红从耳畔起，须臾紫遍了双腮。众人拦阻不住，一阵风走到上房里，指着申二姐，一顿大骂道："你怎么对着小厮说我，'那里又钻出个大姑娘来了'，'稀罕他，也敢来叫我'？你是甚么总兵官娘子，不敢叫你？俺每在那毛里夹着来，是你抬举起来，如今从新钻出来了！你无非只是个走千家门、万家户、贼狗攮的瞎淫妇！你来俺家才走了多少时儿，就敢恁量视人家？你会晓的甚么好成样的套数唱，左右是那几句东沟篱、西沟坝、油嘴狗舌、不上纸笔的那胡歌野调，就拿班做势起来！真个就来了！俺家本司三院唱的老婆，不知见过多少，稀罕你这个儿！韩道国那淫妇家兴你，俺这里不兴你；你就学与那淫妇，我也不怕你。好不好，趁早儿去，贾妈妈与我离门离户！"那大妗子拦阻说道："快休要舒口。"把这申二姐骂的睁睁的，敢怒而不敢言，说道："耶哧哧！这位大姐，怎的恁般粗鲁性儿？就是刚才对着大官儿，我也没曾说甚歹，这般泼口言语泻出来！此处不留人，也有留人处。"春梅越发恼了，骂道："贼合遍街捣遍巷的瞎淫妇，你家有恁好大姐！比是你有恁性气，不该出来往人家求衣食，唱与人家听！趁早儿与我走，再也不要来了！"申二姐道："我没的赖在你家？"春梅道："赖在我家，教小厮把鬏毛都挦光了你的！"大妗子道："你这孩儿，今日怎的甚样儿的，还不往前边去罢！"那春梅只顾不动身。这申二姐一面哭哭啼啼下炕来，拜辞了大妗子，收拾衣裳包子，也等不的轿子来，央及大妗子使平安，对过叫将画童儿来，领他往韩道国家去了。春梅骂了一顿，往前边去了。大妗子看着大姐和玉箫说道："他敢前边吃了酒进来，不然如何恁冲言冲语的？骂的我也不好看的了。你教他慢慢收拾了去就是了，立逼着撵他去了，又不叫小厮领他，十分水深人不过，却怎样儿的？却不急了人！"玉箫道："他们敢在前头吃酒来。"

春梅此前总懒懒地、傲傲地、冷冷地、淡淡地为人处事，此时忽然跳将出来，一顿大骂，其刻薄恶毒粗鄙放肆不亚潘金莲，却是为何？关键是申二姐伤了她的尊严。春梅在争"性宠"上不甚积极，对争"情爱"更不抱期望，但在争"脸面"上，却不惜冲锋陷阵。

申二姐也是个有气性的。

却说春梅走到前边，还气狠狠的向众人说道："乞我把贼瞎淫妇一顿骂，立撵了去了。若不是大妗子劝着我，脸上与这贼瞎淫妇两个耳刮子才好。他还不知道我是谁哩！叫着他张儿致儿，拿班做势儿的！"迎春道："你砍一枝，损百株。忌口些，郁大姐在这里，你却骂瞎淫妇人。"春梅道："不是这等说。象郁大姐在俺家这几年，大大小小，他恶讪了那个人儿来?教他唱个儿他就唱。那里象这贼瞎淫妇大胆,不道的会那等腔儿。他再记的甚么成样的套数,还不知怎的拿班儿!左来右去,只是那几句《山坡羊》、《琐南枝》,油里滑言语,上个甚么台盘儿也怎的?我才乍听这个曲儿也怎的?我见他心里就要把郁大姐挣下来一般。"郁大姐道:"可不怎的!昨日晚夕,大娘多教我唱小曲儿,他就连忙把琵琶夺过去,他要唱。大娘说,'郁大姐,你教他先唱,你后唱罢。'"郁大姐道:"大姑娘,你休怪他,他原知道咱家深浅?他还不知把你当谁人看成,好容易!"春梅道:"我刚才不骂的,'你覆韩道国老婆那贼淫妇,你就学与他,我也不怕他。'"潘姥姥道:"我的姐姐,你没要紧气的恁样儿的!"如意儿道:"等我倾杯儿酒,与大姐姐消消恼。"迎春道:"我这女儿有恼就是气。"便道:"郁大姐,你拣套好曲儿唱个伏侍他!"这郁大姐拿过琵琶来,说道:"等我唱个'莺莺闹卧房'《山坡羊》儿,与姥姥和大姑娘听罢。"如意儿道:"你用心唱,等我斟上酒。"那迎春拿起杯儿酒来,望着春梅道:"罢罢,我的姐姐,你着气就是恼了,胡乱且吃你妈妈这钟酒儿罢。"那春梅忍不住笑骂迎春,说道:"怪小淫妇儿,你又做起我妈来了!"说道:"郁大姐,休唱《山坡羊》,你唱个《江儿水》俺每听罢。"这郁大姐在傍,弹着琵琶唱:

郁大姐虽是盲人,对西门府中"深浅"却看得很准。她可知道春梅的实际地位绝非其"表象"所示,岂能小觑!

花容月艳,减尽了花容月艳,重门常是掩。正东风料峭,细雨连纤,落红千万点。香串懒重添,针儿怕待拈。瘦损嵬嵬,鬼病恹恹,俺将这旧恩情重检点。愁压损、两眉翠尖。空惹的张郎憎厌,这些时,对莺花不卷帘。

槐阴庭院,静悄悄槐阴庭院,芭蕉新乍展。见莺黄对对,蝶粉翩翩,情人天样远。高柳噪新蝉,清波戏彩鸳。行过阑前,坐近他边,则听得是谁家唱采莲。急攘攘、愁怀万千。拈起柄香罗纨扇,上写《阮郎归》词半篇。

炎蒸天气,挨过了炎蒸天气,新凉入绣帏。怪灯花相照,月色相随,影伶仃诉与谁。征雁向南飞,雁归人未归。想象腰围,做就寒衣,又不知他在那里贪恋着。并无个、真实信息。倩一行人捎寄,只恐怕路迢遥衣到迟。

春梅喜欢这种比较含蓄的、“有身份”的思春曲。

梅花相问，几遍把梅花相问，新来瘦几停？笑香消容貌，玉减精神，比花枝先瘦损。翠被懒重温，炉香夜夜薰。着意温存，断梦劳魂，这些时睡不安眠不稳。枕儿冷、灯儿又昏。独自个向谁评论，百般的放不下心上的人。

这里弹唱吃酒不题。西门庆从新河口拜了蔡九知府，回来下马，平安就禀：“今日有衙门里何老爹，差答应的来请爹明日早进衙门中，拿了一起贼情审问；又本府胡老爹送了一百本新历日；荆都监老爹差了家人送了一口鲜猪、一坛豆酒，又是四封银子，姐夫收下了，没敢与他回帖儿，等爹来打发，晚上他家人还来见爹说话哩。只胡老爹家与了回帖，赏了来人一钱银子。又是乔亲家爹送帖儿，明日请爹吃酒。”玳安儿又拿宋御史回帖儿来回话：“小的送到察院内，宋老爹说，‘明日还奉价过来。’赏了小的并抬盒人五钱银子、一百本历日。”西门庆叫了陈经济来问了，四包银子已久交到后边去了。西门庆走到厅上，春鸿连忙报与春梅众人，说道：“爹来家了，还吃酒哩。”春梅道：“怪小蛮囚儿，爹来家随他来去，管俺每腿事；没娘在家，他也不往俺这边来。”众人打伙儿吃酒顽笑，只顾不动身。西门庆到上房，大妗子、三个姑子都往这边屋里坐的。玉箫向前与他接了衣裳坐下，放桌打发他吃饭。教来兴儿定桌席，三十日与宋巡按摆酒，与巡抚侯爷送行；初一日宰猪羊，家中祭祀还愿心的；初三日请刘薛二内相、帅府周爷众位，吃庆官酒。分付已了，玉箫在傍请问：“爹，你吃酒放桌儿，酾甚么酒你吃？”西门庆道：“有菜儿摆上来；有刚才荆都监送来的那豆酒取来，打开我尝尝，看好不好吃。”只见来安儿进来，禀问接月娘去。玉箫连忙便提酒来，打破泥头，倾在钟内，递与西门庆。呷了一呷，碧靛般清，其味深长。西门庆令：“斟来我吃。”须臾摆上菜来，西门庆在房中吃酒。

仍是盛时日程。

却说来安同排军拿了两个灯笼，晚夕接了月娘来家。月娘便穿着银鼠皮袄、藕金段袄儿、翠蓝裙儿，李娇儿等都是貂鼠皮袄、白绫袄儿、紫丁香色织金裙子。原来月娘见金莲穿着李瓶儿皮袄，把金莲旧皮袄与了孙雪娥穿了。都到上房拜了西门庆，惟雪娥与西门庆磕头，起来又与月娘磕头。都过那边屋里去了，拜大妗子、三个姑子。月娘便坐着与

孙雪娥总是公开低人一等。

西门庆说话，说："应二嫂见俺每都去，好不喜欢。酒席上有隔壁马家娘子，和应大嫂、杜二娘，也有十来位堂客；叫了两个女儿弹唱。养了好个平头大脸的小厮儿；原来他房里春花儿，比旧时黑瘦了好些，只剩下个大驴脸，一般的也不自在哩。那时节，乱的他家里大小不安，本等没人手。临来时，应二哥与俺每磕头，谢了又谢，多多上复你，多谢重礼。"西门庆道："春花儿那成精奴才，也打扮出来见人？"月娘道："他比那个没鼻子、没眼儿，是鬼儿，出来见不的？"西门庆道："那奴才，撒把黑豆，只好教猪拱罢！"月娘道："我就听不上你恁说嘴。自你家的好，拿掇的出来见的人！"那王经在傍立着，说道："俺应二爹见娘们去，先头上不敢出来见，躲在下边房里，打窗户眼儿望前瞧。被小的看见了，说道，'你老人家没廉耻，平白瞧甚么！'他赶着小的打。"西门庆笑的没眼缝儿，说道："你看这贼花子，等明日他来，着老实抹他一脸粉！"王经笑道："小的知道了。"月娘喝道："这小厮便要胡说，他几时瞧来，平白枉口拔舌的！一日谁见他个影儿，只临来时，才与俺每磕头。"王经站了一回出来了。

西门庆其实很想一睹其"芳容"。

月娘起身过这边屋里，拜大妗子并三个师父，西门大姐与玉箫众丫头媳妇都来磕头。月娘便问："怎的不见申二姐？"众人都不做声，玉箫说："申二姐家去了。"月娘道："他怎的不等我来，先就家去？"大妗子隐瞒不住，把春梅骂他之事说了一遍。月娘就有几分恼，说道："他不唱便罢了。这丫头惯的没张倒置的，平白骂他怎么的？怪不的，俺家主子也没那正主子，奴才也没个规矩，成甚么道理！"望着金莲道："你也管他管儿，惯的通没些摺儿！"金莲在傍笑着说道："也没见这个瞎曳磨的，风不摇，树不动。你走千家门、万家户，在人家无非只是唱。人叫你唱个儿，也不失了和气，谁教他拿班儿做势的，他不骂的他，嫌腥！"月娘道："你倒且是会说话儿的！合理都象这等，好人歹人，都乞他骂了去，也休要管他一管儿了？"金莲道："莫不为瞎淫妇，打他几棍儿？"月娘听了他这句话，气的把脸通红了，说道："惯着他，明日把六邻亲戚都教他骂遍了罢！"于是起身走过西门庆这边来。西门庆便问："怎么的？"月娘道："情知是谁，你家使的好规矩的大姐！如此这般，把申二姐骂的去

潘金莲是"唯恐天下不乱"。

了。”对西门庆说。西门庆笑道：“谁教他不唱与他听来？也不打紧处，到明日，使小厮送一两银子补伏他，也是一般。”玉箫道：“申二姐盒子还在这里，没拿去哩。”月娘见西门庆笑，说道：“不说叫将他来，嗔喝他两句，亏你还雌着嘴儿，不知笑的是甚么！”玉楼、李娇儿见月娘恼起来，都先归去房里。西门庆只顾吃酒。良久，月娘进里间内脱衣裳摘头，便问玉箫：“这箱上四包银子是那里的？”西门庆说：“是荆都监送来干事的二百两银子，明日要央宋巡按，图干升转。”玉箫道：“头里姐夫送进来，我放在箱子上，就忘了对娘说。”月娘道：“人家的，还不收进柜里去哩。”玉箫一面安放在橱柜中，不题。

春梅在西门庆心中就有那样的分量。春梅自知，故敢骂走申二姐。

金莲在那边屋里只顾坐的，等着西门庆，一答儿往前边去，今日晚夕要吃薛姑子符药，与他交姤，图壬子日好生子。见西门庆不动身，走来掀着帘儿叫他说：“你不往前边去？我等不的你，我先去也。”西门庆道：“我儿，你先走一步儿，我吃了这些酒就来。”那金莲一直往前边去了。月娘道：“我偏不要你去，我还和你说话哩。你两人合穿着一条裤子也怎的？是强汗世界，巴巴走来我这屋里，硬来叫他。没廉耻的货！自你是他的老婆，别人不是他的老婆？”因说西门庆：“你这贼皮搭行货子，怪不的人说你！一视同仁，都是你的老婆，休要显出来便好。就吃他在前边把拦住了，从东京来，通影边儿不进后边歇一夜儿，教人怎么不恼你？冷灶着一把儿，热灶着一把儿才好。通教他把拦住了！我便罢了，不和你一般见识，别人他肯让的过？口儿内虽故不言语，好杀他心儿里有几分恼。今日孟三姐在应二嫂那里，通一日恁甚么儿没吃，不知掉了口冷气，只害心凄恶心。来家，应二嫂递了两钟酒，都吐了。你还不往他屋里瞧他瞧去？”这西门庆听了，说道：“真个他心里不自在？分付收了家火罢，我不吃酒了。”

潘金莲公然当着大老婆催老公，实是“坏礼崩乐”之举。

以一身而应付诸多妻妾，西门庆真可谓“能者多劳”。

于是走到玉楼房中。只见妇人已脱了衣裳，摘去首饰，浑衣儿歪在炕上，正倒着身子呕吐。兰香便爇煤炭在地。西门庆见他呻吟不止，慌问道：“我的儿，你心里怎么的来？对我说，明日请人来看你。”妇人一声不言，只顾呕吐。被西门庆一面扶起他来，与他坐的，见他两只手只揉胸前，便问：“我的心肝，你心里怎么？你告诉我！”妇人道：“我害心凄的慌，你问他怎的？你干你那营生去。”西门庆道：“我不知道，刚才上房对我说，我才晓的。”妇人道：“可知你不晓的。俺每不是你老婆，你疼心爱的去了！”西门庆于是搂过粉项来就亲个嘴，说道：“怪油嘴，就徯落我起来。”便叫兰香：“快顿好苦艳茶儿来，与你娘吃。”兰香道：“有茶伺候着哩。”一面捧茶上来。西门庆亲手拿在他口儿边吃。妇人道：“拿来等我自家吃。会那等乔劬劳、旋蒸热卖儿的，谁这里争你哩！今日日头打西出来，稀罕往俺这屋里来走一走儿。也有这大娘，平白你说他，争出来，煳包气！”西门庆道：“你不知，我这两日七事八事，心不得个闲。”妇人道：“可知你心不得闲，可不了一了，心爱的扯落着你哩！把俺每这僻时的货儿，都打到揣字号听题去了，后十年挂在你那心里？”见西门庆嘴揾着他香腮，便道：“吃的那烂酒气，还不与我过一边去。人一日黄汤辣水儿谁尝着来，那里有甚么神思，且和你两个缠。”西门庆道：“你没吃甚么儿，叫丫头拿饭来咱每吃，我也还没吃饭哩。”妇人道：“你没的说。人这里凄疼的了不得，且吃饭？你要吃，你自家吃去。”西门庆道：“你不吃，我敢不吃了，咱两个收拾睡去罢。明日早，使小厮请任医官来看你。”妇人道：“由他去，请甚么任医官、李医官，教刘婆子来，吃他服药也好了。”西门庆道：“你睡下，等我替你心口内扑撒扑撒，管情就好了；你不知道，我专一会揣骨捏病，手到病除！”妇人道：“我不好骂出来，你会揣甚么病！”西门庆忽然想起，道：“昨日刘学官送了十圆广东牛黄清心蜡丸，那药，酒儿吃下极好。”即使兰香：“问你大娘要，在上房磁罐儿内盛着；就拿素儿带些酒来。”玉楼道：“休要酒，俺这屋里有酒。”

不一时，兰香到上房要了两丸来。西门庆看见，筛热了酒，剥去蜡，里面露出金丸来，看着玉楼吃下去。西门庆因令兰香：“趁着酒，你筛一钟儿来，我也吃了药罢。”被玉楼瞅了一眼，说道：“就休那汗邪，你要吃药，往别人房里去吃。你这里且做甚么哩，却这等胡作做；你见我不死来，揸掇上路儿来了。紧教人疼的魂儿也没了，还要那等掇弄人，亏你也下般的。谁耐烦和你两个只顾涎缠！”西门庆笑道：“罢罢，我的儿，我不吃药了，咱两个睡罢。”那妇人一面吃毕药，与西门庆两个解衣上床

西门庆已远离伤悼李瓶儿的“纯情态”，此时已是“纯性态”，动辄要以春药“助兴”。

同寝。西门庆在被窝内，替他手扑撒着酥胸，揣摸香乳，一手搂其粉项，问道："我的亲亲，你心口这回吃下药觉好些？"妇人道："疼便止了，还有些嘈杂。"西门庆道："不打紧，消一回也好了。"因说道："你不在家，我今日兑了五十两银子与来兴儿。后日宋御史摆酒；初一日烧纸还愿心；到初三日，再破两日工夫，把人都请了罢，受了人家多少人情礼物，只顾挨着，也不是事。"妇人道："你请也不在我，不请也不在我。明日三十日，我叫小厮来攒帐交与你，随你交付与六姐，教他管去。也该教他管管儿，却是他昨日说的，'甚么打紧处，雕佛眼儿便难，等我管。'"西门庆道："你听那小淫妇儿，他勉强，着紧处他就慌了！亦发摆过这几席酒儿，你交与他就是了。"玉楼道："我的哥哥，谁养的你恁乖！还说你不护他，这些事儿就见出你那心里来了。摆过酒儿交与他，俺每是合死的？象这清早辰，得梳个头儿？小厮你来我去，秤银子换钱，把气也掏干了。饶费了心，那个道个是也怎的！"西门庆道："我的儿，常言道，当家三年狗也嫌。"①

孟玉楼尚有"家政任务"。潘金莲相比之下是"有性无权"。想想她们的不同"来历"，也宜乎如此。

不说两个在床上欢娱顽耍，单表吴月娘在上房陪着大妗子、三位师父，晚夕坐的说话。因说起春梅怎的骂申二姐，骂的哭涕，又不容他坐轿子去，旋央及大妗子，对过叫画童儿，送到他往韩道国家去。大妗子道："本等春梅出来的言语粗鲁，饶我那等说着，还枪撅的言语骂出来，他怎的不急了！他平昔不晓的恁口泼骂人，我只说他吃了酒。"小玉道："他每五个在前头吃酒儿进来。"月娘道："恁不合理的行货子，生生把个丫头，惯的恁没大没小、上头上脸的，还嗔人说哩！到明日不管好歹，人都乞他骂了去罢，要俺每在屋里做甚么？一个女儿，他走千家门、万家户，教他传出去好听？敢说西门庆家那大老婆也不知怎么的，出来的乱世，不知那个是主子，那个是奴才！不说你们这等惯的没些规矩，恰似俺每不长俊一般，成个甚么道理？"大妗子道："随他去罢，他姑夫不言语，怎好惹气。"当夜无语，归到房中。

次日，西门庆早起往衙门中去了。这潘金莲见月娘拦了西门庆不

① 此处删393字。

放了,又误了壬子日期,心中甚是不悦。次日,老早使来安叫了顶轿子,把潘姥姥打发往家去了。吴月娘早辰起来,三个姑子要告辞家去,月娘每个一盒茶食,与了五钱银子。又许下薛姑子,正月里庵里打斋,先与他一两银子请香烛纸马,到腊月还送香油、白面、细米、素食,与他斋僧供佛。因摆下茶,在上房内管待,同大妗子一处吃。先请了李娇儿、孟玉楼、大姐,都坐下。问玉楼:"你吃了那蜡丸,心口内不疼了?"玉楼道:"今早吐了两口酸水才好了。"叫小玉往前边,请潘姥姥和五娘来吃点心。玉箫道:"小玉在后边蒸点心哩,我去请罢。"于是一直走到前边金莲房中,便问:"姥姥怎的不见?后边请姥姥和五娘吃茶哩。"金莲道:"他今日早辰我打发他家去了。"玉箫说:"怎的不说声?三不知就去了。"金莲道:"住的人心淡,只顾住着怎的,也住了这儿日了;他家中丢着孩子,也没人看。我教他家去了。"玉箫道:"我拿了块腊肉儿、四个甜酱瓜茄子,与他老人家,谁知他就去了。五娘,你替他老人家收着罢。"于是递与秋菊,放在抽替内。这玉箫便向金莲说道:"昨日晚夕五娘来了,俺娘如此这般,对着爹,好不说五娘强汗世界,与爹两个合穿着一条裤子,没廉耻,怎的把拦着爹在前边,不放后边来。落后把爹打发三娘房里歇了一夜。又对着大妗子、三位师父,怎的说五娘惯着春梅,没规矩,毁骂申二姐。爹到明日,还要送一两银子与申二姐遮羞。"一五一十,说了一遍。这金莲听说在心。玉箫先来回月娘,说:"姥姥起早往家去了,五娘便来也。"月娘便望着大妗子说道:"你看,昨日说了他两句儿,今日使性子,也不进来说声儿,老早就打发他娘去了。我猜姐姐,管情又不知心里安排着要起甚么水头儿哩!"

玉箫参与过甚矣。

当下月娘自知屋里说话,不防金莲暗走到明间帘下,听觑多时了,猛可开言说道:"可是大娘说的,我打发了他家去,我好把拦汉子!"月娘道:"是我说来,你如今怎么的我?本等一个汉子,从东京来了,成日只把拦在你那前头,通不来后边傍个影儿。原来只你是他的老婆,别人不是他的老婆!行动题起来,'别人不知道,我知道。'就是昨日李桂姐家去了,大妗子问了声,'李桂姐住了一日儿,如何就家去了,他姑夫因为甚么恼他?'教我还说,'谁知为甚么恼他。'你便就撑着头儿说,'别人不知道，自我晓的。’你成日守着他，怎么不晓的！”金莲道：“他不来往我那屋里去，我成日莫不拿猪毛绳子套他去不成？那个浪的慌了也怎的？”月娘道：“你不浪的慌，你昨日怎的他在屋里坐，好好儿的，你恰似强汗世界一般，掀着帘子硬入来叫他前边去，是怎么说？汉子顶天立地，吃辛受苦，犯了甚么罪来，你拿猪毛绳子套他？贱不识高低的货，俺每倒不言语，只顾赶人不得赶上！一个皮袄儿，你悄悄就问汉子讨了，穿在身上，挂口儿也不来后边题一声儿。都是这等起来，俺每在这屋里放小鸭儿，就是孤老院里也有个甲头！一个使的丫头，和他猫鼠同眠，惯的有些摺儿，不管好歹就骂人。倒说着你，嘴头子不伏个烧埋。”金莲道：“是我的丫头也怎的？你每打不是？我也在这里还多着个影儿哩。皮袄是我问他要来，莫不只为我要皮袄，开门来也拿了几件衣裳与人，那个你怎的就不说来？丫头便是我惯了他，我也浪了图汉子喜欢。象这等的，却是谁浪？”吴月娘乞他这两句触在心上，便紫漒了双腮，说道：“这个是我浪了，随你怎的说！我当初是女儿填房嫁他，不是趁来的老婆。那没廉耻趁汉精便浪，俺每真材实料不浪！”被吴大妗子在跟前拦说：“三姑娘，你怎的？快休舒口！”饶劝着，那月娘口里话纷纷发出来，说道：“你害杀了一个，只少我了！”孟玉楼道：“耶嚛耶嚛，大娘，你今日怎的这等恼的大发了。连累着俺每，一棒打着好几个人也。没见这六姐，你让大姐一句儿也罢了，只顾打起嘴来了。”大妗子道：“常言道，要打没好手，厮骂没好口。不争你姊妹们攘开，俺每亲戚在这里住着也羞。姑娘，你不依我，想是嗔我在这里，叫轿子来，我家去罢！”被李娇儿一面拉住大妗子。那潘金莲见月娘骂他这等言语，坐在地下就打滚打脸上，自家打几个嘴巴，头上鬏髻都撞落一边，放声大哭，叫起来，说道：“我死了罢，要这命做什么！你家汉子说条念款说将来，我趁将你家来了？彼时恁的也不难的勾当，等他来家，与了我休书，我去就是了；你赶人不得赶上！”月娘道：“你看就是了，泼脚子货！别人一句儿还没说出来，你看他嘴头子，就相淮洪一般。他还打滚儿赖人，莫不等的汉子来家？好老婆，把我别变了就是了；你放恁个刁儿，那个怕你么？”那金莲道：“你是真材实料的，谁敢辨别你？”月娘越发大怒，说道：“好，不真材

西门府中的两个“军阀”正式开战。

吴月娘使用“名分枪”，威力甚大。

连“俺们真材实料”这样的“重武器”都使出来了。真是超级大战，前所未有也。

潘金莲如此撒泼打滚，只算是“打烂仗”。

白热化。简直要动用“核武器”了。

实料,我敢在这屋里养下汉来?"金莲道:"你不养下汉,谁养下汉来?你就拿主儿来与我!"玉楼见两个拌的越发不好起来,一面拉起金莲,"往前边去罢!"却说道:"你恁的怪剌剌的,大家都省口些罢了。只顾乱起来,左右是两句话,教他三位师父笑话。你起来,我送你前边去罢。"那金莲只顾不肯起来,被玉楼和玉箫一齐扯起来,送他前边去了。

虽是"调解停战",算起来潘金莲还是吃了败仗。

大妗子便劝住月娘,只说道:"姑娘,你身上又不方便,好惹气,分明没要紧。你姊妹们欢欢喜喜,俺每在这里住着有光。似这等合气起来,又不依个劝,却怎样儿的?"那三个姑子见嚷闹起来,打发小姑儿吃了点心,包了盒子,告辞月娘众人,起来道问讯。月娘道:"三位师父,休要笑话。"薛姑子道:"我的佛菩萨,没的说,谁家灶内无烟?心头一点无明火,些儿触着便生烟。大家尽让些就罢了。佛法上不说的好:冷心不动一孤舟,净扫灵台正好修。若还绳慢锁头松,就是万个金刚也降不住。为人只把这心猿意马牢拴住了,成佛作祖都打这上头起。贫僧去也,多有打搅菩萨。好好儿的,我回去也。"一面打了两个问讯。月娘连忙还万福,说道:"空过师父,多多有慢;另日着人送斋衬去。"即叫大姐:"你和那二娘送送三位师父出去,看狗。"于是打发三个姑子出门。

少些个"观察员"也好。

月娘陪大妗子众人坐着,说道:"你看这回气的我,两只胳膊都软了,手冰冷的。从早辰吃了口清茶,还汪在心里。"大妗子道:"姑娘,我这等劝你少揽气,你不依我。你又是临月的身子,有甚要紧!"月娘道:"嫂子,早是你在这里住,看着,又是我和他合气?如今犯夜倒拿住巡更的!我倒容了人,人倒不肯容我。一个汉子,你就通身把拦住了,和那丫头通同作弊,在前头干的那无所不为的事,人干不出来的,你干出来。女妇人家,通把个廉耻也不顾!他灯台不明,自己还张着嘴儿说人浪。想着有那一个在,成日和那一个合气,对着俺每千也说那一个的不是,他就是清净姑姑儿了。单管两头和番,曲心矫肚,人面兽心,行说的话儿就不承认了,赌的那誓唬人子。我洗着眼儿看着他,到明日还不知怎么样儿死哩!早时刚才你每看着,摆着茶儿,还好意等他娘来吃。谁知他三不知的就打发的去了,就安排着要嚷的心儿,悄悄儿走来这里听。听怎的?那个怕你不成!待等那汉子来,轻学重告,把我休了就是了!"

吴月娘这边也受了重创。

小玉道:“俺每都在屋里守着炉台站着,不知五娘几时走来,在明间内坐着,也不听见他脚步儿响。”孙雪娥道:“他单为行鬼路儿,脚上只穿毡底鞋,你可知听不见他脚步儿响。想着起头儿一来时,该和我合了多少气。背地打伙儿嚼说我,教爹打我那两顿,娘还说我和他偏生好斗的!”月娘道:“他活埋惯了人,今日还要活埋我哩。你刚才不见他那等撞头打滚撒泼儿,一径使你爹来家知道,管就把我翻倒底下。”李娇儿笑道:“大娘没的说,反了世界!”月娘道:“你不知道,他是那九条尾的狐狸精,把好的乞他弄死了,且稀罕我能有多少骨头肉儿。你在俺家这几年,虽是个院中人,不象他久惯牢头。你看他昨日那等气势,硬来我屋里叫汉子,‘你不往前边去,我等不的你先去。’恰似只他一个人的汉子一般,就占住了。不是我心中不恼,他从东京来了,就不放一夜儿进后边来?一个人的生日,也不往他屋里走走儿去。十个指头,都放在你口内,也却罢了。”大妗子道:“姑娘,你耐烦。你又常病儿痛儿的,不贪此事,随他去罢。不争你为众好,与人为怨结仇。”劝了一回。玉箫安排上饭来也不吃,说道:“我这回好头疼,心口内有些恶没没的上来。”教玉箫:“那边炕上放下枕头,我且躺躺去。”分付李娇儿:“你每陪大妗子吃饭。”那日郁大姐也要家去。月娘分付装一盒子点心,与他五钱银子,打发去了。

吴月娘不轻敌。此是致胜的关键。

亲戚与“闲杂人员”一律“遣散”。是迎接更大战斗的做派。

却说西门庆衙门中审问贼情,到过午牌时分才来家,正值荆都监家人讨回帖。西门庆道:“多谢你老爹重礼,如何这等计较。你还把那礼扛将回去,等我明日说成了取家来。”家人道:“家老爹没分付,教小的怎敢将回去,放在老爹这里也是一般。”西门庆道:“既恁说,你多上复,我知道了。”拿回帖,又赏家人一两银子。因进上房,见月娘睡在炕上,叫了半日白不答应,问丫鬟,都不敢说;走到前边金莲房里,见妇人蓬头撧脑,拿着个枕头睡,问着又不言语,更不知怎的;一面封银子打发荆都监家人去了,走到孟玉楼房中问,玉楼隐瞒不住,只得把月娘和金莲早辰嚷闹合气之事,具说一遍。

一派战后景象。竟无从判断。

这西门庆慌了,走到上房,一把手把月娘拉起来,说道:“你甚要紧,自身上不方便,理那小淫妇儿做什么,平白和他合甚么气?”月娘道:

"你看说话哩,我和他合气?是我偏生好斗,寻趁他来?他来寻趁将我来,你问众人不是!早辰好意摆下茶儿请他娘来吃。他便使性子,把他娘打发去了,走来后边,撑着头儿和我两个嚷。自家打滚撞头,鬏髻踩扁了,皇帝上位的叫。自是没打在我脸上罢了!若不是众人拉劝着,是也打成一块。他平白欺负惯了人,他心里也要把我降伏下来。行动就说,'你家汉子说条念款念将我来了,打发了我罢,我不在你家了。'一句话儿出来,他就是十句顶不下来,嘴一似淮洪一般。我拿甚么骨秃肉儿拌的他过,专会那泼皮赖肉的。气的我身子软瘫儿热化,什么孩子李子,就是太子也成不的!如今倒弄的不死不活,心口内只是发胀,肚子往下鳖坠着疼,头又疼,两只胳膊都麻了。刚才桶子上坐了这一回,又不下来;若下来了,干净了我这身子,省的死了做带累肚子鬼。到半夜寻一条绳子,等我吊死了,随你和他过去。往后没的又象李瓶儿,乞他害死了罢。我晓的你三年不死老婆,也大晦气!"这西门庆不听便罢,越听了越发慌了,一面把月娘搂抱在怀里,说道:"我的好姐姐,你别要和那小淫妇儿一般见识,他识什么高低香臭?没的气了你,倒值了多的!我往前边骂这贼小淫妇儿去。"月娘道:"你还敢骂他,他还要拿猪毛绳子套你哩!"西门庆道:"你教他说,恼了我,乞我一顿好脚!"因问月娘:"你如今心内怎么的?吃了些什么儿没有?"月娘道:"谁尝着些甚么儿,大清早辰,才拿起茶,等着他娘来吃,他就走来和我嚷起来。如今心内只发胀,肚子往下鳖坠着疼,脑袋又疼,两只胳膊都麻了;你不信,摸我这手,恁半日还没握过来。"西门庆听了,只顾跌脚,说道:"可怎样儿的,快着小厮去请了那任医官来,看了讨药去。天晚了,他赶不进门来了!"月娘道:"平不答请什么任医官,随他去!有命活,没命教他死,才趁了人的心。什么好的?老婆是墙上泥坯,去了一层又一层。我就死了,把他扶了正就是了,恁个聪明的人儿,当不的家!"西门庆道:"你也耐烦,把那小淫妇儿只当臭屎一般丢着他哩,他怎的你!如今不请任后溪来看你看,一时气裹住了,这胎气弄的上不上下不下,怎么了?"月娘道:"这等,叫刘婆子来瞧瞧,吃他服药,再不头上剁两针,由他自好了。"西门庆道:"你没的说,那刘婆子老淫妇,他会看甚胎产?叫小使

吴月娘爽性把身孕也置之度外了。是背水一战的架势。

吴月娘是"哀兵必胜"。西门庆说把潘金莲"只当臭屎一般",也并非全是气话。潘金莲在他心目中只是个"舍不得的性伙伴",而且是"臭豆腐"般的"怪味""性伴侣",他之所以终于不能弃置潘金莲,概因他实难改变"嗜臭之癖"。

骑马,快请任医官来看。”月娘道:“你敢去请!你就请了来,我也不出去。”

那西门庆不依他,走到前边即叫琴童:“快骑马往门外请那任老爹,紧等着一答儿就来。”琴童应诺,骑上马云飞一般去了。西门庆只在屋里厮守着月娘,分付丫头,连忙熬粥儿拿上来,劝他吃粥儿,又不吃。等到后晌时分,琴童空回来了,说:“任老爹在府里上班未回来。他家知道咱这里请,明日也不消咱这里人去,任老爹早就来了。”

吴月娘笑,是心知稳操胜券矣!

月娘见乔大户一替两替来请,便道:“太医已是明日来了,你往乔亲家那里去罢;这日晚了,你不去,惹的乔亲家怪。”西门庆道:“我去了谁看你?”月娘笑道:“你看唬的那腔儿!你去,我不妨事。等我消一回儿,慢慢阐阉着起来,与大妗子坐的吃饭。你慌的是些甚么?”西门庆令玉箫:“快请你大妗子来,和你娘坐的。”又问:“郁大姐在那里?教他唱与娘听!”玉箫道:“郁大姐往家去不耐烦了,这咱哩!”西门庆道:“谁教他去来?留他再住两日儿也罢了。”赶着玉箫踢了两脚。月娘道:“他见你家反宅乱,要去。你管他腿事!”玉箫道:“正经骂申二姐的倒不踢!”那西门庆只做不听见,一面穿了衣裳,往乔大户家吃酒去了。未到起更时分就来家,到了上房,月娘正和大妗子、玉楼、李娇儿四人坐的。大妗子见西门庆进来,忙走后边去了。西门庆便问月娘道:“你这咱好些了么?”月娘道:“大妗子陪我吃了两口粥儿,心口内不大十分胀了,还只有些头疼腰酸。”西门庆道:“不打紧,明日任后溪来看,吃他两服药解散解散气,安安胎,就好了。”月娘道:“我那等样教你休叫他,你又叫他。白眉赤眼,教人家汉子来做什么?你明日看,我就出去不出去!”因问:“乔亲家请你做什么?”西门庆道:“他说我从东京来了,要与我坐。今日他也费心,整治许多菜蔬,叫两个唱的,请我那里说甚么话,落后邀过朱台官来陪我。我热着你,心里不自在,吃了儿钟酒,老早就来了。”月娘道:“好个说嘴的货!我听不上你这巧语花言,可可儿就是热着我来?我是那活佛出现,也不放在你那心左;就死了,终值了个破沙锅片子。”又问:“乔亲家再没和你说什么话?”西门庆方告说:“乔亲家如今要趁着新例,上三十两银子,纳了仪官;银子也封下了,教我对胡府尹说。我说不打紧，胡府尹昨日送了我二百本历日，我还不曾回他礼；等我送礼时，捎了帖子与他，问他讨一张仪官劄付来与你就是了。他不肯，他说纳些银子是正理。如今央这里分上讨讨儿，免上下使用，也省十来两银子。”月娘道：“既是他央及你，替他讨讨儿罢。你没拿他银子来？”西门庆道：“他银子明日送过来；还要买分礼来，我止住他了。到明日，咱备一口猪、一坛酒，送胡府尹就是了。”说毕，西门庆晚夕就在上房睡了一夜。

吴月娘大获全胜。

到次日，宋巡按摆酒，后厅筵席治酒，装定果品。大清早辰，本府出票，拨了两院三十名官身乐人；两员伶官、四名俳长领着，来西门庆宅中答应。西门庆分付前厅仪门里东厢房那里听候，中厅、西厢房与海盐子弟做戏房。只见任医官从早晨就骑马来了，西门庆忙迎到厅上陪坐，道连日阔怀之事。任医官道：“昨日盛使到，学生该班，至晚才来家，见尊票，今日不俟驾而来。敢问何人欠安？”西门庆道：“大贱内偶然有些失调，请后溪一诊。”须臾茶至。吃了茶，任医官道：“昨日闻得明川说，老先生恭喜，容当奉贺！”西门庆道：“菲才备员而已，何贺之有？”吃毕茶，琴童收下盏托去。西门庆分付：“后边对你大娘说，任老爹来了，明间内收拾。”这琴童应诺，到后边。大妗子、李娇儿、孟玉楼都在房内，见琴童来说：“任医官进来，爹分付教收拾明间里坐。”月娘坐着不动身，说道：“我说不要请他！平白教将人家汉子，睁着活眼，把手捏腕的，不知做甚么！教刘妈妈子来，吃两服药，由他好了。好这等的摇铃打鼓散着哩，好与人家汉子喂眼！”玉楼道：“大娘，这已是请人来了；你不出去，却怎样的，莫不回了人去不成？”大妗子又在傍边劝着说：“姑娘，你教他看看你这脉息，还知道你这病源，不知你为甚起，气恼伤犯了那一经，吃了他药，替你分理上气血，安安胎气；你不教他看，依着你就请了刘婆子来，他晓的甚么病源脉理，一时耽搁怎了？”月娘方动身梳头儿，戴上冠儿。玉箫拿了镜子；孟玉楼跳上炕去，替他拿抿子掠后鬓；李娇儿替他勒钿儿；孙雪娥预备拿衣裳。月娘头上止摆着六根金头簪儿，戴上卧兔儿；也不搽脸，薄施胭粉，淡扫蛾眉；耳边带着两个金丁香儿，正面关着一件金蟾蜍分心；上穿白绫对衿袄儿，插黄宽栏挑绣裙子，衬着凌波罗

尘埃落定，“金国”虽未灭，而“吴国”空前强盛，“李”、“孟”、“孙”等“小国”纷纷向“吴国”靠拢献媚。

袜，尖尖趫趫一副金莲；裙边紫锦香囊、黄铜钥匙，双垂绣带。正是：罗浮仙子临凡世，月殿婵娟出画堂。

毕竟后来如何，且听下回分解。

西门庆府中的妻妾间，一直存在着明争暗斗，但李瓶儿在世时，虽"瓶国"因生子而暴强，却由于李瓶儿本身的放弃"霸权"，而使矛盾更多地体现于"冷战"和摩擦，乃至于体现于"外交式"的"微笑战斗"；更何况那时是"吴"、"瓶"、"金"三国鼎立，错综复杂的多边关系，也使形势虽紧张而在扯动中保持着大体上的平衡。李瓶儿死后，西门庆一度因感念李瓶儿的爱情而暂时放弃了性生活，那时其他妻妾们之间的矛盾也相对缓解；可是一旦西门庆恢复了性欲放纵后，"吴"、"金"两个"超级大国"间的"争夺战"便不能不白热化了！这一回作书人以既精细又生动的文笔，写出了"两霸"恶战的来龙去脉与"滚滚烽烟"，把吴月娘那自诩为"真材实料"，不惜"破釜沉舟"地"决以死战"，与潘金莲永不言降，"乱炮狂轰"地孤军奋战，两种截然不同的心理状态与性格特征，刻画得入木三分。

仔细想来，无论吴月娘还是潘金莲，以及西门府中与西门庆有着性关系的其他女子，她们之间的矛盾冲突，归根到底是"一夫多妻"的男性霸权社会造成的。无论她们是争到了"宠"，还是保住或争到了"名分"，她们也不过是当稳了男性的纵欲或传宗接代的工具而已，她们作为个体生命的尊严与价值，还是并未得到保证。这是那个时代绝大多数妇女的共同悲剧。这个悲剧，只有在那不合理的社会结构被彻底摧毁后，才可望得到终结。

第七十六回
孟玉楼解愠吴月娘　西门庆斥逐温葵轩

动静谋为要三思，莫将烦恼自招之。
人生世上风波险，一日风波十二时。

话说西门庆见月娘半日不出去，又亲自进来催促了一遍；见月娘穿衣裳，方才请进任医官，到上房明间内坐下。见正面洒金软壁，两边安放春凳，地平上铺着毡毯，安放火盆。少顷，月娘从房内出来，五短身材，团面皮儿，黄白净儿，模样儿不肥不瘦，身体儿不短不长；两两春山月钩，一双凤眼纤长；春笋露甄妃之玉，朱唇点汉署之香。望上道了万福，慌的任医官躲在旁边，屈身还礼。月娘就在对面一椅坐下，琴童安放桌儿绵裀，月娘向袖口边伸玉腕，露青葱，教任医官诊脉。良久诊完，月娘又道个万福，抽身回房去了。房中小厮拿出茶来。吃毕茶，任医官说道："老夫人原来禀的气血弱，尺脉来的又浮涩；虽有胎气，有些荣卫失调，易生嗔怒，又动了肝火。如今头目不清，中脘有些阻滞，作其烦闷；四肢之内，血少而气多。"月娘使出琴童来说："娘如今只是有些头疼心胀，胳膊发麻，肚腹往下坠着疼，腰酸，吃饮食无味。"任医官道："我一知道，说得明白了。"西门庆道："不瞒后溪说，房下如今见怀临月身孕，因着气恼，不能运转，滞在胸膈间。望乞老先生留神，加减一二，足见厚情。"任医官道："岂劳分付，学生无不用心！此去就奉过药来，清胎理气，和中养荣蠲痛之剂。老夫人服过，要戒气恼，就厚味也少吃。"西门庆道："望乞老先生把他这胎气好生安一安。"任医官道："一

此书多次写到吴月娘相貌，以此回给人印象最具体鲜明。

定安胎理气，养其荣卫。不劳多嘱，学生自有斟酌。”西门庆复说：“学生第三房下有些肚冷，望乞有暖宫丸药见赐来。”任医官道：“学生谨领，就封过来。”说毕起身，走到前厅。院内见许多教坊乐工伺候，因问：“老翁，今日府上有甚事?”西门庆悉言：“巡按宋公，连两司官，请巡抚侯石泉老先生，在舍摆酒。”这任医官听了，越发心中骇然尊敬西门庆，在门前揖让上马，礼去比寻日不同，倍加敬重。西门庆送他回来，随即封了一两银子、两方手帕，即使琴童拿盒儿骑马讨药去。

越发心中尊敬也就罢了，加以“骇然”二字，有深意存焉。西门庆爬得越高，离“地”也就越远。“登高必跌重”，宁不骇然。

李娇儿、孟玉楼众人，都在月娘屋里装定果盒，搽抹银器，便说：“大娘，你头里还要不出去，怎么知道你心中如此这般病?”月娘道：“甚么好成样的老婆，由他死便死了罢！可是他说的，‘行动管着俺们，你是我婆婆？无故只是大小之分罢了。我还大他八个月哩！汉子疼我，你只好看我一眼儿罢了。’他不讨了他口里话，他怎么和我大嚷大闹？若不是你们撺掇我出去，我后十年也不出去。随他死，教他死去！常言道：一鸡死，一鸡鸣。新来鸡儿打鸣不好听？我死了，把他立起来，也不乱，也不嚷，才拔了萝卜地皮宽!”玉楼道：“大娘，耶嗏耶嗏，那里有此话？俺每就代他赌个大誓。这六姐，不是我说他，要的不知好歹，行事儿有些勉强，恰似咬群出尖儿的一般，一个大有口没心的行货子！大娘，你若恼他，可是错恼了。”月娘道：“他是比你没心？他一团儿心哩！他怎的会悄悄听人儿，行动拿话儿讥讽着人说话?”玉楼道：“娘，你是个当家人，恶水缸儿，不恁大量些罢了，却怎样儿的？常言一个君子待了十个小人。你手放高些，他敢过去了；你若与他一般见识起来，他敢过不去。”月娘道：“只有了汉子与他做主儿着，把那大老婆且打靠后。”玉楼道：“哄那个哩？如今像大娘心里恁不好，他爹敢往那屋里去么!”月娘道：“他怎的不去？可是他说的，他屋里拿猪毛绳子套他。不去？一个汉子的心，如同没笼头的马一般，他要喜欢那一个，只喜欢那个。谁敢拦他拦，他又说是浪了!”玉楼道：“罢么大娘，你已是说过，通把气儿纳纳儿；等我教他来与娘磕头，赔个不是。趁着他大妗子在这里，你每两个笑开了罢；你不然，教他爹两下里不作难，就行走也不方便。但要往他屋里去，又不怕你恼？若不去，他又不敢出来。今日前边恁摆酒，俺

是胜利者的“谦虚”口气。

孟玉楼虽表了“拥吴”的态，但细想“金国”也难从此湮灭，故在“拥吴”前提下，充当“说和”者。

吴月娘也知究竟难以将潘灭除。关键是西门庆君临“各国”之上，而其心思“如同没笼头的马一般”。

每都在这定果盒，忙的了不得，落得他在屋里是全躲猾儿，悄静儿，俺每也饶不过他。大妗子，我说的是不是？”大妗子道：“姑娘，也罢，他三娘也说的是。不争你两个话差，只顾不见面，教他姑夫也难，两下里都不好行走的。”那月娘通一声也不言语。

这孟玉楼抽身就往前走。月娘道：“孟三姐，不要叫他去，随他来不来罢！”玉楼道：“他不敢不来；若不来，我可拿猪毛绳子套了他来。”一直走到金莲房中，见他头也不梳，把脸黄着，坐在炕上。玉楼说：“六姐，你怎的装憨儿？把头梳起来，今日前边摆酒，后边恁忙乱，你也进去走走儿。怎的只顾使性儿起来？刚才如此这般，俺每对大娘说了，劝了他这一回。你去到后边，把恶气儿揣在怀里，将出好气儿来，看怎的与他下个礼，赔了不是儿罢！你我既在檐底下，怎敢不低头？常言：甜言美语三冬暖，恶语伤人六月寒。你两个已是见过话，只顾使性儿到几时？人受一口气，佛受一炉香。你去与他陪过不是儿，天大事都了了；不然，你不教他爹两下里也难，待要往你这边来，他又恼。”金莲道：“耶嚛耶嚛，我拿甚么比他？可是他说的，他是真材实料，正经夫妻。你我都是趁来的露水儿，能有多大汤水儿，比他的脚指头儿也比不的！”玉楼道：“你由他说不是？我昨日不说的，一棒打三四个人。就是后婚老婆，也不是趁将来的，当初也有个三媒六证，白恁就跟了往你家来来！砍一枝，损百株；兔死狐悲，物伤其类。就是六姐恼了你，还有没恼你的。有势休要使尽，有话休要说尽！凡事看上顾下，留些儿防后才好。不管蝗虫蚂蚱，一例都说着。对着他三位师父、郁大姐，人人有面，树树有皮，俺每脸上就没些血儿？一切来往都罢了，你不去却怎样儿的？少不的逐日唇不离腮，还在一处儿。你快些把头梳了，咱两个一答儿后边去。”

那潘金莲见他这般说，寻思了半日，忍气吞声，镜台前拿过抿镜，只抿了头，戴上鬏髻，穿上衣裳，同玉楼径到后边上房内。玉楼掀开帘儿，先进去说道：“大娘，我怎的走了去就牵了他来，他不敢不来！”便道：“我儿，还不过来与你娘磕头！”在傍边便道：“亲家，孩儿年幼，不识好歹，冲撞亲家。高抬贵手，将就他罢，饶过这一遭儿；到明日再无礼，犯到亲家手里，随亲家打，我老身却不敢说了。”那潘金莲插烛也似与月娘

未驳斥即意味着有所考虑。

孟玉楼是“身在吴国心在潘”。

“连横”是潘金莲一贯的战略方针。

“有势休要使尽”，“留些儿防后才好”，孟玉楼真是高级军师，此“战略方针”潘金莲不能不服。

孟玉楼不仅为“金国”确立了可行的“战略方针”，而且还亲自参与“求和”的“战术处理”，其“战略”“战术”均具相当水平，不仅可行，而且颇有“后劲”。此回显示出孟玉楼的性格既圆滑又具“内棱”，是她在此书中最具光彩的一幕。

磕了四个头，跳起来赶着玉楼打道："汗邪了你这麻淫妇，你又做我娘来了！"众人都笑了，那月娘忍不住也笑了。玉楼道："贼奴才，你见你主子与了你好脸儿，就抖毛儿打起老娘来了。"大妗子道："这个你姊妹们笑开，恁欢喜欢喜却不好？就是俺这姑娘，一时间一言半语聒聒的你每，大家厮抬厮敬，尽让一句儿就罢了。常言：牡丹花儿虽好，还要绿叶儿扶持。"月娘道："他不言语，那个好说他？"金莲道："娘是个天，俺每是个地；娘容了俺每，俺每骨秃扠着心里！"玉楼也打了他肩背一下，说道："我的儿，你这回儿打你一面口袋了。"便道："休要说嘴，俺每做了这一日活，也该你来助助忙儿。"这金莲便洗手剔甲，在炕上与玉楼装定果盒，不在话下。

"吴国"大意矣！

"和平假象"。

那孙雪娥单管率领家人媳妇，灶上整理菜蔬；厨役又在前边大厨房内，烹炮蒸煮，烧锦缠羊，割献花猪。琴童讨将药来，西门庆看了药帖，把丸药送到玉楼房中，煎药与月娘。月娘便问玉楼："你也讨药来？"玉楼道："还是前日那根儿，下首里只是有些怪疼，我教他爹对任医官说，捎带两服丸子药来我吃。"月娘道："你还是前日空心掉了冷气了，那里管下寒的是。"

按下后边，却说前厅宋御史先到了，看了桌席，西门庆陪他在卷棚内坐。宋御史又深谢其炉鼎之事，"学生还当奉价。"西门庆道："早知我正要奉送公祖，犹恐见却，岂敢云价？"宋御史道："这等何以克当！"一面又作揖致谢。茶罢，因说起地方民情风俗一节，西门庆大略可否而答之。次问其有司官员，西门庆道："卑职自知其本府胡正尹，民望素著；李知县吏事克勤；其余不知其详，不敢妄说。"宋御史问道："守御周秀曾与执事相交，为人却也好不好？"西门庆道："周总兵虽历练老成，还不如济州荆都监，青年武举出身，才勇兼备，公祖倒看他看。"宋御史道："莫不是都监荆忠，执事何以相熟？"西门庆道："他与我有一面之交，昨日递了个手本与我，也要乞望公祖情盼一二。"宋御史道："我也久闻他是个好将官。"又问其次者，西门庆道："卑职还有妻兄吴铠，见任本衙右所正千户之职。昨日委管修义仓，例该升擢指挥，亦望公祖提援，实卑职之沾恩惠也！"宋御史道："既是令亲，到明日类本之时，不但

趁势而入。为抬举荆忠，便踩下周守备去。

加升本等职级，我还保举他见任管事。”这西门庆连忙作揖谢了，因把荆都监并吴大舅履历手本递上。宋御史看了，即令书办吏典收执，分付：“到明日类本之时，呈行我看！”那吏典收下去了；西门庆又令左右悄悄递了三两银子与他，那书吏如同印板刻在心上。不在话下。

一只八仙鼎，换来两个官。

正说话间，前厅鼓乐响，左右来报：“两个老爹都到了。”慌的西门庆即出迎接，到厅上叙礼；这宋御史慢慢才走出花园角门。众官见毕礼数，观其正中摆设大插桌一张，五老定胜方糖，高顶一簇盘，大饮五牲果品，甚是齐整，周围桌席甚丰胜。心中大悦，都望西门庆谢道：“生受，容当奉补。”宋御史道：“分资诚为不足，四泉看我的分上罢了，诸公也不消补奉。”西门庆道：“岂有此礼。”一面各分次序坐下，左右拿上茶来。众官都说：“侯老先生那里，已各人差官邀去了，还在都府衙未起身哩。”两边俳长乐工，鼓乐笙笛箫管方响，在二门里伺候的铁桶相似。

假惺惺。

看看等到午后时分，只见一匹报马来到，说侯爷来了。这里两边鼓乐一齐响起，众官都出大门前边接，宋御史在二门里相候。不一时，蓝旗马道过尽，侯巡抚穿大红孔雀，戴貂鼠暖耳，浑金带，坐四人大轿，直至门首下轿，众官迎接进来；宋御史亦换了大红金云白豸员领、犀角带，相让而入。到于大厅上，叙毕礼数，各官廷参毕，然后与西门庆拜见。宋御史道：“此是主人西门千兵，见在此间理刑，亦是蔡老先生门下。”这侯巡抚即令左右官吏，拿双红“友生侯蒙”单拜帖，递与西门庆；西门庆双手接了，分付家人捧上去。一面参拜毕，宽衣上坐，众官两傍佥坐，宋御史居主位。捧毕茶，阶下动起乐来。宋御史把盏递酒，簪花，捧上尺头，随即抬下桌席来，装在盒内，差官吏送到公厅去了。然后上坐，献汤饭，厨役上来割献花猪。俱不必细说。先是教坊间吊上队舞回数，都是官司新锦绣衣装，撮弄百戏，十分齐整；然后才是海盐子弟上来磕头，呈上关目揭帖，侯公分付搬演《裴晋公还带记》。唱了一折下来，又割锦缠羊。端的花簇锦攒，吹弹歌舞，箫韶盈耳，金貂满座！有诗为证：

官僚聚宴，多演此种政治剧目。

华堂非雾亦非烟，歌遏行云酒满筵。

不但红娥垂玉佩，果然绿鬓插金蝉。

侯巡抚只坐到日西时分，酒过数巡，歌唱两折下来，令左右拿下来五两银子,分赏厨役茶酒乐工脚下人等,就穿衣起身。众官俱送出大门,看着上轿而去。回来,宋御史与众官辞谢西门庆,亦告辞而归。

西门庆送了回来,打发乐工散了;因见天色尚早,分付把桌席休动,教厨役上来攒整菜蔬肴馔;一面使小厮请吴大舅来,并温秀才、应伯爵、傅伙计、甘伙计、贲地传、陈经济来坐,听唱。拿下两桌酒馔肴品,打发海盐子弟吃了;等的人来,教他唱《四节记》——冬景韩熙载夜宴陶学士。抬出梅花来,放在两边桌上,赏梅饮酒。原来那日贲四、来兴儿管厨,陈经济管酒,傅伙计、甘伙计看管家火,听见西门庆请,都来傍边坐的。不一时,温秀才过来作揖坐下,吴大舅、吴二舅、应伯爵都来了。应伯爵与西门庆声喏:"前日空过众位嫂子,又多谢重礼。"西门庆笑骂道:"贼天杀的狗材,你打窗户眼儿内偷瞧的你娘们好!"伯爵道:"你休听人胡说,岂有此理。我想来也没人……"指王经道,"就是你这贼狗骨秃儿,干净来家就学舌。我到明日,把你这小狗骨秃儿肉也咬了!"说毕,吃了茶。

应节"赏梅饮酒"。一群滥俗人,却偏附庸风雅。

吴大舅要到后边,西门庆陪下来,向吴大舅如此这般说:"我今对宋大巡替大舅说了说那个,他看了揭帖,交付书办收了;我又与了书办三两银子,连荆大人的都放在一处。他亲口说下,到明日类本之时,自有意思。"吴大舅听见满心欢喜,连忙与西门庆唱喏:"多累姐夫费心!"西门庆道:"我就说是我妻兄。他说既是令亲,我一定见过分上。"于是同到房中见了月娘,月娘与他哥道万福。大舅向大妗子说道:"你往家去罢了;家没人,如何只顾不出去了?"大妗子道:"三姑娘留下,教我过了初三日,初四日家去罢哩。"吴大舅道:"既是姑娘留你,到初四日去便了。"说毕,月娘留他坐,不坐;来到前边,安排上酒来饮酒。

"一人得道,鸡犬升天"。

当下吴大舅、二舅、应伯爵、温秀才上坐,西门庆主位,傅伙计、甘伙计、贲地传、陈经济两边打横,共五张桌儿。下边戏子锣鼓响动,搬演韩熙载夜宴,邮亭佳遇。正在热闹处,忽见玳安来说:"乔亲家爹那里,使了乔通,在下边请爹说话。"这西门庆随即下席,到东角门首见乔通。乔通道:"爹说昨日空过亲家。爹使我送那援例银子来,一封三十两;另外又拿着五两,与吏房使用。"西门庆道:"我明日早封过与胡大尹,他就

鬼祟之事不少。

与了劄付来。又与吏房银子做甚么？你还拿回去。”一面分付玳安，教厨下拿了酒饭点心，在书房内管待乔通，打发去了。

语休饶舌，当日唱了邮亭两折，约有一更时分。西门庆前边人散了，收了家火，进入月娘房来。月娘正与大妗子在炕上坐的，大妗子见西门庆进来，连忙往那边屋里去了。西门庆因向月娘说：“我今日替你哥，如此这般对宋巡按说，他许下除加升一级，还教他见任管事，就是指挥佥事。我刚才已对你哥说了，他好不喜欢！只在年终就题本，候旨意下来。”月娘便道：“没的说，他一个穷卫家官儿，那里有二三百两银子使？”西门庆道：“谁问他要一百文钱儿！我就对宋御史说，是我妻兄。他亲口既许下，无有个不做分上的。”月娘道：“随你与他干，我不管你。”西门庆便问玉箫：“替你娘煎了药，拿来我瞧，打发你娘吃了罢。”月娘道：“你去，休管他，等我临睡自家吃。”那西门庆才待往外走，被月娘又叫回来，问道：“你往那去？是往前头去，趁早儿不要去！他头里与我陪了不是了，只少你与他陪不是去哩。”西门庆道：“我不往他屋里去。”月娘道：“你不往那屋里去，往谁屋里去？那前头媳妇子跟前也省可去！惹的他昨日对着大妗子，好不拿话儿咂我，说我纵容着你要他，图你喜欢哩。你又恁没廉耻的！”西门庆道：“你理那小淫妇儿怎的！”月娘道：“你只依我，今日偏不要往前边去，也不要你在我这屋里，你往下边李娇姐房里睡去；随你明日去不去，我就不管你了。”这西门庆见恁说，无法可处，只得往李娇儿房里歇了一夜。

西门庆一味讨好。可见“吴国”此时确实强大。

到次日腊月初一日，早往衙门中去，同何千户发牌升厅画卯，发放公文。一早辰才来家，又打点礼物猪酒并三十两银子，差玳安往东平府送胡府尹去；胡府尹收下礼物，即时讨过劄付来。西门庆在家，请了阴阳徐先生，厅上摆设猪羊酒果，烧纸还愿心毕，打发徐先生去了。因见玳安到了，看了回帖，已封过劄付来，上面用着许多印信，填写乔洪本府义官名目。一面使玳安送两盒胙肉与乔大户家，就请乔大户来吃酒，与他劄付瞧。又分送与吴大舅、温秀才、应伯爵、谢希大、傅伙计、甘伙计、韩道国、贲地传、崔本，每人都是一盒，俱不在话下。一面又发帖儿，初三日请周守御、荆都监、张团练、刘薛二内相、何千户、范千户、吴大舅、

“吴国”“挟天子令诸侯”，虽勉强，毕竟行通了。

乔大户、王三官儿，共十位客。叫一起杂耍乐工，四个唱的。

孟玉楼放弃“财权”，想是用以增强“金国”实力，以免“吴国”过分强大。

那日孟玉楼在月娘房内，攒了帐，递与西门庆，就交代与金莲管理使用银钱，他不管了。因问月娘道：“大娘，你昨日吃了药儿可好些？”月娘道：“怪不的人说怪浪肉，平白教人家汉子捏了捏手，今日好了，头也不疼，心口也不发胀了。”玉楼笑道：“大娘，你原来只少他一捏儿。”连大妗子也笑了。西门庆拿了攒的帐来，又问月娘。月娘道：“该那个管，你交与那个就是了。来问我怎的，谁肯让的谁！”这西门庆方才兑了三十两银子、三十吊钱，交与金莲管理，不在话下。

良久，乔大户到了，西门庆陪他厅上坐的，如此这般拿胡府尹劄付与他看。看见上写义官乔洪名字，“援例上纳白米三十石，以济边储”，满心欢喜，连忙向西门庆打恭致谢：“多累亲家费心，容当叩谢！”因叫乔通好生送到家去。又说：“明日若亲家见招，在下有此冠带，就敢来陪他也不妨。”西门庆道：“初三日，亲家好歹早些下降。”一面吃毕茶，分付琴童西厢房书房里放桌儿。“亲家请那里坐，还暖些。”到书房，地炉内笼着火，西门庆与乔大户对面坐下，因告诉说：“昨日巡按两司请侯老之事，侯老甚喜；明日起身，少不的俺同僚每都送郊外方回。”才抹桌儿收拾放菜儿，只见应伯爵到了，敛了几分人情，叫应宝用盒儿拿来，交与西门庆说：“此列位奉贺哥的分资。”西门庆打开观看，里面头一位就是吴道官，其次应伯爵、谢希大、祝日念、孙寡嘴、常时节、白来创、李智、黄四、杜三哥，共十分人情。西门庆道：“我的这边，还有舍亲吴二舅、沈姨夫，门外任医官、花大哥，并三个伙计，温葵轩，也有二十多人，就在初四日请罢。”一面令左右收进人情后边去。使琴童儿：“拿马请你吴大舅来，陪你乔亲家爹坐。”因问：“温师父在家不在？”来安儿道：“温师父不在家，从早辰望朋友去了。”不一时，吴大舅来到，连陈经济五人共坐，把酒来斟；桌上摆列许多热下饭汤碗，无非是猪蹄羊头、烧烂煎煿、鸡鱼鹅鸭、添案之类。饮酒中间，西门庆因向吴大舅说：“乔亲家恭喜的事，今日已领下义官劄付来了。容日我这里备礼写文轴，咱每从府中迎贺迎贺。”乔大户道：“惶恐！甚大职役，敢起动列位亲家费心？”忽有本县衙差人送历日来了，共二百五十本；西门庆拿回帖赏赐，打发来人去了。

应伯爵道："新历日俺每不曾见哩。"西门庆把五十本拆开，与乔大户、吴大舅、伯爵三人分了。伯爵看了，开年改了重和元年，该闰正月。

"白嚼""白要日子"。到手就看。如此日子真悠闲。

不说当日席间猜枚行令。饮酒至晚，乔大户先告家去。西门庆陪吴大舅，坐到起更时分方散。分付伴当："早伺候备马，邀你何老爹到我这里，起身同往郊外送侯爷；留下四名排军，与来安、春鸿两个，跟大娘轿往夏家去。"说毕，就归金莲房中来。

那妇人未及他进房，就先摘了冠儿，乱挽乌云，花容不整，朱粉懒施，浑衣儿歪在床上。房内灯儿也不点，静悄悄的。西门庆进来，便叫春梅不应，只见妇人睡在床内，叫着只不做声。西门庆便坐在床上问道："怪油嘴，你怎的恁个腔儿？"也不答应。被西门庆用手拉起他来，说道："你如何悻悻的？"那妇人便做出许多乔张致来，把脸扭着，止不住纷纷的香腮上滚下泪来。那西门庆就是铁石人，也把心来软了，问他一声儿，连忙一只手搂着他脖子说："怪油嘴，好好儿的，平白你两个合甚么气？"那妇人半日方回言，说道："谁和他合气来？他平白寻起个不是，对着人骂我是拦汉精，趁汉精，趁了你来了！他是真材实料，正经夫妻。谁教你又来我这屋里做甚么？你守着他去就是了，省的我把拦着你；说你来家，只在我这屋里缠。早是肉身听着，你这儿夜只在我这屋里睡来？白眉赤眼儿，你嚼舌根！一件皮袄，也说我不问他，擅自就问汉子讨了；我是使的奴才丫头，莫不往你屋里与你磕头去？为这小肉儿骂了那贼瞎淫妇，也说不管，偏有那些声气的。你是个男子汉，若是有张主的，一拳柱定，那里有这些闲言怅语！怪不的俺每自轻自贱。常言道，贱里买来贱里卖，容易得来容易舍。趁将你家来，与你家做小婆，不气长。自古人善得人欺，马善得人骑。便是如此。你看昨日，生怕气了他，在屋里守着的是谁？请太医的是谁？在跟前撺掇侍奉的是谁？苦恼俺每这阴山背后，就死在这屋里，也没个人儿来俶问。这个就见出那人的心来了！还教含着那眼泪儿，走到后边与他赔个不是！"说着，那桃花脸上止不住又滚下珍珠儿，倒在西门庆怀里，呜呜咽咽，哭的捽鼻涕、弹眼泪。西门庆一面搂抱着，劝道："罢么，我的儿，我连日心中有事，你两家各省这一句儿就罢了。你教我说谁的是？昨日要来看你，他说我

此术甚佳。

反攻倒算，万炮齐发。

潘金莲总不能把握"度"，最后这些话攻到西门庆头上，实为失策。

来与你赔不是,不放我来;我往李娇儿睡了一夜。虽然我和人睡,一片心只想着你!”妇人道:“罢么,我也见出你那心来了。一味在我面上虚情假意,倒老还疼你那正经夫妻。他如今见替你怀着孩子,俺每一根草儿,拿甚么比他?”被西门庆搂过脖子来亲了个嘴,道:“怪油嘴,休要胡说!”只见秋菊拿进茶来。西门庆便道:“贼奴才,好干净儿,如何教他拿茶?”因问:“春梅怎的不见?”妇人道:“你还问春梅哩,他饿的只有一口游气儿,那屋里躺着不是?带今日三四日没吃点汤水儿了,一心只要寻死在那里;说他大娘对着人骂了他奴才,气生气死,整哭了三四日了。”这西门庆听了,说道:“真个?”妇人道:“莫不我哄你不成,你瞧去不是!”

这西门庆慌过这边屋里,只见春梅容妆不整,云髻斜歪,睡在炕上。西门庆叫道:“怪小油嘴,你怎的不起?”叫着他,只不做声,推睡。被西门庆双关抱将起来,那春梅从酩子里伸腰,一个鲤鱼打挺,险些儿没把西门庆扫了一交,早是抱的牢,有护炕倚住不倒。春梅道:“达达放开了手!你又来理论俺每这奴才做甚么?也玷辱了你这两只手。”西门庆道:“小油嘴儿,你大娘说了你两句儿罢了,只顾使起性儿来了!说你这两日没吃饭?”春梅道:“吃饭不吃饭,你管他怎的;左右是奴才货儿,死便随他死了罢!我做奴才,一来也没干坏了甚么事,并没教主子骂我一句儿,挡我一下儿,做甚么为这合遍街捣遍巷的贼瞎妇,教大娘这等骂我,嗔俺娘不管我,莫不为瞎妇扯倒打我五板儿?等到明日,韩道国老婆不来便罢,若来,你看我指与他一顿好的不骂!原来送了这瞎淫妇来,就是个祸根。”西门庆道:“就是送了他来,也是好意,谁晓的为他合起气来了。”春梅道:“他若肯放和气些,我好意骂他?他小量人家!”西门庆道:“我来这里,你还不倒钟茶儿我吃?那奴才手不干净,我不吃他倒的茶!”春梅道:“死了王屠,连毛吃猪。我如今走也走不动在这里,还教我倒甚么茶!”西门庆道:“怪小油嘴儿,谁教你不吃些甚么儿?”因说道:“咱每往那边屋里去。我也还没吃饭哩,教秋菊后边取菜儿,筛酒,烤果馅饼儿,炊鲊汤,咱每吃。”于是不由分诉,拉着春梅手到妇人房内,分付秋菊拿盒子,后边取吃饭的菜儿去。

潘、春结盟,威力不小。

春梅也“失度”。

倘潘、春把握“尺度”更好些,“战果”可能会更“辉煌”些。

不一时，拿了一方盒菜蔬，一碗烧猪头、一碗顿烂羊肉、一碗熬鸡、一碗煎焨鲜鱼，和白米饭；四碗吃酒的菜蔬，海蜇、豆芽菜、肉鲊、虾米之类。西门庆分付春梅，把肉鲊打上几个鸡弹，加上酸笋韭菜，和上一大碗香喷喷馄饨汤来。放下桌儿，摆下，一面盛饭来；又烤了一盒果馅饼儿。西门庆和金莲并肩而坐，春梅在傍边随着同吃。三个你一杯，我一杯，吃了一更方睡。

到次日，西门庆早起，约会何千户来到，吃了头脑酒，起身同往郊外，送侯巡抚去了。吴月娘这里先送了礼去，然后打扮，坐大轿，排军喝道，来安、春鸿跟随，往夏指挥家来吃酒，看他娘子儿，不在话下。

玳安、王经在家，只见午后时分，有县前卖茶的王妈妈，领着何九，来大门首寻问玳安："老爹在家不在家？"玳安道："王奶奶，何老人家，稀罕，今日那阵风儿，吹你老人家来这里走走？"王婆子道："没勾当怎好来踅门踅户？今日不因老九，因为他兄弟的事，敢来央烦老爹，老身还不来哩。"玳安道："老爹今日与侯爷送行去了，俺大娘也不在家；你老人家站站，等我进去对五娘说声。"进入不多时，出来说道："俺五娘请你老人家进去哩。"王婆道："我敢进去？你引我引儿，只怕有狗。"那玳安引他进入花园金莲房门首，掀开帘子。王婆进去，见妇人家常戴着卧兔儿，穿着一身锦段衣裳，搽抹的如粉妆玉琢，正在房中炕上，脚登着炉台儿，坐的磕瓜子儿；房中帐悬锦绣，床设缕金，玩器争辉，箱奁耀日。进去不免下礼，慌的妇人答礼，说道："老王免了罢。"那婆子见毕礼，坐在炕边头。妇人便问："怎的一向不见你？"王婆子道："老身有心中想着娘子，只是不敢来亲近。"问："添了哥哥不曾？"妇人道："有倒好了！小产过两遍，白不存。"又问："你儿子有了亲事？"王婆道："还不曾与他寻。他跟客人淮上来家，这一年多，家中胡乱积赚了些。小本经纪，买个驴儿，胡乱磨些面儿，卖来度日。慢慢替他寻一个儿与他。"因问："老爹不在家了？"妇人道："他爹今日往门外，与抚按官送行去了；他大娘也不在家。有甚话说？"王婆道："老九有桩事，央及老身来对老爹说。他兄弟何十，乞贼攀着，见拿在提刑院老爹手里问。攀他是窝主，本等与他无干。望乞老爹案下与他分豁分豁，等贼若指攀，只不准他就

王婆、何九久违了。

已不是一个阶层的人了。

是了。何十出来，到明日买礼来重谢老爹。有个说帖儿在此。”一面递与妇人。妇人看了，说道：“你留下，等你老爹来家，我与他瞧。”婆子道：“老九在前边伺候着哩，明日教他来讨话罢。”妇人一面叫秋菊看茶来；须臾，秋菊拿了一盏茶来，与王婆吃了。那婆子坐着说道：“娘子，你这般受福勾了？”妇人道：“甚么勾了，不惹气便好，成日殴气不了在这里。”那婆子道：“我的奶奶，你饭来张口，水来湿手，这等插金带银，呼奴使婢，又惹甚么气？”妇人道：“常言说得好：三窝两块，大妇小妻，一个碗内两张匙，不是汤着就抹着。如何没些气儿？”婆子道：“好奶奶，你比那个不聪明！趁着老爹这等好时月，你受用到那里是那里。”说道：“我明日使他来讨话罢。”于是拜辞起身。妇人道：“老王，你多坐回去不是？”那婆子道：“难为老九只顾等我，不坐罢，改日再来看你。”那妇人也不留他留儿，就放出他来了。到了门首，又叮咛玳安。玳安道：“你老人家去，我知道，等俺爹来家我就禀。”何九道：“安哥，我明日早来讨话罢。”于是和王婆一路去了。

富贵虽有，却需“分享”。哪有一夫一妻小康家庭那样和美。

至晚，西门庆来家，玳安便把此事禀知西门庆。西门庆到金莲房看了帖子，交付与答应的收着，“明日到衙门中禀我。”一面又令陈经济发初三日请人帖儿。瞒着春梅，又使琴童儿送了一两银子并一盒点心到韩道国家，对着他说：“是与申二姐的，教他休恼。”那王六儿笑嘻嘻接了说：“他不敢恼。多上覆爹娘，冲撞他春梅姑娘。”俱不在言表。

只当小事一桩。

西门庆在大小“诸侯国”、“附属国”之间大搞“平衡术”。

至晚，月娘来家，穿着银鼠皮袄、遍地金袄儿、锦蓝裙，坐大轿，打着两个灯笼。到家，先拜见大妗子众人，然后相见西门庆，——正在上房吃酒——道了万福，当下告诉：“夏大人娘子见了我去，好不喜欢，多谢重礼。今日也有许多亲邻堂客。原来夏大人有书来了，也有与你的书，明日送来与你，也只在这初六七起身，雇车搬取家小上京去也。说了又说，好歹教贲四送他家，到京就回来。贲四的那孩子长儿，今日与我磕头，好不出跳了，好个身段儿！嗔道他旁边捧着茶，把眼只顾偷瞧我。我也忘了他，倒是夏大人娘子叫他，——改换了名字，叫做瑞云——‘过来与你西门奶奶磕头。’他才放下茶托儿，与我磕了四个头；我与了他两枝金花儿。如今夏大人娘子好不喜欢抬举他，也不把他当房里人，只做亲儿女一般看他。”西门庆道：“还是这孩子有福，若是别人家手里，怎么容得？不骂奴才少椒末儿，又肯抬举他。”被月娘瞅了一眼，说道：“硶说嘴的货，是我骂了你心爱的小姐儿！”那西门庆笑了，说道：“他借了贲四押家小去，我线铺子教谁看？”月娘道：“关两日也罢了。”西门庆道：“关两日，阻了买卖；近年节，绸绢绒线正快，如何关闭了铺子？到明日等再处。”说毕，月娘进里间，脱衣裳摘头，走到那边房内，和大妗子坐的。家中大小都来参见磕头。

此是西门庆本行话。

是日，西门庆在后边雪娥房中歇了一夜，早往衙门中去了。只见何九走来，问玳安讨信，与了玳安一两银子。玳安如此这般：“昨日爹来家，就替你说了。今日到衙门中，就开出你兄弟来放了，你往衙门首伺候。”这何九听言，满心欢喜，一直走衙门前去了。西门庆到衙门里坐厅，提出强盗来，每人又是一夹，二十大板，把何十开出来放了；另拿了弘化寺一名和尚顶缺，说强盗曾在他寺内宿了一夜。世上有如此不公事！正是：张公吃酒李公醉，桑树上脱枝柳树上报。有诗为证：

算是“利益均沾”。

由“一斑”可知“全豹”。西门庆每日到衙“理事”，大率如此。官场黑暗，贪赃枉法，已俨然“儿戏化”。

宋朝气运已将终，执掌提刑忒不公。

毕竟难逃天地眼，那堪激浊与扬清。

那日西门庆家中叫了四个唱的，吴银儿、郑爱月儿、洪四儿、齐香儿，日头向午就来了，都拿着衣裳包儿，齐到月娘房内，与月娘、大妗子众人磕了头。月娘在上房，摆茶与他们吃了。正弹着乐器，唱曲儿与大妗子、月娘众人听，忽见西门庆从衙门中来家，进房来，四个唱的都放了乐器，笑嘻嘻向前，一齐与西门庆插烛也似磕了头。坐下，月娘便问：“你怎的衙门中这咱才来？”西门庆告诉：“今日问理好几桩事情。”因望着金莲说：“昨日王妈妈来说何九那兄弟，今日我已开除来放了。那两名强盗还攀扯他，教我每人打了二十，夹了一夹，拿了门外寺里一个和尚顶缺，明日做文书送过东平府去。又是一起奸情事，丈母养女婿的。那女婿年小，不上三十多岁，名唤宋得，原与这家是养老不归宗女婿。落后亲丈母死了，娶了个后丈母周氏，不上一年，把丈人死了；这周氏年小守不得，就与他这女婿常时言笑自若，渐渐在家嚷的人知道，住不牢。一日送他这丈母往乡里娘家去，周氏便向宋得说，‘你我本没事，枉耽其名，今日在此山野空地，咱两个成其夫妻罢。’这宋得就把周氏奸脱一度。以后娘家回还，通奸不绝。后因为责使女，被使女传于两邻，才首告官。今日取了供招，都一日送过去了。这一到东平府，奸妻之母系缌麻之亲，两个都是绞罪。”潘金莲道：“要着我，把学舌的奴才打的烂糟糟的，问他个死罪也不多。你穿着青衣抱黑柱，一句话就把主子弄了！”西门庆道：“也吃我把奴才掺了几掺子好的，为你这奴才，一时小节不完，丧了两个人性命。”月娘道：“大不正则小不敬。母狗不掉尾，公狗不上身。大凡还是女妇人心邪，若是那正气的，谁敢犯边！”连四个唱的都笑道：“娘说的是！就是俺里边唱的，接了孤老的朋友还使不的，休说外头人家！”说毕，摆饭与西门庆吃了。

西门庆与潘金莲虽不敢公然为“乱伦”辩护，但谴责点落在告发“乱伦”的“奴才”身上，体现出他们骨子里的“反叛精神”是相通的。

吴月娘恪守封建礼教。自觉地将所有“非礼”行为的“首罪”归于妇人。

忽听前厅鼓乐响，荆都监老爹来了。西门庆连忙冠带出迎，接至厅上叙礼，谢其厚赐，分宾主坐下。茶罢，如此这般告说：“宋巡按收了说帖，慨然许下；执事恭喜，必然在迩。”荆都监听了，又转身下坐作揖致谢：“老翁费心，提携之力，铭刻难忘。”西门庆又说起：“周老总兵，生亦荐言一二，宋公必有主意。”谈话间，忽报：“刘薛二内相公公到。”鼓乐迎接进来，西门庆降阶，相让入厅，两个叙礼，二位内相皆穿青缧绒蟒衣、宝石绦环，正中间坐下。次后周守御到了，一处叙话。荆都监又向周守御说：“四泉厚情，昨日宋公在尊府摆酒，与侯公送行，曾称颂公之才猷；宋公已留神于中，高转在即。”周守御亦欠身致谢不尽。落后张团练、何千户、王三官、范千户、吴大舅、乔大户，陆续都到了。乔大户冠带青衣，四个伴当跟随，进门见毕诸公，与西门庆大椅上四拜。众人问其恭喜之事。西门庆道：“舍亲家在本府援例，新受恩荣义官之职。”周守御道：“四泉令亲，吾辈亦当奉贺！”乔大户道：“蒙列位老爹盛情，岂敢动劳？”说毕，各分次序坐下；遍递上一道茶来，然后收拾上座。锦屏前玳筵罗列，画堂内宝玩争辉；阶前动一派笙歌，席上堆满盘异果。良久，递酒安席毕，各家僮仆上来接去衣服，归席坐下。王三官再三不肯上来坐。西门庆道：“寻常罢了，今日在舍，权借一日，陪诸公上座。”王三官必不得已，左边垂首坐了。须臾上罢汤饭，厨役上来割道烧鹅，献小割。下边教坊回数队舞吊毕，撮弄杂耍百戏院本之后，四个唱的慢慢才上

乔大户以牺牲女儿一生幸福为代价，才换得此“冠带青衣”。

来,拜见过了。个个妆扮花貌,人人珠翠仙裳,银筝玉阮放娇声,倚翠偎红频笑语。正是:

舞裙歌板逐时新,散尽黄金只此身。

寄语富儿休暴殄,俭如良药可医贫。

不说当日刘内相坐首席,也赏了许多银子;饮酒作欢,至一更时分方散。西门庆打发乐工赏钱出门。四个唱的都在月娘房内弹唱,月娘留下吴银儿过夜,打发三个唱的去。临去,见西门庆在厅上,拜见拜见。西门庆分付郑爱月儿:"你明日就拉了李桂姐,两个还来唱一日。"那郑爱月儿就知今日有王三官儿,不叫李桂姐来唱,笑道:"爹,你兵马司倒了墙——贼走了?"又问:"明日请谁吃酒?"西门庆道:"都是亲朋。"郑月儿道:"有应二那花子,我不来,我不要见那丑冤家怪物!"西门庆道:"明日没有他。"爱月儿道:"没有他才好;若有那怪攮刀子的,俺每不来。"说毕磕了头,扬长去了。西门庆看着收了家火,回到李瓶儿那边,和如意儿睡了。一宿晚景题过。

揩油流氓人见人厌。只有西门庆喜欢他这些下流伴当。

次日早往衙门,送问那两起人犯过东平府去。回来家中摆酒请吴道官、吴二舅、花大舅、沈姨夫、韩姨夫、任医官、温秀才、应伯爵,并会中人李智、黄四、杜三哥,并家中二个伙计,十二张桌儿。席间正是李桂姐、吴银儿、郑爱月儿三个粉头递酒,李铭、吴惠、郑奉三个小优儿弹唱。正递酒中间,忽平安报:"云二叔新袭了职,来拜爹,送礼来。"西门庆听言,连忙道:"有请。"只见云离守穿着青纻丝补服员领,冠冕着,腰系金带,后边伴当抬着礼物。先递上揭帖与西门庆观看,上写:"新袭职山东清河右卫指挥同知门下生云离守顿首百拜。谨具土仪,貂鼠十个、海鱼一尾、虾米一包、腊鹅四只、腊鸭十只、油纸帘二架,少申芹敬。"西门庆即令左右收了,连忙致谢。云离守道:"在下昨日才来家,今日特来拜老爹。"于是磕头,四双八拜,说道:"蒙老爹莫大之恩,些少土仪,表意而已。"然后又与众人叙礼拜见。西门庆见他居官,就待他不同,安他与吴二舅一桌坐了,连忙安下钟箸,下了汤饭;脚下人俱打发攒盘酒肉。因问起发丧替职之事,这云离守一一数言,蒙兵部余爷怜其家兄在镇病亡,祖职不动,还与了个本卫见任佥书。西门庆欢喜道:"恭喜恭喜,容

"官眼观人下菜碟"。

日一定来贺!”当日众人席上每位奉陪一杯,又令三个唱的奉酒,须臾把云离守灌的醉了。那应伯爵在席上如线儿提的一般,起来坐下,又斗李桂姐和郑月儿,彼此互相戏骂不绝。这个骂他怪门神、白脸子、撒根基的货,那个骂他是丑冤家、怪物劳、猪八戒、坐在冷铺里贼!伯爵回骂道:“我把你这两个女又十撇,鸦胡石影子布儿朵朵云儿了口恶心。”不说当日酒筵笑声,花攒锦簇,觥筹交错,耍顽至二更时分方才席散。打发三个唱的去了,西门庆归上房宿歇。

应花子此日格外疯,想是受了云离守“居官”而回的刺激。

到次日起来迟,正在上房摆粥吃了,穿衣要拜云离守,只见玳安来说:“贲四在前边,请爹说话。”西门庆就知因为夏龙溪送家小之事,一面出来厅上,只见贲四向袖中取出夏指挥书来呈上,说道:“夏老爹要教小人送送家小往京里去,不久就回;小人禀问过老爹,去不去。”西门庆看了书中言语,无非是叙其阔别,谢其早晚看顾家下,又借贲四携送家小之事,因说道:“他既央你,你怎的不去?”因问几时起身,贲四道:“今早他大官府叫了小人去,分付初六日家小准上车起身。小人也得月半才回来。”说毕,把狮子街铺内钥匙,交递与西门庆。西门庆道:“你去,我教你吴二舅来,替你开两日铺子罢。”那贲四方才拜辞出门,往家中收拾行装去了。这西门庆就冠冕着出门,仆从跟随马,拜云指挥去了。

生意是万不能耽搁的。

那日是大妗子家去,叫下轿子门首伺候。也是合当有事,月娘装了两盒子茶食,点心下饭,上房管待大妗子,出门首上轿。只见画童儿小厮躲在门旁鞍子房儿,大哭不止;那平安儿只顾扯他,那小伙子越扯越哭起来。被月娘等听见,送出大妗子上轿去了,便问平安儿:“贼囚,你平白拉他怎的?惹的他恁怪哭!”平安道:“温师父那边叫他,他白不去,只是骂小的。”月娘道:“你教他好好去罢。”因问道:“小厮,你师父那边叫,去就是了,怎的哭起来?”那画童嚷平安道:“又不管你事,我不去罢了,你扯我怎的!”月娘道:“你因何不去?”那小厮又不言语。金莲道:“这贼小囚儿,就是个肉佞贼!你大娘问你,怎的不言语?”被平安向前打了一个嘴巴,那小厮越发大哭了。月娘道:“怪囚根子,你平白打他怎的?你好好教他说,怎的不去?”正问着,只见玳安骑了马进来。月娘问道:“你爹来了?”玳安道:“被云叔留住吃酒哩;使我送衣裳来了,带毡巾去。”看见画童儿哭，便问：“小大官儿，怎的号啕痛，剜墙拱？”平安道：“对过温师父叫着他，不去，反哭骂起我来了！”玳安道：“我的哥哥，温师父叫，你仔细，他有名的温屁股，一日没屁股也成不的。你每常怎么挨他的，今日如何又躲起来了？”月娘骂道：“怪囚根子，怎么温屁股？”玳安道：“娘自问他就是。”那潘金莲得不的风儿就是雨儿，一面叫过画童儿来，只顾问他：“小奴才，你实说，他呼你做甚么？你不说，看我教你大娘打你！”逼问那小厮急了，说道：“他只要哄着小的，把他行货子……①”月娘听了，便喝道：“怪贼小奴才儿，还不与我过一边去！也有这六姐，只管好审问他，说的碜死了！我不知道，还当好话儿，侧着耳朵儿听他。这蛮子，也是个不上芦帚的行货子，人家小厮与你使，却背地干这个营生！”那金莲道：“大娘，那个上芦帚的肯干这营生？冷铺睡的花子才这般所为。”孟玉楼道：“这蛮子他有老婆，怎生这等没廉耻？”金莲道：“他来了这一向，俺每就没见他老婆怎生样儿。”平安道：“怎么样儿，娘们会胜看不见他；他但往那里去，就锁了门；住了这半年，我只见他坐轿子往娘家去了一遭，没到晚就来家了。每常儿时出个门儿来，只好晚夕门首出来，倒杩子走走儿罢了！”金莲道：“他那老婆也是个不长俊的行货子，嫁了他，怕不的也没见个天日儿，敢每日只在屋里坐天牢哩！”说了回，月娘同众人回后边去了。

玳安“门儿清”。

潘金莲“性趣”盎然。

西门庆约莫日落时分来家，到上房坐下。月娘问道：“云伙计留你坐来？”西门庆道：“他在家，见我去，甚是无可不可，旋放桌儿留我坐，打开一坛酒陪我吃。如今卫中荆南岗升了，他就挨着掌印。明日连我和他乔亲家，就是两分贺礼；众同僚都说了，要与他挂轴子，少不的教温葵轩做两篇文章，早些买轴子写下。”月娘道：“还缠甚么温葵轩、鸟葵轩哩！平白安扎恁样行货子，没廉耻，传出去教人家知道，把丑来出尽了！”西门庆听言，唬了一跳，便问：“怎么的？”月娘道：“你别要来问我，你问你家小厮去！”西门庆道：“是那个小厮？”金莲道：“情知是谁，画童贼小奴才！俺送大妗子去，他正在门首哭，如此这般，温蛮子弄他来。”

---

① 此处删50字。

非因维护“礼义”，实是不容他人染指“禁脔”。

原来还不仅是“没廉耻”。最严重的是“间谍罪”。几乎让西门庆当不成现在这个官儿。

如此处理还算手下留情。

这西门庆听了，还有些不信，便道：“你叫那小奴才来，等我问他。”一面使玳安儿前边把画童儿叫到上房，跪下。西门庆要拿拶子拶他，便道：“贼奴才，你实说他叫你做甚么？”画童儿道：“他叫小的，要灌醉了小的，要干小营生儿。今日小的害疼，躲出来了，不敢去；他只顾使平安叫，又打小的，教娘出来看见了。他常时问爹家中各娘房里的事，小的不敢说。昨日爹家中摆酒，他又教唆小的偷银器儿家火与他；又某日，他望俺倪师父去，拿爹的书稿儿与倪师父瞧，倪师父又与夏老爹瞧。”这西门庆不听便罢，听了便道：“画虎画龙难画骨，知人知面不知心。我把他当个人看，谁知人皮包狗骨东西，要他何用！”一面喝令画童儿起去，分付：“再不消过那边去了。”那画童磕了头起来，往前边去了。西门庆向月娘道：“怪道前日翟亲家说我机事不密则害成。我想来没人，原来是他，把我的事透泄与人，我怎得晓的？这样狗背石东西，平白养在家做甚么！”月娘道：“你和谁说？你家又没孩子上学，平白招揽个人在家养活，看写礼帖儿。我家有这些礼帖书柬写？饶养活着他，还教他弄乾坤儿，家里底事往外打探！”西门庆道：“不消说了，明日教他走道儿就是了。”一面叫将平安来了，分付：“对过对他说，家老爹要房子堆货，教温师父转寻房儿便了。等他来见我，你在门首只回我不在家。”那平安儿应诺去了。

西门庆告月娘说：“今日贲四来辞我，初六日起身，与夏龙溪送家小往东京去。我想来，线铺子没人，倒好教他二舅来，替他开两日儿；左右与来昭一递三日上宿，饭倒都在一处吃。好不好？”月娘道：“好不好，随你！叫他去，我不管你，省的人又说招顾了我的兄弟。”西门庆不听，于是使棋童儿：“请你二舅来。”不一时，请吴二舅到，在前厅陪他坐的吃酒，把钥匙交付与他，“明日同来昭早往狮子街开铺子去。”不在话下。

却说温秀才，见画童儿一夜不过来睡，心中省恐。到次日，平安走来说：“家老爹多上覆温师父，早晚要这房子堆货，教师父别寻房儿罢。”这温秀才听了大惊失色，就知画童儿有甚话说。穿了衣巾，要见西门庆说话。平安儿道：“俺爹往衙门中去了，还未来哩。”比及来，这温秀才又衣巾过来伺候,具了一篇长柬,递与琴童儿。琴童又不敢接,说道:“俺爹才从衙门中来家,辛苦,后边歇去了,俺每不敢禀。”这温秀才就知疏远他,一面走到倪秀才家商议,还搬移家小,往旧处住去了。正是:谁人汲得西江水,难免今朝一面羞。

此柬再长,也不中用了。

靡不有初鲜克终,交情似水淡长浓。

自古人无千日好,果然花无摘下红。

第七十七回
西门庆踏雪访爱月　贲四嫂倚牖盼佳期

飞弹参差拂早梅，强欺寒色尚低回。
风怜落娼留香与，月令深情借艳开。
梁殿得非萧帝瑞，齐宫应是玉儿媒。
不知谢客离肠醒，临水应添万恨来。

话说温秀才求见西门庆不得，自知惭愧，随携家小，搬移原旧家去了。西门庆收拾书院，做了客座，不在话下。一日尚举人来拜辞起身，上京会试，问西门庆借皮箱、毡衫。西门庆陪他坐的待茶，又送赆礼与他。因说起乔大户、云离守，“两位舍亲，一授义官，一袭祖职，见任管事，欲求两篇轴文奉贺。不知老翁可有相知否，借重一言，学生具币礼拜求。”尚举人道：“老翁何用礼为？学生敝同窗聂两湖，见在武库肄业，与小儿为师，在舍，本领杂作极富，学生就与他说，老翁差盛使持轴，送到学生那边。”西门庆连忙致谢。茶毕起身，西门庆这里随即封了两方手帕、五钱白金，差琴童送轴子并毡衫、皮箱到尚举人处收下。

驱逐温秀才后，急需一名新“文秘”。

那消两日光景，写成轴文，差人送来，西门庆挂在壁上，但见青段锦轴，金字辉煌，文不加点，心中大喜。只见应伯爵来问：“乔大户与云二哥的事，几时举行？轴文做了不曾？温老先儿怎的连日不见？”西门庆道：“又题甚么温老先生儿，通是个狗类之人！”如此这般告诉伯爵一遍。伯爵道：“哥，我说此人言过其实，虚浮之甚！早时你有后眼，不然，教调坏了咱家小儿们了。”又问：“他二公贺轴，何人写了？”西门庆道：

除却温秀才，再插科打诨，应花子也好“一枝独秀”。

"昨日尚小塘来拜我,说他朋友聂两湖善于词藻,央求聂两湖作了。文章已写了来,你瞧。"于是引伯爵到厅上。观看一遍,喝采不已,说道:"人情都全了。哥,你早送与人家预备。"西门庆道:"明日好日期,备羊酒花红果盒,早差人送去。"正说着,忽报:"夏老爹儿子来拜辞,明日初六日早起身去也。小的答应爹不在家,他说教对何老爹那里说声,明早差人那边看守去。"西门庆观见六折帖儿,上写着:"寅家晚生夏承恩顿首拜。谢辞。"西门庆道:"连尚举人搭他家,就是两分香绢赙仪。"分付琴童:"连忙买了,教你姐夫封了,写帖子送去。"

正在书房中留伯爵吃饭,忽见平安儿慌慌张张拿进三个帖儿来报:"参议汪老爹、兵备雷老爹、郎中安老爹来拜。"西门庆看帖儿"汪伯彦、雪启元、安忱拜",连忙穿衣裳系带。伯爵道:"哥,你有事,我吃了饭去罢。"西门庆道:"我明日会你哩。"一面整衣出迎。三员官皆相让而入,一个白鹇、一个云鹭、一个穿豸补子,手下跟从许多官吏。进入大厅叙礼,道及向日厚扰之事。少顷茶罢,坐话间,安郎中便道:"雷东谷、汪少华并学生又来干渎,有浙江本府赵大尹,新升大理寺丞,学生三人借尊府奉请,已发柬,定初九日赴会。主家共五席,戏子学生那里叫来。未知肯允诺否?"西门庆道:"老先生分付,学生扫门拱候!"安郎中令吏取分资三两递上;西门庆令左右收了,相送出门。雷东谷向西门庆道:"前日钱龙野书到,说那孙文相乃是贵伙计,学生已并除他开了,曾未相告不曾?"西门庆道:"正是,多承老先生费心,容当叩拜。"雷兵备道:"你我相爱间,何为多较。"言毕相揖上轿而去。

总是这类互开"后门"、各予方便的污糟事。

原来潘金莲,自从当家管理银钱,另顶了一把新等子。每日小厮买进菜蔬来,教拿到跟前,与他瞧过,方数钱与他;他又不数,只教春梅数钱,提等子。小厮被春梅骂的狗血喷了头背,出生入死,行动就说落,教西门庆打。以此众小厮皆互相抱怨,都说:"在三娘手里使钱好,五娘行动没打不说话。"

分明是夜叉、小鬼守钱柜。

却说次日,西门庆衙门中散了,对何千户说:"夏龙溪家小已起身去了,长官没曾委人那里看守锁门户去?"何千户道:"正是。昨日那边着人来说,学生原差小价去了。"西门庆道:"今日同长官到那里看看去。"

于是出衙门并马，两个到了夏家宅内，家小已是去尽了，伴当在门首伺候。两位官府下马，进到厅上，西门庆引着何千户前后观看了，又到他前边花亭，见一片空地，无甚花草。西门庆道："长官来到，明日还收拾了耍子所在，栽些花翠，把这座亭子修理修理。"何千户道："这个一定。学生开春从新修整修整，添些砖瓦木石，盖三间卷棚，早晚请长官来消闲散闷。"西门庆因问："府上宝眷，有多少来住？"何千户道："学生这房头不上数口，还有几房家人并伴当，不过十数人而已。"西门庆道："似此还住不了，这宅子前后五十余间房。"看了一回，分付家人收拾打扫，关闭门户；不日写书往东京，回老公公话，赶年里搬取家眷。当日西门庆作别回家。何千户看了一回，还归衙门里去了；次日才搬行李来住，不在言表。

一个小官吏的私宅，便有五十余间房。这还并非最奢的。

西门庆刚到家下马儿，见何九买了一匹尺头、四样下饭、鸡鹅、一坛酒，来谢西门庆。又是刘内相差官送了一食盒大小纯红挂黄蜡烛、二十张桌围、八十股官香、一盒沉速料香、一坛自造内酒、一口鲜猪。西门庆进门，刘公公家人就磕头说道："家公公多上覆，'这些微礼与老爹赏人。'"西门庆道："前日空过老公公，怎又送这厚礼来？"便令左右："快收了，请管家等等儿。"少顷，画童儿拿出一钟茶来，打发吃了。西门庆封了五钱银子赏钱，拿回帖打发去了。一面请何九进去。见西门庆在厅上站立，换了冠帽，戴着白毡忠靖冠。见何九，一把手扯在厅上来，何九连忙倒身磕下头去，道："多蒙老爹天心，超生小人兄弟，感恩不浅！"请西门庆受礼。西门庆不肯受磕头，拉起，还说："老九，你我旧人，快休如此！"就让他坐。何九说道："老爹今非昔比，小人微末之人，岂敢僭坐？"只站立在傍边。西门庆上陪着吃了一盏茶，说道："老九，你如何又费心送礼来，我断然不受！若有甚么人欺负你，只顾来说，我亲替你出气；倘县中派你甚差事，我拿帖儿与你李老爹说。"何九道："蒙老爹恩典，小人知道。小人如今也老了，差事已告与小儿何钦顶替着哩。"西门庆道："也罢也罢，你清闲些了。"说道："既你不肯，我把这酒礼收了，那尺头你还拿去，我也不留你坐了。"那何九千恩万谢，拜辞去了。

整天就是行贿、受贿。此即当时官吏的日常生活。

当年何九掩盖过西门庆、潘金莲毒杀武大的罪行，确是"旧人"。

西门庆坐厅上，看着打点礼物果盒花红羊酒轴文，并各人分资。先差玳安送往乔大户家去，后叫王经送云离守家去。玳安回来，乔家与了五钱银子；王经到云离守家，管待了茶食，与了一匹真青大布、一双琴鞋，回“门下辱爱生”双帖儿，“多上覆老爹，改日奉请。”西门庆满心欢喜，到后边月娘房中摆饭吃，因向月娘说：“贲四去了，吴二舅在狮子街卖货，我今日倒闲，往那里看看去。”月娘道：“你去不是，若是要酒菜儿，早使小厮来家说。”西门庆道：“我知道。”一面分付备马，就戴着毡忠靖巾、貂鼠暖耳，绿绒补子夔褶、粉底皂靴，琴童、玳安跟随，径往狮子街来。到房子内，吴二舅与来昭正挂着花栲栳儿，发卖绸绢绒线丝绵，挤一铺子人做买卖，打发不开。西门庆下马，看了看，走到后边暖房内坐下。吴二舅走来作揖，回说一日也攒银钱二十两。西门庆又分付来昭妻一丈青：“二舅茶饭，每日这里依旧打发，休要误了！”来昭妻道：“逐日伺候酒饭，都是我自整理。”

巡视产业。此系西门官人的“根基”。

西门庆见天阴晦上来，但见彤云密布，冷气侵人，作雪的模样。忽然想起要往院中郑月儿家去，即令琴童：“骑马家中取我的皮袄来。问你大娘，有酒菜儿捎一盒与你二舅吃。”琴童应诺，到家。不一时，取了西门庆长身貂鼠皮袄，后面排军拿了一盒酒菜，里面四碟腌鸡下饭、煎炒鹁鸽、四碟海味案酒、一盘韭盒儿、一锡瓶酒。西门庆陪二舅在房中吃了三杯，分付：“二舅，你晚夕在此上宿，自在用，我家去罢。”

“性趣”总是转来转去。

于是带上眼纱，骑马，玳安、琴童跟随，径进构拦，往郑爱月儿家来。转过东街口，只见天上纷纷扬扬，飘下一天瑞雪来。正是：拳头大块空中舞，路上行人只叫苦。但见：

漠漠严寒匝地，这雪儿下得正好。扯絮挦绵裁织，片片大如栲栳。见林间竹篱茅茨，争些被他压倒。富豪侠却言，消灾障犹嫌小。围向那红炉兽炭，穿的是貂裘绣袄。手捻梅花，唱道是国家祥瑞，不念贫民些小。高卧有幽人，吟咏多诗草。

西门庆随路踏着那乱琼碎玉，貂袄沾濡粉蝶，马蹄荡满银花，进入构拦，到于郑爱月儿家门首下马。只见丫鬟看见，飞报进来说：“老爹来了。”郑妈妈出来迎接，至于中堂见礼，说道：“前月多谢老爹重礼，姐儿又在宅内打搅，又教他大娘、三娘赏他花翠汗巾。”西门庆道：“那日空了他来。"一面坐下，西门庆令玳安把马牵进来，自有院落安放。老妈道："请爹后边明间坐罢。月姐才起来梳头，只说老爹昨日来，倒伺候了一日，今日他心中有些不快，起来的迟些。"

这西门庆一面进入他后边住房明间内，但见绿窗半启，毡幙低张，地平上黄铜大盆生着炭火，西门庆坐在正面椅上。先是郑爱香儿出来相见了，递了茶。然后爱月儿才出来，头挽一窝丝杭州攒，翠梅花钿儿、金钑钗梳、海獭卧兔儿。打扮的雾霭云鬟，粉妆粉香花琢。上穿白绫袄儿、绿遍地锦比甲；下着大幅湘纹裙子，高高显一对小小金莲，犹如新月，状若蛾眉。好似罗浮仙子临凡境，神女巫山降世间！粉头出来，笑嘻嘻的向西门庆道了万福，说道："爹，我那一日来晚了。紧自前边人散的迟，到后边，大娘又只顾不放俺每，留着吃饭，来家有三更天了。"西门庆笑道："小油嘴儿，你倒和李桂姐两个，把应花子打的好响瓜儿。"郑爱月儿道："谁教他怪物劳，在酒席上屎口儿伤俺每来。那一日祝麻子也醉了，哄我，要送俺每来。我便说，'没爹这里灯笼，送俺每？蒋胖子吊在阴沟里，缺臭了你了！'"西门庆道："我昨日听见洪四儿说，祝麻子又会着王三官儿，大街上请了荣娇儿。"郑月儿道："只在荣娇儿家歇了一夜，烧了一炷香，不去了；如今还在秦玉芝儿走着哩。"说了一回话，道："爹，只怕你冷，往房里坐。"

青楼世界又别有一堆消息。

这西门庆到于房中，脱去貂裘，和粉头围炉共坐，房中香气袭人。只见丫鬟来放桌儿，四碟细巧菜蔬，安下三个姜碟儿，须臾拿了三瓯儿黄芽韭菜肉包一寸大的水角儿来，姊妹二人陪西门庆每人吃了一瓯儿。爱月儿倒又拨了上半瓯儿，添与西门庆。西门庆道："我勾了，才在那边房子线铺，陪你吴二舅吃了两个点心来了。心里要来你这里走走，不想天气落雪，家中使小厮取了皮袄，穿上就来了。"爱月儿道："爹前日不会下我，我昨日等了一日不见爹，不想爹今日来了。"西门庆道："昨日家中有两位士夫来望，乱着就不曾来得。"爱月儿道："我要问爹有貂鼠买个儿与我，我要做了围脖儿戴。"西门庆道："不打紧！昨日舍伙计打辽东来，送了我十个好貂鼠。你娘们都没围脖儿，到明日一总做了，送一个来与你。"爱香儿道："爹只认的月姐，就不送与我一个儿？"西门庆

家中妻妾嬖妇与青楼娼妓，在"以性易物"的方式上并无区别。

道:“你姊妹两个一家一个。”于是爱香、爱月儿连忙起身道了万福。西门庆分付:“休见了桂姐、银姐说。”郑月儿道:“我知道。”因说道:“前日李桂姐见吴银儿在那里过夜,问我他几时来了。我没瞒他,教我说,‘昨日请周爷,俺每四个都在这里唱了一日,爹说有王三官儿在这里,不敢请你的;今日是亲朋会中人吃酒,才请你来唱。’他一声儿也没言语。”西门庆道:“你这个回的他好!前日李铭,我也不要他唱来,再三央及你应二爹来说;落后你三娘生日,桂姐买了一分礼来,再三与我陪不是。你娘们说着,我不理他。昨日我竟留下银姐,使他知道。”爱月儿道:“不知三娘生日,我失误了人情。”西门庆道:“等明日你云老爹摆酒,你和银姐那里唱一日。”爱月儿道:“爹分付,我去。”不一时,丫鬟收拾饭桌去。粉头取出个鸂鶒木匣儿,倾出三十二扇象牙牌来,和西门庆在炕毡条上抹牌顽耍;爱香儿也坐在傍边看牌。院内雪如风舞梨花,纷纷只顾下。但见:

恍惚渐迷鸳甃,顷刻拂满蜂须。似玉龙鳞甲绕空飞,白鹤羽毛摇地落。好若数蟹行沙上,犹赛乱琼堆砌间。正是:尽道丰年瑞,丰年瑞若何?长安有贫者,宜瑞不宜多。

当下三人抹了回牌,须臾摆上酒来饮酒。桌上盘堆异果,肴列珍馐,茶煮龙团,酒斟琥珀,词歌《金缕》,笑启朱唇。爱香与爱月儿一边一个捧酒,不免筝排雁柱,款跨鲛绡,姊妹两个弹着,唱了一套《青衲袄》:

想多娇情性儿标,想多娇恩意儿好。想起携手同行共欢笑,吟风咏月将诗句儿嘲。女温柔男俊俏,正青春年纪小。谁承望将比目鱼分开、瓶坠簪折,今日早鱼沉雁杳。

女声二重唱。似这类靡靡之音,西门庆百听不厌。

〔骂玉郎〕 多娇,一去无消耗。想着俺情似漆意如胶,常记的共枕同欢乐。想着他花样娇柳样柔,倾国倾城貌。

〔大迓鼓〕 千般丰韵娇,风流俊俏,体态妖娆。所为诸般妙,搊筝拨阮,歌舞吹箫。总有丹青难画描!

〔感皇恩〕 呀,好教我无绪无聊,意攘心劳。懒将这杜诗温,韩文叙,柳文学。我这里愁怀越焦,这些时容貌添憔。

不能勾同欢乐成配偶，倒有分受煎熬。

〔东瓯令〕 潘郎貌，沈郎腰，可惜相逢无下稍。心肠懊恼伤怀抱。烈火烧袄庙，滔滔绿水淹蓝桥。相思病怎生逃！

〔采茶歌〕 相思病怎生逃，离愁阵摆的坚牢。铁石人见了也魂消。愁似南山堆积积，闷如东海水滔滔。

〔赚〕 谁想今朝。自古书生多命薄，伤怀抱。痴心惹的傍人笑，对谁陈告？

〔乌夜啼〕 想当初偎红倚翠，踏青斗草，相逢对景同欢乐。到春来语呢喃燕子寻巢，到夏来荷莲香开满池沼，到秋来菊满荒郊，到冬来瑞雪飘飘。想当初画堂歌舞列着佳肴，今日个孤枕旅馆无着落，鬼病侵，难医疗。好教我情牵意惹，心痒难挠。

〔节节高〕 闷恹恹睡不着，想多娇：知音解吕明宫调，诸般好。闭月羞花貌，言语娇媚，心聪俏。恰似仙子行来到，金莲款步凤头翘，朱唇皓齿微微笑。

〔鹌鹑儿〕 你看他体态轻盈，更那堪衣穿素缟，脂粉匀施，蛾眉淡扫。看了他万种妖娆，难画描。酒泛羊羔，宝鸭香飘，银烛高烧。成就了美满夫妻，稳取同心到老。

〔尾声〕 青霄有路终须到，生前无分也难消，把佳期叮咛休忘了！

唱一套，姐儿两个拿上骰盆儿来，和西门庆抢红顽笑。杯来盏去，各添春色。西门庆忽把眼看见郑爱月儿房中，床傍侧首锦屏风上，挂着一轴《爱月美人图》，题诗一首：

泄露其“人皆可夫”的“本性”也。

有美人兮迥出群，轻风斜拂石榴裙。
花开金谷春三月，月转花阴夜十分。
玉雪精神联仲琰，琼林才貌过文君。
少年情思应须慕，莫使无心托白云。

下书“三泉主人醉笔”。西门庆看了，便问：“三泉主人是王三官儿的号？”慌的郑爱月儿连忙摭说道：“这还是他旧时写下的，他如今不号三泉了，号小轩了。他告人说，学爹说，‘我号四泉，他怎的号三泉？’他恐怕爹恼，因此改了号小轩。”一面走向前，取笔过来，把那“三”字就涂抹了。西门庆满心欢喜，说道：“我并不知他改号一节。”粉头道：“我听见他对一个人说来，我才晓的。他去世的父亲号逸轩，他故此改号小轩。”说毕，郑爱香儿往下边去了，独有爱月儿陪西门庆在房内。

即刻涂抹，以“实际行动”来“划清界限”。

两个并肩叠股，抢红饮酒，因说起林太太来，怎的大量，好风月。“我在他家吃酒那日，王三官请我到后边拜见；还是他主意，教三官拜认我做义父，教我受他礼，委托我指教他成人。”粉头拍手大笑道：“还亏我指与这条路儿！到明日，连三官儿娘子不怕不属了爹。”西门庆道：“我到明日，我先烧与他一炷香；到正月里，请他和三官娘子往我家看灯吃酒，看他去不去。”粉头道：“爹，你还不知，三官娘子生的怎样标致，就是个灯人儿，没他那一段儿风流妖艳！今年十九岁儿，只在家中守寡，王三官儿通不着家。爹，你看用个工夫儿，不愁不是你的人。”两个说话之间，相挨相凑。只见丫鬟拿上几样细果碟儿来，都是减碟，果仁、风菱、鲜柑、螳螂、雪梨、苹婆、鲍螺、冰糖橙丁之类。粉头亲手奉与西门庆下酒，又用舌尖噙凤香蜜饼送入他口中。① 西门庆出房更衣，见雪越下得甚紧。回到房中，丫鬟向前挂起锦幔，款设鸳枕，展放鲛绡，薰热香球，床上铺得被褥甚厚，打发脱靴解带，先上牙床。粉头澡牝回来，掩上双扉，共入鸳帐。正是：得多少动人春色娇还媚，惹蝶芳心软欲浓。有诗为证：

贪得无厌。

螳螂也可吃么？

聚散无凭在梦中，起来残烛映纱红。

钟情自古多神念，谁道阳台路不通？

两个云雨欢娱，到一更时分起来。丫鬟掌灯进房，整衣理鬓后，酾美酒，重整佳肴，又饮勾几杯。问玳安：“有灯笼、伞没有？”玳安道：“琴童家去取灯笼、伞来了。”这西门庆方才作别了，鸨子、粉头相送出门，看着上马。郑月儿扬声叫道：“爹若叫我，早些来说！”西门庆道：“我知道。”一面上马，打着伞，出院门，一路踏雪到家中。对着吴月娘，只说在狮子街

---

① 此处删 115 字。

和吴二舅饮酒，不在话下。一宿晚景题过。

到次日却是初八日，打听何千户行李都搬过夏家房子内去了，西门庆这边送了四盒细茶食、五钱折帕庆房贺仪过去。只见应伯爵蓦地走来，西门庆见雪晴有风，天色甚冷，留他前边书房中向火，叫小厮放桌儿，拿菜儿，留他吃粥。因说起："昨日乔亲家、云二哥礼并折帕，都送过去了。你的人情，我这边已是替你每家封了二钱，出上了；你那里不消与他罢，只等发柬请吃酒。"那应伯爵举手谢了。西门庆道："何大人已搬过去了，今日我送茶并庆房人情，你不送些茶儿与他？"伯爵道："他请人？"又问："昨日安大人三位来做甚么？那两位是何人？"西门庆道："那两位，一个雷兵备，一个是汪参议，都是浙江人。因在我这里摆酒，明日要请杭州赵霆知府，新升京堂大理寺丞，是他每本府父母官，如何不敬？代一张桌面，余者散席；戏子他那里叫来，俺这里少不的叫两个小优儿答应便了。通身只三两分资。"伯爵道："大凡文职好细，三两银子勾做甚么？哥少不得赔些儿。"西门庆道："这雷兵备，就是问黄四小舅子孙文相的，昨日没曾对我题起开除他罪名来了？"伯爵道："你说他不仔细，如今还记着，折准摆这席酒才罢了。"

应花子其实也是一个潜在的"间谍"。

说话之间，伯爵叫应宝："你叫那个人来见你大爹。"西门庆便问是何人。伯爵道："我那边左近住一个小后生，倒也是旧人家出身，父母都没了，自幼在王皇亲家宅内答应，好几年了，也有了媳妇儿了。因在庄子上和一般家人不和，出来了。如今闲着，做不的甚么买卖儿。他与应宝是朋友，央及应宝要投寻个人家，做房家人。今早应宝对我说，'爹倒好举荐与大爹宅内答应，又怕大爹少人使。'我便说不知你大爹用不用。"因问应宝："他叫甚么名字？你叫他进来。"应宝道："他姓来，叫来友儿。"只见那来友儿，穿着青布四块瓦、布袜靸鞋，扒在地上磕了个头，起来帘外站立。伯爵道："若论这狗拘的，膂力尽有，掇轻服重都去的。"因问："你多少年纪了？"那人道："小的二十岁了。"又问："你媳妇没子女？"那人道："只光两口儿。"应宝道："不瞒爹说，他媳妇才十九岁儿，厨灶针线，大小衣裳，都会做。"西门庆见那人低头并足，为人朴实，便道："既是你应二爹来说，用心在我这里答应。"分付："拣个好日期，写纸文书，两口儿搬进来罢。”那来友儿磕了个头。西门庆教琴童儿领着，后边见月娘众人磕头去了。对月娘说，就把来旺儿原住的那一间房，与他居住。伯爵坐了回，家去了；应宝同他写了一纸投身文书，交与西门庆收了，改名来爵，不在话下。

又添一仆来友儿（来爵）。并同时收了其媳妇惠元。

却说贲四娘子，自从他家长儿与了夏家，每日买东买西，只央及平安儿和来安、画童儿，或是隔壁韩嫂儿的儿子小雨儿。西门庆家中这些大官儿，常在他屋里坐的，打平和儿吃酒。贲四娘子儿和气，就定出菜儿来，或要茶水，应手而至。就是贲四一时铺中归来，撞见亦不见怪。以此今日他不在家，使着那个不替他动？且玳安儿与平安儿常在他屋里坐的多。

初九日，西门庆与安郎中、汪参议、雷兵备摆酒，请赵知府。那日早辰，来爵儿两口儿就搬进来，他媳妇儿后边见月娘众人磕头。月娘见他穿着紫绸袄、青布披袄、绿布裙子，生的五短身材，瓜子面皮儿，搽胭抹粉，施朱唇，缠的两只脚趫趫的。问起来，诸般针指都会做。起了他个名字，叫做惠元，与惠秀、惠祥一递三日上灶。不题。

一日，门外杨姑娘没了，安童儿来报丧。西门庆这边整治了一张插桌、三牲汤饭，又封了五两香仪，吴月娘、李娇儿、孟玉楼、潘金莲四顶轿子起身，都往北边与他烧纸吊孝，琴童儿、棋童儿、来爵儿、来安儿四个都跟轿子，不在家。西门庆在对过段铺子书房内，看着毛袄匠与月娘做貂鼠围脖。先攒出一个围脖儿，使玳安送与院中郑月儿去，封了十两银子，与他过节。郑家管待玳安酒馔，与了他三钱银子，买瓜子儿磕。走来回西门庆话，说：“月姨多上覆，多谢了，前日空过了爹来。与了小的三钱银子。”西门庆道：“你收了罢。”因问他：“贲四不在家，你头里从他屋里出来，做甚么来？”玳安道：“贲四娘子从他女孩儿嫁了，没人使，常央及小的每替他买买甚么儿。”西门庆道：“他既没人使，你每替他勤勤儿也罢。”又悄悄向玳安道：“你慢慢和他说，‘如此这般，爹要来你这屋里来看你看儿，你心如何？’看他怎的说。他若肯了，你问他讨个汗巾儿来与我。”玳安道：“小的知道了。”领了西门庆言语，应诺下去。

玳安得宠，其他“优点”倒在其次，“拉皮条”是把好手。

西门庆使陈经济看着裁貂鼠，就走到家中来。只见王经向顾银铺亏他“有求必应”，且桩桩都能记得。

内取了金赤虎，又是四对金头银簪儿，交与西门庆。西门庆留下两对在书房内；余者袖进李瓶儿房内坐下，与了如意儿那赤虎，又与他一对簪儿；把那一对簪儿，就与了迎春。二人接了，连忙插烛也似磕了头。西门庆令迎春取饭去，须臾拿了饭来。吃了饭，出来在书房内坐下。

只见玳安慢走到跟前，见王经在傍，不言语。西门庆使王经后边取茶去，那玳安方说：“小的将爹言语对他说了，他笑了，约会晚上些，伺候等爹过去坐坐，叫小的拿了这汗巾儿来。”西门庆见红绵纸儿包着一方红绫织锦回纹汗巾儿，闻了闻喷鼻香，满心欢喜，连忙袖了。只见王经拿茶来，吃了，又走过对门看着匠人做生活去。忽报花大舅来了，西门庆道：“请过来，这边坐。”花子由走到书房暖阁儿里，作揖坐下，致谢外日多有相扰。叙话间，画童儿对门拿过茶来吃了。花子由悉说：“门外客人有五百包无锡米，冻了河，紧等要卖了回家去。我想着姐夫倒好买下等价钱。”西门庆道：“我平白要他做甚么？冻河还没人要，到开河船来了，越发价钱跌了！如今家中也没银子。”分付玳安：“收拾放桌儿，家中说，看菜儿来。”一面使画童儿：“请你应二爹来，陪你花爹坐。”不一时，伯爵来到，三人共坐在一处，围炉饮酒。桌上摆设四盘四碟，都是煎炒鸡鱼、烧烂下饭。又叫孙雪娥烙了两箸饼，又是四碗肚肺乳线汤。良久，只见吴道官徒弟应春，送节礼疏诰来。西门庆请来同坐吃酒，揽李瓶儿百日经，与他银子去。吃至日落时分，二人先起身去了。次后甘伙计收了铺子，又请来坐，与伯爵掷骰猜枚谈话，不觉到掌灯已后。吴月娘众人轿子到了，来安走来回话。伯爵道：“嫂子们今日都往那里去了？”西门庆道：“北边他杨姑娘没了，今日三日念经，我这里备了张插桌祭祀，又封了香仪儿，都去吊问吊儿。”伯爵道：“他老人家也高寿了。”西门庆道：“敢也有七十五六儿，男花女花都没有，只靠他门外侄儿那里养活；材儿也是我这里替他备下的，这几年了。”伯爵道：“好好，老人家有了黄金入柜，就是一场事了。哥的大阴骘！”说毕，酒过数巡，伯爵与甘伙计作辞去了。西门庆道：“十一日该姐夫这里上宿。”玳安道：“那边铺子里傅二叔也家去了，只小的一个在铺子里睡。”西门庆就起身走过来，分付后生王显仔细火烛。王显道：“小的知道。”看着把门

论做生意，那西门庆是绝不放过一桩发财机会，也绝不揽过一桩赔钱买卖，实在精明过人。

关上了。

这西门庆见没人，两三步就走入贲四家来。只见贲四娘子儿，在门首独自站立已久，见对门关的门响，西门庆从黑影中走至跟前。这妇人连忙把封门一开，西门庆钻入里面；妇人还扯上封门，说道："爹请里边纸门内坐罢。"原来里间槅扇厢着后半间，纸门内又有个小炕儿，笼着旺旺的火，桌上点着灯，两边护炕从新糊的雪白，挂着四扇吊屏儿。那妇人头上勒着翠蓝销金箍儿，鬏髻插着四根金簪儿，耳朵上两个丁香儿，上穿紫绸袄、青绡丝披袄，玉色绡裙子。向前与西门庆道了万福，连忙递了一盏茶儿与西门庆吃，因悄悄说："只怕隔壁韩嫂儿知道。"西门庆道："不妨事，黑影子他那里晓的！"于是不由分说，把妇人搂到怀中就亲嘴。① 西门庆向袖中掏出五六两一包碎银子，又是两对金头簪儿，递与妇人，"节间买花翠带。"妇人拜谢了，悄悄打发出来。那边玳安在铺子里，专心只听这边门环儿响，便开大门，放西门庆进来。自知更无一人晓的。后次朝来暮往，也入港一二次。正是：若要人不知，除非己莫为。不想被韩嫂儿冷眼睃见，传的后边金莲知道了；这金莲亦不识破他。

偷汉老手。麻利异常。

"打野食"。西门庆的性生活越来越朝纵、乱、怪、急的路子上发展。

"金国""大敌当前"，且放小小贲四娘子一马。

一日，腊月十五日，乔大户家请吃酒。西门庆这里，会同应伯爵、吴大舅一齐起身。那日有许多亲朋，看戏饮酒，至二更方散。第一日，每家一张桌面，俱不必细说。

单表崔本，治了二千两湖州绸绢货物，腊月初旬起身，雇船装载，赶至临清马头。教后生荣海看守货物，便雇头口来家，取车税银两，到门首下头口。琴童道："崔大哥来了，请厅上坐；爹在对门房子里，等我请去。"一面走到对门，不见西门庆，因问平安儿。平安儿道："爹敢进后边去了。"这琴童儿走到上房问月娘。月娘道："贼见鬼的囚！你爹从早辰出去，再几时进来？"又到各房里并花园书房，都瞧遍了，没有。琴童在大门首扬声道："省恐杀人，不知爹往那里去了，白寻不着！大白日里把爹来不见了，崔大哥来了这一日，只顾教他坐着。"那玳安分明知

琴童"嘬死"。

---

① 此处删 215 字。

只怕是"从天上掉下来"。

道,不做声言语。不想西门庆从前边进来,把众小厮吃了一惊。原来西门庆在贲四屋里入港,才出来。那平安打发西门庆进去了,望着琴童儿吐舌头儿,都替他捏两把汗,都道:"管情崔大哥去了,有几下子打。"不想西门庆走到厅上,崔本见了,磕头毕,交了书帐,说:"船到马头,少车税银两。我从腊月初一日起身,在扬州与他两个分路,他每往杭州去了。俺每都到苗青家住了两日。"因说:"苗青替老爹使了十两银子,抬了扬州卫一个千户家女子,十六岁了,名唤楚云。说不尽生的花如脸,玉如肌,星如眼,月如眉,腰如柳,袜如钩,两只脚儿恰刚三寸。端的有沉鱼落雁之容,闭月羞花之貌!腹中有三千小曲、八百大曲。端的风流如水晶盘内走明珠,态度似红杏枝头推晓日!苗青如今还养在家,替他打箱奁、治衣服;待开春,韩伙计、保官儿船上带来,伏侍老爹,消愁解闷。"西门庆听了,满心欢喜,说道:"你船上捎了来也罢,又费烦他治甚衣服,打甚妆奁,愁我家没有?"于是恨不的腾云展翅,飞上扬州,搬取娇姿,赏心乐事。正是:鹿分郑相应难辨,蝶化庄周未可知。有诗为证:

西门庆现在更加"色迷心窍"。其"因色戕身"的"终点站"不远矣!

闻道扬州一楚云,偶凭青鸟语来真。

不知好物都离隔,试把梅花问主人。

西门庆陪崔本吃了饭,兑了五十两银子做车税钱,又写书与钱主事,令烦青目。崔本言讫,当下作辞,往乔大户家回话去了。平安见西门庆不寻琴童儿,都说:"我儿,你不知有多少造化!爹进来,若不是绑着鬼,有几下打。"琴童笑道:"只你知爹性儿。"

比及起了货来,狮子街卸下,就是下旬时分。西门庆正在家打发送节礼,忽见荆都监差人拿帖儿来问:"宋大巡题本已上京数日,未知旨意下来不曾?伏惟老翁差人察院衙门一打听为妙。"这西门庆即差答应节级,拿着五钱银子,并巡按公衙书办打听。果然昨日东京邸报下来,写抄得一纸全报来,与西门庆观看。上面道写甚的?——

山东巡按监察御史宋乔年一本:循例举劾地方文武官员,以励人心,以隆

圣治事。窃惟吏以抚民,武以御乱,所以保障地方,以司民命者也。苟非其人,则处置乖方,民受其害,国何赖焉。此国家

莫急于文武两途，而激劝之典不容不亟举也！臣奉
命按临山东等处，亲历省察风俗，至于吏政民瘼，监司守御，无不留心咨访。复令安抚大臣，详加鉴别，各官贤否，颇得其实。兹当差满之期，敢不一一陈之：山东左布政陈四箴，操履忠贞，抚民有方；廉使赵讷，纲纪肃清，士民服习；提学副使陈正汇，操砥砺之行，严督率之条。又访得兵备副使雷启元，军民咸服其恩威，僚幕悉推其练达；济南府知府张叔夜，经济可望，才堪司牧；东平府知府胡师文，居任清慎，视民如伤；徐州府知府韩邦奇，志务清修，才堪廊庙；莱州府知府叶迁，屏海寇而道不拾遗，惠民畴而垦田不滷。此数臣者，皆当荐奖而优擢者也。又访得左参议冯廷鹄，伛偻之形，桑榆之景，形若木偶，尚肆贪婪；东昌府知府徐崧，纵妄父而通贿，所致腾谤于公堂，慕羡余而诛求，詈言辄遍于闾阎。此二臣者，所当亟赐罢斥者也。再访得左军院佥书守御周秀，器宇恢弘，操持老练，得将帅之体，军心允服，贼盗潜消；济州兵马都监荆忠，年力精强，才猷练达，冠武科而称为儒将，胜算可以临戎，号令一而极其严明，长策卒能御侮；兖州兵马都监温玺，夙闲韬略，熟习弓马，休养骑卒以备不虞，并力设险以防不测。此三臣者，所当亟赐迁擢者也。清河县千户吴铠，以练达之才，得卫守之法。驱兵以捧中坚，靡攻不克；储食以资粮饷，无人不饱。推心置腹，人思效命。实一方之保障，为国家之屏藩。宜特加超擢，鼓舞臣寮。陛下诚以臣言可采，举而行之，庶几官爵不滥而人心思奋，守牧得人而
圣治有赖矣。等因。奉
钦依：该部知道。续该吏兵二部题前事：看得御史宋乔年所奏内，劾举地方文武官员，无非体国之忠，出于公论，询访得实，以裨
圣治之事。伏乞
圣明，俯赐施行，天下幸甚，生民幸甚。奉

一只八仙鼎，引来权与势。西门庆的“官场投资”也是“一本万利”。

钦依：依拟行。

西门庆一见，满心欢喜，拿着邸报，走到后边，对月娘说："宋道长本下来了。已是保举你哥升指挥佥事，见任管屯；周守御与荆大人都有奖励，转副参、统制之任。如今快使小厮请他来，对他说声。"月娘道："你使人请去，我交丫鬟看下酒菜儿。我愁他这一上任，也要银子使。"西门庆道："不打紧，我借与他几两银子也罢了。"不一时，请得吴大舅到了。西门庆送那题奏旨意与他瞧，吴大舅连忙拜谢西门庆与月娘，说道："多累姐夫、姐姐扶持，恩当重报，不敢有忘！"西门庆道："大舅，你若上任摆酒没银子使，我这里兑一千两银子，你那里使者。"那吴大舅又作揖谢了。于是就在月娘房中，安排上酒来吃酒，月娘也在旁边陪坐。西门庆即令陈经济把全抄写了一本，与大舅拿着。即差玳安拿帖，送邸报往荆都监、周守御两家报喜去。正是：劝君不费镌研石，路上行人口是碑。

亲上加官，官上加亲，亲亲相联，官官相护，当然舍得再投资。

毕竟未知后来如何，且听下回分解。

第七十八回
西门庆两战林太太　吴月娘玩灯请蓝氏

黄钟应律好风催，阴伏阳生淑岁回。

葵影便移长至日，梅花先趁大寒开。

八神表日占和岁，六管吹葭动细灰。

已有岸旁迎腊柳，参差又欲领春来。

话说当日西门庆陪大舅饮酒，至晚回家。到次日，荆都监早辰骑马来拜谢，说道：“昨日见旨意下来，下官不胜欣喜，足见老翁爱厚，费心之至，实为衔结难忘！范大人便老了，张菊轩指望升转他一步儿，照旧也罢了，还亏他些。”说毕，茶汤两换，荆都监起身，因问：“云大人到几时请俺每吃酒？”西门庆道：“近节这两日也是请不成，直到月间罢了。”送至大门，上马而去。西门庆这里宰了一口鲜猪，两坛浙江酒、一匹大红绒金豸员领、一匹黑青妆花纻丝员领、一百果馅金饼，谢宋御史。就差春鸿拿帖儿，送到察院去。门吏入报进去，宋御史唤至后厅火房内，赏茶吃；等写了回帖，装于套内封了，又赏了春鸿三钱银子，来见西门庆。拆开观看，上写着：

两次造扰华府，悚愧殊甚。今又辱承厚贶，何以克当？外令亲、荆子事已具本矣，想已知悉。连日渴仰丰标，容当面悉。使旋谨谢！

受贿鬻官居然还要留下“文字证据”，宋御使胆不可谓不大。

下书：“侍生宋乔年拜大锦衣西门先生大人门下。”宋御史随即差人，送了一百本历日、四万纸、一口猪来回礼。

一日，上司行下文书来，吴大舅本衙到任管事。西门庆拜去，就与吴大舅三十两银子、四匹京段，交他上下使用。到二十四日稍闲，封了印来家，又备羊酒花红轴文，邀请亲朋，等吴大舅从卫中上任回来，迎接到家，摆大酒席，与他作贺。又是何千户东京家眷到了，西门庆写月娘名字，送茶过去。到二十六日，玉皇庙吴道官，十二个道众，在家与李瓶儿念百日经，十回度人，整做法事，大吹大打，倡道行香；各亲朋都来送茶，请吃斋供，至晚方散。俱不在言表。

此时对李瓶儿恐只剩“礼节儿上的份儿”罢了。

至廿七日，西门庆打发各家礼毕，又是应伯爵、谢希大、常时节、傅伙计、甘伙计、韩道国、贲地传、崔本，每家半口猪、半腔羊、一坛酒、一包米、一两银子，院中李桂姐、吴银儿、郑爱月儿，每人一套杭州绢衣服、三两银子。吴月娘又与庵里薛姑子打斋，令来安儿送香油米面银钱去。不在言表。

看看到年除之日，窗梅痕月，檐雪滚风，竹爆千门万户，家家帖春胜，处处挂桃符。西门庆烧纸，又到于李瓶儿房，灵前祭奠。已毕，置酒于后堂，合家大小月娘等，李娇儿、孟玉楼、潘金莲、孙雪娥、西门大姐，并女婿陈经济，都递了酒，两旁列坐。先是春梅、迎春、玉箫、兰香、如意儿五个磕头，然后小玉、绣春、小鸾儿、元宵儿、中秋儿、秋菊磕头；其次者来昭妻一丈青惠庆、来保妻惠祥、来兴妻惠秀、来爵妻惠元，一般儿四个家人媳妇磕头，然后才是王经、春鸿、玳安、平安、来安、棋童儿、琴童儿、画童儿、来昭儿子铁棍儿、来保儿子僧宝儿、来兴女孩儿年儿来磕头。西门庆与吴月娘，俱有手帕汗巾银钱赏赐。

也算“大团圆”。

到次日，重和元年新正月元旦，西门庆早起，冠冕，穿大红。天地上炷了香，烧了纸，吃了点心，备马，就出去拜巡按，贺节去了。月娘与众妇人早起来，施朱傅粉，插花插翠，锦裙绣袄，罗袜弓鞋，妆点妖娆，打扮可喜，都来后边月娘房内，厮见行礼。那平安儿与该日节级在门首接拜帖，上门簿，答应往来官长士夫；玳安与王经穿着新衣裳，新靴新帽，在门首踢毽子儿，放炮燎，又磕瓜子儿，袖香桶儿，戴闹蛾儿；众伙计主管，门下底人，伺候见节者，不计其数，都是陈经济一人在前边客位管待。后边大厅，摆设锦筵桌席，单管待亲朋。花园卷棚，放下毡帏暖帘，铺陈锦裀绣毯，兽炭火盆，放着十桌，都是销金桌帏、妆花椅垫，盘装果品，瓶插金花，筵开玳瑁，专一留待士大夫官长。

此家算是个驴粪蛋儿，表面倒真光溜。

约晌午间，西门庆往府县拜了人回来，刚下马，招宣府王三官儿衣巾，有四五个人跟随，就来拜。到厅上拜了西门庆四双八拜，然后请吴月娘出来见；西门庆请到后边，与月娘见了，出来前厅留坐。才拿起酒来吃了一盏，只见何千户来拜。西门庆就教陈经济管待陪王三官儿，他便往卷棚内陪何千户坐去了。王三官吃了一回，告辞起身，陈经济送出大门，上马而去。落后又是荆都监、云指挥、乔大户，皆络绎而至。西门庆待了一日人，已酒带半酣，至晚打发人去了，归到上房，歇了一夜。

到次日早，又出去贺节，直至晚归家来。家中韩姨夫、应伯爵、谢希大、常时节、花子由来拜，陈经济陪侍在厅上坐的，候至已久。西门庆到了，见毕礼，从新摆上酒来。韩姨夫与花子由隔门，先起身去了；只见伯爵、希大、常时节坐着，如定油儿一般，还不去。又撞见吴二舅来了，见了礼，又往后边拜见月娘，出来一处坐的，直吃到掌灯已后方散。

"定油儿一般"，形容妙确。

西门庆已吃的酩酊大醉，送出伯爵等到门首，众人去了。西门庆见玳安在旁站立，捏了一把手。玳安就知意，说道："他屋里没人。"这西门庆就撞入他房内。老婆早已在对门里，迎接进去。两个也无闲话，走到里间内，老婆脱衣解带，仰掮炕上，西门庆褪下裤子，①就干起来。②那西门庆问他："你小名叫甚么？说与我。"老婆道："奴娘家姓叶，排行五姐。"③因问西门庆："他怎的去恁些时不来？"西门庆道："我这里也盼他哩，只怕京中夏大人留住他使。"又与了老婆二三两银子盘缠，因说："我待与你一套衣服，恐贲四知道不好意思；不如与你些银子儿，你自家治买罢。"开门送出来。玳安又闲在铺子里，掩门等候的西门庆进来，方才关上拴，西门庆便往后边去了。

总是"先斩后审"。

看官听说，自古上梁不正，则下梁歪，此理之自然也。如人家主子行苟且之事，家中使的奴仆皆效尤而行。原来贲四这个老婆，不是守本

① 此处删11字。
② 此处删80字。
③ 此处删153字。

分的，先与玳安有奸，落后又把西门庆勾引上了。这玳安刚打发西门庆进去了，傅伙计又没在铺子里上宿，他与平安儿打了两大壶酒，就在贲四老婆屋里，吃到有二更时分。平安在铺子里歇了，他就和老婆在屋里睡了一宿。有这等的事！正是：对人不用穿针线，那得工夫送巧来。有诗为证：

难怪玳安"拉皮条"如此上劲。

满眼风流满眼迷，残花何事滥如泥？

拾琴暂息商陵操，惹得山禽绕树啼。

却说贲四老婆晚夕对玳安说："只怕隔壁韩嫂儿传嚷的后边知道，也似韩伙计娘子，一时被你娘们说上几句，羞人答答的，怎好相见？"玳安道："如今家中，除了俺大娘和五娘不言语，别的不打紧；俺大娘倒也罢了，只是五娘快出尖儿。你依我，节间买些甚么儿进去，孝顺俺大娘，别的不稀罕，他平昔好吃蒸酥，你买一钱银子果馅蒸酥、一盒好大壮瓜子送进去。这初九日是俺五娘生日，你再送些礼去，梯己再送一盒瓜子与俺五娘。你到明日进来磕头，管情就掩住许多口嘴。"这贲四老婆真个依着玳安之言，第二日赶西门庆不在家，玳安就替他买了盒子，掇进后边月娘房中。月娘便道："是那里的？"玳安道："是贲四嫂送这盒儿点心、瓜子与娘吃。"月娘道："男子汉又不在家，那讨个钱来，又交他费心！"连忙收了，又回出一盒馒头、一盒果子与他，说："多上覆，多谢了。"

吴月娘竟不生疑。

那日西门庆拜人回家，早有玉皇庙吴道官来拜，在厅上留坐吃酒。刚打发吴道官去了，西门庆脱了衣服，使玳安："你骑了马，问声文嫂儿去，'俺爷今日要来拜拜太太。'看他怎的说。"玳安道："爷且不消去，头里小的撞见文嫂儿，骑着驴子打门首过去了。他说明日初四，王三官儿起身往东京，与六黄公公磕头去了；太太说，交爷初六日过去见节，他那里伺候着哩。"西门庆便道："他真个这等说来？"玳安道："莫不小的敢说谎！"这西门庆就入后边去了。

真是大好机会。

刚到上房坐下，忽有来安儿来报："大舅来了。"只见吴大舅冠冕着，束着金带，进入后堂，先拜西门庆，说道："一言难尽！我吴铠多蒙姐夫抬举看顾，又破费姐夫了，多谢厚礼。日昨姐夫下降，我又不在家，失迎，空慢姐夫来了；今日敬来与姐夫磕个头儿，恕我迟慢之罪！"说着，磕下头去。西门庆慌忙半头相还下来，说道："大舅恭喜，自然之道理，至亲何必计较。"吴大舅于是拜毕西门庆。月娘出来，与他哥磕头。头戴翡白绉纱金梁冠儿、海獭卧兔，白绫对衿袄儿、沉香色遍地金比甲、玉色绫宽襕裙，耳边二珠环儿、金凤钗梳，胸前带着金三事搽领儿，裙边紫遍地金八条穗子的荷包、五色钥匙线带儿，紫遍地金扣花白绫高底鞋儿；打扮的鲜鲜儿的，向前花枝招飐，绣带飘飘，插烛也似磕了四个头。慌的大舅忙还半礼，说道："姐姐，两礼儿罢。"说道："哥哥、嫂嫂不识好歹，常来扰害你两口儿。你哥老了，看顾看顾罢。"月娘道："一时不到，望哥耽带便了。"吴大舅道："姐姐没的说，累你两口儿还少哩！"拜毕，西门庆留吴大舅坐，说道："这咱晚了，料大舅也不拜人了，宽了衣裳，咱房里坐罢。"不想孟玉楼与潘金莲两个都在屋里，听见嚷吴大舅进来，连忙走出来，与大舅磕头。都是海獭卧兔儿，白绫袄儿、玉色挑线裙子；一个是绿遍地金比甲儿，一个是紫遍地金比甲儿。头上戴的都是鬏髻；玉楼带的是环子，金莲是青宝石坠子。下边尖尖趫趫，显露金莲。与吴大舅磕了头，径往各人房里去了。

比往日更加热情。

西门庆让大舅房内坐的，骑火盆安放桌儿，摆上春盛果盒，各样热碗嗄饭、大馒头点心、八宝攒汤，一齐拿上来。小玉、玉箫都来与大舅磕头。须臾吃了汤饭，月娘用小金厢玳瑁钟儿斟酒递与大舅，西门庆主位相陪。吴大舅让道："姐姐，你也来坐的。"月娘道："我就来。"又往里间房内，拿出数样配酒的果菜来，都是冬笋、银鱼、黄鼠、鲼鲊、海蜇、天花菜、苹婆、螳螂、鲜柑、石榴、风菱、雪梨之类。饮酒之间，西门庆便问："大舅的公事，都了毕停当了？"吴大舅道："蒙姐夫抬举，年节任便到了，上下人事倒也都周给的七八。还有屯所里未曾去到到任，明日是个好日期，卫中开了印，来家整理了些盒子，须得抬到屯所里到任，行牌拘将那屯头来参见，分付分付。前官丁大人坏了事情，已是被巡抚侯爷参劾去了任；如今我接管承行，须得也要振刷在册花户，警励屯头，务要把这旧管新增开报明白，到明日秋粮夏税，才好下屯征收。"西门庆道："通共约有多少屯田？"吴大舅道："这屯田，不瞒姐夫说，太祖旧例练兵卫,因田养兵,省转输之劳,才立下这屯田。后吃宰相王安石,立青苗法,增上这夏税。那时只是上纳屯田秋粮,又不同民地。而今这济州管内,除了抛荒、苇场、港隘,通共二万七千亩屯地。每顷秋税、夏税,只征收一两八钱,不上五百两银子;到年终才倾齐了,往东平府交纳,转行招商,以备军粮马草作用。”西门庆又问:“还有羡余之利?”吴大舅道:“虽故还有些抛零人户不在册者,乡民顽滑,若十分征紧了,等秤斛斗重,恐声口致起公论。”西门庆道:“若是有些甫余儿也罢,难道说全征;若征收些出来,斛斗等秤上也勾咱每上下搅给。”吴大舅道:“不瞒姐夫说,若会管此屯,见一年也有百十两银子寻。到年终,人户们还有些鸡鹅豚米,面见相送;那个是各人取觅,不在数内的。只是多赖姐夫力量扶持。”西门庆道:“得勾你老人家搅给,也尽我一点之心。”正说着,月娘也走来旁边陪坐,三人饮酒,到掌灯已后,吴大舅才起身去了。

恐“甜头”尚不止此。

西门庆那日,就在前边金莲房中歇了一夜。到次日早往衙门中开印,升厅画卯,发放公事。先是云离守家发帖儿,初五日请西门庆并合衙官员吃庆官酒;次日,何千户娘子蓝氏下帖儿,初六日请月娘姊妹相会。

且说那日,西门庆同应伯爵、吴大舅,三人起身到云离守家。原来旁边又典了人家一所房子,三间客位内摆酒,叫了一起吹打,鼓乐迎接,都有桌面,吃至晚夕来家。

巴不到次日,月娘往何千户家吃酒去了,西门庆打选衣帽齐整,袖着赏赐包儿,骑马带眼纱,玳安、琴童跟随,午后时分径来王招宣府中拜节。王三官儿不在,留下帖儿;文嫂儿又早在那里,接了帖儿,连忙报与林太太说,出来请老爷后边坐。转过大厅,到于后边,进入仪门,少间,住房掀起明帘子,上面供养着先公王景崇影像,陈设两桌春台果酌,朱红公座,虎皮校椅,脚下氍毹匝地,帘幙垂红。少顷,林氏穿着大红通袖袄儿,珠翠盈头,粉妆腻脸,与西门庆见毕礼数,留坐待茶,分付大官把马牵于后槽喂养。茶没罢,让西门庆宽衣房内坐。说道:“小儿从初四日往东京,与他叔岳父六黄太尉磕头去了,只过了元宵才来。”这西门庆一面唤玳安脱去上盖,里边穿着白绫袄子、天青飞鱼氅衣,粉底皂靴,十

林太太处总有种高于西门庆家中的氛围。

分绰耀。妇人房里安放桌席；黄铜四方兽面火盆，生着炭火；朝阳房屋，日色照窗，房中十分明亮。须臾，丫鬟拿酒菜上来。杯盘罗列，肴馔堆盈，酒泛金波，茶烹玉蕊。妇人锦裙绣袄，皓齿明眸，玉手传杯，秋波送意，猜枚掷骰，笑语烘春。话良久，意洽情浓；饮多时，目邪心荡。看看日落黄昏，又早高烧银烛。玳安、琴童，下边耳房放桌儿，自有文嫂儿主张，酒馔点心管待。三官儿娘子，另在那边角门内一所屋里居住，自有丫鬟养娘伏侍，等闲不过这边来。妇人又倒扣角门，僮仆谁敢擅入！

此处不同贲四娘子处。总得“循序渐进”。

酒酣之际，两个共入里间房内，掀开绣帐，关上窗户。丫鬟轻剔银釭，佳人忙掩朱户，男子则解衣就寝，妇人即洗脚上床。枕设宝花，被翻红浪。[①] 当下西门庆就在这婆娘心口与阴户烧了两炷香。许下，明日家中摆酒，使人请他同三官儿娘子去看灯耍子。这妇人一段身心已是被他拴缚定了，于是满口应承都去。这西门庆满心欢喜，起来与他留连痛饮，至二更时分，把马从后门牵出，作别方回家去。正是：不愁明月尽，自有暗香来。有诗为证：

林太太从西门庆处得到一种“遇上真男子”的满足。西门庆则从林太太处得到一种“吃到贵族菜”的满足。

尽日思君倚画楼，相逢不舍又频留。

刘郎莫谓桃花老，浪把轻红逐水流。

却说西门庆到家，有平安迎门禀说：“今日有薛公公家，差人送请帖儿，请爷早往门外皇庄看春；又是云二叔家，差人送了五个帖儿，请五位娘吃节酒。帖儿都交进去了。”西门庆听了没言语，进入后边月娘房来，只见孟玉楼、潘金莲都在房内坐的。月娘从何千户家赴了席来家，已摘了首饰花翠，止戴着鬏髻，撇着六根金簪子，勒着珠子箍儿，上着蓝绫袄，下着软黄绵细裙子，坐着说话。见西门庆进来，连忙道了万福。西门庆就在正面椅上坐下。问道：“你今日往那里，这咱才来？”西门庆无得说，“我在应二哥家，留坐到这咱晚。”月娘便说起今日何千户家酒席上事：“原来何千户娘子还年小哩，今年才十八岁，生的灯人儿也似，一表人物，好标致；知今博古，透灵儿还强十分！见我去，恰似会了几遍，好不喜狎。嫁了何大人二年光景，房里倒使着四个丫头、两个养娘、两

① 此处删622字。

房家人媳妇。”西门庆道：“他是内府御前生活所蓝太监侄女儿，与他陪嫁了好少钱儿！”月娘道：“小厮对你说来，明日云伙计家又请俺每吃节酒，送了五个帖儿，在拣妆上阁着，连薛内相家帖子，都放在一处。”因令玉箫：“拿过来，与你爹瞧！”

这西门庆看了薛内相家帖儿，又看云离守家帖儿，下书他娘子儿“云门苏氏敛衽拜请”。西门庆说：“你每明日收拾了，都去走走。”月娘道：“留雪姐在家罢；只怕大节下，一时有个人客蓦将来，他每没处挝挠。”西门庆道：“也罢，留雪姐在家里，你每四个去罢。明日我也不往那里去，薛太监请我门外看春，我也懒待去；这两日春气发也怎的，只害这边腰腿疼。”月娘道：“你腰腿疼，只怕是痰火。问任医官讨两服药吃不是，只顾挨着怎的？”那西门庆道：“不妨事，由他！一发过了这两日吃，心静些。”因和月娘计较：“到明日灯节，咱少不的置席酒儿，请请何大人娘子；连周守备娘子、荆南岗娘子、张亲家母、乔亲家母、云二哥娘子，连王三官儿母亲，和大妗子、崔亲家母，这几位都会会。也只在十二三，挂起灯来；还叫王皇亲家那起小厮扮戏耍一日。争耐去年还有贲四在家，扎了几架烟火放；今年他东京去了，只顾不见来了，却交谁人看着扎？”那金莲在旁插口道：“贲四去了，他娘子儿扎也是一般。”这西门庆就瞅了金莲道：“这个小淫妇儿，三句话就说下道儿去了。”那月娘、玉楼也不采顾，就罢了。因说道：“那三官儿娘，咱每与他没有大会过，人生面不熟的，怎么好请他？只怕他也不肯来。”西门庆道：“他既认我做亲，咱送个帖儿与他；来不来，随他就是了。”月娘又道：“我明日不往云家去罢，怀着个临月身子，只管往人家撞来撞去的，交人家唇齿。”玉楼道：“姐姐没的说，怕怎么的？你身子怀的又不显，怕还不是这个月的孩子，不妨事。大节下自恁散心去走走儿才好！”说毕，西门庆吃了茶，就往后边孙雪娥房里去了。那潘金莲见他往雪娥房中去，叫了大姐，也就往前边去了。西门庆到于雪娥房中，晚间交他打腿捏身上，捏了半夜，一宿晚景题过。

到次日早辰，只见应伯爵走来借衣服头面，对西门庆说：“昨日云二嫂送了个帖儿，今日请房下陪众嫂子坐。家中旧时有几件衣服儿，都倒

是纵欲过度也。

潘金莲实是忍无可忍。仅此一句，也算空前“厚道”了。

塌了；大正月出门入户，不穿件好衣服，惹的人家笑话！敢来上覆嫂子，有上盖衣服，借的两套儿，头面簪环借的几件儿，交他穿戴了去。”西门庆令王经：“你里边对你大娘说去。”伯爵道：“应宝在外边，拿着毡包并盒哩；哥哥，累你拿进去，就包出来罢。”那王经接毡包进去，良久抱出来交与应宝，说道：“里面两套上色段子织金衣服，大小五件头面，一双二珠环儿。”应宝接的往家去了。西门庆陪着伯爵吃茶，说道：“昨日房下在何大人家吃酒，来晚了。今日不想云二哥娘子送了五个帖儿，又请房下每都会会儿。大房下又有临月身孕，懒待去；我说他既来请，大节下你等走走去罢。我又连日不得闲，只昨日才把人事拜了。前日咱每在云二哥家吃了酒来；昨日家又出去，有些小事，来家晚了；今日薛内相又请我门外看春，怎么得工夫去？吴亲家庙里又送帖儿，初九日年例打醮，也是去不成，教小婿去了罢。这两日不知酒多了也怎的，只害腰疼，懒待动旦。”伯爵道：“哥，你还是酒之过，湿痰流注在这下部。”西门庆道：“这节间到人家，谁是肯轻放了你我的，怎么忌的住？”伯爵又问：“今日那几位嫂子去？”西门庆道：“大房下和第二、第三、第五的房下，四人去。我在家且歇息两日儿罢。”

真是名副其实的“花子”。

中国人节间此种酒饭之局真是累煞胃、肠、腿、脑！

正说着，只见玳安拿进盒儿来，说道：“何老爹家差人送请帖儿来，初九日请吃节酒。”西门庆道：“早是你看着，人家来请，你不去？”于是看盒儿内放着三个请书儿，一个宛红金儿写着“大寅丈四泉翁老先生大人”，一个写“大都阃吴老先生大人”，一个写着“大乡望应老先生大人”，俱是“侍教生何永寿顿首拜”。玳安说：“他那里说不认的，教咱这里转送送儿罢。”伯爵一见便说：“这个却怎样儿的？我还没送礼儿去与他！他来请我，怎好去？”西门庆道：“我这里替你封上分帕礼儿，你差应宝，早送去就是了。”一面令王经：“你封二钱银子、一方手帕，写你应二爹名字，与你应二爹！”因说：“你把这请帖儿袖了去，省的我又教人送。”只把吴大舅的差来安儿送去了。须臾，王经封了帕礼，递与伯爵。伯爵打恭说道：“哥，谢容易。是我后日早来会你，咱一同起身。”说毕，作辞去了。

何千户周到至此。“大乡望应老先生大人”，此称谓令人忍俊不禁。

午间，却表吴月娘等打扮停当，一顶大轿，三顶小轿，后面又带着来爵媳妇儿惠元，收叠衣服，一顶小轿儿，四名排军喝道，琴童、春鸿、棋童、来安四个跟随，往云指挥家来吃酒。正是：

翠眉云鬓画中人，袅娜宫腰迥出尘。

天上嫦娥元有种，娇羞酿出十分春。

不说月娘与李娇儿、孟玉楼、潘金莲，都往云离守家吃酒去了。西门庆分付大门上平安儿："随问甚么人，只说我不在；有帖儿接了就是了。"那平安经过一遭，那里再敢离了左右？只在门首坐的，但有人客来望，只回不在家。西门庆那日只在李瓶儿房中围炉坐的。自从李瓶儿没了，月娘教如意儿休勒上奶去，每日只喂奶来兴女孩儿城儿。连日西门庆害腿疼，猛然想起任医官与他延寿丹，用人乳吃，于是来到房中，教如意儿挤乳。那如意儿节间头上戴着黄霜霜簪环，满头花翠，勒着翠蓝销金汗巾；蓝绸子袄儿，玉色云段披袄儿，黄绵绸裙子，脚下沙绿潞绸白绫高底鞋儿，妆点打扮比昔时不同；手上戴着四个乌银戒指儿。坐在旁边，打发吃了药，又与西门庆斟酒哺菜儿。迎春打发吃了饭，走过隔壁，和春梅下棋去了；要茶要水，自有绣春在厨下打发。西门庆见丫鬟都不在屋里，[1]烧了这老婆身上三处香。开门寻了一件玄色段子妆花比甲儿与他。

如同想起牛羊。只是如意儿久未生育，何来乳汁？

至晚，月娘众人来家，对西门庆说："原来云二嫂也怀着个大身子。俺两个今日酒席上都递了酒，说过，到明日两家若分娩了，若是一男一女，两家结亲做亲家；若都是男子，同堂攻书；若是女儿，拜做姐妹，一处做针指，来往同亲戚儿耍子。应二嫂做保证。"西门庆听了话笑。

搞不好又弄出个"望门寡"。

言休饶舌，到第二日却是潘金莲上寿。西门庆早起，往衙门中去了，分付小厮每抬出灯来，收拾揩抹干净，大厅卷棚各处挂灯，摆设锦帐围屏；叫来兴买下鲜果，叫了小优，晚夕上寿。这潘金莲早辰打扮出来，花妆粉抹，翠袖朱唇，走来大厅上，看见玳安与琴童，站着高凳，在那里挂那三大盏珠子吊挂灯，笑嘻嘻说道："我道是谁在这里，原来是你每在这里挂灯哩。"琴童道："今日是五娘上寿，爹分付下俺每挂了灯；明日

① 此处删570字。

娘的生日好摆酒。晚夕小的每与娘磕头，娘一定赏俺每哩。”妇人道：“要打便有，要赏可没有。”琴童道：“耶哓，娘怎的没打不说话，行动只把打放在头里！小的每是娘的儿女，娘看顾看顾儿便好，如何只说打起来？”妇人道：“贼囚，别要说嘴！你与他好生仔细挂那灯，没的例儿搀儿的，拿不牢吊将下来。前日年里，为崔本来，说你爹大白日里不见了，险了险赦了一顿打，没曾打；这遭儿可打成了。”琴童道：“娘只说破话，小的命儿薄薄的，又唬小的！”玳安道：“娘也不打听，这个话儿娘怎得知？”妇人道：“宫外有株松，宫内有口钟。钟的声儿，树的影儿。我怎么有个不知道的？昨日可是你爹对你大娘说，去年有贲四在家，还扎了几架烟火放，今年他不在家，就没人会扎。乞我说了两句，他不在家，左右有他老婆会扎，教他扎不是？”玳安道：“娘说的甚么话，一个伙计家，那里有此事！”妇人道：“甚么话？檀木靶！有此事，真个的；画一道儿，只怕合过界儿去了。”琴童道：“娘也休听人说，只怕贲四来家知道。”妇人道：“瞒那傻王八千来个！我只说那王八也是明王八，怪不的他往东京去的放心，丢下老婆在家，料莫他也不肯把毯闲着。贼囚根子们，别要说嘴，打伙儿替你爹做牵头，勾引上了道儿，你每好图蹦狗尾儿！说的是也不是？敢说我知道？嗔道贼淫妇买礼来，与我也罢了，又送蒸酥与他大娘，另外又送一大盒瓜子儿与我，小买住我的嘴头子，他是会养汉儿！我就猜没别人，就知道是玳安儿这贼囚根子，替他铺谋定计。”玳安道：“娘屈杀小的！小的平白管他这勾当怎的？小的等闲也不往他屋里去。娘也少听韩回子老婆说话，他两个为孩子好不嚷乱！常言：要好不能勾，要歹登时就一篇。房倒压不杀人，舌头倒压杀人。听者有，不听者无。论起来，贲四娘子为人和气，在咱门首住着，家中大小没曾恶识了一个人；谁人不在他屋里讨茶吃，莫不都养着，倒没放处！”金莲道：“我见那水眼淫妇，矮着个靶子，象个半头砖儿也是的；把那水济济眼挤着，七八拿杓儿舀。好个怪淫妇！他便和那韩道国老婆，那长大摔瓜淫妇，我不知怎的，掐了眼儿不待见他！”

潘金莲此次的“外围战”似颇盲目。

正说着，只见小玉走来说：“俺娘请五娘。潘姥姥来了，要轿子钱哩。”金莲道：“我在这里站着，他从多咱进去了？”琴童道：“姥姥打夹道里,我送进去了。一来的抬轿的,该他六分银子轿子钱。”金莲道:“我那得银子来?人家来不带轿子钱儿走!”一面走到后边,见了他娘,只顾不与他轿子钱,只说没有。月娘道:“你与姥姥一钱银子,写帐就是了。”金莲道:“我是不惹他!他的银子都有数儿,只教我买东西,没教我打发轿子钱。”坐了一回,大眼看小眼,外边抬轿子的催着要去;玉楼见不是事,向袖中拿出一钱银子来,打发抬轿的去了。

不仅出于悭吝,也是正处在对贲四娘子与王六儿等的“不愤”情绪中。

不一时,大妗子、二妗子、大师父来了,月娘摆茶吃了。潘姥姥归到前边他女儿房内来,被金莲尽力数落了一顿,说道:“你没轿子钱,谁教你来了?恁出丑刮划的,教人家小看!”潘姥姥道:“姐姐,你没与我个钱儿,老身那讨个钱儿来?好容易赒办了这分礼儿来!”妇人道:“指望问我要钱,我那里讨个钱儿与你?你看着,睁着眼在这里,七个窟窿倒有八个眼儿等着在这里!今后你有轿子钱便来他家来,没轿子钱别要来,料他家也没少你这个穷亲戚。休要做打嘴的献世包!关王买豆腐——人硬。我又听不上人家那等秘声颡气。前日为你去了,和人家大嚷大闹的,你知道?你罢了,驴粪球儿面前光,却不知里面受恓惶!”几句说的潘姥姥呜呜咽咽哭起来了。春梅道:“娘,今日怎的只顾说起姥姥来了?”一面安抚老人家在里边炕上坐的,连忙点了盏茶与他吃;潘姥姥气的在炕上睡了一觉,只见后边请陪大妗子吃饭,才起来往后边去了。

潘姥姥尚存天良,潘金莲人性中尽是些恶了。

西门庆从衙门中来家,正在上房摆饭,忽有玳安拿进帖儿来,说:“荆老爹升了东南统制,来拜爹。”西门庆见帖儿上写“新升东南统制兼督漕运总兵官荆忠顿首拜”,慌的西门庆令抬开饭桌,连忙穿衣,冠带迎接出来。只见荆总制穿着大红麒麟补服、浑金带进来,后面跟着许多僚掾军牢。一面让至大厅上,叙礼毕,分宾主而坐,茶汤上来。待茶毕,荆统制说道:“前日升官敕书才到,还未上任,径来拜谢老翁。”西门庆道:“老总兵荣擢,恭喜!大才必有大用,自然之道。吾辈亦有光矣,容当拜贺。”一面“请宽尊服,少坐一饭”,即令左右放桌儿。荆统制再三致谢道:“学生奉告老翁,一家尚未拜,还有许多薄冗,容日再来请教罢。”便径起身。西门庆那里肯放?随令左右上来,宽去衣服。登时打抹春台,

同一利益集团中人,自当更加热情。

收拾酒果上来，兽炭顿烧，暖帘低放，金壶斟玉液，翠盏贮羊羔。才斟上酒来，只见郑春、王相两个小优儿来到，扒在面前磕头。西门庆道："你两个如何这咱才来？"问郑春："那一个叫甚名字？"郑春道："他唤王相，是王柱的兄弟。"西门庆即令："拿乐器上来，弹唱与他荆爷听！"须臾，两个小优安放乐器停当，歌唱了一套"霁景融和"。左右拿上两盘攒盒点心嗄饭、两瓶酒，打发马上人等。荆统制道："这等就不是了，学生叨拜，下人又蒙赐馔，何以克当？"即令上来磕头。西门庆道："一二日房下还要洁诚请尊正老夫人赏灯一叙，望乞下降！在座者惟老夫人、张亲家夫人、同僚何天泉夫人，还有两位舍亲，再无他人。"荆统制道："若老夫人尊票到，贱荆一定趋赴。"又问起："周老总兵怎的不见升转？"荆统制道："我闻得周南轩，也只在三月间有京营之转。"西门庆道："这也罢了。"坐不多时，荆统制告辞起身，西门庆送出大门，看着上马喝道而去。

晚夕，潘金莲上寿，后厅小优弹唱，递了酒，西门庆便起身往金莲房中去了。月娘陪着大妗子、潘姥姥、郁大姐、两个姑子，在上房坐的饮酒。潘金莲便陪西门庆在他房内，从新又安排上酒来，与西门庆梯己递酒磕头。落后潘姥姥来了，金莲打发他李瓶儿这边歇卧，他便陪着西门庆自在饮酒作欢，顽耍做一处。

却说潘姥姥到那边屋里，如意、迎春让他热炕上坐着。先是姥姥看见明间内灵前，供摆着许多狮仙五老定胜，树果柑子、石榴苹婆、雪梨鲜果、蒸酥点心、馓子麻花，满炉焚着末子香蜡，点着长明灯，桌上拴着销金桌帏，旁边挂着他影，穿大红遍地金袍儿、锦裙绣袄、珠子挑牌，向前道了个问讯，说道："姐姐好处生天去了。"因坐在炕上，向如意儿、迎春道："你娘勾了，官人这等费心追荐，受这般大供养；勾了，他是有福的！"如意儿道："前日娘的百日，请姥姥，怎的不来？门外花大妗子和大妗子都在这里来，十二个道士念经，好不大吹大打，扬幡道场，水火炼度，晚上才去了。"潘姥姥道："帮年逼节，丢着个孩子在家，我来，家中没人，所以就不曾来。今日你杨姑娘怎的不见？"如意儿道："姥姥还不知道，杨姑娘老病死了。从年里俺娘念经就没来，俺娘们都往北边与他上祭去了。"潘姥姥道："可伤！他大如我，我还不晓的他老人家没了，

潘姥姥怎知，其实也心淡了也。

嗔道今日怎的不见他。"说了一回杨姑娘。如意儿道:"姥姥,有钟儿甜酒儿,你老人家用些儿。"一面教迎春:"姐,你放小桌儿在炕上,筛甜酒与姥姥吃杯。"不一时取到。

饮酒之间,婆子又题起李瓶儿来。"你娘好人,有仁义的姐姐,热心肠儿!我但来这里,没曾把我老娘当外人看承,到就是热茶热水与我吃,还只恨我不吃;夜间和我坐着说话儿;我临家去,好歹包些甚么儿与我拿了去,晢没曾空了我。不瞒姐姐你每说,我身上穿的这披袄儿,还是你娘与我的。正经我那冤家,半个折针儿也迸不出来与我。我老身不打诳语,阿弥陀佛,水米不打牙,他若肯与我一个钱儿,我滴了眼睛在地!你娘与了我些甚么儿,他还说我小眼薄皮,爱人家的东西。想今日为轿子钱,你大包家拿着银子,就替老身出几分,便怎的?咬定牙儿,只说他没有,倒教后边西房里姐姐,拿出一钱银子来,打发抬轿的去了。归到屋里,还数落了我一顿,到明日,有轿子钱便教我来,没轿子钱休教我上门走。我这去了不来了,来到这里没的受他的气!随他去,有天下人心狠,不似俺这短寿命。姐姐,你每听着我说,老身若死了,他到明日不听人说,还不知怎么收成结果哩!想着你从七岁没了老子,我怎的守你到如今。从小儿交你做针指,往余秀才家上女学去,替你怎么缠手缚脚儿的,你天生就是这等聪明伶俐到得这步田地?他把娘喝过来断过去,不看一眼儿!"如意儿道:"原来五娘从小儿上学来,嗔道恁题起来就会,识字深。"潘姥姥道:"他七岁儿上女学,上了三年,字仿也曾写过,甚么诗词歌赋唱本上字不认的?"

只好到这边吐苦水儿。潘姥姥真是白费心机了。

正说着,只见打的角门子响,如意儿道:"是谁叫门?"使绣春:"二姐,你去瞧瞧去。"那绣春走来,说是"春梅姐来了"。如意儿连忙捏了潘姥姥一把手,就说道:"姥姥,悄悄的,春梅来了。"潘姥姥道:"老身知道,他与我那冤家一条腿儿。"只见春梅进来,头上翠花云髻儿、羊皮金沿的珠子箍儿,蓝绫对衿袄儿、黄绵绸裙子,金灯笼坠子、貂鼠围脖儿。走来见众人陪着潘姥姥吃酒,说道:"姥姥还没睡哩,我来瞧瞧姥姥来了。"如意儿让他坐,这春梅把裙子搂起,一屁股坐在炕上。迎春便紧挨着他坐,如意坐在右边炕头上。潘姥姥坐在当中,因问:"你爹和你娘睡

虽是"一条腿儿",心眼子倒还不是共用一个。

了不曾?”春梅道:“刚才吃了酒,打发他两个睡下了。我来这边瞧瞧姥姥;有几样菜儿、一壶儿酒,取了来和姥姥坐的。”因央及绣春:“你那边教秋菊掇了来,我已是攒下了。”那绣春不一时走过那边取了来,秋菊方盒内掇着菜儿,绣春提了一锡瓶金华酒。春梅分付秋菊:“你往房里看去,听着。若叫我,来这里对我说。”那秋菊把嘴谷都着去了。一面摆酒在炕桌上,都是烧鸭、火腿、薰腊鹅、细鲊、糟鱼、果仁、咸酸蜜食、海味之类,堆满春台。绣春关上角门,走进在旁边陪坐,于是筛上酒来。春梅先递了一钟与潘姥姥,然后递一钟如意儿,一钟与迎春,绣春在旁边炕儿上坐的,共五人坐,把酒来斟。春梅护衣碟儿内每样拣出,递与姥姥众人吃,说道:“姥姥,这个都是整菜,你用些儿。”那婆子道:“我的姐姐,我老身吃。”因说道:“就是你娘,从来也没费恁个心儿,管待我管待儿。姐姐你倒有惜孤爱老的心,你到明日,管情好,一步一步自高!敢是俺那冤家,没人心,没人义,几遍为他心龌龊,我也劝他,他就扛的我失了色。今早是姐姐你看着,我来你家讨冷饭吃来了?你下老实那等扛我!”春梅道:“姥姥罢,你老人家只知其一,不知其二。俺娘他争强、不伏弱的性儿,比不同的六娘钱自有,他本等手里没钱,你只说他不与你。别人不知道,我知道。相俺爹虽是抄的银子放在屋里,俺娘正眼儿也不看他的;若遇着买花儿东西,明公正义问他要,不恁瞒藏背掖的,教人看小了他,他怎么张着嘴儿说人!他本没钱,姥姥怪他,就亏了他了。莫不我护他,也要个公道!”如意儿道:“错怪了五娘!自古亲儿骨肉,五娘有钱,不孝顺姥姥再与谁?常言道:要打看娘面,千朵桃花一树儿生。到明日你老人家黄金入柜,五娘他也没个贴皮贴肉的亲戚,就如死了俺娘样儿。”婆子道:“我有今年没明年,知道今日死明日死,我也不怪他。”春梅见婆子吃了两钟酒,韶刀上来了,便叫绣春:“二姐,你拿骰盆儿来,咱每掷个骰儿,抢红耍子儿罢。”不一时,取了四十个骰儿的骰盆儿来。春梅先与如意儿掷,掷了一回又与迎春掷,都是赌大钟子。你一盏,我一钟,须臾竹叶穿心,桃花上脸,把一锡瓶酒吃的罄净;迎春又拿上半坛麻姑酒来,也都吃了。约莫到二更时分,那潘姥姥老人家熬不的,又早前靠后仰,打起盹来,方才散了。

潘姥姥看出春梅待她倒无恶意,且颇怜恤。

春梅道出了部分真实。

如意儿却是一派虚伪应付。

秋菊亦有风月之想。她的性苦闷也只能用此法宣泄。

春梅便归这边来,推了推角门开着,进入院内,只见秋菊正在明间板壁缝儿内,倚着春凳儿,听他两个在屋里行房,怎的作声唤,口中呼叫甚么。正听在热闹,不防春梅走来,到跟前向他腮颊上尽力打了个耳刮子,骂道:“贼少死的囚奴,你平白在这里听甚么!”打的秋菊睁睁的说道:“我这里打盹,谁听甚么来,你就来打我?”不想房内妇人听见,便问春梅,他和谁说话。春梅道:“没有人,我使他关门他不动。”于是替他摭过了。秋菊揉着眼,关上房门;春梅走到炕上,摘头睡了。不在话下。正是:鸧鹒有意留残景,杜宇无情恋晚晖。

一宿晚景题过,次日潘金莲生日,有傅伙计、甘伙计、贲四娘子,崔本媳妇段大姐、吴舜臣媳妇郑三姐、吴二妗子,都在这里。西门庆约会吴大舅、应伯爵,整衣冠,尊瞻视,骑马喝道,往何千户家赴席。那日也有许多官客,四个唱的,一起杂耍,周守御同席,饮酒至晚回家,就在前边和如意儿歇了。

到初十日,发帖儿请众官娘子吃酒。月娘便向西门庆说:“趁着十二日看灯酒,把门外他孟大姨和俺大姐,也带着请来坐坐;省的教他知道恼,请人不请他。”西门庆道:“早是你说。”分付陈经济:“再写两个帖,差琴童儿请去。”这潘金莲在旁听着多心,走到屋里,一面撺掇,把潘姥姥就要起身。月娘道:“姥姥,你慌去怎的?再消住一日儿是的。”金莲道:“姐姐,大正月里,他家里丢着孩子没人看,教他去罢。”慌的月娘装了两个盒子点心茶食,又与了他一钱轿子钱,管待打发去了。金莲因对着李娇儿说:“他明日请他有钱的大姨儿来看灯吃酒。一个老行货子,观眉观眼的,不打发去了,平白教他在屋里做甚么?待要说是客人,没好衣服穿,待要说是烧火的妈妈子,又不似,倒没的教我惹气!”西门庆使玳安儿送了两个请书儿往招宣府,一个请林太太,一个请王三官儿娘子黄氏;又使他院中早叫李桂姐、吴银儿、郑爱月儿、洪四儿四个唱的,李铭、吴惠、郑奉三个小优儿。

只算小摩擦。吴月娘心中自然恼怒,面上却置若罔闻。

不想那日贲四从东京来家,梳洗头脸,打选衣帽齐整,来见西门庆磕头,递上夏指挥回书。西门庆问他:“如何住这些时不来?”贲四具言在京感冒打寒一节,“直到正月初二日,才收拾起身回来。夏老爹多上覆老爹，多承看顾。”西门庆照旧还把钥匙教与他管绒线铺；另打一间，教吴二舅开铺子卖绸绢，到明日松江货船到，都卸在狮子街房内，同来保发卖。且教贲四叫花儿匠在家，攒造两架烟火，十二日要放与堂客看。

只见应伯爵领了李三见西门庆，先道外日承携之事。坐下吃毕茶，方才说起：“李三哥来，今有一宗买卖与你说，你做不做？”西门庆道：“端的甚么买卖，你说来。”李三道：“今有朝廷东京行下文书，天下十三省，每省要万两银子的古器。咱这东平府，坐派着二万两，批文在巡按处，还未下来。如今大街上张二官府，破二百两银子，干这宗批要做，都看有一万两银子寻。小人会了二叔，敬来对老爹说。老爹若做，张二官府拿出五千两来，老爹拿出五千两来，两家合着做这宗买卖；左右没人，这边是二叔和小人与黄四哥，他那边还有两个伙计，二八分钱使。未知老爹意下何如？”西门庆问道：“是甚么古器？”李三道：“老爹还不知，如今朝廷皇城内新盖的艮岳，改为寿岳，上面起盖许多亭台殿阁，又建上清宝箓宫、会真堂、璇神殿，又是安妃娘娘梳妆阁，都用着这珍禽奇兽、周彝商鼎、汉篆秦炉、宣王石鼓、历代铜鞮、仙人掌承露盘，并希世古董、玩器摆设，好不大兴工程，好少钱粮！”西门庆听了，说道：“比是我与人家打伙儿做，不如我自家做了罢。敢量我拿不出这一二万银子来！”李三道：“得老爹全做又好了，俺每就瞒着他那边了；左右这边二叔和俺每两个，再没人。”伯爵道：“哥，家里还添个人儿不添？”西门庆道：“到跟前再添上贲四，替你们走跳就是了。”西门庆又问道：“批文在那里？”李三道：“还在巡按上边，没发下来哩。”西门庆道：“不打紧。我这差人写封书，封些礼，问宋松原讨将来就是了。”李三道：“老爹若讨去，不可迟滞。自古兵贵神速，先下米的先吃饭；诚恐迟了行到府里，乞别人家干的去了。”西门庆笑道：“不怕他！设使就行到府里，我也还教宋松原拿回去就是；胡府尹我也认的。”于是留李三、伯爵同吃了饭，约会：“我如今就写书，明日差小价去。”李三道：“又一件，宋老爹如今按院不在这里了，从前日起身往兖州府盘查去了。”西门庆道：“你明日就同小价往兖州府走遭。”李三道：“不打紧，等我去，来回破五六日罢了；老爹差那

皇帝荒淫无道，倒给下面官商以生财之道。

好大口气，真可谓财巨气夯。

拿到“批文”易若反掌。不仅财大，势也大。

位管家，等我会下，有了书，教他往我那里歇，明日我同他好早起身。”西门庆道：“别人你宋老爹不认的，他常喜的是春鸿，教春鸿、来爵一时两个去罢。”于是叫他二人到面前，会了李三，晚夕往他家宿歇。伯爵道：“这等才好。事要早干，多才疾足者得之！”于是与李三吃毕饭，告辞而去。

西门庆随即教陈经济写了书，又封了十两叶子黄金在书帕内，与春鸿、来爵二人。分付：“路上仔细！若讨了批文，即便早来；若是行到府里，问你宋老爹讨张票，问府里要。”来爵道：“爹不消分付，小的曾在兖州答应过徐参议，小的知道。”于是领了书礼，打在身边，径往李三家去了。

不说十一日来爵、春鸿同李三早雇了长行头口，往兖州府去了。却说十二日，西门庆家中请各官堂客饮酒。那日在家不出门，早约下吴大舅、应伯爵、谢希大、常时节四位，白日在厢房内坐的，晚夕来在卷棚内赏灯饮酒。王皇亲家乐小厮，从早辰就挑了箱子来了，在前边厢房做戏房，堂客到，打铜锣铜鼓迎接。周守御娘子有眼疾不得来，差人来回；又是荆统制娘子、张团练娘子、云指挥娘子，并乔亲家母、崔亲家母、吴大姨、孟大姨，都先到了。只有何千户娘子、王三官母亲林太太并王三官娘子不见到，西门庆使排军、玳安、琴童儿来回催邀了两三遍，又使文嫂儿催邀。午间，只见林氏一顶大轿，一顶小轿跟了来，见了礼，请西门庆拜见。问：“怎的三官娘子不来？”林氏道：“小儿不在，家中没人。”拜毕下来。止有何千户娘子，直到晌午大错才来，坐着四人大轿，一个家人媳妇坐小轿跟随，排军抬着衣箱，又是两位青衣家人紧扶着轿竿，到二门里才下轿；前边鼓乐吹打迎接，吴月娘众姊妹迎至仪门首。西门庆悄悄在西厢房放下帘来偷瞧，见这蓝氏年约不上二十岁，生的长挑身材，打扮的如粉妆玉琢。头上珠翠堆满、凤翘双插，身穿大红通袖五彩妆花四兽麒麟袍儿，系着金镶碧玉带，下衬着花锦蓝裙，两边禁步叮咚，麝兰香喷。但见：

总不得一见。西门庆“心仪”久矣！

仪容娇媚，体态轻盈。姿性儿百伶百俐，身段儿不短不长。细弯弯两道蛾眉，直侵入鬓；滴溜溜一双凤眼，来往踅人。

娇声儿似啭日流莺，嫩腰儿似弄风杨柳。端的是绮罗队里生来，却厌豪华气象；珠翠丛中长大，那堪雅淡梳妆。开遍海棠花，也不问夜来多少；飘残杨柳絮，竟不知春色如何。要知他半点真情，除非是穿绮窗皓月；能晓他一腔心事，却便似翻绣幌清风。轻移莲步，有蕊珠仙子之风流；款蹙湘裙，似水月观音之态度。正是：比花花解语，比玉玉生香！

这西门庆不见则已，一见魂飞天外，魄丧九霄，未曾体交，精魄先失！少顷，月娘等迎接进入后堂，相见叙礼已毕，请西门庆拜见。西门庆得不的这一声，连忙整衣冠行礼，恍若琼林玉树临凡，神女巫山降下，躬身施礼，心摇目荡，不能禁止！拜见毕下来，先在卷棚内放桌儿摆茶，极尽希奇美馔；然后大厅上坐，陈水陆珍馐。正面设石崇锦帐围屏，四下铺玳筵广席。花灯高挑，彩绳半拽。雕梁锦带低垂，画烛齐明宝盖。鱼龙山戏，恍一片珠玑；殿阁楼台，簇千团翡翠。左边厢九姊十妹美人，图画丹青；右首下九曜八洞神仙，妆成金碧。吃的是龙肝凤髓，熊掌驼峰；歌的是锦瑟银筝，凤箫象管。龟鼓冬冬惊过鸟，歌喉啭啭遏行云。席上娇娆，尽是珠围翠绕；阶下脚色，皆按离合悲欢。正是：得多少进酒丫鬟双洛浦，献羹侍妾两嫦娥。当下林太太上席，戏文扮的是《小天香半夜朝元记》；唱了两折下来，李桂姐、吴银儿、郑月儿、洪四儿四个唱的上去，弹唱灯词"锦绣花灯半空挑"。

西门庆已见成"急色鬼"，且患早泄之疾矣。

西门庆在卷棚内，自有吴大舅、应伯爵、谢希大、常时节，李铭、吴惠、郑奉三个小优儿弹唱饮酒。不住下来，大厅格子外往里观觑。这各家跟轿子家人伴当，自有酒馔，前厅管待，不必用说。次第明月圆，容易彩云散；乐极悲生，否极泰来，自然之理！西门庆但知争名夺利，纵意奢淫，殊不知天道恶盈，鬼录来追，死限临头。到晚夕堂中点起灯来，小优儿弹唱灯词，还未到起更时分，西门庆正陪着人坐的，就在席上齁齁的打起睡来。伯爵便行令猜枚鬼混他，说道："哥，你今日没高兴，怎的只打睡？"西门庆道："我昨日没曾睡，不知怎的今日只是没精神，打睡。"只见四个唱的下来，伯爵教两个唱灯词，两个递了酒；当下洪四儿与郑月儿两个弹着筝琵琶唱，吴银儿与李桂姐递酒。

纵欲伤身，已形于外矣。

“偷看上轿”，心中除“性”无他物矣。

正要在热闹处，忽玳安来报：“王太太与何老爹娘子起身了。”这西门庆就下席来，黑影里走到二门里首，偷看着他上轿。月娘众人送出来，前边天井内看放烟火。蓝氏穿着大红遍地金貂鼠皮袄、翠蓝遍地金裙，林太太是白绫袄儿、貂鼠披风、大红裙，带着金铎玉佩，家人打着灯笼，簇拥上轿而去。这西门庆正是饿眼将穿，馋涎空咽，恨不能就要成双。见蓝氏去了，悄悄从夹道进来。当时没巧不成语，姻缘会凑，可霎作怪，不想来爵儿媳妇见堂客散了，正从后边归来，开他房门，不想顶头撞见西门庆，没处藏躲。原来西门庆见媳妇子生的乔样，安心已久；虽然不及来旺妻宋氏风流，也颇充得过第二，于是乘着酒兴儿，双关接进他房中亲嘴。这老婆当初在王皇亲家，因是养个主子，被家人不忿攘闹，打发出来；今日又撞着这个道路，如何不从了，一面就递舌头在西门庆口中。两个解衣褪裤，就按在炕沿子上，掇起腿来，被西门庆就耸了个不亦乐乎。正是：未曾得遇莺娘面，且把红娘去解馋。有诗为证：

随处以“代用品”“解馋”。西门庆必为“色”亡无疑。

灯月交光浸玉壶，分得清光照绿珠。

莫道使君终有妇，教人桑下觅罗敷。

毕竟未知后来何如，且听下回分解。

第七十九回
西门庆贪欲得病　吴月娘墓生产子

仁者难逢思有常，闲居慎勿恃无伤。
争先径路机关恶，近后语言滋味长。
爽口物多终致病，快心事过必为殃。
与其病后能求药，不若病前能自防。

此八句诗乃邵尧夫所作，皆言天道福善，鬼神恶盈，作善降之百祥，作不善降之百殃。西门庆自知淫人妻子，而不知死之将至，当日在夹道内奸要了来爵老婆，走到卷棚内，陪吴大舅、应伯爵、谢希大、常时节饮酒。荆统制娘子、张团练娘子、乔亲家母、崔亲家母、吴大姨、吴大妗子、段大姐，坐了好一回，上罢元宵圆子，方才起身告辞，上轿家去了。大妗子那日同吴舜臣媳妇都家去了。陈经济打发王皇亲戏子二两银子唱钱，酒食管待出门；只见四个唱的并小优，还在卷棚内弹唱递酒。伯爵向西门庆说道："明日花大哥生日，哥，你送了礼去不曾？"西门庆说道："我早辰送过去了。"玳安道："花大舅那里，头里使来定儿送请帖儿来了。"伯爵道："哥，你明日去不去，我好来会你。"西门庆道："到明日看；再不，你先去罢，我慢慢儿去递杯酒。"四个唱的后边去了，李铭等上来弹唱。那西门庆不住只是在椅子上打睡。吴大舅道："姐夫连日辛苦了，罢罢，咱每告辞罢。"于是起身。那西门庆又不肯，只顾拦着留坐，到二更时分才散。

除"性"外，已成一堆赘肉矣。

西门庆先打发四个唱的轿子去了，拿大钟赏李铭等三人每人两钟酒，与了六钱唱钱。临出门，叫回李铭分付："我十五日要请你周爷，和你荆爷、何老爹众位，你早替叫下四个唱的，休要误了！"李铭跪下禀问："爹叫那四个？"西门庆道："樊百家奴儿、秦玉芝儿、前日何老爹那里唱的一个冯金宝儿，并吕赛儿，好歹叫了来。"李铭应诺："小的知道了。"磕了头去了。

西门庆归后边月娘房里来。月娘告诉："今日林太太在席，与荆大人娘子好不喜欢，坐到那咱晚才去了。酒席上谢我，老爹扶持，但得好处，不敢有忘！也在出月往淮上催攒粮运去也。"又说："何大人娘子今日也吃了好些酒，喜欢六姐，又引到那边花园山子上瞧了瞧；今日各项也赏唱的许多东西。"说毕，西门庆就在上房歇了。到半夜，月娘做了一梦，天明告诉西门庆说道："敢是我日里看见他王太太穿着大红绒袍儿，我黑夜就梦见你李大姐箱子内寻出一件大红绒袍儿，与我穿在身，被潘六姐匹手夺了去，披在他身上。教我就恼了，说道，'他的皮袄你要的去穿了罢了，这件袍儿你又来夺！'他使性儿把袍儿上身扯了一道大口子，吃我大吆喝，和他骂嚷，嚷嚷着就醒了，不想都是南柯一梦。"西门庆道："你从睡梦中只顾气骂不止，不打紧，我到明日，替你寻一件穿就是了。自古梦是心头想。"

吴月娘还兴头如此。可谓"商女不知亡国近"矣。

梦中大战。可见"鹿死谁手"，尚难定准。

到次日起来，头沉，懒待往衙门中去，梳头净面，穿上衣裳，走来前边书房中，笼上火，那里坐的。只见玉箫早辰来如意儿房中，挤了半瓯子奶，径到厢房，与西门庆吃药。见西门庆倚靠床上，有王经替他打腿；王经见玉箫来，就出去了。打发他吃了药，西门庆使他拿了一对金裹头簪儿、四个乌银戒指儿，教他送到来爵媳妇子屋里去。那玉箫听见主子使他干此营生，又似来旺媳妇子那一本帐，连忙钻头觅缝，袖的去了；送到了物事，还走来回西门庆话，说道："收了，改日与爹磕头。"拿回空瓯子儿到上房。月娘问他："你爹吃了药了？在厢房内做甚么哩？"玉箫道："没言语。"月娘道："你替他熬粥下来。"约莫等到饭时前后，还不见进来。

原来王经捎带了他姐姐王六儿一包儿物事，递与西门庆瞧，就请西门庆往他家去。西门庆打开纸包儿，却是老婆剪下一柳黑臻臻光油油的青丝，用五色绒缠就的一个同心结托儿，用两根锦带儿拴着，①做的十分细巧工夫；那一件是两个口的鸳鸯紫遍地金顺袋儿，都缉着回纹锦绣，里边盛着瓜穰儿。西门庆观玩良久，满心欢喜，遂把顺袋放在书厨内，锦托儿褪于袖中。正在凝思之际，忽见吴月娘蓦地走来，掀开帘子，见躺在床上，王经扒着替他打腿，便说道："你怎的只顾在前头，就不进去了？屋里摆下粥了。你告我说，你心里怎的？只是恁没精神！"西门庆道："不知怎的，心中只是不耐烦，害腿疼。"月娘道："想必是春气起了；你吃了药，也等慢慢来。"一面请到房中，打发他吃了粥。因说道："大节下，你也打起精神儿来。今日门外花大舅生日，请你往那里走走去；再不，叫将应二哥来，同你坐坐。"西门庆道："他也不在了，与花大舅做生日去了。你整治下酒菜儿，我往灯市铺子内，和他二舅吃回酒，坐坐罢。"月娘道："你备马去，我教丫鬟整理。"这西门庆一面分付玳安备马，王经跟随，穿上衣裳，径到狮子街灯市里来。但见灯市中车马轰雷，灯球灿彩，游人如蚁，十分热闹。

也是多根"色线"裹身来。

真有点"病来如山倒"的架势。

太平时序好风催，罗绮争驰斗锦回。

鳌山高耸青云上，何处游人不看来！

西门庆看了回灯，到狮子街房子门首下马，进入里面坐下。慌的吴二舅、贲四都来声喏。门首买卖，甚是兴盛。来昭妻一丈青又早书房内笼下火，拿茶吃了。不一时，家中吴月娘使琴童儿、来安儿，拿了两方盒点心嗄饭菜蔬，铺内有南边带来豆酒，打开一坛，摆在楼上，坐着炭火，请吴二舅与贲四轮番吃酒。楼窗外就看见灯市，往来人烟不断，诸行货殖如山。

此书几次写到灯会，此夜虽繁华依旧，而西门庆生命力却奄奄待尽矣。

吃至饭后的时分，西门庆使王经对王六儿说去，王六儿听见西门庆来，家中又整治下春台果盒酒肴等候。西门庆分付来昭："将这一桌酒菜，晚夕留着与二舅、贲四在此上宿吃，不消拿回家去了。"又教琴童，提送一坛酒过王六儿这边来，西门庆于是骑马径到他家。妇人打扮迎接，到明间内，插烛也似磕了四个头。西门庆道："迭承你厚礼，怎的两次请

① 此处删7字。

恐确有此成分。

都不知春梅大发作，意味着她心里头自视有多么地高。

你不去?”王六儿道:“爹倒说的好！我家中再有谁？不知怎的，这两日只是心里不好，茶饭儿也懒吃，做事没入脚处。”西门庆道:“敢是想你家老公?”妇人道:“我那里想他？倒是见爹这一向不来，不知怎的怠慢着爹了。爹把我网巾圈儿打靠后了，只怕另有个心上的人儿了。”西门庆笑道:“那里有这个道理？倒因家中节间摆酒，忙了两日。”妇人道:“说昨日爹家中请堂客来。”西门庆道:“便是。你大娘吃过人家两席节酒，须得请人回席。”妇人道:“请了那几位堂客?”西门庆便说某人某人，从头诉说一遍。妇人道:“看灯酒儿，只请要紧的，就不请俺每请儿了!”西门庆道:“不打紧。到明日正月十六日，还有一席，可请你每众伙计娘子走走去。是必休到跟前又推故不去着!”妇人道:“娘若赏个帖儿来，怎敢不去？不是因前日他小大姐骂了申二姐，教他好不抱怨，说俺每。他那日要不去来，倒是俺每撺掇了他去了，落后骂了来，好不在这里哭;俺每倒没意思剌剌的。落后又教爹娘费心，送了盒子，并那一两银子来，安抚了他，才罢了。不知原来家中小大姐这等躁暴性子，就是打狗也看主人面。”西门庆道:“你不知这小油嘴。他好不兜胆的性儿，着紧把我也擦扛的眼直直的！也没见，他教你唱，唱个儿与他听罢了;谁教你不唱，又说他来!”妇人道:“耶哳哳哳！他对我说他儿时说他来，走来指着脸子就骂他起身，骂的他来，在我这里好不丑的三行鼻涕两行眼泪的哭。我这里留他住了一夜，才打发他去了。”说了一回，丫鬟拿茶吃了;小厮进财儿买了点心鲜鱼嗄饭来。老冯婆子在厨下整理，又走来上边与西门庆磕头。西门庆与了他约三四钱一块银子，说道:“从你娘没了，就不常往我那里走走去。”妇人道:“没他的主儿，那里着落？倒常时来我这边，和我做伴儿。”

不一时，房中收拾干净，妇人请西门庆房中坐的，问:“爹用了午饭不曾?”西门庆道:“我早辰家中吃了些粥，刚才陪你二舅又吃了两个点心，且不吃甚么哩!”一面放桌儿设摆春台，安排上酒来。桌上无非是节食美馔、佳肴果菜之类。妇人令王经打开豆酒，筛将上来，陪西门庆做一处饮酒。妇人问道:“我捎来的那物件儿爹看见来？都是奴旋剪下顶中一柳头发，亲手做的，管情爹见了爱。”西门庆道:“多谢你厚情!”饮至半酣，见房内无人，西门庆①搂妇人坐在怀内。② 妇人把果仁儿用舌尖哺与西门庆吃。直顽笑吃至掌灯，冯妈妈厨下做了猪肉韭菜饼儿拿上来，妇人陪西门庆每人吃了两个，丫鬟收下去。两个在里间厢成的暖炕上，撩开锦幔，二人解衣就寝。妇人知道西门庆好点着灯行房，把灯台移在明间炕边一张桌上安放，一面将纸门关上。澡牝干净，换了一双大红潞细白绫平底鞋儿穿在脚上，脱了裤儿，钻在被窝里，与西门庆做一处，相搂相抱睡了一回。原来西门庆心中，只想着何千户娘子蓝氏，欲情如火，③因口呼道："淫妇，你想我不想？"妇人道："我怎么不想达达？只要你松柏儿冬夏长青便好；休要日远日疏，顽要厌了，把奴来也不理，奴就想死了罢了，敢和谁说，有谁知道？就是俺那王八来家，我也不和他说；想他恁在外边做买卖，有钱不养老婆的，他肯挂念我！"西门庆道："我的儿，你若一心在我身上，等他来家，我爽利替他另娶一个；你只长远等着我便了。"妇人道："我达达，等他来家，好歹替他娶了一个罢！或把我放在外头，或是招我到家去，随你心里，淫妇爽利把不值钱的身子拼与达达罢，无有个不依你的！"西门庆道："我知道。"两个④并头交股，醉眼朦胧，一觉直睡到三更天气方醒。西门庆起来穿衣净手。妇人开了房门，叫丫鬟进来，再添美馔，复饮香醪，满斟暖酒，又陪西门庆吃了十数杯。不觉醉上来，才点茶来漱了口，向袖中掏出一纸帖儿递与妇人："问甘伙计铺子里取一套衣服你穿，随你要甚花样！"那妇人万福谢了。送出门，王经打着灯笼，玳安、琴童笼着马，打发上了马，妇人方才关门。

淫着这个，想着那个，西门庆淫心太炽矣。

这西门庆身穿紫羊绒褶子，围着风领，骑在马上。那时也有三更时分，天气有些阴云，昏昏惨惨的月色，街市上静悄悄，九衢澄净，鸣柝喝号提铃。打马正过之次，刚走到西首那石桥儿跟前，忽然见一个黑影子从桥底下钻出来，向西门庆一扑。那马见了只一惊躲，西门庆在马上打了个冷战，醉中把马加了一鞭，那马摇了摇鬃，玳安、琴童两个用力拉着

此笔令人读来毛发耸然。细想之下，西门庆作恶多端，淫欲无度，也宜乎有"黑影子一扑"。

① 此处删77字。
② 此处删20字。
③ 此处删336字。
④ 此处删28字。

嚼环，收煞不住，云飞般望家奔将来，直跑到家门首方止；王经打着灯笼，后边跟不上。西门庆下马，腿软了，被左右扶进，径往前边潘金莲房中来。此这一不来倒好；若来，正是：失脱人家逢五道，滨冷饿鬼撞钟馗。

原来金莲从后边来还没睡，浑衣倒在炕上等待西门庆。听见来了，慌的砧碌扒起来，向前替他接衣服，见他吃的酩酊大醉，也不敢问他。这西门庆只手搭伏着他肩膊上，搂在怀里，口中喃喃呐呐说道："小淫妇儿，你达达今日醉了，收拾铺我睡也！"那妇人扶他上炕，打发他歇下。那西门庆丢倒头在枕头上，鼾睡如雷，再摇也摇不醒。然后妇人脱了衣裳，钻在被窝内。① 翻来覆去，怎禁那欲火烧身，淫心荡意，②因问西门庆："和尚药在那里放着哩？"推了半日，推醒了。西门庆酩子里骂道："怪小淫妇，只顾问怎的，你又教达达摆布你，你达今日懒待动旦。药在我袖中金穿心盒儿内，你拿来吃了，有本事品弄的他起来，是你造化！"那妇人便去袖内摸出穿心盒来，打开里面，只剩下三四丸药儿。这妇人取过烧酒壶来，斟了一钟酒，自己吃了一丸；还剩下三丸，恐怕力不效，千不合，万不合，拿烧酒都送到西门庆口内。醉了的人，晓的甚么，合着眼只顾吃下去，那消一盏热茶时，药力发作起来。③ 那管中之精，猛然一股，邈将出来，犹水银之泻筒中相似，④只顾流将起来，初时还是精液，往后尽是血水出来，再无个收救。西门庆已昏迷去，四肢不收。妇人也慌了，急取红枣与他吃下去。精尽继之以血，血尽出其冷气而已，良久方止。妇人慌做一团，便搂着西门庆问道："我的哥哥，你心里觉怎么的？"西门庆苏省了一回，方言："我头目森森然，莫知所以。"金莲问："你今日怎的流出恁许多来？"更不说他用的药多了。看官听说：一己精神有限，天下色欲无穷。又曰：嗜欲深者，其天机浅。西门庆自知贪淫乐色，更不知油枯灯尽，髓竭人亡。原来这女色坑陷得人有成时必有败，古人有几句格言道得好：

西门庆到头来死在潘金莲狂野的"性索取"中。此书以西门庆与潘金莲的苟合始，展现西门庆的性生活史，至此，一代淫棍西门庆终因性放纵而亡。

---

① 此处删 28 字。
② 此处删 32 字。
③ 此处删 291 字。
④ 此处删 7 字。

花面金刚，玉体魔王，绮罗妆做豺狼。法场斗帐，狱牢牙床。柳眉刀，星眼剑，绛唇枪。口美舌香，蛇蝎心肠，共他者无不遭殃。纤尘入水，片雪投汤。秦楚强，吴越壮，为他亡。早知色是伤人剑，杀尽世人人不防。

二八佳人体似酥，腰间仗剑斩愚夫。

虽然不见人头落，暗里教君骨髓枯。

一宿晚景题过。到次日清早辰，西门庆起来梳头，忽然一阵晕起来，望前一头抢将去。早被春梅双手扶住，不曾跌着磕伤了头脸。在椅子上坐了半日，方才回过来。慌的金莲连忙问道："只怕你空心虚弱，且坐着，吃些甚么儿着，出去也不迟。"一面使秋菊："后边取粥来，与你爹吃。"那秋菊走到后边厨下，问雪娥："熬的粥怎么了？爹如此这般，今早起来害头晕，跌了一交。如今要吃粥哩。"不想被月娘听见，叫了秋菊，问其端的。秋菊悉把西门庆梳头，头晕跌倒之事，告诉一遍。月娘不听便了，听了魂飞天外，魄散九霄，一面分付雪娥快熬粥，一面走来金莲房中看视。见西门庆坐在椅子上，问道："你今日怎的头晕？"西门庆道："我不知怎的，刚才就头晕起来。"金莲道："早时我和春梅在跟前扶住了；不然，好轻身子儿，这一交和你善哩！"月娘道："敢是你昨日来家晚了，酒多了头沉。"金莲道："昨日往谁家吃酒？这咱晚才来。"月娘道："他昨日和他二舅，在铺子里吃酒来。"

不一时，雪娥熬了粥，教秋菊拿着，打发西门庆吃。那西门庆拿起粥来，只吃了半瓯儿，懒待吃，就放下了。月娘道："你心里觉怎的？"西门庆道："我不怎么，只是身子虚飘飘的，懒待动旦。"月娘道："你今日不往衙门中去罢？"西门庆道："我不去了，消一回，我往前边看着姐夫写了帖儿，发帖儿去，十五日请周南轩、荆南岗、何大人，他每众官客吃酒。"月娘道："你今日还没吃药，取奶来，把那药你再吃上一服。是你连日张罗的，你有着辛苦劳碌了。"一面教春梅，问如意儿挤了奶来，用盏儿盛着，教西门庆吃了药，起身往前边去。春梅扶着，刚走到花园角门首，觉眼便黑了，身子晃晃荡荡，做不的主儿，只要倒，春梅又扶回来了。月娘道："依我且歇两日儿，请人也罢了，那里在乎这一时上？今日

还想"享受生活"，不知死之将至。

在屋里将息两日儿，不出去罢。”因说：“你心里要吃甚么，我往后边教丫鬟做来与你吃。”西门庆道：“我心里不想吃。”

月娘到后边，从新又审问金莲：“他昨日来家不醉？再没曾吃酒？与你行甚么事？”那金莲听了，恨不的生出几个口，来说一千个没有。“姐姐，你没的说。他那咱晚来了，醉的行礼儿也不顾的，还问我要烧酒吃。教我拿茶当酒与他吃，只说没了酒，好好打发他睡了。自从姐姐那等说了，谁和他有甚事来？倒没的羞人子剌剌的！倒只怕外边别处有了事来，俺每不知道；若说家里，可是没丝毫事儿。”月娘一面和玉楼都坐在一处，叫了玳安、琴童两个到跟前审问他：“你爹昨日在那里吃酒来？你实说便罢，不然有一差二错，就在你这两个囚根子身上！”那玳安咬定牙，只说：“狮子街和二舅、贲四吃酒，再没往那里去。”落后叫将吴二舅来问他，二舅道：“姐夫只陪俺每吃了没多大回酒，就起身往别处去了。”这吴月娘听了，心中大怒，待二舅去了，把玳安、琴童尽力数骂了一顿，要打他二人；二人慌了，方才说出，昨日在韩道国老婆家吃酒来。

王六儿确也是一把“索命刀”。

那潘金莲得不的一声就来了，说道：“姐姐刚才就埋怨起俺每来，正是冤杀旁人笑杀贼！俺每人人有面，树树有皮。姐姐那等说来，莫不俺每成日把这件事放在头里？”又道：“姐姐，你再问这两个囚根子，前日你往何千户家吃酒，他爹也是那咱时分才来，不知在谁家来。谁家一个拜年，拜到那咱晚！”玳安又生恐琴童说出来，隐瞒不住，遂把私通林太太之事具说一遍。月娘方才信了，说道：“嗔道教我拿帖儿请他，我还说人生面不熟，他不肯来？怎知和他有连手？我说恁大年纪，描眉画鬓儿的，搽的那脸倒相腻抹儿抹的一般，干净是个老浪货！”玉楼道：“姐姐，没见一个儿子也长恁大，大儿大妇，还干这个营生！忍不住，嫁了个汉子，也休要出这个丑。”金莲道：“那老淫妇有甚么廉耻！”月娘道：“我说只怕他不来，谁想他浪撺着来了。”金莲道：“这个，姐姐，才显出个皂白来了！相韩道国家这个淫妇，姐姐还嗔我骂他罢！干净一家子都养汉，是个明王八，把个王八花子也裁派将来，早晚好做勾使鬼！”月娘道：“王三官儿娘，你还骂他老淫妇！他说你从小儿在他家使唤来。”那金莲不听便罢，听了把脸掣耳朵带脖子红了，便骂道：“汗邪了那贼老淫

林太太也是一根至命的“色索”。

妇！我平白在他家做甚么？还是我姨娘，在他家紧隔壁住，他家有个花园，俺每小时在俺姨娘家住，常过去和他家伴姑儿耍去。就说我在他家来，我认的他甚么？也是个张眼露睛的老淫妇！"月娘道："你看那嘴头子！人和你说话，你骂他！"那金莲一声儿就不言语了。

潘金莲是最关键的一把"色刀"。这个事实总算被她自己瞒混过去了。

月娘主张雪娥做了些水角儿，拿了前边与西门庆吃。正走到仪门首，只见平安儿径直往花园中走。被月娘叫住问道："你做甚么？"平安儿道："李铭叫了四个唱的，十五日摆酒用，来回话，问摆的成摆不成，我说还发帖儿哩！他不信，教我进来禀爹。"月娘骂道："怪贼奴才，还摆甚么酒！问甚么，还不回那王八去哩，还来禀爹娘哩！"把平安儿骂的往外金命水命，走投无命！月娘走到金莲房中，看着西门庆只吃了三四个水角儿，就不吃了。因说道："李铭来回唱的，教我回倒他。酒且摆不成，改了日子了，他去了。"西门庆点头儿。

豪门酒宴何日休？原来说休便休。

西门庆自知一两日好些出来，谁知过了一夜，到次日下边虚阳肿胀，不便处发出红晕来了，连肾囊都肿的明滴溜如茄子大。但溺尿，尿管中犹如刀子犁的一般，溺一遭，疼一遭。外边排军、伴当备下马伺候，还等西门庆往衙门里大发放，不想又添出这样症候来。月娘道："你依我，拿帖儿回了何大人，在家调理两日儿，不去罢！你身子恁虚弱，趁早使小厮请了任医官，教瞧瞧你，吃他两贴药过来；休要只顾耽着，不是事。你偌大的身量，两日通没大好吃甚么儿，如何禁的？"那西门庆只是不肯吐口儿请太医，只说："我不妨事。过两日儿好了，我还出去。"虽故差人拿帖儿送假牌往衙门里去，在床上睡着，只是急躁，没好气。

"等着大发放"，结果等来个"大发丧"。

性病怯医。直到今天，大多数中国人还是如此。

应伯爵打听得知，走来看他，西门庆请至金莲房中坐的。伯爵声喏道："前日打搅哥。不知哥心中不好，嗔道花大舅那里不去。"西门庆道："我心中若好时，我去了；不知怎的，懒待动旦。"伯爵道："哥，你如今心内怎样的？"西门庆道："不怎的，只是有些头晕，起来身子软，走不的。"伯爵道："我见你面容发红色，只怕是火，教人看来不曾？"西门庆道："房下说请任后溪来看我；我说又没甚大病，怎好请他的。"伯爵道："哥，你这个就差了！还请他来看看，怎的说，吃两贴药，散开这火就好了；春气起，人都是这等痰火举发举发。昨日李铭撞见我，说你使他叫唱的,今日请人摆酒,说你心中不好,改了日子。把我唬了一跳,教我今日早来看看哥。”西门庆道:“我今日连衙门中拜牌也没去,送假牌去了。”伯爵道:“可知去不的,大调理两个日儿出门。”吃毕茶,道:“我去罢,再来看哥;李桂姐会了吴银儿,也要来看你哩。”西门庆道:“你吃了饭去。”伯爵道:“我一些不吃。”扬长出去了。

没饭吃便走人。“扬长出去”,并不陪伴。真是“养友千日,不能用于一时”也!

西门庆于是使琴童儿,往门外请了任医官来,进房中诊了脉,说道:“老先生此贵恙,乃虚火上炎,肾水下竭,不能既济,乃是脱阳之症,须是补其阴虚,方才好得。”说毕,作辞起身去了;一面封了五星银子,讨将药来吃了。止住了头晕,身子依旧还软,起不来,下边肾囊越发肿痛,溺尿甚难。

到后晌时分,李桂姐、吴银儿坐轿子来看。每人两个盒子:一盒果馅饼儿、一盒玫瑰金饼、一副蹄、两只烧鸭。进房与西门庆磕头,说道:“爹怎的心里不自在?”西门庆道:“你姐儿两个,自恁来看看便了,如何又费心买礼儿?”因说道:“我今年不知怎的,痰火发的重些。”桂姐道:“还是爹这节间酒吃的多了,清洁他两日儿就好了。”坐了一回,走去李瓶儿那边屋里,与月娘众人见节。请到后边,摆茶毕又走来前边,陪西门庆坐的说话儿。

只见伯爵又陪了谢希大、常时节来望。西门庆教玉箫搀扶他起来坐的,留他三人在房内,放桌儿吃酒。谢希大道:“哥用了些粥不曾?”玉箫把头扭着不答应。西门庆道:“我还没吃粥,咽不下去。”希大道:“拿粥,等俺每陪哥吃些粥儿还好。”不一时拿将粥来,玉箫拿盏儿伺候,众人陪着吃点心下饭。西门庆拿起粥来,只扒了半盏儿就吃不下去。月娘和李桂姐、吴银儿都在李瓶儿那边坐的管待。伯爵问道:“李桂姐与银姐来了,怎的不见?”西门庆道:“在那边坐的。”伯爵因令来安儿:“你请过来,唱一套儿与你爹听。”那吴月娘恐怕西门庆不耐烦,拦着,只说吃酒哩,不教过来。众人吃了一回酒,说道:“哥,你陪着俺每坐,只怕劳碌着你;俺每去了,你自在侧侧儿罢。”西门庆道:“起动列位挂心。”三人于是作辞去了。

关心病人是第二位的,自己得粥吃是第一位的。

应伯爵走出小院门,叫玳安过来分付:“你对你大娘说,你就说应二爹说来，你爹面上变色，有些滞气不好，早寻人看他。大街上胡太医最治的好痰火，何不使人请他看看，休要耽迟了！”玳安不敢怠慢，走来告诉月娘。月娘慌进房来，对西门庆说：“方才应二哥对小厮说，大街上胡太医看的痰火，你何不请他来看看你？”西门庆道：“胡太医前番看李大姐不济，又请他！”月娘道：“药医不死病，佛度有缘人。看他不济，只怕你有缘，吃了他的药儿好了是的。”西门庆道：“也罢，你请他去。”

此胡太医想是与应花子有“猫腻”，否则应花子怎么总是举荐他来“胡医”？

不一时，使棋童儿请了胡太医来。适有吴大舅来看，陪他到房中看了脉。对吴大舅、陈经济说：“老爹是个下部蕴毒，若久而不治，卒成溺血淋之疾；乃是忍便行房。”又封了五星药金，讨将药来。吃下去如石沉大海一般，反溺不出来。

月娘慌了，打发桂姐、吴银儿去了，又请何老人儿子何春泉来看。又说是：“癃闭便毒，一团膀胱邪火，赶到这下边来；四肢经络中又有湿痰流聚，以致心肾不交。”封了五钱药金，讨将药来。越发弄的虚阳举发，麈柄如铁，昼夜不倒。潘金莲晚夕不知好歹，还骑在他上边，倒浇烛掇弄，死而复苏者数次。

潘金莲的“性索取”竟到了此种“明知故犯”的地步。无异于公然索命。

到次日，何千户要来望，先使人来说。月娘便对西门庆道：“何大人便来看你，我扶你往后边去罢。这边隔二偏三不是个待人的。”那西门庆点头儿。于是月娘替他穿上暖衣，与金莲肩搭拶扶着，方离了金莲房，往后边上房。铺下被褥高枕，安顿他在明间炕上坐的。房中收拾干净，焚下香。

不一时何千户来到。陈经济请他到于后边卧房，看见西门庆坐在病榻上，说道：“长官，我不敢作揖。”因问：“贵恙觉好些？”西门庆告诉：“上边火倒退下了，只是下卵肿毒，当不的！”何千户道：“此系便毒。我学生有一相识，在东昌府探亲；昨日新到舍下，有一封书下。乃是山西汾州人氏，姓刘号橘斋，年半百，极看的好疮毒！我就使人请他，来看看长官贵恙。”西门庆道：“多承长官费心，我这里就差人请去。”何千户吃毕茶，说道：“长官，你耐烦保重；衙门中事，我每日委答应的递事件与你，不消挂意。”西门庆举手道：“只是有劳长官了。”作辞出门。西门庆这里，随即差玳安拿帖儿，同何家人请了这刘橘斋来。看了脉，并不便处，连忙上了药，又封一贴煎药来。西门庆答贺了一匹杭州绢、一两银子。吃了他头一盏药，还不见动静。

那日不想郑爱月儿送了一盒鸽子雏儿、一盒果饼顶皮酥，坐轿子来看西门庆。进门花枝招飐，绣带飘飘，与西门庆磕着头，说道："不知道爹不好，桂姐和银姐好人儿，不对我说声儿，两个就先来了；看的爹迟了，休怪。"西门庆道："不迟，又起动你妈费心，又买礼来。"爱月儿笑道："甚么大礼，惶恐的要不的。"因说："爹清减的恁样的，每日饮馔也用些儿？"月娘道："用的倒好了，吃不多儿。今日早辰，只吃了些粥汤儿，还没吃些甚么儿。刚才太医看了去了。"爱月儿道："娘你分付姐把鸽子雏儿顿烂一个儿来，等我劝爹进些粥儿。你老人家不吃，恁偌大身量，一家子金山也似靠着你，却怎么样儿的？"月娘道："他只害心口内拦着，吃不下去。"爱月儿道："爹，你依我说，把这饮馔儿逐日就懒待吃，须也强吃些儿，怕怎的？人无根本，水食为命。终须用的有柱撤些儿；不然，越发淘渌的身子空虚了。"不一时，顿烂了鸽子雏儿，小玉拿粥上来，十香甜酱瓜茄，粳粟米粥儿。这郑月儿跳上炕去，用盏儿托着，跪在西门庆身边，一口口喂他；强打着精神，只吃了上半盏儿，拣了两箸儿鸽子雏儿在口内，就摇头儿不吃了。爱月儿道："一来也是药，二来还亏我劝爹，却怎的也进了些饮馔儿！"玉箫道："爹每常也吃，不似今日月姐来劝着，吃的多些。"月娘一面摆茶与爱月儿吃，临晚管待酒馔，与了他五钱银子，打发他家去。爱月儿临出门，又与西门庆磕头，说道："爹，你耐心儿将息两日儿，我再来看你。"

如不是你扯蓬拉纤，增加一根林太太的"色链儿"，那身子怕总不至于这么快就"淘渌空虚"了。

比及到晚夕，西门庆又吃了刘橘斋第二贴药，遍身痛，叫唤了一夜。到五更时分，那不便处肾囊肿胀破了，流了一滩鲜血；龟头上又生出疳疮来，流黄水不止。西门庆不觉昏迷过去。月娘众人慌了，都守着看视。见吃药不效，一面请了刘婆子，在前边卷棚内，与西门庆点人灯跳神；一面又使小厮，往周守御家内，访问吴神仙在那里，请他来看西门庆，他原相他今年有呕血流脓之灾、骨懈形衰之病。贲四说："也不消问周老爹宅内去。如今吴神仙见在门外土地庙前，出着个卦肆儿，又行医，又卖卦；人请他，不争利物，就去看治。"月娘连忙就使琴童，把这吴

如此痛苦景象，真还不如速死。

"乱投医"后便"乱问卜"，至今不少中国人仍有此陋习。

神仙请将来。进房看了西门庆，不似往时，形容消减，病体恹恹，勒着手帕，在于卧榻。先诊了脉息，说道："官人乃是酒色过度，肾水竭虚，是太极邪火聚于欲海，病在膏肓，难以治疗！吾有诗八句说与你听。只因他：

醉饱行房恋女娥，精神血脉暗消磨。

遗精溺血流白浊，灯尽油干肾水枯。

当时只恨欢娱少，今日翻为疾病多。

玉山自倒非人力，总是卢医怎奈何！"

月娘见他说治不的了，说道："既下药不好，先生看他命运如何？"吴神仙掐指寻纹，打算西门庆八字，说道："属虎的，丙寅年，戊申月，壬午日，丙辰时。今年戊戌，流年三十三岁算命，见行癸亥运。虽然是火土伤官，今年戊土来克壬水，岁伤旱。正月又是戊寅月，三戊冲辰，怎么当的？虽发财发福，难保寿源。有四句断语不好。"说道：

命犯灾星必主低，身轻煞重有灾危。

时日若逢真太岁，就是神仙也皱眉。

已在劫难逃矣。

月娘道："命中既不好，先生，你替他演演禽星如何？"这吴神仙铺下禽遁干支，他说道：

心月狐狸角木蛟，绛帏深处不相饶。

常在月宫飞玉露，惯从月下夺金标。

乐处化为真鸡子，死时还想烂甜桃。

天罡地煞皆无救，就是王禅也徒劳。

月娘道："禽上不好，请先生替我圆圆梦罢。"神仙道："请娘子说来，贫道圆。"月娘道："我梦见大厦将颓，红衣罩体，撅折碧玉簪，跌破了菱花镜。"神仙道："娘子莫怪我说，大厦将颓，夫君有厄；红衣罩体，孝服临身；撅折了碧玉簪，姊妹一时失散；跌破了菱花镜，夫妻指日分离。此梦犹然不好，不好！"月娘道："问先生有解么？"神仙道："白虎当头拦路，丧门魁在生灾，神仙也无解，太岁也难推。造物已定，神鬼莫移！"月娘见命中无有救星，于是拿了一匹布，谢了神仙，打发出门，不在话下。正是：

卦里阴阳仔细寻，无端闲事莫关心。

平生作善天加庆，心不欺贫祸不侵。

月娘见求神问卜皆有凶无吉，心中慌了，到晚夕，天井内焚香，对天发愿，许下儿夫好了，要往泰安州顶上与娘娘进香挂袍三年；孟玉楼又许下逢七拜斗；独金莲与李娇儿不许愿心。

潘、李已做好“应变”的心理准备矣。

西门庆自觉身体沉重，要便发昏过去，眼前看见花子虚、武大在他跟前站立，问他讨债。又不肯告人说，只教人断守着他。见月娘不在跟前，一手拉着潘金莲，心中舍不的他，满眼落泪，说道：“我的冤家，我死后，你姊妹们好好守着我的灵，休要失散了。”那金莲亦悲不自胜，说道：“我的哥哥，只怕人不肯容我。”西门庆道：“等他来，等我和他说。”不一时，吴月娘进来，见他二人哭的眼红红的，便道：“我的哥哥，你有甚话，对奴说几句儿，也是奴和你做夫妻一场。”西门庆听了，不觉哽咽，哭不出声来，说道：“我觉自家好生不济，有两句遗言和你说。我死后，你若生下一男半女，你姊妹好好待着，一处居住，休要失散了，惹人家笑话。”指着金莲说：“六儿他从前的事，你耽待他罢。”说毕，那月娘不觉桃花脸上滚下珍珠来，放声大哭，悲恸不止。西门庆道：“你休哭，听我嘱付你。”有《驻马听》为证：

临死尚执迷不悟。潘金莲作为他的“最佳性伙伴”，虽给了他“性之极乐”，却也是索取他“性命”的元凶也。

此种“男性霸权理想”，即使在那个时代，也很难真正实现。

企望“礼至上者”与“性至上者”和平共处，只是不切实际的空想。

贤妻休悲，我有衷情告你知。妻，你腹中是男是女，养下来看大成人，守我的家私。三贤九烈要贞心，一妻四妾携带着住。彼此光辉光辉，我死在九泉之下口眼皆闭！”

月娘听了，亦回答道：

多谢儿夫，遗后良言教道奴。夫，我本女流之辈，四德三从，与你那样夫妻。平生作事不模糊，守贞肯把夫名污？生死同途同途，一鞍一马不须分付！

临死以唱曲告别，此种写法别致。因此书中屡屡嵌入各种曲词，已构成“文本特点”，故此处如此处理不但不令读者感到突兀，而且颇觉自然。

嘱付了吴月娘，又把陈经济叫到跟前，说道：“姐夫，我养儿靠儿，无儿靠婿，姐夫就是我的亲儿一般。我若有些山高水低，你发送了我入土。好歹一家一计，帮扶着你娘儿们过日子，休要教人笑话。”又分付：“我死后，段子铺是五万银子本钱，有你乔亲家爹那边多少本利，都找与他；教傅伙计把货卖一宗交一宗，休要开了。贲四绒线铺，本银六千五百两，吴二舅绸绒铺，是五千两，都卖尽了货物，收了来家。又李三讨了批来，也不消做了，教你应二叔拿了别人家做去罢。李三、黄四身上，还欠五百两本钱，一百五十两利钱未算，讨来发送我。你只和傅伙计守着家门这两个铺子罢，印子铺占用银二万两，生药铺五千两。韩伙计、来保松江船上四千两。开了河，你早起身往下边接船去；接了来家，卖了银子交进来，你娘儿们盘缠。前边刘学官还少我二百两，华主簿少我五十两，门外徐四铺内还本利欠我三百四十两，都有合同见在，上紧使人催去。到日后，对门并狮子街两处房子，都卖了罢，只怕你娘儿们顾揽不过来。”说毕，哽哽咽咽的哭了。陈经济道：“爹嘱付，儿子都知道了。”

别看官司上是一笔又一笔糊涂账，买卖上却是“心中有数”，且笔笔精细。

不一时，打伙儿傅伙计、甘伙计、吴二舅、贲四、崔本，都进来看视问安，西门庆一一都分付了一遍。众人都道：“你老人家宽心，不妨事。”见一日来问安看者，也有许多，见西门庆不好的沉重，皆嗟叹而去。

过了两日，月娘痴心只指望西门庆还好，谁知天数造定，三十三岁而去。到于正月二十一日，五更时分，相火烧身，变出风来，声若牛吼一般，喘息了半夜。挨到早辰巳牌时分，呜呼哀哉断气身亡。正是：三寸气在千般用，一日无常万事休。古人有几句格言说得好：

为人多积善，不可多积财。积善成好人，积财惹祸胎。石崇当日富，难免杀身灾。邓通饥饿死，钱山何用哉！今日非古比，心地不明白。只说积财好，反笑积善呆。多少有钱者，临了没棺材！

原来西门庆一倒头，棺材尚未曾预备。慌的吴月娘，叫了吴二舅与贲四到跟前，开了箱子，拿出四锭元宝，教他两个看材板去。刚打发去了，不防月娘一阵就害肚里疼，急扑进去床上倒下，就昏晕不省人事。孟玉楼与潘金莲、孙雪娥都在那边屋里，七手八脚替西门庆戴唐巾，装柳穿衣服。忽听见小玉来说：“俺娘跌倒在床上！”慌的玉楼、李娇儿就来问视，月娘手按着，害肚内疼，就知道决撒了。玉楼教李娇儿守着月娘，他便就使小厮快请蔡老娘去。李娇儿又使玉箫前边教如意儿来了。比及玉楼回到里面屋里，不见李娇儿。原来李娇儿趁月娘昏沉，房内无

西门庆死得好痛苦。在世三十三年。暴发过，快活过，残暴过，洒脱过，贪婪过，享受过，恶毒过，颟顸过，糊涂过，精明过，蛮横过，宽容过，下流过，攀附过，无耻过，温情过，变态过，纯情过，放纵过，痛苦过……然后，他死了。

此书基本上是纯客观地写了这么一个活生生的男人的一生。留给今天读者的值得咀嚼的厚味，当然并不是其文本中嵌入的那些苍白的说教与告诫。

人需寿几何？人生价何在？

千古悠悠之思，宁不令我们怅然！

李娇儿趁火打劫，毋乃太匆匆。

人，箱子开着，暗暗拿了五锭元宝，往他屋里去了。手中拿将一搭纸，见了玉楼，只说："寻不见草纸，我往房里取草纸去来。"那玉楼也不徐顾，且守着月娘，拿杩子伺候，见月娘看看疼的紧了。

不一时，蔡老娘到了，登时生下一个孩儿来；这屋里装柳西门庆停当，口内才没了气儿，合家大小放声号哭起来。蔡老娘收裹孩儿，剪去脐带，煎定心汤与月娘吃了，扶月娘暖炕上坐的。月娘与了蔡老娘三两银子。蔡老娘嫌少，说道："养那位哥儿赏了我多少，还与我多少便了。休说这位哥儿是大娘生养的！"月娘道："比不的那时有当家的老爹在此。如今没了老爹，将就收了罢；待洗三来，再与你一两就是了。"那蔡老娘道："还赏我一套衣服儿罢。"拜谢去了。

那边刚咽气，这边便紧缩开支。

月娘苏省过来，看见箱子大开着，便骂玉箫："贼臭肉，我便昏了，你也昏了？箱子大开着，恁乱烘烘人走，就不说锁锁儿！"玉箫道："我只说娘锁了箱子，就不曾看见。"于是取锁来掐。玉楼见月娘多心，就不肯在他屋里，走出对着金莲说："原来大姐姐恁样的！死了汉子，头一日就防范起人来了。"殊不知李娇儿已偷了五锭元宝往屋里去了。

尸骨尚暖，便有"军阀重开战"的气氛。

当下吴二舅、贲四往尚推官家买了一付棺材板来，教匠人解锯成椁。众小厮把西门庆抬出，停当在大厅上，请了阴阳徐先生来批书。不一时，吴大舅也来了。吴二舅众伙计都在前厅热乱，收灯卷画，盖上纸被，设放香灯几席；来安儿专一打磬。徐先生看了手，说道："正辰时断气，合家都不犯凶煞。"请问月娘，三日大殓，择二月十二日破土，二十出殡，也有四七多日子。一面管待徐先生去了，差人各处报丧，交牌印往何千户家去，家中破孝搭棚，俱不必细说。

到三日，请僧人念倒头经，挑出纸钱去。合家大小都披麻带孝；女婿陈经济斩衰泣杖，灵前还礼。月娘在暗房中出不来；李娇儿与玉楼陪侍堂客；潘金莲管理库房，收祭桌；孙雪娥率领家人媳妇，在厨下打发各项人茶饭。傅伙计、吴二舅管帐，贲四管孝帐，来兴管厨，吴大舅与甘伙计陪待人客。蔡老娘来洗了三，月娘与了一套绸子衣裳打发去了。就把孩子起名叫孝哥儿，未免送些喜面与亲邻。众街坊邻舍都说："西门庆大官人正头娘子生了一个墓生儿子，就与老头同日同时，一头断气，

总算敷衍过去。比不得李瓶儿丧事之隆重奢侈。

一头生了个儿子，世间少有跷蹊古怪事！”不说众人理乱这庄事。

且说应伯爵闻知西门庆没了，走来吊孝哭泣，哭了一回。吴大舅、二舅正在卷棚内看着与西门庆传影，伯爵走来，与众人见礼说道：“可伤，做梦不知哥没了。”要请月娘出来拜见，吴大舅便说：“舍妹暗房出不来。如此这般，就是同日添了个娃儿。”伯爵愕然道：“有这等事？也罢也罢，哥有了个后代，这家当有了主儿了！”落后陈经济穿着一身重孝，走来与伯爵磕头。伯爵道：“姐夫，姐夫，烦恼。你爹没了，你娘儿们是死水儿了。家中凡事，要你仔细！有事不可自家专，请问你二位老舅主张；不该我说，你年幼，事体上还不大十分历练。”吴大舅道：“二哥，你没的说。我也有公事，不得闲，见有他娘在。”伯爵道：“好大舅，虽故有嫂子，外边事怎么理的？还是老舅主张！自古没舅不生没舅不长。一个亲娘舅，比不的别人。你老人家就是个都根主儿，再有谁大如你老人家的！”因问道：“有了发引的日期？”吴大舅道：“择在二月十二日破土，二十日出殡，也在四七之外。”不一时，徐先生来到，祭告入殓，将西门庆装入棺材内，用长命丁钉了，安放停当，题了名旌：“诰封武略将军西门公之柩”。

也不过只“哭了一回”。细想前面，西门庆待他真是超过亲骨肉了。

口气更在亲娘舅之上。

那日何千户来吊孝，灵前拜毕，吴大舅与伯爵陪侍吃茶，问了发引的日期。何千户分付手下该班排军，会答应的，一个也不许动，都在这里伺候；直过发引之后，方掣回衙门当差。委两名节级管领，如有违误，呈来重治。又对吴大舅道：“如有外边人拖欠银两不还者，老舅只顾说来，学生即行追治。”吊孝毕，到衙门里，一面行文开缺，申报东京本卫去了。

话分两头，却说来爵、春鸿同李三，一日到兖州察院投下了书礼。宋御史见西门庆书上要讨古器批文一节，说道：“你早来一步便好，昨日已都派下各府买办去了。”寻思间，又见西门庆书中封着金叶十两，又不好违阻了的，须得留下春鸿、来爵、李三在公廨驻札；随即差快手拿牌，赶回东平府批文来，封回与春鸿书中，又与了一两路费，方取路回清河县。往返十日光景。走进城，就闻得路上人说，西门大官人死了，今日三日，家中念经做斋哩。这李三就心生奸计，路上说念来爵、春鸿：“将

树刚倒，猢狲便散。

此批文按下,说宋老爹没与来。咱每都投到大街张二官府那里去罢!你二人不去,我与你每人十两银子,到家隐住,不拿出来就是了。”那来爵见财物,倒也肯了;只春鸿不肯,口里含糊应诺。

到家,见门首挑着纸钱,僧人做道场,亲朋吊丧者不计其数,这李三就分路回家去了。来爵、春鸿见吴大舅、陈经济,磕了头。问:“讨的批文如何?怎的李三不来?”那来爵还不言语,这春鸿把宋御史书连批都拿出来,递与大舅。悉把李三路上与的十两银子,说的言语,如此这般,教他隐下,休拿出来,同他投往张二官家去,“小的怎敢忘恩背义,敬奔家来!”吴大舅一面走到后边,告诉月娘:“这个小的儿,就是个有恩的。叵耐李三这厮短命,见姐夫没了几日,就这等坏心!”因把这件事对应伯爵说:“李智、黄四借契上,本利还欠六百五十两银子,趁着刚才何大人分付,把这件写纸状子,呈到衙门里,教他替俺追追这银子出来,发送姐夫。他同寮间自恁要做分上,这些事儿,莫肯不依。”伯爵慌了,说道:“李三却不该行此事。老舅快休动意,等我和他说罢。”

应花子背叛西门庆何其速也!

于是走到李三家,请了黄四来,一处计较,说道:“你不该先把银子递与小厮,倒做了管手。狐狸打不成,倒惹了一屁股臊。他如今恁般恁般,要拿文书提刑所告你每哩。常言道官官相护,何况又同寮之间,费恁难事?你等原抵斗的过他!依我不如如此如此,这般这般,悄悄送上二十两银子与吴大舅,只当兖州府干了事来了。我听得说,这宗钱粮他家已是不做了,把这批文难得掣出来,咱投张二官那里去罢。你每二人再凑得二百两,少了也拿不出来,再备办一张祭桌,一者祭奠大官人,二者交这银子与他;另立一纸欠结,你往后有了买卖,慢慢还他就是了。这个一举而两得,又不失了人情,有个始终。”黄四道:“你说的是。李三哥,你干事忒慌速些了!”

吴大舅竟也只认“白晃晃银子”,不为乃妹利益着想矣!

真个到晚夕,黄四同伯爵送了二十两银子到吴大舅家,如此这般,“讨批文一节,累老舅张主张主。”这吴大舅已听他妹子说不做钱粮,何况又黑眼见了白晃晃银子,如何不应承?于是收了银子。到次日,李智、黄四备了一张插桌,猪首三牲,二百两银子,来与西门庆祭奠。吴大舅对月娘说了,拿出旧文书,从新另立了四百两一纸欠帖,饶了他五十两。余者教他做上买卖,陆续交还。把批文交付与伯爵手内,同往张二官处合伙,上纳钱粮去了,不在话下。正是:金逢火炼方知色,人与财交便见心。有诗为证:

造物于人莫强求,劝君凡事把心收。

你今贪得收人业,还有收人在后头。

毕竟未知后来如何,且听下回分解。

初读此书者,直到读至前一回,大概都不曾想到,西门庆竟在此回中一命呜呼了。但细考此回文本,西门庆之死却是前面无数线索总合为一张"索命网",在他性放纵达于狂肆程度的情况下,"一收网纲"的必然结果。

此书内容丰富,就塑造西门庆这一艺术形象而言,也是全方位的、立体多棱多面,并且内蕴醇浓的,但其以表现西门庆的性生活为主线,并透过他的"性史"来挖掘人性之诡谲,不能不说是此书的一大特色,而且不仅在全部中国古典文学中,是登峰造极之作,就是放在世界古典文学中衡量,恐怕也是少有能与之匹敌的。

西门庆本是一个能够将情与性融为一体,并将"性享受"至少保持在不至戕身状态中的男子,但他却终于"忘情耽性",并越来越疯狂地纵欲,以至于痛苦地死于性病引发的并发症。导致这一结果的有许多种因素,从外在的方面说,那本是一个纵欲的时代,从宫廷、贵族到一般市民,乃至于底层社会,食色之享都既是生活的流程,也是生存的目标;一夫多妻的婚姻制度、娼妓的"合法经营",男性霸权的思索方式与"通行话语",等等,都作用于西门庆,使他不仅"自然而然"地"以性为乐”，而且“性追索”的成功，甚至也成了他提升自我价值的一个最重要的心理尺度。从内在的方面说，西门庆的性格一方面具有强烈的侵略性，一方面又具有黏稠的依赖性，他既不能抑制对每一个“性目标”的疯狂占有欲，又不能摆脱“性伙伴”的妖邪引诱，所以他总是不仅忙于“猎艳”，也总是沦为“被掳获者”，在这样的双向耗损中，他的生命终于难以支撑，结果在暴淫无度中死亡。

西门庆之死，是一出什么剧？既非正剧，也非悲剧，更非喜剧和闹剧。我们无法用习见的模式、标签概括我们的感受，可是我们却有堪称丰厚的感受。

这恐怕正证明着《金瓶梅》这本“奇书”的“了不起”。

第八十回
陈经济窃玉偷香　李娇儿盗财归院

从这一回起，开始了“后西门庆时代”。

西门庆这棵大树一倒，原来寄生其上的猢狲逃散之快，逃散时那种拔枝捋叶“捞一把”的行为之狠，以及马上奔到另外树上献媚取宠的面目之丑，都被作者不加“休止符”地白描出来，令人在“意料之中”仍不禁战栗于人性恶的狰狞肆虐。

诗曰：

寺废僧居少，桥坍客过稀。
家贫奴婢懒，官满吏民欺。
水浅鱼难住，林疏鸟不栖。
世情看冷暖，人面逐高低。

此八句诗，单说着这世态炎凉，人心冷暖，可叹之甚也。西门庆死了那日，却是报恩寺朗僧官十六众僧人做水陆，有乔大户家上祭。

这应伯爵约会了斋祀中几位朋友，头一个是应伯爵，第二个谢希大，第三个花子由，第四个祝日念，第五个孙天化，第六个常时节，第七个白来创。七人坐在一处，伯爵先开口，说道：“大官人没了，今二七光景。你我相交一场，当时也曾吃过他的，也曾用过他的，也曾使过他的，

“十兄弟”中，“大哥”西门庆已死；花子虚早被气死，后由花子由顶替；另有云离守当了官，吴典恩去了外地；现在凑拢了七位，也算齐全了。此书中各处叙述“十兄弟”时，“名单”不尽一致。

也曾借过他的，也曾嚼过他的。今日他没了，莫非推不知道？洒土也眯了后人眼睛儿也！他就到五阎王跟前，也不饶你我了。你我如今这等计较：每人各出一钱银子，七人共凑上七钱。使一钱六分，连花儿买上一张桌席、五碗汤饭、五碟果子；使了一钱，一付三牲；使了一钱五分，一瓶酒；使了五分，一盘冥纸香烛；使了二钱，买一钱轴子，再求水先生作一篇祭文，使一钱；二分银子雇人抬了去。大官人灵前，众人祭奠了，咱还便益：又讨了他值七分银一条孝绢，拿到家做裙腰子；他莫不白放咱每出来，咱还吃他一阵；到明日，出殡山头，饶饱餐一顿，每人还得他半张靠山桌面，来家与老婆孩子吃着，两三日省了买烧饼钱。这个好不好?”众人都道：“哥说的是！”当下每人凑出银子来，交与伯爵整理，备祭物停当，买了轴子，央门外人水秀才做了祭文。

树死，猢狲散前还要借祭树刮一点树皮。

这水秀才平昔知道应伯爵这起人，与西门庆乃小人之朋，于是包含着里面，作就一篇祭文。登轴停当，把祭祀抬到西门庆灵前摆下。陈经济穿孝在旁还礼。伯爵为首，各人上了香，人人都粗俗，那里晓的其中滋味，浇了奠酒，只顾把祝文来宣念。其文略曰：

> 维重和元年，岁戊戌，二月戊子朔，越初三日庚寅，侍生应伯爵、谢希大、花子由、祝日念、孙天化、常时节、白来创，谨以清酌庶馐之奠，致祭于
>
> 故锦衣西门大官人之灵曰：维灵生前梗直，秉性坚刚；软的不怕，硬的不降。常济人以点水，恒助人以精光。囊箧颇厚，气概轩昂。逢药而举，遇阴伏降；锦裆队中居住，团天库里收藏。有八角而不用挠掴，逢虱虮而骚痒难当。受恩小子，常在胯下随帮。也曾在章台而宿柳，也曾在谢馆而猖狂。正宜撑头活脑，久战熬场；胡何一疾，不起之殃？见今你便长伸着脚子去了，丢下小子辈，如班鸠跌弹，倚靠何方？难上他烟花之寨，难靠他八字红墙。再不得同席而偎软玉，再不得并马而傍温香。撇的人垂头跌脚，闪得人囊温郎当。今特奠兹白浊，次献寸觞。灵其不昧，来格来歆。尚享！

虽为滑稽文字，却说尽应花子辈有如西门庆肚中蛔虫的真相。

众人祭毕，陈经济下来还礼，请去卷棚内，三汤五割，管待出门。

那日院中李家虔婆，听见西门庆死了，铺谋定计，备了一张祭桌，使了李桂卿、李桂姐坐轿子来上纸吊问。月娘不出来，都是李娇儿、孟玉楼在上房管待。李家桂卿、桂姐悄悄对李娇儿说："俺妈说，人已是死了。你我院中人，守不的这样贞节！自古千里长棚，没个不散的筵席。教你手里有东西，悄悄教李铭捎了家去防后。你还恁傻！常言道，扬州虽好，不是久恋之家。不拘多少时，也少不的离他家门。"那李娇儿听记在心。

鸨母自有其逻辑。

不想那日韩道国妻王六儿，亦备了张祭桌，乔素打扮，坐轿子来与西门庆烧纸。在灵前摆下祭祀，只顾站着；站了半日，白没个人儿出来陪待。原来西门庆死了，首七时分，就把王经打发家去不用了。小厮每见王六儿来，都不敢进去说。那来安儿不知就里，到月娘房里向月娘说："韩大婶来与爹上纸，在前边站了一日了。大舅使我来对娘说。"这吴月娘心中还气忿不过，便喝骂道："怪贼奴才，不与我走！还来甚么韩大婶、毬大婶，贼狗攮的养汉的淫妇，把人家弄的家败人亡，父南子北，夫逃妻散的，还来上甚么毬纸！"一顿骂的来安儿摸门不着，来到灵前。吴大舅问道："对后边说了不曾？"来安儿把嘴谷都着不言语。问了半日，才说："娘捎出四马儿来了。"这吴大舅连忙进去对月娘说："姐姐，你怎么这等的，快休要舒口！自古人恶礼不恶。他男子汉领着咱偌多的本钱，你如何这等待人？好名儿难得，快休如此！你就不出去，教二姐姐、三姐姐好好待他出去，也是一般。做甚么恁样的，教人说你不是。"那月娘见他哥这等说，才不言语了。良久，孟玉楼还了礼，陪他在灵前坐的。只吃一钟茶，妇人也有些省腔，就坐不住，随即告辞起身去了。正是：谁人汲得西江水，难洗今朝一面羞。

关键是韩道国手里还掌握着西门家几千两的本银。此时"保利"的迫切性远胜过"保名"。

那李桂卿、桂姐、吴银儿都在上房坐着，见月娘骂韩道国老婆，淫妇长，淫妇短，砍一枝，损百株，两个就有些坐不住，未到日落就要家去。月娘再三留他姐儿两个："晚夕伙计每伴宿，你每看了提偶的，明日去罢。"留了半日，只桂姐、银姐不去了，只打发他姐姐桂卿家去了。到了晚夕，僧人散了，果然有许多街坊伙计主管，乔大户、吴大舅、吴二舅、沈姨夫、花子由、应伯爵、谢希大、常时节，也有二十余人，叫了一起偶戏，

也都是被西门"淫"过的"妇"。当然听不下去。

在大卷棚内摆设酒席伴宿。提演的是“孙荣、孙华杀狗劝夫”戏文。堂客都在灵旁厅内，围着帏屏，放下帘来，摆放桌席，朝外观看。李铭、吴惠在这里答应，晚夕也不家去了。不一时，众人都到齐了。祭祀已毕，卷棚内点起烛来，安席坐下，打动鼓乐，戏文上开，直搬演到三更天气，戏文方了。

原来陈经济，自从西门庆死后，无一日不和潘金莲两个嘲戏，或在灵前溜眼，帐子后调笑。至是赶人散一乱中，堂客都往后边去了，小厮每都收家活，这金莲赶眼错，捏了经济一把，说道：“我儿，你娘今日可成就了你罢，趁大姐在后边，咱要就往你屋里去罢。”经济听了，巴不的一声，先往屋里开门去了。妇人黑影里抽身，钻入他房内，更不答话，解开裙子，仰卧在炕上，双凫飞肩，交陈经济奸要。正是：色胆如天怕甚事，鸳帏云雨百年情。真个是：

潘金莲是个赤裸裸的“性存在”，除了“兴性”，几无其他任何兴趣。真是个可怕的“肉弹”。

> 二载相逢，一朝配偶。数年姻眷，一旦和谐。一个柳腰款摆，一个玉茎忙舒。耳边诉雨意云情，枕上说山盟海誓。莺恣蝶采，猗妮抟弄百千般；狂雨羞云，娇媚施逞千万态。一个低声不住叫亲亲，一个搂抱未免呼达达。正是：得多少柳色乍翻新样绿，花容不减旧时红。

霎时云雨了毕，妇人恐怕人来，连忙出房，往后边去了。

到次日，这小伙儿尝着这个甜头儿，早辰走到金莲房来。金莲还在被窝里未起来。从窗眼里张看，见妇人被拥红云，粉腮印玉，说道：“好管库房的，这咱还不起来！今日乔亲家爹来上祭，大娘分付，教把昨日摆的李三、黄四家那祭桌收进来罢。你快些起来，且拿钥匙出来与我！”妇人连忙教春梅拿钥匙与经济，经济先教春梅楼上开门去了。妇人便从窗眼里递出舌头，两个咂了一回。正是：得多少脂香满口涎空咽，甜唾融心溢肺肝。有词为证：

不堪如此。

> 恨杜鹃声透珠帘。心似针签，情似胶粘。我则见笑脸腮窝愁，粉黛瘦，显春纤。宝髻乱，云松翠钿。睡颜酡，玉减红添。檀口曾沾。到如今唇上犹香，想起来口内犹甜。

良久，春梅楼上开了门，经济往前边看搬祭祀去了。

不一时，乔大户家祭来摆下，乔大户娘子并乔大户，许多亲眷，灵前祭毕，吴大舅、二舅、甘伙计陪侍，请至卷棚管待。李铭、吴惠弹唱。那日郑爱月儿家也来上纸吊孝。月娘俱令玉楼打发了孝裙束腰，后边与堂客一处坐的。郑爱月儿看见吴银姐、李桂姐都在这里，便嗔他两个不对他说："我若知道爹没了，有个不来的？你们好人儿，就不会我会儿去！"又见月娘生了孩儿，说道："娘一喜一忧。惜乎只是爹去世太早了些儿；你老人家有了主儿，也不愁。"月娘俱打发了孝，留坐至晚方散。

郑爱月儿亦是促成西门庆速亡的一个关键人物。此时却若无其事，甚至还为"先来后到"一类"细节""捏酸假醋"。

到二月初三日，西门庆二七。玉皇庙吴道官十六个道众，在家念经做法事。那日衙门中何千户作创，约会了刘薛二内相、周守御、荆统制、张团练、云指挥等数员武官，合着上了一坛祭。月娘这里请了乔大户、吴大舅、应伯爵来陪侍，李铭、吴惠两个小优儿弹唱，卷棚管待去了。俱不必细说。到晚夕念经送亡，月娘分付把李瓶儿灵床，连影抬出去，一把火焚之。将箱笼都搬到上房内堆放。奶子如意儿并迎春，收在后边答应；把绣春与了李娇儿房内使唤。将李瓶儿那边房门，一把锁锁了，可怜！正是：画栋雕梁犹未干，堂前不见痴心客。有诗为证：

将"瓶国"彻底灭掉，是"吴国""一统天下"的头一步。

其实是"天下大乱"景象。

襄王台下水悠悠，一种相思两样愁。

月色不知人事改，夜深还到粉墙头。

那时李铭日日假以孝堂助忙，暗暗教李娇儿偷转东西与他；掖送到家，又来答应，常两三夜不往家去，只瞒过月娘一人眼目。吴二舅又和李娇儿旧有首尾，谁敢道个不字。

初九日念了三七经，月娘出了暗房，四七就没曾念经。十二日，陈经济破了土回来。二十日早发引，也有许多冥器纸札，送殡之人终不似李瓶儿那时稠密。临棺材出门，陈经济摔盆扶柩，也请了报恩寺朗僧官起棺，坐在轿上，捧的高高的，念了几句偈文，说西门庆一生始末。道得好：

恭惟

故锦衣武略将军西门大官人之灵：伏以人生在世，如电光易灭，石火难消。落花无返树之期，逝水绝归源之路。你画堂绣阁，命尽有若风灯；极品高官，缘绝犹如作梦。黄金白玉，空为

此偈文应与前面水秀才祝文合看方妙。

祸患之资；红粉轻衮，总是尘劳之费。妻孥无百载之欢，黑暗有千重之苦。一朝枕上，命掩黄泉。空榜扬虚假之名，黄土埋不坚之骨。田园百顷，其中被儿女争夺；绫锦千箱，死后无寸丝之分。风火散时无老少，溪山磨尽几英雄。苦苦苦，气化清风形归土。三寸气断去弗回，改头换面无遍数。诗曰：

人生最苦是无常，个个临终手脚忙。
地水火风相逼迫，精神魂魄各飞扬。
生前不解寻活路，死后知他去那厢。
一切万般将不去，赤条条的见阎王。

朗僧官念毕偈文，陈经济摔破纸盆，棺材起身，合家大小孝眷放声号哭动天；吴月娘坐魂轿，后面众堂客上轿，都围随材走，径出南门外五里原祖茔安厝；陈经济备了一匹尺头，请云指挥点了神主，阴阳徐先生下了葬，众孝眷掩土毕。山头祭桌可怜通不上几家，只是吴大舅、乔大户、何千户、沈姨夫、韩姨夫与众伙计五六处而已！吴道官还留下十二众道童回灵，安于上房明间正寝；大小安灵，阴阳洒扫已毕，打发众亲戚出门。吴月娘等不免伴夫灵守孝。一日暖了墓回来，答应班上排军节级，各都告辞回衙门去了。西门庆五七，月娘请了薛姑子、王姑子、大师父十二众尼僧，在家诵经礼忏，超度夫主生天；吴大妗子并吴舜臣媳妇，都在家中相伴。

与李瓶儿安葬时盛况无法相比。只算是敷衍了事。

原来出殡之时，李桂卿、桂姐在山头，悄悄对李娇儿如此这般："妈说你没量，你手中没甚细软东西，不消只顾在他家了；你又没儿女，守甚么？教你一场嚷乱，登开了罢。昨日应二哥来说，如今大街坊张二官府，要破五百两金银，娶你做二房娘子，当家理纪。你那里便图出身，你在这里，守到老死也不怎么！你我院中人家，弃旧迎新为本，趋炎附势为强，不可错过了时光！"这李娇儿听记在心，过了西门庆五七之后，因风吹火，用力不多。不想潘金莲对孙雪娥说，出殡那日，在坟上看见李娇儿与吴二舅在花园小房内，两个说话来；春梅孝堂中，又亲眼看见李娇儿帐子后递了一包东西与李铭，搋在腰里，转了家去。嚷的月娘知道，把吴二舅骂了一顿，赶去铺子里做买卖，再不许进后边来；分付门上

西门官人虽死，大街坊张二官尚在，应花子辈与娼优等宜乎改换门庭，去彼处"白嚼"。

平安，不许李铭来往。这花娘恼羞变成怒，正寻不着这个由头儿哩。一日，因月娘在上房和大妗子吃茶，请孟玉楼不请他，就恼了，与月娘两个大嚷大闹，拍着西门庆灵床子，哭哭啼啼，叫叫嚎嚎；到半夜三更，在房中要行上吊，丫鬟来报与月娘。月娘慌了，与大妗子计议，请将李家虔婆来，要打发他归院。虔婆生怕留下他衣服头面，说了几句言语："我家人在你这里，做小伏低，顶缸受气，好容易就开交了罢！须得几十两遮羞钱。"吴大舅居着官，又不敢张主，相讲了半日，教月娘把他房中衣服、首饰箱笼、床帐家活，尽与他，打发出门；只不与他元宵、绣春两个丫鬟去。李娇儿一心要这两个丫头；月娘生死不与他，说道："你倒好买良为娼！"一句慌了鸨子，就不敢开言，变做笑吟吟脸儿，拜辞了月娘，李娇儿坐轿子，抬的往家去了。

先以"小戏"铺垫。

正是欲演此出"归院"。

本来就是为了白捞两个"粉头"。既戳破，也就罢休。

看官听说：院中唱的，以卖俏为活计，将脂粉作生涯。早辰张风流，晚些李浪子；前门进老子，后门接儿子。弃旧迎新，见钱眼开，自然之理。未到家中，撾打揪挦，燃香烧剪，走死哭嫁；娶到家改志从良，饶君千般贴恋，万种牢笼，还锁不住他心猿意马，不是活时偷食抹嘴，就是死后嚷闹离门，不拘几时，还吃旧锅粥去了。正是：蛇入筒中曲性在，鸟出笼轻便飞腾。有诗为证：

堪叹烟花不久长，洞房夜夜换新郎。
两只玉腕千人枕，一点朱唇万客尝。
造就百般娇艳态，生成一片假心肠。
饶君总有牢笼计，难保临时思故乡。

月娘于是打发李娇儿出门，大哭了一场，众人都在旁劝解。潘金莲道："姐姐，罢，休烦恼了。常言道：娶淫妇，养海青，食水不到想海东。这个都是他当初干的营生，今日教大姐姐这等惹气。"

其实灭掉"娇国"，未始不是久怀之心。

家中正乱着，忽有平安来报："巡盐蔡老爹来了，在厅上坐着哩，我说家老爹没了。他问没了几时了，我回正月二十一日病故，到今过了五七；他问有灵没灵，我回有灵在后边供养着哩；他要来灵前拜拜，我来对娘说。"月娘分付："教你姐夫出去见他。"不一时，陈经济穿上孝衣，出去拜见了蔡御史。良久，后边收拾停当，请蔡御史进来，西门庆灵前参拜了。月娘穿着一身重孝，出来回礼。再不交一言，就让月娘：“夫人请回房。”因问经济说道：“我昔时曾在府相扰，今差满回京去，敬来拜谢拜谢，不期作了故人！”便问甚么病来，陈经济道：“是个痰火之疾。”蔡御史道：“可伤，可伤！”即唤家人上来，取出两匹杭州绢、一双绒袜、四尾白鲞、四罐蜜饯，说道：“这些微礼，权作奠仪罢。”又拿出五十两一封银子来，“这个是我向日曾贷过老先生些厚惠，今积了些俸资奉偿，以全始终之交。分付大官，交进房去。”经济道：“老爹忒多计较了。”月娘说：“请老爹前厅坐。”蔡御史道：“也不消坐了；拿茶来，我吃一钟就是了。”左右须臾拿茶上来。蔡御史吃了，扬长起身上轿去了。月娘得了这五十两银子，心中又是那欢喜，又是那惨切。想有他在时，似这样官员来到，肯空放去了，又不知吃酒到多咱晚；今日他伸着脚子，空有家私，眼看着就无人陪侍。正是：人得交游是风月，天开图画即江山。有诗为证：

“一双绒袜”也拿得出手。

总算还拿出五十两银子。可翻回前面看看，当年西门庆给了他些什么。

静掩重门春日长，为谁展转怨流光。

更怜脉脉秋波眼，默地怀人泪两行。

话说李娇儿到家，应伯爵打听得知，报与张二官儿，就拿着五两银子来，请他歇了一夜。原来张二官小西门庆一岁，属兔的，三十二岁了；李娇儿三十四岁，虔婆瞒了六岁，只说二十八岁，教应伯爵瞒着。使了三百两银子，娶到家中，做了二房娘子。祝日念、孙寡嘴依旧领着王三官儿，还来李家行走，与桂姐打热，不在话下。

李娇儿去也匆匆，嫁也匆匆。“去年三十三，今年二十八。”此种妇人的“卖肉生涯”，靠卖“注水肉”能混到几时？

伯爵、李三、黄四借了徐内相五千两银子，张二官出了五千两，做了东平府古器这批钱粮。逐日宝鞍大马，在院中摇摆。张二官见西门庆死了，又打点了千两金银，上东京寻了枢密院郑皇亲人情，对堂上朱太尉说，要讨提刑所西门庆这个缺；家中收拾买花园，盖房子。应伯爵无日不在他那边趋奉，把西门庆家中大小之事，尽告诉与他，说：“他家中还有第五个娘子潘金莲，排行六姐，生的极标致，上画儿般人材！诗词歌赋、诸子百家、拆牌道字、双陆象棋，无不通晓；又会识字，一笔好写；弹一手好琵琶。今年不上三十岁，比唱的还乔！”说的这张二官心中火动，巴不得就要了他，便问道：“莫非是当初的卖炊饼武大郎的妻子

张二官大有对西门庆所遗“全面接收”的架势。应花子投靠不仅快捷，而且恨不能“立建奇功”。

么?”伯爵道:“就是他。被他占来家中,今也有五六年光景,不知他嫁人不嫁。”张二官道:“累你打听着。待有嫁人的声口,你来对我说,等我娶了罢。”伯爵道:“我身子里有个人,在他家做家人,名来爵儿。等我对他说,若有出嫁声口,就来报你知道。难得,你若娶过教这个人来家,也强如娶个唱的。当时有西门庆在,为娶他也费了许多心。大抵物各有主,也说不的,只好有福的匹配。你如今有了这般势耀,不得此女貌,同享荣华,枉自有许多富贵。我只叫来爵儿密密打听,但有嫁人的风缝儿,凭我甜言美语打动春心,你却用几百两银子,娶到家中,尽你受用便了。”

还有内线。放此线探刺原为更好地从西门庆处揩油。现此线可用来更好地背叛西门庆,以便更好地投靠新主。

看官听说:但凡世上帮闲子弟,极是势利小人!见他家豪富,希图衣食,便竭力承奉,称功诵德;或肯撒漫使用,说是疏财仗义,慷慨丈夫;胁肩谄笑,献子出妻,无所不至。一见那门庭冷落,便唇讥腹诽,说他外务,不肯成家立业,祖宗不幸,有此败儿;就是平日深恩,视如陌路。当初西门庆待应伯爵,如胶似漆,赛过同胞弟兄,那一日不吃他的,穿他的,受用他的;身死未几,骨肉尚热,便做出许多不义之事。正是:画虎画皮难画骨,知人知面不知心。有诗为证:

此段议论精彩。回思此书前面所写,西门庆对待应花子真有如同胞兄弟。虽然西门庆是要从他的“帮闲”中获得庸俗下流的乐趣,可那是潜意识里的欲望,浮在西门庆情感层面的,确是“有福同享”的“兄弟之谊”。

昔年意气似金兰,百计趋承不等闲。

今日西门身死后,纷纷谋妾伴人眠。

毕竟未知后来如何,且听下回分解。

第八十一回
韩道国拐财倚势　汤来保欺主背恩

万事从天莫强寻，天公报应自分明。
贪淫纵意奸人妇，背主侵财被不仁。
莫道身亡人弄鬼，由来势败仆忘恩。
堪叹西门成甚业，赢得奸徒富半生。

话说韩道国与来保两个，自从西门庆将四千两银子，打发他在江南等处置买货物，一路餐风宿水，夜住晓行，到于扬州去处，抓寻苗青家内宿歇。苗青见了西门庆手札，想他活命之恩，尽力趋奉；又讨了一个女子，名唤楚云，养在家里，要送与西门庆，以报其恩。韩道国与来保两个且不置货，成日寻花问柳，饮酒取乐。

此时还不知西门庆暴亡，尚且“玩忽职守”，一旦得知消息，情况可想而知。

一日，初冬天气，寒云淡淡，哀雁凄凄，树木凋零，景物萧瑟，不胜旅思。于是二人连忙将银，往各处置了布匹，装在扬州苗青家安下，待货物买完起身。先是韩道国旧日请的婊子扬州旧院王玉枝儿，来保便请了林彩虹妹子小红，日逐请扬州盐客王海峰和苗青游宝应湖。游了一日，归到院中。玉枝儿鸨子生日，这韩道国又邀请众人摆酒，与鸨子王一妈做生日。使后生胡秀，置办酒肴果菜，又使他请客商汪东桥与钱晴川两个，白不见到。不一时，汪东桥与钱晴川就同王海峰来了。至日落时分，胡秀才来，被韩道国带酒骂了几句，说：“这厮不知在那里味酒，味得这咱才来，口里喷出来酒气。客人也先来了已半日，你不知那里来。我到明日，定算你出去！”那胡秀把眼斜瞅着他，走到下边，口里喃喃呐呐说："你骂我！你家老婆在家里仰搧着挣，你在这里合蓬着丢！宅里老爹包着你家老婆，合的不值了，才交你领本钱出来做买卖。你在这里快活，你老婆不知怎么受苦哩！得人不化白出你来，你落得为人！"对玉枝儿鸨子只顾说，鸨子便拉出他院子里说："胡官人，你醉了，你往房里睡去罢。"那胡秀大吆小喝，白不进房来。不料韩道国正陪众客商在席上吃酒，身穿着白绫道袍、绿绒襆衣、毡鞋绒袜，听见胡秀口内放屁辣臊，心中大怒，走出来踹了两脚，骂道："贼野囚奴！我有了五分银子雇你一日，怕寻不出人来？"即时赶他去。那胡秀那里肯出门，在院子内声叫起来，说道："你如何赶我？我没坏了管帐事！你倒养老婆，倒撵我，看我到家说不说！"被来保劝住韩道国，手拉他过一边，说道："你这狗骨头，原来这等酒硬！"那胡秀道："保叔，你老人家休管他；我吃甚么酒来，我和他做一做！"被来保推他往屋里挺觉去了。正是：酒不醉人人自醉，色不迷人人自迷。来保打发胡秀房里睡去，不题。韩道国恐怕众客商耻笑，和来保席上觥筹交错，递酒哄笑。林彩虹、小红姊妹二人并王玉枝儿，三个唱的弹唱歌舞，花攒锦簇，行令猜枚，吃至三更方散。次日，韩道国要打胡秀。胡秀说："小的通不晓一字。"被来保、苗小湖做好做歹劝住了。

说破真相丑煞人。

酒后吐真言真过瘾。酒醒否真言真狼狈。

话休饶舌，有日货物置完，打包装载上船。不想苗青讨了送西门庆的那女子楚云，忽生起病来，动身不得。苗青说："等他病好了，我再差人送了来罢。"只打点了些人事礼物、抄写书帐，打发二人并胡秀起身。王玉枝并林彩虹姊妹，少不的置酒马头，作别饯行。从正月初十日起身，一路无词。

一日到临清闸上，这韩道国正在船头上站立，忽见街坊严四郎，从上流坐船而来，往临清接官去。看见韩道国，举手说："韩西桥，你家老爹从正月间没了。"说毕，船行得快，就过去了。这韩道国听了此言，遂安心在怀，瞒着来保，不对他说。不想那时河南、山东大旱，赤地千里，田蚕荒芜不收，棉花布价一时踊贵，每匹布帛加三利息，各处乡贩都打着银两远接，在临清一带马头，迎着客货而买。韩道国便与来保商议。"船上布货约四千余两，见今加三利息，不如且卖一半，便益钞关纳税，

快船飞惊语。狡人生奸计。

天灾利奸商。

倒还不是"一刀两断"。

就到家发卖也不过如此。遇行市不卖,诚为可惜!”来保道:“伙计所言虽是,诚恐卖了,一时到家,惹当家财主见怪,如之奈何?”韩道国便说:“老爹见怪,都在我身上!”来保强不过他,只得在马头上发卖了一千两布货。韩道国说:“双桥,你和胡秀在船上等着纳税;我打旱路,同小郎王汉,打着这一千两银子,装成驮垛,先行一步,家去报老爹知道。”来保道:“你到家,好歹讨老爹一封书来,下与钞关钱老爹,少纳税钱,先放船行。”韩道国应诺,同小郎王汉装成驮垛,往清河县家中来,不在言表。

有日进城,在瓮城南门里,日色渐落,不想路上撞遇西门庆家看坟的张安,推着车辆酒米食盒正出南门。看见韩道国,便叫:“韩大叔,你来家了。”韩道国看见他带着孝,问其故。张安说:“老爹死了,明日三月初九日是断七;大娘交我拿此酒米食盒往坟上去,明日坟上与老爹烧纸去也。”这韩道国听了,说:“可伤,可伤!果然路上行人口似碑,话不虚传。”打头口径进城中,那时天已渐晚,但见:

十字街荧煌灯火,九曜庙香霭钟声。一轮明月挂疏林,几点疏星明碧落。六军营内,呜呜画角频吹;五鼓楼头,点点铜壶双滴。四边宿雾,昏昏罩舞榭歌台;三市沉烟,隐隐闭绿窗朱户。两两佳人归绣幕,纷纷仕子卷书帏。

这韩道国进城,来到十字街上,心中算计:“且住。有心要往西门庆家去,况今他已死了,天色又晚;不如且归家停宿一宵,和浑家商议了,明日再去不迟。”于是和王汉打着头口,径到狮子街家中,二人下了头口,打发赶脚人回去,叫开门,王汉搬行李驮垛进来。有丫鬟看见,报与王六儿,说:“爹来家了。”老婆一面迎接入门,拜了佛祖,拂去尘土,驮垛搭连放在堂中。王六儿替他脱衣坐下,丫鬟点茶吃。韩道国先告诉往回一路之事。“我在路上撞遇严四哥,说老爹死了;刚才来到城外,又撞见坟头张安,推酒米往坟上去,说明日是断七,果不虚传。端的好好的,怎的死了?”王六儿道:“天有不测风云,人有当时祸福。谁人保得无常!”韩道国一面把驮垛打开,里面是他江南置的衣裳细软货物;两条搭连内,倒出那一千两银子,一封一封倒在炕上,打开都是白光光雪花银两。对老婆说:“此是我路上卖了这一千两银子先来了。又是两包梯

王六儿只用几句“套话”便把西门庆“打发”了。对她来说,那只不过是一个“大买主”罢了。“买方”既死,“卖方”也就将他“撩开”。

己银子一百两。今日晚了，明日早送与他家去罢。”因问老婆：“我去后，家中他先看顾你不曾？”王六儿道：“他在时倒也罢了。如今你这银，还送与他家去？”韩道国道：“正是要和你商议。咱留下些，把一半与他如何？”老婆道：“呸！你这傻才，这遭再休要傻了！如今他已是死了，这里无人，咱和他有甚瓜葛？不争你送与他一半，交他招韶道儿，问你下落！倒不如一狠二狠，把他这一千两，咱雇了头口，拐了上东京，投奔咱孩儿那里。愁咱亲家太师爷府中，招放不下你我！”韩道国说：“丢下这房子，急切打发不出去怎了？”老婆道：“你看没才料！何不叫将第二个来，留几两银子与他，就交他看守便了。等西门庆家人来寻你，只说东京咱孩儿叫了两口去了，莫不他七个头八个胆，敢往太师府中寻咱们去？就寻去，你我也不怕他！”韩道国说：“争奈我受大官人好处，怎好变心的？没天理了。”老婆道：“自古有天理倒没饭吃哩！他占用着老娘，使他这几两银子不差甚么。想着他孝堂，我倒好意，备了一张插桌三牲往他家烧纸。他家大老婆，那不贤良的淫妇，半日不出来，在屋里骂的我好讪的；我出又出不来，坐又坐不住，落后他第三个老婆出来陪我坐，我不去坐，坐轿子来家。想着他这个情儿，我也该使他这几两银子！”一席话，说得韩道国不言语了。

王六儿不像韩一摇那样“动摇”。

韩一摇其实主意已定，只不过犹豫于“技术性安排”的“可行性”而已，故以此再“细加思索”。

夫妻二人晚夕计议已定。到次日五更，叫将他兄弟韩二来，如此这般，交他看守房子，又把与他一二十两银子盘缠。那二捣鬼千肯万肯，说：“哥嫂只顾去，等我打发他。”这韩道国就把王汉小郎并两个丫头，也跟他带上东京去；雇了二辆大车，把箱笼细软之物都装在车上。投天明出西门，径上东京去了。正是：撞碎玉笼飞彩凤，顿断金锁走蛟龙。

韩氏夫妇的卷逃，算不得对西门庆的“背叛”，实际上是“互欠两讫”。

这里韩道国夫妻东京去不题，单表吴月娘次日带孝哥儿，同孟玉楼、潘金莲、西门大姐、奶子如意儿、女婿陈经济，往坟上与西门庆烧纸。坟头告诉月娘昨日撞见韩大叔来家一节，月娘道：“他来了怎的不到家里来？只怕他今日来。”在坟上刚烧了纸，坐了没多回，老早就赶了来家，使陈经济：“往他家叫韩伙计去，问他船到那里了。”初时叫着，不闻人言；次则韩二出来说：“俺侄女儿东京叫了哥嫂去了，船不知在那里。”这陈经济回月娘，月娘不放心，使经济骑头口，往河下寻舟去了。

三日到临清马头船上，寻着来保船只。来保问：“韩伙计先打了一千两银子家去了？”经济道：“谁见他来！张安看见他进城，次日坟上来家，大娘使我问他去。他两口子挈家连银子都拐的上东京去了！如今爹死了，断七过了。大娘不放心，使我来找寻船只。”这来保口中不言，心内暗道：“这天杀，原来连我也瞒了！嗔道路上卖了这一千两银子，干净要起毛心。正是人面咫尺，心隔千里。”

来保恍然时，性恶上溢。此书在描述“后西门庆时期”的过程中，对人性恶的展现更集中，也更淋漓尽致。

当下这来保，见西门庆已死，也安心要和他一路。把经济小伙儿，引诱在马头上各唱店中、歌楼上，饮酒、请婊子顽耍；暗暗船上搬了八百两货物，卸在店家房内，封记了。一日，钞关上纳了税，放船过来，在新河口起脚装车，往清河县城里来，家中东厢房卸下。

那时自从西门庆死了，狮子街丝绵铺已关了；对门段铺，甘伙计、崔本卖货银两都交付明白，各辞归家去了，房子也卖了；止有门首解当、生药铺，经济与傅伙计开着。这来保妻惠祥，有个五岁儿子，名僧宝儿；韩道国老婆王六儿，有个侄女儿，四岁。二人割衿，做了亲家。家中月娘通不知道。

转瞬之间，萧条如此！

这来保交卸了货物，就一口把事情都推在韩道国身上，说他先卖了二千两银子来家。那月娘再三使他上东京，问韩道国银子下落，被他一顿话说：“咱早休去！一个太师老爷府中，谁人敢到？没的招是惹非。得他不来寻趁，咱家念佛；倒没的招惹虱子头上挠！”月娘道：“翟亲家也亏咱家替他保亲，莫不看些分上儿？”来保道：“他家女儿见在他家得时，他敢只护他娘老子，莫不护咱不成？此话只好在家对我说罢了，外人知道，传出去倒不好了。这几两银子，罢，更休题了！”月娘交他会买头，发卖布货。他甫会了主儿，月娘交陈经济兑银讲价钱，主儿都不服，拿银出去了。来保便说：“姐夫，你不知买卖甘苦。俺在江湖上走的多，晓的行情。宁可卖了悔，休要悔了卖。这货来家，得此价钱就勾了。你十分把弓儿拽满，迸了主儿，显的不会做生意。我不是托大说话，你年少不知事体，我莫不胳膊儿往外撇？不如卖吊了，是一场事。”那经济听了，使性儿不管了。他不等月娘分付，匹手夺过算盘来，邀回主儿来，把银子兑了二千余两，一件件交付与经济经手，交进月娘收了，推货出门。

难道将西门庆替翟管家私买民女的事嚷出来不成！来保善以“柄”治“瓢”。

作者用很短的文字，用三组动作将来保的性恶刻画得入木三分。“匹手夺过算盘”，是第一组动作。

月娘与了他二三十两银子，房中盘缠，他便故意儿昂昂大意不收，说道："你老人家还收了，死了爹，你老人家死水儿，自家盘缠，又与俺们做甚？你收了去，我决不要！"一日晚夕，外边吃的醉醉儿，走进月娘房中，搭伏着护炕，说念月娘："你老人家青春少小，没了爹，你自家守着这点孩儿子，不害孤另么？"月娘一声儿没言语。

"故意儿昂昂大意不收"，是第二组动作。

"走进月娘房中，搭伏着护炕"挑逗，是第三组动作。

一日，东京翟管家寄书来，知道西门庆死了，听见韩道国说他家中有四个弹唱出色女子，该多价钱，说了去，兑银子来，要载到京中答应老太太。月娘见书，慌了手脚，叫将来保来计议，与他去好，不与他去好。来保进入房中，也不叫娘，只说："你娘子人家不知事，不与他去就惹下祸了！这个都是过世老头儿惹的，恰似卖富一般，但摆酒请人，就交家乐出去，有个不传出去的？何况韩伙计女儿，又在府中答应老太太，有个不说的？我前日怎么说来，今果然有此勾当钻出来。你不与他，他裁派府县，差人坐名儿来要，不怕你不双手儿奉与他，还是迟了；不如今日，难说四个都与他，胡乱打发两个与他，还做面皮。"这月娘沉吟半晌，孟玉楼房中兰香与金莲房中春梅，都不好打发；绣春又要看哥儿，不出门。问他房中玉箫与迎春，情愿要去。以此就差来保雇车辆，装载两个女子，出门往东京太师府中来。不料来保这厮，在路上把这两个女子都奸了。

不叫"娘"，恐怕想叫"娘子"。

晓之以利害。

玉箫、迎春都欲另攀高枝。

来保人性恶虽"醒悟"较晚，一旦膨胀却"后来居上"，狰狞可怖。

有日到东京，会见韩道国夫妇，把前后事都说了。韩道国谢来保道："若不是亲家看顾我，在家阻住，我虽然不怕他，也未免多一番唇舌。"翟谦看见两个女子迎春、玉箫，都生的好模样儿，一个会筝，一个会弦子，都不上十七八岁，进入府中伏侍老太太，赏出两锭元宝来。这来保还克了一锭，到家只拿出一锭元宝来与月娘，还将言语恐吓月娘："若不是我去，还不得他这锭元宝拿家来。你还不知，韩伙计两口儿，在那府中好不受用富贵！独自住着一所宅子，呼奴使婢，坐五行三；翟管家以老爹呼之。他家女孩儿韩爱姐，日逐上去答应老太太，寸步不离，要一奉十，拣口儿吃用，换套穿衣。如今又会写，又会算，福至心灵，出落得好长大身材，姿容美貌。前日出来见我，打扮的如琼林玉树一般，百伶百俐，一口一声叫我'保叔'。如今咱家这两个家乐到那里，还在他韩氏夫妇泄恶令月娘詈骂。来保泄恶却令月娘“知感他不尽”。孰人更恶,思来令人通体清凉。

手里讨针线哩!”说毕,月娘还甚是知感他不尽,打发他酒馔吃了,与他银子又不受,拿了一匹段子与他妻惠祥做衣服穿,不在话下。

“王母猪”,好称谓。不是熟悉那一阶层的生活,此诨名难以向壁虚拟。

这来保一日同他妻弟刘仓,往临清马头上,将封寄店内布货,尽行卖了八百两银子。暗买下一所房子在外边,就来刘仓右边门首,开杂货铺儿,他便日逐随倚祀会茶。他老婆惠祥,要便对月娘说,假推往娘家去。到房子里,从新换了头面衣服、珠子箍儿,插金戴银,往王六儿娘家王母猪家,扳亲家,行人情,坐轿看他家女儿去。来到房子里,依旧换了惨淡衣裳,才往西门庆家中来。只瞒过月娘一人不知。来保这厮,常时吃醉了来月娘房中,嘲话调戏,两番三次。不是月娘为人正大,也被他说念的心邪,上了道儿。又有一般家奴院公,在月娘跟前说他媳妇子在外与王母猪作亲家,插金戴银,行三坐五,潘金莲也对月娘说了几次,月娘不信。

恶到令受害者“不信”的地步,其“行恶技巧”堪称“一流”。

惠祥听见此言,在厨房中骂大骂小。来保便装胖学蠢,自己夸奖,说众人:“你每只好在家里,说炕头子上嘴罢了! 相我,水皮子上顾瞻,将家中这许多银子货物来家。若不是我,都乞韩伙计老牛箝嘴,拐了往东京去,只呀的一声,干丢在水里也不响。如今还不得俺每一个是,说俺转了主子的钱了,架俺一篇是非。正是割股的也不知,拈香的也不知。自古信人调,丢了瓢!”他媳妇子惠祥便骂:“贼嚼舌根的淫妇! 说俺两口子转的钱大了,在外行三坐五,扳亲家。老道出门,问我姊那里借的衣裳,几件子首饰,就说是俺落得主子银子治的! 要挤撮俺两口子出门,也不打紧。等俺每出去,料莫天也不着饿老鸦儿吃草。我洗净着眼儿,看你这些淫妇奴才,在西门庆家里住牢着!”月娘见他骂大骂小,寻由头儿,和人嚷闹上吊,汉子又两番三次,无人处在跟前无礼,心里也气得没入脚处,只得交他两口子搬离了家门。这来保就大剌剌和他舅子开起个布铺来,发卖各色细布,日逐会倚祀,行人情,不在话下。正是:势败奴欺主,时衰鬼弄人! 有诗为证:

不是月娘主动将其“识破”,而是来保夫妇主动“撮火”,以便干脆决裂,好“大剌剌”自开布铺。

我劝世间人,切莫把心欺。

欺心即欺天,莫道天不知。

天只在头上,昭然不可欺。

毕竟未知后来何如,且听下回分解。

第八十二回
潘金莲月夜偷期　陈经济画楼双美

记得书斋作会时，云踪雨迹少人知。

晚来鸾凤栖双枕，剔尽银灯半吐辉。

思往事，梦魂迷，今宵喜得效于飞。

颠鸾倒凤无穷乐，从此双双永不离。

话说潘金莲与陈经济，自从西门庆孝堂，在厢房里得手之后，两个人尝着甜头儿，日逐白日偷寒，黄昏送暖，或倚肩嘲笑，或并坐调情，掐打揪挦，通无忌惮！或有人跟前，不得说话，将心事写成，搓在纸条儿内，丢在地下，你有话传与我，我有话传与你。一日，四月天气，潘金莲将自己袖的一方银丝汗巾儿，裹着一个玉色纱挑线香袋儿，里面装安息香、排草、玫瑰花瓣儿，并一绺头发，又着些松柏儿，一面挑着“松柏长青”，一面是“人面如花”八字，封的停当，要与经济。不想经济不在厢房内，遂打窗眼内投进去。后经济开门，进入房中。看见弥封甚厚，打开却是汗巾香袋儿，纸上写一词，名《寄生草》：

将奴这银丝帕，并香囊寄与他。当中结下青丝发。松柏儿要你常牵挂，泪珠儿滴写相思话。夜深灯照的奴影儿孤，休负了夜深潜等荼蘼架。

潘金莲此时却还不想走。一来她“无处可去”。二来她是个“性而上”的人物，此处既有“性猎物”，何不且“得猎且猎”。

这经济见词上许他在荼蘼架下等候私会佳期，随即封了一柄金湘妃竹扇儿，亦写一词在上面答他，袖入花园内。不想月娘正在金莲房中坐着。这经济三不知，恰进角门就叫：“可意人在家不在？”这金莲听见是他语音，恐怕月娘听见决撒了，连忙走出来，掀起帘子，看见是他，佯做摆手儿，说："我道是谁来，原来是陈姐夫，来寻大姐。大姐刚才在这里，和他们往花园亭子上摘花儿去了。"这经济见有月娘在房里，就把物事暗暗递与妇人袖了，他就出去了。月娘便问："陈姐夫来做甚么?"金莲道："他来寻大姐，我回他往花园中去了。"以此瞒过月娘。不久，月娘起身回后边去了。金莲向袖中取出物事，拆开，却是湘妃竹白纱扇儿一把，上画一种青蒲、半溪流水，有《水仙子》一首词儿：

遮掩巧妙。潘金莲在"性追逐"中最喜"冒险""刺激"，此番"惊险"想更撩她春思。

紫竹白纱甚逍遥！绿青蒲巧制成，金铰银钱十分妙。妙人儿堪用着，遮炎天少把风招。有人处常常袖着，无人处慢慢轻摇，休教那俗人见偷了！

与西门庆玩"性游戏"无此种"节目"。

妇人一见其词，到于晚夕月上时，早把春梅、秋菊两个丫头，打发些酒与他吃，关在那边炕屋睡。然后他便在房中，绿窗半启，绛烛高烧，收拾床铺衾枕，薰香澡牝；独立木香棚下，专等经济今晚来赴佳期。

却说西门大姐那日被月娘请去后边，听王姑子宣卷去了。止有元宵儿在屋里，经济体己与了他一方手帕，安付他看守房中，"我往你五娘那边，请我下棋去；等大姑娘进来，你快叫我去。"那元宵儿应诺了。这经济得手，走来花园中。那花筛月影，参差掩映。走在荼蘼架下，远远望着，见妇人摘去冠儿，半挽乌云，上着藕丝衫，下着翠纹裙，脚衬凌波罗袜，从木香棚下来。这经济猛然从荼蘼架下突出，双手把妇人抱住。把妇人唬了一跳，说："呸，小短命！猛可钻出来，唬了我一跳。早是我，你搂便将就罢了；若是别人，你也恁大胆搂起来?"经济吃的半酣儿，笑道："早知搂了你，就错搂了红娘，也是没奈何。"两个于是相搂相抱，携手进入房中。房中荧煌煌掌着灯烛，桌上设着酒肴，一面顶了角门，并肩而坐饮酒。妇人便问："你来，大姐知不知?"经济道："大姐后边听宣卷去了；我安付下元宵儿，有事来这里叫我，只说在这里下棋哩。"说毕，两个欢笑做一处，饮酒多时。常言风流茶说合，酒是色媒人。不觉竹叶穿心，桃花上脸，一个嘴儿相亲，一个腮儿厮揾，罩了灯，上床交接。妇人搂抱经济，经济亦揣换着妇人，妇人唱《六娘子》：

入门来将奴搂抱在怀，奴把锦被儿伸开，俏冤家顽的十分怪。嗏，将奴脚儿抬，脚儿抬，操乱了乌云鬏髻儿歪。

经济亦占《回前词》一首：

两意相投情挂牵，休要闪的人孤眠。山盟海誓说千遍，残情上放着天，放着天，你又青春咱少年。

两人云雨才毕，只听得元宵叫门，说："大姑娘进房中来了。"这经济慌的穿衣出门去了。正是：狂蜂浪蝶有时见，飞入梨花无处寻。

陈经济或许还有些"乱伦恐惧"的罪感。潘金莲却只沉浸在新的"性狂喜"中。

原来潘金莲那边三间楼上，中间供养佛像，两边稍间堆放生药、香料。两个自此以后，情沾肺腑，意密如胶，无日不相会做一处。一日，也是合当有事，潘金莲早辰梳妆打扮，走来楼上观音菩萨前烧香；不想陈经济正拿钥匙上楼，开库房间拿药材香料，撞遇在一处。这妇人且不烧香，见楼上无人，两个搂抱着亲嘴咂舌，一个叫"亲亲五娘"，一个呼"心肝性命"，说："趁无人，咱在这里干了罢。"一面解退衣裤，就在一张春凳上，双凫飞肩，灵根半入，不胜绸缪。有生药名《水仙子》为证：

当归半夏紫红石，可意郎君，招做女婿，浪荡根插入苹麻内。母丁香左右偎，大麻花一阵昏迷，白水银扑簇簇下，红娘子心内喜，快活杀两片陈皮。

当初没巧不成话，两个正干得好，不防春梅正上楼来拿盒子取茶叶，看见两个，凑手脚不迭，都吃了一惊。春梅恐怕羞了他，连忙倒退回身子，走下胡梯。慌的经济兜小衣不迭，妇人正穿裙子。妇人便叫春梅："我的好姐姐，你上来，我和你说话。"那春梅于是走上楼来。金莲道："我的好姐姐，你姐夫不是别人，我今教你知道了罢。俺两个情孚意合，拆散不开。你千万休对人说，只放在你心里！"春梅便说："好娘，说那里话。奴伏侍娘这几年，岂不知娘心腹，肯对人说！"妇人道："你若肯遮盖俺们，趁你姐夫在这里，你也过来，和你姐夫睡一睡，我方信你；你若不肯，只是不可怜见俺每了。"那春梅把脸羞的一红一白，只得依他。卸下湘裙，解开裾带，仰在凳上，尽着这小伙儿受用。有这等事！正是：明珠两颗皆无价，可奈檀郎尽得钻。有《红绣鞋》为证：

春梅的"性观念"与潘金莲并无二致，都颇"解放"。她只是更关注别人对她的"尊重"。

假认做女婿亲厚，往来和丈母歪偷，人情里包藏鬼胡油。明讲做儿女礼，暗结下燕莺俦，他两个见今有。

当下经济要了春梅，拿药材香料出去了。潘金莲便与春梅打成一家，与这小伙儿暗约偷期，非止一日，只背着秋菊。妇人偏听春梅说话，衣服首饰，拣心爱者与之，托为心腹。

潘金莲对生母向无感情。去敷衍一遭便急急回来。

六月初一日，金莲娘潘姥姥老病没了，有人来说。吴月娘买一张插桌、三牲冥纸，教金莲坐轿子，往门外探丧祭祀，去了一遭回来。到次日，却是六月初三日，金莲起来的早，在月娘房里坐着说了半日话，出来走在大厅院子里墙根下，急了溺尿，正撩起裙子，蹲踞溺尿。原来西门庆死了，没人客来往，等闲大厅仪门只是闲闭不开。经济在东厢房住，才起来，忽听见有人在墙根石榴花树下，溺的尿刷刷的响，悄悄向窗眼里张看。却不想是他，便道："是那个撒野，在这里溺尿？撩起衣服，看溅湿了裙子了！"这妇人连忙系上裙子，走到窗下问道："原来你在屋里，这咱才起来，好自在！大姐没在房里么？"经济道："在后边，几时出来！昨夜三更才睡，大娘后边拉住我，听宣《红罗宝卷》，坐到那咱晚，险些儿没把腰累瘸瘸了，今日白扒不起来。"金莲道："贼牢成的，就休捣谎哄我！昨日我不在家，你几时在上房内听宣卷来？丫鬟说你昨日在孟三儿屋里吃饭来。"经济道："早是大姐看着，俺们都在上房内，几时在他屋里去来？"说着，①忽听的有人走的脚步儿响，②却不想是来安儿小厮，走来说："傅大郎前边请姐夫吃饭哩。"经济道："教你傅大郎且吃着，我梳头哩，就来。"来安儿回去了。妇人便悄悄向经济说："晚夕你休往那里去了，在屋里，我使春梅叫你，好歹等我，有话和你说。"经济道："谨依来命。"妇人说毕，回房去了。经济梳洗毕，往铺中自做买卖，不题。

发展到白昼宣淫、墙根野合的地步。西门庆府中已彻底地"礼崩乐坏"矣！

不一时，天色晚来，那日月黑星密，天气十分炎热。妇人令春梅烧汤热水，要在房中洗澡，修剪足甲。床上收拾衾枕，赶了蚊子，放下纱帐子，小篆内炷了香。春梅便叫："娘不知，今日是头伏，你不要些凤仙花染指甲？我替你寻些来。"妇人道："你寻去。"春梅道："我直往那边大院子里才有，我去拔几根来；娘教秋菊寻下杵臼，捣下蒜。"妇人附耳低

① 此处删 248 字。
② 此处删 22 字。

言，悄悄分付春梅："你就厢房中请你姐夫晚夕来，我和他说话。"这春梅去了。这妇人在房中，比及洗了香肌，修了足甲，也有好一回。只见春梅拔了几棵凤仙花来，整叫秋菊捣了半夜；妇人又与了他几钟酒吃，打发他厨下先睡了。妇人灯光下染了十指春葱，令春梅拿凳子，放在天井内，铺着凉簟衾枕纳凉。约有更阑时分，但见朱户无声，玉绳低转，牵牛、织女二星隔在天河两岸；又忽闻一阵花香，几点萤火。妇人手拈纨扇，正伏枕而待，春梅把角门虚掩。正是：

待月西厢下，迎风户半开。

隔墙花影动，疑是玉人来。

貌似《西厢》，怎是《西厢》？春梅尤其不是"红娘"。

原来经济约定摇木槿花树为号，就知他来了。妇人见花枝摇影，知是他来，便在院内咳嗽接应。他推开门进来，两个并肩而坐。妇人便问："你来，房中有谁？"经济道："大姐今日没出来。我已安付元宵儿在房里，有事先来叫我。"因问："秋菊睡了？"妇人道："已睡熟了。"说毕，相搂相抱，二人就在院内凳上，赤身露体，席枕交欢，不胜缱绻。但见：

情兴两和谐，搂定香肩脸揾腮；手捻香乳绵似软，实奇哉！掀起脚儿脱绣鞋，玉体着郎怀。舌送丁香口便开，倒凤颠鸾云雨罢，嘱多才，明朝千万早些来。

两个云雨毕，妇人拿出五两碎银子来，递与经济说："门外你潘姥姥死了，棺材已是你爹在日与了他。三日入殓时，你大娘教我去探丧烧纸来了；明日出殡，你大娘不放我去，说你爹热孝在身，只见出门！这五两银子交与你，明日央你早去门外，发送发送你潘姥姥，打发抬钱，看着下入土内。你来家，就同我去一般。"这经济一手接了银子，说："这个不打紧。你分付我干事，受人之托，必当终人之事。我明日绝早出门，干毕事，来回你老人家。"说毕，恐大姐进房，老早归厢房中去了。一宿晚景休题。

到次日，到饭时就来家，金莲才起来，在房中梳头。经济走来回话，就门外昭化寺里，拿了两枝茉莉花儿来妇人戴。妇人问："棺材下了葬了？"经济道："我管何事，不打发他老人家黄金入了柜，我敢来回话！还剩了二两六七钱银子，交付与你妹子收了，盘缠度日；千恩万谢，多多潘金莲此时能为亡母落泪，说明其人性深处，尚有一隙天良。

上覆你。”妇人听见他娘入土，落下泪来。便叫春梅：“把花儿浸在盏内，看茶来与你姐夫吃。”不一时，两盒儿蒸酥、四碟小菜，打发经济吃了茶，往前边去了。由是越发与这小伙儿日亲日近。

一日，七月天气，妇人早辰约下他：“你今日休往那里去，在房中等着；我往你房里，和你耍耍。”这经济答应了。不料那日，被崔本邀了他，和几个朋友往门外耍子。去了一日，吃的大醉来家，倒在床上就睡着了，不知天高地下。黄昏时分，金莲蓦地到他房中，见他挺在床上，行李儿也顾不的，推他推不醒，就知他在那里吃了酒来。可霎作怪，不想妇人摸他袖子里，吊出一根金头莲瓣簪儿来，上面钑着两溜字儿：“金勒马嘶芳草地，玉楼人醉杏花天。”迎亮一看，就知是孟玉楼簪子。“怎生落在他袖中，想必他也和玉楼有些首尾；不然，他的簪子如何他袖着？怪道这短命几次在我面上无情无绪！我若不留几个字儿与他，只说我没来；等我写四句诗在壁上，使他知道。待我见了，慢慢追问他下落。”于是取笔在壁上写了四句诗曰：

潘金莲“文化水平”不低。惜乎她总不能“超性”而为。

独步书斋睡未醒，空劳神女下巫云。

襄王自是无情绪，辜负朝朝暮暮情。

写毕，妇人回房中去了。

却说经济睡起一觉，酒醒过来，房中掌上灯。因想起今日妇人来相会，我却醉了；回头见壁上写了四句诗在上，墨迹犹新，念了一遍，就知他来到，空回去了。打了送上门的风月儿，白丢了，心中懊悔不已。“这咱已起更时分，大姐、元宵儿都在后边未出来；我若往他那边去，角门又关了。”走来木槿花下摇花枝为号，不听见里面动静，不免蹀着太湖石扒过粉墙去。那妇人见他有酒，醉了挺觉，大恨归房，闷闷在心，就浑衣上床歪睡。不料半夜他扒过墙来，见院内无人，想丫鬟都睡了，悄悄蹑足潜踪走到房门首，见门虚掩，就挨身进来。窗间月色，照见床上妇人独自朝里歪着。低声叫“可意人”，数声不应，说道：“你休怪我。今日崔大哥众朋友，邀了我往门外五里原庄上，射箭耍子了一日。来家就醉了，不知你到，有负你之约，恕罪恕罪！”那妇人也不理他。这经济见他不理，慌了，一面跪在地下，说了一遍又重复一遍。被妇人反手望脸上挝了一下，骂道："贼牢拉负心短命，还不悄悄的，丫头听见！我知道你有个人，把我不放到心。你今日端的那去来？"经济道："我本被崔大哥拉了门外射箭去，灌醉了来，就睡着了。失误你约，你休恼我。我看见你留诗在壁上，就知恼了你。"妇人道："怪捣鬼牢拉的，别要说嘴，与我禁声！你捣的鬼如泥弹儿圆，我手内放不过。你今日便是崔本叫了你吃酒，醉了来家；你袖子里这根簪子，却是那里的？"经济道："本是那日花园中拾的来，今才两三日了。"妇人道："你还合神捣鬼，是那花园里拾的？你再拾一根来，我才算！这簪子是孟三儿那麻淫妇的头上簪子，我认千真万真，上面还钑着他名字，你还哄我！嗔道前日我不在，他叫进你房里吃饭，原来你和他七个八个，我问着你，还不承认！你不和他两个有首尾，他的簪子缘何到你手里？原来把我的事，都透露出与他；怪道前日他见了我笑，原来有你的话在里头。自今以后，你是你，我是我，绿豆皮儿请退了！"于是急的经济赌神发咒，继之以哭，道："我经济若与他有一字丝麻皂线，灵的是东岳城隍，活不到三十岁，生来碗大疔疮，害三五年黄病，要汤不见，要水不见！"那妇人终是不信，说道："你这贼才料，说来的牙疼誓，亏你口内不害碜！"两个絮聒了一回，见夜深了，不免解卸衣衫，挨身上床躺下。那妇人把身子扭过，倒背着他，使个性儿不理他，由着他姐姐长姐姐短，只是反手望脸上挝过去。唬的经济气也不敢出一声儿来，干霍乱了一夜。① 天明，恐怕丫头起身，依旧越墙而过，往前边厢房中去了。有《醉扶归》词为证：

潘金莲总想实行"性垄断"。

我嘴揾着他油鬏髻，他背靠着胸肚皮。早难送香腮左右偎，只在项窝儿里长吁气。一夜何曾见面皮，只觑着牙梳背。

此种"文本"，显示出作者对诸如此类的"乱伦淫行"到头来保持着一种"超道德"的"审美"态度。

看官听说：往后金莲还把这根簪子与了经济，后来孟玉楼嫁了李衙内，往严州府去，经济还拿着这根簪子做证见，认玉楼是姐，要暗中成事。不想玉楼哄逃，反陷经济牢狱之灾。此事表过不题。正是：三光有影遣谁系，万事无根只自生。

毕竟后来如何，且听下回分解。

---

① 此处删7字。

第八十三回
秋菊含恨泄幽情　春梅寄柬谐佳会

堪笑西门识未通，惹将桃李笑春风。
满床锦被藏贼睡，三顿珍馐养大虫。
爱物只图夫妇好，贪财常把丈人坑。
更有一件堪观处，穿房入屋弄乾坤。

话说潘金莲见陈经济天明越墙过去了，心中又后悔。次日却是七月十五日，吴月娘坐轿子出门，往地藏庵薛姑子那里，替西门庆烧孟兰会箱库去。金莲众人都送月娘到大门首。回来孟玉楼、孙雪娥、西门大姐都往后边去了，独金莲落后，走到前厅仪门首，撞遇经济正在李瓶儿那边楼上，寻了解当库衣物抱出来。金莲叫住，便向他说："昨日我说了你几句，你如何使性儿，今早就跳博出来了，莫不真个和我罢了？"经济道："你老人家还说哩！一夜谁睡着来，险些儿一夜没曾把我麻犯死了。你看，把我脸上肉也挝的去了！"妇人骂道："贼短命，既不与他有首尾，贼人胆儿虚，你平白走怎的？"经济向袖中取出了纸帖儿来。妇人打开观看，却是《寄生草》一词，说道：

真实生活中，这两个人物似不大可能以此种方式调情。这或许是一种"叙述策略"。

动不动将人骂，一径把脸儿上挝。千般做小伏低下。但言语便要和咱罢，罢字儿说的人心怕。忘恩失义俏冤家，你眉儿淡了教谁画？

金莲一见笑了，说道："既无此事，你今晚来后边，我慢慢再问你。"经济道："乞你麻犯了人，一夜谁合眼儿来，等我白日里睡一觉儿去。"妇人道:"得。不去,和你算帐!"说毕,妇人回房去了。

经济拿衣物往铺子里来,做了一回买卖。归到厢房,歪在床上睡了一觉;盼望天色晚来,要往金莲那边去。不想比及到黄昏时分,天气一阵阴黑来,窗外簌簌下起雨来。正是:萧萧庭院黄昏雨,点点芭蕉不住声。这经济见那雨下得紧,说道:"好个不做美的天!他甫能教我对证话去,今日不想又下起雨来,好闷倦人也!"于是长等短等,那雨不住,簌簌直下到初更时分,下的房檐上流水。这小郎君等不的雨住,披着一条茜红毽子卧单在身上。那时吴月娘来家,大姐与元宵儿都在后边没出来。于是锁了房门,从西角门大雨里走入花园金莲那边,推了推角门。妇人知他今日晚必来,早已分付春梅灌了秋菊儿钟酒,同他在炕房里先睡了,以此把角门虚掩。这经济推了推角门,见掩着,便挨身而入;进到妇人卧房,见纱窗半启,银蜡高烧,桌上酒果已陈,金尊满泛。两个并肩叠股而坐。妇人便问:"你既不曾与孟三儿抅搭,这簪子怎得到你手里?"经济道:"本是我昨日在花园荼蘼架下拾的;若哄你,便促死促灭!"妇人道:"既无此事,还把这根簪子与你关头,我不要你的。只要把我与你的簪子、香囊、帕儿物事收好着,少了我一件儿,我与你答话!"两个吃酒下棋,到一更方上床就寝。颠鸾倒凤,整狂了半夜。妇人把昔日西门庆枕边风月,一旦尽付与情郎身上。

只要能获得"畅美"的"性快乐",潘金莲是"饥不择食"的。

却说秋菊在那边屋里,夜听见这边房里,恰似有男子声音说话,更不知是那个了。到天明鸡叫时分,秋菊起来溺尿,忽听那边房内开的门响,朦胧月色,雨尚未止。打窗眼看见一人,披着红卧单,从房中出去了。"恰似陈姐夫一般,原来夜夜和我娘睡。我娘自来人前会撇清,干净暗里养着女婿!"次日,径走到后边厨房里,就如此这般对小玉说。不想小玉和春梅好,又告诉与春梅:"你那边秋菊,说你娘养着陈姐夫,昨日在房里睡了一夜,今早出去了;大姑娘和元宵又没在前边睡。"这春梅归房,一五一十对妇人说:"娘不打与这奴才几下,教他骗口张舌,葬送主子。"金莲听了大怒,就叫秋菊到面前跪着,骂道:"教你煎煎粥儿,就把锅来打破了。你屁股大,吊了心也怎的?我这几日没曾打你,这奴才骨朵痒了!"于是拿棍子,向他脊背上尽力狠抽了三十下,打的杀猪也似春梅更比潘金莲狠毒。综合春梅方方面面的言行，这是个颇不易"觑透"的人物。

叫，身上都破了。春梅走将来说："娘没的打他这几下儿，与他挝痒痒儿哩；旋剥了，叫将小厮来，拿大板子，尽力砍与他二三十板，看他怕不怕！汤他这几下儿，打水不浑的，只象斗猴儿一般。他好小胆儿，你想他怕也怎的？做奴才，里言不出，外言不入。都似这般，养出家生哨儿来了！"秋菊道："谁说甚么来？"妇人道："还说嘴哩！贼破家误五鬼的奴才，还说甚么！"几声喝的秋菊往厨下去了。正是：蚊虫遭扇打，只为嘴伤人。

一日，八月中秋时分，金莲夜间暗约经济赏月饮酒，和春梅同下鳖棋儿；晚夕贪睡失晓，至茶时前后还未起来，颇露圭角。不想被秋菊睃到眼里，连忙走到后边上房门首，对月娘说。不想月娘正梳头，小玉在上房门。秋菊拉过他一边，告他说："俺姐夫如此这般，昨日又在我娘房里歇了一夜，如今还未起来哩。前日为我告你说，打了我一顿；今日真实看见，我须不赖他。请奶奶快去瞧去！"小玉骂道："张眼露睛奴才，又来葬送主子。俺奶奶梳头哩，还不快走哩！"月娘便问："他说甚么？"小玉不能隐讳，只说："五娘使秋菊来，请奶奶说话。"更不题出别的事。

小玉也是身在"吴国"心向"金"。

这月娘梳了头，轻移莲步，蓦然来到前边金莲房门首，早被春梅看见，慌的先进来报与金莲。金莲与经济两个，还在被窝内未起，听见月娘到，两个都吃了一惊，慌做手脚不迭，连忙藏经济在床身子里，用一床锦被遮盖的；教春梅放小桌儿在床上，拿过珠花来，且穿珠花。不一时，月娘到房中坐下，说："六姐，你这咱还不见出门，只道你做甚，原来在屋里穿珠花哩。"一面拿在手中观看，夸道："且是穿得好！正面芝麻花，两边槅子眼方胜儿，周围蜂赶菊。你看，着的珠子一个挨一个儿凑的同心结，且是好看！到明日，你也替我穿恁条箍儿戴。"妇人见月娘说好话儿，那心头小鹿儿才不跳了，一面令春梅："倒茶来，与大娘吃。"少顷，月娘吃了茶，坐了回去了，说："六姐，快梳了头，后边坐。"金莲道："知道。"打发月娘出来，连忙撺掇经济出港，往前边去了。春梅与妇人整捏两把汗。妇人说："你大娘等闲无事，他不来我这屋里来；无上事，他今日大清早辰来做甚么？"春梅道："左右是咱家这奴才戳的来。"不一时，只见小玉走来，如此这般："秋菊后边说去，说姐夫在这屋里明睡到夜，

"金国"智退"吴兵"。潘金莲"应变能力"一贯很强。

夜睡到明;被我骂喝了他两声,他还不动。俺奶奶问,我没的说,只说五娘请奶奶说话,方才来了。你老人家只放在心里,大人不见小人过,只提防着这奴才就是了。"

看官听说:虽是月娘不信秋菊说话,只恐金莲少女嫩妇,没了汉子,日久一时心邪,着了道儿。恐传出去,被外人辱耻,西门庆为人一场,没了多时光儿,家中妇人都弄的七颠八倒!恰似我养的这孩子,也来路不明一般;香香喷喷在家里,臭臭烘烘在外头。又以爱女之故,不教大姐远出门,把李娇儿厢房挪与大姐住,教他两口儿搬进后边仪门里来;遇着傅伙计家去,教经济轮番在铺子里上宿;取衣物药材,同玳安儿出入;各处门户都上了锁钥,丫鬟妇女无事不许往外边去。凡事都严禁。这潘金莲与经济两个热突突恩情都间阻了。正是:世间好事多间阻,就里风光不久长。有诗为证:

实行"坚壁清野"、"合村并屯"、"人口管制"。只怕难以持久。

几向天台访玉真,三山不见海沉沉。

侯门一日深如海,从此萧郎是路人。

潘金莲自被秋菊泄露之后,与经济约一个多月不曾相会一处。金莲每日难挨绣帏孤枕,怎禁画阁凄凉,未免害些木边之目,田下之心。脂粉懒匀,茶饭顿减,带围宽褪,恹恹瘦损,每日只是思睡,扶头不起。有春梅向前问道:"娘,你这两日怎的不去后边坐,或是往花园中散心走走?每日短叹长吁,端的为些甚么?"妇人道:"你不知道,我与你姐夫相交,有《雁儿落》为证:

我与他好似并头莲一处生,比目鱼缠成块。初相逢热似粘,乍怎离别难禁耐。好是怪奇哉,这两日他不进来。大娘又把门上锁,花园中狗儿乖。难猜,奴婢们睃瞧的怪。伤怀,这相思实难解!"

春梅道:"娘,你放心,不妨事!塌了天,还有四个大汉扶着哩。昨日大娘留下两个姑子,今晚夕宣卷,后边关的仪门早。晚夕,我推往前边马坊内,取草装填枕头,等我往前边铺子里叫他去。你写下个柬帖儿,与我拿着,我好歹叫了姐夫,和娘会一面,娘心下如何?"妇人道:"我的好姐姐,你若肯可怜见,叫得他来,我恩有重报,不可有忘!我的病儿好

此书作者对春梅与潘金莲沆瀣一气,与陈经济乱搞,尤其保持着一种"超道德"的中性叙述调式。此点值得注意。

了,替你做双满脸花鞋儿。”春梅道:“娘说的是那里话!你和我是一个人。爹又没了,你明日往前后进,我情愿跟娘去,咱两个还在一处。”妇人道:“你有此心,可知好哩!”妇人于是轻拈象管,款拂花笺,写就一个柬帖儿,弥封停当。

到于晚夕,妇人先在后边月娘前,假托心中不自在,得了个金蝉脱壳,归到前边。房中没事,月娘后边仪门老早关了,丫鬟妇女都放出来听尼僧宣卷。金莲央及春梅,递与他柬帖,说道:“好姐姐,你快些请他去。”有《河西六娘子》为证:

吴月娘总用“听尼僧宣卷”来填补她内心的空虚,并以此拴牢府中女眷。

> 央及春梅好姐姐,你放宽洪海量些。俺团圆,只在今宵夜。嗏,你把脚步儿快走些些,我这里锦被儿重薰等待者。

春梅道:“等我先把秋菊那奴才,与他几钟酒,灌醉了,倒扣他在厨房内;我方拿了筐,推往前边马坊中取草来填枕头,就叫他来。”于是筛了两大碗酒,打发秋菊吃了,扣他在厨房内,拿了妇人柬帖儿出门。有《雁儿落》为证:

> 我去马坊中推取草,到前边就把他来叫。归来把狗儿藏,门上将锁儿套。尊前酒儿筛,床上灯儿罩。帐暖度春宵,准备凤鸾交。休教人知觉,把秋菊灌醉了。听着,花影动知他到。今宵,管恁两个成就了!

春梅颇以“红娘”自居。作者似也并不想将其所为与“红娘”严格加以区分。这显示出此书作者对“性”的态度,已与礼教规范有了很大距离。

春梅走到前边撮了一筐草,到印子铺门首叫门。正值傅伙计不在铺中,往家去了;独有经济在炕上,才歪下,忽见有人叫门,问是那个。春梅道:“是你前世娘,散相思五瘟使!”经济开门见是他,满脸笑道:“原来是小大姐。没人,请里面坐。”进入房内,见桌上点着烛,问小厮们在那里。经济道:“玳安和平安在那里生药铺中睡哩,独我一个在此,受孤恓,挨冷淡,就是小生。”春梅道:“俺娘多上覆你,‘好人儿,这几日就门边儿也不傍,往俺那屋里走走去。’说你另有了对门主顾儿了,不希罕俺娘儿们了。”经济道:“那里话?自从那日因些闲话,见大娘紧门紧户,所以不耐烦走动。”春梅道:“俺娘为你,这几日心中好生不快,逐日无心无绪,茶饭懒吃,做事没入脚处。今日大娘留他后边听宣卷,也没去,就来了。一心只是牵挂,想你,巴巴使我捎寄了一柬帖在此,好歹教

你快去哩!”这经济接过柬帖,见封的甚密,拆开观看,却是《寄生草》一词。说道:

将奴这桃花面,只因你憔瘦损。不是因惜花爱月伤春困,则是因今春不减前春恨,常则是泪珠儿滴尽相思症。恨的是绣帏灯照影儿孤,盼的是书房人远天涯近。

经济一见了此词,连忙向春梅躬身,深深地唱喏,说道:“多有起动起动。我并不知他不好,没曾去看的,你娘儿们休怪休怪!你且先走一步,我收拾了,如今就去。”一面开橱门,取出一方白绫汗巾、一副银三事挑牙儿答赠。和春梅两个搂抱,按在炕上,且亲嘴咂舌,不胜欢谑。正是:无缘得会莺莺面,且把红娘去解馋。有诗为证:

《西厢记》中无此场景。

淡画眉儿斜插梳,不欣拈弄绣工夫。
云窗雾阁深深许,静拂云笺学草书。
多艳丽,更清姝,神仙标格世间无。
当初只说梅花似,细看梅花却不如。

当下两个相戏了一回,春梅先拿着草归到房来,一五一十对妇人说:“姐夫我叫了,他便来也。他看了你那柬帖儿,好不喜欢,与我深深作揖,与了我一方汗巾、一副银挑牙儿相谢。”妇人便叫春梅:“你去外边看着,只怕他来,休教狗咬!”春梅道:“我把狗藏过一边。”原来那时正值中秋,八月十六七,月色正明。且说陈经济旋到那边生药铺,叫过平安儿来这边歇;他一个猎古调儿,前边花园门关了,打后边角门走入金莲那边,摇木槿花为号。春梅隔墙看见花稍动,且连忙以咳嗽应之,报妇人。经济推开门,挨身进入到房中。妇人迎门接着,笑语说道:“好人儿,就不进来走走儿?”经济道:“彼此怕是非,躲避两日儿。不知你老人家不快,有失问候。”妇人道:“有《四换头》词为证:

赤紧的因些闲话,把海样恩情一旦差。你这两日门儿不抹,我心儿挂。关情的我儿,你怎生便撇的下!”

两个坐下,春梅关上角门,房中放桌儿,摆上酒肴。妇人和经济并肩叠股而坐,春梅打横,把酒来斟。穿杯换盏,倚翠偎红,吃了一回,摆下棋子，三人同下鳖棋儿。①

却表秋菊在后边厨下，睡到半夜里起来净手，见房门倒扣着，推不开，于是伸手出来，拔开了吊儿。大月亮地里，蹑足潜踪，走到前房窗下，打窗眼里，润破窗纸望里张看，见房中掌着明晃晃灯烛，三个吃的大醉，都光赤着身子，正做得好。② 当时都被秋菊看到眼里，口中不说，心中暗道："他们还只在人前撇清，要打我；今日却真实被我看见了。到明日对大娘说，莫非又说骗嘴张舌，赖他不成！"于是瞧了个不亦乐乎，依旧还往厨房中睡去了。

与《西厢记》中的"雅爱"全然相反，竟是粗鄙到极点的纵欲景象。

三个整狂到三更时分才睡。春梅未曾天明先起来，走到厨房，见厨房门开了，便问秋菊。秋菊道："你还说哩，我尿急了，往那里溺？我拔开了吊，出来院子里溺尿来。"春梅道："成精奴才，屋里放着杩子，溺不是！"秋菊道："我不知杩子在屋里。"两个后边聒噪。经济天明起来，早往前边去了。正是：两手劈开生死路，翻身跳出是非门。妇人便问春梅："后边乱甚么？"这春梅如此这般，告说秋菊夜里开门一节；妇人发恨，要打秋菊。这秋菊早辰又走来后边，报与月娘知道，被月娘喝了一声，骂道："贼葬弄主子的奴才！前日平空走来，轻事重报，说他主子窝藏陈姐夫在屋里，明睡到夜，夜睡到明，叫了我去。他主子正在床上，放炕桌儿穿珠花儿，那得陈姐夫来？事后陈姐夫打前边来。恁一个弄主子的奴才！一个大人放在屋里，端的是糖人儿，木头儿，不拘那里安放了；一个汉子，那里发落？付莫毡放在眼面前不成？传出去，知道的是你这奴才们葬送主子；不知道的，只说西门庆平昔要的人强多了，人死了多少时儿，老婆们一个个都弄的七颠八倒。恰似我的这孩子，也有些甚根儿不正一般！"于是要打秋菊。唬的秋菊往前边疾走如飞，再不敢来后边说去了。妇人听见月娘喝出秋菊，不信其事，心中越发放下胆子来了，于是与经济作一词以自快云，《红绣鞋》为证：

宁信其无，不信其有。主要还是怕"引火烧身"。

会云雨风般疏透，闲是非屁似休偢，那怕无缝锁上十字扭！轮锹的闪了手腕，散楚的叫破咽喉，咱两个关心的情

① 此处删 158 字。

② 此处删 149 字。

越有。

西门大姐听见此言,背地里审问经济。经济道:“你信那汗邪了的奴才!我昨日见在铺子上宿,几时往花园那边去了?花园门成日又关着。”西门大姐骂道:“贼囚根子,你别要说嘴!你若有风吹草动到我耳朵内,惹娘说我,你就信信脱脱去了,再也休想在这屋里了!”经济道:“是非终日有,不听自然无。怪不的,说舌的奴才到明日得了好?大娘眼见不信他。”西门大姐道:“得你这般说就好了。”正是:谁料郎心轻似絮,那知妾意乱如丝。

毕竟未知后来何如,且听下回分解。

西门大姐“官僚主义”至此,可悲可叹!

第八十四回
吴月娘大闹碧霞宫　宋公明义释清风寨

冬夏长青不世情，乾坤妙化属生成。

清标不染尘埃气，贞操惟持泉石盟。

凡节通灵无并品，孤霜酿味有余馨。

世人欲问长生术，到底芳姿益寿龄。

话说一日，吴月娘请将吴大舅来商议，要往泰安州顶上与娘娘进香，西门庆病重之时许的愿心。那时吴大舅保定，备办香烛纸马祭品之物，玳安、来安儿跟随，雇了头口骑。月娘便坐一乘暖轿子，分付孟玉楼、潘金莲、孙雪娥、西门大姐："好生看家，同奶子如意儿众丫头好生看孝哥儿；后边仪门无事早早关了，休要出去！"外边又分付陈经济："休要那去，同傅伙计大门首看顾！我约莫到月尽就来家了。"十五日早辰烧纸通信，晚夕辞了西门庆灵，与众姊妹置酒作别，把房门、各库门房钥匙，交付与小玉拿着，前后仔细。次日早五更起身，离了家门，一行人雇了头口，众姊妹送出大门而去。

竟舍"国"而出。只为"还愿"。吴月娘还真有"精神追求"。

那秋深时分，天寒日短，一日行两程，六七十里之地；未到黄昏，投客店村坊安歇，次早再行。一路上秋云淡淡，寒雁嘍嘍，树木凋落，景物荒凉，不胜悲怆。有诗单道月娘为夫主，远涉关山答心愿为证：

书中"清河"离泰山只数日路程，可见不算远。此"清河"应是相当于今山东与江苏交界一带，大运河边的一个繁荣的商埠。

平生志节傲冰霜，一点真心格上苍。

为夫远许神州愿，千里关山姓字香。

话休饶舌，一路无词，行了数日，到了泰安州，望见泰山。端的是天下第一名山！根盘地脚，顶接天心，居齐鲁之邦，有岩岩之气象。吴大舅见天晚，投在客店歇宿一宵。次日早起上山，望岱岳庙来。那岱岳庙就在山前，乃累朝祀典、历代封禅为第一庙貌也。但见：

庙居岱岳，山镇乾坤，为山岳之至尊，乃万福之领袖！山头倚槛，直望弱水蓬莱；绝顶攀松，都是浓云薄雾。楼台森耸，金乌展翅飞来；殿宇棱层，玉兔腾身走到。雕梁画栋，碧瓦朱檐。凤扉亮槅映黄纱，龟背绣帘垂锦带。遥观圣像，九旒冕舜目尧眉；近观神颜，衮龙袍汤肩禹背。九天司命，芙蓉帐掩映绛绡衣；炳灵圣公，赭黄袍偏衬蓝田带。左侍下玉簪朱履，右侍下紫绶金章。阖殿威仪，护驾三千金甲将；两廊勇猛，勤王十万铁衣兵。蒿里山下，判官分七十二司；白骅庙中，土神按二十四气。管太池，铁面太尉日日通灵；掌生死，五道将军年年显圣。御香不断，天神飞马报丹书；祭祀依时，老幼望风祈护福。嘉宁殿祥云香霭，正阳门瑞气盘旋。正是：万民朝拜碧霞宫，四海皈依神圣帝！

吴大舅领月娘到了岱岳庙，正殿上进了香，瞻拜了圣像，庙祝道士在傍宣念了文书，然后两廊都烧化了钱纸，吃了些斋食。然后领月娘上顶，登四十九盘，攀藤揽葛上去。娘娘金殿在半空中云烟深处，约四十五里，风云雷雨都望下观看。月娘众人从辰牌时分，岱岳庙起身，登盘上顶，至申时已后方到。娘娘金殿上朱红牌匾，金书“碧霞宫”三字。进入宫内，瞻礼娘娘金身。怎生模样？但见：

头绾九龙飞凤髻，身穿金缕绛绡衣。蓝田玉带曳长裾，白玉圭璋擎彩袖，脸如莲萼，天然眉目映云鬟；唇似金朱，自在规模瑞雪体。犹如王母宴瑶池，却似嫦娥离月殿。正大仙容描不就，威严形像画难成！

月娘瞻拜了娘娘仙容。香案边立着一个庙祝道士，约四十年纪，生的五短身材，三溜髭须，明眸皓齿，头戴簪冠，身披绛服，足穿云履。向前替月娘宣读了还愿文疏，金炉内炷了香，焚化了纸马金银，令左右小童收了祭供。原来这庙祝道士，也不是个守本分的，乃是前边岱岳庙里金住持的大徒弟，姓石，双名伯才，极是个贪财好色之辈、趋时揽事之徒！这本地有个殷太岁，姓殷，双名天锡，乃是本州知州高廉的妻弟，常领许多不务本的人，或张弓挟弹，牵架鹰犬，在这上下二宫，专一睃看四方烧香妇女，人不敢惹他。这道士石伯才，专一藏奸蓄诈，替他赚诱妇女，到方丈任意奸淫，取他喜欢。因见月娘生的姿容非俗，戴着孝冠儿，若非官户娘子，定是豪家闺眷，又是一位苍白髭须老子跟随，两个家童。不免向前稽首，收谢神福："请二位施主方丈一茶。"吴大舅便道："不劳生受，还要赶下山去。"伯才道："就是下山，也还早哩。"

原以为到了清静福地，其实是陷入狼穴矣。

不一时，请至方丈。里面糊的雪白，正面芝麻花坐床，柳黄锦帐，香几上供养一轴洞宾戏白牡丹图画，左右一联，淡浓之笔大书："携两袖清风舞鹤；对一轩明月谈经。"问吴大舅上姓，大舅道："在下姓吴名铠；这个就是舍妹吴氏，因为夫主来还香愿，不当取扰上宫。"伯才道："既是令亲，俱延上坐。"他便主位坐了，便叫徒弟守清、守礼看茶。原来他手下有两个徒弟，一个叫郭守清，一个名郭守礼，皆十六岁，生的标致。头上戴青段道髻，用红绒绳扎住总角，后用两根飘带，身穿青绢道服，脚上凉鞋净袜，浑身香气袭人。客至则递茶递水，斟酒下菜。到晚来，背地便拿他解馋填馅，明虽为师兄徒弟，实为师父大小老婆。更有一件不可说，脱了裤子，每人小幅里，夹着一条大手巾。

此轴图便不妙。

想是画童一流人物。

比画童还"职业化"。

看官听说：但凡人家好儿好女，切记休要送与寺观中出家。为僧作道，女孩儿做女冠、姑子，都称瞎男盗女娼，十个九个都着了道儿。有诗为证：

琳宫梵刹事因何？道即天尊释即佛。
广栽花草虚清意，待客迎宾假做作。
美衣丽服装徒弟，浪酒闲茶戏女娥。
可惜人家娇养子，送与师父作老婆。

此书毁僧谤道不遗余力。所以此书在叙述中嵌入的佛、道训诫大多不过是"过场套话"，未必真是此书作者的著书真旨。

不一时，两个徒弟守清、守礼房中安放桌儿，就摆斋上来。都是美口甜食，蒸煠饼馓，咸春馔，各样菜蔬，摆满春台。白定磁盏儿，银杏叶匙，绝品雀舌甜水好茶。吃了茶，收下家火去，就摆上案酒，大盘大碗肴馔，都是鸡鹅鱼鸭荤菜上来。斟琥珀，银镶盏满泛金波。吴月娘见酒来就要起身，叫玳安近前，用红漆盘托出一匹大布、二两白金，与石道士作致谢之礼。吴大舅便说：“不当打搅上宫，这些微礼致谢仙长！不劳见赐酒食，天色晚来，如今还要赶下山去。”慌的石伯才致谢不已，说：“小道不才，娘娘福荫，在本山碧霞宫做个住持。仗赖四方钱粮，不管待四方财主，作何项下使用？今聊备粗斋薄馔，倒反劳见赐厚礼，使小道却之不恭，受之有愧！”辞谢再三，方令徒弟收下去。一面留月娘、吴大舅坐，“好歹坐片时，略饮三杯，尽小道一点薄情而已。”吴大舅见款留恳切，不得已和月娘坐下。不一时热下饭上来。石道士分付徒弟：“这个酒不中吃，另打开昨日徐知府老爹送的那一坛透瓶香荷花酒来，与你吴老爹用。”不一时，徒弟另用热壶筛热酒上来。先满斟一杯，双手递与月娘；月娘不肯接。吴大舅说：“舍妹他天性不用酒。”伯才道：“老夫人连路风霜，用些何害？好歹浅用些。”一面倒去半钟，递上去与月娘，接了。又斟一杯递与吴大舅，说：“吴老爹，你老人家试尝此酒，其味何如？”吴大舅饮了一口，觉香甜绝美，其味深长，说道：“此酒甚好！”伯才道：“不瞒你老人家说，此是青州徐知府老爹，送与小道的酒。他老夫人、小姐、公子，年年来岱岳庙烧香建醮，与小道相交极厚；他小姐、衙内又寄名在娘娘位下。见小道立心平淡，殷勤香火，一味志诚，甚是敬爱小道。常年，这岱岳庙上下二宫钱粮，有一半征收入库。近年，多亏了我这恩主徐知府老爹题奏过，也不征收，都全放常住用度，侍奉娘娘香火，余者接待四方香友。”这里说话，下边玳安、来安、跟从轿夫，下边自有坐处，汤饭点心、大盘大碗酒肉，都吃饱了。

抬出知府老爷，显示“背景可靠”，以释吴月娘等之疑。

看官听说：这石伯才窝藏殷天锡，赚引月娘到方丈，要暗中取事，岂不加意奉承？饮了几杯，吴大舅见天晚要起身。伯才道：“日色将落，晚了，赶不下山去；倘不弃，在小道方丈权宿一宵，明早下山从容些。”吴大舅道：“争奈有些小行李在店内，诚恐一时小人啰唣。”伯才笑道：“这个何须挂意，如有丝毫差迟，听得是我这里进香的，不拘村坊店道，闻风害怕，好不好把店家拿来本州夹打，就教他寻贼人下落！”吴大舅听了，就坐住了，伯才拿大钟斟上酒。吴大舅见酒利害，便推醉更衣，遂往后边阁上观看随喜去了；这月娘觉身子乏困，便要床上侧侧儿。这石伯才一

说得动听。当年无索道，当日下山确有困难。

面把房门拽上，外边坐去了。

也是合当有事，月娘方才床上歪着，忽听里面响亮了一声，床背后纸门内跳出一个人来，淡红面貌，三柳髭须，约三十年纪，头戴渗青巾，身穿紫锦袴衫，双关抱住月娘，说道："小生姓殷名天锡，乃高太守妻弟。久闻娘子乃官豪宅眷，天然国色，思慕已久，渴欲一见，无由得会。今既接英标，乃三生有幸，死生难忘也！"一面按着月娘在床上求欢。月娘唬的慌做一团，高声大叫："清平世界，朗朗乾坤，没事把良人妻室，强把拦在此做甚！"就要夺门而走。被天锡抵死拦挡不放，便跪下说："娘子禁声！下顾小生，恳求怜允。"那月娘越高声叫的声紧了，口口大叫"救人"。来安、玳安听见是月娘声音，慌慌张张走去后边阁上叫大舅，说："大舅快去，我娘在方丈和人合口哩！"这吴大舅两步做一步奔到方丈，推门，那里推得开？只见月娘高声："清平世界，拦烧香妇女在此做甚么！"这吴大舅便叫："姐姐休慌，我来了。"一面拿石头把门砸开。那殷天锡见有人来，撒开手，打床背后一溜烟走了；原来这石道士床背后都有出路。吴大舅砸开方丈门，问月娘道："姐姐，那厮玷污不曾？"月娘道："不曾玷污。那厮打床背后走了。"吴大舅寻道士，那石道士躲去一边，只教徒弟来支调。被大舅大怒，喝令手下跟随玳安、来安儿，把道士门窗户壁都打碎了；一面保月娘出离碧霞宫，上了轿子，便赶下山来。

在家中尚无此险，来"还愿"倒"还"出一匹色狼来也。

此处真乃一淫窟也。

约黄昏时分起身，走了半夜，投天明赶到山下客店内，如此这般，告店小二说。小二叫苦连声，说："不合惹了殷太岁！他是本州知州相公妻弟，有名殷太岁。你便去了，把俺开店之家，他遭塌凌辱，怎肯干休？"吴大舅便多与他一两店钱，取了行李，保定月娘轿子，急急奔走。后面殷天锡气不舍，率领二三十闲汉，各执腰刀短棍，赶下山来。吴大舅一行人，两程做一程，约四更时分，赶到一山凹里。远远树木丛中有灯光，走到跟前，却是一座石洞，里面有一老僧，秉烛念经。吴大舅问："老师，我等顶上烧香，被强人所赶，奔下山来，天色昏黑，迷踪失路至此。敢问老师，此处是何地名？从那条路回家去？"老僧道："此是岱岳东峰，这洞名唤雪涧洞。贫僧就叫雪洞禅师，法名普静，在此修行二三十年。你今遇我，实乃有缘！休往前去，山下狼虫虎豹极多；明日早行，一直大道

官霸一体，其奈他何！

又怎见得比碧霞宫石道士可以信任？

就是你清河县了。”吴大舅道：“只怕有人追赶。”老师把眼一观，说：“无妨，那强人赶至半山，已回去了。”因问月娘姓氏。吴大舅道：“此乃吾妹，西门之妻，因为夫主，来此进香，得遇老师搭救，恩有重报，不敢有忘！”于是在洞内歇了一夜。

次日五更，月娘拿出一匹大布谢老师。老师不受，说：“贫僧只化你亲生一子，作个徒弟，你意下何如？”吴大舅道：“吾妹止生一子，指望承继家业；若有多余，就与老师作徒弟出家。”月娘道：“小儿还小，今才不到一周岁儿，如何来得？”老师道：“你只许下我，如今不问你要，过十五年才问你要哩！”月娘口中不言，心想过十五年再作理会，遂许下老师。

吴月娘此次“还愿”真叫晦气，自己几乎失身，又“预舍”了孝哥儿。

看官听说：不当今日许老师一子出家。后来十五年之后，天下荒乱，月娘携领孝哥孩儿，往河南投奔云离守就婚，去路遇老师度化，在永福寺落发为僧。此事表过不题。

次日，月娘辞了老师，往前所进。走了一日，前有一山拦路。这座山名唤清风山，生的十分险恶，但见：

八面嵯峨，四围险峻！古怪乔松盘翠盖，槎枒老树挂藤萝。瀑布飞来，寒气逼人毛发冷；巅崖直下，清光射目梦魂惊。涧水时闻，流泉齐响。峰峦倒卓，山鸟声哀。麋鹿成群，狐狸结党。穿荆棘，往来跳跃；寻野食，前后呼号。伫立草坡，一望并无商旅店；行来山径，周回尽是死尸坑。若非佛祖修行处，定是强人打劫场。

原来这山唤做清风山，山上有座清风寨，寨中有三个强寇，一名锦毛虎燕顺、一名矮脚虎王英、一个白面郎君郑天寿。手下聚五百小喽啰，专一打家劫道，放火杀人，人不敢惹他。当下吴大舅一行人骑头口，簇拥着月娘轿子，进入山来。那时日色已落，天色昏黑，不见村坊店道。正在危惧之际，不防地下抛出一条绊马索子，把吴大舅头口绊落倒，跌落堑坑内。原来山下闪出一伙小喽啰，将月娘轿子抢上山来，吴大舅一行人都被拿到寨前。小喽啰骑着驮垛，径入山来，报与三个强寇。

又将故事牵入《水浒传》。此书既从《水浒传》生发出来，到一定时候再“生须接根”，也是一种增强阅读兴致的妙招。

三个强寇在寨上，正陪山东及时雨宋江饮酒；宋江因杀了娼妇阎婆惜，逃躲至此，三人留他寨中住几日。宋江看见月娘头戴孝髻，身穿缟

宋江也到此书“客串”一折。

素衣服，举止端庄，仪容秀丽，断非常人妻子，定是富家闺眷，因问其姓氏。月娘向前道了万福：“大王，妾身吴氏之女，千户西门庆之妻，守节孤孀。因为夫主病重，许下泰山香愿。先在山上，被殷天锡所赶，走了一日一夜，要回家去；不想天晚，误从大王山下所过，行李驮垛都不敢要，只是乞饶性命还家，万幸矣！”宋江因见月娘词气哀惋动人，便有几分慈怜之意，乃便欠身向燕顺道：“这位娘子，乃是我同僚正官之妻，有一面之识。为夫主到此进香，因被殷天锡所赶，误到此山所过，有犯贤弟清跸。也是个烈妇，看我宋江的薄面，放他回去，以全他名节罢。”王英便说：“哥哥，争奈小弟没个妻室，让与小弟，做个押寨夫人罢。”遂令小喽啰把月娘据入他后寨去了。宋江向燕顺、郑天寿道：“我恁说一场，王英兄弟就不肯教我做个人情？”燕顺道：“这兄弟诸般都好；自吃了有这些毛病，见了妇人女色，眼里火就爱。”那宋江也不吃酒，同二人走到后寨，见王英正搂着月娘求欢。宋江走到跟前，一把手将王英拉到前边，便说道：“贤弟既做英雄，犯了溜骨髓三字，不为好汉！你要寻妻室，等宋江替你做媒，保一个实女好的，行茶过水，娶来做个夫人。何必要这再醮做甚么？”王英道：“哥哥，你且胡乱权让兄弟这个罢。”宋江道：“不好！我宋江久后决然替贤弟择娶一个好的；不争你今日要了这个妇人，惹江湖上好汉耻笑。殷天锡那厮，我不上梁山便罢；若上梁山，决替这个妇人报了仇。”

故纵一笔。

看官听说：后宋江到梁山做了寨主，因为殷天锡夺了柴皇城花园，使黑旋风李逵杀了殷天锡，大闹了高唐州。此事表过不题。

勾连《水浒传》宜点到为止。

当日燕顺见宋江说此话，也不问王英肯不肯，喝令轿夫上来，把月娘抬了去。吴月娘见放了他，向前拜谢宋江说：“蒙大王活命之恩！”宋江道：“阿呀，我不是这山寨大王，我是郓城县客人。你自拜这三位大王便了。”月娘拜毕，吴大舅保着，离了山寨，上了轿子，过了清风山，往清河县大道前来。正是：撞碎玉龙飞彩凤，顿开金锁走蛟龙。有诗为证：

世上只有人心歹，万物还教天养人。

但交方寸无诸恶，狼虎丛中也立身。

毕竟未知后来何如，且听下回分解。

第八十五回
月娘识破金莲奸情　薛嫂月夜卖春梅

人家养女甚无聊，倒踏来家更不合。
口称爹妈虚情意，权当为儿假做作。
入户只嫌恩爱少，出门翻作怨仇多。
若有一些不到处，一日一场骂老婆。

话说吴大舅保月娘，有日取路来家，不题。单表潘金莲，自从月娘不在家，和陈经济两个，前院后庭，如鸡儿赶弹儿相似，缠做一处，无一日不会合。一日，金莲眉黛低垂，腰肢宽大，终日恹恹思睡，茶饭懒咽，叫经济到房中说："奴有件事告你说，这两日眼皮儿懒待开，腰肢儿渐渐大，肚腹中揆揆跳，茶饭儿怕待吃，身子好生沉困。有你爹在时，我求薛姑子符药衣胞，那等安胎，白没见个踪影；今日他没了，和你相交多少时儿，便有了孩子。我从三月内洗换身上，今方六个月，已有半肚身孕。往常时我排磕人，今日却轮到我头！你休推睡里梦里，趁你大娘未家，那里讨帖坠胎的药，趁早打落了。这胎气离了身，奴走一步也伶俐；不然，弄出个怪物来，我就寻了无常罢了，再休想抬头见人！"经济听了，便道："咱家铺中诸样药都有，倒不知那儿庄儿坠胎，又没方修合。你放心，不打紧处，大街坊胡太医，他大小方脉、妇人科，都善治，常在咱家看病。等我问他那里赎取两帖与你吃，下胎便了。"妇人道："好哥哥，你上紧快去，救奴之命！"

也是命中注定。偏这时有孕。倘当年为西门庆生下子嗣，她和西门庆的命运故事都可能"改变航道"。

这陈经济包了三钱银子，径到胡太医家叫问。胡太医正在家，出来相见声喏。认的经济是西门大官人女婿，让坐，说："一向稀面。动问到舍，有何见教？"经济道："别无干渎。"向袖中取出白金三星。"充药资之礼，敢求下良剂一二贴，足见盛情。"胡太医说道："我家医道，大方脉、妇人科、小儿科、内科、外科、加减十三方、寿域神方、海上方、诸般杂症方，无不通晓；又专治妇人胎前产后。且妇人以血为本，藏于肝，流于脏，上则为乳汁，下则为月水，合精而成胎气。女子十四而天癸至，任脉通放，月候按时而行，常以三旬一见则无病。一或血气不调，则阴阳愆伏。过于阳，则经水前期而来；过于阴，则经水后期而至。血性得热而流，寒则凝滞。过与不及，皆致病也。冷则多白，热则多赤，冷热不调则赤白带。大抵血气和平，阴阳调顺，其精血聚而包胎成。心肾二脉，应手而动。精盛则为男，血胜则为女，此自然之理也。胎前必须以安胎为本；如无他疾，不可妄服药饵。待十月分娩之时，尤当谨护；不然，恐生产后诸疾。慎之，慎之！"经济笑道："我不要安胎，我今只用坠胎药。"胡太医道："天地之间，以好生为本。人家十个九个只要安胎的药，你如何倒要坠胎？没有，没有！"经济见他掣肘，又添了二钱药资，说："你休管他，各自人自有用处。此妇子女生落不顺，情愿下胎。"这胡太医接了银子，说道："不打紧，我与你一服红花一扫光，吃下去，如人行五里，其胎自落矣。"有《西江月》为证：

做了半日广告，原来白搭。

原会"胡坠"。

牛膝蟹爪甘遂，定磁大戟芫花。斑毛赭石与硇砂，水银芒硝研化。又加桃仁通草，麝香文带凌花。更燕醋煮好红花，管取孩儿落下。

经济于是讨了两贴红花一扫光，作辞胡太医，到家递与妇人，一五一十说。到晚夕，煎红花汤吃下去，登时满肚里生疼，睡在炕上，教春梅按在身，只情揉揣；可要作怪，须臾坐净桶，把孩子打下来了；只说身上来，令秋菊搅草纸倒将东净毛司里。次日，掏坑的汉子挑出去一个白胖的小厮儿！常言好事不出门，恶事传千里。不消几日，家中大小都知金莲养女婿，偷出私肚子来了。

却说吴月娘有日来家，往回泰安州，去了半个月光景，来时正值十月天气。家中大小接着，如天上落下来的一般。月娘到家中，先到天地

"如天上落下来的一般"，是心想"哎呀可算回来啦"，还是"敢情你还真回得来呀"——想必两种心思都有，因人而异罢了。

佛前炷了香，然后西门庆灵前拜罢，就对玉楼众姊妹家中大小，把岱岳庙中及山寨上的事，从头告诉一遍，因大哭一场。合家大小都来参见了。月娘见奶子抱孝哥儿到跟前，子母相会在一处。烧纸，置酒管待吴大舅回家，晚夕众姊妹与月娘接风，俱不在话下。

到第二日，月娘路上风霜跋涉，着了辛苦，又乞了惊怕，身上疼痛沉困，整不好了两三日。那秋菊在家，把金莲、经济两人干的勾当，听的满耳满心，要走上房告月娘说，二人怎生偷出私肚子来，倾在毛司里，乞掏坑的掏出去，何人不看见；又被妇人怎生打骂，含恨正没发付处。走到上房门首，又被小玉唠骂在脸上，大耳刮子打在脸上，骂道："贼说舌的奴才，趁早与我走！俺奶奶远路来家，身子不快活，还未起来，趁早与我走！气了他，倒值了多少的？"骂的秋菊忍气吞声，喏喏而退。

秋菊最大的悲哀是连"忠奴"都做不成，只配挨打受骂。

一日，也是合当有事，经济进来寻衣裳，妇人和他又在玩花楼上两个做得好。被秋菊走到后边，叫了月娘来看，说道："奴婢两番三次告大娘说不信。娘不在，两个在家明睡到夜，夜睡到明，明偷出私肚子来！与春梅两个都打成一家。今日两人又在楼上干歹事，不是奴婢说谎，娘快些瞧去！"月娘急忙走到前边，两个正干的好，还未下楼。不想金莲房檐笼内驯养得个鹦哥儿会说嘴，高声叫："大娘来了！"春梅正在房中，听见迎出来，见是月娘。比及楼上叫妇人，先是经济拿衣服下楼往外走，被月娘喝骂了几句，说："小孩儿没记性，有要没紧，进来撞甚么！"经济道："铺子内人等着，没人寻衣裳。"月娘道："我那等分付，教小厮进来取。如何又进来寡妇房里，有要没紧做甚么？没廉耻！"几句骂得经济往外金命水命，走投无命。妇人羞的半日不敢下来，然后下来，被月娘尽力数说了一顿，说道："六姐，今后再休这般没廉耻！你我如今是寡妇，比不的有汉子。香喷喷在家里，臭烘烘在外头，盆儿罐儿都有耳躲！你有要没紧，和这小厮缠甚么，教奴才们背地排说的磣死了！常言道：男儿没信，寸铁无钢；女人无性，烂如麻糖。其身正，不令而行；其身不正，虽令不行。你有长俊正条，肯教奴才排说你？在我跟前说了几遍，我不信；今日亲眼看见，说不的了！我今日说过，要你自家立志，替汉子争气。像我进香去，两番三次，被强人掳掠逼勒，若是不正气的，也

仍不算彻底暴露。

来不到家了。”金莲吃月娘数说，羞的脸上红一块白一块，口里说一千个没有，只说：“我在楼上烧香，陈姐夫自去那边寻衣裳，谁和他说甚话来！”当下月娘乱了一回，归后边去了。

虽敢做，却不敢当。毕竟个人难抗“礼”。

晚夕，西门大姐在房内又骂经济：“贼囚根子，敢说又没真赃实犯？拿住你，你还那等嘴巴巴的！今日两个又在楼上做甚么？说不的了！两个弄的好碜儿，只把我合在缸底下一般。那淫妇要了我汉子，还在我跟前拿话儿拴缚人。毛司里砖儿——又臭又硬，恰似降伏着那个一般！他便羊角葱，靠南墙，老辣已定。你还在这屋里雌饭吃！”经济骂道：“淫妇，你家收着我银子，我雌你家饭吃？”使性往前边来了。

有“经济腰杆”，便能气壮。

自此已后，经济只在前边，无事不敢进入后边来；取东取西，只是玳安、平安两个往楼上取去。每日饭食，晌午还不拿出来，把傅伙计饿的只拿钱街上盪面吃。正是：龙斗虎争，苦了小獐。各处门户，日头半天，老早关了。由是与金莲两个恩情又间阻了。经济那边陈宅房子，一向教他母舅张团练看守居住，张团练革任在家闲住，经济早晚往那里吃饭去，月娘亦不追问。

两个隔别，约一月不得会面。妇人独在那边，挨一日似三秋，过一宵如半夏，怎禁这空房寂静，欲火如蒸？要见他一面，难上之难！两下音信不通，这经济无门可入，忽一日见薛嫂儿打门首所过，有心要托他寄一纸柬儿到那边，与金莲诉其间阻之事，表此肺腑之情。一日，推门外讨帐，骑头口径到薛嫂家。拴了骡子，掀帘便问：“薛妈在家？”有他儿子薛纪媳妇儿金大姐，抱孩子在炕上，伴着人家卖的两个使女，听见有人叫薛妈，出来问是谁。经济道：“是我，问薛妈在家不在。”金大姐道：“姑夫请家来坐。俺妈往人家兑了头面，讨银子去了，有甚话说，使人叫去。”连忙点茶与经济吃。少坐片时，只见薛嫂儿来了，同经济道了万福，说：“姑夫那阵风儿吹来我家！”叫金大姐：“倒茶与姑夫吃。”金大姐道：“刚才吃了茶了。”经济道：“无事不来。如此这般，与我五娘勾搭日久，今被秋菊丫头戳舌，把俺两个姻缘拆散；大娘与大姐甚是疏淡我。我与六姐拆散不开，二人离别日久，音信不通，欲捎寄数字进去与他。无人得到内里，须央及你，如此这般，通个消息！”向袖中取出一两银子

拉纤还需找“虔婆”。

来，"这些微礼，权与薛妈买茶吃。"那薛嫂一闻其言，拍手打掌笑起来，说道："谁家女婿戏丈母，世间那里有此事！姑夫，你实对我说，端的你怎么得手来？"经济道："薛妈禁声，且休取笑，我有这柬帖封好在此，好歹明日替我送与他去！"薛嫂一手接了，说："你大娘从进香回来，我还没看他去。两当一节，我去走走。"经济道："我在那里讨你信？"薛嫂道："往铺子里寻你回话。"说毕，经济骑头口来家。

拍手打掌笑起来，是赞赏，也是高兴"生意来也"。

次日，却说薛嫂提着花箱儿，先进西门庆家上房看月娘；坐了一回，又到孟玉楼房中；然后才到金莲这边。金莲正放桌儿吃粥。春梅见妇人闷闷不乐，说道："娘，你老人家也少要忧心！仙姑，人说日日有夫。是非来入耳，不听自然无。古昔仙人，还有小人不足之处，休说你我！如今爹也没了，大娘他养出个墓生儿来，莫不也来路不明？他也难管我你暗地的事。你把心放开，料天塌了，还有撑天大汉哩。人生在世，且风流了一日是一日！"于是筛上酒来，递一钟与妇人说："娘且吃一杯儿暖酒，解解愁闷。"因见阶下两只犬儿交恋在一处，说道："畜生尚有如此之乐，何况人而反不如此乎？"正饮酒，只见薛嫂来到，向前道了万福，笑道："你娘儿两个好受用。"因观二犬恋在一处，笑道："你家好祥瑞！你娘儿们看着，怎不解许多闷？"于是又道个万福。妇人道："那阵风儿今日刮你来，怎的一向不来走走？"一面让薛嫂坐。薛嫂儿道："我镇日不知干的甚么，只是不得闲。大娘顶上进了香来，也不曾看的他，刚才好不怪我！西房三娘也在跟前，留了我两对翠花、一对大翠围发，好快性，就秤了八钱银子与我。只是后边住的雪娘，从八月里要了我二对线花儿，该二钱银子来，一些没有，支用着，白不与我，好悭吝的人！我对你说。怎的不见你老人家？"妇人道："我这两日身子有些不快，不曾出去走动。"春梅一面筛了一钟酒，递与薛嫂儿。薛嫂连忙道万福，说："我进门就吃酒。"妇人道："你到明日养个好娃娃！"薛嫂儿道："我养不的，俺家儿子媳妇儿金大姐，倒新添了个娃儿，才两个月来。"又道："你老人家没了爹，终久这般冷清清了。"妇人道："说不得，有他在好了！如今弄得俺娘儿们一折一磨的。不瞒老薛说，如今俺家中人多舌头多，他大娘自从有了这孩儿，把心肠儿也改变了，姊妹不似那咱亲热了。这

春梅竟有"将事实上升为理论"的能力。此书作者在不动声色中，屁股已坐到春梅一边矣。"风流了一日是一日"，是"朴素的真理"，还是不加伪装的毒品？

借景入题。

调三窝四，是是非非，此乃惯技。

两日，一来我心里不自在，二来因些闲话，没曾往那边去。”春梅道：“都是俺房里秋菊这奴才，大娘不在，霹空架了俺娘一篇是非，把我也扯在里面，好不乱哩！”薛嫂道：“就是房里使的那大姐？他怎的倒弄主子？自古穿青衣抱黑柱。这个使不的！”妇人使春梅：“你瞧瞧那奴才，只怕他来覻听。”春梅道：“他在厨下拣米哩！这破包篓奴才，在这屋就是走水的槽，单管屋里事儿往外学舌。”薛嫂道：“这里没人，咱娘儿们说话。嗔道昨日陈姐夫到我那里，如此这般告诉我，干净是他戳犯你们的事儿了。陈姐夫说，他大娘数说了他，各处门户都紧了，不托他进来取衣裳、拿药材，又把大姐搬进东厢房里住。每日晌午还不拿饭出去与他吃，饿的他只往他母舅张老爹那里吃去。一个亲女婿，不托他，到托小厮，有这个道理？他有好一向没得见你老人家，巴巴央及我，捎了个柬儿，多多拜上你老人家，少要焦心，左右爹也是没了，爽利放倒身，大做一做，怕怎的？点根香，怕出烟儿；放把火，倒也罢了！”于是取出经济封的柬帖儿，递与妇人。拆开观看，别无甚话，上写《红绣鞋》一词：

金、梅二女还想绕弯子。

薛嫂单刀直入。

与其怕烟，不如放火，薛嫂好会煽惑。

祆庙火烧皮肉，蓝桥水淹过咽喉，紧按纳风声满南州。毕了终是染污，成就了倒是风流，不甚么也是有。

六姐妆次。

下书：“经济百拜上。”妇人看毕，收了入袖中。薛嫂儿道：“他教你回个记色与他，写几个字儿捎了去，方信我送的有个下落。”妇人教春梅陪着薛嫂吃酒，他进入房，半晌拿了一方白绫帕，一个金戒指儿。帕儿上也写着一词在上，说道：

我为你耽惊受怕，我为你折挫浑家，我为你脂粉不曾搽，我为你在人前抛了些见识，我为你奴婢上使了些锹筏。咱两个一双憔悴杀！

潘金莲和陈经济可出一本情书集了。

妇人写了，封得停当，交与薛嫂，便说：“你上覆他，教他休要使性儿往他母舅张家那里吃饭，惹他张舅唇齿，说你在丈人家做买卖，却来我家吃饭。显得俺们都是没处活的一般，教他张舅怪。或是未有饭吃，教他铺户里拿钱买些点心，和伙计吃便了。你使性儿不进来，和谁赌鳖气哩？却是贼人胆儿虚一般！”薛嫂道：“等我对他说。”妇人又与薛嫂五钱银子。

作别出门，来到前边铺子里，寻见经济。两个走到僻静处说话，把封的物事递与他："五娘说，教他休使性儿赌鳖气，教他常进来走走；休往你张舅家吃饭去，惹人家怪。"因拿出五钱银子与他瞧，"此是里面与我的，漏眼不藏丝。久后你两个，愁不会在一答里？对出来，我脸放在那里！"经济道："老薛，多有累你！"深深与他唱喏。那薛嫂走了两步又回来，说："我险些忘了一件事。刚才我出来，大娘又使丫头绣春叫进我去，叫我晚上来领春梅，要打发卖他；说他与你们做牵头，和他娘通同养汉。敢就因这件事？"经济道："薛妈，你只管领在家；我改日到你家，见他一面，有话问他。"

"吴国"既要灭"金"，自然先要砍"梅"。其实此时吴月娘尚未掌握到春梅的"过硬罪证"。

那薛嫂说毕，回家去了。果然到晚夕月上的时分，走来领春梅。到月娘房中，月娘开口说："那咱原是你手里，十六两银子买的，你如今拿十六两银子来就是了。"分付小玉："你看着，到前边收拾了，教他罄身儿出去，休要他带出衣裳去了！"那薛嫂儿到前边，向妇人如此这般："他大娘教我领春梅姐来了。对我说，他与你老人家通同作弊，偷养汉子。不管长短，只问我要原价。"妇人听见说领卖春梅，就睁了眼，半日说不出话来，不觉满眼落泪，叫道："薛嫂儿，你看我娘儿两个没汉子的好苦也！今日他死了多少时儿，就打发他身边人！他大娘这般没人心仁义，自恃他身边养了个尿胞种，就放人蹁到泥里。李瓶儿孩子周半还死了哩，花巴痘疹未出，赤道天怎么算计，就心高遮了太阳！"薛嫂道："孩儿出了痘疹了没曾？"妇人道："何曾出来了，还不到一周儿哩。"薛嫂道："春梅姐说，爹在日曾收用过他。"妇人道："收用过二字儿？死鬼把他当心肝肺肠儿一般看待！说一句听十句，要一奉十，正经成房立纪老婆且打靠后；他要打那个小厮十棍儿，他爹不敢打五棍儿！"薛嫂道："可又来，大娘差了！爹收用的恁个出色姐儿，打发他，箱笼儿也不与，又不许带一件衣服儿，只教他罄身儿出去，邻舍也不好看的。"妇人道："他对你说，休教带出衣裳去？"薛嫂道："大娘分付，小玉姐便来，教他看着，休教带衣裳出去。"那春梅在旁，听见打发他，一点眼泪也没有。见妇人哭，说道："娘，你哭怎的？奴去了，你耐心儿过，休要思虑坏了；

吴月娘要春梅罄身儿出去，够狠够毒。"原价放出"，更是挫其"自尊心"。

痛失臂膀。

此是实情。西门庆看待春梅，与小老婆无异。

春梅心高骨硬。从此赤手空拳自创天地。

你思虑出病来，没人知你疼热的！等奴出去，不与衣裳也罢。自古好男不吃分时饭，好女不穿嫁时衣。”正说着，只见小玉进来说道：“五娘，你信我奶奶，倒三颠四的！小大姐扶持你老人家一场，瞒上不瞒下，你老人家拿出他箱子来，拣上色的包与他两套，教薛嫂儿替他拿了去，做个一念儿，也是他番身一场。”妇人道：“好姐姐，你倒有点仁义。”小玉道：“你看谁人保得常无事！虾蟇、促织儿，都是一锹土上人。兔死狐悲，物伤其类！”一面拿出春梅箱子来，是戴的汗巾儿、翠簪儿，都教他拿去。妇人拣了两套上色罗段衣服鞋脚，包了一大包；妇人梯己与了他几件钗梳簪坠戒指，小玉也头上拔下两根簪子来递与春梅。余者珠子缨络、银丝云髻、遍地金妆花裙袄，一件儿没动，都抬到后边去了。春梅当下拜辞妇人、小玉，洒泪而别。临出门，妇人还要他拜辞拜辞月娘众人，只见小玉摇手儿。这春梅跟定薛嫂，头也不回，扬长决裂，出大门去了。

小玉此举合情合理。

“头也不回，扬长决裂，出大门去了”，春梅此时宜唱《壮歌行》。

小玉和妇人送出大门回来。小玉到上房回大娘，只说：“罄身子去了，衣服都留下没与他。”这金莲归进房中，往常有春梅，娘儿两个相亲相热，说知心话儿；今日他去了，丢得屋里冷冷落落，甚是孤恓，不觉放声大哭。有诗为证：

潘金莲失去的不仅是“知心话承接者”，更是“性而上”的“理解者”与“合伙人”，宁不伤心！

耳畔言犹在，于今恩爱分。

房中人不见，无语自消魂。

毕竟未知后来如何，且听下回分解。

第八十六回
雪娥唆打陈经济　王婆售利嫁金莲

人生虽未有十全，处事规模要放宽。
好事但看君子语，是非休听小人言。
但看世俗如幻戏，也畏人心似隔山。
寄与知音女娘道，莫将苦处认为甜！

话说潘金莲，自从春梅出去，房中纳闷，不题。单表陈经济，次日早饭时出去，假作讨帐，骑头口到于薛嫂儿家。薛嫂儿正在屋里，一面让进来坐；经济拴了头口，进房坐下，点茶吃了；春梅在里间屋里不出来。薛嫂故意问："姐夫来有何话说？"经济道："我往前街讨帐，竟到这里。昨晚小大姐出来了，在你这里？"薛嫂道："是在我这里，还未上主儿哩。"经济道："在这里，我要见他，和他说句话儿。"薛嫂故作乔张致，说："好姐夫，昨日你家丈母好不分付我，因为你们通同作弊，弄出丑事来，才被他打发出门；教我防范你们，休要与他会面说话。你还不趁早去哩，只怕他一时使将小厮来看见，到家学了，又是一场儿，倒没的弄的我也上不的门！"那经济便笑嘻嘻袖中拿出一两银子来，"权作一茶，你且收了，改日还谢你！"那薛嫂见钱眼开，说道："好姐夫，自恁没钱使，将来谢我！只是我去年腊月，你铺子当了人家两付扣花枕顶，将有一年来，本利该八钱银子，你讨与我罢。"经济道："这个不打紧，明日就寻与你。"这薛嫂儿一面请经济里间房里去，与春梅厮见；一面叫他媳妇金大姐定菜儿，"我去买茶食点心"，又打了一壶酒，并肉鲊之类，教他二人吃。

此种人惯会"故作乔张致"。

顺便讨当。薛嫂宜当捞足。

这春梅看见经济，说道："姐夫你好人儿，就是个弄人的刽子手！把俺娘儿两个弄的上不上下不下，出丑惹人嫌，到这步田地！"经济道："我的姐姐，你既出了他家门，我在他家也不久了。妻儿赵迎春，各自寻投奔。你教薛妈替你寻个好人家去罢，我腌韭已是入不的畦了。我往东京俺父亲那里去计较了回来，把他家女儿休了，只要我家寄放的箱子。"说毕，不一时薛嫂买将茶食酒菜来，放炕桌儿摆了，两个做一处饮酒叙话。薛嫂也陪他吃了两盏，一递一句，说了回月娘心狠："宅里恁个出色姐儿，出来通不与一件儿衣服簪环，就是往人家上主儿去，装门面也不好看；还要旧时原价，就是清水，这碗里倾倒那碗内，也抛撒些儿。原来这等夹脑风！临时出门，倒亏了小玉丫头做了个分上，教他娘拿了两件衣服与他；不是，往人家相去，拿甚么做上盖？"比及吃得酒浓时，薛嫂教他媳妇金大姐，抱孩子躲去人家坐的；教他两个在里间，自在坐个房儿。正是：

"腌韭入不的畦"，陈经济倒实话实说。

云淡淡天边鸾凤，水沉沉波底鸳鸯。
写成今世不休书，结下来生欢喜带。

两个干讫一度作别，比时难割难舍。薛嫂恐怕月娘使人来瞧，连忙撺掇经济出港，骑上头口来家。

春梅这是享受爱情，还是行使"天赋性权"？

迟不上两日，经济又捎了两方销金汗巾、两双膝裤与春梅，又寻枕顶出来与薛嫂儿，拿银子打酒，在薛嫂儿房内正和春梅吃酒。不想月娘使了来安小厮来催薛嫂儿，怎的还不上主儿？看见头口拴在门首，来安儿到家学了舌，说："姐夫也在那里来。"这月娘听了，心中大怒，使人一替两替叫了薛嫂儿去，尽力数说了一顿，道："你领了奴才去，今日推明日，明日推后日，只顾不上紧替我打发，好窝藏着养汉，挣钱儿与你家使；若是你不打发，把丫头还与我领了来，我另教冯妈妈子卖，你再休上我门来！"这薛嫂儿听了，到底还是媒人的嘴，恨不的生出七八个口来，说道："天么，天么，你老人家怪我差了！我赶着增福神着棍打？你老人家照顾我，怎不打发？昨日也领着走了两三个主儿，都出不上。你老人家要十六两原价，俺媒人家那里有这些银子陪上！"月娘又道："小厮说，陈家种子今日在你家和丫头吃酒来。"薛嫂慌道："耶唏，耶唏，又是

催快些卖掉，算的其实不是"银子账"，而是急于清除"隐患"。

一场儿！还是去年腊月，当了人家两付枕顶，在咱家狮子街铺内；银子收了，今日姐夫送枕顶与我。我让他吃茶，他不吃，忙忙就上头口来了，几时进屋里吃酒来？原来咱家这大官儿，恁快捣谎驾舌！"月娘吃他一篇说的不言语了，说道："我只怕一时被那种子设念随邪，差了念头。"薛嫂道："我是三岁小孩儿，岂可恁些事儿不知道？你那等分付了我，我长吃好，短吃好？他在那里，也没得久停久坐，与了我枕顶，茶也没吃，就来了，几曾见咱家小大姐面儿来！万物也要个真实，你老人家就上落我起来。既是如此，如今守备周爷府中，要他图生长，只出十二两银子；看他若添到十三两上，我兑了银子来罢。说起来，守备老爷前者在咱家酒席上，也曾见过小大姐来，因他会这几套唱，好模样儿，才出这几两银子，又不是女儿。其余别人，出不上，出不上！"

连喊"出不上"，真是压价有术。

这薛嫂当下和月娘砧死了价钱。次日早，把春梅收拾打扮，妆点起来，戴着围发云髻儿，满头珠翠，穿上红段袄儿，下着蓝段裙子，脚上双弯尖趫趫，一顶轿子送到守备府中。周守备见了春梅生的模样儿，比旧时越又红又白，身段儿不短不长，一对小脚儿，满心欢喜，就兑出五十两一锭元宝来。这薛嫂儿拿来家，凿下十三两银子，往西门庆家交与月娘。另外又拿出一两来，说是，"周爷赏我的喜钱，你老人家这边不与我些儿?"那吴月娘免不过，只得又秤出五钱银子与他，恰好他还禁了三十七两五钱银子。十个九个媒人，都是如此转钱养家。

西门庆为抬举荆忠踩过周守备，没想到所宠爱的"小大姐"到头来被周守备"收用"。

无媒不毒也。

却表陈经济见卖了春梅，又不得往金莲那边去，见月娘凡事不理他，门户都严紧，到晚夕亲自出来，打灯笼前后照看了方才关后边仪门，夜里上锁，方才睡去。因此弄不得手脚，十分急了，先和西门大姐嚷了两场，淫妇前淫妇后骂大姐，"我在你家做女婿，不道的雌饭吃吃伤了！你家都收了我许多金银箱笼，你是我老婆，不顾瞻我，反说我雌你家饭吃！我白吃你家饭来?"骂的大姐只是哭涕。

西门大姐已成败落户女子，只有落泪的份儿了。

十一月廿七日，孟玉楼生日。玉楼安排了几碟酒菜点心，好意教春鸿拿出前边铺子，教经济陪傅伙计吃。月娘便拦说："他不是才料，休要理他！要与傅伙计，自与傅伙计自家吃就是了，不消叫他。"玉楼不肯，春鸿拿出来，摆在水柜上。一大壶酒都吃不勾，又使来安儿后边要去。

吴月娘用"断炊法"对付陈经济，想是令其速滚——但欲扣下其金银箱笼。

傅伙计便说:“姐夫,不消要酒去了。这酒勾了,我也不吃了。”经济不肯,定教来安要去;等了半晌,来安儿出来,回说没了酒了。这陈经济也有半酣酒儿在肚内,又使他要去,那来安不动。又另拿钱打了酒来吃着,骂来安儿:“贼小奴才儿,你别要慌!你主子不待见我,连你这奴才们也欺负我起来了,使你使儿不动!我与你家做女婿,不道的酒肉吃伤了。有爹在怎么行来?今日爹没了,就改变了心肠,把我来不理,都乱来挤撮我。我大丈母听信奴才言语,反防范我起来,凡事托奴才,不托我。由他,我好耐惊耐怕儿!”傅伙计劝道:“好姐夫,快休舒言。不敬奉姐夫,再敬奉谁?想必后边忙,怎不与姐夫吃!你骂他不打紧,墙有缝,壁有耳,恰似你醉了一般。”经济道:“老伙计,你不知道。我酒在肚里,事在心头!俺丈母听信小人言语,骂我一篇是非。就算我合了人,人没合了我?好不好,我把这一屋子里老婆都刮剌了,到官也只是和丈母通奸,论个不应罪名。如今我先把你家女儿休了,然后一纸状子告到官;再不,东京万寿门进一本,你家见收着我家许多金银箱笼,都是杨戬应没官赃物!好不好,把你这几间业房子都抄没了,老婆便当官办卖!我不图打鱼,只图混水耍子。会事的,把俺女婿须收笼着,照旧看待,还是大鸟便益!”傅伙计见他话头儿来的不好,说道:“姐夫,你原来醉了。王十九,自吃酒,且把散话革起。”这经济睁眼瞅着傅伙计便骂:“贼老狗,怎的说我散话,揭起我醉了?吃了你家酒了?我不才是他家女婿娇客,你无故只是他家行财,你也挤撮我起来!我教你这老狗别要慌。你这几年转的俺丈人钱勾了,饭也吃饱了,心里要打伙儿把我疾发了去,要独权儿做买卖,好禁钱养家。我明日本状也带你一笔,教他打官司!”那傅伙计最是个小胆儿的人,见头势不好,穿上衣裳,悄悄往家一溜烟走了;小厮收了家活,后边去了;经济倒在炕上睡下。一宿晚景题过。

此话惊心动魄,大有“鱼死网破,同归于尽”之概。

凡胆小者,大多是一躲避二告发。

次日,傅伙计早辰进后边,见月娘把前事具诉一遍,哭哭啼啼,要告辞家去,交割帐目,不做买卖了。月娘便劝道:“伙计,你只安心做买卖,休要理那泼才料,如臭屎一般丢着他。当初你家为官事,投到俺家来权住着,有甚金银财宝,也只是大姐几件妆奁、随身箱笼。你家老子便躲上东京去了,教俺家那一个不恐怕小人不足,昼夜耽忧的那心!你来时

果然。

先驳“金银箱笼”的“谣言”,此点至为要紧。

才十六七岁，黄毛团儿也一般，也亏在丈人家养活了这几年，调理的诸般买卖儿都会；今日翅膀毛儿干了，反恩将仇报，一扫帚扫的光光的。小孩儿家说话欺心，恁没天理，到明日只天照看他！伙计，你自安心做你买卖，休理他便了；他自然也羞。”一面把傅伙计安抚住了，不题。

一日，也是合当有事，印子铺挤着一屋里人，赎讨东西。只见奶子如意儿抱着孝哥儿，送了一壶茶来，与傅伙计吃，放在桌上。孝哥儿在奶子怀里，哇哇的只管哭。这陈经济对着那些人，作要当真说道：“我的哥哥，乖乖儿，你休哭了！”向众人说：“这孩子倒相我养的，依我说话；教他休哭，他就不哭了。”那些人就呆了。如意儿说：“姐夫，你说的好妙话儿，越发叫起儿来了，看我进房里说不说！”这陈经济赶上踢了奶子两脚，戏骂道：“怪贼邋遢，你说不是？我且踢个响屁股儿着！”那奶子抱孩子走到后边，如此这般向月娘哭说：“经济对众人，将哥儿这般言语发出来。”这月娘不听便罢，听了此言，正在镜台边梳着头，半日说不出话来，往前一撞，就昏倒在地，不省人事。但见：

陈经济扔了个“核武器”。

> 荆山玉损，可惜西门庆正室夫妻；宝鉴花残，枉费九十日东君匹配！花容淹淡，犹如西园芍药倚朱栏；檀口无言，一似南海观音来入定。小园昨日春风急，吹折江梅就地拖。

慌了小玉，叫将家中大小，扶起月娘来炕上坐的。孙雪娥跳上炕，撅救了半日，舀姜汤灌下去，半日苏醒过来。月娘气堵心胸，只是哽咽，哭不出声来。奶子如意儿对孟玉楼、孙雪娥，将经济对众人将哥儿戏言之事，说了一遍。“我好意说他，又赶着我踢了两脚，把我也气的发昏在这里。”雪娥扶着月娘，待的众人散去，悄悄在房中对月娘说：“娘也不消生气，气的你有些好歹，越发不好了！这小厮因卖了春梅，不得与潘家那淫妇弄手脚，才发出话来。如今一不做，二不休。大姐已是嫁出女，如同卖出田一般，咱顾不的他这许多。常言养虾蟆得水蛊儿病，只顾教那小厮在家里做甚么？明日哄赚进后边，老实打与他一顿，即时赶离门，教他家去。然后叫将王妈妈子，来是是非人，去是是非者，把那淫妇教他领了去，变卖嫁人。如同狗屎臭尿，掠将出去，一天事都没了。平空留着他在屋里做甚么？到明日，没的把咱们也扯下水去了！”月娘道：

孙雪娥未必真忠于“吴国”，但灭“金”心切，故借机献计。

"你说的也是。"当下计议已定了。

到次日饭时已后,月娘埋伏下丫鬟媳妇,七八个人各拿短棍棒槌。使小厮来安儿,请进陈经济来后边,只推说话,把仪门关了,教他当面跪着,问他:"你知罪么?"那陈经济也不跪,还似每常脸儿高扬。月娘便道——有长词为证:

> 起初时,月娘不触犯,庞儿变了。次则陈经济,耐抢白,脸面扬着:"不消你枉话儿絮叨叨,须和你讨个分晓!"月娘道:"此是你丈人深宅院,又不是丽春院莺燕巢。你如何把他妇女厮调?他是你丈人爱妾,寡居守孝,你因何把他戏嘲?也有那没廉耻斜皮,把你刮刺上了。自古母狗不掉尾,公狗不跳槽。都是些污家门罪犯难饶!"陈经济道:"闪出伙缚钟馗母妖,你做成这惯打奸夫的圈套,我臀尖难禁这顿拷。梅香休闹,大娘休焦,险些不大棍无情打折我腰!"月娘道:"贼才料,你还敢嘴儿挑!常言冰厚三不是一日恼,最恨无端难恕饶。亏你呵,再躺着筒儿蒲棒剪稻。你再敢不敢?我把你这短命王鸾儿割了,教你直孤到老!"

此种文本,实在有趣。化"严肃"为滑稽。

当下月娘率领雪娥,并来兴儿媳妇、来昭妻一丈青、中秋儿、小玉、绣春众妇人,七手八脚,按在地下,拿棒槌短棍打了一顿。西门大姐走过一边,也不来救。打的这小伙儿急了,把裤子脱了,露出那直竖一条棍来。唬的众妇女看见,都丢下棍棒乱跑了。月娘又是那恼,又是那笑,口里骂道:"好个没根基的王八羔子!"经济口中不言,心中暗道:"若不是我这个好法儿,怎得脱身?"于是扒起来,一手兜着裤子往前走了。月娘随令小厮跟随,教他算帐,交与傅伙计。经济自然也存立不住,一面收拾衣服铺盖,也不作辞,使性儿一直出离西门庆家,径往他母舅张团练住的他旧房子内住去了。正是:自古感恩并积恨,万年千载不成尘。潘金莲在房中,听见打了经济,赶离出门去了,越发忧上加忧,闷上添闷。

有仇无仇,皆来棒打,也是一种发泄苦闷的"合法"方式。

居然还笑。一笑中逗漏出,表面上是"维护礼法",实质恐怕还是利益之争。

陈经济终被驱逐。

一日,月娘听信雪娥之言,使玳安去叫王婆子来。那王婆,自从他儿子王潮儿跟淮上客人,拐了起车的一百两银子来家,得其发迹,也不卖茶了;买了两个驴儿,安了盘磨,一张罗柜,开起磨房来。听见西门庆宅里叫他，连忙穿衣就走。到路上问玳安说："我的哥哥，几时没见你，又早笼起头去了，有了媳妇儿不曾？"玳安道："还不曾有哩。"王婆子道："你爹没了，你家谁人请我？做甚么？莫不是你五娘养了儿子了，请我去抱腰？"玳安道："俺五娘倒没养儿子，倒养了女婿！俺大娘请你老人家，领他出来嫁人。"王婆子道："天么，天么，你看么！我说这淫妇，死了你爹，原守着住。只当狗改不了吃屎，就弄碜儿来了！就是你家大姐那女婿子？他姓甚么？"玳安道："他姓陈，名唤陈经济。"王婆子道："想着去年，我为何老九的事去央烦你爹。到宅内，你爹不在。贼淫妇，他就没留我房里坐坐儿，折针也迸不出个来，只叫丫头倒了一钟清茶，我吃了出来了。我只道千年万岁在他家，如何今日也还出来！好个浪家子淫妇，休说我是你个媒主，替你作成了恁好人家，就是世人进去，也不该那等大意！"玳安道："为他和俺姐夫，在家里殴作攮乱，昨日差些儿没把俺大娘气杀了哩。俺姐夫已是打发出去了；只有他老人家，如今教你领他去哩。"王婆子道："他原是轿儿来，少不得还叫顶轿子；他也有个箱笼来，这里少不的也与他个箱子儿。"玳安道："这个少不的，俺大娘他有个处。"

此书中之王婆比《水浒传》中的王婆侥幸得久。

"狗改不了吃屎"，彼此彼此。

两个说话中间，到于西门庆门首。进入月娘房里，道了万福坐下，丫鬟拿茶吃了。月娘便道："老王，无事不请你来。"悉把潘金莲如此这般，上项说了一遍。"今来是是非人，去是是非者。一客不烦二主，还起动你领他出去，或聘嫁或打发，教他吃自在饭去罢。我男子汉已是没了，招揽不过这些人来。说不的当初死鬼为他丢了许多钱底那话了，就打他恁个银人儿也有。如今随你聘嫁，多少儿交得来，我替他爹念个经儿，也是一场勾当。"王婆道："你老人家是稀罕这钱的？只要把祸害离了门就是了。我知道，我也不肯差了。"又道："今日好日，就出去罢。又一件，他当初有个箱笼儿，有顶轿儿来，也少不的与他顶轿儿坐了去。"月娘道："箱子与他一个，轿子不容他坐。"小玉道："俺奶奶气头上便是这等说，到临岐，少不的雇顶轿儿。不然，街坊人家看着，抛头露面的，不乞人笑话！"月娘不言语了，一面使丫鬟绣春，前边叫金莲来。

请问此"祸害"是谁引入门来的？

这金莲一见王婆子在房里，就睁了，向前道了万福坐下。王婆子开言便道:"你快收拾了,刚才大娘说,教我今日领你出去哩。"金莲道:"我汉子死了多少时儿,我为下甚么非,作下甚么歹来,如何平空打发我出去?"王婆道:"你休稀里打哄,做哑装聋!自古蛇钻窟础蛇知道,各人干的事儿各人心里明。金莲,你休呆里撒奸,两头白面,说长并道短。我手里使不的你巧语花言,帮闲钻懒!自古没个不散的筵席,出头椽儿先朽烂。人的名儿,树的影儿。苍蝇不钻没缝儿弹。你休把养汉当饭,我如今要打发你上阳关!"金莲道:"你打人休打脸,骂人休揭短!常言一鸡死了一鸡鸣。谁打罗,谁吃饭?谁人常把铁箍子戴,那个长将席篾儿支着眼?为人还有相逢处,树叶儿落还到根边。你休要把人赤手空拳往外攒,是非莫听小人言!正是女人不穿嫁时衣,男儿不吃分时饭,自有徒牢话岁寒。"

此处王婆与金莲对话全用"顺口溜",亦是本该"严肃"时故作谐谑。

当下金莲与月娘乱了一回。月娘到他房中,打点与了他两个箱子、一张抽替桌儿、四套衣服、几件钗梳簪环、一床被褥。其余他穿的鞋脚,都填在箱内。把秋菊叫到后边来,一把锁把他房门锁了。金莲穿上衣服,拜辞月娘,在西门庆灵前大哭了一场。又走到孟玉楼房中,也是姊妹相处了一场,一旦分离,两个落了一回眼泪。玉楼瞒着月娘,悄悄与了他一对金碗簪子,一套翠蓝段袄、红裙子,说道:"六姐,奴与你离多会少了。你看个好人家,往前进了罢。自古道,千里长篷,也没个不散的筵席。你若有了人家,使人来对奴说声。奴往那里去,顺便到你那里看你去,也是姊妹情肠。"于是洒泪而别。临出门,小玉送金莲,悄悄与了金莲两根金头簪儿。金莲道:"我的姐姐,你倒有一点人心儿在我上。"轿子在大门首,王婆又早雇人,把箱笼桌子抬的先去了。独有玉楼、小玉,送金莲到门首坐上轿子才回。正是:世上万般哀苦事,除非死别共生离。

潘金莲倒还能拜月娘、哭西门、辞玉楼,与春梅出去时情态竟大相径庭。"金国"亡矣。基本上是"不战而亡"。无"战"的资本矣。

潘金莲原来经常与孟玉楼拉着手来去,二人间能说点"知心话",也能互相遮饰,从此一别,焉能不伤心。

"千里长篷,也没个不散的筵席",此语在《红楼梦》中经"小红"之嘴十分走红,有论家还认为是点出了"封建社会必将衰亡"的"历史规律",其实此书的孟玉楼早说出了这话。但在此书的"语境"中,此话至多是引出了丰厚的人事沧桑之感,还达不到引发认知"规律"的地步。

却说金莲到王婆家,王婆安插他在里间,晚夕同他一处睡;他儿子王潮儿,也长成一条大汉,笼起头去了,还未有妻室,外间支着床子睡。这潘金莲次日依旧打扮乔眉乔眼,在帘下看人;无事坐在炕上,不是描眉画眼就是弹弄琵琶。王婆不在,就和王潮儿斗叶儿、下棋。那王婆自去扫面,喂养驴子,不去管他。朝来暮去,又把王潮儿刮剌上了。晚间等的王婆子睡着了,妇人推下炕溺尿,走出外间床子上,和王潮儿两个

小玉原不起眼,通过逐春梅、潘金莲等过程中的表现,显示出其人性善的光彩,倒颇令人刮目相看了。

干，摇的床子一片响声。被王婆子醒来听见，问那里响。王潮儿道："是柜底下猫捕的老鼠响。"王婆子睡梦中，喃喃呐呐，口里说道："只因有这些麸面在屋里，引的这扎心的半夜三更耗爆人，不得睡。"良久又听见动旦，摇的床子格支支响，王婆又问那里响。王潮道："是猫咬老鼠，钻在炕洞底下嚼的响。"婆子侧耳，果然听见猫在炕洞里咬的响，方才不言语了。妇人和小厮干完事，依旧悄悄上炕睡去了。有几句双关，说得这老鼠好：

潘金莲的个体生命只是一种"性存在"而已。

你身躯儿小，胆儿大，嘴儿尖，忒泼皮！见了人藏藏躲躲，耳边厢叫叫唧唧，搅混人半夜三更不睡。不行正人伦，偏好钻穴隙。更有一庄儿不老实，到底改不了偷馋抹嘴。

有日，陈经济打听得金莲出来，还在王婆子家聘嫁，提着两吊铜钱，走到王婆子家来。婆子正在门前扫驴子撒下的粪，这经济向前，深深地唱个喏。婆子问道："哥哥，你做甚么？"经济道："请借里边说话。"王婆便让进里面。经济揭起眼纱，便道："动问西门大官人宅内有一位娘子潘六姐，在此出嫁？"王婆便道："你是他甚么人？"那经济嘻嘻笑道："不瞒你老人家说，我是他兄弟，他是我姐姐。"那王婆子眼上眼下，打量他一回，说："他有甚兄弟，我不知道，你休哄我！你莫不是他家女婿姓陈的？来此处撞蠓子，我老娘手里放不过！"经济笑向腰里解下两吊铜钱来，放在面前，说："这两吊钱权作王奶奶一茶之费，教我且见一面，改日还重谢你老人家。"婆子见钱，越发乔张致起来，便道："休说谢的话。他家大娘子分付将来，不教闲杂人来看他。咱放倒身说话，你既要见这雌儿一面，与我五两银子；见两面，与我十两；你若娶他，便与我一百两银子，我的十两媒人钱在外。我不管闲帐。你如今两串钱儿，打水不浑的做甚么？"经济见这虔婆口硬不收钱，又向头上拔下一对金头银脚簪子，重五钱，杀鸡扯腿，跪在地下，说道："王奶奶，你且收了，容日再补一两银子来与你，不敢差了！且容我见他一面，说些话儿则个。"那婆子于是收了他簪子和钱，分付："你进去见他，说了话就与我出来；不许你涎眉睁目，只顾坐着。所许那一两头银子，明日就送来与我！"于是掀帘放经济进里间。

老虔婆"狮子大开口"。

妇人正坐在炕边纳鞋，看见经济，放下鞋扇，会在一处，埋怨经济："你好人儿！弄的我前不着村，后不着店，有上稍没下稍，出丑惹人嫌。

陈经济还真有超出“性伙伴”关系的“正经夫妻”之想。

原来“奇货可居”，“行情看涨”也。

王婆技毒。

陈经济竟真付诸实践。倘若真能及时弄到银子，跟潘金莲结成婚，也许竟会出现某种“新局面”，亦未可知。

你就影儿不见，不来看我看儿了？我娘儿们好好儿的，拆散开你东我西，皆因是为谁来？”说着，扯住经济只顾哭泣。王婆又嗔哭，恐怕有人听见。经济道：“我的姐姐，我为你剐皮割肉，你为我受气耽羞！怎不来看你？昨日到薛嫂儿家，已知春梅卖在守备府里去了；又打听你出离了他家门，在王奶奶这边聘嫁，今日特来见你一面，和你计议。咱两个恩情难舍，拆散不开，如之奈何？我如今要把他家女儿休了，问他要我家先前寄放金银箱笼；他若不与我，我东京万寿门一本一状进下来，那时他双手奉与我还是迟了。我暗地里假名托姓，一顶轿子娶到你家去，咱两个永远团圆，做上个夫妻，有何不可？”妇人道：“现今王干娘要一百两银子，你有这些银子与他？”经济道：“如何要这许多？”婆子说道：“你家大丈母说，当初你家爹为他打个银人儿也还多，定要一百两银子，少一丝毫也成不的！”经济道：“实不瞒你老人家说，我与六姐打得热了，拆散不开。看你老人家下顾，退下一半儿来，五六十两银子也罢；我往张舅那里，典上两三间房子。娶了六姐家去，也是春风一度。你老人家少转些儿罢！”婆子道：“休说五十两银子，八十两也轮不到你手里了。昨日湖州贩绸绢何官人，出到七十两；大街坊张二官府，如今见在提刑院掌刑，使了两个节级来，出到八十两上，拿着两封银子来兑，还成不的，都回去了。你这小孩儿家，空口来说空话，倒还敢奚落老娘，老娘不道的吃伤了哩！”当下一阵走出街上，大吆喝说：“谁家女婿要娶丈母，还来老娘屋里放屁！”这经济慌了，一手扯进婆子来，双膝跪下，央及：“王奶奶噤声，我依了奶奶，价值一百两银子罢；争奈我父亲在东京，我明日起身往东京取银子去。”妇人道：“你既为我一场，休与干娘争执，上紧取去；只恐来迟了，别人娶了奴去了，就不是你的人了！”经济道：“我雇上头口，连夜兼程，多则半月，少则十日就来了。”婆子道：“常言先下米先食饭。我的十两银子在外，休要少了我的，说明白着。”经济道：“这个不必说，恩有重报，不敢有忘！”说毕，经济作辞出门，到家收拾行李，次日早雇头口，上东京取银子去。此这去，正是：青龙与白虎同行，吉凶事全然未保。

毕竟未知后来如何，且听下回分解。

第八十七回
王婆子贪财受报　武都头杀嫂祭兄

平生作善天加福，若是刚强定祸殃。
舌为柔和终不损，齿因坚硬必遭伤。
杏桃秋到多零落，松柏冬深愈翠苍。
善恶到头终有报，高飞远走也难藏！

话说陈经济雇头口起身，叫了张团练一个伴当跟随，早上东京去，不题。却表吴月娘打发潘金莲出门，次日使春鸿叫薛嫂儿来，要卖秋菊。这春鸿正走到大街，撞见应伯爵，叫住问："春鸿，你往那里去？"春鸿道："家中大娘，使小的叫媒人薛嫂儿去。"伯爵问："叫媒人做甚么？"春鸿道："卖五娘房里秋菊丫头。"伯爵又问："你五娘为甚么打发出来？在王婆子家住着，说要寻人家嫁人，端的有此话么？"这春鸿便如此这般，"因和俺姐夫有些说话，大娘知道了。先打发了春梅小大姐；然后打了俺姐夫一顿，赶出往家去了；昨日才打发出俺五娘来。"伯爵听了，点了点头儿，说道："原来你五娘和你姐夫有楂儿，看不出人来。"又向春鸿说："孩儿，你爹已是死了，你只顾还在他家做甚么，终是没出产！你心里还要归你南边去？这里寻个人家跟罢，心下如何？"春鸿道："便是这般说，老爹已是没了，家中大娘好不严紧，各处买卖都收了，房子也卖了；琴童儿、画童儿多走了，也揽不过这许多人口来。小的待回南边去，又没顺便人带去；这城内寻个人家跟，又没个门路。"伯爵道："傻孩儿，人无远见，安身不牢！千山万水，又往南边去做甚？谁人带去？你肚里

卖出瘾了也。

应花子还嫌西门庆家败散得不快。

琴童、画童也走了。真是"散筵"光景。

会几句唱，愁这城内寻不出主儿来答应？我如今举保个门路与你。如今大街坊张二老爹家，有万万贯家财，百间房屋，见顶补了你爹，在提刑院做掌刑千户；如今你二娘，又在他家做了二房。我把你送到他宅中答应他，他见你会唱南曲，管情一箭就上垛，留下你做个亲随大官儿，又不比在你这家里？他性儿又好，年纪小小，又倜傥，又爱好，你就是个有造化的！”这春鸿扒到地下就磕了个头：“有累二爹。小的若见了张老爹，得一步之地，买礼与二爹磕头！”伯爵一把手拉着春鸿说：“傻孩儿，你起来，我无有个不作成人的，肯要你谢，你那得钱儿来？”春鸿道：“小的去了，只怕家中大娘找寻小的怎了？”伯爵道：“这个不打紧。我问你张二老爹讨个帖儿，封一两银子与他家；他家银子不敢受，不怕把你不双手儿送了去。”说毕，春鸿往薛嫂儿家叫了薛嫂儿，见月娘，领秋菊出来，只卖了五两银子，交与月娘，不在话下。

应花子现在奉承张二官比当年奉承西门庆更胜一筹。

却说应伯爵领春鸿，到张二官宅里见了。张二官见他生的清秀，又会唱南曲，就留下他答应；使拿拜帖儿，封了一两银子，往西门庆家讨他箱子。那日，吴月娘家中正陪云离守娘子范氏吃酒。先是，云离守袭过哥云参将指挥，补在清河左卫做同知，见西门庆死了，吴月娘守寡，手里有东西，就安心有垂涎图谋之意。此日正买了八盘羹果礼物，来看月娘。见月娘生了孝哥，范氏房内亦有一女，方两月儿，要与月娘结亲。那日吃酒，遂两家割衫襟做了儿女亲家，留下一双金环为定礼。听见玳安儿拿进张二官府帖儿，并一两银子，说春鸿投在他家答应去了，使人来讨他箱子衣服。月娘见他现做提刑官，不好不与他，银子也不曾收，只得把箱子与将出来。

也是“十兄弟”之一。死鬼家里还想榨出油。

“现做提刑官”，想来心中是何滋味？

初时，应伯爵对张二官说：“西门庆第五娘子潘金莲，生的标致，会一手琵琶。百家词曲、双陆象棋，无不通晓；又会写字。因为年小守不的，又和他大娘子合气，今打发出来，在王婆家聘嫁人。”这张二官一替两替使家人拿银子，往王婆家相看，王婆只推他大娘子分付，不倒口要一百两银子；那人来回讲了几遍，还到八十两上，王婆还不吐口儿。落后春鸿到他宅内，张二官听见春鸿说，妇人在家养着女婿，因为如此打发出来。这张二官就不要了，对着伯爵说：“我家现放着十五岁未出幼儿子，上学攻书，要这样妇人来家做甚？”又听见李娇儿说，金莲当初用毒药摆布死了汉子，被西门庆占将来家；又偷小厮，把第六个娘子生了儿子，娘儿两个生生吃他害杀了。以此张二官就不要了。

恶名声在外。倒都是事实，并非“污蔑”。

话分两头，却说春梅卖到守备府中，守备见他生的标致伶俐，举止动人，心中大喜，与了他三间房住，手下使一个小丫鬟，就一连在他房中歇了三夜。三日，替他裁了两套衣裳。薛嫂儿去，赏了薛嫂五钱银子。又买了个使女扶侍他，立他做二房。大娘子一目失明，吃长斋念佛，不管闲事；还有生姐儿孙二娘，在东厢房住；春梅在西厢房，各处钥匙都教他掌管，甚是宠爱他。一日，听薛嫂儿说，潘金莲出来在王婆家聘嫁。这春梅晚夕啼啼哭哭对守备说：“俺娘儿两个，在一处厮守这几年，他大气儿不曾呵着我，把我当亲女儿一般看承。自知拆散开了，不想今日他也出来了。你若肯娶将他来，俺娘儿们还在一处过好日子。”又说他怎的好模样儿，“诸家词曲都会，又会弹琵琶；聪明俊俏，百伶百俐；属龙的，今才三十二岁儿。他若来，奴情愿做第三的也罢！”于是把守备念转了，使手下亲随张胜、李安，封了两方手帕、二钱银子往王婆家相看，果然生的好个出色的妇人！王婆开口指称他家大娘子，要一百两银子；张胜、李安讲了半日，还了八十两，那王婆还不肯。走来回守备，又添了五两，复使二人拿着银子，和王婆子说；王婆子只是假推他大娘子不肯，不转口儿要一百两，“媒人钱要不要便罢了，天也不使空人。”

春梅真是“命好”。

潘金莲确实从未“亏待”过春梅。她们是一对“习相近，性相通”的伙伴。

王婆惹祸，都因贪财。

这张胜、李安只得又拿回银子来禀守备，丢了两日。怎禁这春梅晚夕哭哭啼啼，“好歹再添几两银子，娶了来和奴做伴儿，死也甘心！”守备见春梅只是哭泣，只得又差了大管家周忠，同张胜、李安毡包内拿着银子，打开与婆子看，又添到九十两上。婆子越发张致起来，说：“若九十两，到不的如今，提刑张二老爹家抢的去了。”这周忠就恼了，分付李安把银子包了，说道：“三只脚蟾没处寻，两脚老婆愁那里寻不出来！这老淫妇连人也不识！你说那张二官府怎的，俺府里老爷管不着你？不是新娶的小夫人，再三在老爷跟前说念，要娶这妇人，平白出这些银子，要他何用！”李安道：“勒掯俺两番三次来回去，贼老淫妇越发鹦哥儿了！”拉周忠说：“管家哥，咱去来。到家回了老爷，好不好教牢子拿去，

春梅心思，不好勘破。纵使在西门府中她们结成一党，有了“同志情谊”，通过潘金莲谋害官哥等事，春梅应懂得，一旦潘金莲进了守备府中，那就很可能变成她的劲敌。何至于哭哭啼啼。

倘王婆就此“脱手”，也许她和潘金莲尚不致杀身之祸在即。

周忠一顿不耐烦，使事态大变。

此人久违矣。

迎儿总算有靠。

武松眼睛一定赤红了。

《水浒传》中武松不会如此“多礼”。

拶与他一顿好拶子！”这婆子终是贪着陈经济那口食，由他骂，只是不言语。二人到府中，回禀守备说：“已添到九十两，还不肯。”守备说：“明日兑与他一百两，拿轿子抬了来罢。”周忠说：“爷就添了一百两，王婆子还要五两媒人钱。且丢他两日，他若张致，拿到府中，且拶与他一顿拶子，他才怕！”看官听说，大段潘金莲生有地儿死有处，不争被周忠说这两句话，有分交这妇人从前作过事，今朝没兴一齐来。有诗为证：

人生虽未有前知，祸福因由更问谁？

善恶到头终有报，只争来早与来迟。

按下一头，却说一人。单表武松，自从西门庆垫发孟州牢城充军之后，多亏小管营施恩看顾。次后施恩与蒋门神争夺快活林酒店，被蒋门神打伤，央武松出力，反打了蒋门神一顿。不想蒋门神妹子玉兰，嫁与张都监为妾，赚武松去，假捏贼情，将武松拷打，转又发安平寨充军。这武松走到飞云浦，又杀了两个公人，复回身，杀了张都监、蒋门神全家老小，逃躲在施恩家。施恩写了一封书，皮箱内封了一百两银子，教武松到安平寨与知寨刘高，教看顾他。不想路上听见太子立东宫，放郊天大赦，武松就遇赦回家，到清河县下了文书，依旧在县当差，还做都头。来到家中，寻见上邻姚二郎，交付迎儿。那时迎儿已长大，十九岁了，收揽来家一处居住。就有人告他说：“西门庆已死，你嫂子出来了，如今还在王婆家，早晚嫁人。”这汉子听了，旧仇在心，正是踏破铁鞋无处觅，算来全不费工夫。

次日，裹帻穿衣，径出门来到王婆门首，金莲正在帘下站着，见武松来连忙闪入里间去。武松掀开帘子来，问：“王妈妈在家？”那婆子正在磨上扫面，连忙出来应道：“是谁叫老身？”见是武松，道了万福，武松深深唱喏。婆子道：“武二哥，且喜几时回家来了？”武松道：“遇赦回家，昨日才到。一向多累妈妈看家，改日相谢！”婆子笑嘻嘻道：“武二哥，比旧时保养，胡子楂儿也有了，且是好身量；在外边又学得这般知礼！”一面让坐，点茶吃了。武松道：“我有一庄事和妈妈说。”婆子道：“有甚事，武二哥只顾说。”武松道：“我闻的人说，西门庆已是死了，我嫂子出来，在你老人家这里居住。敢烦妈妈对嫂子说，他若不嫁人便罢，若是嫁人，如今迎儿大了，娶得嫂子家去，看管迎儿，早晚招个女婿，一家一计过日子，庶不教人笑话！”婆子初时还不吐口儿，便道：“他是在我这里，倒不知嫁人不嫁人。”次后听见武松重谢他，便道：“等我慢慢和他说。”

《水浒传》中武松不会出此计谋。

那妇人便帘内听见武松言语，要娶他看管迎儿，又见武松在外，出落得长大，身材胖了，比昔时又会说话儿，旧心不改，心下暗道：“这段姻缘，还落在他家手里！”就等不得王婆叫，他自己出来，向武松道了万福，说道：“既是叔叔还要奴家去看管迎儿，招女婿成家，可知好哩！”王婆道：“又一件，如今他家大娘子，要一百两雪花银子才嫁人。”武松道：“如何要这许多？”王婆道：“西门大官人当初为他使了许多，就打恁个银人儿也勾了。”武松道：“不打紧。我既要请嫂嫂家去，就使一百两也罢；另外破五两银子，谢你老人家。”这婆子听见，喜欢的屁滚尿流，没口说：“还是武二哥知礼，这几年江湖上见的事多，真是好汉！”妇人听了此言，走到屋里，又浓点了一盏瓜仁泡茶，双手递与武松吃了。婆子问道：“如今他家要发脱的紧，又有三四处官户人家争着娶，都回阻了，价钱不对；你这银子，作速些便好，常言先下米先吃饭，千里姻缘着线牵，休要落在别人手内！”妇人道：“既要娶奴家，叔叔上紧些。”武松便道：“明日就来兑银，晚夕请嫂嫂过去。”那王婆还不信武松有这些银子，胡乱答应去了。

潘金莲是“性为上”，财富倒真在其次。

听钱便开眼。都不想想“岂有此理”。

到次日，武松打开皮箱，拿出小管营施恩与知寨刘高那一百两银子来，又另外包了五两碎银子，走到王婆家，拿天平兑起来。那婆子看见白晃晃摆了一桌银子，口中不言，心内暗道：“虽是陈经济许下一百两，上东京去取，不知几时到来。仰着合着，我见钟不打，却打铸钟？”又见五两谢他，连忙收了，拜了又拜，说道：“还是武二哥晓礼，知人甘苦！”武松道：“妈妈收了银子，今日就请嫂嫂过门。”婆子道：“武二哥，且是好急性。门背后放花儿——你等不到晚了。也待我往他大娘子那里交了银子，才打发他过去。”又道：“你今日帽儿光光，晚夕做个新郎。”那武松紧着心中不自在，那婆子不知好歹，又奚落他。打发武松出门，自己寻思：“他家大娘子自交我发脱，又没和我则定价钱。我今胡乱与他

也不想想，“白晃晃”的东西并不只是银子。

一二十两银子，满篡的就是了；绑着鬼，也落他多一半养家。”一面把银凿下二十两银子，往月娘家里交割明白。月娘问：“甚么人家娶了去了？”王婆道：“兔儿沿山跑，还来归旧窝。嫁了他小叔，还吃旧锅里粥去了。”月娘听了，暗中跌脚，常言仇人见仇人，分外眼睛明。与孟玉楼说：“往后死在他小叔子手里罢了。那汉子杀人不斩眼，岂肯干休！”

旁观者清。

不说月娘家中叹息，却表王婆交了银子到家，下午时，教王潮先把妇人箱笼、桌儿送过去。这武松在家又早收拾停当，打下酒肉，安排下菜蔬。晚上婆子领妇人进门，换了孝，戴着新䯼髻，身穿红衣服，搭着盖头。进门来，见明间内明亮亮点着灯烛，武大灵牌供养在上面，先自有些疑忌，由不的发似人揪，肉如钩搭。进入门来到房中，武松分付迎儿把前门上了拴，后门也顶了。王婆见了，说道：“武二哥，我去罢，家里没人。”武松道：“妈妈请进，房里吃盏酒。”武松教迎儿拿菜蔬摆在桌上，须臾盪上酒来，请妇人和王婆吃酒。那武松也不让，把酒斟上，一连吃了四五碗酒。婆子见他吃得恶，便道：“武二哥，老身酒勾了，放我去，你两口儿自在吃盏儿罢。”武松道：“妈妈且休得胡说，我武二有句话问你！”只闻飕的一声响，向衣底掣出一把二尺长刃薄背厚扎刀子来，一只手笼着刀靶，一只手按住掩心，便睁圆怪眼，倒竖刚须，说道：“婆子休得吃惊！自古冤有头，债有主，休推睡里梦里，我哥哥性命都在你身上！”婆子道：“武二哥，夜晚了，酒醉拿刀弄杖，不是要处。”武松道：“婆子休胡说，我武二就死也不怕！等我问了这淫妇，慢慢来问你这老猪狗；若动一动步儿，身上先吃我五七刀子。”一面回过脸来，看着妇人骂道：“你这淫妇听着！我的哥哥，怎生谋害了？从实说来，我便饶你。”那妇人道：“叔叔如何冷锅中豆儿炮，好没道理！你哥哥自害心疼病死了，干我甚事？”说由未了，武松把刀子忔楂的插在桌子上，用左手揪住妇人云髻，右手匹胸提住，把桌子一脚踢番，碟儿盏儿都落地打得粉碎。那妇人能有多大气脉，被这汉子隔桌子轻轻提将过来，拖出外间灵桌子前。那婆子见头势不好，便去奔前门走，前门又上了拴；被武松大扠步赶上，揪番在地，用腰间缠带解下来，四手四脚捆住，如猿猴献果一般，便脱身不得，口中只叫：“都头不消动意，大娘子自做出来，不干我事！”武松

落入“天网”也。

刀子也是“白晃晃”的也。

潘金莲纵欲害人时，竟以为可以不付出代价。

老猪狗还想赖账。

道："老猪狗，我都知了，你赖那个？你教西门庆那厮垫发我充军去，今日我怎生又回家了，西门庆那厮却在那里？你不说时，先剐了这个淫妇，后杀你这老猪狗！"提起刀来，便望那妇人脸上撇两撇。妇人慌忙叫道："叔叔且饶放我起来，等我说便了。"武松一提，提起那婆娘，旋剥净了，跪在灵桌子前。武松喝道："淫妇快说！"那妇人唬得魂不附体，只得从实招说，将那时收帘子打了西门庆起，并做衣裳入马通奸，后怎的踢伤了武大心窝，王婆怎地教唆下毒，拨置烧化，又怎的娶到家去，一五一十，从头至尾，说了一遍。王婆听见，只是暗地叫苦说："傻才料，你实说了，却教老身怎的支吾！"这武松一面就灵前一手揪着妇人，一手浇奠了酒，把纸钱点着，说道："哥哥，你阴魂不远，今日武二与你报仇雪恨！"

此回赤条条非"享受性乐"也。

那妇人见头势不好，才待大叫，被武松向炉内挝了一把香灰，塞在他口，就叫不出来了。然后劈脑揪番在地，那妇人挣扎，把䯼髻簪环都滚落了。武松恐怕他挣扎，先用油靴只顾踢他肋肢，后用两只脚踏他两只胳膊，便道："淫妇，自说你伶俐，不知你心怎么生着，我试看一看！"一面用手去摊开他胸脯，说时迟，那时快，把刀子去妇人白馥馥心窝内只一剜，剜了个血窟窿，那鲜血就邈出来。那妇人就星眸半闪，两只脚只顾登踏。武松口噙着刀子，双手去斡开他胸脯，扑扢的一声，把心肝五脏生扯下来，血沥沥供养在灵前，后方一刀，割下头来，血流满地。迎儿小女在旁看见，唬的只掩了脸。武松这汉子，端的好狠也！可怜这妇人，正是三寸气在千般用，一日无常万事休，亡年三十二岁。但见：

手到处，青春丧命；刀落时，红粉亡身。七魄悠悠，已赴森罗殿上；三魂渺渺，应归枉死城中。星眸紧闭，直挺挺尸横光地下；银牙半咬，血淋淋头在一边离。好似初春大雪压折金线柳，腊月狂风吹折玉梅花。这妇人娇媚不知归何处，芳魂今夜落谁家？

古人有诗一首，单悼金莲死的好苦也：

堪悼金莲诚可怜，衣服脱去跪灵前。
谁知武二持刀杀，只道西门绑腿顽。
往事堪嗟一场梦，今身不值半文钱。

金莲是罪有应得，但武松私刑杀人，在书中如此具体地加以描写，已形成"暴力文字"。

直到今天，一般中国人对"色情文字"都很敏感，主张禁绝的舆论十分强烈，但对于此种"暴力文字"往往麻木不仁。其实"暴力文字"的"副作用"，特别是对心性尚未成熟的青少年的负面影响，也很值得注意。

此书的写法却十分"开放"，无论对"性事"还是"杀事"，写起来时都"百无禁忌"。这可能是因为，当时的市民社会已形成了一种容纳此种"开放文本"的土壤。

世间一命还一命,报应分明在眼前。

当下武松杀了妇人,那婆子看见,大叫:"杀人了!"武松听见他叫,向前一刀,也割下头来,拖过尸首。一边将妇人心肝五脏,用刀插在楼后房檐下。

迎儿又无靠矣!这虽是个"蝇儿"般的过场人物,但细思其命运,宁不悲乎!

那时也有初更时分,倒扣迎儿在屋里。迎儿道:"叔叔,我也害怕!"武松道:"孩儿,我顾不得你了。"武松跳过王婆家来,还要杀他儿子王潮儿。不想王潮合当不该死,听见他娘这边叫,就知武松行凶,推前门不开,叫后门也不应,慌的走去街上叫保甲。那两邻明知武松凶恶,谁敢向前?武松跳过墙来,到王婆房内,只见点着灯,房内一人也没有。一面打开王婆箱笼,就把他衣服撒了一地;那一百两银子止交与吴月娘二十两,还剩了八十五两,并些钗环首饰,武松一股皆休,都包裹了。提了朴刀,越后墙,赶五更挨出城门,投十字坡张青夫妇那里躲住,做了头陀,上梁山为盗去了。正是:平生不作皱眉事,世上应无切齿人。

武松自此又飘然隐去。

毕竟未知后来如何,且听下回分解。

此书用以命名的三个女子的故事,"瓶"的故事早已结束,现在"金"的故事也终于血淋淋地告终。

"瓶"的故事,固然也是一个肉欲盎然的"香艳文本",但李瓶儿和西门庆之间确实除了"性吸引"外,还有相当强烈的感情存在,因此也还称得上是一个爱情故事。

"金"的故事,在此书中所占篇幅最大。潘金莲是一个塑造得极其生动的"肉弹"形象,她的生命悸动中,似乎除了狂热的"性追逐"、"性享乐"而外,很少有其他的"能源"。这是一个欲火终焚身的风流女性。但是值得注意的是,作者在关于她的命运历程的叙述中，虽然有些“穿靴戴帽”式的谴责，总体而言，却是客观、冷静，有时甚至流露出某种程度的欣赏来。西门庆和潘金莲的关系，固然基本上是相互疯狂地进行“性掠夺”，谈不到有多少真正意义上的爱情，但西门庆对潘金莲那又酸又辣的性格，显然是欣赏的，甚至仅仅是因为那独特的性格，而将暴怒化为嬉谑，纵容了潘金莲的若干“非分”、“无礼”的言行。

剩下的章回里，将突出展现“梅”的故事。在进入“后西门庆时代”以后，春梅已显露出了更多的性格棱角。她头也不回地离开了西门庆府第，却又留恋与潘金莲在一起的那些时日；她引犬交之例坦陈其“性开放”的观点，却又并不像潘金莲那样“唯性是乐”。这是一个更复杂的艺术形象。

据说西方的一个最新的《金瓶梅》英译本，把此书名意译为“插在金色瓶子里的梅花”，而且所用的英语词汇，连在一起又有“进入阴道的快感”那样的双关含义。此书确实是一本“直面性事”的书，三位女主角也确都够得上“风流娘们”即“荡妇”的资格。但此书确实又是一部“非仅性”的“巨著”，因为贯穿全书的男主人公西门庆的发家史和他死后家族的衰落过程，熔铸着非常丰富的内涵，从中我们可以引发出涉及众多社会科学学科的认知，特别是对人性的挖掘，以及运用文学语言方面所达到的美学高度，都是放之全人类文学宝库，而华光熠熠，毫不逊色的。

第八十八回
潘金莲托梦守御府　吴月娘布施募缘僧

上临之以天鉴，下察之以地祇。
明有王法相制，暗有鬼神相随。
忠直可存于心，喜怒戒之在气。
为不节而亡家，因不廉而失位。
劝君自警平生，可笑可惊可畏！

话说武松杀了妇人、王婆，劫去财物，逃上梁山为盗去了。却表王潮儿，街上叫了保甲来。见武松家前后门都不开，又王婆家被劫去财物，房中衣服丢的地下横三竖四，就知是武松杀死二命，劫取财物而去。未免打开前后门，见血沥沥两个死尸倒在地下，妇人心肝五脏用刀插在后楼房檐下。迎儿倒扣在房中，问其故，只是哭泣。次日早衙，呈报到本县，杀人凶刃都拿放在面前。本县新任知县也姓李，双名昌期，乃河北真定府枣强县人氏，听见杀人公事，即委差当该吏典，拘集两邻保甲，并两家苦主王潮、迎儿，眼同当街，如法检验。生前委被武松因忿带酒，杀潘氏、王婆二命，叠成文案，就委地方保甲瘗埋看守。挂出榜文，四厢差人跟寻，访拿正犯武松，有人首告者，官给赏银五十两。

触目惊心。

守备府中张胜、李安打着一百两银子到王婆家，看见王婆、妇人俱已被武松杀死，县中差人检尸，捉拿凶犯；二人回报到府中。春梅听见妇人死了，整哭了两三日，茶饭都不吃。慌了守备，使人门前叫了调百戏的货郎儿进去，要与他观看，只是不喜欢；日逐使张胜、李安打听，拿

晚到一步。

春梅竟如丧考妣。此感情或可称为友情？

住武松正犯，告报府中知道。不在话下。

按下一头，却表陈经济前往东京取银子，一心要赎金莲，成其夫妇。不想走到半路，撞见家人陈定从东京来，告说家爷病重之事。“奶奶使我来请大叔往家去，嘱托后事。”这经济一闻其言，两程做一程，路上攒行，有日到东京他姑夫张世廉家。张世廉已死，止有姑娘见在。他父亲陈洪已是没了三日光景，满家带孝。经济参见他父亲灵座，与他母亲张氏并姑娘磕头。张氏见他长成人，母子哭做一处，通同商议，“如今一则以喜，一则以忧。”经济便道：“如何是喜，如何是忧？”张氏道：“喜者，如今且喜朝廷册立东宫，郊天大赦；忧则不想你爹爹得病，死在这里。你姑夫又没了，姑娘守寡，这里住着不是常法，方使陈定叫将你来，和你打发你爹爹灵柩回去，葬埋乡井也是好处。”这经济听了，心内暗道：“这一会发送，装载灵柩，家小粗重上车，少说也得许多日期耽阁，却不误了娶六姐？不如如此这般，先诓了两车细软箱笼家去；待娶了六姐，再来搬取灵柩不迟。”一面对张氏说道：“如今随路盗贼，十分难走。假如灵柩、家小、箱笼一同起身，未免起眼，倘遇小喽啰怎了？宁可耽迟不耽错！我先押两车细软箱笼家去，收拾房屋；母亲随后和陈定、家眷，跟父亲灵柩，过年正月间起身回家，寄在城外寺院，然后做斋念经，入坟安葬也是不迟。”张氏终是妇人家，不合一时听信经济巧言念转，先打点细软箱笼，装载两大车，上插旗号扮做香车。

竟一心要娶潘金莲。此心思里或有爱情成分？

巧舌如簧。

从腊月初一日东京起身，不上数日，到了山东清河县。家门首对他母舅张团练说：“父亲已死，母亲押灵车，不久就到；我押了两车行李，先来收拾，打扫房屋。”他母舅听说：“既然如此，我仍搬回家便了。”一面就令家人搬家活，腾出房子来。这经济见母舅搬去，满心欢喜，说：“且得冤家离眼前，落得我娶六姐来家，自在受用！我父亲已死，我娘又疼我，先休了那个淫妇，然后一纸状子，把俺丈母告到官，追要我寄放东西，又敢道个不字，又挟制俺家充军人数不成？”正是：人莫如此如此，天理不然不然。

如意算盘。

这经济早撺掇他母舅出来，然后打了一百两银子在腰里，另外又袖着十两谢王婆，来到紫石街王婆门首。可霎作怪，只见门前街旁埋着两个尸首，上面两杆枪交叉，挑着个灯笼，门首挂着一张手榜，上书："本县为人命事：凶犯武松，杀死潘氏、王婆二命，有人捕获首告官司者，官给赏银五十两。"这经济仰头还大看了，只见从窝铺中钻出两个人来，喝声道："甚么人？看此榜文做甚？见今正身凶犯捉拿不着，你是何人？"大扠步便来捉获。这经济慌的奔走不迭，恰然走到石桥下酒楼边。只见一个人，头戴万字巾，身穿青衲袄，随后赶到桥下，说道："哥哥，你好大胆，平白在此看他怎的？"这经济扭回头看时，却是一个识熟朋友——铁指甲杨大郎。二人声喏。杨大道："哥哥一向不见，那里去来？"经济便把东京父死往回之事，告说一遍，"恰才这杀死妇人，是我丈人的小——潘氏，不知他被人杀了；适才见了榜文，方知其故。"杨大郎告道："是他小叔武松，充配在外，遇赦回还，不知因甚杀了妇人，连王婆子也不饶。他家还有个女孩儿，在我姑夫姚二郎家养活了三四年；昨日他叔叔杀了人，走的不知下落，我姑夫将此女县中领出，嫁与人为妻小去了。见今这两瘗尸首，日久只顾埋着，只是苦了地方保甲看守，更不知何年月日，才拿住凶犯武松。"说毕，杨大郎招了经济上酒楼饮酒，"与哥哥拂尘。"这经济见那人已死，心中转痛不下，那里吃得下酒？约莫饮勾三杯，就起身下楼，作别来家。

见"铁指甲"这诨名便知是何等人物。

不知迎儿后来如何。或遇一良善之人，也未可知。

到晚夕，买了一陌钱纸，在紫石街，离王婆门首远远的石桥边，题着妇人："潘六姐，我小兄弟陈经济，今日替你烧陌钱纸。皆因我来迟了一步，误了你性命。你活时为人，死后为神，早保佑捉获住仇人武松，替你报仇雪恨；我在法场上看着剐他，方趁我平生之志！"说毕哭泣，烧化了钱纸。经济回家，关了门户，走归房中。恰才睡着，似睡不睡，梦见金莲身穿素服，一身带血，向经济哭道："我的哥哥，我死的好苦也！实指望与你相处在一处，不期等你不来，被武松那厮害了性命。如今阴司不收，我白日游游荡荡，夜归向各处寻讨浆水，适间蒙你送了一陌钱纸与我。但只是仇人未获，我的尸首埋在当街，你可念旧日之情，买具棺材盛了葬埋，免得日久暴露。"经济哭道："我的姐姐，我可知要葬埋你；但恐西门庆家中，我丈母那无仁义的淫妇知道，他自恁赖我，倒趁了他机会！姐姐，你须往守备府中，对春梅说知，教他葬埋你身尸便了。"妇人

如此痛恨武松，从他的角度，也宜当如此。

梦中思路竟如此"合乎规矩"。

道："刚才奴到守备府中，又被那门神户尉拦挡不放，奴须慢慢再哀告他则个。"经济哭着，还要拉着他说话，被他身上一阵血腥气，撒手挣脱，却是南柯一梦。枕上听那更鼓时，正打三更二点，说道："怪哉！我刚才分明梦见六姐，向我诉告衷肠，教我葬埋之意，又不知甚年何日拿住武松，是好伤感人也！"正是：梦中无限伤心事，独坐空房哭到明。

不说经济这里也打听武松，不题。却表县中访拿武松，约两个月有余，捕获不着，已知逃遁梁山为盗。地方保甲邻佑呈报到官，所有两瘗尸首，相应责令家属领埋。王婆尸首，便有他儿子王潮领的埋葬；止有妇人身尸，无人来领。

却说府中春梅，两三日一遍，使张胜、李安来县中打听，回去只说凶犯还未拿住，尸首照旧埋瘗，地方看守，无人敢动。直挨过年，正月初旬时节，忽一日晚间春梅作一梦，恍恍惚惚，梦见金莲云髻蓬松，浑身是血，叫道："庞大姐，我的好姐姐，奴死的好苦也！好容易来见你一面，又被门神把住嗔喝，不敢进来。今仇人武松已是逃走脱了。所有奴的尸首，在街暴露日久，风吹雨洒，鸡犬作践，无人领埋。奴举眼无亲，你若念旧日母子之情，买具棺木，把奴埋在一个去处，奴死在阴司口眼皆闭！"说毕大哭不止，春梅扯住他，还要再问他别的话，被他挣开，撒手惊觉，却是南柯一梦。从睡梦中直哭醒来，心内犹疑不定。

感情既深，又何必犹豫不定。

次日，叫进张胜、李安分付："你二人去县前打听，那埋的妇人、婆子尸首，还有也没有。"张胜、李安应诺去了。不多时，走来回报："正犯凶身已逃走脱了。所有杀死身尸，地方看守，日久不便，相应责令各人家属领埋。那婆子尸首，他儿子招领的去了；还有那妇人，无人来领，还埋在街心。"春梅道："既然如此，我有庄事儿累你二人，替我干得来，我还重赏你。"二人跪下道："小夫人说那里话！若肯在老爷前抬举小人一二，便消受不了。虽赴汤蹈火，敢说不去！"春梅走到房中，拿出十两银子、两匹大布，委付二人："这死的妇人，是我一个嫡亲姐姐，嫁在西门庆家，今日出来被人杀死。你二人休教你老爷知道，拿这银子替我买一具棺材，把他装殓了，抬出城外，择方便地方埋葬停当，我还重赏你。"二人道："这个不打紧，小人就去。"李安说："只怕县中不教你我领尸怎了？

原来所犹豫的是采取哪种方案。还是决定瞒过守备。

须拿老爷个帖儿，下到县官才好。”张胜道：“只说小夫人是他妹子，嫁在府中，那县官不好不依，何消帖子！”于是领了银子，来到班房内，张胜便向李安说：“想必这死的妇人，与小夫人曾在西门庆家做一处，相结的好，今日方这等为他费心。想着死了时，整哭了三四日不吃饭，直教老爷门前叫了调百戏货郎儿，调与他观看，还不喜欢；今日他无亲人领去，小夫人岂肯不葬埋他？咱每若替他干得此事停当，早晚他在老爷跟前，只方便你我，就是一点福星。见今老爷百依百随，听他说话，正经大奶奶、二奶奶且打靠后。”说毕，二人拿银子到县前递了领状，就说他妹子在老爷府中，来领尸首。使了六两银子，合了一具棺木，把妇人尸首掘出，把心肝填在肚内，头用线缝上，用布装殓停当，装入材内。张胜说：“就埋在老爷香火院——城南永福寺里，那里有空闲地；葬埋了，回小夫人话去。”叫了两名伴当，抬到永福寺，对长老说：“宅内小夫人亲。”长老不敢怠慢，就在寺后拣一块空心白杨树下，那里葬埋。已毕，走来宅内回春梅话，说除买棺材装殓，还剩四两银子，交割明白。春梅分付：“多有起动你二人！将这四两银子，拿二两与长老道坚，教他早晚替他念些经忏，超度他生天。”又拿出一大瓶酒、一腿猪肉、一腿羊肉，“这二两银子，你每人将一两家中盘缠。”二人跪下，那里敢接，只说：“小夫人若肯在老爷面前抬举小人，消受不了！这些小劳，岂敢接受银两？”春梅道：“我赏你不收，我就恼了。”二人只得磕头领了出来，两个班房吃酒，甚是称念小夫人好处。次日张胜送银子与长老念经，春梅又与五钱银子，买纸与金莲烧，俱不在话下。

此举竟收“一石二鸟”之效。

又给银子，又给好吃好喝，哪个仆人不愿“投靠”。

却说陈定，从东京载灵柩、家眷到清河县城外，把灵柩寄在永福寺，待的念经发送，归葬坟内。经济在家，听见母亲张氏家小车辆到了，父亲灵柩寄停在城外永福寺，收卸行李已毕，与张氏磕了头。张氏怪他：“就不去接我一接！”经济只说：“心中不快，家里无人看守。”张氏便问：“你舅舅怎的不见？”经济道：“他见母亲到了，连忙搬回家去了。”张氏道：“且教你舅舅住着，慌搬去怎的？”一面他母舅张团练来看他姐姐，姊弟抱头而哭，置酒叙话，不必细说。

都到永福寺来了。

次日，他娘张氏，早使经济拿五两银子、几陌金银钱纸，往门外与长老，替他父亲念经。正骑头口街上走，忽撞遇他两个朋友，陆二郎、杨大郎，下头口声喏。二人问道：“哥哥往那里去？”经济悉言：“先父灵柩寄在门外寺里，明日廿日是终七，家母使我送银子与长老，做斋念经。”二人道：“兄弟不知老伯灵柩到了，有失吊问。”因问：“几时发引安葬？”经济道：“也只在一二日之间，念毕经入坟安葬。”说罢，二人举手作别。这经济又叫住，因问杨大郎：“县前我丈人的小，那潘氏尸首怎不见，被甚人领的去了？”杨大郎便道：“半月前，地方因捉不着武松，禀了本县相公，令各家领去葬埋。王婆是他儿子领去；止有妇人尸首，丢了三四日，被守备府中买了一口棺木，差人抬出城外，永福寺那里葬去了。”经济听了，就知是春梅在府中收葬了他尸首。因问大郎：“城外有几个永福寺？”大郎道：“本自南门外只一个永福寺，是周秀老爷香火院，那里有几个永福寺来？”经济听了暗喜：“就是这个永福寺！也是缘法凑巧，喜得六姐亦葬在此处。”一面作别二人，打头口出城，径到永福寺中见了长老。且不说念经之事，就先问长老道坚：“此处有守备府中新近葬的一个妇人在那里？”长老道：“就在寺后白杨树下，说是宅内小夫人的姐姐。”这陈经济且不参见他父亲灵柩，先拿钱纸祭物到于金莲墓上，与他祭了，烧化钱纸，哭道：“我的六姐，你兄弟陈经济敬来与你烧一陌钱纸。你好处安身，苦处用钱。”祭毕，然后才到方丈内，他父亲灵柩跟前，烧纸祭祀；递与长老经钱，教他二十日请八众禅僧，念断七经。长老接了经衬，备办斋供。经济来家，回了张氏话。二十日都去寺中拈香，择吉发引，把父亲灵柩归到祖茔；安葬已毕，来家母子过日，不题。

仍有一段心事未了。

先情人再父亲，陈经济算得“多情种子”了。有关潘金莲的“余波”也终于漾尽。

却表吴月娘，一日二月初旬，天气融和，孟玉楼、孙雪娥、西门大姐、小玉出来大门首站立，观看来往车马、人烟热闹。忽见一簇男女，跟着个和尚，生的十分胖大，头顶三尊铜佛，身上掏着数枝灯树，杏黄袈裟风兜袖，赤脚行来泥没踝。自言说是五台山戒坛上下来的行脚僧，云游到此，要化钱粮，盖造佛殿。当时古人有几句，赞的这行脚僧好处：

街上热闹依旧，西门府却人丁寥落了。

打坐参禅，讲经说法。铺眉苫眼，习成佛祖家风；赖教求食，立起法门规矩。白日里卖杖摇铃，黑夜间舞枪弄棒。有时门首磕光头，饿了街前打响嘴。空色色空，谁见众生离下土；

去来来去,何曾接引到西方?

那和尚见月娘众妇女在门首,向前道了个问讯,说道:“在家老菩萨施主,既生在深宅大院,都是龙华一会上人。贫僧是五台山下来的,结化善缘,盖造十王功德、三宝佛殿;仰赖十方施主菩萨,广种福田,舍资财共成胜事,修来生功果,贫僧只是挑脚汉。”月娘听了他这般言语,便唤小玉往房中取一顶僧帽、一双僧鞋、一吊铜钱、一斗白米。原来月娘平昔好斋僧布施,常时闲中发心,做下僧帽僧鞋,预备布施。这小玉取出来,月娘分付:“你叫那师父近前来,布施与他。”这小玉故做娇态,高声叫道:“那变驴的和尚,还不过来!俺奶奶布施与你这许多东西,还不磕头哩!”月娘便骂道:“怪堕业的小臭肉儿,一个僧家,是佛家弟子,你有要没紧,恁谤他怎的,不当家化化的;你这小淫妇儿,到明日不知堕多少罪业!”小玉笑道:“奶奶,这贼和尚,我叫他,他怎的把那一双贼眼,眼上眼下打量我?”那和尚双手接了鞋帽钱米,打问讯说道:“多谢施主老菩萨,布施布施!”小玉道:“这秃厮好无礼!这些人站着,只打两个问讯儿,就不与我打一个儿?”月娘道:“小肉儿,还恁说白道黑!他一个佛家之子,你也消受不的他这个问讯。”小玉道:“奶奶,他是佛爷儿子,谁是佛爷女儿?”月娘道:“相这比丘尼姑僧,是佛的女儿。”小玉道:“譬若说,相薛姑子、王姑子、大师父,都是佛爷女儿,谁是佛爷女婿?”月娘忍不住笑骂道:“这贼小淫妇儿,学的油嘴滑舌,见见就说下道儿去了!”小玉道:“奶奶只骂我,本等这秃和尚,贼眉竖眼的只看我!”孟玉楼道:“他看你,想必认得的,要度脱你去。”小玉道:“他若度我,我就去!”说着,众妇女笑了一回。月娘喝道:“你这小淫妇儿,专一毁僧谤佛!”那和尚得了布施,顶着三尊佛扬长去了。小玉道:“奶奶还嗔我骂他,你看这贼秃,临去还看了我一眼才去了。”有诗单道月娘修善施僧好处:

小玉却把布施化为谐谑。

守寡看经岁月深,私邪空色久违心。

奴身好似天边月,不许浮云半点侵!

和尚眼盯小玉不舍的描写甚妙。吴月娘通过向和尚布施显示自己守节的毅力,而和尚连忍住不望小玉的毅力都没有——或许他根本就不想忍。

月娘众人正在门首说话,忽见薛嫂儿提着花箱儿,从街上过来,见月娘众人,道了万福。月娘问:“你往那里去来?怎的影迹儿不来我这里走走?”薛嫂儿道:“不知我终日穷忙的是些甚么!这两日,大街上掌刑张二老爹家,与他儿子娶亲,和北边徐公公做亲,娶了他侄儿,也是我和文嫂儿说的亲事。昨日三日,摆大酒席。忙的连守备府里,咱家小大姐那里叫我也没去,不知怎么恼我哩!”月娘问道:“你如今往那里去?”薛嫂道:“我有庄事,敬来和你老人家说来。”月娘道:“你有话进来说。”一面让薛嫂儿到后边上房里,坐下吃了茶。薛嫂道:“你老人家还不知道,你陈亲家从去年,在东京得病没了,亲家母叫了姐夫去,搬取家小灵柩;从正月来家,已是念经发送,坟上安葬毕。我只说你老人家这边知道,怎不去烧张纸儿,探望探望?”月娘道:“你不来说,俺这里怎得晓的,又无人打听!倒自知道潘家的吃他小叔儿杀了,和王婆子都埋在一处,却不知如今怎样了。”薛嫂儿道:“自古生有地儿死有处。五娘他老人家,不因那些事出去了,却不好来!平日不守本分,干出丑事来,出去了;若在咱家里,他小叔儿怎得杀了他?还是仇有头,债有主。倒还亏了咱家小大姐春梅,越不过娘儿们情肠,差人买了口棺材,领了他尸首葬埋了;不然,只顾暴露着,又拿不着小叔子,谁去管他?”孙雪娥在旁说:“春梅卖在守备府里多少时儿,就这等大了?手里拿出银子,替他买棺材埋葬,那守备也不嗔,当他甚么人?”薛嫂道:“耶嗏,你还不知!守备好不喜他,每日只在他房里歇卧,说一句依十句。一娶了他,生的好模样儿,乖觉伶俐,就与他西厢房三间房住,拨了个使女伏侍他;老爷一连在他房里歇了三夜,替他裁四季衣服,上头。三日吃酒,赏了我一两银子、一匹段子。他大奶奶五十岁,双目不明,吃长斋,不管事;东厢孙二娘,生了小姐,虽故当家,挝着个孩子。如今大小库房钥匙,倒都是他拿着,守备好不听他说话哩!且说银子,手里拿不出来?”几句说的月娘、雪娥都不言了。

此种提花箱儿的虔婆,是当时市民社会不可或缺的“填充物”,所以“终日穷忙”。

孙雪娥此时不仅妒火中烧,且暗打主意矣。

万没想到。撵出去倒成全了她。

坐了一回,薛嫂起身。月娘分付:“你明日来,我这里备一张祭桌、一匹尺头、一分冥纸,你来送大姐,与他公公烧纸去。”薛嫂儿道:“你老人家不去?”月娘道:“你只说我心中不好,改日望亲家去罢。”那薛嫂约定:“你教大姐收拾下,等着我。饭罢时候。”月娘道:“你如今到那里去?守备府中不去也罢!”薛嫂道:“不去,就惹他怪死了!他使小伴当更有给人强刺激的消息。是可忍，孰不可忍？

叫了我好几遍了。”月娘道:“他叫你做甚么?”薛嫂道:“奶奶,你不知。他如今有了四五个月身孕了,老爷好不喜欢！叫了我去,一定赏我。”提着花箱作辞去了。雪娥便说:“老淫妇说的没个行款儿！他卖守备家多少时,就有了半肚孩子？那守备身边少说也有几房头,莫就兴起他来,这等大道?”月娘道:“他还有正景大奶奶,房里还有一个生小姐的娘子儿哩。”雪娥道:“可又来！到底还是媒人嘴,一尺水十丈波的。”不因今日雪娥说话,正是:从天降下钩和线,就地引起是非来。有诗为证:

曾记当年侍主傍,谁知今日变风光。

世间万事皆前定,莫笑浮生空自忙。

毕竟未知后来如何,且听下回分解。

第八十九回
清明节寡妇上新坟　吴月娘误入永福寺

风拂烟笼锦旆扬，太平时节日初长。
多添壮士英雄胆，善解佳人愁闷肠。
三尺绕垂杨柳岸，一竿斜插杏花旁。
男儿未遂平生志，且乐高歌入醉乡。

话说吴月娘次日备办了一张祭桌、猪首三牲、羹饭冥纸之类，封了一匹尺头，交大姐收拾一身缟素衣服，坐轿子。薛嫂儿押着祭礼先行，来到陈宅门首，只见陈经济正在门首站立。那薛嫂把祭礼交人抬进去，经济便问："那里的？"薛嫂道了万福，说："姐夫，你休推不知，你丈母家来与你爹烧纸，送大姐来了。"经济便道："我髻髹合的才是丈母！正月十六日贴门神——迟了半月。人也入了土，才来上祭！"薛嫂道："好姐夫，你丈母说，寡妇人没脚蟹，不知你这里亲家灵柩来家，迟了一步，休怪！"正说着，只见大姐轿子落在门首。经济问是谁，薛嫂道："再有谁？你丈母心内不好，一者送大姐来家，二者敬与你爹烧纸。"经济骂道："趁早把淫妇抬回去。好的死了万万千千，我要他做甚么！"薛嫂道："常言道嫁夫着主，怎的说这个话？"经济道："我不要这淫妇了，还不与我走！"那抬轿的只顾站立不动，被经济向前踢了两脚，骂道："还不与我抬了去！我把花子腿砸折了，把淫妇鬏毛都薅净了！"那抬轿子的见他踢起来，只得抬轿子往家中走不迭；比及薛嫂叫出他娘张氏来，轿子已抬的去了。

原是吴月娘将其棒打逐出府去的。罐子已破，恐难锔合。

西门大姐在轿中是何光景？

薛嫂儿没奈何，教张氏收下祭礼，走来回复吴月娘。把吴月娘气的一个发昏，说道："恁个没天理的短命囚根子！当初你家为了官事，躲来丈人家居住，养活了这几年，今日反恩将仇报起来了！恨起死鬼当初揽下的好货在家里，弄出事来；到今日交我做臭老鼠，交他这等放屁辣臊！"对着大姐说："孩儿，你是眼见的，丈人、丈母那些儿亏了他来？你活是他家人，死是他家鬼，我家里也难以留你。你明日还去，休要怕他，料他挟不到你井里！他好胆子，恒是杀不了人，难道世间没王法管他也怎的！"当晚不题。

到次日，一顶轿子，交玳安儿跟随着，把大姐又送到陈经济家来。不想陈经济不在家，往坟上替他父亲添土叠山子去了。张氏知礼，把大姐留下，对着玳安儿，说："大官到家多多上复亲家，多谢祭礼，休要和他一般儿见识！他昨日已有酒了，故此这般，等我慢慢说他。"一面管待玳安儿，安抚来家。至晚，陈经济坟上回来，看见了大姐，就行踢打，骂道："淫妇，你又来做甚么？还说我在你家雌饭吃，你家收着俺许多箱笼，因此起的这大产业，不道的白养活了女婿！好的死了万千，我要你这淫妇做甚！"这大姐亦骂："没廉耻的囚根子！没天理的囚根子！淫妇出去，吃人杀了，没的禁，拿我煞气。"被经济抹过顶发，尽力打了几拳头。他娘走来解劝，把他娘推了一交，他娘叫骂哭喊说："好囚根子，红了眼，连我也不认的了！"到晚上，一顶轿子，把大姐又送将来，分付道："不讨将寄放妆奁、箱笼来家，我把你这淫妇活杀了！"这大姐害怕，躲在家中居住，再不敢去了。有诗为证：

更将破罐碎成渣。

相识当初信有疑，心情还似永无涯。

谁知好事多更变，一念翻成怨恨媒！

西门大姐处境，其实离迎儿不远。

这里西门大姐在家躲住，不敢去了。一日，三月清明佳节，吴月娘备办香烛、金钱冥纸、三牲祭物、酒肴之类，抬了两大食盒，要往城外五里新坟上，与西门庆上新坟祭扫；留下孙雪娥和大姐、众丫头看家，带了孟玉楼和小玉，并奶子如意儿抱着孝哥儿，都坐轿子，往坟上去；又请了吴大舅和大妗子老公母二人同去。

出了城门，只见那郊原野旷，景物芳菲，花红柳绿，仕女游人不断头的走的。一年四季，无过春天，最好景致。日谓之丽日，风谓之和风，吹柳眼，绽花心，拂香尘；天色暖谓之暄，天色寒谓之料峭；骑的马谓之宝马，坐的轿谓之香车，行的路谓之香径，地下飞的土来谓之香尘；千花发蕊，万草生芽，谓之春信。韶光淡荡，淑景融和。小桃深妆脸妖娆，嫩柳嫋宫腰细腻。百啭黄鹂惊回午梦，数声紫燕说破春愁。日舒长暖澡鹅黄，水渺茫浮香鸭绿。隔水不知谁院落，秋千高挂绿杨烟。端的春景，果然是好！到的春来，那府州县道与各处村镇乡市，都有游玩去处。有诗为证：

春天依旧，人事皆非。

清明何处不生烟，郊外微风挂纸钱。
人笑人歌芳草地，乍晴乍雨杏花天。
海棠枝上流莺语，杨柳堤边醉客眠。
红粉佳人争画板，彩绳摇拽学飞仙。

却说吴月娘等轿子到五里原坟上，玳安押着食盒又早先到。厨下生起火来，厨役落作整理，不题。月娘与玉楼、小玉，奶子如意儿抱着孝哥儿，到于庄院客坐内坐下吃茶，等着吴大妗子不见到。玳安向西门庆坟上祭台上，摆设桌面三牲、羹饭祭物，列下纸钱，只等吴大妗子。原来大妗子雇不出轿子来，约巳牌时分，才同吴大舅雇了两个驴儿骑将来。月娘便说："大妗子雇不出轿子来，这驴儿怎么骑？"一面吃了茶，换了衣服，走来西门庆坟前祭扫。那月娘手拈着五根香，一根香他拿在手内；一根香递与玉楼；一根递与奶子如意儿，抱着孝哥儿；那两根递与吴大舅、大妗子。月娘插在香炉内，深深拜下去，说道："我的哥哥，你活时为人，死后为神。今日三月清明佳节，你的孝妻吴氏三姐、孟三姐，同你周岁孩童孝哥儿，敬来与你坟前烧一陌钱纸。你保佑他长命百岁，替你做坟前拜扫之人。我的哥哥，我和你做夫妻一场，想起你那模样儿并说的话来，是好伤感人也！"玳安把纸钱点着。有哭《山坡羊》为证：

女流辈雇不起轿子，在那时是最没脸面的事。

烧罢纸，小脚儿连跺。奴与你做夫妻一场，并没个言差语错。实指望同谐到老，谁知你半路将奴抛却！当初人情看望全然是我，今丢下铜斗儿家缘，孩儿又小。撇的俺子母孤孀，怎生遣过？恰便似中途遇雨、半路里遭风来呵！折散了鸳鸯，

西门庆的模样儿并说的话儿，想读者印象尚浓。这样一个有血有肉的人，作过恶，也有过温柔，活过，死了。到头来人都有一死。想及此，确实"好伤感人也！"

生揪断异果。叫了声，好性儿的哥哥！想起你那动影行藏，可不嗟叹我。

带《步步娇》：

烧的纸灰儿团团转，不见我儿夫面。哭了声年少夫，撇下娇儿，闪的奴孤单。咱两无缘，怎得和你重相见？

此处的唱，恐非叙述者的“艺术化处理”，而是当时妇女“哭丧”的常态描摹。

玉楼向前插上香，深深拜下，哭唱前腔：

烧罢纸，满眼泪堕。叫了声人也天也，丢的奴无有个下落。实承望和你白头厮守，谁知道半路花残月没！大姐姐有儿童他房里还好，闪的奴树倒无阴，跟着谁过？独守孤帏，怎生奈何？恰便似前不着店、后不着村里来呵！那是我叶落归根，收园结果？叫了声，年小的哥哥！要见你只非梦儿里相逢，却不想念杀了我！

带《步步娇》：

哭来哭去哭的奴痴呆了，你一去了无消耗。思量好无下稍无下稍，你正青春，奴又多娇。好心焦，清减了花容月貌。

玉楼上了香；奶子如意抱着哥儿，也跪下上香，磕了头；吴大舅、大妗子都炷了香。行毕礼数，同让到庄上卷棚内，放桌席摆饭，收拾饮酒。月娘让吴大舅、大妗子上坐，月娘与玉楼打横，小玉和奶子如意儿，同大妗子家使的老姐兰花，也在两边打横列坐，把酒来斟。按下这里吃酒，不题。

竟撒出这样的谎来。

却表那日周守备府里也上坟。先是春梅隔夜和守备睡，假推做梦，睡梦中哭醒了。守备慌的问：“你怎的哭？”春梅便说：“我梦见我娘向我哭泣，说养我一场，怎地不与他清明寒食烧纸儿？因此哭醒了。”守备道：“这个也是养女一场，你的一点孝心。不知你娘坟在何处？”春梅道：“在南门外永福寺后面便是。”守备说：“不打紧，永福寺是我家香火院。明日咱家上坟，你教伴当抬些祭物，往那里与你娘烧分纸钱，也是好处。”至此日，守备令家人收拾食盒酒果祭品，径往城南祖坟上，那里有大庄院、厅堂、花园去处，那里有享堂、祭台；大奶奶、孙二娘并春梅，都坐四人轿，排军喝路，上坟耍子去了。

却说吴月娘和大舅、大妗子吃了回酒，恐怕晚来，分付玳安、来安儿收拾了食盒酒果，先往那十里长堤杏花村酒楼下，拣高阜去处，人烟热闹，那里设放桌席等候。又见大妗子没轿子，都把轿子抬着，后面跟随不坐，领定一簇男女，吴大舅牵着驴儿，压后同行，踏青游玩。三里抹过桃花店，五里望见杏花村。只见那随路上坟游玩的王孙士女，花红柳绿，闹闹喧喧，不断头的走，偏衬着日暖风和，寻芳问景不知又多少。正走之间，也是合当有事，远远望见绿槐影里一座庵院，盖造得十分齐整。但见：

也只好因陋就简。

山门高耸，梵宇清幽。当头敕额字分明，两下金刚形势猛。五间大殿，龙鳞瓦砌碧成行；两廊僧房，龟背磨砖花嵌缝。前殿塑风调雨顺，后殿供过去未来。钟鼓楼森立，藏经阁巍峨。幡竿高峻接青云，宝塔依稀侵碧汉。木鱼横挂，云板高悬。佛前灯烛荧煌，炉内香烟缭绕。幢幡不断，观音殿接祖师堂；宝盖相连，鬼母位通罗汉院。时时护法诸天降，岁岁降魔尊者来。

吴月娘便问："这座寺叫做甚么寺？"吴大舅便说："此是周秀老爷香火院，名唤永福禅林。前日姐夫在日，曾舍几十两银子在这寺中重修佛殿，方是这般新鲜。"月娘向大妗子说："咱也到这寺中看一看。"于是领着一簇男女进入寺中来。不一时，小沙弥看见，报于长老知道；见有许多男女，便出方丈来，迎请施主菩萨随喜。但见这长老怎生模样？

原是西门庆舍银重修的寺院。

一个青旋旋光头新剃，把麝香松子匀搽；黄烘烘直裰初缝，使沉速旃檀浓染。山根鞋履，是福州染到深青；九缕丝绦，系西地买来真紫。那和尚光溜溜一双贼眼，单睃趁施主娇娘；这秃厮美甘甘满口甜言，专说诱喪家少妇。淫情动处，草庵中去觅尼姑；色胆发时，方丈内来寻行者。仰观神女思同寝，每见嫦娥要讲欢！

这长老见吴大舅、吴月娘，向前合掌道了问讯，连忙唤小和尚开了佛殿。"请施主菩萨随喜游玩，小僧看茶。"那小沙弥开了殿门，领月娘一簇男女，前后两廊参拜观看了一回，然后到长老方丈。长老连忙点上

此书作者写及僧尼道士，多刻薄挖苦。但此书又用佛道训诫"归结全书"。看来此书作者并不那么看重他所提供的宗教性训诫。那是他不得不写出来以"将就"当时社会主流意识形态的"文本策略"。

此书作者所真正重视的，是人的命运的流程，他津津乐道那"过程"，只负责写出"这个样"，而不负责回答"为什么这个样"，更不负责回答"应该怎么样"。

茶来，雪锭般盏儿，甜水好茶。吴大舅请问长老道号，那和尚笑嘻嘻说：“小僧法名道坚。这寺是恩主帅府周爷香火院，小僧忝在本寺长老，廊下管百十众僧；后边禅堂中还有许多云游僧行，常串坐禅，与四方檀越答报功德。”一面方丈中摆斋，让月娘：“众菩萨请坐，小僧一茶而已。”月娘道：“不当打搅长老宝刹。”一面拿出五钱银子，交大舅递与长老，佛前请香烧。那和尚笑吟吟打问讯谢了，说道：“小僧无甚管待，施主菩萨少坐，略备一茶而已，何劳费心赐与布施。”不一时，小和尚放了桌儿，拿上素菜斋食饼馓上来。那和尚在旁陪坐，举箸儿才待让月娘众人吃时，忽见两个青衣汉子走的气喘吁吁，暴雷也一般报与长老，说道：“长老还不快出来迎接？府中小奶奶来祭祀来了！”慌的长老披袈裟、戴僧帽不迭，分付小沙弥连忙收了家活，“请列位菩萨且在小房避避，打发小夫人烧了纸，祭毕去了，再款坐一坐不迟。”吴大舅告辞，和尚死活留住，又不肯放。

好大气势。

那和尚慌的鸣起钟鼓来，出山门迎接，远远在马道口上等候。只见一簇青衣人，围着一乘大轿，从东云飞般来；轿夫走的个个汗流满面，衣衫皆湿。那长老躬身合掌说道：“小僧不知小奶奶前来，理合远接，接待迟了，勿蒙见罪！”这春梅在帘内答道：“起动长老。”那手下伴当，又早向寺后金莲坟上，抬将祭桌来摆设已久，纸钱列下。春梅轿子来到，也不到寺，径入寺后白杨树下金莲坟前，下了轿子，两边青衣人伺候。这春梅不慌不忙来到坟前，插了香，拜了四拜，说道：“我的娘，今日庞大姐特来与你烧陌纸钱，你好处生天，苦处用钱。早知你死在仇人之手，奴随问怎的，也娶来府中，和奴做一处；还是奴耽误了你，悔已是迟了！”说毕，令左右把纸钱烧了。这春梅向前放声大哭，有哭《山坡羊》为证：

与西门一家的寒酸“走相”形成鲜明对比。

烧罢纸，把凤头鞋跌绽。叫了声娘，把我肝肠儿叫断。自因你逞风流，人多恼你疾发你出去。被仇人才把你命儿坑陷，奴在深宅，怎得个自然？又无亲，谁把你挂牵？实指望和你同床儿共枕，怎知道你命短无常，死的好可怜！叫了声不睁眼的青天！常言道好物难全，红罗尺短。

这里春梅在金莲坟上，祭祀哭泣，不题。

却说吴月娘在僧房内，只知有宅内小夫人来到，长老出去山门迎接，又不见进来，问小和尚。小和尚说："这寺后，有小奶奶的一个姐姐新近葬下，今日清明节特来祭扫烧纸。"孟玉楼便道："怕不就是春梅来了，也不见的。"月娘道："他又那得个姐来，死了葬在此处？"又问小和尚："这府里小夫人姓甚么？"小和尚道："姓庞氏。前日与了长老四五两经钱，教替他姐姐念经，荐拔生天。"玉楼道："我听见爹说，春梅娘家姓庞，叫庞大姐，莫不是他？"正说话，只见长老先走来，分付小沙弥："快看好茶。"不一时，轿子抬进方丈，二门里才下轿。月娘和玉楼众人打僧房帘内，望外张看怎样的小夫人。定睛仔细看时，却是春梅！但比昔时出落得长大身材，面如满月，打扮的粉妆玉琢，头上戴着冠儿，珠翠堆满，凤钗半卸，上穿大红妆花袄儿，下着翠蓝缕金宽襕裙子，带着玎珰禁步，比昔不同许多。但见：

分明是得宠的"主子"妆束矣。

宝髻巍峨，凤钗半卸。胡珠环耳边低挂，金挑凤鬓后双插。红绣袄偏衬玉香肌，翠纹裙下映金莲小。行动处，胸前摇响玉玎珰；坐下时，一阵麝兰香喷鼻。腻粉妆成脖颈，花钿巧贴眉尖。举止惊人，貌比幽花殊丽；姿容闲雅，性如兰蕙温柔。若非绮阁生成，定是兰房长就。俨若紫府琼姬离碧汉，蕊宫仙子下尘寰！

那长老一面掀帘子请小夫人，方丈明间内，上面独独安放一张公座椅儿。春梅坐下，长老参见已毕，小沙弥拿上茶。长老递茶上去说道："今日小僧不知宅内上坟，小奶奶来这里祭祀，有失迎接，恕罪小僧。"春梅道："外日多有起动长老，诵经追荐。"那和尚没口子说："小僧岂敢？有甚殷勤，补报恩主！多蒙小奶奶赐了许多经钱衬施。小僧请了八众禅僧，整做道场，看经礼忏一日；晚夕，又多与他老人家装些厢库焚化。道场圆满，才打发两位管家进城，宅里回小奶奶话。"春梅吃了茶，小和尚接下钟盏来。

吴月娘等听见，是何滋味。

长老只顾在旁，一递一句与春梅说话，把吴月娘众人拦阻在内，又不好出来的。月娘恐怕天晚，使小和尚请下长老来，要起身。那长老又不肯放，走来方丈禀春梅说："小僧有件事，禀知小奶奶。"春梅道："长老有话,但说无妨。”长老道:“适间有几位游玩娘子,在寺中随喜,不知小奶奶来;如今他要回去,未知小奶奶尊意如何。”春梅道:“长老何不请来相见。”那长老慌的来请。吴月娘又不肯出来,只说:“长老,不见罢;天色晚了,俺每告辞去罢。”长老见收了他布施,又没管待,又意不过,只顾再三催促。吴月娘与孟玉楼、吴大妗子推阻不过,只得出来,春梅一见便道:“原来是二位娘与大妗子!”于是先让大妗子转上,花枝招飐磕下头去。慌的大妗子还礼不迭,说道:“姐姐,今非昔日比,折杀老身!”春梅道:“好大妗子,如何说这话?奴不是那样人!尊卑上下,自然之理。”拜了大妗子,然后向月娘、孟玉楼插烛也似磕下头去。月娘、玉楼亦欲还礼,春梅那里肯。扶起,磕了四个头,说:“不知是娘们在这里,早知也请出来相见。”月娘道:“姐姐,你自从出了家门在府中,一向奴多缺礼,没曾看你,你休怪!”春梅道:“好奶奶,奴那里出身,岂敢说怪。”因见奶子如意儿抱着孝哥儿,说道:“哥哥也长的恁大了。”月娘说:“你和小玉过来,与姐姐磕个头儿。”那如意儿和小玉二人笑嘻嘻过来,亦与春梅都半磕了头。月娘道:“姐姐,你受他两个一礼儿。”春梅向头上拔下一对金头银簪儿来,插在孝哥儿帽儿上。月娘说:“多谢姐姐簪儿,还不与姐姐唱个喏儿。”如意儿抱着哥儿,真个与春梅唱个喏,把月娘喜欢的要不得。玉楼说:“姐姐,你今日不到寺中,咱娘儿们怎得遇在一处相见?”春梅道:“便是。因俺娘他老人家,新埋葬在这寺后。奴在他手里一场,他又无亲无故,奴不记挂着,替他烧张纸儿,怎生过得去?”月娘说:“我记的你娘没了好几年,不知葬在这里。”孟玉楼道:“大娘还不知庞大姐说话,说的潘六姐死了。多亏姐姐,如今把他埋在这里!”月娘听了,就不言语了。吴大妗子道:“谁似姐姐这等有恩,不肯忘旧,还葬埋了。你逢节令题念他,来替他烧钱化纸。”春梅道:“好奶奶,想着他怎生抬举我来!今日他死的苦,是这般抛露丢下,怎不埋葬他?”说毕,长老教小和尚放桌儿摆斋上来。两张大八仙桌子,蒸酥煠饼馓点心,各样素馔菜蔬,堆满春台;绝细金芽雀舌,甜水好茶。众人吃了收下家活去。吴大舅自有僧房管待,不在话下。

吴月娘尴尬,春梅却坦然。

吴月娘想是讪讪的,不得不说这几句耳。

有权行使“原谅权”,亦人生一大乐事耳。

犹记借棒槌起争斗事乎?

吴月娘又没想到。

孟玉楼起身,心里要往金莲坟上看看,替他烧张纸,也是姊妹一场;

见月娘不动身，拿出五分银子教小沙弥买纸去。长老道：“娘子不消买去，我这里有金银纸，拿几分烧去。”玉楼把银子递与长老，使小沙弥领到后边白杨树下金莲坟上，见三尺坟堆，一堆黄土，数柳青蒿。上了根香，把纸钱点着，拜了一拜，说道：“六姐，不知你埋在这里。今日孟三姐误到寺中，与你烧陌钱纸，你好处生天，苦处用钱。”一面取出汗巾儿来，放声大哭。有哭《山坡羊》为证：

孟玉楼宜乎有此一哭。

烧罢纸，泪珠儿乱滴。叫六姐一声，哭的奴一丝儿两气。想当初咱二人不分个彼此，做姊妹一场并无面红面赤。你性儿强我常常儿的让你，一面儿不见，不是你寻我、我就寻你。恰便相比目鱼，双双热粘在一处。忽被一阵风咱分开来呀！共树同栖，一旦各自去飞。叫了声六姐，你试听知，可惜你一段儿聪明，今日埋在土里！

那奶子如意儿见玉楼往后边，也抱了孝哥儿来看一看。月娘在方丈内，和春梅说话，教奶子休抱了孩子去，只怕唬了他。如意儿道：“奶奶，不妨事，我知道。”径抱到坟上，看玉楼烧纸哭罢回来。

春梅和月娘匀了脸，换了衣裳，分付小伴当将食盒打开，将各样细果、甜食、肴品、点心攒盒，摆下两桌子，布甑内筛上酒来，银钟牙箸，请大妗子、月娘、玉楼上坐，他便主位相陪；奶子、小玉、老姐两边打横；吴大舅，另放一张桌子在僧房内。正饮酒中间，忽见两个青衣伴当走来，跪下禀道：“老爷在新庄，差小的来请小奶奶看杂耍调百戏的。大奶奶、二奶奶都去了，请奶奶快去哩。”这春梅不慌不忙说：“你回去，知道了。”那二人应诺下来，又不敢去，在下边等候，且待他陪完。大妗子、月娘便要起身，说：“姐姐，不再打搅。天色晚了，你也有事，俺每去罢。”那春梅那里肯放，只顾令左右将大钟来劝道：“咱娘儿们会少离多，彼此都见长着，休要断了这门亲路；奴也没亲没故，到明日娘好的日子，奴往家里走走去。”月娘道：“我的姐姐，说一声儿就勾了，怎敢起动你？容一日，奴去看姐姐去。”饮过一杯，月娘说：“我酒勾了；你大妗子没轿子，十分晚了，不好行的。”春梅道：“大妗子没轿子，我这里有跟随小马儿，拨一匹与妗子骑，送了家去。”一面收拾起身。春梅叫过那长老来，

平起平坐矣。且是做东。无限风光在寺中！

“奴去看姐姐去”，此语吴月娘费多大劲方说得出口！

“你大妗子没轿子”，此语更难出口，而又更不能不出口。“拨一匹（小马儿）与妗子骑”，此语中透出多少“以德报怨”的快乐！

令小伴当拿出一匹大布、五钱银子与长老。长老拜谢了,送出山门。春梅与月娘拜别,看着月娘、玉楼众人上了轿子,他也坐轿子,两下分路,一簇人跟随,喝着道往新庄上去了。正是:树叶还有相逢处,岂可人无得运时?

毕竟未知后来如何,且听下回分解。

敏感的读者,或者会猜想庞春梅与潘金莲有同性恋的关系。否则本回中春梅为潘金莲上坟时为何要哭出"实指望和你同床儿共枕"的"心愿"来?这样去"解读",或许可以圆满地理解她二人为何那样地感情深厚,几无龃龉发生。

在中国古典文学作品中,表现男性同性恋的例子不胜枚举,但几乎举不出一例表现女同性恋的作品。有时写到男子装作女子,骗取别的女子信任,然后借"同性同寝"的机会,奸污那女子,但这显然并不是在表现女性同性恋。

像《金瓶梅》这样的作品,在写"性"方面似乎是"百无禁忌",举凡男性与女性间的所有性交往方式,从"合法"的到"非法"的,从"常态"的到"变态"的,从"实交"到"梦交",都有淋漓尽致的大胆描写,而且写男性间的性行为,也可以写到不怕读者作十日呕的地步,但你却看不到一笔明显的女性间性关系的描写。这是为什么?是作者对女性同性恋(性行为)缺乏认知,还是受到了那个社会总体认知水平的限制,抑或是有更深层的社会学、伦理学或其他方面的原因?这显然是一个我们应当加以探讨的学术问题。

第九十回
来旺盗拐孙雪娥　雪娥官卖守备府

花开花落开又落，锦衣布衣更换着。
豪家未必常富贵，贫人未必常寂寞。
扶人未必上青天，推人未必填沟壑。
劝君凡事莫怨天，天意与人无厚薄。

话说吴大舅，领着月娘等一簇男女，离了永福寺，顺着大树长堤前来。玳安又早在杏花村酒楼下边，人烟热闹，拣高阜去处，那里幕天席地，设下酒肴，等候多时了。远远望月娘众人轿子到了，问道："如何这咱才来?"月娘又把永福寺中遇见春梅，告诉一遍。不一时，斟上酒来，众人坐下，正饮酒，只见楼下香车绣毂，往来人烟喧杂，车马轰雷，笙歌鼎沸。月娘众人蹦着高阜，把眼观看，看见人山人海围着，都看教师走马要解的。

写出清明郊外热闹景象。一幅色彩鲜明的民间风情画。

原来是本县知县相公儿子李衙内，名唤李拱璧，年约三十余岁，见为国子上舍。一生风流博浪，懒习诗书，专好鹰犬走马，打球蹴踘，常在三瓦两巷中走，人称他为"李棍子"。那日穿着一弄儿轻罗软滑衣裳，头戴金顶缠棕小帽，脚踏干黄靴，纳绣袜口，同廊吏何不违，带领二三十好汉，拿弹弓、吹筒、球棒，在于杏花庄大酒楼下，看教师李贵走马卖解、竖肩桩、隔肚带、轮枪舞棒，做各样技艺顽耍，有这许多男女围着烘笑。那李贵诨名号为"山东夜叉"，头戴万字巾，脑后扑匾金环，身穿紫窄衫、销金裹肚，脚上鞴踢腿绑、干黄鞴靴、五彩飞鱼袜口，坐下银鬃马，手

忽又写到一群博浪子弟。本书出场人物极多。有贯穿前后者，亦有"逢场一现"者。

执朱红杆明枪头招风令字旗,在街心扳鞍上马,高声说念一篇道:

我做教师世罕有,江湖远近扬名久。双拳打下如锤钻,两脚入来如飞走。南北两京打戏台,东西两广无敌手。分明是个铁嘴行,自家本事何曾有?少林棍,只好打田鸡;董家拳,只好吓小狗。撞对头不敢喊一声,没人处专会夸大口。骗得铜钱放不牢,一心要折章台柳。亏了北京李大郎,养我在家为契友。蘸生酱吃了半畦蒜,卷春饼啄了两担韭。小人自来生得馋,寅时吃酒直到酉。牙齿疼,把来锉一锉;肚子胀,将来扭一扭。充饥吃了三斗米饭,点心吃了七石缸酒。多亏了此人未得醉,来世做只看家狗。若有贼来掘壁洞,把他阴囊咬一口。问君何故咬他囊?动不的手来只动口!

自嘲到如此地步,有趣。杂技艺人多兼"相声"一类令看客发噱的表演。

当下李衙内一见那长挑身材妇人,不觉心摇目荡,观之不足,看之有余。口中不言,心内暗道:"不知谁家妇女,有男子没有?"一面叫过手下答应的小张闲架儿来,悄悄分付:"你去那高坡上,打听那三个穿白的妇人是谁家的;访得是实,告我知道。"那小张闲掩口应诺,云飞跑去。不多时,走到跟前,附耳低言回报说:"如此这般,是县门前西门庆家妻小。一个年老的姓吴,是他嫂子。一个五短身材,是他大娘子吴月娘,那个长挑身材,有白麻子的,是第三个娘子,姓孟,名唤玉楼,如今都守寡在家。"这李衙内听了,独看上孟玉楼,重赏小张闲,不在话下。

不是一般杂技艺人。李衙内"棍子"一伙自然敢有霸占良家妇女之心。

吴大舅和月娘众人观看了半日,见日色衔山,令玳安收拾了食盒,撺掇月娘上轿回家。一路上得多少锦毡郎摇罗袖醉,绮罗人揭绣帘看。有诗为证:

柳底花阴压路尘,一回游赏一回新。

有缘千里来相会,无缘对面不相亲。

这月娘众人回家,不题。

却说那日,孙雪娥与西门大姐在家,午后时分无事,都出大门首站立。也是天假其便,不想一个摇惊闺的过来。那时卖胭脂粉、花翠生活、磨镜子,都摇惊闺。大姐说:"我镜子昏了,使平安儿叫住那人,与我磨磨镜子。"那人放下担儿,说道:"我不会磨镜子,我卖些金银生活、首

"惊闺"据说是一种皮条穿的铁片,共八页,摇动起来声音可穿墙越户,达于闺中。

饰花翠。"站立在门前，只顾眼上眼下看着雪娥。雪娥便道："那汉子，你不会磨镜子，去罢，只顾看我怎的！"那人说："雪姑娘、大姑娘，不认的我了？"大姐道："眼熟，急忙想不起来。"那人道："我是爹手里出去的来旺儿。"雪娥便道："你这几年在那里来？怎的不见？出落得恁胖了。"来旺儿道："我离了爹门，到原籍徐州，家里闲着没营生，投跟了个老爹上京来做官；不想到半路里，他老爷儿死了，丁忧家去了。我便投在城内顾银铺，学会了此银行手艺，拣钑大器头面，各样生活。这两日行市迟，顾银铺教我挑副担儿出来，街上发卖些零碎。看见娘们在门首，不敢来相认，恐怕踅门瞭户的。今日不是你老人家叫住，还不敢相认。"雪娥道："原来是你！教我只顾认了半日，白想不起。既是旧儿女，怕怎的？"因问："你担儿里卖的是甚么生活？挑进里面，等俺每看一看。"

来旺儿被西门庆陷害，发配外乡，是第二十六回事。几十回书后，此人复现。是长篇小说笔法。从结构规律上说，是此书的"收势"。

"怕怎的？"一语中透露出"春消息"。孙雪娥"旷"久矣。

那来旺儿一面把担儿，挑入里边院子里来，打开箱子，用匣儿托出几件首饰来，金银镶嵌不等，打造得十分奇巧。但见：

> 孤雁衔芦，双鱼戏藻。牡丹巧嵌碎寒金，猫眼钗头火焰蜡。也有狮子滚绣球，骆驼献宝。满冠擎出广寒宫，掩鬓凿成桃源境。左右围发，利市相对荔枝丛；前后分心，观音盘膝莲花座。也有寒雀争梅，也有孤鸾戏凤。正是：绦环平安祖母绿，帽顶高嵌佛头青。

看了一回，问来旺儿："你还有花翠，拿出来。"那来旺儿又取一盒子，各样大翠鬓花、翠翘满冠，并零碎草虫生活来。大姐拣了他两对鬓花；这孙雪娥便留了他一对翠凤、一对柳穿金鱼儿。大姐便称出银子来与他；雪娥两件生活，欠他一两二钱银子，约下他："明日早来取罢。今日你大娘不在家，同你三娘和哥儿，都往坟上与你爹烧纸去了。"来旺道："我去年在家里，就听见人说爹死了，大娘生了哥儿，怕不的好大了。"雪娥道："你大娘孩儿，如今才周半儿，一家儿大大小小，如宝上珠一般，全看他过日子哩。"说话中间，来昭妻一丈青出来，倾了盏茶与他吃。那来旺儿接了茶，与他唱了个喏。来昭也在跟前，同叙了回话，分付："你明日来见见大娘。"那来旺儿挑担出门。

转眼西门庆身亡一年余矣。

到晚上，月娘众人轿子来家，雪娥、大姐、众人丫鬟接着，都磕了头。玳安跟盒担走不上，雇了匹驴儿骑来家，打发抬盒人去了。月娘告诉雪娥、大姐，说今日寺里遇见春梅一节。“原来他把潘家的就葬在寺后首，俺们也不知。他来替他娘烧纸，误打误撞遇见他，娘儿们又认了回亲。先是寺里长老摆斋吃了；落后又放下两张桌席，教伴当摆上他家的四五十攒盒，各样菜蔬下饭，筛酒上来，通吃不了。他看见哥儿，又与了一对簪儿。好不和气起解，行三坐五，坐着大轿子，许多跟随；又且是出落的比旧时长大了好些，越发白胖了。”吴大妗子道：“他倒也不改常忘旧！那咱在咱家时，我见他比众丫鬟行事儿正大，说话儿沉稳，就是个才料儿。你看今日福至心灵，恁般造化！”孟玉楼道：“姐姐没问他，我问他来，果然半年没洗换，身上怀着喜事哩；也只是八九月里孩子，守备好不喜欢哩。薛嫂儿说的倒不差。”说了一回，雪娥题起：“今日娘不在，我和大姐在门首看见来旺儿，原来又在这里学会了银匠，挑着担儿卖金银生活花翠。俺每就不认得他了，买了他几枝花翠。他问娘来，我说往坟上烧纸去了。”月娘道：“你怎的不教他等着我来家？”雪娥道：“俺们叫他明日来。”

轮到吴月娘来羡慕春梅，真令人不胜今昔之感！

想不到的事一齐来。

正坐着说话，只见奶子如意儿向前对月娘说：“哥儿来家，这半日只是昏睡不醒，口中出冷气，身上汤烧火热的。”这月娘听见慌了，向炕上抱起孩儿来，口揾着口儿，果然出冷汗，浑身发热，骂如意儿：“好淫妇！此是轿子冷了孩儿了。”如意儿道：“我拿小被儿裹的没没的，怎得冻着？”月娘道：“再不是，抱了往那死鬼坟上，唬了他来了。那等分付，教你休抱他去；你不依，浪着抱的去了！”如意儿道：“早是小玉姐看着，抱了他到那里，看看就来了，几时唬着他来？”月娘道：“别要说嘴！看那看儿便怎的？却把他唬了。”即忙叫来安儿：“快请刘婆子去。”不一时，刘婆来到，看了脉息，抹了身上，说：“着了些惊寒，撞见祟祸了。”留了两服朱砂丸，用姜汤灌下去；分付奶子卷着他，热炕上睡。到半夜出了些冷汗，身上才凉了。于是管待刘婆子吃了茶，与了他三钱银子，叫他明日还来看看。一家子慌的要不的，开门阖户，整乱了半夜。

富家奶妈实难当。

却说来旺，次日依旧挑将生活担儿，来到西门庆门首，与来昭唱喏，说："昨日雪姑娘留下我些生活，许下今日教我来取银子，就见见大娘。"来昭道："你且去着，改日来。昨日大娘来家，哥儿不好，叫医婆、太医看下药，整乱一夜，好不心焦！今日才好些，那得工夫称银子与你？"正说着，只见月娘、玉楼、雪娥送出刘婆子，来到大门首，看见来旺儿，那来旺儿扒在地下，与月娘、玉楼磕了两个头。月娘道："几时不见你，就不来这里走走？"来旺儿悉将前事说了一遍，"要来不好来的。"月娘道："旧儿女人家怕怎的，你爹又没了。当初只因潘家那淫妇，一头放火，一头放水，架的舌，把个好媳妇儿生生逼勒的吊死了；将有作没，把你垫发了去。今日天也不容，他往那去了！"来旺儿道："也说不的，只是娘心里明白就是了。"说了回话。月娘问他卖的是甚样生活，拿出来瞧；拣了他几件首饰，该还他三两二钱银子，都用等子称了与他。叫他进入仪门里面，分付小玉取一壶酒来，又是一盘点心教他吃；那雪娥在厨上一力撺掇，又热了一大碗肉出来与他。吃的酒饭饱了，磕头出门。月娘、玉楼众人归到后边去。雪娥独自悄悄和他打话："你常常来走着，怕怎的？奴有话教来昭嫂子对你说，我明日晚夕，在此仪门里，紫墙儿跟前耳房内等你。"两个递了眼色，这来旺儿就知其意，说："这仪门晚夕关不关？"雪娥道："如此这般，你来先到来昭屋里；等到晚夕，踩着梯凳，越过墙，顺着遮隔，我这边接你下来。咱二人会合一面，还有底细话与你说。"这来旺得了此话，正是欢从额起，喜向腮生；作辞雪娥，挑担儿出门。正是：不着家神，弄不得家鬼。有诗为证：

陷害他的人都死了，来旺儿也宜乎"向前看"了。

孙雪娥留在"吴国"也真是了无意趣。

闲来无事倚门阑，偶遇多情旧日缘。
对人不敢高声语，故把秋波送几番。

这来旺儿欢喜回家，一宿无话。到次日，也不挑担儿出来卖生活，慢慢踅来西门庆门首，等来昭出来，与他唱喏。那来昭便说："旺儿希罕，好些时不见你了。"来旺儿说："没事，闲来走走，里边雪姑娘，少我儿钱生活银讨讨。"来昭道："既如此，请来屋里坐。"把来旺儿让到房里坐下。来旺儿道："嫂子怎不见？"来昭道："你嫂子今日后边上灶哩。"那来旺儿拿出一两银子，递与来昭说："这几星银子，取壶酒来和哥嫂吃。"来昭道："何消这许多！"即叫他儿子铁棍儿过来，那铁棍吊起头

与当年王婆在茶馆门口对西门庆说的话相同。

小铁棍儿已长大矣。犹记当年因拾潘金莲一只绣鞋而惹出麻烦，几被西门庆打死事乎？

去，十五岁了，拿壶出来，打了一大注酒，使他后边叫一丈青来。不一时，一丈青盖了一锡锅热饭、一大碗杂熬下饭、两碟菜蔬，说道："好呀，旺官儿在这里。"来昭便拿出银子，与一丈青瞧，说："兄弟破费，要打壶酒咱两口儿吃。"一丈青笑道："无功消受，怎生使得？"一面放了炕桌，让来旺炕上坐，摆下酒菜，把酒来斟。来旺儿先倾头一盏，递与来昭，次斟一盏，与一丈青，深深唱喏，说："一向不见哥嫂，这盏水酒孝顺哥嫂。"一丈青便说："哥嫂不道酒肉吃伤了！你对真人，休说假话。里边雪姑娘，昨日已央及达知我了。你两个旧情不断，托俺每两口儿如此这般周全。你每休推睡里梦里，要问山下路，且得过来人。你若入港相会，有东西出来，休要独吃，须把些汁水教我呷一呷，俺替你们须耽许多利害！"那来旺便跪下说："只是望哥嫂周全，并不敢有忘！"说毕，把酒吃了一回。一丈青往后边和雪娥答了话，出来对他说，约定晚上来来昭屋里窝藏，待夜里关上仪门，后边人歇下，越墙而过，于中取事。有诗为证：

来昭、一丈青当年儿被西门庆撵走，当然不会为西门府利益着想。何况能从中得些"汁水"。

报应本无私，影响皆相似。
要知祸福因，但看所为事。

这来旺得了此言回来家，巴不到晚，踅到来昭屋里，打酒和他两口儿吃。至更深时分，更无一人觉的，直待的大门关了，后边仪门上了拴，家中大小歇息定了，彼此都有个暗号儿，只听墙内雪娥咳嗽之声。这来旺儿蹑着梯凳，黑影中扒过粉墙，顺着遮洋攞子，雪娥那边用凳子接着。两个在西耳房堆马鞍子去处，两个相搂相抱，云雨做一处。彼此都是旷夫寡女，欲心如火，那来旺儿缨枪强壮，尽力般弄了一回，乐极精来，一泄如注。事毕，雪娥递与他一包金银首饰、几两碎银子、两件段子衣服，分付："明日晚夕你再来，我还有些细软与你。你外边寻下安身去处；往后这家中过不出好来，不如我和你悄悄出去，外边寻下房儿，成其夫妇。你又会银行手艺，愁过不得日子？"来旺儿便说："如今东门外细米巷，有我个姨娘，有名收生的屈老娘；他那里曲弯小巷，倒避眼，咱两个投奔那里去。迟些时，看无动静，我带你往原籍家里，买几亩地种去也好。"两个商量已定。这来旺儿作别雪娥，依旧扒过墙，来到来昭屋里；等至

细米巷，曲弯小巷，与书中关于大街闹市的描写合起来想象，一个完整的商业社会立了起来。

天明，开了大门，挨身出去。到黄昏时分，又来门首，趄入来昭屋里；晚夕，依旧跳过墙去，两个干事。朝来暮往，非止一日，也抵盗了许多细软东西、金银器皿、衣服之类；来昭两口子也得抽分好些肥已。俱不必细说。

一日，后边月娘看孝哥儿出花儿，心中不快，睡得早。这雪娥房中使女中秋儿，原是大姐使的；因李娇儿房中元宵儿被经济要了，月娘就把中秋儿与了雪娥，把元宵儿扶侍大姐。那一日，雪娥打发中秋儿睡下，房里打点一大包钗环头面，装在一个匣内，用手帕蛮盖了头，随身衣服，约定来旺儿在来昭屋里等候，两个要走。这来昭便说："不争你走了，我看守大门，管放水鸭儿！若大娘知道，问我要人怎了？不如你二人打房上去，就蹦破些瓦，还有踪迹。"来旺儿道："哥也说得是。"雪娥又留一个银折盂、一根金耳斡、一件青绫袄、一条黄绫裙，谢了他两口儿。直等五更鼓月黑之时，隔房扒过去。来昭夫妇又筛上两大钟暖酒，与来旺、雪娥吃，说："吃了好走，路上壮胆些。"吃到五更时分，每人拿着一根香，蹦着梯子，打发两个扒上房去，一步一步走，把房上瓦也跳破许多。比及扒到房檐跟前，街上人还未行走，听巡捕的声音，这来旺儿先跳下去，后却教雪娥蹦着他肩背，接搂下来。两个往前边走到十字路口上，被巡捕的拦住，便说："往那里去的男女？"雪娥便唬慌了手脚；这来旺儿不慌不忙，把手中官香弹了一弹，说道："俺是夫妇二人，前往城外岳庙里烧香。起的早了些，长官勿怪！"那人问："背的包袱内是甚么？"来旺儿道："是香烛纸马。"那人道："既是两口儿岳庙烧香，也是好事，你快去罢。"这来旺儿得不的一声，拉着雪娥往前飞走。走到城下，城门才开，打人闹里挨出城去，转了几条街巷。

原来细米巷在个僻静去处，住着不多几家人家，都是矮房低厦，后边就是大水穴沿子。到于屈姥姥家，屈姥姥还未开门；叫了半日，屈姥姥才起来开了门，见来旺儿领了个妇人来。原来，来旺儿本姓郑，名唤郑旺，说："这妇人是我新寻的妻小。姨娘这里有房子且借一间，寄住些时，再寻房子。"递与屈姥姥三两银子，教买柴米。那屈姥姥见这金银首饰来因可疑。他儿子屈镗，因他娘屈姥姥安歇郑旺夫妻二人，带此东

那时儿童出痘是天大的事。

此非妙计，但也只好"急中生蠢"。

总算有惊无险。

西，夜晚见财起意，掘开房门，偷盗出来要钱，致被捉获，具了事件，拿去本县见官。

李知县见系贼赃之事，赃物执证见在，差人押着屈镗到家，把郑旺、孙雪娥一条索子都拴了。那雪娥唬的脸蜡查也似黄了，换了惨淡衣裳，带着眼纱，把手上戒指都勒下来打发了公人，押去见官。当下烘动了一街人观看，有认得的，说是：西门庆家小老婆，今被这走出去的小厮来旺儿，今改名郑旺，通奸拐盗财物，在外居住，又被这屈镗掏摸了，今事发见官。当下一个传十个，十个传百个，路上行人口似飞。

不幸败露被逮。

月娘家中自从雪娥走了，房中中秋儿，见箱内细软首饰都没了，衣服丢的乱三搅四，报与月娘。月娘吃了一惊，便问中秋儿："你跟着他睡，走了你岂会不知?"中秋儿便说："他要便晚夕悄悄偷走出外边，半日方回，不知详细。"月娘又问来昭："你看守大门，人出去你怎不晓的?"来昭便说："大门每日上锁，莫不他飞出去?"落后看见房上瓦蹦破许多，方知越房而去了。又不敢使人蹦访，只得按纳含忍。不想本县知县当堂问理这件事，先把屈镗夹了一顿，追出金头面四件、银首饰三件、金环一双、银钟二个、碎银五两、衣服二件、手帕一个、匣一个，向郑旺名下追出银三十两、金碗簪一对、金仙子一件、戒指四个，向雪娥名下追出金挑心一件、银镯一付、金钮五付、银簪四对、碎银一包，屈姥姥名下追出银三两。就将来旺儿问拟奴婢因奸盗取财物，屈镗系窃盗，俱系杂犯死罪，准徒五年，赃物入官。雪娥孙氏系西门庆妾，与屈姥姥，当下都当官拶了一拶。屈姥姥供明放了；雪娥责令本县差人，到西门庆家，教人递领状领孙氏。那吴月娘叫吴大舅来商议："已是出丑，平白又领了来家做甚么?没的玷辱了家门，与死的装幌子!"打发了公人钱，回了知县话。知县拘将官媒人来，当官辨卖。

以对孙雪娥的处置最惨。

却说守备府中春梅打听得知，说西门庆家中孙雪娥，如此这般，被来旺儿拐出，盗了财物去，在外居住，事发到官，如今当官辨卖。这春梅听见，要买他来家上灶，要打他嘴，以报平昔之仇。对守备说："雪娥善能上灶，会做的好茶饭汤水，买来家中伏侍。"这守备即便差张胜、李安，拿帖儿对知县说；知县自恁要做分上，只要八两银子官价。交完银子领

春梅是有恩必报，有怨必究。有时春梅显得很豁达，有时又表现出超常狠毒。这是个很特别的人物。

到府中，先见了大奶奶并二奶奶孙氏，次后到房中来见春梅。春梅正在房里缕金床锦帐之中才起来，手下丫鬟领雪娥见面。那雪娥见是春梅，不免低身进见，望上倒身下拜，磕了四个头。这春梅把眼瞪一瞪，唤将当直的家人媳妇上来，“与我把这贱人，撮去了鬏髻，剥了上盖衣裳，打入厨下，与我烧火做饭！”这雪娥听了，口中只叫苦。自古世间打墙板儿翻上下，扫米却做管仓人！既在他檐下，怎敢不低头？孙雪娥到此地步，只得摘了髻儿，换了艳服，满脸悲恸，往厨下去了。有诗为证：

布袋和尚到明州，策杖芒鞋任意游。

饶你化身千百亿，一身还有一身愁。

毕竟未知后来如何，且听下回分解。

春梅瞪眼，形象凶恶。孙雪娥在西门庆家中虽是管厨房的事，到底算是“主子”群里一员。现在却彻底“堕落”为烧火老妈子矣。

第九十一回
孟玉楼爱嫁李衙内　李衙内怒打玉簪儿

百岁光阴疾似飞，其间花景不多时。
秋凝白露蛩虫泣，春老黄昏杜宇啼。
富贵繁华身上孽，功名事迹目中魑。
一场春梦由人做，自有青天报不欺。

话说一日陈经济听见薛嫂儿说，西门庆家孙雪娥，被来旺因奸抵盗财物，拐出在外；事发，本县官卖，被守备府里买了，朝夕受春梅打骂。这陈经济乘着这个因由，使薛嫂儿往西门庆家对月娘说，只是经济风里言风里话，在外声言发话，说不要大姐，写了状子，巡抚、巡按处要告月娘，说西门庆在日，收着他父亲寄放许多金银箱笼细软之物。这月娘一来因孙雪娥被来旺儿盗财拐去，二者又是来安儿小厮走了，三者家人来兴媳妇惠秀又死了，刚打发出去，家中正七事八事，听见薛嫂儿来说此话，唬的慌了手脚，连忙雇轿子打发大姐家去；但是大姐床奁箱厨陪嫁之物，交玳安雇人都抬送到陈经济家。经济说："这是他随身嫁我的床帐妆奁，还有我家寄放的细软金银箱笼须索还我！"薛嫂道："你大丈母说来，当初丈人在时，止收下这个床奁嫁妆，并没见你别的箱笼。"经济又要使女元宵儿，薛嫂儿和玳安儿来对月娘说。月娘不肯把元宵与他，说："这丫头是李娇儿房中使的，如今没人看哥儿，留着早晚看哥儿哩。"把中秋儿打发将来，说原是买了扶侍大姐的；这经济又不要中秋儿，两头回来，只交薛嫂儿走。他娘张氏便向玳安说："哥哥，你到家顶

暴发之家，难免暴败。

上你大娘，你家姐儿们多，也不希罕这个使女看守哥儿；既是与了大姐房里好一向，你姐夫已是收用过他了，你大娘只顾留怎的？”玳安一面到家，把此话对月娘说了。月娘无言可对，只得把元宵儿打发将来。经济这里收下，满心欢喜，说道：“可怎的也打我这条道儿来？正是饶你奸似鬼，也吃我洗脚水！”

陈经济总算出了口恶气。

按下一头，却表一处。单说李知县儿子李衙内，自从清明郊外那日，在杏花庄酒楼看见吴月娘、孟玉楼，两口一般打扮，生的俱有姿色，使小张闲打听，回报俱是西门庆妻小。衙内有心爱孟玉楼，见生的长挑身材、瓜子面皮、面上稀稀有几点白麻子儿，模样儿风流俏丽。原来衙内丧偶鳏居已久，一向着媒妇各处求亲，多不遂意；及见玉楼，终有怀心，无门可入，未知嫁与不嫁，从违如何。不期雪娥缘事在官，已知是西门庆家出来的，周旋委曲。在伊父案前，将各犯用刑研审，追出赃物数目，冀其来领。月娘害怕，又不使人见官。衙内失望，因此才将赃物入官，雪娥官卖。至是，衙内谋之于廊吏何不违，径使官媒婆陶妈妈，来西门庆家访求亲事，许说成此门亲事，免县中打卯，还赏银五两。

雪娥下场，原来还有此一因素。

这陶妈妈听了，喜欢的疾走如飞，一直到于西门庆门首。来昭正在门首立，只见陶妈妈向前道了万福，说道：“动问管家哥一声，此是西门老爹家？”那来昭道：“你是那里来的？这是西门老爹家，老爹下世了，来有甚话说？”陶妈妈道：“累及管家进去禀声，我是本县官媒人，名唤陶妈妈，奉衙内小老爹钧语分付，说咱宅内有位奶奶要嫁人，敬来说头亲事。”那来昭喝道：“你这婆子好不近理！我家老爹没了一年有余，止有两位奶奶守寡，并不嫁人。常言疾风暴雨不入寡妇之门，你这媒婆，有要没紧，走来胡撞甚亲事？还不走快着，惹的后边奶奶知道，一顿好打！”那陶妈妈笑说：“管家哥，常言官差吏差，来人不差。小老爹不使我，我敢来做甚么？嫁不嫁，起动进去禀声，我好回话去。”这来昭道：“也罢，与人方便，自己方便。你少待片时，等我进去。两位奶奶，一位奶奶有哥儿，一位奶奶无哥儿，不知是那一位奶奶要嫁人？”陶妈妈道：“衙内小老爹说，是清明那日，郊外曾看见来，是面上有几点白麻子儿的那位奶奶。”

陶妈妈是官媒婆，做派与薛妈妈等“民媒”又不同。

“疾风暴雨不入寡妇之门”，来旺儿敢是“和风细雨”，是怎样“飘”进门的？

“不知是哪一位”，“不知”得有趣。

这来昭听了走到后边，如此这般告月娘说："县中使了个官媒人在外面。"倒把月娘吃了一惊，说："我家里并没半个字儿迸出，外边人怎得晓的？"来昭道："曾在郊外清明那日见来，说脸上有几个白麻子儿的那位奶奶。"月娘便道："莫不孟三姐也腊月里萝卜——动个心，忽剌八要往前进嫁人？正是世间海水知深浅，惟有人心难忖量！"一面走到玉楼房中，坐下便问："孟三姐，奴有件事儿来问你。外边有个保山媒人，说是县中小衙内，清明那日曾见你一面，说你要往前进。端的有此话么？"看官听说，当时没巧不成话，自古姻缘着线牵。那日郊外，孟玉楼看见衙内，生的一表人物，风流博浪，两家年甲多相仿佛，又会走马拈弓弄箭，彼此两情四目都有意，已在不言之表，但未知有妻子无妻子。口中不言，心内暗度："况男子汉已死，奴身边又无所出。虽故大娘有孩儿，到明日长大了，各肉儿各疼，归他娘去了，闪的我树倒无阴，竹篮儿打水。"又见月娘自有了孝哥儿，心肠儿都改变，不似往时。"我不如往前进一步，寻上个叶落归根之处，还只顾傻傻的守些甚么！倒没的耽阁了奴的青春，辜负了奴的年少！"正在思慕之间，不想月娘进来说此话，正是清明郊外看见的那个人。心中又是欢喜，又是羞愧，口里虽说："大娘休听人胡说，奴并没此话。"不觉把脸来飞红了。正是：含羞对众慵开口，理鬓无言只揾头。

春心早动矣。

关不住的春光。

月娘说："既是各人心里事，奴也管不的许多。"一面叫来昭："你请那保山来。"来昭来门首唤陶妈妈，进到后边。月娘在上房明间内，正面供养着西门庆灵床。那陶妈妈施毕礼数坐下，小丫鬟绣春倒茶吃了。月娘便问："保山来有甚事？"那陶妈妈便道："小媳妇无事不登三宝殿，奉本县正宅衙内分付，敬来说咱宅上有一位奶奶要嫁人，讲说亲事。"月娘道是："俺家这位娘子嫁人，又没曾传出去，你家衙内怎得知道？"陶妈妈道："俺家衙内说来，清明那日在郊外亲见这位娘子，生的长挑身材，瓜子面皮，脸上有稀稀几个白麻子儿的，便是这位奶奶。"月娘听了，不消说就是孟三姐了。于是领陶妈妈到玉楼房中，明间内坐下。

等勾多时，玉楼梳洗打扮出来。那陶妈妈道了万福，说道："就是此位奶奶，果然语不虚传，人材出众，盖世无双，堪可与俺衙内老爹做得个正头娘子！你看，从头看到底，风流实无比；从头看到脚，风流往下跑！”玉楼笑道：“妈妈休得乱说，且说你衙内今年多大年纪，原娶过妻小来没有，房中有人也无，姓甚名谁，乡贯何处，地里何方，有官身无官身。从实说来，休要捣谎！”陶妈妈道：“天么，天么！小媳妇是本县官媒，不比外边媒人快说谎。我有一句说一句，并无虚假！俺知县老爹年五十多岁，止生了衙内老爹一人。今年属马的，三十一岁，正月二十三日辰时建生；见做国子监上舍，不久就是举人、进士；有满腹文章，弓马熟娴，诸子百家，无不通晓。没有大娘子二年光景，房内止有一个从嫁使女答应，又不出才儿；要寻个娘子当家，一地里又寻不着门当户对妇，敬来宅上说此亲事。若成，免小媳妇县中打卯，还重赏在外。若是咱宅上做这门亲事，老爹说来，门面差徭、坟茔地土钱粮，一例尽行蠲免；有人欺负，指名说来，拿到县里，任意拶打。”玉楼道：“你衙内有儿女没有？原籍那里人氏？诚恐一时任满，千山万水带去，奴亲都在此处，莫不也要同他去？”陶妈妈道：“俺衙内老爹身边，儿花女花没有，好不单径！原籍是咱北京真定府枣强县人氏，过了黄河不上六七百里；他家中田连阡陌，骡马成群，人丁无数，走马牌楼，都是抚按明文，圣旨在上，好不赫耀惊人！如今娶娘子到家做了正房，扶正房入门为正；过后他得了官，娘子便是五花官诰，坐七香车，为命妇夫人，有何不好？”这孟玉楼被陶妈妈一席话，说得千肯万肯。一面唤兰香：“放桌儿，看茶食点心与保山吃。”因说：“保山，你休怪我叮咛盘问。你这媒人们说谎的极多，初时说的天花乱坠，地涌金莲，及到其间，并无一物，奴也吃人哄怕了。”陶妈妈道：“好奶奶，只要一个比一个。清自清，浑自浑，歹的带累了好的！小媳妇并不捣谎，只依本分说媒，成就人家好事。奶奶肯了，讨个婚帖儿与我，好回小老爹话去。”玉楼取了一条大红段子，使玳安交铺子里傅伙计，写了生时八字。吴月娘便说：“你当初原是薛嫂儿说的媒，如今还使小厮叫将薛嫂儿来，两个同拿了帖儿去说此亲事，才是理。”不多时，使玳安儿叫薛嫂儿来，见陶妈妈道了万福。当行见当行，拿着帖儿出离西门庆家门，往县中回衙内话去。一个是这里冰人，一个是那头保山，两张口四十八个牙，这一去，管取说得月里嫦娥寻配偶，巫山神女嫁

只是官媒套话而已。

有此等好处，恐怕吴月娘听了先满心愿意推出孟玉楼。

当然千肯万肯。比西门庆在时的状况还要好。这个没了西门庆的“吴国”还有什么好留恋的？

官媒“民媒”一齐出动，煞是热闹。

襄王！

陶妈妈在路上问薛嫂儿："你就是这位娘子的原媒？"薛嫂道："然者，便是。"陶妈妈问他："原先嫁这里，根儿是何人家的女儿？嫁这里是女儿，是再婚儿？"这薛嫂儿便一五一十，把西门庆当初从杨家娶来的话，告诉一遍。因见婚帖儿上写女命三十七岁，十一月二十七日子时生，说："只怕衙内嫌娘子年纪大些，怎了？他今才三十一岁，倒大六岁！"薛嫂道："咱拿了这婚帖儿，交个路过的先生，算看年命妨碍不妨碍；若是不对，咱瞒他几岁儿，不算发了眼。"正走中间，也不见路过响板的先生，只见路南远远的一个卦肆，青布帐幔，挂着两行大字："子平推贵贱，铁笔判荣枯；有人来算命，直言不容情。"帐子底下安放一张桌席，里面坐着个能写快算灵先生。这两个媒人向前道了万福，先生便让坐下。薛嫂道："有个女人命，累先生算一算。"向袖中拿出三分命金来，说："不当轻视！先生权且收了，路过不曾多带钱来。"先生道："请说八字。"陶妈妈递与他婚帖。看上面有八字生日年纪，先生道："此是合婚。"一面掐指寻纹，把算子摇了一摇，开言说道："这位女命今年三十七岁了，十一月廿七日子时生；甲子月，辛卯日，庚子时，理取印绶之格；女命逆行，见在丙申运中；丙合辛生，往后幸有威权，执掌正堂夫人之命；四权中天星多，虽然财命益夫发福，受夫宠爱，不久定见妨克。果然见过了不曾？"薛嫂道："已克过两位夫主了。"先生道："若见过，后来得了。"薛嫂儿道："他往后有子没有？"先生道："子早哩，命中直到四十一岁，才有一子送老。一生好造化，富贵荣华真无比！"取笔批下命词八句：

媒婆惯会瞒岁数。

花盛果收奇异时，欣遇良君立凤池。
娇姿不失江梅态，三揭红罗两画眉。
携手相邀登玉殿，含羞独步捧金卮。
会看马首升腾日，脱却寅皮任意移。

薛嫂问道："先生，如何是'会看马首升腾日，脱却寅皮任意移'？这两句俺每不懂，起动先生讲说讲说。"先生道："马首者，这位娘子如今嫁个属马的夫主，方是贵星，享受荣华；寅皮是克过的夫主，是属虎的，虽故受宠爱，只是偏房。往后一路功名，直到六十八岁，有一子，寿终，夫妻偕老。”两个媒人说道：“如今嫁的倒果是个属马的，只怕大了好几岁，配不来，求先生改少两岁才好！”先生道：“既要改，就改做丁卯三十四岁罢。”薛嫂道：“三十四岁与属马的也合的着？”先生道：“丁火庚金，火逢金炼，定成大器，正好！”当下改做三十四岁。

算命先生与媒婆通同作弊，恐非首次。

两个拜辞了先生，出离卦肆径到县中。衙内正坐，门子报入。良久，唤进陶薛二媒人，跪下磕头。衙内便问：“那个妇人是那里的？”陶妈妈道：“是那边媒人。”因把亲事说成，且诉一遍，说：“娘子人材无比的好，只争年纪大些。小媳妇不敢擅便，随衙内老爹尊意，讨了个婚帖在此。”于是递上去。李衙内看了，上写着“三十四岁，十一月廿七日子时生”，说道：“就大三两岁也罢。”薛嫂儿插口道：“老爹见的多！自古妻大两，黄金长；妻大三，黄金山。这位娘子人才出众，性格温柔，诸子百家，当家理纪，自不必说。”衙内道：“既然好，已是见过，不必再相；命阴阳择吉日良时，行茶礼过去就是了。”两个媒人禀说：“小媳妇几时来伺候？”衙内道：“事不可稽迟，你两个明日来讨话，往他家说。”分付左右：“每人且赏与他一两银子，做脚步钱。”两个媒人欢喜出门，不在话下。

这李衙内见亲事已成，喜不自胜。即唤廊吏何不违来，两个商议，对父亲李知县说了。令阴阳生择定四月初八日行礼，十五日吉日良时，准娶妇人过门；就兑出银子来，委托何不违、小张闲买办茶红酒礼，不必细说。

两个媒人次日讨了日期，往西门庆家回月娘、孟玉楼话。正是姻缘本是前生定，曾向蓝田种玉来。四月初八日，县中备办十六盘羹果茶饼，一副金丝冠儿、一副金头面、一条玛瑙带、一副玎珰七事、金镯银钏之类，两件大红宫锦袍儿、四套妆花衣服，三十两礼钱，其余布绢棉花，共约二十余抬。两个媒人跟随，廊吏何不违押担，到西门庆家下了茶。

西门庆寡妾中，孟玉楼结局算是最好的。此妇性格确较温和，能忍能让，有一定同情心，见好能及时收，遇歹能早却步。

十五日，县中拨了许多快手闲汉来，搬抬孟玉楼床帐嫁妆箱笼。月娘看着，但是他房中之物，尽数都交他带去；原旧西门庆在日，把他一张八步彩漆床，陪了大姐，月娘就把潘金莲房那张螺钿床陪了他。玉楼教

吴月娘独让孟玉楼尽数带走房中之物。打发走了也好。从此关起门来过日子。

兰香跟他过去，留下小鸾，与月娘看哥儿。月娘不肯，说："你房中丫头，我怎好留下你的？左右哥儿有中秋儿、绣春和奶子，也勾了。"玉楼止留下一对银回回壶，与哥儿耍子，做一念儿，其余都带过去了。到晚夕，一顶四人大轿，四对红纱铁落灯笼，八个皂隶跟随，来娶孟玉楼。玉楼戴着金梁冠儿，插着满头珠翠、胡珠子，身穿大红通袖袍儿，系金镶玛瑙带、玎珰七事，下着柳黄百花裙。先辞拜西门庆灵位，然后拜月娘。月娘说道："孟三姐，你好狠也！你去了，撇的奴孤另另独自一个，和谁做伴儿？"两个携手哭了一回。然后家中大小都送出大门，媒人替他带上红罗销金盖袱，抱着金宝瓶。月娘守寡出不的门，请大姨送亲，穿大红妆花袍儿、翠蓝裙，满头珠翠，坐大轿，送到知县衙里来。

此话一半是真，一半是"礼"。

满街上人看见说，此是西门大官人第三娘子，嫁了知县相公儿子衙内，今日吉日良时娶过门。也有说好的，也有说歹的。说好者，当初西门大官人怎的为人做人，今日死了，止是他大娘子守寡正大，有儿子。房中搅不过这许多人来，都交各人前进来，甚有张主。有那说歹的，街谈巷议，指戳说道，此是西门庆家第三个小老婆，如今嫁人了。当初这厮在日，专一违天害理，贪财好色，奸骗人家妻子；今日死了，老婆带的东西，嫁人的嫁人，拐带的拐带，养汉的养汉，做贼的做贼，都野鸡毛儿零挦了。常言三十年远报，而今眼下就报了！旁人都如此发这等畅快言语。

身后是非谁管得？满街嚼说西门郎！

孟大姨送亲到县衙内，铺陈床帐停当，留坐酒席来家。李衙内将薛嫂儿、陶妈妈叫到跟前，每人五两银子、一段花红利市，打发出门。至晚，两个成亲，极尽鱼水之欢，曲尽于飞之乐。到次日，吴月娘这边送茶完饭；杨姑娘已死，孟大妗子、二妗子、孟大姨都送茶到县中。衙内这边下回书，请众亲戚女眷做三日，扎彩山，吃筵席，都是三院乐人妓女，动鼓乐，扮演戏文。吴月娘那日亦满头珠翠，身穿大红通袖袍儿、百花裙，系蒙金带，坐大轿，来衙中做三日赴席，在后厅吃酒。知县奶奶出来陪待。月娘回家，因见席上花攒锦簇，归到家中，进入后边院落，见静悄悄无个人接应。想起当初有西门庆在日，姊妹们那样热闹，往人家赴席来家，都来相见说话，一条板凳姊妹们都坐不了，如今并无一个儿了。一

触景伤情。当年一条板凳都坐不了，但坐在一条板凳上又各怀一心，明争暗斗，生出多少烦恼！失去对手的悲哀，大于败于对手的痛苦。

面扑着西门庆灵床儿，不觉一阵伤心，放声大哭；哭了一回，被丫鬟小玉劝止，住了眼泪。正是：平生心事无人识，只有穿窗皓月知。这里月娘忧闷，不题。

却说李衙内和玉楼，两个女貌郎才，如鱼似水，正合着油瓶盖上；每日燕尔新婚，在房中厮守，一步不离。端详玉楼容貌，观之不足，看之有余，越看越爱；又见带了两个从嫁丫鬟，一个兰香，年十八岁，会弹唱，一个小鸾，年十五岁，俱有颜色，心中欢喜，没入脚处。有诗为证：

堪夸女貌与郎才，天合姻缘礼所该。

十二巫山云雨会，两情愿保百年偕。

原来衙内房中，先头娘子丢了一个大丫头，约三十年纪，名唤玉簪儿，专一搽胭抹粉，作怪成精！头上打着盘头揸髻，用手帕苫盖，周围勒销金箍儿，假充作鬏髻，又插着些铜钗蜡片、败叶残花；耳朵上带双甜瓜坠子；身上穿一套前露襴后露臀、怪绿乔红的裙袄，在人前好似披荷叶老鼠；脚上穿着双里外油、刘海笑拨舡样、四个眼的剪绒鞋，约尺二长；脸上搽着一面铅粉，东一块白，西一块红，好似青冬瓜一般。在人跟前轻声浪颡，做势拿班。衙内未娶玉楼来时，他便逐日顿羹顿饭，殷勤扶侍，不说强说，不笑强笑，何等精神！自从娶过玉楼来，见衙内日逐和他床上睡，如胶似漆般打热，把他不去揪采，这丫头就有些使性儿起来。一日，衙内在书房中看书。这玉簪儿在厨下，顿热了一盏好果仁炮茶，双手用盘儿托来，到书房里面，笑嘻嘻掀开帘儿，送与衙内。不想衙内看了一回书，搭伏定书桌，就睡着了。这玉簪儿叫道："爹，谁似奴疼你，顿了这盏好茶儿与你吃；你家那新娶的娘子，还在被窝里睡得好觉儿，怎不交他那小大姐送盏茶来与你吃？"因见衙内打盹，在跟前只顾叫不应，说道："老花子，你黑夜做夜作，使乏了也怎的？大白日打盹瞌睡，起来吃茶！"叫衙内醒了，看见是他，喝道："怪磅奴才！把茶放下，与我过一边里去！"这玉簪儿便脸羞红了，使性子把茶丢在桌上，出来说道："好不识人敬重！奴好意用心，大清早辰送盏茶儿来你吃，倒吆喝起我来。常言丑是家中宝，可喜惹烦恼。我丑，你当初瞎了眼，谁交你要我来？俏的值我的那大精毯！"被衙内听见，赶上尽力踢了两靴脚。这玉

又牵出个玉簪儿来。

漫画一般的形象。

想是这李衙内原有变态癖好。否则何来此女，此女何狂？

簪儿走出，登时把那副奴脸，膀的有房梁高，也不搽脸了，也不顿茶造饭了。赶着玉楼，也不叫娘，只你也我也的，无人处，一个屁股就同在玉楼床上坐。玉楼亦不去理他。他背地又压伏兰香、小鸾，说："你休赶着我叫姐，只叫姨娘；我与你娘系大小五分。"又说："你只背地叫罢，休对着你爹叫。你每日跟逐我行，用心做活；你若不听堵歌，老娘拿煤锹子请你！"后来几次见衙内不理他，他就撒懒起来，睡到日头半天还不起来，饭儿也不做，地儿也不扫。玉楼分付兰香、小鸾："你休靠玉簪儿了。你二人自去厨下做饭，打发你爹吃罢。"他又气不愤，使性谤气，牵家打活，在厨房内打小鸾，骂兰香："贼小奴才，小淫妇儿！碓磨也有个先来后到，先有你娘来，先有我来？都你娘儿们占了罢，不献这个勤儿也罢了！当原先，俺死了那个娘也没曾失口叫我声玉簪儿；你进门几日，就题名道姓叫我，我是你手里使的人也怎的？你未来时，我和俺爹同床共枕，那一日不睡到斋时才起来；和我两个如糖拌蜜，如蜜搅酥油一般打热；房中事，那些儿不打我手里过？自从你来了，把我蜜罐儿也打碎了，把我姻缘也拆散开了。一撵撵到我明间，冷清清支板凳打官铺，再不得尝着俺爹那件东西儿甚么滋味儿。我这气苦，正也没处声诉。你当初在西门庆家，也曾做第三个小老婆来，你小名儿叫玉楼，敢说老娘不知道？你来在俺家，你识我见，大家脓着些罢了；会那等大厮不道，乔张致，呼张唤李，谁是你买到的，属你管辖不成？"那玉楼在房中听见，气的发昏，连套手战，只是不敢声言对衙内说。

果然。

一日热天，也是合当有事。晚夕，衙内分付他厨下热水，拿浴盆来房中，要和玉楼洗澡。玉楼便说："你交兰香热水罢，休要使他。"衙内不从，说道："我偏使他，休要惯了这奴才！"玉簪儿见衙内要水，和妇人洗澡，共浴兰汤，效鱼水之欢，偕于飞之乐，心中正没好气。拿浴盆进房，往地下只一墩，用大锅烧上一锅滚水，口内喃喃呐呐说道："也没见这浪淫妇，刁钻古怪，禁害老娘！无过也只是个浪精毬，没三日不拿水洗。象我与俺主子睡，成月也不见点水儿，也不见展污了甚么佛眼儿。偏这淫妇会，两番三次刁蹬老娘！"直骂出房门来。玉楼听见也不言语。衙内听了此言心中大怒，澡也洗不成，精脊梁靸着鞋，向床头取拐子，就

仍是漫画一般。

要走出来。妇人拦阻住，说道："随他骂罢，你好惹气。只怕热身子出去，风试着你，倒值了多的！"衙内那里按纳得住，说道："你休管他，这奴才无礼！"向前一把手采住他头发，拖踏在地下，轮起拐子，雨点打将下来。饶玉楼在旁劝着，也打了二三十下在身。打的这丫头急了，跪在地下告说："爹，你休打我，我有句话儿和你说。"衙内骂："贼奴才，你说！"有《山坡羊》为证：

告爹行停嗔息怒，你细细儿听奴分诉。当初你将八两银子财礼钱，娶我当家理纪，管着些油盐酱醋。你吃了饭吃茶，只在我手里抹布；没了俺娘，你也把我升为个署府，咱两个同铺同床何等的顽耍，奴按家伏业才把这活来做。谁承望你哄我，说不娶了，今日又起这个毛心儿里来呵！把往日恩情，弄的半星儿也无。叫了声爹，你忒心毒！我如今不在你家了，情愿嫁上个姐夫。

玉簪儿一节是此书败笔。夸张失度，纯然闹剧，与通部书风格太不谐调。

衙内听了，亦发恼怒起来，又狠了几下。玉楼劝道："他既要出去，你不消打，倒没得气了你。"衙内随令伴当，即时叫将媒人陶妈妈来，把玉簪儿领出去，便卖银子来交，不在话下。正是：蚊虫遭扇打，只为嘴伤人。有诗为证：

百禽啼后人皆喜，惟有鸦鸣事若何？

见者多嫌闻者唾，只为人前口嘴多。

毕竟未知后来何如，且听下回分解。

第九十二回
陈经济被陷严州府　吴月娘大闹授官厅

暑往寒来春复秋，夕阳西下水东流。
虽然富贵皆由命，运去贫穷亦自由。
事遇机关须退步，人逢得意早回头。
将军战马今何在，野草闲花满地愁。

话说当日李衙内打了玉簪儿一顿，即时叫了陶妈妈来，领出卖了八两银子，买了个十八岁使女，名唤满堂儿，上灶。不在话下。

却表陈经济，自从西门大姐来家，交还了许多床帐妆奁，箱笼家火，三日一场攘，五日一场闹，问他娘张氏要本钱做买卖。他母舅张团练，来问他母亲借了五十两银子，复谋管事，被他吃醉了，往张舅门上骂攘；他张舅受气不过，另问别处借了银子，干成管事，还把银子交还将来。他母亲张氏着了一场重气，染病在身，日逐卧床不起，终日服药，请医调治。吃他逆殴不过，兑出二百两银子交他，叫陈定在家门首，打开两间房子，开布铺做买卖。逐日结交朋友陆二郎、杨大郎，狐朋狗党，在铺中弹琵琶，抹骨牌，打双陆，吃半夜酒，看看把本钱弄下去了。陈定对张氏说他每日饮酒花费，张氏听信陈定言语，不托他；经济反说陈定染布去，克落了钱，把陈定两口儿撵出来，外边居住，却搭了杨大郎做伙计。

倘陈经济真与潘金莲结为夫妻，其生活面貌是否一定就比这情景好？

这杨大郎名唤杨光彦，绰号为铁指甲，专一杲风卖雨，架谎凿空，挝着人家本钱就使。他祖贯系没州脱空县拐带村无底乡人氏；他父亲叫做杨不来，母亲白氏，他兄弟叫杨二风；他师父是崆峒山拖不洞火龙庵

写铁指甲，如写玉簪儿，夸张至极。

精光道人，那里学的谎；他浑家是没惊着小姐，生生吃谎唬死了。他许人话如捉影扑风，骗人财似探囊取物！这经济，问娘又要出三百两银子来添上，共凑了五百两银子，信着他往临清贩布去。

这杨大郎到家收拾行李，没底儿褡裢，装着些软嵌金榆钱儿，拿一张黑心雕弓，骑一匹白眼龙马，跟着经济，从家中起身，前往临清马头上寻缺货去。三里抹过没州县，五里来到脱空村，有日到于临清。这临清闸上，是个热闹繁华大马头去处。商贾往来，船只聚会之所，车辆辐辏之地；有三十二条花柳巷，七十二座管弦楼。这经济终是年小后生，被这铁指甲杨大郎领着游娼楼，串酒店；每日睡睡，终宵荡荡，货物倒贩得不多。因走在一娼楼馆上，见了一个粉头，名唤冯金宝，生的风流俏丽，色艺双全。问青春多少，鸨子说："姐儿是老身亲生之女，止是他一人挣钱养活，今年青春才交二九一十八岁。"经济一见，心目荡然，与了鸨子五两银子房金，一连和他歇了几夜。杨大郎见他爱这粉头，留连不舍，在旁花言说念，就要娶他家去。鸨子开口要银一百五十两，讲到一百两上，兑了银子，娶了来家，一路上抬着；杨大郎和经济押着货物车走，一路上扬鞭走马，那样欢喜！正是：

又牵出妓女冯金宝。已近尾声，而新角色迭出，毋乃线头太乱？

多情燕子楼，马道空回首。

载得武陵春，陪作鸾凰友。

他娘张氏，见经济货倒贩得不多，把本钱倒娶了一个唱的来家，又着了口重气，呜呼哀哉，断气身亡！这经济不免买棺装殓，念经做七，停放了一七光景，发送出门，祖茔合葬。他母舅张团练看他娘面上，亦不和他一般见识。这经济坟上覆墓回来，把他娘正房三间，中间供养灵位，那两间收拾与冯金宝住，大姐倒住着耳房；又替冯金宝买了丫头重喜儿伏侍；门前杨大郎开着铺子，家里大酒大肉买与唱的吃；每日只和唱的睡，把大姐丢着不去瞅睬。

一日，打听孟玉楼嫁了李知县儿子李衙内，带过许多东西去；三年任满，李知县升在浙江严州府，做了通判，领凭起身，打水路赴任去了。这陈经济因想起昔日在花园中，拾了孟玉楼那根簪子，吃醉又被金莲所得，落后还与了他，收到如今。就要把这根簪子做个证见，赶上严州去，只说玉楼先与他有了奸，与了他这根簪子，不合又带了许多东西嫁了李衙内，都是昔日杨戬寄放金银箱笼，应没官之物。“那李通判一个文官，多大汤水，听见这个利害口声，不怕不教他儿子双手把老婆奉与我！我那时取将来家，与冯金宝又做一对儿，落得好受用。”正是：计就月中擒玉兔，谋成日里捉金乌。经济不来倒好，此这一来，正是：失晓人家逢五道，溟泠饿鬼撞钟馗。有诗为证：

越想越毒。此时的陈经济毋乃太“离谱”。

赶到严州访玉人，人心难忖似石沉。

侯门一旦深如海，从此萧郎落陷坑。

却说一日，陈经济打点他娘箱中，寻出一千两金银，留下一百两，与冯金宝家中盘缠，把陈定复叫进来看家，并门前铺子发卖零碎布匹。他与杨大郎又带了家人陈安，押着九百两银子，从八月中秋起身，前往湖州，贩了半船丝绵紬绢，来到清江浦江口马头上，湾泊住了船只，投在个店主人陈二店内。夜间点上灯光，交陈二郎杀鸡取酒，与杨大郎共饮。饮酒中间，和杨大郎说：“伙计，你暂且看守船上货物，在二郎店内略住数日；等我和陈安拿些人事礼物，往浙江严州府，看家姐嫁在府中，多不上五日，少只三日期程就来。”杨大郎道：“哥去，只顾去！兄弟情愿店中等候，哥到日一同起身。”

这陈经济千不合万不合，和陈安身边带了些银两、人事礼物，有日取路，径到严州府。进入城内，投在寺中安下。打听李通判到任一个月，家小船只才到三日光景。这陈经济不敢怠慢，买了四盘礼物、两匹纻丝尺头、两坛酒，陈安押着。他便拣选衣帽齐整，眉目光鲜，径到府衙前，与门吏作揖道：“烦报一声，说我是通判李老爹衙内新娶娘子的亲，孟二舅来探望。”这门吏听了不敢怠慢，随即禀报进去。衙内正在书房中看书，听见是妇人兄弟，令左右先把礼物抬进来，一面忙整衣冠，道：“有请！”把陈经济请入府衙厅上叙礼，分宾主坐下，说道：“前日做亲之时，怎的不会二舅？”经济道：“在下因在川广贩货，一年方回。不知家姐嫁与府上，有失亲近。今日敬备薄礼，来看看家姐。”李衙内道：“一向不知，失礼，恕罪，恕罪！”须臾茶汤已罢，衙内令左右把礼帖并礼物取进去，“对你娘说，二舅来了。”孟玉楼正在房中坐的，只听小门子进来

竟冒充他人。此乃蠢技。

报说："孟二舅来了。"玉楼道："一二年不曾回家，再有那个孟舅？莫不是我二哥孟锐来家了，千山万水来看我？"只见伴当拿进礼物和帖儿来，上面写着"眷生孟锐"，就知是他兄弟，一面道有请，令兰香收拾后堂干净。

真孟锐六十五回曾出场。是个有本事能吃苦的商人。

玉楼装点打扮，伺候出见。只见衙内让进来，玉楼在帘内观看，可霎作怪，不是他兄弟，却是陈姐夫！"他来做甚么？等我出去，看他怎的说话？常言亲不亲，故乡人；美不美，乡中水。虽然不是我兄弟，也是我女婿人家。"一面整装出来拜见。那经济说道："一向不知姐姐嫁在这里，没曾看得……"才说得这句，不想门子来请衙内，外边有客来了。这衙内分付玉楼"管待二舅"，就出去待客去了。玉楼见经济磕下头，连忙还礼，说道："姐夫免礼，那阵风儿刮你到此处？"叙毕礼数，让坐，叫兰香看茶出来。吃了茶，彼此叙了些家常话儿。玉楼因问："大姐好么？"经济就把从前西门庆家中出来，并讨箱笼的一节话，告诉玉楼。玉楼又把清明节上坟，在永福寺遇见春梅，在金莲坟上烧纸的话告诉他。又说："我那时在家中，也常劝你大娘，疼女儿就疼女婿，亲姐夫，不曾养活了外人。他听信小人言语，把姐夫打发出来。落后姐夫讨箱子，我就不知道。"经济道："不瞒你老人家说，我与六姐相交，谁人不知！生生吃他信奴才言语，把他打发出去，才乞武松杀了！他若在家，那武松有七个头八个胆，敢往你家来杀他？我这仇恨，结的有海来深；六姐死在阴司里，也不饶他。"玉楼道："姐夫也罢，丢开了手的事。自古冤仇只可解，不可结。"

孟玉楼还为陈经济遮丑。

陈经济却直供不讳。

说话中间，丫鬟放下桌儿摆上酒来，杯盘肴品堆满春台。玉楼斟上一杯酒，双手递与经济，说："姐夫远路风尘，无事破费，且请一杯儿水酒。"这经济用手接了，唱了喏，亦斟一杯回奉妇人，叙礼坐下。因见妇人姐夫长姐夫短叫他，口中不言心内暗道："这淫妇怎的不认犯，只叫我姐夫？等我慢慢的探他。"当下酒过三巡，肴添五道，彼此言来语去，说得入港。这经济酒盖着脸儿，常言酒情深似海，色胆大如天，见无人在跟前，先丢的几句邪言说入去，说道："我兄弟思想姐姐，如渴思浆，如热思凉！想当初在丈人家，怎的在一处下棋抹牌，同坐双双，似背盏一般；

谁承望今日各自分散,你东我西!”玉楼笑道:“姐夫好说。自古清者清,而浑者浑,久而自见。”这经济笑嘻嘻向袖中,取出一包双人儿的香茶,递与妇人,说:“姐姐,你若有情,可怜见兄弟,吃我这个香茶儿。”说着,就连忙跪下。那妇人登时一点红从耳畔起,把脸飞红了,一手把香茶包儿掠在地下,说道:“好不识人敬重!奴好意递酒与你吃,倒戏弄我起来!”就撇了酒席,往房里去了。经济见他不就,一面拾起香茶来,发话道:“我好意来看你,你倒变了卦儿。你敢说你嫁了通判儿子,好汉子,不采我了;你当初在西门庆家做第三个小老婆,没曾和我两个有首尾?”因向袖中取出旧时那根金头银簪子,拿在手内说:“这个物是谁人的?你既不和我有奸,这根簪儿怎落在我手里?上面还刻着玉楼名字!你和大老婆串同了,把我家寄放的八箱子金银细软玉带宝石东西,都是当朝杨戬寄放应没官之物,都带来嫁了汉子。我教你不要慌,到八字八镘儿上,和你答话!”玉楼见他发话,拿的簪子,委的他头上戴的金头莲瓣簪儿。“昔日在花园中不见,怎的落在这短命手里?”恐怕攘的家下人知道,须臾变作笑吟吟脸儿,走将出来一把手拉经济说道:“好姐夫,奴斗你耍子,如何就恼起来?”因观看左右无人,悄悄说:“你既有心,奴亦有意。”两个不由分说,搂着就亲嘴。这陈经济把舌头似蛇吃燕子一般,就舒到他口里,交他咂,说道:“你叫我声亲亲的姐夫,才算你有我之心。”妇人道:“且禁声,只怕有人听见。”经济悄悄向他说:“我如今治了半船货,在清江浦等候。你若肯下顾时,如此这般,到晚夕假扮门子私走出来,跟我上船家去,成其夫妇,有何不可?他一个文职官,怕是非,莫不敢来抓寻你不成?”妇人道:“既然如此,也罢。”约会下:“你今晚在府墙后等着,奴有一包金银细软,打墙上系过去,与你接了,然后奴才扮做门子,打门里出来,跟你上船去罢。”看官听说,正是佳人有意,那怕粉墙高万丈;红粉无情,总然共坐隔千山。当时孟玉楼若嫁得个痴蠢之人,不如经济,经济便下得这个锹镢着。如今嫁个李衙内,有前程,又是人物风流,青春年少,恩情美满。他又勾你做甚?休说平日又无连手!这个郎君也早合当倒运,就吐实话泄机与他,倒吃婆娘哄赚了。正是:花枝叶下犹藏刺,人心难保不怀毒。当下二人会下话。这经济吃了几

谁让你刚见面时不责问他“为何谎称孟锐?”

孟玉楼是纯粹用计,还是顺便“过瘾”?

关键是“综合比较”的结果,还是李衙内比陈经济强。

杯酒，少顷告辞回去。李衙内连忙送出府门，陈安跟随而去。

衙内便问妇人："你兄弟住那里下处？我明日回拜他去，送些嗄程与他。"妇人便说："那里是我兄弟？他是西门庆家女婿，如此这般，来勾搭要拐我出去。奴已约下他，今晚夜至三更，在后墙相等。咱不好将计就计，把他当贼拿下，除其后患如何？"衙内道："叵耐这厮无端！自古无毒不丈夫，不是我去寻他，他自来送死。"一面走出外边，叫过左右伴当，心腹快手，如此这般预备去了。

这陈经济不知机变，至半夜三更，果然带领家人陈安来府衙后墙下，以咳嗽为号。只听墙内玉楼声音，打墙上掠过一条索子去，那边系过一大包银子来。原来是库内拿的二百两赃罚银子。这经济才待教陈安拿着走，忽听一声梆子响，黑影里闪出四五条汉，叫声："有贼了！"登时把经济连陈安都绑了。禀知李通判，分付："都且押送牢里去，明日问理。"

中计矣。

原来严州府正堂知府姓徐，名唤徐崶，系陕西临洮府人氏，庚戌进士，极是个清廉刚正之人！次日早升堂，左右排两行官吏；这李通判上去画了公座。库子呈禀贼情事，带陈经济上去，说："昨夜至三更时分，有先不知名今知名贼人二名，陈经济、陈安，锹开库门锁钥，偷出赃银二百两，越墙而过，致被捉获，来见老爷。"徐知府喝令："带上来！"把陈经济并陈安揪簇采拥，驱至当厅跪下。知府见年小清俊，便问："这厮是那里人氏？因何来我这府衙公廨，夜晚做贼，偷盗官库赃银数多，有何理说？"那陈经济只顾磕头声冤。徐知府道："你做贼如何声冤？"李通判在旁欠身便道："老先生不必问他，眼见得赃证明白，何不加起刑来？"徐知府即令左右，拿下去打二十板。李通判道："人是苦虫，不打不成；不然，这贼便要展转。"当下两边皂隶把经济、陈安拖番，大板打将下来。这陈经济口内只骂："谁知淫妇孟三儿陷我至此，冤哉，苦哉！"这徐知府终是黄堂出身官人，听见这一声，必有缘故，才打到十板上，喝令："住了！且收下监去，明日再问。"李通判道："老先生不该发落他，常言人心似铁，官法如炉。从容他一夜不打紧，就翻异口词。"徐知府道："无妨，吾自有主意。"当下狱卒把经济、陈安押送监中去讫。

早该喊出。

“清官”断案的“典型技术”。

这徐知府心中有些疑忌，即唤左右心腹近前，如此这般，下监中探听经济所犯来历，即便回报。这干事人假扮做犯人，和经济晚间在一榧上睡，问其所以：“我看哥哥青春年少，不是做贼的。今日落在此刑宪，打屈官司。”经济便说：“一言难尽！小人本是清河县西门庆女婿，这李通判儿子新娶的妇人孟氏，是俺丈人的小，旧与我有奸的。今带过我家老爷杨戬寄放十箱金银宝玩之物来他家，我来此间问他索讨，反被他如此这般欺负，把我当贼拿了！苦打成招，不得见其天日，是好苦也！”这人听了，走来后厅告报徐知府。知府道：“如何？我说这人声冤叫孟氏，必有缘故。”

到次日升堂，官吏两旁侍立。这徐知府把陈经济、陈安提上来，摘了口词，取了张无事的供状，喝令释放。李通判在旁边不知，还再三说：“老先生，这厮贼情既的，不可放他。”反被徐知府对佐贰官，尽力数说了李通判一顿，说：“我居本府正官，与朝廷干事，不该与你家官报私仇，诬陷平人作贼！你家儿子娶了他丈人西门庆妾孟氏，带了许多东西，应没官赃物，金银箱笼来；他是西门庆女婿，径来索讨前物，你如何假捏贼情，拿他入罪，教我替你家出力？做官养儿养女，也要长大！若然如此，公道何堪？”当厅把李通判数说的满面羞，垂首丧气而不敢言。陈经济与陈安便释放出去了。良久，徐知府退厅。

徐知府只知其一，不知其二。李通判亦然。

这李通判回到本宅，心中十分焦燥。夫人便问：“相公每常退衙，欢天喜地，今日这般心中不快，何说？”那李通判大喝一声：“你女妇人家，晓得甚么！养的好不肖子！今日吃徐知府当堂对众同僚官吏，尽力数落了我一顿，可不气杀我也！”夫人慌了，便问甚么事。李通判即把儿子叫到跟前，喝令左右：“拿大板！气杀我也！”说道：“你当初为娶这个妇人来家，今是他家女婿，因这妇人带了许多装奁、金银箱笼，口口声声称是当朝逆犯杨戬寄放应没官之物，来问你要。说你假盗出库中官银，当贼情拿他。我通一字不知，反被正宅徐知府，对众数说了我这一顿。此是我头一日官未做，你照顾我的。我要你这不肖子何用！”即令左右，雨点般大板打将下来，可怜打得这李衙内皮开肉绽，鲜血迸流。夫人见打得不象模样，在旁哭泣劝解；孟玉楼又在后厅角门首掩泪潜听。当下打

倒是个“家教严厉”的通判。其实主要是怕被杨戬大案牵连。早干什么来着？也是“临时抱佛脚”。

了三十大板，李通判分付左右押着衙内，“即时与我把妇人打发出门，令他任意改嫁，免惹是非，全我名节！”那李衙内心中怎生舍得离异，只顾在父母跟前哭啼哀告：“宁把儿子打死爹爹跟前，并舍不的妇人！”李通判把衙内用铁索墩锁在后堂，不放出去，只要囚禁死他。夫人哭道：“相公，你做官一场，年纪五十余岁，也只落得这点骨血。不争为这妇人，你囚死他；往后你年老休官，倚靠何人？”李通判道：“不然，他在这里，须带累我受人气。”夫人道：“你不容他在此，打发他两口儿，上原籍真定府家去便了。”通判依听夫人之言，放了衙内，限三日就起身。打点车辆，同妇人归枣强县家里攻书去了。

孟玉楼命运险又恶化。

却表陈经济与陈安，出离严州府，到寺中取了行李，径往清江浦陈二店中来寻杨大郎。陈二说：“他三日前往府前寻你去，说你监在牢中；他收拾了货船，起身往家中去。”这经济未信，向河下不见船只，扑了空，说道：“这天杀的，如何不等我来，就起身去了！”况新打监中出来，身边盘缠已无，和陈安不免搭在人船上，把衣衫解当，讨吃归家。忙忙似丧家之犬，急急如漏网之鱼！随路找寻杨大郎，并无踪迹。那时正值秋暮天气，树木凋零，金风摇落，甚是凄凉。有诗八句，单道这秋天行人最苦：

“铁指甲”岂能不将船货“抠”走？

栖栖芰荷枯，叶叶梧桐坠。
蛩鸣腐草中，雁落平沙地。
细雨湿青林，霜重寒天气。
不是路行人，怎晓秋滋味？

有日经济到家，陈定正在门首，看见经济来家，衣衫褴褛，面貌黧黑，唬了一跳，接到家中，问货船到于何处。经济气得半日不言，把严州府遭官司一节说了。“多亏正宅徐知府放了我，不然性命难保。今被杨大郎这天杀的，把我货物不知拐的往那里去了！”先使陈定往他家探听，他家说还不曾来家；陈经济又亲去问了一遭，并没下落，心中着慌，走入房来。那冯金宝又和西门大姐扭南面北，自从经济出门，两个合气直到如今。大姐便说冯金宝拿着银子钱，转与他鸨子去了；他家保儿成日来，瞒藏背掖，打酒买肉，在屋里吃；家中要的没有，睡到晌午，诸事儿不

走入房来，一片混乱。

买，只熬俺们。冯金宝又说大姐成日横草不拈，竖草不动，偷米换烧饼吃；又把煮的腌肉，偷在房里和丫头元宵儿同吃。这陈经济就信了，反骂大姐："贼不是才料淫妇！你害馋痨馋痞了，偷米出去换烧饼吃，又和丫头打伙儿偷肉吃！"把元宵儿打了一顿，把大姐踢了几脚。这大姐急了，赶着冯金宝儿撞头，骂道："好养汉的淫妇！你抵盗的东西与鸨子不值了，倒学舌与汉子，说我偷米偷肉，犯夜的倒拿住巡更的了！教汉子踢我。我和你这淫妇换兑了罢，要这命做甚么！"这经济道："好淫妇，你换兑他，你还不值他个脚指头儿哩！"也是合当有事，祸便是这般起，于是一把手采过大姐头发来，用拳撞、脚踢、拐子打，打得大姐鼻口流血，半日苏醒过来。这经济便归娼的房里睡去了，由着大姐在下边房里，呜呜咽咽只顾哭泣；元宵儿便在外间睡着了。可怜大姐到半夜，用一条索子，悬梁自缢身死，亡年二十四岁。

陈经济在坎坷中不是越来越善，而是越来越恶。

西门庆之女下场如此。恐还不如武大之女迎儿。

到次日早辰，元宵起来，推里间不开。上房经济和冯金宝还在被窝里，使他丫头重喜儿来叫大姐，要取木盆洗坐脚，只顾推不开。经济还骂："贼淫妇，如何还睡，这咱晚不起来！我这一跺开门进去，把淫妇鬓毛都拔净了！"重喜儿打窗眼内，望里张看，说道："他起来了，且在房里打秋千耍子儿哩。"又说："他提偶戏耍子儿。"只见元宵瞧了半日，叫道："爹，不好了，俺娘吊在床顶上吊死了！"这小郎才慌了，和娼的齐起来，跺开房门，向前解卸下来，灌救了半日，那得口气儿来！原来不知多咱时分，呜呼哀哉死了。正是：不知真性归何处，疑在行云秋水中。

陈定听见大姐死了，恐怕连累，先走去西门庆家中，报知月娘。月娘听见大姐吊死了，经济娶娼的在家，正是冰厚三尺，不是一日之寒，率领家人小厮、丫鬟媳妇，七八口往他家来。见了大姐尸首吊的直挺挺的，哭喊起来，将经济拿住，揪采乱打，浑身锥子眼儿也不计数；娼的冯金宝躲在床底下，采出来也打了个臭死；把门窗户壁都打得七零八落，房中床帐装奁都还搬的去了。归家请将吴大舅、二舅来商议。大舅说："姐姐，你趁此时咱家人死了不到官，到明日他过不的日子，还来缠要箱笼。人无远虑，必有近忧。不如到官处断开了，庶杜绝后患！"月娘道："哥见得是。"一面写了状子。次日，月娘亲自出官，来到本县授官厅

悲剧成了闹剧。

下，递上状去。

原来新任知县姓霍，名大立，湖广黄冈县人氏，举人出身，为人鲠直。听见系人命重事，即升厅受状，见状上写着：

告状人吴氏，年三十四岁，系已故千户西门庆妻。状告为恶婿欺凌孤孀，听信娼妇，熬打逼死女命，乞怜究治，以存残喘事。比有女婿陈经济，遭官事投来氏家，潜住数年。平日吃酒行凶，不守本分，打出吊入。是氏惧法，逐离出门。岂期经济怀恨，在家将氏女西门氏，时常熬打，一向含忍。不料伊又娶临清娼妇冯金宝来家，夺氏女正房居住，听信唆调，将女百般痛辱熬打，又采去头发，浑身踢伤，受忍不过。比及将死，于本年八月廿三日三更时分，方才将女上吊缢死。若不具告，切思经济恃逞凶顽，欺氏孤寡，声言还要持刀杀害等语，情理难容！乞赐行拘到案，严究女死根因，尽法如律。庶凶顽知警，良善得以安生，而死者不为含冤矣！为此，具状上告

本县青天老爷　　施行。

此状算得实事求是。

这霍知县在公座上看了状子，又见吴月娘身穿缟素，腰系孝裙，系五品职官之妻，生的容貌端庄，仪容闲雅，欠身起来说道："那吴氏起来。我据看你，也是个命官娘子。这状上情理我都知了。你请回去，不必在这里；今后只令一家人，在此伺候就是了。我就出牌去拿他。"那吴月娘连忙拜谢了知县，出来坐轿子回家，委付来昭厅下伺候。须臾批了呈状，委的两个公人，一面白牌，行拘陈经济、娼妇冯金宝，并两邻保甲，正身赴官听审。

这经济正在家里乱丧事，听见月娘告下状来，县中差公人发牌来拿他，唬的魂飞天外，魄丧九霄；那冯金宝已被打的浑身疼痛，睡在床上，听见人拿他，唬的势不知有无。陈经济没高低使钱，打发公人吃了酒饭，一条绳子，连娼的都拴到县里。左邻范纲，右邻孙纪，保甲王宽儿。霍知县听见拿了人来，即时升厅。来昭跪在上首，陈经济、冯金宝一行人跪在阶下。知县看了状子，便叫经济上去说："你是陈经济？"又问："那是冯金宝？"那冯金宝道："小的是冯金宝。"知县因问经济："你这厮

可恶！因何听信娼妇，打死西门氏，方令上吊，有何理说？”经济磕头告道：“望乞青天老爷察情，小的怎敢打死他！因为搭伙计在外，被人坑陷了资本，着了气来家，问他要饭吃；他不曾做下饭，委被小的踢了两脚。他到半夜自缢身死了。”知县喝道：“你既娶下娼妇，如何又问他要饭吃？尤说不通！吴氏状上说你打死他女儿，方才上吊，你还不招认！”经济道：“吴氏与小的有仇，故此诬赖小的。望老爷察情！”知县大怒，说：“他女儿见死了，还推赖那个！”喝令左右拿下去，打二十大板；提冯金宝上来，拶了一拶，敲一百敲。令公人带下收监。

谎也编不圆。陈经济已成非人的浑虫矣。

次日，委典史臧不息，带领吏书保甲邻人等，前至经济家，抬出尸首，当场检验，身上都有青伤，脖项间亦有绳痕，生前委因经济踢打伤重，受忍不过，自缢身死；取供具结，填图解缴，回报县中。知县大怒，褪衣又打了经济、金宝十板，问陈经济夫殴妻至死者，绞罪；冯金宝递决一百，发回本司院当差。

这陈经济慌了，监中写出帖子，对陈定说，把布铺中本钱连大姐头面，共凑了一百两银子，暗暗送与知县。知县一夜把招卷改了，止问了个逼令身死，系杂犯，准徒五年，运灰赎罪。吴月娘再三跪门哀告。知县把月娘叫上去说道：“娘子，你女儿项上见有绳痕，如何问他殴杀条律，人情莫非忒偏向么？你怕他后边缠扰你，我这里替你取了他杜绝文书，令他再不许上你门，就是了！”一面把经济提到跟前，分付道：“我今日饶你一死，务要改过自新，不许再去吴氏家缠扰；再犯到我案下，决然不饶！即便把西门氏买棺装殓，发送葬埋，来回话，我这里好申文书往上司去。”这经济得了个饶，交纳了赎罪银子，归到家中。抬尸入棺，停放一七，念经送葬，埋城外。前后坐了半个月监，使了许多银两，唱的冯金宝也去了，家中所有的都干净了，房儿也典了，刚刮剌出个命儿来，再也不敢声言丈母了。正是：祸福无门人自招，须知乐极有悲来。有诗为证：

陈经济家破人亡。至此西门庆家族死的死，败的败，散的散，逃的逃，躲的躲，藏的藏，或反目成仇，或打击报复，或视为路人，或狼狈苟活……散出去的只有庞春梅算是“芝麻开花节节高”。

风波平地起萧墙，义重恩深不可忘。
水溢蓝桥应有会，三星权且作参商。

毕竟未知后来如何，且听下回分解。

第九十三回
王杏庵仗义赒贫　任道士因财惹祸

谁道人生运不通，吉凶祸福并肩行。

只因风月将身陷，未许人心直似针。

自课官途无枉屈，岂知天道不昭明。

早知成败皆由命，信步而行暗黑中。

话说陈经济，自从西门大姐死了，被吴月娘告了一状，打了一场官司出来，唱的冯金宝又归院中去了，刚刮刺出个命儿来。房儿也卖了，本钱儿也没了，头面也使了，家火也没了；又说陈定在外边打发人，克落了钱，把陈定也撵去了。家中日逐盘费不周，坐吃山空，不免往杨大郎家中，问他这半船货的下落。一日，来到杨大郎门首，叫声："杨大郎在家不在？"不想杨光彦拐了他半船货物，一向在外，卖了银两，四散躲闪；及打听得他家中吊死了老婆，他丈母县中告他，坐了半个月监房，这杨大郎蓦地来家住着，不出来。听见经济上门叫他，问货船下落，一径使兄弟杨二风出来，反问经济要人："你把我哥哥，叫的外边做买卖，这几个月通无音信。不知抛在江中，推在河内，害了性命？你倒还来我家寻货船下落！人命要紧，你那货物要紧？"这杨二风平昔是个刁徒泼皮、要钱捣子，胳膊上紫肉横生，胸前上黄毛乱长，是一条直率之光棍。走出来一把手扯住经济，就问他要人。那经济慌忙挣开手，跑回家来。这杨二风故意拾了块三尖瓦楔，将头颅磕破，血流满面，赶将经济来骂道："我合你娘眼！我见你家甚么银子来？你来我屋里放屁，吃我一顿好拳

不问还好，一问添祸。

"胳膊上紫肉横生，胸前上黄毛乱长"的人物若不上梁山一类地方"替天行道"，便是市井中的混世魔王。

以"自伤"讹人，此辈光棍千万莫惹。

头！”那陈经济金命水命，走投无命，奔到家把大门关闭，如铁桶相似，就是樊哙也撞不开；由着杨二风牵爷娘，骂父母，拿大砖砸门，只是鼻口内不听见气儿。又况才打了官司出来，梦条绳蛇也害怕，只得含忍过了。正是：嫩草怕霜霜怕日，恶人自有恶人磨。

不消几时，把大房卖了，找了七十两银子，典了一所小房，在僻巷内居住。落后，两个丫头，卖了一个重喜儿，只留着元宵儿，和他同铺歇。又过了不上半月，把小房倒腾了，却去赁房居住。陈安也走了，家中没营运，元宵儿也死了，止是单身独自；家火桌椅都变卖了，只落得一贫如洗。未几，房钱不给，钻入冷铺内存身。花子见他是个富家勤儿，生的清俊，叫他在热炕上睡，与他烧饼儿吃；有当夜的过来，教他顶火夫，打梆子摇铃。

一败涂地，竟至于此。

那时正值腊月残冬时分，天降大雪，吊起风来，十分严寒。这陈经济打了回梆子，打发当夜的兵牌过去，不免手提铃，串了几条街巷。又是风雪，地下又踏着那寒冰，冻得耸肩缩背，战战兢兢。临五更鸡叫，只见个病花子躺在墙底下，恐怕死了，总甲分付他看守着他，寻个把草教他烤。这经济支更一夜没曾睡，就歪下睡着了。不想做了一梦，梦见那时在西门庆家，怎生受荣华富贵，和潘金莲勾搭，顽耍戏谑，从睡梦中就哭醒了。众花子说："你哭怎的？"这经济便道："你众位哥哥，听我诉说一遍。"有《粉蝶儿》为证：

九腊深冬，雪漫天凉然冰冻，更摇天撼地狂风。冻得我体僵麻，心胆战，实难扎挣。挨不过肚中饥，又难禁身上冷。住着这半边天，端的是冷。挨不过凄凉要寻死路，百忙里舍不的颓命！

〔耍孩儿一煞〕　不觉撞昏钟，昏钟人初定。是谁人叫我，原来是总甲张成。他那里急急呼，我这里连连应。趁今宵谁肯与我支更？也是我一时侥幸，他先递与我几个烧饼。

〔二煞〕　多承总甲怜咱冷，教我敲梆守守更。由着他调用，但得这济心饥钱米。那里管人贫下贱，一任教喝号提铃。

〔三煞〕　坐一回脚手麻，立一回肚里疼。冷烧饼干咽无茶送。刚然未到三更后，下夜的兵牌叫点灯，歪踢弄。与了他四十文，方才得买一个姑容。

〔四煞〕 到五更鸡打鸣，大街上人渐行，众人各去都不等。只见病花子躺在墙根下，教我猥着他，不暂停。得他口暖气儿心才定。刚合眼一场幽梦，猛惊回哭到天明。

〔五煞〕 花子说你哭怎的，我从头儿诉始终。我家积祖根基儿重，说声卖松槁陈家谁不怕，名姓多居仕宦中。我祖耶耶曾把淮盐种，我父亲专结交势耀，生下我吃酒行凶。

不堪回首矣。

〔六煞〕 先亡了打我的爷，后亡了我父亲。我娘疼，专随纵。吃酒耍钱般般会，酒肆巢窝处处通，所事儿都相称。娶了亲就遭官事，丈人家躲重投轻。

〔七煞〕 我也曾在西门家做女婿，调风月把丈母淫。钱场里信着人，钻狗洞。也曾黄金美玉当场赌，也曾驮米担柴往院里供。殴打妻儿病死了，死了时他家告状。使了许多钱，方得头轻。

〔八煞〕 卖大房，买小房；赎小房，又倒腾。不思久远含余剩。饥寒苦恼妾成病，死在房檐不许停。所有都干净！嘴头馋不离酒肉，没搅汁拆卖坟茔。

〔九煞〕 掇不的轻，负不的重；做不的佣，务不的农。未曾干事儿先愁动。闲中无事思量嘴，睡起须教日头红。狗性子生铁般硬，恶尽了十亲九眷，冻饿死有那个怜悯！

〔十煞〕 讨房钱不住催，他料我也住不成。沙锅破碗全无用，几推赶出门儿外。冻骨淋皮无处存，不免冷铺将身奔。但得个时通运转，我那其间忘不了恩人。

频年困苦痛妻亡，身上无衣口绝粮。
马死奴逃房又卖，只身独自走他乡。
朝依肆店求遗馔，暮宿庄园倚败墙。
只有一条身后路，冷铺之中去打梆。

却说陈经济晚夕在冷铺存身，白日间街头乞食。清河县城内有一老者姓王名宣字廷用，年六十余岁，家道殷实，为人心慈，好仗义疏财，广结交乐施舍，专一济贫拔苦，好善敬神。所生二子，皆当家成立：长子王乾，袭祖职为牧马所掌印正千户；次子王震，充为府学庠生。老者门首搭了个主管，开着个解当铺儿；每日丰衣足食，闲散无拘，在梵宇听经，琳宫讲道；无事在家门首施药救人，拈素珠念佛。因后园中有两株杏树，道号为“杏庵居士”。

又出新角色“杏庵居士”。

一日，杏庵头戴重檐幅巾，身穿水合道服，在门首站立。只见陈经济打他门首过，向前扒在地下，磕了个头。慌的杏庵还礼不迭，说道：“我的哥，你是谁？老拙眼昏，不认得你。”这经济战战兢兢，站立在旁边，说道：“不瞒你老人家，小人是卖松槁陈洪儿子。”老者想了半日，说：“你莫不是陈大宽的令郎么？”因见他衣服褴褛，形容憔悴，说道：“我贤侄，你怎的弄得这等模样？”便问：“你父亲母亲可安么？”经济道：“我爹死在东京，我母亲也死了。”杏庵道：“我闻得你在丈人家住来。”经济道：“家外父死了，外母把我撵出来；他女儿死了，告我到官，打了一场官司，把房儿也卖了。有些本钱儿都吃人坑了，一向闲着没有营运。”杏庵道：“贤侄，你如今在那里居住？”经济半日不言语，说：“不瞒你老人家说……如此如此。”杏庵道：“可怜，贤侄，你原来讨吃哩！想着当初，你府上那样根基人家；我与你父亲相交，贤侄，你那咱还小哩，才扎着总角上学哩。一向流落到此地位，可伤可伤！你还有甚亲家，也不看顾你看顾儿？”经济道：“正是，俺张舅那里，一向也久不上门，不好去的。”问了一回话，老者把他让到里面客位里，令小厮放桌儿，摆出点心嗄饭来，教他尽力吃了一顿。见他身上单寒，拿出一件青布绵道袍儿、一顶毡帽，又一双毡袜绵鞋，又秤一两银子、五百铜钱递与他，分付说：“贤侄，这衣服鞋袜与你身上；那铜钱与你盘缠，赁半间房儿住；这一两银子，你拿着做上些小买卖儿，也好糊口过日子，强如在冷铺中，学不出好人来。每月该多少房钱，来这里，老拙与你。”这陈经济扒在地下磕头谢了，说道：“小侄知会。”拿着银钱，出离了杏庵门首。也不寻房子，也不做买卖，把那五百文钱，每日只在酒店面店以了其事；那一两银子，捣了些白铜顿罐，在街上行使，吃巡逻的当土贼拿到该坊节级处，一顿拶

“扎着总角上学”，青春年少时，何等天真烂漫，经过一番荒唐，直落到这步田地，人生真如恶梦，此梦难醒矣！

打，使的罄尽，还落了一屁股疮。不消两日，把身上绵衣也输了，袜儿也换嘴来吃了，依旧原在街上讨吃。

富家子弟，同来一观，莫问为何，沦为乞丐！

一日，又打王杏庵门首所过。杏庵正在门首，只见经济走来磕头，身上衣袜都没了，止戴着那毡帽，精脚靸鞋，冻的乞乞缩缩。老者便问："陈大官，做得买卖如何？房钱到了，来取房钱来了？"那陈经济半日无言可对。问之再三，方说："如此这般，都没了。"老者便道："阿呀贤侄，你这等就不是过日子的道理！你又拈不的轻，负不的重，但做了些小活路儿，还强如乞食，免教人耻笑，有玷你父祖之名。你如何不依我说？"一面又让到里面，教安童拿饭来，与他吃饱了；又与了他一条袷裤、一领白布衫、一双裹脚、一吊铜钱、一斗米。"你拿去务要做上了小买卖，卖些柴炭豆儿、瓜子儿，也过了日子，强似这等讨吃。"这经济口虽答应，拿钱米在手，出离了老者门。那消数日，熟食肉面，都在冷铺内和花子打伙儿都吃了；耍钱，又把白布衫、袷裤都输了。

大正月里，又抱着肩儿在街上走，不好来见老者，走在他门首房山墙底下，向日阳站立。老者冷眼看见他，不叫他。他挨挨抢枪，又到跟前，扒在地下磕头。老者见他还依旧如此，说道："贤侄，这不是常策。咽喉深似海，日月快如梭，无底坑如何填得起？你进来我与你说，有一个去处，又清闲又安得你身，只怕你不去。"经济跪下哭道："若得老伯见怜，不拘那里，但安下身，小的情愿就去。"杏庵道："此去离城不远，临清马头上，有座晏公庙。那里鱼米之乡，舟船辐辏之地，钱粮极广，清幽潇洒。庙主任道士，与老拙相交极厚，他手下也有两三个徒弟徒孙。我备分礼物，把你送与他做个徒弟，出家学些经典吹打，与人家应福，也是好处。"经济道："老伯看顾，可知好哩！"杏庵道："既然如此，你去；明日是个好日子，你早来，我送你去。"经济去了。这王老连忙叫了裁缝来，就替经济做了两件道衣、一顶道髻，鞋袜俱全。

"咽喉深似海"，此语请细思！

次日，经济果然来到。王老教他空屋里洗了澡，梳了头，戴上道髻，里外换了新袄新裤，上盖青绢道衣，下穿云履毡袜。备了四盘羹果、一坛酒、一匹尺头，封了五两银子。他便乘马，雇了一匹驴儿与经济骑着，安童、喜童跟随，两个人抬了盒担，出城门，径往临清马头晏公庙来。止

久未如此清爽矣。

七十里，一日路程。比及到晏公庙，天色已晚，但见：

日影将沉，繁阴已转。断霞映水散红光，落日转山生碧雾。绿杨影里，时闻鸟雀归林；红杏村中，每见牛羊入圈。正是：溪边渔父投林去，野外牧童跨犊归。

又写到广济闸大桥旁的繁荣景象。此故事大体总在运河一带进行。

王老到于马头上，过了广济闸大桥，见无数舟船停泊在河下。来到晏公庙前，下马进入庙来，只见青松郁郁，翠柏森森，两边八字红墙，正面三间朱户。端的好座庙宇！但见：

山门高耸，殿阁崚层。高悬敕额金书，彩画出朝入相。五间大殿，塑龙王一十二尊；两下长廊，刻水族百千万众。旗竿凌汉，帅字招风。四通八达，春秋社礼享依时；雨顺风调，河道民间皆祭赛。万年香火威灵在，四境官民仰赖安！

山门下早有小童看见，报入方丈，任道士忙整衣出迎。王杏庵令经济和礼物且在外边伺候。不一时，任道士把杏庵让入方丈松鹤轩叙礼，说："王老居士，怎生一向不到敝庙随喜？今日何幸，得蒙下顾。"杏庵道："只因家中俗冗所羁，久失拜望。"叙礼毕，分宾主而坐，小童献茶。茶罢，任道士道："老居士，今日天色已晚，你老人家不去罢了。"分付把马牵入后槽喂息。杏庵道："没事不登三宝殿。老拙敬来，有一事干渎，未知尊意肯容纳否？"任道士道："老居士有何见教，只顾分付，小道无不领命。"杏庵道："今有故人之子，姓陈名经济，年方二十四岁；生的资格清秀，倒也伶俐；只是父母去世太早，自幼失学。若说他父祖根基，也不是无名少姓人家子孙，有一分家当。只因不幸遭官事没了家，无处栖身。老拙念他乃尊旧日相交之情，欲送他来贵宫作一徒弟，未知尊意如何。"任道士便道："老居士分付，小道怎敢违阻？奈因小道命蹇，手下虽有两三个徒弟，都不省事，没一个成立的，小道常时惹气。未知此人诚实不诚实？"杏庵道："这个小的，不瞒尊师说，只顾放心，一味老实本分，胆儿又小，所事儿伶范，堪可作一徒弟。"任道士问几时送来，杏庵道："见在山门外伺候；还有些薄礼，伏乞笑纳。"慌的任道士道："老居士何不早说？"一面道"有请"。

只怕是言过其实。

于是抬盒人抬进礼物。任道士见帖儿上写着："谨具粗段一端，鲁酒一樽，豚蹄一副，烧鸭二只，树果二盒，白金五两。知生王宣顿首拜。”连忙稽首谢道：“老居士何以远劳见赐许多重礼？使小道却之不恭，受之有愧！”只见陈经济，头戴着金梁道髻，身穿青绢道衣，脚下云履净袜，腰系丝绦，生的眉清目秀，齿白唇红，面如傅粉，走进来向任道士倒身下拜，拜了四双八拜。任道士因问：“多少青春？”经济道：“属马，交新春二十四岁了。”任道士见他果然伶俐，取了他个法名，叫做“陈宗美”。原来任道士手下有两个徒弟，大徒弟姓金，名宗明；二徒弟姓徐，名宗顺。他便叫陈宗美。王杏庵都请出来，见了礼数。一面收了礼物，小童掌上灯来放桌儿，先摆饭后吃酒。肴品杯盘，堆满桌上，无非是鸡蹄鹅鸭鱼虾之类。王老吃不多酒，师徒轮番劝够几巡，王老不胜酒力，告辞。房中自有床铺，安歇一宿。

到次日清辰，小童舀水净面，梳洗盥漱毕，任道士又早来递茶；不一时摆饭，又吃了两杯酒。喂饱头口，与了抬盒人力钱。王老临起身，叫过经济来分付：“在此好生用心，习学经典，听师父指教。我常来看你，按季送衣服鞋脚来与你。”又向任道士说：“他若不听教训，一任责治，老拙并不护短。”一面背地又嘱咐经济：“我去后，你要洗心改正，习本等事业；你若再不安分，我不管你了。”那经济应诺道：“儿子理会了。”王老当下作辞任道士，出山门上马，离晏公庙回家去了。

经济自此，就在晏公庙做了道士。因见任道士年老赤鼻，身体魁伟，声音洪亮，一部髭髯，能谈善饮，只专迎宾送客；凡一应大小事都在大徒弟金宗明手里。那时朝廷运河初开，临清设二闸，以节水利。不拘官民，船到闸上，都来庙里，或求神福，或来祭愿，或讨卦与筶，或做好事；也有布施钱米的，也有馈送香油纸烛的，也有留松篙芦席的。这任道士将常署里多余钱粮，都令家下徒弟，在马头上开设钱米铺，卖将银子来，积攒私囊。他这大徒弟金宗明，也不是个守本分的。年约三十余岁，常在娼楼包占乐妇，是个酒色之徒；手下也有两个清洁年小徒弟，同铺歇卧，日久絮繁。因见经济生的齿白唇红，面如傅粉，清俊乖觉，眼里说话，就缠他同房居住。晚夕和他吃半夜酒，把他灌醉了，在一铺歇卧。初时两头睡，便嫌经济脚臭，叫过一个枕头上睡。睡不多回，又说他口

“杏庵居士”居心或许确良，但实际上是将陈经济送入了火坑。

任道士竟一副色欲强烈之相。

“也不是个”，“也”字有深意存焉。

气喷着，令他吊转身子，屁股贴着肚子。① 这经济口中不言，心内暗道："这厮合败！他讨得十分便益多了，把我不知当做甚么人儿；与他个甜头儿，且教他在我手内纳些败缺！"一面故意声叫起来。这金宗明恐怕老道士听见，连忙掩住他口，说："好兄弟，禁声！随你要的，我都依你！"经济道："你既要勾搭我，我不言语，须依我三件事。"宗明道："好兄弟，休说三件，就是十件事我也依你。"经济道："第一件，你既要我，不许你再和那两个徒弟睡；第二件，大小房门上钥匙，我要执掌；第三件，随我往那里去，你休嗔我。你都依了我，我方依你此事！"金宗明道："这个不打紧，我都依你。"当夜两个颠来倒去，整狂了半夜。这陈经济自幼风月中撞，甚么事不知道！当下被底山盟，枕边海誓，②把这金宗明哄得欢喜无尽。到第二日，果然把各处钥匙，都交与他手内，就不和那个徒弟在一处，每日只同他一铺歇卧。

居然卖起屁股来。陈经济不是人矣。

一日两，两日三。忽一日，任道士师徒三个，都往人家应福做好事去，任道士留下他看家，径智赚他，"王老居士只说他老实，看老实不老实？"临出门分付："你在家好看着。那后边养的一群鸡，说道是凤凰，我不久功成行满，骑他上升，朝参玉帝；那房内做的几缸，都是毒药汁，若是徒弟坏了事，我也不打他，只与他这毒药汁吃了，直教他立化。你须用心看守。我午斋回来，带点心与你吃。"说毕师徒去了。这经济关上门笑道："岂可我这些事儿不知道？那房内几缸黄米酒，哄我是甚毒药汁；那后边养的几只鸡，说是凤凰，要骑他上升！"于是拣肥的宰了一只，退的净净，煮在锅里；把缸内酒用镟子舀出来，火上筛热了。手撕鸡肉，蘸着蒜醋，吃了个不亦乐乎。还说了四句："黄铜镟舀清酒，烟笼皓月；白污鸡蘸烂蒜，风卷残云。"正吃着，只听师父任道士外边叫门。这经济连忙收拾了家伙，走出来开门。任道士见他脸红，问他怎的来。这经济径低头不言语。师父问："你怎的不言语？"经济道："告禀师父得知，师父去后，后边那凤凰，不知怎的飞了去一只。教我慌了，上房寻了半日没有，怕师父来家打。待要拿刀子抹，恐怕疼；待要上吊，恐怕断了

哄小孩语。

① 此处删 71 字。
② 此处删 8 字。

绳子跌着；待要投井，又怕井眼小挂脖子。算计的没处去了，把师父缸内的毒药汁，舀了两碗来吃了。”师父便问：“你吃下去觉怎样的？”经济道：“吃下去半日不死不活的，倒象醉了的一般。”任道士听言，师徒们都笑了，说：“还是他老实。”又替他使钱讨了一张度牒。自此以后，凡事并不防范。正是：三日卖不得一担真，一日卖了三担假。

亦用哄小孩法，竟奏奇效。

这陈经济因此常拿着银钱，往马头上游玩。看见院中架儿陈三儿，说：“冯金宝儿他鸨子死了，他又卖在郑家，叫郑金宝儿。如今又在大酒楼上赶趁哩，你不看他看去？”这小伙儿旧情不改，拿着银钱，跟定陈三儿，径往马头大酒楼上来。此不来倒好，若来，正是：五百载冤家来聚会，数年前姻眷又相逢。有诗为证：

人生莫惜金缕衣，人生莫负少年时。

见花欲折须当折，莫待无花空折枝。

原来这座酒楼乃是临清第一座酒楼，名唤谢家酒楼。里面有百十座阁儿，周围都是绿栏杆，就紧靠着山冈，前临官河，极是人烟热闹去处，舟船往来之所！怎见得这座酒楼齐整？

一座酒楼里面有百十座阁儿，可见当时那一带地方商业之繁盛。

雕檐映日，画栋飞云。绿栏杆低接轩窗，翠帘栊高悬户牖。吹笙品笛，尽都是公子王孙；执盏擎杯，摆列着歌姬舞女。消磨醉眼，倚青天万叠云山；勾惹吟魂，翻瑞雪一河烟水。白蘋渡口，时闻渔父鸣榔；红蓼滩头，每见钓翁击楫。楼畔绿杨啼野鸟，门前翠柳系花骢。

这陈三儿引经济上楼，到一个阁儿里坐下。乌木春台，红漆凳子。便叫店小二，连忙打抹了春台，拿一付钟箸，安排一分上品酒果下饭来摆着，使他下边叫粉头去了。须臾，只听楼梯响，冯金宝上来，手中拿着个断锣儿，见了经济，深深道了万福。常言情人见情人，不觉簌地两行泪下。正是：数声娇语如莺啭，一串珍珠落线头。经济一见便拉他一处坐，问道：“姐姐，你一向在那里来？不见你。”这冯金宝收泪道：“自从县中打断出来，我妈着了惊唬，不久得病死了，把我卖在郑五妈儿家做粉头。这两日子弟稀少，不免又来在临清马头上赶趁酒客。昨日听见陈三儿说，你在这里开钱铺，要见你一见；不期你今日在此楼上吃酒，会只能与此种下等妓女“同病相怜”了。

见一面。可不想杀我也!”说毕,又哭了。经济便取袖中帕儿,替他抹了眼泪,说道:“我的姐姐,你休烦恼,我如今又好了。自从打出官司来,家业都没了,投在这晏公庙,一向出家做了道士。师父甚是重托我,往后我常来看你。”因问:“你如今在那里安下?”金宝便说:“奴就在这桥西酒家店刘二那里。有百十间房子,四外衏衕窠子,妓女都在那里安下,白日里便来这各酒楼赶趁。”说着,两个挨身做一处饮酒。陈三儿盪酒上楼,拿过琵琶来。金宝弹唱了个曲儿,与经济下酒,名《普天乐》:

泪双垂,垂双泪。三杯别酒,别酒三杯。鸾凤对拆开,拆开鸾凤对。岭外斜晖看看坠,看看坠岭外晖。天昏地暗,徘徊不舍,不舍徘徊。

两人吃得酒浓时,未免解衣云雨,下个房儿。这陈经济一向不曾近妇女,久渴的人,今得遇金宝,尽力盘桓,尤云殢雨,未肯即休。① 须臾事毕,各整衣衫。经济见天色晚来,与金宝作别,与了金宝一两银子,与了陈三儿三百文铜钱,嘱付:“姐姐,我常来看你,咱在这搭儿里相会;你若想我,使陈三儿叫我去。”下楼来,又打发了店主人谢三郎三钱银子酒钱。经济回庙中去了,这冯金宝送至桥边方回。正是:盼穿秋水因钱钞,哭损花容为邓通。

仍回庙去。

毕竟未知如何,且听下回分解。

这一回写得很古怪。

按那时主流文化的逻辑,陈经济堕落后得遇“居士”,又被护送至道观,应能在宗教中获得拯救,“修成正果”;但此回却大出人意料,写的是陈经济到了道观竟比当叫花子还要堕

① 此处删83字。

落，那道观简直是个污糟的淫窟，陈经济完全成了一个近乎“活畜牲”式的怪物。这一回再次显示出此书作者毁僧谤道的立场。但此书作者在刻薄地讥讽了佛道以后，却又不想提出自己主张的拯救之道。没有理想，没有理性，没有升华，也不剩浪漫，作者几近于残酷地，加快节奏地给我们展现出一幕幕人间怪剧丑剧，我们是惊诧莫名还是不以为奇，是掩卷深思还是抛书一笑，他都不管了。

第九十四回

刘二醉殴陈经济　洒家店雪娥为娼

花开不择贫家地，月照山河到处明。

世间只有人心歹，万事还教天养人。

痴聋喑哑家豪富，伶俐聪明却受贫。

年月日时该载定，算来由命不由人。

话说陈经济，自从陈三儿引到谢家大酒楼上，见了冯金宝，两个又拘搭上前情。往后没三日不和他相会，或一日经济庙中有事不去，金宝就使陈三儿捎寄物事，或写情书来叫他去。一次，或五钱，或一两；以后日间供其柴米，纳其房钱。归到庙中便脸红，任道士问他何处吃酒来，经济只说："在米铺，和伙计畅饮三杯，解辛苦来。"他师兄金宗明又替他遮掩，晚夕和他一处盘弄那勾当，是不必说。朝来暮往，把任道士囊箧中细软的本钱，也抵盗出大半，花费了不知觉。

"前后堕落"，不成人样矣。此书写陈经济的沉沦笔下不留一点余地。

一日，也是合当有事。这洒家店的刘二，有名坐地虎；他是帅府周守备府中亲随张胜的小舅子，专一在马头上开娼店，倚强凌弱，举放私债，与巢窝中各娼使钱，加三讨利；有一不给，捣换文书，将利作本，利上加利；嗜酒行凶，人不敢惹他；就是打粉头的班头，欺酒客的领袖。因见陈经济是晏公庙任道士的徒弟，白脸小厮，在谢三家大酒楼上，把粉头郑金宝儿包占住了，吃的楞楞睁睁，提着碗来大小拳头，走来谢家楼下，问金宝在那里。慌的谢三郎连忙声喏，说道："刘二叔，他在楼上第二个阁儿里便是。"这刘二大扠步上楼来。

又出新角色"坐地虎"。"马头"上的社会糜烂度又超过清河县城矣。

经济正与金宝在阁儿里面，两个饮酒，做一处快活。只把房门关闭，外边帘子挂着，被刘二一把手扯下帘子，大叫："金宝儿出来！"唬的陈经济，鼻口内气儿也不敢出。这刘二用脚把门跺开，金宝儿只得出来相见，说："刘二叔叔，有何说话？"刘二骂道："贼淫妇，你少我三个月房钱，却躲在这里，就不去了！"金宝笑嘻嘻说道："二叔叔，你家去，我使妈妈就送房钱来。"被刘二只搂心一拳，打了老婆一交，把头颅抢在阶沿下磕破，血流满地。骂道："贼淫妇，还等甚送来，我如今就要！"看见陈经济在里面，走向前把桌子只一掀，碟儿打得粉碎。那经济便道："阿呀，你是甚么人，走来撒野！"刘二骂道："我合你道士秫秫娘！"手采过头发来，按在地下，拳捶脚踢无数。那楼上吃酒的人看着，都立睁了。店主人谢三郎初时见刘二醉了，不敢惹他，次后见打得人不像模样，上楼来解劝，说道："刘二叔，你老人家息怒！他不晓得你老人家大名，误言冲撞，休要和他一般见识，看小人薄面，饶他去罢。"这刘二那里依从，尽力把经济打了发昏章第十一；叫将地方保甲，一条绳子，连粉头都拴在一处墩锁，分付："天明，早解到老爷府里去！"原来守备，敕书上命他保障地方，巡捕盗贼，兼管河道。这里拿了经济，任道士庙中还尚不知，只说他晚夕米铺中上宿未回。

"坐地虎"来也。且从"虎口"偷余生。

陈经济对此不算生疏。

却说次日，地方保甲、巡河快手押解经济、金宝，雇头口骑上，赶清晨早到府前伺候。先递手本，与两个管事张胜、李安看看，说是刘二叔地方喧闹一起，晏公庙道士一名陈经济、娼妇郑金宝。众军牢都问他要钱，说道："俺们是厅上动刑的，一班十二人，随你罢；正景两位管事的，你倒不可轻视了他！"经济道："身边银钱倒有，都被夜晚刘二打我时，被人掏摸的去了；身上衣服都扯碎了，那得钱来？止有头上关顶一根银簪儿，拔下来与二位管事的罢。"众牢子拿着那根簪子，走来对张胜、李安如此这般："他一个钱儿不拿出来，止与了这根簪儿，还是闹银的！"张胜道："你叫他近前，等我审问他。"众军牢不一时推拥他到跟前跪下。问："你是任道士第几个徒弟？"经济道："第三个徒弟。"又问："你今年都大年纪？"经济道："廿四岁了。"张胜道："你这等年少，只该在庙中做道士，习学经典，许你在外宿娼饮酒喧嚷？你把俺老爷帅府衙门，

官场黑暗，上下一般。

当甚么些小衙门，不拿了钱儿来？这根簪子打水不浑，要他做甚？还掠与他去！"分付牢子："等住回，老爷升厅，把他放在头一起。眼看这狗男女道士，就是个吝钱的，只许你白要四方施主钱粮！休说你为官事，你就来吃酒赴席，也带方汗巾儿揩嘴。等动刑时，着实加力拶打这厮！"又把郑金宝叫上去；郑家有忘八跟着，上下打发了三四两银子。张胜说："你系娼门，不过趁熟，赶些衣饭为生，没甚大事！看老爷喜怒不同，看恼，只是一两拶子；若喜欢，只恁放出来也不知。"旁边那个牢子说："你再把与我一钱银子，等若拶你，待我饶你两个大指头。"李安分付："你带他远些伺候，老爷将次出厅。"不一时，只见里面云板响，守备升厅。两边僚掾军牢森列，甚是齐整！但见：

冯金宝有忘八使钱，处境便松快多了。

> 绯罗缴壁，紫绶卓围。当厅额挂茜罗，四下帘垂翡翠。勘官守正，戒石上刻御制四行；人从谨廉，鹿角旁插令旗两面。军牢沉重，僚掾威仪。执大棍授事立阶前，挟文书厅旁听发放。虽然一路帅臣，果是满堂神道！

当时没巧不成话，也是五百劫冤家聚会，姻缘合当凑着。春梅在府中，从去岁八月间，已生了个哥儿；小衙内今方半岁光景，貌如冠玉，唇若涂朱。守备喜似席上之珍，过如无价之宝。未几，大奶奶下世，守备就把春梅册正，做了夫人，就住着五间正房。买了两个养娘抱奶哥儿，一名玉堂，一名金匮；两个小丫鬟伏侍，一个名唤翠花，一个名唤兰花；又有两个身边得宠弹唱的姐儿，都十六七岁，一名海棠，一名月桂，都在春梅房中侍奉。那孙二娘房中，止使着一个丫鬟，名唤荷花儿，不在话下。每常这小衙内，只要张胜怀中抱他，外边顽耍，遇着守备升厅，在旁边观看。

春梅飞黄腾达矣。

当日守备升厅坐下，放了告牌出去，各地方解进人来。头一起正叫上陈经济并娼妇郑金宝儿去。守备看了呈状，又见经济面上带伤，说道："你这厮是个道士，不守那清规，如何宿娼饮酒，骚扰我地方，行止有亏！左右，拿下去打二十棍，追了度牒还俗。那娼妇郑氏，拶一拶，敲五十敲，责令归院当差。"两边军牢向前，才待扯翻经济，摊去衣服，用绳索绑起，转起棍来，两边招呼打时，可霎作怪，张胜抱着小衙内，正在厅前月台上站立观看，那小衙内看见走过来打经济，在怀里拦不住，扑着要经济抱。张胜恐怕守备看见，忙走过来，那小衙内亦发大哭起来，直哭到后边春梅跟前。春梅问他怎的哭。张胜便说："老爷厅上发放事，打那晏公庙陈道士，他就扑着要他抱；小的走下来，他就哭了。"这春梅听见是姓陈的，不免轻移莲步，款蹙湘裙，走到软屏后面探头观觑，"厅下打的那人，声音模样倒好似陈姐夫一般，他因何出家做了道士？"又叫过张胜问他："此人姓甚名谁？"张胜道："这道士供状上，年廿四岁，俗名叫陈经济。"春梅暗道："正是他了。"一面使张胜："请下你老爷来。"这守备厅上打经济，才打到十棍，一边还拶着娼的，忽听后边夫人有请，分付牢子，把棍且阁住休打，一面走下厅来。春梅说道："你打的那道士，是我姑表兄弟。看奴面上，饶了他罢。"守备道："夫人不早说，我已打了他十棍，怎生奈何？"一面出来分付牢子："都与我放了！"娼的便归院去了。守备悄悄使张胜："叫那道士回来，且休去；问了你奶奶，请他相见。"这春梅才待使张胜，请他到后堂相见，忽然想起一件事来，口中不言，心内暗道："剜去眼前疮，安上心头肉！眼前疮不去，心头肉如何安得上？"于是分付张胜："你且叫那人去着，等我慢慢再叫他。"度牒也不曾追。

确是无巧不成书。

妇人干政，竟至于此。

春梅排遣恩仇，心机细密如此。

这陈经济打了十棍，出离了守备府，还奔来晏公庙。不想任道士听见人来说："你那徒弟陈宗美，在大酒楼上包着娼的郑金宝儿，惹了酒家店坐地虎刘二，打得臭死，连老婆都拴了，解到守备府里去了；行止有亏，便差军牢，来拿你去审问，追度牒还官。"这任道士听了，一者年老的着了惊怕，二来身体胖大，因打开囊箧，内又没了细软东西，着了口重气，心中痰涌上来，昏倒在地。众徒弟慌忙向前扶救，请将医者来灌下药去，通不省人事；到半夜，呜呼断气身亡，亡年六十三岁。第二日，陈经济来到。左边邻人说："你还敢庙里去？你师父因为你，如此这般，得了口重气，昨夜三更鼓死了。"这经济听了，唬的忙忙似丧家之犬，急急如漏网之鱼，复回清河县城中来。正是：鹿随郑相应难辨，蝶化庄周未可知。

陈经济真如无头苍蝇一般。

话分两头，却说春梅一见经济方待留他，忽然心上想起一件事来，如此张致，恃宠卖乖。

还使出张胜来，教经济且去罢。走归房中，摘了冠儿，脱了绣服，倒在床上，一面扪心挝被，声疼叫唤起来。唬的合宅大小都慌了，下房孙二娘来问道："大奶奶行好好的，怎的来就不好起来？"春梅说："你每且去，休管我！"落后守备退厅进来，见他躺在床上叫唤，也慌了，扯着他手儿问道："你心里怎的来？"也不言语。又问："那个惹着你来？"也不做声。守备道："不是刚才儿我打了你兄弟，你心内恼么？"亦不应答。这守备无计奈何，自出外边麻犯起张胜、李安来了："你那两个，早知他是你奶奶兄弟，如何不早对我说！却教我打了他十下，惹的你奶奶心中不自在起来。我曾教你留下他，请你奶奶相见，你如何又放他去了？你这厮每，却讨分晓！"张胜说："小的曾禀过奶奶来，奶奶说，且教他去着，小的才放他去了。"一面走入房中，哭啼哀告春梅："望乞奶奶，在爷前方便一言！不然，爷要见责小的每哩。"这春梅睁圆星眼，剔起蛾眉，叫过守备近前说："我自心中不好，干他们甚事？那厮他不守本分，在外边做道士；且奈他些时，等我慢慢招认他。"这守备才不麻犯张胜、李安了。

剔起蛾眉，是何形象。

守备见他只管声唤，又使张胜，请下医官来看脉，说："老夫人染了六欲七情之病，着了重气在心。"讨将药来又不吃，都放冷了。丫头每都不敢向前说话，请将守备来看着吃药，只呷了一口就不吃了。守备出去了，大丫鬟月桂拿过药来，"请奶奶吃药。"被春梅拿过来，匹脸只一泼，骂道："贼浪奴才，你只顾拿这苦水来灌我怎的！我肚子里有甚么！"教他跪在面前。孙二娘走来问道："月桂怎的？奶奶教他跪着。"海棠道："奶奶因他拿药与奶奶吃来。奶奶说，'我肚子里有甚么，拿这药来灌我！'教他跪着。"孙二娘道："奶奶，你委的今一日没曾吃甚么，这月桂他不晓得。奶奶休打他，看我面上，饶他这遭罢。"分付海棠："你往厨下熬些粥儿来，与你奶奶吃口儿。"春梅于是把月桂放起来。

匹脸泼药，霸道嘴脸。

那海棠走到厨下，用心用意熬了一小锅粳小米浓浓的粥儿，定了四碟小菜儿，用瓯儿盛着，象牙筷儿，热烘烘拿到房中。春梅躺在床上，面朝里睡，又不敢叫，直待他番身，方才请他："有个粥儿在此，请奶奶吃粥。"春梅把眼合着，不言语。海棠又叫道："粥晾冷了，请奶奶起来吃粥。"孙二娘在旁说道："大奶奶，你这半日没吃甚么；这回你觉好些，且起来吃些个,有柱戗些。”那春梅一砧碌子扒起来,教奶子拿过灯来,取粥在手,只呷了一口,往地下只一推;早是不曾把家伙打碎,被奶子接住了。就大吆喝起来,向孙二娘说:“你平白叫我起来吃粥,你看贼奴才熬的好粥!我又不坐月子,熬这照面汤来与我吃怎么?”分付奶子:“金匮,你与我把这奴才脸上,把与他四个嘴巴!”当下真个把海棠打了四个嘴巴。孙二娘便道:“奶奶,你不吃粥,却吃些甚么儿?却不饿着你。”春梅道:“你教我吃,我心内拦着,吃不下去。”良久,叫过小丫鬟兰花儿来分付道:“我心内想些鸡尖汤儿吃。你去厨房内,对着淫妇奴才,教他洗手,做碗好鸡尖汤儿,与我吃口儿;教他多有些酸笋,做的酸酸辣辣的我吃。”孙二娘便说:“奶奶分付他,教雪娥做去。你心下想吃的就是药!”

分明是一悍妇。

当年折磨秋菊,已有经验。

开始“剜去眼前疮”工程。

这兰花不敢怠慢,走到厨下对雪娥说:“奶奶教你做鸡尖汤,快些做,等着要吃哩。”原来这鸡尖汤,是雏鸡脯翅的尖儿,碎切的做成汤。这雪娥一面洗手剔甲,旋宰了两只小鸡,退刷干净,剔选翅尖,用快刀碎切成丝,加上椒料、葱花、芫荽、酸笋、油酱之类,揭成清汤;盛了两瓯儿,用红漆盘儿,热腾腾兰花拿到房中。春梅灯下看了,呷了一口,怪叫大骂起来:“你对那淫妇奴才说去,做的甚么汤!精水寡淡,有些甚味?你们只教我吃,平白教我惹气!”慌的兰花生怕打,连忙走到厨下,对雪娥说:“奶奶嫌汤淡,好不骂哩!”这雪娥一声儿不言语,忍气吞声,从新坐锅,又做了一碗;多加了些椒料,香喷喷教兰花拿到房里来。春梅又嫌忒咸了,拿起来照地下只一泼;早是兰花躲得快,险些儿泼了一身!骂道:“你对那奴才说去,他不愤气做与我吃,这遭做的不好,教他讨分晓哩!”

任你细心再精心,此番“骆驼难从针眼过”。

要泼的岂止是汤。

这雪娥听见,千不合,万不合,悄悄说了一句:“姐姐几时这般大了,就抖搂起人来!”不想兰花回到房里,告春梅说了。这春梅不听便罢,听了此言,登时柳眉剔竖,星眼圆睁,咬碎银牙,通红了粉面,大叫:“与我采将那淫妇奴才来!”须臾使了养娘丫鬟三四个,登时把雪娥拉到房中。春梅气狠狠的,一手扯住他头发,把头上冠子跺了,骂道:“淫妇奴才!你怎的说几时这般大?不是你西门庆家,抬举的我这般大!我买将你来伏侍我，你不愤气？教你做口子汤，不是精淡，就是苦丁子咸！你倒还对着丫头，说我几时恁般大起来，搂搜索落，我要你何用！”一面请将守备来，采雪娥出去，当天井跪着。前边叫将张胜、李安，旋剥褪去衣裳，打三十大棍，两边家人点起明晃晃灯笼，张胜、李安各执大棍伺候。那雪娥只是不肯脱衣裳。守备恐怕气了他，在跟前不敢言语。孙二娘在旁边，再三劝道：“随大奶奶分付打他多少，免褪他小衣罢；不争对着下人，脱去他衣裳，他爷体面上不好看的。只望奶奶高抬贵手，委的他的不是了！”春梅不肯，定要去他衣服打，说道：“那个拦我，我把孩子先摔杀了，然后我也一条绳子吊死就是了。留着他便是了！”于是也不打了，一头撞倒在地，就直挺挺的昏迷不省人事。守备唬的连忙扶起，说道：“随你打罢，没的气着你。”当下可怜，把这孙雪娥拖番在地，褪去衣服，打了三十大棍，打的皮开肉绽。一面使小牢子半夜叫将薛嫂儿来，即时罄身领出去办卖。春梅把薛嫂儿叫在背地分付：“我只要八两银子，将这淫妇奴才好歹与我卖在娼门，随你转多少，我不管你；你若卖在别处，我打听出来，只休要见我！”那薛嫂儿道：“我靠那里过日子，却不依你说。”

春梅作威，超过金莲。这一人物的人性恶，竟居书中各女性之首位。她此举还并非是要争守备之宠，并非要在守备府中实行“性垄断”，而是另有阴谋。但此书作者似乎并无臧否春梅的用意。他只是客观地告诉我们，春梅就是这么活着，行动着。

一不做，二不休，春梅此种行径，与自剥衣服无异。

把事做绝。

当夜领了雪娥来家。那雪娥悲悲切切整哭到天明。薛嫂便劝道：“你休哭了，也是你的晦气，冤家撞在一处。老爷见你倒罢了，只恨你与他有些旧仇旧恨，折挫你。那老爷也做不得主儿，见他有孩子，须也依随他；正景下边孙二娘，不让他几分？常言拐米倒做了仓官，说不的了，你休气哭。”雪娥收泪谢薛嫂：“只望早晚寻个好头脑，我去自有饭吃罢。”薛嫂道：“他千万分付，只教我把你送在娼门。我养儿养女，也要天理。等我替你寻个单夫独妻，或嫁个小本经纪人家，养活得你来也。”那雪娥千恩万福，谢了薛嫂。

孙雪娥虽是一见识、气量均狭小卑琐之妇人，究竟并无大恶，遭此人为恶报，其实可怜。

过了两日，只见邻住一个开店张妈走来叫：“薛妈，你这壁厢有甚娘子，怎的哭的悲切？”薛嫂便道：“张妈，请进来坐。”说道：“便是这位娘子。他是大人家出来的，因和大娘子合不着，打发出来，在我这里嫁人。情愿个单夫独妻，免得惹气。”张妈妈道：“我那边下着一个山东卖绵花客人，姓潘，排行第五，年三十七岁；几车花果，常在老身家安下。前日说，他家有个老母有病，七十多岁，死了浑家半年光景，没人扶侍，再三和我说，替他保头亲事，并无相巧的；我看来这位娘子年纪倒相当，嫁与他做个娘子罢。"薛嫂道："不瞒你老人家说，这位娘子大人家出身，不拘粗细都做的，针指女工，锅头灶脑，自不必说，又做的好汤水；今才三十五岁。本家只要三十两银子，倒好保与他罢。"张妈妈道："有箱笼没有？"薛嫂道："止是他随身衣服、簪环之类，并无箱笼。"张妈妈道："既是如此，老身回去对那人说，教他自家来看一看。"说毕，吃茶，坐回去了。晚夕对那人说了。次日饭罢以后，果然领那人来相看。一看，见了雪娥好模样儿，年小，一口就还了二十五两，另外与薛嫂一两媒人钱；薛嫂也没争竞，就兑了银子，写了文书。晚夕过去，次日就上车起身。薛嫂教人改换了文书，只兑了八两银子交到府中，春梅收了；只说卖与娼门去了。

果真如此，也算绝处逢生。

那人娶雪娥到张妈家，止过得一夜。到第二日五更时分，谢了张妈妈，作别上了车，径到临清去了。此是六月天气，日子长，到马头上才日西时分。到于酒家店，那里有百十间房子，都下着各处远方来的窠子衏衏娼的。这雪娥一领，进入一个门户，半间房子，里面打着土炕。炕上坐着个五六十岁的婆子，还有个十七八顶老丫头，打着盘头揸髻，抹着铅粉红唇，穿着一弄儿软绢衣服，在炕边上弹弄琵琶。这雪娥看见，只叫得苦，才知道那汉子潘五是个水客，买他来做粉头，起了他个名儿叫"玉儿"。这小妮子名唤"金儿"，每日拿厮锣儿，出去酒楼上接客供唱，做这道路营生。这潘五进门不问长短，把雪娥先打了一顿，睡了两日，只与他两碗饭吃；教他乐器学弹唱，学不会又打，打得身上青红遍了。引上道儿，方与他好衣穿，妆点打扮，门前站立，倚门献笑，眉目嘲人。正是：遗踪堪入时人眼，不买胭脂画丹青。有诗为证：

是最下等的娼家景象。

从此更加非人矣。

穷途无奔更无投，南去北来休便休。

一夜彩云何处散，梦随明月到青楼。

这雪娥在酒家店。也是天假其便，一日，张胜被守备差遣，往河下买几十石酒曲，宅中造酒。这酒家店坐地虎刘二，看见他姐夫来，连忙打扫酒楼干净，在上等阁儿里安排酒肴杯盘、各样时新果品、好酒活鱼，请张胜坐在上面饮酒。酒博士保儿筛酒，近前跪下禀问："二叔，下边叫那几个唱的上来递酒？"刘二分付："叫王家老姐儿，赵家娇儿，潘家金儿、玉儿，四个上来，伏侍你张姑夫。"酒博士保儿应诺下楼。不多时，只听得胡梯畔笑声儿，一般儿四个唱的顶老，打扮得如花似朵，都穿着轻纱软绢衣裳；上的楼来，望下一面花枝招飐，绣带飘飘，拜了四拜，立在旁边。这张胜猛睁眼观看，内中一个粉头，可要作怪，"倒相老爷宅里，小奶奶打发出来，厨下做饭的那雪娥娘子。他如何做这道路，在这里？"那雪娥亦眉眼扫见是张胜，都不做声。这张胜便问刘二："那个粉头是谁家的？"刘二道："不瞒姐夫，他是潘五屋里玉儿、金儿，这个是王老姐，一个是赵娇儿。"张胜道："王老姐儿我认的，这潘家玉儿我有些眼熟。"因叫他近前，悄悄问他："你莫不是老爷宅里雪姑娘么？怎生到于此处？"那雪娥听见他问，便簌地两行泪下，便道："一言难尽！"如此这般，具说一遍。"被薛嫂撺瞒，把我卖了二十五两银子，卖在这里供筵习唱，接客巡人。"这张胜平昔见他生的好，常是怀心。这雪娥席前殷勤劝酒，两个说得入港。雪娥和金儿不免拿过琵琶来，唱了个词儿，与张胜下酒，名《四块金》：

连原来的名字亦抹杀了。可叹。

当年在西门府中，是听娼优演唱，如今却自为娼妓，为人演唱淫词。"命运"二字，真不堪承受！

前生想咱，少欠下他相思债。中途漾却，绾不住同心带。说着教我泪满腮，闷来愁似海。万誓千盟，到今何在？不良才，怎生消磨了我许多时恩爱！

当下唱毕，彼此穿杯换盏，倚翠偎红，吃得酒浓时，常言世财、红粉、歌楼酒，谁为三般事不迷？这张胜就把雪娥来爱了。两个晚夕，留在阁儿里就一处睡了。这雪娥枕边风月，耳畔山盟，和张胜尽力盘桓，如鱼似水，百般难述。次日起来，梳洗了头面，刘二又早安排酒肴上来，与他姐夫扶头，大盘大碗，饕食一顿。收起行装，喂饱头口，装载米曲，伴当跟随。临出门，与了雪娥三两银子；分付刘二："好生看顾他，休教人欺负。"

"世财、红粉、歌楼酒，谁为三般事不迷？"此问对当今的中国人，是否已毫无针对性？

孙雪娥也只能捞这根"稻草"了。

自此以后，张胜但来河下，就在酒家店与雪娥相会。往后走来走去，每月与潘五儿两银子，就包住了他，不许接人；那刘二自恁要图他姐夫欢喜，连房钱也不问他要了，各窠窝刮刷将来，替张胜出包钱，包定雪娥柴米。有诗为证：

岂料当年纵意为，贪淫倚势把心欺。

祸不寻人人自取，色不迷人人自迷。

毕竟未知后来如何，且听下回分解。

此回是本书“三大女角”之一的春梅的一出“重头戏”。

潘金莲为了排除其情欲的“障碍”，下毒手杀害了善良无辜的武大。李瓶儿在放纵自身情欲时，对其前夫花子虚、蒋竹山都极其无情而残酷。

现在我们又看到了春梅怀着不可告人的目的，甚至不惜欺瞒、耍弄那宠爱她的周守备，以极其无耻的手段，将有碍于她与陈经济重新勾搭的孙雪娥往死里迫害。

本书对人性恶的表现，是毫不打折扣的。

但本书作者似乎也并不是要表现“世上狠毒莫过妇人心”或“女人是祸水”一类的“主题”。

在本书作者的笔下，三位女主角都只不过是循着一种“自然而然”的内心驱动在那里为人处世，走着她们的人生之路。

三位女主角都显得格外真实。

此书不但绝不“主题先行”，甚至也不经意于“通过人物塑造与情节流动”来升华出“主题”，它实在是有点“无主题”。或者说，它虽在这里、那里嵌进了某些训诫性的“套话”，但那“态度”实在是并不怎么严肃认真。可是这种写法不仅没有伤害到它的“文本魅力”，反而显示出特异的“艺术真实感”。此种创作方法，值得研究。

第九十五回
平安偷盗假当物　薛嫂乔计说人情

格言：

有福莫享尽，福尽身贫穷。
有势莫倚尽，势尽冤相逢。
福宜常自惜，势宜常自恭。
人间势与福，有始多无终。

话说孙雪娥卖在酒家店为娼，不题。话分两头，却说吴月娘自从大姐死了，告了陈经济一状到官；大家人来昭也死了，他妻一丈青，带着小铁棍儿，也嫁人去了；来兴儿看守门户；房中绣春，与了王姑子做了徒弟，出家去了。那来兴儿，自从他媳妇惠秀死了，一向没有妻室。奶子如意儿，要便引着孝哥儿，在他屋里顽耍，吃东西。来兴儿又打酒和奶子吃。两个戏来嘲去，就刮剌上了。非止一日，但来前边，归入后边就脸红。月娘察知其事，骂了一顿，家丑不可外扬，与了他一套衣裳、四根簪子、一件银寿字儿、一件梳背儿，拣了个好日子，就与了来兴儿完房，做了媳妇子。白日上灶，看哥儿，后边扶侍；到夜间，往前边他屋里睡去。

倒不失为一种顺坡下驴的办法。

一日，八月十五日，月娘生日，有吴大妗、二妗子，并三个姑子，都来与月娘做生日，在后边堂屋里吃酒。晚夕，都在孟玉楼住的厢房内，吴大妗、二妗子、三个姑子，同在一处睡，听宣卷。到二更时分，中秋儿便在后边灶上看茶，由着月娘叫，都不应。月娘亲自走到上房里，只见玳安儿正按着小玉，在炕上干得好。看见月娘推开门进来，慌的凑手脚不迭。月娘便一声儿也没言语，只说得一声："贼臭肉，不在后边看茶去！那屋里师父，宣了这一日卷，要茶吃，且在这里做甚么哩？"那小玉道："中秋儿灶上，我教他顿茶哩。"低着头往后边去。玳安便走出仪门，往前边来。

但需"将就"的事非止一桩。

过了两日，大妗子、二妗子、三个女僧都家去了。这月娘把来兴儿房腾出，收拾了与玳安住；却教来兴儿搬到来昭屋里，看守大门去了。替玳安做了两床铺盖，做了一身装新衣服，盔了一顶新网新帽，做了双新靴袜；又替小玉张了一顶鬏髻，与了他几件金银首饰，四根金头银脚簪、环坠戒指之类，两套段绢颜色衣服。择日完房，就配与玳安儿做了媳妇。白日里还进来，在房中答应月娘；只晚夕临关仪门时，便出去和玳安歇去。这丫头拣好东好西，甚么不拿出来和玳安吃。这月娘当看见，只推不看见。

小玉还想跟和尚去么？

常言道：溺爱者不明，贪得者无厌。羊酒不均，驷马奔镇；处家不正，奴婢抱怨。却说平安儿，见月娘把小玉配与玳安做了媳妇儿，与了他一间房住，衣服穿戴，胜似别人；他比玳安倒大两岁，今年二十二岁，倒不与他妻室、一间房住！一日，在假当铺看见傅伙计当了人家一副金头面、一柄镀金钩子，当了三十两银子。那家只把银子使了一个月，加了利钱，就来赎讨。傅伙计同玳安寻出来，放在铺子大橱柜内的。不提防这平安儿，见财起心，就连匣儿偷了，走去南瓦子里开坊子的武长脚家，有两个私窠子，一个叫薛存儿，一个叫伴儿，在那里歇了两夜。忘八见他使钱儿猛大，匣子蹙着金头面，撅着银挺子打酒，与鸨儿买东西。戳与土番，就把他截在屋里，打了两个耳刮子，就拿了。

也是合当有事，不想吴典恩新升巡检，骑着马，头里打着一对板子，正从街上过来，看见问："拴的甚么人？"土番跪下禀说："如此这般拐带出来，瓦子里宿娼，拿金银头面行使，小的可疑拿了。"吴典恩分付："与我带来审问。"一面拿到巡检厅儿内。吴典恩坐下，两边弓皂排列。土番拴平安儿到跟前，认的是吴典恩，当初是他家伙计，"一定见了我就放的"，开口就说："小的是西门庆家平安儿。"吴典恩道："你既是他家人，拿这金东西在这坊子里做甚么？"平安道："小的大娘借与亲戚家头面

吴典恩系当年西门庆所"热结"的十兄弟之一。久未露面矣。

此想法差矣。

戴，使小的取去；来晚了，城门闭了，小的投在坊子权借宿一夜，不料被土番拿了。”吴典恩骂道：“你这奴才胡说！你家只是这般头面多，金银广，教你这奴才把头面拿出来，老婆家歇宿行使？想必是你偷盗出来头面。趁早说来，免我动刑！”平安道：“委的亲戚家借去头面，家中大娘使我讨去来，并不敢说谎。”吴典恩大怒，骂道：“此奴才真贼，不打如何肯认！”喝令左右：“与我拿夹棍夹这奴才！”一面套上夹棍，夹的小厮犹如杀猪叫，叫道：“爷，休夹小的！放小的实说了罢。”吴典恩道：“你只实说，我就不夹你。”平安儿道：“小的偷的假当铺当的人家一副金头面、一柄镀金钩子。”吴典恩问道：“你因甚么偷出来？”平安道：“小的今年二十二岁，大娘许了替小的娶媳妇儿，不替小的娶；家中使的玳安儿小厮，才二十岁，倒把房里丫头配与他完了房！小的因此不愤，才偷出假当铺这头面走了。”吴典恩道：“想必是这玳安儿小厮，与吴氏有奸，才先把丫头与他配了妻室。你只实说，没你的事，我便饶了你。”平安儿道：“小的不知道。”吴典恩道：“你不实说，与我拶起来！”左右套上拶子。慌的平安儿没口子说道：“爷，休拶小的！等小的说就是了。”吴典恩道：“可又来，你只说了，须没你的事。”一面放了拶子。那平安说：“委的俺大娘与玳安儿有奸。先要了小玉丫头，俺大娘看见了就没言语，倒与了他许多衣服首饰东西，配与他完房！”这吴典恩一面令吏典上来，抄了他口词，取了供状，把平安监在巡检司，等着出牌提吴氏、玳安、小玉来审问这件事。

如此推测，并非多么恶意。也是因为世情中多有此例。

那日却说解当铺橱柜里不见了头面，把傅伙计唬慌了，问玳安。玳安说：“我在生药铺子里看，你在这边吃饭，我不知道。”傅伙计道：“我把头面匣子放在橱里，如何不见了？”一地里寻平安儿寻不着，急的傅伙计插香赌誓。那家子讨头面，傅伙计只推还没寻出来哩。那人走了几遍，见没有头面，只顾在门前嚷闹，说：“我当了两个月，本利不少你的。你如何不与我头面、钩子？值七八十两银子！”傅伙计见平安儿一夜没来家，就知是他偷出去了，四下使人找寻不着。那讨头面主儿又在门首嚷乱，对月娘说，赔他五十两银子。那人还不肯，说：“我头面值六十两，钩子连宝石珠子镶嵌，共值十两，该赔七十两银子。”傅伙计又添了他十两,还不肯,定要与傅伙计合口。正闹时,有人来报说:"你家平安儿偷了头面,在南瓦子养老婆,被吴巡检拿在监里。还不教人快认赃去!"这吴月娘听见吴典恩做巡检,"是咱家旧伙计",一面请吴大舅来商议,连忙写了领状;第二日,教傅伙计领赃去。"有了原物在,省得两家赖,教人家人在门前放屁。"

还闹什么,更大的麻烦来矣!

傅伙计拿状子到巡检司,实承望吴典恩看旧时分上,领得头面出来。不想反被吴典恩"老狗"、"老奴才"尽力骂了一顿,叫皂隶拉倒要打,褪去衣裳把屁股脱了,半日饶放起来,说道:"你家小厮,在这里供出吴氏与玳安许多奸情来,我这里申过府县,还要行牌提取吴氏来对证;你这老狗骨头,还敢来领赃?"倒吃他千奴才万老狗骂将出来,唬的往家中走不迭。来家不敢隐讳,如此这般,对月娘说了。月娘不听便罢,听了正是分开八块顶梁骨,倾下半桶冰雪来,慌的手脚麻木。又见那讨头面人,在门前大嚷大闹,说道:"你家不见了我头面,又不与我原物,又不赔我银子,只反哄着我两头回来走。今日哄我去领赃,明日等领头面,端的领的在那里?这等不合理!"那傅伙计陪下情,将好言央及,安抚他:"略从容两日,就有头面出来了;若无原物,加倍赔你!"那人说:"等我回声当家的去。"说毕去了。

当年西门庆对此"兄弟"亦不算薄,何如此无情!

这吴月娘忧上加忧,眉头不展,使小厮请吴大舅来商议,教他寻人情对吴典恩说,掩下这桩事罢。吴大舅说:"只怕他不受人情,要些贿赂打点他。"月娘道:"他当初这官,还是咱家照顾他的,还借咱家一百两银子,文书俺爹也没收他的,今日反恩将仇报起来!"吴大舅说:"姐姐,说不的那话了。从来忘恩背义,才一个儿也怎的?"吴月娘道:"累及哥哥,上紧寻个路儿,宁可送他几十两银子罢!领出头面来,还了人家,省得合口费舌。"打发吴大舅吃了饭去了。

只把忘恩背义看作人之常情,庶几可心平气和些。

月娘送哥哥到大门首。也是合当事情凑巧,只见薛嫂儿提着花箱儿,领着一个小丫鬟过来。月娘叫住便问:"老薛,你往那里去?怎的一向不来俺这里走走?"薛嫂道:"你老人家倒且说的好,这两日好不忙哩,偏有许多头绪儿!咱家小奶奶那里,使牢子大官儿叫了好几遍,还不得空儿去哩。"月娘道:"你看妈妈子撒风,他又做起俺小奶奶来了!"

薛嫂道："如今不做小奶奶，倒做了大奶奶了。"月娘道："他怎的做大奶奶？"薛嫂道："你老人家还不知道，他好小造化儿！自从生了哥儿，大奶奶死了，守备老爷就把他扶了正房，做了封赠娘子。正景二奶奶孙氏不如他！手下买了两个奶子、四个丫头扶侍；又是两个房里得宠学唱的姐儿，都是老爷收用过的，要打时就打他倘棍儿，老爷敢做的主儿？自恁还恐怕气了他！那日不知因甚么，把雪娥娘子打了一顿，把头发都挦了，半夜叫我去领出来，卖了八两银子。如今孙二娘房里，使着个荷花丫鬟；他手里倒使着四五个，又是两个奶子，还言人少。二娘又不敢言语，成日奶奶长奶奶短，只哄着他。前日对我说，老薛，你替我寻个小丫头来我使。嫌那小丫头不会做生活，只会上灶，他屋里事情冗杂。今日我还睡哩，大清早辰，又早使牢子叫了我两遍，教我快往宅里去。问我要两副大翠重云子钿儿，又要一副九凤钿银根儿，一个凤口里衔一串珠儿，下边坠着青红宝石、金牌儿，先与了我五两银子；银子不知使的那里去了，还没送与他生活去哩。这一见了我，还不知怎生骂我哩！我如今就送这丫头去。"月娘道："你到后边，等我瞧瞧怎样翠钿儿。"一面让薛嫂到后边明间内坐下。薛嫂打开花箱取出与吴月娘看，果然做的好样范！约四指宽，通掩过鬏髻来，金翠掩映，翡翠重叠，背面贴金；那九级钿，每个凤口内衔着一挂宝珠牌儿，十分奇巧。薛嫂道："自这副钿儿，做着本钱三两五钱银子，那副重云子的，只一两五钱银子，还没寻他的钱。"

吴月娘听来作何感想？此春梅腾达起来倒也罢了，问题是她还要"睚眦必报"，吴月娘宜多加小心！

正说着，只见玳安儿走来对月娘说："讨头面的又来在前边嚷哩，说等不的领赃，领到几时？若明日没头面，要和傅二叔打了，到个去处理会哩。傅二叔心里不好，往家去了；那人嚷了回去了。"薛嫂问："是甚么勾当？"月娘便长吁了一口气，如此这般，告诉薛嫂说："平安儿奴才，偷去印子铺人家当的一付金头面、一个镀金钩子，走在城外坊子里养老婆，被吴巡检拿住，监在监里。人家来讨头面，没有，在门前嚷闹；吴巡检又勒措刁难，不容俺家领赃，打伙计，将来要钱。白寻不出个头脑来，如何是好？死了汉子，败落一齐来，就这等被人欺负，好苦也！"说着，那眼中泪，纷纷落将下来。薛嫂道："好奶奶，放着路儿不会寻。咱家小奶奶，你这里写个帖儿，等我对他说声，教老爷差人分付巡检司，莫说一副头面，就十副头面也讨去了！”月娘道：“周守备他是武职官，他管的着那巡检司？”薛嫂道：“奶奶，你还不知道，如今周书，朝廷新与他的敕书，好不管的事情宽广！地方河道、军马钱粮，都在他里打卯递手本；又河东水西，捉拿强盗，贼情正在他手里。”月娘听了便道：“既然管着，老薛，就累你多上覆庞大姐说声，一客不烦二主，教他在周爷面前美言一句儿，问巡检司讨出头面来。我破五两银子谢你。”薛嫂道：“好奶奶，钱恁中使！我见你老人家刚才凄惶，我倒下意不去。你教人写了帖儿，不吃茶罢，等我到府里和小奶奶说。成了，随你老人家；不成，我还来回你老人家话。”这吴月娘一面叫小玉摆茶与薛嫂吃。薛嫂儿道：“这咱晚了，不吃罢。你只教大官儿写了帖儿，我拿了去罢。你不知，我一身的事在我身上哩！”月娘道：“我晓的，你也出来这半日了，吃了点心儿去。”小玉即便放桌儿，摆上茶食来，月娘陪他吃茶。薛嫂儿递与丫头两个点心吃。月娘问丫头几岁了，薛嫂道：“今年十二岁了。”

到头来吴月娘还得上赶着春梅求情解危。

不一时，玳安儿前边写了说帖儿；薛嫂儿吃了茶，放在袖内，作辞月娘，提着花箱出门；转湾抹角，径到守备府中。春梅还在暖床炕上睡，还没起来哩。只见大丫鬟月桂进来说：“老薛来了。”春梅便叫小丫头翠花，把里面窗寮开了，日色照的纱窗十分明亮。薛嫂进去，说道：“奶奶这里还未起来。”放下花箱，便磕下头去。春梅道：“不当家化化的，磕甚么头？”说道：“我心里不自在，今日起来的迟些。”问道：“你做的我翠云子和九凤钿儿，拿了来不曾？”薛嫂道：“奶奶这两副钿儿，好不费手！昨日晚夕，我才打翠花铺子里讨将来；今日要送来，不想奶奶又使了牢子去。”一面取出来与春梅过目。春梅还嫌翠云子做的不十分现撇，还安放在纸匣儿内，交与月桂收了，看茶与薛嫂儿吃。薛嫂便叫小丫鬟进来，“与奶奶磕头。”春梅问是那里的。薛嫂儿道：“二奶奶和我说了好儿遍，说荷花只做的饭，教我替他寻个小孩子，学做些针指。我替他领了这个孩子来了，倒是乡里人家女孩儿，今年才十二岁，正是养材儿，只好拘束着学做生活。”春梅道：“你亦发替他寻个城里孩子，还伶便些；这乡里孩子，晓的甚么？也是前日，一个张妈子领了两个乡里丫头子

娇懒夫人，度日如卧蜜。

挑三拣四，嘲笑乡姑，一派“城中大户”口吻。

来，一个十一岁，那一个十二岁了；一个叫生金，一个叫活宝。两个且是不善，都要五两银子，娘老子就在外头等着要银子。我说且留他住一日儿，试试手儿，会答应不会，教他明日来领银子罢，死活留下他一夜。丫头们不知好歹，与了他些肉汤子泡饭吃了。到第二日天明，只见丫头们嚷乱起来。我便骂，贼奴才，乱的是甚么？原来那生金撒了被窝屎，那活宝溺的裤子提溜不动。把我又是那笑，又是那砢碜。等的张妈子来，还教他领的去了。”因问：“这丫头要多少银子？”薛嫂儿道：“要不多，只四两银子。他老子要投军使。”春梅教海棠：“你领到二娘房里去，明日兑银子与他罢。”又叫月桂：“拿大壶，内有金华酒，筛来与薛嫂儿吃，盪寒。再有甚点心，拿上一盒子与他吃；省得他又说，大清早辰拿寡酒灌他。”薛嫂道：“桂姐，且不要筛上来，等我和奶奶说了话着。刚才在那里，也吃了些甚么来了。”春梅道：“你对我说，在谁家吃甚来？”薛嫂道：“刚才大娘那头，留我吃了些甚么来了。如此这般，望着我好不哭哩！说平安儿小厮，偷了印子铺内人家当的金头面，还有一把镀金钩子，在外面养老婆，吃番子拿在巡检司拶打。这里人家要头面嚷乱，使傅伙计领赃。那吴巡检，旧日是咱那里伙计，有爹在日，照顾他的官；今日一旦反面无恩，夹打小厮，攀扯人，又不容这里领赃，要钱才准，把伙计打骂将来。唬的伙计不好了，躲的往家去了。央我来多多上覆你老人家，不知咱家老爷管的着这巡检司。可怜见举眼儿无亲的，教你替他对老爷说声，领出头面来，交付与人家去了，大娘亲来拜谢你老人家。”春梅问道：“有个帖儿没有？不打紧。有你爷出巡去了，怕不的今晚来家，等我对你爷说。”薛嫂儿道：“他有说帖儿在此。”向袖中取出。这春梅看了，顺手就放在窗户台上。

作威过瘾，作福亦舒气。

“顺手就放在窗户台上”，此“行为语言”“语义”实在丰富。

不一时，托盘内拿上四样嗄饭菜蔬，月桂拿大银钟满满斟了一钟，流沿儿递与薛嫂。薛嫂道：“我的奶奶，我原捱内了这大行货子？”春梅笑道：“比你家老头子那大货差些儿。那个你倒捱了，这个你倒捱不的？好歹与我捱了。要不吃，月桂，你与我捏着鼻子灌他！”薛嫂道：“你且拿了点心与我，打了底儿着。”春梅道：“这老妈子，单管说谎！你才说在那里吃了来，这回又说没打底儿。”薛嫂道：“吃了他两个茶食，这咱

贵妇人偏说粗话，是大得意光景。

还有哩?”月桂道:“薛妈妈,你且吃了这大钟酒!我拿点心与你吃,俺奶奶又怪我没用,要打我哩。”这薛嫂没奈何,只得吃了;被他灌了一钟,觉心头小鹿儿髣髣跳起来。那春梅揪揪个嘴儿,又叫海棠斟满一钟教他吃。薛嫂推过一边,说:“我的好娘人家,我却一点儿也吃不的了。”海棠道:“你老人家揸了月桂姐一下子,不揸我一下子,奶奶要打我。”那薛嫂儿慌的直撅儿跪在地下。春梅道:“也罢,你拿过那饼与他吃了,教他好吃酒。”月桂道:“薛妈妈,谁似我恁疼你,留下恁好玫瑰果馅饼儿与你吃。”就拿过一大盘子顶皮酥玫瑰饼儿来。那薛嫂儿只吃了一个,别的春梅都教他袖在袖子里,“到家捎与你家老王八吃。”薛嫂儿吃酒盖着脸儿,把一盘子火熏肉、腌腊鹅,都用草纸包,布子裹,塞在袖内。海裳使气白赖又灌了半钟酒,见他呕吐上来,才收过家伙去不要他吃了。春梅分付:“明日来讨话说,兑丫头银子与你。”又使海棠问孙二娘去,回来说:“丫头留下罢,教大娘娘与他银子。”临出门拜辞,春梅分付:“妈妈,休推聋装哑,那翠云子做的不好,明日另带两副好的我瞧。”薛嫂道:“我知道。奶奶叫个大姐送我送,看狗咬了我腿。”春梅笑道:“俺家狗都有眼,只咬到骨秃跟前就住了。”一面使兰花送出角门来。话休饶舌。

作福与作威并用于一人。让你吃让你喝让你跪让你呕。赏心乐事谁家院?威福并施守备家!

周守备至日落时分,牌儿马蓝旗作队,文槊后随,出巡来家。进入后厅,左右丫鬟接了冠服。进房见了春梅、小衙内,心中欢喜。坐下,月桂、海棠拿茶吃了,将出巡回之事告诉一遍。不一时,放桌儿摆饭;饭罢,掌上烛,安排杯酌饮酒。因问:“前边没甚事?”春梅一面取过薛嫂拿的帖儿来,与守备看,说吴月娘那边如此这般,“小厮平安儿偷了头面,被吴巡检拿住监禁,不容领赃,只拷打小厮,攀扯诬赖吴氏奸情,索要银两,呈详府县”等事。守备看了说:“此事正是我衙门里事,如何呈详府县?吴巡检那厮,这等可恶!我明日出牌,连他都提来发落!”又说:“我闻得这吴巡检,是他门下伙计,只因往东京与蔡太师进礼,带挈他做了这个官,如何倒要诬害他家?”春梅道:“见是这等说,你替他明日处处罢。”一宿晚景题过。

正因有此“内因”,才特要诬害。

次日,旋教吴月娘家补了一纸状,当厅出了个大花栏批文,用一个封套装了,上面批:“山东守御府为失盗事,仰巡检司官连人解缴。右差虞候张胜、李安。准此。”当下二人领出公文来,先到吴月娘家,月娘管待了酒饭,每人与了一两银子鞋脚钱。傅伙计家中睡倒了,吴二舅跟随到巡检司。吴巡检见平安监了两日,不见西门庆家中人来打点,正教吏典做文书申呈府县。只见守御府中两个公人到了,拿出批文来与他,见封套上朱红笔标着“仰巡检司官连人解缴”,拆开见里面吴氏状子,唬慌了,反赔下情,与李安、张胜每人二两银子。随即做文书,解人上去;到于守备府前,伺候半日;待的守备升厅,两边军牢排下,然后带进人去。这吴巡检把文书呈递上去,守备看了一遍,说:“此正是我这衙门里事,如何不申解,前来我这里发送?只顾延捱监滞,显有情弊!”那吴巡检禀道:“小官才待做文书申呈老爷案下,不料老爷钧批到了。”守备喝道:“你这狗官可恶!多大官职,这等欺玩法度,抗违上司!我钦奉朝廷敕命,保障地方,巡捕盗贼,提督军门,兼管河道。职掌开载已明,你如何拿了起件,不行申解,妄用刑杖拷打犯人,诬攀无辜,显有情弊。”那吴巡检听了,摘去冠帽在阶前只顾磕头。守备道:“本当参治你这狗官,且饶你这遭,下次再若有犯,定行参究!”一面把平安提到厅上,说道:“你这奴才,偷盗了财物,还肆言谤主人家,都是你恁般,也不敢使奴才了!”喝令左右:“与我打三十大棍,放了;将赃物封贮,教本家人来领去。”一面唤进吴二舅来,递了领状。守备这里还差张胜拿帖儿,同送到西门庆家,见了分上;吴月娘打发张胜酒饭,又与了一两银子。走来府里回了守备、春梅话。那吴巡检干拿了平安儿一场,倒折了好几两银子。

低官怕高官,向来如此。

总算未丢官。算他侥幸。

月娘还了那人家头面、钩子儿,是他原物,一声儿没言语去了。傅伙计到家,伤寒病睡倒了。只七日光景,调治不好,呜呼哀哉死了。月娘见这等合气,把印子铺只是收本钱,赎讨,再不假当出银子去了;止是教吴二舅同玳安,在门首生药铺子,日逐转得来,家中盘缠。此事表过不题。

傅伙计是个贯穿性人物,虽形象“平面”,想来对西门庆一家也算忠心耿耿,却如此呜呼哀哉,令人叹叹。

西门家只剩生药铺矣。

一日,吴月娘叫将薛嫂儿来,与了三两银子。薛嫂道:“不要罢,传的府里小奶奶怪我。”月娘道:“天不使空人,多有累你。我见他,不题出来就是了。”于是买了四盘下饭,宰了一口鲜猪,一坛南酒,一匹纻丝尺头,薛嫂押着,来守备府中致谢春梅。玳安穿着青绢褶儿,用描金匣儿盛着礼帖儿，径到里边见春梅。薛嫂领着到后堂。春梅出来，戴了金梁冠儿、金钗梳、凤钿，上穿绣袄，下着锦裙，左右丫鬟养娘侍奉。玳安儿扒倒地下磕头。春梅分付放桌儿，摆茶食，与玳安吃，说道：“没甚事，你奶奶免了罢，如何又费心，送这许多礼来。你周爷一定不肯受。”玳安道：“家奶奶说，前日平安儿这场事，多有累周爷、周奶奶费心。没甚么，些小微礼儿，与爷、奶奶赏人便了。”春梅道：“如何好受的？”薛嫂道：“你老人家若不受，惹那头又怪我。”春梅一面又请进守备来计较了，止受了猪酒下饭，把尺头回将来了。与了玳安一方手帕、三钱银子，抬盒人二钱。春梅因问：“你奶奶、哥儿好么？”玳安说：“哥儿好不耍子儿哩。”又问玳安儿：“你几时笼起头去，包了网巾？几时和小玉完房来？”玳安道：“是八月内来。”春梅道：“到家多顶上你奶奶，多谢了重礼！待要请你奶奶来坐坐，你周爷早晚又出巡去；我到过年正月里，哥儿生日，我往家里走走。”玳安道：“你老人家若去，小的到家就对俺奶奶说，到那日来接奶奶。”说毕，打发玳安出门。薛嫂便向玳安儿说：“大官儿，你先去罢，奶奶还要与我说话哩。”

想心中无比得意。

玳安一生嘴甜。遮过多少阴险。

那玳安儿押盒担来家，见了月娘说：“如此这般，守备只受了猪酒下饭，把尺头回将来了。春梅姐让到后边，管待茶食吃；问了回哥儿好，家中长短；与了我一方手帕、三钱银子，抬盒人二钱银子。多顶上奶奶，多谢重礼，都不受来，被薛嫂儿和我，再三说了，才受了下饭猪酒，抬回尺头。要不是，请奶奶过去坐坐，一两日周爷出巡去；他只到过年正月，孝哥生日，来家里走走。”又告说：“他住着五间正房，穿着锦裙绣袄，戴着金梁冠儿，出落的越发胖大了，手下好少丫头奶子侍奉！”月娘问：“他其实说明年往咱家来？”玳安儿道：“委的对我说来。”月娘道：“到那日，咱这边使人接他去。”因问：“薛嫂怎的还不来？”玳安道：“我出门，他还坐着说话，教我先来了。”自此两家交往不绝。正是：世情看冷暖，人面逐高低。有诗为证：

当年令其“罄身儿出去”，现在恨不能将其速速隆重接来。吴月娘也真势利！

得失荣枯命里该，皆因年月日时栽。

胸中有志应须至，囊里无财莫论才。

毕竟未知后来何如，且听下回分解。

第九十六回
春梅游玩旧家池馆　守备使张胜寻经济

里虚外实费张罗，待客酬人使用多。

马死奴逃难宴集，台倾楼倒罢笙歌。

租田税店归新主，玩好金珠托卖婆。

欲向富家权借用，当人开口奈羞何！

话说光阴迅速，日月如梭，又早到正月二十一日。春梅和周守备说了，备一张祭桌、四样羹果、一坛南酒，差家人周仁，送与吴月娘。一者是西门庆三周年，二者是孝哥儿生日。月娘收了礼物，打发来人帕一方、银三钱。这边连忙就使玳安儿穿青衣，具请书儿请去。上写着：

重承厚礼，感感。即刻舍具菲酌，奉酬

腆仪。仰希

高轩俯临，不外。幸甚。

下书："西门吴氏端肃拜请大德周老夫人妆次。"

肉麻。当年不过用十六两银子买来。卖出时都不愿多收银子。

春梅看了，到日中才来。戴着满头珠翠，金凤头面钗梳、胡珠环子；身穿大红通袖四兽朝麒麟袍儿、翠蓝十样锦百花裙、玉玎珰禁步，束着金带；脚下大红绣花白绫高底鞋儿。坐着四人大轿，青段销金轿衣。军牢执藤棍喝道，家人伴当跟随，抬着衣匣；后边两顶家人媳妇小轿儿，紧紧跟着大轿。吴月娘这边请了吴大妗子相陪，又叫了两个唱的女儿弹唱。听见春梅来到，月娘亦盛妆缟素打扮，头上五梁冠儿，戴着稀稀几件金翠首饰，耳边二珠环子、金拖领儿，上穿白绫袄，下边翠蓝段子织

敢情不是"罄身儿回来"。

金拖泥裙，脚下穿玉色段高底鞋儿，与大妗子迎接至前厅。春梅大轿子抬至仪门首，才落下轿来，两边家人围着，到于厅上叙礼，向月娘插烛也似拜。月娘连忙答礼相见，没口说道："向日有累姐姐费心，粗尺头又不肯受，今又重承厚礼祭桌，感激不尽！"春梅道："惶恐，家官府没甚么。这些薄礼，表意而已。一向要请姥姥过去，家官府不一时出巡，所以不曾请得。"月娘道："姐姐，你是几时好日子？我只到那日，买礼看姐姐去罢。"春梅道："奴贱日是四月二十五日。"月娘道："奴到那日一定去。"两个叙毕礼。春梅务要把月娘让起，受了两礼。然后吴大妗子相见，亦还下礼去。春梅道："你看大妗子，又没正经！"一手扶起受礼。大妗子道："姐姐，你今非昔比，折杀老身！"止受了半礼，一面让上坐。月娘和大妗子主位相陪。然后家人媳妇、丫鬟养娘，都来参见。春梅见了奶子如意儿抱着孝哥儿，吴月娘道："小大哥，还不来与姐姐磕个头儿。谢谢姐姐，今日来与你做生日。"那孝哥儿真个下如意儿身来，扒着与春梅唱喏。月娘道："好小厮，不与姐姐磕头，只唱喏！"那春梅连忙向袖中掏出一方锦手帕，一副金八吉祥儿，教替他搴帽儿上戴。月娘道："又教姐姐费心！"又拜谢了。落后小玉、奶子来见，磕头；春梅与了小玉一对金头簪子，与了奶子两枝银花儿。月娘道："姐姐你还不知，奶子与了来兴儿做了媳妇儿了；来兴儿那媳妇害病没了。"春梅道："他一心要在咱家，倒也好。"一面丫鬟拿茶上来。吃了茶，月娘说："请姐姐后边明间内坐罢，这客位内冷。"

此插烛也似地拜，犹如棍打鞭笞。春梅变相报仇也。

倚势不使偏谦让，人生得意最浓时。

春梅来后边，西门庆灵前又早点起灯烛，摆下桌面祭礼；春梅烧了纸，落了几点眼泪。然后周围设放围屏，火炉内生起炭火，安放大八仙桌席，摆茶上来。无非是细巧蒸酥、异样甜食、美口菜蔬、希奇果品，缕金碟、象牙箸、雪锭盘盏儿，绝品芽茶。月娘和大妗子陪着吃了茶，让春梅进上房里换衣裳。脱了上面袍儿，家人媳妇开衣匣取出衣服，更换了一套绿遍地锦妆花袄儿、紫丁香色遍地金裙。在月娘房中坐着，说了一回。月娘因问道："哥儿好么？今日怎不带他来这里走走？"春梅道："若不是，也带他来与姥姥磕头，他爷说天气寒冷，怕风冒着他。他又不肯在房里，只要那当直的抱出来，厅上外边走。这两日不知怎的，只是

到底"瘦死的骆驼比马大"，西门家大面上也还富足。

哭。”月娘道：“你出来，他也不寻你？”春梅道：“左右有两个奶子，轮番看他，也罢了。”月娘道：“他周爷也好大年纪，得你替他养下这点孩子，也够了，也是你裙带上的福；说他孙二娘还有位姐儿，几岁儿了？”春梅道：“他二娘养的叫玉姐，今年交生四岁；俺这个叫金哥。”月娘道：“说他周爷身边，还有两位房里姐儿。”春梅道：“是两个学弹唱的丫头子，都有十六七岁，成日淘气在那里。”月娘道：“他爷也常往他身边去不去？”春梅道：“奶奶，他那里得工夫在家！多在外，少在里。如今四外好不盗贼生发，朝廷敕书上又教他兼管许多事情，镇守地方，巡理河道，提拿盗贼，操练人马，常不时往外出巡几遭，好不辛苦哩！”说毕，小玉拿茶来吃了。春梅向月娘说：“姥姥，你引我往俺娘那边，花园山子下走走。”月娘道：“我的姐姐，山子花园还是那咱的山子花园哩？！自从你爹下世，没人收拾他。如今丢搭的破零二落，石头也倒了，树木也死了，俺等闲也不去了。”春梅道：“不妨，奴就往俺娘那边看看去。”这月娘强不过，只得教小玉拿花园门、山子门钥匙开了门，月娘、大妗子陪春梅，众人到里面游看了半日。但见：

最得意处是此。

垣墙欹损，台榭歪斜。两边画壁长青苔，满地花砖生碧草。山前怪石，遭塌毁不显嵯峨；亭内凉床，被渗漏已无框档。石洞口蛛丝结网，鱼池内虾蟆成群。狐狸常睡卧云亭，黄鼠往来藏春阁。料想经年人不到，也知尽日有云来。

破败至此，触目惊心。

春梅看了一回，先走到李瓶儿那边，见楼上丢着些折桌、坏凳、破椅子，下边房都空锁着，地下草长的荒荒的。方来到他娘这边，楼上还堆着些生药香料，下边他娘房里，止有两座橱柜，床也没了。因问小玉：“俺娘那张床往那去了，怎的不见？”小玉道：“俺三娘嫁人，赔了俺三娘去了。”月娘走到跟前说：“因有你爹在日，将他带来那张八步床赔了大姐，在陈家；落后他起身，却把你娘这张床，赔了他嫁人去了。”春梅道：“我听见大姐死了，说你老人家把床还抬的来家了。”月娘道：“那床，没钱使，只卖了八两银子。打发县中皂隶，都使了。”春梅听言，点了点头儿，那星眼中由不的酸酸的。口内不言，心下暗道：“想着俺娘，那咱争强不伏弱的，问爹要买了这张床。我实承望要回了这张床去，也做他老

人去楼空。

人家一念儿，不想又与了人去了。”由不的心下惨切。又问月娘：“俺六娘那张螺甸床怎的不见？”月娘道：“一言难尽！自从你爹下世，日逐只有出去的，没有进来的。常言家无营活计，不怕斗量金！也是家中没盘缠，抬出去交人卖了。”春梅问：“卖了多少银子？”月娘道：“止卖了三十五两银子。”春梅道：“可惜了的。那张床，当初我听见爹说，值六十两多银子。只卖这些儿！早知你老人家打发，我倒与你老人家三四十两银子，我要了也罢。”月娘道：“好姐姐，诸般都有，人没早知道的。”一面叹息了半日。

一张八步床，一张螺甸床，两张床的来去，浓缩着多少人世间的兴衰沧桑！

只见家人周仁走来接，说：“爹请奶奶早些家去，哥儿寻奶奶哭哩。”这春梅就抽身往后边。月娘教小玉锁了花园门，同来到后边。明间内又早屏开孔雀，帘控鲛绡，摆下酒筵。两个妓女，银筝琵琶，在旁弹唱。吴月娘递酒安席，安春梅上坐。春梅不肯，务必拉大妗子，同他一处坐的。月娘主位，筵前递了酒，汤饭点心割切上席。春梅教家人周仁，赏了厨子三钱银子。说不尽盘堆异品，酒泛金波。当下传杯换盏，吃至日色将落时分，只见宅内又差伴当拿灯笼来接。月娘那里肯放，教两个妓女在跟前跪着，弹唱劝酒，分付：“你把好曲儿，孝顺你周奶奶一个儿。”一面叫小玉斟上大钟，放在跟前，教春梅吃：“姐姐，你分付个心下爱的曲儿，教他两个唱与你听下酒。”春梅道：“姥姥，奴吃不得的，怕孩儿家中寻我。”月娘道：“哥儿寻，左右有奶子看着，天色也还早哩。我晓得你好小量儿！”春梅因问那两个妓女：“你叫甚名字？是谁家的？”两个跪下说：“小的一个是韩金钏儿妹子韩玉钏儿，一个是郑爱香儿侄女郑娇儿。”春梅道：“你每会唱《懒画眉》不会？”玉钏儿道：“奶奶分付，小的两个都会。”月娘道：“你两个既会唱，斟上酒你周奶奶吃，你每慢唱。”小玉在旁，连忙斟上酒。两个妓女，一个弹筝，一个琵琶，唱道：

“人没早知道的”，然也。谁都想预知自己和别人的命运前程，可到头来谁能真正“早知道”？谁？

又出一茬新妓矣。

> 冤家为你几时休？捱过春来又到秋，谁人知道我心头。天，害的我伶仃瘦，听的音书两泪流。从前已往诉缘由，谁想你无情把我丢。

那春梅吃过。月娘又令郑娇儿，递上一杯酒与春梅。春梅道：“你老人家也陪我一杯。”两家于是都齐斟上。两个妓女又唱道：

冤家为你减风流！鹊噪檐前不肯休，死声活气没来由。天，倒惹的情拖逗，助的凄凉两泪流。从他去后意无休，谁想你辜恩把我丢。

春梅说：“姥姥，你也教大妗子吃杯儿。”月娘道：“大妗子吃不的，教他拿小钟儿陪你罢。”一面令小玉斟上大妗子一小钟儿酒。两个妓女又唱道：

冤家为你惹场忧！坐想行思日夜愁，香肌憔瘦减温柔。天，要见你不能勾，闷的我伤心两泪流。从前与你共绸缪，谁想你今番把我丢。

当下春梅见小玉在跟前，也斟了一大钟教小玉吃。月娘道：“姐姐，他吃不的。”春梅道：“姥姥，他也吃两三钟儿。我那咱在家里，没和他吃？”于是斟上，教小玉也吃了一杯。妓女唱道：

冤家为你惹闲愁！病枕着床无了休，满怀忧闷锁眉头。天，忘了还依旧，助的我腮边两泪流。从前与你两无休，谁想你经年把我丢。

看官听说，当时春梅为甚教妓女唱此词？一向心中牵挂陈经济，在外不得相会，情种心苗，故有所感，发于吟咏。又见他两个唱的好，口儿甜，乖觉，奶奶长奶奶短侍奉，心中欢喜，叫家人周仁近前来，拿出两包儿赏赐来，每人二钱银子。两个妓女放下乐器，插烛也似磕头，谢了赏赐。不一时，春梅起身，月娘款留不住，伴当打灯笼，拜辞出门坐上大轿，家人媳妇都坐上小轿，前后打着四个灯笼，军牢喝道而去。正是：时来顽铁有光辉，运去黄金无艳色。有诗为证：

在场的人谁能猜出春梅心思？原来她并不是在想与周守备做爱，而是在思与陈经济苟合矣！潘金莲当年只要能与西门庆做爱，便无比满足，只有在得不到那样机会时，才忙于寻求“代用品”，西门庆在世时，陈经济也不过是个“代用品”；春梅现在享受着周守备给她的荣华富贵，却只把周守备当作性欲的“代用品”，她肉欲追逐的第一目标，竟是陈经济！此书写春梅人性，深入到如此层次，却依然并无臧否。

点绛唇红弄玉娇，凤凰飞下品鸾箫。
堂前高把湘帘卷，燕子还来续旧巢。

且说春梅，自从来吴月娘家赴席之后，因思想陈经济不知流落在何处，归到府中，终日只是卧床不起，心下没好气。守备察知其意，说道：“只怕思念你兄弟，不得其所。”一面叫将张胜、李安来，分付道：“我一向委你寻你奶奶兄弟，如何不用心找寻？”二人告道：“小的一向找寻

“察知其意”，其实是“只知其一，不知其二”。

来,一地里寻不着下落,已回了奶奶话了。”守备道:“限你二人五日,若找寻不着,讨分晓!”这张胜、李安领了钧语下来,都带了愁颜,沿街绕巷,各处留心找问,不题。

话分两头,单表陈经济,自从守备府中打了出来,欲投晏公庙,听见人说:“你师父任道士,因为你宿娼坏事,被人打了,拿在守备府去,查点房中箱笼,东西银两没了,一口重气半夜就死了。你还敢进庙中去?众徒弟就打死你!”这经济害怕,就不敢进庙来,又没脸儿见杏庵王老,白日里到处里打油飞,夜晚间还钻入冷铺中存身。

“打油飞”,此词明代即有也。

一日,也是合当有事,经济正在街上站立,只见铁指甲杨大郎,头戴新罗帽儿,身穿白绫袄子、玄色段褋衣、沉香色袜口,光素琴鞋,骑着一匹驴儿,拣银鞍辔,一个小厮跟随,正从街心走过来。经济认的是杨光彦,便向前一把手把嚼环拉住,说道:“杨大哥,一向不见。咱两个同做朋友,往下江贩布,船在清江浦泊着,我在严州府探亲,吃人陷害,打了一场官司;你就不等我,把我半船货物偷拐,走的不知去向!我好意往你家问,反吃你兄弟杨二风拿瓦楔磏破头,赶着打上我家门来。今日弄的我一贫如洗,你是会摇摆受用!”那杨大郎见了经济讨吃,佯佯而笑,说:“如今晦气,出门撞见瘟死鬼!量你这饿不死贼花子,那里讨半船货,我拐了你的来了?你不撒手,须吃我一顿好马鞭子!”那经济便道:“我如今穷了,你有银子与我些盘缠,不然咱到个去处!”杨大郎见他不放,跳下驴来,向他身上抽了几鞭子,喝令小厮:“与我挦了这少死的花子去!”那小厮使力把经济推了一交;杨大郎又向前踢了几脚,踢打的经济怪叫。

须臾围了许多人,旁边闪过一个人来,青高装帽子,勒着手帕,倒披紫袄,白布褲子,精着两条脚,靸着蒲鞋;生的阿兜眼、扫帚眉、料绰口、三须胡子,面上紫肉横生,手腕横筋竞起。吃的楞楞睁睁,提着拳头,向杨大郎说道:“你此位哥好不近理!他年少这般贫寒,你只顾打他怎的?自古嗔拳不打笑面,他又不曾伤犯着你。你有钱,看平日相交,与他些;没钱罢了。如何只顾打他?自古路见不平,也有向灯向火。”杨大郎说:“你不知,他赖我拐了他半船货!量他恁穷嘴脸,有半船货物?”那人

又出来一个市井泼皮。

道:“想必他当时,也是根基人家娃娃,天生就这般穷来?阁下就倒这般有钱?老兄,依我你有银子与他盘缠罢!”那杨大郎见那人说了,袖内汗巾儿上拴着四五钱一块银子,解下来递与经济,与那人举一举手儿,上驴子扬长去了。

“飞天鬼”,如上了梁山,也是一条好汉。

经济地下扒起来,抬头看那人时,不是别人,却是旧时同在冷铺内,和他一铺睡的土作头儿飞天鬼侯林儿。近来领着五十名人,在城南水月寺,晓月长老那里做工,起盖伽蓝殿。因一只手拉着经济说道:“兄弟,刚才若不是我拿几句言语讥犯他,他肯拿出这五钱银子与你?他贼,却知见范;他若不知范时,好不好吃我一顿好拳头!你跟着我,咱往酒店内吃酒去。”来到一个食荤小酒店内,案头上坐下,叫量酒拿四卖嗄饭、两大壶酒来。不一时,量酒打抹条桌干净,摆下小菜嗄饭,四盘四碟;两大坐壶时兴橄榄酒,不用小杯,拿大磁瓯子。因问经济:“兄弟,你吃面吃饭?”量酒道:“面是温淘,饭是白米饭。”经济道:“我吃面。”须臾掉上两三碗湿面上来,侯林儿只吃一碗,经济吃了两碗,然后吃酒。侯林儿向经济说:“兄弟,你今日跟我往坊子里睡一夜,明日我领你城南水月寺。晓月长老那里修盖伽蓝殿,并两廊僧房,你哥率领着五十名做工。你到那里,不要你做重活,只抬几筐土儿就是了,也算你一工,讨四分银子。我外边赁着一间厦子,晚夕咱两个就在那里歇。做些饭,打发咱的人吃,门你一把锁锁了,家都交与你,好不好?强如你在那冷铺中,替花子摇铃打梆子,这个还官样些。”经济道:“若是哥哥这般下顾兄弟,可知好哩!不知这工程,做的长远不长远?”侯林儿道:“才做了一个月,这工程做到十月里,不知完不完。”两个说话之间,你一钟我一盏,把两大壶酒都吃了。量酒算帐,该一钱三分半银子。经济要会银子,拿出银子来秤。侯林儿推过一边,说:“傻兄弟,莫不教你出钱?哥有银子在此。”一面扯出包儿来,秤了一钱五分银子与掌柜的,还找了一分半钱袖了。搭伏着经济肩背,同到坊子里,两个在一处歇卧。二人都醉了,这侯林儿晚夕干经济后庭花,足干了一夜,亲哥、亲达达、亲汉子、亲爷,口里无般不叫将出来。

世上恐无此便宜事。

春梅在锦绣窝里所思念的,竟是这样一个烂货。

到天明,同往城南水月寺。果然寺外侯林儿赁下半间厦子,里面烧着炕柴灶，也买下许多碗盏家活。早辰上工，叫了名字。众人看见经济不上二十四五岁，白脸子，生的眉目清俊，就知是侯林儿兄弟，都乱讶戏他。先问道："那小伙子儿，你叫甚名字？"陈经济道："我叫陈经济。"那人道："陈经济，可不由着你就挤了。"又一人说："你恁年小小的，原干的这营生，挨的这大扛头子？"侯林儿喝开众人，骂："怪花子，你只顾奚落他怎的！"一面散了锹镢筐扛，派众人抬土的抬土，和泥的和泥，打杩的打杩。

原来晓月长老教一个叶头陀，做火头，造饭与各作匠人吃。这叶头陀年约五十岁，一个眼瞎，穿着皂直裰，精着脚，腰间束着烂绒绦，也不会看经，只会念佛，善会麻衣神相，众人都叫他做叶道。一日，做了工下来，众人都吃毕饭，闲坐的，站的，也有蹴着的。只见经济走向前，问叶头陀讨茶吃。这叶头陀只顾上上下下看他。内有一人说："叶道，这个小伙子儿是新来的，你相他一相。"又一人说："你相他相，倒相个兄弟。"一人说："倒相个二尾子。"叶头陀教他近前，端详了一回，说道："'色怕嫩兮又怕娇，声娇气嫩不相饶。老年色嫩招辛苦，少年色嫩不坚牢！'只吃了你面嫩的亏，一生多得阴人宠爱。'八岁、十八、二十八，下至山根上至发。有无活计两头消，三十印堂莫带煞。眼光带秀心中巧，不读诗书也可人。做作百般人可爱，纵然弄假不成真。'休怪我说，一生心伶机巧，常得阴人发迹。你今年多大年纪？"经济道："我二十四岁。"叶道道："亏你前年怎么打过来！吃了你'印堂太窄，子丧妻亡；悬壁昏暗，人亡家破；唇不盖齿，一生惹是招非；鼻若灶门，家私倾丧'。那一年遭官司口舌，倾家丧业，见过不曾？"经济道："都见过了。"叶头陀道："又一件，你这山根不宜断绝。麻衣祖师说得两句好，'山根断兮早虚花，祖业飘零定破家。'早年父祖丢下家产，不拘多少，到你手里都了当了。你上停短兮下停长，主多成多败；钱财使尽又还来，总然你久后营得成家计，犹如烈日照冰霜！你走两步我瞧。"那经济真个走了两步。叶头陀道："头先过步，初主好而晚景贫穷；脚不点地，卖尽田园而走他乡，一生不守祖业。你往后好，有三妻之命。克过一个妻宫不曾？"经济道："已克过了。"叶头陀道："后来还有三妻之会。你面若桃花光焰，虽

全书已快落幕，却还接二连三涌现市井下三流人物。此书叙述上极其自由放纵，蔑视一切"规范"。

"少年色嫩不坚牢"，据《石头记》(《红楼梦》)的评注者脂砚斋透露，此语曾在曹雪芹家里引起几代人的感叹，可见此书对清代曹雪芹创作《红楼梦》有过深远的影响。

然子迟，但图酒色欢娱，但恐美中不美。三十上，小人有些不足，花柳中少要行走，还计较些。”一个人说：“叶道，你相差了！他还与人家做老婆，他那有三个妻来？”众人正笑做一团，只听得晓月长老打梆子，各人都拿锹镢筐扛，上工做活去了。如此者，经济在水月寺，也做了约一月光景。

自己也是一只人世的虱子罢了。

“手提一篮鲜花儿”，随手写来，却令“画面”富有一种寓言式的情调。

人与命运，也应“面面相觑”。

一日，三月中旬天气，经济正与众人抬出土来，在寺山门墙下，倚着墙根向日阳，蹲踞着捉身上虱虮。只见一个人，头戴万字头巾，脑后扑匾金环，身穿青窄衫、紫裹肚，腰系缠带，脚穿鞴靴，骑着一匹黄马，手中提着一篮鲜花儿。见了经济，猛然跳下马来，向前深深的唱了喏，便叫：“陈舅，小人那里没处寻，你老人家原来在这里！”倒唬了经济一跳，连忙还礼不迭，问：“哥哥，你是那里来的？”那人道：“小人是守备周爷府中亲随张胜。自从舅舅捉府中，官事出来，奶奶不好直到如今；老爷使小人，那里不曾找寻舅舅，不知在这里。今早不是俺奶奶使小人往外庄上，折取这几朵芍药花儿，打这里所过，怎得看见你老人家在这里！一来也是你老人家际遇，二者小人有缘。不消犹豫，就骑上马，跟你老人家往府中去。”那众做工的人看着，都面面相觑，不敢做声。这陈经济把钥匙递与侯林儿，骑上马，张胜紧紧跟随，径往守备府中来。正是：良人得意正年少，今夜月明何处楼。有诗为证：

白玉隐于顽石里，黄金埋于污泥中。

今朝贵人提拔起，如立天梯上九重。

毕竟未知后来如何，且听下回分解。

对于“春梅游玩旧家池馆”，历来多有论家以为是著书者以此表现“春梅念旧主人”（清张竹坡评语），“有怀旧的真情”（上海古籍出版社《金瓶梅鉴赏辞典》“春梅”条），但我读此回，感想却大相径庭。

春梅回西门府，主要是向吴月娘等人显示她的腾达，以获得变相报复的心理快感。她对西门庆并无很深的怀念（当然也无对吴月娘那样的恶感），如果说她有“怀旧”之情，那么她怀的是潘金莲和陈经济，尤其是陈经济，这是一种人性恶的体现，而非什么值得称颂的“真情”。

就“性恶”的深度而言，“梅”是胜于“瓶”和“金”的。此书写出此点，是有意为之，还是“意外收获”呢？

第九十七回
经济守御府用事　薛嫂卖花说姻亲

在世为人保七旬，何劳日夜弄精神。
世事到头终有尽，浮华过眼恐非真。
贫穷富贵天之命，得失荣枯隙里尘。
不如且放开怀乐，莫待无常鬼使侵。

话说陈经济到于守备府中，下了马，张胜先进去禀报春梅。春梅分付，教他在外边班直房内，用香汤澡盆沐浴了，身体干净，后边使养娘，包出一套新衣服靴帽来，与他更换了；张胜把他身上脱下来旧蓝缕衣服，卷做一团，阁在班直房内梁上吊着，然后禀了春梅。那时守备还未退厅，春梅请经济到后堂，盛妆打扮，出来相见。这经济进门，就望春梅拜了四双八拜。"请姐姐受礼！"那春梅受了半礼，对面坐下，叙说寒温离别之情，彼此皆眼中垂泪。春梅恐怕守备退厅进来，见无人在跟前，使眼色与经济，悄悄说："等住回，他若问你，只说是姑表兄弟，我大你一岁，二十五岁了，四月二十五日午时生的。"经济道："我知道了。"不一时，丫鬟拿上茶来，两人吃了茶。春梅便问："你一向怎么出了家，做了道士？守备不知是我的亲，错打了你，悔的要不的！若不是，那时就留下你，争奈有雪娥那贱人在我这里，不好又安插你的，所以放你去了；落后打发了那贱人，才使张胜到处寻你不着。谁知你在城外做工，流落至于此地位。"经济道："不瞒姐姐说，一言难尽！自从与你相别，要娶六姐；我父亲死，在东京来迟了，不曾娶成，被武松杀了。闻得你好心，葬

只怕洗得了身，洗不了魂。

埋了他永福寺，我也到那里烧纸来。在家又把俺娘没了，刚打发丧事出去，被人坑陷了资本。来家又是大姐死了，被俺丈母那淫妇告了我一状，床帐妆奁，都搬的去了，打了一场官司，将房儿卖了，弄的我一贫如洗。多亏了俺爹朋友王杏庵赒济，把我才送到临清晏公庙那里出家。不料又被光棍打了，拴到咱府中，打了十棍。出去投亲不理，投友不顾，因此在寺内佣工。多亏姐姐挂心，使张管家寻将我来，见姐姐一面，恩有重报，不敢有忘！”说到伤心处，两个都哭了。

一落到底，说来全无羞愧感。

正说话中间，只见守备退厅，进入后边来。左右掀开帘子，守备进来。这陈经济向前倒身下拜，慌的守备答礼相还说：“向日不知是贤弟，被下人隐瞒，误有冲撞，贤弟休怪！”经济道：“不才有玷，一向缺礼，有失亲近，望乞恕罪！”又磕下头去。守备一手拉起，让他上坐；那经济乖觉，那里肯，务要拉下椅儿，旁边坐了；守备关席，春梅陪他对坐下。须臾，换茶上来吃毕，守备便问：“贤弟贵庚？一向怎的不见？如何出家？”经济便告说：“小弟虚度二十四岁；俺姐姐长我一岁，是四月二十五日午时生。向因父母双亡，家业凋丧，妻又没了，出家在晏公庙。不知家姐嫁在府中，有失探望。”守备道：“自从贤弟那日去后，你令姐昼夜忧心，常时啾啾唧唧不安，直到如今。一向使人找寻贤弟不着，不期今日相会，实乃三生有缘！”一面分付左右放桌儿，安排酒上来。须臾，摆设许多杯盘，鸡蹄鹅鸭，烹炮蒸煠，汤饭点心，堆满桌上；银壶玉盏，酒泛金波。守备相陪叙话，吃至晚来，掌上灯烛方罢。守备分付家人周仁，打扫西书院干净，那里书房床帐都有。春梅拿出两床铺盖衾枕，与他安歇，又拨一个小厮喜儿答应他，又包出两套细绢衣服，来与他更换。每日饭食，春梅请进后边吃。正是：一朝时运至，半点不由人。光阴迅速，日月如梭，但见：

张嘴便谎，毫无疚色。

行见梅花腊底，忽逢元旦新正。

不觉艳杏盈枝，又早新荷贴水。

经济在守备府里住了一个月有余。一日，四月二十五日，春梅的生日。吴月娘那边买了礼来，一盘寿桃、一盘寿面、两只汤鹅、四只鲜鸡、两盘果品、一坛南酒。玳安穿青衣，拿帖儿送来。守备正在厅上坐的，

此时生怕巴结不上矣。

门上人禀报进去，抬进礼来。玳安递上帖儿，扒在地下磕头。守备看了礼帖儿，说道："多承你奶奶费心，又送礼来。"一面分付家人："收进礼去，讨茶来与大官儿吃。把礼帖教小伴当送与你舅收了，封了一方手帕、三钱银子与大官儿，抬盒人钱一百文。拿回帖儿，多上覆。"说毕，守备穿了衣服，就起身出去拜人去了。玳安只顾在厅前伺候，讨回帖儿，只见一个年小的，戴着瓦楞帽儿，穿着青纱道袍、凉鞋净袜，从角门里走出来，手中拿着帖儿、赏钱，递与小伴当，一直往后边去了。"可要作怪，模样倒好相陈姐夫一般，他如何却在这里？"只见小伴当递与玳安手帕、银钱，打发出门。

到于家中，回月娘话。见回帖上写着"周门庞氏敛衽拜"，月娘便问："你没见你姐？"玳安道："姐姐倒没见，倒见姐夫来。"月娘笑道："怪囚，你家倒有恁大姐夫！守备好大年纪，你也叫他姐夫？"玳安道："不是守备，是咱家的陈姐夫！我初进去，周爷正在厅上。我递上帖儿，与他磕了头。他说，'又生受你奶奶，送重礼来。'分付伴当拿茶与我吃，'把帖儿拿与你舅收了，讨一方手帕、三钱银子与大官儿，抬盒人是一百文钱。'说毕，周爷穿衣服，出来上马，拜人去了。半日，只见他打角门里出来，递与伴当回帖、赏赐，他就进后边去了，我就押着盒担出来。不是他却是谁？"月娘道："怪小囚儿，休胡说白道的！那羔子，赤道流落在那里讨吃，不是冻死，就是饿死。他平白在那府里做甚么？守备认的他甚么毛片儿，肯招揽下他何用？"玳安道："奶奶敢和我两个赌？我看得千真万真，就烧的成灰骨儿，我也认的！"月娘问："他穿着甚么？"玳安告诉："他戴着新瓦楞帽儿、金簪子，身穿着青纱道袍、凉鞋净袜，吃的好了。"月娘道："我不信！不信。"这里说话不题。

怪事迭出。

爱信不信。

却说陈经济进入后边，春梅还在房中镜台前搽脸，描画双蛾。经济拿吴月娘礼帖儿与他看，因问："他家如何送礼来与你，是那里缘故？"这春梅便把从前已往，清明郊外永福寺撞遇月娘相见的话，诉说一遍，后来怎生平安儿偷了解当铺头面，吴巡检怎生夹打平安儿，追问月娘奸情之事，薛嫂又怎生说人情，守备替他处断了事，"落后他家买礼来相谢，正月里我往他家，与孝哥儿做生日，勾搭连环到如今，他许下我，生日买礼来看我”一节。经济听了，把眼瞅了春梅一眼，说：“姐姐，你好没志气！想着这贼淫妇，那咱把咱姐儿们，生生的拆散开了，又把六姐命丧了。永世千年，门里门外不相逢才好，反替他说人情儿？那怕那吴典恩追拷着平安小厮，供出奸情来，随他那淫妇一条绳子拴去，出丑见官，管咱每大腿事！他没和玳安小厮有奸，怎的把丫头小玉配与他？有我早在这里，我断不教你替他说人情。他是你我仇人，又和他上门往来做甚么？六月连阴，想他好晴天儿！”几句话，说得春梅闭口无言。春梅道：“过往勾当也罢了；还是我心好，不念旧仇。”经济道：“如今人，好心不得好报哩！”春梅道：“他既送了礼，莫不白受他的？还等着我这里人，请他去哩。”经济道：“今后不消理那淫妇了，又请他怎的！”春梅道：“不请他，又不好意思的。丢个帖与他，来不来随他就是了。他若来时，你在那边书院内，休出来见他。往后咱不招惹他就是了！”经济恼的一声儿不言语，走到前边，写了帖子；春梅使家人周义，去请吴月娘。

那边还不信，这边心发狠。

恐也不是不念旧仇，报仇方式不同而已。

月娘打扮出门，教奶子如意儿抱着孝哥儿，坐着一顶小轿，玳安跟随，来到府中。春梅、孙二娘都打扮出来，迎接至后厅，相见叙礼坐下。如意儿抱着孝哥儿，相见磕头毕。经济躲在那边书院内，不走出来；由着春梅、孙二娘，在后厅摆茶安席递酒，叫了两个妓女韩玉钏、郑娇儿弹唱。俱不必细说。

玳安在前边厢房内管待，只见一个小伴当，打后边拿出一盘汤饭点心下饭，往西角门书院中走。玳安便问他：“拿与谁吃？”小伴当道：“是与舅吃的。”玳安道：“你舅姓甚么？”小伴当道：“姓陈。”这玳安贼，悄悄后边跟着他。到西书院，小伴当便掀帘子进去；玳安慢慢打纱窗外往里张看，却不是陈姐夫？正在书房床上歪着，见拿进汤饭点心来，连忙起来，放桌儿正吃。这玳安悄悄走出外边来，依旧坐在厢房内。直待天晚，家中灯笼来接，吴月娘轿子起身。到家一五一十告诉月娘，说：“果然陈姐夫在他家居住。”自从春梅这边被经济把拦，两家都不相往还。正是：谁知竖子多间阻，一念翻成怨恨媒。

玳安除嘴甜外，又最会刺探机密。

这回你信不信？感想如何？

自此经济在府中，与春梅暗地勾搭，人都不知。或守备不在，春梅就和经济在房中吃饭吃酒，闲时下棋调笑，无所不至；守备在家，便使丫

是真不知，还是装不知？

头小厮拿饭往书院与他吃;或白日里,春梅也常往书院内,和他坐半日,方归后边来。彼此情热,俱不必细说。

一日,守备领人马出巡。正值五月端午佳节,春梅在西书院花亭上置了一桌酒席,和孙二娘、陈经济吃雄黄酒,解粽欢娱。丫鬟侍妾,都两边侍奉。当日怎见的蕤宾好景?但见:

> 盆栽绿柳,瓶插红榴。水晶帘卷虾须,云母屏开孔雀。菖蒲切玉,佳人笑捧紫霞觞;角黍堆金,侍妾高擎碧玉盏。食烹异品,果献时新。灵符艾虎簪头,五色绒绳系臂。家家庆赏午节,处处欢饮香醪。遨游身外醉乾坤,消遣壶中闲日月。得多少佩环声碎金莲小,纨扇轻摇玉笋柔。

春梅令海棠、月桂两个侍妾,在席前弹唱。当下直吃到炎光西坠、微雨生凉的时分,春梅拿起大金荷花杯来相劝。酒过数巡,孙二娘不胜酒力,起身先往后边房中看去了。独落下春梅和经济,在花亭上吃酒,猜枚行令,你一杯,我一杯。不一时,丫鬟掌上纱灯上来,养娘金匮、玉堂打发金哥儿睡去了。经济输了,便走入书房内,躲酒不出来。这春梅先使海棠来请,见经济不去,又使月桂来,分付:"他不来,你好歹与我拉将来;拉不将来,回来把你这贱人,打十个嘴巴。"

此话已淫意外溢矣。

这月桂走至西书房中,推开门,见经济歪在床上,推打鼾睡,不动。月桂说:"奶奶交我来请你老人家,请不去,要打我哩。"那经济口里喃喃呐呐说:"打你不干我事!我醉了,吃不的了。"被月桂用手拉将起来,推着他,"我好歹拉你去,拉不将你去,也不算好汉。"推拉的经济急了,黑影子里佯装着醉,作耍当真,搂了月桂在怀里,就亲个嘴。那月桂亦发上头上脑,说:"人好意叫你,你做大不正,倒做这个营生!"经济道:"我的儿,你若肯了,那个好意做大不成!"又按着亲了个嘴,方走到花亭上。月桂道:"奶奶要打我,还是我把舅拉将来了。"春梅令海棠斟上大钟,两个下盘棋,赌酒为乐。当下你一盘,我一盘,熬的丫鬟都打睡去了。春梅又使月桂、海棠后边取茶去。两个在花亭上,解佩露相如之玉,朱唇点汉署之香。正是:得多少花阴曲槛灯斜照,旁有坠钗双凤翘。有诗为证:

陈经济倒并非必得春梅。

花亭欢洽鬓云斜，粉汗凝香沁绛纱。

深院日长人不到，试看黄鸟啄名花。

当下两个正干得好，忽然丫鬟海棠送茶来，“请奶奶后边去，金哥睡醒了，哭着寻奶奶哩。”春梅陪经济又吃了两钟酒，用茶漱了口，然后抽身往后边来。丫鬟收拾了家活，喜儿扶经济，归书房寝歇，不在话下。

春梅只算是小过其瘾。

一日，朝廷敕旨下来，命守备领本部人马，会同济州府知府张叔夜，征剿梁山泊贼王宋江，早晚起身。守备对春梅说：“你在家看好哥儿，叫媒人替你兄弟寻上一门亲事。我带他个名字在军门，若早侥幸得功，朝廷恩典，升他一官半职，于你面上，也有光辉。”这春梅应诺了。迟了两三日，守备打点行装，整率人马，留下张胜、李安看家，止带家人周仁跟了去，不题。

又与《水浒传》接榫。

一日，春梅叫将薛嫂儿来，如此这般，和他说：“他爹临去分付，替我兄弟寻门亲事。你替我寻个门当户对好女儿，不拘十六七岁的也罢，只要好模样，脚手儿聪明伶俐些的；他性儿也有些刁厥些儿。”薛嫂儿道：“我不知道他也怎的？不消你老人家分付。想着大姐那等的还嫌哩！”春梅道：“若是寻的不好，看我打你耳刮子不打；我要赶着他叫小妗子儿哩，休要当耍子儿！”说毕，春梅令丫鬟摆茶与他吃。只见陈经济进来吃饭，薛嫂向他道了万福，说：“姑夫，你老人家一向不见，在那里来？且喜呀，刚才奶奶分付，交我替你老人家寻个好娘子，你怎么谢我？”那陈经济把脸儿蛙着不言语。薛嫂道：“老花子，怎的不言语？”春梅道：“你休叫他姑夫，那个已是揭过去的帐了。你只叫他陈舅就是了！”薛嫂道：“只该打我这片子狗嘴，只要叫错了。往后赶着你，只叫舅爷罢！”那陈经济忍不住扑吃的笑了，说道：“这个才可到我心上。”那薛嫂撒风撒痴，赶着打了他一下，说道：“你看老花子，说的好话儿！我又不是你影射的，怎么可在你心上？”连春梅也笑了。

“把脸儿蛙着”。脸儿怎么“蛙”法？字面难通，想来却神情宛然。

薛嫂亦是此书贯穿性角色。此处撒风撒痴最现其本色。

不一时，月桂安排茶食，与薛嫂吃了。说道：“我替你老人家用心踏看，有人家相应好女子儿，就来说。”春梅道：“财礼羹果、花红酒礼、头面衣服，不少他的。只要好人家好女孩儿，方可进入我门来。”薛嫂道：“我晓得，管情应的你老人家心便了。”良久，经济吃了饭，往前边去了。

薛嫂儿还坐着，问春梅："他老人家几时来的？"春梅便把出家做道士一节说了。"我寻得他来，做我个亲人儿。"薛嫂道："好好，你老人家有后眼。"又道："前日你老人家好的日子，说那头他大娘来做生日来。"春梅道："先送礼来，然后才使人送帖儿请他，坐了一日去了。"薛嫂道："我那日在一个人家铺床，整乱了一日，心内要来，急的我要不的！"又问："他陈舅也见他那头大娘来？"春梅道："他肯下气见他！为请他，好不和我乱成一块！我与他说，曾替他家说人情，说我没志气，那怕吴典恩打着小厮，攀扯他出官才好，管你腿事，你替他寻分上！想着他昔日好情儿？"薛嫂道："他老人家也说的是；及到其间，也不计旧仇罢了。"春梅道："咱既受了他礼，不请他来坐坐儿又使不的。宁可教他不仁，休要咱不义。"薛嫂道："怪不的你老人家有恁大福，你的心忒好了！"当下薛嫂儿说了半日话，提着花箱儿，拜辞出门。

过了两日，先来说城里朱千户家小姐，今年十五岁，也好陪嫁，只是没了娘的儿了，春梅嫌小不要。又说应伯爵第二个女儿，年二十二岁，春梅又嫌应伯爵死了，在大爷手内聘嫁，没甚陪送也不成。都回出婚帖儿来。又迟了几日，薛嫂儿送花儿来，袖中取出个婚帖儿，大红段子上写着开段铺葛员外家大女儿，年二十岁，属鸡的，十一月十五日子时生，小字翠屏。生的上画儿般模样儿，五短身材，瓜子面皮，温柔典雅，聪明伶俐，针指女工自不必说。父母俱在，有万贯钱财，在大街上开段子铺，走苏、杭、南京，无比好人家，都是南京床帐箱笼。春梅道："既是好，成了这家子的罢。"就交薛嫂儿先通信去，那薛嫂儿连忙说去了。正是：欲向绣房求艳质，须臾红叶是良媒。有诗为证：

于此处交代出应花子已死。此人于西门庆死后不久便投靠了张二官，自投张后似再未看顾过西门遗孀。

天仙机上系香罗，千里姻缘竟足多。

天上牛郎配织女，人间才子伴娇娥。

这里薛嫂通了信来。葛员外家知是守备府里，情愿做亲，又使一个张媒人同说媒。春梅这里备了两抬茶叶、喜饼、羹果，教孙二娘坐轿子，往葛员外家插定女儿，带戒指儿。回来对春梅说："果然好个女子，生的一表人材，如花似朵，人家又相当！"春梅这里择定吉日，纳彩行礼，十六盘羹果茶饼、两盘上头面、二盘珠翠、四抬酒、两牵羊、一顶鬏髻、全副金银头面簪环之类、两件罗段袍儿、四季衣服，其余绵花布绢，二十两礼银，不必细说。阴阳生择在六月初八日，准娶过门。春梅先问薛嫂儿："他家那里有陪床使女没有？"薛嫂儿道："床帐妆奁、描金箱橱都有，只没有使女陪床。"春梅道："咱这里买一个十三四岁丫头子，与他房里使唤，搬桶子倒水方便些。"薛嫂道："有两个人家卖的丫头子，我明日带一个来。"

到次日，果然领了一个丫头，说是："商人黄四家儿子房里使的丫头，今年才十三岁。黄四因用下官钱粮，和李三家，还有咱家出去的保官儿，都为钱粮，拿在监里追赃。监了一年多，家产尽绝，房儿也卖了；李三先死，拿儿子李活监着；咱家保官儿那儿子僧宝儿，如今流落在外，与人家跟马哩。"春梅道："是来保？"薛嫂道："他如今不叫来保，改了名字，叫汤保了。"春梅道："这丫头是黄四家丫头，要多少银子？"薛嫂道："只要四两半银子，紧等着要交赃去。"春梅道："甚么四两半，与他三两五钱银子留下罢。"一面就交了三两五钱雪花官银，与他写了文书，改了名字，唤做金钱儿。

七穿八达。于此交代出黄四、李三、来保后来情况。

话休饶舌，又早到六月初八。春梅打扮珠翠凤冠，穿通袖大红袍儿，束金镶碧玉带，坐四人大轿，鼓乐灯笼，娶葛家女子，奠雁过门；陈经济骑大白马，拣银鞍辔，青衣军牢喝道，头戴儒巾，穿着青段圆领，脚下粉底皂靴，头上簪着两枝金花。正是：久旱逢甘雨，他乡遇故知。洞房花烛夜，金榜挂名时。一番拆洗一番新！到守备府中，新人轿子落下，戴着大红销金盖袱，添妆含饭，抱着宝瓶，进入大门；阴阳生引入画堂，先参拜家堂，然后归到洞房。春梅安他两口儿坐帐，然后出来。阴阳生撒帐毕，打发喜钱出门，鼓手都散了。经济与这葛翠屏小姐坐了回帐，骑马打灯笼往岳丈家谢亲，吃的大醉而归。晚夕，女貌郎才，未免燕尔新婚，交姤云雨。正是：得多少春点杏桃红绽蕊，风欺杨柳绿翻腰。有诗为证：

虽是"一番拆洗一番新"，究竟是留在守备府中充当春梅之玩物。

近睹多情花月标，教人无福也难消。

风吹列子归何处，夜夜婵娟在柳梢。

当夜经济与这葛翠屏小姐，倒且是合得着，两个被底鸳鸯，帐中鸾葛翠屏小姐此后的遭遇恐大可细说。

凤，如鱼似水，合卺欢娱。三日完饭，春梅在府厅后堂，张筵挂彩，鼓乐笙歌，请亲眷吃会亲酒。俱不必细说。每日春梅吃饭，必请他两口儿，同在房中一处吃，彼此以姑妗称之，同起同坐。丫头养娘、家人媳妇，谁敢道个不字？原来春梅收拾西厢房三间，与他做房，里面铺着床帐，翻的雪洞般齐整，垂着帘帏；外边西书院是他书房，里面亦有床榻、几席、古书，并守备往来书柬、拜帖，并各处递来手本、揭帖，都打他手里过，或登记簿籍，或衔使印信，笔砚文房都有，架阁上堆满书集。春梅不时常出来书院中，和他闲坐说话。两个暗地交情，非止一日。正是：

朝陪金谷宴，暮伴绮楼娃。
休道欢娱处，流光逐落霞。

毕竟未知后来何如，且听下回分解。

第九十八回
陈经济临清开大店　韩爱姐翠馆通情郎

心安茅屋稳，性定菜根香。
世味怜方好，人情淡最长。
因人成事业，避难遇豪强。
今日峥嵘贵，他年身必殃。

话说一日，周守备、济南府知府张叔夜，领人马征剿梁山泊贼王宋江，三十六人，万余草寇，都受了招安，地方平复。表奏，朝廷大喜，加升张叔夜为都御史、山东安抚大使；升守备周秀为济南兵马制置，管理分巡河道，提察盗贼。部下从征有功人员，各升一级。军门带得经济名字，升为参谋之职，月给米二石，冠带荣身。守备至十月中旬，领了敕书，率领人马来家，先使人来报与春梅家中知道。春梅满心欢喜，使陈经济与张胜、李安出城迎接；家中厅上排设酒筵，庆官贺喜。官员人等，来拜贺送礼者，不计其数。守备下马进入后堂，春梅、孙二娘接着，参拜已毕；陈经济换了衣巾，就穿大红员领，头戴冠帽，脚穿皂靴，束着角带，和新妇葛氏两口儿拜见。守备见好个女子，赏了一套衣服，十两银子打头面，不在话下。

未免夸张。陈经济原来身份清河县谁人不知，只可匿于府中，哪能堂皇亮相！

晚夕，春梅和守备在房中饮酒，未免叙些家常事务。春梅道："为娶我兄弟媳妇，又费许多东西。"守备道："阿呀，你止这个兄弟，投奔你来，无个妻室，不成个前程道理！就使费了几两银子，不曾为了别人。"春梅道："你今又替他挣了这个前程，足以荣身，勾了。"守备道："朝廷旨意下来，不日我往济南府到任。你在家看家，打点些本钱，教他搭个主管，做些大小买卖。三五日教他下去，查算帐目一遭，转得些利钱来，也勾他搅计。”春梅道：“你说的也是。”两个晚夕夫妻同欢，不可细述。在家只住了十个日子，到十一月初旬时分，守备收拾起身，带领张胜、李安前去济南到任，留周仁、周义看家，陈经济送到城南永福寺方回。

去得好也，省却麻烦。

一日，春梅向经济商议：“守备教你如此这般，河下寻些买卖，搭个主管，觅得些利息，也勾家中费用。”这经济听言，满心欢喜。一日，正打街前所走，寻觅主管伙计。也是合当有事，不料撞遇旧时朋友陆二哥陆秉义，作揖说：“哥怎的一向不见？”这经济便说：“亡妻为事，被杨光彦那厮，拐了我半船货物，坑陷的我一贫如洗。我如今又好了，幸得我姐姐嫁在守备府中，又娶了亲事，升做参谋，冠带荣身；如今要寻个伙计，做些买卖，一地里没寻处。”陆秉义道：“杨光彦那厮，拐了你货物，如今搭了个姓谢的做伙计，在临清马头上谢家大酒楼上开了一座大酒店。又收钱放债，与四方趁熟窠子娼门人使，好不获大利息！他每日穿好衣，吃好肉，骑着一匹驴儿，三五日下去走一遭，算帐收钱，把旧朋友都不理。他兄弟在家开赌场，斗鸡养狗，人不敢惹他。”经济道：“我去年曾见他一遍，他反面无情，打我一顿，被一朋友救了。我恨他入于骨髓！”因拉陆二郎入路旁一酒店内，两个在楼上吃酒。两人计议，“如何处置他，出我这口气？”陆秉义道：“常言说得好，恨小非君子，无毒不丈夫！咱如今将理和他说，不见棺材不下泪，他必然不肯。小弟有一计策，哥也不消做别的买卖，只写一张状子，把他告到那里，追出你货物银子来，就夺了这座酒店；再添上些本钱，和谢合伙；等我在马头上和谢三哥掌柜发卖。哥哥，你三五日下去走一遭，查算帐目；管情见一月，你稳拍拍的有百十两银子利息，强如做别的生意！”

陆秉义应知陈经济底细，如何信其现在身份？此情节殊难合理。

陈经济要告，早可托“姐夫”办理，何劳旁人提醒？

看官听说，当时不因这陆秉义说出这庄事，有分教数个人死于非命。陈经济一种死，死之太苦；一种亡，亡之太屈。死的不好，相似那五代的李存孝、《汉书》中彭越。正是：非干前定数，半点不由人。

经济听了，忙与陆秉义作揖，便道：“贤弟，你说的正是了。我到家就对我姐夫和姐姐说。这买卖成了，就安贤弟同谢三郎做主管。”当下两个吃了回酒，各下楼来，还了酒钱。经济分付："陆二哥，兄弟，千万谨言！有事我请你去。"陆二郎道："我知道。"各散回家。

这经济就一五一十对春梅说。春梅道："争奈他爷不在，如何理会？"有老家人周忠在旁，便道："不打紧。等舅写了一张状子，该拐了多少银子货物，拿爷个拜帖儿，都封在里面；等小的送与提刑所两位官府案下，把这姓杨的拿去衙门中，一顿夹打追问，不怕那厮不拿出银子来！"经济大喜，一面写就一纸状子，拿守备拜帖，弥封停当，就使老家人周忠送到提刑院。两位官府正升厅问事，门上人禀进，说："帅府周爷差人下书。"何千户与张二官府唤周忠进见，问周爷上任之事，说了一遍。拆开封套观看，见了拜帖、状子，自恁要做分上，即便批行，差委缉捕番捉往河下，拿杨光彦去。回了个拜帖，付与周忠："到家多上覆你爷、奶奶，待我这里追出银两，伺候来领。"周忠拿回帖到府中，回覆了春梅说话："即时准行，拿人去了。待追出银子，使人领去。"经济看见两个折帖上面，写着"侍生何永寿、张懋得顿首拜"，经济心中大喜。

迟了不上两日光景，提刑缉捕观察番捉往河下，把杨光彦并兄弟杨二风都拿了，到于衙门中。两位官府据着陈经济状子审问，一顿夹打，监禁数日，追出三百五十两银子、一百桶生眼布，其余酒店中家活，共算了五十两。陈经济状上告着九百两，还差三百五十两银子，把房儿卖了五十两，家产尽绝！

算是恶有恶报，还是狗与狗咬？

这经济就把谢家大酒楼夺过来，和谢胖子合伙。春梅又打点出五百两本钱，共凑了一千两之数，委付陆秉义做主管。从新把酒楼妆修，油漆彩画，阑干灼耀，栋宇光新，桌案鲜明，酒肴齐整。一日开张，鼓乐喧天，笙箫杂奏，招集往来客商，四方游妓。陈经济到那日，宰猪祭祀烧纸。常言：启瓮三家醉，开樽十里香。神仙留玉佩，卿相解金貂。经济上来，大酒楼上周围都是推窗亮隔，绿油阑干。四望云山叠叠，上下天水相连。正东看，隐隐青螺堆岱岳；正西瞧，茫茫苍雾锁皇都；正北观，层层甲第起朱楼；正南望，浩浩长淮如素练。楼上下有百十座阁儿，处处舞裙歌妓，层层急管繁弦。说不尽肴如山积，酒若流波。正是：得多少舞低杨柳楼心月，歌罢桃花扇底风。从正月半头，这陈经济在临清马头上大酒楼开张，见一日也发卖三五十两银子。都是谢胖子和主管陆秉义，眼同经手，在柜上掌柜；经济三五日骑头口，伴当小喜儿跟随，往河下算帐一遭。若来，陆秉义和谢胖子两个伙计，在楼上收拾一间干净阁儿，铺陈床帐，安放桌椅，糊的雪洞般齐整，摆设酒席，叫四个好出色粉头相陪；陈三儿那里往来做量酒。

摇身一变，竟成楼主。天道酬恶，是何人间！

一日，三月佳节，春光明媚，景物芬芳。翠依依槐柳盈堤，红馥馥杏桃灿锦。陈经济在楼上搭伏定绿阑干，看那楼下景致，好生热闹！有诗为证：

风拂烟笼锦旆杨，太平时节日初长。

能添壮士英雄胆，善解佳人愁闷肠。

三尺晓垂杨柳岸，一竿斜插杏花旁。

男儿未遂平生志，且乐高歌入醉乡。

一日，经济在楼窗后瞧看，正临着河边，泊着两只剥船，船上载着许多箱笼桌凳家活，四五个人尽搬入楼下空屋里来。船上有两个妇人，一个中年妇人，长挑身材，紫膛色；一个年小妇人，搽脂抹粉，生的白净标致，约有二十多岁，尽走入屋里来。经济问谢主管："是甚么人？不问自由，擅自搬入我屋里来。"谢主管道："此是两个东京来的妇人，投亲不着，一时间无处寻房住，央此间邻居范老来说，暂住两三日便去。正欲报知官人，不想官人来问。"

多回不见紫膛色面皮的妇人了。

这经济正欲发怒，只见那年小妇人，敛衽向前，望经济深深的道了个万福，告说："官人息怒。非干主管之事，是奴家大胆，一时出于无奈，不及先来宅上禀报，望乞恕罪！容略住得三五日，拜纳房金，就便搬去。"这经济见小妇人会说话儿，只顾上上下下把眼看他；那妇人一双星眼，斜盼经济。两情四目，不能定神。经济口中不言，心内暗道："倒相那里会过，这般眼熟！"那长挑身材中年妇人，也定睛看着经济，说道："官人，你莫非是西门老爷家陈姑夫么？"这经济吃了一惊，便道："你怎的认得我？"那妇人道："不瞒姑夫说，奴是旧伙计韩道国浑家，这个就是我女孩儿爱姐。"经济道："你两口儿在东京，如何来在这里？你老公在那里？"那妇人道："在船上看家活。"经济急令量酒请来相见。

果然是王六儿"复出"。

不一时，韩道国走来作揖，已是掺白须鬓。因说起："朝中蔡太师、童太尉、李右相、朱太尉、高太尉、李太监六人，都被太学国子生陈东上本参劾，后被科道交章弹奏倒了。圣旨下来，拿送三法司问罪，发烟瘴地面永远充军；太师儿子礼部尚书蔡攸处斩，家产抄没入官。我等三口儿各自逃生，投到清河县我兄弟第二的那里；第二的把房儿卖了，流落不知去向。三口儿雇船从河道中来，不想撞遇姑夫在此，三生有幸！"因问："姑夫今还在那边西门老爷家里?"经济把头项摇了一摇，说："我也不在他家了。我在姐夫守备周爷府中，做了参谋官，冠带荣身。近日合了两个伙计，在此马头上开了个酒店，胡乱过日子便了。你每三口儿既遇着我，也不消搬去，便在此间住也不妨，请自稳便。"妇人与韩道国一齐下礼。说罢，就搬运船上家活箱笼；经济看得心痒，也使伴当小喜儿和陈三儿，也替他搬运了几件家活。王六儿道："不劳姑夫费心用力。"彼此俱各欢喜。经济道："你我原是一家，何消计较！"经济见天色将晚，有申牌时分，要回家，分付主管："咱早送些茶盒与他。"上马，伴当跟随来家。一夜心心念念，只是放韩爱姐不下。

过了一日，到第三日早起身，打扮衣服齐整，伴当小喜跟随，来河下大酒楼店中，看着做了回买卖。韩道国那边使的八老来请吃茶；经济心下正要瞧去，恰八老来请，便起身进去。只见韩爱姐见了，笑容可掬，接将出来，道了万福，"官人请里面坐。"经济到阁子内坐下，王六儿和韩道国都来陪坐。少顷茶罢，彼此叙些旧时已往的话。经济不住把眼只睃那韩爱姐，爱姐涎瞪瞪秋波，一双眼只看经济，彼此都有意了。有诗为证：

弓鞋窄窄剪春罗，香体酥胸玉一窝。

丽质不胜嬝娜态，一腔幽恨蹙秋波。

少顷，韩道国走出去了。爱姐因问："官人青春多少?"经济道："虚度二十六岁。敬问姐姐，青春几何?"爱姐笑道："奴与官人一缘一会，也是二十六岁。旧日又是大老爹府上相会过面，如今又幸遇在一处，正是有缘千里来相会！"那王六儿见他两个说得入港，看见关目，推个故事，也走出去了。止有他两人对坐，爱姐把些风月话儿来勾经济；经济自幼干惯的道儿，怎不省得，一径起身出去。这韩爱姐从东京来，一路

"已掺白须鬓"。人间正道是沧桑！

更大的树倒矣！

今有论者详证此书作者是刻意影射明嘉靖朝的政治变局。宋朝蔡京父子确也获罪，但父死在子前；明嘉靖朝奸臣严嵩及子严世蕃获罪时，却是严世蕃先问的死罪。故此处韩道国所说的政局变化，并不符合宋朝情形，反极符合明朝情形。

此书虽以表现市井风情、家庭纷争及色欲性事为主，却又有相当篇幅写到高层政治和商情货贸，并频频影射明代嘉靖一朝的"时事"，表现出对严氏父子"祸国"的极大鄙夷和终于伏诛的拍手称快。

但将此书称作一部"政治影射小说"，我以为未免夸张。单把此书称作一部"世情小说"，又不全面。将此书视为一部"色情小说"，则更褊狭。说是一部"奇书"，则又未免大而空泛。也许，不硬性地给这部书"贴标签"，而是真正地尊重它，欣赏它，倒可能更多地从中获益。

儿和他娘也做些道路;在蔡府中答应,与翟管家做妾,诗词歌赋,诸子百家皆通,甚么事儿不久惯!见经济起身出去,无人处,走向前挨在他身边坐下,作娇作痴说道:"官人,你将头上金簪子,借我看一看。"经济正欲拔时,被爱姐一手按住经济头髻,一手拔下簪子来,便起身说:"我和你去楼上说句话儿。"一头说,一头走。经济不免跟上楼来。正是:饶你奸似鬼,也吃洗脚水。经济跟他上楼,便道:"姐姐,有甚话说?"爱姐道:"奴与你是宿世姻缘,你休要作假,愿偕枕席之欢,共效于飞之乐。"经济道:"只怕此间有人知觉,却使不得。"那韩爱姐做出许多妖娆来,搂经济在怀。将尖尖玉手扯下他裤子来,两个情兴如火,按纳不住,爱姐不免解衣,仰卧在床上,交姤在一处。正是:色胆如天怕甚事,鸳帏云雨百年情。经济问:"你叫几姐?"那韩爱姐道:"奴是端午所生,就叫五姐,又名爱姐。"

韩爱姐竟更主动。两"坏"相逢,怎能不"坏"!

说毕话,霎时云收雨散,偎倚共坐。韩爱姐便告经济说:"自从三口儿东京来,投亲不着,盘缠缺欠,你有银子,乞借应与我父亲五两,奴按利纳还,不可推阻!"经济应允,说:"不打紧,姐姐开口,就兑五两来。"爱姐见他依允,还了他金簪子。两个又坐了半日,恐怕人谈论,吃了一杯茶,爱姐留吃午饭。经济道:"我那边有事,不吃饭了,少间就送盘缠来与你。"爱姐道:"午后奴略备一杯水酒,官人不要见却,好歹来坐坐。"

立要现钱。俨然老妓做派。

经济在店中吃了午饭,又在街上闲散走了一回,撞见昔日晏公庙师兄金宗明作揖,把前事诉说了一遍。金宗明道:"不知贤弟在守备老爷府中认了亲,在大楼开大店,有失拜望!明日就使徒弟送茶来。闲中请去庙中坐一坐。"说罢,宗明归去了。经济走到店中,陆主管道:"里边住的老韩,请官人吃酒,没处寻。"恰好八老又来请:"官人,就请二位主管相陪,再无他客。"

又勾连到此人,不知可是伏笔。看到后面知道并无照应。此书后十多回常有此种用处不大的"岔笔"。

经济就同二主管,走到里边房内,早已安排酒席齐整,无非鱼肉菜果之类。经济上坐,韩道国主位,陆秉义、谢胖子打横,王六儿与爱姐旁边佥坐,八老往来筛酒下菜。吃过数杯,两个主管会意,说道:"官人慢坐,小人柜上看去。"起身去了。经济平昔酒量不十分洪饮,又见主管去了,开怀与韩道国三口儿吃了数杯,便觉有些醉将上来。爱姐便问:"今日官人不回家去罢了?”经济道:“这咱晚了,回去不得,明日起身去罢。”王六儿、韩道国吃了一回,下楼去了。经济向袖中取出五两银子,递与爱姐收了,到下边交与王六儿。两个交杯换盏,倚翠偎红,吃至天晚。爱姐卸下浓妆,留经济就在楼上阁儿里歇了。当下枕畔山盟,衾中海誓,莺声燕语,曲尽绸缪,不能悉记。爱姐在东京蔡太师府中,与翟管家做妾,曾扶持过老太太,也学会些弹唱,又能识字会写。经济听了,欢喜不胜,就同六姐一般,正可在心上,以此与他盘桓一夜,停眠整宿。免不的,第二日起来得迟,约饭时才起来。王六儿安排些鸡子肉圆子,做了个头脑,与他扶头,两个吃了几杯暖酒。少顷,主管来请经济,那边摆饭。经济梳洗毕,吃了饭,又来辞爱姐,要回家去。那爱姐不舍,只顾抛泪。经济道:“我到家三五日,就来看你,你休烦恼!”说毕,伴当跟随,骑马往城中去了,一路上分付小喜儿:“到家休要说出韩家之事!”小喜儿道:“小的知道,不必分付。”

经济到府中,只推店中买卖忙,算了帐目,不觉天晚,归来不得,歇了一夜。交割与春梅利息银两,见一遭也有三十两银子之数。回到家中,又被葛翠屏聒聒:“官人怎的外边歇了一夜,想必在柳陌花街行踏;把我丢在家中,独自空房一个,就不思想来家!”一连留住陈经济,七八日不放他往河下来。

陈经济混到此时居然有“三美”相争,也够怪诞。

这里韩爱姐,见他一去数日光景不来店中,自使小喜儿,来问主管讨算利息,主管一一封了银子去。韩道国免不得又交老婆王六儿,又招惹别的熟人儿或是商客,来屋里走动,吃茶吃酒。这韩道国当先尝着这个甜头,靠老婆衣饭肥家;况此时王六儿年约四十五六,年纪虽半,风韵犹存,恰好又得他女儿来接代,也不断绝这样行业,如今索性大做了。原来不当官身,衣饭别无生意,只靠老婆赚钱,谓之隐名娼妓,今时呼为私窠子是也。

王六儿由隐到明,但仍属“揽私活”也。“私窠子”是“注册青楼”之补充。

当时见经济不来,量酒陈三儿替他勾了一个湖州贩丝绵客人何官人来,请他女儿爱姐。那何官人年约五十余岁,手中有千两丝绵细绢货物,要请爱姐;爱姐一心想着经济,推心中不快,三回五次不肯下楼来。急的韩道国要不的!那何官人又见王六儿长挑身材,紫膛色,瓜子面韩道国"躲避"惯了。只是不知走路一摇一摇的习惯改了没有？

皮，描眉铺鬓，大长水鬓，涎邓邓一双星眼，眼光如醉，抹的鲜红嘴唇，料此妇人一定好风情，就留下一两银子，在屋里吃酒，和王六儿歇了一夜。韩道国便躲避在外间歇了。他女儿见做娘的留下客，只在楼上不下楼来。自此以后，那何官人被王六儿搬弄得快活，两个打得一似火炭般热，没三两日不来与妇人过夜。韩道国也禁过他许多钱使。

这韩爱姐儿，见经济一去十数日不见来，心中思想，挨一日似三秋，盼一夜如半夏，未免害木边之目，田下之心，使八老往城中守备府中探听。看见小喜儿，悄悄问他："官人如何不去？"小喜儿说："官人这两日有些身子不快，不曾出门。"回来诉与爱姐。爱姐与王六儿商议，买了一副猪蹄、两只烧鸭、两尾鲜鱼、一盒酥饼，在楼上磨墨挥笔，拂开花笺，写封柬帖，使八老送到城中，与经济去。当下把礼物装在盒内，交八老挑着，叮咛嘱付："你到城中，见了陈官人，须索见他亲收，讨回帖来。"八老怀内揣着柬帖，挑着礼物，一路无词，来到城内守备府前，坐在沿街石台基上。只见伴当小喜儿出来，看见八老，"你又来做甚么？"八老与他声喏，拉在僻净处说："我特来见你官人，送礼来了，有话说；我只在此等你，你可通报官人知道。"小喜随即转身进去。不多时，只见经济摇将出来。那时约五月，天气暑热，经济穿着纱衣服，头戴瓦垅帽，金簪子，脚上凉鞋净袜。八老慌忙声喏，说道："官人，贵体好些？韩爱姐使我捎一柬帖，送礼来了。"经济接了柬帖，说："五姐好么？"八老道："五姐见官人一向不去，心中也不快在那里。多上覆官人，几时下去走走。"经济拆开柬帖观看，上面写着甚言词？

确有潘金莲余风。

贱妾韩爱姐敛衽拜，谨启

情郎陈大官人台下：

自别尊颜，思慕之心，未尝少怠，悬悬不忘于心。向蒙期约，妾倚门凝望，不见降临蓬荜。昨遣八老探问起居，不遇而回。听闻贵恙欠安，令妾空怀帐望，坐卧闷恹，不能顿生两翼，而傍君之足下也。君在家，自有娇妻美爱，又岂肯动念于妾，犹吐去之果核也。兹具腥味茶盒数事，少申问安诚意，幸希笑纳。情照不宣。　　外具锦绣鸳鸯香囊一个，青丝一缕，少表寸心。

下书“仲夏念日贱妾爱姐再拜”。经济看了柬帖并香囊，香囊里面安放青丝一缕，香囊是鸳鸯双口做的，扣着“寄与情郎，随君膝下”八字，依先折了，藏在袖中。府傍侧首有个酒店，令小喜儿领八老到店内吃钟酒，“等我写回帖与你。”分付小喜儿：“把礼物收进我房里去；你娘若问，只说河下店主人谢家送的礼物。”小喜不敢怠慢，把四盒礼物收进去了。经济走到书院房内，悄悄写了回柬，又包了五两银子。到酒店内问八老：“吃了酒不曾？”八老道：“多谢官人好酒！吃不得了，起身去罢。”经济将银子并回柬，付与八老，说：“到家多多拜上五姐，这五两白金与他盘缠。过三两日，我自去看他。”八老收了银柬下楼，经济送出店门，八老一直去了。经济走入房中，葛翠屏便问：“是谁家送来礼物？”经济悉言：“店主人谢胖子打听我不快，送这礼物来问安。”翠屏亦信其实。两口儿计议，交丫鬟金钱儿拿盘子，拿了一只烧鸭、一尾鲜鱼、半副蹄子，送到后边与春梅吃，说是店主人家送的，也不查问。此事表过不题。

比之金莲，略输文采。

若查问，全成醋熘。

却说八老到河下，天已晚了，入门将银柬都付与爱姐收了。拆开银柬，灯下观看，上面写道：

　　经济顿首，字覆

　爱卿韩五姐妆次：向蒙会问，又承厚款，亦且云情雨意，衽席钟爱，无时少怠。所云期望，正欲趋会，偶因贱躯不快，有失卿之盼望。又蒙遣人垂顾，兼惠可口佳肴，不胜感激。只在二三日间，容当面布。外具白金五两，绫帕一方，少申远芹之敬，伏乞心鉴。万万。

下书“经济再拜”。爱姐看了，见帕上写着四句诗曰：

吴绫帕儿织回纹，洒翰挥毫墨迹新。
寄与多情韩五姐，永谐鸾凤百年情。

看毕，爱姐把银子付与王六儿，母子千欢万喜等候经济，不在话下。正是：得意友来情不厌，知心人至话相投。有诗为证：

碧纱窗下启笺封，一纸云鸿香气浓。
知你挥毫经玉手，相思都付不言中。

毕竟未知后来何如，且听下回分解。

陈经济与潘金莲相交时便爱写“情书”。不过观此书进步实在不大。

第九十九回
刘二醉骂王六儿　张胜忿杀陈经济

格言：

一切诸烦恼，皆从不忍生。
见机而耐性，妙悟生光明。
佛语戒无偷，儒书贵莫争。
好个快活路，只是少人行。

话说陈经济过了两日，到第三日，却是五月二十五日他生日。春梅后厅整置酒肴，与他上寿，合家欢乐了一日。次日早辰，经济说："我一向不曾往河下去，今日没事去走一遭。一者和主管算帐，二来就避炎暑，散走走便回。"春梅分付："你去坐一乘轿子，少要劳碌。"交两个军牢抬着轿子，小喜儿跟随，径往河下马头上谢家大酒楼店中来。

一路无词，午后时分早到河下大酒楼前，下了轿子进入里面。两个主管齐来参见，说："官府贵体好些？"那经济一心只在韩爱姐身上，便道："生受二位伙计挂心。"坐了一回便起身，分付主管："查下帐目，等我来算。"就转身到后边。八老又早迎见，报与王六儿夫妇。韩爱姐正在楼上凭栏盼望，挥毫洒翰，作了几首诗词以遣闷怀。忽报陈经济来了，连忙轻移莲步，款蹙湘裙，走下楼来。母子面上堆下笑来迎接，说道："官人，贵人难见面，那阵风儿吹你到俺这里！"经济与母子作了揖，同进入阁儿内坐定。少顷，王六儿点茶上来，吃毕茶，爱姐道："请官人到楼上奴房内坐。"经济上的楼来，两个如鱼得水，似漆投胶，无非说些

钱来比色，暂且靠后。

深情密意的话儿。爱姐砚台底下，露出一幅花笺，经济取来观看。爱姐便说："此是奴家这几日，盼你不来，闲中在楼上作得几首词，以消遣闷怀，恐污官人贵目。"经济念了一遍，上写着：

倦倚绣床愁懒动，闲垂绣带鬓鬟低。

玉郎一去无消息，一日相思十二时。

右春

危楼高处眺晴光，满架蔷薇霭异香。

十二栏杆闲凭遍，南薰一味透襟凉。

右夏

帐冷芙蓉梦不成，知心人去转伤情。

枕边泪似阶前雨，隔着窗儿滴到明。

右秋

羞对菱花拭净妆，为郎瘦损减容光。

闭门不管闲风月，分付梅花自主张。

右冬

风雅有限，俗气横溢。

经济看了，极口称羡，喝采不已。不一时，王六儿安排酒肴上楼，拨过镜架，就摆在梳妆桌上。两个并坐，爱姐筛酒一杯，双手递与经济，深深道了万福，说："官人一向不来，妾心无时不念！前八老来，又多谢盘缠，举家感之不尽！"经济接酒在手，还了喏，说："贱疾不安，有失期约，姐姐休怪！"酒尽，也筛一杯敬奉，爱姐吃过。两人坐定，把酒来斟。王六儿、韩道国上来也陪吃了几杯，各取方便下楼去了，教他二人自在吃几杯，叙些阔别话儿。良久，吃得酒浓时，情兴如火，免不得再把旧情一叙。交欢之际，无限恩情。穿衣起来，洗手更酌，又饮数杯，醉眼朦胧，余兴未尽。这小郎君，一向在家中不快，又心在爱姐，一向未与浑家行事；今日一旦见了情人，未肯一次即休。正是生死冤家，五百年前撞在一处，经济魂灵都被他引乱。少顷，情窦复起，又干一度。自觉身体困倦，打熬不过，午饭也没吃，倒在床上就睡着了。

纵欲无度，蹈其前文人覆辙。

也是合当祸起，不想下边贩丝绵何官人来了，王六儿陪他在楼下吃酒。韩道国出去街上，买菜蔬肴品果子来配酒。两个在下边行房。落后韩道国买将果菜来，三人又吃了几杯。约日西时分，只见酒家店坐地虎刘二，吃的酩酊大醉，袒开衣衫，露着一身紫肉，提着拳头，走来酒楼下大叫："采出何蛮子来！"唬的两个主管，见经济在楼上睡，恐他听见，慌忙走出柜来向前声喏，说道："刘二哥，何官人并不曾来。"这刘二那里依听？大拔步撞入后边韩道国屋里，一手把门帘扯下半边来。见何官人正和王六儿并肩饮酒，心中大怒，骂那何官人："贼狗男女，我合你娘！那里没寻你，却在这里。你在我店中占着两个粉头，几遭歇钱不与；又塌下我两个月房钱，却来这里养老婆！"那何官人忙出来，道："老二，你请回，我去也。"那刘二骂道："去你这狗合！"不防飕的一拳来，正打在何官人面上，登时就青肿起来；那何官人起来，夺门跑了。

虎啸惊心。

刘二将王六儿酒桌，一脚登翻，家活都打了。王六儿便骂道："是那里少死的贼杀才！无事来老娘屋里放屁，老娘不是耐惊耐怕儿的人！"被刘二向前一脚，跺了个仰八叉，骂道："我合你淫妇娘！你是那里来的无名少姓私窠子，不来老爷手里报过，许你在这酒店内趁熟？还与我搬去！若搬迟，须吃我一顿好拳头！"那王六儿道："你是那里来的光棍捣子？老娘就没了亲戚儿，许你便来欺负老娘，要老娘这命做甚么？"一头撞倒，哭起来。刘二骂道："我把淫妇肠子也踢断了，你还不知老爷是谁哩！"这里喧乱，两边邻舍并街上过往人，登时围看，约有许多，不知道的旁边人说王六儿："你新来，不知他是守备老爷府中，管事张虞候的小舅子，有名坐地虎刘二。在酒家店住，专一是打粉头的班头，降酒客的领袖。你让他些儿罢，休要不知利害，这地方人谁敢惹他！"王六儿道："还有大是他的，睬这杀才做甚么！"陆秉义见刘二打得凶，和谢胖子做好做歹，把他劝的去了。

王六儿还嘴硬。对这类"坐地虎"本当忍让几分。

此虎不仅"坐地"，还"靠山"也！

陈经济正睡在床上，听见楼下攘乱，便起来看时，天已日西时分，问那里攘乱。那韩道国不知走的往那里去了，只见王六儿披发垢面上楼，如此这般告诉说："那里走来一个杀才捣子，诨名唤坐地虎刘二，在酒家店住，说是咱府里管事张虞候小舅子，因寻酒客，无事把我踢打，骂了恁一顿去了；又把家活酒器，都打得粉碎。"一面放声大哭起来。经济叫上两个主管问他，两个都面面相觑，不敢说。陆主管嘴快，说是："府中张主管小舅子，来这里寻何官人，说少他二个月房钱，又是歇钱，来讨。见他在屋里吃酒，不由分说，把帘子扯下半边来，打了何官人一拳，唬的何官人跑了。又和老韩娘子两个相骂，踢了一交，烘的满街人看。”这经济恐怕天晚，惹起来，分付把众人喝散，问：“刘二那厮？”主管道：“被小人劝他回去了。”经济听了，记在心内，安抚王六儿母子放心：“有我哩，不妨事，你母子只情住着，我家去自有处置。”

由此引出陈经济与张胜之矛盾。

主管算了利钱银两递与他，打发起身上轿，伴当跟随。刚赶进城来，天已昏黑。心中甚恼，到家见了春梅，交了利息银两，归入房中，一宿无话。到次日，心心念念要告春梅说，展转寻思：“且住，等我慢慢寻张胜那厮几件破绽，亦发教我姐姐对老爷说了，断送了他性命；叵耐这厮几次在我身上欺心，敢说我是他寻得来，知我根本出身，量视我禁不得他！”正是：

就忘了当日提一篮芍药花骑马将其接入守备府的情形矣。

冤仇还报当如此，机会遭逢莫远图。

踏破铁鞋无觅处，得来全不费工夫。

一日，经济来到河下酒店内，见了爱姐母子，说：“外日吃惊。”又问陆主管道：“刘二那厮不曾走动？”陆主管道：“自从那日去了，再不曾来。”又问韩爱姐：“那何官人也没来行走？”爱姐道：“也没曾来。”这经济吃了饭，算毕帐目，不免又到爱姐楼上，两个叙了回衷肠之话，干讫一度。出来，因闲中叫过量酒陈三儿近前。“如此这般，打听府中张胜和刘二几庄破绽。”这陈三儿千不合万不合，说出张胜包占着府中出来的雪娥，在酒家店做婊子；刘二又怎的各处巢窝加三讨利，举放私债，窃逞老爷名坏事。这经济一口听记在心，又与了爱姐二三两盘缠，和主管算了帐目，包了利息银两，作别骑头口来家。

刘二当年殴打过陈经济，陈经济报复他犹可说，却突然要整倒张胜，恩将仇报，实在太恶。按说陈经济当年就应知道刘二是张胜亲戚。此书写“后西门庆时期”情节多有既枝蔓又不接榫之处，文笔粗糙多了。

闲话休题。一向怀意在心，一者也是冤家相凑，二来合当祸这般起来。不料东京朝中徽宗天子，见大金人马犯边，抢至腹内地方，声息十分紧急。天子慌了，与大臣计议，差官往北国讲和，情愿每年输纳岁币金银彩帛数百万。一面传位与太子登基，改宣和七年为靖康元年，宣帝号为钦宗；皇帝在位，徽宗自称太上道君皇帝，退居龙德宫。朝中升了李纲为兵部尚书，分部诸路人马；种师道为大将，总督内外军务。一日，

又写政局大变。

降了一道敕书来济南府，升周守备为山东都统制，提调人马一万，往东昌府驻扎，会同巡抚都御史张叔夜，防守地方，阻当金兵。守备正在济南府衙正坐，忽然左右来报："有朝廷降敕来，请老爷接旨意。"这周守备不敢怠慢，香案迎接敕旨，跪听宣读。使命官开读，其略曰：

政局之变首先影响到周秀命运。

奉天承运，皇帝制曰：朕闻文能安邦，武能定国。三皇凭礼乐而有封疆，五帝用征伐而定天下。事从顺逆，人有贤愚。朕承祖宗不拔之洪基，

上皇付托之重位，创造万事，惕然悚惧。自古舜征四凶，汤伐有苗，非用兵而不能克，非威武而莫能安。兵乃邦家爪牙，武定封疆扞御。兹者中原陆沉，犬羊犯顺，辽寇拥兵西扰，金虏控骑南侵，生民涂炭，朕甚悯焉。山东济南制置使周秀，老练之才，干城之将，屡建奇勋，忠勇茂著，用兵有略，出战有方。今升为山东都统制，兼四路防御使，会同山东巡抚都御史张叔夜，提调所部人马，前赴高阳关防守，听大将种师道分布截杀。安几危之社稷，驱猖獗之腥膻。呜呼，任贤匡国，赴难勤王，乃臣子之忠诚；旌善赏功，激扬敌忾，实朝廷之大典。各殚厥忠，以副朕意。钦哉！故谕。

下书"靖康元年秋九月日谕"。周守备开读已毕，打发使命官去了，一面叫过张胜、李安两个虞候，近前分付："先押两车箱驮行李细软器物家去。"原来在济南做了一年官职，也撰得巨万金银，都装在行李驮箱内，委托二人。"押到家中，交割明白，昼夜巡风仔细。我不日会同你巡抚张爷，调领四路兵马，打清河县起身。"二人当日领了钧旨，打点车辆，起身先行。一路无词。有日到于府中，交割明白，二人昼夜内外巡风，不在话下。

一年地方官，巨万金银撰。这还是"清官"。

却说陈经济，见张胜押车辆来家，守备升了山东统制，不久将到，正欲把心腹中事，要告诉春梅，等守备来家，要发露张胜之事。不想一日，因浑家葛翠屏，往娘家回门住去了，他独自个在西书房寝歇。春梅早辰蓦进房中看他，见无丫鬟跟随，两个就解衣在房内云雨做一处。不防张胜摇着铃巡风过来，到书院角门外，听见书房内仿佛有妇人笑语之声，

大政局下的非政治恩怨。欲寻别人把柄，却先让人将自己把柄握住。

就把铃声按住，慢慢走来窗下窃听。原来春梅在里面与经济交姤，听得经济告诉春梅说："叵耐张胜那厮，好生欺压于我！说我当初亏他寻得来，几次在下人前败坏我。昨日见我在河下开酒店来，一径使小舅子坐地虎刘二，专一倚逞他在姐夫麾下，在那里开巢窝，放私债，又把雪娥隐占在外奸宿，只瞒了姐姐一人眼目。昨日教他小舅子刘二打我酒店来，把酒客都打散了。我几次含忍，不敢告姐姐说；趁姐夫来家，若不早说知，往后我定然不敢往河下做买卖去了。"春梅听了说道："这厮恁般无礼！雪娥那贱人卖了，他如何又留住在外？"经济道："他非是欺压我，就是欺压姐姐一般。"春梅道："等他爷来家，交他定结果了这厮。"

常言道，隔墙须有耳，窗外岂无人？两个只管在内说，却不知张胜窗外听了个不亦乐乎。口中不言，心内暗道："此时教他算计我，不如我先算计了他罢。"一面撇下铃，走到前边班房内，取了把解腕钢刀，说时迟那时快，在石上磨了两磨，走入书院中来。不想天假其便，还是春梅不该死于他手，忽被后边小丫鬟兰花儿，慌慌走来叫春梅，报说："小衙内金哥儿，忽然风摇倒了，快请奶奶看去！"唬的春梅两步做来一步走，奔入后房中看孩儿去了。刚进去了，那张胜提着刀子，径奔到书房内，不见春梅，只见经济睡在被窝内。见他进来，叫道："阿呀，你来做甚么？"张胜怒道："我来杀你！你如何对淫妇说，倒要害我？我寻得你来不是了，反恩将仇报！常言黑头虫儿不可救，救之就要吃人肉。休走，吃我一刀子，明年今日是你死忌！"那经济光赤条身子，没处躲，搂着被。吃他拉被过一边，向他身就扎了一刀子来，扎着软肋，鲜血就邈出来；这张胜见他挣扎，复又一刀去，攮着胸膛上，动旦不得了。一面采着头发，把头割下来。正是：三寸气在千般用，一日无常万事休！可怜经济青春不上三九，死于非命。张胜提刀，绕屋里床背后寻春梅不见，大拔步径望后厅走。走到仪门首，只见李安背着牌铃，在那里巡风。一见张胜凶神也似提着刀跑进来，便问："那里去？"张胜不答，只顾走。被李安拦住，张胜就向李安戳一刀来。李安冷笑说道："我叔叔有名山东夜叉李贵，我的本事不用借。"早飞起右脚，只听忒楞的一声，把手中刀子踢落一边。张胜急了，两个就揪采在一处，被李安一个泼脚，跌番在地，解下

张胜懒得通过"把柄"曲折报复，干脆取"白刀子进，红刀子出"的快捷办法"解决问题"。

死得与潘金莲差不多。血淋淋好吓人。

写得突兀惊险。

把张胜处理成立刻就擒。这样情节发展节奏可更加快速。

腰间缠带，登时绑了。攘的后厅春梅知道，说："张胜持刀入内，小的拿住了。"那春梅，方救得金哥苏省，听言大惊失色。走到书院内，经济已被杀死在房中，一地鲜血横流，不觉放声大哭。一面使人报知浑家葛翠屏，慌奔家来，看见经济杀死，哭倒在地，不省人事；被春梅扶救，苏省过来。拖过尸首，买棺材装殡。把张胜墩锁在监内，单等统制来家处治这件事。

那消数日期程，军情事务紧急，兵牌来催促。周统制调完各路兵马，张巡抚又早先往东昌府，那里等候取齐。统制到家，春梅把杀死经济一节说了；李安将凶器放在面前，跪禀前事。统制大怒，坐在厅上，提出张胜，也不问长短，喝令军牢五棍一换，打一百棍，登时打死。随即马上差旗牌快手，往河下捉拿坐地虎刘二，锁解前来。孙雪娥见拿了刘二，恐怕拿他，走到房中自缢身死。旗牌拿刘二到府中，统制也分付打一百棍，当日打死。烘动了清河县，大闹了临清州。正是：平生作恶欺天，今日上苍报应。有诗为证：

匆匆了结张胜、刘二、孙雪娥三人。

为人切莫用欺心，举头三尺有神明。

若还作恶无报应，天下凶徒人食人。

此"训诫诗"显得空泛无力。谁"作恶欺天"？陈经济作恶不在张、刘、孙之下。更细致地辨析，孙雪娥基本上是个被侮辱与被损害者，何遭"天报"？刘二虽是流氓，从书中还看不到他有死罪，张胜虽一怒杀人，平时却未见有多么可恶。就是用"天下凶徒人食人"，也还是解释不清。因此，此书的此种"训诫"，恐怕连著书人也并不认真对待。这只不过是一种行文的"套路"罢了。

当时统制打死二人，除了地方之害。分付李安，将马头大酒店还归本主，把本钱收算来家。分付春梅在家，与经济做斋累七，打发城外永福寺，择吉日葬埋。留李安、周义看家，把周忠、周仁带去军门答应。春梅晚夕与孙二娘置酒送饯，不觉簌地两行泪下，说："相公此去，未知几时回还。出战之间，须要仔细；番兵猖獗，不可轻敌。"统制道："你每自在家清心寡欲，好生看守孩儿，不必忧念。我既受朝廷爵禄，尽忠报国。至于吉凶存亡，付之天也！"嘱付毕，过了一宿。

次日，军马都在城外屯集，等候统制起程。果然人马整齐，但见：

绣旗飘号带，画鼓间铜锣。三股叉，五股叉，灿灿秋霜；六花枪，点钢枪，纷纷瑞雪。蛮牌引路，强弓硬弩当先；火炮随车，大斧长刀在后。鞍上将似南山猛虎，人人好斗偏争；坐下马如北海蛟虬，骑骑能争敢战。端的刀枪流水急，果然人马撮风行！

当下一路无词。有日到了东昌府下，统制差一面令字蓝旗，把人马屯城外，打报进城。巡抚张叔夜，听见周统制人马来到，与东昌府知府达天道，出衙迎接，至公厅叙礼坐下，商议军情，打听声息紧慢。驻马一夜，次日人马早行，往关上防守去了，不在话下。

却表韩爱姐母子，在谢家楼店中，听见经济已死，爱姐昼夜只是哭泣，茶饭都不吃，一心只要往城内统制府中，见经济尸首一见，死了也甘心，父母、旁人百般劝解，不从。韩道国无法可处，使八老往统制府中，打听经济灵柩已出了殡，埋在城外永福寺内。这八老走来回了话。爱姐一心只要到他坟上烧纸，哭一场，也是和他相交一场。做父母的只得依他，雇了一乘轿子到永福寺中，问长老葬于何处。长老令沙弥引到寺后，新坟堆便是。这韩爱姐下了轿子，到坟前点着纸钱，道了万福，叫声："亲郎，我的哥哥！奴实指望我你同谐到老，谁想今日死了！"放声大哭，哭的昏晕倒了，头撞于地下，就死过去了。慌了韩道国和王六儿，向前扶救，叫姐姐叫不应，越发慌了。

又是永福寺。何来"永久的幸福"？

春梅、葛氏作何感想？

不想那日是葬了三日，春梅与浑家葛翠屏，坐着两乘轿子，伴当跟随，抬三牲祭物来，与他暖墓烧纸。看见一个年小的妇人，穿着缟素，头戴孝髻，哭倒在地；一个男子汉和一中年妇人搂抱他，扶起来又倒了，不省人事。吃了一惊，因问那男子汉是那里的。这韩道国夫妇向前施礼，把从前已往话，告诉了一遍："这个是我的女孩儿韩爱姐。"春梅一闻爱姐之名，就想起昔日曾在西门庆家中会过，又认得王六儿。韩道国悉把东京蔡府中出来一节，说了一遍。"女孩儿曾与陈官人有一面相交，不料死了；他只要来坟前见他一见，烧纸钱，不想到这里又哭倒了！"当下两个救了半日，这爱姐吐了口粘痰，方才苏省，尚哽咽哭不出声来。痛哭了一场，起来与春梅、翠屏插烛也似磕了四个头，说道："奴与他虽是露水夫妻，他与奴说山盟，言海誓，情深意厚，实指望和他同谐到老，谁知天不从人愿，一旦他先死了，撇得奴四脯着地。他在日曾与奴一方吴绫帕儿，上有四句情诗。知道宅中有姐姐，奴愿做小。倘不信……"向袖中取出吴绫帕儿来，上面写诗四句。春梅同葛翠屏看了，诗云：

吴绫帕儿织回纹，洒翰挥毫墨迹新。

寄与多情韩五姐,永谐鸾凤百年情。

爱姐道:“奴也有个小小鸳鸯锦囊,与他佩带在身边。两面都扣绣着并头莲,每朵莲花瓣儿一个字儿:‘寄与情郎,随君膝下。’”春梅便问翠屏:“怎的不见这个香囊?”翠屏道:“在他褦子上拴着不是,奴替他装殓在棺椁内了。”

当下祭毕,让他母子到寺中,摆茶饭,劝他吃了些饭食。做父母的见天色将晚,催促他起身,他只顾不思动身。一面跪着春梅、葛翠屏哭说:“情愿不归父母,同姐姐守孝寡居,也是奴和他恩情一场!活是他妻小,死傍他魂灵。”那翠屏只顾不言语,春梅便说:“我的姐姐,只怕年小青春守不住,只怕误了你好时光。”爱姐便道:“奶奶说那里话!奴既为他,虽刳目断鼻,也当守节,誓不再配他人!”嘱付他父母:“你老公母回去罢,我跟奶奶和姐姐府中去也。”那王六儿眼中垂泪,哭道:“我承望你养活俺两口儿到老,才从虎穴龙潭中夺得你来,今日倒闪赚了我!”那爱姐口里只说:“我不去了;你就留下我,到家也寻了无常!”那韩道国因见女孩儿坚意不去,和王六儿大哭一场,洒泪而别,回上临清店中去了。这韩爱姐同春梅、翠屏,坐轿子往府里来。

此情节很怪。按道理说,陈经济与韩爱姐的关系,充其量是痴心嫖客与私窠子妓女间的“常包关系”,陈经济死,妓女如丧亲夫,犹可理解,但最后郑重其事地为他“守节”,并且被他的正配夫人与名为表姐其实是姘妇的守备府夫人接进府去,堂而皇之地做起“节妇”来了,岂不怪诞?

但此书这样写,想来一非向壁虚构,二非故意荒唐,而是因为当时社会中有类似事例耳。

这也说明,明代社会发展到那个阶段,市俗的道德观、伦理观,都已冲破了“古典礼教”的死板规范,而演变出了千奇百诡的“新现象”、“新观念”。

那王六儿一路上悲悲切切,只是舍不的他女儿,哭了一场又一场。那韩道国又怕天色晚了,雇上两匹头口,望前赶路。正是:

马迟心急路途穷,身似浮萍类转蓬。

只有都门楼上月,照人离恨各西东。

毕竟未知后来如何,且听下回分解。

此回将陈经济“结果”了。

此书写陈经济笔墨不少。在西门庆健在时,他有色无胆,是个窝窝囊囊的陪衬角色;当然,那时他在场面上还是“拿得出去”的，在承办商贸事宜上，也还算有能力，颇为严谨。在“后西门庆时期”，他才成为一个重要角色。第一阶段里，他与潘金莲、春梅斗胆偷情，构成一种狂热而“和谐”的“一对二”的性关系；被吴月娘逐出府后的第二阶段里，他一步步堕落到“性怪物”的不堪地步；经春梅将他“搜救”到守备府后，正如春梅对守备并不“贞”一样，他对老婆葛翠屏和春梅也并不“忠”，而是另寻性放纵的“理想伙伴”；最后被本来对他有恩，而且也并非与他有不可调和的矛盾的张胜，在获知他欲恩将仇报的情形下，狂暴地将他杀死。

此书所写的这个人物，令我们感到真实可信。在那个时代那个地方，很可能有这样一个人物存在过。

但这个人物究竟算是个“什么东西”？作者写出这样一个人物，究竟是出于什么“意图”？我们又一次陷入了困惑。

是为了让我们为人性恶而战栗么？

第一百回
韩爱姐湖州寻父　普静师荐拔群冤

格言：

人生切莫将英雄，术业精粗自不同。
猛虎尚然遭恶兽，毒蛇犹自怕蜈蚣。
七擒孟获恃诸葛，两困云长羡吕蒙。
珍重李安真智士，高飞逃出是非门。

话说韩道国与王六儿，归到谢家酒店内，无女儿，道不得个坐吃山崩，使陈三儿去，又把那何官人来续上。那何官人见地方中没了刘二，除了一害，依旧又来王六儿家行走；和韩道国商议："你女儿爱姐，已是在府中守孝，不出来了。等我卖尽货物，讨了赊帐，你两口跟我往湖州家去罢，省得在此做这般道路。"那韩道国说："官人下顾，可知好哩！"一日卖尽了货物，讨上赊帐，雇了船，同王六儿跟往湖州去了。

府中多出此一"孝妇"，不知如何向守备交代？

韩一摇一生"娶妇随妇"，现在竟随包占媳妇的嫖客同往他乡，真是绿帽乌龟当到底。

却表爱姐在府中，与葛翠屏两个持贞守节，姊妹称呼，甚是合当着。白日里与春梅做伴儿在一处。那时金哥儿大了，年方六岁；孙二娘所生玉姐，年长十岁。相伴两个孩儿，便有甚事做。

竟"姊妹相称"。既然如此，葛氏在陈经济在时又何不早将此"妹"接来？

谁知自从陈经济死后，守备又出征去了，这春梅每日珍馐百味，绫锦衣衫，头上黄的金、白的银、圆的珠，光照的无般不有，只是晚夕难禁独眠孤枕，欲火烧心。因见李安一条好汉，只因打杀张胜，巡风早晚，十分小心。一日，冬月天气，李安正在班房内上宿，忽听有人敲后门，忙问道："是谁？"只闻叫道："你开门则个。"李安连忙开了房门，却见一个人

春梅与潘金莲一样，也是个"性存在"。

抢入来，闪身在灯光背后。李安看时，却认的是养娘金匮。李安道："养娘，你这晚来有甚事？"金匮道："不是我私来，里边奶奶差出我来。"李安道："奶奶教你来怎么？"金匮笑道："你好不理会得！看你睡了不曾，教我把一件物事来与你。"向背上取下一包衣服，"把与你，包内又有几件妇女衣服与你娘。前日多累你，押解老爷行李车辆，又救得奶奶一命，不然也乞张胜那厮杀了。"说毕，留下衣服出门。走了两步，又回身道："还有一件要紧的。"又取出一锭五十两大元宝来，撇与李安，自去了。

以此法引诱，实非佳策。

当夜过了一宿，次早起来，径拿衣服到家，与他母亲。做娘的问道："这东西是那里的？"李安把夜来事说了一遍。做母的听言叫苦："当初张胜干坏了事，一百棍打死。他今日把东西与你，却是甚么意思？我今六十已上年纪，自从没了你爹爹，满眼只看着你；若是做出事来，老身靠谁？明早便不要去了！"李安道："我不去，他使人来叫，如何答应？"婆婆说："我只说你感冒风寒，病了。"李安道："终不成不去，惹老爷不见怪么？"做娘的便说："你且投到你叔叔，山东夜叉李贵那里，住上几个月再来，看事故何如。"这李安终是个孝顺的男子，就依着娘的话，收拾行李，往青州府投他叔叔李贵去了。春梅以后见李安不来，三四五次使小伴当来叫。婆婆初时答应家中染病，次后见人来验看，才说往原籍家中打盘缠去了。这春梅终是恼恨在心，不题。

去得好。

时光迅速，日月如梭，又早腊尽阳回，正月初旬天气。统制领兵一万二千，在东昌府屯住已久，使家人周忠捎书来家，教搬取春梅、孙二娘并金哥、玉姐家小上车，止留下周忠。"东庄上请你二爷看守宅子。"原来统制还有个族弟周宣，在庄上住。周忠在府中，与周宣、葛翠屏、韩爱姐看守宅子。周仁与众军牢保定车辆，往东昌府来。此这一去，不为身名离故土，争知此去少回程。有词一篇，单道这周统制，果然是一员好将材，当此之时，中原荡扫，志欲吞胡，但见：

只是家政上太糊涂。

四方盗起如屯蜂，狼烟烈焰薰天红。

将军一怒天下安，腥膻扫尽夷从风。

公事忘私愿已久，此身许国不知有。

金戈抑日酬战征，麒麟图画功为首。

雁门关外秋风烈，铁衣披张卧寒月。

汗马辛勤二十年，赢得班班鬓如雪。

天子明见万里余，几番劳勣来旌书。

肘悬金印大如斗，无负堂堂七尺躯。

有日周仁押家眷车辆，到于东昌。统制见了春梅、孙二娘、金哥、玉姐，众丫鬟家小都到了，一路平安，心中大喜，就在统制府衙后厅居住。周仁悉把“东庄上叫了二爷周宣来宅，同小的老子周忠看守宅舍”，说了一遍。周统制又问：“怎的李安不见？”春梅道：“又题甚李安？那厮，我因他捉获了张胜，好意赏了他两件衣服，与他娘穿。他到晚夕巡风，进入后厅，把他二爷东庄上收的子粒银，一包五十两，放在明间桌上，偷的去了。几番使伴当叫他，只是推病不来；落后又使叫去，他躲的上青州原籍家去了。”统制便道：“这厮，我倒看他，原来这等无恩！等我慢慢差人拿他去。”这春梅不题起韩爱姐之事。过了几日，春梅见统制日逐理论军情，干朝廷国务，焦心劳思，日中尚未暇食，至于房帏色欲之事，久不沾身。因见老家人周忠次子周义年十九岁，生的眉清目秀。眉来眼去，两个暗地私通，就勾搭了。朝朝暮暮，两个在房中下棋饮酒，只瞒过统制一人不知。

如提起怎样开口？

此是春梅本性。

一日，不想北国大金皇帝灭了辽国，又见东京钦宗皇帝登基，集大势番兵，分两路寇乱中原。大元帅粘没喝，领十万人马，出山西太原府井陉道，来抢东京；副元帅斡离不，由檀州来抢高阳关。边兵抵挡不住，慌了兵部尚书李纲、大将种师道，星夜火牌羽书，分调山东、山西、河南、河北、关东、陕西，分六路统制人马，各依要地，防守截杀。那时陕西刘延庆，领延绥之兵；关东王禀，领汾绛之兵；河北王焕，领魏博之兵；河南辛兴宗，领彰德之兵；山西杨惟忠，领泽潞之兵；山东周秀，领青兖之兵。

却说周统制，见大势番兵来抢边界，兵部羽书火牌星火来，连忙整率人马，全装披挂，兼道进兵。比及哨马到高阳关上，金国斡离不的人马已抢进关来，杀死人马无数。正值五月初旬，交阵堵截，黄沙四起，大风迷目。统制提兵进赶，不防被斡离不兜马反攻，没秋一箭，正射中咽喉，堕马而死。众番将就用钩索搭去。被这边将士向前，仅抢尸首，马载而还，所伤军兵无数。可怜周统制一旦阵亡，亡年四十七岁。正是：忘家为国忠良将，不辨贤愚血染沙。古人意不尽，作诗一首以叹之，曰：

守备战死。至死未悟春梅乃一刁娃淫妇。

胜败兵家不可期，安危端自命为之。

出师未捷身先丧，落日江流不胜悲。

又《鹧鸪天》一首：

定国安邦美丈夫，心存正道气吞胡。谟谋国事如家事，军用《阴符》佩虎符。　　胡骑盛，武功弛，兵不用命将骄痴。可怜身死沙场内，千载英魂恨未舒。

巡抚张叔夜，见统制折于阵上，连忙鸣金收军，查点折伤士卒，退守东昌，星夜奏朝廷，不在话下。部下卒载尸首还到东昌府，春梅合家大小号哭动天，合棺木盛殓，交割了兵符印信。一日，春梅与家人周仁，发丧载灵柩归清河县，不题。

话分两头，单表葛翠屏与韩爱姐，自从春梅去后，两个在家，清茶淡饭，守节持贞，过其日月。正值春尽夏初天气，景物鲜明。日长针指困倦，姊妹二人，闲中徐步到西书院花亭上，见百花盛开，莺啼燕语，触景伤情。葛翠屏心还坦然，这韩爱姐一心只想念男儿陈经济大官人，凡事无情无绪，睹物伤悲。口是心苗，形吟咏者，有诗数首为证：

“想念男儿”，此男儿究竟算你韩爱姐什么人？“守节持贞”，所守何“节”？真能“持贞”？

翠屏先道：

花开静院日初晴，深锁重门白昼清。

倒倚银屏春睡醒，绿槐枝上一声莺。

爱姐道：

春事阑珊首夏时，弓鞋款款出帘迟。

晚来闷倚妆台立，巧画蛾眉为阿谁？

翠屏又道：

红绵掩镜照窗纱，画就双蛾八字斜。

莲步轻移何处去，阶前笑折石榴花。

爱姐道：

雪为容貌玉为神，不遣风流涴此身。

顾影自怜还自惜，新妆好好为何人？

翠屏道：

莎草连绵厚似毡，榆荚遍地乱如钱。

谁知荡子多轻薄，沉醉终朝花下眠。

爱姐道：

乱愁依旧锁翠峰，为甚年来憔悴容？

离别终朝魂耿耿，碧霄无路得相逢。

姊妹两个吟诗已毕，不觉潸然泪下。二爷周宣走来劝道："你姊妹两个少要烦恼，须索解叹省过罢。我连日做得梦，有些不吉。梦见一张弓，挂在旗竿上，旗竿折了。不知是凶是吉？"韩爱姐道："倒只怕老爷边上，有些说话。"正在犹疑之间，忽见家人周仁，挂着一身孝，慌慌张张走来，报道："祸事！老爷如此这般，五月初七日在边关上阵亡了。大奶奶、二奶奶、家眷，载着灵车，都来了。"慌了二爷周宣，收拾打扫前厅干净，停放灵柩，摆下祭祀，合家大小哀号起来；一面做斋累七，僧道念经；金哥、玉姐披麻带孝，吊客往来，择日出殡，安葬于祖茔。俱不必细说。

树也倒了。猢狲之散只在早晚之间。

却说二爷周宣，引着六岁金哥儿，行文书申奏朝廷，讨祭葬，袭替祖职。朝廷明降，兵部覆题引奏："已故统制周秀，奋身报国，没于王事，忠勇可嘉！遣官谕祭一坛，墓顶追封都督之职。伊子照例优养，出幼袭替祖职。"

这春梅在内颐养之余，淫情愈盛，常留周义在香阁中，镇日不出。朝来暮往，淫欲无度，生出骨蒸痨病症；逐日吃药，减了饮食，消了精神，体瘦如柴，而贪淫不已。一日，过了他生辰，到六月伏暑天气，早辰晏起，不料他搂着周义在床上，一泄之后，鼻口皆出凉气，淫津流下一洼口，就呜呼哀哉，死在周义身上，亡年二十九岁。这周义见没了气儿，就慌了手脚，向箱内抵盗了些金银细软，带在身边，逃走在外；丫鬟、养娘不敢隐匿，报与二爷周宣得知，把老家人周忠锁了，押着抓寻周义。可要作怪，正走在城外他姑娘家投住，一条索子拴将来。已知其情，恐扬出丑去，金哥久后不好袭职，拿到前厅，不由分说打了四十大棍，即时打死。把金哥与孙二娘看养。一面发丧于祖茔，与统制合葬毕，房中两个

淫欲无度，赛过金莲。

西门庆在与潘金莲"无度"时因"负支出"而身亡。潘金莲当时还未虚脱。春梅却以女性而在性的"负支出"中"呜呼哀哉"，真是"淫妇之最"了。

养娘并海棠、月桂，都打发各寻投向，嫁人去了。止有葛翠屏与韩爱姐，再三劝他，不肯前去。

一日，不想大金人马抢了东京汴梁，太上皇帝与靖康皇帝都被虏上北地去了。中原无主，四下荒乱，兵戈匝地，人民逃窜。黎庶有涂炭之哭，百姓有倒悬之苦！大势番兵已杀到山东地界，民间夫逃妻散，鬼哭神号，父子不相顾。葛翠屏已被他娘家领去，各逃生命。止丢下韩爱姐无处依倚，不免收拾行装，穿着随身惨淡衣衫，出离了清河县，前往临清，找寻他父母。到临清谢家店，店也关闭，主人也走了，不想撞见陈三儿。三儿说："你父母去年时，就跟了何官人，往江南湖州去了。"这韩爱姐一路上怀抱月琴，唱小词曲，往前抓寻父母；随路饥餐渴饮，夜住晓行，忙忙如丧家之犬，急急似漏网之鱼，弓鞋又小，万苦千辛。

韩爱姐不仅成了一个"节妇"形象，更要成为一个"模范孝女"。

行了数日，来到徐州地方，天色晚来，投在孤村里面。一个婆婆，年纪七旬之上，头绾两道雪鬓，挽一窝丝，正在灶上杵米造饭。这韩爱姐，便向前道了万福，告道："奴家是清河县人氏，因为荒乱，前往江南投亲。不期天晚，权借婆婆这里投宿一宵，明早就行，房金不少。"那婆婆只顾观看这女子，不是贫难人家婢女，生的举止典雅，容貌非俗。但见：

> 乌云不整，惟思昔日家豪；眉敛远山，为忆当年富贵。此夜月朦云雾琐，牡丹花被土沉埋。

婆婆道："既是投宿，娘子请炕上坐。等老身造饭，有几个挑河夫子来吃。"

那老婆婆炕上柴灶，登时做出一大锅稗稻插豆子干饭，又切了两大盘生菜，撮上一包盐。只见几个汉子，都蓬头精腿，裈裤兜裆，脚上黄泥流，进来放下锹镢，便问道："老娘，有饭也未？"婆婆道："你每自去盛吃。"当下各取饭菜，四散正吃。

此书前面写过多少饭菜，现在出现的"稗稻插豆子干饭"，却是头一回"亮相"。同一人间，而饭菜精粗麋粝如此不同，宁不叹乎！

只见内一人，约三十四五年纪，紫面黄发，便问婆婆："这炕上坐的是甚么人？"婆婆道："此位娘子，是清河县人氏，前往江南寻父母去，天晚在此投宿。"那人便问："娘子，你姓甚么？"爱姐道："奴家姓韩，我父亲名韩道国。"那人向前，扯住问道："姐姐，你不是我侄女韩爱姐么？"那爱姐道："你倒好似我叔叔韩二。"两个抱头相哭做一处。因问："你

此韩二诨名二捣鬼，曾与王六儿被"捉奸捉双"，后经西门庆包庇才得滑脱官司……不想山转水流，他却在此时又冒了出来。

爹娘在那里？你在东京，如何至此？”这韩爱姐一五一十，从头说了一遍：“因我嫁在守备府里，丈夫没了，我守寡到如今。我爹娘跟了何官人往湖州去了，我要找寻去，荒乱中又没人带去，胡乱单身唱词，觅些衣食前去。不想在这里撞见叔叔。”那韩二道：“自从你爹娘上东京，我没营生过日，把房儿卖了，在这里挑河做夫子，每日觅碗饭吃。既然如此，我和你往湖州寻你爹娘去。”爱姐道：“若是叔叔同去，可知好哩。”当下也盛了一碗饭与爱姐吃，爱姐呷了一口，见粗饭不能咽，只呷了半碗就不吃了。一宿晚景题过。

到次日天明，众夫子都去了，韩二交纳了婆婆房钱，领爱姐作辞出门，望前途所进。那韩爱姐本来娇嫩，弓鞋又小，身边带着些细软钗梳，都在路上零碎盘缠。将到淮安上船，迤逦望江南湖州来。非止一日，抓寻到湖州何官人家，寻着父母，相会见了。不想何官人已死，家中又没妻小，止是王六儿一人，丢下六岁女儿，有几顷水稻田地。不上一年，韩道国也死了；王六儿原与韩二旧有揸儿，就配了小叔，种田过日。那湖州有富家子弟，见韩爱姐生的聪明标致，多来求亲。韩二再三教他嫁人，爱姐割发毁目，出家为尼姑，誓不再配他人，后年至三十二岁，以疾而终。正是：贞骨未归三尺土，怨魂先彻九重天。后韩二与王六儿成其夫妇，情受何官人家业田地，不在话下。

韩爱姐被作者称颂为有“贞骨”，此种“贞节观”与当时和以后的主流文化的“贞节观”都不符，体现出明季商品经济发达后，在市民阶层中孕育着一种新的价值判断眼光，对社会主流意识形态是一种“解构”。

王六儿归宿不算甚恶。王六儿一生“卖肉”而不弃夫，算得一个“奇妇”。作者对此妇的塑造也是取“忠于其生命流程”的“法则”，在讲述她的故事时并不怎么加进道德、伦理评判。

却说大金人马，抢过东昌府来，看看到清河县地界。只见官吏逃亡，城门昼闭，人民逃窜，父子流亡。但见：

烟生四野，日蔽黄沙。封豕长蛇，互相吞并；龙争虎斗，各自争强。皂帜红旗，布满郊野；男啼女哭，万户惊惶。番军虏将，一似蚁聚蜂屯；短剑长枪，好似森林密竹。一处处死尸骸骨，横三竖四；一攒攒折刀断剑，七断八截。个个携男抱女，家家闭户关门。十室九空，不显乡村城郭；獐奔鼠窜，那存礼乐衣冠！正是：得多少宫人红袖泣，王子白衣行。

国将破，家将亡。

那时西门庆家中吴月娘，见番兵到了，家家都关锁门户，乱撺逃去，不免也打点了些金珠宝玩，带在身边。那时吴大舅已死，止同吴二舅、玳安儿、小玉，领着十五岁孝哥儿，把家中前后都倒锁了，要往济南府投奔云离守。一来那里避兵，二者与孝哥完就其亲事去。一路上只见人人荒乱，个个惊骇。可怜这吴月娘，穿着随身衣裳，和吴二舅男女五口，杂在人队里挨出城门，到于郊外，往前奔行。到于空野十字路口，只见一个和尚，身披紫褐袈裟，手执九环锡杖，脚靸芒鞋，肩上背着条布袋，袋内裹着经典，大移步迎将来。与月娘打了个问讯，高声大叫道："吴氏娘子，你到那里去？还与我徒弟来！"唬的月娘大惊失色，说道："师父，你问我讨甚么徒弟？"那和尚又道："娘子，你休推睡里梦里！你曾记的十年前，在岱岳东峰，被殷天锡赶到我山洞中投宿。我就是那雪洞老和尚，法名普静。你许下我徒弟，如何不与我？"吴二舅便道："师父出家人，如何你不近道？此是荒乱年程，乱撺逃生。他有此孩儿，久后还要接代香火，他肯舍与你出家去？"和尚道："你真个不与我去？"吴二舅道："师父，你休闲说，误了人去路儿。后面只怕番兵来到，朝不保暮。"和尚道："你既不与我徒弟，如今天色已晚，也走不出路去，番人且来不到此处，你且跟我，到这寺中歇一夜，明早去罢。"吴月娘问："师父，是那寺中？"那和尚用手只一指，道："那路旁便是。"和尚引着，不想来到永福寺；吴月娘认的是永福寺，曾走过一遍。比及来到寺中，长老僧众都走去大半，止有几个禅和尚，在后边禅堂中打坐，佛前点着一大盏琉璃海灯，烧着一炉香。此时日衔山时分，但见：

又到此寺。"永福"更成讽刺。福何能永？

十字街荧煌灯火，九曜庙香霭钟声。一轮明月挂青天，几点疏星明碧落。六军营内，呜呜画角频吹；五鼓楼头，点点铜壶正滴。四边宿雾，纷纷罩舞榭歌台；三市沉烟，隐隐闭绿窗朱户。两两佳人归绣阁，双双士子掩书帏。

当晚吴月娘与吴二舅、玳安、小玉、孝哥儿，男女五口儿投宿在寺中方丈内。小和尚有认的，安排了些饭食与月娘等吃了。那普静老师，跏趺在禅堂床上，敲木鱼，口中念经。月娘与孝哥儿、小玉在床上睡；吴二舅和玳安做一处。着了慌乱，辛苦了底人，都睡着了。止有小玉不曾睡熟，起来在方丈内，打门缝内，看那普静老师父念经。

偏是小玉独听偈语。想是此女心地较为善良，故当此任。

看看念至三更时，只见金风凄凄，斜月朦朦，人烟寂静，万籁无声；觑那佛前海灯，半明不暗。这普静老师见天下荒乱，人民遭劫，阵亡横死者数极多，发慈悲心，施广惠力，礼白佛言，荐拔幽魂，解释宿冤，绝去挂碍，各去超生，再无留滞，于是诵念了百十遍解冤经咒。少顷，阴风凄凄，冷气飕飕，有数十辈焦头烂额、蓬头泥面者，或断手折臂者，或有刳腹剜心者，或有无头跛足者，或有吊颈枷锁者，都来悟领禅师经咒，列于两旁。禅师便道："你等众生，冤冤相报，不肯解脱，何日是了！汝当谛听吾言，随方托化去罢。偈曰：

劝尔莫结冤，冤深难解结。
一日结成冤，千日解不彻。
若将冤报冤，如汤去泼雪。
若将冤报冤，如狼重见蝎。
我见结冤人，尽被冤磨折。
我见此忏悔，各把性悟彻。
照见本来心，冤愆自然雪。
仗此经力深，荐拔诸恶业。
汝当各托生，再勿将冤结。
改头换面轮回去，来世机缘莫再攀！"

普静法师此偈并无深刻性与震撼力。

当下众人都拜谢而去，小玉窃看，都不认的。

少顷，又一大汉进来，身七尺，形容魁伟，全装贯束，胸前关着一矢箭。自称："统制周秀，因与番将对敌，折于阵上。今蒙师荐拔，今往东京，托生与沈镜为次子，名为沈守善去也。"言未已，又一人素体荣身，口称是："清河县富户西门庆，不幸溺血而死。今蒙师荐拔，今往东京城内，托生富户沈通为次子，沈钺去也。"小玉认的是他爹，唬的不敢言语。已而又有一人，提着头，浑身皆血，自言是陈经济，"因被张胜所杀，蒙师经功荐拔，今往东京城内，与王家为子去也。"已而又见一妇人，也提着头，胸前皆血，自言："奴是武大妻、西门庆之妾潘氏是也，不幸被仇人武松所杀。蒙师荐拔，今往东京城内黎家为女，托生去也。"已而又有一人，身躯矮小，面皆青色，自言是武植，"因被王婆唆潘氏下药，吃毒而死。蒙师荐拔，今往徐州，落乡民范家为男，托生去也。"已而又有一妇人，面皮黄瘦，血水淋漓，自言："妾身李氏，乃花子虚之妻，西门庆之妾，

书中先后死去的人物纷纷托生。奇怪的是偏张胜、孙雪娥、西门大姐所托生的是贫人乃至番役。其实相对而言他们的恶最轻。像西门大姐尤其无辜，而独托生到番役家。这难道称得上是"恶有恶报"吗？此书作者这样写，难道是"严肃"的吗？

因害血山崩而死。蒙师荐拔，今往东京城内袁指挥家，托生为女去也。”已而又一男，自言花子虚，“不幸被妻气死，蒙师荐拔，今往东京郑千户家，托生为男。”已而又见一女人，颈缠脚带，自言：“西门庆家人来旺妻宋氏，自缢身死。蒙师荐拔，今往东京朱家为女去也。”已而又一妇人，面黄肌瘦，自称：“周统制妻庞氏春梅，因色痨而死。蒙师荐拔，今往东京，与孔家为女，托生去也。”已而又一男子，裸形披发，浑身杖痕，自言是打死的张胜，“蒙师父荐拔，今往东京大兴卫，贫人高家为男去也。”已而又有一女人，项上缠着索子，自言：“西门庆妾孙雪娥，不幸自缢身死。蒙师荐拔，今往东京城外，贫民姚家为女去也。”已而又一女人，年小，项缠脚带，自言：“西门庆之女，陈经济之妻，西门大姐是也，不幸自缢身死。蒙师荐拔，今往东京城外，与番役钟贵为女，托生去也。”已而又见一小男子，自言周义，亦被打死。“蒙师荐拔，今往东京城外高家为男，名高留住儿，托生去也。”言毕，各恍然不见。

小玉唬的战栗不已，“原来这和尚，只是和这些鬼说话！”正欲向床前，告诉与月娘。不料月娘睡得正熟，一灵真性，同吴二舅众男女，身带着一百颗胡珠、一柄宝石绦环，前往济南府，投奔亲家云离守那里避兵，就与孝哥完成亲事。一路饥食渴饮，夜住晓行，到于济南府。问一老人：“云参将住所，在于何处？”老人指道：“此去二里余，地名灵壁寨，一边临河，一边是山。这灵壁寨就在城上，屯聚有一千人马，云参将就在那里做知寨。”月娘五口儿到寨门，通报进去。云参将听见月娘送亲来了，一见如故，叙毕礼数。原来新近没了娘子，央浼邻舍王婆婆，来陪待月娘，在后堂酒饭，甚是丰盛；吴二舅、玳安另在一处管待。因说起避兵来就亲之事，因把那百颗胡珠、宝石绦环，交与云离守，权为茶礼。云离守收了，并不言其就亲之事。到晚又教王婆，陪月娘一处歇卧，将言说念月娘，以挑探其意，说云离守，“虽是武官，乃读书君子。从割衫襟之时，就留心娘子。不期夫人没了，鳏居至今。今据此山城，虽是任小，上马管军，下马管民，生杀在于掌握。娘子若不弃，愿成伉俪之欢，一双两好；令郎亦得谐秦晋之配。等待太平之日，再回家去不迟。”月娘听言，大惊失色，半晌无言。这王婆回报云离守。

吴月娘的“灵游”，写来更近乎“儿戏”。此书作者如此“闭下大幕”，几近于“无赖”。

次日晚夕，置酒后堂请月娘吃酒。月娘自知他与孝哥儿完亲，连忙来到席前叙坐。云离守乃言："嫂嫂不知，下官在此，虽是山城，管着许多人马，有的是财帛衣服、金银宝物，缺少一个主家娘子。下官一向思想娘子，如渴思浆，如热思凉。不想今日娘子到我这里，与令郎完亲，天赐姻缘，一双两好，成其夫妇，在此快活一世，有何不可！"月娘听了，心中大怒，骂道："云离守，谁知你人皮包着狗骨！我过世丈夫，不曾把你轻待，如何一旦出此犬马之言？"云离守笑嘻嘻，向前把月娘搂住，求告说："娘子，你自家中，如何走来我这里做甚？自古上门买卖好做。不知怎的，一见你，魂灵都被你摄在身上！没奈何，好歹完成了罢。"一面拿过酒来，和月娘吃。月娘道："你前边叫我兄弟来，等我与他说句话。"云离守笑道："你兄弟和玳安儿小厮，已被我杀了。"即令左右："取那件物事，与娘子看。"不一时，灯光下血沥沥提了吴二舅、玳安两颗头来，唬的月娘面如土色，一面哭倒在地。被云离守向前抱起，"娘子不须烦恼，你兄弟已死，你就与我为妻。我一个总兵官，也不玷辱了你！"月娘自思道："这贼汉将我兄弟、家人害了命，我若不从，连我命也丧了。"乃回嗔作喜说道："你须依我，奴方与你做夫妻。"云离守道："不拘甚事，我都依。"月娘道："你先把我孩儿完了房，我却与你成婚。"云离守道："不打紧。"一面叫出云小姐来，和孝哥儿推在一处，饮合卺杯，绾同心结，成其夫妇。然后拉月娘和他云雨，这月娘却拒阻不肯。被云离守忿然大怒，骂道："贱妇，你哄的我与你儿子成了婚姻，敢笑我杀不得你的孩儿！"向床头提剑，随手而落，血溅数步之远。正是：三尺利刀着项上，满腔鲜血湿模糊。

竟"回嗔作喜"。虽是梦中，作者如此对待前面用偌多篇幅"辛辛苦苦"塑造出的"节妇"，岂不成了自我调侃？或者，作者是想告诉我们，潜在的性欲，无人不具。

月娘见砍死孝哥儿，不觉大叫一声，不想撒手惊觉，却是南柯一梦！唬的浑身是汗，遍体生津，连道："怪哉，怪哉！"小玉在旁便问："奶奶怎的哭？"月娘道："适间做得一梦不祥。"不免告诉小玉一遍。小玉道："我倒刚才不曾睡着，悄悄打门缝见那和尚，原来和鬼说了一夜话！刚才过世俺爹、五娘、六娘，和陈姐夫、周守备、孙雪娥、来旺儿媳妇子、大姐，都来说话，各四散去了。"月娘道："这寺后见埋着他每。夜静时分，屈死淹魂，如何不来？"

娘儿们说了回话，不觉五更鸡叫。吴月娘梳洗面貌，走到禅堂中礼佛烧香。只见普静老师，在禅床上高叫：“那吴氏娘子，你如今可省悟得了么？”这月娘便跪下参拜：“上告尊师，弟子吴氏肉眼凡胎，不知师父是一尊古佛。适间一梦中，都已省悟了。”老师道：“既已省悟，也不消前去；你就去，也无过只是如此，倒没的丧了五口儿性命！合当你这儿子，有分有缘遇着我，都是你平日一点善根所种，不然定然难免骨肉分离！当初你去世夫主西门庆，造恶非善。此子转身托化你家，本要荡散其财本，倾覆其产业，临死还当身首异处。今我度脱了他去，做了徒弟。常言一子出家，九祖升天。你那夫主冤愆解释，亦得超生去了。你不信，跟我来，与你看一看。”于是扠步来到方丈内，只见孝哥儿还睡在床。老师将手中禅杖，向他头上只一点，教月娘众人看，忽然翻过身来，却是西门庆，项带沉枷，腰系铁索；复用禅杖只一点，依旧还是孝哥儿睡在床上。月娘见了，不觉放声大哭，原来孝哥儿即是西门庆托生！良久，孝哥儿醒了。月娘问他：“如今你跟了师父出家。”在佛前与他剃头，摩顶受记。可怜月娘，扯住恸哭了一场，干生受养了他一场，到十五岁，指望承家嗣，不想被这个老师幻化去了。吴二舅、小玉、玳安亦悲不胜。当下这普静老师，领定孝哥儿，起了他一个法名，唤做“明悟”，作辞月娘而去。临行分付月娘：“你们不消往前途去了。如今不久，番兵退去，南北分为两朝，中原已有个皇帝。多不上十日，兵戈退散，地方宁静了，你每还回家去，安心度日。”月娘便道：“师父，你度托了孩儿去了。甚年何日，我母子再得见面？”不觉扯住，放声大哭起来。老师便道：“娘子休哭！那边又有一位老师来了。”哄的众人扭颈回头，当下化阵清风不见了。正是：三降尘寰人不识，倏然飞过岱东峰。

究竟省悟了什么，实在还是一笔糊涂账。

前面明明说西门庆往东京城内，富户沈通家，托生为次子沈钺，这里却又说孝哥即是西门庆托生，自我矛盾如此。请问究竟是怎么一回事儿？作者或者真想以佛理结束此书，但因他其实根本并不真信佛理，所以写起来不免捉襟见肘。

不说普静老师幻化孝哥儿去了，且说吴月娘与吴二舅众人，在永福寺住了，那到十日光景，果然大金国立了张邦昌在东京称帝，置文武百官。徽宗、钦宗两君北去。康王泥马度江，在建康即位，是为高宗皇帝。拜宗泽为大将，复取山东、河北。分为两朝，天下太平，人民复业。

后月娘归家，开了门户，家产器物都不曾疏失。后就把玳安改名做西门安，承受家业，人称呼为西门小员外。养活月娘到老，寿年七十岁，

玳安竟成了西门家的继承人，吴月娘竟由他送终，颇出人意料。

善终而亡。此皆平日好善看经之报也。有诗为证：

闲阅遗书思惘然，谁知天道有循环。
西门豪横难存嗣，经济颠狂定被歼。
楼月善良终有寿，瓶梅淫佚早归泉。
可怪金莲遭恶报，遗臭千年作话传。

《金瓶梅词话》卷之一百回终。

终场诗拙劣不堪。压不住阵。

清人张竹坡盛赞此书以“孝”作结，是表现了“其所以为天性至命者，孝而已矣”。“呜乎！结至‘孝’字，至矣哉！大矣哉！”真是“一唱三叹”。其实无论普静法师的劝诫还是终场诗里都并没有强调“孝”字。他还说此书是“以弟(悌)始”，因为他所评点的“崇祯本”，跟我们这个“词话本”(这应是个早许多的本子)有所不同，最大的区别就在于他那个本子的头一回是“西门庆热结十兄弟”，而我们这个本子却开始于“景阳冈武松打虎”。张竹坡说此书以“热”起以“冷”终，以“弟”起以“孝”结，只是他个人的一种直感，在我看来，未免牵强。

我以为，此书写到“后西门时代”，文笔越来越不如前面，虽然这后二十来回里他主要完成了春梅和陈经济这两个艺术形象的塑造，也堪称真实，但不仅人物的行为逻辑时常有突兀生硬之感，人物语言也远不如前面那么丰富多彩、生猛鲜活，在把握叙述节奏和细节安排上，也失之匆促和粗糙，尤其令人不敢称道的，便是全书的“收束”，明显地表露出无所皈依与乏技乏力。

但此书总体而言，实在还是一部伟大的长篇小说。对于它的伟大性，我们至今不仅认识不够，而且还存在着浓重的误会。张竹坡力辩此书绝非“淫书”，他的论证我们未必同意，他的这个结论却是基本正确的。

我以为此书最大的震撼力是挖掘人性的深度，尤其是对人性恶的坦然揭橥，达到了不仅空前，也可以说是至今尚“无后”的地步。

此书的真髓，我以为主要体现在了笼罩全书的“叙述调式”或“文本特征”中，那便是客观、冷静、不动声色、处变不惊、怨而不怒、生死由之，它昭示着我们，世界不可能那么理想，生活不可能那么美满，人间本来就一定会有龌龊，人性本来就一定会有缺陷，善恶界限往往难划，是非标准常常摆移，人际间必生龃龉，自我亦难以把握，爱情远比肉欲脆弱，友情最难持久，树倒猢狲必散，炎势必引趋附，死的自死，活的自活，而且“人们到处生活”，并且“生生不息”……这些感想必然导致悲观、颓废么？然而，通过此书的“文本”，你又会感受到俗世的魅力，凡人琐事的“天然合理”，世道中超越黑暗的那些“共享乐趣”，以及不必为“形而上”约束的洒脱与狂放，当然还有“我色，故我在”的坦然，超出个人际遇的那种自然美景与“人创繁华”，死的未必可怖，生的不必那么沉重，等等，从而又生出一些乐观与旷达，自珍与自谅。

我的评点也将“落幕”。我也有一种无所皈依与乏技乏力的苦闷感。在这二十一世纪的头上，我们面临着许多的困惑，怀有非常强烈的企盼，因而派生出了若干思潮的激荡，乃至于种种人际、群际的摩擦与冲突，在这种情势下读《金瓶梅》，我以为我们有可能比前人更悚然于人性的诡谲莫测，却又可能比后人更刻骨地领略到冷静从容的叙述风格那魅惑的美感！